»Schelmenroman, Liebesroman, Geschichtsroman: Alle drei Bezeichnungen treffen zu«, schrieb Karl August Horst in der Frankfurter Allgemeinen Zeitung über Ippolito Nievos Roman »Pisana«. Dieser Roman spielt in Venedig und schildert das abenteuerliche Leben, das Carlos Altovitis führt inmitten turbulenter historischer Ereignisse, die mit dem Untergang der Republik Venedig und dem Freiheitskampf Italiens verknüpft sind.

Ippolito Nievo, geboren 1831 in Padua, hatte sich in jungen Jahren patriotischen Kreisen angeschlossen und sich schließlich dem Freiheitskämpfer Garibaldi verbunden; als Intendant des südlichen Heeres in Sizilien schiffte sich Nievo am 4. März 1861 nach Neapel ein. Das Schiff hat den Hafen nie erreicht.

»Die romantischen Elemente, mit denen Nievo eine starke Spannung erzeugt, Entführungen, Überfälle, Fluchten, plötzliches Wiederfinden, erstaunliche Errettungen, wirken auf dem Hintergrund der Zeitereignisse, Napoleonischen Eroberungen und des Kampfes um die nationale Freiheit . . . Die Mischung aus italienischer Rhetorik und kräftigem Humor ist etwas Einzigartiges. Großartig ist das Ende der venezianischen Republik geschildert: Wie ein tausendjähriges Staatswesen ganz einfach an Altersschwäche stirbt. Ich habe die bewundernswerte deutsche Übersetzung von Charlotte Birnbaum mit der gleichen Spannung gelesen wie vor Jahrzehnten das Original. Hier ist ein Buch, das ich gerne in den Händen der Abertausende von Deutschen sähe, die nach Italien reisen, Italien lieben. Hier können Sie erfahren, wie das heutige Italien wurde und wuchs, erfahren aus einem Buch, das die Italiener lieben, das schon darum für sie kennzeichnend ist, erfahren aus einem ihrer bedeutendsten Romane. Mit diesem Buch in der Hand wird auch ein verregneter Tag in Italien immer noch ein ganz italienischer Tag sein.«

Eckart Peterich, Süddeutsche Zeitung

insel taschenbuch 880

Ippolito Nievo

Pisana

Ippolito Nievo

PISANA

oder

Die Bekenntnisse eines Achtzigjährigen

Roman

Insel Verlag

Der Text folgt der Ausgabe: Ippolito Nievo,
»Pisana oder Die Bekenntnisse eines Achtzigjährigen«,
Suhrkamp Verlag Frankfurt am Main, 1956.
Titel der italienischen Originalausgabe:
»Le Confessioni di un ottuagenario«, 1867.
Aus dem Italienischen von Charlotte Birnbaum.

insel taschenbuch 880
Erste Auflage 1985
Lizenzausgabe mit freundlicher Genehmigung
des Suhrkamp Verlags

Vertrieb durch den Suhrkamp Taschenbuch Verlag
Umschlag nach Entwürfen von Willy Fleckhaus
Druck: Nomos Verlagsgesellschaft, Baden-Baden
Printed in Germany

1 2 3 4 5 6 – 90 89 88 87 86 85

Pisana oder Die Bekenntnisse eines Achtzigjährigen

ERSTES KAPITEL

Warum ich diese meine Bekenntnisse geschrieben habe. – Meine Kindheit auf der berühmten Burg Fratta, deren Küche samt den Herren, Dienern, Gästen und Katzen, die um das Jahr 1780 dort hausten. – Die ersten Personen treten auf; auch werden hie und da weise Betrachtungen angestellt über die Republik Venedig, über die bürgerlichen und militärischen Ordnungen der damaligen Zeit, und was das Wort ›Vaterland‹ in Italien gegen Ende des verflossenen Jahrhunderts für eine Bedeutung hatte.

Am Tage des Evangelisten Lukas, am 18. Oktober des Jahres 1775, kam ich als Venezianer zur Welt, und ich werde, so Gott will, als Italiener sterben, wann es der Vorsehung, die die Welt geheimnisvoll regiert, gefällt.

Hier nun weise ich euch, liebe Leser, den Sinn, den ich in meinem Leben gefunden. Und da nicht ich ihm diesen Sinn gab, sondern die Zeit, so fiel mir ein, daß, wenn ich diese Wirkung der Zeit auf das Leben eines Menschen freimütig beschriebe, solches für diejenigen von Nutzen sein könnte, die nun die Folgen der von mir durchlebten Zeiten zu tragen haben.

Mehr als achtzig Jahre zähle ich, da ich mein Leben niederschreibe, doch das Herz ist wohl jünger als je in der Wirrnis der Jugend und in den aufreibenden Kämpfen des Mannesalters. Ich habe viel erlebt und erlitten; aber es sind mir auch jene Tröstungen nie entschwunden, die, oft nicht erkannt, inmitten aller Bedrängnisse, den Geist in die Stille des Friedens und der Hoffnung erheben. Nur sie haben bewirken können, daß mich kein widriges Geschick zu überwältigen vermochte. Ich meine solche Gefühle und Ansichten, die die äußeren Ereignisse, statt sich nach ihnen zu richten, zum Schauplatz innerer, harter Kämpfe machen und diese sieghaft bestehen. Meine Natur und mein Charakter, die erste Erziehung und die Taten und

Schicksale, die daraus erwuchsen, waren gut und böse, wie alles im Leben gut und böse ist; und klänge es nicht übertrieben, so könnte ich hinzufügen: in meinem anspruchslosen Dasein überwog das Böse das Gute. Doch all das würde nicht ungewöhnlich sein oder wert, erzählt zu werden, wäre nicht mein Leben eingebettet in jene zwei Jahrhunderte, die, zumal in der italienischen Geschichte, für lange Zeit höchst bemerkenswert bleiben werden. Denn damals trugen die politischen Spekulationen, die in den Jahren 1300 bis 1700 die Werke von Dante, Machiavell, Vico und vielen, die meiner bescheidenen Kultur und literarischen Kenntnis nicht geläufig sind, durchziehen, zum erstenmal üppige Frucht. Der Umstand, mancher würde sagen das Unglück, in diesen Jahren gelebt zu haben, gab mir also den Gedanken ein, niederzuschreiben was ich sah, empfand, tat und erprobte, von der frühesten Kindheit bis zum Beginn des Alters. Diese einfache Erzählung hat zwar im Vergleich zu jener Geschichte nur das Gewicht einer Fußnote, die von unbekannter zeitgenössischer Hand unter die Offenbarungen eines uralten Buches gesetzt wird. Aber mich dünkt, sie könne die öffentliche nationale Wirksamkeit in etwa spiegeln, gleichwie der Regentropfen in seinem Fall anzeigt, wie die Wolke zieht. So wird die Darlegung meines Lebens ein Beispiel sein für die unzähligen Einzelschicksale, die seit dem Auseinanderfallen der alten politischen Ordnungen bis zum Entstehen der gegenwärtigen das große italienische Nationalschicksal gebildet haben.

Ich bin alt und nicht gelehrt, und die Gedanken, die mir über die kleinen und großen Schicksale gekommen sind, haben mich die beschwerliche Kunst des Schreibens kaum lehren können. Doch mag mich die Reinheit meiner Absichten, ein einfaches menschliches Gefühl und die Wahrheit der Geschichte entschuldigen und den Mangel an Kunst ergänzen; das Verständnis mitfühlender Leser wird mir Ruhm genug sein.

Am Rande des Grabes stehe ich nun allein auf der Welt; Freunde wie Feinde haben mich verlassen, und Furcht wie Hoffnung fragen nur noch nach der Ewigkeit. Das Alter hat mich befreit vom kriegerischen Ehrgeiz wie von den Leidenschaften, die Urteil und Vernunft nicht selten vom rechten Wege abirren ließen. So habe ich vom Baum meines Lebens die eine Frucht geerntet: den Frieden der Seele. Sein Bild stelle ich vor euch, ihr jungen Menschen, hin, denn, Brüder, der Frieden der Seele ist ein neidenswerter Schatz, der einzige Schild gegen die Lockungen falscher Freunde, den Trug niedriger Seelen und den Übermut der Machthaber. Noch ein zweites will ich aussprechen, dem die Stimme eines Achtzigjährigen einiges Gewicht verleihen mag. Ich habe erprobt: das Leben hat einen Wert. Wir unendlich kleinen Wesen dürfen uns immerhin als Handwerker betrachten, die mitschaffen am Gebäude des Lebens der Welt, und der Bau dieses großen Lebens ist dem unseres eigenen unendlich überlegen.

So freue ich mich des Friedens in der geheimnisstillen Bucht meines Alters, die dem mutigen Seefahrer endlich den Durchgang in die Ewigkeit öffnen wird. Doch bevor er eintaucht in jene zeitlosen Wogen, bevor er einmündet in das große Meer des Seins, wendet er sich noch einmal zurück zu euch, ihr Menschen, mit allen Gedanken gläubig an eure Zukunft gebunden.

Meine ersten Jahre verlebte ich in der Burg Fratta, die jetzt nur mehr ein Haufen Trümmer ist, wo sich die Bauern nach Belieben Steine holen, um sie in die Gräben unter die Maulbeerbäume zu schichten; denn dann sickert das Wasser leichter ab. Damals jedoch war die Burg ein mächtiger Bau mit Türmen aller Art, dicken wie schlanken, mit einer großen, vom Alter wackeligen Zugbrücke und den schönsten gotischen Fensterbogen, die zwischen den Flüssen Lémene und Tagliamento zu finden waren. Auf keiner meiner vielen Reisen ist mir je auf einem Fleck der Erde ein so wunderlicher Bau begegnet, noch einer, um dessen Ecken, Kanten, Krümmungen und Vorsprünge die Winde so zur Zufriedenheit der Windrose tollen konnten. Die Winkel waren so kühn ersonnen, daß keiner sich seiner Gestalt vor dem andern rühmen konnte; wer sie entwarf, hatte das Winkelmaß entweder nicht benutzt – oder alle die Winkel, die in dem Büro eines Baumeisters umherstehen, hatten vor dieser Aufgabe den Mut verloren. Die Burg stand wohlverwahrt hinter tiefen Gräben, wo die Schafe weideten oder die Frösche quakten. Zögernd war der Efeu an den Wehrgängen hochgekrochen; schließlich hatten seine schmucken Ranken das Backsteingemäuer so umhüllt, daß die rötliche Farbe ganz verschwunden war. Wer hätte sich träumen lassen, Menschenhand könne sich auch nur an dieser grünen Hülle der altehrwürdigen Burg vergreifen! Drängten doch sogar die Fensterflügel, wenn der Nordost sie hin- und herwarf, eine lose Ranke nur eben sacht beiseite. Eine weitere Absonderlichkeit des Baues waren die vielen Schornsteine, die von weitem einen Anblick boten, als seien die Figuren eines Schachbrettes mitten im Spiel stehengeblieben. Nehmt einmal an, für diese alteingesessenen Herren wäre nur ein bewaffneter Mann auf jeden Kamin gekommen – dann wäre Fratta die bestbewachte Burg der Christenheit gewesen. Natürlich entsprachen die geräumigen Höfe mit ihren Säulengängen voll Staub und Hühnern dem, was dem Auge schon von draußen an Unordnung im Innern versprochen wurde. Sogar den Glockenturm der Kapelle zierte ein zertrümmerter Dachstuhl; das hatten die Blitze bei ihren häufigen Besuchen getan. Beharrlichkeit findet irgendwie ihren Lohn: da die Burgglocke bei jedem Gewitter als gute Glucke warnend ihre Stimme erhob, so mußte sie wohl, als Dank für ihre Mühe, auch einige Blitze einstecken. Nach Meinung anderer verdankte man diese meteorologischen Neckereien den hundertjährigen Pappeln, die auf das Land ringsum ihre schmalen Schatten warfen. Die Dorfbewohner sagten, der Teufel wohne auf der Burg, und so bekäme er dann und wann Besuch von seinen Kumpanen; die Herrschaft war es gewohnt, nur den Glockenturm getroffen zu sehen, hielt ihn allmählich für eine Art Blitzableiter und überließ ihn nicht ungern dem Zorn des Himmels, wenn nur die Dächer der Kornböden und der große Rauchfang des Küchenkamins verschont blieben.

Doch hier sind wir bei einem Gegenstand angelangt, der allein schon des langen und breiten geschildert werden müßte. Ich kenne weder den Koloß von Rhodos noch die Pyramiden Ägyptens; für mich ist die Küche von Fratta mit ihrer Herdstatt der köstlichste Bau, der je mit der Last seiner Mauern auf der Erde stand. Der Mailänder Dom und Sankt Peter sind schon etwas; aber sie haben nicht annähernd dieses Gepräge großartiger Dauer. Höchstens das Mausoleum des Hadrian dünkt mich eines Vergleiches wert, obwohl mir auch dieses, seit es in die Engelsburg umgewandelt ist, recht zusammengeschrumpelt erscheint. Die Küche von Fratta war ein Riesenraum, in dem unzählige hohe Wände gen Himmel strebten. Oben fanden sie sich in einem Gewölbe zusammen, unten sanken sie abgrundtief in die Erde. Dunkel war sie, nein schwarz vom Ruß der Jahrhunderte, und aus ihrer Schwärze funkelten eine Unzahl weitaufgerissener Satansaugen, die Böden der Schmortöpfe und der Kupferpfannen und die Bäuche der Krüge, die an ihren Haken hingen. Wo ihr auch tasten mochtet, überall standen Ungeheuer von Schenktischen, Schränken und Eßtafeln; und zwischen ihnen huschten zu jeder Stunde des Tages und der Nacht die Katzen, graue Katzen, schwarze Katzen, keiner kannte ihre Zahl. Sie machten die Küche von Fratta zur wahren Hexenküche. – Doch im Dunkel ihres Dunkels gähnte eine Gruft, schauervoll wie ein Schlund der Unterwelt, eine noch schrecklichere Höhle, deren Finsternis nur vom rot flackernden Schein der Holzscheite erhellt war und von zwei Luken, die grünliches Licht durch doppelt gezogene Kerkergitter siebten. Da prasselten die Kloben, da qualmte der Rauch in dichten Wirbeln, da summten und siedeten von früh bis spät die Bohnen in überlebensgroßen Töpfen, da hockten im Kreise auf knarrenden, rauchgeschwärzten Bänken schwerfällige, finstere, schlaftrunkene Gestalten. Läutete jedoch am Abend die Glocke zum Ave Maria, war das Gemurmel des *Angelus Domini* verklungen, so wandelte sich das Bild, und für jene kleine, dunkelumfangene Welt begannen die Stunden des Lichtes. Die alte Köchin entzündete an einer Lunte vier Lampen; zwei hängte sie unter den Mantel des Rauchfangs, die andern zu seiten einer Madonna von Loreto. Darauf stieß sie mit einem mächtigen Schürhaken kräftig zwischen die Glut, die unter der Asche schläfrig geworden war, und warf einen Armvoll Brombeer- und Wacholderreisig darüber. Das gelbliche Licht der Lampen floß zu ruhigem Schimmer zusammen; das Feuer prasselte und qualmte und blies Strudel ringelnden Rauches zum schrägen Balken zweier riesenhafter, messingbeschlagener Feuerböcke. Die ungleichen, abendlichen Bewohner der Küche traten aus der Hülle der Dunkelheit in den Kreis des Lichtes.

Der Herr Graf von Fratta war ein Mann von mehr als sechzig Jahren. Er saß tief und starr auf dem Lehnstuhl, als habe er erst in diesem Augenblick die Rüstung abgelegt. Aber solcher kriegerischen Haltung widersprachen ein wenig die Perücke mit dem Beutel, der lange aschgraue, scharlachrot benähte Rock und die Schnupftabaksdose aus Buchsbaum, die er stets in der Hand hielt. Zwar trug er einen kümmerlich dünnen Degen sperrig umgeschnallt, doch war die Scheide gewiß so verrostet, daß sie ebensogut hätte einen Bratspieß abgeben können; ich möchte übrigens nicht beschwören, daß in der Scheide wirklich eine Stahlklinge steckte, und vielleicht hatte sich der hohe Herr nie die Mühe genommen, nachzusehen. Der Herr Graf war stets so sorglich rasiert, als käme er gerade aus den Händen des Barbiers. Auch hielt er von morgens bis abends ein dunkelblaues Schnupftuch unter die Achsel geklemmt; und wiewohl er selten zu Fuß ging und nie ausritt, trug er Stiefel und Sporen, daß die eines preußischen Kuriers von Friedrich II. nichts dagegen waren. – Auf solche Weise erklärte er schweigend seine Vorliebe für die Preußen, und obwohl die Kriege in Deutschland schon lange zur Ruhe gekommen waren, zeigte der hohe Herr auch weiterhin gestiefelt und gespornt sein Mißvergnügen gegenüber den Kaiserlichen. Sprach der Herr Graf, so schwiegen auch die Fliegen, hatte er zu Ende gesprochen, so sagten alle, laut oder mit einem Nicken, wie es ihnen beliebte: Ja. Lachte der Herr Graf, so lachten flink alle mit; nieste er – wenn es auch nur vom Tabakschnupfen kam –, so schrien acht, neun Stimmen um die Wette: Wohlsein! Gesundheit! Langes Leben! Gott erhalte den Herrn Grafen! Stand er auf, so standen alle auf; verließ er die Küche, so holten alle, auch die Katzen, ganz tief Luft, als fiele ihnen ein Stein vom Herzen. Aber geräuschvoller als jeder sonst holte ein anderer Luft, wenn ihn der Herr Graf gnädig der molligen Muße des Herdes überließ, statt ihm zu winken, daß er ihm folge – der Sekretär der Geheimen Kanzlei. Leider geschah dieses Wunder selten. Gewöhnlich folgte der Sekretär dem Herrn Grafen wie sein Schatten. Er saß mit ihm nieder, er stand mit ihm auf, er wandelte mit ihm spazieren, und ihre Beine hielten gleichen Schritt, als marschierten sie im Takt eines Trommelwirbels. Am Anfang hatte manche Fahnenflucht des Schattens den Herrn Grafen bewogen, sich alle drei Schritt davon zu überzeugen, ob er wunschgemäß begleitet wäre. Da ergab sich denn der Sekretär in sein Schicksal und brachte die zweite Hälfte des Tages damit hin, dem Herrn das Schnupftuch aufzuheben, ihm bei jedem Nieser Gesundheit zu wünschen, seinen Aussprüchen zuzustimmen und ihm von den Kanzleigeschäften so viel zu sagen, als dem Gerichtsherrn willkommen sein mochte. So war etwa ein Bauer angeklagt, er habe sich die ersten Früchte des herrschaftlichen Gartens angeeignet. Der väterlichen Mahnrede des Sekretärs hatte er mit höhnisch-verächtlicher Geste getrotzt oder ihm hastig einen halben Dukaten in die Hand geschoben, um sich den Folterstrick zu ersparen. In solchem Falle berichtete der Sekretär, der Bauer habe aus Furcht vor der strengen Rechtsprechung Seiner Exzellenz um Gnade gefleht, seine böse Tat bereut und sich zu jeder Buße bereit erklärt, die ihm von Rechts wegen auferlegt würde. Alsdann holte der Herr Graf in einem mächtigen Atemzuge so tief Luft, daß der Riese Goliath eine Woche davon hätte leben können, und antwortete: Die irdische Gerechtigkeit muß im Einklang stehen mit der Güte Gottes; auch ich verzeihe dem, der wahrhaft

Reue fühlt. – Der Kanzleisekretär war wohl aus Bescheidenheit in seinem Aufzug so einfach als sein Herr glänzend und prächtig; doch riet ihm auch die Natur eine solche Bescheidenheit, denn er besaß den kläglichsten Körper von der Welt. Es hieß, er stelle sich kurzsichtig; aber er war es in besonderem Maße. Eine wahre Adlernase, platt, krumm und breit zugleich, eineMißgeburt etlicher Nasen, zierte ihm als Gordischer Knoten sein Antlitz, und der Mund darunter drohte so sperrangelweit geöffnet, daß sich die arme Nase ihrerseits, als habe sie Furcht hineinzufallen, nach oben zog. Die Beine in den Juchtenstiefeln strebten nach beiden Seiten auseinander, als wollten sie einer Gestalt, die jeder Windstoß umwerfen konnte, soviel wie möglich Halt geben. Spaß beiseite: ich glaube, zog man Stiefel, Perücke, Kleider, Degen und Knochengerüst vom Gewicht ab, so hätte der Geheime Kanzleisekretär von Fratta kümmerliche dreizehn Pfund gewogen, denn allein auf den Kropf, den er unter einer ungeheuren, weißen, gestärkten Halskrause zu verbergen suchte, kamen reichlich zwei Pfund. Bei alledem lebte er in dem glücklichen Wahn, er wäre alles andere als mißgestaltet; und von nichts redete er lieber als von schönen Frauen und Liebeshändeln.

Wieweit die Göttin Gerechtigkeit mit ihrem Diener zufrieden war, wage ich nicht zu entscheiden. Ich entsinne mich jedoch, daß auf der unüberdachten Kanzleitreppe Leute öfter mit finsterem denn fröhlichem Gesicht herabkamen. So wisperte man auch an den Audienztagen in der Vorhalle, wer gute Fäuste habe oder in andrer Weise laut rede und Dukaten in der Tasche trage, erhalte leicht vor diesem Tribunal Recht. Ich kann nur so viel sagen, daß ich nicht öfter als zweimal jemanden im Burghof habe foltern sehen, und beide Male traf dieser Brauch jämmerliche Kerle, bei denen es dessen gewiß nicht bedurft hätte. Glücklicherweise war der Büttel Marchetto, der die hohe und niedere Vollzugsgewalt ausübte, ein vernünftiger Mann, der den Strick so vorsichtig anzuziehen wußte, daß die Verrenkungen schlimmstenfalls am siebenten Tage heilten. Darum wurde Marchetto mit dem Beinamen der Knochenordner von den kleinen Leuten ebenso geliebt, wie der Kanzleisekretär gehaßt wurde. Was den Herrn Grafen anlangt, so blieb er verborgen wie das Fatum der Alten in den Wolken über dem Olymp; er war dem Haß wie der Liebe der Untertanen gleichermaßen entrückt. Sie zogen vor ihm den Hut wie vor dem Bild eines fremdländischen Heiligen, mit dem sie nicht vertraut waren, und fuhren mit ihrem Wagen in den Graben, wenn ihnen der Diener hoch vom gräflichen ›bombay‹ auf eine halbe Meile Entfernung zuschrie, sie sollten Platz machen.

Der Graf hatte einen Bruder, der ihm nicht im geringsten ähnelte. Er war Ehrendomherr am Dom zu Portogruaro, der rundlichste, glatteste, honigsüßeste Domherr des Bischofssprengels, ein wahrer Mann des Friedens, der seine Zeit weise zwischen Gebetbuch und Tafel teilte, ohne daß er dem einen oder andern merklich den Vorzug gab. Hochwürden Orlando war – wie der Taufname Orlando besagt – von seinem Herrn Papa nicht mit der Absicht gezeugt, daß er der Mutter Kirche geweiht werde. Der Stammbaum der Grafen von Fratta rühmte sich in jeder Geschlechterfolge eines ehrenbedeckten Kriegers; und so hatte man Orlando dazu bestimmt, die Familienüberlieferung im Heldenhaften fortzusetzen. Doch der Mensch denkt und Gott lenkt; diesmal wenigstens behielt das Sprichwort recht. Zunächst einmal zeigte sich der künftige General so überaus anhänglich an die Amme, daß es nicht möglich war, ihn vor Ablauf zweier Jahre zu entwöhnen. In jenem Alter war noch ungewiß, ob das einzige Wort, das er lallte, Papp-papp war oder Papa. Als er endlich auf den Beinen stehen konnte, rüstete man ihn mit Holzstecken und Papierhelmen aus; doch sobald ihm das geschah, entwischte er in die Kapelle und fegte lieber mit dem Küster den Boden. Wie schwer ihm die Liebe zu richtigen Waffen einging, zeigte sich schon daran, daß ihn bereits vor Tischmessern unwillkürlich schauderte, und Fleisch wollte er um alles in der Welt mit dem Suppenlöffel schneiden.

Sein Vater suchte diesen verwünschten Widerstand zu brechen, einer seiner Burgsoldaten mußte den kleinen Orlando auf die Knie nehmen. Doch der Schreck hätte unsern Helden fast zu Tode gebracht; rasch rettete ihn die Köchin auf ihren Schoß. Nach der Amme galt ihr seine zweite Liebe, und so wollte denn seine Berufung zum Krieger nirgend recht ersichtlich werden. Der damalige Geheimsekretär behauptete, Hauptleute äßen so gewaltig, und so könne der junge Herr mit der Zeit sehr wohl auch ein berühmter Hauptmann werden. Doch der alte Graf fand sich in dieser Hoffnung wenig getröstet; und er seufzte, wenn er den Blick von dem halbwegs wohlgenährten, schreckhaften Gesicht seines Zweitgeborenen zu den rauhen, kühnen, kräftigen Zügen auf den alten Familienbildern wandern ließ. Er hatte seine letzte Zeugungskraft an die ehrgeizige Hoffnung gewandt, daß er zu dem künftigen Glanz der Sippe einen Großmeister der Malteserritter oder einen Admiral der Durchlauchtigsten Republik Venedig beitragen würde. Wie sollte ihm nun die Erkenntnis behagen, er habe seine Kraft vergeudet, nur um das fürchterliche Maul eines Landsoldaten-Hauptmanns an seinem Tische sattzufüttern? Darum verdoppelte er seinen Eifer, Orlandos kriegerischen Geist zu wecken und zu entflammen. Doch die Wirkung gab dem Bilde, das er sich machte, nicht recht. Dieser Ritter Roland baute in allen Burgwinkeln Altärchen, sang laut und feierlich oder auch heimlich leise mit den Küstermädchen Messe, und sah er eine Flinte, so rannte er in die Küche und verkroch sich unter die Schenktische. Dann sollte strenger durchgegriffen werden; ihm wurde verboten, immerzu in die Sakristei zu laufen und, wie er es die Chorknaben der Pfarrkirche tun hörte, Abendmessen durch die Nase zu singen. Aber nun begann die über solchen Zwang empörte Mutter den Sohn offen zu verteidigen. Orlando spielte mit Freuden den kleinen Märtyrer, und da ihn die mütterlichen Zuckerplätzchen für die väterliche Schelte entschädigten, schien ihm der Priesterberuf mehr denn je dem des Soldaten vorzuziehen. Schon schnupperten die Köchin und die Hausmädchen an ihm ein Rüchlein von

Heiligkeit; als er das merkte, schwoll ihm der Kamm, und er begann den Hals zu verdrehen, um der frommen Verehrung der Frauen Nahrung zu geben. Und schließlich hatte der Herr Papa mit seinem kriegerischen Ehrgeiz die ganze Familie gegen sich. Sogar die Burgsoldaten, die zur Köchin hielten, schrien, wenn es der Lehnsherr nicht hörte, Zetermordio, daß man sich unterstehe, einen so offenkundigen Heiligen vom Wege des Heils abzubringen. Aber der Lehnsherr hatte einen harten Kopf; erst nach zwölf Jahren nutzloser Belagerung beugte er sich der Notwendigkeit, das Feld zu räumen und die künftigen Lorbeeren von Orlando in den Kasten der entschwundenen Träume zu packen.

Eines schönen Morgens wurde der Sohn hochfeierlich vor die Eltern gerufen. Der Graf thronte in der Haltung des unumschränkten Herrschers und runzelte gebieterisch die Stirn; doch im Grunde war er wankend und mürbe wie ein General vor der Übergabe.

»Mein lieber Sohn«, begann er, »die Waffenkunst ist eine edle Kunst.«

»Das mag wohl sein«, erwiderte der Knabe. Er hatte eine Heiligenmiene aufgesetzt, die nur leicht getrübt wurde von einem spitzbübischen Blick, den er der Mutter insgeheim zuwarf.

»Du trägst den hohen Namen Orlando.« Der alte Graf seufzte leicht. »Du hast doch die Dichtung von Ariost gelesen, deren Studium ich dir empfohlen habe?«

»Ich lese das Gebetbuch der Madonna«, sagte das Kind bescheiden.

Der Alte zog sich die Perücke in die Stirn. »Ganz gut und schön. Aber auch Ariost ist lesenswert. Roland war ein großer Ritter, der das schöne Frankenreich von den Mohren befreite. Und kenntest du das ›Befreite Jerusalem‹, so wüßtest du: der gute Gottfried hat das Grab Christi den Sarazenen nicht mit dem Gebetbuch der Madonna entrissen, sondern mit Schwerthieben und Lanzenstichen.«

»Gott sei Lob und Dank!« rief der Knabe. »Dann bleibt nichts mehr zu tun.«

»Du Faulpelz! Nichts mehr zu tun? Die Ungläubigen haben das Heilige Land wiedererobert. In diesem Augenblick herrscht ein Pascha des Sultans über Jerusalem, zur Schande der ganzen Christenheit.«

»So will ich zum Herrn beten, daß er solcher Schande ein Ende mache.«

»Was beten! Tun gilt es, tun!« schrie der alte Graf.

Hier mischte sich die Gräfin ein. »Entschuldigt, Ihr besteht wohl kaum darauf, daß unser Kind mutterseelenallein einen Kreuzzug unternimmt!«

»Er ist kein Kind. Er wird heute zwölf Jahre!«

»Und würde er hundert Jahre, er kann sich schwerlich in den Kopf setzen, das Gelobte Land zu erobern.«

Der Alte lief dunkelrot an. »Wir werden es gewiß nicht erobern, solange man die Kinder dazu erzieht, nach Weiberart den Rosenkranz zu murmeln.«

»Oh, Ihr solltet Gott nicht lästern«, erwiderte die Gräfin mit Geduld. »Der Herr hat uns einen Sohn geschenkt, der Gutes tun will; laßt uns ihm dankbar sein für seine Gaben.«

»Schöne Gaben!« brummte der Graf. »Ein Freßsack! Ein Einfaltspinsel! Halb Fuchs, halb Hase!«

»Was hat er schon Böses gesagt? Er will zu Gott beten, daß er die Stätten Seines Leidens und Seines Todes wieder in die Hände der Christen gebe. Das ist das Beste, was uns zu tun bleibt, jetzt, da sich die Christen gegenseitig die Kehlen durchschneiden und der Soldatenberuf eine Schule für Brudermord und Blutbad geworden ist.«

»Bei der Durchlauchtigsten Republik!« schrie der Graf. »Hätte Sparta Mütter gehabt wie Euch, so eroberte Xerxes die Thermopylen mit dreihundert Bechern Wein!«

»Nun, darum wollte ich mich auch weiter nicht grämen.«

Jetzt brüllte der alte Herr geradezu. »Was? Ihr wagt es? Ihr mißachtet Leonidas' Heldengeist und die Tapferkeit der spartanischen Mütter?«

»Je nun! Bleiben wir auf unserm Acker!« meinte die Gräfin.

»Besinnt Euch doch: Wir haben unsern Sohn Orlando holen lassen, damit wir uns klarwerden über seine wahre Berufung. Sollen wir uns in seiner Gegenwart über dieses alberne Zeug in die Haare geraten?«

»Weiber!« knurrte der Graf. »Hühner solltet Ihr aufziehen...«

Die Gräfin richtete sich hoch auf. »Mein Gemahl! Ich bin eine geborene Badoëra! Ich hoffe, Ihr stimmt mir bei, daß Hühner in unserer Familie nicht zahlreicher sind als in der Euren Kapaune.«

Orlando hielt sich schon eine gute Weile die Seiten. Bei der schönen Schmeichelei der Frau Mama platzte er laut heraus. Aber unter dem strengen Blick, den sie ihm zuwarf, wurde er still wie ein begossener Pudel.

»Seht Ihr wohl! Wir kommen vom Regen in die Traufe. Laßt Eure Launen beiseite; Ihr seht, sie sind Gott nicht genehm. Erforscht lieber das Herz dieses Kindes, wie es einem guten Familienvater zukommt.«

Verstockt biß sich der Alte auf die Lippen und zeigte dem Sohn ein so finsteres Gesicht, daß dieser erschrak, zur Mutter lief und den Kopf unter ihrer Schürze in Sicherheit brachte.

Der Graf sah nicht nach ihm hin, sonst wäre ihm die Galle übergelaufen. »Also, mein Sohn, Ihr könntet stattlich auf einem schönen, mit Gold und rotem Samt gezäumten Pferde sitzen, einen langen, blitzenden Degen in der Hand, und sechs Regimenter Schiavonen unserer Durchlauchtigsten Republik, deren jeder vier Ellen mißt, warten nur auf Euern Befehl, um sich in die krummen Säbel der Türken zu stürzen. Wollt Ihr das?«

»Ich will Messe singen«, heulte das Kind dumpf unter der Schürze der Gräfin.

Ach so, der Herr Sohn hatte den Kopf versteckt wie ein Fasan. Den alten Grafen packte die Wut. Er lief rot an, aber mehr vor Scham als vor Zorn.

»Dann geh ins Seminar, du Bankert!« schrie er und raste aus dem Zimmer.

Der kleine Schelm schluchzte, raufte sich die Haare und stieß den Kopf gegen die Knie der Mutter, denn damit tat er sich gewiß nicht weh. Sie nahm ihn tröstend in den Arm.

»Gewiß doch, mein Liebling, hab keine Angst! Du sollst Priester werden und Messe singen. O nein, du bist nicht geschaffen, wie Kain das Blut deiner Brüder zu vergießen!«

»Huh, huh, ich will im Chor singen, ich will ein frommer Mann werden!« brüllte Orlando.

»Ja, ja ... gewiß sollst du im Chor singen. Wir machen dich zum Domherrn, dann trägst du den Schultermantel und die schönen roten Strümpfe. Nicht weinen, mein Schätzchen. Also sucht uns der Herr heim, auf daß wir Seiner immer würdiger werden.«

Mit diesen Verheißungen gab sich das Kind zufrieden, und so wurde denn aus dem Grafen Orlando, seinem Taufnamen und dem väterlichen Widerspruch zum Trotz, Hochwürden Orlando. Doch sosehr die Kurie geneigt war, dem frommen Ehrgeiz der Gräfin Genüge zu tun, brauchte Orlando – denn er war kein Adler – nicht weniger als zwölf Jahre Seminar und weitere dreißig Jahre Gesuche, bis er das Ziel ihrer und seiner Wünsche erreicht hatte. Der alte Graf erlebte diesen Ruhm nicht mehr, er starb, viele Jahre bevor dem Sohne die roten Quasten über den Hut hingen. Aber man kann nicht sagen, daß der Abbé die lange Wartezeit geradezu verloren hätte. Vor allem erwarb er sich eine ziemliche Übung im Meßbuchlesen; und dann mußte seine Halskrause in einem Maße erweitert werden, daß er den Vergleich mit dem verzärteltsten, blühendsten seiner neuen Amtsbrüder getrost aushalten konnte.

In einer Burg, die in ihren Mauern zwei Würdenträger, einen richterlichen, den Kanzleisekretär, und einen geistlichen, Hochwürden Orlando, beherbergte, durfte die soldatische Berühmtheit nicht fehlen. Das war der Hauptmann Sandracca. Er wollte um jeden Preis als ein vier Ellen langer Schiavone der Durchlauchtigsten Republik Venedig gelten, wiewohl jeder wußte, er stammte aus Ponte di Piave. Sicher war er der längste Mann in der Vogtei. Die Göttin der Anmut und Schönheit hatte nicht an seiner Wiege gestanden, doch opferte er täglich eine gute Stunde, sich dreimal häßlicher zu machen, als ihn die Natur geschaffen, und übte immer vor dem Spiegel, wie er am kühnsten blicken, den Schnurrbart immer anders kräuseln, die Brauen möglichst furchterregend zusammenziehen könne. War der vierte Becher geleert, so gab es von der Belagerung von Troja bis zu der von Belgrad keinen Krieg, in dem er nicht wie ein Löwe gekämpft hatte. Wenn freilich die Geister des Weins verraucht waren, erzählte er etwas bescheidener, er habe in der Schlacht von Candia zwölf Wunden abbekommen, und er erbot sich jedesmal, die Hosen herunterzuziehen, damit man die Narben zählen könne. Weiß der Himmel, was es mit ihnen auf sich hatte! Sollte er mit seinen – wie er sagte – kaum fünfzig Jahren in einer Schlacht gekämpft haben, die vor sechzig Jahren geschlagen wurde? Vielleicht verwechselte er die Taten irgendeines Eisenfressers, die er von den Geschichtenerzählern auf dem Markusplatz gehört hatte, mit seinen eigenen Heldentaten. Der gute Hauptmann brachte leicht die Daten durcheinander; doch nie vergaß er, sich beim Verwalter am Monatsersten die zwanzig Dukaten Sold zu holen, die ihm als Befehlshaber der Burgsoldaten zustanden. Dieser Tag war sein Festtag. Vom Morgengrauen bis zum Mittag mußten zwei Trommler an allen Enden der Vogtei Lärm schlagen. War dann die Mannschaft nach Tisch im Burghofe versammelt, so trat er, ach so urhäßlich, aus seinem Zimmer, daß fast schon sein Anblick die Truppe auseinandersprengte. In der Faust hielt Sandracca einen Degen, lang genug, den Schritt einer ganzen Heeressäule zu regeln; den ließ er beim geringsten Fehler unbarmherzig auf alle Bäuche der ersten Reihe niedersausen. Da wich denn diese erste, bevor es so weit kam, flink auf die zweite zurück, und die zweite auf die dritte, und alles geriet so völlig durcheinander, wie es nicht ärger hätte kommen können, wenn die Türken erschienen wären. Der Hauptmann lächelte zufrieden und brachte die Truppe mit erhobenem Degen zur Ruhe. Darauf marschierten die zwanzig oder dreißig zerlumpten Kerle mit ihren Flinten, die sie wie Schippen schräg auf der Schulter trugen, unter Trommelklang zum Pfarrplatz. Doch da der Hauptmann mit seinen langen Beinen weit längere Schritte machte als die Kompanie, kam er stets allein ans Ziel, soviel sich die armen Soldaten beeilen mochten. Dann wollte er wütend mit dem Riesendegen auf das träge Gesindel lostoben; aber keiner war so dumm, hierauf zu warten. Ein paar liefen davon, andere sprangen über die Wassergräben, wieder andere schlüpften in die Türen und versteckten sich im Heu. Die Trommler verteidigten sich mit ihren Instrumenten. Dies war fast immer das Ende der monatlichen Truppenschau der Burgsoldaten in der Vogtei Fratta. Der Hauptmann verfaßte einen langen Bericht, der Sekretär tat ihn zu den Akten, und bis zum nächsten Monat sprach keiner mehr davon.

Heutzutage mögen solche politischen und militärischen Zustände wie Narrenpossen erscheinen: damals waren sie Wirklichkeit. Der Bezirk von Portogruaro, zu dem die Gemeinde Teglio mit dem Unterbezirk Fratta gehört, bildet jetzt den östlichen Rand der Provinz Venedig. Diese umfaßt die ganze an die Lagunen angrenzende Ebene vom Unterlaufe der Etsch in Polésine bis zum eingedämmten Tagliamento. Zu den Zeiten, von denen ich erzähle, war alles, wie es die Natur geschaffen und Attila hinterlassen hatte. Das Friaul gehorchte noch immer sechzig oder siebzig Familien, die, von jenseits der Alpen stammend, seit Jahrhunderten im Lande saßen und in den verschiedenen Gebieten die Gerichtsbarkeit innehatten. Sie herrschten nahezu unumschränkt; sie bildeten mit den freien Gemeinschaften und den Bauern das Parlament des Vaterlandes, das sich einmal im Jahr mit dem Statthalter, den Venedig nach Udine sandte, zur Beratung zusammenfand. Ich habe wenige Unterlassungssünden auf dem Gewissen, aber eine, die mich am meisten peinigt, ist die, daß ich nicht einem jener Parlamente beigewohnt habe. Es bot gewiß ein Schauspiel von ungemeinem Reiz. Wenige der Herren, die Recht sprachen, wußten etwas vom Gesetz, und die Abgeordneten des Bezirkes wußten davon natürlich noch weniger. Ich glaube nicht, daß alle Toskanisch verstanden; daß keiner es sprach, ist erwiesen genug aus ihren Erlassen oder Beschlüssen, die nach einer kleinen Einleitung in Latein ein Gemengsel von Italienisch, Friauler und Venezianer Dialekt aufweisen, daß es für jemanden, der lachen will, nicht unergötzlich ist. Aus alledem wird eines ersichtlich: Wenn das vortreffliche Parlament des Vaterlandes bei Seiner Durchlaucht dem Dogen um die Erlaubnis nachsuchte, über eine bestimmte Vorlage zu beraten, so war das betreffende Gesetz schon zwischen Seiner Exzellenz dem Statthalter und dem Hohen Rat der Zehn genauestens vereinbart. Es wäre kühn, zu leugnen, daß in jenen einleitenden Besprechungen auch die Rechtskundigen vom Gericht in Udine mitzureden hatten, zumal wenn sie schlau genug waren, mit den Plänen der Signorie übereinzustimmen. Natürlich blieben hiervon die Sachen des Privat- und Feudalrechts ausgeschlossen; die Burgherren hätten kaum geduldet, eine solche zu erörtern, und auch die Signorie hätte aus den ihr eigenen unerforschlichen Gründen, die oft der Furcht nahe kamen, nie gewagt, diese Herren eines Rechtes zu berauben. Hatte nun das Hohe Generalparlament die Erlaubnis erhalten, über eine Gesetzesvorlage zu verhandeln, so geschahen Vorschlag, Beratung und Annahme alles an einem Tag. Das war der elfte August, der Tag der Messe von San Lorenzo, an dem sich alle Stimmen des Parlaments am leichtesten in Udine vereinigen ließen. Und da keiner Lust hatte, während der Messe die eigenen Geschäfte über den öffentlichen zu versäumen, so hielt man für die letzteren ein Opfer von vierundzwanzig Stunden für völlig ausreichend. Darauf bat das Hohe Generalparlament die Allerdurchlauchtigste Republik, zu bestätigen, was es vorgeschlagen, beraten und angenommen, und war die Bestätigung eingetroffen, so gab am Festtage der Trompeter den Beschluß, den das Hohe Generalparlament gefaßt habe und unweigerlich ausführen werde, allem Volke kund und zu wissen. Darum waren nicht etwa sämtliche Gesetze, die auf solche Weise feierlich kundgetan wurden, ungerecht oder lächerlich, denn, wie der Herausgeber der Friauler Statuten sagt, *sotane Gesetze geben Zeugnis zugleich von Gerechtigkeit, Reife und Erfahrung und handeln allweil von lobenswerten und heilsamen Dingen*. Doch entsteht ein beträchtlicher Zweifel an dem Verdienste, dessen sich die hohen Abgesandten des Vaterlandes hierbei rühmen konnten. Es scheint, im Jahre 1672 habe Herr Carlo Contarini dem erlauchten Dogen die Notwendigkeit einiger Reformen nahegelegt. Nach etlichem Hin und Her veröffentlichte der Doge Domenico Contarini am 20. Mai 1673 die begehrte Erlaubnis. Darauf endlich kamen die Friauler Statuten heraus, die fortan bis zum Beginn unseres Jahrhunderts als Gesetz galten. Ein feierliches Vorwort gibt den Grund für eine solche Neuerung folgendermaßen an: *Es ward der Entschluß gefaßt, den Gesetzen des Vaterlandes Friaul eine andere Gestalt zu geben, sintemalen viele im Wandel der Zeit unanwendbar wurden, andere zweifelhaft, und zahlreich die Fälle, für die kein Recht vorgesehen usw. Und dieweil es sich in sotanen Gesetzen handelt um Wirkungen der Gerechtigkeit, so nicht nur von den Richtern selbst, sondern von allen wohl gekannt sein müssen usw., so haben wir uns entschlossen, vorliegende Urkunde in italienischer Sprache, so weitläufig und faßlich als möglich, zu schreiben usw. Um nun kundzutun, daß solches ersprießliche und lobenswerte Werk gut gegründet sei, beginnen wir mit dem ersten Gesetz*. Nun folgten Vorschriften über die Befolgung der christlichen Religion, über das Verhalten zu den Juden und über die Flüche. Ob auch letztere unter die »lobenswerten und heilsamen Dinge« rechnen, von denen, nach dem Herausgeber, die Gesetze handeln, möchte ich nicht annehmen, auch wenn ich der Auslegungskunst dieses Gelehrten den blindesten Glauben entgegenbringe. Dann kommen Vorschriften über die *Ruhetage, so zu Ehren Gottes eingeführt sind, und solche, so eingeführt sind, alldieweil die Menschen ihrer bedürfen, auf daß ordentlich und ohne weitere Zerstreuung geerntet werden könne, was die von der Hand Gottes bewässerte Erde hervorbringt*. Danach ist die Rede von Notaren, Bittstellern, Fürsprechern und Advokaten, bezüglich deren der Gesetzgeber äußert, *daß Waffen die Staaten zieren und Wissenschaften sie bewaffnen*, und hinzufügt, *alldieweil ihr Amt so gefährlich, müssen auch die rechten Mittel angewandt werden*. In den Prozeßvorschriften findet sich beim *falsch Zeugen* die weise Bestimmung, daß, *wer dabei im zivilen Recht überführt werde, solches mit einer Strafe von zweihundert Lire büßen oder, wann er sie nicht zu bezahlen vermöge, ihm die Zunge sollte verstümmelt werden*. Gehöre die Sache ins Strafrecht, so *solle gegen ihn die gleiche Strafe angewandt werden, so der verdienen würde, wider den sich sein falsch Zeugnis richte*. Abmachungen, Mitgiften, Testamente, Pachtverträge, Beschlagnahmen kommen in den nächsten Paragraphen an die Reihe. Das hunderteinundvierzigste Kapitel handelt besonders von den Mördern, *deren jeder, wann er in die Hand der Gerechtigkeit fällt* (ein damals recht seltener Fall, was die übermäßige Strenge des Gesetzes milderte), *dazu verdammt sein soll, am Halse aufgeknüpft zu werden, auf daß er sterbe*. Dann folgen die Verfallserklärungen, die Regeln über Weid- und Jagdrecht, und darauf ein Paragraph über gute Verwaltung, worin es *den Gemeinden verboten wird, die Angeklagten zu mehr als acht Soldi für jeden Frevel zu verurteilen*. Ein Kapitel mit der Überschrift *Die Burgen* enthält Gesetze für den Feudalbesitz. Und das letzte schließlich handelt vom *Verpachten der Häuser*, in dem mit väterlicher Vorsorglichkeit bestimmt wird, *daß, wer einen Pachtvertrag auf weniger denn fünfzig Jahre besitzt, den Ausweisungsbefehl wenigstens einen Monat vor Ablauf der Pacht haben müsse*. In diesem Zeitraum könne er sich Wohnung für weitere fünfzig Jahre besorgen. Nun, der Herr schenke ihm das Alter von Methusalem, daß er viele solche Pachtverträge abzuschließen vermöge.

Heute würde uns ein Gesetzbuch von nur etwa hundert Seiten, das in einen so ungleichartigen Stoff Ordnung bringt, fast unglaublich erscheinen; doch die Rechtsgelehrten des Hohen Parlaments fanden es offenbar ausreichend und schoben höchstens hie und da Gesetze und Ratschläge dazwischen über Vormundschaften, Pflegschaften, Zauberei sowie über die

Behandlung von Leuten, die mit den öffentlichen Beamten in Raufhändel gerieten; waren es Männer, dann mußten sie achtundvierzig, waren es Frauen, vierundzwanzig Soldi Strafe zahlen. Ferner ist aufgezeichnet, welche Preise gewerblich anerkannte Sachverständige nehmen durften, und ein ordentlicher Verweis für Bauern, die es wagten, an Feiertagen Fuhren zu machen. Äußerst klug scheint mir ein anderer Brauch: man solle eine Entschließung immer begründen; wo zum Beispiel festgesetzt wird, daß Vorladungen an verschiedenen Orten, wenn sie auf den gleichen Tag fallen, eine nach der andern in der ursprünglichen Reihenfolge erledigt werden sollen, fügt der Gesetzgeber als Grund hinzu: *weil eine Person nicht zur selben Zeit an mehreren Orten sein kann!* Die heutigen Gesetzbücher sind nicht so verständig, sie wollen, weil sie wollen; da lobe ich mir die Treuherzigkeit derer von Anno dazumal.

Das Amt des Rechtskundigen oder Richters müßte also mit diesen bequemen, kurz gedrängten Statuten ziemlich leicht gewesen sein. Aber da gab es ein kleines Hemmnis. Wo die Gesetze der Provinz nichts vorschrieben, trat das venezianische Recht in Kraft, und wer dieses dem Umfang und Durcheinander nach kennt, versteht ohne weiteres, wie verwickelt die richterlichen Geschäfte dadurch werden mußten. Und um das Garn vollends zu verwirren, kamen die Gewohnheitsrechte und als letztes das Feudalrecht hinzu, das in einem Lande, das so mit Burgen und Feudalgerichtsbarkeit gesegnet ist, natürlich zwischen alle Gesetze schlüpfen konnte.

Schließlich erbarmte sich die Durchlauchtige Signorie der endlosen Schwierigkeiten, in die solche willkürliche Rechtspflege mit der Unmenge von Gesetzen und Gesetzbüchern geraten mußte, und schickte auf das Festland eine wandernde Gerichtsbehörde. Sie bestand aus drei Inquisitoren als Rechtsbeiständen, die nun die Wunden *der sehr geliebten Untertanen und des armen Bauernstandes* mit kundiger Hand berühren und kräftig und schnell Abhilfe schaffen sollten. Diese drei reisten mit äußerster Gewissenhaftigkeit kreuz und quer durchs Vaterland Friaul, und die erste Frucht ihrer Wanderung war ein gepfefferter Erlaß über die Steuern, worin zum Schluß *die Herren Statthalter dringend ersucht werden, die Eintreibungen mit Eifer zu handhaben und nicht zu versäumen, von Zeit zu Zeit anläßlich widersetzlicher Schuldner etliche Pfändung von Hausrat, Pachtgeldern, Einkünften und Liegenschaften vorzunehmen, indem sie eben diese Besitzungen und Güter einziehen und zugunsten der Staatskasse verkaufen; und so sie solches nicht gewissenhaft ausführen, sollen sie ihr Amt und, je nachdem es der Gerechtigkeit gutdünkt, anderes einbüßen.* Von welcher Gerechtigkeit mag hier die Rede sein? – Nachdem nun dieses Gebiet mit einem halben Dutzend ähnlicher Erlasse schicklich geordnet war, wandten die hohen Herren Rechtsbeistände ihren Scharfsinn auf einen Gegenstand, der noch klarer auf den Vorteil der sehr geliebten Untertanen hinzielte. *Hinsichtlich der Weine von Istrien und Isola. Die Schwierigkeiten, so sich wider den Absatz dieser Weine erheben, erregen die Aufmerksamkeit der Behörden usw. und geben Anlaß, mit gegenwärtigem Erlaß öffentlich kundzutun, daß es gemäß den Gesetzen durchaus verboten ist, eine Art Wein, so von Lee und Isola über das Meer kommt, an irgendeinen Platz dieses Vaterlandes, unserer Provinz Friaul, einzuführen, wann nicht zuvor der Zoll in die Hand des Aufsehers am Orte Muscoli bezahlt und die Steuermarke gelöst ist.* Es folgen seitenlang Strafen. – Nunmehr meinten die Herren Rechtsbeistände zum unmittelbaren Nutzen des getreuen Vaterlandes ausreichend gewirkt zu haben und setzten Bekanntmachungen in die Welt hinsichtlich der Weinzölle, der Darlehen, hinsichtlich Öl, Salz und Tabak, hinsichtlich Schmuggelware; darauf folgte eine weitere, wahrhaft väterlich-fürsorgliche über verderblichen Aufwand. *Um zu hindern, daß aus Anlaß des Todes von Verwandten unnützer und überflüssiger Aufwand getrieben werde, so den Ruin der Familie herauffführt und sie am Ende so weit zugrunde richtet, daß sie ihren Pflichten nicht mehr nachkommen kann* (lies: Steuern zahlen usw.), bestimmt man unter anderm, *daß in keinem Falle die langen Überröcke, die sogenannten Trauerröcke, getragen werden dürfen; wer wider solches Gesetz handelt, zahle eine Strafe von sechshundert Dukaten, von welcher Summe ein Drittel dem Herrn Kämmerer gebühre, ein Drittel der Kasse der erhabenen Stadt Venedig und ein Drittel dem Angeber.* Ich vermute, nunmehr ließen sich alle, die in den letzten zehn Jahren einen Verwandten verloren hatten, an dem üblichen Trauerrock die Schöße verkürzen, um solches Vorrecht nicht so teuer zu bezahlen.

Lagen schon jene ersten Rechtsbeistände ihrem Amte offensichtlich mit hohem Fleiße ob, so taten das die folgenden zu noch größerem Vorteil der geliebten Untertanen. Ein Erlaß aus dem Jahre 1770 beschäftigt sich mit der Neuordnung der Landsoldaten, die von den Gemeinden und Grundherren zum Schutze der Sicherheit in den einzelnen Gerichtssprengeln ausgehoben wurden. *Die Herren Inquisitoren als Rechtsbeistände erlauben den Korporalen der Landsoldaten und den Hauptleuten der Hundertschaften* (der Hauptmann Sandracca war ein solches Haupt von hundert oder auch fünfzig oder zwanzig Landsoldaten, nach dem guten Willen der Untergebenen; und den Titel Hauptmann maßte er sich an, dank seiner glorreichen Waffentaten in der Vergangenheit) *erlauben ihnen, die ungeladene Flinte frei zu tragen, wann sie durch Städte und Festungen ziehen, niemalen aber in Kirchen, auf Festen und Märkten, noch wann sie Bürger begleiten. Auch ist ihnen in den Fällen von großen und kleinen Messen und auf der Streifwache erlaubt, außer mit der Flinte, mit dem Bajonett bewaffnet zu sein; verboten jedoch bleibt der Dolch, so schon in den alten Erlassen verpönt war, an welches Stelle jetzt das Messer getreten, eine für jede Gattung Soldaten abscheuliche, von allen Gesetzen verdammte Waffe, so wahrhaft schamlos gebraucht wird.* Dieser Paragraph richtete sich, mehr als gegen die Landsoldaten, gegen die übermächtigen Burgherren und ihre berühmten ›Häscher‹; solche Herren pflegten die verwegensten ihrer Soldaten bis an die Zähne zu bewaffnen und zwecks der üblichen Gewalttaten um sich zu haben. Zum Lobe der Grafen von Fratta muß jedoch gesagt werden, daß ihre Häscher im Gebiet als musterhaft friedlich galten und daß sie mehr der Mode halber denn aus Verwegenheit gehalten wurden. Der Hauptmann Sandracca, der alte Held von Candia, sah dieses Gesindel von, wie er sagte, irregulären Herumtreibern mit Schauder und hatte den Grafen dazu vermocht, daß sie in einen großen Raum in der Nähe des Stalles verbannt wurden. Nicht einmal der Büttel Marchetto, der sie nötigenfalls befehligte, durfte in der Küche erscheinen, bevor er im Flur die Pistolen und das stumpfe Messer abgelegt hatte. Der Hauptmann begründete seinen Schauder genau wie die Herren Rechtsbeistände, daß nämlich solche Waffen für jede Gattung Soldaten abscheulich sind. Er versicherte, er habe mehr Angst vor einem Messer als vor einer Kanone; und das konnte für Fratta, wo man nie Kanonen gesehen hatte, schon zutreffen.

Nachdem die schwierige Materie der Waffen so im großen geordnet war, gingen die Herren Rechtsbeistände an die nicht weniger wichtige des Geldes. Aber die erstere war so verrottet, daß noch im selben Jahr ein neues Verbot herauskam, *daß keiner Waffen tragen dürfe, so er nicht die besondere Erlaubnis vorweisen könne, und solches Verbot gelte auch für Kirchweihfeste oder öffentliche Feierlichkeiten*, mit der Anmerkung, *daß geheime Anzeigen, wo einer hiegegen verstoße, geheimgehalten und der Angeber mit zwanzig Dukaten solle belohnt werden.* – Nun, der Große Rat hatte mit dieser Materie seine Sorgen, und es regnete Erlasse. Aber schon das Übermaß war ein Zeichen für den geringen Erfolg.

Wirklich bot die Waffenaufsicht in solcher, in hundert verschiedene, entgegengesetzte, einander durchkreuzende Gerichtssprengel unterteilten Provinz einige Schwierigkeiten; denn diese grenzte an fremde Länder wie Tirol und die Grafschaft Görz, sie war überall durchfurcht von Flüssen und Wildbächen, auf denen nicht nur die Brücken, sondern auch die Boote fehlten, und sie schien damals zehnmal ausgedehnter als jetzt, weil die sich krümmenden, tief eingeschnittenen, erbärmlichen Wege die Reisenden eher hemmten als unterstützten. Auf der Strecke von Colloredo nach Collalto, die vier Meilen beträgt, schwitzten vor zwanzig Jahren, dessen entsinne ich mich, zwei flinke kräftige Pferde drei Stunden, um eine Kutsche hinter sich her zu schleppen, die genügend fest und dauerhaft gefügt war, daß sie den Stößen und Sprüngen der Löcher und Steine Widerstand leisten konnte. Ja mehr noch: jener Weg lief eine gute Meile in einem Graben oder Wildbach, den zu überwinden es unweigerlich der Hilfe zweier Rinder bedurfte. Die Fahrstraßen der Provinz waren nicht besser, und ein jeder kann sich vorstellen, wie es um die Vollzugsgewalt der Obrigkeit über Menschen, die auf allen Seiten durch so viele natürliche Hindernisse geschützt sind, bestellt sein mochte. Bei solchen Hindernissen sehe ich jetzt noch ab von der Faulheit und Käuflichkeit der Häscher, der Reiter und sogar der Geheimen Kanzleisekretäre, sie waren zu Unredlichkeiten beinahe gezwungen, um ihre höchst bescheidenen Gehälter aufzubessern und nicht von dem sprichwörtlichen Geiz ihrer Vorgesetzten abzuhängen. Unter solchen Vorgesetzten gab es zum Beispiel einen, der, statt seinen Sekretär oder Notar zu besolden, an den Steuern, die dieser eintrieb, teilzuhaben verlangte, und ebenso entsinne ich mich eines Notars, der die Leute um das Doppelte des Erlaubten strafte, um die Gier seines Gerichtsherrn zu befriedigen und zugleich selbst leben zu können. Ein anderer Burgherr pflegte, wenn er auf dem trockenen saß, höchst selber der Kanzlei einen erdachten Frevel anzuzeigen, um sein Teil von dem Gelde zu erwischen, das die verurteilte Partei dem prozeßführenden Beamten zahlen mußte. Von solcher Gesinnung waren der Gerichtsherr und der Kanzleisekretär von Fratta sicher nicht; doch erinnere ich mich auch nicht, daß ich ihre Rechtspflege je hätte zum Himmel heben hören. Trat jedoch der Sekretär aus seinem Schattendasein heraus und verlor sich nicht gerade in Geschwätz über Weiber und Liebeshändel, so jammerte er des langen und breiten über die Kärglichkeit der Tarife, die, wie er behauptete, jedem Gerichtsbeamten, der Sankt Peter nicht klipp und klar bewies, daß er Hungers gestorben, den Zugang zum Paradies unbedingt verwehrten. Mit welchem Recht er sich beklagte, will ich nicht entscheiden; ich weiß immerhin, daß das Verhör eines oder mehrerer Angeklagten tarifgemäß eine Lira einbrachte, das sind fünfzig französische Centimes. Wohlfeiler konnte die Gerechtigkeit den Untertanen kaum geboten werden. Ähnlich stand es mit den Briefen. Im Lande Friaul kostete ein Brief drei Soldi, und das war bei den verteufelten Wegen recht billig. Aber was nutzt das alles, wenn man zehn Briefe schreiben mußte, damit ein einziger ans Ziel kam, und auch dieser nur durch Zufall und oft viel zu spät! So also lebte man unter den Flügeln des Markuslöwen.

Nun, für alle, die viele Rechte und wenig Pflichten geerbt hatten und so fortzuleben wußten, bedeutete San Marco einen höchst bequemen Schutzherrn. Gegen diesen Meister im starren Festhalten am Bestehenden waren Metternich und Chateaubriand Waisenknaben. Wie San Marco das Friaul von dem Patriarchen von Aquileja erhalten, so hatte es dasselbe samt Rechtsprechung, Statuten und Parlamenten treulich bewahrt. Es war das Gespenst eines Gemeinwesens, das vom Beginn her wohl noch einen Keim von Lebenskraft in sich barg, aber unter den Flügeln des Löwen schließlich nur noch eine tiefe Gleichgültigkeit, ja eine müde Ergebung in die veralteten Gesetze der Republik verbarg. Die kurzen Streifzüge der Türken am Ende des fünfzehnten Jahrhunderts hatten diese äußerste Provinz Italiens mit einer grenzenlosen, fast abergläubischen Furcht erfüllt, so daß die Übergabe an Venedig, die uralte Siegerin über die Macht der Muselmänner, als Glück erschien. Aber die schlaue Unterhändlerin wußte, daß sie sich in dem neuen Gebiet ohne Waffengewalt nur mit Hilfe der Burgherren würde halten können, die zu neuer Macht gelangt waren, weil das Land sie bei den letzten Türkeneinfällen notwendig gebraucht hatte. Daher duldete sie die alten Feudalrechte und schleppte sie weiter, wie alles in jenem schon kranken, versumpften Leibe der Republik weitergeschleppt wurde. Diese Herren des Landadels hausten nach wie vor auf den Burgen, als ihre Standesgenossen schon seit dreihundert Jahren Stadtbewohner geworden waren; und die Tugenden alter Zeiten kehrten sich manchesmal in Laster, nun ihnen der Wandel aller Bedingungen die Luft nahm, in der sie gelebt hatten. Kraft wurde Wildheit. Stolz Gewalttätigkeit, und die Gastfreiheit schlug nach und nach um in den übermütigen, ungesetzlichen Schutz der schlimmsten Gauner. San Marco schlummerte, oder, wenn es aufwachte und strafte, wurde im Dunkel Gericht gehalten, und weil dieses Gericht geheim blieb, erregte es Schrecken und konnte kein Beispiel aufrichten. Inzwischen begann sich das Friauler Patriziat in zwei Parteien zu spalten; die eine war landesansässig, mehr grob und ungeschliffen und der Herrschaft der venezianischen Richter nicht eben geneigt, die andere venedig-freundlich, städtisch, vom langen Umgang mit dem Adel der Hauptstadt verweichlicht. Alte Familienerinnerungen und die Nähe von Österreich zogen die erste Partei auf seiten der Kaiserlichen, die zweite neigte aus einer Ähnlichkeit der Sitten immer eher zu einem knechtischen Gehorsam gegen die Regierung; die erste aufrührerisch von Natur, die zweite unterwürfig aus Unbedeutendheit, waren beide dem Lande nicht nur nicht von Nutzen, sondern von Nachteil. So dienten etliche Magnatenfamilien viele Geschlechter hindurch dem Hof in Wien, viele andere hingegen verschwägerten sich mit dem Adel vom Canal Grande und erhielten in der Republik höchst ehrenvolle Ämter.

Zu Zeiten von Maria Theresia wurden drei Burgherren vom Fuß der Alpen, ein Franzi, ein Tarcentini und ein Partistagno, beschuldigt, daß sie die Unruhe im Lande schürten und den Sinn der Behörden zugunsten der Kaiserin beeinflußten. Der Rat der Zehn ließ sie fleißig beobachten und stellte fest, daß die Anklage nicht falsch war. Mehr als alle hielt sich der Partistagno in seiner Burg, fast auf der Grenze von Illyrien, offen zu den Kaiserlichen, erklärte, er pfeife auf San Marco, und soff bei jedem Gelage auf den Tag, da der Herr Statthalter und –

so lautete sein Trinkspruch wörtlich – die andern, die »ins Wasser scheißen«, mit Fußtritten in den Hintern über den Tagliamento hinübergejagt würden. Alle lachten über so fromme Wünsche, und die Keckheit des Lehnsherrn wurde bewundert und so gut wie möglich von den Lehnsmännern und Burgherren der Umgegend nachgeahmt. In Venedig hielt man geheimen Rat und beschloß, die drei Unruhestifter sollten nach hier geladen werden, um sich zu rechtfertigen. Jeder wußte, daß eine solche Rechtfertigung unfehlbar die erste Stufe zu den Bleikammern war.

Also tauchte der gefürchtete ›Messer Grande‹ im Friaul auf mit drei gesiegelten Briefen, deren jeder in Gegenwart dieses Abgesandten entsiegelt und gelesen werden mußte; sie enthielten den Befehl, sich *ipso facto* nach Venedig zu begeben, um sich einer Prüfung durch den Hohen Rat der Zehn zu unterziehen. Solchen Befehlen wurde gewöhnlich blind gehorcht. Die Kraft des Löwen erschien den Entfernten und Unerfahrenen so fürchterlich, daß jeder Versuch einer Flucht für nutzlos galt. Der Messer Grande richtete also dem Franzi und dem Tarcentini seine feierliche Botschaft aus; beide beugten das Haupt und wanderten ohne weiteres in die Gefängnisse der Inquisitoren. Danach machte er sich mit dem dritten Brief auf den Weg zur Burg des Partistagno. Dieser hatte von der Unterwürfigkeit seiner Gefährten schon gehört und wartete ehrerbietig im großen Saal zu ebener Erde. Der Messer Grande trat ein, sein langer roter Talar fegte im Staube; er zog feierlich den Brief aus der Brusttasche, entfaltete ihn und verlas den Inhalt. Er las mit näselnder Stimme, *daß der Edle und Wohlgeborene Herr Gherardo Partistagno aufgefordert werde, binnen sieben Tagen zu erscheinen vor dem Hohen Rat der Zehn usw.* Der edle und wohlgeborene Herr Gherardo Partistagno hielt die Stirn auf die Brust gesenkt und zitterte an allen Gliedern, als vernehme er sein Todesurteil. Der Messer Grande sah diese bestürzte Haltung, sein Ton wurde immer drohender, und als er zuletzt die Unterschriften las, schnaubte ihm förmlich der ganze Schrecken, mit dem sich das Inquisitionsgericht umgab, aus den Nasenlöchern. Der Partistagno erwiderte mit unsicherer Stimme, er werde unverzüglich gehorchen, und winkte einem Diener mit der Hand, mit der er sich auf einen Tisch gestützt hatte, als befehle er Pferd oder Sänfte. Der Messer Grande wollte, übermütig, daß er, wie immer, auch diesen stolzen Lehnsherrn mit seinem Blitz zerschmettert habe, den Saal erhobenen Hauptes verlassen. Aber er hatte noch keinen Schritt getan, da stürzten sich sieben oder acht Häscher auf ihn, die der Partistagno am Tage zuvor aus einer Burg hatte kommen lassen, die er im Illyrischen besaß. Sie schlugen und traten so auf ihm herum, daß der arme Messer Grande bald nicht einmal mehr schreien konnte. Der Partistagno reizte diese Schurken mit allerlei Zuspruch:

»Gib's ihm, Natale! Los, auf die Pergamentschnauze! Ihr seht, wie flink ich gehorche. Hier auf meine Burg kommen und mir solche Botschaft bringen! Eine schöne Gaunerei! – Ha, wie bist du zugerichtet! Bravo, das habt ihr gut gemacht. Genug jetzt, genug, damit er noch Puste behält für den Rückweg und den trefflichen Herren von mir erzählen kann!«

»Verrat! Hört auf! Ich bin tot!« ächzte der Messer Grande, wand sich am Boden und versuchte sich mühsam aufzurichten.

»Nein, du bist nicht tot«, sagte der Partistagno. »Siehst du wohl? Du kannst sogar einigermaßen auf den Beinen stehen, und wenn du dein schönes rotes Kleid ein bißchen flickst, bleibt von dem häßlichen Vorfall keine Spur. Nun geh.« Und damit führte er ihn zur Tür hinaus. »Geh und melde in Venedig: Das Haupt der Partistagno empfängt von keinem Menschen Befehle, und wenn deine Herren mich aufgefordert haben zu erscheinen, so fordere ich sie auf, selbst auf meiner Burg Caporeto oberhalb Görz zu erscheinen und mich zu holen. Dann erhalten sie die dreifache Dosis von der Arznei, die du erhalten hast.«

Mit diesen Worten hatte er ihn in Sprüngen bis an die Schwelle der Burg geleitet, wo er ihm einen Stoß gab, daß er unter großem Gelächter der Zuschauer zehn Schritt weit auf dem Boden fortkollerte. Und während der Messer Grande, Knochen und Nase betastend, auf einer unterwegs requirierten Tragbahre gen Udine hinabreiste, eilte der Partistagno mit seinen Häschern flugs nach Caporeto und ließ sich im Gebiet der Durchlauchtigsten Republik Venedig künftig nicht mehr blicken. Die alten Leute erzählten, von seinen beiden in den Gefängnissen verschwundenen Gefährten habe man nie mehr etwas gehört.

Solche Sächelchen, die klingen wie von Sacchetti wiederausgegrabene Novellen, geschahen in Friaul vor hundert Jahren. Ja, so steht es um diese Gebirgsgegenden: auf ihren Graten von Granit bewahren sie den Abdruck alter Zeiten sehr lange. Doch das Friaul ist ein kleines Kompendium der ganzen Erde, es umfaßt Alpen und Moräste, Granit und Lagunengewässer, sechzig Meilen von Nord nach Süd, und daher fand sich auch die Kehrseite der Medaille. Auf der Burg Fratta sprach man, das weiß ich aus meiner Kindheit, von den Burgherren des Hochlandes immer mit Abscheu, so sehr lag die Anhänglichkeit an Venedig den guten Grafen im Blute. Sicher waren sie über die Erfrischung, die der Partistagno dem Messer Grande verabreicht hatte, mehr empört als die Inquisitoren selbst.

Aber dank der hohen und niederen, öffentlichen und privaten, gesetzgebenden und vollziehenden richterlichen Gewalt im Vaterlande Friaul bin ich für eine Weile von der Herdstatt der Burg Fratta abgeschweift. Ich erzählte von den Gestalten, die dort zur Zeit meiner Kindheit an den langen Winternachmittagen im Schein der beiden Öllämpchen und beim prasselnden Aufflammen des Wacholders zusammensaßen. Es waren der Graf mit seinem Schatten, Hochwürden Orlando, dazu der Hauptmann Sandracca, der Büttel Marchetto und Ser Andreino, der erste Mann der Gemeinde von Teglio, eine Art Mittelsmann zwischen der Herrschaft und den Bauern. Er ist eine Erscheinung, von der ich noch nicht gesprochen habe.

Man müßte lange reden, wollte man einen Begriff davon geben, was dieser ländliche Mittlerstand damals wirklich war, und ich wüßte nicht, wie ich es mir und euch erklären sollte. Was dieser Stand sein wollte, kann ich mit zwei Federzügen sagen. Solch ein ländlicher Mittelsmann spielte den ergebenen Diener auf den Burgen und den Vertrauten des Burgherrn und war daher der zweite Herr im Lande. Ein anständiger Charakter wandte diesen sonderbaren Ehrgeiz zum Guten, wer jedoch habgierig war, ein Schmarotzer oder ein schlechter Mensch, den zog dieser Ehrgeiz in die tiefsten Tiefen der Niedertracht. Ser Andreino gehörte zu den ersten. Schlau und ein großer Schwätzer, blieb er im Grunde ein herzensguter Kerl, der keiner Wespe, die ihn stach, etwas zuleide getan hätte. Einträchtig lebte er mit den Dienern und Pagen, dem Trompeter, der Küchenmagd und der Köchin und trieb, war der Graf nicht zugegen, manchen Scherz mit ihnen; auch half er dem Jungen des Verwalters beim Vögelrupfen. Doch kaum wurde der Graf sichtbar, war er plötzlich eitel Würde und achtete nur auf ihn, als sei es eine Entweihung, sich mit anderem zu beschäftigen, wenn er der Gegenwart eines Gerichtsherrn gewürdigt wurde. Er erriet als erster die Wünsche des Hohen Herrn und lachte, sagte ja, sagte nein, widersprach sich sogar, hatte er beim erstenmal nicht ins Ziel getroffen.

Da war weiter ein gewisser Martino, ehemals Kammerdiener bei Seiner Exzellenz Vater, der wie ein ausgedienter Jagdhund in der Küche das Gnadenbrot aß. Er stöberte zur Verzweiflung der Köchin auf den Schenktischen, steckte seine Nase in die Töpfe und brummte über die Katzen, die ihm zwischen die Beine gerieten. Aber er war taub und schwatzte ungern. Das einzige, was er noch leisten konnte, war das Käsereiben. Bei seiner vom Alter verstärkten Langsamkeit und dem in dieser Küche üblichen, ungewöhnlichen Suppenverbrauch mußte er viele Stunden am Tag an diese Mühe wenden. Ich höre noch das eintönige Kratzen der Krusten auf dem Reibeisen, auf und ab, wobei die Nägel recht wenig geschont wurden; und zum Lohn für diese Sparsamkeit waren die Fingerspitzen immer aufgerissen und mit Spinnweben verschmiert. Aber mir stünde es übel an, wollte ich mich über ihn lustig machen. Er war sozusagen mein erster Freund. Wohl mußte ich viel Atem verschwenden, um sein Trommelfell mit meinen Worten zu erschüttern; doch er vergalt mir diese Anstrengung in all den Jahren, die er um mich war, mit zärtlicher Liebe. Er sah nach mir, wenn mich eine Ungezogenheit bei der Familie in Acht und Bann getan hatte; er entschuldigte mich bei Hochwürden, wenn ich, statt ihm bei der Messe zu dienen, in den Garten entwischte, auf die Platanen kletterte und Nester suchte; er bezeugte meine Krankheiten, wenn der Pfarrer mit Katechismusstunden hinter mir her war: ja er schluckte für mich, wenn man mich ins Bett steckte, Rizinus und kräftigere Arzneien. Kurz, Martino und ich waren ein Herz und eine Seele. Kam ich in die Küche – bei der tiefen Finsternis, die dort den ganzen Tag herrschte, konnte ich meinen Freund nicht erkennen –, so führte mich ein inneres Gefühl schnurgerade zu ihm hin. Ich zerrte ihn an der Perücke oder ritt auf seinen Knien. War Martino nicht da, so wurde ich von allen gefoppt; ich war verloren und verlassen wie ein Küchlein ohne Glucke und trollte mich schließlich voller Wut. Nur ein Räuspern des Herrn Grafen konnte mich am Boden festwurzeln. Dann stand ich stocksteif; nicht einmal die Epiphanias-Fee mit ihren Gaben hätte mich von der Stelle gelockt; und erst wenn er die Küche verlassen hatte, gewannen meine Gedanken und Bewegungen ihre Freiheit zurück. Nie konnte ich ergründen, warum dieser lange, stolze alte Mann einen so sonderbaren Eindruck auf mich machte; vielleicht bannten mich wie einen Truthahn seine scharlachroten Litzen.

Ein anderer großer Freund von mir war der Burgbüttel Marchetto, der mich bisweilen aufs Pferd hob und auf seine vergnüglichen Ritte mitnahm, wenn er Verfügungen anschlagen oder ähnliche Befehle ausführen mußte. Vor Messern und Pistolen hatte ich keine Angst wie der Hauptmann Sandracca;

ich durchsuchte im Reiten die Taschen meines Freundes, stahl ihm den Dolch, schwang ihn keck und schnitt den Bauern, die des Weges kamen, tausend Fratzen. Einmal ritten wir wieder nach Ramuscello, um dem Vogte dort eine Vorladung zu bringen, und der Büttel hatte die Pistolen eingesteckt. Ich durchsuchte seine Taschen, obwohl er mir kurz vorher gehörig auf die Finger geklopft hatte, ließ den Drücker losschnellen – und zerschmetterte mir einen Finger; noch heute ist das oberste Glied verkrüppelt, ein Andenken an meine richterlichen Streifzüge. Übrigens heilte mich diese Strafe keineswegs von meiner Waffenleidenschaft, und Marchetto meinte, ich würde einen guten Soldaten abgeben: »Schade, daß du nicht oben in den Friauler Bergen wohnst, wo man die jungen Leute zum Kampf erzieht und nicht zur Jagd auf Bauernmädchen und zum Kartenspiel mit Priestern und alten Frauen.«

Martino behagten diese meine Ritte wenig. Die Menschen dortzulande machten, waren sie auch weniger händelsüchtig und gewalttätig als die vom Hochland, aus ihrem Herzen keine Mördergrube; wurde es ihnen zu bunt mit den Kanzleiverordnungen, dann trieben sie mit dem Büttel ihren Spott. Und dann sah bei dem heißen Blute von Marchetto niemand voraus, was geschehen konnte. Er beteuerte zwar, die Rücksicht auf meine Gesellschaft hindere ihn an Dummheiten; und ich meinerseits rühmte mich, ich würde ihm helfen die Pistolen laden oder mit meinem kleinen Messer wie ein Verzweifelter um mich stechen. Ich Knirps war tief beleidigt, daß die andern über dieses Sturmgeläute lachten. Martino schüttelte den Kopf. Von unsern Reden verstand er herzlich wenig; aber er murrte, es sei nicht klug, einen Knaben den Racheakten auszusetzen, die einem Büttel leicht begegnen konnten, wenn er auszog, um zu pfänden, Abgaben bekanntzumachen oder Gelder einzuziehen. Denn die gleichen Bauern, die unter den Burgsoldaten eine so traurige Figur machten und in der Kanzlei bei einem Blick des Beamten zitterten, wußten zu Hause oder auf den Äckern Flinte und Axt sehr wohl zu gebrauchen. Anfangs habe ich mich über ein solches Mißverhältnis gewundert; jetzt meine ich, den wahren Grund gefunden zu haben. Wir Italiener hatten immer eine natürliche Abneigung gegen Hanswurstiaden. Wohl lachen wir darüber recht gern; aber noch lieber lachen wir über die Menschen, die uns weismachen wollen, das seien wahre Wunderdinge, die einen tiefen Bückling verdienten. Diese Trupps von Männern nun, zusammengedrängt wie Schafe, beim Klang der Trommel angetreten, von den Fieptönen der Pfeife angefeuert, Männer, deren Mut von einem Kommandowort des Anführers geregelt wird – das erschien uns immer wie ein vortrefflicher Auftritt von Hanswursten; und das geschah, weil solche Auftritte meist zu unserm Nachteil und äußerst selten zu unserm Vorteil stattfanden. Da es sich nun leider so verhält, stimmt uns die Vorstellung, in besagten Auftritten als Puppe mitspielen zu sollen, dermaßen verdrießlich, daß sie uns jeden Willen zu einer guten Tat, jedes Gefühl von Würde aus der Seele jagt. Natürlich spreche ich von alten Zeiten. Heute mag das Bewußtsein eines großen Zieles in dieser Hinsicht unsern Charakter gebessert haben; doch auch jetzt hätte man, als Philosoph, wohl nicht unrecht, zu denken wie ehemals. Eines nun ist hundertmal gesagt und erprobt: daß ein Italiener Mann gegen Mann tapfer kämpft und es mit dem Tapfersten jedes andern Volkes aufnimmt. Doch leider ist es bei keinem Volke schwieriger als bei dem unsern, ein Heer zu bilden und es nach den Erfordernissen der neuen Kriegskunst beisammen und in Zucht zu halten. Napoleon freilich hat alle ein für allemal gelehrt, daß daran der Wert eines Volkes nicht zu Falle kommt, wohl aber Wille und Beharrlichkeit derer, die es führen. Und schließlich findet der Widerspruchsgeist, der uns so schwer auf den freien Entschluß verzichten läßt, außer in unserm unabhängigen, vernunftgemäß handelnden Charakter seine Entschuldigung in dem vollkommenen Mangel an militärischen Überlieferungen. Aber nun genug über die Untertanen des Gerichtssprengels von Fratta. Daß sie angesichts ihrer Obrigkeit zitterten, geschah, es braucht kaum erwähnt zu werden weniger aus Feigheit als aus jahrhundertealter Ehrerbietung und Scheu, wie sie ungebildete Leute vor dem, der mehr weiß als sie, stets empfinden. Ein Kanzleisekretär, der je nach Laune mit drei Tintenklecksen zwei, drei, zwanzig Familien aus ihrem Haus in Elend und Hunger jagen konnte, mußte diesen armen Teufeln etwa wie ein Hexenmeister erscheinen. Nun diese Dinge im allgemeinen auf gebahnteren Wegen gehen, blicken auch die Unwissenden die Gerechtigkeit weniger mißtrauisch an und erschrecken nicht mehr vor ihr, gerade als wäre sie eine Schwester des Galgens.

Im Kreise der Menschen, die zum Hause Fratta gehörten, pflegte der Pfarrer von Teglio, mein Katechismus- und Schönschreibelehrer, manche Stunden vor dem großen Rauchfang des Herdes zu verbringen. Er saß dem Herrn Grafen gegenüber und machte ihm eine tiefe Verbeugung, sooft der Hohe Herr das Wort an ihn richtete. Er war ein schöner, stattlicher Mann aus den Bergen, der die zierlichen Priester von dazumal nicht gerade liebte. Seine pockennarbigen Wangen erinnerten mich immer an unsern guten, fetten lombardischen Stracchinokäse »mit den vielen Augen«, wie die sagen, die ihn gern mögen. Er ging sehr langsam, sprach noch langsamer und versäumte nie, jede Rede in drei Absätzen aufzubauen, und diese Gewohnheit saß ihm so in den Knochen, daß er auch beim Essen, Husten und Seufzen in drei Absätzen essen, husten und seufzen mußte. Alle seine Bewegungen waren so sorgsam abgewogen, daß, hätte er seinem nahezu heiligmäßigen Leben zum Trotz wirklich eine Sünde begangen, unser Herrgott sich kaum hätte veranlaßt fühlen können, ihm etwas zu verzeihen. Sogar seine Blicke pflegten nicht ohne triftigen Grund umherzuwandern; mit Mühe brachen sie aus dem Hinterhalt der umbuschten Brauen. Der Herr Pfarrer war geradezu das Urbild der Absicht Gottes, das zur Erde herabgestiegen war, sich im Schoße einer Bäuerin von Clausedo zu verkörpern; dann wurde ihm vom Bischof von Porto der Scheitel geschoren und der längste, derbste

Überrock umgehängt, den die Daumen eines Priesters je zu fühlen bekamen. Die Hände zitterten leise, was seiner Schönschreibekunst nicht eben förderlich war; doch stützte er sie fest auf das Bambusrohr mit dem Knopf aus echtem Rinderhorn. Was seine moralischen Fähigkeiten betrifft, so war er als Kind des achtzehnten Jahrhunderts ein rühmliches Muster geistlicher Unabhängigkeit; denn unbeschadet der tiefsten Verbeugungen, die er dem Grafen machte, handelte er in der Seelsorge völlig nach eigenem Ermessen, und vielleicht sollten die Bücklinge nur sagen: Mein hochwohlgeborener Herr Graf, ich verehre und achte Sie: aber im übrigen bin in meinem Hause ich der Herr.

Ganz das Gegenteil, einen ausgesprochenen Angsthasen, besaßen wir in dem Kaplan von Fratta, der den Segen mit dem Küchenlöffel erteilt hätte, wäre dem Grafen dieser wunderliche Wunsch irgend in den Sinn gekommen. Beileibe nicht aus Mangel an Frömmigkeit! Aber der Ärmste wurde angesichts der Herrschaft so verwirrt, daß er wirklich nicht mehr wußte, was er tat. Er hockte da, als säße er auf Nadeln; und wollte man ihn, nun er tot ist, im Fegefeuer besonders quälen, so brauchte man ihn nur im Körper eines Hauslehrers wieder auf die Welt zu schicken. Niemand konnte wie er stundenlang stillsitzen, ohne den Blick zu heben oder den Mund aufzutun; doch verstand er außerdem die wunderbare Kunst, aus einer zehnköpfigen Gesellschaft zu verschwinden, ohne daß einer dessen gewahr wurde. Nur wenn er hinter dem Pfarrer von Teglio einherschritt, war sein Gesicht von einem Schimmer kirchlicher Würde überglänzt. Aber diese Nachfolge seines Oberen machte ihm sichtlich Mühe, und er war dann in seine Rolle so vertieft, daß er nicht hörte noch sah und glühende Kohlen wie Haselnüsse in den Mund gesteckt hätte, ein Versuch, mit dem der Verwalter einmal eine Wette gewann. Denn der Herr Ambrogio Traversini, Verwalter und Taxator auf der Burg Fratta, war auf diesem armen Amboß der Hammer. Die beiden lieferten ständig Possen und Späße, wie sie damals, da noch niemand Zeitungen las, auf dem Lande gang und gäbe waren. Hierbei zahlte natürlich der Kaplan die Zeche, und zum Ausgleich lud man ihn bisweilen zum Abendessen, ein Entgelt, das grausamer war als der bittere Spaß. Doch meist schickte ihm die Angst vor solchen Einladungen das Wechselfieber auf den Hals, und er brauchte sich nicht erst mit Lügen zu entschuldigen. Berührte nun sein Fuß nach diesen Burgbesuchen den Boden jenseits der Zugbrücke, so war er der glücklichste Mensch von der Welt und erntete seiner Leiden Lohn. Er hüpfte, rannte, rieb sich Hände, Nase und Knie; er schnupfte eine Prise Tabak, wisperte Stoßgebete, schob das Stöckchen von einer Achselhöhle in die andere, redete und lachte, fuchtelte mit den Armen, war zärtlich zu allem, was ihm begegnete, mochte es nun ein Knabe sein, ein altes Weib, ein Hund oder eine junge Kuh. Meiner Tücke gebührt der Ruhm, daß ich als erster den sonderbaren Jubel entdeckte, dem er sich überließ, sowie er der Burg entronnen war; und seitdem drängten sich nach seinem Weggang alle am Eßzimmerfenster, um das Schauspiel zu genießen. Den Verwalter erheiterte es so über die Maßen, daß er schwor, er spränge aus Begeisterung noch in den Fischteich; doch ist der arme Priester zum Glück der Anlaß solchen Todes nie geworden. Den größten Freudenausbruch seines Lebens leistete er sich damals, als er mit den Straßenjungen vor der Kirche wie toll das Fest einläutete. Aber an jenem Tage war er auch einer allzu bösen Gefahr entgangen. Auf der Burg weilte ein Prälat aus Porto, der Domherr von Sant Andrea, ein großer Gottesgelehrter, der mit der Unwissenheit anderer sehr wenig Nachsicht übte und der Gräfin in Vergangenheit wie Gegenwart seinen geistlichen Schutz angedeihen ließ. Er hatte sich mit Hochwürden Orlando und dem Pfarrer am Herde niedergelassen, wo sie über Moralsätze Dispute führten. Unser kleiner Kaplan, der sich nach allabendlicher Sitte erkundigen kam, wie der Herr Graf verdaut habe, wäre beinahe in die Falle geraten; aber schon halb in der Küche, hatte er die Stimme dieses geistlichen Herrn gehört und sich, von der

Dunkelheit begünstigt, mit Stoßgebeten an alle Heiligen des Kalenders aus dem Staube gemacht. Hatte er nicht allen Grund, aus Freude wie toll zu läuten?

Außer diesen beiden Priestern und andern Domherren und Abbés der Stadt, die Hochwürden von Fratta oft besuchten, erschienen alle die kleinen Machthaber und minderen Burgherren der Umgegend, eine Gesellschaft von trinkfesten Müßiggängern, Schelmen und lustigen Käuzen, die ihre Tage mit Jagden, Zwistigkeiten, Liebeshändeln und endlosen Gelagen hinbrachten und mit ihrem Schwarm der adligen Würde des Herrn Grafen Ehre antaten. Wenn sie auftauchten, gab es einen Heidenlärm. Das beste Faß Wein wurde angezapft, vielen Flaschen Picolit und Refosco der Hals gebrochen; und die jungen Mägde, die in der Küche halfen, brachten sich im Mühlgraben in Sicherheit. Die Köchin wußte nicht mehr, wo ihr der Kopf stand; sie lief hierhin und dahin, stieß Martino mit dem Ellbogen in den Magen, trat Hochwürden auf die Füße, drehte Enten die Gurgel ab und schlitzte Kapaunen den Bauch auf, und an Eifer übertraf sie nur der große Bratenwender, der kreischte und aus allen Getrieben Öl schwitzte, weil er vier oder fünf Spieße voll Hasen und Wildbret im Kreise drehen mußte. Im Saal und in zwei, drei angrenzenden Zimmern wurden Tafeln gedeckt; der große Ofen in der Galerie wurde angeheizt, der so gewaltig war, daß sein Schlund zu einer einzigen Mahlzeit nicht weniger als einen halben Klafter Holz verschlang. Obendrein, wohlgemerkt, mußte sich die Gesellschaft nach der ersten Glutwelle an die entfernteste Wand und in die Winkel flüchten, wollte sie nicht geröstet werden. Diese Herren vollführten einen Höllenlärm; der geistige Teil der Tafelfreuden wurde unter solchen Umständen irgendeinem jungen Doktor anvertraut, einem bescheidenen Priester oder einem Dichter aus Portogruaro, der nie verfehlte, beim Geruch der Kirmes herbeizueilen. Am Schluß der Tafel gab es gewöhnlich aus dem Stegreif ein Sonett, dessen Entwurf der Dichter wohl zu Hause hatte. Verließ ihn das Gedächtnis, so kam immer der gleiche Schluß, Entschuldigungen, daß die Gesellschaft »so frei gewesen« war, sich zwanglos zusammenzufinden und Wein zu trinken, und die feierliche Danksagung an die hohen Verdienste »des Grafen und der Gräfin«. Solchen Dank mußte allermeist ein schmucker, sorglich gepuderter Anwalt aufsagen, der in seiner Jugend vielen venezianischen Damen den Hof gemacht hatte und nun in Gesellschaft der Haushälterin von Erinnerungen und kleinen Ränken lebte. Mit ihm kam immer ein junger Taugenichts, Giulio Del Ponte, der sich einbildete, etwas feinere Verse zu schmieden, und seinen Spaß daran fand, dem Gefährten so häufig den Becher zu füllen, daß dieser das Gleichgewicht verlor. Die Komödie endete in der Küche mit großem Gelächter auf Kosten des Anwalts, und der junge Mann, der in Padua gewesen, wußte alles so geschickt zu wenden, daß ihm sein Opfer mehr denn je gewogen blieb. Dieser Giulio Del Ponte und ein bleicher, schweigsamer junger Mensch aus Fossalta, der Herr Lucilio Vianello, sind mir aus der halb bürgerlichen Rotte von damals als einzige im Gedächtnis. Unter den Rittern steht mir ein Partistagno, wohl ein Verwandter von jenem mit dem Messer Grande, noch vor Augen; er war groß, kühn, kräftig und von einer gewissen stolzen Zurückhaltung, die sich von der weinseligen Ausgelassenheit der meisten sehr abhob. Schon damals bemerkte ich zwischen ihm und Vianello scheele Blicke, die offenbarten, daß sie sich nicht sonderlich gewogen waren. Und doch hätten sich jene beiden am besten verstehen müssen, denn alle andern waren ein wahrer Dreck von Leichtsinn und Gaunerei.

Als ich meiner bewußt zu werden und die Hühner im Hof von Fratta zu jagen begann, war der einzige Sohn des Grafen schon seit einem Jahr in Venedig bei den Somaskerpatres, wo auch sein Vater erzogen worden war; daher entsinne ich mich seiner zu jener Zeit höchstens von einigen Kopfnüssen her, die er mir vor der Abreise verabreicht hatte, um mich seine Macht fühlen zu lassen, und ich war damals noch ein Kind, das eben anfing, Brotrinde zu nagen. Der alte Martino verteidigte mich auch da und zog den jungen Herrn heimlich an den Ohren. Dieser brüllte natürlich, daß sich die Balken bogen, und Martino erhielt vom Grafen eine ordentliche Kopfwäsche. Ein Glück nur, daß er taub war!

Die Gräfin als hohe Leiterin der häuslichen Geschäfte kam den Herdanwohnern nur zweimal des Tages zu Gesicht, das erste Mal am Morgen, wenn sie Mehl, Butter, Fleisch und alles, was zum Tagesbedarf gebraucht wurde, verteilte, das zweite Mal nach dem letzten Gang des Mittagessens, wo sie der Dienerschaft von den Speisen, die am Tisch der Herrschaft übriggeblieben waren, abgab und den Rest auf kleineren Platten für das Nachtmahl verwahrte. Sie war eine Navagero aus Venedig, eine hoch aufgeschossene, unfreundliche und nicht zu langen Reden geneigte Edelfrau, die durch ein Nasenloch Tabak schnupfte und keinen Schritt tat, ohne daß ihr die Schlüssel am Gürtel klirrten. Ihren Kopf zierte, auch als sie schon eine nicht mehr ganz junge Frau war, ein weißes, an den Schläfen rosa bebändertes Spitzenhäubchen; doch trug sie es wohl nicht aus Eitelkeit, sondern einzig, weil sie es so gewohnt war. Oben am Halse hing auf das schwarze Seidentuch ein kleines Diamantkreuz, das nach Aussage der Köchin allen Mädchen im Herrschaftsbereich hätte die Mitgift schaffen können. Und auf dem gräflichen Busen prangte in goldener Brosche das Bildnis eines schönen Mannes mit einer zierlichen Perücke aus Taubenflügelfederchen, das bestimmt nicht den Herrn Gemahl darstellte; denn diesen zierte eine übermächtige Nase, jenen hingegen ein lustiges Näslein, eine wahre Puppennase, so recht geschaffen für die zarten Düfte von Rosenwasser und neapolitanischem Blütenöl. Wenn ich es geradeheraus sagen soll, wie ich es später erfuhr, so hatte sich die Hohe Frau nur schweren Herzens in diese Ehe mit einem Burgherrn des Festlandes geschickt; sie war das überfeinerte, unterhaltsame Leben venezianischer Mädchen gewohnt und mußte meinen, sie falle in

Barbarenhände. Doch gezwungen, aus der Not eine Tugend zu machen, hatte sie dem Unglück dadurch zu steuern gesucht, daß sie den Gemahl von Zeit zu Zeit nach Venedig zog, und hier hielt sie sich für die Zurückgezogenheit der Provinz schadlos, trieb großen Aufwand, schwelgte in allen Feinheiten geselligen Umgangs und ließ sich von den zierlichsten Stutzern den Hof machen. Das Bildnis auf ihrer Brust stellte wohl den glücklichsten ihrer Anbeter dar; aber es hieß, er sei ganz plötzlich gestorben, eben, als er am Abend mit ihr in die Gondel stieg. Danach hatte sie von keiner solchen Kurzweil mehr wissen wollen und sich, zur großen Zufriedenheit des Herrn Grafen, für immer nach Fratta zurückgezogen. Als ihrem Anbeter dieses Unheil widerfuhr, war die Frau Gräfin gegen vierzig. – Nun verbrachte sie lange Stunden am Betpult, und wenn sie mir an der Küchentür oder auf den Treppen begegnete, so fuhr sie mir leicht über den Kopf, die einzige Zärtlichkeit, die ich meiner Erinnerung nach je von ihr empfangen habe. Eine Viertelstunde am Tage verwandte sie darauf, den Mädchen die Arbeit anzuweisen, und die übrige Zeit saß sie mit der Schwiegermutter und den Töchtern in einem Zimmer, strickte Strümpfe und las das Leben des Heiligen, der gerade an der Reihe war.

Damals lebte noch des Grafen Mutter, die alte Frau Badoëra, doch bekam ich sie nur vier- oder fünfmal zu Gesicht, denn sie war an den Rollstuhl gefesselt, und ich durfte kein Zimmer betreten außer dem der Kinderfrau, wo ich damals schlief. Die Gräfinmutter war eine ziemlich behäbige Dame von fast neunzig Jahren, aus deren Zügen natürlicher Verstand und Güte sprachen. Ihre trotz des Alters angenehme, ruhige Stimme hatte für mich einen solchen Zauber, daß ich mich oft mit dem Ohr am Schlüsselloch der Gefahr einer Ohrfeige aussetzte, nur um sie zu hören. Einmal überraschte mich das Kammermädchen beim Öffnen der Tür in dieser Haltung, und die alte Dame sah mich und winkte mich näher. Das Herz sprengte mir vor

Freude fast die Brust, als sie mir die Hand auf den Kopf legte und streng, doch ohne Schärfe fragte, was ich hinter der Tür tue. Zitternd vor Aufregung erwiderte ich in aller Unschuld, ich stehe dort, weil ich sie so gern sprechen höre, und ihre Stimme gefalle mir so gut, und mich dünke, die meiner Mutter müsse ganz ähnlich geklungen haben.

»Nun, Carlo, ich will immer in Güte mit dir sprechen, solange du mit gutem Betragen Güte verdienst. Aber niemand darf hinter der Tür horchen, und Kinder schon gar nicht; möchtest du mit mir sprechen, so komm herein und setze dich zu mir, und ich will dich lehren, so gut ich vermag, Gott zu bitten, daß du ein braver Junge wirst.«

Als ich so gute Worte hörte, liefen mir armem Teufel die Tränen in Strömen über die Wangen. Es war das erste Mal, daß jemand herzlich zu mir sprach; das erste Mal, daß mir jemand einen freundlichen Blick und eine Zärtlichkeit schenkte, und solche Gabe kam mir von einer alten Frau, die noch Ludwig XIV. gesehen hatte! – Ich sage gesehen, wirklich gesehen, denn der junge Gemahl der edlen Dame Badoëra, jener alte, auf Großmeister des Malteserordens und Admiräle so erpichte Graf, war wenige Monate nach seiner Hochzeit als Botschafter der Durchlauchtigsten Republik nach Frankreich gegangen, und dort am Hofe hatte die Gräfin zwei Jahre hindurch als Juwel geglänzt. Später in Fratta war sie ihrem Wesen treu geblieben; die Anmut ihrer Sitte und Sprache, die Größe und Reinheit des Gefühls, der Geist der Mäßigung und Milde hatte, auch als die Blüte der Schönheit gewelkt war, die Herzen der Untergebenen in der Heimat genauso mit Liebe erfüllt wie früher die der Höflinge von Versailles. Denn wahre Größe ist bewundernswert und wird bewundert, wo sie auch sei, und wird nicht kleiner noch als kleiner empfunden, sosehr sich der äußere Ort ihrer Erscheinung wandeln mag. – Ich weinte also heiße Tränen und drückte und küßte der ehrwürdigen Frau die Hände und gelobte mir in meinem Herzen, ich wolle von der Großmut, mit der sie mir erlaubt hatte, zu ihr zu kommen und mit ihr zu sprechen, oft Gebrauch machen. Da trat die wirkliche Gräfin, die mit den Schlüsseln, herein und geriet in helle Wut, als sie mich gegen ihren ausdrücklichen Befehl im Zimmer sah. Diesmal zog sie mich länger als gewöhnlich am Schopf und begleitete die Zärtlichkeit mit derber Schelte und dem in Ewigkeit gültigen Verbot, je wieder in diesen Räumen zu erscheinen, wenn ich nicht gerufen war. Als ich, mehr aus Wut heulend denn aus Schmerz, an der Mauer entlang die Treppe hinunterschlich, hörte ich noch aus dem Zimmer die Stimme der alten Frau, die, nicht ganz so sanft wie sonst, für mich zu vermitteln schien. Aber ein Zornausbruch der Gräfin und das heftige Zuwerfen und Verriegeln der Tür enthoben mich der Mühe, mir über das Ende des Auftritts den Kopf zu zerbrechen. So ging ich, einen Fuß vor den andern setzend, die Stufen hinunter und suchte Zuflucht in der Küche, um mich von Martino trösten zu lassen.

Auch diese Vertrautheit mit Martino mißfiel der Gräfin und dem Verwalter, der ihre rechte Hand war, denn seiner Ansicht nach sollte mein Erzieher ein gewisser Fulgenzio sein, der halb Mesner war und halb Schreiber beim Sekretär und auf der Burg im Geruche eines Spions stand. Aber ich mochte diesen Fulgenzio nicht leiden und spielte ihm bestimmte Streiche, die auch mich ihm unleidlich machen mußten. Einmal zum Beispiel – das war jedoch später, als ich zur Frühmette am Gründonnerstag hinter ihm im Chor saß – nutzte ich seine tiefe Andacht, um aus dem Rohr, womit man die Kerzen anzündet, den noch brennenden Docht zu lösen und ihm um den Zopf zu wickeln. Der Docht brannte herunter, der Zopf samt der Perücke fing Feuer, und Fulgenzio begann im Chor hin und her zu springen, und die Jungen mit den Fiedeln in der Hand tanzten um ihn herum und schrien: »Wasser! Wasser!« Es war ein herrlicher Wirrwarr, und erst nach einer halben Stunde konnte man in der heiligen Handlung fortfahren. Nie hat jemand den wahren Grund dieser ärgerlichen Geschichte erfahren, und ich, der ich in Verdacht geriet, stellte mich dumm; doch wurde ich auf jeden Fall einen Tag bei Wasser und Brot eingesperrt. Das trug gewiß nicht dazu bei, mir Fulgenzio angenehm zu machen, wie der Brand der Perücke ihn mir nicht günstiger gestimmt hatte.

Ich erzählte, daß die Gräfin den größten Teil ihrer Zeit damit verbrachte, in Gesellschaft der Töchter Strümpfe zu stricken. Die jüngste Tochter war damals ein ganz kleines Mädchen, ein paar Jahre jünger als ich, und schlief gleich mir mit der Kinderfrau Faustina im selben Zimmer. Pisana war ein sehr lebhaftes, unruhiges, ziemlich reizbares Kind mit schönen, großen, kastanienbraunen Augen und sehr langem Haar. Schon mit drei Jahren verstand sie sich auf die weibliche Kunst, zu bezaubern, und hätte den Leuten recht gegeben, die behaupten, Frauen seien niemals Kinder, sie kämen vielmehr mit allem Liebreiz und allen nur möglichen Tücken als fertige Frauen zur Welt. Es verging kein Abend, daß ich mich nicht vorm Schlafengehen über die Wiege beugte und Pisana lange betrachtete; da lag sie nun mit geschlossenen Augen, ein Ärmchen hing unter der Bettdecke hervor, das andere rundete sich um die Stirn, ein lieblich schlummernder Engel. Aber während ich mich an diesem Anblick labte, blinzelte sie plötzlich mit den Augen, setzte sich hoch, gab mir tüchtige Klapse und strahlte vor Freude, daß sie mich angeführt hatte. So etwas geschah nur, wenn Faustina nicht acht gab oder die Vorschrift der Gräfin vergaß, denn diese hatte ihr natürlich ans Herz gelegt, sie solle mich mit ihrer Kleinen ja nicht zu vertraulich werden lassen. Für mich gab es die Kinder von Fulgenzio, die mir noch viel verhaßter waren als ihr Vater, weswegen ich sie bei jeder Gelegenheit ärgerte, zumal seit sie dem Verwalter eines Tages hinterbracht hatten, daß ich der Komteß Pisana einen Kuß gegeben und sie von der Schafkrippe bis zum Fischteich getragen hatte. Doch kümmerte sich das Kind so wenig um anderer Leute Beobachtungen wie ich, schenkte mir weiter ihre Freundschaft und forderte kleine Dienste lieber von mir als von Faustina oder Rosa, dem andern Kammermädchen, der ›Beschließerin‹ aller gräflichen Kleider. Und ich war glücklich und stolz, endlich ein Wesen zu finden, dem ich mich nützlich glauben durfte, und setzte ein wichtiges Gesicht auf, wenn ich zu Martino sagte: »Gib mir ein schönes Stück Bindfaden, ich muß es Pisana bringen!« So wagte ich sie nur zu nennen, wenn ich mit ihm sprach; vor allen andern hieß sie die Komteß. Doch waren diese Freuden nicht ungetrübt, wie denn leider in der Kindheit so gut als in den andern Lebensaltern das Sprichwort gilt, daß keine Rose ohne Dornen ist. Kamen die Kinder hoher Nachbarn auf die Burg, zierlich geputzt, mit feingestickten Kragen und federgeschmückten Kappen, so ließ mich Pisana stehen und tat mit ihnen schön, und ich maulte nicht wenig, wenn sie so einherstelzte und den Hals drehte wie ein Kranich und die neuen Freunde mit ihrem süßen, unbefangenen Geplauder entzückte. Dann lief ich vor Faustinas Spiegel, um mich auch schön zu machen; aber ach, wie konnte das glücken! Meine Haut dunkel wie die von geräucherten Heringen, die Schultern kümmerlich, die Nase zerkratzt und voll Flecken, die Haare wirr und um die Schläfen steif wie die Borsten eines Stachelschweins, der Zopf, dieser lästige Schwanz, zerzaust wie bei einer Amsel, die mit Mühe und Not der Leimrute entwischt ist! Ich bearbeitete den Schädel mit dem Kamm, daß mir vor Mühe die Zunge aus dem Halse hing – vergebens; diese gräßlichen Borsten richteten sich sofort wieder auf. Einmal kam mir in den Sinn, sie zu salben, wie ich es bei Faustina sah; doch das Schicksal wollte, daß ich an die falsche Flasche geriet, und statt Öl schüttete ich mir Ammoniak, das für Krämpfe verwahrt wurde, über den Kopf. Eine volle Woche spazierte ich einher mit einem Misthaufengeruch, der einem den Magen umdrehte. Kurz, mit meiner ersten Eitelkeit hatte ich kein Glück, und statt mich der kleinen Pisana angenehm zu machen und sie von dem losen Spiel mit ihren Gästen abzubringen, bot ich ihr und ihnen Stoff zum Lachen, was mich von neuem wütend und nahezu mutlos machte. Zwar war ich Pisana zum Diener wieder gut genug, sowie die Fremden fort waren; aber der Unmut über solche Untreue schwand immer langsamer, ich fand ihre Launen zu wechselnd, ihre Tyrannei ein wenig hart, auch wenn ich mich nicht daraus lösen konnte. Das arge Mädchen achtete nicht auf meine Nöte. Vielleicht hatte sie mich durchschaut und verdoppelte die Quälereien, wie ich meine Ergebenheit und Liebe; denn es gibt Naturen, die dem, der sie glücklich macht, wohl Dank wissen – aber viel tiefer ist ihre Ergebenheit an den gebunden, der sie quält. Sind sie gut oder böse, klug oder sehr töricht? Ich weiß es nicht. Ich weiß nur, das Schicksal hat mich unter die Gebundenen gestellt, und ich habe solches Schicksal durch ein langes Leben schleppen müssen. Mein Bewußtsein sagt ja zu diesem Leben und Lieben, und so ist denn, was mich betrifft, all das recht und gut. – Doch muß ich wahrheitsgemäß bekennen, daß Pisana, so unbeständig, kokett und grausam sie sich schon im zartesten Alter zeigte, es nie an einer gewissen Großmut fehlen ließ, wie etwa eine Königin, nachdem sie einen zu kühnen Anbeter geohrfeigt und gründlich eingeschüchtert hat, danach bei dem König, ihrem Gemahl, zu seinen Gunsten sprechen würde. Manchmal küßte sie mich ab wie ihr Hündchen und würdigte mich des allergrößten Vertrauens, kurz darauf brauchte sie mich als Reitpferd und schlug mir mit einer Weidenrute rücksichtslos über Genick und Wangen. Wollten aber Rosa oder der Verwalter unsere Spiele nach dem Geheiß der Gräfin unterbrechen, so tobte sie, stampfte mit den Füßen und schrie: »Ich will mit Carlino spielen! Die andern mag ich alle nicht! Nur Carlino mag ich leiden!« und schlug um sich und brüllte, wenn man sie forttrug, bis endlich ihr Geschrei vor dem Nähtisch der Frau Mama verstummte. Diese Ausbrüche, ich muß es bekennen, waren der einzige Lohn für meine Selbstverleugnung, und sie mochten, wie mir später klar wurde, eher Stolz und Eigensinn ausdrücken als Liebe zu mir. Doch wir wollen nicht jetzt mit dem Urteil des Alters die Bilder trüben, auf die das Kind gläubig schaut. Oft bekam ich um unserer verbotenen Spiele willen Schläge und spürte die Schläge nicht und wanderte zufrieden und glücklich in meine Küche, um Martino zuzusehen, der Käse rieb.

Die andere Tochter der Gräfin, Clara, war schon ein Mädchen, als ich anfing, die Welt um mich her mit offenen Augen zu sehen. Sie war die Erstgeborene, blond, bleich und ernst wie die Heldin einer Ballade oder Shakespeares Ophelia, wenn sie auch sicher keine Ballade gelesen hatte und Hamlet auch nicht dem Namen nach kannte. Wohl vom langjährigen Umgang mit der kranken Großmutter strahlte ihr Gesicht den ruhigen Glanz zurück, der die Heiterkeit dieses Greisenantlitzes so ehrwürdig machte. Nie hat eine Tochter der Mutter alle Wünsche liebevoller von den Augen abgelesen als Clara der alten Gräfin; und sie erriet einen jeden, denn die beiden hatten sich so aneinander gewöhnt, daß ein Blick genügte, sich zu verstehen. Komteß Clara war von der Schönheit eines Engels, der, aus höheren Welten bei den Menschen sanft verweilend, rein auf unreiner Erde wandelt. Manchem Auge konnte sie kalt, ja stolz erscheinen, und doch besaß sie die anspruchsloseste Seele von der Welt. Sogar die Hausmädchen erklärten Komteß Clara für ein Vorbild an Sanftmut und Güte, und jeder weiß, daß, wenn es gilt, die Herrin zu loben, das Zeugnis zweier Mädchen so viel Wert hat wie ein Aktenbündel beschworener Aussagen. Wünschte die alte Gräfin einen Kaffee oder eine Schokolade, und es war gerade niemand im Zimmer, so setzte Komteß Clara nicht die Glocke in Bewegung, sondern ging lieber selbst und sagte der Köchin Bescheid, und während diese zusammensuchte, was sie brauchte, lehnte Clara leise die Knie an die Herdstufe und wartete geduldig, oder sie griff mit zu, wenn der Kessel vom Feuer genommen wurde. Während sie dort weilte, war die Küche nicht so dunkel und traurig wie alle Tage, sondern dünkte mich erhellt von einem himmlischen Schein.

Nun könnte mancher Leser fragen, warum ich in meiner Schilderung immer in die Küche zurückkehre und meine Personen in ihr und nicht im Speisezimmer oder im Saal eingeführt habe. Aber was ist natürlicher als dies! Die Küche war die Bleibe meines Freundes Martino und der einzige Ort, wo ich sein konnte, ohne daß mich einer ausschalt (was ich wohl der

Dunkelheit dankte, die mich der Aufmerksamkeit aller entzog), sie war die Zuflucht meiner Kindheit; wie der Städter gern an die Promenaden denkt, in denen er sich an den ersten Spielen vergnügte, so sind meine frühesten Erinnerungen umgeben vom Rauch und Dunkel der Küche von Fratta. Da sah und kannte ich die ersten Menschen, gewann und überdachte zum erstenmal Liebe, Kümmernisse und eigenes Urteil. Und mag mich später auch das Leben, wie andere Menschen, in vielerlei Räume, Orte, Länder geführt haben, so schweiften doch meine Träume immer wieder zurück in die Küche von Fratta. Pisana gruselte so sehr vor dieser düsteren, tiefen Höhle mit dem holperigen Steinboden und den Katzen, die dort hausten, daß sie nur selten, und nur, wenn sie mich mit ihrer Weidenrute verfolgte, einen Fuß hineinsetzte. Die zimperlichen Kammermädchen hoben die Röcke und rümpften die Nase. Nur Komteß Clara zeigte keinen Widerwillen vor meiner dunklen Zuflucht, und darum jubelte mein Herz, sowie ich sie sah, und wenn sie um ein Glas Wasser bat, so war ich glücklich, es ihr zu reichen. Mit welcher Anmut konnte sie sagen: »Danke, Carlino!« Dann verkroch ich mich in einen Winkel und dachte: Wie schön sind diese beiden Worte! Schade – Pisana hat nie mit einer so guten, herzlichen Stimme ein »Danke, Carlino« zu mir gesagt.

ZWEITES KAPITEL

Endlich erfährt der Leser, wer ich bin. – Ich schildere mein eigenes Temperament, die Gemütsart der Komteß Pisana und die Gewohnheiten der Burgherren von Fratta. – Weiter wird erzählt, wie sich die Leidenschaften der reifen Menschen sehr wohl schon in den Kindern abzeichnen. – Ich lerne lesen beim Pfarrer von Teglio, und Komteß Clara lernt lächeln beim Herrn Lucilio.

Nun wird die Leser des ersten Kapitels vor allem die Neugier geplagt haben, endlich zu erfahren, wer dieser Carlino ist. Es war mir nun einmal ergötzlich, euch durch ein ganzes Kapitel meines Lebens spazierenzuführen und immer von mir zu erzählen, ohne zu sagen, wer ich bin. Aber einmal muß ich es wohl verraten. So wißt denn, ich bin der Sohn einer Schwester der Gräfin von Fratta und daher ein richtiger Vetter der Komtessen Clara und Pisana. Meine Mutter hatte, ich möchte sagen, eine Ausreißehe geschlossen mit dem hochwohlgeborenen Herrn Todero Altoviti, Edelmann aus Torcello; das heißt, sie war mit ihm auf einer Levante-Galeere in die weite Welt gesegelt. Auf Korfu hatten sie dann geheiratet. Doch es scheint, meiner Mutter ist die Reiselust in Bälde vergangen, denn sie kehrte nach vier Monaten ohne Gemahl zurück, gebräunt von der Sonne von Smyrna und guter Hoffnung obendrein. Nach ihrer Niederkunft in Venedig schickte sie mich ohne weiteres in einem Körbchen nach Fratta, und so wurde ich am achten Tage nach meiner Geburt ein Gast der Frau Tante; ein wie willkommener Gast, kann jeder aus der Art meiner Ankunft schließen. Inzwischen hatte meine arme Mutter, die Venedig auf Geheiß der Familie verlassen mußte, mit einem Schweizer Hauptmann in Parma eine Wohnstatt gefunden. Als sie von da wieder nach Venedig gekommen war und die Familie vergeblich um Mitleid angefleht hatte, war sie bald darauf im Hospital gestorben, ohne daß ein Hund nach ihr gebellt hätte. Mit dieser Erzählung rührte mich Martino zu Tränen; aber ich habe nie erfahren, woher er alles wußte. Mein Vater, hieß es, sei in Smyrna nach der Flucht seiner Frau gestorben; einige versicherten, an gebrochenem Herzen, weil meine Mutter ihn verlassen hatte, andere, aus Verzweiflung über seine Schulden, wieder andere, an einer Entzündung, die er sich mit zu reichlichem Genuß von Cyperwein zugezogen. Doch hatte man Genaueres noch nicht ermitteln können. Bei den Levantefahrern lief auch ein Gerücht, er sei vor seinem Tode Türke geworden. Mochte er nun Türke sein oder nicht, mich hatte man in Fratta auf jeden Fall getauft, denn man wußte nicht, ob es in Venedig geschehen war, und da die Sorge um einen Namen dem Pfarrer überlassen blieb, nannte er mich nach dem Heiligen jenes Tages einfach Carlo. Der brave Priester hatte für keinen Heiligen des Paradieses eine Vorliebe und kaum Lust, sich um einen besonderen Namen den Kopf zu zerbrechen, und ich weiß ihm Dank dafür: denn die Erfahrung hat mir in der Folge gezeigt, daß San Carlo bestimmt nicht weniger taugt als die andern. Die Frau Gräfin hatte, als ich unversehens im Körbchen bei ihr ankam, ihr glänzendes Leben in Venedig erst seit ein paar Monaten aufgegeben; so könnt ihr euch vorstellen, ob sie beim Anblick des Korbinhaltes in einige Wut geriet. Was hatte sie gerade für einen Verdruß gehabt! Nun sollte sie gar noch ein Kind aufziehen, obendrein das Kind einer Schwester, die sich und die Familie in Schande gebracht hatte, die diese unmögliche Verbindung eingegangen war mit einem aus Torcello, einem halben Galeerensklaven, aus dem man nie so recht klug geworden! Also beehrte mich die Frau Gräfin, kaum daß sie mich erblickt, mit dem aufrichtigsten Haß, und ich bekam ihn allsogleich zu spüren. Warum sollte sie eine teure Amme ins Haus nehmen für ein Schlänglein, von dem niemand wußte, wo es hervorgeschlüpft? So überlieferte man mich der Sorge der Vorsehung und ließ mich, wie das Schweinchen des heiligen Antonius oder die vaterlosen Gemeindekinder, von einem Hause zum andern, von der einen

Mutterbrust zur nächsten wandern. Ich bin Milchbruder aller Menschenkinder, Kälbchen und Zicklein, die damals in der Burgvogtei Fratta zur Welt kamen, und hatte außer all den Menschen-, Kuh- und Ziegenmüttern auch alle alten Leute ringsum zu Freunden. Martino erzählte, wie er mir oft, wenn ich vor Hunger mit den Ärmchen fuchtelte, den üblichen Brei aus Wasser, Butter, Zucker und Mehl hatte bereiten müssen, den er mir so lange ins Mäulchen schmierte, bis er, in der Kehle angelangt, dem Weinen Einhalt gebot. Solche Speisung erhielt ich in vielen Häusern, wo die Brüste, die mich an jenem Tage nähren sollten, schon von einem gierigen, dicken Kind von achtzehn Monaten ausgesogen waren.

Nachdem ich so wie durch ein Wunder zunächst am Leben geblieben, kam die ruhmreiche Zeit der ersten Schritte, an der außer Martino der Burgpförtner Anteil hatte, der auch die Turmuhr aufzog und für unser Gebiet die Waffen schmiedete. Das war Meister Germano, ein Häscher vom guten alten Schlag, der möglicherweise etliche Morde auf dem Gewissen hatte; aber sicher hatte er es verstanden, mit dem Herrgott seinen Frieden zu machen, denn er sang und spaßte von früh bis spät, wenn er auf den Wegen Mist sammelte und auf seine Karre lud, um damit einen kleinen, vom Herrn Grafen gepachteten Acker zu düngen. Alle, die ihn in der Schenke mit wahrhaft patriarchalischer Heiterkeit seine Becher ›Ribola‹ trinken sahen, mußten zu dem Schluß kommen, es gebe im Kirchspiel kein ruhigeres Gewissen als das seine. Im Gedanken an ihn kann ich mich der Einsicht nicht verschließen, daß sich jeder mit seinem Gewissen einrichtet, wie es ihm gefällt; denn der eine plagt sich mit dem Vorwurf eines schweren Verbrechens, während der andere über so etwas ruhig sein Ei schlürft. Meister Germano hatte in seiner Jugend im Dienste des Burgherrn von Venchieredo wohl etliche umgebracht: nun, das mochte dieser Herr mit dem lieben Gott in Ordnung bringen – er, Meister Germano, hatte wie üblich zu Ostern gebeichtet und fühlte sich unschuldig wie Quellwasser. Das waren nicht etwa Schleichwege, die er wählte, weil er sich unsicher gefühlt hätte – nein, es war die Staatsstraße des guten Gewissens, und auf ihr wandelte seine Seele dreifach gepanzert gegen allen Trübsinn der Welt. Nun er bei den Burgherren von Fratta als Söldnerführer in Diensten stand, hatte er das Rosenkranzbeten gelernt, worin sich seine neue Herrschaft wesentlich von der früheren unterschied; und so war denn der alte Adam abgelegt. Als er endlich mit siebzig Jahren in den Ruhestand versetzt wurde und nur mehr das Tor hütete und über den Stundenschlag wachte, hatte er den festen Glauben gewonnen, der Weg zur Papstwürde könne nicht anders sein als der, den er im Leben eingeschlagen. Natürlich waren Martino und Meister Germano nicht immer der gleichen Ansicht. Der eine konnte Beichtbruder eines Patriziers vom Rialto sein, der andere war zu allen Gaunereien und Gewalttaten der Häscher von dazumal erzogen; Martino Kammerdiener eines Burgvogtes mit gepuderter Perücke, geübt in vorsichtigen Umgangsformen, Meister Germano bewaffneter Begleiter des rücksichtslosesten Burgherrn der Niederung. Wenn die beiden in Streit gerieten, so zogen sie mich mit hinein, und jeder wollte mich dem Gegner abspenstig machen, indem er sich größerer Rechte auf mich rühmte. Doch meistens lebten sie in Frieden, duldeten einander schweigend und freuten sich gemeinsam an den Fortschritten, die meine Beinchen machten; sie hockten, einer hier, der andere da, auf der Burgbrücke, und ich wackelte wie ein Kreisel zwischen ihren fürsorglich ausgebreiteten Armen. Kam die Gräfin zufällig zum Nachmittagsspaziergang heraus und überraschte die beiden bei solchen erzieherischen Übungen, dann warf sie jedem einen vernichtenden Blick zu; und geriet ich ihr gar zwischen die Beine, so geruhte sie mich schon damals in der üblichen Weise am Schopf zu ziehen. Dann brüllte ich und barg mich, vor Schrecken zitternd, in den Armen von Martino, und die Gräfin ging ihres Weges und brummte über die Kindereien der ›beiden verrückten Alten‹, wie meine Erzieher bei den Bewohnern der Küche hießen. – Wie dem auch sei, dank der beiden verrückten Alten lernte ich fest auf den Beinen stehen und auch flink und weit bis unter die Pfarrlinde laufen, wenn ich unterm Torgang das weiße Häubchen der Frau Tante auftauchen sah. Nun die Arme seit einem halben Jahrhundert tot ist, wage ich, sie Tante zu nennen; denn damals mußte ich sie, sobald ich imstande war, ein Wort auszusprechen, auf ihren Befehl ›Frau Gräfin‹ nennen, und dabei blieb es auch später. Unsere Verwandtschaft wurde in gegenseitigem Übereinkommen vergessen. Damals nun, als ich größer wurde und durch meinen ständigen Aufenthalt auf der Brücke ihr Mißfallen erregte, dachte man auch daran, mich jenem Mesner Fulgenzio anzuvertrauen, dessen Charakter ich euch schon geschildert habe. Die Gräfin meinte wohl, wenn ich mit seinen Kindern spielte, hielte ich von ihrer Pisana den gewünschten Abstand; doch damit weckte sie nur den Widerspruchsgeist, der auch in Kindern lebendig ist, wo ihnen ein Befehl sinnlos erscheint, und ich haftete eher fester denn je an meiner launischen Gebieterin.

Nun wurden uns allmählich die Spiele zu zweit langweilig, und so verbündeten wir uns mit der gesamten Kinderschar der Umgegend, zum großen Ärger der Kammermädchen, die uns, aus Furcht vor der Herrin, Pisana wegholten, sobald sie sie in unserer Mitte sahen. Freilich ließ sich diese nicht einschüchtern; und da sowohl Faustina wie Rosa ihre Liebhaber im Kopfe hatten, fehlte es ihr nicht an Gelegenheit, zu entrinnen und sich wieder unter uns zu mischen. Mit dem Wachstum unserer Rotte wuchs auch in Pisana die Sucht, etwas Besonderes darzustellen; und da sie, wie ich sagte, ein allzu aufgewecktes Mädchen war und gern schon das Weibchen spielte, begannen Liebeshändel, Eifersüchte, Heiraten, Scheidungen und Versöhnungen – Kindereien natürlich; doch zeichnete sich schon darin ihr Charakter. Auch war kaum alles so ganz unschuldig, und ich wundere mich, daß man nicht besser auf die Komteß achtgab. Sie kugelte sich im Heu, geriet mit dem und jenem querüber, spielte Hochzeit und tat, als schlafe sie mit ihrem Mann; ja, ihr waren in so zarten Zuständen alle Zeugen ungelegen, und sie schickte sie weg. Wer hatte sie diese Künste gelehrt? Das könnte ich euch wirklich nicht sagen; ich glaube, sie war mit solcher Weisheit durchtränkt zur Welt gekommen. Worüber man jedoch erschrecken mußte, war, daß sie einen Liebhaber oder Ehemann nie länger als zwei Tage behielt. Sie wechselte mondenhaft. Die Dorfkinder, die sich verschämt und mehr aus gewohnter Unterwürfigkeit zu diesen Komödien hergaben, kümmerten sich nicht weiter um die Rolle, die sie spielten. Anders stand es um mich, der ich ein bestimmtes Bild von Hingabe im Herzen trug. War ich in Ungnade und mußte Pisana mit dem Verwalterjungen oder dem Söhnchen des Apothekers von Fossalta allein lassen, so ärgerte ich mich grün und gelb, und das Herz wollte mir brechen. Ach, sie war nicht einmal besonders wählerisch, sie wollte nur den Wechsel. Es ist ja wahr, die ärgsten Schmutzfinken und Flegel wurden ihr rascher langweilig als die andern. Nun ich ruhig darüber nachdenke (das alles ist ja fast achtzig Jahre her), konnte ich mir damals etwas einbilden, denn nur ich erfreute mich ihrer Gunst bisweilen drei volle Tage, und kamen die andern Bürschchen jeden Monat an die Reihe, so ich beinahe jede Woche. Flatterhaft und überheblich pflegte Pisana den Abschied zu erteilen; doch wie verführerisch wußte sie zu girren, wenn sie jemanden zu sich lud! Allerdings mußte ihr jeder unbedingt gehorchen und sie lieben, wie sie es befahl, und wehe dem, der nicht obendrein zu allem lächelte; denn sah sie den Liebhaber ein Mäulchen ziehen, so war sie tückisch genug, ihn zu prügeln. Ich glaube, nie wurde ein Liebeshof von einer einzigen Frau mit so selbstherrlicher Härte regiert.

Wenn ich bei diesen kindischen Zwischenspielen lange verweile, so geschieht es vor allem aus dem einen Grunde, weil sie mir nicht so kindisch erscheinen wie den Moralisten sonst. Ich lasse gelten, daß auch Kinder für ihre Tücken Spielraum brauchen; aber mich dünkt eine Freiheit, in der die Sinne oft früher gereizt werden als das Gefühl, keineswegs angemessen und gewinnbringend, da sie das schöne Ebenmaß der sittlichen Kräfte für das ganze Leben aufs höchste gefährden kann. Wie vielen Männern und Frauen von großem Verstand ist aus den Gewohnheiten der Kindheit als Erbe das beschämende Bedürfnis nach Ausschweifung geblieben! Wir wollen offen darüber reden.

Das Bild der Pflanze, die sich im zarten Alter je nach der Fähigkeit des Pflegers ziehen und aufrichten läßt, ist für den Menschen schon so oft angewandt, daß ich ein anderes Bild wählen möchte, nämlich das Gleichnis des künstlich erzeugten Ableitungsgeschwüres, das, einmal geöffnet, sich nicht mehr schließen kann; die schlechten Säfte strömen hier zusammen, und man muß sie austropfen lassen, weil sie sonst den ganzen Organismus verderben. Sind einmal die Sinne wach geworden, so wird freilich die Vernunft in Erscheinung treten, sich ihrer zu schämen oder ihre schmähliche Macht zu beklagen; aber woher die Kraft nehmen, sie niederzuzwingen, sie an den ihnen gebührenden Platz von Untertanen zurückzuleiten? – Die Entwicklung verläuft, wie ihr am Anfang der Weg gewiesen wurde, trotz des Klageliedes der Vernunft und der Schamröte, die dem Menschen darüber aufsteigt; und so bilden sich denn jene Doppelwesen, in denen Verderbtheit der Sitten mit Höhe des Verstandes, und bis zu einem gewissen Maße auch Höhe des Gefühls, verschmilzt. Sappho und Aspasia gehören der Geschichte an, nicht der griechischen Mythologie, und sie bezeichnen zwei Typen von Seelen, die großer Leidenschaften, doch keiner großen Liebe fähig sind, wie sich viele bilden zu einer Zeit wie der unsern, wo Kinder dank der Zügellosigkeit der Sinne aufhören unschuldig zu sein, noch bevor sie schuldig werden können. Man wird dagegen einwenden, daß die christliche Erziehung später die verderblichen Wirkungen jener ersten Gewohnheiten aufhebt. – Ganz davon abgesehen, daß die Zeit, in der man zerstört, vergeudet ist, da man ja inzwischen hätte bauen können, glaube ich, daß eine solche religiöse Erziehung das Übel eher verhüllt als tilgt. Alle wissen, welche Qualen Sankt Augustin und Sankt Antonius erduldeten, um die Fleischeslust zu zähmen und über die Versuchungen Herr zu werden; jetzt erheben sicher wenige den Anspruch, heilig zu sein wie sie, und wie viele wollt ihr ausfindig machen, die um solcher Wirkungen willen die gleiche Entsagung üben? Hieraus geht nur hervor, daß alle sich drein ergeben, die Dinge zu nehmen, wie sie sind, zufrieden, wenn sie – nach dem Ausspruch und Rat von Ariost – die Schicklichkeit wahren wie die Katze, die schlau allen Schmutz mit Erde bedeckt. Junge und Alte, Große und Kleine, Gläubige oder Ungläubige, nur wenige wollen Mühe daran wenden, ihre Leidenschaften zu bekämpfen und die Sinne in den Raum der eigenen Seele, der ihnen von der Natur bestimmt ist, hineinzunehmen. Nun, das Übel ist da, und unser Jahrhundert darf nicht mehr hoffen, es mit Büßerhemden und Abtöten der Fleischeslust zu heilen. Doch viel könnte die Erziehung tun, indem sie Vernunft, Willen und Kraft ausbildet, bevor die Sinne die Vorherrschaft gewinnen. Ich bin kein Frömmler, und ich predige nicht für das bloße Heil der Seelen; ich predige für das Heil aller und für den Vorteil der Gesellschaft, der doch die Gesundheit der Sitten nützlich und notwendig ist, wie die Gesundheit der Säfte dem Gedeihen des Leibes. Physische Kraft, Beständigkeit der Gefühle, Klarheit der Gedanken und die Fähigkeit, Opfer zu bringen, sind dann die Folgen dieser sittlichen Gesundheit, und alle wissen, wie solche wunderbaren Gaben, wenn sie sich mit den einzelnen Menschen durch lange Gewohnheit fest verbunden haben, ein ganzes Volk erneuern, behüten und zu rascher Entfaltung bringen können. Sinnenverhaftete Sitten hingegen bewirken, daß die Seele nie sicher ist, ob nicht niedere, unwürdige Bedürfnisse sie von einem edlen Ziel abziehen; ihre erkünstelte Begeisterung verpufft oder wird zum wenigsten ein Auf und Ab von Anstrengungen und Stürzen, von Mühen und Beschämung, von Arbeit und Langeweile. Wo solche Sitten unter dem glänzenden Flitter unserer Zivilisation brandig geworden, hat sich der Wille gewandelt in Ehrgeiz, die Tat in Worte, Worte in Geschwätz; und dann zielt die Wissenschaft nur mehr auf Nützlichkeit, Eintracht wird unmöglich, das Gewissen käuflich, das Leben gedankenlos, langweilig, verabscheuungswert. Wie sollten auch Millionen von Menschen, deren keiner für eine Spanne von drei Monaten einer Stetigkeit fähig ist, zwei, zehn, zwanzig Jahre in einer hohen nationalen Anstrengung kraftvoll aushalten? Nicht die Eintracht mangelt, sondern die Möglichkeit der Eintracht, die in Kraft und Beharrlichkeit ihre Wurzel hat. Die Eintracht unfähiger Menschen kann man gut in einem Bissen schlucken, wie es der kleine Korporal aus Arcole mit Venedig tat. Wenn es nun nötig sein wird, daß sich die Kräfte vervierfachen, werdet ihr finden, daß sie zum größten Teil schwächer geworden, entgleist, durcheinandergeraten sind; und statt eines Schrittes nach vorn haben die Menschen zwei zurück getan.

Wir sind mit unserer Erörterung nicht so weit von den kleinen, lächerlichen, kindlichen Unkeuschheiten abgeschweift, als euch scheinen mag; wenn ihr genau hinseht, werdet ihr merken, daß sie näher gerückt und größer geworden sind wie Sonnenflecken durch die Linse eines Fernrohrs.

Ich, der ich von Natur ein nichts weniger als kühles Temperament besaß, verdankte es vielleicht folgendem Umstand, wenn ich vor der Wirrnis, die frühreife Sinne anrichten können, bewahrt blieb: die Kämpfe in der Seele erwachten in mir eher als die Kämpfe mit dem Fleisch, und ich lernte zum Glück früher lieben als begehren. Doch das war nicht mein Verdienst, wie es nicht Schuld von Pisana war, wenn der Funke unbewußter, eigensinnig überheblicher Tücke in unbehüteter Kindheit zu dem Feuer eines heftigen, ruhelos flackernden, früh zu Wandlungslust entfachten Charakters aufloderte. Ein Leben, wie man es sie als Kind und Mädchen führen ließ, kann Heldinnen zeitigen, doch niemals umsichtige, maßvolle Frauen, keine guten Mütter und keuschen Bräute, keine treuen und geduldigen Freundinnen; es zeitigt Wesen, die ihr Leben heute um einer Sache willen opfern würden, die ihnen morgen nicht einen Pfifferling wert wäre, Naturen, die blitzschnell wahrer Wunder an Tugend fähig sind, doch auch der anhaltenden Laster großer Abenteurerinnen.

Pisana zeigte von Kind auf eine ungewöhnliche Klugheit; aber diese Klugheit wurde schon damals in dem leichtfertigen und eitlen Leben, dem man sie überließ, verdorben. Ihre Lehrerin, Frau Veronica, die Frau des Hauptmanns Sandracca, mußte eine schöne Geduld aufbringen, wollte sie die Gedanken der Schülerin auch nur eine Viertelstunde bei der Zeile festhalten, die sie gerade schreiben sollte. Pisana wußte, sie begriff sehr leicht, und so studierte sie den Anfang der Lektion und überließ das übrige dem Zufall; aber statt leichter zu behalten, lernte sie so allerdings vergessen. Manchmal wurde sie von einem Lobe angespornt, sich des Lobes wert zu zeigen; doch bald darauf ließ eine Laune sie den kurzen Ehrgeiz auf etwas Neues richten. Immer schützte sie ihre Begabung vor, wenn sie alle Augenblicke Liebhabereien und Arbeiten wechseln wollte. Arme Pisana! Sie wußte noch nicht, daß solcher Wechsel der sicherste Weg zur Langeweile ist, daß alle Ruhe und Zufriedenheit aus dem Leben schwinden und der Mensch sich endlich nie mehr glücklich fühlt, gerade weil er es zu sehr und auf hundert Arten sein will. Das Glück lernt nur kennen, wer sich zu beschränken weiß; aber wie sollte das kleine Mädchen so weit sehen! Sie trieb ihren Mutwillen, denn sie stieß nirgends auf Widerstand. Sie konnte ja befehlen und in allem die Erste sein, die Dinge mußten laufen, wie sie wollte; was Wunder, daß sie mit Lügen nachhalf, wo die Wirklichkeit nicht die hohe Meinung gerechtfertigt hätte, die die andern von ihr haben sollten! Natürlich taten alle, als glaubten sie ihr, und sie nahm solche gutmütigen Schmeicheleien ernst und gab sich nicht einmal mehr Mühe, ihre Lügen glaubhaft zu machen. Oft zog eine Lüge die andere nach sich, aus zwei Lügen wurden vier, und so ging es endlos weiter. Aber Pisana erfand spielend, so viele sie brauchte, ohne sich je zu verwirren oder Furcht zu zeigen, daß jemand ihr nicht glauben könne, oder sich je um eine mögliche Verlegenheit Sorge zu machen. Ich glaube, sie gewöhnte sich so sehr daran,

Komödie zu spielen, daß sie allmählich in sich selbst das Wahre vom Erdachten nicht mehr zu unterscheiden wußte. Ich ward oft gezwungen, den Helfershelfer zu machen, und log so ungeschickt, daß man rasch dahinterkam. Aber meint ihr, das hätte sie verdrossen oder unwillig gemacht? Von mir war eben nichts Besseres zu erwarten. Was sie gesagt hatte, nahm sie nicht zurück, denn warum sollte sie, Pisana, sich um die Aussage eines Zeugen kümmern? Natürlich fielen auf mich alle Strafen, und wenigstens von daher war ihr Gleichmut nicht sonderlich lobenswert. Und leider waren diese Strafen zahlreich und gesalzen, denn mit meinem täglichen Zeitvertreib mit Pisana übertrat ich ständig das Gebot der Gräfin, es wurde nicht weiter nach Recht oder Unrecht geforscht, meine Schuld als die offensichtlichste und immer wieder rückfällige wurde zuerst bestraft. Anderseits hätte niemand außer der Mutter gewagt, die Komteß zu strafen; aber hierum ließ sich die Gräfin keine grauen Haare wachsen, dafür gab es die Kinderfrau. Solange Pisana noch nicht zehn Jahre alt war, beschränkte sich die mütterliche Verantwortlichkeit auf zwei Dukaten monatlichen Lohn an Faustina. Von zehn bis zwanzig Jahren das Kloster, ab zwanzig die Vorsehung: das war die Art Erziehung, die die Gräfin nach ihrer Ansicht jeder Pflicht ihrem weiblichen Nachwuchs gegenüber enthob. Clara war sehr jung aus dem Kloster gekommen, weil sie die Großmutter pflegen sollte; doch dieses Krankenzimmer galt soviel wie ein Kloster, der Unterschied lag allein im Namen. Unsere teure Gräfin fühlte sich dazumal verlassen von Jugend und Liebesglut, die ihr immerhin ein Rüchlein von etwas anderem als ihrer eigenen Person übermittelt hatten. Nun zog sie sich so tief in sich selbst und in die Sorge für ihr zeitliches und ewiges Heil zurück, daß sie eine ihr angemessene Tätigkeit nur im Rosenkranz und in einer guten Verdauung fand. Strümpfe strickte sie so aus Gewohnheit, oder weil keine andere Hand die Maschen für ihre zarte Haut lose genug zu schlingen wußte. Das Hauswesen überwachte sie peinlich genau, denn sie vermutete, die Familie würde, wenn sie ein Auge zudrückte, allzu vergnügt sein; und warum sollten die andern vergnügt sein, wenn sie selber so wenig Vergnügen empfand? Der Neid ist die Sünde oder die Strafe kleiner Geister, und ich fürchte, mein Schopf schuldete seine tägliche Pein dieser Wut der Frau Gräfin, daß sie sich alt fühlte, und ich war noch Kind. Eben darum haßte sie auch Hochwürden Orlando. Dieses stillzufriedene Gesicht, diese Hände, die so behaglich auf dem Bauch verschränkt waren, als hielten sie ein Übermaß an Glück, machten sie rasend. Wie konnte einer mit so viel Heiterkeit alt werden! Je nun, merkt ihr den Unterschied? Hochwürden Orlando hatte all sein Vergnügen darin gefunden, dem Gaumen Genüge zu tun, und das ist eine Leidenschaft, der man, womöglich besser, auch im vorgeschrittenen Alter frönen kann. Und unsere arme Gräfin? Schweig fein still! Ich will nicht mehr darüber sagen, nun ihr Gerippe in fünfzig Jahren Grabesruh ja wohl von allen Gelüsten befreit sein mag.

Indessen wuchsen wir heran, die Temperamente zeichneten sich schärfer ab, Launen gewannen die Gestalt von Leidenschaften, und der Verstand wurde wach und dachte darüber nach. Das Blickfeld meiner Wünsche hatte sich erweitert, denn Küche, Hof, Heuschober, Brücke und Dorfplatz bildeten nun nicht mehr meine Welt. Ich wollte sehen, was weiter draußen vor sich ging, und da ich mir selbst überlassen war, beschenkte mich jeder Schritt aus dem gewohnten Kreise mit Freuden, wie sie Columbus bei der Entdeckung Amerikas nicht tiefer empfinden konnte. Morgens erhob ich mich ganz früh, und während Faustina mit Dingen des Haushalts oder unten im Zimmer der Herrin zu tun hatte, entschlüpfte ich mit Pisana in den Obstgarten an den Rand des Fischteichs. Das waren unsere glücklichsten Stunden, denn die Schelmin fand Kurzweil genug und lohnte meine Dienste mit größerer Gunst. Später habe ich oft bemerkt, daß der frühe Morgen der Heiterkeit des Geistes günstiger ist, und daß dann auch gekünstelte Naturen in einem Gefühl von Frische aufatmen. Im Laufe des Tages beherrschen uns menschliche Gewohnheiten und Rücksichten immer mehr, und gegen Abend und tiefer in der Nacht werden die Gebärden übertriebener, die Gespräche lügenhafter, die Anstürme der Leidenschaften unwiderstehlicher, all das vielleicht auch darum, weil die Menschen tagsüber öfter im Freien leben, wo sie den klaren Gesetzen der Natur gehorsamer sind. Allerdings änderte Pisana, auch wenn sie mit mir allein war, nicht sonderlich ihre Art, sich zu bewegen und zu reden. Ich bemerkte sehr wohl, daß ihr an meiner Bewunderung mehr lag als an Freundschaft oder Vertrauen, und so kümmerlich und allzu gewohnt ich ihr war, ich bedeutete immer eine Art Publikum für ihre Pantomimen. Doch erkannte ich das erst später, damals labte ich mich an solchen lieblichen Zwischenzeiten und dachte gar, das Mädchen, das so eifrig bemüht war, mir zu gefallen, sei die wahre Pisana, und nur die schlechte Gesellschaft bewirke den Wechsel in ihrem Wesen, den ich im Lauf des Tages spüren mußte.

Zur Stunde der Messe (Hochwürden Orlando zelebrierte sie in der Burgkapelle) versammelten sich alle Hausgenossen, Herrschaft, Diener, Verwalter, Beamte und Gäste, nach Rang und Würden in den Kirchenbänken. Der Herr Graf kniete für sich allein in einer Bank im Chor, dem Sitz des Priesters, der die Messe las, gegenüber; und hier empfing er huldvoll die Grüße des geistlichen Herrn, jedesmal, wenn er ging oder wiederkam, und nach vollendeter Messe die drei Wogen Weihrauch. Nie bei Erteilung des Segens oder im Meßgebet vergaß Hochwürden, mit tiefer Verbeugung den allervortrefflichsten, allermächtigsten Herrn Patron und Richter feierlich zu segnen und zu nennen; und dann wandte dieser an die versammelte Gemeinde einen erhabenen Blick, als messe er die erlauchte Höhe ab, die ihn von der Herde der Untertanen trennte. Geheimer Kanzleisekretär, Verwalter, Hauptmann, Pförtner, ja Zimmermädchen und Köchin empfingen aus diesem Blick, was ihnen zukam, und blickten entsprechend von oben herab auf das Volk in der Kapelle, das tiefer stand als sie; der Hauptmann zwirbelte in solchem Fall auch den Schnurrbart und warf die Hand geräuschvoll an den Degengriff. War die Messe vorüber, so warteten alle mit gesenktem Haupt in tiefer Ehrfurcht, bis der Herr Graf sich erhob, die Luft mit einem riesengroßen Kreuz durchteilte, Gebetbuch, Schnupftuch und Tabaksdose in die Tasche steckte und würdevoll zum Weihwasserbecken schritt. Wieder ein Kreuz, dann grüßte er den Hauptaltar mit einem leichten Neigen des Kopfes und verließ die Kirche. Ihm folgten die Gräfin mit den Töchtern, die Verwandten und die Gäste, die sich schon ein wenig mehr verneigten; dann kamen Diener und Beamte und beugten ein Knie, dann Bauern und Dorfbewohner und beugten beide. Heutzutage, da uns der Herr des Himmels recht fern erscheint, mag er auch gleichmäßig weit von allen sozialen Ständen scheinen, wie die Sonne einen Kirchturm unten wie oben gewiß gleichmäßig erwärmt. Doch damals, als Gott für die Menschen sehr viel näher wohnte, konnten große und kleine Unterschiede leicht beobachtet werden, und ein Lehnsherr glaubte sich ihm näher als alle andern und durfte sehr wohl mit ihm auf vertraulicherem Fuße stehen.

Meist wurde ich eine halbe Stunde vor der täglichen Messe gesucht, weil ich den Altardienst versehen sollte, womit mir Hochwürden einen besonderen Beweis seiner Gunst und den Vorzug vor den Kindern von Fulgenzio gab. Aber ich, der ich nicht sonderlich viel von dieser Gnade hielt, wußte ihr vorzubeugen, und wer hinter mir her war, kehrte allermeist mit leeren Händen in die Sakristei zurück. Gewöhnlich flüchtete ich zu Meister Germano und kam nicht eher aus seiner Höhle, als bis der letzte Glockenton verklungen war. Inzwischen hatte man schon Noni oder Menichetto das Chorhemd übergezogen, die in ihren Holzpantoffeln immer Gefahr liefen, sich auf den Altarstufen, wenn sie das Meßbuch hin und her trugen, die Nase zu zerschlagen; und ich war, wenn ich in die Kapelle trat, der Gefahr entronnen. Natürlich wurden diese meine Künste bald entdeckt, und Hochwürden rügte mich, wenn wir vor dem

Küchenherd saßen, oft darum; aber ich entschuldigte mein Widerstreben mit der Ausflucht, ich könne das Confiteor nicht behalten. Und wirklich war ich dieser Ausflucht zuliebe schlau genug, die wenigen Male, die man mich überlistet hatte, immer wieder von vorn anzufangen, wenn ich einmal zum Mea culpa gelangt war, und wiederholte den Kniff drei-, viermal, bis Hochwürden die Geduld verlor und davon abließ. An solchen Unglückstagen genoß ich auch das Vergnügen, bis eine Stunde vor Abendläuten in einem Kämmerchen unter dem Taubenschlag eingeschlossen zu sitzen, vor mir das Meßbuch, einen Becher Wasser und ein Stück graues Brot. Ich ergötzte mich damit, das Buch mit Wasser aufzuweichen und das Brot den Tauben hinzubröckeln, und kam dann Gregorio, der Diener von Hochwürden, mich aus dem Gefängnis zu befreien, so lief ich zu Martino, bei dem ich ganz gewiß mein Essen fand. Außerdem mußte ich in solchen Stunden den Ärger hinunterschlucken, daß ich Pisana lärmen hörte, die mit den andern Kindern Kurzweil trieb, ohne sich im geringsten um mein eingekerkertes Dasein zu härmen; und dann packte mich eine solche Wut gegen das Confiteor, daß ich Kügelchen daraus formte und damit diese Schelme auf dem Hof beschoß. Außerdem bedachte ich sie mit Steinen und Mörtelstücken, soviel ich in den Winkeln auflesen oder mit den Nägeln vom Gemäuer kratzen konnte. Manchmal rüttelte ich auch aus Leibeskräften an der Tür und wütete mit Fäusten und Füßen, ja mit dem Kopf dagegen. Nach einer halben Stunde Getöse erschien dann regelmäßig der Verwalter und lohnte mir den Lärm mit ein paar Peitschenhieben, und diese Tracht Prügel wiederholte sich am Abend, wenn man entdeckte, daß ich mein Buch ganz durchweicht und verdorben hatte.

An Wochentagen ging nach der Messe jeder bis Mittag an seine Pflichten, und ich war vollauf damit beschäftigt, mich gegen den Knecht des Pfarrers zu wehren, der mich zum Unterricht holen wollte. Natürlich lief ich ihm davon und er mir nach, bis er halbtot war vor Ärger und Anstrengung; und dann mußten wir auf der Meile Weges zwischen Fratta und Teglio die verlorene Zeit im Trab einholen. In der Pfarre besichtigte ich immer erst eingehend gewisse Ansichten von Udine, die den Flur zierten, und dann steckte man mich mit vieler Mühe in ein Studierstübchen, wo man, von meinem anfänglichen Übermut gewitzigt, alles streng verschlossen hielt. Unter anderem Unfug zeichnete ich auf die Wände gern den Herrn Pfarrer mit buschigen Augenbrauen und dem üblichen breitkrempigen Hut, ein Gemälde, das über die satirischen Absichten des Malers keinen Zweifel ließ. Oft hörte ich, wenn ich diesen meinen Kunstübungen hingegeben war, auf dem Flur den leisen Schritt von Maria, der pfarrherrlichen Haushälterin, die durchs Schlüsselloch erspähen wollte, was ich trieb. Da sprang ich zum Schreibtisch, breitete die Ellbogen schön aus, hing die Nase über das Papier und malte gewaltige A und O, die die halbe Seite füllten und mit andern vier oder fünf kaum leserlich hingeschmierten Buchstaben die tägliche Aufgabe im Übermaß erfüllten. Oder ich brüllte wie vom Teufel besessen: bi a ba, bi e be, bi o bo, daß die arme Frau nahezu taub in die Küche entwich. Um zehneinhalb erschien der Pfarrer, der erst einmal schalt über die Schmierereien an der Wand, zum zweiten über die schändliche Schrift, zum dritten über die geringe Aufmerksamkeit, mit der ich seinem Zeigefinger folgte, der mich das Abc lesen hieß. Auch erinnere ich mich, daß meine Blicke oft auf gewisse rote Büchelchen abirrten, die hinter den Scheiben eines kleinen Spindes standen, und dann sprang ich, statt die nächste Zeile zu lesen, immer zur Spalte mit dem V: Vi a va, vi e ve, vi o vo ... Hier unterbrach mich, wie gesagt, die dritte Schelte. Nie habe ich ergründen können, warum mein Gedächtnis eine solche Vorliebe für den Buchstaben V bekundete; vielleicht, weil er einer der letzten im Alphabet ist. Ja, dieser Unterricht! Ich gähnte, ich kratzte mir die Haut, ich bohrte in der Nase und schnitt Fratzen, und der Pfarrer bewies an mir Flegel eine beispielhafte Geduld. Hätte ich die Aufgabe, ein solches Ferkel, wie ich damals war, lesen zu lehren, ich risse ihm ganz gewiß in den ersten beiden Stunden die Ohren ab. Mir hingegen erwuchs kein anderer Schaden, als daß ich die meinen etwas in die Länge gezogen heimtrug. Doch dieser Schaden, der von meinem sechsten bis zum zehnten Jahre zunahm, verschaffte mir auch den Vorteil, daß ich alle Druckschrift lesen sowie einigermaßen geläufig schreiben lernte, wenn nur keine großen Buchstaben dazwischenkamen. Ferner danke ich die Sparsamkeit mit Punkt und Komma, die ich mein Leben lang geübt habe, dem großzügig zwanglosen Unterricht des guten Pfarrers. Auch jetzt, da ich meine Geschichte niederschreibe, habe ich ihre Interpunktion meinem Freunde, dem Gerichtsschreiber, anvertrauen müssen; sonst wäre diese Geschichte von vorn bis hinten ein einziges Riesensatzgefüge, und der beste Prediger könnte beim Vortrag keinen Sinn und Verstand hineinbringen.

Falls ich unterwegs nicht trödelte, um in den Gräben Verliebte oder Salamander aufzustöbern, so kam ich gerade nach Fratta zurück, wenn sich die Familie zu Tisch setzte. Das Eßzimmer war von der Küche durch einen langen, dunklen, um etliche Ellen ansteigenden Gang getrennt; es lag also hoch genug, daß man sich bei Sonnenschein von den Fenstern aus überzeugen konnte, es sei Tag. Es war ein weiter, viereckiger Raum, den zur guten Hälfte eine Tafel ausfüllte, die grün betucht war und groß wie zwei Billardtische. Auf der Seite nach dem Burggraben zwischen zwei Schießscharten ein großer Kamin; gegenüber, wo die beiden Fenster auf den Hof sahen, in der Wandmitte ein Büfett aus Nußbaum zum Anrichten der Speisen; in den vier Ecken vier kleine Tische, worauf die Kerzen für das Spiel am Abend bereitstanden. Die Stühle – gewiß wog jeder einen halben Zentner – waren alle gleich, der Sitz breit, Beine und Lehne gerade, das schwarze marokkanische Ziegenleder der Bezüge mit Nägeln wie gesteppt, die tief und dicht zwischen weichen Wülsten saßen. Gewöhnlich wurden zwölf

Gedecke aufgelegt, je vier an den beiden Längsseiten, drei an der Nachbarseite des Ganges für den Verwalter, den Pfarrer und den Kaplan; eine Seite blieb frei für den Herrn Grafen. Seine Frau Gemahlin und Komteß Clara saßen ihm zur Rechten, Hochwürden mit dem Kanzleisekretär zur Linken; die andern Plätze an den Längsseiten gehörten dem Hauptmann und seiner Frau sowie den Gästen. Gab es keine Gäste, so blieben ihre Plätze unbesetzt, und wuchs ihre Zahl auf mehr als zwei, so suchten der Hauptmann und Frau Veronica Zuflucht zwischen den dreien an der Schmalseite. Da nun der Kaplan, wie ich erzählt habe, der Ehre der herrschaftlichen Tafel fast immer auszuweichen wußte, so kehrte sein Gedeck meist unbenutzt in die Küche zurück. Der Speisemeister Agostino setzte die Gerichte neben den Herrn Grafen, und dieser gab vom hohen Stuhl herab (nur er saß auf einer Art Thron, der so hochbeinig war, daß die gräflichen Knie fast auf eine Ebene mit der Tafel kamen) das Zeichen zum Beginn. Hatte Agostino vorgeschnitten, so nahm sich der Herr Graf den besten Bissen und ließ das Gericht seiner Frau anbieten; doch während die Rechte eine Platte weiterwinkte, fuhr schon die Linke mit dem Bissen zum Munde. Der Kutscher und Gregorio, der Diener von Hochwürden, halfen aufwarten, letzterer freilich konnte nur beschränkt helfen, denn er hatte vollauf damit zu tun, seinem Herrn immerzu Wein einzuschenken oder ihm das Mundtuch zu lockern oder ihm tüchtig den Rücken zu klopfen, wenn ihn ein Bissen zu ersticken drohte. Pisana aß natürlich nicht am Tisch; das war den jungen Mädchen nach den Klosterjahren vorbehalten. Sie aß mit Faustina und Rosa in einer Vorratskammer zwischen Eßzimmer und Küche. Und ich? Nun, ich nagte in der Küche ein bißchen an den Knochen, gemeinsam mit den Hunden, den Katzen und Martino. Wem hätte es im Traume einfallen sollen, mir Platz und Gedeck anzuweisen? So fand ich meinen Platz überall, und als Eßbesteck dienten mir die Finger. Doch nein. Zur Suppe gab mir die Köchin eine Kelle, die den Vorzug hatte, mir den Mund zwei gute Finger breit auszuweiten. Nun, man sagt, so gewinne das Lächeln an Ausdruck, und da ich mich immer weißer, gesunder Zähne erfreute, will ich mich darüber nicht beklagen. Da Martino und ich nicht zur Herrschaft im Eßzimmer gehörten, aber auch nicht zur Dienerschaft, der die Gräfin nach Tisch zu essen gab, so genossen wir das Vorrecht, Töpfe, Pfannen und Kessel auszukratzen, und daraus bestand unsere Mahlzeit. In der Küche hing an einem Haken immer ein Gefäß mit Maismehlteig, und wenn ich von den Topfkratzereien nicht satt wurde, so brauchte ich nur den Arm nach der Polenta auszustrecken. Martino verstand mich: er röstete mir eine Scheibe, und alles war eitel Wonne. – Der Burgbüttel und der Mesner hatten Frau und Kinder und aßen für gewöhnlich nicht bei der Herrschaft; auch Meister Germano kochte für sich allein und braute sich Speisen zusammen, von denen mir immer unverständlich geblieben ist, wie sie für einen menschlichen Gaumen genießbar seien. Gar nicht selten haschte er eine der vielen Katzen, die die gräfliche Küche bevölkerten, und feierte mit Katze in Brühe und Katzenbraten eine Woche lang ein Freudenfest. Darum hütete ich mich wohl, seine wiederholten Essenseinladungen anzunehmen. Er behauptete, Katzen besäßen ein köstliches und äußerst schmackhaftes Fleisch und seien das beste Heilmittel gegen viele Krankheiten; doch solche Dinge sagte er nie in Gegenwart von Martino, weshalb ich fürchte, er wollte mir etwas weismachen.

Nach dem Essen rannte ich, bevor die Gräfin in die Küche kam, den Kindern entgegen, die um diese Stunde auf dem großen Platz vor der Burg zusammenliefen, und viele folgten mir dann in den Burghof, wo bald Pisana zu uns stieß, um die losen Spiele zu treiben, von denen ich euch erzählt habe. Ihr werdet fragen, warum ich selbst die Nebenbuhler, die mir dann so lästig wurden, herbeirief. Aber die Komteß war frech genug, sie selbst zu rufen, wenn ich es nicht getan hätte, und so stellte ich mich lieber, als tue ich zu meinem Vergnügen, was ich später zu meiner doppelten Schmach hätte dulden müssen.

Wir konnten lange ungestört spielen, denn die Gräfin pflegte in Ruhe zu verdauen, die Frauen hatten den ganzen Nachmittag zu tun, und wenn anfangs die alte Großmutter um jene Zeit nach der Enkelin fragte, betrug sich Pisana so lange ungezogen, bis die Mutter sie als eine Gefahr für ihre Verdauungssäfte wegschickte. Wir konnten also im Garten, in Höfen und Säulenhallen nach Herzenslust umhersausen, schreien und raufen. Nur eine Terrasse, die vor den Fenstern des Grafen und von Hochwürden lag, war uns verboten. Einmal, da ein paar Schreihälse das Verbot von Gregorio, dem unbestechlichen Hüter, übertreten hatten, fuhr der Kammerdiener aus einem Hintertreppentürchen mit dem Besenstiel auf die Verwegenen los und prügelte sie so gründlich, daß alle einsahen: hiermit war nicht zu spaßen. Der Graf sagte, er nehme sich in diesen Stunden der Kanzleigeschäfte an; doch wenn es an dem war, dann mußte er ungewöhnlich gute Augen haben, denn seine Fensterläden blieben bis sechs Uhr geschlossen. Was Hochwürden betraf – nun, er schlief, und sagte ehrlich, daß er schlief. Aber wenn er auch den Schlummer hätte leugnen wollen, so schnarchte er doch so gewaltig, daß ihm alle die vielen Burgwinkel seine Ausrede nicht hätten glauben können.

Zwischen sechs und sechseinhalb unternahm die Gräfin, falls das Wetter es zuließ, ihren Spaziergang, und der Graf und Hochwürden pflegten ihr eine halbe Stunde danach entgegenzugehen. Sie brauchten nicht zu fürchten, sie zu verfehlen, denn die Gräfin wandelte unabänderlich jeden Abend im gleichen Schritt bis zu den ersten Häusern von Fossalta, und dann kehrte sie im gleichen Schritt heim. Sie wandte an diesen Spaziergang fünfundsechzig Minuten, außer, sie wurde dem Programm zuwider aufgehalten. Natürlich verließ mit dem Grafen auch der Sekretär das Haus; er pilgerte einen Schritt hinter der Herrschaft her und vergnügte sich damit, daß er, wurde er nicht gerade mit einer Frage beehrt, mit dem Fuße Steinchen in den Graben schleuderte. Öfter freilich wurde er vom Grafen über die Geschäfte befragt, die er am Morgen betrieben, und er unterrichtete seinen Herrn aufs genaueste von den Verhören, die er gehalten, und von den Prozessen, deren Prüfung er für Seine Exzellenz aufgehoben. Diese Prüfungen bestanden darin, daß Seine Exzellenz das Urteil einfach unterschrieb, und zu solcher Staatsaktion setzte er zwei Brillen übereinander und dampfte vor Eifer über die Probe seiner Schönschreibekunst. Während die beiden weltlichen Richter die Geschäfte dieser Welt berieten, wandelte Hochwürden Orlando voraus, fuhr sich mit der Zunge zwischen die Zähne und strich sich über die Wange. An einem großen Stein, der zwischen den zwei Dörfern über den Schmutz der alten Straße führte, trafen die Teile der Gesellschaft zusammen; der Geheime Kanzleisekretär blieb mit tief zur Erde gezogenem Hute stehen, Hochwürden winkte seinen Gruß mit der erhobenen Rechten, und der Graf schritt der Gräfin bis zur Mitte des Steines entgegen und reichte ihr die Hand. Hinter der Gräfin kam Komteß Clara, wenn sie dabei war, denn oft blieb sie bei der Großmutter, und den Schwanz bildeten, je nachdem, wer gerade zur Gesellschaft gehörte, der Pfarrer oder der Kaplan, Herr Andreini oder Rosa. Zu zweien, öfter aber einzeln, wenn die Straße gar zu schmutzig war, kehrten sie einträchtig in die Burg zurück. Waren sie hier angelangt, dann eilte Agostino ins Eßzimmer, um die große silberne Öllampe anzuzünden, die an Stelle des Griffes das Familienwappen aufgepflanzt trug: ein Eber zwischen zwei Bäumen, dem die Grafenkrone dicht auf dem Nacken saß. Der Eber war größer als die Bäume, und die Krone größer als alles zusammen. Wenn schon der Graf dieses Meisterwerk besonders schätzte, so konnte man doch auf den ersten Blick erkennen, daß Benvenuto Cellini nicht daran beteiligt war. Nun, im Schein besagter Lampe setzte die Gesellschaft die Gespräche fort, die sie auf dem Spaziergang gepflogen, und wartete auf den Kaffee, für den die Köchin inzwischen einen großen Kessel aufs Feuer gesetzt hatte. Doch spazierte man am Nachmittag einzig in der guten Jahreszeit und wenn das Wetter mehr als trocken war. Sonst kamen der Herr Graf und Hochwürden aus ihren Zimmern nur heraus, um sich vorm Küchenfeuer auf die Bank zu setzen, und hier scharten sie die Familie um sich und hielten Hof, bis die Stunde des Spiels naherückte. Unter solchen Umständen nahmen sie den Kaffee am Herd, und danach wandelten sie mitsammen ins Eßzimmer, wo die Spieltische schon vorbereitet waren, und die ganze Gesellschaft folgte ihnen auf den Zehenspitzen. Hier erwartete sie die Gräfin allein, denn Komteß Clara kam erst eine Stunde später herunter, nachdem sie die Großmutter zu Bett gebracht hatte. Manchmal war außerdem die Frau des Hauptmanns so glücklich, den Kaffee mit der Gräfin zu nehmen, und das war ein Zeichen dafür, daß tagsüber die Dinge nicht besser hätten laufen können. Frau Veronica zeigte sich gewaltig stolz auf solche Ehre und sah ihren Mann sehr von oben herab an, wenn er in gewohnter Weise, bevor er sich setzte, zu ihr trat und den Schnurrbart zwirbelte. War die Familie unter sich, so genügten zwei Spieltische zum Tresett; gab es aber Besuch oder Gäste, was an allen Herbstabenden und das ganze Jahr sonntags der Fall war, dann besetzte man die große Tafel mit dem ›Mercante in fiera‹, ›Sette e mezzo‹ oder dem Lottospiel. Die Puritaner wie Hochwürden oder der Sekretär, die Glücksspiele nicht liebten, zogen sich mit dem ›Tresette in tavola‹ in eine Ecke zurück; und der Hauptmann, der sagte, er habe immer Unglück, ging in die Küche und ergötzte sich mit dem Burgbüttel oder mit Fulgenzio am Gansspiel. Im Grunde war, glaube ich, der Einsatz von zwei Soldi, um den man im Eßzimmer spielte, zu gewagt für ihn, und er fand sich bei dem kleineren Einsatz in der Küche behaglicher.

Ich hatte inzwischen bis Sonnenuntergang mit Pisana gespielt, das war die Zeit, um die Faustina sie ins Bett holte, und dann kroch ich in eine Ecke am Rauchfang und ließ mir von Martino oder von Marchetto Märchen erzählen, bis mir der Kopf auf die Brust sank. Dann nahm mich Martino am Arm und führte mich, um den Weg durchs Eßzimmer zu vermeiden, durch den Hof die Treppen hinauf bis vor die Tür von Faustina. Ich trat ein, wankend vor Müdigkeit und die Augen reibend, knöpfte die Hosen auf, schüttelte sie herunter und war schon entkleidet und bereit, ins Bett zu fallen, denn nicht Schuh noch Weste, nicht Unterhose noch Halstuch behinderten mich je, bevor ich zehn Jahre alt war; eine Jacke und ein Paar Hosen von dem halbwollenen Zeug, das man im Hause für die Dienerschaft webte, bildeten, zusammen mit einem Strick, um den Zopf zu binden, meine ganze Ausstattung. Außerdem nannte ich ein paar Hemden mein eigen, die mit ihrem verschwenderischen Stoffreichtum jeden andern Fehler wettmachten. Sie stammten nämlich von Hochwürden, der die seinen, wenn sie zerrissen waren, auf mich vererbte, und keiner nahm sich die Mühe, sie mir auszubessern: höchstens nähte man von den Ärmeln und vom glockig gebauschten hochwürdigen Umfang ein wenig ab. Was meinen Kopf anlangt, so hatte ihn mir Meister Germano eines Winters, als es argen Frost gab – ich mag damals etwa sieben Jahre alt gewesen sein –, mit einer Pelzmütze ausgestattet, die sein eigenes Haupt schon seit der Söldnerzeit in Ramuscello geziert hatte. Diese Mütze wäre mir bis aufs Kinn gerutscht, hätte nicht der Pfarrer meine Ohren schon früher dem entgegen zubereitet. Doch hinten, wo ich keine Ohren hatte, fiel mir die Mütze bis auf den Hals, und Martino sagte, mit diesem Ding auf dem Kopf sähe ich aus wie eine zerzauste Katze. Aber damit wollte er wohl nur Germano ärgern, dem ich doch für seine Mütze dankbar bin; dank ihrer wurde ich vor vielen Erkältungen bewahrt. Wie viele Jahre ich sie getragen habe, könnte ich euch nicht genau sagen. Jedenfalls besaß ich sie noch als junger Bursch, ja ich sparte sie sogar auf für die Feiertage; denn seit mir der Kopf gewachsen war, meinte ich, sie passe wunderbar zu meinem Gesicht und gebe mir einen gewissen Schwung, der Furcht erregen konnte.

So zog ich später eines Tages mit dieser Pelzmütze geschmückt zur Kirchweih nach Ravignano, am andern Ufer des Tagliamento, und machte mir auf dem Marktplatz, wo Dielen für den Tanz gelegt waren, den Spaß, mit ein paar Soldaten von der Landmiliz Schabernack zu treiben. Diese trefflichen Wächter, die auf der Messe für Ordnung zu sorgen hatten, trugen in der einen Hand die Flinte, in der andern ein prall gefülltes Mundtuch, das voll Eier, Butter und Salami war, woraus sie den berühmten Eierkuchen mit Schlackwurstfetzen zu machen pflegten. Diese Hüter der Ordnung in ihren Holzschuhen, ihren Joppen aus enthaarter Halbwolle, mit ihren Gesichtern, die vom Duft der Narrheit eine Meile weit umwittert waren, reizten mich und die andern Prahlhänse aus Teglio und der Umgegend zu unbändigem Gelächter. Wir begannen sie zu höhnen und zu fragen, ob sie Eierkuchen wenden könnten und ob sie verstünden, sie mit Schuhleder zu backen. Da gab uns einer den Bescheid, es sei wohl besser, wir gingen tanzen; und ich erwiderte keck, dann tanze ich zuerst mit ihm. Gesagt, getan. Ich packte ihn, wie er da stand, mit der Flinte noch über der Schulter, und wirbelte ihn in der sonderbarsten Furlana umher, die man je gesehen hat. Seine Eßvorräte hatte er gerade noch auf die Erde retten können; doch im Eifer des Tanzes gerieten wir über die Eier, und es gab vorzeitig Eierkuchen. Das brachte diese trefflichen Soldaten, die sich nicht gerührt hatten, als ein Kamerad verhöhnt wurde, mit einemmal in Wallung, und sie machten Miene, mit dem aufgepflanzten Seitengewehr auf mich loszustürmen. Ich aber zog die Pistole aus der Tasche, warf meinen Tänzer gegen ihre Bajonette und brüllte: Wer sich rührt, ist tot! Im Nu war ich von den Kameraden umringt, die Messer oder Pistole zogen, um mich zu verteidigen. Einen Augenblick blieb alles still; und dann entstand, ich weiß nicht wie, ein unbeschreibliches Getümmel, einer purzelte über den andern, doch gab keiner Feuer, jeder gebrauchte von der Waffe nur den Griff, denn schließlich war die Streiterei nicht ernster Mühe wert. Mit Prügeln hier und Tritten da wurden die armen

Wächter der Ordnung übel zugerichtet, und ihre Eier desgleichen, bis endlich das Haupt der Miliz mit dem Rest des Haufens erschien und aufräumte. Unter Drohungen zwang er uns, mit der Rauferei ein Ende zu machen; wo nicht, werde er ohne Rücksicht auf Freund und Feind Feuer geben. Dann fragte er nach Zeugen, um den Schuldigen festzustellen; diese gaben, wie es von jeher üblich war, uns recht und der Miliz unrecht, und also ließen sie uns laufen, ohne uns weiter zu behelligen. Doch während ich mich im Rückzug des Sieges rühmte und unter den Kameraden den Eisenfresser spielte, schrie der, der die Furlana mit mir getanzt hatte, hinter mir her, ich solle zusehen, daß ich nicht beim Tanz meine Mütze verlöre; er werde sie seinem Esel am zweiten Kirchweihtag als Siegeszeichen auf den Kopf setzen. Ich schrie mit Marktschreiergebärden zurück, er solle sie sich doch holen, und der Esel und er machten immerhin zwei Esel; aber meine Mütze sollten sie nie im Leben kriegen. Hier unterbrach der Häuptling der Miliz unsern Wortwechsel, und wir gingen mit den schönsten Mädchen der Kirchweih tanzen, während sich die Landsoldaten Feuer anmachten und aus den Eiern, die ihnen geblieben, Eierkuchen buken. An jenem Abend blieb ich mit ein paar Kameraden länger, als wir gerechnet hatten, auf der Kirchweih, um zu sehen, wozu der Kerl, der mich herausgefordert hatte, fähig wäre. Schließlich pilgerten wir um ein Uhr in einer kohlpechrabenschwarzen Nacht zu der Barke von Mendrisio, wo mich am andern Ufer das Wägelchen des Burgvogtes erwartete. Die tief gelegene Straße schlängelte sich zwischen Fluren, die dicht mit Bäumen besetzt waren, dahin und wurde bisweilen so schmal, daß kaum vier Mann nebeneinander Platz fanden; und da wir die ›Ribolla‹ überreichlich durch die Gurgel gejagt hatten und füglich jeder einzelne mit einem Raumbedürfnis von vier Mann einhersegelte, war immer einer nahe daran, in den sumpfigen Graben abzurutschen. Wir lachten, wir sangen auch, so gut es gehen mochte, denn der Wein gurgelte uns sozusagen noch in der Kehle, als ich plötzlich an einer Biegung des Weges sehe, wie etwas wie eine schwarze Gestalt im Schwung über den Graben setzt und mit Windeseile auf mich zusaust. Ich weiche einen Schritt zurück, da sagt die Gestalt: »Ah, da bist du ja!«, und schon versetzt sie mir eine gehörige Tracht Prügel und kugelt mich wie einen Sack Schweinefleisch in den Sumpf. Ich krabble mich hoch, stütze mich mit den Ellbogen aufs feste Land und sehe, wie die Gestalt wieder über den Graben setzt und im Dunkel entschwindet. Da erst merkte ich, daß ich meine Mütze verloren hatte, und bückte mich auf den Weg, sie zu suchen; und mochte man nun von den Feldern her den Weg deutlich erkennen, oder waren es nur meine Augen, denen alles dunkel schien – kurz, der Grabenspringer sah, wie ich mich bückte, und schrie mir von weitem zu, ich sollte es gut sein lassen: denn meine Mütze habe er sich geholt und werde morgen damit seinen Esel schmücken. Bei diesen Worten dachte ich wieder an den Wachsoldaten, und meine Gefährten faßten, nun sich die gespenstische Erscheinung aufgeklärt hatte, Mut und wollten sich um jeden Preis rächen. Aber der Graben war breit, keiner traute den eigenen Beinen zu, den Sprung zu wagen, immerhin ein Zeichen, daß wir noch ein Fünkchen Verstand besaßen. Darum zogen wir mit dem Vorsatz, die Rache auf morgen zu verschieben, weiter, blieben alle über Nacht in Mendrisio, kehrten am Tage auf die Kirchweih zurück und musterten eingehend alle Soldaten und alle Esel, die wir trafen. Und als wir auf den trafen, der zwischen den Ohren, mit Pech auf die Stirn gepappt, meine Pelzmütze trug, verprügelten wir seinen Herrn dermaßen, daß man ihn auf seinen Esel packen und nach Hause schicken mußte. Da mit meiner Mütze fürder kein Staat mehr zu machen war, schmierten wir sie dem braven Soldaten gründlich mit Pech über die Fratze und sagten, wir ließen sie ihm zum Andenken. Auf solche Weise büßte ich das Geschenk von Meister Germano ein, das mir lange Jahre so treue Dienste geleistet hatte; auch hinterließ mir dieses Abenteuer eine gerichtliche Klage, die mir viel zu schaffen machte, wie ich euch zu seiner Zeit erzählen will. Inzwischen bitte ich euch nur, mir euer Vertrauen nicht zu entziehen, wenn ihr mich damals in lustigem Bündnis mit Landleuten und Saufkumpanen findet. Bald sollt ihr mich in Muße als Mann von einigem Gewichte sehen. Doch bis dahin kehre ich in meine Kindheit zurück und erzähle der Reihe nach, was sich zugetragen hat.

Ich pflegte also schlafen zu gehen, während man im Eßzimmer noch beim Spiele saß; doch das Spiel dauerte nicht eben lange, denn um achteinhalb Uhr pünktlich begann der Rosenkranz, um neun Uhr setzten sich alle zu Tisch, und um zehn Uhr gab der Herr Graf das Zeichen zum Aufbruch, indem er Agostino befahl, ihm die Kerze anzuzünden. Darauf marschierte die Gesellschaft durch eine Tür, die der Tür zur Küche gegenüberlag, hinaus auf die große Treppe. Diese Bezeichnung ist ein wenig übertrieben, es war eine Treppe wie jede andere, auf deren erstem Absatz der Herr Graf regelmäßig stehenblieb und die Mauer abtastete, um daraus die Wettervorhersage für den nächsten Tag zu entnehmen. War die Mauer feucht, so sagte der Herr Graf: »Schlechtes Wetter morgen«, und der Sekretär sprach ihm nach: »Schlechtes Wetter«, und alle fielen mit zerknirschter Miene ein: »Schlechtes Wetter!« Fand jedoch der Herr Graf die Mauer trocken, so rief er: »Morgen haben wir einen schönen Tag«, und wieder der Sekretär: »Einen wunderschönen Tag«, und alle bis zur untersten Stufe der Treppe: »Einen wunderschönen Tag!« Während dieser feierlichen Handlung verweilte die Prozession auf der Treppe, wobei die Gräfin fast vergehen wollte aus Furcht vor einer möglicherweise aus all dem Luftzug auf sie zuwehenden Ischias. Hochwürden hingegen nutzte die Zeit für ein erstes Schläfchen, und Gregorio lag es ob, ihn zu stützen und wachzurütteln, sonst wäre er jeden Abend auf Frau Veronica gerollt, die hinter ihm stand. War die ganze Schar im Saale angelangt, so folgte die heilige Handlung des Gutenachtsagens, wonach sich alle zerstreuten, um ihre Zimmer aufzusuchen; und einige lagen so weit ab, daß man reichlich Zeit fand für drei Paternoster, drei Ave und drei Gloria, ehe man sein Ziel erreichte. So wenigstens behauptete Martino, dem nach der Pensionierung ein Stübchen im zweiten Stock angewiesen war. Es grenzte an den Turm und war nicht weit von dem Zimmer entfernt, in dem die Bettelmönche zu wohnen pflegten, wenn sie um Almosen auf die Burg kamen.

Der Herr Graf hatte mit seiner Gemahlin den Schlafraum inne, den seit undenklichen Zeiten alle Häupter der edlen Familie auf der Burg Fratta bewohnt hatten: einen großen, sehr hohen Raum, mit einem Estrich, der euch winters Kälteschauer über den Rücken jagte, wenn ihr seinen Spiegelglanz nur ansaht, und mit einer Balkendecke in Kapuzinerart, die mit gelben und blauen Arabesken bemalt war. Estrich, Wand und Decke waren dicht überzogen mit Ebern, Bäumen und Grafenkronen, so daß jeder Blick unausweichlich auf ein Schweinsohr, ein Blatt oder eine Kronenzinke treffen mußte. Der Herr Graf und die Frau Gräfin waren in ihrem über die Maßen großen Ehegemach buchstäblich umzingelt von einem Zauberspuk von Wappen und Siegeszeichen der Familie; und wenn sich ein so glorreiches Schauspiel ihrer Phantasie einprägte, bevor das Licht gelöscht wurde, so mußte es unbedingt auch den geheimsten, dunkelumhülltesten Obliegenheiten ihres ehelichen Lebens einen aristokratischen Stempel aufdrücken. Eines ist sicher: Wie die Schafe Jakobs scheckige Lämmer trugen, weil sie an der Quelle gekerbte Weidenruten erblickten, so durfte die Frau Gräfin eigentlich nur Söhne empfangen, die sich der erlauchten Vollkommenheit ihres Geschlechtes stolz und glücklich bewußt waren. Wenn die späteren Ereignisse dieser Annahme nicht immer recht gaben, könnte das möglicherweise mehr am Herrn Grafen als an der Frau Gräfin gelegen haben.

Komteß Clara schlief neben der Großmutter in einem der Zimmer, die gegenüber dem Gemach ihrer Eltern in den Saal mündeten. Es war ein kleiner Raum, bescheiden wie die Zelle einer Nonne; und vor dem einzigen Eber, der in den Stuck des Kaminaufsatzes gegraben war, hatte sie, wahrscheinlich ohne darüber nachzudenken, eine Reihe Bücher gestellt, Überbleibsel einer Bibliothek, die in einem dunklen Zimmer des Erdgeschosses an der Fahrlässigkeit der Burgvögte und der vereinten Feindschaft von Holzwurm, Mäusen und Feuchtigkeit zugrunde gegangen war. Die Komteß hatte in den drei Klosterjahren vor Langeweile und Nonnengeschwätz bei den Büchern eine Zuflucht gefunden, sich, als sie heimkam, an jenen großen dunklen Raum voll zerfetzter Bücher und Pergamente erinnert und das wenige Gute, das sich dort fand, herausgefischt. Ein paar aus dem Französischen übersetzte Memoirenbände, einige alte italienische Geschichtswerke, die die Begebenheiten volkstümlich und anspruchslos erzählen, dann Tasso, Ariost und der ›Pastor fido‹ von Guarini, beinahe sämtliche Komödien von Goldoni, die wenige Jahre zuvor gedruckt worden – das war alles, was sie hier erwerben konnte. Nehmt noch ein Gebetbuch der Madonna und etliche Andachtsbücher hinzu, und ihr habt das Verzeichnis der Bücherei, hinter der sich im Zimmer von Clara der Eber des Geschlechtes versteckte. Hatte sie sich dem Bett der Großmutter auf den Zehenspitzen genähert und sich überzeugt, daß nichts den Frieden ihres Schlummers störe – und sie hielt die Hand vor die Öllampe, um den Widerschein von den Wänden abzublenden –, dann zog sie sich in ihre kleine Zelle zurück und durchforschte eines jener Bücher. Oft lagen alle Burgbewohner im tiefsten Schlafe, da schimmerte das Licht der Lampe noch durch die Ritzen ihres Söllers; und nahm sie gar das ›Befreite Jerusalem‹ oder den ›Rasenden Roland‹ zur Hand (die gleichen Bücher, die ihren Hochwürdigen Onkel nicht hatten für den Soldatendienst begeistern können), so mangelte dem Dochte das Öl, wenn ihre Augen noch lange nicht satt waren, weiterzulesen. Sie verlor sich mit Erminia unter die schattenspendenden Gebüsche, sie folgte ihr ins stille Obdach der Hirten; sie drang mit Angelica und mit Medoro in die Grotten, um Liebeslieder auf die moosbegrünten Wände zu ritzen, und bisweilen phantasierte sie auch mit dem närrischen Roland und weinte, weil er sie so jammerte. Doch vor allem floß ihr Herz vor Mitleid über, wenn sie das Ende von Brandimarte las. Ach, wie der Tod ihm, während er den Namen der Geliebten aussprach, den Mund verschloß! Es war, als entfliehe seine Seele nur darum der Erde, daß sie im ewigen Himmel der Liebe diesen Namen ewig glücklich wiederhole. Schlummerte sie nach solcher Lektüre ein, so konnte sie träumen, sie sei die Witwe Fiordiligi. Ein schwarzer Schleier wallte von der Stirn über die Augen bis hinab zur Erde, als wolle er gemeinen Blicken die Heiligkeit ihrer untröstlichen Tränen entziehen; ein sanfter Schmerz floß unaufhörlich durch ihr Gemüt wie der leise Widerhall einer herzbewegenden Harmonie, und der reinen Wesenheit dieses Schmerzes entströmte etwas wie ein Hauch ewiger Hoffnung, die, zu zart und luftig für die Erdenschwere, sich hoch in den Himmelsraum ausbreitete. – War es mädchenhafte Träumerei oder eine Ahnung künftigen Geschehens? – Sie wußte es nicht; sie wußte nur ganz gewiß, daß die Liebe jener geträumten Fiordiligi ihren eigenen Gefühlen vollkommen entsprach.

Diese den Eindrücken der Welt verschlossene Seele war inmitten der Leichtfertigkeit, Possenreißerei und Eitelkeit ihrer Umgebung rein geblieben, wie sie von Gott geschaffen worden; und das fromme, sanfte Wesen der alten Gräfin, das jene in den heiter-beschaulichen Betrachtungen des Greisenalters noch geläutert hatte, blühte in Clara mit all der Frische und dem Duft der Jungfräulichkeit noch einmal auf. Das Einsiedlerleben, von Kind an treulich mit der Kranken geteilt, hatte sie vor dem verderblichen Umgang mit den Kammermädchen und vor den Lehren, die ihr aus dem Beispiel ihrer Mutter kommen konnten, bewahrt. Einfach und voll Unschuld wie der Vogel, der sich im Nest unter dem Gebälk des Kornbodens barg, lebte Clara in der Hut der Burg Fratta. Ihre Anmut wuchs mit ihr, als würde sie von der sonnendurchglühten Luft selber gehoben und erleuchtet. Es war eine bescheidene Schönheit, die ihren Glanz aus der Demut empfing; sie schimmerte sanft in ruhigem Schein wie die Schönheit einer Madonna, die still zwischen den Kerzen des Altares leuchtet. In dem Antlitz der jungen Komteß glänzte ein nahezu himmlischer Frieden; doch wie vornehm ausgeglichen ihr Wesen scheinen mochte – darunter schlummerte die Kraft einer glühenden Hingabe. Der stille Sinn war im verborgenen unablässig tätig, das arglose Herz wallte über in köstlichen Gefühlen. Ihr müßt an unsere Gletscher im Norden denken, wenn sie in diamantener Erhabenheit das Feuer der südlichen Sonne zurückstrahlen; in solchem Bilde habt ihr das Wesen von Clara.

Die einfachen Bäuerinnen der Umgegend nannten sie die Heilige und dachten in Ehrfurcht an den Tag ihrer ersten Kommunion, als sie nach Empfang des mystischen Brotes vor Tröstung, Ergriffenheit und heiliger Scheu in Ohnmacht gesunken war; sie hingegen sagten, Gott habe sie entrückt, weil sie der Vermählung mit ihm würdig sei. Auch Clara dachte mit einer zitternden Freude an jenen himmelschönen Tag, da sie zum erstenmal an dem wunderbarsten Mysterium ihrer Religion teilhaben durfte, und schmeckte in der Erinnerung immer wieder die erhabenen Gefühle, mit denen ihre Seele damals der Erde entfloh.

Ihr müßt bedenken, daß ich von einer Zeit erzähle, wo der Glaube, in den Gemütern noch fest verankert, in auserwählten Geistern jene Wunder an Nächstenliebe, Opfer und Gelöstheit von den Dingen dieser Welt vollbrachte, die auch dem zweifelnden Auge des Philosophen immer bewundernswürdig sein werden. Es liegt mir fern, Glaubenslehre zu predigen oder Lehrsätze aufzustellen oder zu verteidigen; und ich weiß sehr wohl, daß eine von unwahrhaftigen Seelen in scheinheiliges Wesen verkehrte Frömmigkeit das Bewußtsein ärger als jede andere Unnatur verderben kann. Ich selbst bin nicht fromm, und ich habe leider unter größten Mühen einen andern Weg finden müssen, auf dem ich zur wahren, besonnenen Achtung des Lebens emporklimmen konnte. Oft mußte ich, Täuschung zur Seite, Verzweiflung im Herzen, mich, ein geselliges, sozialen Gesetzen unterworfenes Wesen, in das Bollwerk des Gewissens einschließen, um die Heiligkeit, die ewige Lebenskraft und vielleicht künftige Verwirklichung jener Moralgesetze zu empfinden, die jetzt auf jede Weise verlacht, mit Füßen getreten, verletzt werden; mußte schließlich, ich, ein Mensch, der stolz war auf seine Vernunft und sich rühmte, Herr zu sein über das All, mich, zunichte geworden, selbst in den Abgrund eben dieses Alls stürzen, in sein unmeßbares, unmeßbar harmonisches Leben, nur um eine Rechtfertigung zu finden für die Qual, die Existenz heißt, und einen Grund für das Gebilde der Phantasie, das Hoffnung heißt. Und auch diese Rechtfertigung schwankt vor der altgewordenen Vernunft wie die Flamme einer Kerze, die der Wind hin und her weht; und spät erst werde ich gewahr, daß Glaube für das irdische Glück besser ist als Wissen und Erkenntnis.

Doch ich kann meinen moralischen Zustand nicht bereuen, denn er ist notwendig: ich kann und darf über ihn nicht erröten, weil ein Wissen, das im sozialen Leben die Unerschütterlichkeit der Stoiker mit der Nächstenliebe des Evangeliums vereinigt, über sich selbst nie Scham zu empfinden braucht, wie immer die Grundlagen seiner Philosophie sein mögen. Aber wieviel Schweiß, Schmerzen, Jahre währende Beharrlichkeit waren erforderlich, dahin zu gelangen! Ich besaß die Geduld der Ameise, die, vom Winde umgeworfen, den Pfad hundertmal verliert und hundertmal wieder aufnimmt, um ihren langen Weg mit Schritten, die kaum zu sehen sind, zu Ende zu gehen. Wenige hätten getan wie ich, wenige tun es heute. – Mancher Mensch löscht das Leben des Geistes aus und weiß nicht, daß eben jener Geist, wann es auch sein möge, wieder wach wird, um alle die Schmerzen noch einmal zu leiden, die ihn rüsten sollten, den Weg zum Tode zu beschreiten. Früher war der Glaube wenigstens eine Idealität, eine Kraft, ein Trost, und wer nicht den Mut hatte, suchend und wartend zu leiden, hatte das Glück, glaubend zu dulden. Jetzt entschwindet der Glaube, und die lebendige, völlige Erkenntnis ist noch nicht gekommen. Warum also diese Zeiten, die die Zuversichtlichsten einen Übergang nennen, so hoch erheben? Ehrt die Vergangenheit, bereitet die Zukunft vor; aber lebt in der Gegenwart in der Demut und Tätigkeit dessen, der das eigene Unvermögen und zugleich die Nötigung, sittliche Kraft zu entwickeln, empfindet. Erzogen ohne die religiöse Zuversicht der Vergangenheit und ohne Glauben an die Zukunft, habe ich in der Welt vergebens einen Ort gesucht, wo meine Gedanken ruhen konnten. Nach vielen, vielen Jahren habe ich meinem blutenden Herzen eine Erkenntnis abgerungen: Gerechtigkeit; ich habe mich davon überzeugt, daß das menschliche Leben ein Dienst an der Gerechtigkeit ist und der Mensch ihr Priester, und die Geschichte eine Büßerin, die ihre Opfer verzeichnet zum Gewinn der Menschheit; einer Menschheit, die sich immer wandelt und immer lebt. Alt an Jahren, dem Grabe nahe, weise ich dieses Wort des Glaubens denen, die nicht mehr glauben, und doch in unserm Jahrhundert des Übergangs noch denken wollen. Der Glaube läßt sich nicht befehlen, auch wo wir selbst ihn uns befehlen wollen. Wer meine Blindheit bedauert und mein Leben als eine tapfere, doch unnütze Mühe beklagt, die in der Ewigkeit keinen Lohn finden wird, dem antworte ich: angesichts aller andern Menschen bin ich allein Herr über mein zeitliches und ewiges Sein. In die Abrechnung zwischen mir und Gott habt ihr euch nicht hineinzumengen. Ich neide euch euern Glauben, aber ich kann ihn mir nicht erzwingen. Glaubt also, seid glücklich und mich laßt in Frieden!

Komteß Clara war nicht nur gläubig, sie war leidenschaftlich fromm: denn ihrer Seele genügte nicht der Glaube, sie brauchte überdies die Liebe. Doch dankte sie den Ruf der Heiligkeit nicht allein der glühenden Hingabe an die vielen Pflichten ihres Glaubens, mehr noch dankte sie ihn Werken der Nächstenliebe, die sie in frommer Tugend ständig übte. Ihr Verhalten zeigte jedoch nicht die Bescheidenheit der Magd, sondern die der Gräfin, die gesellschaftliche Ungleichheiten als von Gott eingesetzt, sich selbst aber vor ihm dem niedrigsten Wesen der Menschheitsfamilie gleich empfand. Sie besaß das, was man das Zweite Gesicht nennt, wenn es galt, den Kummer anderer zu ahnen, und die Gabe schlichter Herzlichkeit, dank deren sie zur Freude aller zu raten und zu trösten wußte. Reichtum schien ihr nur wert, sofern er den Bedürfnissen der Armen abhelfen konnte, was ja seinen wahren Wert darstellt, damit eine weise Verwaltung sich um die Menschheit wohlverdient machen kann. Die Leute sagten, sie habe eine linde Hand; das war schon richtig, doch tat Komteß Clara den Menschen ganz selbstverständlich wohl und wußte nichts davon, wie wir nichts wissen vom Blut, das im Körper kreist und von der Lunge, die atmet. Sie war vollkommen unfähig zu Haß, auch bösen Menschen gegenüber: denn sie zweifelte nicht daran, daß sie ihren Sinn ändern könnten. Alle Wesen der Schöpfung waren ihre Freunde: nie hatte die Natur eine liebreichere, erkenntlichere Tochter als sie. Darin ging sie so weit, daß sie in der Burg keine Mausefalle sehen wollte, und schritt sie über eine Wiese, so tat sie es mit Vorsicht, um nur ja kein sprossendes Gräslein und keine Blüte niederzutreten. Freilich war ihr Schritt, ohne dichterische Übertreibung, so leicht, daß die Blüte nur einen Augenblick den Kopf neigte, und das Gräslein nicht einmal spürte, daß ihre Ferse darüber hingegangen. Vögel im Käfig hielt sie nur, um sie beim ersten Hauch des Frühlings freizulassen, und bisweilen hatte sie sich an die lieblich trillernden Gefährten so gewöhnt, daß ihr das Herz weh tat, mußte sie sich von ihnen trennen. Aber was bedeutete je für Clara eigener Schmerz, wenn es um das Wohl eines andern ging? – Sie öffnete die Tür des Käfigs mit einem Lächeln, das von den Tränen, die in ihren Augen blinkten, nur schöner wurde. Bisweilen pickten sie die Vögel, bevor sie davonflogen, mit ihren zierlichen Schnäbeln in die Finger; sie weilten wohl auch ein paar Tage in der Nähe der Burg und besuchten das Fenster, hinter dem sie als umhegte Gefangene glücklich überwintert hatten; und Clara wußte ihnen Dank für das freundliche Gedenken. Dann meinte sie wohl, die Dinge dieser Welt seien gut, und die Menschen könnten nicht böse sein, wenn schon Stieglitze oder Finken sich ihr zutraulich und dankbar zeigten. Die alte Gräfin lächelte in ihrem Lehnstuhl, wenn sie diesen kindlichen Spielen mit gerührtem Herzen zusah. Und sie hütete sich wohl, die Enkelin auszulachen; denn die gute Seele wußte aus Erfahrung, daß solche in der Kindheit geübten zarten Gefühle einen Quell reiner, einfacher, nie geneideter Freuden bilden, der spätere Zeiten unversiegbar speist. In den drei Klosterjahren bei den Salesianerinnen von San Vito hatte das Mädchen um ihres zärtlichen Wesens willen manchen Spott zu erdulden gehabt; aber sie besaß genügend Herz, sich dessen nicht zu schämen, und die Festigkeit, es nicht zu verleugnen. So fanden alle, als sie an das Krankenlager auf der Burg zurückkehrte und die geliebte alte Frau weiter pflegte, in ihr dieselbe Clara wieder, einfach, bescheiden und willig zu jedem Dienst; und sie lachte und weinte bei Freude oder Schmerzen anderer genau so leicht wie ehemals. Als sich die Gräfin von Venedig nach Fratta verpflanzte, hatte sie Clara etwas wild gewachsen vorgefunden und sich daher vorgenommen, sie mit den üblichen zehn Klosterjahren geradezuziehen; doch schon nach drei Jahren begann sie zu sagen, Clara in ihrem aufgeweckten Wesen habe sicher schon genug gelernt. Die Wahrheit war, daß ihr die Pflege der Schwiegermutter lästig wurde, und um dafür nicht das ganze Jahr einen dienstbaren Geist zu opfern, schien es ihr eine doppelte Ersparnis, die Tochter wieder nach Hause zu holen. Auch hatte der Frau Gräfin Aufwand in Venedig die Vermögensverhältnisse der Familie einigermaßen in Unordnung gebracht, und da man jetzt daran denken mußte, für die Erziehung des Sohnes zu sorgen, wollte man an den Ausgaben für die Mädchen ein wenig knausern. Es waren ja schon zwei

Mädchen; denn als die Gräfin beschloß, Clara von den Nonnen wegzunehmen, trug sie Pisana unter dem Herzen, und sie wußte ganz sicher, daß sie ein Mädchen gebären würde, und hatte ihm den Namen – ihrer Mutter zu Ehren, die eine Pisani gewesen war – schon damals gewählt.

So standen die Dinge, während ich in allen Häusern von Fratta an Brüsten sog und hingegeben Kinderbrei schluckte; doch als ich etwa neun, Pisana sieben Jahre zählte und der junge Graf Rinaldo sich bei den ehrwürdigen Somaskervätern der Rhetorik befleißigte, war Komteß Clara schon zur vollen mädchenhaften Anmut erblüht. Sie muß damals achtzehn Jahre alt gewesen sein, wenn sie auch jünger erschien wegen der zarten Farben, die ihr immer ein jugendliches Aussehen bewahrten. Ihr Geist war voller Kenntnisse dank der Bücher, die sie las, und voll guter Gedanken, da sich ihr fromm-beschauliches Gemüt ruhig entwickeln konnte; die Empfindsamkeit wurde in den Hilfeleistungen, die sie den armen Frauen des Dorfes zuteil werden ließ, nützlicher angewandt, ohne daß sie an kindlichem Reiz das geringste verloren hätte. Noch immer liebte sie Vögel und Blumen, aber sie dachte weniger daran, weil ihre Zeit nun mit wichtigeren Sorgen ausgefüllt wurde; und im übrigen war ihre Heiterkeit die gleiche, ja sie hatte an Zauber gewonnen durch ein sicheres Bewußtsein ihrer selbst, das seine Strahlen über ihr ganzes Wesen verbreitete. Wenn sie am Abend, nachdem sie der alten Gräfin beim Auskleiden geholfen, ins Eßzimmer trat und in der Nähe des Tisches, an dem ihre Mutter spielte, niedersaß, in der einen Hand die Weißstickerei, in der andern die Nadel, dann zog ihre Gegenwart alle Blicke an und brachte es zuwege, Stimme und Gerede der Spieler für eine Viertelstunde zu veredeln. Die Gräfin war scharfsichtig genug, diesen Erfolg der Tochter zu bemerken, und wurde einigermaßen eifersüchtig. Mit ihrer Spitzenhaube und aller Eitelkeit des Hauses Navagero, die sich auf ihren Zügen ausprägte, hatte sie nie einen ähnlichen Erfolg gehabt. Wenn sie sich daher anfangs Mühe gab, die Geschwätzigkeit der Gesellschaft, die oft in Zänkerei und Flegeleien ausartete, zu zügeln, so geriet sie nunmehr in solchem Augenblick der Waffenruhe in Wut, daß die andern nicht fortfuhren, und war selbst die erste, die den Hauptmann oder Andreini zu ihren Späßen anstachelte. Der Herr Graf triumphierte, wenn er sah, wie seine Frau am heimischen Verkehr Gefallen fand; und Hochwürden äugte mißtrauisch nach der Schwägerin hin und fragte sich vergeblich, worin diese wirklich ungewohnte und auch ein wenig übertriebene Leutseligkeit ihren Ursprung habe. Ich war damals noch ein Knirps, doch wußte ich mir an meinem Schlüsselloch, wo ich dem Spiele manchmal zuschaute, die Wut und schlechte Laune der Gräfin sehr wohl zu deuten; auch Clara wußte sie zu deuten; denn wenn der Hauptmann oder Andreini der Aufforderung der hohen Herrin des Hauses ungeschickt genug nachkamen, so stieg ihr, dessen entsinne ich mich gut, eine leichte Röte in die Schläfen. Ich meine noch immer, ich sähe diesen Engel von Mädchen vor mir, wie sie sich dann doppelt aufmerksam über ihre Stickerei beugte und die Finger vor Eifer den Faden verwirrten. Ja, ich bin sicher, sie errötete gar aus Furcht, das Gefühl, das in solchen Augenblicken von ihr Besitz ergriff, sei kleinlicher Dünkel. Aber wie hätte Hochwürden so verwickelte Dinge ahnen oder begreifen können? – Ich war neun und er volle sechzig Jahre alt; er der Träger geistlicher Würden in Schultermantel und roten Strümpfen, ich nahezu ein Findelkind, barfuß und im bloßen Hemd. Er hieß Orlando, ich nur Carlino; und doch verstand ich von Welt und Sitte mehr als er. Ja, er war wahrhaftig der lauterste Gottesgelehrte der katholischen Geistlichkeit; dafür lege ich meine Hand ins Feuer.

Um jene Zeit häuften sich die Besuche der jungen Männer aus Portogruaro und dem weiteren Umkreis auf der Burg Fratta. Kamen sie früher nur an Festtagen oder an den Abenden der Weinlese, so tauchte jetzt das ganze Jahr, auch im härtesten, schneereichsten Winter manch mutiger Besucher auf, zu Fuß oder zu Pferde, mit der Büchse über der Schulter, die Laterne auf die Spitze gehängt. Ich weiß nicht, ob die Gräfin die Ehre in Anspruch nahm, diese Besucher kämen um ihretwillen; jedenfalls gab sie sich große Mühe, die Muntere und Liebenswürdige zu spielen. Aber ungeachtet aller Reize ihrer ansehnlichen und mehr als reifen Jahre blieben die Blicke jener jungen Herren recht zerstreut, bis endlich das Freude verbreitende Gesichtchen von Clara sie gesammelt auf sich zog. Vianello aus Fossalta, der nächste Nachbar, war auch der beharrlichste; doch stand ihm der Partistagno wenig nach, obwohl seine Burg Lugugnana, am Rande des Pinienwaldes, gute sieben Meilen von Fratta entfernt am Meere lag. Diese Entfernung gab ihm wohl das Recht, seine Besuche auf eine recht frühe Stunde zu legen, und oft fügte es sich, daß er gerade dann auftauchte, wenn Clara der Mutter auf ihrem täglichen Spazierweg entgegenging. Die Sitte wollte, daß er sie da begleite, und Clara ließ es sich aus Höflichkeit gefallen, obschon ihr die rauhe, bedenkenlose Art des jungen Edelmannes nicht sonderlich behagte. War dann das abendliche Spiel zu Ende, so versäumte die Gräfin nie, den Partistagno einzuladen, in Fratta zu übernachten, und jammerte über die Unsicherheit, Dunkelheit und Länge des Heimweges; er jedoch lehnte dankend ab mit einem raschen Blick auf Clara, der selten und nur zufällig erwidert wurde, ging in den Marstall und ließ sich seinen starken Friauler Renner satteln. Er wickelte sich fest in den Mantel, nahm die Flinte, auf der die unentbehrliche Laterne hing, schußbereit in den Arm, sprang in den Sattel, vergewisserte sich, ob die Pistolen noch im Halfter steckten, und sprengte im Galopp über die Zugbrücke. So raste er wie ein Schreckgespenst über die tief eingesenkte, finstere Straße. Meist blieb er zur Nacht in seinem zwei Meilen entfernten Landgut San Mauro, wo er sich zur größeren Bequemlichkeit vier Zimmer in einem Bauernhaus eingerichtet hatte. Bei den Landleuten stand der Partistagno im höchsten Ansehen dank seiner Flinte und seiner Pistolen und, wenn er keine Waffen trug, auch dank seiner Fäuste;

denn diese Fäuste wogen so schwer, daß man nach einer Kostprobe in die Magengrube nicht Kugel noch Schrot brauchte, um ins Jenseits zu gelangen.

Vianello hingegen kam und ging jeden Abend zu Fuß, und das Laternchen hing ihm vorn an der Stockspitze wie der Klingelbeutel am Stock des Mesners, wenn er in der Predigtpause um Münzen kommt. Er sah nicht aus, als trüge er Waffen; aber wer in seinen Taschen gesucht hätte, würde eine vorzügliche doppelläufige Pistole gefunden haben, wie sie zu jenen Zeiten nicht ebengewöhnlich war. Im übrigen hätte kein Mensch gewagt, ihn zu belästigen, denn er besaß als Sohn des Arztes von Fossalta etwas von der Unantastbarkeit des Vaters. Dazumal zählte der Volksglaube die Ärzte unter die Hexenmeister, und niemand wäre so kühn gewesen, ihre Rache herauszufordern. Fast glaubte man, sie seien imstande, eine Provinz zu verpesten, und ich kenne eine dort alteingesessene Familie, wo noch jetzt, bevor man den Arzt ruft, einige Gebete an die Madonna gesprochen werden, daß sie den Besuch mit ihrem Segen begleite. Der Doktor Sperandio (der ›Hoffnungsreiche‹, ein schöner Name für einen Arzt, der ihn den Kranken von vornherein empfiehlt) erfreute sich einer Erscheinung, die dem althergebrachten Rufe der Hexerei einigermaßen entgegenkam. Er trug eine große, tintenschwarze Perücke aus Wolle oder Roßhaar, die ihm Stirn, Ohren und Genick vorm Winde schützte, und obendrein einen riesigen Dreispitz, ebenso schwarz, und mächtig wie eine Gewitterwolke. Kam er so auf seinem mageren, jämmerlichen, eselaschgraufarbenen Klepper dahergeritten, so ähnelte er eher einem Totengräber als einem Arzt. Doch wenn er erst abstieg und vor dem Krankenbett umständlich die Brille auf die Nase setzte, um die Zunge zu betrachten, so schien er wahrlich ein Notar, der sich anschickte, ein Testament zu formulieren. Meist sprach er halb Latein und halb Friauler Dialekt, in der Zeit nach Tisch zu drei Vierteln Latein; und nach dem Becher Wein zum Ave Maria stelzte er während der ganzen Abendmahlzeit gar in ciceronianischem Latein umher. An eine ähnliche Stufenfolge hielt er sich mit seinen Medizinen. Verordnete er morgens gegen Bauchweh ein schmerzstillendes Mittel, so ging er am Abend zu Rizinus über; und die Schröpfköpfe des Nachmittags verwandelten sich nachts in einen Aderlaß. Sein Mut wuchs mit dem Lauf des Tages; nach dem Abendessen hätte er einem Verrückten den Kopf abgeschnitten in der Hoffnung, die Operation könne ihn heilen. Nie besaß ein Arzt, mochte er Chirurg oder Bader sein, längere, rostigere Lanzetten als der Doktor Sperandio. Ich glaube, es waren wirklich Lanzen von Hunnen oder Westgoten aus den Ausgrabungen von Concordia; doch er handhabte sie mit einem so einzigartigen Geschick, daß er in seiner langen Ärztelaufbahn nichts verdarb als den Arm eines Paralytikers, und das einzige, was ihn oft in Verlegenheit setzte, war die Schwierigkeit, das Blut zu stillen, so breit waren die Wunden. Wenn das Blut mit Drachenpulver nicht gerinnen wollte, so half er sich damit, daß er es austropfen ließ, und führte auf lateinisch einen Spruch in seiner Weise an, ›daß kein Bauer an einer geöffneten Ader stirbt‹. Freilich, Seneca war nicht Bauer, sondern Philosoph.

Der Doktor Sperandio hielt die Kunst von Hippokrates und Galen in hohen Ehren. Das war schon eine Pflicht der Dankbarkeit, denn außer dem Lebensunterhalt, den sie ihm gewährte, war noch so viel übriggeblieben, daß er sich in Fossalta ein Haus und anstoßend ein Gütchen kaufen konnte. Studiert hatte er in Padua, aber mit größerer Ehrfurcht nannte er die Schule von Salerno und die Universität Montpellier; und in den Heilmitteln hielt er sich an die einfachen, zumal an solche, wie sie in den Sümpfen und längs der Hecken wuchsen, eine christenfeindliche Methode, die ihn mit dem Apotheker des Ortes öfter in Meinungsverschiedenheiten brachte. Aber der Doktor war ein gewissenhafter Mann, und da er wußte, daß der Apotheker auch die ausländischen Arzneien aus der einheimischen Flora auszog, so vereitelte er den Betrug mit der höchst abscheulichen Einfachheit seiner Mittel. Was nun die Lehre von der sozialen Ordnung der Gesellschaft angeht, so war er ein wenig Ägypter, das heißt, er war für die Berufsfolge in den Familien und wollte unbedingt, daß der Sohn seine Patienten und Lanzetten erbe.

Der Herr Lucilio teilte diese Ansicht keineswegs und erwiderte, die Sintflut sei umsonst gewesen, wenn sie nicht einmal diese ranzigen Lehren von Erbtyrannei überschwemmt habe. Doch hatte er sich zum Gehorsam bequemt und seine fünf Jahre auf der uralten, gelehrten Universität zu Padua studiert. Er war ein durch seine Nachlässigkeit sehr bemerkenswerter Student, der nie verfehlte, bei seinem seltenen Erscheinen eine schlechte Figur zu machen; mit Edelleuten und Häschern geriet er ständig in Streit und war bei jedem Schneefall der erste im Sprechraum der Nonnen von Santa Croce, der ihnen die Neuigkeit meldete, weil der, dem das glückte, von den hochwürdigen Schwestern – das ist ein alter Brauch – einen schönen Korb voll Blätterteigkuchen bekam. Lucilio Vianello hatte viele solche Körbe geleert, bevor er die Doktorwürde erlangte.

Doch da wären wir bei dem Punkt, worüber es zwischen ihm und seinem Herrn Papa immerzu Streit gab. Auf keine Weise konnte ihn dieser dazu bewegen, die ersehnte Doktorwürde zu erwerben. Er steckte ihm das Geld für die Hin- und Rückreise in die Tasche, mehr als das Nötige für einen Monat Aufenthalt, mehr als die Gebühr für die erste Prüfung; er setzte ihn in Portogruaro ins Postboot nach Venedig. Aber Lucilio reiste, blieb fort und kehrte schließlich ohne Geld und ohne Prüfung zurück. Siebenmal innerhalb zweier Jahre war er in dieser Weise bald einen, bald zwei Monate abwesend; und die prüfenden Professoren der medizinischen Fakultät hatten sein erstes Geschenk noch nicht in Empfang genommen. Was tat er auf diesen Reisen? Eben das wollte der Doktor Sperandio um alles in der Welt herauskriegen, ohne jedoch ans Ziel zu kommen. Endlich, im Lauf der siebenten Reise, entdeckte er, daß sein Herr Sohn sich nicht einmal die Mühe nahm, bis Padua zu gelangen; er fühlte sich, sowie er in Venedig landete, so behaglich, daß er nicht weiterzureisen brauchte, um das Geld des

Herrn Papa auszugeben. Der erfuhr es hernach von einem Gönner, dem vornehmen Senator von Frumier, dem Schwager des Grafen von Fratta, der in der schönen Jahreszeit auf seinem Landsitz in Portogruaro wohnte und ihn unterrichtete von der etwas verdächtigen Lebensführung des Sohnes in Venedig, der zu Ehren die Herren Inquisitoren ihn väterlich im Auge behielten. – Weiter war es nichts? Das hatte ihm gerade noch gefehlt! Der Doktor Sperandio verbrannte den Brief, zerkleinerte die Asche mit der Kohlenschaufel und betrachtete grimmig seinen Sohn Lucilio, der sich ihm gegenüber die büffelledernen Gamaschen trocknete; aber von der Doktorwürde war ziemlich lange nicht mehr die Rede. Doch nahm er ihn mit zu den Kranken, um zu erproben, wieviel Kenntnisse er sich als Jünger Äskulaps bisher erworben; und da er mit dem Ergebnis zufrieden war, ließ er ihn nunmehr hie und da bei den Bauern, die er des Morgens besucht hatte, Zunge und Urin nachprüfen. Lucilio eröffnete in seinem Notizbuch die Posten für Giacomo, Tom und Matteo mit der dreigeteilten Reihe von Puls, Zunge und Urin: dann füllte er nach und nach, wie er die Besuche machte, das Verzeichnis mit den verlangten Merkmalen aus und brachte es dem Herrn Vater schön ordentlich heim. Dieser freilich wunderte sich manchmal gewaltig über gewisse Wechsel und jähe Sprünge, wie sie im Krankheitsverlauf von Ackerbauern nicht eben häufig vorkamen.

Was! Bei Matteo Zunge rein und feucht, und er liegt seit gestern mit Faulfieber im Bett? *Putridum autem septimo aut quatuordecimo tantumque die in sudorem aut fluxum ventris per purgationes resolvitur.* Die Zunge rein und feucht! Aber wenn sie am Morgen trocken war wie Zunder und zwei Finger dick belegt ... O weh! Lebhaften Puls die Gaëtana! Aber wenn ich heute zweiundfünfzig in der Minute gezählt und ihr zum Trinken sogar *Vinum tantummodo pepatum* verordnet habe, *et infusione canellae oblungatum*! Was soll das heißen? ... Warten wir, wie es morgen steht. *Nemo humanae naturae pars qua nervis praestet in phaenomali mutatione ac subitaneitate.*

Am folgenden Tage ging er hin und fand Matteo mit schweinemäßig belegter Zunge und Gaëtana dem Pfeffer, Kaneel und Weine zum Trotz mit lahmem Puls. Der Grund für solche Wunder war, daß Lucilio diesmal keine Besuche hatte machen mögen und sein Verzeichnis im Schatten eines Maulbeerbaums ausgefüllt hatte, wie es ihm gerade in den Sinn kam. Dann brachte er es dem Herrn Papa und machte ihn irre an seinen Lehrsätzen: *De qualitate et symptomatica morborum.*

Es gab jedoch bestimmte Gelegenheiten, wo es dem jungen Mann nicht übel behagte, daß er vom Studium der Medizin an der Universität Padua beurlaubt war – wenn ihn zum Beispiel Rosa, kaum hatte er die Burg betreten, zur alten Gräfin hinaufbat, die an Nervenschmerzen litt und von ihm einen lindernden Trank aus Laudanum und destilliertem Wasser verordnet wünschte. Es hatte den Anschein, als empfinde Lucilio für die nahezu Hundertjährige eine ehrfürchtig verehrende Liebe; daher konnte er gar nicht genug Sorgfalt und Umsicht anwenden, ein so wertvolles Leben zu erhalten. Bisweilen stand er, wenn sie sprach, vor Aufmerksamkeit wie festgebannt, wie es zu gehen pflegt, wenn die Worte eines über die Maßen verehrten Menschen gleich einer Zaubermelodie unsere Seele in höchster Lust erstarren lassen. Dann wieder wurde er im Gespräch mit ihr – er war sonst verschlossenen Gemütes – plötzlich, nicht ganz ungezwungen, so lebhaft und offenherzig, daß er ihr von sich und seinen Angelegenheiten sprach, als sei sie seine Mutter. Niemand, sagte er, litt wie er darunter, eine Waise zu sein (die Frau des Doktor Sperandio war bei der Geburt dieses einzigen Sohnes im Kindbett gestorben); und so suchte er wohl in diesem Gefühl der Kindesliebe für die Großmutter von Clara einen Trost für das andere, das er nicht hatte entfalten können. Allmählich gewöhnte sich die alte Frau an die familienhafte Vertraulichkeit des jungen Mannes; sie ließ ihn rufen, auch wenn sie den Arzt nicht brauchte, hörte ihn gern die Neuigkeiten des Tages erzählen und fand ihn mit Wohlgefallen völlig anders als die jungen Taugenichtse, die häufig auf die Burg kamen. Wirklich verdiente Lucilio solche Unterscheidung; er hatte viel gelesen und eine große Liebe zur Geschichte gefaßt, und da er wußte, daß jeder Tag in den Jahrbüchern der Völker eine Seite weiterschreibt, verfolgte er aufmerksam jene ersten Anzeichen von Erschütterungen, die am europäischen Horizont heraufzogen. Dazumal waren die Engländer beim venezianischen Patriziat nicht allzugern gesehen, wohl aus dem gleichen Grunde, aus dem ein Bankrotteur die neuen Herren seiner Habe nicht eben schätzt. Darum rühmte Lucilio die Unternehmungen der Amerikaner und die menschliche Größe von Washington, der eine ganze neue Welt von der Abhängigkeit von den Lords gelöst hatte. Die kranke Gräfin hörte ihn gern von Ereignissen und Schlachten erzählen, die den Engländern zum Schaden gereichten, und vereinigte sich mit ihm in einer begeisterten Schwärmerei für den Bündnisvertrag, der diesen den Besitz der amerikanischen Kolonien auf immer genommen hatte. Sprach er nun gar mit schmalen Lippen von den Geschehnissen in Frankreich, von den Ministerien, die eines das andere stürzten, vom König, der nicht mehr wußte, an welche Partei er sich halten sollte, und von den Machenschaften der deutschfreundlichen Königin, dann begann sie zu erzählen, wie die Dinge zu ihrer Zeit standen, vom Glanz des Hofes, von Ränken und Kriecherei der Höflinge und von der erhabenen, fast traurigen Einsamkeit des großen Königs, der alle Herrlichkeit, womit ihn seine Zeitgenossen umgaben, überlebt hatte, um dem Leichtsinn und der Lasterhaftigkeit der Enkel beizuwohnen. Sie sprach mit Schaudern von den schamlosen Sitten, deren man seitens der neuen Generation gewärtig war, und dankte dem Himmel, daß er die Republik von San Marco vor dem Eindringen dieser Verderbnis beschützte. Kehrte sie von solchem Ausflug an den französischen Hof auf die Burg Fratta zurück, so schilderte sie Venedig, wie es zu Beginn des achtzehnten Jahrhunderts gewesen; sie konnte nicht wissen, mit wieviel Lust und verführerisch anmutigem Flitter man inzwischen am Rialto und in den Palästen um den Canal Grande den leichten Sitten von Versailles und Trianon nachgeeifert hatte. Als die Enkelin ihr Komödien von Goldoni vorlas, wurde sie unwillig und ließ Clara manche Seite überspringen; auch fand sie gut, ihr manchen Band wegzunehmen und zu verschließen. Doch nie hätte sie sich vorstellen können, daß alles, was ihr als zu frei und zügellos erschien, in den Theatern von San Benedetto oder Sant'Angelo vielmehr wirkte, als geißele es Sitten, die in ihrer Harmlosigkeit vom tieferen Zerfall längst überholt waren. Bisweilen kam das Gespräch auch auf die beginnenden geistlichen Reformen Josephs II.; und die alte fromme Frau wußte nicht recht, sollte sie die Schmach, die der Religion angetan wurde, beklagen oder sich dessen getrösten, daß es geschah von einem solchen Feind und Widersacher der Republik, den hernach die Hand Gottes gewiß strafen würde. Die Venezianer besonders im Friaul spürten schon lange den Druck des Kaiserreiches; und hatten sie ihm zur Zeit ihrer militärischen Größe mit Kraft, zur Zeit der beharrlichen bürgerlichen Klugheit mit politischer Umsicht widerstanden, so begnügten sich die Besserdenkenden hernach, da diese wie jene in der allgemeinen Trägheit versunken war, damit, der Vorsehung zu vertrauen, eine Haltung, die schon bei einer alten Frau jammernswürdig anmutet, geschweige denn in einem Senat führender Männer. Denn die Vorsehung bringt ihre Pläne mit unsern Gedanken, unsern Gefühlen, unsern Werken zur Reife; wenn wir von ihr den fertig gekochten Kinderbrei erwarteten, so wäre das ein Traum von Verzweifelten oder eine weibische Hoffnung. Wiegte sich daher die alte Frau Badoëra in einer solchen, dann konnte Lucilio nicht anders als den Kopf schütteln; aber er biß sich auf die Lippen, und das heimliche Lächeln, das sich ihm in die Mundwinkel stahl, verkroch sich unter den feinen, tiefschwarzen Schnurrbart. Ich möchte wetten, die Reformen des Kaisers und das Unglück von San Marco mißfielen ihm nicht in dem Maße, als er sich den Anschein geben wollte.

Nicht immer drehte sich das Gespräch um so hohe Dinge: ja,

es berührte sie selten und nur, wenn näherliegende erschöpft waren. Damals hatten Dampf, Telegraph und Eisenbahn den großen Glaubenssatz von der Einheit der Menschen noch nicht verwirklicht, und jede kleine Gesellschaft, die dank der schwierigen Zugangswege und einer fast vollkommenen Unabhängigkeit in der Rechtsprechung auf sich gestellt blieb, beschäftigte sich vor allem und hauptsächlich mit sich selbst und führte in der übrigen Welt höchstens ihre Neugier zur Weide. Die Moleküle schwammen im Chaos, und die Zentripetalkraft hatte sie noch nicht in ebenso viele, aus wechselseitigen aktiven oder passiven Einflüssen ineinander geballte Systeme verdichtet. So lebten denn die Einwohner von Fratta gleich den Göttern Epikurs im vollen Gefühl ihrer Wichtigkeit; und wenn ihnen Geschäfte oder Freuden eine Pause gönnten, warfen sie wohl, je nach Laune, aus Gleichgültigkeit oder Neugier, einen Blick zur Rechten oder zur Linken. Daher denn auch im verflossenen Jahrhundert ein so empfindlicher Mangel an statistischen Erhebungen geherrscht, und die Erdkunde sich darein verloren hat, sonderbare Sitten und Fabeln, wie sie Reisende erzählen, an Stelle der wahren Lebensbedingungen der Provinzen aufzuzeichnen. Unvollkommenheit der Mittel oder Unwissenheit der Schreibenden auszugleichen, blieb dem Talent der Leser überlassen, und für diese war die Welt kein Schauplatz ernster Händel, sondern ein Theater. Also plauderte man auch im Kreis um unsere alte Gräfin öfter vom Klatsch aus der Nachbarschaft; die eine Gemeinde hatte die Rechte des Lehnsherrn Soundso an sich gerissen; darum lief ein Prozeß vor dem erlauchten Statthalter, und das Urteil war gesprochen, und Soldaten zu Fuß und zu Pferde wurden zur Strafe in jene Gemeinde geschickt, um deren Einkünfte zu verspeisen. – Man sagte künftige Heiraten vorher und murmelte auch ein weniges über solche, die geplant oder geschlossen waren; und gewöhnlich bildeten die Streitigkeiten, Gewalttaten, Zwietrachten der Burgherren einen guten Teil des Gesprächs. Die alte Dame redete aus der Höhe ihrer Jahre und ihrer Stellung über alle Dinge sanft und gesetzt, doch wirkte diese ihre Art in keiner Weise gekünstelt, vielmehr gemildert durch eine gute Dosis Schlichtheit und christlicher Bescheidenheit. Lucilio, der doch ziemlich klug war, spielte den jungen Mann, der sich freut, von jemandem zu lernen, der mehr weiß als er, und solche Rücksicht erwarb ihm die Achtung und Liebe der alten Gräfin immer mehr. Wie er ihr so jeden kleinen Dienst erwies, den sie brauchte, schien es wirklich, er sei ihr Sohn oder wenigstens ein Mensch, der ihr dank irgendeiner großen Wohltat sehr nahe stand. Nichts dergleichen war der Fall; solche Künste stammten, wie ihr euch wohl denken könnt, aus einem Herzen, das zu gleichen Teilen erfüllt war von Güte, Wohlerzogenheit und ... Durchtriebenheit. Ich will euch den Zusammenhang in wenigen Worten erklären.

Hatte sich Lucilio verabschiedet, um ins Eßzimmer hinunterzugehen oder nach Fossalta zurückzukehren, so fand die alte Gräfin kein Ende, Clara gegenüber den jungen Mann und sein vollendetes Benehmen, seine Liebenswürdigkeit, sein vernünftiges Urteil herzlich zu loben. Sogar sein Äußeres gab ihr Stoff, ihn zu rühmen, als sei es ein Spiegel des untadeligen Innern. Wenn alte Frauen, die lauteren, redlichen Gemütes sind, einen Menschen liebgewinnen, so klingt in ihrem Herzen jede Saite wider, die die Liebe je angerührt, und sie pflegen alle in einem langen Leben geübte Zärtlichkeit und Fürsorge, ja sogar trügerische Hoffnung auf dieses letzte Haupt zu häufen. Darum hätte vielleicht keine Geliebte noch Schwester, keine Braut noch Mutter, keine Großmutter einen Menschen mit tieferer Liebe umfaßt als die alte Gräfin Lucilio. Tag für Tag hatte er in ihrer reifen Seele, deren Güte noch nicht erstorben war, sondern nur schlummerte, diese wärmende Flamme wiederzuwecken gewußt; und schließlich fand er sich so wohlgelitten, daß kein Tag verging, ohne daß er herbeigewünscht oder gerufen wurde. Clara, der die Wünsche der Großmutter Befehl waren, hatte begonnen, gleich ihr den jungen Mann herbeizuwünschen; und wenn er dann erschien, war es für die beiden Frauen ein festlicher Augenblick. Natürlich hegte die alte Gräfin nicht den geringsten Argwohn, der Herr Lucilio könne an etwas anderes denken, als ein gutes Werk zu tun, oder vielleicht im Gespräch mit ihnen von dem törichten Gebaren im Eßzimmer auszuruhen, denn Lucilio war der Sohn des Doktor Sperandio, und Clara die Erstgeborene ihres Erstgeborenen. Wäre ihr ein Verdacht in dieser Hinsicht in den Sinn gekommen – sie hätte sich dessen geschämt wie eines vorschnellen Urteils, etwa als traue sie dem prächtigen jungen Mann ohne Grund einen unehrenhaften, strafbaren Gedanken zu. Sie war zu gut und zu sehr Aristokratin, als daß ihr auch nur der Schatten eines Argwohns gekommen wäre. Ihre Liebe zu Lucilio artete in eine wirkliche Schwäche aus; hinsichtlich seiner verwandelte sie sich zurück in die bei aller Demut fordernde Mutter, die den kleinen Orlando verteidigt hatte, als die Freiheit seiner Berufung bedroht wurde. Es war auch nicht weiter verwunderlich, daß sie die Wendung nicht wahrnahm, die sich von der Gewohnheit, einander ständig zu sehen und zu sprechen, in den Herzen der beiden jungen Menschen ganz allmählich vorbereitete. Clara nahm sie ja selbst nicht wahr, und Lucilio wandte alle List an, sie zu verbergen. Ihr versteht, was ich meine. Er hatte das blinde Vertrauen der Alten erschlichen, um die Junge zu gewinnen.

Nun dürft ihr nicht erwarten, daß ich euch sicher durch den Irrgarten dieser Seele mit ihren Vorzügen und Fehlern führen kann. Lucilio war eine jener Naturen, die, mit üppig wuchernden Fähigkeiten begabt und voll gärender Leidenschaften, den Keim zu jeder guten und bösen Tat in sich tragen; eine ungezähmte Einbildungskraft kann diesem Keime Nahrung geben, ein starker Wille das, was wächst, eisern nach dem vorgesetzten Ziele lenken. Er war mehr als jeder andere zugleich Sklave und Herr seiner Leidenschaften; tollkühn und geduldig, weil er die eigene Kraft hoch einschätzte, aber kein Fünkchen davon vergeuden wollte; selbstsüchtig, edelmütig oder grausam je nach dem Zweck, denn er verachtete es an andern Menschen, wenn sie eben den Leidenschaften unterworfen waren, über die er selbst sich als Herr fühlte, und glaubte, die Minderen müßten aus Naturnotwendigkeit den Überlegenen weichen, die Schwachen sich den Starken, die Feigen den Hochherzigen, die Einfältigen den Klugen fügen. Für überlegen nun, stark, hochherzig, klug achtete er die, die etwas mit Zähigkeit wollten, sich eines jeden Dinges bedienten und alles wagten, um ihrem Willen zu genügen. Menschen solcher Art tun große Taten, im Guten wie im Bösen. Aber wie hatte sich in seinem bescheidenen, engumschlossenen Stande ein, wenn nicht durchweg hoher und vollkommener, doch so zäher und kräftiger Charakter bilden können? – Ich wüßte es euch nicht völlig zu erklären. Vielleicht war die Lektüre der alten Geschichtsschreiber und neuen Philosophen daran schuld; und die Beobachtung der Gesellschaft in den unterschiedlichen Gemeinschaften, in denen er gelebt, hatte sich ihm in eine tiefe, stolze Überzeugung gewandelt. Ob klein oder groß, auf diese Art, meinte er, müsse man denken, wolle man das Recht haben, sich Mensch zu nennen. Ein großer Mensch lernte auf solche Weise befehlen, ein kleiner verachten; zwei Arten von Hochmut, die beide wohl gleicherweise dem Ehrgeiz Luzifers entsprechen würden. Doch wird mir jeder zugeben, daß, wenn seinem Gemüt jene Luft fehlte, in der die feinen, fast weiblichen Kräfte der wahren Güte und des Mitleids gedeihen, ein mächtiger Intellekt ihn zu dem bildete, was er war: durch Weite des Blicks und die Kraft seiner Absichten dem geringen Lose, das ihm von der Geburt und den mehr als bescheidenen Lebensumständen her bestimmt schien, tatsächlich überlegen. Die Stirn, eine mächtige Zuflucht großer Gedanken, ließ den feinen Haaren erst weit oben Raum; tief in den Höhlen liegende, verwirrende Augen suchten nicht so sehr das Gesicht der Menschen, als Seele und Herz; die Nase war schmal und gerade, der bewegliche, fest geschlossene Mund sprach oder verschwieg von der ständigen inneren Gedankenarbeit, soviel er sich vorgenommen. Die Gestalt war, wie meist bei bedeutenden Menschen, eher klein; die mageren, spannkräftigen Muskeln spielten gehorsam, wie es dieser ruhelos tätige Geist brauchte. Alles in allem ein schöner junger Mann; aber er ragte nicht aus der Menge heraus, es gab tausend schönere als ihn. Allerdings kleidete er sich gewählt, fast im Vorgefühl der englischen Einfachheit, die an die Stelle von Haarpuder und zierlicher Zutat treten sollte, und schon das hätte inmitten der allgemeinen Sitte den Blick auf ihn gelenkt. Nie gebrauchte er Perücke und Puder, Spitzen und Schnallenschuhe, auch nicht an Festtagen; er trug den runden Quäkerhut, Hosen, die in preußischen Stiefeln steckten, eine Jacke ohne Zierat und Emailknöpfe, die Weste einfarbig dunkelgrün oder aschgrau, nicht mehr vier Finger breit über die Hüfte fallend. Solche Mode hatte er aus Padua mitgebracht; er sagte, sie behage ihm, weil sie auf dem Lande sehr bequem sei, und damit hatte er recht. Wir andern waren noch an die venezianischen Pracht-Hanswurstiaden gewöhnt und lachten weidlich über diese kurzgeschürzte Art ohne die eindrucksvolle Wirkung von Gold, Fransen und schönen Farben. Pisana nannte Lucilio den Herrn Gimpel, und wenn er auftauchte, hänselten und höhnten ihn die losen Buben von Fratta mit diesem Spitznamen. Er lächelte nicht, als finde er an solchen Kindereien Gefallen, und war auch nicht gekränkt wie ein Tor, der sie beachtet – er ging einfach weiter und dachte an anderes. Wir ärgerten uns schwarz. Ich glaube, dieses gleichgültige Gesicht machte ihn uns ebenso abstoßend, wie er uns von der Kleidung her lächerlich erschien. Und war er dann zu Pisana oder auch zu mir freundlich und streichelte uns, so zeigten wir ihm mit Wonne, wie uns seine Zärtlichkeit langweilte, liefen ihm davon und versäumten nicht, uns irgend jemandem, der gerade dastand, in die Arme zu werfen oder mit dem Jagdhund des Hauptmanns herumzuspielen; auf Rache verstehen sich ja Kinder wunderbar. Aber er sah uns einfach zu, ich kann mich auf Art und Charakter solcher Blicke noch genau besinnen. Sie sagten etwa: Liebe Kinder, dünkte es mich der Mühe wert, euch in mich verliebt zu machen, ich wollte euch in weniger als einer Stunde gewinnen. Wirklich glückte es ihm jedesmal, sooft es ihm lohnte.

Noch heute muß ich mich baß wundern, wenn ich an den langen, langen Weg zurückdenke, den er beharrlich verfolgte, um sich mittels Liebe und Lob der Großmutter Clara ins Herz zu stehlen. Doch so war er immer; begab er sich einmal, mochte seine Fracht groß oder klein sein, aufs Meer der Tat, so hielt er sein Schiff trotz Windstille oder widriger Winde. Anfangs fühlte ich mich zu dem starken Charakter dieses Menschen nicht hingezogen, doch später flößte er mir die Bewunderung ein, die eine derartige Kraft in Zeiten allgemeiner Schwäche hervorruft. Außerdem trug seine Liebe zu Clara, geboren und genährt in langen Jahren des Schweigens, verteidigt mit umsichtiger Klugheit und dem Feuer einer unbesiegbaren Leidenschaft, ein solches Gepräge von Aufrichtigkeit, daß sie manche andere, weniger schöne Eigenschaft aufwog. Immer brauchte er List als Mittel, doch die Durchführung zeigte Stärke und Beharrlichkeit; Selbstsucht war die Triebfeder seines Handelns, aber es war die Selbstsucht eines Titanen.

Die alte Gräfin, die von Lucilio nur sah, was darzustellen ihm beliebte, schwärmte inzwischen von Tag zu Tage mehr von ihm. Die wenigen andern Besuche, die sie im Lauf des Tages empfing, waren nicht dazu angetan, ihr das Vergnügen an jenem einen zu schmälern. Der Herr Graf kam gegen elf Uhr morgens, um zu fragen, wie sie die Nacht verbracht habe, bevor er sich in die Kanzlei begab, wo er alles unterschrieb, was ihm der Sekretär vorlegte; Hochwürden Orlando wartete ihr, gemeinsam mit der Schwägerin und Nichte, von elf Uhr bis Mittag auf und gähnte vor Appetit aufs Essen mit großer Ausdauer; die Schwiegertochter saß ihr außerdem viele Stunden gegenüber, stumm und starr, den Strickstrumpf in der Hand, und wenn sie den Mund auftat, so seufzte sie um die schönen Jahre ihrer Jugend; Martino, der alte Kammerdiener ihres seligen Mannes, leistete ihr auf seine Weise Gesellschaft, während Clara den kurzen Nachmittagsspaziergang machte, sprach wenig und antwortete nie auf eine Frage; Pisana wurde bisweilen, brüllend und um sich kratzend, auf dem Arm von Faustina zu ihr gebracht – das waren die Menschen, die alle Tage kamen, eintönig und langweilig wie die Figürchen einer Laterna magica. So war es nur natürlich, daß sie mit Ungeduld den Nachmittag erwartete, wo Lucilio erschien und sie mit seinen Späßen lachen machte, und die ruhige, ernste Miene der Enkelin mit einem Schimmer von Freude erhellte. Die Jugend ist das Paradies des Lebens; und alle Menschen lieben die Freude, die ewige Jugend des Geistes. Wurde Lucilio die heitere Laune gewahr, die von ihm auf die Gräfin und weiter auf Clara überging, sah er, wie sich diese gewöhnte, seinem Lächeln mit einem Lächeln zu antworten, dann begann er zu hoffen, daß seine Geduld in Bälde ihren Lohn fände. Zwei Menschen, die, wenn sie einander näherkommen, einer am andern Genügen finden, sind sehr geneigt, sich zu lieben; ja sogar die Teilnahme zweier melancholischer Wesen aneinander offenbart sich zuerst im Lächeln, bevor sie sich zur Liebe entzündet, und das hat seinen Grund in der Ähnlichkeit, die zwischen unsern Gefühlen und denen der anderen immer willkommen hervortritt. Selbst die Leidenschaft kann auf dem Boden des Mitleids wachsen; das und sehr viel mehr wußte Lucilio. Monat für Monat, Tag für Tag, Stunde für Stunde, Lächeln für Lächeln folgte er mit aufmerksamem, verliebtem, aber ruhigem Auge geduldig und sicher dem Wachsen des Gefühls, das er Tropfen um Tropfen in diese Seele träufelte. Er sah, wie sich in Clara das Vergnügen über die Freude, die die alte Gräfin an seiner Gesellschaft fand, zunächst in Dankbarkeit für ihn, sodann in wirkliche Teilnahme wandelte. Die Teilnahme schuf das Vertrauen, dieses den Wunsch und die Freude, ihn ständig zu sehen und zu sprechen.

So lächelte Clara dem jungen Manne schließlich entgegen, wenn er ins Zimmer trat mit der Frage, wie sich die alte Dame befinde, und den Handschuh abstreifte, ihr den Puls zu fühlen. Aus solchem Lächeln also begann er zu hoffen; er sah, seine Saat ging auf. Auch bei den ersten Besuchen hatte ihm Clara zugelächelt, doch war dies etwas ganz anderes. Lucilio sah mit den

Augen des Arztes hinter dem Körper die Seele. Für ihn enthielt das Wörterbuch der Blicke und Gebärden, des Tonfalls und Lächelns so viele Worte wie das der Sprache, und selten ging er in der Deutung fehl. Noch wurde dem Mädchen nicht bewußt, daß sie sich seiner Gegenwart mehr freue als die ersten Male, und schon hätte er ihr ohne Furcht, sich zu täuschen, einen Blick zuwerfen können, der ihr sagte: Du hast mich lieb. – Noch wagte er diesen Blick nicht so ohne weiteres. Der Wille war Herr in ihm und hatte die Vernunft zur Magd; die Leidenschaft, die so mächtig und gewaltsam zu sein pflegt, wenn sie zum ersten Male befiehlt, beugte sich diesen beiden Kräften und ließ sie nach ihrer Umsicht handeln. Clara war fromm; er durfte sie nicht erschrecken. Sie war Tochter eines Grafen; es war nicht wünschenswert, ihre Seele zu reizen, bevor er sie von allem Adelsdünkel gereinigt hatte. Darum blieb Lucilio, zaudernd wie Fabius, bei dem ersten Siege stehen. Vielleicht – er sah ja, wo es sich um menschliche Dinge handelte, bis auf den Grund – freute er sich auch des Aufenthaltes in jener ersten, zaubervollen Zeit der Liebe, die spürt, sie wird erwidert. Aber trotz aller Erwägungen stieg dem Herrn Lucilio, wenn er mit der nachmittägigen Spaziergesellschaft Clara auf halbem Wege begegnete, eine leichte Blässe in die Wangen. Nicht selten geschah es auch, daß der Partistagno stolzgeschwellt mit Clara daherkam und den kleinen Doktor von Fossalta mit einem verächtlichen Blicke maß. Lucilio hielt diesem Blick noch dreimal hochmütiger stand als den Späßen der Kinder. Doch wenn auch seine Miene gelassen blieb, so jubelte insgeheim das Herz über den Sieg; denn Clara schien von den ehrlichen, aber plumpen Artigkeiten des jungen Burgherrn gelangweilt, und wenn sie die ansehnliche, schöne Gestalt des Adoptivsohnes ihrer Großmutter von weitem sah, so erstrahlte ihr Antlitz in einem freudigen Glanz. Der Partistagno warf ihr manchen langen, bewundernden Blick von der Seite zu; Lucilio brauchte nur flüchtig nach ihr hinzusehen, und beide waren berauscht, sie von einer unbestimmten Hoffnung, er von der Gewißheit ihrer Liebe.

Was den Herrn Grafen, die Frau Gräfin und Hochwürden, den Guten, betrifft, so weilten sie mit ihren Gedanken zu hoch in der Luft oder zu tief in der eigenen Herrlichkeit, als daß sie auf so kleine Geschehnisse hätten achten sollen. Die übrigen wagten weder Blick noch Urteil, und daher bildeten sich diese Gefühlsbeziehungen zwischen den jungen Leuten, ohne daß ein anderer lästig dazwischentrat. Nur Martino fragte mich manchmal: War der Doktor Lucilio heute schon da? (Sie nannten ihn Doktor, obwohl er das Diplom nicht besaß, aber er hatte ja in der Gegend viele Zungen betrachtet und Pulse gefühlt.) Nein, er war noch nicht da, schrie ich ihm zu. Dieses Zwiegespräch erfolgte stets, wenn Clara, allein oder vom Partistagno begleitet, am Nachmittag weniger heiter ausging als sonst. Martino sah hier wohl klarer als jeder andere, aber er zeigte es nur mit dieser Frage. Pisana sagte oft zu mir: »Oh, wenn ich meine Schwester wäre, ich nähme den schönen Junker zum Mann, der so viele schmucke Ordensbändchen auf dem Rock trägt und ein so schönes Pferd besitzt mit einer ganz vergoldeten Schabracke; und den Herrn Gimpel steckte ich in einen hübschen Käfig und schenkte ihn der Großmutter zum Kirchweihfest.«

DRITTES KAPITEL

Ein Vergleich zwischen der Burgküche von Fratta und der übrigen Welt. – Die zweite Hälfte des Confiteor und der Bratspieß. – Erste Streifzüge mit Pisana und meine kühne Seefahrt zur Attilabastei. – Erste Gedichte, erster Kummer, erste Torheit der Liebe, die mich die Weisheit von Dante Alighieri früh erkennen läßt.

Als ich das erstemal aus der Küche von Fratta in die Welt hinausschweifte, erschien mir diese über die Maßen schön. Vergleiche sind immer töricht; doch damals konnte ich nicht umhin, sie, wenn nicht mit Gedanken, wenigstens mit den Augen anzustellen, und zögerte, ich muß es bekennen, keinen Augenblick, der Welt die Palme zu erteilen. Einmal will die Natur selber, daß das Licht mit der Finsternis abwechsle, die Sonne am Himmel mit dem Feuer im Kamin; dann gab es in jener Welt von Gras und Blumen, Luftsprüngen und Purzelbäumen weder die schrecklichen scharlachroten Litzen des Herrn Grafen noch die Verweise von Hochwürden wegen des Confiteor. Fulgenzio verfolgte mich nicht, die Gräfin bedachte mich nicht mit ihren wenig angenehmen Zärtlichkeiten, die Kammermädchen gaben mir keine Kopfnüsse. Und schließlich lebte ich in der Küche als Untertan, während ich ein paar Schritte weiter weg mich als mein eigener Herr fühlen konnte; ich durfte Atem holen wie ich wollte, auch niesen und zu mir selber sagen: »Gesundheit, Exzellenz«, und »Danke schön« antworten, ohne daß jemand soviel Umstände ungebührlich gefunden hätte. Von Kind auf waren mir die Artigkeiten, die der Graf bei jedem Nieser als gebührendes Opfer entgegennahm, ein Gegenstand des Neides gewesen, denn mir schien, ein Mensch, dem man so viele schöne Dinge wünsche, müsse ein großer Mann von unbegrenztem Verdienste sein. Mit wachsender Lebenserfahrung habe ich diese meine sonderbare Meinung berichtigt; doch was das Gefühl anlangt, so kann ich noch heute nicht in Frieden niesen, ohne ein Gelüsten zu verspüren, daß mir viele Stimmen ein langes Leben und Gesundheit wünschen möchten. Der Verstand wird erwachsen, das Herz bleibt immer Kind.

Aber kehren wir in die Welt zurück, die mich auf den ersten Blick so paradiesisch dünkte. Über dem äußeren Burggraben eine kleine Holzbrücke, die von dem engen Hofe des Marstalls in den Gemüsegarten führte; zwei Reihen alter Weinlauben, deren schöne goldene Trauben allen Wespen der Nachbarschaft eine üppige offene Tafel boten; danach Felder voll Rüben und grünwogendem Mais, und endlich, jenseits einer altersschwachen verfallenen Ringmauer, wogende Wiesen, von silbernen Rinnsalen durchzogen, voll Blumen und Grillen – das war die Umwelt der Burg Fratta. Was weiter vorn und seitlich lag, lernte ich erst später kennen; einstweilen hielten sie mich drinnen mit ihrem Fulgenzio, ihrem Pfarrer, ihrem Bratspieße so an der Kette, daß ich mich in die Welt der freien Luft und der Pflanzen, in den großen Tempel der Natur nur heimlich und durchs Hinterpförtchen hinausstehlen konnte.

Jetzt wäre es an der Zeit, einen kleinen Seitensprung zum Bratspieß zu machen, was ich ihm schon lange schuldig bin. Auf der Burg Fratta taten alle Menschen alle Tage ihre Schuldigkeit – außer dem großen Bratenwender, der sich nur bei feierlichen Anlässen drehte. Für die üblichen zwei Hühner brauchte man ihn nicht zu bemühen. Genoß nun Seine Exzellenz der Bratenwender stumm und staubig seine Ruhe, so war der Bratenwender ich. Die Köchin reihte die Hühner auf den Spieß, steckte seine Spitze in ein Loch des Feuerbocks und gab den Griff in meine Hände, die den Spieß gleichmäßig und beharrlich drehen mußten, bis die Opfer in vollkommen goldener Bräune glänzten. Die Söhne Adams, ja wohl Adam selbst, hatten so getan; ich als Sohn Adams hatte kein Recht, über ein solches Amt zu klagen. Was tut, sagt und denkt nicht der Mensch, ohne seine Rechte genau abzuwägen! Aber taten sie nicht doch bitter unrecht, mich in einen Bratenwender zu verwandeln, wo es auf dem Herd einen riesengroßen Bratenwender gab? War es etwa keine Marter, daß meine Zähne von diesem verwünschten Spießbraten nachher nur die Knochen nagen und ablecken durften? Und ich wendete ihn in endloser Langeweile hin und her und mußte mich vorsehen, mein Gesicht nicht mitzurösten. Manchmal mußte ich auch einen Spieß voll Vögel braten, die, wenn ihre dürren Beine nach oben standen, die gerupften blutigen Köpfchen bei jeder Drehung fast bis auf die Glut baumeln ließen. Mein Kopf baumelte im Gleichmaß mit; ich hätte einer jener Finken sein und dem Schlemmer, der mich aß, quer in die Kehle kommen mögen, um mich an ihm für die Plackerei zu rächen. Wenn mir solche dummen Einfälle im Herzen wühlten, lachte ich boshaft und drehte den Spieß schneller denn je. Dann schlurfte die Köchin in ihren Latschen vorbei, schlug mir kräftig auf die Finger und sagte: »Sachte, Carlino, Vögel mußt du zart behandeln!« – Wut und Furcht verschlugen mir die Sprache; sonst hätte ich die schmierige Alte fragen mögen, warum man Carlino nicht wenigstens wie einen Finken behandle. Wußte Pisana, daß ich den Bratenwender machte, so überwand sie ihren Abscheu vor der Küche und kam und freute sich meiner Demütigung. Wieviel hätte ich darum gegeben, dem dreisten Ding den lächelnden Spott heimzuzahlen! Statt dessen mußte ich den bittern Bissen hinunterschlucken. Eine schändliche Wut fraß mir am Herzen, und zähneknirschend drehte ich den Spieß. Martino hätte mir wohl bisweilen geholfen, aber einmal wollte das die Köchin nicht, und dann hatte der gute Alte Mühe genug mit seinen Käserinden und dem Reibeisen. Dafür genoß ich, wenn die Suppe kochte, von Hochwürden die letzte Tröstung. Er wurde ärgerlich, sooft meine Augen schlaftrunken oder voll Tränen waren, und gab mir mit honigsüßer Stimme den Rat, nicht so einfältig und ungezogen zu sein und lieber den letzten Teil vom Confiteor zu wiederholen, damit ich ihn endlich begriffe. Genug davon; wenn ich nur daran denke, spüre ich die Schweißtropfen rinnen, die mir diese Spießbraten einbrachten, und was Hochwürden betrifft, so schickte ich ihn gern dahin, wo er schon eine Zeitlang weilt, hätte ich nicht Ehrfurcht vor seinen weiland roten Strümpfen.

Die Welt also hatte für mich vor der Küche von Fratta auch den erheblichen Vorteil, daß ich dort nicht an den Bratspieß gefesselt blieb. Sowie ich allein war, hüpfte und sang ich, führte Selbstgespräche, lachte vor Freude über meine Freiheit und dachte mir irgend etwas Artiges aus, um mich bei Pisana einzuschmeicheln. Glückte es mir gar, diese meine Zauberin mit mir durch Ackerfurchen und Gehölze zu schleifen, dann war ich überzeugt, dies sei alles, wonach mir oder ihr der Sinn stehen könnte. Hier gehörte, wähnte ich, alles mir; alles konnte ich Pisana zu Dank machen. Wie sie Herrin war in der Burg, so war ich Herr auf dem freien Feld und spielte den Wirt, als sei ich auf meinem Lehen. Um mich nach Gebühr zu ducken, konnte sie dann plötzlich ernsthaft die kindliche Stirn runzeln und sagen: Mein sind die Felder, mein ist die Wiese! Aber ich scherte mich nicht um solche Mucken; denn was hatte es hier zu bedeuten, daß sie die Lehnsherrin war! Ich wußte gut, daß ich über die Natur eine Herrschaft besaß, die Pisana nicht gegeben war: die Herrschaft der Liebe. Wie Lucilio bei den hochmütigen Blicken des Partistagno und den Spöttereien der Kinder gleichgültig blieb, so blieb ich es bei solchen prinzeßlichen Possen von Pisana. Fern von Junkerschläue und Kanzleigeruch sproßte in meinem Herzen ein Gefühl der Ebenbürtigkeit, wie es kraftvolle Gemüter Königen gegenüber empfinden mögen. Ich war der Fisch im Wasser, der Vogel, der dem Käfig entronnen ist, der Verbannte, der ins Vaterland zurückkehrt. So glücklich war ich, daß ich meinen Reichtum ringsum auszuteilen suchte; und in Ermangelung von Freunden hätte ich ihn auch an Fremde oder Böswillige weitergeschenkt. Fulgenzio, die Köchin, ja sogar die Frau Gräfin hätten ihr Teil

Luft und Sonne erhalten, wären sie nur, statt mir auf die Finger zu pochen oder mich am Schopf zu ziehen, einigermaßen höflich mit mir umgegangen. Pisana streifte gern mit mir umher, wenn ihr kleines Sklavenvolk auf der Burg gerade nicht zur Hand war. In solchem Falle mußte sie sich an mir genügen lassen; und da sie sich von Clara die Bilder im Ariost tausendmal hatte zeigen lassen, mißfiel es ihr keineswegs, einmal Angelica zu sein, von Rinaldo gefolgt, oder die unbesiegbare Jungfrau Marfisa oder auch Alcina, die alle Ritter, die ihr auf der Insel begegnen, entflammt und hinter sich herzieht. Ich für mein Teil hatte mir, in geziemender Demut, Rinaldo gewählt. Die großen Schlachten schlug ich gegen Reihen von Pappeln, die Drachen vorstellten, und wenn ich vor irgendeinem hinterlistigen Zauberer voll Verzweiflung floh, schleifte ich meine Schöne hinter mir her, als hätte ich sie auf der Kruppe des Pferdes. Manchmal reisten wir weit durch das Königreich des Catajo oder die Republik Samarkand. Aber dabei mußten furchtbare Hindernisse überwunden werden, eine Hecke, die ein Wald sein sollte, ein Grabendamm, der einen Berg darstellte, Rinnsale, die Flüsse und Wildbäche waren. Dann trösteten wir einander, machten uns mit großartigen Gebärden Mut oder berieten leise, äugten mit Vorsicht umher und hielten ängstlich den Atem an. Gut, es sollte gewagt werden; also Hals über Kopf durch Brombeerbüsche und Schlammtümpel, mit Sprüngen und Gebrüll, als seien wir vom Teufel besessen. Die Hindernisse waren nicht unüberwindlich, doch gab es bisweilen für das Kleid einen Schaden oder für die leichten Schuhchen ein Fußbad. Meine Jacke freilich war mit den Dornen gut Freund, und ich hätte allenfalls wie die Eiche hundert Jahre im Wasser stehen können, ehe die Nässe die Schwielenkruste meiner Fußsohlen durchweichte. Also tröstete ich Pisana und trocknete und besänftigte sie, sooft sie maulen wollte; und damit sie nicht weinte oder mich kratzte, nahm ich sie lustig Huckepack und setzte mit dieser Last über Gräben und Rinnsale. Ich war stark wie ein junger Stier; und die Zufriedenheit, wenn Pisana, die Hände um meinen Hals und den Kopf nahe neben dem meinen, ausgelassen lachte, hätte mir Kraft gegeben, mit solcher Bürde wo nicht zum Catajo oder nach Samarkand, so doch sicher viel weiter als Fossalta zu gelangen. Auf solche Weise vertrödelten wir die ersten Stunden des Nachmittags.

Allmählich wagten wir uns aus der Nähe der Burg auf Straßen und Pfade und an entferntere Orte. Die hügeligen Wiesen, denen anfangs unsere Streifzüge gegolten hatten, neigten sich gegen Westen nach einem schönen Flusse, der die Ebene in hie und da aufblinkenden Windungen durchfloß. Pappeln, Erlen und Weiden warfen auf seine Ufer tiefe Schatten. Dort zwitscherten unzählige Vögel, und das Gras war fein und dicht wie der Teppich im verschwiegenen Gemach einer großen Dame. Dichtbelaubte Dornbüsche und duftende Sträucher schlangen sich ineinander und bildeten schattige Schlupfwinkel und weiche Lager für Spiele der Kinder oder Zwiegespräch von Liebenden. Das Murmeln des Wassers tönte wohllautend durch die Stille und erhöhte den Zauber von zärtlichem Geflüster wie vom hellen Zuruf spielender Kinder. Saßen wir dann auf dem allerweichsten Rasenpolster, so huschte wohl die große grüne Eidechse unter dem nächsten Busch hervor und äugte neugierig zu uns herüber.

Zu so angenehmer Ruhe wählten wir oft eine Stelle am Ufer, wo nach einem Wirrsal launischer Umwege das Wasser eine Weile so still dahinfließt, daß man an eine übermütige Närrin denken mußte, die Nonne geworden war. Pisana sagte, das Wasser sei wie sie es müde, die Füße zu rühren, und man müsse es ihm gleichtun und niedersitzen. Aber denkt nur nicht, das kleine Ding hätte lange stillgehalten. Erst schmeichelte sie mir ein wenig oder fügte sich meiner Grille besinnlicher Spiele, dann stand sie auf und quirlte umher, als wäre ich für sie nie auf der Welt gewesen. Sie spiegelte sich im Wasser, sie rührte mit den Armen darin umher, sie zwängte sich ins Dickicht, um Schneckenhäuser zu suchen, woraus sie Armbänder und Ketten machte, und es war ihr jetzt gleichgültig, ob das Kattunröckchen verdarb oder Ärmel und Schuhchen feucht wurden. Ich rief, ich mahnte, mehr um sie meinen Spielen wiederzugewinnen, als aus Sorge um ihre Kleider; sie dachte gar nicht daran zu antworten. Wehe, wenn ihr dank der Launen anderer auch nur eine Masche am Kragen in Unordnung geriet! Aber galt es ihre eigenen Launen, so konnte sie mit den kurzen, dicken Händchen alles in Fetzen reißen und schonte weder die rosigen Wangen noch die langen schwarzen Haare. Manchmal vermochte ich für den ganzen Rest des Spazierganges nicht, sie von ihren einsamen Spielen abzubringen; sie war völlig darein versunken. Da mußte durchaus mit Zähnen und Nägeln eine halbe Stunde an einem Schneckenhaus herumgebohrt werden, das auf eine Weidenrute gezogen und ans Ohr gehängt werden sollte, und wollte ich ihr helfen, so fauchte sie mich an, stampfte mit den Füßen, heulte beinahe und stieß mich mit dem Ellbogen tüchtig in den Magen, gerade, als hätte ich ihr wer weiß wie unrecht getan; doch war alles nur ein Spiel ihrer Laune. Flatterhaft wie ein Schmetterling, der nicht zwei Minuten auf einer Blumenkrone sitzen bleibt, sondern mit leichtem Flügel entschwebt, an der nächsten zu nippen, wechselte Pisana plötzlich von der Vertraulichkeit zum Hochmut, von der lautesten Schwatzhaftigkeit zu einem hartnäckigen Schweigen, von Ausgelassenheit zu Wut und fast zu Grausamkeit. Das war nur natürlich; denn nie, in allen Phasen ihrer Stimmungen, hat sie von ihrer Art abgelassen, immer blieb sie die kleine Tyrannin von Fratta, fähig, einen Menschen, wollte sie ihre Macht über ihn erproben, glücklich zu machen, um ihn hernach zu quälen, bis er vor Wut weinte. In sinnlichen, jäh aufbrausenden Menschen wird Laune Gesetz und Egoismus System, wenn ihnen nicht eine vorsorglich kluge Erziehung zu Hilfe kommt, die ihre Vernunft in eine Waffe umschmiedet gegen das Übermaß der Leidenschaften, das ständig auf sie einstürmt, und ihre Reizbarkeit in den Zwinger guter Gewohnheiten schließt, um sie vor den Überraschungen des Instinkts zu schirmen. Geschieht das nicht, so wird niemand sich auf solche Naturen, und mögen ihnen noch so viele ausgezeichnete Eigenschaften innewohnen, verlassen können; sie bleiben Knechte ihrer Sinnlichkeit. Pisana war damals ein kleines Mädchen. Aber was sind Mädchen anderes als Entwürfe zu Frauen? Sie mögen Skizzen bleiben oder groß in Öl oder *en miniature* ausgeführt werden – die Linien bleiben die gleichen.

Doch die neuen Horizonte, die sich meiner Seele öffneten, boten ihr schon einen Schutz gegen den hartnäckig bohrenden Kummer jener ersten Kindheit. Ich ruhte im weiten Schoße der Natur; ihre Schönheiten zogen mich ab von meinem düsteren Gefährten, dem Zorn. Das freie Land, das ich damals durchschweifte, war ganz etwas anderes als die Langeweile von Gemüsegarten und Fischteich, die mich zwischen sechs und acht Jahren so ergötzt hatte. Ließ mich Pisana im Stich, um andere Jungen zu verwöhnen und zu plagen, oder lief sie mir mitten im Spaziergang davon, weil sie hoffte, es sei inzwischen Besuch auf die Burg gekommen, so ließ ich sie kein langes Gesicht mehr sehen und schaute mich nicht nach ihr um; ich trug meinen Kummer in die Kühle der Wiesen und an das Ufer des Flusses. Jeder Schritt bot neue Bilder, neue Wunder. An einer Stelle verbreiterte sich das Wasser zu einem kleinen spiegelklaren See. Geflechte von Algen wogten am Grunde, als wehe ein Zauberlüftchen sie leise hin und her, und zwischen ihnen schimmerten die glattgeschliffenen Kiesel, als seien sie frisch der Muschel entschlüpfte Perlen. Enten und Gänse nahmen am Ufer ihr Staubbad, oder sie stürzten sich, ein miteinander losfahrender Schutzverband, stürmisch ins Wasser, tauchten, waren wieder oben und ruderten in der Ordnung einer manövrierenden Flotte in ruhiger Anmut weiter. Sie schwammen, drehten, kehrten zurück, und nur ein leichtes Kräuseln wellte über das durchsichtige Wasser und erstarb in noch leichterer Liebkosung am Ufer. Um den See standen hundertjährige Bäume, zwischen deren Zweigen die Fuchstraube kunstvoll wunderliche Zelte zog. Hier krönte sie die Spitze einer Ulme, da fand sie sicheren Halt an der Eiche, umklammerte sie von allen Seiten und fiel in zierlichen Gehängen an ihr herab. Sie tanzte von Zweig zu Zweig, von Baum zu Baum, ihre winzigen schwarzen Trauben luden die Stare zur Vesper, und mit ihnen stritten die Wildtauben um ihr Teil.

Oben, wo sich der See wieder zum Fluß verengte, waren zwei oder drei Mühlen gebaut. Ihre Räder liefen hintereinander und bespritzten sich wie ausgelassene Kinder mit Wasser. Dieses Schauspiel betrachtete ich lange Stunden, warf Kiesel in den Sprühregen, sah sie hochschnellen, wieder sinken und unter dem Wirbel des Rades verschwinden. Von drin hörte ich den Mühlstein mahlen, die Müller singen, die Buben lärmen, ja sogar den Kesselhaken quietschen, wenn der Maisbrei umgerührt wurde. Ehe dieses Herdgeräusch mein Ohr erreichte, zog jedesmal der Rauch in Schwaden vom Dachfirst zu mir herüber. Vor der Mühle folgte eine Last Getreide, eine staub- oder mehlbedeckte Gestalt der andern. Da kamen die Gevatterinnen der nahen Dörfer und schwatzten mit den Frauen aus der Mühle, während ihr Korn gemahlen wurde. Inzwischen schleckten die Eselchen, der Bürde ledig, genießerisch die köstliche Kleie, die man ihnen bei Mühlfahrten aufzutischen pflegt; und hatten sie ihr Mahl beendet, so schrien sie vor Wonne, stellten die Ohren hoch und steiften die Beine. Der Hund des Müllers lief mit Gebell um sie herum und machte tausend Scheinangriffe und Fechtereien. Es war ein belebtes Bild und für mich natürlich das Wunderbarste, was es gab; denn ich kannte bisher von der Welt nur, was mir Martino, Meister Germano und Marchetto erzählt hatten. Hier sah ich mit eigenen Augen, überlegte höchstselbst und bereicherte meinen Verstand. Ich lernte die Bedeutung von Arbeit und Lohn und den Unterschied der Aufgaben von Bauersfrauen, Gevatterinnen, Müllern und Eseln. Mein Geist war mit ergötzlichen Dingen beschäftigt; den Kopf in den Wolken, kehrte ich nach Fratta zurück und beschaute andächtig die schönen Farben, die das Licht in seiner Meisterschaft da oben ewig wechselnd schuf.

Unter den vielen neuen Dingen, die ich bewunderte, gab es außer Mühlen und Müllern auch die Fischer mit ihren Netzen, die Bauern hinter dem Pflug, die Hirten mit Ziegen und Schafherden. Alles, alles wurde mir Stoff zum Staunen und zur Freude. Aber eines Tages verlor ich schier den Kopf, so unglaublich erschien mir das, was ich sah. Ich will es erzählen, denn jener Spaziergang weihte mich wohl für immer der einfachen, poetischen Religion der Natur, die mich in der Folge durch die sanfte Milde ihrer Freuden über jede von Menschen herrührende Traurigkeit getröstet hat.

Eines Nachmittags erhielt Pisana Besuch von drei kleinen Vettern, Söhnen einer Schwester des Grafen, die an einen Burgherrn in Oberitalien verheiratet war. (Eine andere Schwester, der wir später begegnen, führte in Venedig ein glänzendes Haus.) Diese Vettern nun ärgerten und höhnten mich damals so grausam, daß ich mich voll Wut aus dem Staube machte und über die Brücke am Marstall und weiter querfeldein durch die Saaten raste. Die Verzweiflung gab mir Riesenkräfte; die Augen sahen nichts als die eigenen Füße, jeder Schritt entführte mich meinen Verfolgern, und als ich schließlich aufblickte, fand ich mich in einer völlig fremden Gegend. Ich blieb stehen, aber ich konnte noch nicht überlegen; alles kreiste um die beschämende Flucht. Endlich vermochte ich diese Gedanken abzuschütteln. In einem Umkreis von zwei Meilen war mir jeder Ort vertraut. Hier jedoch stand ich auf einem öden, sandigen Gelände; es senkte sich zu einem Kanal, über dessen morastigen Grund eine Hülle schönster gelber Narzissen gebreitet war. Jenseits, so weit das Auge reichte, eine weite, unbekannte, mit Binsen bestandene Wiese; diesseits das trockene Land, das ich gerade durchlaufen hatte und das mich so gar nicht zur Rückkehr lockte. Ich blickte mich um – nichts erinnerte mich, ob ich hier schon einmal gewesen. Potzblitz! Wirklich etwas Neues! Die Neugier war gereizt. Gehen wir also weiter! In meiner kindlichen Sorglosigkeit dachte ich nicht daran, daß der Grund unerwünscht tief absinken könnte; ich krempelte mir die Hosen bis oben auf die Schenkel und stieg in die Tiefe. Füße und Hände verwickelten sich in dem sperrigen Geschlinge von Wasserlilien und Narzissen. Die einen Schlingen stieß ich zurück, an andern zog ich mich weiter und bahnte mir so meinen Weg durch das schwimmende Dickicht. Doch er führte tief und tiefer hinab, die Füße fanden auf dem Schlamm keinen Halt und glitten wie auf glattem Eis. Endlich begann der Boden anzusteigen, ich war von meiner Angst erlöst; aber ich wäre eher ertrunken als umgekehrt, so glühend verlangte mich nach dem andern Ufer. Als mein Fuß das Gras berührte, glaubte ich wie ein Vogel zu fliegen; die Wiese führte sanft bergan, ich konnte es nicht erwarten, oben zu sein, um die eroberte Welt von der Höhe zu überblicken. Endlich war ich oben, außer Atem wie ein Hund, der einen Hasen verfolgt hat. Ich schaute um mich, und nie werde ich dieses Wunder vergessen, das mich blendete und fast erschreckte. Vor mir lag eine unermeßlich weite Ebene, grün, mit Blumen übersät, von großen Kanälen durchzogen, die viel breiter und tiefer waren als der, den ich durchwatet hatte. Alle Kanäle strömten einer noch größeren Wasserfläche zu, und hinter diesem See erhoben sich einzelne von Glockentürmen gekrönte Hügel. Noch weiter drüben – wie sollte ich ahnen, was das war – breitete sich ein unendlicher blauer Raum, als sei ein Stück Blau vom Himmel gefallen und habe sich der Länge nach auf die Erde gelegt: ein klares, von silbernen Streifen durchwobenes Blau, das in der fernsten Ferne mit dem blasseren Blau der Luft zusammenfloß. Es war die letzte Stunde des Tages; ich mußte lange gelaufen sein. Die Sonne wandte sich gerade, wie unsere Landleute sagen, zurück; sie war hinter einen dichten Wolkenvorhang gesunken und sandte durch einen Spalt einen Strahl auf die Erde, wie ein Sterbender, der unter dem gesenkten Lid zum letztenmal auf das Irdische zurückblickt. Plötzlich glühten Kanäle und See in einem einzigen Feuer, und das geheimnisvolle, ferne Blau verwandelte sich in eine grenzenlose, in allen Farben des Regenbogens schimmernde Fläche; kräftige und sanfte Töne fluteten in wechselndem Spiel ineinander. Die Flammen des Himmels spiegelten sich in ihr, immer weiter dehnte sich das Schauspiel aus und wurde unvorstellbar schön, vollendet – ein Traum. Wollt ihr es glauben? Ich fiel auf die Knie. Du großer Gott der Schöpfung, Vatergrund der Welt, gütiger Vater aller Wesen, Dich flehte ich an, vor Dir vergoß ich Tränen, Dir opferte ich im Gebet. Wenn mich später die Stürme des Lebens zu Boden warfen, dachte ich an jenen Augenblick meiner Jugend und wagte zu hoffen. Nein, dieses Gebet war nicht die Wiederholung der Glaubensartikel, für die mich der Pfarrer an den Ohren zog; es war das Feuer eines neuen Glaubens, der in meinem Herzen schlummerte und sich, von der mütterlichen Natur erweckt, kraftvoll erhob. Die Schönheit des All gab mir einen Vorgeschmack von der ihm innewohnenden Güte. Seitdem habe ich den Glauben bewahrt, daß, wie die Stürme des Winters den Einklang der Schöpfung nicht stören können, auch die Leidenschaften der Menschen nie vermögen würden, den klaren Himmel der ewigen Gerechtigkeit zu trüben. Die Gerechtigkeit wohnt unter uns, über uns und in uns. Sie straft und sie belohnt. Sie allein schmilzt alle Dinge in eines, sie sichert das Heil der Seelen in der großen Seele der Menschheit. Ach, das sind Gefühle, die ich nicht beschreiben kann, und wer weiß, wann sie je zu Gedanken werden: doch wo sie im Herzen aufwachen, erleuchten sie den Sinn. Es sind Gefühle der dichtenden Seele; aber diese Dichtkunst gewinnt Leben und Gestalt in den Jahrbüchern der Geschichte. Es sind Gefühle, wie sie ein Mensch hegt, der sich im langen Wagnis des Lebens erprobt hat; und doch haben sie ihren Ursprung in jenem ersten Bewußtwerden von Glück und Religion, das mich Knaben vor der Gewalt der Schöpfung die Knie beugen hieß.

Weh mir Armen, hätte ich damals an diese hohen, fast

unausdrückbaren Dinge gedacht! Der Verstand wäre mir in der Philosophie verlorengegangen, und gewiß hätte ich in der Nacht nicht mehr nach Fratta heimgefunden. Als das wunderbare Schauspiel meinen Augen in der Dämmerung entschwand, wurde ich wieder Kind und weinte fast vor Furcht, daß ich den Weg nach Fratta nicht wiederfinden könnte. Auf dem Hinwege war ich gelaufen, auf dem Rückwege lief ich noch mehr und kam im letzten Abendschein an meinen Kanal. Aber als ich dann ins freie Feld weiterdrang, sah die Sache anders aus. Die Nacht brach mit Nebel und Dunkelheit herein, und da ich am Nachmittag nicht auf den Weg geachtet hatte, wußte ich nicht mehr, wo ich mich befand. Fieberschauer schüttelten mich. Ich wollte laufen und wußte nicht wohin. Wenn ich lief, mußte ich doch schneller zum Ziele kommen, als wenn ich langsam ging; aber ich rechnete verkehrt, denn die Eile ließ mich alle Merkmale übersehen, die mir hätten helfen können, daß ich die Richtung nicht völlig verlor. Auch ließen meine Kräfte nach; ich hatte mich zu sehr angestrengt. Und trotzdem trieb die Furcht, ich könne nicht heimfinden, meine Beine notwendig vorwärts. Das Glück wollte, daß ich die Sümpfe vermied, in denen ich sicher ertrunken wäre, und schließlich traf ich auf eine Straße. Aber was für eine Straße, zum Halsbrechen! Trotzdem war ich der Vorsehung dankbar, ging endlich ruhiger und nahm mir vor, bei den ersten Häusern nach dem Weg zu fragen. Doch welcher Dummkopf hätte in solcher Niederung ein Haus bauen sollen? Nun, ich glaubte daran und zottelte weiter. Einmal mußten diese ersten Häuser doch kommen. Noch keine halbe Meile war ich gegangen, da hörte ich hinter mir den Galopp eines Pferdes. Ich schlug ein Kreuz und verzog mich in den Graben, so gut ich konnte; aber der Durchgang war sehr schmal, das Pferd scheute und machte einen Satz nach hinten, der seinem Reiter eine schöne Folge von Flüchen entlockte.

»Wer ist da? Mach Platz, du Schuft!« schimpfte eine grobe Stimme, daß mir das Blut in den Adern erstarrte.

Kaum kriegte ich zu einer Antwort Luft. »Erbarmen! Ich bin ein kleiner Junge, ich habe mich verlaufen. Wenn ich nur wüßte, wo die Straße hinführt!«

Meine kindlich flehende Stimme hatte wohl den Reiter gerührt, denn er hielt das Pferd, das er schon gespornt hatte, mich zu überrennen, mit dem Zügel an.

»Ein Junge?« Ein Gesicht, dunkel unter der mächtigen Hutkrempe eines Schmugglers oder Zauberers, beugte sich leicht zu mir herab. »Ja, ein Junge. Wo willst du hin?«

»Nach Fratta. Kann mir der Herr nicht helfen?« Bei dieser Frage zog ich mich ein wenig zurück, denn ich hatte Angst.

»Was tust du hier, wo keine Menschenseele nachts vorbeikommt?« Die Stimme war noch nicht frei von Argwohn.

»Das kommt, weil ich zu Hause ausgerissen bin. Ich hatte mich geärgert. Ich bin gerannt und gerannt, und schließlich war ich an einem sehr schönen Ort und sah eine Menge Wasser und Sonne und tausend Wunder. Ich weiß nicht, was es gewesen ist. Dann wollte ich zurück, und es wurde finster, und ich verlor die Richtung und bin auf gut Glück losgelaufen. Jetzt bin ich hier und weiß nicht, wo ich bin.«

»Hinter San Mauro, mein Junge, in der Nähe vom Pinienwald, und hast vier gute Meilen nach Haus.«

»Ach, Herr, Ihr seid ja gut« – ich überwand die größere Angst mit der kleineren –, »Ihr könntet mir gewiß zeigen, wie ich so rasch wie möglich nach Hause komme.«

»Du meinst, ich sei gut?« Der Ton klang einigermaßen spöttisch. »Recht hast du, bei Diana, und ich will es dir beweisen. Spring auf! Ich komme da vorbei. Ich setze dich noch vor der Burg ab.«

»Aber ich bin doch auf der Burg«, gab ich zurück und zögerte, ob ich dem Anerbieten des Unbekannten trauen solle.

»Auf der Burg?« Er schien nicht gerade angenehm überrascht. »Wem gehörst du denn dort?«

»Du meine Güte! Keinem gehöre ich. Ich bin Carlino, der den Bratspieß dreht und beim Pfarrer zur Schule geht.«

»Um so besser. Los, spring auf. Das Pferd ist stark, es spürt dich gar nicht.«

Ich zitterte noch ein bißchen, aber ich faßte Mut und krabbelte dem Tier auf den Rücken, und der Reiter half mir und sagte, ich solle keine Furcht haben, ich würde schon nicht herunterfallen. O nein, bestimmt nicht. Bei uns zulande kommt man mit dem Pferd auf die Welt, und ihr könnt zu jedem Schlingel sagen: Steig auf das Füllen, genau wie: Reit auf dem Barren. Ich rückte mich also zurecht, und fort ging es in einem so tollen Galopp, daß wir auf dieser Straße dauernd in Gefahr waren, den Hals zu brechen. Ich umklammerte meinen Helfer mit beiden Händen und spürte einen langen Bart, der mir gelinde die Finger rieb.

Vielleicht war es der Teufel? Und wenn schon! Und ich prüfte geschwind mein Gewissen und fand mehr Sünden, als es brauchte, daß er mich mit Fug und Recht zur Hölle kutschierte. Da fiel mir zur rechten Zeit ein, daß das Pferd vor meinem Schatten gescheut war. Ei, die Pferde des Teufels durften doch nicht Schwächen haben wie unsere Pferde! Diese Überlegung beruhigte mich einigermaßen. Wenn es nun nicht der Teufel war – konnte es wohl sein Statthalter sein, etwa ein Dieb, ein Mörder oder was weiß ich? Keine Furcht! Geld besaß ich keines und war füglich gegen Dieberei gewappnet. Wer war denn dann mein nächtlicher Beschützer? Die blühende Phantasie eines Neapolitaners wäre gewiß zu einem Ergebnis gekommen; ich zog den Schluß, daß ich gar nichts wissen konnte. Plötzlich drehte mir der schwarze Gegenstand meines Rätselratens den großen Bart zu und fragte mit seiner wenig anmutigen Stimme, so daß ich erschrocken zusammenfuhr:

»Habt ihr in Fratta noch den Meister Germano?«

»Ja, freilich. Er richtet jeden Tag die Turmuhr, öffnet und schließt das Tor und fegt auch den Hof vor der Kanzlei. Er ist sehr gut zu mir, und oft nimmt er mich mit zu den Rädern vom Uhrwerk, mich und Pisana, das ist die Tochter der Frau Gräfin.«

»Kommt Hochwürden von Sant'Andrea euch oft besuchen?« Er lachte rauh.

»Er ist der Beichtvater der Frau Gräfin, aber ich habe ihn eine Zeitlang nicht gesehen. Denn seit ich in die Welt ziehe, bin ich so wenig wie möglich in der Küche.«

»Da tust du recht. Die Küche ist für die Pfaffen. Jetzt kannst du absteigen, mein Eichkätzchen, wir sind in Fratta. Du bist der beste Reiter hierzulande, das freut mich.«

»Kein Wunder.« Ich sprang zur Erde. »Ich habe immer hinter Marchetto auf dem Pferd gesessen.«

»Ah, du warst der Papagei, der hinter ihm hockte?« Er lachte laut. »Warte.« Und er gab mir einen guten Schlag ins Genick. »Diesen Gruß bringst du deinem Freunde Marchetto. Aber wehe, wenn du ihm verrätst, daß du mich hier gesehen hast! Nicht verraten, hörst du? Ihm nicht, und keinem sonst!«

Damit jagte der Mann mit dem großen Bart sein Pferd in eine Gasse, die nach Ramuscello führt, und ich blieb mit offenem Maule stehen.

Als der Galopp in der Ferne verhallte, drehte ich mich um und sah Germano auf der Brücke stehen und Ausschau halten. Wartete er auf jemanden?

»Ah, da ist er ja. Du Gauner! Um diese Zeit herumzustromern! So spät heimzukommen! Wer hat dich das gelehrt? Wart, ich will es dir zeigen!«

Mit solcher Predigt empfing mich Germano. Ihr folgte ein noch hitzigeres Verfahren, das ich nicht in Worten ausdrücken kann. Der gute Germano trieb mich mit Klapsen auf den Hintern vom Burgtor bis zur Küchentür. Dort packte mich Martino.

»Du Spitzbube! Du liederlicher Kerl! Das tust du nicht zum zweitenmal. Dich in der Nacht aus dem Hause wagen, in dieser Finsternis!«

Auch hier waren die Worte das wenigste; ihnen folgten

Schläge. Diesmal waren es Kopfnüsse. Wenn schon die Freunde so verfuhren, was hatte ich von den andern zu erwarten! Der Hauptmann, der mit Marchetto beim Gansspiel saß, pufffte mich nur ordentlich in den Rücken und brummte, ich sei ein erzfauler Bengel, und man solle mich ihm, dem Hauptmann, übergeben, dann könne noch etwas aus mir werden. Marchetto zog mich freundschaftlich an den Ohren, Frau Veronica, die sich am Feuer wärmte, wiederholte die Methode von Germano, und die schmierige Köchin gab mir einen so liebenswürdigen Tritt ins Sitzfleisch, daß ich mit der Nase über den Bratenwender flog.

»Gerade zur rechten Zeit«, rief die alte Hexe. »Ich habe den Bratenwender angestellt, aber jetzt bist ja du da.«

Und damit hatte ich schon den Bratspieß in der Hand. Ich drehte und drehte, und die Mägde und Kammermädchen, die nach und nach in die Küche kamen, hänselten mich, und meine Gedanken kreisten wieder um den Pfarrer, um Fulgenzio, Gregorio, Hochwürden mit dem Confiteor, um den Herrn Grafen, die Frau Gräfin und ihre Vorliebe für meinen armen Schopf. Hätten sie mich an jenem Abend Stück um Stück mit dem Spieße durchbohrt, so hätten sie mir damit die Marter der Angst verkürzt. Mir wäre lieber gewesen, mein Schopf wäre geröstet, als daß er auch nur drei Minuten in den Händen der Gräfin gewesen wäre. Solange sie mich pufften, konnten sie nicht forschen, wo ich die viele Zeit verbracht hätte; doch als ich am Bratspieße festgenagelt war, regnete es von allen Seiten Fragen. Unter den Schlägen war ich hart geblieben, jetzt fing ich an zu weinen.

»Was gibt es da zu heulen!« eiferte Martino. »Antworte lieber auf das, was man dich fragt.«

»Ich war bei den Mühlen. Dann bin ich am Wasser lang gelaufen und habe Grillen gefangen . . . huh, huh . . . Grillen gefangen. Und dann ist es dunkel geworden . . . huh . . . und dann habe ich mich verspätet.«

»Und wo sind die Grillen?« Der Hauptmann mischte sich

gern in die Gerichtsverhöre der Kanzlei und hatte etwas daraus gelernt.

Meine Stimme wurde noch weinerlicher. »Das ist es ja. Ich weiß es nicht. Sie müssen mir aus der Tasche gehupft sein. Gar nichts weiß ich. Huh, huh ... Ich bin am Wasser gewesen und habe Grillen gesucht. Ja, Grillen. Huuuh ...«

»Vorwärts mit dem Spieß, du Flausenpeter«, kreischte die Köchin, »oder ich gerbe dir gehörig das Fell.«

Martino hatte dieser Hexe wohl die Drohung aus den Mienen gelesen. »Mach ihm nicht zuviel Angst, Ursula.«

»Zum Donnerwetter!« brüllte der Hauptmann und schlug mit der Faust auf den Tisch, daß die Gedecke für die Dienerschaft in die Höhe sprangen. »Diese verwünschten Würfel! Dreimal hintereinander neun! Das ist mir noch nie begegnet. Verspielt! Also paßt auf, Marchetto: sechs Soldi am Sonntag, fünf heute abend ...«

»Und vierzehn von der vorigen Woche ...«, fügte der Reiter vorsichtig hinzu.

»Ja, richtig! Vierzehn und elf macht fünfundzwanzig.« Der Hauptmann fuhr sich in die Haare. »Hier. Zwanzig. Fünf kriegst du morgen.«

»Natürlich. Ganz wie es Ihnen paßt.« Marchetto seufzte.

Ich war näher gerückt, um mich an diesem Gespräch zu ergötzen. So kam ich dem Hauptmann in den Schuß. »Du da, du Hühnerspieß überm Feuerloch, dich möchte ich in die Klauen kriegen. Ich bin dafür berühmt, daß die Leute bei mir Vernunft annehmen. Nicht wahr, Veronica?«

»Ach wo. Ihr meint wohl, daß sie sie einbüßen.« Frau Veronica wandte sich vom Feuer weg nach dem Eßzimmer. »Ich gehe und sage der Frau Gräfin, sie solle keine Angst mehr haben, Carlino wäre da.«

Ich hatte keinen Spiegel vor Augen; doch hätte ich schwören mögen, daß sich mir bei dieser Ankündigung alle Haare auf dem Kopfe sträubten. Die Köchin mußte mich wieder aufmuntern, daß ich den Bratspieß drehte, und dann erwartete ich mehr stumpf als gelassen die Ereignisse. Sie ließen nicht lange auf sich warten. Ganz gegen ihre Gewohnheit erschien die Gräfin ein drittes Mal in der Küche, ihr zur Seite Frau Veronica, und zur Hoftür trat Fulgenzio, der alte fette Betbruder, herein, mehr denn je in den Kragen seiner Jacke vergraben. Die Gräfin kam so eilig, daß sie ihr Kleid schleppen ließ, was sonst nie geschah, und pflanzte sich in voller Größe vor mir auf; die Herdglut machte ihre Augen funkeln wie glühende Kohlen, und das Tröpfchen, das ihre Hakennase oft mit Anmut schmückte, strahlte wie ein Karfunkel.

»So also«, und sie reckte eine Hand gegen mich, daß mir ein Schauer über den Rücken lief, »so also, du häßlicher Frosch, dankst du mir meine Güte! Ich habe dich aufgenommen, großgezogen und ernährt, dich lesen und schreiben lernen und beim Altardienst helfen lassen. Ich bin höchst erbaut von dir. Ich sage dir voraus: Dein schlechtes Betragen wird dich ins Verderben stürzen, du wirst ruchlos leben wie dein Vater, und schließlich hängt man dich auf. Bisher zeigst du dafür alle Anlage.«

Hier meinte ich schon den Strang zu spüren, der mich am Halse würgte. Aber nein! Es waren die Finger der Frau Gräfin, die mich in der gewohnten Weise wie mit Zangen gepackt hatten. Ich schrie so schrill auf, daß der Pfarrer, der Kanzleisekretär, Clara, der Herr Lucilio, der Partistagno, und einen Augenblick danach sogar der Herr Graf und Hochwürden aus dem Eßzimmer herbeieilten. Alle die Menschen, die schon in der Küche standen, und die Mägde und Kammermädchen, die natürlich auch gelaufen kamen – ein schöner Aufwand –, alle wohnten sie meiner Marter bei. Der Spieß stand still, die Köchin mühte sich, meine Hände wieder der Arbeit zuzuführen; aber ich weilte noch so bei dem jüngst erlebten Ausbruch gräflichen Jähzorns, daß ich diese neue Freundlichkeit kaum bemerkte.

Jetzt stützte die Gräfin zu meinem großen Trost beide Arme in die Hüften. »Wo bist du bis zwei Uhr nachts herumgestreunt? Sag mir die Wahrheit! Mir kommst du nicht mit deinen Grillen und deiner Flennerei, mir nicht!«

Frau Veronica grinste, wie nur böse alte Weiber und der Teufel grinsen können; ich warf ihr einen Blick zu, der für hundert Flüche gelten konnte.

»Wird es endlich?« schrie die Gräfin und drohte diesmal mit beiden Händen, die gekrümmt waren wie Katzenkrallen.

»Ich bin spazierengelaufen bis an den Ort, wo viel rotes Wasser war und viel Sonne. Und dann ...«

»Und dann?«

»Dann bin ich zurückgekommen.«

»Allerdings. Zu deinem Unglück. Ich sehe dich, das brauchst du mir nicht zu sagen. Aber wenn du mir nicht sagst, was du die ganze Zeit getrieben hast, so sollst du, bei meiner Adelsehre, hier kein Körnchen Salz mehr kosten.«

Ich schwieg. Dann noch ein Schrei, weil sie mir wieder mit ihren Affenfingern in die Mähne fuhr, und darauf verstummte ich und begann, stumpfsinnig den Spieß zu drehen, denn es war der Köchin endlich gelungen, mir den Griff in die Hand zu drücken.

Plötzlich meldete sich Fulgenzio. »So will ich Ihnen sagen, Frau Gräfin, was der Lausejunge getrieben hat. Ich war vor kurzem in der Sakristei und putzte die Gefäße und Kännchen, weil Ostern vor der Tür steht, und war gerade zum Graben gegangen, um Wasser zu holen. Da kommt wahrhaftig von San Mauro her ein Mann geritten und setzt unser Herrchen ab! Er hielt ihm auch eine Rede, aber davon habe ich kein Wort verstanden. Dann ritt er weiter gegen Ramuscello, und das Herrchen spazierte über den Graben ins Tor. So ist es gewesen.«

»Und wer war der Mann auf dem Pferd? Ihr, Marchetto?« fragte die Gräfin.

Der Hauptmann antwortete für ihn. »Marchetto hat den ganzen Nachmittag mit mir verbracht.«

Die Gräfin wandte sich wieder an mich. »Also, wer war der Mann?«

»Es war ... es war ... niemand«, murmelte ich; denn ich

dachte daran, daß mir mein unbekannter Helfer befohlen hatte, zu schweigen.

»Niemand ... ganz sicher war es niemand. Faustina«, und damit winkte sie der Kinderfrau, »Ihr tragt sofort das Bett von Carlino oben in das düstere Loch zwischen Martino und der Kammer für die Bettelmönche, und legt ihn schlafen, sowie der Braten gar ist. Und da, mein Süßer«, das galt natürlich mir, »kommst du nicht eher heraus, als bis du gesagt hast, wer der Mann auf dem Pferd war, mit dem du bis zu dem Richtweg nach Ramuscello geritten bist.«

Faustina hatte die Lampe angezündet und wartete, ob sie mein Vogelnest wirklich zurechtmachen solle.

»Wer war der Mann? Willst du es nun sagen?« fragte die Gräfin noch einmal.

Ich warf einen Blick auf Faustina. Ach, mir brach das Herz bei dem Gedanken, daß ich nun, bevor ich zu Bett ging, Pisana nicht mehr sehen und sie nicht, wie so oft, heimlich auf die geschlossenen Lider oder aufs runde frische Mäulchen küssen sollte. Und Faustina hätte ja nicht zu gehen brauchen!

»Nein. Ich habe niemand gesehen. Ich bin mit niemand gekommen.« Mit einemmal antwortete ich freier als je zuvor.

»Schön. Wie du willst.« Die Gräfin winkte Faustina, daß sie den Befehl ausführen solle, rauschte wieder ins Eßzimmer und zog den ganzen Schwarm hinter sich her; aber jeder warf mir im Vorübergehen einen Blick zu, der den gerechten Spruch der Burgherrin bestätigte. Der Graf schlug außerdem ein Kreuz, wie wenn er sagen wollte: Der Kerl hat den Teufel im Leib. Hochwürden schüttelte das Haupt, als verzweifle er am Confiteor; der Pfarrer preßte die Lippen zusammen, der Partistagno strebte heiter weg, denn ihn langweilte der Auftritt längst. Nun war Komteß Clara an der Reihe. Trotz der scheelen Blicke von Frau Veronica, von Fulgenzio und dem Hauptmann kam sie liebevoll auf mich zu und fragte, ob ich wirklich die Wahrheit gesagt habe. Ich äugte schnell umher, antwortete ja und ließ den Kopf auf die Brust hängen. Da fuhr sie mir freundlich übers Haar und folgte den andern. Doch bevor sie entschwand, flüsterte mir der Herr Lucilio ins Ohr, ich solle am nächsten Tage das Bett hüten und ihn rufen lassen, dann würde schon alles glimpflich ablaufen. Ich hob den Kopf und sah ihm erstaunt nach. Hatte er im Ernst so liebevoll zu mir gesprochen? Aber er war schon bei Clara und tat, als übersehe er den erkenntlichen Blick, den sie ihm von der Schwelle zugeworfen hatte.

»Was haben Sie dem armen Kerl gesagt?« fragte sie ihn.

Lucilio sagte es ihr rasch, sie lächelte, und nun gingen sie zusammen ins Eßzimmer, und ihnen folgten der Hauptmann und seine Frau, denn es sollte bald gegessen werden. So blieben nur Fulgenzio und die Köchin übrig, doch auch von ihnen wußten mich Marchetto und Martino zu befreien mit dem Hinweise, der Braten sei sicher gar, und ich solle endlich schlafen gehen. Martino nahm eine Lampe und führte mich über die langen Treppen und Flure, die heute abend gar kein Ende nehmen wollten, in meine neue Behausung. Sie war wenig mehr als ein Verschlag unter der Treppe, ein wahres Katzenloch. Er richtete in einem Winkel das Lager, half mir beim Ausziehen und stopfte mir die Decke um den Hals, damit ich mich nicht erkälten solle. Ich ließ ihn schalten, als sei ich ohne Leben. Erst als er die kleine Öllampe in eine Ecke gesetzt hatte und mich allein ließ, sah ich deutlicher das zerbröckelte Mauerwerk und die rohen Bretter der schrägen Decke. Da kam mir das helle, heitere Zimmer von Pisana in den Sinn, die Verzweiflung packte mich, und ich hämmerte meine Stirn mit Fäusten und fuhr mir mit den Nägeln ins Gesicht, bis die Finger blutig waren.

Mitten in dieser Raserei hörte ich etwas ganz leise an der Tür kratzen, und die Verzweiflung wich, wie bei einem Knaben natürlich ist, für einen Augenblick der Furcht.

»Wer ist da?« Meine Stimme klang unsicher, weil noch Schluchzer in der Kehle saßen.

Da tat sich die Tür auf, und – halbnackt in ihrem Hemdchen, barfuß, vor Kälte zitternd, stürzte Pisana an mein Lager.

»Du? Was ist? Was willst du?« Ich fand mich gar nicht zurecht.

»Je nun, ich komme dich besuchen und küsse dich ab, denn ich bin dir gut. Ich bin aufgewacht, als Faustina dein Bett wegräumte, und weil ich wußte, sie wollten dich nicht mehr in unserm Zimmer schlafen lassen und hatten dich zu Martino geschickt, bin ich heraufgekommen, um zu sehen, wie es dir geht. Warum bist du denn heute ausgerissen und hast dich gar nicht mehr blicken lassen?«

»Pisana, liebe Pisana!« Ich schrie vor Freude und drückte das Mädchen aus Leibeskräften an mich.

»Schrei nicht so, sie hören uns unten in der Küche.« Zärtlich strich sie mir über die Stirn. »Was hast du da?« Sie hielt ihre Hand gegen die Lampe. »Blut? Du bist voll Blut. Du hast auf der Stirn eine Wunde, daraus rinnt es immerfort. Was hast du angestellt? Bist du gefallen? Hat dich ein Dorn geritzt?«

»Es ist nicht schlimm. Ich bin am Tor gegen die Zinne gerannt.«

»Komm. Ich will dich heilen. Ich stille das Blut.« Und damit legte sie die Lippen auf meine Wunde und saugte das Blut, wie es einstmals die frommen Schwestern ihren Brüdern auf dem Kreuzzug taten. Ich sagte immerzu: »Genug, Pisana, genug. Jetzt geht es mir ausgezeichnet. Ich merke gar nicht mehr, daß ich mir wehgetan habe.«

»Nein, es rinnt immer noch.« Und sie hielt mit viel mehr Kraft, als einem achtjährigen Mädchen zuzutrauen war, die Lippen fest auf meine Stirn gepreßt.

Endlich war das Blut gestillt, und das eitle Persönchen strahlte vor Stolz, daß ich über ihre zärtliche Fürsorge so glückselig war.

»Ich bin im Finstern heraufgekommen und habe mich an der Mauer langgetastet. Aber unten essen sie zu Abend, ich brauchte keine Angst zu haben, daß sie mich entdeckten. Jetzt habe ich dich geheilt, ich muß hinunter, damit man mich nicht auf der Treppe findet.«

»Und wenn man dich fände?«

»O lala. Dann tu ich, als wandelte ich im Schlaf.«

»Nun ja. Mir behagt es aber wenig, daß du dich einer Strafe von der Mama aussetzt.«

»Wenn es dir nicht behagt – mir selbst macht es nichts aus. Ja, mir behagt es sogar.« Sie warf in reizendem Übermut den Kopf nach hinten, um die Haare wegzuschütteln, die ihr in die Stirn hingen. »Weißt du auch, warum? Dich mag ich lieber als alles sonst, und wenn du nicht die häßliche Joppe anhast, mein Carlino, und ich dich sehe, wie du wirklich bist – dann mag ich dich noch dreimal lieber. Oh, warum zieht man dir nicht das schöne Zeug an, das Vetter Augusto heute anhatte!«

»Ich werde mir schon schönes Zeug verschaffen!« rief ich begeistert. »Das tu ich um jeden Preis.«

»Und wo nimmst du es her?« forschte sie.

»Himmel, woher! Ich werde arbeiten und Geld verdienen, und für Geld, sagt Germano, kriegt man alles.«

»O ja, das mußt du tun. Dann mag ich dich immer lieber. Aber warum lachst du nicht mehr? Vorhin warst du so vergnügt.«

»Natürlich lache ich. Siehst du es nicht?« Und ich berührte mit meinem Mund den ihren.

»Nicht doch! So kann ich dich nicht sehen. Laß mich los! Ich will sehen, ob du lachst. Hast du nicht gehört? Ich will dich sehen!«

Ich tat ihr den Willen und versuchte auch, die Lippen zum Lachen zu verziehen. Aber in meinem Herzen dachte ich, wie gut sie mir wohl wäre, wenn ich mir die herrenmäßigen Kleider verdient hätte.

»Jetzt bist du lieb, jetzt gefällst du mir«, zwitscherte Pisana mit dem niedlichen Stimmchen, das mir noch immer süß in den Ohren klingt. »Leb wohl, Carlino. Ich gehe hinunter, ehe Faustina zurückkommt.«

»Ich will dir leuchten.«

»Nein, nicht leuchten!« Sie sprang auf und hinderte mich mit einer Hand, das gleiche zu tun. »Ich bin im Finstern gekommen, ich gehe auch im Finstern zurück.«

»Und ich sage dir noch einmal, ich will nicht, daß du dir weh tust. Ich leuchte dir bis zur Treppe.«

»Wehe, wenn du dich vom Fleck rührst!« Ihre Sprache hatte sich gewandelt. Die Hand ließ mich frei, als genüge der neue Ton, daß ich ruhig blieb. »Du machst mich wütend. Ich sage dir, ich will ohne Licht hinuntergehen. Ich habe Mut, ich fürchte überhaupt nichts. Ich will gehen, wie ich will.«

»Und wenn du stolperst oder dich verläufst?«

»Ich stolpern oder mich verlaufen? Bist du verrückt? Ich bin doch nicht von gestern! ... Leb wohl, Carlino. Und sag mir Dankeschön, daß ich so gut war und dich besucht habe.«

»Ich danke dir, Pisana, ich danke dir von Herzen.« Ach, von der Tröstung ihres Besuches war mir das Herz weit geworden.

»Nein, Carlino. Laß sein. Nicht du – ich muß dir danken.« Plötzlich kniete sie an meinem Lager und drückte viele kleine Küsse auf meine Hand. »Ich danke dir, daß du mir immer gut bleibst, auch wenn ich schlecht bin. Ach, du bist der beste, liebste Junge von allen, die zu mir kommen, und ich verstehe nicht, daß du mich nie strafst für die bösen Streiche, die ich dir manchmal spiele.«

»Dich strafen! Warum in aller Welt? Steh auf, Pisana, und laß mich dir lieber leuchten, denn hier in der Kälte kannst du krank werden.«

»Du weißt genau, ich werde nie krank. Ich gehe schon. Aber erst mußt du mich strafen und mich tüchtig an den Haaren ziehen für die Schlechtigkeiten, die ich dir angetan habe.« Und sie nahm meine Hände und legte sie auf ihr Köpfchen.

»Pfui.« Ich zog sie weg. »Schlagen nie. Eher küssen.«

»Du sollst mich an den Haaren ziehen.« Sie nahm wieder meine Hände.

»Und ich will nicht«, gab ich zurück.

»Du willst nicht? Du sollst wollen.« Sie begann zu schreien. »Los, zieh mich an den Haaren! Wenn du es nicht tust, brülle ich so laut, daß alle nach oben kommen, und laß mich von der Mama schlagen.«

Um sie zu beruhigen, nahm ich ein Büschel Haare zwischen zwei Finger und schlang es mir spielerisch um die Hand.

»So zieh doch! Tüchtig!« Sie geriet in Wut und riß heftig den Kopf nach hinten, so daß meine Hand ihr folgen mußte, wollte ich ihr nicht weh tun. »Ich sage dir, ich will gestraft werden.« Sie stampfte mit den Beinen, und ihre Knie schlugen gegen den Boden, der aus ungleichmäßigen Steinen bestand.

»Nicht, Pisana, du tust dir Schaden.«

»Los, zieh mich an den Haaren.«

Ich zog leise an dem Büschel, das ich zwischen den Fingern hielt.

»Mehr, mehr«, rief die Närrin.

»So vielleicht?« und ich zog ein wenig stärker.

»Nein, noch mehr.« Sie war geradezu toll. Und während ich nicht wußte, was ich tun sollte, schüttelte sie den Kopf so unvermutet heftig, daß mir das Büschel Haare ausgerissen zwischen den Fingern blieb. »Siehst du wohl?« Jetzt war sie zufrieden. »So will ich gestraft sein, wenn ich es einmal will. Und nun, Carlino, auf Wiedersehen morgen. Rühr dich nicht vom Fleck, sonst gehe ich nicht mehr mit dir spazieren.« Sie huschte weg und schloß die Tür.

Da lag ich nun erstaunt und ohne mich zu regen mit dem Büschel Haare zwischen den Fingern, und als ich endlich mit dem Licht hinter ihr herlief, war sie schon vom Flur verschwunden. Ich wette, wenn ihr die Mutter zur Strafe nur eines dieser Haare ausgerissen hätte, so hätte sie so getobt, daß das ganze Haus durcheinander geraten wäre. Noch jetzt wundere ich mich, wie sie den Schmerz ertrug, ohne mit der Wimper zu zucken; soviel vermochten schon in dem kleinen Mädchen Wille und seltsame Laune. Doch weiß ich nicht mehr, ob ich damals mehr Freude oder Kummer empfand. Daß Pisana trotz der Strafe, die sie sich zuziehen konnte, so heldenhaft durch das Gewinkel des großen dunklen Hauses zu mir durchgedrungen war, hatte mich in den siebenten Himmel gehoben; darauf hatte mir ihr Starrsinn sehr die Flügel beschnitten; denn ich empfand (und mit neun oder zehn Jahren kann man gewisse Dinge noch nicht verstehen, wohl aber empfinden), daß bei einer solchen Heldentat Erfindungslust und die Ruhmsucht, ein kleines Wunder an Tapferkeit zu vollbringen, noch mehr mitsprachen als die Liebe. Das anfängliche Hochgefühl war also ziemlich gesunken, und die Locke in meinen Händen zeugte eher von meiner Knechtschaft, denn von ihrem guten Herzen. Doch sind mir die sichtbaren Zeichen meiner Freuden, Schmerzen und mannigfaltigen Schicksale von Kind an äußerst teuer gewesen, und jene Haare hätte ich damals um alle die goldenen Mosaikknöpfe und andern Schätze, mit denen sich der Herr Graf an Festtagen schmückte, nicht aus den Händen gegeben. Stets war mir die Erinnerung ein Buch und ihre Denkzeichen wie Bänder, die man in die wichtigsten Seiten einlegt; sie fallen dir sogleich in die Augen, du brauchst nicht zu blättern noch zu suchen, du vertraust dich ihnen an und findest im Augenblick den Satz, der dich am tiefsten berührt hat. Lange Jahre trug ich ein Museum von Krimskram an Haaren, Steinchen, trocknen Blumen, Flittern, zerbrochenen Ringen, Stücken von Karten und kleinen Gefäßen mit mir herum, ja sogar Fetzen von Kleidern und Halstüchern, alles Zeichen ebenso vieler leichter oder ernster, süßer oder schmerzlicher Geschehnisse meines Lebens, die mir für immer merkwürdig blieben. Dieses Museum wuchs beständig, und ich verwahrte es mit der gleichen Andacht wie ein Antiquar sein Münzkabinett. Solche Symbole der Vergangenheit bedeuten für den einzelnen Menschen dasselbe, was städtische und nationale Heiligtümer für die Menschheit bedeuten. Sie stärken, feiern, belohnen, entflammen das Gedächtnis, sie führen wie die ›Sepolcri‹, die Grabgesänge von Foscolo, unsere Gedanken zurück, daß sie mit den teuren Toten sprechen; denn jeder verflossene Tag ist für uns ein teurer Toter, eine blumengeschmückte Urne voll Asche. Wie das Volk, das große Denkmäler der Vergangenheit besitzt, die seinen Geist entflammen, nicht ganz sterben kann, so steht auch der Mensch, der sich an das Gedächtnis seiner Taten und Leiden gebunden fühlt, über der Zeit. Er sammelt einen Schatz, der von der Jugend bis ins Alter ständig zunimmt. Bisweilen habe ich gefürchtet, ein solcher Brauch könne dazu verführen, daß die Vergangenheit zu teuer, die Gegenwart und Zukunft gleichgültig, der Tod verhaßt würde. Aber es nahen sich wohl nur die Menschen, die irdische Schätze sammeln, mit Zittern jenem Übergang, der sie ihnen raubt. Wer in dem heiligen Gefäß der Erinnerungen Lächeln und Tränen, Rosen wie Dornen, allen Wechsel seines Schicksals in Dankbarkeit bewahrt hat, dem wird für solche Weihgeschenke am Ende seines Pfades kein zu hoher Wegzoll auferlegt werden. Das Leben hat vielerlei Gestalt, Muße und Mühe, Lust und Opfer, freies Spiel der Kräfte und Abhängigkeit. Wo wir fehlen, müssen wir dem Irrtum steuern oder unsere Blindheit mit Verzweiflung büßen.

Das Büschel schwarzer, ungleich langer, zerzauster Haare mit den Zeichen gewaltsamen Entreißens wanderte damals als erste Reliquie in den heimlichen Schrein der Erinnerung. Oft habe ich hernach vor ihm gebetet, gesonnen, gelächelt und geweint. Er umschloß, mir zu Lust und Leide, die heftigen, verwirrten, zitternden Freuden, die mir später die Seele zerreißen, doch auch erquicken sollten. Dieses Büschel Haare bedeutete die erste Station auf meiner *Via Crucis*, die erste Reliquie meiner Seligkeit, das erste inhaltreiche Wort meines Lebens, das vieldeutig und undeutbar ist wie das Leben aller Menschen. Ja, vom ersten Augenblick an spürte ich, wie wichtig diese Gabe war; denn kein Behältnis erschien mir sicher genug, sie zu verbergen. Ich wickelte sie damals rasch in ein weißes Blatt, das ich aus meinem Meßbuch gerissen hatte, und tat sie zwischen Bett und Strohsack. Sonderbar, sowie mein Sinn den unschätzbaren Wert dieser wenigen Haare erfaßte, brannten sie mir in den Fingern. War es Furcht, sie zu verlieren, oder ein ahnungsvoller Schauer vor den überwältigenden Verheißungen, die sich mir später erfüllen sollten? – Gerade hatte ich das Büschel Haare verborgen, da kam Martino herauf, und ich lag ganz still und tat, als ob ich schliefe, so daß er die Lampe mit in sein Zimmer nahm. Mich führte die geheuchelte Ruhe allmählich in wirklichen Schlummer, und der Schlummer glitt in ein so seltsames Gewoge von Träumen, Bildern und Verwandlungen, daß ich von dieser Nacht den Eindruck behielt, als verrinne ein ganzes Leben.

Am Morgen erwachte ich mit einem neuen Gefühl von Würde, so daß es mir vorkam, als sei ich an dem verdichteten Erleben der letzten vierundzwanzig Stunden ein Mann geworden, und die Geschehnisse des verflossenen Tages zogen klar und in lebhafter Folge durch meinen Sinn. Die Tücken von Pisana, das Possenspiel der feinen Vettern, mein Kummer, die Flucht, wie ich dann am Ufer des Kanals zu mir kam, die gefährliche Furt, die riesige Wiese und oben das Wunder jenes großen, glanzerfüllten, geheimnisvollen Bildes; weiter der Einbruch der Dunkelheit, meine Furcht; wie ich querfeldein rannte, das Pferdegetrappel in meinem Rücken, der Mann mit dem mächtigen Bart, der mich auf sein Tier hob, der tolle Galopp durch Finsternis und Nebel; sodann in Fratta die Püffe von Germano, die andern Leiden in der Küche, der Bratspieß, die Gräfin und meine Festigkeit, weil ich den nicht verraten wollte, der mir geholfen hatte, trotz der schrecklichen Strafe, die mich darum traf; die liebevolle Art von Clara und die Worte des Herrn Lucilio; mein verzweifelter Wutausbruch auf dem jämmerlichen Lager und mitten dahinein diese Erscheinung der Pisana, meiner Pisana, demütig und stolz, gut und grausam, leichtsinnig, launenhaft und wunderschön wie eh und je – das war mehr, als ein kindlicher Verstand fassen konnte. Und hier in dem Blatt Papier unter dem Strohsack steckte ein Talisman, der mir zeit meines Lebens, sowie ich nur wollte, die Erinnerung an jenen vielgestaltigen, erfüllten Tag wachrufen würde. Da kam mir der Rat des Herrn Lucilio in den Sinn, ich beschloß, ihn zu nutzen und rief aus Leibeskräften nach Martino. Aber ich hätte eher mir die Lunge aus dem Halse schreien, als dieses Trommelfell mit meinen Rufen erschüttern können; also stand ich auf, lief in seine Stube, fand den Alten gerade fertig angezogen und schrie ihm zu, ich hätte schrecklich Kopfweh und die ganze Nacht kein Auge zugetan, und man solle mir den Doktor rufen, ich hätte große Angst, daß ich sterben müsse. Martino erwiderte, ich sei verrückt, ich solle mich ganz ruhig wieder hinlegen, er werde inzwischen den Doktor holen. Aber er ging zuerst in die Küche und stibitzte mir im Schutze der Dunkelheit ein wenig Fleischbrühe. Ich schluckte sie geduldig, obwohl ich sehr viel mehr Lust nach Brötchen verspürte, kroch brav unter die Decke und versprach zu schwitzen. Das Kopfweh wollen wir dahingestellt sein lassen; aber die Anstrengung und Fasterei hatten mich genügend erschöpft, und die heiße Brühe tat ein übriges, daß ich ins Schwitzen kam wie im schönsten Fieber, so daß, als der Herr Lucilio nach einer Stunde erschien, auf den Hunger ein brennender Durst gefolgt war. Der Doktor fühlte mir den Puls und besah die Zunge, und bei der Frage nach den vielen Schrammen auf meiner Stirn lächelte er noch teilnahmsvoller als zuvor, weil er vom Flur das Rascheln eines Rockes hörte. Clara wollte vom Arzte den Grund des Übels wissen und mich damit trösten, daß die Gräfin angesichts meiner Krankheit nicht darauf bestehen würde, mich so streng zu strafen, und mir auch wohl verzeihen würde, wenn ich ihr über den bewußten Abend die Wahrheit sagte. Ich gab zur Antwort, die Wahrheit habe ich ihr schon gesagt und könne sie nur wiederholen; und wenn es ihnen sonderbar erscheine, daß ich fast einen ganzen Tag umhergeschweift sei, ohne zu wissen, wo, so erscheine das auch mir sonderbar; doch was konnte das helfen? Nun befragte mich Clara über diese wunderliche Stätte voll Licht und Sonne und Farben, wo ich gewesen sein wollte, und als ich ihr die Beschreibung begeistert wiederholte, meinte sie, Marchetto habe wohl recht, ich könne auf der Attilabastei gewesen sein, einer Anhöhe an der Küste seitlich Lugugnana, wo nach der Überlieferung des Landes der König der Hunnen, als er von Aquileja kam, sein Feldlager aufschlug, ehe ihm Bischof Leo entgegentrat. Es waren übrigens von Fratta bis dorthin auf dem geradesten Wege sieben gute Meilen, und keiner begriff, daß ich mich auf dem Rückweg nicht verirrt hatte. »Und, Carlino, was du dort gesehen hast, das schöne, unendlich weite, blaue, plötzlich in allen Farben schimmernde Etwas, das den Himmel widerspiegelte – das war das Meer.«

»Das Meer! Die glücklichen Menschen, die ihr Leben dort verbringen, auf dem Meer!«

»Meinst du?« fragte der Herr Lucilio. »Ich habe einen Vetter, der dieses Glück seit vielen Jahren genießt, und er ist davon nicht sonderlich erbaut. Er versichert, das Wasser sei für die Fische, und es sei ein großer Unsinn gewesen, daß sich die Venezianer da hineingesetzt hätten.«

»Heute vielleicht, aber damals war es kein Unsinn«, sagte Clara. »Denn über dem Meere lagen Candia, Morea, Cypern und die ganze Levante.«

»Oh, mir würde es genügen, auf dem Meer zu sein; was über dem Meere liegt, ist mir einerlei.«

»Für jetzt heißt es zudecken und gesund werden, du unruhiger Geist«, befahl der Herr Lucilio. »Martino wird dir in der Apotheke ein Fläschchen wunderschöne Medizin holen, davon nimmst du alle halben Stunden einen Löffel voll, verstanden?«

»Inzwischen ordnen wir die Sache mit der Mama so gut wie möglich«, fügte Clara hinzu. »Und da du mir wiederholt hast, du habest ihr gestern abend die Wahrheit gesagt, so hoffe ich, sie wird dir verzeihen.«

Lucilio und Clara verließen mich, Martino folgte ihnen, um in die Apotheke zu gehen; ich blieb allein mit meiner Schwitzkur, meinem Durst und einer heißen Sehnsucht nach Pisana, denn wenn sie käme, würde es mir ziemlich gleichgültig sein, ob man mir verziehe oder nicht. Doch das Mädchen ließ sich nicht blicken, nur vom Hofe her hörte ich sie und die andern Kinder bei ihren Spielen schwatzen. Wie gern wäre ich dabei gewesen! Aber ich wagte nicht, mich anzuziehen und hinunterzueilen, Martino hätte mich ertappen und daran hindern, oder eines der Kinder mich angeben können. So spitzte ich die Ohren und hörte doch fast nichts vor Herzklopfen. Nach langer Zeit schrie Pisana so laut sie konnte:

»Martino, Martino, wie geht es denn Carletto?«

Martino mochte verstanden und ihr auch geantwortet haben, doch ich verstand kein Wort; er kam nur kurz danach mit der Medizin und erzählte, die Gräfin habe ihn auf der Treppe gefragt, ob es wahr sei, daß ich aus Verzweiflung mit der Stirn gegen die Wand gerannt wäre.

»Ist das wirklich wahr?« fragte der gute Martino.

»Vielleicht. Ich war gestern abend so aufgeregt, daß es wohl möglich ist, ich habe Dummheiten gemacht. Ich weiß es nicht mehr genau.«

»Du weißt es nicht mehr genau?«

»Nein doch, ich weiß es nicht mehr genau.« Er war mit solchem Bescheid wenig zufrieden, weil ich es seiner Ansicht nach etwas länger mußte im Gedächtnis behalten haben, auf welche Weise ich mir das Gesicht dermaßen zugerichtet hatte.

Die Arznei tat ihre Wirkung über Erwarten gründlich und schnell, denn ich stand am selben Tage auf; und von der Strafe, die mir die Gräfin zugedacht hatte, wurde nicht mehr gesprochen. Aber ach, man sprach auch nicht mehr davon, daß ich mich wieder im Zimmer von Faustina einrichten solle; mein Lager blieb endgültig neben der Kammer von Martino. Natürlich gebührte der Sehnsucht, Pisana nach der köstlichen Überraschung der vergangenen Nacht wiederzusehen, ein großer Anteil an dieser raschen Genesung, und sobald ich in die Küche kam, war meine erste Sorge, das Mädchen zu suchen. Die Familie hatte gerade Mittag gegessen, und ich lief auf der Treppe Hochwürden in die Arme, der mir, was sonst seine Art nicht war, sanft übers Kinn fuhr und die zerschundene Stirn betrachtete, um die es gar nicht so gefährlich stand. Dann sagte er liebreich, ich wäre wohl nicht der Tunichtgut, wie man geglaubt habe, wenn der Schmerz, als Lügner zu gelten, mich zu solchen Gewalttätigkeiten gegen mich selbst getrieben hätte; doch empfahl er mir, künftighin mehr Maß zu halten, meine Nöte Gott anheimzugeben und den zweiten Teil des Confiteor zu lernen. An solchem geistlichem Zuspruch erkannte ich das gute Herz von Clara, die für mein verwirrtes Gebaren offenbar diesen erbaulichen Grund gefunden hatte, und so wurde mir, wenn nicht volle Verzeihung, so doch ein mildes Vergessen zuteil. Später erfuhr ich von Marchetto, daß mich der Herr Lucilio als einen furchtsamen, reizbaren Knaben geschildert hatte, der von jedem Kummer leicht in den seelischen wie leiblichen Kräften gestört werden könne; und da er sowie Clara meine Aufrichtigkeit beteuerten, wollte die Gräfin auf der von ihr angenommenen Doppelzüngigkeit nicht weiter bestehen. Trotzdem machte sie sich die Mühe, Germano zu befragen. Doch dieser gab den ihm vielleicht von Martino in den Mund gelegten Bescheid, er habe ja wohl nachts den Hufschlag eines Pferdes gehört, aber erst eine gute Weile danach meine Rückkehr nach Fratta, so daß es kaum möglich schien, daß ich mit besagtem Pferde gekommen wäre. Da beachtete man das Zeugnis von Fulgenzio nicht weiter, ich genoß endlich Frieden und fiel nicht mehr in Versuchung, aus Zartgefühl gewissenhaft zu lügen. Was jedoch manchem als Leichtsinn oder kindliche Verstocktheit erscheinen mag, war in diesem Falle doch wohl ein Zeichen von Treue und Dankbarkeit. Es war das damals der erste Kampf zwischen Vergnügen und Pflicht, und ich zögerte keinen Augenblick, letztere zu wählen. Schließlich hätte ich die Sache nicht so streng zu nehmen brauchen; der Befehl des Unbekannten war kaum ernst gemeint, auch hatte ich nichts versprochen und konnte nicht einsehen, wem mein Schweigen nützen solle, wenn es sich um eine so gewöhnliche Tatsache handelt wie, daß ein Mann auf einem Pferde daherreitet. Aber ich folgte trotz allem einem unbeirrbaren Gefühl von Rechtlichkeit. Wer weiß, vielleicht hat mir das erste Opfer, das ich willig als Folge meines Leichtsinns gebracht habe, den Weg gewiesen, dem zu folgen ich auch später bei ernsteren Anlässen immer bemüht war. So erziehen uns oft unbedeutende Vorkommnisse der Kindheit zu

Ansichten des Lebens, die dann für immer zum Sporn für unsere Taten werden. Darum gilt es, auf die Kinder zu achten, wenn uns am Herzen liegt, an ihnen Menschen zu haben. Keine Gelegenheit soll ihren Leidenschaften eine böse Wendung geben, weder plötzliche Nachsicht noch übermäßige Härte oder unheilvolle Nachlässigkeit soll sie glauben machen, recht sei, was ihnen behagt, und abscheulich, was ihnen nicht behagt. Es gilt, Gelegenheiten zu finden, wo sie die Tugend schön, göttlich, hold finden, und das Laster häßlich und unhold. Ein Körnchen guter Erfahrung mit neun Jahren wiegt mehr als ein Kursus über Moral mit zwanzig. Mut, unbestechliche Ehrlichkeit, Liebe zur Familie und zum Vaterlande, das sind die drei Tugenden, die alle andern im Gefolge haben. Der Keim steckt im Samen, die Pflanze im Keim, diese alte Wahrheit kann nicht genug wiederholt werden. Sparta hat Menschen gebändigt, Rom die Welt regiert, und beide erzogen das Kind von der Wiege an zum Krieger oder Bürger und bildeten Völker von Bürgern und Kriegern. Wenn wir die Kinder zum Genuß verzärteln, bilden wir ein Volk von verwöhnten Genießern.

Ich habe mich hernach gemüht, nach jener ersten Erfahrung zu handeln, schon weil ich mich geschämt hätte, als Mann weniger zu sein, als ich in der Kindheit gewesen. Ich war gestiegen; ich wollte nicht fallen. Glückte es mir nicht, so kam die Reue rasch, und meine Schuld schien mir um so größer, je mehr mich Gewohnheit und Gewissen davor hätten bewahren können. Aber ach, welcher Sterbliche ist ohne Fehl? Mich hat das Wort von Christus in der Geschichte von der Ehebrecherin immer sehr getröstet: »Wer unter euch ohne Sünde ist, werfe den ersten Stein auf sie.«

An jenem Nachmittage nun, wie ich schon sagte, war meine erste Sorge, Pisana aufzuspüren, doch konnte ich sie zu meinem Kummer nirgends finden. Ich fragte die Zimmermädchen; sie gifteten sich ob meiner Anmaßung, als hätte ich sie auf einer Versäumnis ertappt. Germano, Gregorio, Martino, keiner wußte etwas zu berichten, und schließlich rannte ich wütend durch den Marstall und weiter zum Gärtner, ob er Pisana auf dieser Seite hätte hinausgehen sehen. Ja, sie war mit dem Apothekerjungen nach den Feldern zu gelaufen, aber vor zwei Stunden, und das gnädige Fräulein war wohl schon zurückgekehrt, denn die Sonne brannte beträchtlich, und die Komteß liebte Sonnenbräune auf ihrer Haut durchaus nicht. Dieser Schluß überzeugte mich nicht, denn ich kannte die seltsamen Launen des Mädchens und lief also in die Felder.

Die Sonne schoß glühende Pfeile auf mein Haupt, die ausgedörrte Erde bröckelte unter den Füßen, doch ich spürte es kaum bei der Bangigkeit, die mich erfüllte. Am Rand eines Grabens fand ich ein Schuhband. Es gehörte Pisana, und ich eilte weiter, überzeugt, meine heiße Sehnsucht würde mich sie bestimmt irgendwo finden lassen. Ich durchspähte das Dickicht und die schattigen Plätze an den Bächen, wo wir zu ruhen pflegten; die von der Eifersucht geschärften Augen liefen flink nach allen Seiten, und wäre mir dieses Apothekerjüngelchen unter die Hände gekommen, ich hätte es sicher gründlich durchgewalkt. Was nun Pisana betrifft, so kannte ich sie von Grund aus, ich hatte mich ganz unsinnig an sie gewöhnt und begonnen, sie fast um ihrer Fehler willen zu lieben, wie der Reitkünstler unter seinen Pferden gerade dem den Vorzug gibt, das sich am wildesten bäumt und Sporen und Zügel widerstrebt. Nie wird uns eine Sache wertvoller und teurer, als wenn sie uns entfliehen will; und wenn diese ständige Furcht und Mühe schwache Seelen ermüdet, so wappnet und kräftigt sie die starken. Man könnte einwenden, Pisana habe mich verhext; doch liegt für mich der Grund solcher Hexerei offensichtlich in dem ständig angestachelten Stolz, den andern Freiern den Rang abzulaufen. Ich wurde oft und allen vorgezogen; also wollte ich diesen Vorzug immer genießen. Das Gefühl, das mich zu dem Wunsch beflügelte, war lauterste Liebe, eine Liebe, die hernach zunahm, deren Art und Farbe sich wandelte, die mir jedoch schon damals das Herz mit all ihrer Torheit erfüllte. Und die Liebe ist, wenn einer zehn Jahre zählt, so ungeheuerlich wie jeder andere Wunsch in jenem vertrauensvollen Alter, das noch nicht das Wort ›unmöglich‹ kennt. Damals liebte ich in Pisana die Gefährtin meiner Spiele, und da Spiele mit zehn Jahren alles bedeuten, heißt das soviel, daß ich das Mädchen ganz für mich wollte. Nun, damals an jenem Nachmittag ließ sie sich trotz der Wut, mit der ich sie suchte, nicht finden; ich renne und suche und halte Ausschau, springe weiter, spähe – keine Pisana. Da werde ich gewahr, daß ich unwillkürlich den Weg eingeschlagen habe, der mich am Tage zuvor so weitab geführt hatte. Ich fand mich an einer Stelle, wo mehrere Landwege sich kreuzen; auf einem verfallenen Mauervorsprung stand ein armseliger San Rocco, der dem frommen Wanderer die Wunde seines Beines weist, neben sich den treuen Hund mit gesenktem Schwanz und erhobener Schnauze, als beobachte er, was sein Herr beginne.

Vor diesem San Rocco betete mit großer Inbrunst ein zerlumptes, vom Alter gebücktes Mütterchen. Mir schien, es war Martinella, eine in der Gegend wohlbekannte Bettlerin, die jedesmal aus der Dose von Germano eine Prise nahm, sooft sie an der Brücke von Fratta vorüberkam. Ich näherte mich ihr mit leichtem Argwohn, denn nach den Erzählungen von Marchetto mußten alle alten Weiber Hexen sein; aber ich kannte und brauchte die Alte, und das trieb mich vorwärts. Sie war sonst das geduldigste, freundlichste Wesen von allen, die hier zu betteln pflegten, doch heute machte sie ein ärgerliches Gesicht und fragte mürrisch, was ich hier und zu dieser Stunde tue. Ich antwortete, ich suche Pisana, die jüngste Tochter der Gräfin, und wolle sie gerade fragen, ob sie sie wohl mit dem Apothekerjungen habe vorbeikommen sehen.

»Nein, Carlino, ich habe sie nicht gesehen.« Die Alte sprach eilig und etwas erbost, obwohl sie sich mühte, mir zu zeigen, daß sie mir gewogen war. »Während du sie suchst, ist sie vielleicht schon zu Hause. Geh auf die Burg, dort findest du sie sicher.«

»Sicher nicht«, gab ich zurück, »sie hat ja gerade zu Mittag gegessen.«

»Und ich sage dir, geh hin. Du kannst sie nicht verfehlen. Ja, jetzt erinnere ich mich: vor etwa fünf Minuten muß ich sie gesehen haben. Sie bog dort unten ins Feld.«

»Aber wenn ich gerade vor fünf Minuten dort vorbeigekommen bin!«

»Und ich sage dir, ich habe sie gesehen.«

»Nein doch, es ist nicht möglich.«

Sie gab sich alle Mühe, mich fortzuschicken, und ich wollte weiter auf sie einreden, da hallte von einem der vier Wege immer näher der Galopp eines Pferdes. Martinella zuckte die Achseln, ließ mich stehen und lief dem Reiter entgegen, als wolle sie ihn um ein Almosen bitten. Jetzt kam das Pferd auf dem tief eingegrabenen Feldweg einhergerast. Es war ein feuriges, starkes Füllen mit schnaubenden Nüstern und schaumbedecktem Maul. Auf ihm hockte ein zerlumpter Kerl mit einem struppigen grauen Bart, der in alle vier Winde flatterte; der alte vom Regen verblichene Hut fiel ihm bis auf die Nase. Er hatte weder Steigbügel noch Sattel noch Zaum; er hielt nur die Zügelenden fest gefaßt und schlug damit sein Reittier auf den Rücken, um es zu raschem Lauf anzufeuern. So auf den ersten Blick weckte er in mir die Erinnerung an den Mann mit dem mächtigen Bart, der mich an jenem Abend nach Hause gebracht hatte; und der Verdacht wurde zur Gewißheit, als er den Gruß der Alten mit rauher, kräftiger Stimme erwiderte. Sie winkte mit den Augen nach mir hinüber. Da zügelte er das Pferd nahe bei Martinella, bückte sich zu ihrem Ohr und flüsterte ihr ein paar Worte zu. Sie wurde ganz heiter, hob die Arme zum Himmel und sagte dann laut: »Gott und San Rocco mögen Euch für Eure gute Tat belohnen. Und das Almosen – ich verlasse mich darauf. Ende der Woche, denkt daran!«

»Sicher, Martinella. Bleibt nur nicht aus!« Damit drückte er dem jungen Tier die Schenkel in die Weichen und sprengte auf dem Weg nach der Lagune davon. Als er schon ein Stück entfernt war, drehte er sich um und machte der Alten ein Zeichen nach dem Weg, auf dem er gekommen war. Dann verschwanden Pferd und Reiter im aufgewirbelten Staube.

Ich war ganz Auge für das, was geschah. Endlich wandte ich den Blick von der Stelle, wo das Pferd verschwunden war, auf das Land gegenüber, und siehe da, dort rannten Pisana und der Apothekerjunge völlig außer Atem auf mich zu. Auch ich rannte ihnen entgegen. Martinella schrie mir nach: »Carlino, wo rennst du hin?«

»Zu Pisana! Da ist sie ja. Seht Ihr sie nicht?« Und schon war ich bei ihr. Aber wie sah das Mädchen aus! Ganz zum Erbarmen blaß und verstört. Ich faßte sie am Arm.

»Pisana, um Himmels willen, was hast du? Ist dir nicht gut?«

»Ach, der Schreck! Wie bin ich gerannt! Da kommen sie mit den Flinten ... und wollen übers Wasser ...« Das Mädchen keuchte.

»Wer denn? Wer kommt mit Flinten und will übers Wasser?«

Donato, der Apothekerjunge, kriegte allmählich Luft und antwortete: »Das war so. Wir haben am Bach bei der Mühle gespielt. Auf einmal tauchen am andern Ufer vier oder fünf Kerle auf, mit so finstern Gesichtern, weißt du, und Pistolen in der Hand, schrecklich, und sie suchen etwas und wollen über den Bach. Da fängt Pisana an zu rennen, und ich hinterher, so schnell ich kann; aber zwei oder drei schreien uns nach: ›He, ist hier nicht ein Reiter quer durch gejagt?‹ Pisana mochte nicht antworten und ich ebensowenig, und wir liefen weiter, und nun sind wir hier. Aber siehst du – da sind auch die Kerle. Das Wasser war zu tief; sie mußten wohl über die Mühlenbrücke.«

»Laß uns weglaufen! Weg, weg!« Das Mädchen zitterte vor Angst.

Die alte Martinella hatte unsern Reden zugehört. »Nur Mut, kleines Fräulein. Die Landsoldaten suchen nicht euch, sie suchen einen Reiter, und wenn ich und Carlino antworten, daß wir von Reitern nur den Wächter von Lugugnana gesehen haben, der nach Portovecchio ritt, um nach dem Heu zu sehen ...«

»Nein. Ich will weg, ich habe Angst«, schrie die Närrin.

Aber es war nicht mehr Zeit wegzulaufen. Die vier Häscher

erschienen, spähten die vier Kreuzwege entlang und wandten sich an die Alte mit der gleichen Frage, die sie kurz vorher an die beiden Kinder gerichtet hatten.

»Ich habe nur den Wächter von Lugugnana nach Portovecchio reiten sehen«, gab ihnen Martinella zur Antwort.

»Was, Wächter von Lugugnana! Das war bestimmt er«, rief einer von der Bande, und ein anderer fragte:

»Hört, Martinella, kennt Ihr wohl den Spaccafumo?«

»Den Spaccafumo!« Die Alte sah die Häscher recht von der Seite an. »Den Schurken, den Straßenräuber, der ohne Gesetz und Gottesfurcht lebt wie ein Heide? Dem Himmel sei Dank, den kenne ich nicht. Aber ich habe ihn vor zwei Jahren gesehen, an einem Sonntag, am Schandpfahl von Venchieredo.«

»Und heute, hier, habt Ihr ihn nicht gesehen?«

»Heute, hier? Wo es doch heißt, er sei seit einem Jahr mausetot! Und dann ... ich muß es den hohen Herren gestehen ... ich leide ein wenig an den Augen ...«

»Ei der Tausend! Er war es! Warum hast du uns nicht früher gesagt, daß du blind bist wie ein Maulwurf, du runzlige alte Hexe?« Der Scherge wandte sich zu seinen Kameraden. »Auf, Jungens, rasch nach Portovecchio!«

Und alle vier nahmen den Weg nach Portovecchio, der dem entgegengesetzt war, den eine Viertelstunde zuvor der Mann mit dem mächtigen Bart eingeschlagen hatte.

»Nein, hier ...« Ich wollte sie richtig weisen.

Die Alte wisperte schnell: »Pst, sei still. Laß die bösen Leute laufen. Beten wir lieber ein Paternoster zu San Rocco, der uns von ihnen befreit hat.«

Während des Gespräches mit den Schergen hatte Pisana ihren Mut wiedergewonnen, und schließlich trat sie sicherer auf als wir alle.

»O nein, bevor man betet, muß man nach Fratta laufen und dem Kanzleisekretär und Marchetto über diese häßlichen Fratzen Bescheid sagen. Nicht wahr, Carlino, der Sekretär muß doch die Bösewichter vom Lehen von Papa fernhalten?«

»Sicher muß er das. Und er kann sie sogar ins Gefängnis werfen lassen.«

»Also los, werfen wir die vier häßlichen Kerle ins Gefängnis! Sie sollen mich nicht mehr erschrecken.« Und damit zog sie mich fort nach Fratta.

Donato folgte uns: er war von dem launischen Mädchen völlig beiseite geschoben. Und Martinella blieb auf den Knien vor San Rocco, als wäre nichts geschehen.

VIERTES KAPITEL

Don Quixote als Schmuggler und die Familie Provedoni in Cordovado. – Schäferidyll um die Quelle von Venchieredo; hierbei kommen mir etliche Gedanken über die Liebe und wie sich die sittliche Weltordnung ständig neu bildet. – Die Tonsur des Kaplans von Fratta und ein diplomatisches Gespräch zwischen zwei Gerichtsherren.

Der Spaccafumo war ein Bäcker in Cordovado, einer malerischen kleinen Ortschaft zwischen Teglio und Venchieredo, der, nachdem er mit der nachbarlichen Obrigkeit in offenen Krieg geraten war, seinen Verfolgern so wunderbar zu entrinnen wußte, daß man ihm in diesem seinem Beinamen nachrühmte, er ›mache sich immer aus dem Staube‹. Den ersten Streich hatte er den Beamten der Steuer gespielt, die einen Sack Salz beschlagnahmen wollten, der bei einer alten Witwe gefunden wurde, die Mauer an Mauer mit unserm Helden wohnte. Ich glaube, jene Alte war eben die Martinella, die damals noch nicht bettelte, sondern bei Kräften war und arbeitete. Der Spaccafumo wurde auf zwei Jahre des Landes verwiesen; aber Herr Antonio Provedoni, der zum Gemeinderat gehörte, hatte ihm den Bann in eine Geldstrafe von zwanzig Dukaten umgewandelt. Nach dem Streit mit den Steueraufsehern um den Sack Salz begann er den nächsten mit dem Wachtmeister vom Gefängnis, der einen Vetter von ihm einstecken wollte, weil sich auf der Kirchweih von Venchieredo Waffen in seiner Tasche gefunden hatten. Damals mußte der Spaccafumo auf dem Dorfplatz drei Tage am Schandpfahl stehen, kam dann für zwei Monate ins Gefängnis und wurde obendrein zweieinhalb Jahre aus der Vogtei verbannt. Nun, unser Bäcker buk weiter Brot; das war sein Gehorsam dem Strafurteil gegenüber, das die Kanzlei von Venchieredo gefällt hatte. Im übrigen weilte er hie und da im Lande und betrieb seine private Gerichtsbarkeit zu Nutz und

Frommen der Mitwelt. Zweimal waren die Häscher von Portogruaro auf ihn gehetzt worden; aber er machte sich so flink aus dem Staube und kannte die Schlupfwinkel und Richtwege des Landes so gut, daß sie ihn nicht hatten erwischen können. Ihn in seinem Neste zu überraschen war ein noch schwierigeres Unterfangen, alle Bauern hielten zu ihm, und natürlich wußte keiner, wo der Spaccafumo bei Unbill des Wetters schlief oder Zuflucht suchte. Waren ihm übrigens die Oberhäscher von Portogruaro manchmal allzu dicht auf den Fersen, so steckten doch die Schergen und Landsoldaten der Gerichtsherren mit den Bauern viel zu sehr unter einer Decke, als daß sie diese Hetzjagd ernsthaft unterstützt hätten. Bisweilen erschien er, nachdem man viele Wochen lang nicht von ihm hatte reden hören, mit einem Male seelenruhig zur Pfarrmesse in Cordovado. Alles freute sich, wenn er auftauchte; doch er horchte nur mit einem Ohr nach der Messe, mit dem andern schön aufmerksam nach der Haupttür, immer auf dem Sprung, durch die Seitentür zu entwischen, falls der gewichtige, gleichmäßige Schritt der Streifwache zu vernehmen wäre. Daß die äußerst gutgläubige Wache so schlau sein würde, an beiden Türen zu lauern, war nicht anzunehmen. Nach der Messe schwatzte er mit seinen Freunden auf dem Kirchplatz, und zur Mittagsstunde ging er mit dreister Stirn schnurstracks ins Haus der Provedoni, dem letzten im Dorfe in der Richtung auf Teglio. Der Herr Antonio, Mitglied des Gemeinderates, drückte ein Auge zu, und die übrige Familie umringte ihn freudig, ließ sich seine Heldentaten erzählen und lachte über die Späße, womit er seine Rede schmückte. Von Kindheit an hatte er mit diesem Hause gute Nachbarschaft gehalten und führte sie auch jetzt so unbefangen weiter, als wäre nichts geschehen. Allen war es eine liebe Gewohnheit, wenn er kam, sooft er wollte, und in der Küche neben dem Herde seinen Teller Suppe aß.

Die Familie Provedoni stand dank ihres Alters und Rufes in der Gegend in hohem Ansehen. Ich selbst erinnere mich an den Namen des Herrn Giacomo della Provedona unter der Urkunde eines benachbarten Gutes im Jahre 1400, und seitdem war die Familie in der Gemeinde immer tonangebend geblieben. Aber hatte sich das Los der armen Gemeinden inmitten der Gerichtssprengel der Burgherren, die sie erstickten, schon nicht heiter gestaltet, so stand es um die Befugnisse ihrer Oberhäupter den Lehnsherren gegenüber noch viel schlimmer. San Marco war beliebt, aber nur aus der Ferne und mehr des Pompes wegen; und im Grunde lag dieser Republik, besonders im Friaul, die Ergebenheit des Adels zu sehr am Herzen, als daß sie ihn mit dem Gespenst der Kommunalgerichte allzu ernstlich schrecken wollte. Venedig duldete zwar die schon bestehenden und ihm ergebenen so weit, daß es sie mit harmloseren Rechtshändeln betraute; aber es hielt sie mit tausend Fesseln und Vorbehalten hübsch bescheiden, um das Volk in der gewohnten, blinden Knechtschaft zu erhalten, damit es den öffentlichen Händeln soweit wie möglich fern bleibe. Hatten also die Gemeinden in ihren Streitigkeiten mit den Burgherren dem Gesetz nach häufig unrecht, so hatten sie stets unrecht vor den Gerichten, und das auch, weil die patrizischen Richter, die Jahr für Jahr aus der Hauptstadt an die obersten Gerichtshöfe des Festlandes geschickt wurden, im Einvernehmen mit San Marco Recht sprachen. Nun gab es wohl ein Mittel, alle Stände vor der heiligen Unparteilichkeit der Gerichte gleichzustellen, und das war das Geld. Doch wenn man daran denkt, wie fest es das einfache italienische Volk zusammenhält, wozu in jenen Gemeinden noch die vorsichtige Friauler Sparsamkeit kam, so erhellt ohne weiteres, wie selten die Menschen dort geneigt waren, Gerechtigkeit auf solchem Wege zu suchen und zu erlangen. Der Burgherr hatte längst seinen Dukaten bezahlt, wenn die Gemeinden noch um Heller und Pfennig klagten; er hatte das günstige Urteil schon in der Tasche, während sie über eine Klausel der Antwort stritten.

So minderte der Geiz, wie man ihn in Behörden, wo viele kleine Leute arbeiten, häufig beobachten kann, die geringe

Macht beträchtlich, die den Gemeinden zugebilligt wurde. Es kam schließlich so weit, daß jeder der übergeordneten Macht mißtraute und sich Recht und Macht für sich allein schuf, woraus denn, neben ständigen privaten Erpressungen, in den Gemeinden den benachbarten Lehnsherren gegenüber eine knechtische Kriecherei entstand, die schädlich, feige und nur insoweit unumgänglich war, als ein Naturgesetz die Schwachen zu Knechten der Starken macht. Nicht immer zu Unrecht hat man uns Italiener der Heuchelei beschuldigt, der Liebedienerei und übertriebenen Achtung vor den Ansichten und Kräften einzelner Menschen. Das öffentliche System, auf das ich hinweise, hat solche Charakteranlagen der Nation gefördert. Da gab es weiter ein Gesetz, das Kaufleuten und Adligen auf Grund ihrer Bücher vor Gericht volle Glaubwürdigkeit gewährleistete; aber wie sollten die Gegner die ihre beweisen, wenn sie nicht das Glück hatten, Adelsurkunden oder Zunftbücher zu besitzen? – Geschenke und Günstlingswirtschaft, das waren die beiden zusätzlichen Artikel, die solche Unvollkommenheiten der Gesetzbücher ausglichen. Manchmal erhielt auch der Richter von dem Bußgeld, das dem Beklagten auferlegt wurde, sein Teil; und gegen Richter, die sich dieser Art Einnahme nicht so zugänglich zeigten, brauchte es nur eine Drohung vom Beklagten, wenn er mächtig war, oder, war es ein einfacher Mann, die eines Mächtigeren. Oft auch begnügte sich der Richter damit, sein Teil unter dem Tisch einzustecken, und unterzeichnete einen Freispruch, glücklich, Mühe und Gefahr zu vermeiden. Aber diese schöne Sitte, womit man dank der privaten Käuflichkeit wenigstens die Gerichtskosten sparte, wurde von den venezianisch gesinnten Richtern nicht geduldet, denn sie waren nicht so begierig danach, mit ihren Dienern die Wolle zu teilen, die man den Schuldigen abgeschoren hatte.

Der Herr Antonio Provedoni war dem Adel aus seinem Gefühl heraus gehorsam, aber er kannte keine Kriecherei aus Feigheit. Seine Familie war immer so verfahren, und er hatte nicht die Absicht, diese Gewohnheit zu ändern. Um solchen Gehorsams willen, der dargeboten, doch nicht verschwendet wurde, stand er bei den Leuten in hohem Ansehen. Nicht, daß er der Maßlosigkeit der benachbarten Burgherren keinen Widerstand entgegengesetzt hätte; er begegnete ihr nur mit Anerbieten, und das war viel. Im Innern beklagte er solche Übergriffe als ein Zeichen, daß der wahre, große, wohltätige Adel von seiner Höhe jäh herabstürzte; Geiz und Anmaßung stellten ihn neuerdings auf eine Ebene mit dem Häscherpack. Aber nie kam eine dieser Klagen unvorsichtig aus seinem Munde, er schwieg und zog den Kopf ein, wie Bauern tun, wenn ihnen der Himmel den Hagel schickt. Er und seine Väter hatten Sonne, Mond und Sterne immer in der gleichen Weise ihre Bahnen ziehen sehen, mochte das Jahr feucht, trocken oder schneereich sein. Nach einem bösen Jahr waren viele gute gekommen, nach einem guten viele böse – genauso urteilte er, wenn er die Dinge dieser Welt betrachtete. Sie zogen ihre Bahn auf ihre Art und Weise, für uns gedeihlich oder widrig; ihn hatte es in eine widrige Bahn geworfen, das war alles. Doch hegte er den festen Glauben, Kinder oder Enkel würden in eine bessere Bahn geraten, und dieser Glaube genügte ihm, daß er sie reichlich erzeugt hatte, damit die Familie in Zukunft nicht ihres Anteils an Glück verlustig ginge.

Nur der Zweitgeborene seiner zahlreichen Nachkommenschaft, den er durchaus hatte Leopardo nennen wollen, machte ihm zeitweilig Verdruß. Aber wie soll jemand mit einem solchen Namen zahm und fügsam sein? Der gute Gemeindeälteste von Cordovado hatte darin wenig Vorsicht walten lassen. Die Namen seiner Kinder waren alle mehr oder weniger heldisch oder dem Tierreich zugehörig und jedenfalls weit davon entfernt, die Tugenden der Verträglichkeit und stillen Freundlichkeit zu fördern, die, wie er wußte, Menschen seines Standes bekömmlicher waren. Der erste hieß Leone, der zweite, wie ich sagte, Leopardo; die andern der Reihe nach Bruto, Bradamante, Grifone, Mastino und Aquilina. Kurz, eine wahre Menagerie. Leone allerdings wurde so zahm, als die Zeiten oder doch das väterliche Beispiel fordern mochten. Er war unter mühseliger Arbeit und etlichem Gestöhn herangewachsen, hatte dann, wie der Vater getan, ein Weib genommen, Kinder gezeugt und deren schon ein halbes Dutzend beisammen, als Leopardo anfing, mit Frauen umzugehen. Das nun war die Zeit, von der an es in der Familie zwischen dem Herrn Antonio und diesem letzteren Sohne Streitigkeiten gab.

Leopardo war ein junger Mann, der eher zu handeln als zu sprechen pflegte, und in dem Wenigen, was er vollbrachte, erwies er sich so hartnäckig, daß kein Mensch es ihm ausreden konnte. Machte ihm jemand einen Vorwurf, so gab er fast nie eine Antwort; aber er wandte sich gegen den Prediger mit einem gewissen Knurren in der Kehle und schaute ihn so von der Seite an, daß die Predigt gewöhnlich nicht über den Anfang hinauskam. Im übrigen war er von Herzen gut und dienstwillig wie die fünf Finger an der Hand. Zwei Stunden am Tage tat er, was er wollte, und hätte man ihn in dieser Zeit anders beschäftigen wollen, so wäre der Teufel los gewesen; in den andern zweiundzwanzig hätte man ihn Holz spalten, Kohl pflanzen oder, wie ich es mußte, den Spieß drehen lassen können, und er hätte es mit der freundlichsten Miene getan. Bei solchen Gelegenheiten war er der gelehrigste Leopard, der je gelebt hat. So achtete er auch gewissenhaft auf seine Pflichten, war eifrig bei Messe und Rosenkranz, kurz ein guter Christ, wie man damals zu sein pflegte, und obendrein weit mehr als seine Altersgenossen unterrichtet und gebildet. Reichlich viel Eigensinn besaß er allerdings; und während die andern nur heimlich bockten, war er sozusagen innen und außen störrisch wie ein Maulesel und hätte, glaube ich, auch gegen den Allerdurchlauchtigsten Dogen ausgeschlagen, wenn es diesem eingefallen wäre, ihm in seinen fixen Ideen zu widersprechen. So voll Eifer er jede Arbeit tat, so träge und bleischwer wurde er, sowie sie ihm genommen war, wie ein Fabrikrad, dem man den Treibriemen durchschnitten hat. Sein Treibriemen war die Überzeugung. Ohne diese tat Leopardo keinen Ameisenschritt voran, und wenn es hieß, ihn zu überzeugen – nun, er besaß etwa die Nachgiebigkeit eines fanatischen Türken. Vielleicht rührte seine Hartnäckigkeit einfach daher, daß er in Einsamkeit und Schweigen aufgewachsen war; der Gedanke saß ihm im Hirn nicht wie ein leichtes Pfropfreis, sondern wurzelte wie eine Eiche mit tausend Fasern, wuchs langsam und brachte späte Frucht. Verdorrt ein solches Reis, so reißt es der Gärtner heraus und setzt ein neues ein; aber Eichenwurzeln lassen sich nicht ausreißen, oder der Baum des Gedankens verdorrt. Derart also war der Charakter von Leopardo. Er lebte glücklich bis zu einem Alter von dreiundzwanzig Jahren, ohne jemanden zu fragen oder gefragt zu werden. Die Vorschriften der Eltern und Lehrer lagen so in seinem eigenen Blickfeld, daß es hier weder Frage noch Antwort gab.

Der Ursprung aller Übel aber wurde die Quelle von Venchieredo. Nachdem Leopardo begonnen hatte, aus besagter Quelle zu trinken, lag ihm der Vater ständig in den Ohren mit seinen Fragen, Ratschlägen und Vorwürfen. Da er nun hiermit die Gedanken des Sohnes gar nicht erreichte, brüllte dieser seinerseits und setzte eine grimmige Miene auf. Damals gewann, so würde Sterne sagen, der tierische Einfluß seines Namens Macht über ihn; und wenn das wahr ist, so wäre dem Herrn Antonio seine Leidenschaft für Tiere ziemlich teuer zu stehen gekommen.

Wir wollen den Schleier über dem Geheimnis ein wenig lüften. Etwa eine Meile zwischen Cordovado und Venchieredo entspringt eine starke Quelle, deren klares Wasser auch viele heilsame Kräfte enthalten soll. Aber die Quellnymphe meinte, nicht nur der Zauberkraft des Wassers vertrauen zu dürfen, um die Gläubigen anzulocken; sie umgürtete sich mit so wunderschönen Wiesen und Wäldern, mit einem so gastlichen Schatten von Erlen und Weiden, daß ihr einsamer Wohnsitz der Feder eines Virgil würdig gewesen wäre. Gewundene, heimliche Pfade, murmelnde Rinnsale, sanfte, moosige Hänge, nichts fehlt in diesem Hain der Nymphe. Das reine blaue Wasser ist der Spiegel einer Zauberin; unmerklich quillt es aus dem feinen Kiesgrunde, hebt sich und bildet in seiner Bucht die hirtenhafte Welt zum zweiten Male. Hier denkt man an den Garten Eden mit seinen Bewohnern vor dem Sündenfall, und auch an die Sünde denkt man ohne Schauder, da wir ja nicht mehr im Garten Eden wohnen. Um jene Quelle also sammeln sich seit Menschengedenken an festlichen Abenden die schönen Mädchen von Cordovado, Venchieredo und sogar von Teglio, Fratta, Morsano, Cintello, Bagnarola und andern Dörfern im Umkreis. Sie singen, lachen, plaudern, verzehren ihr Vesper, bis die Mama, der Liebhaber und der Mond sie heimgeleiten. Denn ich habe wohl nicht zu sagen brauchen, daß mit den Mädchen auch die jungen Männer hier erscheinen; das versteht sich ja von selbst. Aber wenn ich einen Jahreslauf an der Quelle von Venchieredo überdenke, so glaube ich, wahrheitsgemäß versichern zu müssen, daß, wer hierher kommt, eher seinen Durst an Liebeleien löscht als den an Wasser, und natürlich wird auch mehr Wein getrunken als Wasser.

Nun war also auch Leopardo Provedoni mit der Quelle von Venchieredo vertraut geworden und liebte sie zunächst nur um ihrer Ruhe und Einsamkeit willen. Zwar war der junge Mann noch mit keinem Menschen in Streit geraten, doch empfand er dunkel, daß er anders war als alle, und so schien ihm, er fühle sich an diesem lieblichen Orte glücklicher denn anderswo, einfach, weil er hier ganz frei und allein war. So hatte er auch an einem schönen, sonnigen Maienmorgen das Haus mit dem Gewehr über der Schulter verlassen, mehr um der Neugier derer, die ihm begegneten, Genüge zu tun, als um Schnepfen und Rebhühner feindselig zu bedrohen. Schritt vor Schritt, den Kopf in den Wolken, kam er an den Saum des Wäldchens, das die Quelle von beiden Seiten einschließt, und spitzte die Ohren nach dem gewohnten Gruß einer Nachtigall. Wirklich hörte er sie schlagen, aber nicht von dem Baum, auf dem sie sonst saß, sondern weiter entfernt, und der Ton klang zaghaft und leise, gerade als fürchte sie sich vor dem Mordgewehr, das der Freund über der Schulter trug. Leopardo horchte, spähte durch die Zweige, suchte die scheue Freundin auf allen Seiten – da traf sein Blick auf weit mehr, als er suchte.

Statt der Nachtigall erblickte er am Rande des Bächleins, das aus der Quelle fließt, ein junges Mädchen, das den einen Fuß im Wasser badete, während der andere, weiß wie Elfenbein, spielerische Kreise und Bogen um die jungen Schleien zog, die an die Oberfläche schnellten. Sie lächelte und schlug vor Freude in die Hände, sooft es ihr gelang, einen dieser kleinen Fische mit der Fußspitze zu berühren und aus dem Wasser zu heben. Dann verrutschte ihr im Eifer des Spiels das Halstuch und enthüllte weiße Schultern, und ihre Wangen glühten im Glanz unschuldiger Wonne. Die Fische waren nur für eine kleine Weile verscheucht, dann kamen sie ihr wieder nahe; das Geheimnis dieser Vertrautheit steckte in der Tasche des Mädchens. Sie tauchte auch den Fuß, der so gern spielte, leise in den Bach, kramte unter der Schürze eine Brotkrume hervor und bröckelte sie den Gefährten ihrer Kurzweil ins Wasser. Wie da die kleine silbrige Familie lebhaft hin und her flitzte, um die Wette aus dem Wasser schnellte und sich gegenseitig die Brocken wegschnappte, und wie sich das Mädchen über sie beugte und gleichsam ihren Dank entgegennahm! War die Tafel recht reich besetzt, so rührte sie mit den Füßen das Wasser auf und freute sich, wenn die gierige Gesellschaft einen Augenblick auseinanderfuhr und sich schnell wieder verwegen herbeimachte, um nicht die besten Bissen einzubüßen. Sooft das Mädchen alles durcheinandermengte, wurden über den kleinen Füßen die zarten Umrisse eines rundlichen, kräftigen Beines sichtbar, und die Zipfel des Halstuches verschoben sich im ausgelassenen Spiel gar sehr über den Schultern, und die schwellende Fülle des Busens sprengte beinah das wollene Leibchen. Leopardo war ganz Auge, wie er zuvor, als er die Nachtigall belauscht hatte, ganz Ohr gewesen. Diese unschuldige, schlichte, heitere Jugend, die ihrer selbst nicht bewußte Anmut, eine leise, noch kindliche Keckheit, die an die kleinen nackten tändelnden Engel auf den Bildern von Pordenone erinnerte, die tausend Reize der behenden, zierlichen Gestalt, das goldbraune, wie bei einem Kind an den Schläfen gekräuselte Haar; ein frisches, offenes Lächeln, wie geschaffen dafür, zwei Reihen glänzender Zähne sichtbar zu machen, winzig und gleichmäßig wie die Perlen eines Rosenkranzes – all das malte sich mit Wunderfarben in die staunenden Augen des jungen Mannes. Um alles in der Welt hätte er einer der Fische sein mögen, die so vertraut mit ihr waren; dann wäre er Zeit seines Lebens zufrieden gewesen, sie still zu betrachten. Doch Leopardo besaß ein feines Gefühl für Schicklichkeit, und die verstohlen genossenen Wonnen rührten ihm auch in der höchsten Entrückung ans Gewissen. Er begann also irgendein Liedchen zu pfeifen, nicht allzu richtig, denn ihr könnt euch denken, daß seine Stimme in dieser ersten Erregung der Liebe einigermaßen schwankte. Pfeifend, ohne Ton und ohne Takt, rüttelte er hie und da an den Zweigen, als komme er im Augenblick herbei, und taumelte endlich wie trunken auf den Rand der Quelle zu. Das Mädchen hatte sich das Tuch wieder ordentlich um die Schultern gelegt, die Füße jedoch nicht rechtzeitig aus dem Wasser ziehen können, und so schien sie über den ungelegenen Besuch halb verschämt und halb erstaunt. Leopardo war ein schöner junger Mann, von jener Schönheit, die Anmut, Kraft und Ruhe in sich vereint und so der Idee göttlicher Vollkommenheit am nächsten kommt. Sein Blick hatte etwas Kindliches, die Stirn zeigte Nachdenken und die Gestalt männliche Kraft; aber die Bescheidenheit seines ganz bäuerlichen Anzugs mäßigte den großartigen Eindruck sehr. Darum war das schöne Kind nicht so verwirrt, wie wenn ein Herr gekommen wäre, und wurde noch sicherer, als sie die Augen zu seinem Gesicht erhob und ihn erkannte. Sie murmelte ganz zufrieden: »Ah, der Herr Leopardo!«

Dem jungen Mann erschien sein Name, nun ihm so liebenswürdige Lippen Obdach gewährten, zum ersten Male nicht zierlich genug. Doch sein Herz jubelte über den Gruß, der es ihm erleichterte, näher mit ihr bekannt zu werden.

»Und wer seid Ihr, schönes Kind?« stammelte er und blickte auf ihr Spiegelbild im Wasser, denn er fand noch nicht den Mut, das Urbild zu betrachten.

»Ich bin die Doretta vom Kanzleisekretär in Venchieredo.«

»Ah, das Fräulein Doretta!« Leopardo sank der Mut noch tiefer, weil er sie zunächst wenig ehrerbietig angeredet hatte. Und wie gern hätte er sie angeblickt!

Das Mädchen zog die Brauen hoch, als wolle sie sagen: Natürlich bin ich es, und ich verstehe nicht, was es da zu staunen gibt. Leopardo nahm allen Mut zusammen, um endlich zum Schuß zu kommen; aber er war ein solcher Neuling im Fragenstellen, daß es nicht verwunderlich war, wenn er beim erstenmal eine jämmerliche Rolle spielte.

»Arg heiß heute, nicht?«

»Zum Umkommen«, antwortete Doretta.

»Glauben Sie, daß das anhält?«

»Je nach dem Kalender.« Das Mädchen wurde boshaft. »Der eine sagt ja, der andere nein.«

»Und was sagen Sie voraus?« Leopardo verschlimmerte die Sache immer mehr.

Das Zwiegespräch begann das Mädchen zu erheitern. »Oh, mir ist es einerlei. Der Pfarrer von Venchieredo spricht alle drei Tage die Gebete für die Dürre wie für den Reif, und mir macht es gar nichts aus, ob ich bei dem einen mitbete oder beim andern.«

Wie lebhaft und lustig sie ist, dachte Leopardo, und dieser Gedanke ließ ihn die langweilige Fragenfolge, mit der er schon so weit gediehen war, vergessen.

Er schwieg. Doch Doretta wollte einen so besonderen Zeitvertreib nicht missen und beschloß, selbst zu fragen.

»Haben Sie viel Wild geschossen?«

»Oh!« Der junge Mann merkte erst jetzt, daß er das Gewehr über der Schulter trug.

»Ich glaube, Sie haben den Stein zu Hause gelassen«, fuhr die Schelmin fort. »Oder ist es eine Waffe von der neuen Art?«

Die Büchse von Leopardo reichte in die erste Zeit der Feuerwaffen zurück, und man brauchte sie nur anzusehen, um die Tücke der scheinbar arglosen Frage zu begreifen.

»Es ist eine alte Familienflinte«, antwortete er ernsthaft; er hatte genügend über sie nachgedacht und kannte aus der Überlieferung ihr Leben bei den Provedoni und die Wunder, die sie vollbracht hatte. »Sie hat mit meinem Ureltervater in Morea gekämpft; mein Großvater hat mit ihr an einem Tage zweiundzwanzig Schnepfen geschossen, eine schier unglaubliche Leistung, wenn man bedenkt, daß man zehn gute Minuten braucht, sie zu laden, und wenn das Pulver im Becken angezündet ist, löst sich der Schuß erst eine halbe Minute später. Tatsächlich hat mein Vater nie mehr als zehn getroffen, und ich habe es bisher nur auf sechs gebracht. Aber die Schnepfen werden nach und nach schlau; in der halben Minute bis zum Schuß fliegen sie mir eine halbe Meile davon. Es wird eine Zeit kommen, da muß man mit der kleinen Kanone hinter ihnen herlaufen. Inzwischen mache ich mit meiner Flinte weiter. Schlimm ist nur, daß die Schraubklemme den Stein nicht mehr festhält; manchmal ziele ich und spanne den Hahn, und nach einer halben Minute, wenn der Schuß losgehen müßte, merke ich: es liegt am Stein. Ich werde die Flinte nach Fratta bringen müssen, daß Meister Germano sie mir richtet. Natürlich könnte ich dem Papa sagen, er solle eine neue anschaffen, doch ich bin sicher, er würde antworten: ›Was, du denkst auf Neuerungen in der Familie?‹ Und er hat recht. Die Flinte ist ein wenig heruntergekommen, sie hat ja den Feldzug von Morea mitgemacht und zweiundzwanzig Schnepfen an einem Tag getötet, und so muß man sie eher bedauern. Kurz und gut, ich werde sie zu Meister Germano schaffen, daß er sie mir richtet. Habe ich nicht recht, Fräulein Doretta?«

»Sicher haben Sie recht.« Das Mädchen zog die Füße aus dem

Bach und trocknete sie am Gras. »Und die Schnepfen geben Ihnen gewiß auch tausendmal recht.«

Leopardo betrachtete liebevoll die Flinte und polierte den Lauf mit seinem Jackenärmel. Dann kramte er eine Handvoll Feuersteine aus der Tasche, wählte den tauglichsten und steckte ihn in die Klemme. »Versuchen wir es noch einmal so. Sehen Sie, Fräulein Doretta, wie ich mich gegen jeden Zufall wappnen muß? Immer habe ich die Tasche voll Steine; aber die Flinte ist nicht schuld, wenn ihr das Alter die Zähne verschliffen hat. Trägt man Pulverhorn und Werg und Kugeln, so kann man auch die Steine tragen.«

»Gewiß. Sie sind stark und scheuen sich nicht davor.«

»Nicht wahr? Vier so kleine Steine! Das macht mir gar nichts aus.« Der junge Mann steckte sie wieder ein. »Ja, ich könnte auch Sie im vollen Lauf bis Venchieredo tragen und käme nicht mehr außer Atem als mein Flintenrohr. Ich habe schnelle Beine und gute Lungen. Die Sümpfe von Lugugnana, das kostet mich einen Morgen hin und zurück.«

»Ei der Tausend! Wenn der Herr Graf zur Jagd dahin aufbricht, nimmt er das Pferd und bleibt drei Tage.«

»Oh, ich bin flinker. Ich gehe und komme wie der Blitz.«

»Aber ohne etwas zu schießen!«

»Wie, ohne etwas zu schießen? Die Enten sind noch nicht so schlau geworden wie die Schnepfen, sie würden nicht eine halbe Minute, nein, eine halbe Stunde warten, bis es meiner Flinte beliebt zu schießen. Aus den Sümpfen komme ich immer mit vollem Sack. Natürlich stürze ich dem Wilde nach, wo es ist; ich habe keine Angst, bis an die Hüfte im Sumpfe zu versinken.«

»Um Himmels willen! Und Sie fürchten nicht, eines Tages im Sumpf Ihr Grab zu finden?«

»Ich fürchte nur, was mich im Augenblick bedroht, und auch das nicht allzu sehr. An andere Gefahren denke ich nicht einmal, und da ich bis jetzt nicht gestorben bin, so habe ich nicht die geringste Furcht, zu sterben, auch wenn ich eine Reihe Musketen gegen mich anlegen sähe. Ei was, Furcht vor einer Gefahr, die man nicht kennt! Das fehlte noch!«

Doretta, die sich bis jetzt über die Einfalt des jungen Mannes lustig gemacht hatte, begann ihn mit einiger Achtung anzusehen. Und Leopardo verspürte nach Überwindung der anfänglichen Schüchternheit vielleicht zum ersten Male Lust, sein Herz zu öffnen, und er war auf die Bekenntnisse, die ihm natürlich und aufrichtig über die Lippen kamen, nicht weniger neugierig als das Mädchen Doretta. Noch nie war er in die Verlegenheit gekommen, sich selbst zu beurteilen; darum hörte er seine eigenen Worte, als erzähle ein Fremder fesselnde Geschichten.

»Aber sagen Sie mir aufrichtig« – er setzte sich dem jungen Mädchen gegenüber, deren Augen endlich die gesuchten Schuhe entdeckt hatten –, »sagen Sie mir aufrichtig: wer hat Sie solche Vertrautheit mit der Quelle von Venchieredo gelehrt?«

Diese Frage trieb Doretta ein wenig in die Enge, und es war jetzt an ihr, verwirrt zu sein. Aufs Schwatzen und Scherzen verstand sie sich weit mehr als nötig war; aber von irgend etwas Rechenschaft ablegen, das kostete sie einen Riesenaufwand an Achtsamkeit und Ernst. Und dann, sonderbar genug: diesem guten Jungen Leopardo gegenüber vermochte sie die Frage nicht ins Lächerliche zu ziehen, und sie antwortete stockend, die Quelle sei so nahe bei der Wohnung ihres Vaters, daß es sie von Kind an gelockt habe, an ihr zu spielen; und jetzt fahre sie darin fort, weil sie Geschmack daran gefunden habe.

»Das ist ja schön.« Leopardo war viel zu einfach, als daß er ihre Verlegenheit gemerkt hätte, wie er auch vor lauter Gutmütigkeit nicht gemerkt hatte, daß sie sich anfangs über ihn lustig machte. »Aber haben Sie denn keine Furcht, mit dem Wasser im Bach zu scherzen?«

»Furcht?« Das Mädchen wurde rot. »Warum denn Furcht?«

»Nun, darum: Sie könnten ausgleiten und ertrinken.«

»Was für ein Einfall! An solche Gefahren denke ich nicht.« Sie blitzte ihn mit ihren kleinen Augen lebhaft an.

»Und ich denke weder an diese, noch an irgendeine Gefahr.«

Der junge Mann heftete seine großen blauen Augen ruhig auf das Mädchen. »Die Welt geht mit mir weiter, und würde es auch ohne mich tun. Das ist mein Trost, und für alles übrige sorgt der Himmel. Aber kommen Sie oft an die Quelle?«

»Sehr oft. Besonders wenn mir heiß ist.«

Nun, dachte Leopardo, hatten sie sich diesmal getroffen, so konnten sie ein andermal wieder zusammentreffen; doch ein solcher Gedanke schien ihm zu kühn, und er schloß ihn in einen langen Blick voll Sehnsucht und Hoffnung. Auf seine Lippen kamen nur Worte über die Hitze und die Jahreszeit; für ihn war Sommer, Winter, Frühling alles eins. Er merkte den Wechsel nur daran, daß die Blätter sproßten oder fielen.

»O nein, ich habe den Frühling am liebsten«, sagte Doretta.

»Auch ich«, rief Leopardo.

»Wie? Ich denke, für Sie ist alles eins?«

»Nun ja, ich dachte es, aber ... heute ist ein so wunderschöner Tag, daß ich der ersten Zeit des Jahres den Preis geben muß. Wenn ich sagte, für mich wäre alles eins, so meinte ich wohl Hitze und Kälte. Doch zum Anschauen ist der Frühling gewiß am schönsten.«

»Aber denken Sie, der Gaëtano in Venchieredo, dieser Spitzbube, verteidigt immer den Winter!«

»Ha, er ist wirklich ein Spitzbube, der Gaëtano.«

»Oh, Sie kennen ihn?«

»Ja ... das heißt ... ist er nicht der Wächter? Mir scheint ... ja ... ich muß den Namen schon gehört haben.«

»Gaëtano ist nicht der Wächter, er ist der Reiter. Wir liegen uns immer in den Haaren, wenn er so albern daherredet. Ich mag nun einmal nicht vom Winter sprechen hören, und mir zum Possen hebt er ihn in den Himmel.«

»Ich würde ihn schon lehren, den Mund zu halten!« rief Leopardo.

»Ja? Nun, dann kommen Sie einmal herüber.« Doretta stand auf und zog die Schuhe an. »Aber bringen Sie eine gehörige Dosis Geduld mit, Gaëtano ist störrisch wie ein Esel.«

»Ich komme bestimmt. Und nicht wahr, Sie kommen wieder an die Quelle?«

»Sicherlich, wenn mir der Sinn danach steht. Und an den Festtagen bin ich mit den andern Mädchen immer hier.«

»An den Festtagen ...«

»Kommen Sie doch auch«, ermunterte sie ihn. »Schön ist es dann hier herum, Sie werden staunen, ein wahres Paradies.«

Doretta schlug den Weg nach Venchieredo ein, und Leopardo lief hinter ihr her wie ein Hündchen, das seinem Herrn folgt, auch wenn er es verjagt hat. Ab und zu wandte Doretta den Kopf und sah ihn lächelnd an; dann lächelte er zurück, aber sein Herz schlug so rasend, daß ihm die Knie zitterten. Als sie schließlich am Gartengitter angelangt war, rief sie ihm zu:

»Auf Wiedersehen, Herr Leopardo!«

»Auf Wiedersehen, Fräulein Doretta.« Der junge Mann stand unbeweglich, und in dem langen Blick, mit dem er ihr nachschaute, lag seine ganze Seele. Dann bückte er sich und nahm mit heißen Wangen ein paar Blumen auf, die Doretta, schalkhaft wie sie war, zu diesem Zweck mochte verloren haben. Jetzt strebte sie durch den Laubengang eilig nach der Burg; zwischen den dichten Blättern der Rebstöcke konnte er ihre schlanke Gestalt bald nicht mehr deutlich sehen, und erst nun löste sich zögernd sein Blick und sank so ernst, so tief in den Boden, als wolle er da in Ewigkeit im Grabe ruhen. So verrann eine lange Zeit. Endlich riß sich Leopardo mit Mühe los und wandte sich seufzend nach Hause, den Kopf wenn nicht voll neuer Gedanken, so doch sicher voll blitzneuer, sonderbarer Phantasien. Die paar Blumen barg er am Herzen und verwahrte sie da sein ganzes Leben.

Nun ja, Leopardo hatte sich in dieses junge Mädchen verliebt. Aber wie und warum? Das Wie geschah gewiß, als er sie sah und hörte; das Warum wird keiner je ergründen. Dem einen gefällt Blau, dem andern Scharlachrot und Orange, und keiner weiß, warum. Hübsche Mädchen und dreimal hübschere als Doretta hatte er in Cordovado, Fossalta und Portogruaro genug gesehen, und die Tochter des Kanzleisekretärs von Venchieredo war mehr munter als vollkommen; und doch hatten ihn nicht jene bezaubert, obwohl sie für ihn leicht zugänglich waren. Nein, beim ersten Blick, beim ersten Wort hatte er sich in diese Hals über Kopf verliebt. Vielleicht nehmen Gewohnheit und Gespräch von der Zauberkraft weiblicher Vorzüge mehr hinweg, als daß sie sie erhöhen? – Das will ich nicht behaupten, ich täte manchen Frauen unrecht. Es gibt unter ihnen Naturen, die nicht mit dem ersten Blick entzünden; doch bei näherem Umgang strahlen sie nach und nach Wärme aus und haben uns mit einem Mal einen Brand ins Herz geworfen, der nicht mehr verlöscht. Andere machen uns lichterloh brennen, sobald wir sie sehen, und dann bleibt von solcher Flamme nichts als die Asche. Doch es gibt auch Männer, die langsam Feuer fangen, und es brennt schnell herunter wie Stroh, und männliche Herzen aus Eisen, die plötzlich glühen und nie mehr erkalten. Die Liebe, dieses Gesetz des All, hat so viele Gestalten als Seelen, die ihm unterworfen sind. Wollte man eine Abhandlung darüber schreiben, die den Stoff erschöpft, so müßte man eine Bibliothek einrichten, in der jeder Mann und jede Frau einen Band mit eigenen Beobachtungen hinterlegen müßte. Da läse man die hochherzigsten und niedrigsten, die himmlischsten und viehischsten Dinge, die sich die Phantasie eines Romanschriftstellers nur vorstellen könnte. Aber ob die Schreiber solcher Bücher imstande wären, den ersten Anstoß in Aufrichtigkeit festzuhalten? Denn viele gehen an die Liebe mit einem schönen System, das sie in ihrem Kopf ausgebildet haben, und wollen ihre Taten nach ihm, und nicht an der Kraft des Gefühls erläutern. Daher stammt auch der schreckliche Mißbrauch des Wortes ›immer‹, der in den Gesprächen und Versprechungen der Liebe so leichtsinnig getrieben wird.

Sehr viele Menschen glauben, und mit gutem Recht, daß die ewige Liebe die treueste und höchste sei, und darum klammern sie sich nur an sie. Aber Glauben und Wissen genügen nicht, ein großes Gefühl fest in der Brust zu verankern – man muß dazu auch fähig sein. Das ist, wie wenn ein Dichterling dächte: Ja, die metaphysische Philosophie ist der höchste Gipfel der menschlichen Wissenschaft; also bin ich ein Philosoph wie Plato und ein Metaphysiker wie Kant. Nun, die Überheblichkeit, die wir im Bereiche des Intellekts niemandem so leicht erlauben würden, die erlauben wir selbst uns sehr leicht, wenn es sich um den Wert unserer Gefühle handelt, obwohl sich Gefühl noch mehr als Intellekt der Herrschaft des Willens entzieht. Keiner würde wagen, sich Dante in der Höhe der Erkenntnis gleichzusetzen, und alle tun wir es in der Höhe der Liebe. Doch die Liebe Dantes ist noch seltener als sein Geist, und die Menschen, die diese für leicht erreichbar halten, sind Toren. Die wahre Größe der Seele ist ebenso selten wie die des Geistes, und um eine solche Liebe in ihrem tiefsten Wesen zu empfinden, müssen wir uns von der menschlichen Schwäche mehr lösen, als sich ein Dichter in seinen erhabensten Bildern von ihr löst. Und weiter habe ich Menschen gekannt, die Kraft und Glut eines Augenblicks, die ihnen die Berührung mit einer gluterfüllten Seele eingeflößt hatte, für eigene Kraft und eigenes Gefühl hielten. Sie wähnen wie jener Knabe, der Mond sei in den Brunnen gefallen, weil sie seinen Widerschein im Wasser sehen. Aber der Mond geht unter, und der Widerschein entschwindet. Dann bieten sie alle Kräfte auf, so heiß zu bleiben wie zuvor, und pusten und stöhnen im besten Glauben. Der gluterfüllten Seele tut solch vergebliche Liebesmühe leid. Ach, wahre Liebe ist ein Meteor, ein Blitz, der uns die Erkenntnis unseres schwachen Selbst zu tausend Schmerzen erhellt. Für starke Charaktere sind die Gelegenheiten, unglücklich zu sein, viel zahlreicher als die zum Glück. Neigen wir uns in Demut vor dem Mysterium, daß Adel der Seele und Unglück zum wahren Leben des Geistes tiefer gehören als träge Zufriedenheit und Glück. Laßt uns also leiden, aber lieben.

Doretta von Venchieredo schien gewiß nicht dazu geschaffen,

dem ernsten, gesammelten Sinn von Leopardo, der tiefer Leidenschaft fähig war, Genüge zu tun. Und doch befahl sie seinem Herzen als erste, es solle leben und ganz und immer nur für sie. Wieder ein Mysterium, das nicht weniger dunkel und schmerzlich ist als die andern. Denn warum weckte nicht irgendeine, die mehr dazu geschaffen war ihm Genüge zu tun, in seinem Herzen die vielen Wünsche, die in ihrer Gesamtheit zur Liebe führen? Zielt etwa die moralische Ordnung dahin, daß Gleiches sich flieht und Entgegengesetztes sich anzieht? Aber niemand kann das mit Sicherheit behaupten, es gibt zu viele Gegenbeispiele. Wir können nur vermuten, daß, wenn die im Raum umherschweifende Materie seit Jahrtausenden einer ordnenden Macht unterworfen ist, die geistige Welt in uns vielleicht noch im Zustande des Chaos auf die Kraft harrt, die ihr ihr Gesetz gibt. Inzwischen herrscht ein Gegeneinander von Gefühl, Vermögen, Urteil; ein formloses, unruhiges Durcheinander von Leidenschaft, Betäubung, Lüge; ein heimliches Brodeln von Feigheit, Mut, hochherzigen Taten und Schmutz; ein wahres Gemisch von Geist, der sich der Materie noch nicht recht entwunden, und von Materie, die den Geist so bedrückt, daß sie ihn fast auseinandersprengt. Alles rührt, bewegt und wandelt sich; aber, ich wiederhole es noch einmal, der Kern künftiger Ordnung ist gebildet, Tag für Tag zieht er neue Elemente zu sich heran wie jene Nebelflecken, die in der Bewegung größer und dichter werden, und der mit Atomen erfüllten Atmosphäre, die sie umgibt, Dichte und Wirrnis entziehen. Wie viele Jahrtausende waren notwendig, bis ein solcher Nebelfleck vom Atom zum Stern wachsen konnte? Und wie viele Jahrtausende brauchte es, bis sich das menschliche Gefühl zum Bewußtsein einstimmte? Aber wie jener Stern vielleicht im fernsten Raum des All ein anderes Sonnensystem zur Reife bringt, so verheißt das Bewußtsein dem Chaos der Gefühle eine stetige, wahrhaft moralische Harmonie. Das braucht Zeiträume, die der Gedanke eines Menschen der Ewigkeit gleichsetzt; doch was sich dem Gedanken entzieht, ist der Hoffnung nicht verwehrt. Der Geist der Menschheit vermag lange zu hoffen und geduldig zu harren.

Auch der arme Leopardo mußte, obwohl er kein Leben von Jahrtausenden vor sich hatte, Geduld üben, bevor ihm Doretta zeigte, sie bemerke seinen Eifer und wisse ihm dafür Dank. Wahrscheinlich geschah es aus Eitelkeit. Vor allem war Leopardo schön; dann war er eine der besten Partien im Gebiet, und schließlich gab er ihr so viele Proben einer so ergebenen Liebe, daß es eine große Dummheit gewesen wäre, daraus nicht Nutzen zu ziehen. Und wenn er sie mit seiner Einfalt oft ergötzte, so bezauberte er sie ebensooft mit dem Mut und der Gelassenheit seines Wesens. Doretta war inne geworden, daß, so sanft und nachsichtig er sich bei Frauen, auch wenn sie ihr Spiel mit ihm trieben, zeigte, dies doch durchaus nicht der Fall war, wenn es sich um die aufgeblasenen Burschen der Umgegend handelte. Ein Blick von ihm genügte, daß sie die Segel strichen, und für das Mädchen bedeutete es keinen geringen Ruhm, wenn einer, der den Übermut der andern so leicht am Zügel hielt, ihres Winks gewärtig war. Doretta also kam immer häufiger an die Quelle, plauderte bei den festlichen Zusammenkünften immer freundschaftlicher mit ihm, nahm seine Gefälligkeiten an, ließ ziemlich viel Zeit verstreichen, bis sie sie erwiderte – aber endlich wurden sie einig. Da nahm Leopardo nicht mehr damit fürlieb, sie zufällig morgens zu sehen oder im Getümmel einer Kirchweih, sondern pilgerte Abend für Abend nach Venchieredo, lustwandelte zwischen den Gebäuden oder auf der Treppe der Kanzlei und unterhielt sich mit Doretta bis zur Stunde des Nachtmahls. Dann sagte er ihr mehr im Herzen als mit den Lippen Lebewohl, kehrte nach Cordovado zurück und pfiff das übliche Liedchen sicherer als das erste Mal.

Auf solche Weise hatten sich die jungen Leute ihr Leben eingerichtet. Mit den Alten stand es anders. Der wohlgeborene Doktor Natalino, Geheimer Kanzleisekretär zu Venchieredo, ließ der Sache ihren Lauf, denn er hatte so viele Verehrer seine

Doretta umschwärmen sehen, daß ihn einer mehr oder weniger gewiß nicht in Schrecken setzte. Der Herr Antonio hingegen zog, sobald er den Braten roch, die Nase kraus und gab hundert andere Zeichen schlechter Laune. Er stammte von Bauern und war ganz bäuerlicher Art; es konnte ihm nicht behagen, wenn sein Sohn mit Leuten anderen Standes umging. Das Naserümpfen ließ Leopardo kalt; doch als der Alte das merkte, versteifte er sich auf sein väterliches Recht, maulte oder sprach mit einer gewissen Gemessenheit, die sagen sollte: ich bin mit dir nicht zufrieden. Leopardo war mit sich sehr zufrieden und fand, er gebe ein Beispiel christlicher Geduld, wenn er diese Großtuerei ruhig hinnahm. Eines Tages brach der Vater das Eis und machte dem Sohne deutlich seinen Standpunkt klar. Da erklärte ihm dieser rund heraus, er sei fest entschlossen, zu tun, wie er bisher getan habe. »Wie? Du schämst dich nicht, weiter diesem hübschen Röckchen nachzulaufen? Was soll man im Dorfe sagen? Merkst du nicht, daß die Burgsoldaten von Venchieredo ihren Spott mit dir treiben? Und wie soll das schöne Spiel ausgehen? Glaubst du nicht, daß dich der Burgherr eines Tages von seinen Dienern fortjagen läßt? Ich soll mich wohl deinetwegen mit diesem Herrn überwerfen? Du weißt doch, wie schwer mit ihm auszukommen ist.« So etwa versuchte und plagte der vorsichtige Gemeindevertreter die Seele seines Absalom. Doch dieser hörte sich das Geschwätz, wie er es nannte, ruhig an, erwiderte, er sei ein Mann wie die andern, und wenn er Doretta leiden möge, so gebe es da nichts zu lachen; oder solle er sie fahren lassen, weil der erste Beste Witze mache? Der Herr Antonio hob die Stimme, Leopardo hob die Schultern, und jeder blieb bei seiner Meinung; ja ich glaube, solche Wortwechsel schürten die Glut des ohnehin genügend erhitzten jungen Mannes nicht wenig.

Doch man machte kurz darauf die Erfahrung, daß der Alte mit seinen Bedenken nicht unrecht haben mochte. Doretta zwar nahm ihren Liebhaber immer freundlich auf, aber die andern Bewohner von Venchieredo zeigten nicht die gleiche

Absicht. Unter ihnen konnte jener Gaëtano, der die Soldaten des Burgherrn befehligte und sich vielleicht eines alten Anspruchs auf das Mädchen rühmte, den schönen jungen Mann aus Cordovado und seine täglichen Besuche in der Tat nicht vertragen. Erst gab es Späße, dann Streit, und schließlich bearbeitete man sich einmal mit den Fäusten. Leopardo erledigte die Geschichte so ruhig und entschlossen, daß sich der große Soldat mit eingezogenem Schwanze trollen mußte, und diese Niederlage vor allen Leuten auf dem Marktplatze trug gewiß nicht dazu bei, ihn seine Feindschaft vergessen zu machen. Man muß hinzufügen, daß Doretta, mehr in sich selbst verliebt als in Leopardo, den Kampf, der um sie entbrannte, behaglich genoß und sicher nichts dazu tat, ihn zu besänftigen. Gaëtano lag seinem Herrn so viel in den Ohren mit dem Übermut des jungen Provedoni und seiner geringen Achtung vor hohen Persönlichkeiten, insbesondere vor ihm, dem Gerichtsherrn, daß dieser endlich ihm zu Gefallen Leopardo finsterer anblickte, als er es mit den meisten Leuten ohnehin tat. Der Blick bedeutete: ›Bleibt mir ja vom Leibe‹, und man verstand zehn Meilen im Umkreis sehr wohl, daß ein finsterer Blick vom Burgherrn von Venchieredo einem Bannspruch von wenigstens zwei Monaten gleichkam. Leopardo jedoch ließ den Burgherrn blicken, gab den Blick zurück und fuhr ruhig in seinem Treiben fort. Da fackelte Gaëtano nicht länger; er wußte sehr wohl, daß diese schweigende Herausforderung im Urteil des vielmögenden Herrn wie hundert Frevel wog. Wirklich erboste sich jener gewaltig, daß Leopardo seine Blicke so niedrig einschätzte, und nachdem er ihn drei-, viermal im Burghof getroffen hatte, rief er ihn eines Tages an und sagte gereizt, er faulenze zu viel, und die viele Lauferei von Cordovado nach Venchieredo könnte ihm noch ins Kreuz fahren. Leopardo machte seinen Bückling und begriff nicht, oder tat, als ob er nicht begreife; aber er kam weiter herspaziert wie eh und je, ohne Furcht vor Kreuzschmerzen. Nun begann ihn der Herr, wie man so sagt, wirklich auf dem Strich zu haben, und da er sah, er kam mit halben Maßnahmen nicht weiter, ließ er Leopardo eines schönen Nachmittags zu sich rufen und sagte ihm klipp und klar, seine Burg sei nicht zur Bequemlichkeit der jungen Herren von Cordovado da, und wenn ihn der Liebesteufel plage, so solle er sich ihn mit andern Mädchen vertreiben als mit denen aus Venchieredo; wolle er jedoch den Buckel einer ordentlichen Tracht Prügel hinhalten, so brauche er nur am Abend zum gewohnten Tanz zu kommen, und er solle nach Wunsch bedient werden. Auch jetzt machte Leopardo seinen Bückling und erwiderte kein Wort; aber am selben Abend ging er natürlich zu Doretta, die, das muß man schon sagen, vor Stolz strahlte, daß er für sie einen solchen Sturm herausforderte, und ihm seinen Mut mit doppelter Zärtlichkeit lohnte. Gaëtano schäumte vor Wut, der Tyrann sah finster sogar auf seine Hunde, und alles wies darauf hin, daß beide irgendeinen schlimmen Streich ausheckten.

Wirklich – in einer schönen Nacht (es war die Nacht, da ich mit dem Unbekannten nach Fratta heimgeritten war und den nächtlichen Besuch von Pisana empfangen hatte), als Leopardo sich von seiner Liebsten trennte und über die Hecke setzte, um nach Cordovado zurückzukehren, fielen ihm drei große Kerle in den Rücken und hieben mit den Griffen ihrer Messer so heftig auf ihn los, daß er, von dem Ansturm überwältigt, zu Boden stürzte. Er war in recht übler Lage. Aber in diesem Augenblick sprang eine dunkle Gestalt aus der Hecke, hämmerte mit dem Flintenkolben rasend auf die gedungenen Mordbuben ein und klopfte sie so gründlich durch, daß sie sich ihrerseits wehren mußten, und Leopardo klopfte, nachdem er sich von der ersten Überraschung erholt hatte, wacker mit.

»Ihr Hunde! Ich will es euch zeigen!« schrie der Helfer in der Not und setzte ihnen nach.

Aber sie liefen so flink über die Burgbrücke, daß er und Leopardo sie erst am Tor erreichten. Glücklicherweise war das Tor verschlossen, sie fanden also zu weiteren Prügeln bequem Zeit. Endlich hörte der Wächter das Hilfegeschrei und öffnete die kleine Pforte, und die drei stürzten hinein, als wäre der Teufel hinter ihnen her.

Da drehte sich der eine um, und siehe da, es war Gaëtano, und rief: »Dich kenne ich, du bist der Spaccafumo. Was mischst du dich in Dinge, die dich nichts angehen? Den Schimpf sollst du mir teuer bezahlen.«

»Gewiß bin ich der Spaccafumo«, brüllte der andere von draußen. »Ich habe keine Furcht, nicht vor dir, nicht vor deinem heillosen Herrn, nicht vor tausend deinesgleichen.«

»Habt ihr das gehört?« rief Gaëtano, während das Tor mit schweren Sperrketten verschlossen wurde. »Beim Wahrhaftigen, der Herr läßt ihn hängen.«

»Ei ja, aber erst hänge ich dich.« Und damit entfernte sich der Spaccafumo mit Leopardo, der sich ungern von der fest verriegelten Pforte trennte.

Nun ging der große Schmuggler hinter die Hecke, zog sein Pferd hervor und schickte sich an, den jungen Mann nach Cordovado zu geleiten.

»Wie bist du nur so zur rechten Zeit aufgetaucht?« Leopardo war mehr beschämt als erfreut, daß er dem andern diese Hilfe aus Lebensgefahr verdankte.

»Je nun, ich hatte Wind gekriegt von dem Plan und lag hier auf der Lauer.«

»Schurken! Gauner! Verräter!« Der junge Mann schnaubte vor Wut.

»Sei still, es ist ihr Gewerbe«, gab der Spaccafumo zurück. »Sprechen wir lieber von etwas anderem. Was sagst du dazu, daß ich heute ein Ritter bin? Weißt du, ich habe vor einiger Zeit beschlossen, meinen Beinen Ruhe zu gönnen, denn sie sind nicht mehr so jung, und so bediene ich mich wechselweise der Rassepferde, die in der Lagune weiden. Heute war dieses an der Reihe; ich habe von unterhalb Lugugnana bis hierher nicht eine Stunde gebraucht, und da habe ich noch einen kleinen Jungen, der sich im Sumpfe verirrt hatte, bis Fratta mitgenommen.«

»Aber sage mir doch: wie hast du nur erfahren ...« Leopardo

kaute immerzu an dem üblen Streich herum, den man ihm gespielt hatte.

»Gar nichts sage ich dir. Jetzt bist du an deiner Haustür, leb schön wohl, und bald auf Wiedersehen.«

»Wie, du kommst nicht mit hinein und schläfst bei uns?«

»O nein, hier ist für meine Lunge keine gute Luft.«

Und damit war der Spaccafumo mit seinem Pferde schon auf und davon, und ich wüßte nicht zu sagen, wo er diese Nacht geschlafen hat. Sicher ist, daß man ihn am nächsten Mittag zum Kaplan von Fratta hat hineingehen sehen, seinem Beichtvater, der ihn ehrerbietig aufgenommen haben soll, denn er hatte große Angst vor ihm. Aber später erschienen in Fratta vier Schurken aus Venchieredo und fragten nach ihm, und als sie gehört hatten, er sei beim Kaplan, gingen sie geradewegs in die Pfarre. Sie klopfen, rufen, klopfen, rufen, und endlich öffnet der geistliche Herr ganz schlaftrunken, spielt den Ahnungslosen und fragt, was sie wollen.

»Was wir wollen? Ha!« Gaëtano wies in heller Wut nach dem Land hinter der Pfarre, wo ein Mann zu Pferde gerade im Galopp davonsprengte. »Da reitet der, den wir suchen. Kommt, ihr andern. Das soll uns der Herr Kaplan bezahlen!«

Der arme Priester sank halbtot vor Schrecken auf einen Stuhl, und die vier Häscher rannten quer über die Ackerfurchen in der Annahme, die Pflanzungen und Gräben würden den Flüchtling aufhalten. Aber die Leute wußten, wenn sich der Spaccafumo schon zu Fuß nicht fangen ließ, so würde er dieses Mißgeschick viel weniger haben, wenn er zu Pferd entfloh. Die Herren Häscher würden ihre Puste umsonst verschwenden.

Diese Vorgänge waren in der Burg Fratta schon bekannt, und man redete davon wie von schwerwiegenden, geheimnisvollen Ereignissen, als wir drei, Pisana, der Apothekerjunge und ich, heimkehrten. Der Graf und der Kanzleisekretär eilten hin und her auf der Suche nach dem Hauptmann und nach Marchetto; Fulgenzio war flink auf den Turm geklettert und läutete Sturm, als wäre auf dem Heuboden Feuer ausgebrochen; Hochwürden Orlando rieb sich die Augen und fragte, was geschehen sei, und die Gräfin befahl aufgeregt, man solle Tore und Fenster verrammeln und die Festung kurzerhand in Verteidigungszustand setzen. Endlich hatte der Hauptmann drei ganze Mann zusammengebracht, mit zwei Musketen und einer Donnerbüchse bewaffnet und auf dem Hof in Schlachtordnung aufgestellt, wo sie die Befehle Seiner Exzellenz erwarten sollten. Seine Exzellenz befahl ihnen, auf den Marktplatz zu gehen und nachzusehen, ob die öffentliche Ruhe nicht gestört sei, und sämtlichen Amtspersonen gegen alle Bösewichte, besonders aber gegen den sogenannten Spaccafumo, nach Kräften beizustehen. Germano ließ brummend die Zugbrücke herunter, und das kühne Kriegsvolk brach aus der Feste aus. Doch der Spaccafumo wollte sich an jenem Tag auf dem Platz von Fratta durchaus nicht sehen lassen; der Hauptmann stand an der Tür der Schenke, zog sein grimmigstes Gesicht, zwirbelte voll Eifer den Schnurrbart, runzelte drohend die Brauen, aber kein Bösewicht kam ihm nahe. Es war für den Hauptmann ein Tag des Ruhmes; und als die Häscher von Venchieredo gegen Abend mit eingefallenen Flanken und außer Atem wie Jagdhunde von der nutzlosen Jagd heimkehrten, verfehlte er nicht, einen gewaltigen Lärm aufzuführen. Gaëtano schnitt ihm unmanierlich genug eine so höhnische Fratze, daß die drei Burgsoldaten von Fratta gewaltig erschraken, ihren Hauptmann stehen ließen und sich in die Schenke verkrochen. Aber dieser war ein Held und klug. Er wußte sich des Spottes mit Leichtigkeit zu erwehren und tat einfach, als höre er erst jetzt, daß der Spaccafumo zu Pferde durch die Felder entwischt sei. Oh, dieser Unglücksmensch mußte jeden Augenblick aus seinem Versteck hervorkommen, und dann würde er, der Hauptmann Sandracca, dafür sorgen, daß er für den Schimpf, den er dem hochmögenden Gerichtsherrn von Venchieredo angetan hatte, einen gepfefferten Preis zahlte. Gaëtano antwortete auf solche Prahlerei, sein Herr sei hundertmal imstande, ihn diesen Preis selber zahlen zu lassen, und im übrigen sollten sie dem Kaplan ausrichten, die Nacht, die der Spaccafumo bei ihm verbracht habe, solle ihn noch teuer zu stehen kommen.

An jenem Nachmittage dachte niemand daran, die Burg zu verlassen; ich und Pisana hatten rechte Langeweile, und wir stritten uns im Hof mit den andern Kindern herum. Am Abend fragte Germano von seiner Kammer aus jeden Besucher um den Namen und ließ die Zugbrücke erst auf die Antwort hin herunter. Die rostigen Ketten kreischten in den Zugwinden, als jammerten sie, daß sie nach so vielen Jahren friedlicher Muße wieder tätig sein sollten; und niemand überschritt die lockeren Bohlen ohne einen Blick des Mißtrauens auf ihre Löcher und Risse. Lucilio und der Partistagno blieben am Abend länger als üblich auf der Burg, und nur ihren heiteren Späßen war es zu danken, wenn sich die Nerven der Gräfin beruhigten; denn sie sah bei der Feindschaft zwischen dem Spaccafumo und dem Grafen Venchieredo schon ganz Fratta in Flammen.

Am folgenden Tag – es war ein Sonntag – gab es im Dorfe wieder ein neues Ereignis. Als die Leute um siebeneinhalb Uhr von der ersten Messe aus Teglio zurückkamen, erschien auf dem Platz unter gewaltigem Rossegestampf der Herr von Venchieredo mit dreien seiner Häscher. Er war ein rothaariger, ziemlich dicker Mann mittleren Alters. Ob in seinen Augen Arglist oder Grausamkeit überwog, war nicht zu unterscheiden; jedenfalls konnte man schon aus seiner Haltung und Stimme vor allen andern Eigenschaften auf Hochmut und Frechheit schließen. Er hielt mit einem Ruck sein Pferd an und fragte ohne jede Höflichkeit, wo der hochwürdige Kaplan von Fratta wohne. Man wies ihm die Pfarre, er übergab Gaëtano, der ihm zur Seite ritt, sein Pferd und trat ein mit einem Blick, der deutlich sagte: Ich bin der Herr.

Der Kaplan hatte sich gerade den Bart geschabt und hatte sich nun der Magd anvertraut, die ihm die Tonsur scheren mußte. Ihre Werkstatt war die Küche; und das Pfäfflein, das sich von dem Schrecken des Tages vorher ein wenig erholt hatte, spaßte mit Giustina und empfahl ihr, ihm den Wirbel gut zu scheren, nicht wie am letzten Festtage, da die ganze Kirche zu lachen begann, als er das viereckige Barett vom Kopfe nahm. Giustina war so eifrig am Werk, daß ihr keine Zeit blieb, auf die Spötterei zu antworten; rechts herum und links herum, und die Tonsur floß wie ein Ölfleck über diesen armen Priesterkopf. Ach, wie oft hatte er ihr gesagt, sie dürfe nicht größer sein als ein halber Dukaten! Schon wäre keine Art Münze groß genug gewesen, sie zu bedecken.

»Giustina, Giustina«, seufzte der Kaplan und umtastete mit der Hand die Grenzen der neuen Tonsur, »mir scheint, wir sind diesem Ohr ein wenig nahe gekommen.«

»Keine Sorge!« Giustina war eine rechtschaffene, ungeschickte, einfältige Bäuerin um die Dreißig, obwohl sie aussah wie fünfzig. »Sind wir diesem Ohr zu nahe, so gehen wir genauso nahe ans andere.«

»Potztausend! Willst du mich kahl rupfen wie einen Mönch?« rief der Patient.

»Aber nein, ich habe Sie noch nie gerupft, und ich rupfe Sie auch heute nicht.«

»Nicht doch, nicht, laß sein! Es ist genug.«

»Aber nein. Lassen Sie mich fertig machen. Halten Sie still, nur noch einen Augenblick.«

Der Kaplan ergab sich in sein Schicksal. »Ihr Weiber seid die wahren Teufel. Wenn ihr euern Kopf durchsetzen wollt, würdet ihr uns mit dem Schermesser auch ...«

Wer weiß, was er noch hinzugefügt hätte; doch er unterbrach sich, weil es von der Tür her klang wie Sporenklirren. Da sprang er auf, stieß Giustina zurück, riß sich das Handtuch vom Halse, drehte sich um und – stand Aug in Auge mit dem Herrn von Venchieredo. Denkt euch nun selber das Gesicht, die Augen, die Gestalt, die der arme Priester machte. Er blieb in dem Gemisch von Neugier, Angst und Staunen, worein ihn die bedrohliche Erscheinung des Burgherrn versetzt hatte, unsicher stehen; der Umhang fiel zu Boden, und die zwischen dem langen schwarzen Rock und den Schenkeln baumelnden Hände wirtschafteten herum, als wollten sie sagen: Wir sind verloren.

Der Lehnsherr eröffnete das Gespräch. »Nun, mein heißgeliebter Kaplan, was macht die Gesundheit?«

»Oh ... ich wüßte nicht ... vielmehr ... Nehmen Sie Platz ... das Vergnügen ist ganz auf meiner Seite ...« stammelte der Priester.

»Es ist wohl kaum ein großes Vergnügen. Ihr Gesicht, Hochwürdiger, ist bleicher als Ihr Kragen. Oder ...« er warf einen spöttischen Blick auf Giustina, »störe ich Sie vielleicht bei irgendeiner pfarrherrlichen Tätigkeit?«

»Oh, ich bitte Sie! Ich habe mir nur ... Giustina, setze Wasser auf für den Kaffee, oder lieber Schokolade? Möchten Sie Schokolade, Herr Graf ... Exzellenz?«

Der Burgherr wandte sich an Giustina. »Geht in den Hof und besorgt die Hühner! Ich habe mit Hochwürden allein zu reden.«

Sie ließ es sich nicht zweimal sagen und entschlüpfte, das Rasiermesser noch in der Hand. Nun näherte sich der Herr von Venchieredo dem Kaplan, packte ihn am Arm und zog ihn bis zum Herde. Der Priester saß auf der Küchenbank, ohne daß er wußte wie.

»Und nun zu uns.« Der Burgherr nahm ihm gegenüber Platz. »Es gibt ein Sprichwort: Kannst du die Flamme beizeiten ersticken, wird sie dir später die Haut nicht zwicken. Sagen Sie mir auf Ehre und Gewissen, Hochwürden: Sind Sie Priester oder Schmuggler?«

Den Ärmsten überlief es kalt, und das Maul hing ihm so schief, daß er es während des ganzen folgenden Gesprächs, soviel er auch am Kragen zog und auf die Lippen biß, nicht gerade kriegte.

»Das eine ist ein Gewerbe, und das andere auch, ich will sie gar nicht vergleichen. Für Priester gibt es Almosen, Kapaune und den Zehnten; für Schmuggler Niederknallen, Gefängnis und Strick. Nun, jeder hat freie Wahl; nur meine ich, die Kirchenvorschriften müßten verhindern, daß einer diese beiden Berufe in sich vereinigt. Was sagen Sie dazu, Hochwürden?«

»Ja, gnädiger Herr ... Exzellenz ... ich bin ganz Ihrer Meinung ...«

»Antworten Sie mir bitte genau: sind Sie Priester oder Schmuggler?«

»Exzellenz ... Sie belieben zu scherzen.«

»Scherzen, Hochwürden? Und ob ich scherze! Ich sage Ihnen klipp und klar: Ist der Herr Graf von Fratta nicht fähig, die Interessen der Durchlauchtigsten Republik zu wahren, so wohne ich hier nahe genug und bin dazu sehr wohl imstande. Sie nehmen Schmuggelware und Schmuggler in Ihr Haus ... Nein, nein, Hochwürden, es nutzt nichts, wenn Sie den Kopf schütteln. Wir haben Zeugen, und man kann Sie dieserhalb vor den Richter rufen oder sich mit dem Geistlichen Gericht verständigen.«

»Erbarmen!« rief der Kaplan.

»Also. Da mir die Nachbarschaft solcher Zünfte durchaus nicht behagt, möchte ich Sie bitten, freiwillig den Wohnort zu wechseln, bevor man einen Luftwechsel mit Gewalt könnte zu beschließen haben.«

»Luftwechsel? ... Ich einen Luftwechsel? Erklären Sie sich deutlicher, Exzellenz!«

»Nun, das soll heißen: Sie erwiesen mir einen großen Gefallen, wenn Sie eine Pfründe im Gebirge erhalten könnten.«

»Im Gebirge?« Der Kaplan war noch immer höchlich verwundert. »Aber das ist unmöglich, Exzellenz! Ich weiß nicht einmal, wo das Gebirge liegt.«

»Da liegt es.« Der Herr deutete nach draußen.

Aber der Burgherr hatte die Rechnung gemacht, ohne zu bedenken, wie außergewöhnlich furchtsam dieser Priester war. In manchen tölpelhaft einfachen, bescheidenen Wesen kann Furchtsamkeit die Stelle des Mutes vertreten; und jetzt an einem neuen Ort mit fremden Menschen ein neues Leben anfangen müssen – diese Mühsal schien dem Kaplan schwerer und furchtbarer als der Tod.

»Nein, Exzellenz.« Seine Stimme klang sicherer als in der ganzen Zeit vorher. »Ich habe in Fratta gelebt, ich muß in Fratta sterben; und was das Gebirge anlangt – wenn man mich dahin schickt, so weiß ich nicht, ob ich lebendig ankomme.«

Der Tyrann stand auf. »Nun gut, dann kommen Sie als Leiche an. In jedem Fall versichere ich Ihnen: der Helfershelfer des Spaccafumo bleibt nicht Kaplan in Fratta. Danach haben Sie sich zu richten.«

Bei diesen Worten schüttelte der hochwohlgeborene Herr von Venchieredo auf der Herdstufe gewaltig die Sporen und verließ die Pfarre. Der Priester folgte ihm gesenkten Hauptes, machte ihm, als er auf dem Pferde saß, einen letzten Bückling und ging ins Haus zurück, um Giustina sein Leid zu klagen.

Die brave Frau hatte hinter der Hoftür das ganze Gespräch belauscht. Jetzt plärrte sie los: »Huh, nein, man soll Sie nicht ins Gebirge stecken. So weit fortzugehen würde Ihnen sicher schlecht bekommen. Und dann, hier sind doch Ihre Seelen! Was wollten Sie dem Herrn im Himmel antworten, wenn er Rechenschaft von Ihnen fordert?«

»Komm her mit deinem Rasiermesser, meine Tochter, und beruhige dich, ich gehe gewiß nicht ins Gebirge. Denke doch nur: im zarten Alter von vierzig Jahren mit einem Mal unter lauter neue Gesichter! Die ganze Mühe, die ich von Kind auf bis heute durchgemacht habe, noch einmal von vorn anfangen! Nein, Giustina. Ich habe gesagt und sage wieder: Ich sterbe in Fratta.«

Da kam der Küster und meldete, alles warte auf die Messe; und der arme Mann erinnerte sich mit Schrecken, daß er schon zu lange gezögert habe, und lief mit seiner halbfertigen Tonsur hinaus, die kirchlichen Handlungen zu vollziehen. Vergebens rannte Giustina mit dem Rasiermesser bis auf den Platz hinter ihm drein; die unregelmäßige Tonsur des Kaplans und der Besuch des Herrn von Venchieredo, der zu den Ereignissen des Tages vorher noch hinzukam, gaben Stoff für die sonderbarsten Gerüchte.

Am Tage danach erreichte den Grafen von Fratta ein großmächtiger Brief des Herrn von Venchieredo, worin dieser seinen erlauchten Amtsgenossen ohne viel Umschweife darum ersuchte, den Kaplan so rasch wie möglich davonzujagen. Er gab ihm Schuld an tausend Gaunereien, zum Beispiel, daß er die Hand dazu reiche, der Durchlauchtigsten Republik die Einfuhrzölle zu unterschlagen, indem er den Helfershelfer mache für die gefährlichsten Schmuggler der Lagune. »Und wie wenig beliebt«, so hieß es in dem Briefe, »ein solcher Frevel bei der Durchlauchtigsten Signorie ist, und wie groß das Verdienst derjenigen, die ihn einer raschen Strafe zuführen, und wie verbrecherisch die Toren handeln, so diesen Frevel um nichtamtlicher Zwecke willen ungestraft lassen, solches muß Ihnen, mein Erlauchtester Graf und Gerichtsherr, gleich allen andern genau bekannt sein. Die Verordnungen und Erlasse der Staatsinquisitoren sprechen deutlich; und es kann hierbei um Kopf und Kragen gehen, denn das Geld ist gleichsam das Blut des Staates, und ein Staatsverbrecher ist derjenige, der mit seiner Fahrlässigkeit dazu beiträgt, dem Staate diesen Lebenssaft zu entziehen.« Wie man sieht, hatte der Burgherr den rechten Weg eingeschlagen; denn als der Kanzleisekretär dem Grafen von Fratta diesen Vers vorlas, wand sich der Hohe Herr so auf seinem Sessel hin und her, daß die gewohnte Würde ein wenig Schaden nahm. Man wollte die Maßnahmen in der Angelegenheit geheimhalten; aber jener Besuch beim Kaplan und daß man diesen am Tag danach auf die Burg lud, seine Bestürzung, sein Gerede mit Giustina gaben dem Dorf genugsam Kunde von dem, was vorgefallen, und die Folge war ein wahrer Aufruhr. Alle liebten den Kaplan, er hatte sich ihnen als guter Freund bewährt; aber bei dem gegenwärtigen Wirrwarr der Gemüter spielte noch anderes mit. Dieser an das patriarchalische, venezianisch-behagliche Regiment ihrer Gerichtsherren gewohnten Bevölkerung von Fratta gefiel es durchaus nicht, wenn sie jemandes Fuß im Nacken spürte. Es erhob sich ein großes Murren wider die Gewalttätigkeit des Burgherrn von Venchieredo; und zum Leidwesen des

Herrn Grafen zeigten sogar seine eigenen Burggenossen mit einem halsstarrigen, ja frechen Betragen, daß auch von da aus ein Sturm über ihn kommen könne. In jenen Tagen klebten der Herr Graf und sein Kanzleisekretär mehr denn je aneinander. Sie ähnelten zwei angebrochenen Bäumen, die sich gegenseitig stützen mußten, wollten sie den nächsten Windstoß überstehen; schwankte der eine, so drohte auch der andere zu stürzen und klammerte sich an den Gefährten, um das Gleichgewicht wiederzugewinnen. Auch wurde allerlei getan, um die gefährliche Gereiztheit der Gemüter zu dämpfen, aber nichts wollte helfen. Die verbotene Frucht mundete besonders gut; und mußten die Leute in der Küche die Zunge im Zaum halten, so ließen sie ihr auf dem Platz und in der Schenke um so freieren Lauf. Mehr als alle tobte Meister Germano gegen die Unverschämtheit des alten Gebieters. Dank seinen scharfen Reden und der Kühnheit, mit der er den Kaplan verteidigte, war er so etwas wie der Rädelsführer der Unzufriedenen geworden. Abend für Abend hockte er in der Schenke und predigte mit lauter Stimme, wie notwendig es sei, daß man sich den Priester, diesen einzigen Anwalt der Armen, nicht rauben lasse. Mochten die Gewalthaber nur wüten, pflegte er zu sagen, Gerechtigkeit gab es schließlich für alle, und leicht könnten gewisse alte Sünden offenbar werden, die den Richter ins Gefängnis, den Angeklagten zum Triumphe führten. Fulgenzio, der Meßner, wußte sein Schifflein mit dreister Stirn geschickt durch die Verwirrung zu steuern. In der Burg setzte er schlauerweise ein Amtsgesicht auf, doch außerhalb reizte er Germano unermüdlich und mit aller Verschlagenheit, um auszukundschaften, wieviel Wahres sich hinter seinen bedrohlichen Aufschneidereien verberge.

Eines Abends, da Meister Germano eins über den Durst getrunken hatte, brachte er ihn so zum Reden, daß er ganz aus dem Häuschen geriet und in allen Tonarten verkündete, der Burgherr von Venchieredo möge sich in acht nehmen, sonst würde er, der arme Gassenkehrer, gewisse alte Geschichten aufwärmen, die ihm ein böses Ostern bereiten sollten. Fulgenzio brauchte kaum weiter zu fragen. Er lenkte geschickt ab, damit solche Redereien keinen Eindruck machten und als Narrheiten eines Säufers gewertet wurden. Danach ging er heim und betete mit Frau und Kindern den Rosenkranz. Doch am nächsten Morgen pilgerte er frühzeitig nach Portogruaro, wo Markt war, und kehrte später als gewöhnlich heim. Man sah ihn auch dort zum Unterhauptmann des Gerichts hineingehen; aber da dieser zur Hälfte Kanzleischreiber war, wunderte man sich nicht weiter darüber. Tatsache ist, daß die Kanzlei von Fratta acht Tage darauf, als man gerade begonnen hatte, mit der Kurie über einen Luftwechsel des Kaplans zu verhandeln, aus Venedig den ausdrücklichen Befehl erhielt, von jedem weiteren Schritt abzusehen, und statt dessen ein geheimes Inquisitionsverfahren einzuleiten gegen die Person des Meister Germano betreffs gewisser, der Signorie äußerst wichtiger Enthüllungen, die besagter Germano über die Vergangenheit des hochwohlgeborenen Gerichtsherrn von Venchieredo machen könne und müsse. Ein Meteor, der vom Monde mitten in die heiteren Schwelgereien einer Gesellschaft von Lebemännern geplatzt wäre, hätte nicht mehr Bestürzung verursachen können als dieser Erlaß. Graf und Kanzleisekretär verloren den Kopf; der Boden wankte ihnen unter den Füßen; und da sie im ersten Schreck ihre gewohnte Zurückhaltung vergessen hatten, so verschlimmerten die Angst der Gräfin und die von Hochwürden und die Freude der übrigen Hausgenossen, Gefühle, die bei dieser Kunde auf tausenderlei Weise offenbar wurden, den beklagenswerten Seelenzustand der gräflichen Familie ganz bedeutend.

Leider war die Lage schwierig. Auf der einen Seite die bedrohlich nahe, erwiesene Frechheit eines Lehnsherrn, der jedes göttliche und menschliche Gesetz zu verhöhnen pflegte; auf der andern das mächtige, unerbittliche, geheime Gericht der Inquisition von Venedig. Hier die Gefahren einer raschen, wilden Rache, da das Schreckgespenst einer heimlichen, fürchterlichen, unausbleiblichen Strafe; zur Rechten die beklemmende

Vision von Häschern, bis an die Zähne bewaffnet, von Donnerbüchsen, deren Rohre aus den Hecken starrten; zur Linken die verhängnisvolle Erscheinung des Großinquisitors, das Bild von tiefen Brunnen, glühenden Bleikammern, Stricken, Zangen und Henkerbeilen. Den beiden hohen Richtern drehte sich achtundvierzig Stunden lang alles im Kreise; doch schließlich boten sie, wie vorherzusehen, dem stärkeren Hund den Kuchen, denn beiden zu genügen oder sie auszusöhnen – an einen solchen Versuch war überhaupt nicht zu denken. Offenbar trugen der Zuspruch des Partistagno und die klugen Ratschläge von Lucilio Vianello viel dazu bei, daß die Waagschale nach jener Seite sank; und alles in allem fühlte sich der Herr Graf ein wenig sicherer, wenn ihm so tüchtige und vernünftige Leute beistanden. Natürlich wurde das Verfahren gegen Germano in die undurchdringlichsten Schleier des Geheimnisses gehüllt; aber sie waren nicht so undurchdringlich, daß scharfe Augen nicht doch hätten hindurchblinzeln können. Bald raunte man sich zu, der alte Söldner des Venchieredo habe, von dem Erlaß der Inquisitoren eingeschüchtert, gewisse Papiere alten Datums hinterlegt, die seinem früheren Gebieter nicht gerade fleckenlose Treue gegen die Regierung der Durchlauchtigsten Republik nachrühmten – und ihr könnt euch vorstellen, was für Luftschlösser man über solchen Vermutungen auftürmte; denn nach Beginn des Verfahrens waren der Graf, der Kanzleisekretär und Meister Germano, die allein daran teilnahmen, nahezu taubstumm geworden. Selbstverständlich war der Burgherr von Venchieredo einer der ersten, der von allem Wind bekam, und er wußte sein Gewissen wohl nicht ganz rein, weil er im Anfang mehr Verdruß und Schrecken zeigte, als er später wahrhaben wollte. Er überlegte, besah sich die Sache von allen Seiten, wog ab und überlegte wieder, und schließlich wurde eines schönen Tages, als man in Fratta gerade vom Tisch aufgestanden war, dem Herrn Grafen sein Besuch gemeldet. Der Kaplan, der sich in der Küche befand, wäre bei Ankündigung dieses Namens beinahe in Ohnmacht gefallen; was den Herrn Grafen betrifft, so suchte er Rat in den Augen seiner Tischgenossen, die nicht weniger erstaunt und unsicher blickten als die seinen, und antwortete dem Diener stammelnd, er solle den Besuch in den oberen Saal führen; er werde mit dem Kanzleisekretär unverzüglich hinaufkommen. Die Drohung und Gefahr dieses unangenehmen Besuches war zu schwer, als daß man hätte hoffen können, sie jetzt in einer Beratung abzubiegen, und anderseits nahm der Geist der beiden, die dieses Leiden auf sich nehmen mußten, keinen solchen Adlerflug, daß sie in zwei Minuten hätten einen brauchbaren Entschluß fassen können. Darum stiegen sie mit ergebungsvoll gesenkten Häuptern Seite an Seite hinauf, um der gefürchteten Unverschämtheit und ebenso gefürchteten Bosheit des Gewalthabers gemeinsam zu begegnen. Die Familie erwartete im Speisezimmer mit Herzklopfen den Ausgang.

Kaum traten der Graf und sein Schatten in den Saal, so sagte der Venchieredo rasch: »Euer Gnaden ergebener Diener«, und dabei warf er dem Kanzleisekretär einen Blick zu, daß dieser schattengleicher wurde denn je.

»Euer Exzellenz allerergebenster Diener«, antwortete der Graf und hob den Blick nicht vom Boden, als suche er dort den erlösenden Einfall, der ihn retten könnte. Da dieser jedoch ausblieb, wandte er sich um Hilfe nach dem Kanzleisekretär, geriet in große Unruhe, als er sah, daß der Arme bis an die Wand zurückgewichen war, und setzte unsicher hinzu: »Herr Sekretär ...«

Aber der Venchieredo schnitt ihm das Wort im Munde ab. »Es ist unnötig, daß sich der Herr Sekretär seinen Obliegenheiten entziehe, um unser Geschwätz anzuhören. Ich weiß, er arbeitet gerade an hochwichtigen Verfahren, die rasche Behandlung und gewissenhafteste Prüfung erfordern. Zuerst das Wohl der Allerdurchlauchtigsten Signorie, und koste es das Leben, nicht wahr, Herr Kanzleisekretär? Lassen Sie uns hier ruhig unter vier Augen, unser Gespräch hat mit Gerichtssachen nicht das geringste zu tun, wir werden schnell damit fertig sein.«

Mit Mühe brachte der Sekretär genügend Kraft auf, die Beine

aus dem Saal zu schleppen, und sein Schielauge entwich in diesem Augenblick so weit aus seiner Bahn, daß er mit der Nase gegen den Pfosten rannte. Der Graf machte eine kraftlos bittende, angsterfüllte Gebärde hinter ihm her wie ein Schiffbrüchiger, der verzweifelt mit den Armen fuchtelt, ehe er sich der Strömung überläßt. Die Tür fiel zu. Da zupfte der Herr Graf den tressenbesetzten Rock zurecht und hob die Augen, als wolle er ausdrücken: Wir werden es mit Würde tragen.

Nun begann der Venchieredo das Gespräch. »Ich bin erfreut, daß Sie mich mit so viel Vertrauen empfangen haben; es ist mir ein deutliches Zeichen dafür, daß wir uns am Ende verstehen werden. Und schließlich tun Sie gut daran, denn ich muß Sie gerade unter vier Augen von einer vertraulichen Sache unterrichten. Aber natürlich werden wir uns verstehen, Herr Graf!« Und der alte Fuchs trat näher und drückte ihm scheinheilig die Hand.

Der Herr Graf war von diesem Beweis der Gewogenheit halbwegs getröstet; mit einer leichten Ungeduld ließ er sich die Hand drücken und steckte sie, sowie er sie frei hatte, eilig in die Rocktasche. Ich glaube, er konnte es nicht erwarten, sie abzuwaschen, damit der Unterhauptmann von Portogruaro den Geruch dieses Händedrucks nicht in die Nase bekam.

»Gewiß werden wir uns verstehen.« Er versuchte ein klägliches Lächeln, und vor Anstrengung schossen ihm zwei Tränen in die Augen. »Ich glaube, nicht wahr, sozusagen, wir haben uns immer verstanden.«

»Beim Himmel, das ist wohl gesprochen.« Und der Venchieredo nahm in einem Sessel Platz. »Der Adel hat, so verschieden er an Sitte, Sinnesart und verwandtschaftlichen Verbindungen sein mag, immer notwendig, in Eintracht zu leben, damit seine Vorrechte unverletzt erhalten bleiben. Das Recht ist ganz gut . . . für die, die es nötig haben. Ich für mein Teil finde, ich habe in meinem Hause das Recht nicht nötig, und wer mir damit kommen will, wird mir im höchsten Grade lästig. Nicht wahr, Herr Graf, Ihnen behagt dieser Anspruch einiger Leute, die sich in unsere Angelegenheiten mischen wollen, ebensowenig?«

»Nun ja... vielmehr... das ist klar...« stammelte der Graf, der ebenfalls Platz genommen hatte, ohne recht zu wissen, wie, und von allen diesen Worten nicht mehr gehört hatte, als einen wirren Klang; sie dröhnten ihm in den Ohren wie der Lärm eines mahlenden Mühlsteins.

Der Mühlstein mahlte weiter. »Ja mehr noch, das Recht dieser Leute ist weder das geschickteste, noch wird es immer gut angewandt; wer ihm kindlich gehorchen wollte, könnte Streit bekommen mit jemandem, der anderer Ansicht ist und über ein anderes, sehr viel flinkeres und wirksameres Recht verfügt.«

Satz für Satz, in befehlsgewohnter Art scharf und entschieden ausgesprochen, schlug dem Grafen erbarmungslos an das Trommelfell und bewirkte, daß dieser endlich dem Besucher ein Gesicht entgegenhob, auf dem sich Ärger und Schrecken über das, was er sehr wohl begriffen, zugleich malte. Zeigte er sich gekränkt, so konnte das Anlaß für eine wenig angenehme Erklärung werden; also war er klug genug, sich wieder in ein Lächeln zu flüchten, das ihm schon besser gelang als das erste.

Der Gast sprach weiter. »Ich sehe, Sie haben mich verstanden, Sie sind in der Lage, das Gewicht meiner Gründe abzuwägen, und die Gefälligkeit, um die ich Sie bitten will, wird Ihnen weder sonderbar noch übertrieben erscheinen.«

Der Graf sperrte gewaltig die Augen auf, zog eine Hand aus der Tasche und legte sie aufs Herz.

»Irgendeine böse Zunge, irgendein verlogener Schwätzer, den ich, daran zweifeln Sie nicht, werde auspeitschen lassen, hat die Güte gehabt, mich bei der Signorie anzuschwärzen wegen natürlich Gott weiß welchen Unsinns alter Zeiten, den zu erwähnen nicht der Mühe wert ist. Jeder weiß, es ist Unsinn und Schurkerei; aber in Venedig mußte man der Sache ihren Lauf lassen, einfach nur, um dem System Genüge zu tun. Kurz und gut, ich weiß, man hat da oben dieses Verfahren... Sie begreifen ... den geheimen Erlaß ... gegen diesen Meister Germano ... nur ungern angeordnet.«

»Wäre der Kanzleisekretär hier ...« murmelte der Graf von Fratta, und ein Hoffnungsstrahl erhellte seine Miene.

»Aber nein. Ich erhebe nicht den Anspruch, daß man mir das Verfahren vorweist. Mir genügt völlig, die Sache nur eben zu erwähnen. Man hat sich also zu diesem Erlasse nicht aus Mißtrauen gegen mich entschlossen, sondern lediglich der guten Verwaltung zuliebe ... Übrigens ... auch in Venedig wäre man nicht unzufrieden, wenn die Sache abgebrochen würde. Ja, so geht es; wo die Grundsätze des Staates zu grob und allgemein sind, muß man sie in der Anwendung geschmeidig machen und verbessern. Jetzt, mein lieber Graf, ist es unsere Sache als gute Freunde, die heimlichen Absichten der Durchlauchtigsten Inquisitoren auszulegen«.

Der Graf sperrte die Augen immer weiter auf und zupfte mit den Fingern an den Spitzen seines Hemdes, bis sie zerfetzt waren; all der viele, vor großer Unruhe gestaute Atem fuhr ihm mit mächtigem Gepruste aus der Brust.

»Oh, seien Sie darum nicht bange«, beruhigte ihn der andere. »Die Sache ist leichter als Sie meinen. Und wäre sie auch recht schwierig – man müßte sie doch in Angriff nehmen, um dem Geist zu gehorchen, in dem sie der Durchlauchtigste Rat der Zehn angeordnet hat. Dem Geist gehorchen, nicht dem Buchstaben, nicht wahr? Und dann – wie könnte der Gerichtshof der Allerdurchlauchtigsten Republik die Absicht hegen, daß ein Herr von Ihrer Vorzüglichkeit jemals ernstlich in Verlegenheit geriete, nur weil er beim Erscheinen eines Erlasses allzu eifrig gewesen ist? Ich bitte Sie! Einen Gerichtsherrn in Streit mit allen seinen Amtsgenossen verwickeln! Es wäre undankbar, ja unverzeihlich schlecht gegen Sie gehandelt.«

Dem armen Gerichtsherrn, der diese Sprache mit dem Scharfsinn der Furcht ausgezeichnet verstand, rannen Schweißtropfen von der Schläfe wie Tropfen einer am Tage der Prozession angezündeten Wachsfackel. Antworten müssen und weder ja noch nein sagen wollen, war eine solche Qual, daß er alle seine gerichtsherrlichen Rechte drangegeben hätte, um von ihr erlöst zu sein. Doch am Ende schien ihm, er habe das Mittel gefunden, hier heil herauszukommen. Wie war er doch begabt! Er hatte wirklich etwas ganz Neues gefunden. Er sagte:

»Nun ja ... mit der Zeit ... wir wollen sehen ... wir wollen erwägen ...«

Der Venchieredo sprang mit einer schönen Wut auf. »Was zum Kuckuck mit der Zeit! Man packe die Gelegenheit beim Schopfe, mein lieber Graf! Wäre ich an Ihrer Stelle, ich würde aus guten Gründen sagen: Sofort. Morgen wird man über dieses Verfahren nicht mehr sprechen können.«

»Was? Wie ist es möglich?«

»Nun, ich sehe, wir kommen einander wieder näher. Alles hängt davon ab, daß Sie geneigt sind, pflichtgemäß den geheimen Wünschen des Rates der Zehn und den meinen, Herr Graf, zu genügen.«

Dieses »und den meinen« platzte heraus wie der Schuß aus einer Donnerbüchse.

»Aber gewiß! Natürlich bin ich geneigt, sehr geneigt«, stammelte der arme Graf. »Wenn Sie mir versichern, daß auch die von oben es wollen ...«

»Sicher! Aber wohlverstanden: alles muß sich ganz ungezwungen ergeben; das ist die Hauptsache. Ein gutes Wort zu Germano und ... Sie verstehen ... ein wenig Köder, und ein Feuerchen an diese Papiere, und keiner wird mehr davon sprechen.«

»Aber der Kanzleisekretär?«

»Seien Sie ruhig: er wird nicht mehr davon sprechen. Ich werde selbst darauf bestehen, daß man das Verfahren anderswo eröffnet, in Udine, in Venedig oder sonstwo, und dann werde ich meine Unschuld beweisen und mich verteidigen. Hier, das sehen Sie doch, ist es unmöglich; ich darf es nicht dulden, und müßte ich nicht einen, sondern tausend dafür totschlagen.«

Der Graf von Fratta zitterte am ganzen Leibe; doch er hatte

sich an die kräftige Art seines Besuchers nachgerade gewöhnt und fand Mut zu der Antwort:

»Nun gut, Exzellenz. Könnte man dann nicht die Papiere, wenn sie doch nichts zu bedeuten haben, einfach nach Venedig schicken?«

»Ach gar!« unterbrach ihn der Venchieredo eilig. »Habe ich Ihnen nicht gesagt, sie sollen verbrannt werden? Das heißt, verstehen Sie mich recht – wozu soll man den Postboten bemühen, wenn sie doch nichts zu bedeuten haben?«

»Dann ... dann verbrennen wir sie ... morgen.« Die Stimme des Grafen war leise geworden.

Der Burgherr richtete sich zu voller Höhe auf. »Wir verbrennen sie sofort.«

»Sofort? Wirklich, sofort?« Der Graf hob nur den Blick, denn er verspürte an diesem Punkt der Unterredung nicht die geringste Lust aufzustehen. Da aber die Miene seines Besuchers äußerst ausdrucksvoll war, fügte er unverzüglich hinzu: »Ja, Sie haben vollkommen recht. Wir verbrennen sie sofort. Ja, sofort.«

Nun erst erhob er sich mit großer Mühe und ging langsam zur Tür; er wußte nicht mehr, in welcher Welt er sich befand. Doch gerade als er die Klinke berührte, fragte eine bescheiden-weinerliche Stimme: »Ist es erlaubt?« und herein trat demütig Fulgenzio mit einem Päckchen Briefe in der Hand.

Sein Herr fragte zitternd: »Was hast du? Was gibt es? Wer hat dir erlaubt, hier hereinzukommen?«

»Der Reiter bringt aus Portogruaro diese eilige Botschaft von der Allerdurchlauchtigsten Signorie.«

»Ach was, das hat Zeit bis morgen früh.« Der Venchieredo war ein wenig blaß geworden und machte einen Schritt nach der Schwelle.

»Entschuldigen Eure Exzellenzen«, antwortete Fulgenzio, »auf dem Brief steht ausdrücklich: Sofort zu lesen.«

»Nun ja doch. Ich lese ihn sofort.« Der Graf setzte die Brille auf die Nase und erbrach das Siegel. Aber kaum hatte er einen

Blick hineingeworfen, wankten ihm die Knie dermaßen, daß er umgesunken wäre, hätte er sich nicht an der Tür festgehalten. Zur gleichen Zeit hatte auch der Venchieredo so viel von dem Papier erspäht, daß er seinen Inhalt wittern konnte.

»Ich sehe, Graf, wir kommen heute nicht überein«, sagte er anmaßend wie immer. »Empfehlen Sie sich dem Schutze des Rates der Zehn und dem des Heiligen Antonius. Es war mir ein Vergnügen, Ihnen meinen Besuch gemacht zu haben.«

Und damit schritt er die Treppe hinab und ließ den Gerichtsherrn von Fratta nahezu ohne Besinnung zurück.

»Wie? Er ist gegangen?« sagte dieser, sobald er sich von dem Schreck erholt hatte.

»Ja, Exzellenz. Er ist gegangen«, wiederholte Fulgenzio.

»Sieh her, was man mir schreibt.« Und er reichte dem Meßner den Brief.

Dieser las ohne Überraschung den ausdrücklichen Befehl, den Herrn von Venchieredo, wo sich die Gelegenheit böte, unauffällig zu verhaften.

»Jetzt ist er fort, wirklich fort; es ist nicht meine Schuld, wenn ich ihn nicht festnehmen kann. Du bist Zeuge: er ist gegangen, bevor ich die Bedeutung des Schreibens recht verstanden hatte.«

»Exzellenz, ich bin Zeuge für alles, was Sie befehlen.«

»Und doch wäre es besser gewesen, der Reiter hätte sich um eine halbe Stunde verspätet.«

Fulgenzio lächelte; und der Graf ging auf die Suche nach dem Kanzleisekretär, um ihm die neue und noch schrecklichere Schwierigkeit mitzuteilen, in die sie verwickelt waren.

Ihr werdet erraten, wer Fulgenzio und was sein Amt war; es geschah häufig, daß die Signorie von Venedig das gemeinste Gesinde dazu benutzte, Treue und Eifer ihrer Herren zu bespitzeln. Was nun den Venchieredo anlangt, so war er trotz seiner scheinbaren Frechheit beim Lesen dieser Schrift von einem gewaltigen Schrecken gepackt worden, denn er verstand im Fluge, daß man ihm erbarmungslos an den Kragen wollte; und darum siegte zunächst die Furcht. Bald danach vertraute er wieder seiner Schlauheit, den vielmögenden verwandtschaftlichen Verbindungen und der Nachgiebigkeit der Behörden; und so beschloß er wieder einmal, es mit Ausflüchten zu versuchen. Die erste Eingebung war, nach Illyrien zu entwischen, und es wird sich im folgenden zeigen, ob er recht oder unrecht daran tat, nicht auf sie zu hören. Doch dann dachte er, es sei nicht so leicht, ihn festzunehmen, ohne großen Lärm zu schlagen, und schlimmstenfalls war ja jede Stunde recht, um über den Isonzo zu fliehen. Bei längerem Überlegen siegte in seinem wilden, stürmischen Sinn die Begierde, sich mit einem Schlage an Germano, dem Kaplan, dem Spaccafumo und dem Grafen zu rächen und diese Methode der Gewalt auch der Durchlauchtigsten Signorie aufzuzwingen. Er blieb also und ließ sich von der Furcht zu immer größeren Unbesonnenheiten hinreißen.

FÜNFTES KAPITEL

Die letzte Belagerung der Burg Fratta im Jahre 1786 und meine ersten Taten. — Glück zweier Liebenden, Ängste zweier geistlichen Herren und seltsames Betragen zweier Kapuzinermönche. — Germano, der Pförtner von Fratta, wird erschlagen, der Burgherr von Venchieredo ins Gefängnis gebracht, Leopardo Provedoni heiratet, und ich lerne Latein und dünke mich nicht eben der unglücklichste von allen.

Es ist mit meinem Leben wohl nicht anders als mit dem aller Menschen. Es entspringt für sich allein, dann wird es von andern umdrängt, bald verläßt es den engen Kreis und strömt zusammen mit den zahllosen Leben seiner Menschenbrüder, bis es endlich, reich an Schmerzen und Erfahrungen, für sich allein der Ruhe des Grabes, dieser zweiten Wiege, zustrebt. So strömen die Kanäle der Lombardei hervor aus einem Alpensee oder einem Fluß der Ebene, teilen sich in hundert Bäche, diese wieder in Tausende von Bächlein und Rinnsalen, bis sich die Wasser weiter unten in einen einzigen, langsamen Strom sammeln, der in den Po mündet. Ebenso wäre es nicht der Mühe wert, daß ich mein Leben in seinen Wandlungen erzählte, wenn diese nicht mit denen meiner Weggefährten eng verbunden wären. Der Mensch ist so mit dem Jahrhundert, in dem er lebt, verknüpft, daß seine Seele und die der andern in einen einzigen Faden gewoben scheinen. Wie sich die Gedanken der Zeit und des Raumes ins Unendliche ausweiten, so weitet sich der Mensch auf allen Seiten zur Menschheit; Dämme, die Selbstsucht und eigennützige Religion aufrichten, werden durchbrochen von der ewigen Wahrheit des Metaphysischen.

Nun bin ich selbst erschrocken, wie groß die Zahl der Menschen geworden ist, die sich um meine Kindheit versammeln; ich habe sie recht unvorsichtig heraufbeschworen, sie lärmen und schwatzen und sind der Eile, mit der ich vorwärts schreiten möchte, erheblich im Wege. Aber wir wollen Geduld haben: das Leben wird diese Schar verringern. Einige werden im Kampfe fahnenflüchtig werden oder Krankheiten und sonstigen Angriffen aus dem Hinterhalt erliegen. Nach und nach verlassen uns die Gefährten der Jugend und machen den Platz frei für die neuen, seltenen, vorsichtigen, eigennützigen Freundschaften der Mannesjahre. Und von da zur Einöde des Alters ist es ein kurzer Schritt voll Trauer und Tränen. Lasset uns der Zeit, meine Lieben, Zeit gönnen! Nachdem ihr euch mit mir in dem fröhlichen, menschenreichen Labyrinth meiner jungen Jahre getummelt habt, sitzt ihr schnell genug neben meinem Lehnstuhl, wo die müden Beine ausruhen und der Geist den Dingen nachsinnt, die jenseits des Grabes auf ihn warten. Für jetzt laßt es euch gefallen, daß ich euch die alte Welt zeige, jene Welt, die am Ende des verflossenen Jahrhunderts noch kindisch tändelte, ehe ihr der magische Hauch der Französischen Revolution belebend in Geist und Glieder fuhr. Die Menschen von damals sind nicht die von heute; schaut sie euch an, macht euch ihre guten Eigenschaften zunutze und meidet ihre schlechten. Ich alter Uhu, der ich jenes Nest voll Käuzchen überlebt habe, darf offen sprechen; und ihr sollt über uns und euch, nachdem ich gesprochen, urteilen.

Nur wenige Tage nach der Zusammenkunft des Burgherrn von Venchieredo mit dem Grafen wurde das Dorf Fratta eines Abends plötzlich der Schauplatz eines wüsten Getümmels. Reiter jagten hinter fliehenden Schmugglern her, erhoben auf dem Platz ein großes Geschrei, rasten wild durcheinander, prügelten die Bauern, die des Weges kamen, und verursachten den denkbar wildesten Wirrwarr. Die Gräfin befand sich, als der Lärm gerade begann, mit Hochwürden von Sant'Andrea und mit Rosa auf ihrem Nachmittagsspaziergang, flüchtete schleunigst in die Burg und ließ den Gemahl wecken, damit er erkunden lasse, was dies zu bedeuten habe. Der Graf, der seit einer Woche keinen rechten Schlaf mehr fand, strebte eilends in die Küche; binnen kurzem waren der Kanzleisekretär, Hochwürden Orlando, Marchetto, Fulgenzio, der Verwalter und der Hauptmann mit schreckensbleichen Gesichtern um ihn versammelt. Jetzt hatten alle begriffen, daß man nicht leicht zu der Ruhe vergangener Zeiten zurückkehren werde. Und bei jedem neuen Lärm, der von draußen hereindrang, verdoppelte sich die Furcht. Auch an diesem Abend mußte der Hauptmann Sandracca mit dreien seiner Mannen heldenmütig auf Erkundung ziehen. Aber es vergingen keine fünf Minuten, da waren sie mit eingezogenem Schwanze heimgekehrt, und nichts konnte sie dazu bewegen, den Versuch zu wiederholen. Die Soldaten, die auf dem Marktplatz lärmten, waren die Häscher von Venchieredo, und sie schienen nicht geneigt, das Feld zu räumen. Gaëtano in seinem Hauptquartier in der Schenke schwur hoch und heilig, er werde die Schmuggler in Stücke hauen, und denen, die sich in die Burg geflüchtet hatten, solle es noch teurer zu stehen kommen als den andern. Ja ja, hier im Dorf hätten sie ein Bündnis geschlossen, um den Staat um sein Zollrecht zu betrügen, und der Kaplan und der Graf wären die Anführer. – Aber jetzt wäre die Zeit gekommen, sagte er, diese Zunft auszurotten. Da nun der Mann, der die Gesetze im Lande schützen solle, sich als ihr schamlosester Gegner erweise, sei es Pflicht der Häscher, den Erlassen der Allerdurchlauchtigsten Signorie Geltung zu verschaffen und sich mit solcher Tat ein riesengroßes Verdienst zu erwerben.

»Germano, zieh die Zugbrücke hoch und verrammle ganz fest das Tor!« schrie der Graf, als er diesen Erguß von Beschimpfungen und Aufschneidereien erfahren hatte.

»Die Brücke ist schon hochgezogen, und zwar von mir«, antwortete der Hauptmann. »Vielmehr habe ich sie, zur größeren Sicherheit, von dreien meiner Leute in den Graben werfen lassen, weil sich die Zugwinden nicht drehen wollten.«

»Sehr gut, Hauptmann. Jetzt schließt die Fenster und verriegelt alle Türen. Daß mir niemand einen Fuß aus der Burg setzt!«

»Wie soll er das wohl, wenn die Brücke im Graben liegt«, bemerkte der Reiter.

Der Hauptmann meinte weise: »Nun, die kleine Brücke am Marstall sichert uns einen Ausgang, wenn wir ihn brauchen.«

»Nein nein, ich will gar keinen Ausgang«, schrie der Graf. »Werft schnell auch die Brücke am Marstall in den Graben! Von jetzt ab setze ich meine Burg in Belagerungs- und Verteidigungszustand.«

Da wandte der Verwalter mit tiefem Bückling ein: »Ich mache Euer Exzellenz darauf aufmerksam, daß wir, wenn auch diese Brücke zerstört ist, nicht hinauskönnen, um den Tagesvorrat zu beschaffen.«

»Das ist nicht wichtig, mein Gemahl hat ganz recht«, mischte sich die Gräfin ein, die von allen die größte Furcht hatte. »Gehorcht ihm und schlagt die Marstallbrücke unverzüglich entzwei, es ist keine Zeit zu verlieren. Der Mord bedroht uns jeden Augenblick.«

Der Verwalter machte einen noch tieferen Bückling als zuvor und ging hinaus, um den Befehl auszuführen. Eine Viertelstunde darauf war die Verbindung der Burg Fratta mit der übrigen Welt unterbrochen, und der Graf und die Gräfin atmeten freier. Nur Hochwürden Orlando, der auch nicht eben ein Held war, legte zaghaft einige Unruhe an den Tag, wie man für morgen die gewohnte Menge Ochsen- und Kalbfleisch heranbringen wolle. Bei diesem Einwand des Bruders hatte der Herr Graf Gelegenheit, die Schärfe und Behendigkeit seines Geistes in Dingen der Verwaltung zu zeigen.

»Fulgenzio«, fragte er feierlich, »wieviel Junge hat Eure Sau?«

»Zehn, Exzellenz«, erwiderte der Meßner.

»So sind wir die ganze Woche versorgt; denn für die beiden Fastentage kann der Fischteich sorgen.«

Hochwürden Orlando seufzte und dachte voll Kummer zurück an die schönen Goldbrassen von Marano und die fetten Aale von Caorle. Ach, was waren dagegen die jämmerlichen morastigen Fischchen und die Frösche aus dem Burgteich!

»Fulgenzio«, befahl der Graf, »Ihr laßt zwei von Euren Ferkeln abstechen, eins zum Kochen und das andere zum Braten. Habt Ihr verstanden, Margherita?«

Fulgenzio und die Köchin machten ihre Verbeugung; aber Hochwürden von Sant'Andrea fand nun erst recht Anlaß, zu seufzen, denn er konnte wegen eines Darmleidens kein Schweinefleisch vertragen, und die Aussicht auf eine Woche Belagerung unter Herrschaft der Ferkel gefiel ihm durchaus nicht. Die Gräfin jedoch, die ihm sein Mißbehagen aus den Augen las, sagte ihm eilig zu, man werde für ihn ein Masthuhn kochen. Da verklärte sich die Miene des geistlichen Herrn wieder zu himmlischer Heiterkeit; mit einem gut bevölkerten Hühnerstall dünkte ihn auch eine Woche Belagerung ein sehr gemäßigtes Fegefeuer. Nachdem nun das wichtigste Geschäft, das der Küche, geordnet war, zerstreute sich die Besatzung, um die Festung in Verteidigungszustand zu setzen. Man verteilte ein paar alte Musketen auf die Schießscharten; man schleppte zwei vorsintflutliche kleine Kanonen in den ersten Hof; man verrammelte Tore und Balkone. Zu guter Letzt läutete man die Glocke für den Rosenkranz, und keiner hatte ihn seit vielen Jahren so andächtig gebetet wie an diesem Abend.

Die Gräfin war in diesem Augenblick zu sehr außer sich, um an anderes als an sich selbst zu denken, doch ihre Schwiegermutter fragte, als der Abend hereinbrach, warum Clara so lange säume, ihr die gewohnte Brotsuppe zu bringen. Faustina, Pisana und ich machten uns daran, sie zu suchen; wir riefen und riefen nach allen Seiten und konnten sie nirgends finden. Nur der Gärtner sagte uns, er habe sie vor ein paar Stunden beim Marstall hinausgehen sehen, aber weiter wußte er auch nichts, und er glaubte, sie wäre, wie üblich, mit der Frau Gräfin über die große Zugbrücke wieder hereingekommen. Nun, jetzt war ihr der Weg in die Burg abgeschnitten, denn der Verwalter hatte den an ihn ergangenen Befehl so gründlich ausgeführt, daß auch von der Marstallbrücke keine Spur mehr übrig war.

Die Nacht wurde immer dunkler, es schien kaum möglich, daß Clara so lange umherschweifen sollte. Also machten wir uns wieder auf die Suche, und erst nach einer weiteren Stunde gewissenhafter und vergeblicher Nachforschungen entschloß sich Faustina zur Rückkehr in die Küche, um der Herrschaft die traurige Botschaft zu bringen, daß die Komteß verschwunden sei.

»Zum Teufel auch!« rief der Graf, »sicher haben sie die Schurken weggeschleppt!«

Auch die Gräfin wollte sich aufregen, aber es gelang ihr nicht ganz, die eigene Unruhe nahm sie zu sehr in Anspruch.

»Stellt Euch doch vor! Diese ruchlosen Kerle, die mich einen Schmuggler nennen, damit sie das Dorf durcheinanderbringen können, sind zu allem imstande. Aber das sollen sie mir bezahlen, o ja!« Die letzte Drohung schrie der Herr Graf schon nicht mehr ganz so laut, aus Furcht, sie könne im weiteren Umkreise gehört werden.

Nun wurde die Gräfin munter. »Was für törichte Reden! Damit kommt Ihr auch nicht weiter. Seit drei Stunden zappeln wir im Netz, und Euch ist noch nichts eingefallen, wie Ihr uns daraus befreien könntet. Jetzt schleppen sie Euch die Tochter weg, und Ihr schreit, was Ihr könnt: das sollen sie mir bezahlen! Freilich, für das, was Euch Clara wert ist, brauchtet Ihr Euch nicht groß anzustrengen.«

»Wie, meine Teure? Für das, was sie mir wert ist? Was soll das heißen?«

»Nun, wenn Ihr es nicht versteht, so zerbrecht Euch ein bißchen den Kopf. Das soll heißen: um Eure Kinder und um mich und um unser Wohlbefinden kümmert Ihr Euch einen Dreck.« (Sie nahm voll Wut eine Prise Tabak.) »Laßt hören: was habt Ihr Euch ausgedacht, um uns aus der heiklen Lage zu befreien? Wie wollt Ihr versuchen, Clara aufzuspüren?«

»Zum Henker! Ihr wißt doch, wie lieb und sittsam sie ist. Ich meine, sie nimmt keinen Schaden, wenn sie auch einmal eine Nacht außerhalb der Burg verbringt. Und was uns hier betrifft ... Ihr wollt uns wohl kaum zu Schießereien reizen!« (Hier zeigte die Gräfin deutlich Abscheu und Ungeduld.) »Also – wir werden verhandeln!«

»Verhandeln? Mit diesen Spitzbuben! Das ist ja prächtig.«

»Spitzbuben! Wer spricht von Spitzbuben? Gewiß, sie waren zu eifrig in der Jagd auf zwei oder drei Schmuggler, der Wein hat ihre Augen getrübt, sie haben gemeint, die Kerle wären nach Fratta geflüchtet. Was ist daran so außergewöhnlich? Wenn wir ihnen klarmachen, daß hier nie eine Spur von Schmuggelei gewesen ist, so werden sie zahm wie Lämmchen nach Hause zurückkehren.«

Da mischte sich Hochwürden von Sant'Andrea in das Gespräch. »Exzellenz, hierbei vergessen Sie einen Umstand. Es scheint, die Fliehenden waren als Schmuggler verkleidete Häscher, und man hat Jagd auf sie gemacht, um einen Vorwand für die Rauferei zu haben. Germano beteuert, er habe unter den Schmugglern etliche schnauzbärtige Soldaten von Venchieredo wiedererkannt.«

»Ja, und? Was geht das mich an? Was habe ich damit zu tun?« rief der arme Graf voller Verzweiflung.

Der Reiter wußte Rat. »Man könnte jemanden heimlich hinaus auf Kundschaft schicken, und der mag versuchen, von der Komteß Nachricht zu bekommen.«

»Aber nein!« Die Gräfin war entsetzt. »Das wäre sehr unklug, zumal wir auf der Burg an Leuten Mangel leiden. Dies ist nicht der Augenblick, die Erfahrensten zu entfernen.«

Jetzt stürmte Pisana, die mit mir zwischen den Knien von Martino gehockt hatte, kühn an den Herd und erbot sich, sie wolle die Schwester aufspüren; aber alle waren so niedergeschlagen, daß nur Marchetto diese kindliche, rührende Verwegenheit zu bemerken schien. Immerhin blieb das Beispiel nicht ohne Nutzen, denn nach Pisana erbot nun ich mich, auf Suche nach der Komteß zu gehen, und diesmal nahm der Verwalter das Angebot auf und fragte mich: »Hättest du wirklich den Mut, draußen umherzuspähen?«

»Aber gewiß.« Ich hob den Kopf und blickte stolz nach Pisana.

»Wir gehen zusammen.« Das Mädchen wollte nicht weniger mutig erscheinen als ich.

Der Verwalter wehrte ab. »Nein, das ist nichts für kleine Fräuleins. Carlino hingegen wüßte sich prächtig zu helfen. Nicht wahr, Frau Gräfin, das ist ein guter Gedanke?«

»In Ermangelung eines besseren sage ich nicht nein. Hier würde uns ein Kind doch wenig helfen, und draußen könnte es, ohne Argwohn zu erregen, in alles seine Nase stecken. Auch, daß der kleine Teufel so durchtrieben und frech ist, kann jetzt einmal nützlich sein.«

Da fing Pisana an zu schreien: »Ich will auch nach draußen! Ich will auch Clara suchen!«

»Ihr, mein Fräulein, geht augenblicklich zu Bett.« Und damit winkte die Gräfin Faustina, daß sie den Befehl sofort ausführe.

Es gab noch einen kleinen Kampf mit Gebrüll, Beißerei und Gekratze; doch das Kammermädchen zähmte das rasende Kind, nahm es in die Arme, wo es weiterbrüllte, und fragte die Gräfin im Hinausgehen:

»Was soll ich der alten Frau Gräfin antworten, wenn sie nach Komteß Clara fragt?«

»Sagt ihr, sie sei verloren und nicht zu finden und käme morgen wieder.«

Der Verwalter wagte einen Einwand. »Wäre es nicht besser zu sagen, wenn ich einen Rat geben darf, die Tante aus Cisterna habe die Komteß geholt?«

»Meinetwegen. Erzählt ihr irgendein Märchen, damit sie nicht auf den Gedanken kommt, uns verrückt zu machen, wir haben so schon Ärger genug.«

Faustina ging hinaus. Das Schluchzen von Pisana verhallte allmählich auf dem Flur.

Der Verwalter wandte sich mir zu und nahm mich freundschaftlich beim Ohr. »Nun zu dir, mein Schlauberger. Sage mir: was willst du Schönes tun, wenn du erst aus der Burg heraus bist?«

»Was ich tun will? Ich spaziere durch die Felder, und dann laufe ich einfach in die Schenke, wo diese Herren sind, und weine und jammere sehr, daß ich nicht in die Burg zurück kann. Ich sage so: Ich bin nach Tisch mit Komteß Clara herausgegangen, und dann bin ich hinter den Schmetterlingen hergerannt, und dann habe ich die Komteß nicht mehr einholen können. Wer etwas von ihr weiß, wird es mir schon verraten, und ich kehre um, pfeife hinter den Ställen, der Gärtner wirft mir ein Brett in den Graben, und darauf komme ich zu Euch, wie ich auch herausgekommen bin.«

»Wunderbar. Du bist ein Held«, meinte der Verwalter.

Martino folgte meiner langen Rede, die er mit ansah, aber nicht recht verstand, voll Unruhe und fragte: »Was ist denn los?«

»Ich gehe nach draußen und suche die Komteß. Sie ist noch nicht zurück«, schrie ich ihm aus Leibeskräften ins Ohr.

»Schön. Daran tust du recht. Aber sei recht vorsichtig!«

»Damit du uns nicht in Gefahr bringst«, fügte die Gräfin hinzu. Und der Graf meinte: »Außerdem wäre es gut, du horchtest ein wenig auf die Reden der Häscher in der Schenke, daß wir erfahren, was sie im Schilde führen. Danach können wir uns in den nächsten Entschlüssen richten.«

»Ja, tu das. Und komm schnell wieder, mein Kleiner«, sagte die Gräfin und strich mir sanft über die Unglücksmähne, der so oft ein ganz anderes Los zuteil geworden war. »Geh, sieh dich um, beobachte und bringe uns getreulich Kunde. Der Herr im Himmel hat dich so schlau und beherzt geschaffen, damit es uns zunutze komme. Also geh, und Gottes Segen über dich, und denk daran, daß wir hier mit angstvollem Herzen auf dich warten.«

»Ich komme zurück, sowie ich etwas herausgekriegt habe.« Damit blickte ich wichtig umher, denn schon jetzt fühlte ich mich in dieser Versammlung von Hasen als Mann.

Marchetto, der Verwalter und Martino gaben mir das Geleit, sprachen mir Mut zu und empfahlen Vorsicht, Klugheit und Eile. Man warf ein Brett in den Graben; ich setzte, in dieser Art Schiffahrt ziemlich geübt, glücklich ans andere Ufer über und stieß den Schiffsrumpf mit einem kunstvollen Griff zu ihnen zurück. Während sie dann in der Küche auf Rat von Hochwürden Orlando einen zweiten Rosenkranz beteten, begann ich im dichten Schatten der Nacht meinen Feldzug.

Clara hatte wirklich die Burg vor der Abendmesse durch die kleine Pforte, wie der Gärtner berichtet hatte, verlassen und war nicht zurückgekehrt. Sie meinte, sie würde ihre Mutter auf der Straße nach Fossalta treffen, und so war sie Schritt vor Schritt bis zum Dorfe gelangt, ohne jemandem zu begegnen. Nun wurde sie unsicher, ob es später sei als gewöhnlich, und ob sich die Gesellschaft vielleicht auf den Rückweg begeben habe, gerade während sie selbst durch den Garten nach der Straße gegangen war. Also machte sie kehrt und strebte eilig heim; doch war sie noch keinen Steinwurf weit gekommen, als das Geräusch von Schritten sie bewog, sich umzudrehen. Es war Lucilio, ruhig und nachdenklich wie stets, doch in diesem Augenblick von einer unverhohlenen Freude erhellt, die er auch wohl nicht verhehlen wollte. Er schien sich kaum zu bewegen und war doch wie der Blitz an der Seite des Mädchens, und vielleicht dünkte beide diese Blitzesschnelle nicht so schnell, als ihre Sehnsucht wünschte. Wie lange brauchte es, bis Lucilio neben Clara stand; aber wie rasch verging die Zeit, in der sie in die Nähe von Fratta kamen, obwohl die Füße nur zögernd vorwärtsschritten! Ja, die beiden waren, ohne es zu merken, oft und oft stehengeblieben, hatten von der Großmutter gesprochen, vom Burgherrn von Venchieredo, von ihren diesbezüglichen Ansichten und mehr noch von sich selbst, von ihren Neigungen, von dem schönen Himmel, von dem wunderschönen Sonnenuntergang, den sie lange in Verzückung still betrachteten.

»So möchte ich leben!« rief Clara voll Unschuld.

»Wie? Oh, sagen Sie mir es«, bat Lucilio mit seiner einschmeichelnden Stimme, »damit ich sehe, ob ich fähig bin, Ihre Sehnsucht zu verstehen und daran teilzunehmen.«

»Ach ... ich habe gesagt, so möchte ich leben, und jetzt wüßte ich meine Sehnsucht nicht zu erklären. Ich möchte leben mit Augen, die immer diesen lichten Glanz des Himmels trinken; mit Ohren, in denen der Wohlklang nachhallt, mit dem die Natur in heiterem Frieden in Schlummer sinkt; mit einem Herzen, voll der sanften Gedanken der Nächstenliebe, voll großer Gefühle ohne Furcht und ohne Schranke, wie sie wohl im Anblick der einfachen und erhabenen Dinge wachsen.«

»Sie ersehnen ein Leben, wie es die Natur den guten, sanften, schuldlosen Menschen bereitet hatte«, antwortete Lucilio in traurigem Ton, »ein Leben voll Traum und Poesie. Oh, ich verstehe Sie so gut, denn auch ich atme die in Wohlgerüchen wogende Luft der Träume, auch ich gebe mich den Poesien der Hoffnung vertrauend hin, damit ich der Ungerechtigkeit nicht mit Haß, dem Schmerz nicht mit Verzweiflung begegne. Sehen Sie, wie schlimm sind die Menschen daran: Hat einer Kraft, so hat er kein Hirn; hat einer Hirn, so hat er kein Herz; hat einer Herz und Hirn, so hat er keine Macht. Gott steht über den Menschen, und sie nennen ihn gerecht und gegenwärtig. Wir, die Kinder Gottes, blind, ungerecht und unterdrückt, leugnen ihn mit Wort und Schrift und Werken jeden Augenblick. – Das ist ein Schmerz, weit wie die Welt, von Dauer wie die Jahrhunderte; er verfolgt uns und wirft uns zu Boden; und eines Tages endlich erinnert er uns zum letzten Male daran, daß wir gleich sind, alle gleich, doch nur im Tode.«

»Im Tode ... oh, sagen Sie im Leben, im wahren Leben, das ewig dauert«, rief Clara, als nehme sie jenes Leben wahr. »Hier geschieht die Auferstehung Gottes und sein Sieg über die Widersprüche der Welt.«

»Gott ist wohl überall.« In diesem Worte von Lucilio hätte ein frommer Mensch die Wärme des Glaubens vermißt. Aber

Clara hörte darin keinen Zweifel, und Lucilio wußte es genau, sonst hätte er so nicht gesprochen.

»Ja, Gott ist überall«, antwortete sie mit dem Lächeln eines Engels und ließ ihre Augen über alle Himmelsweiten wandern. »Sehen, fühlen, atmen wir ihn nicht, wohin wir auch schauen? Die guten Gedanken, die sanften Gefühle, die zarten Regungen des Gemüts, woher kommen sie uns, wenn nicht von Ihm? Oh, ich liebe meinen Gott als den Quell aller Schönheit und Güte.«

Ein Ungläubiger hätte zum Glauben finden können, so lichtvoll strahlte die Ewigkeit Gottes auf diesem heiter vertrauenden Antlitz. Gewiß hätte kein Mensch zu sagen gewagt, die Natur habe ein solches Wunder an Verstand, Gefühl und Schönheit nur den Würmern zum Fraße bereitet. Wohl gibt es triebhafte oder abgestorbene oder versteinerte Seelen, die alle Sorgfalt auf die todbringenden Gedanken der Materialisten verwenden; ihnen müßte man wie dem Tier, der Pflanze und dem Mineral die Ewigkeit des Geistes absprechen. Doch eines ist sicher: Wenn der Stoff, aus dem die Natur ihre Erscheinungen bildet, auch gelöst aus dem Zusammenhang des Lebens im Erdenschoß materiell weiterwirkt, so muß erst recht der denkende Geist sich weiter regen und in flutenden Gedanken geistig leben können. Wie soll die Bewegung, die schon im ruhelosen Triebwerk von Adern und Nerven pausenlos tätig ist, je stehenbleiben oder ermatten im allerlebendigsten, feinsten Element, in den Ideen? – Lucilio blickte lange in fast schwärmerischer Bewunderung auf Claras Antlitz. Ein Widerschein des Lichtes flammte über ihr Gesicht, und zum ersten Male drang ein Gefühl für einen andern Menschen in die dunklen Gründe seines Herzens. Doch er erholte sich von der kurzen Niederlage und wurde gewandt wieder Herr seiner selbst.

»O göttliche Poesie!« rief er aus und wandte den Blick von dem Sonnenuntergang, der nunmehr in eine unbestimmte Dämmerung überging. »Wer sich als erster mit dir in die grenzenlose Weite der Hoffnung erhoben hat, ist der wahre Tröster der Menschheit gewesen. Man sollte die Menschen, wenn man sie das Glück lehren will, zu Dichtern erziehen, nicht zu Gelehrten und Anatomen.«

Clara lächelte mitleidig und fragte: »So sind Sie nicht ganz glücklich, Herr Lucilio?«

»Oh, jetzt bin ich glücklich, wie ich es wohl nie wieder werde sein können«, und er preßte ihre Hand. Bei diesem plötzlichen Händedruck schwand der ewige Schimmer des Glaubens aus dem Antlitz von Clara, und das zitternde, sanfte Licht des Gefühls ging in ihm auf wie mildes Mondlicht nach dem Strahlenglanz der Sonne.

»Ja, glücklich, wie ich es wohl nie wieder sein werde. Glücklich in meiner Sehnsucht; denn meine Sehnsucht liegt vor mir wie ein schöner blühender Garten. Ach, habt Scheu, die Blumen zu pflücken; löst sie nicht vom zarten Stengel! Soviel ihr euch auch müht, nach drei Tagen werden sie welk, nach fünf Tagen ist Farbe und Duft dahin. Und endlich sinken sie unrettbar ins Grab der Erinnerung.«

»Die Erinnerung ein Grab? Niemals!« rief Clara leidenschaftlich. »Sie ist ein Tempel, ein Altar. Die Gebeine der Heiligen, die wir verehren, ruhen unter der Erde, doch ihre Tugenden glänzen im Himmel. Die Blume verliert Frische und Duft; doch die Erinnerung an die Blume, unzerstörbar und duftend, dauert in Ewigkeit.«

»In Ewigkeit, o Gott, in Ewigkeit!« Jetzt ließ Lucilio seine Leidenschaft laufen, wohin sie von der Gunst dieses köstlichen Augenblicks gerufen wurde. »In Ewigkeit! Mag sie eine Sekunde währen, ein Jahr, ein ganzes Leben – wir müssen sie füllen, sättigen, beseligen mit Liebe, sonst umfaßt uns im Leben der Tod. O Clara, die Liebe findet auf allen Wegen in die Unendlichkeit; die Liebe ist unser höchstes, unsterbliches Teil. Laßt uns fest auf sie vertrauen, dann werden wir nicht schon im Leben zu Staub; dann erhalten wir uns wenigstens diese natürliche Poesie der Seele, die das Dasein allein mit Schönheit umkleidet. Ja, ich schwöre es in diesem Augenblick, und ich werde ewig an diese Entzückung denken, die mich über mich selbst hinaushebt. Die Sehnsucht ist so mächtig, daß sie sich in Glauben wandelt; unsere Liebe währt ewig, denn das wahrhaft Große nimmt nie ein Ende.«

Diese Worte, die der junge Mann mit ehrfürchtiger, aber kräftiger und tiefer Stimme sprach, riefen die unbestimmte Sehnsucht in Clara in feinster Weise wach. Sie wunderte sich nicht einmal mehr, denn was sie jetzt hörte, war schon längst in ihrem Herzen lebendig. Die Blicke, die Gespräche, die geduldigen, klugen Künste von Lucilio hatten in ihrer Seele für diese glühende Liebeserklärung einen sicheren Raum geschaffen. Daß sie nun aus seinem Munde hörte, was ihr Herz, ohne darum zu wissen, erwartete, war eher so, als werde ihr eine scheu verborgene Freude plötzlich bewußt. Es war der gleiche Vorgang wie ihn der Photograph erlebt, wenn er Säure über die Platten gießt; das verborgene Bild zeichnet sich in allen seinen Formen ab. Und wenn Clara in diesem Augenblick erstaunt war, so höchstens darüber, daß sie nicht erstaunen konnte. Doch wehrte ihr eine geheime, nie gefühlte Verwirrung die Antwort auf die glühenden Worte des jungen Mannes, und während sie ihre Hand der seinen hätte entziehen mögen, mußte sie gar einen Halt an ihr suchen; denn die Sinne drohten ihr vor Wonne zu schwinden.

»Clara, ich bitte dich, gib Antwort!« Lucilio stützte sie voll Angst und spähte ringsum, ob jemand käme.

»Sage mir ein einziges Wort. Töte mich nicht mit deinem Schweigen! Und, wenn du nicht anders kannst, verzeih mir!«

Er schien so bestürzt, daß er im Begriffe war, vor ihr niederzuknien; doch damit wollte er die Sache wohl nur beschleunigen. Clara kam im rechten Augenblick zu sich und schenkte ihm, statt aller Antwort, ein Lächeln. Wer las je in Augen ein solches Lächeln und behielt es nicht sein Leben lang im Herzen? Jenes Lächeln, das Mitleid erfleht, Glück verheißt, alles sagt und alles verzeiht; das eine Seele kündet, die sich einer andern zu eigen gibt; das keine irdischen Bilder spiegelt, sondern glänzt allein aus Liebe und für Liebe; ein Lächeln, das die ganze Welt umfaßt und vergißt, um aus seiner eigenen Kraft zu leben und dem andern Leben zu spenden; ein Lächeln, das in einem jähen Aufleuchten die rätselhaften Tiefen zweier Geister erschließt, verbindet und bewirkt, daß sie in eine einzige Sehnsucht nach Liebe und ewiger Dauer, in ein einziges Gefühl von Glück und Glauben zusammenströmen.

Der Himmel, der sich, göttlicher Bilder voll, in unsagbarem Glanz vor dem Auge eines Heiligen auftut, kann nicht beseligender sein als der Anblick eines Glückes, das strahlend und ach, oft nur flüchtig im Antlitz einer Frau aufleuchtet. Und ach, wie oft hat sich in uns, wenn sich ein solches Antlitz umdunkelte, der Himmel der Hoffnung bewölkt! Die Liebe, das geflügelte Kind, lädt uns ins Paradies; die Liebe, der hämische Dämon, zermalmt uns im Nichts. Und nur der Glaube, das Opfer gelte mehr als die Geopferten, erhält unsere Gedanken in der Luft des Lebens.

Aber Lucilio? Oh, er dachte daran damals nicht. Die Gedanken kommen erst nach den Freuden wie die Nacht nach dem Untergang der Sonne, wie der eisige Winter nach dem hellklingenden, goldenen Herbst. Seit Jahren liebte er, seit Jahren zielte jeder Rat, den er gab, jedes Wort, alle ärztliche Kunst darauf, für eine kommende Zeit das Glück jenes Augenblickes vorzubereiten. Endlich hatte er aus einer mühsamen Mischung von Blicken, Taten, Worten das reine Gold der Glückseligkeit und Liebe herausgeläutert. Nun genoß der siegreiche Alchimist mit allen Sinnen die Wonnen des Triumphs; der leidenschaftliche Künstler fand kein Ende, sein Werk in jenem himmlischen Lächeln, das gleich der Morgenröte eines schöneren Tages nun auf Claras Antlitz erglühte, zu bewundern. Einem andern hätte das Herz gezittert vor Dank, Andacht und Scheu; ihm härtete der Stolz alle Fibern mit einem kalten, maßlosen, herrischen Jubel. Ich und tausend andere hätten Gott wohl mit tränendem Auge gedankt; er lohnte die Unterwerfung von Clara mit einem feurigen Kuß.

»Du bist mein! Mein!« Und damit hob er ihre Rechte zum Himmel. Das sollte wohl bedeuten: ich bin deiner wert, denn ich habe dich erobert.

Clara gab keine Antwort. Sie hatte bisher geliebt, ohne es zu gewahren und ohne davon zu sprechen; und der Augenblick, in dem die Liebe ihrer selbst bewußt wird, macht nicht gesprächig. Sie spürte nur zum ersten Male, daß sie mit ganzer Seele in der Gewalt eines andern stehe, und das wandelte das Lächeln der Freude in jenes der Hoffnung. Zunächst hatte ihre Freude sich selbst gegolten; nun galt sie Lucilio, und dabei war ihr leichter ums Herz, denn ihrem Wesen entsprach Frommheit und Scham.

»Clara«, sagte Lucilio nun, »es ist spät geworden, man wird in der Burg auf uns warten.«

Das junge Mädchen erwachte wie aus einem Traum; sie fuhr sich mit der Hand über die Augen, und siehe da, sie wurde feucht von Tränen.

»Sollen wir gehen?« Ihre Stimme klang noch sanfter und bescheidener als sonst. Lucilio machte sich auf den Weg, ohne ein Wort zu erwidern, und das Mädchen ging ihm fügsam und freundlich zur Seite. Mehr forderte er nicht für diesen Tag. Sie schritten schweigend nebeneinander. Nach einer Weile fragte er:

»Wirst du mich immer lieben?«

»Immer.« Zart wie der Klang von der Harfe eines Engels schwebte dieses Wort von ihren Lippen.

»Und wenn dir deine Familie einen Gemahl bestimmen will?«

»Einen Gemahl?«

»Natürlich. Man will dich sicher dem Ehrgeiz opfern, dir im Namen der Religion eine Liebe befehlen, die dir die Religion im Namen der Natur verbieten wird.«

»Oh, ich sehe nichts als Euch.« Es war, als spräche Clara zu sich selbst.

»Schwöre es mir bei dem Heiligsten, was du besitzt; bei

deinem Gott und bei dem Leben deiner geliebten Großmutter.«

»Ich schwöre.« Was war einfacher und natürlicher als dieser Schwur, zu dem eine unwiderstehliche Gewalt sie trieb? Da sahen sie in der Dämmerung die ersten Häuser von Fratta, und Lucilio löste die Hand aus der von Clara und ging ehrerbietig neben ihr her. Doch das Band war geschlungen; ihrer beider Seelen waren für immer von ihm umwunden. Beharrlichkeit und kalte Berechnung auf der einen, Sanftmut und Frömmigkeit auf der andern Seite, der Wille von Lucilio und der opferbereite Sinn von Clara entsprachen nun einander und zogen künftig ihre Bahn, wie das Zwillingsgestirn in ewig vorbestimmter Weise den Himmelsraum durchwandert.

Vor dem Dorfe trafen sie auf zwei Bewaffnete. Lucilio hielt sie für Feldhüter, die jemanden erwarteten, und ging weiter; aber der eine gebot ihnen Halt und sagte, es dürfe heute abend niemand ins Dorf hinein. Eine solche Frechheit wunderte und erboste den jungen Mann nicht wenig, und er brauchte ein Mittel, das er bei Zusammenstößen dieser Art aus Erfahrung als unfehlbar kannte: er beschimpfte die Leute mit lauter Stimme. Umsonst. Die beiden Häscher nahmen ihn höflich beim Arm und bedeuteten ihm, so wolle es der Befehl der Allerdurchlauchtigsten Signorie, und keiner dürfe nach Fratta hinein, bis die Ermittlung nach etlicher Schmuggelware, die man suche, abgeschlossen sei.

Lucilio sagte zornig: »Ihr werdet doch nicht der Komteß Clara den Zugang zur Burg verwehren!« und wies auf das junge Mädchen, das er zum Schutze fest an den Arm nahm. Clara machte eine Bewegung, als wolle sie ihn von allzu großer Wut zurückhalten, aber er achtete darauf nicht, fuhr fort zu drohen und wollte weitergehen. Da packten ihn die beiden Häscher fester an und warnten ihn, der Befehl sei klar, und sie seien befugt, gegen Widerspenstige Gewalt zu brauchen.

»Und ich bin immer befugt, Gewalt zu brauchen, und brauche sie gegen Böswillige ausgiebig.« Jetzt hatte Lucilio weit hitziger gesprochen und schüttelte die Fäuste der beiden Kerle heftig ab. Doch hier mahnte ihn eine zweite Bewegung von Clara, wie gefährlich und wie wenig günstig solches Ungestüm wirken konnte. Er wurde ruhig und fragte die beiden, wer sie wären und woher sie die Macht hätten, der Tochter des Gerichtsherrn den Zugang zur Burg zu sperren. Sie antworteten, sie gehörten zu den Häschern von Venchieredo, aber die Verfolgung der Schmuggler gäbe ihnen Macht auch außerhalb ihres Gerichtssprengels. Die Verfügungen der Herren Bevollmächtigten sprächen klar, und im übrigen sei es Befehl ihres Anführers. Lucilio wollte noch immer widerstreben, doch Clara bat ihn leise, davon abzustehen, und er gab nach und kehrte um, nicht ohne die beiden Häscher und ihren Herrn mit dem heißen Zorn des Statthalters und der Allerdurchlauchtigsten Signorie zu bedrohen, obwohl er den geringen Wert solchen Zornes sehr wohl kannte.

»Gut, daß Ihr still seid; es wäre doch unnütz«, flüsterte ihm Clara ins Ohr und zog ihn von den beiden Häschern weg. »Es tut mir leid, daß die Meinigen jetzt in so später Stunde zu Hause um mich in Unruhe sind. Doch mit einem kleinen Umweg können wir leicht auf der Seite des Marstalls hineinkommen.«

So gingen sie auf die Felder zu und suchten den Pfad, der zur Ausfallspforte führt, aber sie waren noch nicht hundert Schritte gegangen, da wurden sie wieder von zwei Wachen aufgehalten.

»Eine Falle nach der andern!« rief Lucilio ärgerlich. »So soll ein adliges Fräulein die ganze Nacht im Freien zubringen, nur weil es ein paar Schurken so beliebt!«

»Geben Sie acht auf Ihre Worte, mein Herr«, schrie der eine und stieß den Flintenkolben heftig auf die Erde.

Der junge Mann bebte vor Wut und tastete mit einer Hand tief in die Tasche nach seiner sicheren Pistole; da spürte er am Arm von Clara, wie sie zitterte, hielt noch einmal an sich und sagte zähneknirschend:

»Machen wir die Sache im guten ab. Wieviel verlangt Ihr, wenn Ihr hier die Komteß durchlaßt? Ihr hegt wohl nicht den Verdacht, daß sie Schmuggelware bei sich führt?«

»Wir hegen überhaupt keinen Verdacht, geehrter Herr. Aber wollten wir schon ein Auge zudrücken und Sie durchlassen, so sind doch die auf der Burg anderer Ansicht. Sie haben beide Brücken in den Graben geworfen, und die Komteß müßte schon wie Sankt Peter auf dem Wasser wandeln.«

Clara war wie betäubt. »Oh, dann muß die Gefahr wirklich groß sein.«

»Aber nein, irgendeine Übertreibung.« Und er wandte sich wieder zu dem Häscher.

»Wo ist euer Anführer?«

»In der Schenke, mein wohlgeborener Herr, und trinkt vom besten Wein, während wir für Fledermäuse Wache stehen.«

»Gut. Ich hoffe, Ihr schlagt es uns nicht ab, mit zur Schenke zu gehen, daß wir mit ihm reden.«

»Je nun . . . für einen solchen Fall haben wir keinen Befehl. Aber vielleicht könnte man es tun, zumal wenn Euer Gnaden einen Becher Wein zahlen wollte«, sagte der Flinkere von beiden.

»Also los, komm du mit uns.«

Der Häscher drehte sich zu seinem Gefährten um und ermahnte ihn, ordentlich Wache zu stehen und nicht einzuschlafen; Mahnungen, die dem, der bleiben und Nebel schlucken mußte, während dem andern ein Becher Landwein winkte, wenig Trost boten. Doch fügte er sich brummend in sein Schicksal; und Lucilio und Clara machten sich wieder einmal auf den Weg ins Dorf, und der Soldat schritt ihnen voran. Diesmal ließen die beiden Wächter sie durch; bald standen sie vor der Schenke, wo ein solcher Lärm tobte, daß man eher einen Karneval als eine Jagd auf Schmuggler vermuten konnte. Gaëtano hatte zuerst dafür gesorgt, daß seine Leute gehörig etwas in die Kehle gossen, und hernach den Becher auch denen gereicht, die neugierig umherstanden. Diese waren anfangs ein wenig scheu, doch bald verständigten sie sich mit ihm in dieser stummen, aber deutlichen Sprache trefflich. Die mit Wein Getränkten riefen andere herbei, die Kumpanei wuchs und begann immer reichlicher zu bechern. Man trank und trank, und binnen einer halben Stunde waren die Soldaten von Venchieredo und die Bauern des Dorfes eine einzige Familie, und der Wirt fand kein Ende, den Aufwand und die ungewöhnlich pünktliche Bezahlung des ehrenwerten Oberhäschers von Venchieredo in den Himmel zu heben. Natürlich übte dieser eine solche Freigebigkeit nicht umsonst und nicht ohne Grund. Sein Herr hatte sie ihm anbefohlen, damit das Volk ruhig bleibe und statt für die Burg, für ihn Partei nehme. Gaëtano ging schlau zu Werke; die Absichten seines Meisters wurden voll erreicht. Er hätte, wenn er nur wollte, dreihundert Trunkene schreien lassen können: Es lebe der Burgherr von Venchieredo! Und der Himmel weiß, was ein so bedrohliches Geschrei in der Burg Fratta bewirkt hätte.

Als Lucilio und Clara in die Schenke traten, fanden sie die Festfreude auf dem Gipfel. Dem Fräulein von der Burg mußte das Herz bluten, wenn hier die ältesten, bewährtesten Bauern so mit den Feinden ihrer Familie feierten; aber sie achtete auf nichts, die Überraschung und der Schrecken über all das Getümmel hinderten sie, deutlich zu sehen, was sich abspielte. Sie fürchtete für die Ihren eine schwere Gefahr, und es schmerzte sie, nicht bei ihnen zu sein, um an ihr teilzuhaben; aber daß sie selbst in viel größerer Gefahr schwebte als die andern, die doch von einem sechs Meter breiten Wassergraben vorzüglich geschützt waren, während sie von einem einzigen Mann gegen diese losgekoppelte Meute verteidigt wurde – daran dachte sie nicht. Lucilio gehörte allerdings nicht zu den Menschen, die vor irgend jemandem, und träte er noch so großspurig auf, Scheu empfinden. So schritt er schnurstracks auf Gaëtano zu und gebot ihm in ziemlich hochfahrendem Ton, dafür zu sorgen, daß die Komteß Eingang in die Burg finde. Die herrische Art des Ankömmlings und der Wein, den das Oberhaupt der Häscher im Leibe hatte, hießen ihn sein Haupt noch höher tragen als sonst. Er gab zur Antwort, in der Burg halte man ein verruchtes Pack von Schmugglern versteckt, die solle er fest umzingelt halten, bis der Burgherr die Schuldigen samt der entwendeten Ware ausgeliefert hätte; und die Komteß – nun, das sei seine Sache, er habe sie ja am Arm. Schon hob Lucilio die Hand, um den Unverschämten zu ohrfeigen, da hielt er wohlweislich mitten in der Bewegung inne und zwirbelte sich, in der Lieblingsgebärde des Hauptmanns Sandracca, wütend den Schnurrbart. Das beste war, er suchte dem Wirrwarr zu entrinnen und führte seine Gefährtin in einen sicheren Schlupfwinkel, wo sie die Nacht verbringen konnte. Clara widersetzte sich anfangs einem solchen Entschluß und wollte durchaus bis zur großen Brücke gehen, um nachzusehen, ob sie wirklich zerstört wäre. Und Lucilio begleitete sie hin, so gefährlich er es fand, sich mit einem Mädchen unter das berauschte Volk zu wagen, das auf dem Platz tollte. Aber es sollte ihm niemand den Vorwurf machen, er habe es an Mut fehlen lassen oder eine Mühe gescheut, Clara nach Hause zurückzubringen. Als sie sich jedoch von der Zertrümmerung der Brücke überzeugt und ein paarmal vergeblich nach Germano gerufen hatten, mußten sie eilends fort, denn der Lärm wuchs ständig, und schon strömten Soldaten herbei und überschütteten sie mit Schimpfreden und Hohn. Immer schwerer fiel es Lucilio, seine Wut zu bezähmen; doch die größte Schwierigkeit bestand darin, wie er das Mädchen in Sicherheit bringen sollte, und darum zog er sie in ein Seitengäßchen, eilte im Bogen nach der Straße von Venchieredo und erreichte endlich keuchend die Wiesenflächen um die Mühlen.

Da hielt er an, damit Clara Atem schöpfen konnte. Müde und den Tränen nahe setzte sie sich an eine Hecke, und der junge Mann beugte sich über sie und betrachtete das bleiche Antlitz, das der Mond mit Liebe aus den Schatten der Nacht in seinen Schein zu heben schien. Schwarz ragten die Bauten der Burg ihnen gegenüber in die Höhe; hin und wieder schimmerte ein

Licht durch die Ritzen der Balkone und entschwand schnell, wie ein Stern am stürmischen Himmel entschwindet. Das dunkle Laub der Pappeln rauschte leise, und selbst der ferne, gedämpfte Lärm des Dorfes vermochte die liebeschluchzenden Triller der Nachtigallen nicht zu unterbrechen. Glühwürmchen glänzten in den Gräsern, oben glitzerten die Sterne, der junge Mond glitt mit schrägem Strahl über die von ungewissen Schleiern umwobene Schöpfung. In Dämmerung und Schweigen hüllte die Natur ihr sommerliches Brautgemach; doch ihr unendlicher Atem wehte zu den Liebenden bisweilen Wellen einer Luft, die mit den Düften der Fruchtbarkeit erfüllt war. – Es war eine jener Stunden, in denen der Mensch nur empfindet, nicht denkt; das heißt, er empfängt die Gedanken aus dem All, das ihn in sich hineinnimmt. Selbst Lucilio, der die Welt nachdenklich und etwas verächtlich betrachtete, fühlte sich in dieser tiefen Stille unbehaglich klein. Sogar die Freude der Liebe wandelte sich ihm in lange, schwermütig-liebliche Phantasien. Ihm schien, sein Gefühl wachse wie eine Wolke, in die der Wind fährt, in die Weite; aber die Form wurde verschwommen, die Farbe dünn. Der Mensch wurde größer, doch weniger stark, mehr Herr über alles und weniger Herr über sich selbst. Einen Augenblick wähnte Lucilio, die Augen Claras sprühten plötzlich in einem flammenden Licht; er mußte die seinen geblendet schützen. War es die feierliche Stille der Nacht, die den Geist über sich hinaushob und ihm im Spiel der Schatten das Traumgesicht des Schicksals wies, das alle Menschen bändigt? Oder gewann das Leid des Mädchens Gewalt über ihn, der zuvor mit der Kraft seines Willens über sie Gewalt gewonnen hatte? Die arme Seele! Nein, jetzt sprühten ihre Augen keine Flammen; eher glänzte in ihnen eine Träne. Ihr Herz, das noch eben vom Glück der Liebe überfloß, weilte in diesem Augenblick am Bett der alten Gräfin, in dem stillen, behaglichen Raume, wo Lucilio Stunden um Stunden mit ihr verbracht hatte, wo, auch wenn er nicht gegenwärtig war, doch im Luftkreis klar und zauberisch sein Bild lebte. Die arme alte Frau würde ohne den Gutenachtkuß der Enkelin schwerlich Ruhe finden. Wer würde ihr gut zureden und sie darüber trösten, daß Clara ferne war? Wer würde sich in den Gefahren, die der Burg heute nacht drohten, um sie kümmern?

Das Mädchen schluchzte leise in sich hinein, und als der Freund die Hand bot, um ihr aufzuhelfen, war die ihre feucht von Tränen. Doch als sie sich auf den Weg gemacht hatten, schüttelte Lucilio die Beklommenheit ab und wurde lebhaft wie stets. Die Träume verflogen, kühne, mannhafte Gedanken schossen ihm durch den Kopf, der kurze Zeit gebeugte Wille richtete sich um so stärker auf und übernahm wieder den Befehl. Die Geschichte seiner Liebe und der Liebe von Clara, die sonderbaren Ereignisse dieses Abends, die Empfindungen des jungen Mädchens und die seinen, alles ergab nun ein klares, völlig folgerichtiges Gefüge. Mit einem Blick erkannte er wieder den allem zugrunde liegenden Plan und entschied, er müsse, koste es, was es wolle, allein oder mit dem Mädchen in der Burg sein, bevor die Nacht vergangen war. Das gebot ihm die Liebe und, fügen wir ruhig hinzu, auch der Vorteil, der seiner Liebe daraus erwuchs. Clara flehte zum Herrn und zur Mutter Gottes, Lucilio rief alle Geister des eigenen Verstandes und Mutes zu Hilfe, und so wanderten sie Arm in Arm schweigend nach der Mühle. Sie traten ein, doch sie fanden keinen Menschen, obwohl das Feuer noch in der Asche knisterte. Die Polenta in der Mulde ließ erkennen, daß die Familie nicht zu Abend gegessen hatte; die Männer hatten sich wahrscheinlich im Dorfe bei den vielen Menschen vertrödelt. Mit den Müllersleuten war die Komteß am meisten vertraut und suchte nicht ungern bei ihnen Zuflucht.

»Höre, mein Lieb«, sagte Lucilio leise und schürte das Feuer, damit Clara die vom Nebel der Wiesen feuchten Kleider trocknen könne, »ich rufe jetzt eine der Frauen und lasse dich in ihrer Obhut, und dann suche ich auf jede Weise in die Burg zu gelangen, überbringe Nachricht von dir und sehe, wie es drinnen steht.«

Zum erstenmal vernahm Clara in einem Raum, im hellen Schein des Feuers, die Sprache der Liebe. Sie errötete in unschuldiger Freude über den Wechsel von stummer Einmütigkeit zu leisem Geständnis, und zwischen beiden empfand sie kaum mehr einen Unterschied.

»Du solltest dich niederlegen und ruhen, und ich gebe inzwischen dem Unterhauptmann in Portogruaro Bescheid, damit man diesen Spitzbuben rasch das Handwerk legt. Umsonst sind die Kerle nicht gekommen, ich glaube, ich sehe schon, was hinter diesem Eifer mit der Schmuggelei steckt. Du, meine Clara, sei getrost und schlafe ungefährdet. Wenn bis morgen früh niemand von der Burg gekommen ist, dich zu holen, komme ich selbst; und wer weiß, vielleicht treffe ich schon in der Nacht ein, wenn Eile geboten ist.«

»Um Himmels willen, begib dich nicht leichtsinnig in Gefahr!«

»Du weißt, wie ich bin. Ich muß mich regen und etwas versuchen, selbst für wildfremde Leute. Und gar erst, wenn deine Familie darein verwickelt ist und unsere arme Alte!«

»Die Ärmste!« rief Clara. »Ja, geh und tröste sie, und komm rasch zurück, um mich zu holen, ich warte hier mit bangem Herzen.«

»Du sollst dich niederlegen. Ich rufe eine der Frauen.«

»Nein, laß sie schlafen, ich tue doch kein Auge zu. Ich schäme mich, daß ich hierbleiben soll, statt mich mit dir hinauszuwagen.«

»Wozu? Ich bitte dich, geh nicht aus dem Hause. Riegle dich vielmehr fest ein, denn es ist ein großer Unverstand, daß sie hier bis Mitternacht die Türen sperrangelweit offen lassen. Marianna, Marianna!« Mit diesem Rufe näherte sich Lucilio der Treppe.

Nach kurzer Zeit gab eine Stimme von oben Antwort, dann stapften Holzpantoffeln über den Flur, und schon klapperte Marianna in die Küche, noch halb verschlafen, mit bloßen Schultern und Armen.

»Du lieber Gott«, rief sie erschrocken und raffte das Hemd

über der Brust zusammen. »Ich denke, es ist mein Mann. Sie, Herr Doktor? Und die Komteß? Teufel auch, was ist geschehen? Wie kommen Sie hier herein?«

»Donnerwetter, zur Tür, sie steht ja vier Armbreit offen. Aber jetzt ist keine Zeit zum Schwatzen. Hört, Marianna: Die Komteß kann nicht in die Burg, denn rundherum ist Aufruhr ...«

»Was, Aufruhr? Und unsere Männer? Dic Gauner! Haben nicht einmal gegessen! Aber fortlaufen und alle Türen offenlassen ...«

»Hört jetzt zu, was ich sage. Ich suche die Männer und schicke sie Euch nach Hause. Aber Ihr gebt inzwischen acht, daß es der Komteß ja an nichts fehle.«

»Das arme gnädige Fräulein! Muß auch ihr so etwas begegnen! Entschuldigen Sie, daß Sie mich so sehen, aber ich glaubte wirklich, es wäre mein Mann. Der Gauner! Ohne Essen weglaufen und die Tür offenlassen! Das soll er mir büßen! Also, Komteß, befehlen Sie über mich. Es tut mir nur leid, daß Sie mit meiner Gesellschaft fürlieb nehmen müssen.«

»Gebt gut acht, Marianna!« mahnte Lucilio noch einmal.

»Aber gewiß, darum machen Sie sich keine Sorge. Ich schäme mich nur, daß ich so im Hemd heruntergelaufen bin. Doch Sie, Herr Doktor, sind an so etwas ja gewöhnt, und die Komteß ist so lieb ...«

Marianna zeigte, während sie sich am Feuer zu schaffen machte, schneeweiße Schultern, die von der Bräune von Gesicht und Armen wunderschön abstachen. Vielleicht zeigte sie sie ganz gern und gefiel sich darum in Entschuldigungen.

»Lebe wohl. Behalte mich lieb«, flüsterte Lucilio dem Mädchen ins Ohr. Sie antwortete mit einem Blick voll Liebe und Hoffnung. Lucilio öffnete die Tür und schritt hinaus. Clara schaute ihm von der Schwelle nach, bis seine Gestalt im Nebel der Wiesen entschwunden war, dann kehrte sie in die Küche zurück, doch nicht ans Feuer, denn dort war es ihr zu heiß, und ihre Kleider waren schon lange trocken. Der Kopf glühte ihr, die Pulse flogen, und Lippen und Kehle brannten wie im Fieber. Marianna forderte, daß sie einen Bissen äße; aber Clara wollte durchaus nicht und begnügte sich mit einem Becher Wasser. Dann legte sie den Arm über die Stuhllehne und ließ den Kopf darauf sinken, als wolle sie schlafen; da suchte Marianna sie zu überreden, sie solle oben auf ihrem Bett ruhen, sie würde ihr auch blütenreine Linnen auflegen. Doch als die schöne Müllerin sah, daß alles Zureden nichts fruchtete, schwieg sie, verriegelte die Tür und setzte sich auf einen Schemel.

Nun bat wieder Clara, sie solle sich niederlegen; denn so schwere Gedanken und Sorgen sie für sich haben mochte, hätte sie sich doch nie eine Achtlosigkeit andern gegenüber zuschulden kommen lassen.

»O nein, gnädiges Fräulein, ich muß hier sitzen bleiben, damit ich unsern Männern schnell aufmachen kann. Sonst würde ich Schelte kriegen, statt selbst zu schelten.«

So lehnte Clara die Stirn wieder auf den Arm und träumte mit offenen Augen, während Marianna eine Weile den Kopf hin und her baumeln ließ, bis er schließlich auf den Tisch niedersank. Bald atmete sie ruhig und gleichmäßig, wie eine kräftige Bäuerin in tiefem Schlafe zu atmen pflegt.

In der Zeit, als der Herr Lucilio mit aller Umsicht dem hinteren Burggraben zustrebte, bewegte ich, der Kundschafter Carlino, mich mit gleicher Behutsamkeit von diesem Graben weg. Um so wenig Verdacht wie möglich zu erregen, wollte ich von einer andern Seite her im Dorf auftauchen. Ich war kaum einen Büchsenschuß weit gegangen, da meinte ich im Dunkel die Gestalt eines Mannes zu erspähen, der vorsichtig zwischen den Rebstöcken näher kam. Ich verbarg mich hinter dem Getreide; klein wie ich war, schützten mich die reifeschwer schwankenden Ähren vor jedem neugierigen Blick. Zwischen Ähre und Ähre hindurchspähend verfolge ich die Gestalt von Rebstock zu Rebstock, und wen meine ich plötzlich in einem hellen Mondstrahl zu erkennen? Den Herrn

Lucilio. Ich schaue nochmals – da erscheint er wieder. Ich richte mich auf und schleiche hinter Halmen behutsam näher, immer bereit, mich notfalls wie ein Hase zu verkriechen. Ich schaue noch einmal: er ist es wirklich. Ein größeres Glück konnte mir in meiner Lage nicht begegnen.

Als er mir auf etwa zehn Schritte nahe war, wisperte ich mit einer Stimme, so leise, daß sich der Laut endlos lang zu dehnen schien:

»Herr Lucilio, Herr Lucilio!«

Er blieb stehen und horchte.

»Ich bin Carlino von Fratta, Carlino vom Bratspieß!«

Er zog etwas aus der Tasche, das sich später als eine Pistole herausstellte, kam näher und sah mir scharf ins Gesicht. Wahrscheinlich war ich so von dem Getreide überschattet, daß er mich nur mit Mühe erkennen konnte.

Ich wurde ungeduldig. »Ja doch, zum Teufel, ich bin es wirklich.«

»Pst, still«, flüsterte er mit einer ganz leisen Stimme. »Nahebei ist eine Wache, sie darf uns nicht belauschen.«

Er meinte den Posten, der allein geblieben war, nachdem sein Gefährte ihn und Clara ins Dorf begleitet hatte. Aber in der Einsamkeit liegt nicht immer ein Trost; als sich der Soldat länger als eine halbe Stunde tapfer gegen die Schläfrigkeit gewehrt hatte, war er schließlich von ihr überwältigt worden. Also hätten wir beide ungestört reden können.

»Sag mir ins Ohr: du kommst doch aus der Burg? Was gibt es drin für Neuigkeiten?«

»Neuigkeiten? Sie haben eine Heidenangst, und die Brücken haben sie in den Graben geworfen aus Furcht, die Häscher von Venchieredo könnten sie allesamt umbringen, und die Komteß Clara ist verlorengegangen, und vom Ave Maria bis jetzt haben sie schon zwei Rosenkränze gebetet. Aber jetzt haben sie mich herausgeschickt, damit ich spioniere und nach der Komteß forsche und dann zurückkomme und ihnen Nachricht bringe.«

»Und was willst du tun, mein Junge?«

»Was ich tun will? Ei, ich gehe in die Schenke, gebe vor, ich hätte mich verirrt, wie damals, Sie wissen doch noch, als ich das Fieber hatte; und dann höre ich auf die Gespräche der Soldaten, und dann frage ich ein paar Bauern nach der Komteß, und dann kehre ich dahin zurück, woher ich gekommen bin und setze auf einem Brett über den Graben.«

»Du bist ein Schlauberger. Das hätte ich gar nicht von dir geglaubt. Nun, tröste dich, das Glück erspart dir schöne Mühen. Ich bin in der Schenke gewesen, ich habe die Komteß Clara in der Mühle in Sicherheit gebracht, und wenn du mir zeigst, wie ich in die Burg komme, können wir ihnen gemeinsam die Antwort bringen.«

»Und ob ich es Ihnen zeige! Ein Pfiff, und Marchetto wirft uns das Brett herüber. Dann lassen Sie mich nur machen. Sie sollen über den Graben kommen, ohne naß zu werden, wenn Sie nur tun wie ich und auf dem Brett gut die Waage halten.«

»Also los.«

Lucilio nahm mich bei der Hand; wir streiften an ein paar dichten Hecken entlang, hinter denen man auch am Tage nicht gesehen werden kann, und wir waren im Nu am Graben. Ich pfiff, wie wir vereinbart hatten, Marchetto kam rasch gelaufen und warf mir das Brett in den Graben.

»So schnell zurück?« rief er mir von drüben zu, denn die Verwunderung ließ ihn im Augenblick jede Rücksicht vergessen.

»Pst, still!« Ich zeigte Lucilio, wie man es sich auf dem Brett bequem macht.

»Wer ist da?« Der Reiter staunte immer mehr, denn er begann nun im Dunkel zwei Gestalten statt einer zu erkennen.

»Pst! Freunde!« antwortete Lucilio und gab dem Brett, als sei er in der Sache ganz bewandert, einen Stoß, der uns wunderschön ans andere Ufer brachte.

»Ich bin es.« Damit sprang er an Land. »Und ich bringe gute Nachricht von der Komteß Clara.«

»Wirklich? Der Himmel sei gepriesen!« Marchetto gab ihm den Weg frei und half mir das Brett aus dem Wasser ziehen.

Als wir in die Küche kamen, war man mit dem Rosenkranz gerade fertig. Das Feuer war erloschen, man hätte es sonst in der Sommerglut auch kaum aushalten können; keiner dachte ans Essen, nur Hochwürden Orlando warf manchmal einen unruhigen Blick auf die Köchin. Martino hatte schweigsam und unerschütterlich begonnen, seinen Käse zu reiben; doch alle andern zogen Gesichter, die einem Leichenbegängnis Ehre gemacht hätten. Die Erscheinung von Lucilio war ein Sonnenstrahl inmitten eines Gewitterdunkels. Ein »Oh«, gemischt aus Staunen, Angst und Freude tönte ihm im Chor entgegen, und dann hielten alle inne und schauten ihn sprachlos an, als zweifelten sie, ob er es sei oder ein Gespenst. So mußte also er den Mund zuerst aufmachen, und die Worte von Moses, der vom Berge herabkam, sind mit keiner größeren Andacht gehört worden als die seinen. Auch Martino hatte aufgehört zu reiben, aber er verstand nichts von den nun folgenden Gesprächen, bis er sich meiner bemächtigte und sich einen Teil der Geschichte in Zeichen erzählen ließ.

Jetzt begann der Herr Lucilio seine Rede. »Vor allem habe ich gute Nachricht von der Komteß Clara. Sie war durch die Felder nach Fossalta zu gegangen, der Frau Gräfin entgegen, und wurde von den Söldnern, die auf allen Seiten Wache stehen, an der Rückkehr in die Burg gehindert. Ich selbst habe die Ehre gehabt, die Komteß heil über die Wiesen in die Mühle zu führen.«

Diese Söldner, die die Burg auf allen Seiten umzingelt hielten, verdarben sehr den guten Eindruck, den die Nachricht von Clara hervorbringen mußte. Am Höhepunkte der Erzählung lächelten aller Lippen, aber in den Augen saß der Schrecken schlimmer denn je.

»Mein Gott, sie belagern uns, als wären sie die Türken.« Die Gräfin rang verzweifelt die Hände.

»Trösten Sie sich, die Belagerung ist nicht so streng, wenn

ich bis zu Ihnen durchkommen konnte«, sagte Lucilio. »Allerdings gebührt alle Ehre Carlino, denn wäre ich ihm nicht begegnet, so hätte ich schwerlich so schnell auf dem Brett von Marchetto in die Burg gelangen können.«

Nun wandten sich die Blicke mit ziemlicher Achtung mir zu. Alle begriffen endlich, daß ich noch zu anderem gut war als zum Bratspießdrehen, und ich genoß den kleinen Triumph mit Würde.

»Bist du auch in der Schenke gewesen?« fragte mich der Verwalter.

Ich erwiderte bescheiden: »Der Herr Lucilio wird Euch alles erzählen. Er weiß mehr als ich, denn er hat, glaube ich, mit diesen Herren zu tun gehabt.«

»Wie! Und was sagen sie? Gedenken sie zu gehen?« fragte der Graf ängstlich.

»Sie gedenken zu bleiben. Für jetzt wenigstens besteht keine Hoffnung, daß sie das Feld räumen, und man wird beim Unterhauptmann in Portogruaro vorstellig werden müssen, um sie dazu zu bringen, daß sie abziehen.«

Wieder warf Hochwürden Orlando der Köchin einen Blick zu, der noch ausdrucksvoller war als der erste, und der Domherr von Sant'Andrea rückte sich mit einem leisen Gähnen den Kragen zurecht; in beiden geistlichen Herren begannen die Bedürfnisse des Magens stärker zu sprechen als die Bekümmernisse des Geistes. Ist das ein Zeichen von Mut, so waren sie in dieser Lage die mutigsten Herzen auf der Burg.

»Aber was sagen hierzu Sie, Herr Lucilio?« Der Graf fragte nicht mehr ganz so ängstlich. »Was ist Ihr Rat in dieser Not?«

»Rat weiß ich nur einen. Sind die Mauern gut befestigt? Sind Tore und Fenster verrammelt? Sind Musketen und Steinschleudern in den Schießscharten? Sind heute nacht genug Leute da, die Verteidigung zu überwachen?«

»Hauptmann, Hauptmann!« schrie die Gräfin, die sich über seine schlappe Haltung giftete. »Gebt dem Herrn Lucilio Antwort! Habt ihr alles so vorbereitet, daß wir uns sicher fühlen können?«

»Ja ... das heißt ... ich habe nur vier Mann, Marchetto und Germano inbegriffen; aber die Musketen und Steinschleudern sind bereit. Ich habe auch das Pulver verteilt ... Und dann, weil Kugeln fehlen, habe ich mein Jagdschrot zurechtgelegt.«

»Ausgezeichnet! Glaubt Ihr, diese Schurken sind Spatzen?« brüllte der Graf. »Wir sind übel dran, wenn wir uns mit Schrot verteidigen müssen.«

Lucilio goß Öl auf die Wogen. »Nun, für fünf oder sechs Stunden genügt schon der Schrot. Und wissen die Herren diese Mordbuben bis Tagesanbruch im Zaum zu halten, so können wohl die Truppen vom Unterhauptmann beizeiten zu Hilfe kommen.«

»Bis Tagesanbruch? Wie sollen wir uns verteidigen bis Tagesanbruch, wenn es diesen tollkühnen Kerlen einfällt, Sturm zu laufen?« tobte der Graf und raufte Fetzen aus seiner Perücke. »Töten wir den ersten, so steigt den andern das Blut zu Kopf, und wir sind alle verloren, ehe der Herr Unterhauptmann nur daran denkt, die Hausschuhe anzuziehen.«

»Sehen Sie nicht so schwarz, Herr Graf«, sagte Lucilio. »Glauben Sie mir: ist einer gezüchtigt, so nehmen die andern Vernunft an. Es ist immer gut, die Zähne zu zeigen, und da der Herr Hauptmann Sandracca scheinbar nicht recht bei Laune ist, so will ich die Sache auf mich nehmen. Ich erkläre Ihnen feierlich, daß ich allein Manns genug bin, die Burg zu verteidigen und zugleich all diese Eisenfresser da draußen in Verwirrung zu bringen.«

»Bravo, Herr Lucilio! Sie sollen uns retten. Wir sind in Ihren Händen!« rief die Gräfin.

Wirklich sprach der junge Mann mit einer solchen Sicherheit, daß alle ein wenig aufatmeten; es kam wieder Leben in die schreckbetäubten Menschen, und die Köchin ging an den Anrichtetisch, worüber Hochwürden sehr getröstet war. Lucilio ließ sich kurz den Gang des Ganzen erzählen und urteilte nun mit mehr Grund, daß es sich um eine Gaunerei des Burgherrn von Venchieredo handle, der mit einem Handstreich auf die Kanzlei erzwingen wollte, daß das Verfahren abgebrochen werde; und als erste Tat seiner Amtsgewalt ließ Lucilio die diesbezüglichen Papiere und Urkunden in ein inneres Zimmer bringen. Dann überprüfte er mit Eifer die Gräben, Tore und Fenster, wies Marchetto mit Germano an ihren Platz hinter dem Fallgatter und den Verwalter auf Ausguck beim Marstall; zwei andere, die den Kern der Garnison darstellten, schickte er an die Schießscharten über der großen Brücke, verteilte die Munition und befahl, wer den Durchgang durch den Graben als erster wage, solle unweigerlich niedergemacht werden. Während Lucilio solche Vorsorge traf, blieb ihm der Hauptmann Sandracca dicht auf den Fersen, aber er dachte nicht daran, zu maulen; vielmehr brachten nur die Winke und aufmunternden Rippenstöße seiner Frau zuwege, daß er sich nicht mit Bauchweh entschuldigte und in den Kornboden kroch.

»Was meinen Sie, Hauptmann?« fragte Lucilio einigermaßen spöttisch. »Hätten Sie dasselbe angeordnet wie ich?«

»Gewiß ... ich hatte es ja schon angeordnet ... aber mein Magen ...«

»Der Ärmste!« unterbrach ihn Frau Veronica. »Es ist sein Verdienst, wenn die Schurken nicht schon in der Burg sind. Aber er ist nicht mehr der Jüngste, bei allem guten Willen.« Und der Hauptmann murmelte:

»Ich brauche Ruhe.«

»Gewiß, ruhen Sie ganz nach Belieben«, sagte Lucilio. »Sie haben genug Eifer bewiesen. Jetzt können Sie mit gutem Gewissen unter die Decke kriechen.«

Das ließ sich der alte Soldat von Candia nicht zweimal sagen; beflügelten Schrittes flog er die Treppe hinauf, und so heftig ihn seine Frau am Rocke zog und schrie, er solle sich in acht nehmen und nicht so eilen, war er mit vier Sprüngen in seinem Zimmer, das gut verriegelt und verrammelt wurde. Seiner Frau, die ihm mit leiser Stimme Vorwürfe über seine Furchtsamkeit machte, gab er zur Antwort, es sei nicht seine Aufgabe, Dieben Trotz zu bieten; ein wirklicher Krieg hätte ihn auf seinem Posten gefunden.

»Diese Jünglinge!« rief der treffliche Mann und streckte die Beine. »Da spielen sie die Helden und sind doch nur so töricht, eine Kugel herauszufordern, wenn sie hinter den Mauerzinnen hervorlugen. Lieber Himmel, zum Heldentum braucht es mehr ... Veronica, daß du nicht aus dem Zimmer gehst, hörst du? ... Ich will dich verteidigen wie meinen größten Schatz.«

Inzwischen hatten unten die beiden geistlichen Herren bei einem gehörigen Abendessen, das rasch aus Eiern und Schweinekarbonaden bereitet worden war, ihren Kummer vergessen, und nachdem so alle Furcht aus ihrer Seele gewichen war, begannen sie ein Gespräch über Zahl und Beschaffenheit der Belagerer. Nach dem Gebrüll und Gegröle auf dem Platz zu schließen, waren sie sicher sternhagelvoll, also war von ihnen weder Vernunft noch Nachsicht zu erwarten. Die andern machten große Augen und größere noch, als eine der Schildwachen kam und berichtete, er habe Lärm gehört und in der Nähe der Burg einige Bewegung beobachtet. Lucilio hatte der alten Gräfin einen Besuch gemacht und die Abwesenheit von Clara auch seinerseits mit einer Ausrede entschuldigt; nun kam er zurück und sprach diesen armen Teufeln Mut zu. Danach schrieb er einen langen, eiligen Brief an den Unterhauptmann in Portogruaro, den er vom Grafen unterschreiben ließ, und erbat sich von der Gesellschaft Urlaub, da er das Schreiben selbst fortbesorgen wolle. Barmherziger Gott, hätte er das nie gesagt! Die Gräfin warf sich beinahe vor ihm auf die Knie; der Graf packte ihn so heftig, daß er ihm fast einen Rockschoß abriß; die Domherren, die Köchin, die Küchenmägde, die Diener umringten ihn von allen Seiten, als wollten sie ihn am Weggehen hindern. Und alle mühten sich, mit Blicken, Gebärden, Ausrufen oder Worten ihm begreiflich zu machen, daß er sie, wenn er gehe, der letzten Hoffnung auf Rettung beraube. Lucilio dachte an Clara und entschloß sich, zu bleiben.

Doch brauchte man jemanden für den Brief, und wieder fiel die Wahl auf mich. Ich hatte das allgemeine Durcheinander genutzt und diese Zeit heimlich bei Pisana zugebracht, die mich mit Vorwürfen überschüttete ob meines Kriegsdienstes, um den ich sie betrogen habe. Aber als man nach mir rief, war ich so schlau oder glücklich, mich auf der Treppe finden zu lassen. Man füllte mir den Kopf mit Lehren und Ermahnungen, man nähte mir den Brief in die Jacke, man schickte mich auf dem üblichen Brett über den Graben, und so war ich zum zweitenmal mit einer diplomatischen Mission betraut. Es schlug gerade elf Uhr, und der Mond schien mir recht dreist ins Gesicht, beides Dinge, die mir ein wenig unbehaglich waren, das eine wegen der Hexen und Zaubereien, von denen mir Marchetto erzählt hatte, das andere, weil ich leicht beobachtet werden konnte. Doch gelangte ich allem zum Trotz heil und ganz auf die Wiesen. Erst zitterte ich etwas, aber allmählich wurde ich sicher, und als ich, wie ich sollte, in die Mühle trat, setzte ich ein wichtiges Gesicht auf, das meiner Mission alle Ehre machte. Ich beruhigte Komteß Clara und antwortete höflich auf ihre vielen Fragen; dann sagte ich Marianna, sie solle ihren ältesten Sohn wecken, benutzte ihre Abwesenheit, das Jackenfutter aufzureißen, und steckte den Brief, als wäre gar nichts Besonderes daran, in die Tasche. Sandro, zwei Jahre älter als ich, war ein Junge von ungewöhnlichem Scharfsinn und Mut; darum hatte mir der Verwalter empfohlen, mich wegen des Ganges nach Portogruaro an ihn zu wenden. Er nahm den Brief ganz unbedenklich entgegen, steckte ihn in den Hemdausschnitt, warf die Jacke über die Schulter und ging pfeifend hinaus, als wolle er die Rinder tränken. Sein Weg führte ihn in weitem Bogen von Fratta fort, und die Gefahr, daß man ihn faßte und aufhielt, war gering. Deshalb fürchtete ich nicht für ihn, war glücklich, daß alle mir anvertrauten Aufträge zu einem guten Ende kommen würden, und schon klang mir das Lob, das ich in der Küche von Fratta ernten würde, in den Ohren. Nun hatte mir zwar der Herr Lucilio aufgetragen, ich solle der Komteß bis zur Rückkehr des Boten Gesellschaft leisten; aber mir brannte der Boden unter den Füßen. Dank dem vielen Hin und Her, den rätselhaften Vorgängen, den Gefahren fuhr meine kindliche Einbildungskraft mit vollen Segeln, und ich fühlte mich nicht mehr wohl, wenn ich die Finger nicht in irgendeinem großen Unternehmen hatte. Also setzte ich mir in den Kopf, ich wollte in die Burg zurück und über den Teil der Aufgabe, der schon abgeschlossen war, Rechenschaft ablegen; ich konnte ja meinen Ausflug wiederholen und die Antwort des Unterhauptmanns dann mitbringen. Kaum hatte Clara meine Absicht gehört, so fragte sie rasch entschlossen, ob ich Mut habe, sie mit über den Graben zu nehmen. Mein kleines Herz pochte vor Stolz, ich hob tatendurstig den Arm und verschwur mich mit flammendem Antlitz, ich würde eher selbst ertrinken als dulden, daß ihr das Wasser nur den Rocksaum benetze. Marianna suchte der jungen Herrin den Plan mit vielen klugen Gründen auszureden; aber die Sache war beschlossen, und ich war es zufrieden, denn ich konnte die Zeit nicht mehr erwarten, mit der Komteß herauszukommen.

Gesagt, getan. Wir überließen die Müllerin ihrer Klugheit, querten die Wiesen und standen in Kürze glücklich am Graben. Der übliche Pfiff, das übliche Brett, und die Schiffahrt ging wie sonst, und wie es sich gehörte, vonstatten. Die Komteß jubelte über das Abenteuer und lachte wie ein Kind, als sie auf dieses Fahrzeug niederkniete. Natürlich nahm die Freude und Verwunderung der ganzen Familie nicht so rasch ein Ende; doch die erste Frage von Clara galt der alten Gräfin. Lucilio antwortete, sie sei dank der Ausrede, die sie gebraucht hätten, sanft eingeschlummert, und es sei besser, sie nicht zu wecken. Nun setzte sich das junge Mädchen mit den andern ins Eßzimmer; aber während diese nur nach dem Lärm horchten, der durch die Fensterritzen vom Dorfe hereindrang, hielten Claras Augen mit Lucilio stumme Zwiesprache und dankten ihm für die Mühe, der er sich für sie alle unterzogen hatte. Wirklich war das Lob des Herrn Lucilio in aller Munde; denn daß die sorgenvollen Gemüter vom ersten Jammer frei und ein wenig sicherer und hoffnungsvoller geworden waren, schrieb man ihm allein zu. Nun kam ich an die Reihe. Mich befragte man über den Brief und wer ihn besorgt habe, und alle freuten sich, daß ich in ein paar Stunden wieder in die Mühle wollte, um die Antwort von Portogruaro zu holen. Jeder fand eine Schmeichelei, man trug mich auf Händen, Hochwürden verzieh mir meine Unsicherheit im Confiteor, und der Verwalter fühlte Reue, daß er mich geringer eingeschätzt hatte als den Bratenwender. Der Graf machte mir freundliche Augen, und die Gräfin hörte gar nicht auf, mir zärtlich über den Nacken zu fahren – eine späte und verdiente Gerechtigkeit.

Während sich die Gesellschaft die erdenklichste Mühe gab, mir den Hof zu machen, wuchs plötzlich der Lärm draußen, und der Reiter Marchetto stürzte, das Gewehr in der Hand, mit weit aufgerissenen Augen ins Zimmer. Alles sprang auf, schrie, fragte, Sessel und Leuchter fielen um. Was war geschehen? Vier Männer waren durch einen trockenen Kanal in die Burg eingedrungen und plötzlich hinter dem Turme aufgetaucht; sie hatten sich auf ihn und Germano geworfen; dieser war mit zwei Messerstichen in der Seite recht übel dran, und er selbst hatte sich so eben zur Zeit hinter die Tür flüchten und einriegeln können. Bei dieser Nachricht wuchs das Geschrei und Getümmel ins Ungemessene. Keiner wußte, was tun; sie waren wie Wachteln, die, wirr durcheinander in einen dunklen Korb gesperrt, ohne Sinn und Verstand hie und da mit den Köpfen herausdrängeln. Lucilio schrie sich die Lunge aus dem Hals, um Ruhe zu schaffen, aber er predigte tauben Ohren. Nur Clara hörte ihn und suchte zu helfen, indem sie ihre Mutter bat, sie solle ruhig sein und auf den Himmel hoffen.

»Auf den Himmel! Jetzt ist es wirklich Zeit für den Himmel!« rief die Gräfin. »Ruft uns den Beichtiger! Hochwürden, beten Sie für unsere Seelen!«

Der Domherr von Sant'Andrea, an den diese Worte gerichtet waren, hatte nicht einmal mehr Luft für die eigene Seele! Da fielen Schüsse, und zugleich hörte man drohendes Geschrei von Leuten, die offenbar um den Turm kämpften. Nun kannte die Verwirrung keine Grenzen. Von der einen Seite stürzten die Frauen aus der Küche, von der andern die Kammermädchen, Pisana und die Diener herein; der Hauptmann erschien, mehr tot als lebendig, auf seine Frau gelehnt, und rief, alles sei verloren. Draußen schrieen die Familien von Fulgenzio und vom Verwalter und forderten Zuflucht im Herrschaftshause, weil es mehr Sicherheit biete. Im Eßzimmer gab es elende, verzweifelte Gesichter, törichte Gebete und Kreuzeschlagen, Weibertränen, Männerflüche, Teufelbeschwörungen der geistlichen Herren. Dem Grafen war sein Schatten abhanden gekommen, der sich, um selber Schatten zu finden, lieber unter die Tischdecke verkrochen hatte. Die Gräfin zappelte wie ein Aal, und Clara suchte sie zu trösten, so gut sie vermochte. Was mich betrifft, so hatte ich Pisana in den Arm genommen und war eisern dazu entschlossen, eher mich vierteilen zu lassen, als daß ich sie einem andern übergäbe; nur Lucilio behielt den Kopf oben. Er fragte Marchetto und die Diener, ob alle Türen verriegelt seien; dann wollte er wissen, ob der Reiter, bevor er vom Turm entwischt war, die beiden Wachen gesehen habe. Der Reiter hatte sie nicht gesehen; aber in jedem Fall konnten zwei Männer allein nicht einen solchen Lärm vollführen, wie man von draußen hörte, und Lucilio schloß sogleich auf einen neuen Zwischenfall. Sollte der Bittbrief an den Unterhauptmann schon seine Wirkung getan haben? – Das war kaum möglich, zumal übermäßige Eile nicht der Fehler der Soldaten von dazumal war. Doch sicher war irgendeine Hilfe herangekommen, falls die Belagerer nicht so arg betrunken waren, daß sie sich untereinander mit Büchsenschüssen bedachten.

Da, mitten in die Wehklagen der Frauen von Fulgenzio und dem Verwalter, trommelte es an die Fenster, und Männerstimmen schrien, man solle aufmachen, und man könne ruhig sein, alles sei zu Ende. Der Graf und die Gräfin beruhigten sich durchaus nicht, sie meinten, es sei eine List, um verräterisch ins Haus zu gelangen. Alle scharten sich ängstlich um Lucilio und erwarteten Rat und Hilfe allein von ihm; Komteß Clara hatte sich an die Tür gestellt, die zur Treppe führte, und war willens, zu der alten Gräfin zu eilen, sowie die Gefahr naherückte. Ihre tapferen Augen begegneten denen des jungen Mannes; er mochte für die andern sorgen, sie fühlte sich stark und jedem Ereignis gewachsen. Ich hielt Pisana fester als je im Arm, doch sie wurde von meinem Mute zum Wettstreit gereizt, riß sich heftig los und schrie, sie würde sich schon selbst verteidigen. Der Stolz vermochte so viel über sie, daß sie sich einbildete, sie könne allein gegen ein Heer standhalten. Inzwischen hatte sich der Herr Lucilio einem Fenster genähert und gefragt, wer draußen an die Scheiben trommle.

»Freunde, Freunde aus San Mauro und Lugugnana!« riefen viele Stimmen.

»Macht auf, ich bin es, der Partistagno. Die Räuber sind ausgehoben!«

Diese wohlbekannte Stimme ließ alle aufatmen. Noch einmal zogen Furcht und Hoffnung der letzten Stunden blitzschnell an den Gemütern vorüber, dann erhob sich ein so toller Lärm, daß Fenster und Wände erzitterten. Wären alle auf einmal verrückt geworden, es hätte keine seltsameren Ausbrüche geben können. An den Herrn Grafen werde ich immer denken: bei dem glückverheißenden Klang der Freundesstimme führte er die Hände an die Schläfen, lüpfte die Perücke und hob sie hoch empor, als weihe er sie zum Dank für die empfangene Gnade dem Himmel. Ich platzte schier vor Lachen, und es war nur gut, daß die Größe dieses Augenblicks die Aufmerksamkeit von meiner Person ablenkte.

Endlich wurden Türen und Fenster aufgerissen, man entzündete Laternen, Ölleuchten, Lampen und Kerzen, und im Glanz dieser Festbeleuchtung, unter dem Klang von Triumphgesängen und Tedeum hielt der Partistagno mit dem Befreierheer seinen Einzug in die Burg. Umarmungen, Tränen, Danksagungen und Staunen nahmen kein Ende; die Gräfin fiel dem jungen Sieger ohne weiteres um den Hals; der Graf, Hochwürden Orlando und der Domherr von Sant'Andrea taten beinahe desgleichen; Clara dankte ihm in überströmender Freude, daß er ihre Familie davor bewahrt hatte, wer weiß wie viele Stunden in Ungewißheit und Schrecken, ja wohl gar in einem unvorstellbaren Unglück zu verbringen. Nur Lucilio beteiligte sich nicht an dem allgemeinen Jubel; ihm gefiel diese Befreiung keineswegs; von jeder andern Seite hätte er sie lieber kommen sehen als von dieser. Doch war er zu gerecht und klug, um ein so törichtes Gefühl von Neid nicht zu verhüllen, ja, er befragte den Partistagno als erster, wie und durch welchen glücklichen Zufall er die gute Tat habe vollbringen können. Nun erzählte dieser, er habe am Abend wie üblich seinen Besuch auf der Burg machen wollen, aber es sei ein wenig später geworden als sonst, weil ihn Dammarbeiten in San Mauro festgehalten hätten. Die Häscher von Venchieredo hatten ihm den Zutritt verweigert, er hatte gegen diese Anmaßung heftig gewettert, aber nichts ausgerichtet, vielmehr erkennen müssen, daß hinter all dem Geschrei über Schmuggler bestimmt irgendeine Teufelei steckte. So hatte er sich vorgenommen, jetzt das Feld zu räumen, jedoch danach mit ganz andern Mitteln, als Worte sind, Sturm zu laufen.

»Ich bin ja kein Gewaltherrscher von Beruf«, fügte der Partistagno hinzu, »doch wenn es notwendig wird, kann ich schon auch einiges tun und weiß mich zur Geltung zu bringen.« Und dabei ließ er am ausgestreckten Arm die Muskeln spielen und zeigte die Zähne, die spitz und scharf waren wie die eines Löwen.

Wirklich war er nach San Mauro zurückgaloppiert, hatte einige seiner Getreuen und die wenigen Landsoldaten von Lugugnana, die nicht am Damm arbeiteten, um sich geschart und wieder den Weg nach Fratta eingeschlagen. Dort war er gerade in dem Augenblick erschienen, als die vier Söldner den Turm überfielen. Die betrunkenen Soldaten, die auf dem Platz und in der Schenke lärmten, waren leicht auseinandergetrieben, und dann durchwatete er mit etlichen seiner Leute den Graben. Mit einiger Mühe gewannen sie das andere Ufer, ohne daß die Söldner, die den Turm besetzt hatten, sie zurückwarfen; denn diese wandten alle Aufmerksamkeit darauf, die Schlösser und Angeln der Tür, die ins Archiv führte, zu zertrümmern. Mehr aus Übermut als aus Notwendigkeit feuerten sie ein paar Schüsse ab, nahmen die vier Halunken fest und sperrten sie in eben den Turm, durch den sie sich hineingeschlichen hatten. Unter den vieren befand sich der Anführer Gaëtano. Den Burgpförtner hatten die Leute des Partistagno schon tot vorgefunden. Als das der Reiter Marchetto hörte, rief er:

»Der arme Germano!«

»Und die Gefahr ist wirklich vorüber? Alle sind abgezogen? Sie werden sich nicht rächen?« fragte der Herr Graf, dem es unwahrscheinlich vorkam, daß sich eine solche Gewitterwolke ohne Blitz und Donner einfach in Luft auflöste.

»Die Anführer sind gut geknebelt und folgsam wie artige Kinder, bis sie der Henker holt. Und die andern – ich wette, sie wissen nicht mehr, wie die Luft von Fratta schmeckt, und sind durchaus nicht darauf erpicht, daß sie ihnen noch einmal um die Nase weht.«

»Gott sei Lob und Dank!« rief die Gräfin. »Baron Partistagno, verfügen Sie über uns und alles, was uns gehört. Sie haben uns einen Dienst erwiesen, so groß, daß wir Ihnen dafür immer erkenntlich sein werden.«

»Sie sind der größte Kriegsheld unserer Zeit!« schrie der Hauptmann und trocknete sich den Angstschweiß von der Stirn.

Der Partistagno gab zurück: »Aber auch Sie scheinen an gute Verteidigung gedacht zu haben. Fenster und Türen waren verrammelt, daß keine Ameise durchgekommen wäre.«

Der Hauptmann wußte nichts zu erwidern, er schob die

eine Hüfte an den Tisch, damit man nicht sehe, daß er keinen Degen trug; und mit der Hand wies er auf Lucilio als den, dem für solche Umsicht Lob gebühre.

»Ah, es war der Herr Lucilio?« rief der Partistagno mit einem leichten Anklang von Spott. »Ich muß bekennen, man konnte nicht wohl mit größerer Klugheit handeln.«

Die Lobrede auf die Klugheit im Munde dessen, der mit der Kühnheit gesiegt hatte, klang zu unverkennbar nach Hohn, als daß Lucilio ihn hätte überhören können, und er mußte sich zu einer bescheidenen Verbeugung als Antwort auf die doppelsinnigen Worte sehr überwinden. Der Partistagno, der meinte, er habe seinen kleinen, unglücklichen Gegner in Grund und Boden gedemütigt, wandte sich nach Clara um, weil er seinen neuen Triumph auf ihrem Antlitz lesen wollte. Aber zu seiner Verwunderung fand er das Mädchen nicht, denn sie war nach oben geeilt, um zu horchen, wie die Großmutter die Schießerei überstanden habe. Doch die gute Alte lag in sanftem Schlummer; eine beginnende Schwerhörigkeit hatte ihr alle Schrecken erspart. Clara kehrte recht froh ins Eßzimmer zurück, und endlich konnte der Partistagno sie mit großem Wohlgefallen betrachten, wobei er einen Blick reiner Gewogenheit empfing, der ihn in seinem Mitleid für den armen kleinen Doktor von Fratta lebhaft bestärkte. Inzwischen regnete es von allen Seiten alle nur erdenklichen Fragen über die Zahl der Feinde und über die Art, wie wohl die Helfer den Graben durchwatet hätten; und, wie es nach einem glücklichen Ausgang immer geschieht, jeder malte sich die Gefahr recht groß und schmeckte die Aufregungen noch einmal.

Der erste, dem es in den Sinn kam, daß die Gäste einiger Erfrischung bedürfen könnten, war Hochwürden Orlando; ich neige immer mehr zu dem Glauben, er wurde weniger aus Erkenntlichkeit als durch den Magen eines solchen Bedürfnisses inne. Es heißt zwar, Freude sei der beste Magensaft; aber Hochwürden hatte das Mahl auch in der Furcht verdaut, und die Freude regte seine Eßlust nur ungeheuer an. Zwei Eier und ein halber Schweinebraten – nein, um die Eßlust eines geistlichen Herrn herabzumindern, braucht es anderer Schrecken. Sogleich machten sich alle an die Arbeit; die Ferkel von Fulgenzio mußten über die Klinge springen. Die Furcht vor einer langen Belagerung war verflogen, die Köchin schaffte für drei, den Küchenmädchen und Dienern wuchsen jedem vier Arme, sogar das Feuer schickte sich an, alles in einer Minute zu kochen. Martino rieb mit drei Strichen ein halbes Pfund Käse und vergoß dabei Tränen über den Tod von Germano, den ihm der Reiter eben jetzt mitgeteilt hatte. Ich und Pisana, zufrieden und glücklich, daß wir in der lauten Lust vergessen wurden, vollführten einen Heidenlärm und feierten ein Fest ohnegleichen, und von uns aus hätte die Burg alle vier Wochen überfallen werden können. Nur der Gedanke an den armen Germano verdüsterte oft meine Freude, denn zum ersten Male, seit ich vernünftig war, kam der Tod in meine Nähe. Pisana erheiterte mich mit ihrem süßen Geplauder und machte mir Vorwürfe über meine Unaufmerksamkeit. Ich fragte nur: »Und Germano?« Die Kleine schmollte; doch rasch kam sie wieder, schwatzte, wollte Rechenschaft über meine nächtlichen Feldzüge, behauptete, sie hätte es besser gemacht, und freute sich mit mir, daß die Köchin statt meiner den wirklichen Bratenwender anzustellen geruhte. Diese Gespräche lenkten mich von meinem Kummer ab, und die kleine Hoffart, stolz darauf, so viel zu vermögen, rückte mir meine Person und Wichtigkeit so lange vor Augen, bis ich für den Toten nicht mehr allzu viele Gedanken hatte.

Es wurde weit nach Mitternacht, bis das Mahl fertig war. Heute gab es keine Tischordnung nach Ebenbürtigkeit, jeder aß und trank ganz nach Belieben in der Küche, im Speisezimmer, im Saal oder im Anrichteraum. Man lud die Familien vom Verwalter und von Fulgenzio zum Festgelage, und dem Tode von Germano und dem Verschwinden des Meßners und des Kaplans wurde nur eben zwischen zwei Bissen ein Seufzer gewidmet. Doch – tot ist tot, und der Lebende hat Recht. Aber zum Staunen aller erschienen auf einmal, mit entstellten, bleichen Gesichtern, das Pfäfflein und Fulgenzio, wurden mit stürmischen Rufen empfangen und mußten ihre Geschichte erzählen. Diese war einfach genug. Ein jeder von ihnen war ohne Wissen des andern, sowie die Feinde nahten, nach Portogruaro gelaufen, Hilfe zu holen, und hier waren sie also mit ihrer Hilfe, die zu spät kam.

»Was? Da draußen sind die Herren Soldaten?« rief der Herr Graf. »Herein mit ihnen, herein!«

Die Herren Soldaten waren sechs an der Zahl, den Korporal inbegriffen, doch was den Magen anlangt, so waren sie gleich einem Regiment. Sie kamen gerade recht, um die letzten Überbleibsel der gebratenen Ferkel von den Platten zu räumen und die Freude, die schon in Müdigkeit umschlagen wollte, wieder anzufachen. Doch einmal waren auch sie gesättigt, und nachdem der Domherr von Sant'Andrea ein Oremus als Danksagung an den Herrn, der die Gefahr abgewendet, gesprochen hatte, begab man sich wirklich zur Ruhe. Hier und da und überall, jeder fand schließlich ein Lager, Leute von Ansehen im Gästehaus, die andern in der Herberge für die Bettelmönche, in den Schuppen oder im Heu. Am nächsten Tag erhielt auf Befehl des Herrn Grafen jeder Krieger ein schönes Geldgeschenk, und dann kehrten sie heim, nachdem sie drei Messen gehört hatten, bei deren keiner man mich mit dem Aufsagen des Confiteor langweilte. So kamen wir nach dem wilden Sturme wieder in das gewohnte Leben; auch hatte uns der Herr Graf nahegelegt, wir sollten den Triumph in Demut tragen, denn ihm lag wenig daran, sich neuen Feindseligkeiten auszusetzen.

In einer solchen Stimmung wurde natürlich das Verfahren, das auf den Enthüllungen von Germano fußte, nicht sonderlich vorangetrieben; ja man schien nicht einmal die vier Häscher, die der Partistagno als Kriegsgefangene zurückbehalten hatte, ernstlich strafen zu wollen. Der Venchieredo, den man vorsichtig über sie aushorchte, gab zur Antwort, er habe sie tatsächlich geheißen, ein paar Schmuggler aufzuspüren, die sich, wie man sagte, in die Nähe von Fratta geflüchtet hatten. Doch sollten sie dann seine Befehle in sträflicher Weise erheblich überschritten haben, so sei solches zu ahnden nicht seine Angelegenheit, sondern die der Kanzlei von Fratta. Nun, der Kanzleisekretär zeigte sich nicht sonderlich geneigt, der Sache auf den Grund zu gehen, und vermied es peinlich, die Gefangenen zu gefährlichen Bekenntnissen zu bringen. Das Beispiel von Germano sprach zu deutlich, und der kluge Richter begriff die Warnung. Also ließ er das Hauptverfahren einschlafen, und das andere Verhör wegen des Überfalls auf den Turm – nun, hier hatte er recht glücklich die völlige Trunkenheit der vier Angeklagten nachgewiesen. So wusch er seine Hände in Unschuld und hoffte, der Staub der Vergessenheit würde die unseligen Urkunden segenbringend bedecken.

So war etwa ein Monat vergangen, da baten eines Abends zwei Kapuzinermönche auf der Burg Fratta um gastliche Aufnahme. Fulgenzio, der alle Kapuzinerbärte der Provinz kannte, besann sich auf diese beiden durchaus nicht; doch da sie erklärten, sie kämen aus Illyrien, was ihr Dialekt bestätigte, wurden sie höflich aufgenommen. Und mochten sie vom Monde kommen, niemand hätte gewagt, zwei Kapuzinermönche abzuweisen mit der dürftigen Ausrede, daß man sie nicht kenne. Sie weigerten sich in frommer Demut, ins Eßzimmer zu treten, wo es an jenem Abend recht gesellig zuging, und erbauten lieber die Dienerschaft mit gewissen frommen Gleichnissen und Geschichten aus Dalmatien und der Türkei, wie sie die illyrischen Mönche zu erzählen pflegten. Dann baten sie bald um die Erlaubnis, sich niederzulegen, und Martino führte sie in die Brüderherberge, einen Raum, der von meiner Lagerstatt nur durch einen Bretterverschlag getrennt war. Ich beobachtete durch eine Ritze, wie sie hier eintraten. Bald danach lag alles auf der Burg in tiefem Schlummer, nur ich blieb wach, denn die beiden Kapuziner reizten meine Neugier. Sowie sie allein waren, sicherten sie die Tür mit zwei guten Spannen Sperrkette; dann zogen sie unter der Kutte Maurerwerkzeug hervor und – an Mönchen etwas ungewöhnlich – zwei kräftige Messer und zwei Pistolen. Der Schreck verschlug mir den Atem, aber die Wißbegier, was diese Anstalten zu bedeuten hätten, hielt mich an meiner Ritze fest. Nun begann der eine mit dem Meißel gegen die Mauer, die an den Turm stieß, loszugehen. Er brach Stein um Stein heraus, und so entstand allmählich ein schönes Loch.

»Die Mauer ist dick«, sagte der eine.

»Drei und ein viertel Armlängen«, antwortete der mit dem Meißel. »Es wird mehr als zwei Stunden dauern, bis wir durchschlupfen können.«

»Und wenn uns inzwischen einer entdeckt?«

»Um so schlimmer für ihn. Sechstausend Dukaten sind ein paar Messerstiche wert.«

»Und wenn der Pförtner aufwacht, wenn wir uns gerade aus dem Staub machen?«

»Was fällt dir ein? Dieser Bengel! Es ist doch der Junge vom Fulgenzio. Wir machen ihm Angst, und er gibt uns die Schlüssel, damit wir bequem herauskommen, sonst . . .« Mit einer drohenden Gebärde unterbrach der Mordbube seine Arbeit.

Armer Noni! Ich liebte ihn so wenig wie seinen Vater und seinen Bruder Menichetto, die alle gleich boshaft hinter Pisana und mir herspionierten, aber jetzt tat er mir doch leid. Und wenn die beiden gemerkt hätten, daß ich sie durch die Ritze beobachtete, würde die Drohung auch mir gelten. Nun, ich war die abenteuerlichen Feldzüge gewohnt und hoffte auch in dieser Nacht zu zeigen, daß ich zielbewußt handeln konnte. Ich öffnete ganz leise die Tür und tastete mich in die Kammer von Martino. Wachrufen durfte ich ihn nicht, so sperrte ich die Fenster auf, damit das klare Mondlicht hereinkäme, und rüttelte ihn, bis er hochfuhr mit einem Schrei, den ich mit meiner Hand rasch erstickte. Zum Glück erkannte er mich sofort; ich winkte ihm, zu schweigen, und zog ihn mit nach draußen, und erst unten auf dem Treppenabsatz sagte ich ihm, was die Mönche oben vorhätten. Der arme Martino machte große Augen.

»Wir müssen Marchetto wecken und den Herrn Grafen und den Kanzleisekretär«, stammelte er voll Schrecken.

Ich bestimmte vernünftig: »Marchetto ist genug. Die andern würden nur Unruhe stiften.«

Und auch der Reiter gab mir darin recht, daß wir in der Stille, ohne Lärm und Leute, handeln müßten. Das Loch, das die Kapuziner in die Mauer brachen, ging nach dem Kanzleiarchiv, einem dunklen Gemach im dritten Stock des Turmes, voll Papiere, Mäuse und Staub. Dort sollten zwei zuverlässige kräftige Männer die beiden Mönche, wenn sie einer nach dem andern aus dem Loch gekrochen kämen, packen und gehörig fesseln. Und so geschah es. Marchetto und sein Schwager, der Burggärtner, öffneten leise mit dem Schlüssel des Grafen, der immer in der Hose steckte, die im Vorzimmer liegenblieb, die Tür zum Archiv und warteten, einer rechts, der andere links von der Stelle, an der sie das dunkle Knirschen der Meißel hörten. Nach einer halben Stunde drang ein Lichtschimmer in den Raum, und die Männer standen auf dem Sprung. Auf alle Fälle hatten sie sich mit Beilen und Pistolen bewaffnet, doch hofften sie ohne Kampf fertig zu werden, denn die Herren Mönche fühlten sich völlig sicher.

»Ich komme mit dem Arm durch«, murmelte der eine.

»Noch zweimal angesetzt, und es ist geschafft«, sagte der andere.

Wirklich war das Loch rasch so weit gebrochen, daß ein Mensch sich mit einiger Mühe hindurchzwängen konnte, und jetzt steckte der Mönch den Kopf heraus, dann den einen Arm, dann den andern, glitt mit den Händen am Boden entlang und suchte die Beine nachzuziehen. Auf einmal griff ihm jemand freundschaftlich unter die Arme, zugleich packte eine kräftige Faust seinen Kopf, riß ihm die Kinnladen auseinander und stopfte ihm einen Knebel in den Mund, daß er kaum Luft kriegen, geschweige denn schreien konnte. Eine ordentliche Fessel ums Handgelenk, eine Pistole vor die Brust vollendeten das Werk, und der Herr Mönch wagte nicht, sich von der Mauer zu rühren, an die man ihn gestellt hatte. Sein Mitbruder zögerte einen Augenblick, weil der andere stumm blieb, doch meinte er, das geschehe aus Vorsicht, und steckte tapfer den Kopf ins Loch. Dieser zweite wurde nicht so zart behandelt wie der erste; Marchetto riß ihm beinahe den Kopf vom Rumpfe, hätten nicht ein paar abbröckelnde Steine seinem Eifer Einhalt geboten. Schnell war der Kerl überwältigt und gebunden, sie durchsuchten beiden die Taschen, nahmen ihnen die Waffen weg und schafften sie in zwei abgelegene, enge, feuchte, lichtlose Kammern, wo sie einsam wie wahre Mönche hausen konnten. Hier überließen sie sie ihren Betrachtungen und weckten die gräfliche Familie.

Auch dies war sicher ein Streich des Venchieredo. Daher beschloß man, alles möglichst geheimzuhalten, bis Fulgenzio den Unterhauptmann in Portogruaro unterrichtet hätte. Dieser Schritt war ein so voller Erfolg, daß der Gerichtsherr von Venchieredo noch auf die Rückkehr der beiden Mönche wartete, als schon eine Kompanie Soldaten die Burg umstellte, sich seiner bemächtigte und ihn nach allen Regeln der Kunst gefesselt nach Portogruaro schleppte. Sicher hatte Fulgenzio entscheidende Beweise beigebracht, um die Vorsicht des Unterhauptmanns zu einem so plötzlichen Entschluß zu bewegen. Gelb vor Galle dachte der Gefangene, zu spät, daran, daß er recht dumm in eine Falle gegangen und daß seine schönen Güter jenseits des Isonzo nun weit entfernt lagen. Der Kerker von Portogruaro war fest, und die schnelle Gefangennahme sprach zu deutlich, als daß er hoffen konnte, hier zu entrinnen. Die Bewohner von Fratta waren von einer schweren Last befreit. Nun redeten alle offen von der Willkürherrschaft des Venchieredo, und groß und klein rühmte sich dieses Handstreichs, als sei er ihr Verdienst. Als einige Tage danach der Befehl kam, man solle die vier, die des bewaffneten Einbruchs angeklagt waren, und außerdem die zwei angeblichen Kapuzinermönche samt den Prozeßakten von Germano einem Boten des Durchlauchtigsten Rates der Zehn übergeben, war für den Grafen und den Kanzleisekretär der Gipfel der Freude erreicht. Sie konnten aufatmen, daß dieses Pech nicht mehr an ihren Händen klebte, und ließen eine feierliche Messe mit Tedeum singen, als sie nach zwei Monaten unter der Hand erfuhren, die sechs Bösewichte seien zu lebenslänglicher Galeere verurteilt und der Burgherr von Venchieredo zu zehn Jahren Festung, weil er des Hochverrats und der Verschwörung mit fremden Herrschern zum Schaden der Republik überführt war. Die Briefe, die Germano hinterlegt hatte, bildeten gerade einen Teil jener heimlichen Korrespondenz zwischen dem Venchieredo und einigen Lehnsherren in Görz, in denen davon die Rede war, Maria Theresia solle sich das venezianische Friaul aneignen; das Wohlwollen und die Hilfe des dort ansässigen Adels seien ihr gewiß. Weil es oft Schwierigkeiten machte, solche Botschaften dem Empfänger zu übermitteln, war ein Teil der Korrespondenz bei Germano verblieben. Er hatte sie nicht zurückgegeben, sondern behauptet, er habe sie aus Furcht vor einem Verfolger oder aus einem andern zwingenden Grunde vernichtet. So gedachte er gegen seinen Herrn etwas in der Hand zu behalten, falls dieser sich seiner, wie es üblich war, entledigen wollte; und das Schicksal fügte es, daß eben das, was er für die eigene Verteidigung vorbereitet hatte, dazu diente, einen heimtückischen Gewalthaber anzugreifen.

Dem Strafprozeß gegen den Venchieredo folgte vor dem zivilen Gericht die Klage auf Verrat. Aber war es nun Klugheit der Regierung, die den Friauler Adel nicht zu empfindlich treffen wollte, oder Tüchtigkeit der Anwälte oder guter Wille der Richter – es wurde entschieden, die Gerichtsbarkeit der Burg von Venchieredo solle im Namen des minderjährigen Sohnes des Verurteilten weiter ausgeübt werden. Dieser war noch Zögling in der Schule der Scolopianerväter in Venedig.

Kurz, der Spruch auf Verrat gegen den Vater sollte nicht zum Schaden des Sohnes wirksam werden.

Damals nun, da Gaëtano und auch sonst jedes Hindernis beseitigt war, konnte Leopardo Provedoni endlich seine Doretta heiraten. Der Herr Antonio mußte sich darein finden; er mußte auch mit ansehen, daß der Spaccafumo allen Verbannungen und Urteilen zum Trotz als Ehrengast an der Hochzeitstafel saß. Das Brautpaar wurde einmütig für das schönste Paar erklärt, das es hier seit fünfzig Jahren gegeben hätte; und ihm zu Ehren wurden so viele Böller abgeschossen, daß keiner mit Zählen nachkam. Doretta zog siegreich in das Haus Provedoni, und die Stutzer von Cordovado hatten eine Schönheit mehr, mit der sie sonntags in der Messe äugeln konnten. Wenn die herkulische Kraft und die Strenge des Ehemanns ihre Huldigungen im Zaume hielt, so forderte sie die Gefallsucht der jungen Frau ständig heraus; und jeder weiß, daß dann Schmeicheleien eher Eingang finden als Zaghaftigkeit. Der Kanzleisekretär von Venchieredo, der während der Minderjährigkeit des jungen Gerichtsherrn in der Burg nahezu unumschränkt herrschte, warf einen Strahl seines Glanzes auf die Tochter, und wirklich nahm Doretta an Feiertagen und festlichen Zusammenkünften an der Quelle lieber den Arm des Vaters als den ihres Mannes.

Auch mein Geschick hat sich damals sehr verändert. Nicht daß ich mit meinen zwölf Jahren gerade eine Frau genommen hätte – doch die Entlarvung der angeblichen Kapuziner hatte mich in der Achtung der Leute erheblich wachsen lassen. Die Gräfin behandelte mich nicht mehr hart, und manchmal schien sie nahe daran, sich unserer Verwandtschaft zu erinnern, wenn sie auch das plötzliche Aufflackern ihrer Zärtlichkeit rasch dämpfte. Doch widersprach sie nicht, als mich der Graf durchaus für den Richterberuf ausbilden wollte und einstweilen dem Herrn Kanzleisekretär als Schreiber beigab. Schließlich erhielt ich meinen Platz an der allgemeinen Tafel, und zwar neben Pisana, die man nicht zu den Nonnen schickte, weil dank einer denkbar schlechten Verwaltung die Mittel knapp geworden waren.

Wir spielten weiter zusammen, wir wüteten gegeneinander, und ich hatte allerlei auszustehen; doch schon entschädigte mich meine Geltung für manche Schmach. Konnte ich den Absatz Latein, den ich am nächsten Tage dem Pfarrer wiederholen mußte, vor ihr aufsagen, so dünkte mich, ich sei ihr doch in etwas überlegen. Armer Lateiner, wie wenig ahntest du von der Wirklichkeit!

SECHSTES KAPITEL

Dem Leser wird der Abstand zwischen der Französischen Revolution und der patriarchalischen Ruhe der Gerichtsvogtei von Fratta vor Augen geführt. – Die ehrenwerten Herrschaften Frumier flüchten nach Portogruaro. – Ich nehme zu an Wichtigkeit, Eifersucht und Kenntnis im Latein, so daß man mich als Aktenkritzler in die Kanzlei steckt. – Doch die Erscheinung des gelehrten Pater Pendola mit dem glänzenden Raimondo Venchieredo in Portogruaro macht mich recht nachdenklich...

Die Jahre, die uns auf der Burg Fratta unter einfachen Landleuten eines wie das andere bescheiden, ohne sonderlichen Ruhm, dahingingen, bezeichneten in Venedig und in der Welt eine Zeit des Schreckens. Es waren die Jahre 1786, 1787, 1788, Zahlen, die klingen wie andere auch, und doch bleiben sie in die Geschichte der Menschheit als bedeutsame Zahlen eingetragen. Heute glaubt niemand, die Französische Revolution sei der Tollheit eines einzigen Volkes entsprungen; uns sind die weit reichenden, verborgenen Wurzeln dieses Freiheitsdranges, der lange heimlich in den Seelen gewühlt hatte, bis er endlich losbrach und sich blind und unaufhaltsam in die Ordnungen des sozialen Lebens ergoß, offenbar geworden. Alles was geboren wird, ist zuvor empfangen; wo eine Tat über die Erde donnert, hat erst der Blitz des Geistes die Idee entzündet. Nur stürzte das französische Volk seinem Charakter nach früher als die andern bedenkenlos von der Idee in den irdischen Versuch; es hielt sich für das Haupt der Menschheit und war doch nur ihre Hand; eine kühne, zerstörerische Hand, die oft das eigene Werk wieder vernichtete, während die Gesamtheit der Völker den Plan des Werkes beharrlicher zur Reife brachte. In Venedig, wie in jedem andern europäischen Staate, sprengten die Menschen zunächst die enge Muschelschale ihres ans Haus gebundenen Denkens, um sich hernach in die Flut der öffentlichen Geschäfte zu stürzen. Sie fühlten sich als Bürger und mußten als solche darauf achten, daß das Vaterland gut regiert werde; die Untertanen dünkten sich reif für Rechte, und die Herren wurden gewahr, daß sie sich von ihren Pflichten nicht lösen konnten. Zwei bisher in Eintracht wirkende Kräfte maßen sich drohend und bereiteten sich zum Kampf; jeder Kühnheit auf der einen Seite entsprachen Argwohn und Furcht auf der andern. Doch in Venedig waren die Gemüter weniger denn anderswo geneigt, die Schranke des Gesetzes zu durchbrechen, und die Signorie durfte sich, wie es der Lage entsprach, auf den zufriedenen Dämmerschlaf ihres Volkes verlassen; nicht zu Unrecht konnte ein Fürst des Nordens, der damals nach Venedig kam, äußern, er habe hier keinen Staat gefunden, sondern eine Familie. Doch was in der Familie natürlich und vom höheren Plane aus notwendig ist, kann in einer Republik zur Tyrannei ausarten; die Unterschiede in Alter und Erfahrung, die den väterlichen Schutz und den Gehorsam der Kinder im Gefolge haben, treffen in den vielfältigen Bedingungen der Regierten und der Regierenden nicht immer zusammen. Ein Volk kann reif werden, während ihm ein veraltetes Recht als Hindernis im Wege steht. Um das Gleichnis fortzusetzen: es kommt der Augenblick, da die Söhne, gewachsen an Kraft, Verstand und Alter, das Recht haben, den väterlichen Schutz zu verlassen. Eine Familie, die das Recht zu denken, das sie dem Achtzigjährigen zugesteht, einem reifen Manne verwehren wollte, würde gewiß nicht nach dem Willen der Natur handeln, ja, sie würde das heiligste Recht des Menschen, die Freiheit, ersticken.

Venedig war eine solche Familie. Die herrschende Aristokratie war verrottet, das Volk, im Müßiggang verweichlicht, spürte in seinem Selbstbewußtsein dank der belebenden Philosophie einen Hauch von Jugend. Der Ruhm des alten Venedig war tot; und ein Geschlecht von Nachkommen, längst knechtisch geworden, dämmerte in der geistverlassenen Hülle dieser Stadt dahin. Ach, wer kennt nicht jene glücklichen Inseln, denen der Himmel lächelt, die das Meer liebkosend umfängt, wo selbst der Tod das Trauergewand ablegt und noch die abgeschiedenen Seelen, im Reigen über den Wellen schwebend, die liebeatmenden Strophen des Tasso zu singen scheinen? Venedig war die Gruft, wo Julia in Schlummer sinkt und träumt, daß Romeo sie umarmt. Ist es nicht die höchste Wonne, im Glücksgefühl der Hoffnung von den rosenfarbenen Trugbildern der Lust gewiegt ins Grab zu sinken? So spürte niemand, daß die endlosen, von lärmender Freude erfüllten Karnevalsfreuden nichts anderes waren als das Leichengepränge der Königin des Meeres. Am achtzehnten Februar des Jahres 1788 starb der Doge Paolo Renier; aber sein Tod wurde bis zum zweiten März verheimlicht, damit die Lustbarkeiten der Woche nach den Fasten durch die öffentliche Trauer ja keine Unterbrechung fänden. Eine Leichtfertigkeit, die Venedig keine Ehre machte, und ein Zeichen dafür, daß die Untertanen dem Fürsten, die Kinder dem Vater nicht mehr in Liebe und Treue verbunden waren. Mochte er nach Belieben leben oder sterben, wenn er nur nicht die Freuden der Maskenfeste und die Zerstreuungen der Spielhäuser störte – so fühlte das Volk und der Adel, der im Fasching wieder Volk wurde, nur um wohlfeiler und gefahrloser zu genießen. Ebenso gleichgültig wählte man am neunten März zum Dogen Lodovico Manin, und vielleicht beschleunigte man die Feierlichkeiten der Wahl, damit der Trübsinn der vierzigtägigen Fastenzeit unterbrochen wurde. Der letzte Doge bestieg den Thron von Dandolo und Foscari in den Fasten; doch Venedig ahnte noch nichts von der Buße, die ihm das Schicksal bereit hielt.

Unter so viel Gedankenlosigkeit und Unfähigkeit fehlte es nicht an Männern, die dunkel ahnten, was die Zeit forderte, und die Signorie zu angemessener Hilfe aufriefen. Vielleicht war die Hilfe, die man vorschlug, der Not nicht angemessen; aber man hatte den Finger auf die Wunde gelegt und durfte andern überlassen, auf bessere Heilmittel zu denken. Doch die

Signorie schloß die Augen und verneinte die Notwendigkeit einer Kur, da doch Ruhe und zufriedener Sinn nicht Krankheit, sondern Gesundheit anzeigten; sie wußte nicht, daß gerade dort die gefährlichsten Krankheiten lauern, wo kein Schmerz mehr ankündigt, daß der Organismus lebt. Wenige Jahre zuvor hatte der Gemeindeanwalt Angelo Querini auf Befehl des Rates der Zehn zweimal die Gefangenschaft erdulden müssen, weil er gewagt hatte, die Mißbräuche und gesetzwidrigen Machenschaften zu brandmarken, womit man im Großen Rat die Stimmen fing und das Ergebnis fälschte. Er mußte versprechen, diesen Gegenstand nicht mehr zu berühren. Das zweitemal wurde er, noch bevor das Versprechen wirken konnte, in den Kerker geworfen; so groß war die Unabhängigkeit einer nahezu mit Tribunengewalt ausgestatteten Behörde und so groß Wert und Neigung, die man ihr zugestand. Alle taten, als bemerkten sie nicht, daß Angelo Querini eingekerkert wurde, denn niemand hatte Lust, ihm nachzueifern. Aber ob man wollte oder nicht, in dieser Zeit machten die Reformen mit Gewalt Fortschritte. Im Jahre 1779 waren Rechtspflege und Allgemeinwohl so gesunken, daß auch dieses geduldigste und heiterste aller Völker darunter zu leiden begann. Carlo Contarini machte im Großen Rat als erster den Vorschlag, die Mißbräuche durch einen geeigneten Verfassungswechsel abzustellen, und seine Rede war so dringlich und zugleich gemäßigt, daß mit staunenswerter Einmütigkeit beschlossen wurde, die Signorie dahin zu bestimmen, daß sie den nötigen Wechsel sogleich vornehme. In den Verhandlungen hierüber ist bemerkenswert, daß die eine Partei, die man heute die liberale nennen würde, dazu neigte, den gesamten Stadtadel wieder in seine volle Amtsgewalt einzusetzen und so für die oligarchische Macht, die sich dank einer langjährigen ungesetzlichen Gewohnheit in der Signorie und im Rate der Zehn zusammengezogen hatte, ein Gegengewicht zu schaffen. Dem Anschein nach war das Ziel dieser Partei, einiges zu bessern; in Wirklichkeit suchte sie ihr Recht auf Oberherrschaft zu erweitern oder es wenigstens wieder auf sein altes Maß zu bringen, indem sie auf dem lange vergessenen Grundsatz fußte, der Große Rat habe zu befehlen, die Signorie den Befehl auszuführen. Bei jedem Anlaß erinnerte sie daran, daß jene ja nur eine übertragene Autorität innehabe.

Die Parteigänger der Oligarchie ertrugen solche Verhandlungen mit kaum verhehlter Wut; aber die Unklarheit und Vielfalt der Gesetze bot ihnen tausend Ausflüchte, die Sache hinzuziehen. Die Signorie tat, als beuge sie sich der Forderung, und machte unzulängliche und lächerliche Vorschläge. Nach einem Jahr ständiger Erörterungen, in denen der Große Rat das Verlangen der Reformatoren immer vergebens unterstützte, bat man den erlauchten Dogen, sich ins Mittel zu legen. Sein Vorschlag ging dahin, man solle die Untersuchung der Fehler, derentwegen man die Gesetzmäßigkeit in der Verwaltung der Republik anzweifle, einem Rate von fünf Richtern übertragen, die diese Fehler verbessern sollten; und die Angemessenheit einer solchen Einrichtung, die zu rein gar nichts führen konnte, verteidigte er mit den gleichen Gründen, mit denen ein kluger Politiker die Notwendigkeit erwiesen hätte, alles sofort zu reformieren. Der Doge sprach des langen und breiten von den Monarchien in Europa, die zum Schaden der wenigen Republiken mächtig geworden seien; daraus zog er den Schluß, Eintracht und Beständigkeit täten not. »Ich selbst habe«, fügte er in seinem einfachen venezianischen Dialekt hinzu, »als ich während des polnischen Aufruhrs in Wien war, oft sagen hören: Diese Herren Polacken wollen keine Vernunft annehmen; so müssen wir sie zur Vernunft bringen. – Wenn es einen Staat gibt, der Eintracht nötig hat, so ist es der unsere. Wir haben keine Streitkräfte, weder zu Lande noch zur See; wir haben keine Bündnisse. Wir leben wie es gerade kommt, ›so aus dem Zufall‹, und leben allein aus der Vorsicht derer, die uns leiten.« Diese Worte des Dogen dünken mich geradezu zynisch, denn die einzige Hilfe, die er angesichts eines solchen Niedergangs wußte, waren Tatenlosigkeit und Schweigen. Zwar pflegte man zu sagen: Wenn wir einen Stein rücken, dann stürzt das Haus;

haltet den Atem an, unterdrückt den Husten, sonst fällt es euch auf den Kopf. Aber daß der Doge, der erste Richter der Republik, das vor versammeltem Rate eingestand, war eine solche Schmach, daß man ihm die Dogenmütze hätte mit Schimpf vom Haupte reißen müssen. Ein einziger mutiger Mann, der Prokurator Giorgio Pisani, hatte gerufen, man solle den notwendigen Wechsel in den Gesetzen der Republik schleunigst vollziehen, und hielte man diesen nach genauer Prüfung für unmöglich, so solle man der Öffentlichkeit eine entsprechende Denkschrift überliefern; dann würden die Nachfahren zwar Unfähigkeit und Unverstand der Väter beklagen, aber sie würden nicht ihren Leichtsinn verfluchen und ihre Asche in alle Winde streuen. Doch der Große Rat nahm den Vorschlag des Dogen an, und die fünf Richter wurden gewählt, unter ihnen eben jener Giorgio Pisani. Als dann diese kurze Unruhe unterdrückt war und die Inquisitoren des Staates zur Rache schreiten konnten, setzten sie selbstherrlich, ohne Rücksicht auf bestehende Gesetze, Pisani auf zehn Jahre auf der Burg von Verona gefangen, verbannten Contarini bis zu seinem Tode nach der Bucht von Cattaro und ächteten und verdammten noch viele andere. Keine Stimme erhob sich zu Tadel oder Mitleid. Daß eine Gerichtsbehörde als Frevel verurteilte, was der Höchste Rat der Republik als nützlich, richtig und ehrenhaft erkannt hatte, ist einmalig in der Geschichte. Und daß man den Schimpf ohne Einspruch ertragen mußte, daß man die, denen man den Vollzug der eigenen Erlasse übertragen hatte, in Verbannung und Kerker mußte schmachten lassen – das war sozusagen ein Zeichen der Zeit. Ach, hätte man sich, statt in dieser Weise oder, wie der erlauchte Doge sagte, ›so aus dem Zufall‹ zu leben, lieber irgendwie dem Tode ausgesetzt! Es wäre tapferer, klüger und edelmütiger gewesen. Nun, einmal mußte der drohende Umsturz den Venezianern sehr viel kräftiger in die Ohren dringen als mit der schwachen Stimme von ein paar heimischen Rednern. Am selben Tage, da in Paris die Einberufung der Generalstände befohlen wurde, am vierzehnten Juli 1788, teilte der Botschafter Antonio Cappello dem Dogen diese Nachricht mit und fügte ernste Betrachtungen hinzu über die Nöte, die der Republik hieraus erwachsen konnten, und Ratschläge, wie man jetzt den Staat am angemessensten lenken könne. Aber diese Weisen in Venedig warfen die Staatsdepesche auf den großen Stoß der ungelesenen Briefe, und die Warnung kam dem Senat nicht unter die Augen. Wohl aber verdoppelten die Inquisitoren des Staates ihre Wachsamkeit, und nun begann eine beständige Plage mit Einkerkerungen, Schnüffeleien, Drohungen, Quälereien, Landesverweisungen, ein Zustand, der, statt die Gefahr zu verringern, nur ihre Nähe spürbar machte und zugleich in den Gemütern ein Mißtrauen wachhielt, das aus Furcht und Haß gemischt war. Inzwischen berichtete der Graf Rocco San Fermo aus Turin die Auflösung der Ordnung in Frankreich und die Intrigen der europäischen Höfe; Antonio Cappello war aus Paris heimgekehrt und bestand mit Lebhaftigkeit auf einem schnellen Entschluß. Die Gefahr wuchs in einem Ausmaß, daß es nicht tunlich schien, sie ohne die Hilfe einer der streitenden Mächte zu bestehen. Aber die Signorie war nicht gewohnt, über die Adda und den Isonzo hinauszusehen und verstand einfach nicht, wie man in ihre schöne Ruhe die Aufstände und Rasereien der andern tragen könne; sie hielt die Neutralität für das einzig Nützliche und Heilsame und bedachte nicht, daß es unmöglich sein würde, sie aufrechtzuerhalten. Draußen wuchs der Lärm, drinnen Verleumdung, Gewalttätigkeit und Furcht. Die Haltung der Regierung schien sich auf einen festen Glauben an sich selbst zu gründen; doch allen führenden Männern saß im Herzen die Gleichgültigkeit der Verzweiflung. In solcher Lage zogen sich viele, die scharfsichtiger waren als die andern, dadurch aus der Verlegenheit, daß sie Venedig verließen. Und so blieben am Staatsruder die vielen Prahlhänse, die ganz wenigen, die sich um das Allgemeinwohl mühten, und die große Menge der Trägen, Gedankenlosen und Lumpen.

Der hochwohlgeborene Herr Almoró Frumier, ein Schwager des Grafen von Fratta, besaß in Portogruaro viele Ländereien und ein prächtiges Haus. Er gehörte zu denen, die, ohne eigentlich klarzusehen, den üblen Duft dieser Zeit von weitem witterten und wenig Lust verspürten, ihn aus der Nähe zu riechen. Darum zog er im Einverständnis mit seiner Frau, die die Gegend, wo ihre Familie nahezu fürstliche Vorrechte genoß, nicht ungern wiedersah, im Herbst des Jahres 1788 nach Portogruaro. Die Gesundheit der edlen Frau, die sich in der heimatlichen Luft kräftigen sollte, diente zum Vorwand; waren sie einmal dort, so würden sie natürlich keinen Fuß nach Venedig setzen, ehe das letzte Wölkchen des Unwetters verflogen war. Zwei Söhne wußten auf der Insel das Wohl und die Würde des Hauses Frumier vorzüglich zu wahren; und den Herrn Senator entschädigte die Ergebenheit des erlauchtesten Landadels und einer ganzen Stadt hinlänglich für die gefährliche Ehre, im Senat Reden zu halten. Mit einer Riesenausstattung von Kisten und Kistchen, vom Sessel bis zum Hausgerät, hatte sich das gereifte Paar auf einem Boote eingeschifft, war nach langweiliger, mückengeplagter Fahrt auf Sümpfen und Kanälen in den Lémene gekommen und konnte hier endlich an Land gehen. Der Landsitz – ›villeggiatura‹ nannten die Venezianer jedes eigene Haus auf dem Festlande, mochte es nun Mailand oder Paris oder gar Portogruaro sein – lag am Ufer dieses Flüßchens, und der Herr Senator und die Frau Gemahlin standen, wenn sie das Boot verließen, sogleich in ihrem Garten. Am Ufer war zu ihrer Freude das Beste, was die Stadt zu bieten hatte, nach Rang und Würden aufgereiht; der Bischof, Hochwürden von Sant'Andrea, viele andere Domherren und Priester und Seminarprofessoren, der Unterhauptmann mit seiner Frau, weiter Würdenträger der Behörde, der Bürgermeister und alle Richter der Gemeinde, der Steuerinspektor und der Zollaufseher mit den entsprechenden Ehehälften, Schwestern und Schwägerinnen und schließlich der Adel in Scharen und die Bürger aus dem Städtchen in hellen Haufen. Aus Fratta waren erschienen der Graf mit der Frau Gräfin und den Töchtern, der Bruder Hochwürden und der unvermeidliche Kanzleisekretär. Mir, der ich inzwischen mit beträchtlichen Fortschritten im Latein große Hoffnungen erweckt hatte, war die besondere Gnade zuteil geworden, daß ich auf den Rücksitz des Wagens klettern durfte; und so konnte ich das Schauspiel dieses feierlichen Empfangs aus einem Winkel heimlich mitgenießen.

Der Patrizier zeigte die sprichwörtliche Liebenswürdigkeit des Venezianers. Keiner, vom Bischof bis zum Gärtner, wurde enttäuscht, jedem strahlte ein Lächeln; dem einen küßte er den Ring, dem andern gab er mit gleicher Ungezwungenheit einen Klaps. Dann wandte er sich an die Bootsleute und legte ihnen ans Herz, sie sollten beim Ausladen der Möbel ja besonders auf seinen Sessel achten; und darauf reichte er seiner Schwägerin den Arm und schritt ins Haus, während seine Frau ihm am Arm des Bruders folgte. Im großen Saale, wo der vornehme alte Herr seine Unzufriedenheit über den gefährlich blanken Estrich äußerte, wurden die Erfrischungen gereicht, und dabei gab es die üblichen Wiedersehensszenen und Gespräche. Groß waren die Töchter geworden und hübsch, die Schwägerin war frisch wie eine Rose, der Schwager verjüngt, die Reise lang und warm und so lästig, Venedig blühender denn je, die Gesellschaft dort ausgezeichnet und ganz nach ihrem Herzen, und nun hier der liebenswürdige Empfang! Zu diesen Förmlichkeiten brauchte man eine gute Stunde. Danach nahmen die Besucher Abschied, und die Familie blieb unter sich und sprach mächtig gut von sich und etwas weniger gut von denen, die gegangen waren. Auch hierbei übrigens verfuhr man mit der Harmlosigkeit und Mäßigkeit der Venezianer, die dem lieben Nächsten die Haut auf den Knochen lassen und ihm nur eben etwas am Zeug flicken. Gegen das Ave-Maria-Läuten verabschiedeten sich auch die von Fratta, und natürlich war man darin einig, daß die Besuche recht oft wiederholt werden sollten. Der edle Herr von Frumier hatte ein lebhaftes Bedürfnis nach Geselligkeit und, gestehen wir es nur, auch der Graf von Fratta war nicht wenig stolz auf Verwandtschaft und häuslich vertrauten Umgang mit einem Senator. Die beiden Schwägerinnen gaben sich mit spitzen Lippen einen Kuß, die Schwäger drückten sich die Hand, die Mädchen machten tiefe Knickse, und Hochwürden und der Kanzleisekretär hielten den Hut bis ans Trittbrett des Wagens in der erhobenen Hand. Alle rückten so gut wie möglich zusammen, ich hockte mich auf den gewohnten Rücksitz, und die vier Pferde kriegten vollauf zu tun, die gewichtige Fuhre über die steinigen Straßen zu schleifen. Der Erlauchte Herr Senator ging recht zufrieden mit diesem Einzuge wieder in den Saal.

Portogruaro war nicht die letzte der kleinen Städte auf dem Festlande, in denen das Vorbild der Durchlauchtigsten Hauptstadt so treu wie möglich nachgeahmt wurde. Die Häuser, groß, geräumig, mit dem dreigeteilten Fenster in der Mitte, standen eins am andern an beiden Straßenseiten, so daß zur Ähnlichkeit mit Venedig nichts fehlte als das Wasser. Alle zwei Türen ein Café, davor der übliche Perlenvorhang, dahinter um viele kleine Tische eine ziemliche Anzahl müßiger Leute; auf allen öffentlichen Gebäuden geflügelte Löwen in Menge; Klatschbasen und Bootsleute in ständigem Geschwätz in den Gassen und bei den Obsthändlern; schöne Mädchen auf dem Balkon, vor ihnen der Käfig mit dem Kanarienvogel oder Töpfe voll Nelken und Basilienkraut; auf Platz und Stadthaus ein Auf und Ab von schwarzgewandeten Advokaten, langschößigen Notaren und ehrwürdig berockten Patriziern; vor dem Gefängnis aufgebaut vier lange Kerls von Soldaten. Im Kanal des Lémene, wo es nach schmutzigem Wasser stank, fluchten die Schiffsführer in beständigem Durcheinander von Booten, Ankern und Kabeln; in jedem Hauswinkel standen kleine stuckene Muttergottesbilder, mit Blumen und Laubgewinden umkränzt; immerzu bimmelten die Glocken zur Pracht der Handlungen und Psalmengesänge; in den Kirchen fromme Mütter, rosenkranzbetend auf den Knien; blonde Töchter, mit dem Liebhaber beschäftigt, der hinter der Türe steht; Priester, die Augen auf den Schuhschnallen, den Umhang züchtig über dem Bauch zusammengerafft; kurz, nichts, rein gar nichts fehlte, die Miniatur dem Gemälde anzugleichen. Sogar die drei Banner von San Marco hatten hier auf dem Platz ihr Gegenstück, eine lange rotbemalte Stange, von der an Festtagen die Fahne der Republik wehte. Mehr konnten diese Venezianer von Portogruaro wirklich nicht tun. Weiter war es ihnen in jahrhundertelanger Mühe gelungen, die barbarische Bastardsprache der Friauler, die man im ganzen Umkreis gebraucht, zu vergessen, und sie sprachen nunmehr venezianisch mit größerer Ziererei als die Venezianer selbst. Ja, nichts kränkte sie mehr als ihre Abhängigkeit von Udine, die ihre alte Verwandtschaft mit dem Friaul weiterhin bestätigte. Sie glichen geadelten Handwerkern, die vor Pechdraht und Pfriem einen Abscheu hegen, weil beides sie mahnt, daß der Vater Schuster war. Aber die Schrift der Geschichte kann keiner ausstreichen. Die Bürger von Portogruaro halfen sich damit, daß sie sich aus Leibeskräften eine andere, feinere Zukunft bereiteten, und in ihrem neuen Wörterbuch hatte das Wort ›Bewohner von Friaul‹ den Zusatz ›roh, bäurisch, knauserig und voll Läuse‹. Schritten sie aus den Stadttoren ins Freie (und sie hatten sie so eng gebaut, als sollten Gondeln hindurchfahren und nicht Wagen und Heufuhren), so glichen diese Venezianer ohne Venedig vollends Fischen ohne Wasser. Sie taten, als könnten sie Korn nicht von Mais unterscheiden, obwohl sie an allen Markttagen die Taschen voll Proben trugen; sie bestaunten die Bäume, als hätten sie so etwas nie gesehen, und wunderten sich über den Staub der Straßen, mochten ihre Schuhe sie des täglichen vertrauten Umgangs mit ihm noch so oft anklagen. Sprachen sie mit Bauern, so fehlte wenig, daß sie nicht sagten: Ihr vom Festlande! – In der Tat erschien ihnen Portogruaro als eine Art Insel, nach dem Bilde des Durchlauchtigsten Venedig, wenn auch nicht im Schoße des Meeres, so doch zwischen vier grünlich-schlammigen Wasserstreifen erbaut. Daß dies kein Festland war, zeigten in ihrer Art die vielen leichtgeneigten Mauern und Türme und Stirnseiten der Häuser. Ich vermute, sie bauten dieser leichten Schiefheit zuliebe auf schwachem Grunde.

Das einzige ganz ausgekocht Venezianische jedoch waren die Frauen. Mit der größten Künstelei und Übertreibung äfften sie die Moden der Hauptstadt nach. Wuchsen in San Marco die Toupés gerade hoch genug, so ragten sie in Portogruaro sehr viel höher; die Reifröcke bauschten sich dermaßen, daß es in einem Damenkränzchen von Spitzen und seidenen Besätzen wahrhaft wogte. Der Halsschmuck, die Armbänder, Busennadeln, Kettchen glänzten und glitzerten, und kamen die Edelsteine auch nicht aus Golconda oder Peru, so fielen sie doch in die Augen, und das war genug. Im übrigen erhoben sich diese Damen erst am Mittag, wandten vier Stunden an ihre Toilette und machten einander am Nachmittag Besuche. Da man auf den großen Gesellschaften in Venedig über Theater plauderte, über komische Opern und Tenöre, fühlten sie sich verpflichtet, über das gleiche Thema zu sprechen, und so genoß das Theater in Portogruaro, in dem alle zwei Jahre einen Monat gespielt wurde, das seltene Vorrecht, daß hundert artige Mäulchen in den dazwischen liegenden dreiundzwanzig Monaten von ihm sprachen. War dieser Gesprächsstoff erschöpft, so verlästerten sie sich wechselseitig mit wirklich heldenhafter Beharrlichkeit. Selbstverständlich besaß jede ihren Galan und suchte, den Freundinnen den ihren auszuspannen. Manch eine trieb diese Mode so weit, daß sie zwei oder gar drei besaß, deren jedem verschiedene Rechte zugeteilt waren. Der reichte den Fächer, der das Augenglas, das Schnupftuch oder die Dose; der eine hatte das Glück, die Dame in die Messe zu begleiten, der andere führte sie spazieren. Aber von dem letzteren Zeitvertreib machten die Schönen nicht häufig Gebrauch. Da sie die göttlich weiche Lust der Gondel nicht genießen konnten und ihnen schon der Anblick der barbarischen Bewegung eines Wagens

Schauder erregte, sahen sie sich gezwungen, zu Fuß zu gehen – eine unerträgliche Mühe für venezianische Füßchen. Böse Zungen im Friaul wagten allerdings zu behaupten, das sei wieder die Fabel vom Fuchs mit den Trauben; selbst wenn es diesen Damen nach einem Wagen gelüstet hätte, wäre er ihnen doch unerreichbar geblieben. Heute gibt es in Portogruaro Wagen auch für bescheidene Börsen; damals konnten nur Könige und Fürsten einen solchen halten, und die gräfliche Karosse aus Fratta war für die ganze Kinderschar der Stadt ein Ereignis. Abends frönten die Damen, ›falls man nicht ins Theater ging‹, bis tief in die Nacht hinein dem Spiel; auch hierin äffte man die Mode Venedigs nach, und wenn diese Leidenschaft die Geschlechter nicht zugrunde richtete wie in der Hauptstadt, so gebührt die Ehre hierfür dem vorsichtigen, sparsamen Sinn der Ehemänner. Auf dem grünen Tuche rollten statt der Goldzechinen die kupfernen Soldi. Das war in der Stadt ein offenes Geheimnis, doch keiner hätte es um alles in der Welt an Fremde verraten, die, wenn sie von den Ereignissen, von dem Herzklopfen, von den Siegen eines solchen Abends hörten, getrost glauben mochten, bei jedem Spiele sei das Vermögen einer Familie verjubelt worden und nicht ein winziger Bruchteil, nämlich zwanzig Soldi. Nur bei der Frau des Schulmeisters überschritt man diese Grenze, um sich bis zu einem halben Dukaten zu versteigen; doch der Neid beschuldigte die Dame der Gewinnsucht und sogar der Betrügerei. Ein paar Venezianerinnen, die in Portogruaro verheiratet waren oder mit ihren Männern aus geschäftlichen Gründen dort wohnten, machten gemeinsam mit den ortsansässigen Damen gegen die führende Stellung der Frau Schulmeisterin Front. Aber diese hatte das Glück, schön zu sein, sie wußte ihre Zunge als wahre Venezianerin zu brauchen und die verführerischsten Blicke zu werfen, die man sich nur wünschen mochte. In der Kirche, im Café, bei abendlichen Zusammenkünften scharten sich um sie die jungen Leute, und ich wüßte nicht zu sagen, ob ihr deren Huldigungen besser gefielen als der Neid der Nebenbuhlerinnen.

Die Frau des Bürgermeisters, die ihre feinen weißen Händchen mit vielen Gebärden zur Schau stellte, behauptete, jene habe Hände wahrhaftig wie eine Küchenmagd; die Schwester des Steuerinspektors fügte hinzu, ein Auge sitze ihr höher als das andere, und bei diesen Worten riß sie ihre großen himmelblauen Augen, die gern die schönsten in der Stadt gewesen wären und doch nur die größten waren, gewaltig auf. Jede brandmarkte im allgemeinen Wetteifer an der Armen das als häßlich und mangelhaft, was sie an sich selbst vollkommen wähnte; aber die schöne Verleumdete besah, wenn ihr das Mädchen solch eifersüchtige Klatschereien überbrachte, lächelnd ihr Spiegelbild. Sie hatte so rosige Lippen, so winzig kleine, weiße, regelmäßige Zähne, so runde Wangen mit so liebreizenden Grübchen, daß es schon eine Genugtuung für solche Anklagen bedeutete, wenn sie nur ihrem Bilde zulächelte.

Natürlich hatte die Edle Frau Frumier sogleich nach ihrer Ankunft ein ziemliches Getümmel dieser zierpuppigen Damen um sich her. Als Frau war sie wahrlich mehr als reifen Alters; als Venezianerin hatte sie ihr Geburtsjahr vergessen und trug in Lebensart, Blicken und Kopfputz die ewige Jugend zur Schau, die ihren Mitbürgerinnen ganz besonders eigen ist. An Venezianerinnen war, wie ich erzählt habe, in Portogruaro kein Mangel; doch gehörten alle zum Mittelstand oder zum niederen Adel. Eine große Dame, eine Edelfrau von wirklicher geistiger Bedeutung, die in allen Bräuchen und Feinheiten der Kunst der Geselligkeit bewandert war, hatte bisher gefehlt. Daher empfanden es alle als Glück, endlich ein solches Muster zu besitzen; sie konnten es nach Wohlgefallen betrachten, anhimmeln und nachahmen; sie konnten schließlich sagen: Seht her, ich spreche, lache, kleide mich und gehe wie die Senatorin Frumier. Diese hatte, schlau wie sie war, an solchen Eigenheiten großen Spaß. An einem Abend schwatzte sie wie eine Elster, und am Tage darauf sah sie mit Vergnügen alle Damen wetteifern, wer in einer Minute die meisten Worte sprechen könne. Aus jedem Kränzchen tönte ein wahres Sperlingsgeschrei. Ein anderes Mal spielte sie die Leidende und sprach nur mit leiser, von Schluchzen erstickter Stimme; sogleich verstummte das Geschwätz, und alle wurden matt wie Frauen nach der Geburt. Eines Tages wettete sie mit einem Edelmann, der aus Venedig gekommen war, sie werde es dahin bringen, daß die vornehmsten dieser Damen auf dem Kopfe Hahnenfedern trügen. Wirklich zeigte sie sich in der Öffentlichkeit mit solchem wunderlichen Schmuck auf dem Toupé, und am selben Tage rupfte die Bürgermeisterin einen ganzen Hühnerhof, um sich den Kopf ebenso zu schmücken. Doch zeigte sich die Edle Frau gegen die Kapaune der Stadt so gütig, daß sie auf solcher Mode nicht weiter bestand; sonst wäre im Verlauf von drei Tagen keinem einzigen Hahn das Kleid geblieben, das ihm Mutter Natur verliehen. Die geselligen Abende der Frau von Frumier stellten mit einem Male alles in den Schatten, was sonst gestrahlt hatte, und die andern Damen waren nur mehr die Vorder- oder Nachsätze zum Kernsatz der Senatorin, bereiteten Witzwort, Augenaufschlag und Gebärde für den großen Auftritt vor oder wiederholten, was man am Abend zuvor im Hause Frumier gesagt und getan hatte. Außerdem schlürfte man da einen weit besseren Kaffee als anderswo, und bisweilen sorgte eine Flasche Maraschino und eine Torte der Nonnen von San Vito für eine vergnügliche Abwechslung.

Auch der Edle Herr Frumier hatte die Speise gefunden, die ihm behagte. Er wußte, ohne sich sonst von seinen Vätern sonderlich zu unterscheiden, in der modernen Philosophie so obenhin Bescheid und verstand es, je nach Bedarf in seinem behaglichen Venezianisch ein paar Sätze von Voltaire und Diderot anzuführen. Unter den Richtern und in der Geistlichkeit der Stadt fehlte es nicht an Geistern, die gleich ihm gebildet und witzig waren, die Lehre gewissenhaft von der Wirklichkeit trennten und also im Gespräch ohne Scheu bezweifelten oder leugneten, was sie von Berufs wegen als unumstößlich sicher handhaben mußten. Die Sitten waren ja darin in jenem Jahrhundert ziemlich frei; in Venedig waren sie freier als anderswo, und in Portogruaro, wo Männer wie Frauen sich nicht damit begnügten, dem Beispiel der Hauptstadt zu folgen, sondern beherzt noch sehr viel weitergingen, waren diese Sitten über alle Maßen frei. Hochwürden von Sant'Andrea zum Beispiel, der von allen Domherren des Kapitels seine Theologie am stärksten auf Vernunftschlüsse gründete, empfand, wenn er die Kurie verlassen hatte und in traulichem Gespräch bei seinesgleichen saß, nicht die geringste Scheu, viele seiner eigenen Schlüsse zu bezweifeln. Und unter den jüngeren Kollegen gab es manchen, der, was freie Ansichten betrifft, alle Ärzte der Stadt weit hinter sich ließ. Die Ärzte – beiläufig gesagt – standen auch damals nicht im Rufe allzu großer Spiritualität.

Doch hatte sich unter denen, die im Weinberge des Herrn arbeiteten, eine altkirchliche, unbestechliche, nicht allzu kluge Partei gebildet, die mit ihrem Beharrungsvermögen dem Einbruch dieses vornehmen, geschwätzigen und auch wohl zügellosen Skeptizismus widerstrebte. Wirklich hielten sich nur noch wenige alte Priester, in den Augen der übrigen umständlich genug, an die Einfachheit und Reinheit der priesterlichen Sitten; im allgemeinen glitten alle, alt und jung, auf der abschüssigen Bahn dieser Philosophie dahin und waren eben nicht sonderliche Muster von Frömmigkeit und Keuschheit, Tugenden, die unter andern zumal von der Geistlichkeit gefordert werden. Ein solcher Verfall der Kirchenzucht und die Nachlässigkeit in der Lehre, die ihm vorausging, schmerzte natürlich die wahren Priester, die sich der Summa des heiligen Thomas mit blindem Zutrauen befleißigt und das Seminar in der festen Überzeugung von der unwandelbaren Wahrheit des Glaubens und der Heiligkeit ihres Dienstes verlassen hatten. Solche Geistlichen paßten mit ihrer Gewissenhaftigkeit und Sittenstrenge weniger in die Stadt und in vornehme Gesellschaft, wo sie mit

Gewandtheit hätten zu Werke gehen müssen, aber sie eigneten sich hervorragend für das ehrwürdige Amt der Landpfarreien. Das Gebirge ist die Pflanzschule für die Landgeistlichkeit, und diese altkirchliche Partei zog Kräfte und Nachwuchs großenteils aus Clausedo, einem dicht bevölkerten Alpendorfe, wo sich die Jugend zum geistlichen Amt berufen fühlte. Die weltliche Partei hingegen (so hieß sie bei den Gegnern, weil sie den zügellosen Anschauungen der Zeit nahekam) setzte sich aus den behaglich lebenden Familien der Stadt und der Ebene zusammen. Bei den Altkirchlichen überlieferte der Oheim dem Neffen, der Pfarrer dem Kaplan Ernst, Zurückhaltung, Gläubigkeit, ja Verzückung und priesterliche Entsagung; die Weltlichen schlürften klassische Kultur, philosophische Freiheit, Feinheit der Formen und religiöse Duldsamkeit Schluck für Schluck in den freien Gesprächen der Familienkreise. Sie wurden Priester gedankenlos aus Gehorsam, oder weil es sie nach einem bequemen, ruhigen Leben gelüstete. Altkirchliche wie weltliche Partei besaßen ihre Vertreter, ihre Verteidiger im Seminar, in der Kurie und im Domkapitel; einmal hatte die eine, einmal die andere die Oberhand, und jeder neue Bischof in der Diözese wurde beschuldigt, entweder die Säkularisten oder die Clausetaner zu begünstigen. Beide Richtungen befehdeten sich gegenseitig, die Stadt ergriff für diese, das Land für jene Partei; aber die Clausetaner waren aus Anlage und dank der Grundsätze, die sie verteidigten, einträchtiger untereinander und gemäßigter, während in ihren Widersachern Anmaßung und persönliche Leichtfertigkeit jede Ordnung, jedes planmäßige Vorgehen ausschlossen. Doch gaben natürlich die Streitereien der Geistlichkeit dem gesellschaftlichen Klatsch mehr als nötig Nahrung, und die netten kleinen Priester, diese Lebenskünstler, rächten sich unverschämt und bissig genug für den größeren Einfluß, den die Gegner durch die Strenge und Beharrlichkeit von vielen Jahrhunderten erworben hatten. Die jungen Damen waren geneigt, ihre Partei zu begünstigen; nur ein paar Alte, die der Schlagfluß schon gestreift hatte, hielten sich zu den Glaubenseiferern, sicher mehr aus Neid als Überzeugung.

Kurz, so fand der Herr Senator auch in der Geistlichkeit einen Kreis auserlesener Gesellschafter, Männer vom selben Schlage, gewohnt, die Welt zu sehen wie er und ihm gleich an Wissen und Kultur, mit denen er recht angenehme Stunden verbringen konnte. Er liebte es, freiweg zu plaudern und Meinungen auszutauschen, ziemlich gewandt Geschichten und Späße zu erzählen und zu hören und das Gespräch mit Witzen und Sprichwörtern zu würzen, ohne daß eine Zimperliese die Nase rümpfte. Hier fand er Leute, wie er sie schätzte. In der Geselligkeit suchen gleichgestimmte Seelen einander und vereinen sich, wie Tropfen Quecksilber zueinander streben und zusammenfließen. Daher sammelte sich an den geselligen Abenden nach und nach ein Kreis um den Hausherrn. Wohl wäre jeder gern dabeigewesen; aber nicht jeder hat den Mut, an einem Wortgefecht teilzunehmen, das er nicht versteht, zu lachen, wenn die andern lachen, sich auf die Zehen treten zu lassen, ohne eine Miene zu verziehen, nie gefragt zu werden und nie ein Wort zu wagen. So zogen sich die Unwissenden, die Dummköpfe, die Heuchler, die nicht ganz Anständigen sehr bald heraus, und zurück blieb das reine Gold der feinen, klugen, spottgewohnten Menschenklasse. Es blieben der Domherr von Sant'Andrea, der Advokat Santelli, ein paar weitere geistliche Herren, der junge Doktor Giulio Del Ponte, der Professor Desalli, einige Professoren der Literatur, ein gewisser Don Marco Chierini, der als das vollendetste Muster des feinen Abbé galt, und drei oder vier Grafen und Marquis, die die Liebe zu Büchern mit der zu Frauen, das Studium des Altertums mit den neuzeitlichen Sitten zu vereinen wußten. Bleibt noch zu bemerken, daß damals niemand für gut erzogen und vollendet galt, der die Verfassungen von Sparta und Athen nicht im Schlaf aufsagen konnte. Die Reden von Lykurg, Sokrates, Solon und Leonidas waren die üblichen Aufgaben der Gymnasialübungen, sonderbarer Widerspruch bei so viel Kriecherei und blindem Gehorsam, bei so viel Gleichgültigkeit gegen Tugend und Freiheit. Während nun die Damen und der Rest der Gesellschaft an den Spieltischen die Karten zum Tresett und Quintiglio austeilten, versammelte sich die kleine Akademie des Senators in einer Ecke des Saales, schwätzte von Politik und spottete über die neuesten Skandälchen der Stadt. Es war eine Musik in den mannigfachsten Variationen, eine halb ernste, halb heitere Oper, voll lächerlicher und erhabener, drolliger und ernster, freundlicher und boshafter Motive; ein Wirrwarr von Wortwechseln, Sticheleien, Anspielungen und Geschichten, bunt wie ein Mosaik; kurz, ein wahres Meisterwerk des venezianischen Geistes. Man sprach so recht zwanglos über die Ereignisse in Deutschland und Frankreich; man machte Bemerkungen zu den Reisen Pius' VI., den Zielen Josephs II., den Absichten Rußlands und den Bewegungen der Türken. Man warf die ungleichartigsten Aussprüche von Machiavell, Sallust, Cicero und Aretin ins Gespräch; man verglich die Geschehnisse der Zeit mit Abschnitten aus dem Titus Livius; und bei gewichtigen Erörterungen war des Scherzes und Gelächters kein Ende. Jede Gelegenheit zum Spaß war willkommen. Wer die Schöpfer des Humors in England sucht, der hat gewiß nie in Venedig gelebt und ist auch nie durch Portogruaro gekommen; denn dort hätte er als Frucht jahrhundertealter Muße in lebhaften, wachen Geistern jene Kühnheit gefunden, die den südlichen Humor auszeichnet, so daß er dem nördlichen gegenübersteht wie das dunstflimmernde Licht eines sommerlichen Sonnenuntergangs dem Nebel, der nächtlich über Sümpfen braut. Verwandt sind beide Arten darin, daß das Leben und die Dinge des Lebens gleichermaßen verachtet werden; aber während der nördliche Humor leicht melancholisch oder bissig und leidenschaftlich wird, neigt der südliche ganz zu unbeschwertem Sinn und Heiterkeit.

Für diese geistreichen Plauderer bedeutete ein Luftsprung von den Skandalen der Zarin Katharina II. zu den Abenteuern einer gewissen Dame mit einem gewissen Kavalier eine Kleinigkeit. Der Name der oder jener Person zog zwei andere nach sich und die beiden wieder vier, und so ging es immer weiter. Man nahm keine Rücksicht darauf, ob die Opfer abwesend oder anwesend waren, und die letzteren besaßen Geschmack genug, daß sie den Spaß einsteckten und für ihre Rache den richtigen Augenblick abwarteten, der schon früher oder später kommen würde. Eine hohe Kultur, ziemlich oberflächlich vielleicht, jedoch weitgespannt und durchaus nicht kleinlich; sehr viel Feuer, eine große Geschmeidigkeit im Gespräch und vor allem eine riesige Dosis Duldsamkeit – das etwa waren die Bestandteile, aus denen sich die Unterhaltung in diesem kleinen Areopag von Männern, die zu leben wußten, zusammensetzte.

In Fratta ging, nachdem das Schreckgespenst des Venchieredo entschwunden war, alles im gewohnten Geleise weiter. Der Kaplan hatte seine Pfarre behalten und empfing seinen alten Freund und bußfertigen Sünder, den Spaccafumo, weiterhin mindestens einmal im Monat in seinem Hause. Der Graf und der Kanzleisekretär drückten ein Auge zu; der Pfarrer von Teglio erteilte ihm deswegen manche Rüge. Aber das schmächtige Pfäfflein, das auf die Strafpredigten eines Vorgesetzten keine Antwort zu stammeln vermochte, hörte sich alles geduldig an und tat nach seinem Belieben, sowie der Vorgesetzte außer Sicht war. Der Doktor Natalino aus Venchieredo hatte sich von Amts- und Nachbarschafts wegen dem Grafen und dem Kanzleisekretär genähert, und so sah man auch die flinke Doretta, deren Mann mit dem Herrn Lucilio befreundet war, bisweilen zur abendlichen Plauderei auf der Burg. Aber diese Plaudereien fanden nicht so regelmäßig statt wie in alten Zeiten, zweimal in der Woche fuhr man selbstverständlich zur Gesellschaft Seiner Exzellenz Frumier nach Portogruaro. Das war bei den damaligen Straßen ein höchst gefährliches Unternehmen; doch die Gräfin wollte sich nicht weniger mutig zeigen als ihre

Schwägerin, die es gleichfalls wagte. Eine der Töchter war heiratsfähig, die andere gedieh wie Unkraut; man mußte die Mädchen ausführen, damit sie lernten, sich zwanglos sicher zu bewegen. Viel Zeit war sowieso nicht zu verlieren, denn die Freier urteilten nach dem, was sie sahen, und man konnte sich mit den beiden schon sehen lassen. Mit diesen Gründen überzeugte die Frau Gräfin den Gemahl, daß man sich zweimal in der Woche auf die Straße nach Portogruaro wagen müsse. Der vorsichtige Graf befahl zunächst ein Dutzend Arbeiter, die auf besagter Straße die unebensten Stellen und die tiefsten Löcher ausbessern mußten, und dann mußte der Kutscher die Pferde im Schritt gehen lassen, und zwei Lakaien mußten mit Fackeln vor dem Wagen herlaufen. Die beiden Lakaien waren Menichetto, der Junge von Fulgenzio, und Sandro aus der Mühle, und man zog ihnen eine scharlachrote Prachtlivree an, die man aus zwei alten Staatsschabracken zurechtgeschnitten hatte. Ich stieg hintenauf und genoß während der ganzen Fahrt – es waren drei gute Meilen – das Vergnügen, durch das kleine Fenster im Deckleder Pisana anzuschauen. Warum ich die Familie auf diese Besuche, während deren ich dann in der Küche des Hauses Frumier doch nur ein Nickerchen machte, begleiten mußte, hatte seinen Grund in folgendem: Wie der Graf den Sekretär hinter sich herzog, so tat der Sekretär mit mir; ich reiste sozusagen als der Schatten des Schattens. Doch war mir mein Schattendasein in diesem Falle nicht unlieb, denn ich folgte ja Pisana. Unsere Liebeshändel spannen sich leidenschaftlich weiter, unterbrochen von den üblichen, mannigfaltigen Eifersüchteleien, aber immer knüpften Bedürfnis und Gewohnheit den zerrissenen Faden neu.

Solche Händel zwischen einem Jungen von dreizehn und einem Mädchen von elf Jahren sind nicht mehr ganz harmlos. Doch sie waren unser einziger Zeitvertreib, und sie machten uns Spaß; die Eltern kümmerten sich um ihre Tochter überhaupt nicht, und in mir sahen die Dienstboten nach meinen denkwürdigen Taten und nach der Erhöhung zum Kanzleischreiber einen kleinen Herrn und ließen mir in allem den Willen. So wurden unsere Spiele immer ernsthafter, und ich sann mir schon bestimmte Romane aus, die, wenn ich sie erzählen wollte, meine Bekenntnisse ins Unendliche ausweiten würden. Jedenfalls war auch in meinen Gefühlen ein Wandel eingetreten; denn während ich früher die Zärtlichkeiten von Pisana als eitel Güte empfand, meinte ich sie jetzt, da ich an Bedeutung zugenommen, zu verdienen. Nun ja, es war freilich ein Unterschied zwischen Carletto, dem Ritter vom Bratspieß, der mit den Lumpen von Hochwürden und dem, was die Dienerschaft zurückwies, bekleidet wurde, und dem sauber gekämmten Lateinschüler. Er trug ein schwarzes Zöpfchen, Schuhe mit kleinen Messingschnallen, einen schönen tiefblauen Samtrock und granatapfelfarbene Hosen. Auch die Haut war, nun sie der Sonne und den Unbilden des Wetters nicht mehr ausgesetzt wurde, viel feiner, ja sogar weiß geworden, und die kastanienbraunen Augen konnten vor allen andern Augen sehr wohl bestehen. Ich war groß und schlank; in leidlich wohlgeformtem Munde standen die Zahnreihen nicht gerade allzu dicht, aber dafür schimmerten sie wie Elfenbein. Nur machten die verflixten Ohren, dank dem erziehlichen Griff des Pfarrers, das Gesicht zu breit; doch dem suchte ich abzuhelfen, indem ich eine Nacht auf dem einen, die nächste auf dem andern Ohre schlief. Wenn ich sie mir jetzt betaste, finde ich, das Mittel hat nur mäßig angeschlagen. Sah Martino solche Ohrenplagen mit an, so sagte er wohl: »Schönheit hat Mühe, will sie aus der Knospe brechen. Weißt du noch, wie du im Körbchen herkamst und ich dir alle Milch, die du brauchtest, eingeflößt habe? Laß die Ohren, wie sie sind; du bist der schönste Carlino weit und breit.« Der arme Alte kroch, je höher ich aufschoß, immer mehr in sich zusammen; die Kräfte ließen nach, er mußte sich zum Käsereiben hinsetzen; er hörte überhaupt nicht mehr, wenn es um ihn lärmte. Aber das machte uns nichts aus, wir verständigten uns mit Zeichen, und ich glaube, er hätte mich, wäre ich ihm entrissen worden, sehr vermißt. Nicht so gut glückte diese Zeichensprache mit der alten Gräfin, die er besuchte, wenn Clara abwesend war; über so verschiedene Lebenssphären hin gab es keine Zeichen, und Martino blieb in seiner Taubheit allein.

Inzwischen hatte das Erscheinen der gräflichen Familie von Fratta, und besonders das der Komteß Clara, der Gesellschaft im Hause Frumier in den Burgherren und kleinen Gebietern des Landes einen neuen Strom von Gästen zugeführt. Als erster kam natürlich der Partistagno, in dem die Familie nach dem Entsatz, den er der Burg bei dem Überfall des Venchieredo gebracht hatte, eine Art Schutzengel sah. Er trug freilich die Strahlenkrone dieses Ruhmes hochmütig genug, aber man konnte ihm nach Lage der Dinge, mochte man es auch lächerlich finden, das Recht hierzu nicht absprechen. Lucilio litt sehr unter dem Stolze des jungen Kavaliers, und der Neid plagte ihn mehr als die Eifersucht. Warum hatte nicht er den Grafen von Fratta jenen Dienst leisten können! Im übrigen konnte er der Komteß Clara sicher sein, jeder Blick von ihr bestärkte ihn in seinen Hoffnungen, und sogar die heitere Ruhe, mit der sie die Artigkeiten des Partistagno entgegennahm, waren ihm eine Gewähr, daß ihm von da nie eine Gefahr drohen würde. Wie sollte er einem so reinen Herzen, einem so klaren ruhigen Bewußtsein nicht vertrauen! Nach jener ersten Liebeserklärung hatte er Clara im Eßzimmer oder auf den Spaziergängen oft allein gesprochen und fast jeden Tag im Zimmer der alten Gräfin eine Stunde mit ihr zugebracht, und immer stärker hatte ihn diese engelhaft unschuldige Schönheit, dieses in seiner Sanftmut leidenschaftliche Herz bezaubert. Seine eigene feurige, herrische Natur brauchte eine Seele, in der sie mit der Sicherheit des Gefühls ruhen konnte. Er hatte sie gefunden, er hatte sie liebgewonnen, und nun suchte er mit allen Kräften des Herzens und des Verstandes, mit den tausend Künsten eines lebhaften Geistes und eines gewaltigen Willens diesen andern notwendigen Teil seiner selbst, der in Clara lebte, mit immer neuen Knoten an sich zu knüpfen. Einem solchen Sturm von Liebe gab Clara in köstlicher Anmut nach. Sie liebte mit jeder Faser ihres Herzens; sie dachte nicht weiter, denn der Himmel schützte ihre Unschuld und ihr Glück; sie brauchte nichts zu fürchten und über nichts zu erröten. Liebe war das Gebot, dem sie in heiliger Einfalt gehorchte.

So gab sie sich gar keine Mühe, das innige Gefühl, das Lucilio ihr eingeflößt hatte, zu verbergen, und der Graf und die Gräfin bemerkten es wohl nur darum nicht, weil es nach ihrer Ansicht so völlig außerhalb jeder Möglichkeit lag, daß man es nicht einmal mutmaßen konnte. Anderseits war es den Mädchen dazumal nicht durchaus untersagt, für jemanden zu schwärmen; nur durfte die Schwärmerei nicht in Leidenschaft ausarten. Die Leute im Hause zischelten schon, wenn die Komteß verheiratet wäre, so würde der Herr Lucilio ihr ständiger Kavalier werden. Aber als eines Tages Rosa ihm gegenüber scherzhaft darauf anspielte, wurde er bleich und zerbiß sich vor Zorn die Lippen. Auch die alte Gräfin hatte wohl das Geheimnis von Clara entdeckt; doch war sie in den jungen Mann viel zu sehr verliebt, als daß sie ihn zum Wohl der Enkelin hätte entbehren mögen. Vielleicht wurde sie sich ihres Eigennutzes gar nicht bewußt und fand tausend Gründe, solche Befürchtungen auszuschließen. Und dann war ja Lucilio, dachte sie, in jeder Weise so vorsichtig, daß Clara sich schon beruhigen würde. Die gute alte Frau kannte das goldene Wolkenkuckucksheim, in dem die Phantasie junger Mädchen bisweilen lebt, oder meinte es zu kennen. »Das sind Wolken«, pflegte sie zu sagen, »Wolken, die das erste Lüftchen wegweht.« Dieses Lüftchen würde ein guter Heiratsantrag und der Befehl der Eltern sein. Freilich wurde die Gräfin von der Zurückhaltung, die Lucilio übte, in diese bequeme Sicherheit gewiegt; wäre es ihr gelungen, seiner Seele auf den Grund zu blicken, sie hätte wohl dem Glauben an leichte Wolken rasch entsagt und sich der letzten Freuden, die ihr blieben, beraubt, um es den beiden jungen Menschen unmöglich zu machen, mit dem Bau eines solchen Luftschlosses, das nie Wirklichkeit werden konnte, auch nur zu beginnen. Doch so blieb alles beim alten. Sie war froh, daß sie auf die Zurückhaltung und ruhige Gemütsart von Clara bauen konnte, und wenn diese das Zimmer verließ, um Lucilio zu leuchten, dachte sie bei sich: Was für ein prächtiger, kluger Mensch! Könnte man nicht sagen, er habe Furcht, die Augen aufzuheben, damit man nicht glaubt, es gelte meiner Enkelin? Wenn er einmal aufsieht, so gilt es mir. Und das in seinem Alter! Nein, es ist wahrhaftig ein Wunder.

Aber Lucilio wußte schon Gelegenheiten, wo sich seine Seele in einem raschen Blick offenbaren konnte; und dann wurden seine sonst so bescheidenen Augen sehr viel kühner und erinnerten in nichts an den Blick, mit dem er die Großmutter zu täuschen pflegte. Wenn die andern im Eßzimmer beim Spiele saßen und er scheinbar aufmerksam dem Tresett von Hochwürden folgte oder Marocco, den Hund des Hauptmanns, streichelte, flogen zwischen ihm und Clara die Blicke hin und her; und während ihm im Ohr die lauten Rufe der Spieler wie allzu nahe Glocken dröhnten, sang in seinem Herzen die Stimme eines Engels. Auch Lucilio spürte die Macht einer Liebe, die ihn ganz mit Harmonie durchdrang, ohne daß sein rechnender Verstand ein solches Wunder zu fassen vermochte. Denn die Liebe, die im Geiste wurzelt, ist mit den an das Körperliche gebundenen Kräften nicht zu erklären; sie überdauert die Zerbrechlichkeit des Leibes, um als ewige Liebeskraft in die Unendlichkeit Gottes einzugehen.

Als Clara von den Eltern zu den Gesellschaften der Tante geführt wurde, fand der junge Doktor von Fossalta unschwer einen Weg, dort einzudringen. Der venezianische Sittenkodex der hohen Gesellschaft ist nie so unbillig gewesen, gut erzogenen, geistreich fröhlichen und wahrhaft verdienten Menschen den Zugang in ihre Häuser zu verweigern, auch wenn solchen guten Eigenschaften in keinem Wappenfeld ein Zeichen gesetzt war. Lucilio war in Portogruaro sehr geschätzt und erfreute sich der

Gunst und Freundschaft einiger junger Professoren vom Seminar. Er wurde also von ihnen dem erlauchten Senator vorgestellt; und dieser hatte in Kürze allen Grund, ihnen hierfür wie für eine besondere Gefälligkeit zu danken. Übrigens kannte er den Doktor Sperandio, der um alles, was er in Venedig brauchte, zu ihm kam, seit vielen Jahren. Also machte er dem Sohn seines alten Freundes die liebenswürdigsten Vorwürfe, daß er die Bürgschaft Dritter für notwendig gehalten habe, wenn er in sein Haus eingeführt sein wollte. Als er ihn am ersten Abend verabschiedete, äußerte er sich sehr schmeichelhaft, das Gute, was man ihm über ihn gesagt habe, sei ein Nichts im Vergleich zu dem, was er selbst in der Folge werde sagen müssen. Der junge Mann verbeugte sich bescheiden und tat, als finde er keine Worte, für eine so große Liebenswürdigkeit zu danken. Wirklich beherrschte Lucilio wie wenige die Kunst lebhafter, liebenswürdiger, vielseitiger Unterhaltung, so daß man ihm mit Freuden zuhörte. Nur der Professor Desalli war ihm an Gelehrsamkeit überlegen. Bei Giulio Del Ponte konnte man im Zweifel sein, wem von den beiden die Palme gebühre, denn einer war so lustig und witzig wie der andere. Giulio mochte den Rivalen an Schlagfertigkeit und Reichtum der Einfälle übertreffen, Lucilio ihn an Tiefe und feiner Spötterei. Er gefiel, weil er reif und klug war; Giulio entzückte mit seinem jugendlich unbefangenen Feuergeist. Doch wer die Menschen zum Nachdenken bringt, hinterläßt tiefere Spuren als der, der sie lächeln macht, und ein einziger Strahl der Bewunderung läßt die zarte Farbe des Entzückens verblassen.

Lucilio entfachte den Funken Geist, der im Hofstaate des Senators glomm, zur Flamme der Begeisterung. Er wußte diese zierlich zurechtgestutzten, aber im Grunde gleichgültigen Gemüter zu entzünden; was in ihnen noch Glut war, regte sich und flackerte nun noch einmal auf. Sie vergaßen, was sie jetzt waren, und liehen sich von ihm einen letzten Traum von Jugend. Sie lachten, schwatzten, spotteten, stritten nicht mehr wie Leute, die sich verständigt haben, die Zeit totzuschlagen, sondern wie Menschen, die die Zukunft vorausahnen und zur Reife bringen wollen. Es schien, das Leben eines jeden habe einen Sinn gefunden. Ein einziger Mund, aus dessen Worten eine hohe, geheimnisvolle Hoffnung atmete, eine einzige Stirn, von der das Vertrauen in den Geist leuchtete, der niemals stirbt, hatten dieses Wunder vermocht. Der Senator, der in seinem abgeschlossenen Dasein vollends in eine seiner Natur gemäße Teilnahmslosigkeit gesunken war, staunte gewaltig über diese warmen Ausbrüche von Begeisterung, über diesen ungestümen Kampf in Wortwechsel und Widerspruch, der ihn fortriß wie einen Schulknaben. Er suchte die Ursache hiervon in dem Beispiel und der Nähe der Jugend; doch es war die Flamme des Lebens selber, die, von einem geschickten Taschenspieler, der ihm das schon erstarrte Herz nicht erweichen konnte, wieder entfacht, ihm den Kopf mit Dunst benebelte und eine feurige Zunge verlieh. »Man könnte fast meinen, ich nähme die Sophistereien ernst, mit denen sie, stümperhaft genug, die Zeit hinbringen«, murmelte der Alte vor sich hin, während er in dem berühmten Sessel auf das Nachtmahl wartete. »Ich habe eben seit vierzig Jahren nicht mehr die gelobte Luft des Kollegs geatmet. Ja ja, die Menschen sind nichts weiter als Kinder, ewige Kinder.« Und er strich sich über die schlaffen, runzligen Wangen.

Seit Lucilio die Begeisterung bei den Höflingen des Senators plötzlich entfacht hatte, litten die Spieler an ihren Tischen, und besonders die Damen, unter häufiger Geistesabwesenheit. Dieses ständige Geprassel von Fragen, Antworten, Anklagen und Verteidigungen, von Scherz und Lachen, Ausrufen und Beifall erregte bei den Spielern ein wenig Neugier und wohl auch Neid. Die Freuden und Erschütterungen beim Quintiglio oder Tresett waren um vieles schwächer; hatte einer alle Trümpfe ausgespielt und die üblichen sauersüßen Glückwünsche und Ankündigungen auf Revanche eingeheimst, so war die Spannung zu Ende, und bald trottete man wieder als Schindmähre vor dem gleichmäßig dahinrollenden Karren des Spiels. In jener Ecke hingegen war die Geselligkeit immer abwechslungsreich heiter und geistvoll. Die Augen der Damen wurden gläsern, die Ohren spitzten hinüber. »Aber, gnädige Frau! Sie sind an der Reihe. Haben Sie es denn nicht bemerkt?« – »Entschuldigen Sie, ich habe ein bißchen Kopfweh« oder »Ich habe nicht acht gegeben; ich hatte die Gedanken anderswo«. Solche kleine Hakeleien gab es herüber und hinüber, und die Sünder fanden mit einem Seufzer zum Spiel zurück. Lucilio hatte an diesen Seufzern nicht geringen Anteil, und er wußte es sehr wohl. Er kannte den Eindruck, den er bei den Unterhaltungen des Senators hervorrief, und versprach sich davon für seine Person den hochherzigen Dank von Clara. Liebe hat ihre besondere Hoffart. Giulio Del Ponte, der vielleicht gleich Lucilio einer der Damen gefallen wollte, hielt, so gut er irgend vermochte, zu dem Liede seines Gefährten die Baßstimme. Und die übrigen wetteiferten mit den beiden jungen Leuten, wenn es hieß, einzelne Wendungen in der ›Gazzetta di Venezia‹, dieser Mutter oder vielmehr Eva aller Tageblätter, behende und gewichtig zu begründen.

Es ist schon so, die Venezianer von dazumal mußten die Zeitung erfinden, und sie haben sie erfunden; sie war das echte, rechtmäßige Kind ihrer reichen Phantasie. Nur durch die Venezianer konnte sich die Flut von Nachrichten, Plaudereien und Gerüchten zum erstenmal weiter in die Welt ergießen. Der Senator erhielt jede Woche seine Zeitung, die dann gemeinsam erläutert und ausgelegt wurde; aber auch hierin ließ Lucilio alle andern weit hinter sich. Keiner wußte wie er den Gründen für das, was an dem einen Ende der Welt geschah, am entgegengesetzten nachzuspüren. »Was habt Ihr für einen Blick, lieber Doktor!« sagten sie voll Staunen. »Für Euch sind England und China in Fernglasweite, und Ihr findet zwischen beiden so viele Beziehungen wie zwischen Venedig und Fusina.« Lucilio antwortete, die Erde sei eben eine Kugel, und nachdem Columbus und Vasco da Gama neue Länder auf ihr entdeckt hätten, müsse man sich nicht wundern, wenn das Blut durch diesen mächtigen Körper vom Pol bis zum Äquator ströme. Bei solchen Gesprächen kniff der Senator wohl die Augen zusammen und beobachtete Lucilio und dachte zurück an die Zeiten, da dieser junge Taugenichts im Buche der Staatsinquisitoren gewisse dunkle Spuren hinterlassen hatte. Dann durchfuhr den gewissenhaften Senator vielleicht ein ferner Argwohn; doch hatte ja Lucilio Fossalta ein paar Jahre nicht verlassen, sein Leben war das eines friedlichen, wohlhabenden Landbesitzers, und die Inquisition mußte ihn so vergessen haben, wie er sie und seinen jugendlichen Wahn. Der Doktor Sperandio hatte den hohen Gönner bei einem diplomatischen Besuch mit dem Bekenntnis beruhigt, er habe früher an seinem Sohne nie so viel Fügsamkeit, Gleichmut, Bescheidenheit und Arbeitswillen zu hoffen gewagt. »Wenn er nur endlich seinen Doktor machen wollte!« rief der alte Landarzt. »Natürlich ohne den üblichen Aufenthalt in Venedig!« fügte er, rasch bereuend, hinzu. »Aber, wenn er Doktor wäre, was für eine schöne Kundschaft hätte ich schon für ihn bereit!«

»Kommt Zeit, kommt Rat«, erwiderte der Senator. »Sorgen Sie inzwischen dafür, daß sich Ihr Sohn in seinem Charakter festigt, daß er allen Überspanntheiten den Laufpaß gibt, aber sich ja die gute Laune und Lebhaftigkeit bewahrt; nur die literarischen Phantasien der Schriftsteller darf er nicht ernst nehmen. Die Doktorwürde wird schon eines Tages kommen, und an Kranken wird es einem Arzte, der ihnen zu verstehen gibt, er könne sie heilen, nie fehlen.«

»*Morbus omnis arte ippocratica sanatur aut lavatur*«, fügte der alte Doktor hinzu. Und wenn das Gespräch am Nachmittag stattfand, so hatte er sicher noch ein halbes Dutzend solcher Sprüche bereit, die ich meinen Lesern ersparen will.

Lucilio war also, wie man im Volke zu sagen pflegt, das Schoßkind der Frauen geworden. Sie verstricken sich ja in ihrer Eitelkeit leicht in Liebe zu dem, der irgendwie eine Rolle spielt; und vielleicht ist die Lust, von allen beneidet zu sein, dafür der eigentliche Grund. Aber Lucilio vergönnte keiner von ihnen diese Lust. Bei seinen seltenen Besuchen an den Spieltischen war er heiter, feurig und voll Schwung, ohne daß sich eine der Schönen nur des geringsten Vorzuges hätte rühmen können, und zog sich bald zu seinem Oberbefehl im Gespräch um den Senator zurück. Höchstens ergriff er auf dem Hin- oder Rückwege die Gelegenheit, Clara mit einem glühenden Blick zu umfangen. In solcher plötzlichen Feuerhülle erbebte das junge Mädchen in allen Fasern; doch die Augen lächelten wie immer unschuldig und voll Frieden. Der magnetische Strom, den ihr der Geliebte zusandte, durchzitterte ihre Adern mit tausendfältigem Reiz, ohne doch die Tiefen ihres Gemütes aufzurühren. Dieser seiner himmlischen Heimat bewußte Geist ruhte unerschütterlich in sich selbst. Vor der Neugier der Damen schützte Clara mehr noch als der unbeachtete Platz, den sie einzunehmen pflegte, ihre Bescheidenheit. Sie verstand, so dazusitzen, daß man sie einfach vergaß, und kein Mensch konnte argwöhnen, das Herz von Lucilio schlage gerade für sie, die sich die geringste Mühe gab, es zu erobern. Die Frau Schulmeisterin ging weniger maßvoll zu Werke. Ihr Eifer, ihre Ziererei, ihre auf den begehrenswerten jungen Mann gerichtete Gefallsucht hatten die Bürgermeisterin und die Schwester des Oberinspektors schon seit den ersten Abenden erbost. Doch auch die Gereiztheit dieser beiden hierüber war bemerkt worden; kurz, Paris stand nicht peinlicher zwischen den Göttinnen als Lucilio zwischen jenen Damen, und er tat einfach, als ginge ihn das alles nichts an.

Es gab noch eine holde Weiblichkeit, die vielleicht mehr als alle andern die glorreichen Triumphe von Lucilio verfolgte, die ihn nie aus den Augen ließ, rot wurde, sowie er ihr nahe kam, ja sich ihm ohne Scheu näherte, um seinen Arm zu berühren, seine Kleider zu streifen und ihm besser in die Augen zu sehen. Und diese kecke Mamsell war Pisana. Stellt euch vor, eine Kokette von noch nicht vierzehn Jahren, ein verliebter Dreikäsehoch! – Aber es war an dem; und ich mußte mich mit dem scharfen Blick der Eifersucht, dem nichts entgeht, davon überzeugen. Als man zum dritten- oder viertenmal in das Haus Frumier fuhr, konnte ich beobachten, wie sich die Kleine mit ungeheurem Eifer und einem ziemlichen Aufwand an Zeit putzte. Kein Kleid war schön genug, kein Schmuck zu viel; sie fand kein Ende mit Haarbürsten und Kräuseln und Nägelglätten. Da sie sich noch nie so verrückt gebärdet hatte, dachte ich mir sofort, es stecke mehr dahinter als die übliche weibliche Eitelkeit, oder daß sie von den Damen bewundert sein wollte. Ich war in diesen Dingen noch recht dumm, aber ich beschloß, mir Klarheit zu verschaffen. Schon damals schien mir die Qual der Gewißheit weniger furchtbar als die des Zweifels; aber jedesmal, wenn ich zu dieser grausamen Gewißheit kam, mußte ich dem Zustand armseligen Glückes, da ich noch zweifeln durfte, nachweinen. Nun, ich huschte also mit den Dienern, die den Kaffee hinauftrugen, in den Saal, versteckte mich hinter dem Türvorhang und hielt Ausschau. Ich mußte sehen, wie Pisana Lucilio mit den Augen verschlang. Ihr Köpfchen wanderte mit ihm, wie die Sonnenblume mit der Sonne wandert; sprach er mit größerem Feuer oder drehte er sich nach ihrer Seite, so schwoll ihr kleiner Busen munter wie der einer fertigen Frau. Sie sprach nicht, sie atmete kaum, sie sah nichts außer Lucilio; jede Bewegung, jedes Lächeln galt ihm. Alle Merkmale der heftigsten Liebe waren ihrem Wesen aufgeprägt, und nur ihre große Jugend bewahrte sie vor dem Argwohn und den boshaften Bemerkungen der Damen, wie die Schwester durch ihre Bescheidenheit davor bewahrt worden war. Mir brach der Schweiß aus; ich zitterte wie im Fieber, ich knirschte mit den Zähnen, ich klammerte mich an den Vorhang, ich fühlte mich dem Tode nahe. Nun wurde mir alles blitzartig klar. Also darum hatte Pisana in den letzten Tagen mit mir gemault, darum hatte sie nicht wie sonst geplaudert und gelacht, darum war sie so leicht gereizt oder nachdenklich und suchte die Einsamkeit und den Mond.

Oh, die Treulose! Ich seufzte aus tiefstem Herzensgrund.

Über solchem Kummer schlug meine verzweifelte Liebe um in Haß, und das war fast ein Trost. Ich hätte mit eigener Hand ein Bündel Blitze auf Lucilio schleudern und diese verhaßte schöne Stirn zerschmettern, wie ein Gift in alle seine Poren dringen, jede Fiber zersetzen, jeden Nerv zu Tode martern mögen. An meiner Person war nichts mehr gelegen; ich schmeckte zum erstenmal die Bitterkeit des Lebens, ich haßte es, wie ich Lucilio haßte. Das Leben war ja doch der Ort all meines Jammers, wenn nicht gar der Grund. Nun mußte ich sehen, wie die eitle Törin das Vorrecht ihres kindlichen Alters nutzte, dem Diener die Tasse Kaffee aus der Hand nahm und sie dem jungen Mann reichte. Dabei wurde sie feuerrot, die Augen funkelten, ich hatte sie so nie gesehen; sie war in diesem Augenblick kein Kind mehr, sondern ein liebenswürdiges, vollkommenes und, was schlimmer war, verliebtes Mädchen. Als ihr Lucilio die Tasse aus der Hand nahm, wankten ihr ein wenig die Knie, und sie schüttete sich ein paar Tropfen Kaffee auf das Kleid. Der junge Mann lächelte ihr freundlich zu, nahm sein Taschentuch, beugte sich zu ihr nieder und tupfte die Tropfen auf. Da zog über ihr Antlitz ein Ausdruck von Wollust, wie ihn überzeugender kein Bildhauer Griechenlands je einer Venus oder Leda eingemeißelt hat, und ihre kleine Person gab seiner Berührung so geschmeidig nach, daß Lucilio sie mit einem Arm umfassen mußte, um sie zu stützen. Ich ballte die Hände, ich zerbiß mir die Lippen, ich fuhr mir mit den Nägeln ins Gesicht, ich riß die Jacke auf und zerkratzte mir die Brust. Eine blinde Wut wollte mich vorwärts stoßen, und eine rätselhafte Gewalt hielt mir die Füße gefesselt. Endlich kehrte Lucilio zu seinen Gesprächen zurück, und Pisana setzte sich neben die Mama. Aber die süße Verwirrung, die sich noch auf ihrer Miene malte, quälte mich weiter. Da traten die Diener mit den silbernen Präsentierschalen heraus.

»Oho, Carlino, was tust denn du hier?« rief mir einer zu. »Mach mir Platz und komm in die Küche, hierher gehörst du nicht.«

Diese kränkenden Worte, die meine Raserei eigentlich hätten auf die Spitze treiben müssen, machten mich mit einem Mal ruhig.

›Er hat recht‹, sagte ich mir in dumpfer Verzweiflung, ›hierher gehörst du nicht.‹ Und ich ging taumelnd wie ein Trunkener in die Küche. Dort stellte ich mich an den Herd und starrte in die Glut, bis sie mir sagten, es sei angespannt, man wolle fahren. Auf der Treppe folgte Pisana Lucilio wie ein Hündchen seinem Herrn. Stumpf stieg ich auf den Wagen und blickte immer zu Lucilio hin. Pisana lehnte sich aus dem Kutschenschlag und sah auf den Fleck, wo er gestanden, auch nachdem er längst entschwunden war. Ich Enterbter hockte auf dem Rücksitz, und Gott allein weiß, was ich während dieser Heimfahrt dachte oder nicht eigentlich dachte, sondern fieberte, fluchte, weinte, lästerte. Mir war sehr wohl bewußt, was diese dünne Wand aus Leder, die meinen Platz von dem ihren trennte, für die Zukunft würde zu bedeuten haben. Tausendmal hatte ich an den Tag gedacht, der mir Pisana dank der unglückseligen Macht der Verhältnisse auf immer entreißen und einem andern opfern würde, den sie nicht wünschte, nicht liebte, vielleicht mit Mühe ertrug. Und mir stand tröstlich das Bild vor der Seele, wie sie tränenüberströmt und bleich vor Kummer unter dem weißen Schleier zum Altare schritt und sich dann im Dunkel des Brautgemaches dem Gebieter, dem man sie verkauft hatte, kalt, zitternd, gedemütigt, ohne Liebe und ohne Wünsche überließ. Ihr Herz bliebe mein, unsere Seelen würden sich weiter lieben; manchmal, welches Glück, sähe ich sie dann mit ihren Kindern an mir vorübergehen, und mit Wonne würde ich eines von ihnen heimlich ans Herz drücken, es küssen, es mit Entzücken betrachten, würde in seiner Bildung die Spuren der Mutter suchen. Und dann würde ich wieder wie einst, da sie mich allein innig liebte, in dem süßen Wahne leben, daß der Teil von ihr, der sich geheimnisvoll auf dieses Kind übertragen hatte, auch mein eigen gewesen. Ich wußte natürlich mit meinen kaum vierzehn Jahren in solchen Dingen längst

Bescheid, das Geschwätz der Diener und Kammermädchen hatte mich darin mehr als nötig unterwiesen; und doch zwang ich den Aufruhr der verwirrten Sinne nieder, zügelte die Phantasie, die mit mir losstürmen wollte, und begehrte von meiner Liebe nichts als milden Schmerz und wehmutsvolle Freuden. Ach, ich erntete zum Lohn für alle Mühe und Ergebenheit nur Undank und Vergessen. Pisana vergaß mich nicht etwa um einer andern wahren Liebe willen – dann hätte ich mich mit Kampf, mit Haß und Rache trösten können. Nein, sie warf mich weg wie ein Spielzeug, das ihr keinen Spaß mehr machte, um eitel und töricht einem Traume nachzuhängen, der nie Wirklichkeit werden konnte. Der Widerwille gegen Lucilio, der mich anfangs gepackt, hatte sich nach und nach in einen wütenden Haß gegen Pisana verwandelt. Lucilio war für sie ja viel zu alt, sie hatte ihn niemals schön oder liebenswert gefunden; erst durch die Anbeterei der Damen hatte sie die Vorzüge seines männlichen Geistes, der ihrem kindlichen Urteil noch gar nicht erreichbar war, erkannt. Ich sah mich einem eitlen Wahn ohne Bedenken geopfert.

›Nein, sie hat kein Herz, keine Dankbarkeit, kein bißchen Scham. Ich verachte sie, wie sie es verdient; ich werde sie immer verachten‹, schrie es in mir.

Armer Knabe! Er litt schon früh die schrecklichste der Qualen, die die Natur für ihre Geschöpfe grausam bereit hält, er verachtete und liebte zugleich. Das bedeutet die Zerrüttung jeder Moral, bedeutet eine ausweglose Knechtschaft, in der sich die Seele, die doch das Gute sieht und liebt, vor dem Bilde des Bösen beugen und seine Gunst inständig erflehen muß. Ich besaß zuviel Herz und eine zu große Anhänglichkeit; das Gedächtnis an die erste kindliche Liebe verfolgte mich ohne Gnade. Umsonst ergriff ich die Flucht, umsonst stellte ich mich und bekämpfte es mit Hilfe der Vernunft – es war älter als die Vernunft, es kroch in die verborgensten Falten meiner Seele. Der Hauch dieser schicksalhaften Liebe entfachte in meinem Gemüt einen Sturm von Wünschen und Tränen, Wut und Raserei.

Hier liegt der Schlüssel zu der Geschichte meines Unglücks und meiner Schuld; ich mußte verachten, wo ich liebte.

Vielleicht lächelt ihr über die beiden Kinder, von denen ich hier spreche wie von erwachsenen Menschen; doch ich wette, wenn ihr an die Jahre der Kindheit zurückdenkt, finden viele von euch in ihnen den Keim und so etwas wie die Zusammenfassung der Leidenschaften ihres späteren Lebens. Die Zucht des Lehrers und der Kreis der Pflichten halten Kinder im allgemeinen bis zu einem gewissen Alter in Schranken; aber laßt sie gehen, tun und denken nach ihrer Willkür, und ihr werdet in ihnen wie im engen Raum eines Hohlspiegels all die vielfältigen Leidenschaften der reifen Jahre erblicken. Mich und Pisana ließ man wachsen, wie der Himmel wollte und man damals zu tun pflegte, wenn man nicht zu einer Internatserziehung seine Zuflucht nahm. Natürlich waren wir von Beispielen traurigster Art umgeben; in solcher Luft wachsen die Kinder auf ohne Glauben, ohne Kraft, ohne Ideale; sie gelangen halbentseelt an die Schwelle des Lebens und schleppen sich bis zum Tod im Schlamm der Lüste. Die Würmer, die im Grab auf sie warten, waren ihre Gefährten auch in der Welt.

Ich für mein Teil vermochte, ob dank meines Temperamentes oder dank der Widerwärtigkeiten, die mir die Kraft schon in den ersten Jahren festigten, in diesem Sumpfe so weit rein zu bleiben, daß ich nicht für immer Schaden nahm. Aber Pisana, die so viel mehr als ich mit schönen Gaben und Neigungen ausgestattet war, entbehrte zu ihrem Unglück all des Schutzes, den eine sorgfältige Erziehung ihr nötig hätte gewähren müssen. Ihr lebhafter, nachgiebiger, aufgeweckter Geist trübte sich in jener Sucht zu gefallen, die sie ganz erfüllte, wurde aufgezehrt von jener Glut der Sinne, in der der feinste Teil ihrer Seele verbrennen mußte. Mut, Mitleid, Hochherzigkeit, Phantasie, diese schönen Züge ihres Charakters, arteten aus in Hilfsmittel ihrer zügellosen Begierden, oder wenn sie bisweilen aufleuchteten, so waren es Blitze, seltsame, plötzliche Gebärden des Instinkts, keine Taten aus bewußter, wahrer sittlicher Kraft.

Ein so beklagenswerter Schaden hatte seinen Ursprung in der ersten Kindheit; zu der Zeit, von der ich erzähle, war er schon so vorgeschritten, daß er sich vielleicht hätte aufhalten, doch nicht in seinen Wirkungen hätte auflösen lassen; und als man ihn dann mit Händen greifen und in ihm den Grund erkennen konnte, warum sich ihre kindlichen Fehler mit den Jahren stets verschlimmert hatten, wäre keine Macht der Welt imstande gewesen, das Mädchen neu zu schaffen. Ach, mit wieviel Tränen verzweifelter Liebe wünschte ich damals die Zeiten der Wunder und wunderbaren Bekehrungen zurück, mit welch brennender Hoffnung verschlang ich die Schriften, worin gelehrt wurde, wie man Seelen mit Liebe, Geduld, Opfer wiedergebiert! Mit wieviel Mut bot ich Stück um Stück meiner selbst zum Sühnopfer, damit jener gefallene Engel, dessen Flug im Morgenglanze des Lebens mich erquickt hatte, sich wieder in das Licht der Frühe erhöbe! – Aber Pisana zu erreichen, war aller Menschenmacht unmöglich. Ein einziges Mal hat sich der Himmel vor ihr geöffnet; ich sah eine Verklärung ihres Wesens, die mein Herz als einen Schatz reinster Freude bewahrt hat, am letzten Tage, der Lohn und Schmerz in unendlicher Fülle über mich brachte und täglich bringt. Doch damals, als ich auf der Burg Fratta lebte, war ich von solcher Erkenntnis weit entfernt, und mein Herz wäre verzweifelt, hätte es gewußt, daß meine Liebe ihren tiefsten Sinn aus der Hand des Todes erhalten sollte.

In den Tagen, die jenem kummervollen Abend folgten, erschien ich allen so schwach und elend, daß man eine Krankheit fürchtete. Ich sollte mir durchaus vom Herrn Lucilio den Puls fühlen lassen; doch ich weigerte mich hartnäckig, und so ließ man davon ab, damit das Übel nicht größer werde, und hielt mich nur für äußerst dickköpfig. Freilich sahen die Kammermädchen, daß die Gefühle zwischen mir und Pisana sehr viel kälter geworden waren, aber wie konnten sie glauben, dies sei der Grund meiner Elendigkeit! Sie waren an solche kalten Zwischenzeiten gewöhnt, und im übrigen schien ihnen das alles unwichtig und eine Kinderei. Nach ein paar Wochen merkte auch Pisana, daß ich bleich aussah und mich von ihr fern hielt, und sie mühte sich, als ahne sie mein Geheimnis, mir wieder nahe zu kommen, um mir wohlzutun. Die Wut der Verzweiflung war einem müden Schmerz gewichen, und ich nahm ihre Mühe mit trauriger, beinahe mitleidiger Miene entgegen. Dieser letztere Ausdruck behagte ihr ganz und gar nicht; sie tat, als hätte ich ihr gezeigt, ich habe sie nicht nötig, und ließ mich einfach stehen. Ach, hätte sie mir die Arme um den Hals geworfen! Ich wäre leichtgläubig oder feige genug gewesen, sie ans Herz zu drücken und die grausamen Augenblicke, die sie mir bereitet, zu vergessen. Vielleicht war es besser so, denn am folgenden Tage hätte mich der Schmerz von neuem überfallen und schwächer gefunden denn zuvor. Trotz meiner schwankenden Gesundheit fehlte ich nie, wenn die Familie nach Portogruaro fuhr, und dort genoß ich jeden Abend mit bitterer Wollust die Gewißheit meines Unglücks. Die Seele lernte sich bezwingen, doch der Leib litt Todesqualen, und sicher hätte ich dieses Leben nicht lange weiterführen können. Martino wollte wissen, warum ich so viel seufze; der Pfarrer wunderte sich, daß die Lateinaufgaben nicht mehr so ordentlich waren wie früher, und fand nicht den Mut, mich zu tadeln, weil ihn meine Kraftlosigkeit zu sehr jammerte; Komteß Clara verfolgte mich mit fürsorglichem Eifer. Ich verfiel zusehends, und Pisana tat, als sehe sie es nicht, oder wenn sie einmal einen mitleidigen Blick auf mich warf, so schaute sie rasch wieder weg. In dieser Weise wollte sie mich für meinen Hochmut strafen. Aber war es denn Hochmut?

Ich starb an gebrochenem Herzen, und doch weinte ich um sie, die an solchem Tode schuld war. Ich weinte und liebte, und hätte hassen, verachten, strafen sollen. Mitten in diesen Kämpfen fiel die Frau Gräfin in eine Krankheit, und das war für mich ein Glück, denn nun mußten die Fahrten nach Portogruaro unterbrochen werden, und so rettete mich diese Krankheit vor einem frühen Tode. Nun kam Lucilio in seiner Eigenschaft als Arzt natürlich noch öfter auf die Burg; aber Pisana war von ihm in Fratta bei weitem nicht so entzückt wie in Portogruaro. Ein- oder zweimal schenkte sie ihm einige Aufmerksamkeit, dann ließ das ganz von selber nach, und schließlich war er ihr so gleichgültig wie früher. In dem Maße, als Lucilio ihrem Herzen entschwand, hielt ich darin wieder Einzug, und ich muß gestehen, meine Freude über diese Rückkehr war so heftig und vollkommen, als sei ich zu dem ersten Vertrauen in unsere Liebe zurückgekehrt. Ich war Kind, ich glaubte blindlings. Wie ich einst meiner Pisana trotz ihrer gelegentlichen Flatterhaftigkeit felsenfest vertraute in der Gewißheit, nur ich wohne tief in ihrem Herzen, so war ich jetzt überzeugt, ich werde die Früchte dieser Reue ewig genießen. Fast fand ich nun in der scheinbaren Untreue, in den schnellen Versöhnungen einen Beweis mehr, daß sie nur mich lieben, daß sie ohne mich nicht leben konnte. Also sagte ich ihr kein Wort von meinen Qualen und wich ihren Fragen aus in dem dunklen Gefühl, daß das Bekenntnis einer Eifersucht nur zu neuer Untreue reizt. Ich gab die Schuld einer wunderlichen Laune, einem unerklärlichen Übelbefinden und öffnete mein Herz, das so lange verschlossen leben mußte, völlig der Freude. Auch Pisana gebärdete sich ganz närrisch; es war, als hätten ihre Grillen weder im Gedächtnis noch im Bewußtsein die geringste Spur hinterlassen, und ich beruhigte mich dabei, während ich doch bei tieferer Einsicht darüber hätte erschrecken müssen. Ich überließ mich also dem Strom von Glück, der mich trug, um so sicherer, als das Mädchen mir in jenen Tagen gefügig liebevoll, ja sogar demütig und geduldig schien wie nie zuvor. War es ein schweigender, unbewußter Ausgleich für das mir zugefügte Unrecht? Ich wüßte es nicht zu sagen. Oder hatte sie sich in der scheuen Verehrung für Lucilio die heftigen Ausbrüche ihrer tyrannischen Gemütsart abgewöhnt? Nun, dann erntete eben ich, was ein anderer gesät. Dieser Zweifel, der mich jetzt würde verzagen lassen, kam mir damals nicht einmal in den Sinn. Man muß wohl lange gelebt und philosophiert haben, um zu lernen, wie man sich in ausgesuchter Weise quält.

Die Gräfin war zwar keineswegs schwer krank, aber sie erholte sich nur langsam. Sie machte tausend Mätzchen und Schwierigkeiten, um deren allmähliche Bewältigung sich alle gemeinsam mühten, der Doktor Sperandio mit italienischer und lateinischer Beredsamkeit, Lucilio mit Geduld, Hochwürden von Sant'Andrea mit sanftem Zuspruch, der Gemahl und Clara mit sorgfältiger Pflege und Heiltränken, die sie ihr viermal täglich gewissenhaft reichten. Erst als eines Tages der Besuch der Schwägerin Frumier gemeldet wurde, erholte sich die Gräfin plötzlich, vergaß die endlose Reihe ihrer Leiden, ließ sich kämmen und putzen, befahl das schönste, rosenfarbigste Häubchen, das im Schrank zu finden war, und das Bett mußte mit spitzenumsäumten Kissen und Decken geschmückt werden. Von jenem Tage an war ihre Genesung gesichert, und man konnte in der Kapelle zum Dank für die wiedergewonnene Gesundheit der hohen Herrin ein Tedeum singen. Hochwürden Orlando feierte dieses Tedeum mit aufrichtiger Freude, denn nie hatte man in Fratta so schlecht gegessen, wie während der Krankheit seiner Schwägerin. Alle Küchenmädchen waren mit nichts weiter beschäftigt als Tränke destillieren, Brotsuppen einweichen, Teller mit Brühe hinauftragen, und inzwischen blieben die Töpfe leer, und zur Essenszeit mußte man sich mit Gerichten aus dem Stegreif begnügen. Übrigens brauchte es vier oder fünf Besuche der Senatorin Frumier, bevor die Gräfin völlig genas und die Familie das gewohnte Leben wieder aufnehmen konnte; es war Winter geworden, bis die Blüte dieser kostbaren Wangen für weitere dreißig Jahre gesichert war. Hochwürden Orlando stellte mit Freuden fest, daß sich der Herd allmählich wieder mit breiten Pfannen und brutzelnden Schmortöpfen bevölkerte. Wäre das strenge Fastenregiment von etwas längerer Dauer gewesen, so hätte er die Genesung seiner Schwägerin mit seinem Leben bezahlt. Inzwischen hatten Pisana und ich ein paar Monate Frieden und, ich möchte sagen, Eintracht genossen, denn die üblichen Liebeshändel mit ihren Tücken, Eifersüchteleien und Friedensschlüssen waren nichts gegen die Schrecknisse der jüngst vergangenen Zeit. Donato, der Apothekerjunge, und Sandro aus der Mühle brachten mich allerdings bisweilen in helle Wut. Aber das war ganz etwas anderes, dieses Affentheater kannte ich längst, und dann – mochte Pisana ihre zärtlichen Launen schon an mir ein bißchen hart und eigensinnig auslassen, an den andern Kindern tat sie es sehr viel mehr. Auch wiederholte sich hier nicht das Schauspiel, das mich im Saal der Frau Tante so tief gedemütigt hatte. Von den Ängsten, die ich dort durchlitt, waren in meinem Herzen keine Spuren geblieben, doch dachte ich wohl noch an ihren Urheber, und oft schwebte mir der Name Lucilio auf der Zunge; ich hätte zu gern gewußt, ob und wie ihn Pisana noch im Sinn trüge. Aber ich zögerte immer, ihn auszusprechen, und sicher wäre meine Wißbegier nie gestillt worden, hätte mir nicht eines Tages Pisana selbst die Gelegenheit dazu geboten.

Lucilio kam nach einem Besuch auf der Burg die Treppe herab und ging nach der Brücke am Marstall, die der Hauptmann Sandracca für eine neue Verteidigung vorbildlich wieder hatte aufrichten lassen; Clara begleitete ihn, um im Garten ein paar Zierblätter und hier und da ein Geranium zu pflücken, das vom Reif verschont geblieben war. Sie hatten sich einige Tage nicht gesehen; in ihren Herzen stürmten Gefühle, die nach Ausdruck drängten, denn liebenden Gemütern wird der Zwang des Schweigens bald unerträglich, sie müssen ineinanderfließen. Die freie Luft und das Alleinsein tat ihnen wohl, und schon spürten sie den Vorgeschmack des Glückes, wenn sie die holde Frage und ewig gleiche Antwort der Liebe wieder würden tauschen können, Worte, tausendmal gesprochen und vernommen und doch mit immer neuem Sinn erfüllt, mit immer neuer Wonne gekostet; einfache Worte, von bebender Lippe gestammelt, von der magischen Kraft des Herzens zum Einklang der Seelen emporgehoben. Gerade wollte Lucilio das Zwiegespräch beginnen, da hörte er den hüpfenden Schritt und die helle Stimme von Pisana: »Clara, Clara, warte doch, ich will mir auch ein Sträußchen pflücken!« Lucilio biß sich auf die Lippen und konnte oder wollte seinen Ärger nicht verbergen, Clara hingegen hatte sich, gütig wie sie immer war, umgedreht und wartete auf die Schwester. Jetzt sah sie erst die düstere Miene des Geliebten und wurde nun auch traurig. Aber wenn Pisana gar so gern Blumen pflücken wollte! Sie gönnte es ihr, und die Freude des Kindes hätte sie wahrscheinlich für das ersehnte Gespräch mit dem Geliebten entschädigt. Ihre Güte kannte keine Grenzen; in solchen Menschen beruhigt sich der Sturm der eigenen Leidenschaften, sowie ihnen die Möglichkeit, daß ein anderer eine Freude brauchen könnte, vor Augen steht. Doch dieser schnelle Verzicht konnte dem jungen Manne schwerlich behagen, und sein Ärger wuchs beträchtlich. Er wandte sich also Pisana etwas unwirsch zu und fragte, ob sie die Großmutter allein gelassen habe.

»Ja. Aber sie hat mir selbst erlaubt, daß ich mit Clara Blumen pflücke.« Ihre Stimme klang gereizt. Was fiel Lucilio ein, sie in dieser Art zur Rechenschaft zu ziehen!

»Wenn man Zartgefühl hat und ein wenig Herz, dann muß man wissen, daß man manches nicht tut, auch wenn es einem erlaubt wird. Eine alte kranke Frau, die Gesellschaft nötig hat, läßt man nicht einfach allein, und wenn sie es hundertmal erlaubt.«

Pisana schossen vor Wut die Tränen in die Augen; sie drehte sich voll Verachtung um und antwortete nicht einmal Clara, die ihr sagte, sie solle nicht so empfindlich sein und dableiben. Sie aber kam schnurstracks ins Vorzimmer der Kanzlei gerast, wo ich arbeitete, flog mit zornrotem Gesicht auf mich zu und warf mir die Arme um den Hals. Ich konnte gerade noch die Feder weglegen und aufstehen.

»Was ist los?«

»Das soll er büßen, der Herr Gimpel! Das soll er mir büßen!« Pisana schäumte vor Wut.

Sie hatte diesen Spitznamen so lange nicht gebraucht, daß ich nicht verstand, wen sie meinte. »Welcher Herr Gimpel?«

»Ei, der Herr Gimpel aus Fossalta, der sich in alles mischt, was ihn nichts angeht. Er fragt und tadelt, als wäre ich seine Magd. Ich bin eine Komteß, und er ist ein Bauerndoktor, er mag seine dreckigen Bauern zur Ader lassen. Dazu ist er gerade gut.«

Ich lächelte, denn mir schoß bei diesen Worten allerlei durch den Kopf; dann erfuhr ich den Grund ihrer fürchterlichen Wut. Nun nahm ich die Gelegenheit wahr und forschte leise, ob sie vielleicht mehr verraten würde.

»Erst einmal konnte ich nicht wissen, auf wen du mit deinem Herrn Gimpel anspielen wolltest. Es ist lange her, daß du den Herrn Lucilio so genannt hast.«

»Du hast recht. Es ist hundert Jahre her. Ich bin doch zu dumm: denke dir, es gab eine Zeit, da hat er mir gefallen; besonders in Portogruaro bei der Tante hat er mich entzückt. Potztausend, wie horchten alle die Herren mucksmäuschenstill, wenn er sprach! Ich hätte wer weiß was dafür gegeben, an seiner Stelle zu sein. So eine große Rolle spielen, zu schön!«

»Nun, du mochtest ihn recht gut leiden«, bemerkte ich mit geheimer Angst.

»Ach ... gut leiden ...«, Pisana dachte ernsthaft nach, »nicht daß ich wüßte ...«

Ich sah ihr die Lüge an der Nasenspitze an und erkannte, daß Pisana, wenn nicht früher, so doch in diesem Augenblick wußte, wie ihre Bewunderung für Lucilio beschaffen war. Jetzt schämte sie sich vor sich selbst und konnte ihn aus Wut gar nicht genug beschimpfen. »Er ist ein Ekel, er ist hochmütig, er ist schlecht, und anziehen tut er sich wie Fulgenzio!« Sie ließ keinen guten Faden an ihm; seit langem hatte ich Pisana nicht so endlos und mit solchem Nachdruck reden hören wie in dieser Philippika gegen Lucilio. Von daher glaubte ich mich also sicher. Doch schon die Tatsache dieser Rivalität hätte mich bei einem so launischen, zum Übermaß neigenden Temperament wie dem ihren stutzig machen sollen. Und wirklich, als man wie früher zweimal wöchentlich nach Portogruaro fuhr, erkaltete Pisana wieder mir gegenüber und hörte und sah nur Lucilio im alten Zauberglanz. Es war, als hätte sie den Herrn Gimpel nie beschimpft und nie gehaßt; sie lag vor dem Bild im Staube, das sie kurz vorher mit Füßen getreten hatte, und schämte oder wunderte sich keineswegs. Diesmal war mein Schmerz nicht so heftig, aber weit tiefer, denn ich begriff, welcher Schaukel zwischen Hoffnung und Enttäuschung ich das Glück meiner Seele anvertraut hatte.

Ich zeigte Pisana meinen Kummer und suchte ihr das Unrecht, das sie tue, begreiflich zu machen; sie hörte die Vorwürfe überhaupt nicht. Nur enthielt ihre Hingabe an Lucilio jetzt einen Tropfen Eifersucht. Sie wußte nun, Clara wurde ihr vorgezogen, und darunter litt sie grausam, ohne es jedoch der Schwester oder Lucilio nachzutragen. Vielleicht genügte ihr, daß sie liebte, oder sie hielt ihre Liebe für so mächtig, daß sie eines Tages siegen müßte. Alle diese Gefühle, die ich in ihren Augen las, gaben mir natürlich wenig Trost; an wen sollte ich mich wenden? Lucilio hatte gar nichts gemerkt, und Pisana sah einfach über mich hinweg; so wandte ich mich schließlich in mich selbst. Da mein Schmerz tiefer saß als das erstemal, konnte ich vernünftig mit ihm reden. Sollte er einfach, ohne daß ihn etwas störte, sich auszubreiten, meine Kraft verzehren wie schon einmal? Dann war es doch klüger, ihm Cicero und Virgil und Horaz vorzusetzen, damit er etwas anderes zu schmecken bekam als seine eigene aufgeblasene Ungestalt. Und so geschah es; er wurde von den klassischen Studien aufgezehrt. Der zweite Sündenfall meiner Pisana schuf mir eine nicht weniger bittere, aber heilsame Arznei. Der Pfarrer strahlte vor Zufriedenheit und wünschte dem Grafen und dem Kanzleisekretär Glück; alle außer mir freuten sich meiner erfolgreichen Liebe zur Wissenschaft. Und diese dauerte nicht etwa Wochen, nein, Monate und Jahre. Dazwischen schoben sich die üblichen Kämpfe und Waffenstillstände mit Pisana. Bisweilen wurden die Fahrten nach Portogruaro unterbrochen, denn bald schlug das Wetter um, und die Wege waren aufgeweicht, oder es wurde zu früh Abend, oder die Hitze lastete zu schwer, oder die Frumier reisten nach Udine. Dann erwachte die Teilnahme von Pisana für mich, Sandro und Donato. Letzthin merkte sie schon während der Phase ihrer Leidenschaft für Lucilio, daß ich übler Laune war, und gönnte mir manchmal das Almosen eines Blickes oder Kusses. Ich Bettler nahm willenlos, was sie mir gab, und hätte mich nach wie vor von ihr mit Füßen treten lassen. Doch wuchs ich täglich an Gelehrsamkeit; ich schwitzte dermaßen über meinen lateinischen Büchern, daß Martino oft sagte, es wäre ihm fast lieber, ich drehte wie früher den Bratspieß. Aber ich hatte ja in meiner Not die große Hilfe für das Leben entdeckt, die in der Arbeit liegt. Als ich wenig über fünfzehn Jahre alt war, prüfte man mich am Seminar in Portogruaro in Grammatik, Latein, Aufsatz, Silbenmaßlehre, Rhetorik und Geschichte des Altertums, und ich bestand die Prüfung mit unsterblichem Ruhm. Stellt euch vor, ich hatte in kaum drei Jahren das gleiche gelernt, wie die andern in sechs. Nach einem so vollen Triumph wurde im Familienrat beschlossen, man wolle mich nach Padua schicken, wo ich die akademischen Würden erlangen solle; inzwischen erhielt ich eine feste Anstellung als Hilfsbeamter in der Kanzlei mit einem Jahresgehalt von sechzig Dukaten, also etwa vierzehn Soldi am Tag. Ganz gewiß nicht viel! Doch wenn ich die paar Münzen in die Tasche steckte und mir sagen konnte: Die gehören mir, ich habe sie selbst verdient, so war ich äußerst zufrieden. Meine neue Würde brachte es mit sich, daß ich an der herrschaftlichen Tafel teilnehmen und auch in Portogruaro den Saal des Hauses Frumier betreten durfte. Da saß ich nun neben dem Kanzleisekretär und sah ihm beim Tresettspiel zu und fand daran nicht sonderlich Vergnügen; denn immer Pisana vor Augen haben und mich ständig über die Affenspiele ärgern müssen, die sie Lucilio zuliebe aufführte, machte keinen großen Spaß. Jetzt lache ich freilich über diese Kindereien, doch damals war es mir bitter Ernst; ich weinte blutige Tränen.

Auch Pisana war herangewachsen. Sie zählte vierzehn Jahre

und erschien schon als ein fertiges, reifes Mädchen. Sie war nicht eben groß, aber ihre Formen waren vollkommen und zumal Schultern und Hals bewundernswert; der Kopf ein wenig mächtig, doch fehlerlos in den Maßen und von dem schönsten Oval; das Haar weich und geschmeidig, die Augen von verhaltenem Feuer glänzend, darüber feingeschwungene Brauen und ein Mündchen, ein Mündchen zum Malen oder zum Küssen. Ihre Stimme war kein leeres Geklingel aus dem Kopf, sondern sie klang dunkel und voll, als käme sie aus der Brust, wo das Herz schlägt; ihr Gang war bald ruhig und gleichmäßig, bald sprang und hüpfte sie wie ein Schulmädchen in den Ferien, bisweilen zog sie sich stumm und nachdenklich in sich zurück, dann wieder war sie offen, lachte und plauderte. Aber die Lust zum Plaudern verging ihr früh; schon mit vierzehn Jahren beschäftigten andere Gedanken sie so sehr, daß ihre Zunge gebunden blieb. Im Saale des Hauses Frumier spielte sie schon das Weibchen, schmachtete und zierte sich; war sie jedoch der Rücksichten auf Menschen los und ledig, dann kehrte der feingedrechselte Körper flink zu den Spielen zurück, die ihrem Alter entsprachen, und freute sich an den wunderlichsten Luftsprüngen und Verdrehungen der Welt. Sie war wilder als der wildeste Junge. Ich erinnere sie aus jenen Jahren des Übergangs als Kind und Frau zugleich; die Fehler des Kindes fanden sich in der Frau so deutlich wieder, daß ich den Zeitpunkt dieses Wechsels nicht bestimmen kann. Wahrscheinlich gingen sie ganz natürlich und folgerichtig in den andern Zustand mit hinüber.

Damals begann für mich eine neue Qual, oder es setzte sich vielmehr die alte fort. Zu jener Zeit verließ der Herr Raimondo von Venchieredo das Internat und kehrte auf seine Burg bei Cordovado zurück, um dort zu wohnen; aber da er noch nicht mündig war, übergab ihn sein Vormund, ein Onkel mütterlicherseits aus Venedig, der Obhut eines Hofmeisters. Dieser Lehrer war ein gewisser Pater Pendola, der nach Venedig gekommen war, niemand wußte woher, und sich als Gelehrter einen großen Ruf erworben hatte. Der geheimnisvolle Abbé mochte sicher gute Gründe haben, das Hofmeisteramt anzunehmen; ich glaube, er war so ganz heimlich ein Benjamin unter den Staatsinquisitoren. Es hieß, er stamme aus der Romagna, doch reiste er mit einem russischen Paß, und man weiß, daß die Jesuitenpatres nach der Aufhebung ihres Ordens nach Petersburg geflüchtet waren und daß die Republik Venedig sich nie als ihre Schutzherrin bekannt hatte. Jedenfalls waren die politischen Grundsätze der Signorie nicht mehr die alten, als sich der Pater Pendola mit seinem Zögling in Venchieredo niederließ, und er sowie der junge Burgherr erregten in der Gesellschaft von Portogruaro gewaltiges Aufsehen. Alle beeilten sich, sie einzuladen und zu feiern. Sowie nun dieser junge Mann im Hause Frumier aufgetaucht war, vergaß Pisana immer häufiger den Herrn Lucilio und wandte sich dem Herrn Raimondo zu; ich saß neben dem Kanzleisekretär, der Schmerz nagte an meinem Herzen, und meine Augen fanden nicht mehr den Blick, den sie suchten.

SIEBENTES KAPITEL

Vom feierlichen Lobpreis des Pater Pendola und seines Zöglings. – Zwei Heiraten gehen in Rauch auf, ohne daß man recht weiß, warum. – Komteß Clara und ihre Mutter ziehen nach Venedig; ihnen folgt der Doktor Lucilio und wird dort ziemlich vertraut mit der Französischen Gesandtschaft. – Warum ich meiner Pisana müde wurde, mit dem gesamten schönen Geschlecht der Nachbarschaft äugelte und endlich auch mit der Jurisprudenz an der Universität Padua, wo mir bis zur Abreise im August des Jahres 1792 der Geruch der Französischen Revolution von ferne in die Nase dringt.

Zunächst hatte es den Anschein, als würden die Hoffnungen der Frau Gräfin auf die Verheiratung ihrer Ältesten nicht enttäuscht. Wahrlich, alle jungen Männer aus Portogruaro und der Umgegend waren in Clara verliebt; sie hätte nur zu wählen brauchen, und der ihr am besten gefiel, hätte sich sogleich mit ihr verlobt. Vor allen betrachtete der Partistagno sie als sein Eigentum; ja mehr noch, war ein anderer in ihren Anblick mit zu großer Andacht versunken, so zeigte seine Miene ein gewisses Mißvergnügen, das seine Absichten deutlich offenbarte. Beim Eintritt in das Haus Frumier hatte er sich unbedacht dem Kreis um den Hausherrn genähert, diesen Platz jedoch bald aufgegeben, denn er war klug genug, zu merken, daß er sich dort recht kläglich ausnahm. So hatte er ein Tischchen gewählt, wo er zwischen zwei alten Damen saß, die mit einem geistlichen Herrn Tresett spielten, und beehrte Clara von da her mit den üblichen Erobererblicken. Eine solche Gewohnheit war nicht sonderlich nach dem Geschmack seiner Spielpartner; darum gab es an diesem Tische beständig Klagen und Vorwürfe. Aber der schöne Kavalier ließ sich nicht stören, zahlte das verlorene Spiel oder ließ seinen Partner zahlen und geriet durch nichts außer Fassung. Ein Glück, daß er jung und hübsch war; deshalb sahen ihm die alten Damen seine Zerstreutheit nach, und der geistliche Herr mußte ein Gleiches tun, denn er war der einen Dame Beichtvater. Auch mancher junge Marquis, mancher Graf, mancher geschniegelte Geck aus dem Stadtadel machte Clara den Hof. Die verliebte Belagerung dieser Herren war nicht eben maßvoll, und noch weniger waren es ihre Blicke; auch trieben sie einen ungeheuren Aufwand mit Bücklingen, Schmeichelworten, Lobpreisungen und Angeboten ihrer werten Person. Bei ihren Späßen stemmten sie den Arm in die Hüfte und streckten ein Bein vor, und trugen sie gar noch den reichgeschmückten Festtagsrock, so kannte ihr Übermut keine Grenze. Sie umkreisten die Sessel der Damen, sie beugten sich über diese oder jene, beschenkten bald den einen Spieler, bald einen andern mit ihrem Rat; doch ließen sie sich wohlweislich in kein Spiel verstricken. Ebenso saßen die jungen Geistlichen und besonders der Professor Desalli manche Viertelstunde neben Clara. Ihr Gewand schützte sie vor böser Nachrede, und die Art des jungen Mädchens stimmte gut zur priesterlichen Würde.

Kurz, die blonde Burgschönheit von Fratta hatte allen Männern dieser Gesellschaft den Kopf verdreht, und sie war so sonderbar bescheiden, daß sie es nicht gewahr wurde. Giulio Del Ponte, einer ihrer eifrigsten Verehrer, war über so viel Zurückhaltung verwundert und ärgerlich. Ja sein Argwohn witterte weiter, und obwohl nicht das geringste zu beobachten war, schöpfte er Verdacht. Nur ein Herz, das schon liebte, vermochte in einem solchen Liebesturnier, das seinetwegen abgehalten wurde, kalt zu bleiben. Und wer außer dem Doktorlein aus Fossalta hätte hier Bresche schlagen können – so dachte der Herr Giulio; und die Strecke vom Gedanken zum Gerücht war kleiner als der Schritt einer Ameise.

Schon begann man hierüber zu murmeln, als der Pater Pendola den jungen Venchieredo im Hause Frumier vorstellte. Der Graf von Fratta geriet in einige Verlegenheit, denn er hatte wenn nicht bewirkt, so doch geschehen lassen, daß der Vater des jungen Kavaliers hinter Schloß und Riegel saß. Doch die Gräfin als kluge Frau dachte weiter, und ihre Phantasie sprang mit einem Satz in einen Plan, der jenen Groll zwischen den beiden Häusern hinwegräumen konnte. Der Partistagno, auf den sie anfangs große Hoffnungen gesetzt hatte, kam offensichtlich nicht voran; also dünkte es sie so übel nicht, den Venchieredo auf eine Heirat mit Clara hinzuführen. Fielen so die Vorteile der zwei Familien zusammen, dann hätte man das Recht, sich um die Befreiung des Verurteilten zu bemühen, und so würden Erkenntlichkeit und glücklicher Ausgang unter die häßlichen Erinnerungen der Vergangenheit einen Strich ziehen. Daß man zu einem so erfreulichen Abschluß gelangen könne, dafür bürgte die äußerst wirksame Fürsprache des Senators Frumier. Der Pater Pendola galt als gewissenhafter Priester und Mann von feinen Formen; fand diese Heirat einmal seinen Beifall, so würde er seinen Zögling sicher dafür gewinnen. Also hieß es von hier aus anfangen, und die kluge Dame ging allsogleich ans Werk. Der ehrwürdige Pater gehörte nicht zu denen, die eine Handbreit über ihre Nase hinaussehen und so tun, als sähen sie eine Meile weit; im Gegenteil, er sah recht weit voraus, doch die Augen hinter den Brillengläsern schauten mit einer gewissen ergebungsvollen Einfalt in die Welt. Sicher brauchte er die Gräfin nicht zweimal anzublicken, um ihre Gedanken zu lesen; und zufrieden, daß sie ihn umschmeichelte, antwortete er auf ihre Anstrengungen mit einer wahrhaft erbaulichen Bescheidenheit.

›Der arme Teufel!‹ dachte die edle Frau, ›er meint, ich verwöhnte ihn um seines bißchen Verdienstes willen! Lassen wir ihn bei diesem Glauben, denn um so leichter wird er uns gefällig sein.‹

Der junge Venchieredo kam indessen den ehrbaren Absichten der Gräfin mit Eifer entgegen. Er hatte sich sozusagen auf der Stelle in Clara verliebt, ungeschickt wie ein Jüngling, der gerade erst die Schule verlassen hat. Auf jede Weise suchte er ihr zu gefallen, mühte sich, ihr so nahe als irgend möglich zu sitzen, um wenigstens mit dem Knie die Falten ihres Kleides zu berühren, himmelte sie an und widmete seine wenigen, schüchternen Worte nur ihr. Die umsichtige Mama war hocherfreut; Lehrer wie Schüler gingen ihr in aller Unschuld ins Garn. Doch den Pater Pendola erschütterte die Liebeshitze des jungen Raimondo keineswegs; er kannte seinen Zögling besser als die Frau Gräfin und ließ den Dingen ihren Lauf, um einzugreifen, wenn es ihm gutdünkte. Die Neigungen des Herrn Raimondo gingen, gerade herausgesagt, nicht so sehr auf Clara als auf das weibliche Geschlecht im ganzen. Sowie er den Fuß auf das Gebiet gesetzt hatte, das seiner Gerichtsbarkeit unterstand, war diese Hauptstärke seines Charakters in einer rasenden Jagd auf alle Schönheiten der Umgegend offenbar geworden. Väter, Brüder, Ehemänner, alle hatten bei diesen kampflustigen Vorspielen gezittert, und die altersschwachen Großmütter unter dem Mantel des Rauchfangs dachten mit Herzklopfen an die Zeiten seines Herrn Papa. Das feurige Füllen achtete nicht Gräben noch Hecken, über die einen setzte es im Sprung, durch die andern brach es ohne Erbarmen; es ließ sich nicht an den Zügel nehmen, es hörte nicht auf drohenden Zuruf, es schlug aus nach rechts und nach links, um in die Weide einzudringen, die ihm am meisten behagte.

Doch konnte die Macht, die er verkörperte, nicht hindern, daß hie und da einer ob solcher Übergriffe in Wut geriet. Mancher Vater, Bruder, Ehemann schlug Lärm, drohte mit Vergeltung, Rache und gerichtlicher Klage. Aber nun erschien auf dem Schauplatze der ehrwürdige Pater und legte in Demut den Kopf schief auf die Seite und das Gesicht in schmerzliche Falten. »Was nützt euch eure Wut? Das sind Strafen des Himmels, verdrießlich, gewiß, doch man muß sie ertragen – wie jedes andere Übel – zur größeren Ehre Gottes. Auch mir, seht ihr, blutet das Herz, wenn ich diese Spitzbübereien sehe. Aber ich vertraue dem Herrn, ich klage Ihm mein Leid, ich finde Trost in Ihm. Wenn Er will, sind das alles, hoffe ich, nichts als Knabenstreiche. Ach, wir müssen uns das Gute, das Er uns geben will, mit großer Geduld verdienen. Vereinigt euch mit mir, Geliebte im Herrn! Laßt uns gemeinsam klagen und dulden in der Hoffnung, daß unser Leid in einer Welt, die besser ist als die unsere, belohnt werde.«

Und die guten Leute klagten und duldeten mit dieser Perle von Mann; er war der Schutzengel der Familien, der Retter ihrer Seelen. Wehe, wenn er nicht gewesen wäre! Sicher hätten Ärgernis und Zank und endlose Rechtshändel das Land ständig mit Unruhe gefüllt. Vielleicht wäre auch Blut geflossen, denn die Erbitterung hatte den höchsten Grad erreicht. Aber der gute Pater spendete Trost, und die Leute wurden wieder Menschen und ließen sich mit Ergebung in den Willen Gottes das Fell scheren. Nachdem der Pater sie, wie es seine Pflicht war, gezähmt hatte, nahm er sich den jungen Missetäter unter vier Augen vor und gab ihm eine reichliche Mahlzeit guter Ratschläge. – Nein, dies war nicht die rechte Art, die Liebe der Leute zu gewinnen und Ansehen und Reichtum des Hauses zu erhalten! Sicher, auch seine Vorfahren waren jung gewesen, auch unter ihnen fanden sich Sünder; aber wenigstens betrugen sie sich klug, sie machten kein Aufhebens von dem, worin sie fehlten, sie setzten sich nicht töricht dem Zorn der andern aus, sie vermieden das böse Beispiel, sie reizten ihren Nächsten nicht zur Rache, dieser groben, heidnischen, ruchlosen Sünde! Gepriesen sei die Klugheit der Väter!

Der junge Taugenichts nahm sich von diesen Ratschlägen nur zu Herzen, was ihm angemessen schien; er überdachte seine Streiche, bevor er sie ausführte, und wußte sie hinterher gut zu verbergen. Die Leute schrieen nicht mehr so laut; die jungen Frauen und Mädchen des Landes schmückten sich mit mancher Busennadel, mancher seidenen Schürze; der Pater Pendola ward von allen gepriesen, und der neue Burgherr verdankte ihm wenn nicht gerade das Seelenheil, so sicherlich, daß seine Knochen heil blieben. Wirklich verstummte unversehens die Nachrede, die ihn anfangs als eine wahre Geißel der Keuschheit bezeichnet hatte. Raimondo kam in den Ruf eines maßvollen, artigen jungen Mannes; er scherzte gern, doch immer in Grenzen; und er verstand sich auf Höflichkeit gegenüber Menschen jeder Art. So fand er zum Beispiel sämtliche Männer liebenswürdig, die junge und hübsche Frauen besaßen; mochten sie in guten Verhältnissen oder als Viehhüter leben – das störte ihn nicht im geringsten. Er hörte ihre weitschweifigen Reden in Geduld, er empfahl sie an den Kanzleisekretär, an den Verwalter, ja er brachte ihnen die Antwort auf die Eingabe, die genehmigt, auf eine Rechnung, die quittiert war, sogar selbst ins Haus. Geschah es dann, daß der brave Mann zufällig nicht daheim war, so geduldete er sich und wartete auf seine Rückkehr, und die Frau rühmte nachher ihrem Manne, wie artig und bescheiden sich der Herr aufgeführt habe. Wahrhaftig, nur der Pater Pendola konnte solche Bekehrungen zuwege bringen; und im ganzen Volk und in der Geistlichkeit der Umgegend gab es allgemein nur eine Stimme: der Pater Pendola war eine Art Wundertäter.

Doretta Provedoni hatte zu den ersten gehört, die die rasch entflammten Blicke von Raimondo auf sich zogen; aber Leopardo behagte die kecke Art des Kavaliers wenig, und er fand Mittel und Wege, seine Frau von ihm fernzuhalten. Sie freilich behauptete, der junge Herr habe ein gewisses Recht zu seinen Besuchen; er war ihr Milchbruder, sie hatten als Kinder zusammen gespielt, und wenn er sie von daher in freundlicher Erinnerung behalten hatte, so war das nicht weiter verwunderlich. Der alte Provedoni, seine Söhne und Töchter standen aus Furcht, sich den Gerichtsherrn zum Feinde zu machen, auf ihrer Seite und schalten Leopardo einen eifersüchtigen, brummigen Bären. Doch solange Raimondo in seinem liederlichen Leben beharrte, hatte der Ehemann ihren Einwänden Gründe genug entgegenzuhalten, und Doretta konnte mit Schmollen nichts ausrichten. Dann kam der Augenblick, wo sich der Sünder bekehrte; die Leute sprachen von dem Wunder, das der Pater Pendola vollbracht hatte, und von der staunenswerten Sinnesänderung des jungen Herrn. Nun fielen alle mit Vorwürfen über Leopardo her; Doretta machte nicht Worte noch Geschrei, aber sie steckte eine Miene auf, als sei sie von dem ungerechten Verdacht ihres Mannes tief beleidigt. Dieser, ein aufrichtiger, gutmütiger Mensch, gewohnt, sich seiner Frau, die er blind liebte, sonst in allem zu fügen, bekannte denn, er habe ihr Unrecht getan; und um sie nur nicht leiden zu sehen, stimmte er zu, daß sie ihren Vater wieder in Venchieredo besuchte, wie sie zu tun pflegte, bevor Raimondo dorthin zurückgekehrt war.

Der junge Burgherr empfing seine Milchschwester mit großer Leutseligkeit; er wunderte sich, daß er sie nie zu Hause angetroffen, so oft er nach Cordovado gekommen war, sie zu begrüßen, und wurde beinahe böse, weil sie ihm ihren Mann noch immer vorenthielt. Schließlich gab Leopardo zu, der Schein habe ihn über die Absichten von Raimondo betrogen. Ein Wort gab das andere; in der Liebe zu Doretta entschuldigte er sich gar noch seines Argwohns, machte schnellstens mit ihr bei dem Burgherrn Besuch, schwärmte hernach zu Hause von so viel Liebenswürdigkeit und Zurückhaltung, pries nun auch den Pater Pendola und erlaubte seiner Frau, sich in Venchieredo aufzuhalten, so oft es ihr gefiele.

So hatte sich Raimondo in seinen Künsten als Grundherr nach und nach vervollkommnet; und zugleich hatte seine abgöttische Verehrung für Clara ruhigere Formen angenommen. Die Gräfin fürchtete, seine Liebe könne erkalten, und meinte, jetzt sei der Augenblick gekommen, beim Pater Pendola vorzufühlen. Sie lud ihn einige Male zu Tisch, sie setzte ihn beim abendlichen Spiel an ihre Seite; sie wurde Hochwürden von Sant'Andrea untreu und beichtete nunmehr bei ihm; und als sie endlich meinte, der Boden sei genügend vorbereitet, begann sie zu säen.

»Pater«, sagte sie eines Abends im Hause Frumier, nachdem sie das Spiel unter irgendeinem Vorwande verlassen und sich mit ihm in einen Winkel des Saales zurückgezogen hatte,

»Pater, es muß ein großes Glück für Sie sein, einen Zögling zu haben, der Ihnen Ehre macht!«

Die Gräfin warf einen nahezu mütterlichen Blick auf Raimondo, der vor Clara stand und wartete, bis sie ihren Kaffee getrunken hätte, um die Tasse in Empfang zu nehmen. Auch der ehrwürdige Pater warf einen Blick, dessen Freude durch geziemende Demut gedämpft war, auf den jungen Mann.

»Sie haben recht, Frau Gräfin«, erwiderte er, »es ist recht eigentlich ein Glück; denn schließlich kann sich der Lehrer von den Verdiensten des Schülers nur einen sehr geringen Teil zuschreiben. Guter Boden gibt gute Frucht, man braucht sie nur eben zu ernten, und magerer Boden gibt nichts, und wenn man ihn im Schweiße seines Angesichts von früh bis spät begießen wollte.«

»O nein, Pater, diese Ansicht teile ich durchaus nicht. Ich finde, die Erziehung eines jungen Mannes, in dessen hohem Stand es darauf ankommt, daß er gut handelt, ist das größte Verdienst, dessen man sich vor der Gesellschaft rühmen kann.«

»Das Verdienst einer edlen Frau, die künftige Mütter vorzüglich erzieht und bildet, ist gewiß nicht geringer.«

»Ach Pater, es kostet uns wenig Mühe. Gibt uns der Herr schöne und brave Töchter, so ist das ein Geschenk des Himmels. Und im übrigen – Sparsamkeit, eine gute Hausordnung, eine gehörige Dosis Gottesfurcht und die Mitgift der Bescheidenheit –, das sind die einzigen Vorzüge unserer Töchter.«

»Die einzigen, Frau Gräfin? Sparsamkeit, gute Hausordnung, Gottesfurcht, Bescheidenheit – das wäre nichts? Das ist alles, alles im Überfluß! Denn eine gute Hausordnung lehrt haushalten, und Gottesfurcht lehrt Demut. Glauben Sie mir, Frau Gräfin: Frauen solcher Art wären eine Zierde für die höchsten Throne der Welt!«

Der Gräfin wurde das Herz weit; ihr Gemüt erblühte wie eine Rose nach dem Regen. Der Blick schweifte vom Pater Pendola zu Clara, von Clara zu Raimondo und von ihm zurück zu dem prächtigen Pater. Dieser kurze Blick enthielt das Thema der Symphonie, die bald erklingen sollte.

Jetzt neigte sich die Gräfin recht nahe zum Ohr des Paters, obwohl Hochwürden von Sant'Andrea sie vom Spieltisch aus mit Basiliskenblicken durchbohrte. »Sagen Sie, hochwürdiger Pater ... als der Herr Raimondo zuerst hier auftauchte ... hörte man da nicht über ihn ... hm ... so allerlei?«

Nach jedem Worte zögerte die Gräfin, als hoffe sie, der Pater werde ihr mit dem, was sie nicht sagen wollte, zu Hilfe kommen; aber er war auf seiner Hut und antwortete nur mit einer Gebärde der Verwunderung.

»Verstehen Sie mich recht: ich wiederhole nur, was die Leute damals sagten. ... Nun, Sie wissen, in dieser Welt ist man mit dem Urteil rasch bei der Hand, und oft genügt der bloße Schein ...«

»Leider, liebste Gräfin, leider!« Der hochwürdige Pater seufzte tief. »Glauben Sie mir: Weder Sie noch ich sind sicher vor diesem unheilvollen Gift der Verleumdung!«

Die edle Frau fuhr sich mit der Zunge über die Lippen und fingerte verstohlen, ob die Bänder ihrer Haube saßen, wie sie sollten. Gar zu gern wäre sie errötet, doch um das zu erreichen, hätte sie schon husten müssen. So sagte sie nur leise:

»Aber ehrwürdiger Vater! Unter hunderttausend Stimmen gibt es nicht eine, die nicht einstimmte in das Lob Ihrer Heiligkeit. Und ich ... oh ... ich bin wahrlich zu unbedeutend und häßlich, als daß man ...«

»Ei, Gräfin, Sie wollen mich zum besten haben! Eine große Dame wiegt heutzutage in den Augen der Welt so viel wie ein ganzes Priesterseminar; nur die Damen der großen Welt genießen das Vorrecht, ganze Städte im guten wie im bösen von sich reden zu machen. Wir – oh, es ist schon zu viel, wenn sie unsern Gruß erwidern.«

Bei der eitlen Gräfin fand jede Schmeichelei ein williges Ohr, und da sie nicht flink genug war, das wuchernde Gespräch zu beschneiden, ließ sie sich führen, wohin sie der Pater haben wollte, und kam so immer weiter ab von ihrem anfänglichen Ziel. Denn der gute Pater war kein Dummkopf; ehe er sich Mühen unterzog, verlangte er zu wissen, was dabei für ihn herauskäme und mit welcher Art Leuten er sich verbinden sollte. Für heute, fand er, war dieser Stoff genügend abgehandelt, und wußte das Gespräch so meisterhaft zu führen, daß die Gräfin schließlich die Freuden ihrer Jugend, die schöne Zeit in Venedig und weiß der Himmel welchen alten Plunder vor ihm ausbreitete. Als sie es merkte, war es zu spät; der Pater hatte fesselnd geplaudert, die Zeit war im Fluge vergangen, man mußte aufbrechen. Daran, daß dies alles Absicht gewesen sein könnte, dachte sie nicht im entferntesten. Eher ärgerte sie sich über ihre eigene Geschwätzigkeit und nahm sich vor, sie ein andermal zu zügeln, die Vergangenheit zu vergessen und für die Gegenwart Sorge zu tragen.

Doch das zweite Mal wurde dem ersten gleich und das dritte dem zweiten. Nicht etwa, daß der Pater sie gemieden oder sichtlich ungern mit ihr gesprochen hätte – nein, er ging ihr nach, er besuchte sie oft, er nahm nie als erster Abschied, außer, wenn die gedeckte Tafel oder die späte Stunde dazu nötigten. Nur – das eine Mal bot sich nicht Gelegenheit das unterbrochene Gespräch fortzusetzen, ein andermal versäumte es die Gräfin, im rechten Augenblick wieder anzuknüpfen.

Inzwischen war der Pater Pendola nicht müßig; er studierte Land und Leute, Behörden und Geistlichkeit; er drängte sich dort in die Gunst eines Herrn, da in die einer Dame; er glich sich dem Geschmack eines jeden an und wurde so überall angenehm; vor allem suchte er, sich auf alle Weise bei Exzellenz Frumier beliebt zu machen. Der Pater wußte wohl, dies war das wichtigste Haus im Lande, und daher hatte er es mit der Eroberung nicht eilig, sondern ließ sich Zeit.

Nach einigen Wochen fand er sich im Kreise um den Senator unentbehrlich. Bisher war es hier wahrhaft drunter und drüber gegangen; jetzt griff er ein und stimmte, ordnete und schloß die Geister zusammen. Gewiß stand das Ergebnis nicht immer auf festen Füßen, oft wußte es Lucilio mit einem geistreichen Ausspruch zum großen Gelächter der Gesellschaft umzuwerfen. Doch der langmütige Pater nahm das Ergebnis seiner Mühen wieder auf, beleuchtete es von neuen Seiten und ermüdete Freund wie Feind dermaßen, daß auch jener ihm schließlich recht gab. Der Senator fand an solchen Übungen der Dialektik Gefallen. Er war von Natur Methodiker; ihm behagten Gespräche, die, nachdem sie die Geister manche halbe Stunde ergötzt hatten, wenigstens ein gewisses Scheinbild von Wahrheit aufrichteten. Der Pater Pendola brachte zuwege, was er selbst von den geistreichen, wunderlichen Käuzen seines Kreises nie hatte erreichen können, und darum gestand er ihm zu, daß er ein vollendeter Logiker sei, was seiner Ansicht nach die höchste Ehre bedeutete, die er einem Menschen zugestehen konnte. Er forschte weiter nicht, ob der Pater Pendola mit seiner Logik sehr genau verfuhr oder, um vorzuschreiten, etliche Sprünge vollführen mußte. Genug, er sah ihn ankommen; ob auf den Krücken von Lucilio oder vom Professor Desalli war einerlei. Ja, dieser treffliche Pater besaß ein besonderes Auge dafür, die Gemüter zu durchschauen, und darum hatte er nach wenigen Abenden nicht nur erkannt, daß man die Geneigtheit des edlen Herrn Frumier nur mit Reden gewinnen konnte, sondern auch herausbekommen, welcher Art diese Reden sein mußten. Lucilio, der diesen Blick nicht weniger besaß als der Pater, merkte sehr wohl, was dahinter steckte, aber er mochte sich mühen, soviel er wollte, er entdeckte kein Fensterchen, wodurch er in die hochwürdige Seele hätte hineinschauen können; die schwarze Kutte war zu dicht gewebt, er mußte seine Zuflucht zur Phantasie nehmen.

Endlich kam der Tag, an dem der Pater Pendola der Gräfin den lange gehegten Plan entwickeln konnte. Er hatte alles, was er brauchte, erfahren, hatte bedacht, was zu bedenken war und sehnte ein Gespräch, statt es zu fürchten, herbei. Dann wollte er auf ihr Anliegen mit größter Liebenswürdigkeit erwidern:

»Gnädige Frau, ich erfülle Ihren Wunsch, wenn Sie mir den meinen erfüllen.« Und wie unbedeutend war dieser Wunsch! Heiratete der Herr Raimondo die Komteß Clara, dann wurde der Erzieher auf der Burg Venchieredo überflüssig; darum strebte er nach dem Hauslehreramt beim Senator Frumier. Die Frau Senatorin galt als fromm, er hatte diese Seite bei ihr angeschlagen, und sie hatte den rechten Ton gegeben; nun blieb es der Schwägerin überlassen, das Werk zu vollenden, wenn sie die Tochter so ansehnlich verheiraten wollte. Der arme Pater war müde und alt, er liebte die Bücher, und dieses stille Amt dünkte ihn der Vorhof des Paradieses. Der Priester, der es jetzt innehatte, wünschte sich eine Pfarre, um mühsam und geduldig im Weinberg des Herrn zu arbeiten, wozu der gute Pater nicht Kraft noch Weisheit genug in sich fühlte, und so konnte beiden geholfen werden. Natürlich brachte er dies nicht als eine Bitte vor – die Gräfin mußte ihm den Wunsch von den Lippen lesen.

»O ihr Heiligen!« rief sie entzückt. »Ehrwürdiger Pater, welche Freude für meinen Schwager, und was für eine geistliche Hilfe für die Schwägerin! Sie wollten sich wirklich in das mühselige Leben eines Hauslehrers schicken?«

»Wenn mein Zögling heiraten sollte, ja.«

»Oh, er wird ganz sicher heiraten. Sehen Sie denn nicht? Sie sind wahrhaftig füreinander geschaffen.«

»Nun ja ... wenn ich ein Wörtchen einlegen würde ... Raimondo ... Gut, ich will die Charaktere studieren, sie ein wenig beobachten ...«

»Was gibt es an diesen Herzen von zwanzig Jahren schon zu studieren! Sie liegen offen da. Ein Blick in ihre Augen, und Sie lesen ihre Gedanken und Gefühle. Und im übrigen bauen Sie auf mich! Ich beobachte sie ja seit einem Vierteljahr an jedem dieser Abende. Aber denken Sie, ehrwürdiger Pater, schon sechs Wochen habe ich im Sinn, mit Ihnen darüber zu reden, und immer fehlte mir der Mut.«

»Wie, Gräfin? Ihnen fehlte der Mut, mich zu diesem Werk

zu rufen, das eine Wohltat ist zu Gewinn und Glanz zweier großer Familien!«

»Nicht wahr, Pater, es ist ein guter Gedanke? Und was für ein schönes Hochzeitsgeschenk, wenn man beim Inquisitor erreicht, daß dem armen Vater der Rest der Strafe erlassen wird!«

»O gewiß. Und ich lege mein Amt nieder, zufrieden, wenn ich das Glück meines geliebten Sohnes einer so vollendeten Braut anvertrauen kann; doch diese Dinge wollen reiflich erwogen sein. Gerade weil ich viel über Raimondo vermag ...«

»Eben darum bitte ich Sie: setzen Sie ihm alle Vorteile auseinander, die beiden Häusern aus dieser Heirat erwachsen ...«

»Ich wollte etwas anderes sagen, Gräfin. Gerade wegen der Verantwortung, die ich trage, muß ich vorsichtig zu Werke gehen.«

»Aber Pater! Sie, der Sie mit einem Blick alles durchschauten! Ach, ich kann es nicht erwarten, daß dieser schöne Bund geschlossen wird. Und wie wird sich mein Schwager glücklich schätzen, einen Mann wie Sie im Hause zu haben! Morgen sogleich wird man darangehen, dem jetzigen Kaplan eine Pfarre zu verschaffen. Da er es wünscht, sehe ich keine Schwierigkeit.«

»Doch, verehrte Gräfin ...«

»Nein, Pater, keine Einwände! Nun Ihnen ein Wort darüber entschlüpft ist, ziehen Sie es nicht zurück!«

»Ich ziehe es ja nicht zurück, aber ...«

»Aber, aber ... es gibt kein Aber! Werfen Sie doch nur eben einen Blick auf den Herrn Raimondo und meine Clara ... wie sie sich anschauen! Sind sie nicht wirklich zwei Tauben?«

»Wenn der Herr will, so gab es nie ein vollkommeneres Paar.«

»Aber wir müssen die Pläne des Herrn unterstützen, Pater, Sie zumal, denn Sie sind sein hochwürdiger Diener ...«

»Unwürdig, sehr unwürdig, Gräfin!«

»Kurz, ich erwarte Sie morgen zu Mittag. Sie erzählen mir etwas von Ihrem Raimondo.«

»Ich nehme mit Dank an. Doch ich weiß nicht ... so plötzlich ... ich kann nichts versprechen. Schließlich trenne ich mich nur schwer von dem guten Jungen.«

»Ich versichere Ihnen: meine Verwandten werden Sie für alles, was Sie jetzt verlieren, überreich entschädigen.«

»Ich glaube es, ich hoffe es. Aber ...«

»Auf morgen, Pater. Dann sprechen wir davon und kommen schon überein; heute abend bleiben wir bei dem Senator zu Tisch, da gebe ich ihm einen Wink.«

»Um Himmels willen, Gräfin, stellen Sie mich nicht bloß! Es bedeutet für mich wirklich ein Opfer, wenn ...«

»Ei, was sagen Sie da! Sie wären ein so schlechter Erzieher, daß Sie den lieben Jungen aus Eigensucht ohne Frau ließen? Auf morgen, Pater, und kommen Sie beizeiten, damit wir plaudern können, während der Reis kocht.«

»Alleruntertänigster Diener, gnädige Frau Gräfin. Ich komme bestimmt. Möge der Himmel unsern Plan zum guten Ende führen.«

Der Pater hielt Wort. Kaum war er nach dem Abschied aus dem Hause Frumier in die bequemen Wagenpolster gesunken, überschüttete er seinen Zögling mit Lobsprüchen, daß er sich so ordentlich geführt und seine Ratschläge so gut genutzt habe. Aber ach, die Vorsätze des Menschen stehen auf schwachen Füßen, er ist von seinen Leidenschaften beherrscht, und es kann da nie genug empfohlen werden, daß er sie mit heiligen, gesetzlichen Banden in Schranken halte und regle. Raimondo wurde nun einundzwanzig, gerade das rechte Alter, und er, der gute Pater, war erbötig, ihn mit seiner Erfahrung bei der Wahl einer Gattin umsichtig zu unterstützen.

»Pater, ist das Ihr Ernst?« rief Raimondo. »Sie reden mir zu, daß ich heirate? Aber noch vor einem Jahr schärften Sie mir ein, man müsse für den Entschluß, eine Familie zu gründen, reif an Jahren und Verstande sein, und die Hilfe eines Lehrers, der Sinn und Herz seines Schülers mit Klugheit führe, wiege den oft unzulänglichen Beistand eines einfältigen Weibes sehr wohl auf!«

»Gewiß, mein Sohn, das habe ich im letzten Jahr geraten, als ich auf der Schule Euer Lehrer war, und ich glaubte, ich riete gut; doch da hatte ich noch nicht beobachtet, wie Ihr Euch in der Freiheit der Welt ausnähmet. Jetzt, wo ich besser weiß, wie Ihr das Leben anfaßt, schäme ich mich nicht, offen zu gestehen, daß ich mich getäuscht habe. Ihr seht ja wohl, wie diese Wahrheitsliebe mir schadet. Denn betritt eine Braut die Burg durch die eine Tür, so muß ich sie notgedrungen durch die andere verlassen.«

»O Pater, sagen Sie das nicht, entziehen Sie mir nicht Ihre Hilfe und Ihren Rat! Wissen Sie noch, wie mich vor zwei Monaten die Fischer aus Morsano totschlagen wollten? Sie haben sie mit einer kleinen Geldbuße zu vernünftigen Gefühlen bekehrt. Und wo ich doch diese Schwester auch nicht mit dem Finger berührt hatte – Pater, ich schwöre es Ihnen!«

»Ja, mein Sohn, ich glaube Euch voll und ganz. Aber wie ich schon sagte – ich habe mich in dem, was ich Euch vor einem Jahr empfahl, geirrt; jetzt sähe ich Euch gern dauerhaft und ansehnlich verheiratet. Wüßte ich eine gute, fügsame, fromme Frau an Eurer Seite, so zöge ich mich leichteren Herzens auf den Altenteil zurück.«

»Aber Pater, haben Sie mir nicht immer gesagt, Sie würden, auch wenn ich heiratete, mein Tröster bleiben, der Friedenstifter, das geistliche Band zwischen mir und meiner Frau? Sie würden um kein Gold der Welt dareinwilligen, sich von mir zu trennen?«

Wirklich hatte der Pater, solange er nichts Besseres wußte, oft so gesprochen. Nun er ahnte, er könnte in den trüben geistlichen Gewässern von Portogruaro besser fischen, legte er seine Worte freier aus.

»So habe ich gesagt, ich leugne es nicht. Mein Geist wird immer bei Euch bleiben, denn sein bestes Teil hat sich mit dem heiligen Strom der Erziehung in Eure Seele ergossen; und was die Braut anlangt, wie ich sie Euch gemäß den Regeln der guten Sitte sorgsam auswählen würde, so wird sie den Erwartungen, die ich auf sie setze, voll entsprechen. Dies, mein Raimondo, ist das geistliche Band, das, von meinem innersten Herzen ausgehend, immer zwischen mir und Euch und Eurer Frau bestehen soll.«

Raimondo zeigte sich mit solchen Erklärungen seines Lehrers vielleicht nicht so unzufrieden, wie er drei Monate zuvor gewesen wäre. Da hielt der Wagen im Burghof, und das Gespräch wurde bis nach dem Nachtmahl aufgeschoben. Dann nahmen sie es, als hätten sie es so verabredet, wieder auf, denn der junge Mann brannte darauf, den Namen der Braut zu erfahren, die ihm bestimmt war.

»Ihr kennt den Namen, Raimondo!« sagte der Pater honigsüß im Ton sanften Vorwurfs. »Ich lese ihn Euern Augen ab, und es ist unrecht, daß Ihr Euerm einzigen Freunde so wenig vertraut, daß Ihr ihn nicht an Euerm Herzenswunsche teilhaben laßt.«

»Wie, es wäre wahr? Sie haben meinen Wunsch so schnell erraten?«

»Alles errät man, mein Sohn, wo man liebt. Eure Zurückhaltung, ich will es Euch bekennen, mußte mich betrüben; doch hat mich die gute Wahl, die Ihr getroffen, tief getröstet, und sie wird Euer Leben gewiß mit unvergänglichen Freuden schmücken . . .«

»O Pater! Ist sie nicht ein Engel an Schönheit? Haben Sie ihre Augen betrachtet und diese Schultern? Himmel, nie habe ich so wohlgeformte Schultern gesehen!«

»Solche Vorzüge, mein Sohn, sind nicht von Dauer; sie sind nur ein äußerer Schmuck und wertlos, wenn sie nicht eine schöne Seele umschließen. Ich kann Euch jedoch versichern, hier hält die Seele, was der äußere Schein verspricht. Die Komteß ist, wie Ihr soeben sagtet, ein Engel.«

»Aber ob man sie mir auch gibt, bester Pater? Wird sie wirklich meine Frau? Sie können sich nicht denken, wie ich darauf brenne! Ich möchte sie morgen haben, ja lieber heute; und sie ist so blutjung, fast noch ein Kind . . .«

»Ihr täuscht Euch, mein Sohn; ihre Bescheidenheit und Unschuld lassen sie Euch jünger erscheinen als sie ist. Sie paßt im Alter sehr gut zu Euch, sie muß wenig jünger sein als Ihr.«

»Wie? Was sagen Sie da? Komteß Pisana wäre etwa in meinem Alter?«

»Raimondo, Ihr verwechselt die Namen, die Komteß heißt nicht Pisana, sie heißt Clara. Pisana ist ihre Schwester, das kleine Mädchen, das heute abend zwischen Euch und Hochwürden von Sant'Andrea saß.«

»Aber Pater, die meine ich ja! Haben Sie nicht bemerkt, mit was für Augen sie mich ansah? Seit gestern abend bin ich in Pisana sterbensverliebt. Ich kann nicht leben, Pater, wenn ich nicht erreiche, daß sie mich wiederliebt.«

»Raimondo, mein Sohn, Ihr seid von Sinnen, Ihr habt keine Augen im Kopf, Ihr wißt nicht, was Ihr sagt. Pisana ist ein Mädchen von höchstens zehn Jahren; es ist unmöglich, Ihr seid nicht in sie verliebt. Fragt Euer Herz! Es nennt sie nur teuer als Schwester von Komteß Clara.«

»Aber nein, Pater, ich versichere Ihnen ...«

»Aber ja, mein Sohn; ich kenne Euer Herz besser als Ihr selbst. Ihr liebt Komteß Clara; ich weiß es aus den vielen Artigkeiten, womit Ihr Euch um sie bemüht.«

»Nun ja, Pater ... bis letzte Woche habe ich sie geliebt. Aber jetzt ...«

»Jetzt, mein Sohn, will ich offen mit Euch reden. Die Komteß ist zu züchtig und wohlerzogen, Euch ihre Neigung so ohne weiteres, ohne die Einwilligung ihrer Eltern, zu zeigen, und da habt Ihr den Weg zu ihr auf dem Umweg über die Schwester gesucht. Natürlich hat Euch die Kleine mit der Unschuld, die ihrem Alter entspricht, mit Freuden aufgenommen, und Ihr haltet die Dankbarkeit, die Ihr hierfür empfindet, für Liebe! Denkt doch einmal darüber nach, ich bitte Euch! Es wäre lächerlich, ja es wäre eine Schande.«

»Das ist einerlei. Man sieht, Pater, Sie haben Pisana an den letzten beiden Abenden nicht so scharf beobachtet, wie ich.«

»Ich habe sie sehr wohl beobachtet, und, mein lieber Raimondo, wenn Ihr Absichten auf sie habt, so müßtet Ihr schon sieben oder acht Jahre warten. Und dann, wißt Ihr, ist es ja wirklich eine Kinderei, auf die unreife Frucht zu lauern, wo Ihr die reife, würzige pflücken könntet.«

»Ach, Pater, was um Himmels willen soll ich tun?«

»Denkt nach, mein Sohn, überlegt es Euch genau. Ich will Eure eigenen Gründe anwenden. Hofft Ihr denn, Pisana könnte Komteß Clara einst an Schönheit der Züge übertreffen? Ruft Eure Erinnerung zu Hilfe, Raimondo! Würdet Ihr imstande sein, ihr zu widerstehen?«

»Ich weiß nicht recht, Pater . . . sie hat ja nichts von mir wissen wollen.«

»Was erzählt Ihr mir da! Das ist nichts als äußerer Schein; nur Keuschheit und Bescheidenheit.«

»Mag sein, aber so eiskalte Naturen sind nicht nach meinem Geschmack.«

»Eiskalte Naturen? O mein Sohn, wie seid Ihr unerfahren! Gerade unter solcher Zurückhaltung kann die heftigste Glut verborgen sein. Ist es klug, ein schönes Mädchen zu betrüben, das Euch unter dem keuschen Mantel der Bescheidenheit leidenschaftlich liebt, für Euch allein lebt und bereit ist, Euch die heiligsten Wonnen zu schenken, die zu kosten Gott uns gütig gewährt hat?«

»Wie, Pater, Komteß Clara wäre in mich verliebt?«

»Sie ist es, ich bürge dafür; wollt Ihr wissen, wie ich dazu komme? Jemand aus ihrem Hause hat es mir hoch und heilig versichert. Die Ärmste stirbt vor Sehnsucht, Euch zu gefallen.«

»Wenn es so ist, Pater, so muß ich mich getäuscht haben. Sieben Jahre sind eine lange Zeit. Ich bin doch wohl in Komteß Clara verliebt; ja, wenn ich jetzt darüber nachdenke . . .«

»O mein Sohn, du hast es bekannt! Herr Gott, ich danke Dir! Siehe, mein Dienst ist getan, ich kann im Gedanken an das Glück, das ich diesen beiden geliebten Menschen mit eigenen Händen bereitet habe, in Frieden ruhen. Raimondo, Euer Geheimnis ist durch mich enthüllt; nun laßt mich so handeln, daß sich alles Euern Wünschen füge.«

»Langsam, Pater, ich brenne gar nicht darauf. Warum soll ich eilen?«

»Weil es mit dem Heilmittel eilt, mein Sohn. Denkt an das Glück, das Ihr empfinden werdet, wenn Ihr in dieser Burg, in diesem selben Raum ein Bräutchen ans Herz drückt, das so schön ist, so für Euch entflammt. O Himmel! Ihr habt nie etwas Ähnliches empfunden.«

»Sie mögen recht haben, Pater. Eigentlich ging meine Absicht . . . Aber nun ich reiflich überlege, und da Sie mir versichern, dieses Mädchen sei in mich verliebt . . .«

»Gewiß, Raimondo. Dafür lege ich meine Hand ins Feuer.«

»Gut, Pater; dann könnten wir vielleicht Sonntag heiraten?«

»Herr des Himmels, Sonntag sagst du, und das heißt: nicht eilen? Wir haben Wochen oder Monate nötig, lieber Sohn. Die Dinge dieser Welt wollen eine gewisse Ordnung. Inzwischen kannst du deine Braut sehen und sprechen und auf der Burg Fratta in Gegenwart der Eltern lange mit ihr zusammen sein.«

»Das tröstet mich, Pater. So kann ich auch Pisana weiter sehen.«

»Natürlich, und sie lieben und mit der geziemenden Vertraulichkeit des künftigen Schwagers behandeln. Sei ruhig, mein Sohn; baue auf mich und schlaf und träume sanft wie immer. Die Hoffnungen deines ehrwürdigen Oheims werden erfüllt; wenn ich ihm diese Heirat mitteile, kann ich ihm versichern, ich habe dich glücklich gemacht.«

Bei diesen Worten weinte der edle Jüngling vor Rührung, küßte dem geliebten Lehrer die Hand und ging hinauf in sein Schlafzimmer, und Pisana und Clara spukten in lieblichem Durcheinander in seinem Kopfe. Schon wußte er nicht mehr recht, welche eigentlich seine Braut werden sollte, aber jede der beiden, das fühlte er deutlich, wäre ihm heute abend willkommen gewesen. Mit solcher glücklichen Veranlagung hatte der Pater Pendola gerechnet, als er ihn von der plötzlichen

Leidenschaft für Pisana ablenkte und wieder für Clara entflammen wollte, und der Erfolg gab ihm recht. Höchstens war er nachträglich im Bett noch eine Weile erstaunt und beglückwünschte sich, daß er die neue Klippe so glücklich umschifft hatte.

›Diese Pisana!‹ dachte er. ›Ich hatte wohl bemerkt, daß hinter ihren vierzehn Jahren dreißig an Schlauheit stecken. Einfach von heute auf morgen ... so ein Racker! Das hätte ich nie vermutet. Ja ja, es ist schon so, die Welt schreitet fort.‹ Und damit nahm er ein frommes Buch zur Hand, worin er jeden Abend, ehe er einschlief, zu lesen pflegte.

Nachdem der Pater Pendola in dem jungen Edelmann die Vorsätze jenes Abends befestigt hatte, verständigte er die Gräfin von dem vollen Erfolg seiner Fürsprache, wobei er natürlich alles, was sich auf Pisana bezog, mit Stillschweigen überging. Er hatte gegen den Brauch des Hauses Fratta bei Tisch an ihrer Seite Platz genommen, und die Frau Gräfin hätte ihn am liebsten umarmt. Sie lohnte ihm seine Mühe mit der Erzählung, wie ein einziges Wort von ihr, daß er ins Haus Frumier übersiedeln könnte, von dem Senator und der Senatorin mit heller Freude begrüßt worden war, und so konnte man also hoffen, daß sich ihrer beider Wunsch bald erfüllen werde. »Das weitere«, flüsterte sie dem hochwürdigen Herrn ins Ohr, »überlassen Sie am besten mir. Bevor Clara etwas ahnt – denn Mädchen muß man langsam an diese Dinge heranführen –, sollen sich meine erlauchten Verwandten Ihrer Gesellschaft erfreuen.«

»Armer Raimondo!« seufzte der Pater zwischen zwei Bissen.

Die Gräfin warf einen zärtlichen Blick auf ihre Tochter. »Sie sollten ihn nicht bedauern. So ein Bräutchen paßt zu einem jungen Mann von einundzwanzig besser als ein Priester.«

Wirklich war in der nächsten Woche ganz Portogruaro voll von der Neuigkeit. Der hochgelehrte, berühmte Pater Pendola, dieser heilige Mann, zog sich, müde von den Beschwerden eines langen Apostelamtes, in das Haus Frumier zurück. Dort gedachte er sein Leben zu beschließen; nicht daß er mit seinen fünfzig Jahren eben gebrechlich gewesen wäre, doch fühlte er sich immerhin heimgesucht von manchen Unpäßlichkeiten des nahenden Alters. Der frühere Hauskaplan war auf die ersehnte Pfarrei versetzt worden, und der Senator und die Senatorin trugen ihre Freude, statt seiner eine solche Leuchte der Kirche zu besitzen, offen zur Schau. Raimondo hatte einigen Zorn geheuchelt, daß der Pater sein Haus verlassen wolle, ehe die Braut eingezogen war; aber der gute Pater brauchte nicht viel Atem zu verschwenden, ihn zu überzeugen, wie wenig für einen jungen Mann, der sich verloben wolle, die Vormundschaft des Erziehers tauge und wie wünschenswert es in jedem Falle sei, daß sein Aufbruch von Venchieredo eine Weile vor der Trauung erfolge.

Raimondo sah ihn ohne allzu viele Tränen scheiden und ging häufig auf die Burg Fratta, wo ihn die Zutunlichkeit von Pisana für die kühle Zurückhaltung, die Clara an den Tag legte, entschädigte. Man hatte ihr das Glück, das ihrer wartete, noch nicht angedeutet, und darum war er des Glaubens, hinter dieser Kälte verberge sich nur die mühsam gedämpfte Glut der Liebe. Im übrigen zerbrach er sich darüber nicht weiter den Kopf; entging ihm Clara, so hätte er sich mit Wonne an der Schwester schadlos gehalten. Solcher Art war die Philosophie des Herrn von Venchieredo; aber die Gräfin dachte anders. Nachdem sie den beiden jungen Leuten eine gewisse Vertraulichkeit erlaubt hatte, begann sie Clara auf die Frage des jungen Mannes vorzubereiten, führte sie wieder und wieder darauf zu und wurde schließlich etwas unruhig, denn die Tochter blieb so kalt und teilnahmlos, als handle es sich überhaupt nicht um ihre Person. Eines schönen Tages sprach sie klipp und klar von den vermutlichen Absichten des Herrn Raimondo; doch auch solcher Windstoß verscheuchte die Wolke nicht, die sich seit vielen Tagen auf dieser klaren Stirn gebildet hatte. Clara senkte die Augen, seufzte und sagte weder ja noch nein. Allmählich hielt die Mutter, was sie im stillen schon immer getan hatte, die Tochter in ihrer Schwerfälligkeit und Bescheidenheit für dumm, weil sie so völlig anders war als sie selbst in ihrer Jugend. Aber auch die Dummen geraten in Schwingung, wenn die Saite des Ehemanns angeschlagen wird; und die Dummheit von Clara war also wahrhaft wider die Natur. Da wandte sich die Gräfin an ihre alte Schwiegermutter, die stets die Vertraute des Mädchens gewesen, und bat sie, mit ihr zu sprechen, damit sie die Pläne der Familie endlich verstehe. Die alte Dame sprach, hörte und berichtete hernach, Clara habe nicht die Absicht, sich zu verheiraten, sie wolle immer bei ihr bleiben, sie in ihrer Krankheit pflegen und in ihrer Einsamkeit trösten.

»Was für Dummheiten!« rief die Gräfin. »Ich will doch sehen, ob sie weiter dem armen Kerl mit ihrem schiefen Maul einen Vorwand gibt, daß er sich aus dem Staube macht! Wenn die Eltern wollen, hat das Mädchen zu gehorchen, wenigstens in diesem Hause; und darin soll sich nichts ändern, o nein. Sie aber, gnädige Frau . . . ich hoffe, Sie werden diese Torheit nicht großziehen, vielmehr mir und dem Grafen helfen, damit das Mädchen sieht, was zu ihrem Besten dient.«

Die alte Dame neigte zum Zeichen des Einverständnisses den Kopf und war froh, als die Schwiegertochter nach diesem Ausbruch ihr Zimmer verließ. Aber sie hatte es nicht weniger eilig als diese, Clara zu überreden, sie solle den vornehmen und in jeder Hinsicht würdigen Gatten, der sich ihr bot, nehmen. Das junge Mädchen verschloß sich in ihr Schweigen oder antwortete wie zuvor, Gott rufe sie nicht zur Ehe, und sie wäre glücklich, wenn sie ihr Leben lang hier auf der Burg bei der Großmutter bleiben könne. Man mochte sagen und tun, was man wollte – die alte Gräfin, die Mutter, der Vater, der Onkel Hochwürden, alle bekamen sie die gleiche Melodie zu hören. Da beschloß die Gräfin, so wütend sie innerlich war, die Sache vorläufig geheim zu halten, dem Venchieredo keinen Bescheid zu geben, dafür aber nach dem Pater Pendola zu schicken, damit er ihr in seiner Klugheit rate, wie man Clara zum Gehorsam bringen könne, ohne zu heftigen oder Ärgernis erregenden Maßnahmen zu schreiten. Etwas von diesem hartnäckigem Widerstand, den das Mädchen dem Wunsche der Ihren entgegensetzte, sickerte trotzdem nach außen; Lucilio schien nichts zu bemerken, so wenig änderte er Clara gegenüber sein Betragen, doch der Partistagno paradierte bei den abendlichen Zusammenkünften auf der Burg Fratta und im Hause Frumier strahlender und eitler denn je. Als der Pater Pendola den schwierigen Fall vernommen hatte, bot er selbst an, er wolle zwischen der Gräfin und ihrer Tochter vermitteln. Alle setzten darauf große Hoffnungen; man ließ ihn mit dem Mädchen allein; doch mochte wohl mancher allzu Neugierige nicht widerstehen, ein wenig hinter der Tür zu horchen.

»Komteß«, eröffnete der hochwürdige Herr das Gespräch, »was sagen Sie zu diesem prächtigen Wetter?«

Clara wußte keine rechte Antwort und verneigte sich einigermaßen bestürzt; aber der Pater riß sie selbst aus der Verlegenheit und fuhr fort:

»Einen so herrlichen Frühling haben wir lange nicht genossen, und das, wo kaum der Winter vorüber ist. Der Herr Senator hat mir gestattet, ja vielmehr darum gebeten, daß ich meinen Zögling besuchen solle, den ausgezeichneten jungen Mann, den vollendeten Kavalier, den Sie gut kennen dürften. Doch so im Vorbeigehen wollte ich nach Ihnen sehen und hören, was es Neues in der Familie gibt.«

»Danke, Pater«, stammelte das Mädchen, da er keine Miene machte, fortzufahren.

Der Pater nahm diese Schüchternheit als gutes Vorzeichen und schloß daraus, wie er ihr dieses »Danke« entlockt habe, werde er sie hernach dazu bringen, alles zu sagen und zu versprechen, was er wünschte.

So begann er wieder mit seiner honigsüßen Stimme:

»Ihre Frau Mutter, Komteß, hat mir einiges Vertrauen entgegengebracht, und heute endlich hoffte ich von ihr zu hören, was mein Herz seit langem ersehnt hat. Statt dessen ist sie mir noch immer ausgewichen, und ich gewann den Eindruck, Sie haben die rechtschaffenen und heiligen Absichten Ihrer Eltern nicht verstanden; doch ich hoffe, Sie werden, wenn ich sie Ihnen besser dargelegt habe, nicht mehr den Schatten eines Zweifels hegen, sie als Befehle des Herrn entgegenzunehmen.«

»So sprechen Sie, Pater«, sagte Clara bescheiden, aber diesmal ruhig und sicher.

»Meine verehrte Komteß, Sie haben es in der Hand, Freude und Eintracht nicht nur zwei erlauchten Familien, nein, sozusagen einem ganzen Lande wiederzugeben; und man will mich glauben machen, Sie wollten aus irgendwelchen frommen Bedenken diese Möglichkeit nicht gebrauchen. Ich darf wohl annehmen, daß man Ihre Antwort nicht richtig gedeutet hat, und daß das, was wie eine unvernünftige Weigerung und Ärgernis erregende Widersetzlichkeit erscheinen konnte, nichts anderes war als das Zaudern der Scham oder der Eifer zu großer Anhänglichkeit.«

»Pater, ich kann mich vielleicht nicht klar genug ausdrücken, aber ich hoffe, wenn ich die gleichen Dinge oft wiederhole, wird man mich endlich verstehen. Ich fühle mich nicht zur Ehe berufen. Gott weist mir einen andern Weg; ich wäre eine ganz untaugliche Frau, während ich als Mädchen ein achtbares Leben führen könnte. Mein Gewissen befiehlt mir, mich an jenen Stand zu halten.«

»Vortrefflich, Komteß! Ich bin gewiß der letzte, der Sie wegen dieser Ehrfurcht vor den Geboten des Gewissens verdammt. Darf ich Ihnen vielmehr mit meinem ergebenen Urteil helfen, dieses vielleicht ein wenig verwirrte Gewissen zu erleuchten? Kein Mensch, meine liebe Komteß, ist so sicher, daß er dem eigenen Gewissen blind glauben und die Erleuchtungen und Ratschläge, die ihm von einem andern kommen können, zurückweisen dürfte.«

»Sprechen Sie, Pater, sprechen Sie. Ich höre und bin bereit

Ihnen zu bekennen, daß ich unrecht habe, wenn Sie mich davon überzeugen.«

Und dieses Mädchen sollte dumm sein? Dem werten Pater schien sie alles andere als dumm. Das konnte ein schweres Stück Arbeit kosten, und er mußte froh sein, wenn es nicht umsonst war.

»Nun denn«, begann er mit erhobener Stimme, »Sie wissen es besser als ich: Gehorsam ist für gewissenhafte und gottesfürchtige Töchter das oberste Gesetz. Ehre Vater und Mutter, auf daß du lange lebest auf Erden, dieses göttliche Gebot haben Sie bisher stets befolgt. Aber Gehorsam, liebe Tochter, duldet keine Ausnahmen, Gehorsam gehorcht. Das ist das Gewissen, wie wir, die armen Diener des Evangeliums, es verstehen.«

»Und so verstehe auch ich es«, gab Clara demütig zur Antwort.

Wie, er sollte sie schon überzeugt haben? Das konnte er nicht glauben. Doch er tat, als glaube er daran, hob die Hände gen Himmel und rief:

»Dank, geliebte Tochter in Christo, Dank für das gute Wort! Auf diesem Wege der Selbstverleugnung werden Sie, die Sie bisher eine gute, sittsame Tochter waren, eine noch viel vollendetere Gattin und Mutter werden. Oh, seien Sie versichert, es ist kein so schweres Werk! Ein Gemahl, wie er Ihnen vom Himmel bestimmt wurde, ist heutzutage nicht leicht zu finden. Ich, liebste Komteß, habe ihn erzogen, ich habe ihn gespeist mit der feinsten Krume meines Geistes, mit den heiligsten Lehren des Christentums. Gott lohne Ihnen Ihren kindlichen Gehorsam! Er empfange Ruhm und Dank, daß Er mich gewürdigt hat, mit dem Licht der Überzeugung in Ihre Seele zu leuchten!«

Der werte Pater hatte Hände und Blicke immer gen Himmel erhoben gehalten und wollte das Zimmer verlassen, um mit der frohen Kunde zur Gräfin zu eilen; doch Clara war zu redlich, als daß sie ihn in einem so gewaltigen Irrtum hätte gehen lassen. Des Paters letzte Hoffnung war gewesen, sie würde in ihrer Unschuld, Einfalt und Bescheidenheit Scheu tragen, ihm zu widersprechen; um so schmerzlicher berührte es ihn, als sie ihn plötzlich an einem Ärmel festhielt, und der Sinn dieser Gebärde wurde ihm augenblicklich bewußt. Doch wollte er der Einsicht noch nicht Raum geben, und so wandte er sich Clara mit einer wahrhaft väterlichen Salbung zu und überzuckerte jedes Wort mit einem engelhaften Lächeln.

»Was haben Sie, meine Tochter? Ah, ich verstehe, Sie wollen Ihren Eltern eine so tröstliche Kunde selbst überbringen. Wie lange haben Sie sie – zu einem guten Ende, nehme ich an – auf die Folter gespannt! Gehen wir, meine Tochter, gehen wir gemeinsam!«

Aber Clara ließ sich von der geheuchelten Sicherheit des Priesters nicht schrecken. »Pater«, erwiderte sie, »ich verstehe wohl unter Gehorsam etwas anderes als Sie. Mich dünkt, Gehorchen sei ein Sichfügen, nicht nur äußerlich, sondern vor allem im Geiste, in die Befehle derer, die über uns gesetzt sind. Aber wenn wir fühlen, daß wir einen dieser Befehle nicht voll und ganz befolgen können, wäre es eine Heuchelei, sich ihm scheinbar zu beugen.«

»O meine Tochter, was sagen Sie da! Das sind scholastische Spitzfindigkeiten. Sankt Thomas . . .«

»Sankt Thomas war ein großer Heiliger, und ich achte und verehre ihn. Doch was mich anlangt, so wiederhole ich Ihnen, was ich der Frau Mama, der Großmutter, dem Papa und dem Onkel sagen mußte. Ich kann nicht versprechen, einen Gatten zu lieben, von dem ich weiß, ich werde ihn bestimmt nie lieben können. Der Gehorsam wäre ein Gehorsam mit dem Munde, aber nicht mit dem Herzen.«

»O Komteß, geben Sie acht, geben Sie genau acht! Ihre Begründung ist weder von außen noch von innen stichhaltig. Der Gehorsam findet keine so lange Antwort.«

»Der Gehorsam antwortet, wenn er gefragt wird, ehrwürdiger Pater,«

»Noch ein Wort, Komteß. Muß ich es Ihnen wirklich sagen? — Sie versichern, Sie seien bereit, allen Befehlen Ihrer

Eltern zu gehorchen, die zu befolgen Sie sich imstande fühlen. Vortrefflich, meine Tochter! Aber was befehlen Ihnen Ihre Eltern? Sie befehlen Ihnen, einen vornehmen, achtbaren, reichen, gesitteten jungen Mann zu heiraten, der um Sie anhält, und aus diesem Bunde soll beiden Familien und dem ganzen Land eine große Wohltat erwachsen. Was Ihr Herz anlangt – dem wird ja nicht befohlen, an das Herz denkt man später; aber die Religion will, daß Sie sich dem Befehl, soweit Sie können, inzwischen beugen, und Sie dürfen gewiß sein, Gott wird Ihnen als Lohn für eine solche Unterwerfung auch die Gnade schenken, daß Sie alle Pflichten Ihres neuen Standes erfüllen können.«

Clara schien so bestürzt über die Schleichwege, die dieser Sittenprediger sie führte, daß er schon wieder hoffte, er habe gesiegt. Doch sein Sieg war nicht von Dauer, denn die Bestürzung in den Mienen des jungen Mädchens wich sehr schnell einer klaren Entschlossenheit. Die Worte, die sie fand, zeigten, daß sie in dieser Angelegenheit die letzten waren.

»Pater, was würden Sie von einem Menschen sagen, der, bis über den Hals in Schulden und ohne den geringsten Besitz, auf den morgigen Tag für achtzigtausend Dukaten bürgen wollte? Ich würde sagen, er sei ein Narr oder ein Schurke. Sie haben mich verstanden, Pater. Ich bin mir meiner Armut bewußt, ich werde nicht für einen Heller bürgen.«

Nach diesen Worten verneigte sich Clara und schickte sich an, das Zimmer zu verlassen. Der hochwürdige Herr hätte sie gern mit weiteren Erläuterungen aufgehalten. Aber er begriff, daß es ein Schlag ins Wasser gewesen wäre, und folgte ihr schließlich mit der tiefbetrübten Miene eines Jagdhundes, der ohne das gesuchte Wild zu seinem Herrn zurückkehrt. Wer etwa hinter der Tür gehorcht hatte, konnte noch eben ins Eßzimmer schlüpfen; doch der Pater Pendola hatte sich dem Ohr der Gräfin noch nicht genähert, als sie schon mit einem solchen Schwall von Drohungen und Vorwürfen auf Clara losstürzte, daß die Leute aus der Küche auf den Lärm herbeieilten.

Gatte und Schwager unternahmen es, sie zu zügeln, und der Pater Pendola, der wie Pilatus seine Hände in Unschuld wusch, ergriff die günstige Gelegenheit und machte sich aus dem Staube.

Sowie er hinaus war, richtete sich der Ausbruch gegen ihn; und die gnädige Frau schalt ihn einen gewaltigen Heuchler, einen Schädling, einen frechen Kerl, der sie benutzt hatte, um zu erlangen, was er suchte, und sie dann mit dreister Stirn hatte in der Klemme sitzen lassen. Hochwürden bat die Schwägerin inständig, sie solle doch um Himmels willen aufhören, einen Priester zu beschimpfen, der in den wenigen Tagen, die er in Portogruaro weilte, schon mit den Geschäften der Priesterschaft und fast auch der Kurie im günstigsten Fahrwind segelte. Aber darum kann sich eine Frau nicht kümmern, wenn ihr der Mund überläuft; die Gräfin mußte sich erst einmal Luft machen. Doch wurde sie unter dem Zureden des Schwagers etwas ruhiger und fiel nun wieder über Clara her; nachdem die Neugierigen an die Küchenarbeit zurückgekehrt waren, begannen der Papa und der Onkel das gleiche Spiel und plagten das Mädchen beträchtlich. Sie ertrug alles mit dem tiefen Schmerz eines Menschen, der gern täte, was man fordert, und die andern doch nicht zufriedenstellen kann. Diese Quälerei dauerte geraume Zeit; die Gräfin hatte sich in den Kopf gesetzt, entweder heirate Clara den Venchieredo, oder sie werde ohne Mitleid in ein Kloster gesteckt. Schon begann man, deutlicher als je, von Lucilio zu murmeln, und der junge Mann mußte mit seinen Besuchen vorsichtiger sein als früher. Aber nachdem sich die Absage an den Venchieredo herumgesprochen hatte, gingen manche Vermutungen auch auf eine heimliche Liebe zum Partistagno. Dazu gehörte auch der Partistagno selbst, der, sowie er von der Begebenheit erfahren hatte, lächelnder und aufgeblasener denn je auf der Burg erschien; er musterte die ganze Familie von oben bis unten, und wenn er zärtlich auf Clara blickte, war schwer zu unterscheiden, ob aus seinen Augen mehr Liebe oder mehr Mitleid sprach. Jedenfalls fielen auch der Gräfin diese Blicke auf, und da sie sich nicht so weit herablassen konnte, Lucilio in Verdacht zu haben, fand sie einen Grund mehr, es mit dem Partistagno zu tun. Aber dieser verwünschte Bursche entschloß sich nie, einen Schritt weiterzugehen. Seit Jahren arbeitete er mit Blick und Lächeln, ohne sich je zu erklären. Raimondo hingegen war sozusagen mit dem Ring in der Hand erschienen, und man hätte nur ein Ja zu nicken brauchen, so wäre er glücklich und dankbar gewesen, ihn Clara anstecken zu dürfen. Solche Betrachtungen verbesserten die Laune der gnädigen Frau gegen die Tochter durchaus nicht, zumal auch die jüngsten Ereignisse den glorreichen Burgherrn von Lugugnana nicht im geringsten zur Eile anzutreiben schienen.

Als nun die Frumier eines Tages ihre Verwandten, um sie von solchem häuslichen Verdruß abzulenken, zum Essen eingeladen hatten, wurde der Herr Graf zu seiner größten Unruhe von dem Schwager in ein abseits gelegenes Kämmerchen gebeten. Dieser drehte den Schlüssel zweimal im Schloß, zog die grünen Vorhänge vors Fenster, öffnete ganz vorsichtig das Geheimfach seines Schreibtisches, zog ein Dokument heraus, reichte es ihm und sagte:

»Lest; aber um Himmels willen schweigt! Ich vertraue Euch, weil ich Euch kenne.«

Dem armen Grafen wurde angst und bange; wieder und wieder putzte er, um Zeit zu gewinnen, mit dem Rockfutter die Brillengläser, doch schließlich vermochte er, wenn auch mit Mühe, das Schriftstück zu entziffern. Es war von einem Manne, der seinen Namen nicht nannte, aber offenbar um die Ratschlüsse der Signorie genau Bescheid wußte, und antwortete vertraulich auf die Frage des Senators, was von einem Gnadengesuch für den alten Venchieredo zu halten sei. Aber wie! Dies war nicht die Zeit, da die Republik ihre grimmigsten Feinde hätte von der Koppel lassen können, gerade wenn sie sie unter Augen haben mußte, um sie nötigenfalls unschädlich zu machen. Die

Burgherren des Berglandes waren samt und sonders der Signorie abgeneigt, und das Beispiel des Venchieredo sollte sie alle wenigstens einigermaßen in Zucht halten; man hatte schon seine Familie mit übertriebener Milde vor den Folgen der Verdammung bewahrt. Im übrigen war ja wohl der Senator über jeden Verdacht erhaben und nur von den Einflüsterungen und Bitten anderer in die Sache gezogen worden; aber die Freunde des Venchieredo sollten sich wohl hüten, daß nicht durch solch übermäßiges Wohlwollen für den Verbannten ein Schwanken ihrer Treue hindurchschimmere und daß ihre Ansichten nicht etwa angesteckt schienen von den umstürzlerischen Gedanken, die, von jenseits der Berge, die alten, ehrwürdigen Ordnungen von San Marco zu erschüttern drohten. In schwierigen Zeiten möge die Vorsicht um so größer sein; das solle ihnen zur Richtschnur dienen, denn die Staatsinquisition wache ganz ohne Rücksicht auf die Person.

Der Senator in seiner Eigenschaft als venezianischer Patrizier bemerkte mit Stolz, wie sich beim Lesen dieses Briefes nacheinander Staunen, Schmerz und Betroffenheit auf den Mienen seines Schwagers malten. Als er zu Ende gelesen, ließ er das Blatt fallen und murmelte so etwas wie Entschuldigungen und Treuschwüre.

»Seid ganz ruhig«, und der Senator hob das Blatt auf und legte dem armen Grafen eine Hand auf die Schulter, »es ist nichts als eine Warnung; aber Ihr seht, es war fast eine Gnade des Himmels, daß sich Eure Tochter dieser Heirat widersetzt hat. Hätte sie ihr zugestimmt, so wäre zu dieser Stunde die Hochzeit schon gefeiert . . .«

»O nein, bei allen Heiligen des Himmels! Und wenn meine Tochter sie jetzt wollte, und wenn meine Frau mit aller Wut darauf bestände, sie zu feiern, so würde ich einfach mit zwei Worten . . .«

»Pst, pst«, mahnte der Senator. »Bedenkt, die Sache ist heikel.«

Der Graf hatte mit offenem Munde innegehalten; jetzt

schluckte er und sagte: »Nun, Gott sei Lob und Dank; er hat uns aus einer großen Gefahr gerettet. Meiner Frau werde ich sagen, daß man aus geheimen, zwingenden Gründen von dieser Ehe nicht mehr sprechen darf, gerade als hätten wir nie daran gedacht. Meine Frau ist klug, sie wird sich danach richten. Zum Donnerwetter! Und ich habe doch den Verdacht, sie hat sich diese Heirat von dem verflixten Pater Pendola aufschwatzen lassen!«

Da blieb ihm zum zweitenmal der Mund offen, denn der Senator zog ein Gesicht, als habe er eine rechte Dummheit gehört. Nun erwiderte er mit jenem Ausdruck der Überlegenheit, wie der Lehrer zum Schüler spricht:

»Ach mein Lieber, ich glaube, gewisse Sätze, die unserm ehrwürdigen Pater entschlüpft sind, haben kaum dem jungen Venchieredo gegolten ... Es könnte auch sein, daß er, als er sah, wie vernarrt Eure Frau darein war, ihm ihre Tochter zu geben, getan hat, als sei er ihr darin behilflich. Und dann, Ihr versteht, er hegte Freundschaft für Euch, er hegte sie für mich ... und ohne den Anstand zu verletzen ... Und gar noch das Gespräch mit Clara ...«

»O nein!« rief der Graf, »da stand ich hinter der Tür, und ich kann Euch versichern ...«

»Je nun, was wißt Ihr davon? Man kann tausenderlei Dinge sagen, und dann zieht man ein Gesicht dabei oder deutet einiges an ... Vielleicht argwöhnte der Pater, daß Ihr und Eure Frau horchen würdet; und im übrigen kann ich Euch versichern, daß, wenn die Heirat nicht zustande gekommen ist, ein großes Verdienst daran ihm zukommt.«

»Gepriesen sei dieser Pater! Ich will ihm danken ...«

»Um Himmels willen, da tätet Ihr etwas Rechtes! Nach all der Mühe, die er sich gegeben hat, sich zu verbergen, ja Euch glauben zu machen, daß er Euren Plan guthieß! Ihr seid doch manchmal nicht sehr schlau.«

Nun, ich weiß nicht, wer diesmal der Schlauere war. Als der Pater Pendola am Tag zuvor bei Tisch gehört hatte, wie der

Senator eine Heirat seiner Nichte mit dem Venchieredo mit einem Mal mißbilligte, hatte er, wenn nicht den Brief aus Venedig, so doch sicher etwas Ähnliches gewittert. Darum hatte er dem Senator mit halben Worten, einem bedächtigen Wiegen des Kopfes und andern Mitteln, wie er sie meisterte, die Sache so darzustellen gewußt, daß dieser das Gegenteil von dem annahm, was geschehen war, so daß der Senator ihm, mit bedeutungsvollem Händedruck, als man von Tische aufstand, gesagt hatte:

»Ich habe verstanden, Pater, und ich muß Ihnen im Namen meiner Verwandten danken.«

Daß der Senator schlau war, hatte er in seinem langen öffentlichen wie privaten Leben zur Genüge bewiesen; aber hier behält wohl wieder das Sprichwort recht: Ein jeder hat an jedem Tag seine einfältige Viertelstunde. Und es ist kein Dieb so gerissen, daß er nicht von einem Gerisseneren bestohlen werden könnte.

Als das Gespräch der beiden Schwäger beendet und der verhängnisvolle Brief mit Sorgfalt verbrannt worden war, kehrten sie ins Speisezimmer zurück und unterhielten sich über Clara und daß es ein wahres Gluck wäre, wenn man sie in das Haus Partistagno verheiraten könne. Der Graf äußerte einige Zweifel, weil nicht alle Verwandten des jungen Mannes bei der Durchlauchtigsten Republik gut angeschrieben seien. Aber der Senator hielt dem entgegen, man solle sich darum nicht sonderlich sorgen, es seien entfernte Verwandte, und schließlich zeige sich der junge Mann den venezianischen Behörden so ergeben, daß man auch nach dieser Seite hin mit ihm Ehre einlegen könne.

»Da ist jedoch noch eine andere Schwierigkeit«, gab der Graf zu bedenken. »So sicher es auch scheint, daß Clara in ihn verliebt ist und er in sie, so trifft er nie Anstalten, sich zu erklären.«

»Das laßt meine Sorge sein«, erwiderte der Senator. »Der junge Mann gefällt mir, denn wir brauchen solche Leute, die ehrfürchtig und ergeben, aber zugleich stark und mutig sind. Laßt mich handeln; er soll sich bald erklären.«

Für heute legten sie dieses Gespräch beiseite; nur am Abend, in der Verschwiegenheit des ehelichen Bettes, erkühnte sich der Graf, der Gattin eine schwere, geheimnisvolle Gefahr anzudeuten, vor der sie jedoch Claras Absage an den Venchieredo bewahrt habe. Die gnädige Frau brummte, davon glaube sie kein Wort, und wollte Genaueres wissen; aber kaum hatte der Gemahl den Namen des erlauchten Senators Frumier geflüstert, wurde sie friedlich und bestand nicht mehr darauf, zu ergründen, was der hohe Verwandte in undurchdringliches Geheimnis gehüllt hatte. Der Gatte sagte ihr weiter, wie der Senator von einer Heirat zwischen Clara und dem Partistagno sehr angetan gewesen sei und sogar bewirken wolle, daß der junge Mann förmlich um sie anhielte. Darob gerieten die beiden Gatten in eine Woge ehelicher Zufriedenheit, von der ich mir nicht weiter ausmalen will, wie weit sie sie trug. Am meisten konnte Clara damit zufrieden sein, denn sie wurde, ohne daß sie wußte warum, nicht mehr gequält und genoß gar manchen Tag der Waffenruhe, an dem sie ohne Gefahr die erkenntlichen und leidenschaftlichen Blicke, die Lucilio ihr verstohlen zuwarf, erwidern konnte.

Inzwischen hatte der Senator seinem Versprechen gemäß alle Mühe aufgewandt, daß der Partistagno endlich um die Hand von Clara anhielte. Der junge Mann war gerührt bei dem Gedanken, ein Mädchen könne vor Liebe zu ihm sterben, und stolz, daß er für wert gehalten wurde, Neffe eines Senators von Venedig zu werden, und bekannte, auch er begehre das Mädchen seit langem, und nur eine angeborene Trägheit habe ihn bisher abgehalten, diese Liebe aus der platonischen Sphäre in eine andere zu verpflanzen. Nach letzterem Satze mußte der junge Mann förmlich verpusten, solche Mühe hatte er daran gewandt.

Die Partistagno trugen, schon wenn sie zur Welt kamen, das

gesamte Zeremoniell im Kopfe; so verging geraume Zeit, bis der junge Mann alle Bestandteile, die zu einem feierlichen Eheantrag nötig waren, beisammen hatte. Inzwischen erschien er wie immer in Fratta und betrachtete Clara, wie die Schaffnerin eines Klosters den Puter zu betrachten pflegt, den sie für das Ostermahl mästet. Eines Tages endlich zeigten sich an der Zugbrücke der Burg zwei Reiter auf weißen, gold und purpurn aufgezäumten Zeltern. Menichetto lief, so schnell ihn seine Beine trugen, in die Küche, um die festliche Erscheinung zu verkünden, während die beiden Reiter ihre Pferde stolz und gemessen nach dem Marstall lenkten. Der eine im federgeschmückten Dreispitz war der Partistagno; die Hemdspitzen hingen ihm eine Handbreit aus dem Wams, und er trug so viele Ringe und kleine und große Vorstecknadeln, daß er aussah wie das Nadelkissen einer Dame. Ihn begleitete ein Oheim mütterlicherseits, einer der unzähligen Barone von Cormons, im schwarzen Rock mit Silberstickerei, wie es die Würde seines Amtes mit sich brachte. Der Partistagno blieb steif wie die Statue des Gattamelata auf seinem Rosse sitzen, während der andere abstieg, dem Kutscher die Zügel zuwarf und die Freitreppe hinan zur Türe schritt, deren beide Flügel vor ihm aufgesperrt wurden.

Man führte ihn in den großen Saal, doch mußte er eine Weile warten, denn auch die gräflichen Herrschaften von Fratta kannten die Regeln des Anstandes und wollten sich nicht weniger feierlich zeigen als ihre vornehmen Gäste. Schließlich erschien der Graf in einem buchstäblich aus Tressen gewirkten Rock und die Gräfin in einer mit zwanzig Ellen rosa Band geschmückten Haube und unter tausend Entschuldigungen, daß sie gegen ihren Willen so lange gesäumt hatten. Clara, weiß gekleidet und bleich wie Wachs, kam an der Hand der Mama; der Sekretär der Kanzlei und Hochwürden Orlando, der das Mundtuch schnell in die Rocktasche steckte, stellten sich zu beiden Seiten auf. Nun folgte ein tiefes Schweigen, wobei sich alle bis zur Erde verbeugten; es sah aus, als bereiteten sie sich vor, ein Menuett zu tanzen. Ich, Pisana und die Kammermädchen, wir drängten uns alle um die Schlüssellöcher, um die Szene zu beobachten, und waren verwirrt von dem großartigen Anblick. Der Herr Baron legte eine Hand auf die Brust, streckte die andere nach vorn und begann seine Rede.

»Im Namen meines Neffen, des hochwohlgeborenen, hochedlen Herrn Alberto Partistagno, des Baron von Dorsa, Richters der Vogtei von Fratta, Dekans von San Marco, Burgherrn von Lugugnana, habe ich, Baron Duringo von Caporetto, die Ehre, die Hand der hochwohlgeborenen, hochedlen Dame, Gräfin Clara von Fratta zur Ehe zu erbitten, Tochter des hochwohlgeborenen, hochedlen Herrn Grafen Giovanni von Fratta und der edlen Frau Leonice Navagero.«

Ein zustimmendes Gemurmel der Zuschauer begleitete diese Worte, und die Kammermädchen waren nahe daran, Beifall zu klatschen. Es war gerade wie im Marionettentheater. Die Gräfin wandte sich an Clara. Diese klammerte sich an die Hand der Mutter und schien näher daran zu sterben, als zu heiraten.

»Meine Tochter«, begann sie, »nimmt das ehrenvolle Angebot dankbar an und ...«

»Nein, Mutter«, unterbrach Clara. Ihre Stimme war von Schluchzen erstickt, aber die Kraft des Willens siegte über den Aufruhr ihrer Gefühle und über die schuldige Ehrerbietung. »Nein, Mutter, ich werde mich nie vermählen ... ich danke dem Herrn Baron, aber ...«

Da erstarb ihr die Stimme, auf dem Antlitz erlosch alle Farbe des Lebens, die Knie schienen zu wanken. Die Kammermädchen dachten nicht daran, daß sie sich verrieten, sie stürzten in den Saal und schrien: »Das Fräulein stirbt, das Fräulein stirbt!« und fingen sie in ihren Armen auf. Hinter ihnen erschienen wir andern voll Neugier, ich, Pisana und alle, die sich allmählich zusammengefunden hatten, um das Schauspiel zu genießen. Die Gräfin zitterte vor Wut und ballte die Fäuste, der Graf schwankte hin und her wie eine Eiche im Sturm, der Sekretär stand hinter ihm, als wolle er ihn stützen, wenn er umfiele;

Hochwürden zog das Mundtuch aus der Tasche und trocknete sich die Stirn, und nur der Baron stand unerschütterlich mit seinem ausgestreckten Arm, als hätte er mit dieser magischen Gebärde die allgemeine Verwirrung heraufbeschworen. Die Gräfin bemühte sich einen Augenblick um die Tochter, um ihr, sowie sie zu sich kam, Gehorsam zu befehlen; doch als sie sah, daß Clara, kaum ins Bewußtsein zurückgekehrt, das Haupt schüttelte und von neuem in Ohnmacht zu sinken drohte, wandte sie sich mit wuterstickter Stimme an den Baron.

»Sie sehen wohl, mein Herr, ein unerwarteter Zufall hat das Fest dieses Tages gestört; aber ich kann Ihnen im Namen meiner Tochter versichern, daß nie ein Mädchen von einem Antrag so geehrt worden ist, wie sie von dem, den Sie, Baron, ihr im Namen des hochwohlgeborenen Partistagno übermittelt haben. Er kann damit rechnen, daß er von jetzt an in ihr eine gehorsame, treue Braut besitzt. Nur muß ich Sie bitten, er möge seinen ersten Besuch als Bräutigam auf einen günstigeren Augenblick verschieben.«

Die Kammermädchen schleppten das Fräulein aus dem Saal. Die Arme in ihrem fast leblosen Zustand wiederholte ihr Nein mit Kopf und Händen noch immer. Aber der Baron schenkte ihr nicht mehr Aufmerksamkeit, als irgendeinem Möbelstück des Hauses und schickte sich an, den zweiten und letzten Teil seiner Rede zu halten.

»Ich danke der edlen Braut und ihrer ganzen hochedlen Familie im Namen meines Neffen für die Ehre, daß sie ihn als Bräutigam angenommen haben. Nachdem die Brautleute der Sitte gemäß aufgeboten worden sind, wird man die Trauung hier in der Kapelle der Burg Fratta, als dem Sitze der Gerichtsbarkeit, feiern. Ich, Baron von Caporetto, stehe Ihnen von jetzt an als Brautvater zu Diensten. Der Segen des Himmels ströme gnädig auf das junge Paar, in dem sich die hochwohlgeborenen, uralten Häuser von Fratta und Partistagno glücklich vereinen.«

Eine dreifache Verneigung, eine Drehung auf dem Absatz,

und der edle Baron Duringo wandelte die Treppe hinab mit all der Würde, mit der er heraufgewandelt war.

»Nun?« fragte der Neffe und rüstete sich, aus dem Sattel zu steigen.

»Bleib oben, Neffe«, erwiderte der Baron und stieg selbst wieder aufs Pferd. »Für heute bist du von dem Bräutigamsbesuch befreit. Der Braut ist vor Freude schlecht geworden, ich bin noch ganz erschüttert.«

»Wirklich?« Der Partistagno wurde rot vor Vergnügen.

»Sieh her!« Und der Baron wies ihm seine feuchten, blutunterlaufenen Äuglein, die deutlich zeigten, daß sie den Grund vieler Becher zu sehen gewohnt waren. »Ich glaube gar, ich habe geweint!«

»Meinen Sie, die Diamantkette wird als Hochzeitsgabe genügen?«

»In Anbetracht dieses Zwischenfalls können wir das Smaragdschloß hinzufügen. Die Partistagno müssen sich für die Liebe, die sie einzuflößen verstehen, erkenntlich zeigen.« Und damit ritten sie aus dem Bannkreise der Burg.

Auf dem Wege nach Lugugnana machten sie Pläne, wie sie das Hochzeitsfest recht prächtig feiern könnten. Aber wie groß war ihr Erstaunen, als sie am Tage danach einen Brief des Grafen von Fratta erhielten, der ihnen mitteilte, daß sich seine Tochter, sehr zu seinem Leidwesen, entschlossen habe, in einem Kloster ihre Jungfräulichkeit dem Herrn zu weihen. Der junge Mann hielt es für ganz unmöglich, daß je ein Mädchen imstande sein könne, ein Kloster ihm vorzuziehen; doch nun mußte er sich leider davon überzeugen, und es demütigte ihn einigermaßen. Aber es kam noch schlimmer. Aus dem Geschwätz der Leute mußte er erfahren, daß nicht das Mädchen sich in ein Kloster zurückziehen wollte, sondern daß die Ihren sie hineinstecken wollten zur Strafe, weil sie eine so gute Partie wie die seine ausgeschlagen hatte; und der Nebenbuhler, der ihm im Herzen von Clara entgegenstand, war Lucilio Vianello. Der Baron floh, um seine Schande zu verbergen, bis nach Caporetto, der

Partistagno blieb und erhob an allen Ecken der Provinz ein Geschrei, er werde sich an Lucilio, an Clara und ihrer Verwandtschaft rächen; wehe ihnen, wenn sie ihm nicht die Braut, mit oder ohne Nonnenschleier, ins Haus schickten! Er blieb dabei, er war ihrer Liebe ganz gewiß; wie es auch gewiß war, daß nur die Mißgunst der Ihren und die bösen Künste dieses Doktors Clara daran hinderten, ihm ihre Liebe zu zeigen.

In Portogruaro, im Hause Frumier hielt man indes großen Familienrat, was hier zu tun sei, und der Fall war ziemlich neu, denn damals gab es nicht viele Mädchen, die sich dem Willen der Verwandten so hartnäckig widersetzten. Ob man zum Bischof seine Zuflucht nahm? Aber der Pater Pendola verwarf diesen Ausweg als erster. Alle wußten sich im stillen darin einig, daß leider die Stimme des Volkes die Wahrheit sprach, und daß Lucilio Vianello der Stein des Anstoßes war. Den Doktor konnte man nicht entfernen; also mußte man Clara entfernen. Die Frumier hatten in ihrem Palast in Venedig Raum genug, und die Gräfin schien nicht unzufrieden, dort zu wohnen. Nach langem Hin und Her beschloß man also, sie sollten nach Venedig ziehen, und zwar, damit es nicht auffalle und nicht viel Geld koste, nur sie mit der Tochter, und die Familie sollte in Fratta bleiben. Die Gräfin hoffte, Clara werde zur Vernunft kommen, und wenn nicht, so gab es in Venedig Klöster genug, wo man ihr die Grillen austreiben würde. Der Graf beklagte sich etwas, daß er in Fratta aushalten sollte, denn er hatte einige Furcht vor dem Partistagno; doch der Schwager verbürgte sich ausdrücklich für seine Sicherheit.

So saßen wir denn einen Monat nach diesen Erörterungen zufriedener denn je auf der Burg Fratta; wenn die Katze aus dem Hause ist, tanzen die Mäuse. Die Gräfin war mit Clara nach Venedig in den Palast Frumier zu den Neffen übergesiedelt; freilich hatte sie über das Gemüt der Tochter noch wenig vermocht. Außerdem war etwas geschehen, was niemand vermutet hätte, und was ihre Hoffnungen in der Knospe zerstörte.

Lucilio, der den Abschluß seiner Studien so lange hinausgezögert hatte, setzte es sich plötzlich in den Kopf zu promovieren, und allem Widerstand seines Vaters zum Trotz reiste er nach Pavia, erwarb die Doktorwürde, zog, statt nach Fossalta zurückzukehren, nach Venedig und ließ sich dort als Arzt nieder. In Portogruaro erfuhr man die Neuigkeit erst, als er sich schon eine Kundschaft erworben hatte, die ihn von jeder väterlichen Hilfe unabhängig machte. Das war ein schöner Schrecken! Der eine forderte, man solle den Doktor einsperren, andere rieten, die Gräfin und Clara augenblicklich zurückzuholen, wieder andere schlugen vor, sie wollten alle zusammen nach Venedig eilen, um sich seiner Dreistigkeit zu erwehren. Doch nichts geschah. Die Gräfin schrieb, sie habe keine Angst, Clara scheine sich im Ernst auf das klösterliche Leben vorzubereiten, und im übrigen könne Lucilio, wenn sie anfangen wollten, seinetwegen den Wohnort zu wechseln, sie mit seinem Beruf durch die ganze Welt jagen.

Man beschränkte sich also darauf, den Senator Frumier zu bitten, er möge an einen seiner Kollegen im Rate der Zehn schreiben, daß sie den kleinen Doktor im Auge behielten; worauf die Antwort kam, sie beobachteten ihn schon Tag und Nacht, aber man solle keinen Lärm schlagen, denn es heiße, er stehe unter dem Schutz eines Sekretärs der Französischen Gesandtschaft, eines gewissen Jacob; der war damals der eigentliche Botschafter, und auf ihn bauten hauptsächlich die Anführer der Revolution in Paris. Als der Graf so üble Dinge hörte, machte er ganz entsetzte Augen; sein Schwager sprach ihm jedoch Mut zu und riet, er solle lieber seine Frau zufriedenstellen, die immer mehr darüber Klage führe, daß er im Geldschicken so sparsam sei. Der Arme seufzte und dachte daran, wie sie ihn aus Sparsamkeit nach Fratta verbannt hatten und trotzdem mehr Geld ausgaben, als die ganze Familie für ein großartiges Leben hätte verbrauchen können. Er seufzte, aber kratzte im halbleeren Geldschrank die paar kümmerlichen Dukaten zusammen, packte Röllchen und ließ sie, wie schon andere, in den gefräßigen Schlund Venedig rollen. Der Verwalter warnte, wenn sie so fortführen, würden die Einkünfte von Fratta in Kürze auf fünfzig Jahre voraus verpfändet sein. Aber der Herr erwiderte, es gehe nicht anders, und mit solcher Philosophie lebten sie weiter. Hochwürden, der von alledem nichts merkte, war noch der Glücklichste; er zermahlte nach wie vor das Fleisch der jungen Kapaune und Enten, womit ihn seine Bauern ehrten.

Was mich anbelangt, so hatte ich inzwischen meine humanistischen und philosophischen Studien etwas zigeunerhaft betrieben, aber immerhin zu einem Ende gebracht. Jedenfalls fand man mich in der Schlußprüfung nicht weniger dumm als andere, die sie ordnungsgemäß durchgeführt hatten. Es näherte sich der Zeitpunkt, wo man mich hätte nach Padua schicken müssen, doch die Geldverhältnisse des Grafen erlaubten ihm nicht, so freigebig zu sein, und die Gerechtigkeit fordert, daß ich demjenigen Lob spende, der bei dem guten Werk meiner Universitätsjahre am meisten beteiligt ist. Der Pater Pendola war nicht der Mann, mit fünfzig Jahren, wo der Ehrgeiz gerade seine höchsten Blüten treibt, auf die Dauer im Hauslehrerstande faul dahinzuleben. Als Kaplan und Lieblingsberater des Hauses Frumier hatte er sich die Achtung vieler Priester und Prälaten, die dort aus und ein gingen, erwerben können; ihm fehlte weder die Fähigkeit zu frommen Sprüchen, noch die, sein und anderer Leute Gewissen nach Bedarf zu weiten, so daß sich beide Parteien in ihn verliebten. In der Folge wußte er diesen Sieg so geschickt zur Schau zu stellen, daß, als die Sache dem Bischof zu Ohren gekommen war, dieser bei jeder Schwierigkeit, die ihm in seinem Sprengel zu schaffen machte, auszurufen pflegte: Ach, wäre ich der Pater Pendola! Ach, hätte ich in der Kurie den Pater Pendola!

Die Bescheidenheit des Paters gab dem bischöflichen Notschrei besonderen Nachdruck; und als der damalige Sekretär der Kurie gestorben war, verwandten sich Priester beider

Parteien beim Senator Frumier, er solle den Pater dazu vermögen, dieses Amt anzunehmen. Damit hoffte jeder, die eigene Partei in der bischöflichen Residenz sicherer denn je festzusetzen. Der Senator sprach mit dem Pater; dieser spielte den Widerspenstigen, schlug die Krone aus wie Cäsar und ließ sich krönen wie Augustus, und so wurde er denn Sekretär des Bischofs und, dank seiner Geschicklichkeit und Machenschaften, unumschränkter Herr mindestens eines Sprengels; man erwartete Wunder, aber natürlich täuschte man sich. Immerhin waren im Augenblick alle zufrieden und hofften von der Zukunft das, was der Pater jedem großzügig versprochen hatte.

Er war noch nicht lange in seine neue Würde eingeführt, als der Bischof eines Tages in der Pfarre von Teglio Besuch machte, wobei mich der Pfarrer beiden vorstellte. Ich gefiel, und der Pater verhieß, sich beim Senator Frumier für mich zu verwenden. Dieser besaß in der Tat das Recht, in einem Kollegium an der Universität Padua, wo arme Studenten unentgeltlich lebten, eine Stelle zu besetzen; und da diese frei war, wurde ich auf den kommenden November dafür bestimmt. Der Senator machte dem Schwager sogar Vorwürfe, daß er nicht früher davon erfahren, er hätte herzlich gern für mich gesorgt. Aber das gute Werk wurde zur rechten Zeit getan, und ich sagte sowohl meinem Mäzen wie dem Fürsprecher heißen Dank. Damals sah ich noch nicht weiter und hatte noch nicht gelernt, eine geschenkte Münze am Klang auf ihre Echtheit zu prüfen.

Im übrigen war es mir nicht unlieb, wenn ich den Wohnort wechselte. Nachdem Lucilio fort war und der Venchieredo nicht mehr auf die Burg kam, äugelte Pisana mit Giulio Del Ponte, und diesmal war es ernst, denn sie war fünfzehn Jahre alt und sah aus und empfand, als wäre sie achtzehn. Damals begann ich, um so viel Herzeleid zu betäuben, mit den Burgsoldaten zu Schmausereien und Tanz über Land zu gehen, und in Kürze schnitt ich allen Bauernmädchen und Handwerkertöchtern die Cour. Wenn ich auf dem kümmerlichen Grauschimmel, den ich mir von Marchetto geliehen hatte, von einer Messe oder Kirchweih nach Hause ritt und wie ein Gebirgler meine Querpfeife blies, zog ein Dutzend hübscher Mädchen mit, die mich auf dem ganzen Weg umtanzten. Es mag ein schönes Zerrbild des Gemäldes von Guido Reni gewesen sein, wo das Geleit der Horen sich um die aufgehende Sonne im Tanze schwingt. Trotzdem war mir das Leben damals schwer. In jene Zeit fiel auch ein trauriges Ereignis, der Tod von Martino, der nach einem kurzen Schlaganfall in meinen Armen verschied. Ich war wohl der einzige, der an seinem Grabe weinte, denn der alten Gräfin, die an die hundert Jahre zählte und seit dem ihr so schmerzlichen Weggang von Clara kindisch geworden war, mußte man diesen Tod aus Schonung verschweigen. Pisana, die der zweifelhaften Obhut der Frau Veronica anvertraut war, verwilderte immer mehr; im Müßiggang wucherten die bedenklichen Anlagen ihres Charakters. Am Tage bevor ich nach Padua reiste, kam sie rot und völlig außer sich vom Spaziergang.

»Was hast du, Pisana?« Mein Herz schmolz vor Mitleid und Liebe. Ach, diese Liebe war stärker und mächtiger als ich.

»Giulio, der Hund, ist nicht erschienen!« schrie sie wütend, brach in Tränen aus, warf mir die Arme um den Hals und schluchzte: »Du, ja du bist mir gut, du hast mich lieb!« Und sie küßte mich, und ich küßte sie leidenschaftlich. – Vier Tage danach hörte ich mein erstes juristisches Kolleg und verstand kein Wort, denn die Erinnerung an jene Küsse spukte mir ganz verteufelt im Kopfe.

Die Studentenschaft war in Aufruhr und eifrigen Gesprächen über die Nachrichten aus Frankreich, die immer kriegerischer und der alten Regierung feindlicher lauteten. Ich nagte trübsinnig am spärlichen Brot des Kollegiums und an den um so reichlicheren Pandektenkommentaren und dachte immerzu an Pisana und an die bald süßen, bald bitteren, der Erinnerung so teuren Freuden unserer Kinderjahre. Also ging das Jahr des Heils 1792 für mich zu Ende. Als in den letzten Januartagen des neuen Jahres die Kunde von der Enthauptung des Königs Ludwig XVI. eintraf, betete ich, nur das ist mir noch im Gedächtnis, ein Requiem für das Heil seiner Seele – gewiß ein Beweis meiner damaligen gemäßigten Ansichten.

ACHTES KAPITEL

Hier wird gehandelt von den ersten italienischen Revolutionen, von den Sitten der Paduaner Studenten, von meiner Rückkehr nach Fratta und der erhöhten Eifersucht auf Giulio Del Ponte. – Wie die Toten Lebende zu trösten und die Schelme unschuldige Gemüter zu bekehren vermögen. – Der Pater Pendola übergibt meine Unschuld dem Advokaten Ormenta in Padua. Doch es ist nicht alles Gold, was glänzt.

Frankreich hatte einen König enthauptet und die Monarchie abgeschafft; das Grollen in der Tiefe des Vulkans verkündete fürs nächste wieder einen Ausbruch; alle alten Regierungen erschraken und zogen eilends ihre Heere zusammen, um den Brand im Keime zu ersticken. Sie kämpften nicht mehr, um das königliche Blut zu rächen, sondern zur eigenen Rettung. Schon waren Nizza und Savoyen, die beiden westlichen Tore Italiens, von der unwiderstehlichen Raserei der republikanischen Scharen überrannt und hißten die Trikolore: schon erkannte man die Kraft der Eindringlinge an der Größe ihrer Versprechungen und das Drohende der Gefahr an den unter der Oberfläche kochenden Unruhen im eigenen Lande. Überall schloß man Bündnisse und Verträge. Neapel und der Kirchenstaat machten sich von ihrer schändlichen Furcht frei; das alte, von einem blutigen Dämon aus seinem Schlaf geschreckte Europa pflog untereinander Rat, wie es ihn bannen könnte. Was tat indes die Allerdurchlauchtigste Republik Venedig? Das unweise Kollegium ihrer weisen Räte hatte bestimmt, die Französische Revolution habe für sie nichts weiter zu bedeuten als einen akademischen Gegenstand der Geschichte; es hatte jeden Bündnisvorschlag, kam er nun von Österreich, Turin, Petersburg oder Neapel, abgelehnt und den Senat dazu vermocht, einhellig jenen Beschluß zu fassen, der nutzlos und verderblich war – den der unbewaffneten Neutralität. Umsonst kämpfte Francesco Pesaro mit all seiner erhabenen Beredsamkeit am sechsundzwanzigsten Januar 1793; Gerolamo Zittiani, der Weise dieser Woche, errang den Sieg mit dem Beschluß, daß man Jean Jacob als Botschafter der französischen Republik anerkenne. Wäre eine solche Entscheidung ›freiwillig und aus Vernunft‹ gefällt worden, so wäre sie weder unbesonnen noch feige gewesen, denn keinerlei Familienbande oder gemeinsame Interessen, noch beschworene Verträge zwangen die Republik Venedig, die Gefangennahme Ludwigs XVI. zu rächen; aber die Käuflichkeit des Antragstellers und die übereilte Zustimmung des Senats stempelten diesen Akt zu einem wirklichen feigen Verrat.

Als bald darauf die Kunde vom Königsmord eintraf, mußten die Regierungen diese törichte Geschmeidigkeit der Venezianer für bezahlte Mitschuld nehmen, und so erhoben Verachtung und Haß ringsum drohend ihre Häupter. Die französische Gesandtschaft in Venedig war der Sammelort für alle Umtriebe und Hoffnungen der italienischen Umstürzler. Sie sorgte zugleich für geheime Boten nach Kosntantinopel, die die Pforte gegen das Reich und die Republik Venedig aufhetzten, um dadurch die russischen und deutschen Heere abzulenken. Der Rat der Weisen, immer ergänzt und immer einfältig, verschwieg solche Gefahren dem Senat; ja, wer ausschied, übertrug die törichte Sicherheit und Lässigkeit auf den, der hinzukam. Vierzehn Jahrhunderte hatte Venedig so viele Zusammenbrüche von Ordnungen und Reichen überdauert; wie sollten die Venezianer glauben, sie könnten plötzlich selbst zusammenbrechen? Sie gebärdeten sich wie alte Männer, die, weil sie neunzig Jahre gelebt haben, meinen, es würde immer so weitergehen. Gegen Ende des Frühjahrs 1794, nachdem schließlich Frankreich die Neutralität von Genua zum künftigen Schaden des Piemont und der Lombardei verletzt hatte, deutete Pesaro mit lauter Stimme auf die unmittelbare Nähe der Gefahr und auf die nicht mehr ferne Möglichkeit, daß es zwischen den Kaiserlichen, die von Tirol nach dem Herzogtum Mantua herabkamen, und den ihnen entgegenstehenden Franzosen in den Staaten des venezianischen Festlandes zum Zusammenstoß kommen könne. Nun raffte sich der Senat, wenn auch schläfrig, auf und befahl gegen die Ansicht von Zuliani, Battaja und andern, die noch karnickeliger waren als die übrigen Karnickel, das Festland solle sich mit neuen Landsoldaten aus Istrien und Dalmatien sowie mit Geschützen aus den Festungen, die rasch instandgesetzt werden sollten, verteidigen. So konnte man nicht den Staat, wohl aber die Ehre retten. Jetzt beluden sich die Männer, die damals zum Rat der Weisen gehörten, voraus Zuliani, mit dem Ruhm, auch die Ehre zu verlieren. Um sich für die Niederlage im Senat zu rächen, beschlossen sie, die Ausführung des Befehls zu vereiteln. Man wies nach, man könne nur wenig und auch das nur ganz bescheiden tun, weil der Staatsschatz nicht eben gefüllt sei; man tat auch nicht das geringste; alle Vorsorge beschränkte sich auf siebentausend Mann, die man mit Mühe gesammelt und nach und nach in der venezianischen Lombardei auf Posten gestellt hatte. Pesaro, sein Bruder Pietro und einer aus dem Rat der Weisen, dessen Name wenigstens in dieser Hinsicht frei von der allgemeinen Schande ist, Filippo Calbo, setzten den Senat von der Böswilligkeit dieser Ausflüchte in Kenntnis; doch der Senat war in seine Stumpfheit zurückgefallen und schluckte die umzuckerte Pille der Weisen. Im Augenblick schmeckte er die Bitterkeit noch nicht, aber hernach spürte er das Gift.

So lebte ich denn auf allen Seiten von Verfall umgeben. Der Verstand mühte sich von Tag zu Tag mehr in unmäßig langen Studien; zugleich mit der Kraft wider den Schmerz wuchs mir Kraft und Wille zur Arbeit; mich marterte die Liebe, mir fehlte die Familie, mir starb das Vaterland. Doch wie hätte ich dieses träge, sumpfige, ohnmächtige Vaterland lieben, wie ihm eine würdige, nützliche Tätigkeit widmen sollen? Ein Leichnam wird beweint, aber nicht geliebt. Die Freiheit der Rechte, die Heiligkeit der Gesetze, die Religion des Ruhmes, die dem

Vaterland eine nahezu göttliche Majestät verleihen, wohnten schon lange nicht mehr unter den Flügeln des Markuslöwen. Vom Vaterland war nur der alte, jämmerliche, entehrte Leib geblieben; der Geist war entflohen, und wer im Herzen hohe und ewige Ziele verehrte, suchte andere heilige Bilder, denen er Hoffnung und Treue der Seele weihen konnte. War auch Venedig von den italienischen Staaten der unbedeutendste geworden, so rangen diese, was Kraft des Gedankens und der Sittlichkeit anbelangt, alle mit dem Tode. Daher war die Zahl derer, die sich dem Kult der Freiheit und der andern in Frankreich verkündeten Menschenrechte weihten, in Italien viel größer als anderswo. Mehr als erlittene Knechtschaft oder Verwandtschaft der Rassen half dieser Umstand den französischen Anführern, die erstorbenen Ordnungen von Venedig, Genua, Neapel und Rom, kurz von allen Regierungen des Landes zu stürzen. Denn den Gemeinschaften und öffentlichen Einrichtungen ergeht es nicht anders als den einzelnen Menschen – ohne die Keimkraft des Geistes verkümmert auch der Organismus, und wo nicht eine Macht von außen dieses Gefüge gewaltsam zerstört, ermattet das Leben nach und nach und stirbt endlich von selbst.

Mein Dasein in Padua war wirklich das eines armen Studenten. Ich sah aus wie der Dienstbursch irgendeines Priesters und trug in aller Bescheidenheit die italienischen Farben, wie die Studenten auch damals zu tun pflegten, als lebte man noch zur Zeit von Galilei, wo Griechen, Spanier, Engländer, Deutsche, Polen und Norweger auf dieser Universität zusammenströmten. Meine Kameraden waren größtenteils gewaltige Schafsköpfe aus den Bergen, roh, schmutzig und dumm; das ganze Kollegium eine Pflanzschule für künftige Kanzleisekretäre bei dünkelhaften Vögten oder für käufliche Notare an Strafgerichtshöfen. Sie feierten Feste und kamen ins Raufen, sie stritten sich ständig herum mit Schergen, Metzgern und vor allem mit den Wirten, denn diese hielten sonderbarerweise darauf, daß sie die Schenke nicht verließen, bevor die Zeche bezahlt war. Die

Klage endete vor dem Sondergericht der Studenten, wo die Richter es sich mit dem Urteil leicht machten; sie gaben einfach den Studenten recht, um nicht ihrer ziemlich unversöhnlichen und wenig gerechten Rache anheimzufallen. Die Studenten vom Adel hielten sich dieses Pack, soviel sie konnten, vom Leibe, wohl mehr aus Furcht als aus Hochmut. Und ebensowenig fehlte auch hier der Mittelstand, die Vielen, Unschlüssigen, Behutsamen, die, solange das Monatsgeld reichte, an den teuren Freuden der Adligen teilnahmen, um in den letzten knappen Tagen zu den schlechten, lauten Lustbarkeiten der andern zurückzukehren. Diese Leute verleumdeten hier und verleumdeten da, spotteten bald über diese, bald über jene, wahre Bannerträger des Mittelstandes, ohne Hirn und ohne Herz, die sich hernach für demokratisch hielten, weil sie gleicherweise unfähig waren, wirksam zu gehorchen wie nützlich zu befehlen. Indes erregten die Umwälzungen in Frankreich auch die leeren oder leichtfertigen Gemüter der Studenten. In jugendlichen Adern muß das Blut sieden, koste es, was es wolle; junge Leute sind wie Fliegen, die, wenn sie den Kopf verloren haben, weiter fliegen und brummen. Unter den Adligen gab es Männer der neuen Schule, die Beifall klatschten; die ängstlichen Betbrüder erschraken; in den untersten Schichten brüllten einige à la Marat, doch die Inquisitoren lehrten sie Anstand; weitaus die meisten, in der blinden Verehrung von San Marco fügsam geworden, lärmten gegen die fernen Franzosen – die übliche Tapferkeit derer, die vor den augenblicklichen Machthabern kriechen und hernach den neuen huldigen. Die vom Mittelstande warteten, hofften und schwatzten; sie meinten, die Herrschaft müsse dank der Schwerkraft von den Adligen auf sie fallen, und hätten sie sie einmal in Händen, so würden sie schon sorgen, daß sie nicht weiterfiele. Aber so etwas sagten sie nicht laut, sie wisperten und bliesen es sich ins Ohr, als schonten sie die Stimme für die große Stunde. Was sollten sie ihre Haut zu Markte tragen? Natürlich beobachteten die Inquisitoren das Durcheinander von Meinungen, Hoffnungen und Leidenschaften mit tausend Augen; alle Augenblicke fiel eine Hummel, die zu laut brummte, in ein heimlich aufgehängtes Spinnennetz. Solch ein Dummkopf wurde im Boot nach Venedig geschafft, und hatte er einmal die Seufzerbrücke überschritten, so blieb er verschollen. Mit Heimlichkeiten und Handstreichen dieser Art, die als Schrecknisse für die Kindheit eines Volkes geeignet sind, meinten die Inquisitoren den Staat vor dem Untergang, der unmittelbar bevorstand, retten zu können.

Ich für mein Teil hatte damals zu vielen Erinnerungen nachzuhängen, zu viel Kummer zu bekämpfen, als daß ich die Angel meiner Gedanken in diesen Schlamm hätte auswerfen mögen. Frankreich lag für mich in so weiter Ferne, daß ich nicht begriff, was die Dummheiten, die man dort trieb, für uns bedeuten könnten. Sie schienen mir wahrlich nichts als Dummheiten. Der Herbst, der dem ersten Jahre Jurisprudenz folgte, war gleichsam das Siegel auf meine politische Sorglosigkeit. Der Fußmarsch bis Fratta, das Wiedersehen mit Pisana, die alten Liebeshändel, die sich durch neue Launen und Eifersüchte rasch genug lösten; Geschäfte, die mir der Kanzleisekretär probeweise anvertraute, Lobsprüche des Grafen und des Hauses Frumier, Gewalttätigkeiten und Sprünge des Venchieredo, der Unfrieden in der Familie Provedoni und die Zänkereien zwischen Doretta und Leopardo, die ständigen Streiche des Spaccafumo, Ermahnungen des alten Pfarrers, sonderbare Ratschläge des Pater Pendola – all das gab mir zu viel zu denken und zu tun, zu freuen und zu leiden, als daß ich meinen Kameraden in Padua die Sorge um die Ereignisse in Frankreich und den Zeitvertreib der Wochenblätter nicht leichten Herzens überlassen hätte. Außerdem erschien mir das alles wie eine ergötzliche Komödie im Vergleich zu dem, was Pisana allein mir in diesen zwei Monaten zu kosten gab. Ihr Charakter hatte sich inzwischen nicht eben gebessert; wohl aber war sie an Wuchs und

Antlitz schöner geworden. Sie war nun wirklich Frau; keine zarte Blume, der der erste Novemberwind Duft und Farbe raubt, sondern stolz und kräftig an Gestalt, von entschiedenem Ausdruck, der gemildert wurde durch eine rosige Frische und ein Mienenspiel, das eigenartig und plötzlich wechselte, doch immer von bezaubernder Anmut blieb. Wenn diese prächtige, marmorweiße Stirn sich dem frühreifen Blick eines jungen Mannes zuwandte, und die Augen sich nach einem raschen Aufleuchten umschleiert und wie verwirrt zu Boden senkten, leuchtete aus ihrem ganzen Wesen eine solche Flamme von Wünschen, Wollust und Liebe, daß die Luft um sie her wie im Feuer glühte. Und da sollte ich, der ich sie bis in die letzten Fasern kannte, nicht mitglühen? – Arme Pisana! Trug sie Schuld daran, wenn die sich selbst überlassene Natur zerstörte, was sie gebaut hatte, weil sich über dem Wunder der Schönheit keines der Einsicht und Tugend bildete? Trug ich eine Schuld, wenn ich sie trotz alledem liebte, weil ich wußte, ich war der einzige auf Erden, der mit ihr fühlte? Ach, gibt es für das Unheil, das aus Schuld und Sünde entsteht, hienieden keine Hilfe?

Erinnerung, du vielfältige Gabe des Himmels! Grausame Qual und süße Erquickung, die Stunde um Stunde, Minute um Minute unserer Tage umschlungen hält, um sie uns dann, wie in den Kristall der Ewigkeit eingeschlossen, wieder darzubieten! Die alles nimmt und alles gibt, alles zerstört und alles bewahrt, den Lebendigen vom Tode spricht und den im Grabe Ruhenden vom Leben! Oh, Erinnerung ist für die Menschheit die Sonne der Weisheit, der Glaube an die Gerechtigkeit, das Bild der Unsterblichkeit, das irdisch begrenzte Abbild des Gottes, der keine Grenze kennt. Doch mir tat damals die Erinnerung keinen guten Dienst; sie band mich jungen Mann fest an die Launen einer Kinderleidenschaft. Ich bin ihr darum nicht böse, denn ich meine, zu viel erinnern und darüber trauern sei besser, als alles vergessen und sich freuen. Es würde zu weit führen, wollte ich euch erzählen, wie tief ich im Laufe dieser wenigen Wochen litt. Doch muß ich zu meinem Lobe sagen, daß mich mehr als die Eifersucht das Mitleid quälte; denn kein Kummer ist so tief wie der, wo wir den Gegenstand der Liebe tadeln und bejammern müssen. Die unbilligen und sonderbaren Launen von Pisana hatten, wenn ich sie nicht hätte mit der ihr eigenen Gedankenlosigkeit entschuldigen können, oft den Anschein von Schamlosigkeit.

Ihre Sympathien blühten ohne Anlaß, Dauer noch Maß. In der einen Woche faßte sie plötzlich in aller Ehrerbietung eine heftige Liebe zu dem alten Pfarrer von Teglio; sie schritt gesenkten Blickes mit dem schwarzen Schleier auf dem Haupte nach der Pfarrei, unterhielt sich lebhaft mit dem geistlichen Herrn an der Tür und drehte allen Vorübergehenden den Rükken; sie hörte seine Ratschläge und halben Predigten in Geduld. Sie wollte durchaus eine büßende Magdalena werden und kämmte sich das Haar, wie es die Heilige auf dem kleinen Bilde trug, das am Kopfende ihres Bettes hing. Am Tage danach schien sie wie durch Zauber verwandelt; ihre Wonne war nicht mehr der Pfarrer, sondern der Reiter Marchetto; er mußte sie unbedingt reiten lehren. Nun raste sie auf dem ungesattelten Klepper wie eine Amazone durch die Wiesen und zerkratzte sich im waldigen Gelände an den Zweigen Stirn und Knie. Dann wollte sie nur arme Teufel und Bauern um sich haben – ich glaube, sie spielte Burgfrau aus dem Mittelalter; sie spazierte am Flusse Arm in Arm mit dem Müller Sandro, und sogar der Apothekerjüngling Donato schien ihr zu zierlich und gekünstelt. Kurz danach zog sie wieder andere Saiten auf und wollte morgens und abends nach Portogruaro fahren. Alle alten Pferde ihres Vaters mußten sich auf den jämmerlich kotigen Straßen lahm laufen, aber immer ging es im Galopp. In Portogruaro fand sie ihren Spaß darin, die Bürgermeisterin, die Schulmeisterin und alle Frauen und Mädchen der Stadt in den Schatten zu stellen. Giulio Del Ponte, der lebhafteste und begehrteste Stutzer, mußte ihr als Partner dienen, nicht weil er ihr besonders zugesagt hätte, sondern damit sie in den Ruf kam, besonders lustig und boshaft zu sein. Giulio war toll in sie verliebt und hätte geschworen, sie sei lustiger als alle bösen Zungen von Venedig. Sie jedoch blieb immer unzufrieden, immer von unbestimmbaren Sehnsüchten gepeinigt und von einer schrankenlosen Gier, allen zu gefallen; sie dachte an nichts weiter, sie erstrebte weiter nichts als dies; und selten gab sie sich Mühe, auch nur hinzuhören, wenn ein anderer sprach.

Noch eine recht eigenartige Seite ihres Charakters war folgende: wenn sie wußte, sie könne jemandem eine Freude bereiten, scheute sie dafür keine Mühe und überwand jeden Ekel. Hätte ein Krüppel, ein Lahmer, ein Scheusal sie um einen freundlichen Blick angefleht, sie hätte ihm sofort einen geschenkt, so liebevoll, lang und feurig wie dem glänzendsten Verehrer. War es Güte, Gedankenlosigkeit oder Übermut? Vielleicht wirkte alles zusammen; kein Wesen in ihrem Umkreise war so widerwärtig und niedrig, daß es nicht mit einer bittenden Gebärde Vertrauen und Mitleid, wenn nicht gar Achtung und Liebe von ihr hätte erreichen können. Sogar mit Fulgenzio, dem Meßner, ließ sie sich manchmal so weit ein, daß sie mit ihm am Herde hockte, wenn die Familie die Polenta aß. War sie dann wieder draußen, so konnte ihr der bloße Gedanke an den schmierigen Heuchler Schauder erregen. Aber einem schmeichlerischen Blick vermochte sie nicht zu widerstehen. Frau Veronica hatte das natürlich herausgefunden. Anfangs war sie Pisana äußerst verhaßt gewesen, doch mit Gefälligkeiten hatte sie es verstanden, sich ihr erträglich und beinahe lieb zu machen. Es war eine schöne Vollendung der Erziehung, die diese Hofmeisterin mit ihrer eigennützigen Nachsicht an Pisana vollbrachte! Schließlich hatte sie ihre Gunst erworben, indem sie ihr geradezu als Kupplerin diente; sie lief höchstselbst herbei, sie zu warnen, und ließ Giulio Del Ponte durch die Tür am Marstall entschlüpfen, wenn der Graf oder Hochwürden früher als sonst aufwachten. Auch Faustina, die als Kammermädchen in Fratta geblieben war, bildete für Pisana nicht die beste Gesellschaft. Diese heruntergekommenen kleinen

Städterinnen werden, wenn sie auf dem Lande leben müssen, zu Meisterinnen in Lastern und Käuflichkeit, und Faustina mag eine der schlimmsten gewesen sein, weil ihr Charakter, der alles andere als anständig war, sie dazu vorzüglich befähigte. Das Einverständnis mit der Herrin schien ihr das beste Unterpfand dafür, daß sie selber straflos sündigen konnte, und natürlich ging sie ihr eifrig mit gutem Beispiel voran.

Ich wundere mich noch heute, daß unter den Augen des Grafen und des geistlichen Herrn kein schweres Ärgernis entstand; aber vielleicht war der Schein schlimmer als die Wirklichkeit, und körperliche Anstrengungen und wildes Herumtreiben dämpften dieses feurige Temperament ganz natürlich. Es mag auch sein, ich ängstigte mich zu sehr; doch ich war ja der Zeuge und Gefährte ihrer kindlichen Gärungen gewesen und konnte schwer glauben, die reife Jugend habe in ihr das ausgelöscht, was sie in andern anzuzünden pflegt. So war ich ständig trunken von Liebe und zärtlichen Gedanken; aber sooft ich Pisana in aufwallendem Gefühl in die Arme schloß, bebte sie nicht, wie ich es ersehnte, und an meinem Herzen fraß die Eifersucht. Immer stand mir vor Augen, daß mir nur die Asche eines Feuers blieb, das für andere gebrannt hatte, und auf jenen Lippen, auf denen ich alle Wonnen des Paradieses hätte schmecken sollen, fand ich die Qualen der Hölle. Schließlich wurde Pisana meiner scheinbaren Kälte und der ständigen Mäkelei an ihrem Wesen müde und ließ mich stehen. Ich war verzweifelt; Wut, Rache, Tod im Herzen, sah ich Giulio Del Ponte vor mir mit seinem lebensprühenden Gesicht, den Augen, die in Liebe schwammen, dem spöttischen frühreifen Lächeln, seiner frischen, phantasievollen, harmonischen Sprache. Ich haßte ihn um der reichen Gaben willen, die ihm die Natur verliehen hatte, die Frauen zu bezaubern; ich berauschte mich an dem Gedanken, er wäre weder schön noch wohlgebildet, und das stolzeste Mädchen der ganzen Gegend würde meine breiten Schultern und meinen gesunden Wuchs seinem schmächtigen, nervösen Körper vorziehen. Trotz alledem fühlte ich, Pisana gegenüber war ich nichts gegen ihn; ja, wäre ich Frau gewesen, ich hätte im Vergleich mit mir ihm die Palme gereicht. Himmel, was hätte ich damals dafür gegeben, mit ihm zu tauschen! Jeden Preis hätte ich gezahlt, jedes Opfer gebracht; Kraft, Gesundheit, Leben – wäre ich den Tag danach elend gestorben, ich hätte nicht gezögert. Nur eine Minute überzeugt sein, sie liebe mich mehr als sich selbst! Törichte Wünsche! Kein Mensch auf der Welt, und wäre er noch so hinreißend vollkommen gewesen, hätte alle Liebe und Sehnsucht von Pisana für immer nur auf sich vereinigen können. Ich, der ich ein gutes Teil davon besaß, ersehnte das fehlende andere; hätte ich es erhalten, wäre mir das erste entschwunden. Denn weder Giulio noch einer vor oder nach ihm konnte sich rühmen, er habe Vertrauen und Achtung von Pisana in gleichem Maße besessen. Nur mir gehörte dieser innerste und wohl einzige gute Teil ihrer Seele; nur mir war es vergönnt, in den schmalen Zwischenzeiten, da ich von ihrer Liebe beglückt wurde, Herr ihres besseren Ich zu sein. Ich liebte in Wahrheit, denn ich liebte sie, wie sie war; und ich wurde in Wahrheit geliebt, denn mein Gefühl für sie, an dem sie sich aufrichtete, war ein Ruf zu sinnvollerem Leben, den sie bisweilen in sanfter Hingabe hörte. Dies war der Lohn, den meine lange, geduldige, unglückliche Liebe davontrug, und so kostete ich die Schönheit ihrer Seele und war der einzige, der sich innig daran freute. Wie weder das Schauspiel einer schönen Landschaft noch der Anblick eines vollendet ausgeführten Bildes von jemandem gewürdigt werden kann, der keine wahre Kenntnis der Natur und der Kunst besitzt, so kann gewiß niemand die Schätze einer Seele würdigen, der nicht ihre geheimsten Winkel in langem Umgang und mit tief ergebener Liebe durchforscht hat. Pisana war ein Wesen solcher Art, das nur der ganz erahnen konnte, der sozusagen mit ihr geboren war, mit ihr aufwuchs, immer an sie dachte und nichts liebte als sie.

Trotz des Unterrichts beim Pfarrer war ich damals gewiß weder ein musterhafter Christ noch ein besonders gewissenhafter junger Mann. Die Freiheit, die man mir in der Kindheit gewährt, und die Beispiele anderer in Fratta sowohl wie in Portogruaro und Padua hatten meinen Sitten die Zügel sehr lose gelassen. Dennoch mühte ich mich mit der habsüchtigen Klugheit der Liebe, Pisana von dem gefährlichen Wege, den sie eingeschlagen, wegzuziehen. Pisana merkte es nicht; Faustina und Veronica gerieten in Wut. Letztere hatte wohl Angst, ich könnte sie und ihr weites Gewissen befehden. Doch deshalb wurde sie nicht etwa strenger; im Gegenteil, sie fuhr fort, dem Mädchen blind zu willfahren, und rächte sich an mir dadurch, daß sie mich in der abscheulichsten Weise bei ihr anschwärzte. Ich glaube, die unglückliche Frau schüttete allen Haß, den sie in Jahren der Unterdrückung durch die Gräfin in einer endlosen Zeit stummer, zitternder Unterwürfigkeit gegen diese gesammelt hatte, nun über die Tochter aus. Sie hielt sich dadurch schadlos, daß sie Pisana durch Müßiggang, Leichtsinn und Vertrautheit mit schlimmeren Lastern verdarb; es wäre dies nicht das erste Beispiel einer solchen Rache. In keinem Hafenplatz habe ich je liederlichere Weiber gefunden als sie und Faustina; vor dem Grafen jedoch und vor Hochwürden wußte Frau Veronica die Ehrbare zu spielen, und Abend für Abend stimmte sie im Zimmer der alten Gräfin fromm den Rosenkranz an, auf den die Kranke von ihrem Lager aus und eine mit ihrer Pflege betraute frische Bäuerin mit leiser Stimme antworteten.

Auch mit der Großmutter verfuhr Pisana wie mit den andern; die eine Woche überschüttete sie die alte Frau mit Liebe, die nächste dachte sie nicht mehr an sie. Nur ihr Vater, der Kanzleisekretär und der Onkel Hochwürden hatten nicht unter ihren Zärtlichkeitsanfällen zu leiden; doch das waren kümmerliche Charaktere ohne Farbe und Eigenart, und Pisana vergaß sie einfach. Vielleicht hätte sie auch Mutter und Schwester vergessen, denn die Entfernung war für ihre Liebe ein wunderbar beruhigendes Mittel. Aber alle zwei Monate rief ihr ein Brief der Gräfin mit einer Nachschrift von Clara den Teil der Familie, der in Venedig lebte, ins Gedächtnis. Und da in solchem Brief auch von dem jungen Grafen die Rede war, der sich dem Ende seiner Erziehung näherte, erinnerte sie sich alle zwei Monate, daß sie einen Bruder besaß. Oheim und Tante Frumier waren wohl die einzigen, die, mochten sie fern oder gegenwärtig sein, dem Mädchen immer im Sinn und auf den Lippen blieben. Von einem Senator sprechen, einem Verwandten des Dogen Manin, und sagen: er ist mein Oheim, das schmeichelte ihr, und sie machte davon oft auch ohne eigentliche Notwendigkeit Gebrauch. Giulio Del Ponte und Veronica erinnerten sie, wenn sie umwölkt war, oft an den Onkel Senator. Bei diesem Zauberwort wurde sie heiter und schwatzte uferlos von seiner Macht und Würde, seinen Palästen, Landhäusern und Gondeln und von den seidenen Kleidern, geschnittenen Steinen und Diamanten der Frau Tante. Die Zunge glitt so spielend über all die Wunder, als wolle Pisana zeigen, sie sei solche Dinge völlig gewohnt. Ach, und die Arme hatte weder Schmuck noch Landhäuser gesehen außer dem Palast Frumier in Portogruaro und dem Diamantkreuz ihrer Mutter. Die Phantasie mußte überall aushelfen.

Doch habe ich mich immer wieder gewundert, daß sie bei all ihrem Rühmen des Hauses Frumier klein wurde, zahm und beinahe gelangweilt, sowie sie dort in der Gesellschaft auftauchte. Jetzt kann ich mir erklären, daß es ihr schon die stolzen Flügel stutzte, wenn sie der Tante den ersten Platz einräumen mußte; ja mehr noch, sie war in der Einsamkeit von Fratta und in der Gemeinschaft mit rohen Dorfleuten oder frechen Klatschbasen verbauert und wagte sich hier nicht in die Gespräche, und so wurde sie unwirsch, daß sie an den andern gemessen eine schlechte Figur machte. Weil sie sich nun mit ihrer Anmut und mit dem Glanz ihrer Schönheit schadlos halten wollte, fiel sie in die andere Unschicklichkeit, zierte sich übertrieben und war so von sich eingenommen, daß sie sogar dumm wirkte. Hochwürden von Sant'Andrea, der, obwohl er von der Gräfin so grausam als Beichtvater abgesetzt worden war, für die Tochter eine ausgesprochene Vorliebe hatte, verteidigte sie oft gegen den Spott boshafter Zungen. Nein, sie war in Wirklichkeit munter, geistvoll und klug, aber wozu sollte sie all diese Vorzüge ins Feld führen? »Da sei Gott vor!« fügte der gelehrte Domherr hinzu. »Geist und Gelehrsamkeit steckt schon in allen Kästen der Bibliotheken, doch eine Schönheit wie diese gibt es weder im Himmel noch auf Erden, und man müßte von Stein sein, fühlte man sich nicht bis ins tiefste Herz erquickt bei solchem Anblick.«

Giulio Del Ponte stand mit gezücktem Degen auf Seiten des hochwürdigen Herrn; aber der erlauchte Senator Frumier zog manchesmal eine sauersüße Miene, wenn sich der junge Mann bei diesen Gesprächen so erhitzte. Gewiß ähnelte Pisana ihrer Schwester Clara nicht im geringsten, Giulio hingegen Lucilio nur zu sehr, und der Senator hatte beim Schwager mehrmals auf diese zweite Gefahr für das Haus Fratta angespielt. Doch daß der Herr Graf einen Entschluß faßte, dazu hätte es mehr bedurft. Er hatte alle väterlichen Pflichten auf die Schultern von Frau Veronica abgeladen, und da ihn ihr endloses Gerede schwindlig machte, begnügte er sich mit der Frage:

»Heda, Hauptmann! Was sagt Eure Frau von der Pisana? Ist sie zufrieden mit ihrer Haltung, ihrem Betragen, ihren Arbeiten? Lernt sie ordentlich den Haushalt?«

Der Hauptmann Sandracca antwortete, wie ihm Veronica eingebläut hatte, auf alles mit ja und zwirbelte und zwirbelte seinen armen Schnurrbart, der durch das viele Drehen und Zerren vom Schwarz ins Grau, vom Grau ins Weiß, vom Weiß ins Gelb gewechselt hatte. Er prangte in der schönsten Farbe gesponnenen Zuckers, und nur der Schwanz seines Hundes Marocco hatte dank des Alters, und weil er ständig am Feuer geröstet wurde, ein ähnlich köstliches Gelb aufzuweisen. Daran hatte Marchetto so viel Spaß, daß er dem Hauptmann den Erlaß aller seiner Spielschulden anbot; und Andreini und der Kaplan versicherten, nur die aufgehende Sonne könne mit dem wackeren Sandracca und seinem edlen Hühnerhund wetteifern. Diese ständigen Gäste der Burg Fratta waren nach der Abreise der Gräfin immer vertrauter und spaßhafter geworden, und sogar dem Kaplan schwand mehr und mehr die Unterwürfigkeit. Selbst die Katzen in der Küche hatten ihre alte Wildheit verloren und kauerten sich in die Asche und zu Füßen der Kumpane. Ein alter feister, graugelber Kater, würdig wie ein Ratsherr, hatte mit Marocco engste Freundschaft geschlossen; sie schliefen miteinander im gemeinsamen Genuß von Stroh und Flöhen, spazierten im Verein, fraßen vom selben Tisch und übten sich in der gleichen Jagd, der nach Mäusen. Aber in letzterer hielten sie Maß und oblagen ihr wie große Herren; sie waren Liebhaber der Jagd, übten sie nur zum Zeitvertreib und überließen die Beute dem niederen Schwarm der andern Küchenkatzen und Kätzchen.

Ich nun fühlte mich nach den ersten Tagen, da Pisana wieder treu und lieb zu mir gewesen, inmitten dieser Leute sehr wenig wohl. Als ich noch klein war und sie nicht verstand, genügte es mir, sie zu bewundern; nun aber verstand ich sie recht gut und begriff nicht, wie sie an so vielen Geschmacklosigkeiten Freude haben konnten. So vergrub ich mich denn aus Verzweiflung in die Kanzlei und stümperte Protokolle, schrieb Urteile ab, besserte auch allmählich viele grobe Fehler aus, die meinem Meister aus der schöpferischen Feder sprudelten. Und in alledem hatte ich immer den Kopf in den Wolken. Bei jedem Schritt, den ich im Hofe hörte, lief ich ans Fenster, um zu sehen, ob es Pisana war, die auf ihre einsamen Ausflüge ging oder davon zurückkehrte. Ja ich war so zum Esel geworden, daß mir nicht einmal das Scharren von Pferdehufen noch Ruhe ließ; ich hörte nichts als Pisana, ich sah nichts als Pisana, und so sehr sie vermied, mir zu begegnen, und wenn es doch geschah, maulte – ich mußte sie begehren als das einzige, das mir das Leben zu bieten hatte. Frau Veronica machte sich gern über diese meine Tollheit lustig und unterhielt mich oft damit, welches Aufsehen Pisana in Portogruaro erregte und wie Giulio Del Ponte vor Liebe starb und Raimondo Venchieredo, der sie in Fratta oder im Hause Frumier nicht mehr sehen konnte, sie auf der Straße oder an den Stellen, wo sie zu spazieren pflegte, erwartete. Ich platzte vor Wut und kehrte der ekelhaften Schwatzbase den Rücken. Um mich zu trösten, ging ich nach und nach die gleichen Wege, die ich als Kind gegangen; ich kam bis zur Attilabastei und versenkte mich in den Untergang der Sonne; ich sättigte mich am Gefühl des Unendlichen, mit dem uns die Natur an weiten, einsamen Orten wohltut; ich betrachtete den Himmel, die Lagune, das Meer. Ich schritt die Stufen zurück, die von der Kindheit aufsteigen, dachte daran, wie sehr ich mich gewandelt hatte und in wie viele gute wie böse Gestalten mich die Zukunft noch wandeln würde.

Manchmal nahm ich in Cordovado zum Hause Provedoni meine Zuflucht, wo mir ein wenig häusliche Fröhlichkeit das Gemüt erquickte, wenn nicht Doretta mit ihren Dummheiten oder den Launen einer großen Dame den Frieden störte. Die jüngsten der Brüder Provedoni, Bruto, Grifone und Mastino, waren nun rechtschaffene, fleißige Burschen, lammfromm und stark wie Stiere. Bradamante und Aquilina gefielen mir in ihrem bäurisch-unbefangenen Wesen ungemein; immer waren sie heiter und rührten emsig ihre kleinen Hände zum Nutzen der Familie. Aquilina war erst zehn Jahre alt, aber aufmerksam, ernsthaft und fürsorglich wie eine Hausmutter. Wenn sie hinten im Gemüsegarten am Graben stand in ihrem ärmellosen Mieder, das Hemd bis über die Ellbogen aufgekrempelt, und die Wäsche spülte, erschien sie schon ganz fraulich; und ich stand lange Stunden bei ihr, freute mich der Stille und bildete mir ein, ich sei wieder Kind. Braun wie ein Zigeunermädchen, von jenem Goldbraun, das an den Schimmer erinnert, der über der Haut der Araberinnen liegt, klein und kräftig, mit dichten, feinen Brauen, die fast trotzig in der Mitte zusammenwuchsen, mit großen, tiefen, grauen Augen und einem Wald krauser, rabenschwarzer Haare, die Ohren und Hals zur Hälfte verbargen, hatte Aquilina ein fast männlich ruhiges und stolzes Gepräge, das im Gegensatz stand zu dem bescheiden nachgiebigen Wesen der älteren Schwester. Diese schien trotz ihrer zwanzig Jahre mehr Kind als die andere; doch war sie ein anmutiges Mädchen, und der Herr Antonio sagte im Scherz, wer sie heiraten wolle, müsse ihm einen gepfefferten Preis für sie zahlen. Beide Schwestern zeigten in ihrem Betragen Leopardo und der Schwägerin gegenüber eine bewundernswürdige Geduld.

Diese Schwägerin war überheblich, wetterwendisch, mit allem unzufrieden, und ihr Mann, der ständig von ihr an der Nase herumgeführt und aufgehetzt wurde, seinerseits ungerecht, flegelhaft und grausam; sein Charakter hatte sich unter der Herrschaft der Frau völlig geändert. Man erkannte ihn fast nicht wieder, und alle rieten an diesem Rätsel herum. Hatte ihm Doretta heimlich einen Trank gegeben, um ihn völlig zu verhexen? Nun, nichts hatte an diesem Zustande schuld als die Liebe, die freilich in den Händen eines Engels eitel Güte hervorbringen, bei einem häßlichen Charakter hingegen dem andern Höllenqualen bereiten kann. Doretta bereute, daß sie sich herabgelassen hatte, Leopardo zu heiraten, und machte allen und auch ihm gegenüber kein Hehl daraus und ließ ihn fühlen, wieviel sie damit ihrer Würde vergeben habe. Die Huldigungen von Raimondo machten sie wähnen, daß, hätte sie die Geduld aufgebracht, Mädchen zu bleiben, sie nach einem sehr viel höheren Stand hätte streben können. In welche kümmerliche Lage war sie geraten als Frau eines kleinen Landbesitzers und obendrein Schwiegertochter und Schwägerin zäher, genügsamer, frömmelnder, ungehobelter Bauern! Nunmehr dünkte sie der Aufenthalt im Hause unerträglich; oft blieb sie ganze Tage in Venchieredo, und wenn sie fragten, wo sie gewesen, würdigte sie sie nicht einmal einer Antwort, sondern zuckte mit den Schultern und ging ihren Weg weiter. Damit sie in vollem Glanze in Portogruaro erscheinen konnte, hatte sie den Pater Pendola zum Beichtvater gewählt. Doch trugen diese häufigen Beichten offenbar wenig dazu bei, ihre Sitten zu bessern.

Sogar mit ihrem Vater kam sie nicht mehr gut aus, wie sich unverträgliche Charaktere meistens erst an einem Menschen reiben, um hernach allen schwer aufzuliegen. Sie trug ihm nach, daß er dieser Heirat zugestimmt hatte, und wenn der Doktor Natalino einwandte, sie habe ja durchaus darauf bestanden, so hackte sie auf ihn los, es sei Pflicht der Väter, mit ihrer Vernunft dem unreifen Urteil der Töchter zu Hilfe zu kommen. Aber freilich, wenn sie sich hätte in den Brunnen werfen wollen, so hätte ihr eigener Vater ihr wahrhaftig den ersten Stoß versetzt! Nun war es Sache des jungen gnädigen Herrn, Doretta mit ihrem Schicksal auszusöhnen, und wie ihm das gelang, und wie sich die Ehre des leichtgläubigen Leopardo in diesem Netze fing, brauche ich den Lesern wohl nicht zu erklären. Schließlich klatschte das ganze Dorf über Doretta, die Familie fand sich wohl oder übel mit ihr ab, und wenn der arme Mann einen Wunsch an ihr gewahr wurde, setzte er alles daran, ihn zu erfüllen. Mir gereichte das Schauspiel dieser häuslichen Szenen im stillen zu mancher Lehre und auch zum Trost; mir wurde klar, daß das Glück relativ und flüchtig ist und mehr noch: es ist selten und trügerisch. Kam ich dann wieder nach Fratta, so reichte solcher Trost freilich nicht weit, aber ich hatte ein paar Stunden zugebracht, ohne in meinen Wunden zu wühlen, und manche begann sich langsam zu schließen.

So zog ich denn in jenen Herbstferien traurig umher, als ich eines Tages zu bemerken meinte, Pisana zeige ein sanfteres Gesicht als sonst, und so folgte ich ihr durch den Garten bis auf die Straße nach Fossalta, schlich mich heimlich an sie heran, schob meinen Arm unter den ihren und fragte, ob ich sie wohl begleiten dürfe. Hätte ich nie so viel gewagt! Sie machte Augen, als wolle sie mich verschlingen, dann suchte sie ihrer Wut mit einem kräftigen Schimpfwort Luft zu machen, aber die Stimme blieb ihr in der Kehle stecken, und ihre Zähne bohrten sich in die Lippe, daß ein Blutstropfen hervorquoll.

»Pisana, um Himmels willen, sieh mich nicht so an!«

Sie riß heftig ihren Arm aus dem meinen und löste die Zähne von der Lippe, denn jetzt fand ihre Wut Worte.

»Was tut Ihr? Was ist das für eine Frage? Wir sind doch nicht mehr Kinder! Jetzt steht jeder an seinem Platz, und ich wundere mich, wie Ihr mich noch reizen könnt, das zu vergessen, statt mich daran zu erinnern, wenn meine Gutmütigkeit es mich vergessen läßt. Ihr wißt doch, ich bin lebhaft und ungestüm. Ihr seid kalt und vernünftig von Natur; also müßt Ihr immer daran denken, wer Ihr seid und wer ich bin.«

Damit drehte sie mir den Rücken und ging auf ein paar Weiden zu, wo Giulio Del Ponte mit der Flinte über der Schulter im Schatten wartete. Nachher erfuhr ich, sie hatten sich dort treffen wollen, und die Furcht, ich folge ihr, um hinter ihr herzuspionieren, mochte Pisana diese bösen Worte eingegeben haben. Das ist nicht von Belang. Ich war ins tiefste Herz getroffen. Ich kehrte zur Burg zurück und wußte nicht, war ich tot oder am Leben; ich lief treppauf, treppab, gehetzt wie ein Verdammter; ich stand, ich wußte nicht wie, im Zimmer der alten Gräfin ...

»Seht nach, vielleicht ist es Clara!« sagte diese zu ihrer Pflegerin, denn die Augen waren ihr zu nichts mehr nütze als zu den trostlosen Tränen eines einsamen Greisenalters.

Ich floh voll Schrecken und Schmerz; ich rannte, rannte bis hinauf in mein altes Dachkämmerchen, wo noch alles stand, wie ich es ein Jahr zuvor verlassen hatte. Nach einer langen dumpfen Stunde ging ich hinüber ins Zimmer von Martino. Meine Ehrfurcht und die Nachlässigkeit der andern hatten nichts angerührt, was dem Alten gehört hatte. Auf dem Boden lagen noch ein paar Nägel, die übriggeblieben waren, als ihn der Totengräber in den Schrein geschlossen; ein Arzneiglas mit dem vertrockneten Rest eines Herzmittels stand auf dem Tische. An der Wand hingen die staubigen Olivenzweige vom letzten Palmsonntag seines Lebens. Ich warf mich auf das Bett, das noch den Abdruck seines Körpers zeigte, und hier endlich, im Gedächtnis an meinen ersten und einzigen wahren Freund, strömten die Tränen. Ich rief ihn wieder und wieder flehentlich bei Namen, daß er sich meiner annehme, herabkomme und mich mit seiner Nähe tröste. Aber solchen Anrufungen schenkte ich im Grunde selbst keinen Glauben; sogar die Hoffnung auf Gegenwart des Übersinnlichen war entschwunden. Erst später haben die Plagen und Mühen des Lebens bewirkt, daß eine unklare, unbestimmte, doch unerschütterliche Zuversicht auf ewige Dinge mein Herz stärkte. Damals plapperte ich in der Kirche meine Gebete, aber mein Sinn war von der drückenden Luft der Welt wie verdorrt, das verzagte Herz flatterte im Nichts als der einzigen Zuflucht für die Friedlosen. Diese tiefe Verzagtheit machte mir sogar das Gedächtnis an den guten alten Martino bitter, der trotz aller Anrufungen im Grabe blieb und mich mit meiner Angst im Leben allein ließ.

Die Luft des Todes, die ich hier atmete, durchdrang allmählich mein Gemüt; die Träne blieb an der Wimper hängen, das Auge wurde gläsern, und ich kam aus diesem qualvollen Zustande trotz aller Mühe nicht heraus. Das Feuer des Lebens schien erloschen, eine entsetzliche Kälte kroch mir durch den Leib, die Gespenster meines Kummers dämpften mir das Bewußtsein. Es gab einen Augenblick, wo ich meinte, ich sei eine Leiche, ich selbst sei Martino. Wie war ich nur dem Grabe entronnen? Oder mußten nicht im Augenblick die Totengräber kommen, um mich dorthin zurückzutragen? Dieser schreckliche Gedanke gähnte vor mir wie ein Abgrund, und es war kein Gedanke mehr, es war ein Bild voll Schauder und Qual. Da drang vom Fenster her Licht an die todesschlummermüden Lider; die Sonne schlüpfte wohl aus einer Wolke und überflutete das Zimmer, und eine große Sehnsucht nach Luft, Ruhe, Vergessenheit allen Kummers bemächtigte sich meiner. Schwankend stand ich auf und schleppte mich zur Fensterbrüstung. Der Lärm eines Stuhles, den ich umwarf, schreckte mich aus diesem Todeswahn; sonst hätte ich mich vielleicht aus dem Fenster gestürzt, und mein Leben wäre ohne die lange Grabschrift dieser Bekenntnisse zu Ende gegangen. Meine Finger suchten am Tische Halt und faßten einen Gegenstand. Es war ein Andachtsbüchlein, das gleiche, in dem der alte Martino jeden Sonntag in der Messe zu blättern pflegte; noch lag die Brille als Lesezeichen darin. Schwebte der Geist des Freundes auf meine Rufe herab, um mir durch die zerlesenen Seiten eine Antwort zu geben? Meine Augen wurden feucht, ich schlug das Buch auf und blätterte voll Ehrfurcht.

Es waren die üblichen einfachen, inbrünstigen Gebete, unsäglicher Trost für die frommen, undeutbares Rätsel für die ungläubigen Seelen. Hie und da lag das Bild eines Heiligen dazwischen oder ein Beichtzettel mit seinem lateinischen Text und der Jahreszahl, bescheidene Meilensteine eines langen Lebens, das bewundernswürdig war an Glauben, Opfer und genügsamer Fröhlichkeit. Schließlich fiel mein Blick auf ein zusammengefaltetes Papier, das von oben bis unten mit einer unregelmäßigen, kleinen Schrift beschrieben war, halb Kursiv- und halb Druckschrift, wie sie Menschen haben, die für sich allein kritzeln lernen. Es war die Schrift von Martino, und ich erinnerte mich, daß er sie sich als Erwachsener angeeignet hatte, um schlecht und recht seine Gedanken auszudrücken und um der Herrschaft abzurechnen. Mit diesem Papier hielt ich ein Orakel in Händen, und ich schickte mich an, es zu deuten. Das war nicht so leicht, und erst nach vielem Suchen, Hinzutun, Wegnehmen, mit Ahnungen, Flickereien und Klebekünsten hatte ich endlich aus dem Wust von Buchstaben, die wie eine Herde Schafe durcheinanderliefen, einen Sinn herausgefunden. Mir schien, es waren Sprüche und Einsichten, die Martino in allerlei Fährlichkeit des Lebens gesammelt hatte, um diese besser zu bestehen; und um die eigenen Worte zu bekräftigen, hatte der gute Alte manchen frommen Satz, manches Gebot Gottes nach seiner Einsicht hinzugefügt. Auch ermangelte die Schrift nicht einer gewissen rauhen Zier, als wäre sie die eines Schriftstellers aus dem vierzehnten Jahrhundert oder eines Menschen, der nicht so gut schreiben, aber besser denken kann als die andern, die schreiben. Der Schatz von Weisheiten lautete etwa folgendermaßen:

»Wenn du vollkommen unglücklich bist, so ist dies ein Zeichen, daß du eine Schuld auf der Seele hast; denn ein gutes Gewissen würde deinen Schmerzen ein Lager bereiten, worauf sie ruhen könnten. Suche, und du wirst finden, du habest eine Pflicht versäumt oder jemandem Kummer angetan; so du jedoch deine Versäumnis und Übeltat wieder gutmachst, wird neuer Friede in deinem Herzen blühen, denn Jesus Christus spricht: Selig sind, die Verfolgung leiden.«

»Vergiß die Freuden, die du von denen empfängst, so über dir stehen; suche sie unter dir, in der Liebe der Niedrigen. Jesus Christus liebte Kinder, Bettler und Krüppel.«

»Blicke nicht auf dein Geschick als auf eine Galeere, zu der du verdammt bist. Galeerensklaven heißt man auf venezianisch die Gauner. Gute Menschen jedoch arbeiten aus Liebe zum Nächsten, und je härter die Arbeit, um so größer das Verdienst. Wir sollen unsern Nächsten lieben als uns selbst.«

»Begehre nicht auf gegen den, so dir befiehlt; dulde seine Härte nicht aus Furcht, sondern aus Mitleid, auf daß sich seine Sünde nicht mehre. Jesus Christus gehorchte Herodes und Pilatus.«

»Ein Geheimnis, das sich dir aus Zufall enthüllt, ist heiliger als eines, das dir ein anderer anvertraut. Dieses ist dir von einem Menschen anvertraut, jenes aber von Gott. Deine Zufriedenheit, es bewahrt zu haben, wird größer sein, als wenn du es gegen Gunst und Gut verraten hättest. Der Frieden der Seele wiegt mehr denn tausend Dukaten; ich habe es erfahren und werde jetzt gewahr, daß ich hierin recht und zu meinem Besten dachte.«

»Wer gut lebt, stirbt besser; wer nichts begehrt, besitzt alles. Begehre nicht, was andern gehört. Doch du sollst es nicht verachten noch zurückweisen, auf daß du niemanden kränkest.«

»So du alle deine Pflichten erfüllst und noch nicht Frieden findest in dir selber, ist es ein Zeichen, daß du andere Pflichten, die dir obliegen, nicht kennst. Suche sie, erfülle sie, und du wirst zufrieden sein, soweit das menschliche Geschick solches zuläßt.«

»Verzweiflung war immer die größte Torheit, denn alles nimmt ein Ende. Ich spreche von den Dingen dieser Welt. Aber die Freuden des Paradieses nehmen kein Ende, auch nicht der Glaube an den Herrn, unsern Gott. Möge Er mir helfen, ihm zu dienen. Amen.«

In einer freigebliebenen Ecke standen mit noch kleinerer, späterer Schrift die weiteren Sätze:

»Wenn du zu nichts mehr nütze bist aus Alter oder Krankheit, so nimm jeden Dienst, den einer dir leistet, als ein Geschenk.«

»Argwöhne nichts Böses; du siehst dessen schon zu viel, um dir weiteres einzubilden. Unbesonnenes Urteil verbietet das Gesetz des Herrn. Er gebe mir seinen Segen. Amen.«

Ich muß bekennen, als ich diese Schrift entziffert hatte, fühlte ich mich beschämt und gedemütigt. Ich hatte Martino immer für etwas einfältig gehalten, für einen braven Menschen, einen guten, eifrigen, bescheidenen Diener, wie es sie damals gab, und sonst nichts. Seit ich in den letzten Jahren ein bißchen Latein verstand, war ich mir ihm gegenüber ziemlich bedeutend vorgekommen und bildete mir etwas darauf ein, daß ich ihn weiter meiner Freundschaft würdigte. Wie hätte ich ihn an meinem hervorragenden Wissen sollen teilnehmen lassen, da er ja nicht nur taub an Ohr, sondern taub an Verstande war! Aber siehe da, mit den wenigen auf das Papier gekritzelten Zeilen lehrte er mich nach seinem Tode mehr, als ich andere hätte lehren können, und hätte ich ein Leben daran herumsinniert. Jetzt begriff ich freilich noch nicht jede dieser in ihrer Einfachheit hohen Weisheiten; was wollte Martino damit sagen, daß man nach unerkannten Pflichten suchen solle, wenn man nicht Frieden fände in sich selbst? Nicht Frieden finden, das war doch gerade mein Fall, und ich zerbrach mir den Kopf, ohne daß ich etwas für meine Lage daraus hätte entnehmen können.

Dann kehrte ich zum ersten Spruch zurück, der das Gefühl tiefen Unglücks von einer Pflichtversäumnis oder schlechten Tat herleitet.

›Ach ich Armer!‹ dachte ich, ›wie viel Schuld muß ich auf dem Gewissen haben, daß ich mich unglücklicher fühle, als es je ein Mensch auf der Welt hat sein können!‹

Und so begann ich eine Gewissensprüfung, so scharf und sorgfältig, daß sie für die erste dieser Art nicht unverdienstlich sein mochte. Freilich war meine Kenntnis der Moralgesetze höchst unvollkommen, und ich fürchte, ich schlüpfte durch mehr als eines glatt hindurch; doch tadelte ich mich auch um sehr unschuldige Dinge, zum Beispiel, daß ich mich stets geweigert hatte, mit den Kindern von Fulgenzio Freundschaft zu schließen, und daß ich der Frau Gräfin gegenüber wenig Dankbarkeit verspürte. Die erste Sünde schrieb ich meinem Dünkel zu, und ich konnte die Kinder nur einfach nicht ausstehen; um die zweite klagte ich mein schlechtes Herz an, doch die ganze Schuld daran trug die hartnäckige Erinnerung an meine arme Mähne, die so zu Unrecht hatte leiden müssen. Indes, was mehr bedeuten will, ich täuschte mich nicht mehr über meine schwerste Schuld, diese maßlose Liebe zu Pisana, die mir plötzlich in all ihrer Wildheit vor dem Gewissen stand. Ich hatte Pisana von Kind an geliebt. Ganz vorzüglich! Von Kind an also, jämmerlich genug, war ich in eine Liebe verstrickt, wie sie dem Manne zukommt. Als junger Mensch, schon bei Vernunft und schlauer als notwendig, hatte ich in diesem kindischen Eigensinn beharrt. Da hast du den ersten Fehler, Carlino, dem die andern folgen, wie dem A die weiteren Buchstaben des Alphabets. Die Vernunft mußte mir sagen, daß ich der Vetter von Pisana war oder ihr Diener, denn unter den Dienern war auf der Burg Fratta mein Platz. In beiden Fällen stand es mir nicht zu, mich mit dem Anspruch einer Liebe, die gegen die Ordnung der Dinge ist, an Pisana zu hängen. Liebe strebt zur Ehe, das wußte ich und sah es alle Tage. Durfte ich je hoffen, Pisana zu heiraten? Wer weiß! Aber nein, hier ging es nicht darum, zu wissen, was möglich, sondern was üblich ist, und mir war bewußt, daß eine Ehe mit Pisana gegen die gewohnten Sitten verstieße, und daß weder der Graf, noch die Gräfin, noch vielleicht Pisana selbst Grund haben würden, damit einverstanden zu sein. Also war ich nicht auf einem guten Wege, wenn ich solchem lockenden Bilde wie ein Behexter nachrannte; ich lief Gefahr, weit in die Irre zu gehen, und sicher war dies nicht die rechte Straße für die Pflichten der Rechtschaffenheit und Dankbarkeit, die ich zu erfüllen hatte.

Aber wenn Pisana mich liebte? Ha, wieder ein Kniff, ein Vorwand, eine Entschuldigung für das eingewurzelte Laster, teurer Carlino! Wenn Pisana dich liebte, wäre es vor allem deine Pflicht, sie mehr denn je zu fliehen, denn du würdest eine Unüberlegtheit, eine Ergriffenheit von ihr dazu nutzen, dich dem Wunsche der Verwandten zu widersetzen. Und dann, du bist arm und sie ist reich, wenn auch bisweilen anders gemunkelt wird; doch darauf gebe ich nichts. Und dann liebt sie dich ja gar nicht, und die Frage ist so gut wie gelöst ... Wieso liebt sie dich nicht? Was soll das heißen? ... Gib Ruhe, Carlino, sie liebt dich wirklich nicht; sie liebt dich nicht mit der blinden, ganzen, stetigen Hingabe, die jedes Bedenken überrennt, jeden Unterschied wegwischt und Seele in Seele schmilzt. Sie liebt dich nicht; und du weißt es sehr wohl, sonst würdest du dich nicht so kränken. Sie liebt dich nicht, denn du bist in dieses Zimmer gekommen, um für ihre bösen Worte, für ihre Verachtung im Tod einen Trost zu suchen. Tröste dich also; du kannst Pisana verlassen, ohne daß sie dir eine Träne nachweint. Auch bist du kein so seltener Vogel, daß ihr Stolz dich dulden könnte. Wärest du der schöngeistige Giulio Del Ponte oder der pomphafte Burgherr von Venchieredo ... aber so! Hier in Fratta stellst du für sie nichts anderes dar als Marchetto, Fulgenzio und alle sonst, einen zeitweiligen Aufenthalt im Kreislauf ihrer Gefühle, einen Bettler, der am Samstagabend auf seinen Almosenkreuzer wartet. Das ist schlimm, Carlino; denn hier geht es nicht mehr um Pflichten gegen andere, hier geht es um die Achtung vor dir selbst. Bist du ein Esel, der den Kopf duckt und seine Prügel einsteckt, oder ein Mensch, der mit aufrechter Stirn dem Sturm des Bösen widersteht? Geh fort, Carlino; laß alles hinter dir und geh fort. Suche einen Weg, wo du Ehre und Gewißheit, wo du Menschen findest, die du bei der Hand fassen und mit dir nehmen kannst; verliere dich nicht in die Nebel, die zwischen dem Möglichen und dem Unmöglichen brauen, wo du mit deinem Schatten kämpfst oder mit Windmühlenflügeln wie Don Quixote. Geh fort, es ist deine Pflicht. Denke jetzt nicht daran, wie du Pisana je vergessen sollst. Bleibst du hier, so erniedrigst du dich selbst, bereitest ihr Ärger und vergiltst ihren Eltern Gutes mit Bösem. Geh fort, Carlino; laß alles hinter dir und geh fort.

Das war die erste Frucht, die ich vom Baume der Erkenntnis des toten Martino pflückte; eine bittere Frucht, über die ich so erschrak, daß ich das Papier zusammenfaltete, in das Buch legte, das Buch in die Tasche steckte und bleich und nachdenklich das Zimmer verließ. Mitten in meinem Schmerz war ich mit all meinem Latein vor diesem alten toten Diener recht klein geworden. In seiner einfachen Religion nannte er das Leben eine Probe, und ich hätte es nicht besser benennen können, mochte ich das Knäuel von Schicksal, Geburt, Tod und Wandlung noch so oft ab- und wieder neu wickeln. Ohne die Himmelsluft, die das Leben umweht, bleibt es eine Posse, ein Gelächter, ein Seufzer; und der Leib bleibt Staub, wenn nicht der Geist über ihm seine Schwingen regt. Und ich räkelte mich faul in der Metaphysik des Nichts und brauchte die Stimme eines im Leben gering gewerteten alten Dieners, die mir von jenseit des Grabes zurief, daß es eine unsterbliche Hoffnung gebe!

Solcher Erkenntnis folgte der Entschluß, die Burg Fratta so viel wie möglich zu meiden, und so suchte ich außerhalb Zerstreuungen und Freuden, wie ich schon früher getan hatte. Hernach ließ ich das Licht meiner Vernunft auf die wenigen Pflichten fallen, denen ich oblag, und plötzlich dämmerte hinter dieser glänzenden Reihe eine dunkle Schar noch unbekannter Pflichten auf, die ich eines Tages, wie Martino sagte, gegen das erdrückende Gefühl des Unglücks zu Hilfe rufen könnte. Schon jubelte ich über die neue Einsicht, aber noch erkannte ich keine Einzelheiten; es trat keine bestimmte Pflicht aus dem Dunkel hervor und wollte mir zeigen, daß sie auf mich warte. Auch über den Bruch mit Pisana war ich mit mir einig; ich fühlte wohl, wie schmerzhaft und fast unmöglich dieses Opfer sein würde, aber ich wußte, es war notwendig. Weiter prüfte ich mich auf Eigenschaften wie Dankbarkeit, Mitleid, Fleiß, Duldsamkeit, Rechtschaffenheit, und fand in diesen und andern Punkten keine Fehler; nur hatte ich wohl in meiner Kanzleiprobezeit bislang nicht allzuviel geschafft. Ich nahm mir vor, mich morgen sofort zu bessern, und schrieb vom nächsten Tage an doppelt soviel als vorher. Dieses verwünschte ›morgen‹ mußte auch die Probe darauf liefern, daß ich Pisana nicht mehr ansah, sie nicht suchte, nicht nach ihr fragte; aber hier erhoben sich so viele Zweifel, daß ich den Beginn dieses Unternehmens auf übermorgen verschob. Dann zögerte ich noch einen Tag, und schließlich redete ich mir ein, diese Pflicht bestehe lediglich darin, daß ich mein Gefühl betäube, zerstreue, ermüde, indem ich den andern Pflichten nachkam, nicht, daß ich es geradezu morde. Ich war von jener Liebe so erfüllt, daß ein solches Unterfangen einem Selbstmord gleichgekommen wäre, und um den Geist meines Lebens nicht mit einem Schlage zu töten, fuhr ich fort, ihn zu martern und Stück für Stück zu zerreißen. Das quälende Bewußtsein einer Schuld, die ich erkannte und immer wieder beging, vergällte selbst die leisen Hoffnungen, die mir blieben.

Eines Tages, da ich viele Stunden in der Kanzlei mit Schreiben hingebracht hatte, ohne daß mir dieser Zeitvertreib sonderlich behagt hätte, fiel mir ein, ich wolle nach Portogruaro gehen, um dem Senator Frumier Lebewohl zu sagen. Wir waren schon im Oktober, die Tage wurden kürzer, bald würde ich wieder die Barke nach Padua nehmen. Ob ich wirklich nicht wußte, daß Pisana gerade in Portogruaro den Namenstag der Frau Tante feierte? Sie saßen um den Tisch, Giulio Del Ponte, der Pater Pendola, Hochwürden von Sant'Andrea und die andern von den geselligen Zusammenkünften. Der Senator empfing mich, als wäre ich eingeladen, und ich tat genau so und nahm Platz, nicht ohne den Verdacht, daß Pisana mir die Einladung verschwiegen habe, damit ich ihr nicht in die Quere komme. Und wirklich, die Nachbarschaft von Giulio, die Äugelchen, die sie einander machten, und ihre Verwirrtheit, wenn jemand das Wort an sie richtete, klärte mich genügend darüber auf, daß ich ihr ein so unbequemer wie unnützer Zeuge sein mußte.

Ich saß neben dem Pater Pendola, aß wenig, sprach noch weniger, beobachtete um so mehr und fraß meine Wut und Eifersucht in mich hinein. Giulio wurde bisweilen lebhaft, mischte sich ins allgemeine Gespräch, ließ eine Rakete von Witzen, Späßen und geistreichen Sprüchen steigen und kehrte dann zur stummen Zwiesprache mit seiner Nachbarin zurück, mit einer Haltung, die deutlich sagte: Solche Sprache ist süßer! Seine Lebhaftigkeit war nicht ganz natürlich; sie erwuchs aus der Angst, daß er den Zauber des fröhlichen, von Geistesblitzen funkelnden jungen Mannes, als der er Pisana gefiel, einbüßen könnte. Sie lächelte unter seinen Blicken, errötete, seufzte, wurde verwirrt, wenn er gewandt und anmutig plauderte, und ihr unwiderstehliches Lachen riß alle in der Runde mit. Seine Leidenschaft für Pisana hüllte ihn in eine Wolke der Verzückung, verwirrte seinen Sinn und verführte ihn zu Träumen der Glückseligkeit. Schon gab er einen Augenblick solch süßem Spiele nach, da schreckte ihn der Gedanke, diese Ruhe bedeute vielleicht die Niederlage. Und so zwang er seinen Willen zu neuer Fröhlichkeit. Damit hatte er Pisana bezaubert; er gefiel und lud zum Genusse. Freilich lädt nur wahre Liebe zur Liebe.

Der Pater Pendola sah aufmerksam auf Giulio Del Ponte und

Pisana, dann verstohlen auf mich – zwei Augen wie die seinen gehen nicht umsonst spazieren, und immer, wenn ich ihnen begegnete, griff mir dieser kalte Blick tief ins Herz. Die andern Tischgenossen merkten nichts, sie schwatzten, tranken auf die Gesundheit der Edlen Frau, lachten schallend zu den Späßen von Giulio, und vor allem aßen sie. Doch als man die Tafel aufhob und die Gesellschaft in den Garten gehen wollte, um den Kaffee auf der Terrasse zu nehmen, faßte Pater Pendola mich liebevoll beim Arm und lud mich ein, zurückzubleiben. Das Mitleid, das sich auf seinen Zügen malte, erschreckte mich etwas: doch gab es mir auch einen besseren Begriff von seinem Charakter als bisher. Nun, der Magnet zieht das Eisen mit dem einen Pole an, mit dem andern stößt er es ab, und keiner weiß, warum. Auch zwischen Mensch und Mensch gibt es die rätselhaften Kräfte des Magneten. Ich blieb zurück, aus Neugier, aus Gehorsam, ein wenig auch, weil es meinen Augen nottat, nicht zu sehen.

»Carlino«, sagte der Pater und ging mit mir im Saale auf und nieder, während die Diener die letzten Geräte von der Tafel räumten, »Ihr seid im Begriff, nach Padua zurückzukehren?«

»Ja, Pater.« Ich seufzte zweimal tief, was vielleicht nicht klug, gewiß aber aufrichtig war.

»Es ist das beste für Euch, Carlino. Hier, gesteht es mir nur, seid Ihr mit Eurem Zustand nicht zufrieden, Ungewißheit und Muße richten Euch zugrunde, und Ihr vergeudet die schönsten Jahre.«

»Das ist wahr, Pater. Ich habe beizeiten angefangen, das Leben in seinen Unannehmlichkeiten zu kosten.«

»Nun, so findet Ihr es die nächsten zwanzig Male wieder angenehm. Alles hängt davon ab, daß Ihr Euch in würdiger Weise der Erfüllung Eurer Pflichten widmet.«

Eine solche Mahnrede im Munde des hochwürdigen Herrn überraschte mich einigermaßen, ich hätte nie erwartet, daß seine Grundsätze mit denen von Martino übereinstimmten;

und dieser Zusammenklang öffnete mir mit einemmal das Herz.

»So darf ich Ihnen wohl sagen, daß ich seit einiger Zeit gerade in der Erfüllung meiner Pflichten eine Zuflucht gesucht habe vor . . . vor dem Überdruß.«

»Und habt Ihr sie gefunden?«

»Ich weiß nicht recht; in der Kanzlei sind die Hände beschäftigt, aber nicht der Kopf, die Gedanken fliegen, wohin sie wollen, und leider spürt man Langeweile mehr im Hirn als in den Fingern.«

»Ihr habt sehr recht, Carlino; doch Ihr müßt besser wissen als ich, daß zur Heilung vor allem der feste Wille gehört, gesund zu werden. Hier ist Eure Seele krank; wollt Ihr sie heilen, so geht fort. Ich sage nichts mehr, ich rate Euch als guter Freund, als Pater, und nichts weiter. Ihr habt keine Familie, keinen, der Euch liebt und leitet – so will ich Euch als Sohn betrachten und Euch mit dem Geiste, den mir der Herr erleuchtet hat, den Weg erhellen. Das habt Ihr vorzüglich gesagt: Kummer wird nicht mit den Fingern, vielmehr im Hirn und, ich möchte hinzufügen, im Herzen geheilt. Ihr müßt also außer der Hand auch Hirn und Herz beschäftigen.«

Ich war wirklich erschüttert. »Pater«, stammelte ich, »sprecht, ich höre und will versuchen, zu begreifen und zu gehorchen.«

»So hört. Ihr habt keine Familienverpflichtungen, zumal, als die Familie, in der Ihr erzogen seid, nicht verstanden hat, dieses Herz zur Liebe für sich zu gewinnen. Schämt Euch also nicht. Es ist gekommen, wie es kommen mußte. Euer Herz ist das Herz eines Findelkindes. Das ist ein großes Unglück, Carlino, das viele Fehler entschuldigt . . . aber, mein Sohn, es entschuldigt, doch es befreit nicht von der Pflicht, die Fehler abzulegen. Ihr seid achtzehn Jahre: Ihr seid ein junger, kräftiger Mann. Noch kann keine wahre, heilige Liebe Euer Herz würdig erfüllen, denn niemand hat Euch bisher zu den Quellen geführt, die solche Gefühle notwendig speisen müssen. Vielleicht bin ich der erste, der Euch davon spricht, und ich weiß nicht, wie weit willkommen ...«

»Fahren Sie fort, Pater! Ihre Worte sprechen aus, worum ich mich in den vergangenen Tagen nutzlos gemüht habe.«

»Nun also, Carlino: Habt Ihr nie bedacht, daß Ihr nicht nur Mann seid, sondern auch Bürger und Christ?«

Von dieser Frage des Paters, die von einem ernsten, feierlichen Blick begleitet war, wurde ich ganz verwirrt; ich wußte wirklich nicht, was es heißen und bedeuten sollte, Bürger zu sein und Christ – ei, ich hatte nie im geringsten gezweifelt, daß ich einer wäre, weil man mich in der Religionsstunde daran gewöhnt hatte, ja zu sagen. So erwiderte ich denn nach einer Weile mit unsicherer Stimme:

»Ja, Pater, ich weiß, ich bin durch die Gnade Gottes ein Christ.«

»Diese Antwort hat Euch der Pfarrer gelehrt, und ich habe allen Grund zu glauben, daß Ihr nicht so leichthin lügt. Bisher, Carlino, waren alle Christen, und darum schien eine solche Frage fast unnütz. Die Religion war unbestritten und, wenn nicht eine Sittenregel wie in den ersten liebeglühenden Jahrhunderten, so hielt doch das Band des Glaubens uns, Gute und Böse, in der großen Familie der Kirche zusammen. Jetzt, mein Sohn, haben sich die Zeiten geändert; hinter der Gleichgültigkeit aller verbirgt sich die Feindschaft vieler Menschen, und gegen diese vielen müssen die wenigen wahrhaft Gläubigen sich wehren, kämpfen mit Waffen aller Art, um nicht überwältigt zu werden ... Und das, damit die Religion, außerhalb deren kein Heil ist, nicht mit Füßen getreten werde ... Carlino, Ihr seid jung, Ihr seid Christ. Denkt nach, mein Sohn: Wollt Ihr faul, gedankenlos und ohne Würde in Gleichgültigkeit dahinleben, oder wollt Ihr Euch lieber in den Kampf stürzen, den die Ewigkeit mit der Zeit, der Geist mit dem Fleische zu bestehen hat? Ihr müßt zu der guten Sache neigen: Bei der Religion ist Vollendung, Glaube an die Gerechtigkeit und an den Triumph der Tugend, ist vernunftgemäßes Leben und Sieg des Geistes; bei der Ungläubigkeit ist Materialismus, ist zweifelsüchtiges Epikuräertum, sie leugnet das Gewissen, sie frönt zügellos den Leidenschaften, sie führt ein viehisches Leben mit all seinen erbärmlichen Folgen. – Carlino, Ihr habt die Wahl!«

»Oh, ich bin ein Christ!« rief ich mit aller Glut der Seele. »Ich glaube an das Gute und will seinen Triumph.«

»Der Wille ist nicht genug!« Hier zog der Pater ein sanftmelancholisches Register. »Es heißt mit Leib und Seele kämpfen und auch die Künste der Feinde zu ihrem Schaden anwenden. Es heißt, das Herz panzern mit aller Standhaftigkeit, deren wir fähig sind. Es heißt wiederkehren, wenn wir verjagt, leiden, wo wir verachtet werden; heucheln, um hernach zu siegen; wenn es not tut, sich beugen, um sich von neuem zu erheben; Verträge schließen, um Zeit zu gewinnen – kurz, es heißt dieses zeitliche Leben opfern, um es im Glauben an die Ewigkeit des Geistes für die künftige Unsterblichkeit hinzugeben.«

»O Pater, der Horizont, den Sie vor meinen Augen öffnen, ist so weit, daß ich nicht mehr den Mut habe, mein kleines Unglück zu bejammern. Ich will den Blick in diese Weiten richten, und das Mißgeschick, das mich verfolgt, wird entschwinden. Statt zu gehen, werde ich fliegen.«

»Ist das Euer Ernst, Carlino? So gefallt Ihr mir; aber denkt daran, Begeisterung allein ist nicht genug, sie muß sich gründen auf Urteil und Standhaftigkeit. Jetzt habe ich Euch gezeigt, was für hohe und edle Pflichten Eure Tatkraft fordern, und dieser Glanz hat Euch entzündet. Aber ach, auf dem langen Wege werdet Ihr oft genug in die menschliche Kleinheit zurücksinken. Erschreckt darüber nicht, Carlino. Ihr seid ein Wanderer, der, um nach Rom zu gelangen, oft in schmutzigen Schenken übernachten und mit Packträgern und Fuhrleuten seine Straße ziehen muß. Duldet dies alles, erhebt Euern Sinn zum Ziel und bleibt fest!«

Ich begriff und begriff nicht. Menschheit, Religion, Opfer, Glaube, diese herrlich tönenden Worte, von denen die geträumte Welt junger Menschen voll ist, berückten mir den Sinn. Ich begriff nur, ich wurde in eine neue Sphäre gewirbelt, wo ich nichts war als ein Atom in einer erhabenen, geheimnisvollen Schöpfung. Wie und wozu geschah das? – Ich wußte es nicht; aber dieses Geschehen überwältigte allen Liebeskummer und kindischen Schmerz. Ich sollte mich als Christ fühlen und fand mich als Mensch in der Menschheit und wurde riesengroß.

»Soviel über die Religion«, fuhr der ehrwürdige Pater schwungvoll fort. »Was nun Eure Eigenschaft als Bürger betrifft, so ist die Lage ähnlich. Als die Kraft jedes einzelnen im großen sozialen Getriebe an der richtigen Stelle stand, als alle Menschen noch einig waren in der überlieferten Ehrfurcht vor dem Vaterland und seinen Einrichtungen, brauchte niemand über diesen Begriff nachzudenken. Das Vaterland, mein Sohn, ist die Religion des Bürgers, die Gesetze sind sein Credo, wehe dem, der an sie rühren wollte! Jetzt nun strebt eine Schar von Menschen heimlich und hartnäckig danach, zu zerstören, was sich vor dem Gericht der Jahrhunderte als wahr, recht und unerschütterlich geheiligt erwiesen hat. Dieser Verrohung, mein Sohn, die damit einbricht, heißt es sich widersetzen; es heißt den Feinden den gleichen Schaden zufügen, den sie uns zufügen wollen, und das bedeutet: unter ihnen Verderbnis und Zwietracht säen. Tun wir es nicht, so geraten wir beide, Freund wie Feind, in die Gewalt jener Menschen, die uns Freiheit predigen, um uns in Wahrheit die Knechtschaft aufzubürden. Seien wir wachsam, mein Sohn! Doch üben wir uns auch in der Demut; es gilt gehorchen und noch einmal gehorchen. Befehlen möge das Gesetz Gottes, das da war und das da ist, und nicht die Willkür weniger von Dämonen Besessener, die behaupten, sie würden die Welt erneuern, die sie doch verschlingen wollen. Begreift Ihr, Carlino, was ich meine? Religion und Vaterland reichen sich die Hände; sie bereiten Euch ein Schlachtfeld, wo Ihr Euch ruhmreicher opfern könnt als im Götzendienst einer Liebe oder für eigenen Gewinn.«

Der ehrwürdige Pater warf mich mit der einen Hand in den

Staub, mit der andern hob er mich an die Sterne. Ich schüttelte das Joch meines Schmerzes mit aller Kraft ab und sagte, noch etwas verwirrt, aber mit freier Stirn:

»Hier bin ich, Pater. Ich habe den Unterbau meines Lebens beendet und errichte darüber das Haus. Soweit ich mich selbst nicht wandeln kann, will ich mich wenigstens vergessen in einem Kampfe, wo die Pflicht heiliger, die Liebe größer ist.«

»Gemach, gemach mit dieser Liebe, mein Sohn! Braucht nicht die gleichen Worte in so ungleicher Sache. Die Liebe ist ein Blitz, der aufzuckt, ein Meteor, das vorübersaust; in diesem neuen Leben braucht es Glauben und Eifer, zwei beständige Kräfte, die fordern, daß Ihr sie übt. Das Kreuz des Opfers und die Klinge der Überzeugung, das sind unsere Zeichen; sie gehören in eine weit höhere Welt als Myrtenkränze und schnäbelnde Tauben. Wenn nun das Gute reift, gilt es das Böse verfolgen, aber mit Klugheit verfolgen, so daß es Gewinn bringt; denn, mein Sohn, das Heer der Märtyrer ist leider nicht zahlreich, und unser Opfer darf nicht unbesonnen sein, sondern es soll den Preis bringen, den es wert ist.«

Mir war diese lange Rede immer rätselhafter geworden. So sagte ich etwas behutsam: »Pater, ich hoffe, ich werde alles besser verstehen, wenn sich mein Geist von dem, was ihn trübt, gereinigt hat. Ich will ihn läutern, und der Sieg ist mir gewiß.«

»Er ist Euch gewiß, Carlino. Aber bisher habt Ihr Euch in Eure Schale verkrochen und die Hilfe des Mannes, der viel für Euch bedeuten konnte, nicht gesucht. Im vergangenen Jahr hatte ich Euch empfohlen, Ihr solltet in Padua den Advokaten Ormenta besuchen, einen makellosen Menschen, gerecht und edelmütig, der Euern Geist auf seine wahre Aufgabe gerichtet hätte.«

»Pater, ich habe den Advokaten Ormenta, wie Ihr mir empfohlen, mehrmals besucht; aber meine Gedanken gingen damals andere Wege. Ich war wohl auch erschreckt von seiner Kälte und einer gewissen geringschätzigen Art, die mir wenig Mut einflößte. Schien er mir nun zu bedeutend oder zu fremd –

genug, ich fühlte mich in seiner Gegenwart nicht wohl, und das Zimmer, in dem er mich empfing, war so düster und eisig, daß ich mich fürchtete.«

»Das alles sind nur Zeichen eines strengen, den höchsten Dingen geweihten Lebens. Was Euch erst erschreckt hat, wird Euch später gefallen, ja bezaubern. Erhabenes scheint kalt, wie auch der Schnee nur die Gipfel hoher Berge bedeckt; doch ihnen spendet die Sonne den ersten Kuß, und sie zu verlassen, zögert sie am längsten. Besucht den Advokaten dieses Jahr wieder. – Nun habe ich in Euer Herz ein Samenkorn gesenkt. Wir wollen hoffen, daß es keimt. Der Advokat wird Euch, wenn er Euch geneigter findet, mit größerem Vertrauen aufnehmen. Auch ich habe mir vor zehn Monaten nicht viel von Euch erhofft, ich will es Euch nur gestehen, und um so lieber, als ich heute viel erhoffe.«

»O Pater, Sie bringen mich in Verwirrung. Wie sollten Sie von mir viel hoffen?«

»Ei, Carlino, Ihr kennt Euch selber nicht, ich will Euch nicht stolz machen, aber ich will Euch doch lehren, was in Eurer Seele lebt. Sie schwelt ständig in einer Glut heftiger Leidenschaften; hebt diese Leidenschaften in eine reinere Sphäre, wo sie zur Anbetung werden, und ein wohltätiges, himmlisches Licht wird von Euch ausstrahlen. Seid Ihr wirklich entschlossen, das Glück da zu suchen, wo es in Wahrheit wohnt?«

»Ja, Pater. Für die gerechte Sache will ich alles tun.«

»Dann vertraut Euch uns, Carlino, wir helfen Euch, wir erleuchten Euern Geist. Allmählich sollen sich vor den Strahlen dieser Sonne die Nebel lichten, die Euch bislang umzogen haben. Ihr werdet uns Dank wissen, und wir wissen ihn Euch...«

»O Pater, was sagen Sie da!«

»Ja, auch wir wissen Euch Dank für jeden Dienst, den Ihr der Sache der Religion und des Vaterlandes leisten werdet, einer Sache, die wir verteidigen aus Mitleid mit der Menschheit und zum Ruhme Gottes. Ihr seid von der Natur mit herrlichen Gaben ausgerüstet; macht davon einen würdigen Gebrauch, denkt daran, daß der Mann für Männer geschaffen ist. Seid mutig! Denn Ihr seid stark.«

Nun, was soll ich weiter hinzufügen? Die Schmeichelei bewirkte, was die Beredsamkeit nicht bewirkt, oder sie vollendete wenigstens, was jene begonnen hatte. Die Augen wurden mir feucht, ich ergriff die Hände des Paters, bedeckte sie mit Küssen, badete sie mit Tränen, versprach, ich wolle ein Mann sein, mich für die Menschen opfern, ihm gehorchen, dem Advokaten Ormenta gehorchen, allen gehorchen außer meinen elenden Leidenschaften, die mich bislang so schmählich beherrscht hätten. Ich war außer mir, ja ich war ein Apostel geworden, von wem und wofür wußte ich nicht; jedenfalls schwebte ich wie auf Wolken und sah auf nichts in der Welt so tief hinab wie auf die Gefühle, die mein Leben in den verflossenen Jahren erfüllt hatten. Der Pater bestärkte mich in dieser Bekehrung und ermahnte mich, die Andachtsübungen meiner Kindheit wieder aufzunehmen und tüchtig zu beten. Wenn mir dann der Advokat Ormenta mit seinem Licht leuchtete, würde sich mein Glaube schon entzünden. Wir gingen miteinander in den Garten. Auf der Terrasse wandelte die Gesellschaft im Schatten der Reben, die sich bereits golden färbten. Immer langsamer tropfte das Geplauder in der feierlichen Ruhe des Sonnenuntergangs; unten tosten und strudelten die grünlichen Wasser des Lémene; von ferne hallte traurig ein Ton von Glocken herüber, ein letzter Laut in den sterbenden Tag, und der Himmel lohte in den strahlenden Farben des Herbstes. Ich wähnte mich in einem weiten Tempel, wo mir der unsichtbare Geist Gottes die Seele zu feierlich-heiterer Andacht stimmte. Dann stürmten die Gedanken durcheinander, wie das Blut nach eiligem Lauf in den Adern stürmt; meine Seele war zu hoch geflogen, sie kannte plötzlich die Luft nicht mehr, in der sie die Flügel regte, und der Schauer vor dem Unendlichen erschreckte sie. Ich trat an das Geländer und blickte auf den Fluß, und das Wasser rann und rann unablässig, ohne Ruhe, ein Gleichnis der Geschicke dieser Welt, die einem vom

Geheimnis umdunkelten Abgrund zufluten. Das Gespräch mit dem Pater Pendola war mir nun wie ein Traum, ich wußte nur, ich hatte ihn klar geschaut, und jetzt war alles ein verschwommen farbloses Wirrsal. Ich wandte mich auf die Terrasse zurück, um den Pater zu suchen; da sah ich Giulio und Pisana miteinander wispern. Schon tropfte mir wie Ikarus das Wachs von den Flügeln, ich drohte, in die früheren Leidenschaften hinabzustürzen – aber der Stolz hielt mich aufrecht. Kurz zuvor hatte ich mich so viel höher gedünkt als sie; warum konnte ich nicht oben bleiben? Mutig sah ich auf Pisana hin und versuchte ein mitleidiges Lächeln, doch ich glaube nicht, daß es mir lange auf den Lippen blieb; das Herz zitterte mir.

Da kam der Pater Pendola, der mit dem Senator geplaudert hatte, auf mich zu, und als ahne er, daß ich geschwankt, begann er, mich so ausgesucht liebevoll zu bedauern, daß ich mich meiner Haltlosigkeit schämte. Sein Mitleid klang süß wie Musik in meinen Ohren. Wieder nahm ich mir fest vor, in dieser Probe standzuhalten und mich dem hohen Ziel, von dem er mir gesprochen hatte, zu weihen, so daß ich endlich Herr meiner selbst werden und eines Tages sagen könnte: Ich will. Ich werde leiden, dachte ich, aber siegen; Siege stählen die Kräfte, und am Ende habe ich, wenn nichts weiter, den Gewinn, daß ich tapferer leide. Nicht umsonst hat der tote Martino zu mir gesprochen, nicht umsonst hat der Pater Pendola in meinem Herzen gelesen; beide verordnen das gleiche Mittel. Ich will es anwenden!

Der ehrwürdige Pater redete noch immer mit dem schmeichelnden Klang eines Wässerchens, das weich über die moosigen Steine eines Gartens plätschert. Ich könnte nicht mehr sagen, was er sprach; doch bis zum Abschied hatte ich die Kraft gefunden, den Grafen und Pisana an meinem Arm zum Wagen zu geleiten, und ich selbst stieg unter dem Vorwande, mir sei zu warm, auf den Bock, obwohl die Wärme in einer Oktobernacht nicht eben beschwerlich sein konnte. Seit ich in der Kanzlei wirkte, durfte ich mit der Herrschaft im Wagen sitzen, und an jenem Abend hatte ich mit dem Grafen einen kleinen Kampf auszufechten, daß ich das wertvolle Recht nicht in Anspruch nahm. Jetzt dachte ich daran, wie ich vor ein paar Jahren, nachdem ich die Verliebtheit von Pisana in Lucilio entdeckt hatte, den gleichen Weg hinten auf dem Rücksitz gereist war in einem sinnenverwirrenden Wirbel von Sorgen und Ängsten. Damals hätte ich mein Leben geopfert, um nur neben ihr sitzen zu dürfen, mich von ihrer Gleichgültigkeit foltern zu lassen und den Schmerz, den ich erlitt, gierig zu genießen. Wie stolz war ich, daß ich mich inzwischen so gewandelt hatte! Ich verzichtete freiwillig auf ihre Nähe, ich hatte nach so viel Kummer, Eifersüchten, Qualen endlich den Mut aufgebracht zu fliehen. Im übrigen langte ich diesmal in Fratta kaum glücklicher an als damals, und wäre der arme Martino noch am Leben gewesen, so hätte er meine schlechte Laune bemerken können. Statt seiner wartete der Sekretär mit einem wichtigen Papier, das ich sofort abschreiben mußte, und da er mich am Tage nicht hatte plagen können, so ging er mich, unhöflich genug, des Nachts darum an. Wollt ihr glauben, daß ich mich mit wahrer Wollust an die Arbeit setzte? Mir war, als beginne ich bewußt das Werk meiner Befreiung; ich ließ Pisana ruhig schlafen gehen, dachte nicht daran, hinter ihr her zu jammern, und starrte auch nicht in den Mond. Freilich schrieb ich manches Wort doppelt und ließ manches andere aus, und immer, wenn ich ins Tintenfaß eintauchte, sagte ich mir: Endlich ist es dir geglückt, ein paar Stunden nicht daran zu denken! Mein Gewissen blieb dabei ganz rein; doch das Bewußtsein wußte es anders, es ließ mich nur eben einmal gewähren.

Der Pater Pendola gab mir in den wenigen Tagen, die ich noch in Fratta weilte, mehrmals gute Ratschläge, der Pfarrer von Teglio unterstützte ihn in dieser Mühe, und als ich abreiste, war mir wahrhaftig, als zöge ich in einen Kreuzzug. Am Glauben fehlte es mir durchaus; dafür besaß ich Wißbegier, Stolz und Mut, Eigenschaften, deren jede für sich schon genügt hätte, dem mir vom Pater Pendola gewiesenen Ziele nachzustreben.

Platzte mir der Gedanke an Pisana wie eine Rakete in das Winkelkonzil meiner neuen Vorsätze, daß sie, der eine hierhin, der andere dahin, auseinanderfuhren, so schlug ich mir kräftig an die Brust und murmelte ein Stoßgebet, und mit ein wenig Geduld löschte ich den Brand und wurde wieder Bürger und Christ, wie mich der Pater haben wollte.

So ging ich nach Padua mit der Besessenheit eines Menschen, der sich aus Liebeskummer anschickt, Mönch zu werden. Kaum war ich angekommen, eilte ich zum Advokaten Ormenta, der vom Pater Pendola schon einen Brief erhalten hatte und mich aufnahm, wie der Pater Guardian oder der Pater Provinzial einen Novizen aufnehmen würde. Der werte Advokat, der mir im Jahr zuvor etwas argwöhnisch, spottlustig und kühl erschienen war, schien mir jetzt der offenste, sanfteste, warmherzigste Mensch von der Welt. Seine Blicke sprühten Verzückung und entzündeten sich an meinen staunenden Augen noch mehr; jede Gebärde war eine Zärtlichkeit; jedes Wort traf ins Herz. Mit allem war er höchlich zufrieden: mit sich, mit dem Pater Pendola und nun gar mit dem wertvollen Geschenk, das ihm dieser gemacht hatte, indem er ihm mich als Mündel übergab. Er sprach von Vertrauen, frommer Sammlung und Geduld; er lud mich alle Tage, die ich wollte, zu Tisch, außer mittwochs, wo er zu fasten pflegte, und das würde wohl meinem jungen Appetit wenig behagen. Er beglückwünschte mich zu dieser frischen Jugendkraft; sie mache mich noch einmal so geeignet dafür, etwas Tüchtiges zu wirken. Ich solle also die Grundsätze und Absichten meiner Kameraden ausforschen und mit ihm beraten, wie man suchen könnte, sie zu berichtigen und auf ein besseres Ziel zu lenken, wenn sie fehlerhaft oder abwegig schienen, und ihm so das Mittel in die Hand geben, wie sein reifer, erfahrener Verstand in die feurige Tatkraft der jungen Menschen eingreifen könne. Ach, gäbe es viele solche Mittler! Einige gab es immerhin, und ihre Mühe begann, im gelehrigsten und nachdenklichsten Teil der Jugend schon Frucht zu bringen. Ich mit meinen Fähigkeiten, meinem hübschen Gesicht, meiner lebhaften, warmen Sprechweise würde unter die verdienstvollsten Helfer gehören. Und der Lohn? Ein gutes Gewissen (was gäbe es Besseres), aber auch zeitliche und ewige Ehren wären mir gewiß. Der Staat brauche eifrige, scharfsinnige Richter, und er würde sie in unsern Reihen finden. Verweigern dürften wir ihm diesen Dienst nicht, und ebenso selbstverständlich sei Verschwiegenheit, denn es handele sich um die Liebe zum Nächsten und um das Wohl des Vaterlandes und der Religion. Freilich, wahre Liebe ist wachsam und bisweilen streng. Ach, die Hand kann, ja muß in gewissen Fällen schlagen; aber natürlich muß das Herz voll Liebe bleiben, voll Mitleid. Ach, das Herz, das Herz! Nach dem, was der Advokat Ormenta sagte, war sein Herz so groß, so zärtlich, so heiß, daß er wohl aus Übermaß, doch nie aus Mangel an Liebe fehlen konnte.

Immerhin machten mich gewisse Dinge, die ich um den Herrn Advokaten bemerkte, stutzig. Da war vor allem sein verwahrlostes, feuchtes, dunkles Haus, vor dem mir immer wieder schauderte wie vor einem Vipernloch. Wie konnte ein so offener, rechtlicher Mensch sich an solcher Grabeshöhle genügen lassen! Und dann trat während meines Besuches seine Frau, ein schmächtiges, verkümmertes Wesen, mit irgendeiner Frage ins Zimmer. Der Advokat fuhr sie mit rauher Stimme an und zog ein Gesicht, das besser für einen Sklavenhalter paßte als für einen Ehemann, und die kleine Frau biß sich auf die Lippen, wagte kaum zu atmen und machte sich eilig davon. Also hatte der Herr Advokat zwei Register im Gaumen, eines, das er vor einem Jahre für mich und soeben für seine Frau gezogen hatte, und das andere von vorhin, das er jetzt wieder zog, als er mich an die Schwelle seines Hauses geleitete. Da war auch noch ein gelber, dreckiger, ungekämmter Bursche, gekleidet wie der Heilige Antonius, der sich in einem Flurwinkel mit weiß der Himmel welchem heiligen Spielzeug vergnügte, und mir recht lächerlich vorkam. Der Advokat stellte ihn mir vor als seinen einzigen Sohn, ein kleines Wunder an Klugheit und Frömmigkeit, der sich aus freien Stücken dem Heiligen Antonius geweiht und darum seinen Rock angezogen hatte, wie man bisweilen in Padua zu tun pflegte. Seine zur Tonsur geschnittenen Haare, wild und wirr wie die Hecke eines vernachlässigten Gartens, die schielenden Triefaugen, die Hände, die von jedem Schmutz klebten, der Rock, zerfetzt und verschlissen vor Heiligkeit... das alles stand in sonderbarem Gegensatz zu jener Lobrede. Die väterliche Liebe mochte blind sein. Nichts in der Erscheinung des Jungen (er war vielleicht sechzehn Jahre alt) rechtfertigte solches Lob, wollte man nicht Schmutz mit Heiligkeit verwechseln, wie es mancher Frömmler wunderlicherweise tut. Als sich die Haustür hinter mir geschlossen hatte, ließ der kleine Heilige mit großem Stimmaufwand ein geistliches Lied erschallen; ich hätte lieber einen Hund bellen hören, denn fromme Lobgesänge mit ihrer traurig-feierlichen Melodie haben mich immer aufgeregt. Man sollte Kindern solche Lieder, die sie zum Zeitvertreib daherplärren, gar nicht erlauben und eher das Ungemach religiöser Gleichgültigkeit dulden, als den Frevel ermöglichen, daß sie in ihrem Unverstand damit Possen treiben.

Im übrigen zwang ich mich auf Geheiß des Paters Pendola und des Advokaten Ormenta, aus meiner üblichen Zurückhaltung herauszugehen. Einen Teil meiner Zeit widmete ich den Studien, und mit der Ablenkung und der Richtung auf höhere Ziele schläferte ich den Kummer um Pisana ein, der mir noch immer schwer auf der Seele lag. Bei meinen Kameraden fand ich ohne weiteres, was mir der Pater angekündigt hatte, eine allgemeine, tiefe Gleichgültigkeit gegenüber der Religion. Ja, man ging noch weiter, man höhnte und spottete in Wort und Vers. Das hätte den Funken des Glaubens, wenn sich meine ersten Lehrer bemüht hätten, ihn in meinem Herzen anzuzünden, sehr wohl zur Flamme entfachen können; doch daran hatte niemand gedacht, ich war in dieser Hinsicht sozusagen totgeboren, und nur ein Wunder – was aber nicht eintrat –

hätte mich zum Leben erwecken können. Doch machte mich die Empörung über solche leichtfertigen Spöttereien eine Zeitlang wähnen, ich besäße jenen Glauben. Jugendlicher Edelmut täuschte mich über mich selbst und ließ mich lieber die Angegriffenen verteidigen als die Angreifer. Was ich sah, erzählte ich dem Advokaten; er ermutigte mich, künftig besser zu beobachten, mir zu merken, welchen Zusammenhang diese religiöse Anarchie mit der politischen und moralischen habe, die Anführer des Geheimbundes zu suchen, mich ihnen zu nähern und mit ihnen so zu reden, daß sie mir volles Vertrauen schenkten. Dann wisse er, von welcher Seite her er ihnen am besten ihre Fehler vorweisen und Hilfe bringen könne. Vor allem ermahnte er mich, ich solle in keiner Weise auffallen, mich unter die Menge mischen, zunächst einmal wenig antworten und desto mehr fragen und hören.

»Verlorene Schäfchen ruft man zärtlich zurück«, sagte der Advokat. »Man muß ihnen anfangs schmeicheln, damit sie uns glauben, und erst ihnen folgen, damit sie später gern uns nachkommen.«

Nie vergaß er, mich einzuladen, ich solle ihn besuchen und ihn auch bei Tisch mit meiner Gesellschaft erfreuen; doch wenn ich ihm mit dem ersten Teile der Einladung Genüge tat, so war ich nicht so bereit, den zweiten wahrzunehmen. Eines Sonntags, als er mich um jeden Preis zum Essen festhalten wollte, hatte ich bei Tisch eine so schauerliche Gesellschaft vorgefunden, daß mir der Appetit vergangen war. Eine kahlköpfige, schweratmige Alte, die sie die Frau Marchesa nannten; ein lästiger, ewig betriebsamer Mann, ein Mittelding zwischen Polizist und Priester, der immerzu trank und mich schräg über den Becherrand anstarrte; zwei grobe, unreinliche, derbe junge Leute, die mit den Fingern aßen, mit dem Munde schmatzten und sich zu dem kleinen Sant'Antonio und dem heulerigen Hausfrauengespenst hielten – wahrlich Tischgenossen, die mich in einen nie gekannten Trübsinn versetzten. Der Advokat hingegen war über eine so auserlesene Gesellschaft sichtlich im siebenten Himmel. Obendrein beobachtete ich, daß er den Hansdampf in allen Gassen ebensowenig zum Trinken aufforderte, wie die jungen Leute zum Essen. Alle seine Reden richtete er an die Marchesa, die dank des Hustens, der sie quälte, weder trinken noch essen konnte. Der Herr Advokat tranchierte mit einer wahrhaft mathematischen Vollkommenheit; aus einem gebratenen Hähnchen wußte er acht Anteile herauszuholen, ein Werk, das meiner Ansicht nach schwieriger ist als die Quadratur des Zirkels. Ich hatte wirklich keine Lust, etwas anzurühren, und verzichtete zugunsten eines der jungen Leute, der auch nicht die Spur eines Fleischfäserchens auf dem Teller ließ. Der Advokat hatte mich nach und nach mit allen Tischgenossen bekannt gemacht, und hinterher zog er mich in eine Ecke und erzählte mir ihre Geschichte. Die Marchesa war eine um alle frommen Stiftungen der Stadt wohlverdiente Dame; man sagte, sie besitze achtzigtausend Dukaten, und er, der Advokat, war ihr Lieblingsberater. Der Hansdampf war ein Venezianer und sehr befreundet mit dem gegenwärtigen Bürgermeister, von dem er erreichte, was er wollte; und so mußte man ihn für alle Fälle gut behandeln. Die jungen Leute waren zwei Studenten aus Verona, die gleich mir der heiligen Sache mit allem Eifer dienen wollten. Schade nur, daß sie weder meine Fähigkeiten noch mein feines Benehmen hatten; aber, nicht wahr, Gott konnte Steine in Brot verwandeln, und mit gutem Willen kommt man immer ans Ziel. Ich dachte, wenn sie an alle Tätigkeit den gleichen Eifer setzten wie ans Essen, so würde man sie eher zügeln als anspornen müssen. Mir fiel jetzt auch ein, daß ich sie schon unter dem Bogengang der Universität getroffen hatte; und ich erinnerte mich, sie waren von denen, die zwischen zwei Vorlesungen dort wandelten, weder die musterhaftesten noch die bescheidensten.

Nun ja, das taten sie vielleicht, weil sie auf solche Weise die verlorenen Schäfchen dazu verlocken wollten, hinter ihnen herzulaufen! Doch verspürte ich nicht die geringste Lust, Freundschaft mit ihnen zu schließen, wie mir der Advokat riet, wie ich auch die Aufforderung der Frau Marchesa, bisweilen zu kommen, wenn sie sichere und gottesfürchtige Leute bei sich sehe, um ein paar Stunden fern von den Gefahren der Welt zu verbringen, mit einer Verbeugung erwiderte, die sagte: Tausend Dank, aber ich brauche deine sicheren Leute nicht. Der Advokat hingegen antwortete schleunigst in meinem Namen, ich sei der Liebenswürdigkeit der Frau Marchesa zu großem Dank verpflichtet und würde ihr Haus besuchen, sooft es meine Arbeiten zuließen. Ich war nahe daran, etwas Dummes zu sagen, so sehr empörte es mich, wie man hier nach anderer Leute Gelüsten über mich verfügte. Doch der Advokat besänftigte mich mit einem Blick und flüsterte mir später zu: »Die Marchesa liebt junge Leute außerordentlich; man muß ihr für ihre guten Absichten Dank wissen und mit ihren Fehlern Mitleid haben; sie kann sehr viel Gutes tun.«

Kurz, ungeachtet dieses schönen Geplauders verließ ich das Haus mit dem festen Entschluß, daß ich weder mit den Mahlzeiten des Advokaten noch mit der Geselligkeit der Marchesa je wieder das geringste zu tun haben wolle. An den nächsten Tagen fand ich die Suppe in der Mensa köstlicher denn je; ich schnitt ein großes Stück Brot hinein und meinte, an königlicher Tafel zu speisen. Mein Zimmerchen hatte wenigstens Sonne, und ich konnte die Augen heben, ohne den starren Blicken des Hansdampf zu begegnen. Mit den beiden Studenten aus Verona traf ich ein paar Tage danach in den Gängen der Universität zusammen, aber wir schienen alle drei gleich wenig Lust zu haben, die Bekanntschaft fortzusetzen. Hernach erfuhr ich, sie waren die ärgsten Trunkenbolde und liederlichsten Gesellen der Universität. Seit sieben Jahren studierten sie Medizin und hatten noch nicht die Doktorwürde erlangt, und da sie mit ihren Mitteln knapp geworden, lebten sie durch Betrug und Diebstahl auf Kosten anderer. Es tat mir leid, daß der Advokat Ormenta das Opfer solcher Gesellen war; doch als ich versuchte, ihm hierüber die Augen zu öffnen, kam ich übel an.

Das sei falsches Gerede, behauptete er, und er wundere sich sehr, daß ich darauf etwas gebe; ich solle die Laster böser Menschen enthüllen und tilgen und nicht die kleinen Fehler braver Burschen übertreiben. Ich hielt schließlich dafür, der Glaube des guten Advokaten sei reiner als seine Moral; denn wenn dies kleine Fehler waren, so begriff ich nicht, welches die Laster sein sollten, gegen die ich zu kämpfen hätte.

NEUNTES KAPITEL

Freund Amilcare entzaubert meine Bekehrung durch den Pater Pendola und gibt mich dem Studium der Philosophie wieder. – Ich komme durch Venedig, wo Lucilio weiter der Ruhe der Republik und dem Frieden der Komteß von Fratta nachstellt. – Mein heldenhafter Verzicht zugunsten von Giulio Del Ponte. – Ein Wirrwarr wunderlicher Ereignisse um das Jahr 1794 gibt die Kanzlei der Gerichtsvogtei von Fratta in meine Hand, allwo ich beginne, hervorragende Dienste zu leisten.

Unter den Studenten, deren Bekehrung dem Advokaten Ormenta und dem Pater Pendola so am Herzen lag, hatte ich manchen kennengelernt, der mir sehr viel besser behagte als meine beiden Verbündeten aus Verona. Anfangs waren solche Vorstöße ins feindliche Gebiet zum Nutzen des Advokaten erfolgt; dann fand ich daran Gefallen, und schließlich stellte ich einen so großen Unterschied fest zwischen dem, was man den jungen Leuten nachsagte, und ihrem wirklichen Wesen, daß ich an dem guten Glauben des Advokaten und an der Anständigkeit des mir zuteil gewordenen Auftrags zu zweifeln begann. Gewiß war es richtig, wenn ich in der Erfüllung höherer Pflichten den Schmerz, der mich quälte, zu stillen suchte; wenn ich mich von einer glühenden, aber unwürdigen und unglücklichen Liebe zu lösen suchte, indem ich meine Seele zu den großen Ideen erhob, die der Menschheit Würde verleihen. Doch warum mußte der Gehorsam, den ich diesen Ideen schuldete, mich an den Rand der Heuchelei und fast zu Spionage führen, warum mußten die erhabenen Pflichten, denen ich mich geweiht hatte, so tief im Staube enden? Außerdem war die Probe, die mir der Pater Pendola aufgegeben, nicht eben zu meiner Zufriedenheit verlaufen. Mein Verstand war abgelenkt, die Seele hingegen von dem Frieden, den die Überwindung jedes andern Schmerzes in ihr zurückläßt, weit entfernt. Das Hirn hatte ich beschäftigt, aber nicht das Herz, und dieses, durchzittert von der alten, nutzlosen Liebe und jeder neuen bar, machte mir schwer zu schaffen. Zuerst hatte ich mich an andern entzündet, doch bald erkältete mich diese künstliche Leidenschaft, die in mir keine Nahrung fand, dermaßen, daß ich mich selbst nicht mehr kannte. Diese abgezirkelten Schritte, Voraussagen, Einsichten, Rechenkünste tun einer jugendlich feurigen Seele nicht gut. Ich strebte nach mehr Leben und Größe, ich begriff, ich war für asketische Verzückungen nicht geschaffen, und wie schwächlich ich im Punkte Glauben war, habe ich schon erzählt.

Stellt euch vor, was für Mühe es mich kostete, immer wieder Mut zu fassen! Und der Advokat Ormenta mit seinen allzu weltlichen Geschäften hinderte mich mehr, als er mir half. Das Ziel mochte hoch und, was weiß ich, fromm sein – ich jedenfalls verlor es oft und gern aus den Augen. Ein Student aus Treviso, ein gewisser Amilcare Dossi, hatte sich eng an mich angeschlossen; er besaß einen starken, kühnen Geist und ein Herz, das nicht mit Gold aufzuwiegen war. Mit ihm führte ich oft Gespräche über Metaphysik und Philosophie, denn ich hatte mich in diese Gedankengänge so verrannt, daß ich nicht allein herausfand, und er studierte schon länger und konnte mir helfen. Nach einiger Zeit merkte ich, er gehörte gerade zu denen, die der Pater Pendola als unbarmherzige Feinde jeder höheren Geistigkeit und edlen Schwärmerei bezeichnet hatte. Alles zog er in Zweifel, an alles ging er mit der Sonde der Vernunft heran. Und trotzdem besaß er wunderlicherweise eine Liebe zur Wissenschaft und ein so warmes Gefühl für seine Mitmenschen, daß mir dies mit der Kälte seiner Methode unvereinbar schien. Schließlich sagte ich es ihm rundheraus, und er lachte herzlich.

»O Carlino!« rief er. »Die arme, nackte Wahrheit ist anbetungswürdiger und heiliger als die in prunkvolle Kleider vermummte Lüge. Immer, wenn ich dieser Lüge einen Firlefanz, einen Flitter vom Leibe reiße, hüpft mir darum vor Freuden das Herz. Gepriesen sei die Philosophie! Sie zeigt uns schwachen, unglücklichen Menschen, daß wir groß sein können in Brüderlichkeit, Freiheit und Liebe. In diesem Feuer, Carlino, brennt mir das Herz; das ist mein Glaube, mein Gedanke alle Tage, jede Minute meines Lebens. Wahrheit um jeden Preis, gleiches Recht für alle, zwischen den Menschen Liebe, Freiheit in Meinung und Gewissen! Heute endlich schimmern diese Ideen riesengroß durch den Nebel, der sie den Augen der Menschen bisher verborgen hielt. O Freund, wie sind wir glücklich! Hast du dich einmal in Freiheit zu diesem Glauben erhoben, so kann kein Unglück, kein Verrat, kein Schmerz mehr die Heiterkeit deines Geistes trüben. Ich bin stark und unerschütterlich, denn mein Glauben und Hoffen ist in mir und in den Brüdern verankert!«

Wie traf mich dieses Glaubensbekenntnis, das meinem innersten Herzen so völlig entsprach! Ich fand kein Wort der Erwiderung. Amilcare mußte denken, ich hätte überhaupt nichts verstanden. Ich hatte nicht nur verstanden – ich zitterte vor Scham, daß ich so lange geschwankt hatte; der Pater Pendola und der Advokat Ormenta erregten mein Mitleid (was sie allerdings nicht brauchten), und ich faßte den Entschluß, wie Amilcare mich zu mühen und letzten Endes nur mein Herz zu fragen, was es lieben wolle. Zum zweitenmal warf ich einen Blick in eine Welt hoher Ideen, edler Gefühle und gewann Zutrauen, ich werde auch ohne Pisana das Leben allmählich meistern lernen. Die Umwälzung meiner Ansichten hatte sich schon vollzogen, als ich den Advokaten Ormenta wiedersah, und da ich an jenem Tage wenig geneigt war, ihm wie sonst in allem zuzustimmen, gerieten wir halbwegs in Streit. Es mißfiel ihm, daß ich nie bei der Marchesa erschienen war, die offenbar großen Anteil an mir nahm. Die gute Sache könne nur gehorsame Diener brauchen, die reiflich zu überlegen wüßten. Ich bezwang den Aufruhr, der in mir tobte, und gab keine Antwort. Wir trennten uns einigermaßen mißmutig, ich aber rannte sofort zu Amilcare und sprach ihm zum erstenmal von meinen Beziehungen zu dem Advokaten und wie sich alles entwickelt hatte, von der Predigt des Pater Pendola bis zu dem

Wortwechsel dieses Tages. Bei meiner Erzählung verzog er die Lippen, als höre er nicht eben angenehme Dinge, und warf mir einen Blick zu, den ich nie vergessen werde. Er schien zu fragen: Bist du Lamm oder Wolf? Das erschütterte mich so sehr, daß ich das Bekenntnis, das mir da entschlüpft war, fast bereute. Doch der Verdacht entschwand blitzartig, wie er gekommen; Amilcare gehörte nicht zu den Menschen, die nach einer bösen Erfahrung überall Böses sehen, und diesmal gereichte ihm seine Gutgläubigkeit nicht, wie schon oft, zum Schaden. Nun erzählte er, welchen Rufes sich der Advokat in der Stadt erfreue, und daß man ihn für einen äußerst wachsamen Diener der Staatsinquisition halte.

»Der Hund!« rief ich empört.

»Was ist geschehen?«

Ich fand nicht den Mut zu bekennen, daß der schlaue Fuchs mich womöglich als Werkzeug für seine Bübereien gebraucht hatte, und das Herz wurde mir noch schwerer, als Amilcare von der Festnahme einiger Studenten am Tage zuvor berichtete. Andere waren ausgewiesen, sehr viele sonst belästigt worden, und alles verdankte man natürlich diesem Herrn Advokaten.

»Dein Pater Pendola muß auch ein verkappter Inquisitor sein, der auf beiden Schultern trägt«, fuhr Amilcare fort. »In Venedig lebt man noch im fünfzehnten Jahrhundert und fürchtet sich vor dem kommenden neunzehnten, aber wir – oh, bei Gott, wir werden unser Geburtszeugnis in dem Dienste dieses Staates nicht zurückdatieren. Jetzt ist der gesunde Menschenverstand nicht mehr das Erbteil von hundert Adelsfamilien. Jetzt denken alle, und wer denkt, hat das Recht, für das eigene wie für das Gemeinwohl tätig zu sein. Zu lange hat man uns gegängelt; der Pater Pendola kann sich freuen: wir gehen allein.«

Bei diesen Worten hatte sich Amilcare völlig verwandelt; seine hohe Stirn, die Augen, die feine, bebende Nase, der Mund, alles war wie von Feuer umloht. Stolz und Mut leuchtete aus seinem ganzen Wesen, er wuchs über sich hinaus.

»Was bedeuten uns jetzt Griechen und Römer«, fuhr er fort, »außer, daß wir ihre Erfahrungen nutzen? Völker, die mächtig waren, denn sie waren mutig – mutig, weil sie frei waren. Was tat Lykurg, um Sparta wieder mächtig zu machen? Er erneuerte mit den Gesetzen die starke Sitte. Neue Gesetze auch für uns, allgemeingültige, klare, harte Gesetze, ohne Ausflüchte, ohne Vorzugsrechte! Denken wir an unsere Ahnen, an einen Brutus, Cornelius, Scipio! Die Geschichte wiederholt sich auf höherer Ebene, eine neue Ordnung wird geboren. Die geeinte Menschheit will allein herrschen; wir sind ihre Apostel.«

Ich drückte Amilcare wortlos die Hand, meine Seele war mit der seinen verschmolzen; alle Gedanken flogen dieser ungeheuren Hoffnung sehnsüchtig entgegen. Gerechtigkeit, Wahrheit, Tugend, die drei Gestirne, die die geistige Welt regieren, zogen wie ein göttliches Sternbild an meinem Horizont herauf; alle Liebe, deren ich fähig war, strebte unaufhaltsam zu ihnen hin. Ein Nebel noch, der sich verteilen mußte, ein Flügelschlag noch in jenem weiten Himmelsraum, und meine Religion war gefunden, mein Herz für immer gestillt. Aber dieser leichte Nebel glich den Infinitesimalbrüchen, die immer kleiner werden, ohne je ganz zu verschwinden. Gerechtigkeit, Wahrheit, Tugend, wer würde sie uns vom Himmel auf die Erde holen? Das war der Stachel in meinem Herzen, der mich blutig quälte. Neue Gesetze, sagte Amilcare, bringen neue Menschen hervor; doch selbst wenn ich das glauben wollte, wer sollte uns solche neuen Gesetze geben? Gewiß nicht die trägen, gedankenlosen Männer, die uns damals regierten. Und wer dann? Neue, gerechte, weise Leute? Wo waren sie, wie sollten wir sie finden und an die oberste Stelle im Staate setzen? Gewiß wurde mir damals das Ausweglose unserer Lage nicht so klar wie jetzt, da ich sie mir überlege. Aber welchem größeren Staatsmann wäre sie klarer geworden in jenen Zeiten der Trägheit, des geistigen Nebels und der politischen Unreife?

Ich schwebte also mit all meinen seligen Gefühlen in der

Luft, gerade, als gelte diese Liebe einer Frau, die ich im Traum geschaut hatte. Ich bewunderte Amilcare, der diese Träume voll Vertrauen auf den Boden der Wirklichkeit herabholte, aber ich konnte nicht tun wie er. Inzwischen überstürzten sich die Ereignisse in Frankreich; das große Geschehen, das vom Zauber der Entfernung und von der jugendlichen Einbildungskraft meiner Kameraden verklärt wurde, kam meiner Zuversicht zu Hilfe. Ich begann mit den andern zu hoffen und zu warten; ich las die philosophischen Enzyklopädisten und mehr noch Rousseau, vor allem den Contrat Social und das Glaubensbekenntnis des Vikars aus Savoyen. Nach und nach erwachten die Bilder jener Dichtung in meinem Geiste zu Blut und Leben, und so kam der Augenblick, da ich Amilcare um den Hals fiel mit dem Jubelruf: »Mein Bruder, heute endlich kann ich sagen: ich glaube. Eines Tages werden wir Menschen sein!«

Der Advokat Ormenta, der mich selten sah, wobei ich immer schweigsamer und vorsichtiger wurde, ließ mich beobachten; er hörte von meinen neuen Gewohnheiten und meiner Freundschaft mit dem Studenten aus Treviso und erriet das übrige. Der Lauf der Welt war damals nicht so, wie ihn sich diese Leute wünschten; der arme Mann mochte sich abmühen, wie er wollte, er mußte spüren, er und seine Leute waren wie Ameisen, die selbst erbärmlich unter den Mühlstein geraten waren, den sie hindern sollten zu mahlen, und auch wenn er nicht genau wußte, was sich abspielte, so rollte er doch die Augen fürchterlicher denn je. Aber er wollte nicht alle Hoffnung aufgeben, er war zu mir gleichmäßig liebenswürdig und meinte wohl von meiner Arglosigkeit zu erlangen, was er zuvor vom Gehorsam erreicht hatte. Nach den warnenden Worten von Amilcare war ich auf der Hut und suchte im Gesicht des Advokaten zu lesen wie auf einem Wetterglas. War seine Miene verdrossen, demütig oder umwölkt, so meldete ich es mit großem Lärm den Kameraden; und dann gab es bei uns fröhliche Trinksprüche auf die Freiheit und Gleichheit, auf den Sieg Frankreichs, auf die Republik und auf den Völkerfrieden. Der Wein kostete damals sehr wenig, und mit den drei Dukaten, die mir der Graf monatlich bewilligt hatte, war ich in der Lage, an den Liebesmahlen dieser wirren Köpfe teilzunehmen. Diese politische und philanthropische Schwärmerei konnte einem jungen Menschen wie mir die Seele mehr erwärmen als jene in alles sich einmischende, weltliche und zu Betrügereien verwandte Religion des Herrn Advokaten. Vielleicht hätte das reine Evangelium bei mir Eingang gefunden; aber nun war der Schritt getan. Ich wurde ein kampflustiger, eifriger Voltairianer. Auch redete und stritt ich jetzt voll Begeisterung mit meinen Kameraden herum, und da ich mich ihnen mehr anglich, erschienen sie mir weniger kraftlos und jämmerlich. Es ist eine Tatsache, daß Ideen entflammen und daß ein gemeinsames Leben im Gedanken die Selbstsucht des einzelnen erstickt; daher denn auch in England die Selbstliebe, obschon sie weitverbreitet und mächtig ist, der Nation nützt, während in andern Ländern die Nächstenliebe ohne Nutzen bleibt, weil sie an das Leben des Leibes gebunden und zusammenhanglos ist. So war damals die Jugend in einem einzigen Jahr einen großen Sprung vorangekommen; zwar wurde sie von den gleichen Leidenschaften und Launen umgetrieben wie zuvor, doch der Wind aus Westen blies sie aus dem zu engen Kreise heraus. Noch waren Ängstlichkeit, Laster und Faulheit nicht überwunden; aber der Glaube, der zu großen Dingen fähig macht, riß die jungen Leute wenigstens im Augenblick über diese Sphäre hinaus. Genug, mir waren sie gerade recht. Wie jugendliche Feuerköpfe zu tun pflegen, war ich von dem einen Extrem ins andere gefallen. Amilcare mit dem Ungestüm seines Glaubens, mit seinem fröhlichen, kühnen Wesen hatte es mir angetan, und ein Leben, das ich nicht mit ihm gemeinsam dem Wohle der Menschheit weihen konnte, wäre mir wertlos erschienen.

Mir war, als habe ich bislang noch nicht gelebt; Pisana schien mir ein winziges Wesen in einem Tal, auf das ich vom Gipfel eines Berges durch die reine, klare Luft hinabschaute. Noch wühlte die Erinnerung in einem Winkel meiner Seele, während ich der Freiheit freudeglühende Hymnen sang; doch immer öfter gelang es mir, die alte Leidenschaft zu betäuben, und darin war mir die Gesellschaft und das Beispiel von Amilcare eine große Hilfe.

Inzwischen wuchs der Waffenlärm der Franzosen an den Toren Italiens, und zugleich ertönten große Versprechungen von Gleichheit und Freiheit; man beschwor den Geist der Römischen Republik, die jungen Leute schnitten sich den Zopf ab und kämmten sich wie Brutus; eine Woge von Hoffnung hob sich dem immer näher brausenden Sturm der Sieger entgegen. Amilcare gebärdete sich wie verrückt, er predigte und schrie im Lärm der Klubs, Cafés und öffentlichen Plätze. Der Advokat Ormenta wurde immer bleicher und mürrischer; ich glaube, er ärgerte sich auch über die Marchesa, die noch und noch nicht sterben wollte. Bei meinen seltenen Besuchen machte ich mich allmählich über ihn lustig. Eines Tages sprach er mit einer gewissen Bitterkeit von meiner Freundschaft mit einem jungen Mann aus Treviso und gab mir fast höhnisch zu verstehen, ich könne ihn, wenn er mir lieb sei, ermahnen, er solle in seinen Volksreden nicht so leichtsinnig sein. Am selben Abend wurde Amilcare mit einigen andern Studenten verhaftet und auf Befehl der Herren Inquisitoren nach Venedig geschafft; mir ersparte man wohl diesen Liebesdienst, weil man hoffen mochte, mich zu schrecken und wiederzugewinnen. Aber Feigheit gehörte, dem Himmel sei Dank, nicht zu den Eigenschaften meines Charakters. Das Unglück, das dem Freunde zugestoßen war, schmerzte mich so tief, daß ich seine Feinde nur um so mehr haßte und für unsere gemeinsamen Hoffnungen heißer glühte denn je. Daß diese Hoffnungen sich als wahr erwiesen, davon hing es ja ab, ob der Freund gerettet wurde; und so wuchs meine Ungeduld ins Ungemessene.

Nur die Zeit konnte dieser Unruhe Zügel anlegen. Auf den ersten Sturm folgte eine lange Waffenruhe, die alles in der Schwebe ließ. Die Bündnisse auf dem Kontinent hatten sich gestärkt; Frankreich duckte sich wie ein Tiger vor einem jähen Sprung; die andern jedoch meinten, es habe endgültig den Mut verloren. Die Durchlauchtigste Republik Venedig unterhandelte mit allen, duldete und steuerte klug durch die bewegten Gewässer. Die Inquisitoren lächelten einander zu, daß sich der Sturm, der so bedrohlich heraufgezogen war, so rasch verzogen hatte; sie lächelten und hielten die Unglücklichen, die auf Hagel und Blitz gehofft hatten, während alles schon wieder auf Meeresstille wies, fest in ihren Krallen. Von Amilcare und den vielen, die vor oder nach ihm in die Kerker gewandert waren, sprach niemand mehr; höchstens murmelte man, die Französische Gesandtschaft achte auf sie und werde nicht zulassen, daß sie geopfert würden. Aber wenn nun der nächste Feldzug für Frankreich nicht glücklich verlief? Ich zitterte, wenn ich nur daran dachte.

In jener Zeit kam eines Morgens ein schwarzgesiegelter Brief. Der Herr Graf teilte mir den Tod seines Sekretärs mit und fügte hinzu, ich habe wohl in fast zwei Jahren genug lernen können, um jederzeit eine Prüfung abzulegen, und so solle ich bis zum endgültigen Abschluß meiner Studien zu ihm kommen und der Kanzlei vorstehen. Was ich beim Lesen dieses Blattes empfand, wüßte ich nicht genau zu sagen; wahrscheinlich war ich im Grunde meines Herzens froh, daß mich die Notwendigkeit in die Nähe von Pisana zurückrief. Ohne Amilcare und ohne die Hoffnung, ihn bald wiederzusehen, schien mir Padua ein Grab. Meine andern Hoffnungen schwanden von Tag zu Tage mehr; ist ein junger Mensch einmal enttäuscht, so wird er leicht mutlos, und das fröhlich triumphierende Gesicht des Advokaten Ormenta brachte mich allgemach in Wut. Dank einem Empfehlungsbriefe des Senators Frumier ließ man mich zur Prüfung des zweiten Jahres zu, ich bestand sie mit gut und schickte mich an, Padua zu verlassen. Es fiel mir schwer, mich von der Stadt zu lösen, ohne die Angelegenheit von Amilcare im geringsten klären zu können. Vielleicht glückte mir das in Venedig; ich hoffte auf die Fürsprache der Gräfin und ihrer hohen Verwandten. So zählte ich meine paar Dukaten und fand, sie erlaubten mir den kurzen Umweg, falls ich sie meisterhaft einteilte. Ich packte mein Zeug in ein Bündel und brachte es aufs Boot; dann machte ich anstandshalber einen Abschiedsbesuch beim Advokaten Ormenta.

»Gute Reise, mein Lieber«, sagte er. »Schade, daß Ihr uns mitten im zweiten Jahr verlaßt; Ihr seid klug und hättet mich sicher wieder öfter besucht, und vielleicht hätte Euch auch die Frau Marchesa bei sich gesehen. Grüßt mir den Pater Pendola; und ein andermal setzt Euer Vertrauen auf die Alten. Die Jungen sind zu leichtgläubig, Ihr werdet mit ihnen schlechte Geschäfte machen.«

Damals wurde mir nicht klar, was der teure Advokat damit sagen wollte, er hielt mich jedoch für einen gierigen alten Fuchs, wie er es war. Zuletzt konnte ich nicht umhin, auf seine Aufforderung dem dreckigen Sohn, der wie üblich in seiner schwarzen, stinkenden Kutte im Flur amtierte, einen Kuß zu geben. Das machte mir die Abreise von Padua leicht; und im übrigen mußte ich es dem Schicksal überlassen, wie es aus einem Taugenichts von noch nicht zwanzig Jahren einen würdigen Kanzleisekretär machen wollte.

In Venedig nahm ich mir nicht erst die Zeit, San Marco zu bewundern oder an der Riva zu lustwandeln, sondern ließ mein Bündel in einem Wirtshaus und eilte nach dem Palast Frumier. Himmel, wie fand ich die Frau Gräfin in den wenigen Jahren verändert! Ihr Gesicht war noch finsterer und böser geworden; die Habichtsnase schien sich weit mehr gekrümmt zu haben, die Augen funkelten in einem grünlichen Feuer, das nichts Gutes verhieß, und gekleidet war sie mit einer fast Abscheu erregenden Nachlässigkeit. An der Haube trug sie weder rosa Bänder noch Spitzen, und die grauen, ungekämmten Haare hingen ihr liederlich um Stirn und Schläfen. Der Anblick war so bezaubernd, daß ich es nicht einmal aus Sorge um Amilcare über mich gewann, hier etwas zu versuchen. So tat ich, als sei ich eigens nach Venedig gekommen, sie zu begrüßen, und meinte, ich müßte ihr aus diesem trefflichen Grunde willkommen sein; doch sie antwortete mit einem so kalten »Danke«, daß mir das Herz fror, und ich konnte es nicht erwarten, draußen zu sein, und enteilte. Aber als ich im Vorzimmer war, faßte ich wieder Mut und wünschte, ich könnte die Komteß Clara sehen und mich ihr anvertrauen. Während ich gerade nach einem Diener Ausschau hielt, der mich zu ihr führen sollte, kam sie mir selbst entgegen, denn sie hatte von meiner Ankunft gehört und wollte mich nicht ohne einen Gruß gehen lassen. Eine so feine Höflichkeit ging mir zu Herzen. Die arme Komteß war im Vergleich zum letztenmal unverändert, nur blasser und ernster, und die rotumränderten Augen sprachen von häufigen Tränen oder langen, schlaflosen Nächten. Diese Wundmale des Schmerzes fügten jedoch zum Vertrauen noch das Mitleid. Ich erzählte ihr also von meinem Freund und wie ich den Wunsch hege, wenigstens zu wissen, wo er gefangen sitze und wann ich hoffen könne, daß er frei käme. Die Komteß wurde unruhig, als sie von diesem Fall hörte, setzte zwei-, dreimal an, hielt wieder inne und seufzte. Endlich tat ihr mein Kummer gar zu leid, sie stammelte, in Venedig gebe es jemanden, der Näheres wissen müßte, und ich solle den Doktor Lucilio Vianello aufsuchen, der mir bestimmt über alles, was ich von meinem Freunde zu erfahren wünsche, Auskunft geben werde. »Aber, Carlino«, fügte die Ärmste errötend hinzu, »verratet den Hinweis, den ich Euch gebe, keinem Menschen.« Und als ich sie nun fragte, wo ich den Doktor Lucilio finden könne, sagte sie, das wisse sie nicht, doch sicher sei er manchmal auf dem Markusplatz, wo sich damals alle Venezianer gesellig zusammenfanden, wie sie es noch heute tun.

Ich nahm Abschied, dankte ihr für ihre große Güte, stellte mich auf den Markusplatz, wartete und lief auf und nieder, bis mir der Herr Lucilio vor die Nase kam. Die Eifersucht schwirrte mir nicht mehr im Kopfe, voll Sorge um Amilcare ging ich entschlossen auf ihn zu. Erst kannte er mich nicht oder tat wenigstens so, doch dann wurde er überaus liebenswürdig, fragte nach meinen Studien, meinem Leben und endlich auch, ob ich die Gräfin und ihre Tochter gesehen habe. Ich berichtete ihm, wie ich sie gefunden. Da erzählte er mir, die Gräfin fröne schrankenlos der Leidenschaft des Spiels, wie die Damen in Venedig damals zu tun pflegten; sie verlor jeden Tag große Summen Geldes, die Wucherer setzten ihr hart zu, und sie dachte an nichts, als wie sie die Verluste in immer gefährlicherem Spiel wettmachen könne. Ihr Charakter war noch schwieriger geworden; sie quälte die Tochter mehr denn je, und schon sieben Monate hatte die Ärmste das Haus nur verlassen dürfen, wenn sie zur Messe nach San Zaccaria ging, wo er sie einmal in der Woche zu Gesicht bekam. Danach entschwand sie wie ein Schatten, nicht einmal am Fenster durfte sie sich zeigen, denn man hatte ihr ein Zimmer nach innen angewiesen. Bis in den Palast vorzudringen war ihm nie geglückt, trotz des großen Ruhmes, den er sich als Arzt errungen und der ihm die ansehnlichsten Adelshäuser geöffnet hatte. Die Gräfin blieb unerbittlich; und er wußte aus sicherer Quelle, sie verhandelte mit den Nonnen von Santa Teresa, daß Clara bei ihnen als Novize aufgenommen würde. Nur die Mitgift stand dem noch im Wege, weil die Gräfin im Augenblick nicht mehr als die Hälfte beschaffen konnte, und nach der Regel mußte erst die ganze Summe eingezahlt sein. Das junge Mädchen schien sich den Wünschen der Mutter fügen zu wollen, und wenn das Opfer noch nicht vollbracht war, so dankte man es nur den Geldschwierigkeiten. Seine Hoffnung nun ging dahin, Clara werde nicht gehorchen, wenn sie beredet werden sollte, die Gelübde abzulegen, wodurch sie sich mit einer unübersteiglichen Schranke von der Welt getrennt hätte. Aus dieser ganzen Erzählung sprach die mühsam gebändigte Wut eines Menschen, dem es nicht gelingt, einen Widerstand zu überwinden, den er für unbedeutend und lächerlich hält; doch bei den letzten

Worten hatte er die Stirn erhoben, und es war wohl zu bemerken, daß er den alten Mut noch nicht verloren und daß er noch immer hoffte. In seinen klugen Augen lebte die gewohnte Kraft und Sicherheit, und das stimmte mich zuversichtlicher. Nun er ruhiger war, teilte ich ihm den Grund meines langen Wartens mit und verriet ihm, nicht ohne einige Schelmerei, daß Clara selbst mich an ihn gewiesen hatte. Da schien ihm etliches durch den Sinn zu gehen, er schaute mich an, als sähe er mich jetzt zum ersten Mal.

»Wann habt Ihr das letztemal vom Pater Pendola gehört?« fragte er, ohne auf meine Sorge um Amilcare einzugehen.

»Oh, das ist lange her«, antwortete ich einigermaßen verdutzt. »Ich glaube, wir werden uns nicht mehr so recht verstehen, er wenigstens wird mit mir nicht sonderlich zufrieden sein.«

»Hatte er Euch für Padua irgendeine Empfehlung gegeben?«

»Natürlich, an einen Advokaten Ormenta, dessen Gunst ich auch verscherzt habe; und vor ein paar Monaten habe ich gehört, man hält ihn für einen Spion der Herren Inquisitoren.«

»Nun, mag er ein Spion sein oder nicht – redet von solchen Dingen in Venedig nicht laut; Euerm Freund ist sicher gerade das schlecht bekommen.«

»Das ist leicht möglich. Er hat von einem Stadtende zum andern laut gepredigt und aus seinen Meinungen kein Hehl gemacht.«

»Ihr seht, wie er für seine Aufrichtigkeit belohnt worden ist; doch beruhigt Euch, er und seine Kameraden stehen, soviel ich weiß, unter dem Schutze der Französischen Gesandtschaft, und es geschieht ihnen nichts Böses.«

»Sind Sie dessen sicher? Wenn aber Frankreich von den Verbündeten eingenommen wird . . .«

Lucilio lachte so frei heraus, daß ich ihn verwundert ansah.

»Seht mich nur an!« sagte er. »Ich lache über Eure Unschuld. Glaubt denn auch Ihr wie die Zeitungsschreiber in Deutschland, Frankreich sei erschöpft, uneinig, und lasse sich vom ersten besten den Fuß auf den Nacken setzen? Ich bin nur ein einfacher Arzt, aber ich versichere Euch, ich sehe weiter als alle die schlauen Politiker in Toga und Perücke. Jetzt ist Frankreich nicht mehr nur in Frankreich; es ist in der Schweiz, in Holland, in Deutschland, es ist im Piemont, in Neapel und Rom, es ist hier unter dem Löwen von San Marco, wo wir zusammen sprechen. Das weiß Frankreich; es wartet ab, es zieht die feindlichen Kräfte zu sich heran, um sich desto schneller mit einem Ruck von ihnen loszumachen, damit wir hier, seine Freunde und Brüder, frei wirken können ... Ha, Euch sage ich noch eben, Ihr solltet leise sprechen, und jetzt reißt mich die Begeisterung selber hin. Nun ja, sie haben im Augenblick Angst, und man läuft keine Gefahr dabei. Ihr könnt, was ich Euch erzählt habe, dem Advokaten Ormenta und auch dem Pater Pendola wiedersagen, das würde mir gar nichts ausmachen.«

Dabei sah mich Lucilio mit so düster flammenden Augen an, daß ich die meinen ganz wider Gewohnheit senken mußte. Aber meine Verwirrung mochte ihm leid tun, und er fragte, um mir zu helfen:

»Wie alt seid Ihr eigentlich?«

»Bald zwanzig.«

»Erst zwanzig? Mut, mein Lieber! Ihr waret ein Kind, sie glaubten, sie könnten Euch die Augen verbinden, aber ich hoffe, Ihr laßt Euch nichts weismachen, oder Ihr merkt es, solange es Zeit ist. Wie, oder wäret Ihr mit Amilcare befreundet und fragtet bei mir nach ihm, weil andere es Euch geraten haben, und nicht nach Euerm eigenen Gefühl?«

»Wer in aller Welt sollte mich dazu anstiften?«

»Wer? Der Pater Pendola zum Beispiel oder der Advokat Ormenta.«

»Die? Ganz im Gegenteil! Sie sind bestimmt nicht damit einverstanden, daß ich mit Amilcare befreundet bin; denn ihm danken sie es, daß sie mir verleidet sind, samt ihrem leichtfertigen, unehrenhaften Spiel.«

»Leichtfertig? Gemach, mein Junge. Unehrenhaft – das lasse

ich gelten, aber urteilen wir nicht zu rasch, denn wer sein Brot verteidigt, ist weitgehend entschuldigt. Meint Ihr, der hochwürdige Pater wie der treffliche Advokat wären noch Leute von Einfluß und Bedeutung, wenn eine neue Gerechtigkeit wie ein Wind daherführe und alle Vorrechte des Adels und der Geistlichkeit zu Boden würfe? Sie arbeiten eben für sich und ihren Nutzen, wie andere desgleichen tun; weiter ist darüber nichts zu sagen.«

Ich staunte recht über diese Art, die Dinge zu sehen. Offener Haß war mir lieber als solche kalt abgewogene Feindschaft, und mein Freund aus Treviso dachte darin genau wie ich. Nur vergaß ich, daß in dem Doktor aus Fossalta die Jugend nicht mehr übersprudelte, und daß sich sein Gefühl zur Überzeugung gehärtet hatte.

»Doch sprechen wir wieder von Euch«, fuhr er fort. »Ich will Euch glauben, daß Ihr von Komteß Clara an mich gewiesen seid und nicht vom Advokaten Ormenta. Ist es an dem, so seid beruhigt; Euer Freund lebt in seinem Gefängnis sicherer als ich und Ihr auf dem Markusplatz. Das würde ich vor dem Rat der Weisen wiederholen, der, wenn er weise wäre, Nutzen daraus ziehen könnte. Ich sage noch einmal, es gibt Menschen, die über ihn wachen, und es ist keine Gefahr, daß man so wertvolle junge Leute zugrunde gehen läßt. Inzwischen seht Ihr zu, daß Euch der Pater Pendola nicht verwirrt. Ums Himmels willen, Carlino, Ihr waret ein Junge von Verstand und mehr noch von Herz. Gebt acht, daß sie Euch nicht im besten Augenblick verderben! Ich muß Euch jetzt verlassen, drüben in dem kleinen Hause warten ein paar arme Teufel auf meinen Besuch. Ja ja, die Liebe der Leute ist für den Arzt der schönste Lohn. Aber wenn Ihr in Venedig bleibt, so fragt im Hospital nach mir, dort bin ich immer bis zehn Uhr morgens.«

»Vielen Dank. Wenn Sie mir wirklich versichern, daß Amilcare ...«

»Ich versichere Euch, ihm geschieht kein Leid. Was wollt Ihr mehr?«

»Dann danke ich Ihnen und empfehle mich. Ich reise heute abend.«

»So grüßt mir den Grafen, die Komteß, die Herrschaften Frumier und meinen Vater, falls Ihr ihn seht. Ach, und grüßt auch Fratta und Fossalta. Wer weiß, ob mich diese Dörfchen am Ende der Welt noch einmal zu Gesicht bekommen!«

Er umarmte mich und verließ mich wohl mit einer besseren Meinung von mir, als er sie anfangs gehegt hatte. Es mochten ihm wohl nicht allzu ehrenhafte Dinge über mich erzählt worden sein; und später erfuhr ich auch, daß er mich völlig für eine Kreatur des Paters Pendola gehalten hatte, wie man behauptete. Wie dem auch sei – als ich mit meinem Bündelchen auf dem Postboot von Portogruaro schwamm, fand mein Geist alle Muße, dem Gespräch nachzusinnen. Vor allem erschien es mir jetzt weniger bewundernswert als sonderbar, daß ein einfacher Arzt, ein junger Mann vom Lande, so selbständig urteilte. Er warf sich ja fast zum Richter auf oder doch zum Propheten über die Geschicke einer Republik! Schmeckte das nicht ein wenig nach Komödie? Oder war ich angeführt worden? Sollte ihn meine Unerfahrenheit dazu verlockt haben, mich in allem Behagen zu foppen? Fast reute es mich, daß ich den Freund einer so mangelhaften Bürgschaft überließ. Dann tröstete mich der Gedanke, daß Lucilio nie ein Prahlhans gewesen. Auch hatte man in Portogruaro im letzten Herbst davon gemunkelt, er gehöre heimlich der Französischen Gesandtschaft an, und dank solcher Beziehungen konnte er sehr wohl mehr hinter die Dinge sehen als andere.

Je weiter ich mich auf meinem Boot aus der Lagune entfernte und in das Labyrinth von Flüssen, Gräben und Kanälen kam, die das niedere Friaul mit Venedig verbinden, desto mehr umdunkelten sich mir die Schicksale des letztvergangenen Jahres, und die vormals durchlebten tauchten im strömenden Glanz von Träumen vor mir auf. Mir schien, das Schiff, auf dem ich fuhr, führe mich zurück in die Vergangenheit, und jeder

Ruderschlag rühre an einen meiner vorübergeglittenen Tage. Nichts stimmt nachdenklicher, trauriger und poetischer als eine lange Fahrt durch Sümpfe im vollen Prunk des Sommers. Soweit das Auge reicht, nichts als Seen, Flußläufe und Meer, eine weite, ständig in allen Farben des Regenbogens spielende Fläche; grüne Schilfwälder mit den schwebenden Sternen der weißen Wasserrose, deren Düfte die von der schweren schirokkoschwülen Luft ermatteten Sinne mit Nixenreiz umstricken; darüber in gewaltigem Bogen der heiße, gleißende Himmel; und alle belebten und unbelebten Dinge in dieser glänzenden Verlassenheit, die vom Zauber der Natur in ein vergängliches Paradies verwandelt wird, eingehüllt in ein immerzu eintönig in Schlummer wiegendes Rauschen – diese Welt weckt im Menschen einen brennenden Durst nach leidenschafterfülltem Leben und ein Gefühl für das Unendliche.

Oh, das Leben des Alls in der Einsamkeit ist das erhabenste, unbeschreibbarste Schauspiel, das sich vor dem Auge des Menschen auftut. Wie bewundern wir das Meer in seinem ewigen Kampf, den Himmel, der sich im Sturm mit Wolken umzieht, die Nacht in ihrem schöpferischen Schweigen, ihrem sommerlichen, strahlenden Leuchten! Da pulsiert ein Leben, das wir empfinden, und uns dünkt, es verleihe uns das Gefühl eines Daseins, das weiträumiger, vollkommener ist als das der Menschen. Wir werden zu Augen, Ohren, Gedanken des Alls; unsere Einsicht ist nicht mehr ein Ganzes, sondern ein Teil; wir wollen das All nicht mehr verstehen und beherrschen, sondern wir atmen, fühlen, denken mit ihm. So überließ ich mich damals dem Strom von Träumen und Gedanken, der mich liebreich an die Gestade der Kindheit zurückführte. Der Verbannte, der nach langen Jahren auf fremder, undankbarer Erde weißhaarig an den Herd der Heimat zurückkehrt, kann nicht mehr Ergriffenheit empfinden als damals ich. Aber sie war doch mit Schwermut vermischt, denn die Erscheinung einer vergangenen Freude in den Dämmerungen des Gedächtnisses ähnelt dem nächtlichen Besuch eines geliebten Toten und ladet zur Wollust der Tränen. Ich dachte zurück, vergaß und träumte zugleich; dachte an die Seligkeit des Kindes, vergaß die Schmerzen des heranwachsenden, die reuigen Vorsätze des jungen Mannes und träumte von einer frohen, glücklichen Rückkehr an jene Zauberufer der Kindheit, wo wir, einmal aufs Meer des Lebens getrieben, vergebens wieder zu landen suchen. Wer hat nach einer Abwesenheit nicht gewagt, sich vorzustellen, daß die Geliebte durch ein Wunder in das Bild seiner Träume, in das Geschöpf seines nach Poesie dürstenden Herzens verwandelt wäre? Ich neigte mich wie ehemals über die Wiege meiner Pisana; ich sah den Haarschopf, die holden Augen, das engelsgleiche Lächeln; dann dachte ich an das anmutige, bewegliche, liebevolle Kind, an die sanfte, zärtliche Stimme; das Mädchen nahm zu an Hoffart und Schönheit, ihre Äußerungen wurden großartiger, ihre Gebärden stolz, ihre Küsse voll Feuer; ich spürte, wie ihr Arm in dem meinen zitterte, wie ihr Busen unter einem Blick von mir sich hob, und ihre Augen ... oh, nie vermag ich zu sagen, wie Pisana mich anschauen konnte, was ich damals empfand, und wie ich damals die zauberische Sprache dieser Augen spürte und sie bis heute spüre. Wie könnte ich je ein einziges solches Aufleuchten der Liebe vergessen, wie an die Wolken denken, die diesen Glanz trübten? Ach Pisana, die Seele, die in deinen Augen lebte, jener schönste Teil deines Wesens, ist nicht hinuntergesunken in den Schlamm der Schuld; sie blieb auf immer rein und ohne Sünde. Darum konntest du mir diese heftige Leidenschaft einflößen, die über das Leben hinausreicht, die keine Schönheit, keine Schmeichelei der Sinne im Herzen des Achtzigjährigen weit über deinen Tod hinaus hätte lebendig erhalten können.

In Portogruaro stürzten diese meine Phantastereien jäh zu Boden. Alle sprachen davon, wie seltsam Pisana geworden; sogar ihre Tante spielte darauf an und bat mich, ich solle mit meiner Einsicht zu helfen suchen, weil sich der Graf, sooft sie es ihm auch gesagt hatten, überhaupt nicht darum kümmere.

Sie hatte ihm sogar geraten, seine Tochter zu ihr ins Haus zu geben; aber er hatte erwidert, das Mädchen wolle es um keinen Preis, und so ließ er sich sehr zum Schaden seines Ansehens weiter von Pisana an der Nase herumführen.

»Hört nur, Carlino«, fuhr die Senatorin fort, »ob es etwas Schlimmeres gibt. Raimondo Venchieredo ist immer beharrlich um sie herum; sie läßt es sich gefallen mit einer Koketterie, daß es schon schamlos ist, ihr zuzusehen; und als er schließlich kam und um sie anhielt – denn sie ist nun achtzehn Jahre und man könnte schon an eine Heirat denken –, hat sie ihm feierlich erklärt, sie würde ihn nie zum Manne nehmen, und man solle sie in Ruhe lassen. Es heißt, dahinter stecke eine ältere Liebesgeschichte mit Giulio Del Ponte, aber warum in aller Welt behandelt sie dann Giulio schlecht und macht Raimondo Hoffnungen, wenn sie doch entschlossen ist, ihn abzuweisen? Obendrein ist Giulio ein armer Schlucker und gesundheitlich so übel dran, daß man ihm nicht bis zum nächsten Frühjahr Frist gibt.«

»Wie, ist Giulio so in Gefahr?«

»Das ist er, der Ärmste.« Die edle Frau seufzte. »Und wenn ich Euch die Wahrheit sagen soll, es wäre fast besser, er stürbe, denn er vereitelt jede gute Heirat für Pisana, wie es der Doktor Lucilio für Clara getan hat. Die war wenigstens ruhig und vernünftig, und man hat sie davon abhalten können, eine Unbesonnenheit zu begehen. Aber Pisana? Hm ... da ist nicht viel zu hoffen. Ich fürchte, sie wird der Schandfleck der Familie.«

Giulio tauchte vor meinem inneren Auge auf, und ich muß zu meinem Lobe sagen, daß mich die traurige Nachricht über seine Gesundheit recht betrübte. Jetzt entsann ich mich, daß er das letztemal bleicher als sonst gewesen und an ziemlicher Atemnot gelitten hatte. Den Grund hierfür suchte ich in den Kümmernissen und Kämpfen, die von einer Liebe zu Pisana unzertrennlich waren; ja, ich erblickte in seinen Qualen nahezu eine Genugtuung für mich und freute mich dessen herzlos genug. Nach der bösen Vorhersage der Senatorin begann ich deutlicher zu sehen und zu fürchten, er sei nicht das erste Opfer des zügellosen Charakters von Pisana; ich empfand Schmerz über sein Unglück und mehr wohl noch über das Unrecht des Menschen, der ihn so mitleid- und gedankenlos schwer schädigte. Immer hat mich die Schuld derer, die ich liebte, tiefer betrübt als eigener Kummer, und ich glaube, damals hätte ich Pisana die Liebe zu Giulio verziehen, hätte sie ihm nur damit Gesundheit und Leben wiedergeschenkt. Leider mußte ich mich davon überzeugen, daß die Angst der Senatorin nicht unbegründet war. Am selben Abend sah ich Pisana in Portogruaro; mit mir gab sie sich zutraulich und schüchtern zugleich, als könne sie Liebe und Mitleid brauchen, mit dem Venchieredo verführerisch und herausfordernd, mit Giulio gleichgültig und spöttisch. Raimondo hatte die Absage von Clara verschmerzt und kam dank der Schmeicheleien von Pisana wieder ins Haus Frumier; vielleicht wollte er sich mit einem feineren, begehrteren Bissen schadlos halten. Daß ihm der eine entgangen, hatte sein Gelüsten nur gereizt, zumal ihn Pisana, obwohl sie ihn als Ehemann abwies, als Courschneider annahm und begünstigte. Nun, wenn er heimlich erhalten konnte, was er mit Hilfe des Gesetzes erstrebt, so hätte sich der liederliche junge Mann als der Schlaueste, Glücklichste der Menschen gefühlt, und das Betragen von Pisana gab solcher Hoffnung eher Vorschub. In mir jedoch, es ist fast nicht zu glauben, wurde unter diesen Umständen das Mitleid mit dem armen Giulio mächtiger als der Eigennutz der Liebe; ich wachte eifersüchtig über Pisana, mehr für ihn denn für mich. Die lange Schule der Selbstverleugnung und Geduld, die ich neben ihr durchgemacht, hatte zugunsten elender Nebenbuhler ein fast heldenmütiges Mitleid gezeitigt, und davon legte ich im folgenden eine vielleicht törichte, aber doch großherzige Probe ab.

Der Venchieredo hingegen trug all den Prunk des Glückes zur Schau; an Mienen und Gebärden, Kleidung und Sprache erkannte man den jungen Mann, der wunschlos zufrieden ist und an nichts zu denken braucht als an seine eigene, großmächtige Freude. Seine Wangen wurden rosig, die Augen lebhaft, das Wort leicht und farbig, die Gestalt beweglich. Er sah alles schön, gut und voll Zauber; ein jeder feierte ihn, denn das Schauspiel eines großen Glückes tröstet die Menschen, weil es sie glauben macht, auch ihnen selbst könne es eines Tages zuteil werden. Pisana war völlig für ihn da; sie zitterte und senkte die Augen unter seinen Blicken, sie lächelte beim Ton seiner Stimme, sie folgte jeder seiner Bewegungen. Wie sie als Kind zu Lucilio gewesen, so war sie als Mädchen zu Raimondo; die gleiche Verwirrung, das gleiche, nicht von Scham noch Furcht gezügelte Ungestüm, und ein sinnlicher Zauber, den die volle Pracht ihrer achtzehn Jahre tausendfach gesteigert hatte. Ich konnte nicht anders als sie lieben, aber ich haßte sie um die offenbare Marter, die sie dem armen Giulio bereitete, und verachtete sie um die Götzendienerei, die sie vor dem Venchieredo, diesem leichtsinnigen, sittenlosen Tunichtgut, aufführte. Ich hätte sie mit Schimpfreden überhäufen, mit Füßen treten mögen; und doch war ich stolz, daß ich sie noch liebte und trotzdem einem andern überlassen würde, um diesem das Leben zu retten. Sie indes ging auf diesem Wege blind weiter. Blind, das allein kann sie entschuldigen; ich glaube, sie sah und merkte nichts sonst. Immer überschritten ihre Leidenschaften so sehr das gewöhnliche Maß, daß sie ihr die Sicht auf alles, was außerhalb lag, versperrten. Der Anblick von Giulio konnte erschüttern; in seinem erschöpften Körper verteidigte sich eine gepeinigte Seele bis zum Tode gegen die lächelnde Überlegenheit von Raimondo. Das Feuer der Augen, die Lebhaftigkeit, die einst aus seinen Mienen leuchtete, war erloschen und damit alle Schönheit, denn er besaß nur die seines Temperaments. Sogar seine köstliche Blässe wurde entstellt von den Flecken, womit das von der Galle verdorbene Blut häßlich die Haut übersprenkelte. Er sah aus, als litte er an dem lombardischen Aussatz, und das erfüllte ihn so mit Scham, daß sein Blick jeden Mut, seine Rede jede Sicherheit einbüßte. Die Willenskraft, mit der er sich für Augenblicke aufrichtete, fiel kurz darauf zusammen und machte einer viel schlimmeren Niedergeschlagenheit Platz; sein von Krankheit und Leidenschaft zerfressener Geist gehorchte ihm immer weniger. Und Pisana in ihrer jungen, überschäumenden Kraft raubte ihm gedankenlos jeden Lebensmut; sie hatte für ihn weder Auge noch Ohr. Er verlor sein Herzblut Tropfen um Tropfen und durfte sich nicht einmal schmeicheln, sein Unglück werde sie in ihrem glücklichen Lächeln auch nur einen Augenblick stören.

An jenem langen Abend häufte sich mir im Herzen ein solches Mitleid für den armen Giulio, daß ich den Grafen irgendwie beredete, ich müsse in Portogruaro bleiben, und ihn und Pisana, die sich über ein so sonderbares Betragen nicht wenig wunderte, allein heimfahren ließ. Vielleicht vermutete sie Eifersucht, denn sie schenkte mir einen Blick, der Trost oder Dankbarkeit enthalten konnte; doch ich wandte mich voll Grauen ab, überließ es dem Venchieredo, dem davonrollenden Wagen nachzustarren, faßte Del Ponte beim Arm und zog ihn vom Hause Frumier weg. Er folgte mir ungern, keuchte wie ein Schiffbrüchiger, der die letzte Planke loslassen soll, und drehte den Kopf beharrlich dahin, wo der glückliche Nebenbuhler mit zufriedenem Gesicht stand.

Ich rüttelte ihn kräftig. »Giulio, komm zu dir! Du hast mich noch gar nicht richtig begrüßt!«

Er sah mich betroffen an. Dann, wir waren in eine dunkle, entlegene Gasse gelangt, warf er mir ohne ein Wort, ohne eine Träne die Arme um den Hals. Wie anders hatten wir einander damals verlassen! Er, siegreich und glücklich, nahm mich Unglücklichen, Erniedrigten damals gar nicht wahr; er hatte mir mit der Hand gönnerhaft aus Mitleid ein Lebewohl zugewinkt; ich hätte jene Hand, die mir den Reichtum meiner Seele raubte, nicht nehmen noch drücken mögen. Wie waren wir verwandelt, nun uns das Schicksal wieder zusammenführte!

»Giulio, was tust du!« Ich hob seine Stirn von meiner Schulter. »Du willst wohl krank werden? Es wird dir gelingen, wenn du so grausam mit dir umgehst.«

»Ich will krank werden?« Diese schwache Stimme zerriß mir

das Herz. »Nein, Carlo, ich will gesund werden, ich will lieben! Die Sonne des Lebens muß diesen abgestorbenen Leib wieder lebendig machen, sie muß ein Wunder wirken. Die Leidenschaft geht nicht im schweren, abgezirkelten Trott der Krankheit; sie zerfrißt und baut auf, sie tötet und erweckt zum Leben. Sie ist Gift und Balsam zugleich. Das habe ich hundertmal gesehen, hundertmal erfahren und will es nochmal erfahren.«

Er sprach wie im Fieber, ein Wort verschlang das andere; ein Strahl des alten Glanzes schimmerte vor ihm auf, und er jagte ihm verzweifelt nach. Aber die Kraft reichte nicht, und sein keuchender Atem kämpfte in diesem Aufruhr von Hoffnungen und Täuschungen, wie ein auf den Tod verwundeter Krieger im Fieberwahn weiter um den Siegeslorbeer kämpft.

Mir verursachte diese Erregung mehr Schrecken als Mitleid. »Beruhige dich doch, Giulio«, sagte ich, »du siehst ja, du hast mehr Leben, als dir zuträglich ist; gerade die übermäßige Kraft mußt du bändigen. Ich kenne dein Leiden, ich kenne auch das Heilmittel. Ich weiß, du liebst verzweifelt, du liebst, wie man nur eine Frau liebt, die uns entgegengekommen ist. Wenn aber eine solche Liebe zur Qual geworden ist, so mußt du die Quelle dieser Qual in dir selber sehen: diese Liebe war eine Täuschung, ein schwerer Fehler von dir selbst. Ermanne dich! Das Leben ist lang, es bietet dir eine andere Liebe, wenn du so schwach bist, daß du sie brauchst!«

»Ich verstehe«, erwiderte er bitter, »ich verstehe gut, mein Freund, weshalb du mir diesen Rat gibst. Meinst du, nur du kenntest mich und ich kennte dich nicht? Ich habe dich eine Weile aus den Augen verloren, doch ich weiß noch recht gut, daß auch du Pisana geliebt hast. Ich hätte wohl einem Knaben weichen sollen? Jetzt freilich bist du groß und kräftig, du willst deine Vorzüge ins Feld führen, und da wäre dir ein Nebenbuhler lieber als zwei. Du kommst und sagst barmherzig: Ich rate dir, ziehe dich zurück. Du wirst mir dafür Dank wissen. Siehst du meine Schultern? Sie sind kräftig genug, deine Bahre zu tragen. Nicht wahr, das meintest du doch?«

»Nein, das meinte ich nicht!« rief ich entsetzt über das Mißtrauen, das den armen Kranken quälte. »Du weißt genau, Giulio, daß ich einer solchen Hinterlist nicht fähig bin; auch würde ich mich nie so tief erniedrigen, einen Nebenbuhler zu bitten, daß er sich zurückzieht. Also du wußtest es? Ja, ich habe Pisana von Kind an geliebt; ich will dir nichts verbergen: ich liebe sie noch, und gerade darum ist es mir ein Schmerz, daß sie gegen dich so grausam ist.«

»Grausam! Also doch?« Er packte krampfhaft meine Hand. »Grausam wie jemand, der nicht denkt noch sieht.«

»Und du? Du willst mich glauben machen, du fändest es schrecklich, wenn deine Geliebte gegen einen andern grausam ist? Lügner! Feigling! Ha, ich bin noch milde, wenn ich annehme, du seiest ein Lügner.«

Ich schloß ihm mit meiner Hand den Mund. »Schweig, Giulio. Das verstehst du nicht. Ich entsetze mich, nicht daß meine Geliebte, sondern daß die Frau, die ich mehr liebe als mein Leben, gedankenlos eine Menschenseele wie die deine zu Tode quält; ich wünschte, ich könnte sie von dieser Anklage freisprechen. Denn siehst du, Giulio – ich rede ganz offen zu dir –, ich weiß und fühle, daß ich Pisana in alle Ewigkeit lieben muß, und es muß mich tief bekümmern, wenn die Frau, die ich liebe, nicht nur eitel und gedankenlos, eine Sirene ist, sondern eine Furie und Mörderin!«

»So liebe sie doch, liebe sie!« Seine Stimme war von Tränen erstickt. »Ich bin ja doch ein Schatten. Geh nur, geh! Willst du etwas Gemeines, Dreckiges, Verächtliches lieben, ein Ding ohne Seele, Herz und Geist, so suche diese Puppe, die verblendet ist vom Stolz und blöde vom Rausch der Sinne! Das geborene Weib in ihrer Grausamkeit, Dummheit, Geilheit, ohne Mitleid – das doch sonst allen Weibern eine Ausrede ist, ihr allein aber verweigert –, ein gräßliches Wunder der Natur! Ihr seid zusammen in der Verderbnis aufgewachsen, ihr könnt euch ohne Scheu auf eure Weise lieben, wie sich die Kröten im Sumpf lieben und die Würmer im Aas.«

Giulio hatte die Stimme erhoben und redete wie von Sinnen; seine Zähne knirschten, als wollten sie die Worte des Fluches und der Verachtung noch schärfer schleifen. Aber mein Herz war gegen solche Pfeile gefeit, ich ließ ihn toben, bis er müde wurde. Dann machte ich einen letzten Versuch, und der Himmel weiß, wie rein meine Absicht war.

»Höre, Giulio, du hast über Pisana den Stab gebrochen. Wenn sie nun ist, wie du sie kennst, kann dein Stolz nicht zulassen, daß du sie liebst.«

»Und du? Du liebst sie doch auch?« rief er heftig.

»Ich liebe sie, aber ich bin ihr nahe, seit sie geboren ist, und diese Liebe ist kein Gefühl, sondern ein Teil meiner Seele; sie hat in mir früher gelebt als Vernunft und Stolz.«

»Und in mir?« Er weinte fast. »Meinst du, seit zwei Jahren hätte diese Liebe in mir nicht so tief Wurzel schlagen können, wie seit fünfzehn in dir? Meinst du, es wäre für mich eine Kurzweil? Siehst du nicht, daß ich sterbe, nur weil sie mir genommen ist? Stolz sagst du, Stolz? Ja, ich bin stolz, ich ertrage es nicht, daß einem andern gehört, was ich besaß, und daß ich nichts tun kann, gar nichts, um es wiederzugewinnen. Oh, wüßtest du, mit wieviel Schmerzen, Tränen, Erbärmlichkeiten ich jetzt nur einen vergänglichen Schimmer meiner Schönheit erkaufen würde, nur ein Aufflackern der Kraft, nur einen Tag des alten kecken Lebens! Wüßtest du, wie viele Stunden ich vor dem Spiegel stehe und in wütender Ohnmacht mein verfallenes Gesicht betrachte, die erloschenen Augen, diese gelbe, faltige Haut! Mir schaudert vor mir selbst; wäre ich eine Dirne, ich würde dem Unseligen, der mir gliche, nicht einen Kuß geben. Ein Gespenst, das vor dir auftaucht, erschreckt die Menschen nicht mehr, als ich sie schrecke. Die Seele zieht sich aus mir zurück wie Wasser aus einem eingetrockneten Flußlauf; was übrigbleibt, verdorrt und stirbt. Erinnerungen und Wünsche, das ist das, was mir bleibt; eine trostlose Gesellschaft stummer, wütender Gedanken, die nicht einmal imstande sind, Mitleid zu erregen.«

Endlich schwieg er; ich blickte mit Schauder in die tiefe Verzweiflung dieser Seele, und selbst das Mitleid wurde starr und wie gelähmt. Er war mehr ein Märtyrer des Stolzes als der Liebe. Doch irgend etwas ließ meinem Herzen keine Ruhe, daß ich jedes Opfer bringen wollte, ihn zu retten. Ich liebte wohl Pisana so innig, daß ich glaubte, ich habe teil an ihrer Schuld und an der Pflicht, sie auszugleichen; vielleicht auch drängte sich mir an diesem andern auf, wohin ich selbst hätte gelangen können, und die Furcht trieb mich an, barmherzig zu sein. Jetzt fiel mir ein, daß sich Del Ponte bisweilen der spöttischen Ungläubigkeit von Lucilio und manches andern im Kreis um den Senator widersetzt hatte; so schien es nützlich, auch dieses Mittel zu versuchen.

»Giulio, du bist doch Christ«, begann ich nach einem kurzen Schweigen. »So kannst du Trost suchen in Gott und dich bescheiden.«

»Natürlich bin ich Christ, und ich bescheide mich und beweise es genug dadurch, daß ich mich nicht umbringe.«

»Nein, das ist nicht genug; man muß auch die andern christlichen Tugenden üben außer der einen, man muß barmherzig sein mit andern und mit sich selbst.«

»Ich bin es nur zu sehr. Ich habe sie noch nicht geohrfeigt, ich habe diesen glatten, liederlichen Baron, der mich mit seiner Frechheit erdrückt, nicht in Stücke zerrissen. Ist das wenig?«

»Sieh dich vor, Giulio, die Leidenschaft macht dich parteiisch gegen dich und ungerecht gegen die andern. Pisana trägt Schuld, aber der Venchieredo, so sehr er auch ...«

»Schweig mir von dem! Um Himmels willen, schweige, sonst vergesse ich am Ende einmal das fünfte Gebot!«

»Gut, dann spreche ich von mir; an diesem Beispiel siehst du schon, daß dich die Leidenschaft blind macht. Du hättest doch froh sein können, daß ich versuche, dir zu helfen, und statt dessen hast du mich beschimpft.«

»Ich habe dich beschimpft, weil mir dein Betragen heute abend wirklich noch immer sonderbar erscheint; aber jetzt will ich dir glauben. Ich danke dir für deine gute Absicht. Bist du nun zufrieden?«

»Ich wäre weit mehr zufrieden, wenn du mir folgen und weniger unglücklich leben würdest.«

»O nein, ich werde mir selber folgen und sterben. Ich bin Christ, ich glaube ans Paradies, und damit genug. Ich zweifle zwar, daß mir vor dem Tode meine Sünden vergeben werden... o ja, ich zweifle sehr daran. Aber die Krankheit wird lange währen, sie wird mich schon klein kriegen, und eines Tages bekehrt mich, wenn sonst nichts, doch meine Schwäche. Gott möge mir gut hindurchhelfen!«

»Um Himmels willen, Giulio, quäle dich nicht mit so düsteren Gedanken!«

»Du siehst doch, ich bin jetzt ruhig, ich fühle mich besser, ich bin fast gesund. Du hast sehr gut daran getan, mich an Gott zu erinnern. Heute nacht schlafe ich ganz sicher, ein Glück, das ich seit zwei Monaten nicht mehr genossen habe. Ich freue mich, daß ich es dir verdanke. Bin ich noch immer ungerecht? Nicht wahr, Carlo, du hast mir vergeben?«

Ich umarmte ihn herzlich. Die letzten, immer noch ein wenig mit Bitterkeit durchtränkten Worte rührten mich tiefer als die Rasereien vorher. Sein Herz schlug hastig an dem meinen, als habe dieser Wanderer Eile, ans Ziel zu kommen; ich küßte sein eingefallenes Gesicht. Er ging ins Haus, ich hörte ihn auf der Treppe mehrmals husten und wandte mich langsam ab, unzufrieden wie ein Mensch, der getan hat, was er irgend vermochte, doch leider umsonst.

Für den Rest der Nacht wälzte ich die sonderbarsten Pläne und unwahrscheinlichsten Hoffnungen im Kopfe, und vor Morgengrauen machte ich mich auf den Weg nach Fratta. Dort vergrub ich mich viele Stunden in der Kanzlei und brachte mit Hilfe des alten Duckmäusers Fulgenzio Ordnung in die Amtsgeschäfte; dann begrüßte ich den Grafen und Hochwürden. Den einen fand ich noch verweichlichter und feister als früher, den andern zusammengerollt wie ein altes, über der Kohlenpfanne angesengtes Pergament. Aber ich konnte es nicht erwarten, mit Pisana zu sprechen, und endlich war ich frei und eilte, sie zu suchen. Sie kam gerade aus dem Zimmer der alten Gräfin und wollte im Garten Luft schöpfen. Faustina und Frau Veronica waren bei ihr; die beiden verständigten sich mit einem Grinsen, uns allein zu lassen, und drückten sich an uns vorbei in die Küche. Mich ekelte, und ich blickte Pisana lange voll Mitleid an.

»Endlich sieht man dich«, begann sie zuerst.

»Wieso endlich? Ich denke, wir haben uns schon gestern abend gesehen und begrüßt.«

»Nun ja, aber wir waren nicht allein, und immer diese Leute, weißt du – sie stören mich.«

»Gewiß waren wir nicht allein, es waren viele Leute da, unter andern Raimondo Venchieredo und Giulio Del Ponte.«

Damit wollte ich nur das Gespräch einleiten, das ich mit ihr zu führen gedachte, doch sie witterte ein Körnchen Eifersucht und schien davon entzückt.

»Giulio Del Ponte und Raimondo Venchieredo lassen mich einer so kalt wie der andere, schließlich sind sie Leute wie andere auch, und ich habe keine Lust mehr, mit meinen Gefühlen ein öffentliches Schauspiel zu geben.«

»Das wäre eine Wohltat, Pisana; aber du handelst nicht danach. Gestern zum Beispiel schien mir, du habest deine Gefühle für den Herrn Raimondo ziemlich klar ausgedrückt, und Giulio habe das wunderbar verstanden.«

»Laß mich in Frieden mit deinem Giulio! Ich habe schon zu viel für ihn gelitten.«

»Wie? Du hättest für ihn gelitten?«

»Natürlich! Ich mochte ihn ganz gut leiden, und das ist ihm so zu Kopfe gestiegen, daß er sich, glaube ich, eingebildet hat, er wolle mich heiraten. Aber du weißt ja, wie meine Familie über die Heiraterei denkt. Die dumme Geschichte von Clara und Lucilio hätte sich wiederholt; ich mußte gescheit sein auch für ihn, mußte deutlich reden, und ihn rasch zur Vernunft bringen. So habe ich mich gegen Raimondo weniger spröde gezeigt. Da spielte Giulio plötzlich den Leidenden, den Eifersüchtigen, und trotz alledem, ich bekenne es dir, tat er mir auch leid. Aber was sollte ich tun? Ihn weiter hinhalten? Nein, dann war es schon besser, das Übel mit der Wurzel auszurotten; also brach ich mit ihm, und fertig. Da machte mit einemmal Raimondo Ernst, und der hätte mir, offen gesagt, als Ehemann behagt. Während nun alle davon wisperten, er würde nächstens um mich anhalten, tritt dieser Del Ponte vor mich hin, rollt mit den Augen und brüllt, wenn ich Raimondo nähme, würde er sich umbringen. Vielleicht habe ich ihm zu leicht geglaubt, aber du weißt ja, ich bin gutherzig und denke nicht allzuviel nach; das ist mein Fehler. Jedenfalls versprach ich ihm, um ihn zu trösten und zu beruhigen, und mehr noch, um ihn los zu werden, ich würde Raimondo nicht heiraten. So ist es gekommen, daß ich ihn abwies, obwohl er mir, ich schwöre es dir, gefiel, und die Absage für mich ein großes Opfer war. Das ist Freundschaft, meine ich. Was konnte ich mehr tun?«

»Zum Teufel! Davon hat mir Giulio nichts gesagt.«

»Wie, du hast mit ihm gesprochen?«

»Freilich, gestern abend; er tat mir leid, er machte ein so trostloses Gesicht, weil du ihn abscheulich behandelt hast.«

»Ich hätte ihn abscheulich behandelt?«

»Und ob! Du hast ihm nie auch nur einen Blick geschenkt.«

»Oho, dafür könnte er mir eher dankbar sein! Hätte ich ihn weiter gut behandelt, wäre die Verzweiflung später gekommen; besser, wir trennen uns in Freundschaft jetzt, wo das Übel zu heilen ist.«

»Oh, es ist nicht so leicht zu heilen, wie du glaubst. Seine Gesundheit läßt von Tag zu Tage nach, und die Leidenschaft wird ihn verzehren.«

»Was also rätst du mir?«

»Je nun ... da ist schwer zu raten; aber mir scheint, da du

versprochen hast, den Venchieredo nicht zu heiraten, solltest du ganz mit ihm brechen.«

»Um mich mit Giulio wieder zu versöhnen?« warf Pisana einigermaßen boshaft ein.

Die Antwort fiel mir nicht leicht. Ich überwand mich und sagte: »Auch das, falls du ihn wirklich leiden magst. In jedem Fall würde er sich, wenn du Raimondo aufgäbest, weniger grämen und womöglich auch ohne das Heilmittel deiner Liebe genesen.«

Pisana richtete sich auf, strich das Haar an der Schläfe zurecht und lächelte schlau. Natürlich argwöhnte sie, ich wolle mit dem allen nur die beiden Nebenbuhler wegräumen, um das Feld allein zu haben.

»Man könnte es versuchen«, meinte sie, »vorausgesetzt, daß du mir hilfst.«

»Ich wüßte nicht, wie ich dir helfen sollte. Gestern abend hast du den Venchieredo auch ohne mich in deiner üblichen Art umschmeichelt, und du hast gar nicht sonderlich zu bemerken geruht, daß ich aus Padua zurückgekehrt war und mich, als ich in den Saal trat, nur so obenhin gegrüßt.«

»Sieh einer an! Und wenn ich mich nun hätte für deine Kälte rächen wollen?«

»Das machst du mir nicht weis. Wofür hast du dich an den andern Abenden gerächt? Meinst du, ich wüßte nicht, wie lange du schon für Raimondo abgekühlt bist?«

»Aber wenn ich dir sage, das geschah alles, um Giulio auf andere Gedanken zu bringen! Sollte ich so tapfer sein, Raimondo abzuweisen, wenn er mir im Ernst gefiele?«

»Siehst du, jetzt kommt die Wahrheit ans Licht! Eben noch hast du es als großes Opfer gerühmt, daß du ihn abgewiesen hast!«

Pisana betrachtete mich erstaunt, verwirrt und wütend zugleich. Es war das erstemal, daß ich mich von ihren Schmeicheleien nicht an der Nase herumführen ließ; und gerade das bestärkte sie in ihrer Hartnäckigkeit, denn sie war nicht die Frau, die sich zurückzog, ohne zuvor den Widerstand gebrochen zu haben.

Mag nun meine Anwesenheit und Strafpredigt oder ihre Gutmütigkeit schuld daran sein, genug, Pisana kühlte Raimondo gegenüber plötzlich ab und beschenkte den armen Giulio mit jenen Blicken, die um so süßer sind, je länger sie entbehrt wurden. Im Grunde widmete sie ihm jedoch nicht mehr Aufmerksamkeit als jedem andern in der Gesellschaft, und ihr eigentlicher Eifer richtete sich allmählich wieder auf mich. Ich wurde von diesem neuen Glück unruhig und verwirrt. Wenn sie mich in Fratta mit ihren Augen, ihrer Schönheit bezauberte, mich mit ihren seltenen, wunderlichen Reden, die einmal erhaben einherstolzierten, ein andermal von Liebestollheit strotzten, entflammte, vergaß ich alles, nahm die alte Knechtschaft wieder auf mich und gehörte nur ihr. Doch in Portogruaro erhob sich vor mir wie ein Schreckbild das leichenblasse, höhnische Gesicht von Giulio; mein Gewissen quälte mich; mir schien, als könne er mich mit Recht Verräter nennen, und als habe Pisana besser als ich die meinem Herzen innewohnende Erbärmlichkeit gespürt, als sie geargwöhnt hatte, ich habe sie nicht für Giulio, sondern für mich selbst dem Venchieredo abspenstig machen wollen. Doch oft machte der unstillbare Durst nach Glück solche Vorwürfe schwinden. Wann war ich je mit Giulio befreundet gewesen? Hatte nicht vielmehr er die Fehde begonnen, als er mir die glühend ersehnte Liebe von Pisana raubte? Welcher unglücklich Liebende nützt nicht eine Rache, die sich ihm bietet? Gewiß, ich hatte die besten Absichten gehabt, Giulio zu helfen. Waren nun aber diese Absichten in der Hand der Glücksgöttin zu Begünstigungen für mich geworden – trug dann ich daran Schuld, oder mußte ich nicht vielmehr mein Glück beim Schopfe packen? Mit solchen trügerischen Schlüssen war jedoch das Gewissen nicht zu beruhigen. Es ist schon wahr, antwortete es mir, es gibt keinen Grund dafür, daß du Giulio Freund sein mußt: aber, wie vieles geschieht scheinbar ohne Grund! Achtung, Verwandtschaft der

Anlagen, Mitleid, wirkliche Zuneigung schaffen Freundschaft. Jedenfalls hat dich, kaum warst du aus Venedig gekommen, die Qual von Giulio dazu vermocht, ihm die Liebe eines Freundes zu zeigen; das genügt, daß du auch nur den Zweifel, daß dein Anerbieten von damals nicht ehrlich gewesen wäre, von ihm fernhalten mußt. Du wolltest, daß Pisana den Venchieredo für die Rettung von Giulio opfern sollte; so bringe nun du dich zum Opfer, oder ich erkläre dich für einen Feigling.

So rang ich mich dazu durch, von Pisana abzulassen, und setzte diesen Entschluß allmählich mit großer Umsicht und Mühe in eine schmerzhafte Wirklichkeit um; sie hingegen folgte mir weiter mit der Demut eines verjagten Hündchens. Doch ich erstickte meine Seufzer, verbarg meine Wünsche, schluckte die Tränen hinunter und suchte fern von ihr die Einsamkeit und Unschuld des Schmerzes. Endlich, mochte sie nun meiner Absicht bewußt zustimmen oder in ihrem Stolze verletzt sein, hörte sie auf, mir nachzustellen, und nun war die Reihe an mir, über ihre Kälte, die ich mit so viel Kunst und Beharrlichkeit heraufbeschworen hatte, Kummer zu empfinden. Der junge Venchieredo, der fast eifersüchtig auf mich gewesen, erheiterte sich zusehends, als er mich nicht mehr im Hause Frumier sah und mich vernachlässigt wußte. Aber seine Freude kam zu früh; er sollte die Früchte eines neuen Sieges nicht pflükken. Pisana achtete im Augenblick weder auf ihn noch irgendwen, oder wenn sie doch jemandem einige Gunst schenkte, so war es eher Giulio Del Ponte. Er nahm die Zeichen der Gewogenheit entgegen, wie der Kelch einer Blume, die Wochen schrecklicher Dürre erlitten hat, durstig einen Tropfen Tau in sich saugt. Er lebte völlig auf, und der Glaube, daß er die neue Liebe weder meinem Opfer noch der Großmut von Pisana, sondern seiner eigenen Standhaftigkeit verdankte, trug zu der plötzlichen Lebenskraft nicht wenig bei. Das hatte ich zugleich gefürchtet und erhofft. Der Sturm, der in einer Seele entsteht, wenn Mitleid, Eifersucht, Liebe und Stolz aneinander geraten, ist nicht so leicht zu stillen; stellt euch vor, ihr wäret an meiner Stelle, und ihr werdet begreifen, welche widerstrebenden Mächte mich hin und her rissen.

Raimondo, in seiner Hoffnung getäuscht und mit schönen Worten abgespeist, verzweifelte indes nicht im geringsten daran, daß er einen so jämmerlichen Feind wie Del Ponte doch noch überwinden werde; er rannte also wieder Sturm mit Geschenken. Pisana besaß mehr Hoffart als Zartgefühl und nahm die Gaben unbedenklich an, fast ohne zu fragen, wer sie ihr schicke – vorläufige Zufriedenheit für Raimondo, und neuer Ärger für mich.

Doch trotz allem hielt die stille Genugtuung über ein gutes Werk mein Herz in einer traurig-eintönigen Ruhe, die nicht ohne jedes Wohlgefühl war. Auch versuchte ich nach Möglichkeit, eine der von Martino geerbten Regeln im Leben zu erproben, nämlich die Freuden, die mir von Höherstehenden gekommen, zu vergessen und sie bei den Einfachen und Bescheidenen zu suchen. Hierzu gaben mir die Kanzleigeschäfte ständig Gelegenheit. Ich bin eitel genug zu glauben, daß die Rechtsprechung in der Vogtei von Fratta seit Römerzeiten nicht mit so viel Redlichkeit und Eifer betrieben worden ist wie während meiner Sekretärstätigkeit. Ein Fünkchen Herz, etwas Fleiß und Überlegung, ein halbwegs gesunder Menschenverstand, diese Eigenschaften ließen mich Urteile fällen, daß es für die Unterschrift des Grafen eine Ehre war, am Fuß der Seite zu erscheinen. Alle Welt hob die Geduld, Güte, Gerechtigkeit des Herrn Vizesekretärs in den Himmel; zumal die Geduld, denn sie ist bei einem Richter auf dem Lande ebenso selten wie notwendig. Er muß bei seinen Ausführungen immer daran denken, daß die Leute hier unwissend sind wie Kinder, und darum alles langsam und genau auseinandersetzen gleich einem Lehrer, der seinen Schülern die allerersten Anfangsgründe beibringt, und nicht mit der summarischen Beredsamkeit eines Universitätsprofessors. Da ich nun von Kind an unter diesen unwissenden Leuten gelebt hatte, kostete mich solche Duldsamkeit keine

Mühe, ja sie verstand sich von selbst, denn ohne sie auszukommen war ganz unmöglich. Mein Beispiel wirkte auch auf die Männer, die in der Gemeinde in Kleinigkeiten Recht sprachen; man hörte nicht mehr so viele Klagen, daß einer zugunsten eines andern benachteiligt oder dieser um jenes willen gemaßregelt wurde. Der alte Andreini war kurz vor dem Kanzleisekretär gestorben, und sein Sohn, der ihm nachfolgte, half mir mit großem Eifer, die Rechtshändel in meinem Sinne durchzuführen. Der Kaplan war zufrieden, nicht minder der Spaccafumo, der sich seines reichlich verjährten Rittes mit mir rühmte, und am allermeisten der alte Pfarrer von Teglio, dem der Ruhm des ehemaligen Lateinschülers, der in jedem Satze vier grammatikalische Schnitzer gemacht hatte, aus dem Gesicht strahlte. Sogar Marchetto kam bei meiner Verwaltung auf seine Kosten; die Beine waren ihm von den langen Ritten als Gerichtsbote allmählich müde geworden, und ich ersparte sie ihm, weil ich die Streitigkeiten schlichtete. Nur die Ränkeschmiede und mein Gehilfe Fulgenzio brummten, denn anderer Leute Händel waren ihr Leibgericht; besonders letzterem sah ich genau auf die Finger, damit er sich den alten Brauch, sich seine Mühen doppelt, vom Richter wie von den Parteien, bezahlen zu lassen, endlich abgewöhne. Giulio Del Ponte mahnte zur Vorsicht, weil der bucklige Fulgenzio mit seiner Kriecherei bei vielen hochmögenden Herren wohlgelitten war, und ich erinnerte mich des Prozesses gegen den alten Venchieredo noch sehr wohl; doch meine Pflicht ging mir über alles, und ich hätte den erlauchten Herren Inquisitoren den Kopf gewaschen, hätte ich sie ertappt, daß sie die Ehre meines Amtes antasteten, um wieviel mehr einem ihrer schmierigen Spione!

Übrigens wünschte mich noch jemand aus tiefster Seele zum Teufel, ohne es mir offen zu zeigen – das war der Verwalter. Ich hatte kraft meiner neuen Würde eine ganze Reihe altgewohnter Unterschleife und Betrügereien von ihm aufgedeckt und sie ihm nachgesehen, doch wußte er, daß ich das in Zukunft nicht tun würde, und so ertrug er meine Wachsamkeit in ziemlich schlechter Laune. Der Graf jedoch war äußerst glücklich, daß er das Gehalt des Kanzleisekretärs einsparen konnte, und von meinen Prüfungen oder einem regelrechten Amte für mich war hinfort nicht die Rede; diese vorläufige Lösung war ihm äußerst willkommen. Und ich fühlte mich mit dem allseitigen Ruhme meiner Unparteilichkeit, Sorgfalt und der Milde, womit ich Steuern erhob, recht zufrieden. Der Apothekerssohn Donato und der Müller Sandro, die alten Nebenbuhler, waren mir Gefährten und Freunde geworden und brachten mich mit ihren Lobreden immer mehr in die Gunst der Leute. Kurz, ich erprobte damals die Wahrheit jener Regel, daß sich in eifriger Pflichterfüllung das Geheimnis verbirgt, wie ein Mensch seinen Schmerz vergessen und sein Leben erträglich gestalten kann.

Der schönste Lohn für mein Opfer war die Gesundheit von Giulio Del Ponte, die mit jedem Tage kräftiger zu werden schien. Ich betrachtete dieses Wunder als mein Werk, und ich hoffe, einiger geheime Stolz darauf wird mir verziehen. Raimondo war es reichlich müde geworden, daß Pisana die Kleider trug, die er ihr schenkte, und sie mit seinen Busennadeln schloß, ohne im geringsten zu den zärtlichen Gefühlen früherer Tage zurückzukehren, und hatte sich behutsam davongemacht. Er nutzte die immer heftiger werdenden Streitigkeiten im Hause Provedoni und das nunmehr fast ohnmächtige Alter des Doktor Natalino und überredete Leopardo, ganz nach Venchieredo zu ziehen und dem Schwiegervater beizustehen. Der törichte Mann, der sich von Doretta immer mehr einwickeln ließ, ging darauf ein, und so sagten alle, der Herr Raimondo habe Glück, er wohne mit der Buhle unter dem gleichen Dache. Nur der Ehemann blieb guten Glaubens; er war verliebt in seine Frau und, mehr noch, ihr knechtisch ergeben.

So hatten sich die Dinge für alle gut oder schlecht gefügt; aber das kleine Fratta war nicht die Welt, und draußen nahmen Lärm und Unruhe, Kriegsdrohungen und Revolutionen ständig zu. Die Neuigkeiten aus Venedig wurden ängstlich erwartet, ausgelegt, verstümmelt, vergrößert und waren Gegenstand stürmischer Wortwechsel am Herde der Burg. Der Hauptmann wies nach, so sicher, wie zweimal zwei vier sei, so sicher seien alle Ängste übertrieben, und der Befehl der Signorie, man solle von besonderen Maßnahmen absehen, sei weise, denn die Franzosen würden, auch wenn sie mit dem günstigsten Winde segelten, drei Jahre brauchen, um die Alpen zu überschreiten, und vier, um vom Bormida zum Mincio zu gelangen. Er zählte die Verteidigungslinien auf, die Streitkräfte der Feinde, die Anführer, die Festungen; kurz, nach ihm würde dieser Krieg entweder jetzt jenseits der Berge enden, oder diesseits Kindern und Enkeln als Erbe zufallen. Giulio Del Ponte und mancher aus Portogruaro waren anderer Ansicht; ihrer Meinung nach waren die Vorteile der Verbündeten weit davon entfernt, die Republik Venedig vor den Ausschreitungen der Franzosen vollständig zu schützen, und diese konnten in zwei, drei Monaten sehr wohl in die Staaten des venezianischen Festlandes und ins Friaul selbst eingedrungen sein. Den Grafen und Hochwürden schauderte bei solcher Aussicht, und mir erwuchs nach derartigen Gesprächen die Aufgabe, die verhängnisvolle Wirkung so maßloser und verfrühter Ängste auszugleichen.

So glitt man denn mit vorsichtigem Ruderschlag in den Lenz des Jahres 1795. Die Republik Venedig hatte schon die neue demokratische Regierung in Frankreich feierlich anerkannt, ihr Stellvertreter Alvise Querini hatte mit dem Direktorium geplaudert, und um die neue Freundschaft zu bestätigen, hatte man sogar den Grafen von Provence aus Verona ausgewiesen. Der Hauptmann sagte: »Sie tun sehr gut daran. Die Sache braucht Geduld; man soll mit der Hand nicht sogleich nach dem Beutel und nach dem Degen fahren. Seht Ihr wohl, die Leidenschaften da unten werden schon kälter. Die Leute, die Priester, Mönche und Adel umbrachten, haben selbst auf dem Schafott geendet; der Höhepunkt ist sozusagen überschritten, und die Republik hat sich aus der Sache gezogen, ohne das Leben eines einzigen Menschen der Gefahr auszusetzen.« Darauf erwiderte Giulio: »Sie tun sehr übel daran; die Feinde werden uns den Fuß auf den Nacken setzen. Jetzt schweigt man, um bald darauf um so lauter zu schreien. Jetzt, wo keine Gefahr ist, meinen wir an die Gefahr gewöhnt zu sein; kommt die Gefahr wirklich, findet sie uns schwach und unvorbereitet. Der Himmel helfe uns gut darüber hinweg! Aber sollte es uns besser gehen, spielen wir nicht die beste Figur.«

Ich näherte mich der Ansicht von Giulio, um so mehr, als mir Lucilio aus Venedig geschrieben hatte, er hege Zuversicht, und nie sei das Schicksal meines Freundes einer günstigen Entwicklung näher gewesen. Sein, des armen Doktors Schicksal hingegen mußte in jenen Tagen einen schweren Schlag erleiden. Clara wurde endgültig in das Kloster der Heiligen Teresa verbannt, und in Fratta hörten wir von dieser Neuigkeit, als die Gräfin schrieb, man solle ihr das Geld für die Mitgift schicken. Sie schrieb, sie habe sich unterdessen mit einem Wucherer eingelassen, aber er wolle in diesen unsicheren Zeiten nichts von zu langer Zahlungsfrist wissen. Der Graf seufzte ausgiebig; doch brachte er das verlangte Geld noch einmal zusammen und schickte es seiner Frau. Ich wurde leider gewahr, daß die Familie dem Ruin entgegenging, und mußte mich damit begnügen, hie und da einen Tropfen aufzufangen, während ich nicht hindern konnte, daß das Faß von anderer Seite nach allen Regeln der Kunst angezapft wurde. Mit dem Grafen wagte ich nicht zu sprechen. Mit Hochwürden wäre es unnütz, mit dem Verwalter unklug gewesen, und Pisana, der ich bisweilen einen Wink gab, zuckte die Achsel und sagte, der Mama könne man nichts vorschreiben, so sei es im Hause immer hergegangen, und sie mache sich schon nichts mehr daraus; so oder so würde man weiterleben. Es schien, als habe sich die kleine Schelmin ihre wunderlichen Launen weitgehend abgewöhnt. Sie äußerte über meine Zurückhaltung weder Zorn noch Zufriedenheit und behandelte mich mit ziemlichem Vertrauen, und Giulio zeigte sie stets ein freundliches Gesicht, obgleich man ihr wohl anmerkte, daß sie nicht in der üblichen

Tollheit ihrer Verliebtheiten steckte. Den größten Teil des Tages verbrachte sie im Zimmer der alten Gräfin, gerade als habe sie die Pflicht übernommen, sie die Abwesenheit von Clara vergessen zu machen; doch die Arme war ganz schwachsinnig geworden und nicht mehr imstande, ihr für ihre Opfer erkenntlich zu sein. Sie wurden dadurch nur verdienstlicher.

Als die Neuigkeit, daß Clara ins Kloster eintrat, in der Umgegend bekannt wurde, erschien plötzlich auf der Burg der Partistagno, der sich nach dem tragikomischen Ausgang seiner feierlichen Werbung hier nicht mehr hatte blicken lassen. Er schrie und tobte beträchtlich und schwatzte dummes Zeug, erschreckte den Grafen und Hochwürden nicht wenig, und als er abzog, erklärte er, er gehe nach Venedig, um sein Recht zu suchen und ein edles Mädchen aus der unbegreiflichen Tyrannei ihrer Familie zu befreien. Denn die Zeit, die inzwischen verflossen war, hatte ihn von dem unwiderstehlichen Wert seiner Verdienste immer mehr überzeugt, und wider alle Vernunft, die ihm das Gegenteil versichern mußte, glaubte er steif und fest, Clara liebe ihn, und ihre Verwandten wollten sie ihm nur aus irgendeinem geheimnisvollen Grunde, den er schon noch enträtseln würde, nicht gönnen. Wirklich hörte man kurz danach, daß er Lugugnana verlassen und sich in Venedig eingerichtet habe. Aber als dann weiter keine Nachricht kam, beruhigte man sich schließlich in der Annahme, daß sein großer Zorn nur eben in haltlosem Gerede noch einmal aufgeflackert war.

Zu jener Zeit geschah leider, was ich schon eine Weile hatte kommen sehen. Mit der Gesundheit des Herrn Grafen ging es von Tag zu Tage mehr bergab; dann wurde er ernstlich krank, und ehe man die Gräfin von der Gefahr in Kenntnis setzen konnte, verschied er, ohne das Bewußtsein wiederzuerlangen, in den Armen von Pisana und Hochwürden Orlando. Der Doktor Sperandio hatte ihm an die tausend Unzen Blut abgeschröpft und sagte eine Unmenge lateinischer Worte her, um zu beweisen, daß dieser Tod dem Gesetz der Natur zufolge eingetreten sei. Aber wenn der selige Graf hätte einen Blick aus seinem Sarge werfen können, wäre er mit seinem Tode zufrieden gewesen, so prächtig war die Leichenfeier. Hochwürden Orlando weinte mit Maßen, und seine Stimme näselte beim Seelenamt noch ein wenig mehr als sonst bei der Messe. Pisana überließ sich in den ersten Tagen einer Verzweiflung, die ich nicht für möglich gehalten hätte; dann schien ihre Trauer ganz plötzlich vergessen. Und als die Frumier kamen, ihr mitzuteilen, daß sie nach dem Willen ihrer Mutter nach Venedig übersiedeln solle, war sie eitel Freude, die Langeweile von Fratta mit den Zerstreuungen der Hauptstadt zu vertauschen. Vierzehn Tage danach reiste sie ab; und erst beim Lebewohl hatte es den Anschein, als sei der Schmerz, sich von mir zu trennen, größer als die Freude auf das neue, glanzvoll vor ihr aufschimmernde Leben. Ich wußte ihr Dank, daß sie diesen Schmerz nicht aus Hochmut verbarg. Noch einmal spürte ich, ihr Herz war nicht böse; und ich beschied mich und blieb.

Meine Gegenwart in Fratta war wirklich notwendig. Nach dem Tode des Grafen entstand ein fürchterliches Durcheinander. Wucherer, Gläubiger, Menschen mit Eigentumsansprüchen machten sich allerorten breit. Die Güter wurden versteigert, die Feldfrüchte beschlagnahmt, die Pachtgrundstücke verpfändet; es war die reine Ausplünderung. Der Verwalter verbrannte die Bücher und machte sich aus dem Staube; ich armer Teufel mußte ohne den geringsten Beistand das verwirrte Garn allein abhaspeln. Obendrein fehlte mir jede Weisung, was ich tun sollte, und aus Venedig forderte man immer und begierig Geld. Die Frumier halfen mir wenig; ich glaube, dort hetzte der Pater Pendola gegen mich, denn sie schauten mich damals ziemlich scheel an. So beschloß ich, mit Taten zu erwidern, ich schuftete, schwitzte und machte mir, immer im Gedanken daran, Pisana zu dienen und denen, die mich gut oder schlecht erzogen hatten, zu nützen, mit allem unendliche Mühe. Als der junge Graf Rinaldo kam, um die Zügel in die Hand zu nehmen, waren die achttausend Dukaten für die Mitgift der

Komtessen gesichert, die Gläubiger bezahlt oder beschwichtigt, die Einkünfte nicht mehr verpfändet, und die Ländereien, hie und da um einen Streifen geschmälert, bildeten weiter ein schönes Erbe. Schäden gab es freilich noch genug, doch konnten sie allmählich geheilt werden. Trotzdem glaubte ich wie andere auch, ein junger Herr von vierundzwanzig Jahren, der gerade aus dem Internat kam (und die Gräfin hätte ihn ohne den Tod ihres Mannes sicher noch bis dreißig darin gelassen), wäre zu solchem Werke just nicht die geeignetste Persönlichkeit. Aber ich konnte nichts tun, als den jungen Grafen im Auge behalten und ihm raten, wenn er einen Rat brauchte. Im übrigen zog ich mich in die Kanzlei zurück, bestand bald darauf meine Prüfungen und wurde kurz danach auch formell Kanzleisekretär. Giulio Del Ponte hatte der Qual der Trennung nicht mehr standhalten können und war Pisana nach Venedig gefolgt. Ich blieb mutterseelenallein und tröstete mich mit dem Guten, das ich gewirkt hatte, wollte weiter Gutes wirken, soviel ich vermochte, von Erinnerungen leben, Besseres von der Zukunft hoffen und bisweilen in den Weisheiten von Martino lesen. Dieses Leben war, wenn nicht glücklich, so doch ruhig, nutzbringend und ausgefüllt. Ich hatte gelernt, mir tapfer an solchem Dasein genügen zu lassen.

ZEHNTES KAPITEL

Carlino, der Geheime Kanzleisekretär, oder das Goldene Zeitalter. – Wie man zu Beginn des Jahres 1796 auf der Burg Fratta über den General Bonaparte urteilte. – Die demokratische Republik in Portogruaro und auf der Burg Fratta. – Mein denkwürdiges Gespräch mit dem großen Befreier. – Endlich erfahre ich gewiß, daß mein Vater weder tot noch Türke ist. – Die Gräfin selbst lädt mich ein, zu ihm nach Venedig zu kommen.

Graf Rinaldo war ein fleißiger, in sich versponnener junger Mensch, der sich herzlich wenig um seine Angelegenheiten kümmerte und noch weniger daran dachte, sich zu ergötzen, wie es seinem Alter entsprach. Er blieb immer lange in seinem Zimmer eingeschlossen, und gar mit mir pflegte er fast nie zu sprechen. Zwar hatte ich mit dem Hauptmann und Frau Veronica die Ehre, an seinem Tische zu speisen, doch der junge Herr aß wenig und redete noch weniger. Wenn er das Eßzimmer betrat, und wenn er es verließ, grüßte er den Onkel Hochwürden, und damit war seine Tätigkeit hier zu Ende. Im übrigen betrug er sich artig, freundlich und nötigenfalls einer Lage durchaus angemessen, ich hatte mich in nichts über ihn zu beklagen und suchte den Grund für seine Unzugänglichkeit entweder in einer Krankheit oder in der Ängstlichkeit, die von einem organischen Leiden herrührt; er sah auch ziemlich elend aus, etwa als leide er an der Leber. Meine Tage glitten einer nach dem andern ruhig und gleichmäßig dahin wie die Perlen in einem Rosenkranz. Nach Portogruaro zu den Frumier ging ich aus Furcht vor dem Pater Pendola selten, zumal seit man im Kirchensprengel über seine verhüllte Anmaßung murrte und Kurie, Ordenskapitel und der Bischof selbst schmerzlich empfanden, daß sie fein sachte an der Nase herumgeführt worden waren. Den werten Pater hatten ob solchem Lauf der Dinge gewaltige Krämpfe befallen, und einem so betrüblichen

Schauspiel mochte ich nicht beiwohnen. Lieber wanderte ich öfter nach Cordovado ins Haus Provedoni, wo ich mit den Jungen große Freundschaft geschlossen hatte; und Bradamante und Aquilina belebten das Gespräch mit jener weiblich zauberhaften Anmut, die uns männliche Wesen noch einmal so lebhaft, gewandt und fröhlich macht. Mir wenigstens ist es immer so ergangen; wenn nicht gerade über einen bestimmten Gegenstand gesprochen wurde, habe ich ein richtig lebhaftes Gespräch mit Männern nie führen können. Auch mit Freunden schwieg ich eher, falls ich nichts Neues oder Wichtiges zu sagen hatte, so daß ich sicher oft einen recht törichten Eindruck gemacht habe. Aber wenn eine Frau in unserm Kreis erschienen wäre, dann hätten sich die Rosenpforten der Phantasie, die geheimen Türen der Gefühle allsogleich geöffnet, und Gedanken, die in Bildern aufblühten, wären dieser Frau zutraulich heiter entgegengeeilt, als empfingen sie eine nahe Freundin.

Manchmal trieb es mich bis nach Venchieredo, um Leopardo zu besuchen, der unter der Herrschsucht und Leichtfertigkeit seiner Frau immer dümmer wurde. Bisweilen kam er auch am Sonntag zu den abendlichen Zusammenkünften an der Quelle, wo ihm damals Glück und Liebe zum erstenmal gelächelt hatten. Ach, und jetzt schritt er gesenkten Hauptes am Arm von Doretta; alle kicherten hinter ihm her, wie sie es eh und je mit betrogenen Ehemännern treiben. Wenigstens war er noch so glücklich, nichts zu merken, so sehr hielt die Giftviper Doretta selbst seinen Verstand in Knechtschaft. Auch Raimondo kam bisweilen an die Quelle. Wenn er mit Doretta sprach oder scherzte, tat er es ohne jede Zurückhaltung und in einer Art, daß einem fast übel wurde; achtete er dann einmal statt auf sie auf andere frische Bäuerinnen oder hübsche junge Dorfmädchen, dann trug die freche Person keine Scheu, ihm, immer mit dem Ehemann im Schlepptau, nachzulaufen. Ja sie leistete sich solche Ausdrücke von Unhöflichkeit, Verdruß und Eifersucht, daß die lustigen Käuze der Gesellschaft daran auf Kosten des guten Leopardo einen Heidenspaß hatten.

Wenn andere Angehörige des Hauses Provedoni zufällig zugegen waren, so stahlen sie sich fort, so sehr packte sie die Scham, und selbst ich mußte weggehen aus Ekel über den Anblick einer so würdelos zur Schau getragenen Vertraulichkeit. Leider gereicht uns ja das Schauspiel des Unglücks anderer Menschen irgendwie zum Trost in dem unsern; so oft das Auge um sich schaut – jederzeit erblickt es andere Unglückliche, die schlimmer als wir bedrückt und getroffen sind. Das Mitleid wegen des Bösen, das ich sah, wappnete mich mit Geduld gegen das, was ich selber litt. Pisana hatte versprochen, mir von Zeit zu Zeit zu schreiben; ich hatte sie reden lassen und wußte schon damals, wie wenig ich auf ihr Wort bauen konnte. Wirklich gingen etliche Monate ins Land, ohne daß ich von ihr hörte, und erst am Ende des Sommers kam ein seltsamer, widerspruchsvoller, mit Tintenklecksen gezierter Brief, in dem mich die Heftigkeit des Gefühls und die Zartheit, womit es ausgedrückt war, mit der langen Vernachlässigung ein wenig hätte aussöhnen können. Aber ich traute Pisana nicht, ich kannte diesen Vulkan und wußte, wenn die ungestüm zärtliche Reue in ihrem Gemüt verraucht war, konnte für wer weiß wie lange die frühere Ruhe eintreten. Ach, die Verse von Dante, die mir das Herz vergifteten, so oft ich an sie dachte, waren wie für sie geschrieben:

> Gar rasch erlischt in einer Frau die Glut
> Der Liebe, wenn nicht Auge und Gefühl
> Du oft ihr neu entzündest.

Diesen kleinen Band Dante hatte ich aus dem großen Büchermeer gefischt, aus dem Clara Jahre zuvor ihre bescheidene Bibliothek zusammengestellt hatte. Das von Würmern angenagte Büchelchen voll rätselhafter Verse und Bilder von Verdammten und Teufeleien war ihr sicher nicht verlockend erschienen. Ich jedoch hatte es in Portogruaro und in Padua mehr oder weniger fehlerhaft zitieren hören und meinte einen großen Schatz zu finden. Ich begann mir den Geist daran zu schärfen. Das erstemal kam ich bis zum Gesang von Francesca, die Mühe war sehr viel größer gewesen als das Vergnügen, doch hier fing ich an, mich zu erwärmen; ich blieb wie angenagelt sitzen, las ihn zu Ende, las ihn noch einmal und freute mich, als ich verstand, was mich anfangs unverständlich gedünkt hatte. Schließlich wurde mir Dante eine Art häusliches Orakel, ich schwor auf ihn, und die oben zitierten Verse wurden mir Glaubensartikel. Damals, müßt ihr wissen, begeisterte man sich noch nicht für das Trecento; Monti hatte die *Basvilliana* noch nicht geschrieben, und die *Visioni* von Varano waren noch nicht die Wonne der Gelehrten. Nun, ich junger Mensch, der ich weder Philologe noch Gelehrter war, rechnete mir diese selbsterschaffene Dante-Religion hoch an, und am meisten darum, weil ich mehr als die Verse und das Gedicht, den Sinn und das Herz von Dante liebte. Seine große Leidenschaft blieb meinem Geist ein nie versiegender Quell der Erbauung.

Der wunderliche Brief von Pisana liegt nun hier bei ihren andern in der geheimsten Schublade meines Schreibtisches. Er plauderte weiter von Clara, die im Kloster noch immer Novize war, und auch ein wenig von Lucilio, der in Venedig mit seiner glühenden Begeisterung für die Franzosen viel von sich reden machte. Wenn sie den Krieg verlören, sagte sie Lucilio ein böses Ende voraus.

Aber wie hätten sie den Krieg verlieren sollen! Die Zahl ihrer Feinde hatte sich verringert, nur Österreich und Piemont standen noch gegen sie im Feld, und so kämpften sie mit mehr Mut und Hoffnung denn zuvor. Doch geschah bis zum Winter weiter nichts Neues, und wer etwas wußte, schwieg; der Schnee gebot den üblichen Waffenstillstand, und der Mann, der den Krieg zu jeder Jahreszeit erfinden sollte, hatte noch nicht über die Alpen gelugt. Jener Winter auf der Burg Fratta war der längste und geruhsamste in meinem Leben. Die Amtsgeschäfte sorgten für Arbeit, und waren die Gedanken einmal frei, so flogen sie voll Sehnsucht zu Pisana. Ich litt unter der Trennung, doch der Trost, daß ich meine Pflicht tat, linderte meinen

Gram einigermaßen. Giulio Del Ponte schrieb mir einige Male sonderbar und geheimnisvoll, wahre Briefe eines Verliebten, woraus ich sehr wohl verstand, daß er nicht ganz glücklich war, ja, daß das halbe Glück des letzten Jahres in Venedig noch schmäler geworden, mochte nun die wunderliche Liebe von Pisana Schuld daran sein oder seine eigene, wachsende Sehnsucht. Das berührte mich merkwürdig; wer weiß ob ich, wäre auch ich in Venedig gewesen, dort ein größeres Glück genossen hätte als in Fratta. Denn wie hätte die Zufriedenheit eines – wenn auch werten und befreundeten – Nebenbuhlers mir im Grunde wirklich behagen können?

In unserer Einsamkeit hatte sich nichts geändert. Der junge Graf saß in seinem Zimmer vergraben; die Gräfin forderte mit jedem Boten Geld, und die alte Großmutter war bettlägerig und der Obhut von Frau Veronica und Faustina anvertraut. Um den Herd hockten nur noch der Hauptmann und Hochwürden Orlando, die Abend für Abend stritten, wer das Feuer in Gang bringen solle. Jeder wollte den Schürhaken schwingen, jeder auf seine Weise mit ihm schalten, und der Eifer endete damit, daß sie dem alten Marocco den Schwanz ansengten, der sich daraufhin mißvergnügt hinter den Melkkübel verkroch. Aus den alten Zeitungen, die zu uns herfanden, sah der Hauptmann mit Zufriedenheit, daß diese verdammten Franzosen zwischen Apennin und Alpen festsaßen. Jetzt gab er ihnen nicht mehr vier, sondern sechs und acht Jahre Frist, bis sie zu uns vorrückten. Inzwischen, pflegte er zu sagen, kann man auf dem Mincio die ganze venezianische Flotte auffahren lassen, und dann wollen wir einmal sehen, wie das Spiel weitergeht.

Marchetto, Fulgenzio und die Köchin bildeten die einzigen Zuhörer und hatten gewiß nicht den Ehrgeiz, diese schönen Luftschlösser wegzupusten, und war der Kaplan zugegen, so regte er mit seiner Unkenntnis und Leichtgläubigkeit den Hauptmann an, immer kühnere aufzutürmen. Ich schüttelte wohl den Kopf und dachte mir mein Teil. Dann kam freilich eines Tages die Nachricht, das französische Alpenheer sei von einem jungen, ganz frischgebackenen General befehligt, einem gewissen Napoleon Bonaparte.

»Napoleon! Was ist denn das für ein Name?« rief der Kaplan. »Sicher ist der Mann ein Ketzer.«

Der Hauptmann meinte: »Es wird ein Name sein, wie sie seit kurzem in Paris Mode sind. Er klingt wie die Namen im Hause des Herrn Antonio Provedoni, zum Beispiel Bruto, Alcibiade, Milziade, Cimone; verdammt blöde Namen, die hoffentlich alle, die so heißen, zur Hölle fahren lassen!«

»Bonaparte . . . Bonaparte . . .« murmelte Hochwürden Orlando. »Das klingt fast wie einer unserer italienischen Zunamen.«

»Ah was, Faxen, nichts als Faxen!« Der Hauptmann war nun einmal gegen Bonaparte. »So haben sie ihn wohl nur genannt, um uns zu besänftigen; oder diese großen Generäle schämen sich, eine so traurige Figur zu machen, und haben einen falschen Namen angenommen, einen, den keiner kennt, damit die böse Nachrede an ihm hängen bleibt. So ist es ganz gewiß! Eine Ausrede, weil sie sich schämen! Napoleon Bonaparte . . . wenn man das schon hört, merkt man wie künstlich es klingt. Jaja, nichts ist schwieriger als sich Namen ausdenken, die natürlich klingen. Hätten sie etwa gesagt: Giorgio Sandracca, oder Giacomo Andreini, oder Carlo Altoviti – alles leichte, gewohnte Namen. Aber nein, da sind sie auf diesen Napoleon Bonaparte verfallen, wo man schon von weitem riecht, es steckt Betrug dahinter!«

Also entschied man auf der Burg Fratta, der General Bonaparte sei ein Wesen, das nur in der Einbildung bestehe, ein Deckname für irgendeinen alten Hauptmann, der in Kriegen, die am Sieg verzweifeln ließen, seinem Ruf keine Unehre machen wollte; ein leerer Name, den sich das Direktorium ausgedacht hätte, um den italienischen Ohren zu schmeicheln.

Aber zwei Monate danach hielt dieses Wesen, das nur in der Einbildung bestand, nach vier siegreichen Schlachten und nachdem es den König von Sardinien gezwungen hatte, um Frieden zu bitten, umjubelt und gefeiert in Mailand seinen Einzug. Im Juni hatte er mit der immer enger werdenden Umzingelung von Mantua das Geschick von ganz Italien schon in seiner Hand. Überall bat man um Bündnisse, begehrte man Waffenstillstand; Venedig, immer noch saumselig, als es längst hätte handeln müssen, klammerte sich zum letztenmal an seine unbewaffnete Neutralität. Der französische General machte sie sich nach seinem Vorteil zunutze. Er nahm, plünderte, brandschatzte Provinzen, Städte und Burgen. Er schlug zwei Heere unter Wurmser und Alvinzi am Gardasee, an der Brenta, an der Etsch, ein drittes unter Provera bei Mantua, und im Februar des Jahres 1797 mußte sich die Festung ergeben. In Fratta zweifelte man noch immer, aber in Venedig zitterten sie wirklich; fast hatte man in San Marco den Donner der Kanonen gehört, und es war nicht mehr Zeit zu schwatzen. Doch hofften und glaubten sie noch, sie würden so, wie sie gelebt hatten – wie es gerade kam, so aus dem Zufall, nach dem berühmten Ausspruch des Dogen Renier – auch heil davonkommen.

Die Gräfin war inmitten solcher Verwirrung natürlich nicht ruhig; aber eine Flucht aufs Festland, während alle aufbrachen, um sich in Venedig zu verbergen, dünkte sie nicht ratsam. Die Frumier waren, zum großen Leidwesen der kleinen Gesellschaft von Portogruaro, schon dahin zurückgekehrt. So schrieb denn die Gräfin ihrem Sohn, er tue gut, wenn auch er sich zu ihr begebe, denn ein Mann in der Familie bedeute eine große Sicherheit, und weiter empfahl sie ihm, für alle Fälle so viel Geld wie möglich mitzubringen. Graf Rinaldo langte in Venedig an, gerade als der Krieg mit Napoleon an den Grenzen von Friaul losbrach und den Hauptmann Sandracca überzeugte, daß der junge Korsengeneral weder ein Wesen war, das nur in der Einbildung bestand, noch ein vom Direktorium erfundener romanhafter Name. Der Hauptmann fürchtete den wirklichen, gegenwärtigen General von Frankreich um so mehr, als er ihn zuvor, da er fern und gleichsam unwirklich lebte, verhöhnt hatte. Plötzlich verbreitet sich die Kunde, Erzherzog Karl stehe mit einem neuen Heer unten am Tagliamento, die Franzosen wären auf ihn losgestürzt und hätten ein Blutbad angerichtet, bald folgte Plünderung und allgemeines Elend. Da verließen die Menschen ihre Häuser; die Burgen wurden verrammelt, damit sie vor versprengten und fahnenflüchtigen Soldaten geschützt wären; die Kirchenschätze wurden vergraben; die Priester verkleideten sich als Bauern oder flohen in die Lagunen. Schon meldeten, beklagten, übertrieben sie aus Brescia, Verona und Bergamo Grausamkeiten, Schändung und Gewalttat jeder Art; Haß und Schreck ergriffen die Gemüter, doch machte der Schreck den Haß feige. Alles flüchtete haltlos, schamlos, ohne Vorsorge für sich oder die Familie. Der Hauptmann und Frau Veronica entwischten, glaube ich, nach Lugugnana, wo sie sich bei einem Fischer auf einer winzigen Insel in der Lagune versteckten. Hochwürden ging nicht weiter als bis Portogruaro, denn das Fasten erschreckte ihn noch mehr als Bonaparte. Fulgenzio und seine Sprößlinge waren verschwunden; der kranke Marchetto wurde ins Hospital geschafft. Ich hatte vollauf zu tun, Faustina festzuhalten, damit sie mich nicht mit der alten Gräfin allein ließ; außer ihr blieben mir nur der Gärtner und der Burgverwalter, die, weil sie nichts zu verlieren hatten, nicht solche Eile an den Tag legten, sich in Sicherheit zu bringen.

Aber so konnte es nicht bleiben, um so mehr, als die Gauner ringsum, vom allgemeinen Schrecken geschützt, übermütig wurden und schon an abseits gelegenen und schlecht befestigten Stellen zu Räubereien übergingen. Anderseits konnte ich mich weder auf den Gärtner, noch auf den Verwalter und noch weniger auf Faustina verlassen; und so beschloß ich, ehe die Gefahr nahe rückte, nach Portogruaro zu reiten und Hilfe zu holen. Ich hoffte, der Unterhauptmann würde mir ein Dutzend jener Soldaten mitgeben, die täglich in Venedig eintrafen, und Hochwürden Orlando mir eine Frau verschaffen, die seine alte Mutter pflegen konnte. So sattelte ich denn das Pferd von Marchetto, das im Marstall seit einer Woche müßig stand, und fort ging es im Galopp nach Portogruaro.

Damals, meine Lieben, konnten die Nachrichten weder Eisenbahn noch Telegraphen benutzen, um schnell von einem Ende der Welt ans andere zu reisen; nach Fratta nun kamen sie gar auf dem Esel des Müllers oder im Sack des Gerichtsboten. Darum ist es nicht verwunderlich, daß ich drei Meilen von der Burg entfernt große Neuigkeiten vorfand. In Portogruaro wimmelte alles durcheinander. Müßiggänger schrien und lärmten, Haufen von Bauern stießen wilde Drohungen aus, Priester suchten zu besänftigen, Häscher ergriffen die Flucht, und inmitten des Getümmels erhob sich an Stelle der Fahne von San Marco der berühmte Freiheitsbaum, der erste, der mir vor Augen kam; er machte mir in diesem Augenblick und an diesem Platze keinen großen Eindruck. Doch ich war jung, war in Padua gewesen, war den Künsten des Paters Pendola entronnen, liebte die Staatsinquisition durchaus nicht, und dies Gebrüll aus voller Kehle, das den Leuten offenbar behagte, dünkte mich auf einen Schlag ein wunderschöner Fortschritt. Die gewöhnlichen Faulpelze waren ja zu Athenern und Spartanern geworden! Ich hielt in der Menge Ausschau nach manchem, der im Kreise des Senators die Gesetzgebungen von Lykurg und Drako zum Himmel zu heben pflegte. Ich fand nicht einen. Alle die Schreihälse waren neue Leute, niemand wußte woher sie kamen; einen Tag vorher hätte man ihnen das Recht zu eigenem Urteil abgesprochen, und jetzt schwenkten sie die Mützen und hüpften um einen hölzernen Pfahl und machten ein neues Gesetz. So entsprang, nicht dem Haupte des Zeus eine bewaffnete Athene, sondern den Köpfen der Menge eine neue, weniger bewaffnete als überhebliche Macht; Schreck und Unzulänglichkeit derer, die sie stürzte, war ihre Kraft. Es war der Triumph des Unbekannten Gottes, das Bacchusfest der Freigelassenen, die sich plötzlich als Menschen fühlten. Ob sie solche hätten werden können, bleibe dahingestellt; aber ihre Annahme, daß sie es sein könnten und müßten, war schon etwas. Jedenfalls brüllte auch ich von der Höhe meiner Schindmähre, was die Lunge hergab, und man mußte mich wohl für einen

Rädelsführer halten, denn sogleich umgab mich ein Haufen hemdärmeliger Verrückter, die mitbrüllten und mich wie in Prozession begleiteten. So viel vermag in gewissen Augenblicken ein Pferd.

Ich gestehe, dieses Lüftchen von Volksgunst wehte mir sinnverwirrend um die Nase, und ich fand es höchst ergötzlich, von einer solchen Menge Menschen, die mich so wenig kannten wie ich sie, gefolgt und gefeiert zu sein. Gewiß trug ein gut Teil Schuld daran mein Pferd und ein wenig auch mein schöner dunkelblauer Rock; die Leute, was man auch sagen mag, sind toll auf prächtige Livreen, und allen diesen zerlumpten Kerlen mit den nackten Armen kam es vor, als hätten sie den feingekleideten, obendrein berittenen Rädelsführer plötzlich in der Lotterie gewonnen. Unter dem streitsüchtigen Bauernvolk, das den Freiheitsbaum von der Seite ansah und geneigt schien, die, die ihn aufgepflanzt hatten, übel zu empfangen, waren etliche aus der Vogtei von Fratta, die meine Unparteilichkeit und Liebe zur Gerechtigkeit kannten. Die glaubten natürlich, ich könne den Handel am allerbesten schlichten, und begannen zu schreien:

»Ha, unser Kanzleisekretär! Der Herr Carlino! Hoch unser Sekretär! Hoch der Herr Carlino!« – Der Masse der wirklichen Aufwiegler, die sich mit so verdächtigem und nahezu feindlichem seßhaftem Volk nicht zu gleicher Begeisterung verbrüdern mochten, gefiel, wenn nicht der Sekretär, so wenigstens der Herr Carlino, und mit einem Male brüllten alle zusammen: »Hoch der Herr Carlino! Platz für den Herrn Carlino! Gebt acht, jetzt spricht der Herr Carlino!«

Nun, für diese Huldigungen danken und mein Pferd im Schritt weiterführen konnte ich allenfalls; aber sprechen? O weh, ich hätte nicht gewußt, was! Ein Glück, daß mich das Getöse dessen enthob. Doch da war dieser Unglücksmensch, der zuerst »Pst« gerufen hatte, und er gebot aufs Neue Schweigen und beschwor die Leute, sie sollten stehen bleiben und mich anhören; mein schöner Rock und die stolze Höhe meines

Kleppers versprach ihnen wohl etwas gar zu Herrliches. Wirklich, die ersten bleiben stehen, die nächsten können nicht weiter, die letzten fragen: »Was ist los?« – »Der Herr Carlino will sprechen.« – »Pst! Ruhe!« – »Hört den Herrn Carlino!« Und schon drängte sich eine aufgeregte Menge schweigend um mein Pferd und dürstete nach meinen Worten. Ich spürte den Geist von Demosthenes auf meiner Zunge ... ich öffnete die Lippen ... »Pst! still! Er spricht!« Der Anfang war nicht gerade glücklich; ich schloß die Lippen und hatte nichts gesagt.

»Habt ihr gehört?« – »Was hat er gesagt?« – »Ruhe, hat er gesagt!« – »Pst, Ruhe!« – »Hoch der Herr Carlino!«

Von so gütiger Nachsicht ermutigt, öffnete ich noch einmal den Mund, und diesmal sprach ich wirklich.

»Bürger!« (das war das Lieblingswort von Amilcare) »Bürger, was ist euer Wille?«

Diese Frage war wahrhaft erhaben; ich pustete mit einem Atemzuge den Dogen weg, den Senat, den Großen Rat, den Bürgermeister und die Inquisition; ich sprang mit einem Satze an den Platz der göttlichen Vorsehung, ein Stüfchen höher als alle menschliche Macht. Von jenem höchsten Gipfel aus erkannte ich nicht mehr deutlich die Burg Fratta mit ihrer Kanzlei – ich wurde eine Art Diktator, ein Washington zu Pferde unter einem Gewühl von Fußvolk ohne Hirn.

»Was wir wollen?« – »Was hat er gesagt?« – »Er hat gefragt, was wir wollen.« – »Wir wollen die Freiheit!« – »Hoch die Freiheit!« – »Brot!« – »Unsere Polenta!« brüllten die Bauern. Dieser Ruf nach Brot und Polenta brachte die Leute vom Lande und die Handwerker aus der Stadt vollends in Harmonie. Der Löwe und San Marco verloren die letzten Aussichten. »Brot! Freiheit! Polenta!« »Den Strick für die Händler! Auf mit den Kornspeichern!« – »Pst, still!« – »Hört auf den Herrn Carlino!« – »Ruhe!«

Ein Wirbelwind von Gedanken fegte mir durch den Kopf, und da sie so bereit waren, mich zu hören, wollte ich also reden um jeden Preis.

»Bürger!« begann ich mit weithin hallender Stimme, »Bürger, das Brot der Freiheit ist gesünder als alles andere Brot; jeder hat das Recht, es zu genießen. Denn was wäre der Mensch ohne Brot und Freiheit? Ja, ohne Brot und Freiheit, was wäre der Mensch?«

Diese Frage wiederholte ich eigentlich mir selbst, weil ich um eine Antwort verlegen war ... aber die Notwendigkeit trieb mich weiter; eine tiefere Stille, eine allgemeinere Aufmerksamkeit empfahlen mir, mich zu beeilen. In der Eile war ich nicht weiter wählerisch, ich suchte schnell ein Gleichnis, das durchschlüge.

»Der Mensch«, fuhr ich fort, »wäre wie ein toller Hund, wie ein Hund ohne Herrn!«

»Bravo! Bravo!« – »Vortrefflich!« – »Polenta, Polenta! Wir sind toll wie Hunde! Es lebe der Herr Carlino!« – »Gut spricht der Herr Carlino!« – »Alles weiß er, alles sieht er, der Herr Carlino!«

Der Herr Carlino hätte nicht genau erklären können, wieso ein Hund ohne Freiheit, der also doch wenigstens einen Herrn hat, einem Hunde ähnlich sei, der keinen Herrn und folglich die denkbar größte Freiheit hat; aber dies war nicht der Augenblick, sich mit Wortklaubereien abzugeben.

»Bürger«, begann ich wieder, »ihr wollt die Freiheit, folglich sollt ihr sie haben. Brot und Polenta freilich, das kann ich euch nicht geben. Hätte ich es, wollte ich euch alle von Herzen gern zu Tisch laden. Aber es gibt ja die göttliche Vorsehung; sie denkt an alles. Bauen wir auf die Vorsehung!«

Diese meine Rede wurde mit einem nicht ganz einmütigen Gemurmel aufgenommen. Dann folgte ein Sturm von Rufen, Schreien, Drohungen und Vorschlägen, die sich von dem meinen einigermaßen unterschieden.

»Zu den Speichern! Auf zu den Speichern!« – »Los, wählt einen Bürgermeister!« – »Läutet Sturm!« – »Der Herr Bischof soll sich zeigen!« – »Nein, auf zum Unterhauptmann!« – »An den Pranger mit dem Unterhauptmann!«

Es siegte der Eifer derer, die zu dem geistlichen Herrn wollten, und ich auf meinem Pferde wurde gedrängt und gestoßen bis vor den bischöflichen Palast.

»Der Herr Carlino soll sprechen! Heraus mit dem hochwürdigen Herrn!« – »Heraus mit dem Herrn Bischof!«

Also hatte meine Ansprache, ohne daß ihr ein endgültiges Ergebnis beschieden war, die Menge doch auf die Ratschlüsse der Vorsehung und an den Mann gewiesen, der sie rechtmäßig vertrat. Nun, auch im bischöflichen Palast hatte inzwischen nicht eben Ruhe und Eintracht geherrscht. Priester, Domherren und Kanzleischreiber, jeder war anderer Ansicht, und keiner wußte einen wahrhaft nützlichen Ausweg. Der Pater Pendola, der schon eine Weile auf seinem Thron wackelte, glaubte den Zeitpunkt gekommen, sich wieder fest darauf zu setzen. Entschlossen, den großen Wurf zu wagen, streckte er die Hand aus gegen seine Amtsbrüder, zum Zeichen, sie sollten ihm vertrauen, öffnete mutig die Glastür, trat auf den Balkon und beugte sich über die Brüstung. Eine Salve von Pfiffen und Schreien begrüßte seinen Auftritt; die Lippen stammelten ein paar Worte, dann, als einige Hände zur Erde fuhren, um Steine zu suchen, wurde er bleich und zog sich schleunigst zurück. Hochwürden von Sant'Andrea freute sich aufrichtig über die Schmach, die dem werten Pater widerfahren war, und mit ihm wiederholten innerlich alle die geistlichen Herren, vom ersten bis zum letzten, die Schreie und Pfiffe der Menge. Der Bischof, ein heiliger Mann, betrachtete seinen Sekretär voll Mitleid; doch hatte er schon eine Zeitlang im Sinne, ihn zu entlassen, gerade weil er selbst so heilig war, und wenn er ihm nicht hier auf den Knieen dankte für das, was er soeben vollbracht hatte, so war auch dies eine Wirkung seiner Heiligkeit. Er wandte sich mit heiterer Miene an Hochwürden von Sant'Andrea und bat ihn, er möge sich zum Vermittler der Wünsche des Volkes machen, das da unten lärmte. Also erschien schließlich über der Brüstung die würdevolle Gestalt des Domherrn; kein Pfiff, kein Schrei bei seinem Auftritt, nur ein Wispern: Pst, pst, ein zustimmendes Gemurmel, sonst nichts.

»Liebe Brüder«, hub er an, »der hochwürdige Herr Bischof läßt euch durch mich fragen, was für Wünsche euer Herz bewegen, daß ihr hier unter seinen Fenstern lärmt.«

Darauf folgte ein bestürztes Schweigen, denn niemand, und ich so wenig wie die andern, wußte, warum wir hier waren. Endlich ertönte eine Stimme: »Wir wollen den hochwürdigen Herrn Bischof sehen!« und wieder ein Sturm von Rufen. »Heraus mit dem hochwürdigen Herrn Bischof! Der hochwürdige Herr Bischof, heraus!«

Der Domherr zog sich zurück, und sogleich brandeten um den Oberhirten die Wogen der Zweifel, ob es angemessen sei oder nicht, daß er sich dem Ungestüm dieser lärmenden Rotte aussetze. Der Bischof selbst hörte nur den Mutigsten der Ratgeber, schob die Widerstrebenden mit sanfter Gewalt beiseite und trat, gefolgt von denen, die es billigten, an die Brüstung. Sein ruhig-heiteres Antlitz, die Würde seines Gewandes, die Heiligkeit, die aus dem allen leuchtete, bewegte die Menge und verwandelte ihre zügellosen Haßgefühle fast in Scham. Als sich der Lärm, den seine Gegenwart auslöste, gelegt hatte, warf er einen ruhigen, aber ernsten Blick hinab und fragte mit der Stimme väterlichen Vorwurfs:

»Liebe Kinder, was wünscht ihr von euerm geistlichen Vater?«

Ein erstauntes Schweigen, ähnlich dem nach den Worten des Domherrn, folgte dieser Frage; doch die Reue gewann die Oberhand, schon beugte mancher das Knie, andere hoben in bittender Gebärde die Hände, und plötzlich brach aus tausend Kehlen, als wäre es eine einzige, der Schrei:

»Den Segen, den Segen!«

Alle knieten nieder, ich neigte den Kopf über die zerzauste Mähne meines Schlachtrosses, und der erbetene Segen schwebte auf uns herab. Vielleicht wollte der Bischof einige Worte des Friedens hinzufügen, aber schon hatte sich die Menge abgewandt mit Rufen: »Auf zum Unterhauptmann!«, und ich und mein

Roß wurden bis vor das Stadtamt mitgeschleift. Vier Soldaten, die hier saßen, stürzten in den Hof, warfen das Tor zu und verrammelten es mit Querbalken; erst nach vielem Geschrei und langen Beratungen beschloß der Unterhauptmann, sich auf dem Balkon zu zeigen. Der Haufen hatte weder Flinten noch Pistolen, und so gewann es die werte Obrigkeit über sich, mutig hervorzukommen. Der Unterhauptmann begann mit zitternder Stimme:

»Meine Lieben, was sind das für neue Sitten? Heute ist Arbeitstag; jeder von euch hat Familie, auch ich habe Familie. Also müßte jeder seine Pflicht tun, und statt dessen ...«

Ein Hoch auf die Freiheit aus den tausend Kehlen der tausend vom Teufel Besessenen erstickte die Stimme des Redners.

»Freiheit? Mich dünkt, die habt ihr euch selbst genommen«, fuhr er mit scheinbarer Milde nach einer Weile fort. »Freut euch eurer Freiheit, meine Lieben; mit solchen Dingen habe ich nichts zu tun ...«

»Fort mit den Soldaten!« – »Den Strick für die Soldaten!« – »Hoch die Freiheit!« – »Hoch die Franzosen!«

An die Herren Franzosen dachte ich jetzt zum erstenmal in diesem Aufruhr, und mir wurde einiges klar; zugleich kam mir Fratta in den Sinn, und warum ich nach Portogruaro geritten war. Doch der Herr Unterhauptmann steckte offenbar in keiner so guten Haut, daß er die anderer Leute, geschweige denn die meine, schützen konnte. Wie gern hätte er sich von dem Balkon zurückgezogen! Es brauchte das ständige Gebrüll der Menge, ihn da oben festzuhalten.

»Aber, meine Herren«, stammelte er, »was soll es mir und euch nutzen, wenn ich hier auf dem Balkon zur Schau stehe! Ich bin nur ein Offizier, ein blindes Werkzeug des erlauchten Herrn Statthalters ... ich bin von ihm ganz abhängig ...«

»Hoho! Er ist von uns abhängig!« – »Es gibt keine Herren mehr!« – »Es lebe die Freiheit!« – »Nieder mit dem Statthalter!«

»Halt, meine Herren! Bedenken Sie, Sie sind keine verfassungsmäßige Autorität, Sie haben keine rechtmäßigen Befugnisse . . .«

»Ei, so machen wir uns eine Verfassung!« – »Wir ernennen einen Volkstribun!« – »Los, abstimmen! Wer wird unser Tribun?« – »Unterhauptmann, Sie gehorchen unserm Tribun!«

Der Unterhauptmann wehrte sich verzweifelt. »Ums Himmels willen, das ist ja Rebellion! Einen Volkstribun wählen, schön und gut, aber lassen Sie mir Zeit für einen Brief an den erlauchten Statthalter, daß er ein Wort einlege beim Durchlauchtigsten Rat . . .«

»Zum Henker mit dem Rat!« – »Wir wollen einen Tribun!« – »Halt, Unterhauptmann, nicht von der Stelle! Sie sind des Todes, wenn Sie wagen, sich zu rühren!« – »Los, abstimmen! Wer wird unser Tribun?«

Der Wirrwarr wuchs und mit ihm der Lärm, und hie und da wurden ein paar Namen gewispert; aber es gibt kein Verdienst der Abwesenden, das über die Macht der Anwesenden den Sieg davontrüge. Auch diesmal brüllte ein Bauer: »Wählen wir den Herrn Carlino!« Und alle brüllten ihm nach: »Hier ist unser Volkstribun!« – »Hoch der Herr Carlino!« – »Nieder mit dem Unterhauptmann!« – Nun war ich wahrlich nicht in so ehrgeiziger Absicht in diesen Aufruhr geraten. Doch da ich mich einmal so hoch sah, hatte ich nicht das Herz hinabzusteigen; auch bleibt zweifelhaft, ob ich es gekonnt hätte. Alle drängten sich dicht an mich heran, fast hoben sie mit den Schultern mein Pferd in die Höhe, sie umwedelten mein Gesicht mit ihren schmutzigen Rotzlappen, mit Hüten und Mützen, sie klatschten mir Beifall wie einem Schauspieler, der seine Rolle gut gespielt hat. Der Unterhauptmann betrachtete mich vom Balkon aus, wie ein großer Hund an der Kette den kleinen losgekoppelten Kläffer betrachtet; aber immer wenn er Miene machte, sich zurückzuziehen, grinsten ihm tausend Galgengesichter entgegen und drohten, das Haus in Brand zu stecken, wenn er dem neuen Volkstribun nicht gehorche.

»Also gut, meine Herren, geben Sie sich zufrieden, schicken

Sie den Herrn Tribun nach oben ... und wir erledigen die Sache untereinander.«

Die Menge lärmte, ohne zu wissen warum, schon hatten sich viele Neugierige aus dem Staube gemacht, und auch ein paar Bauern, der Komödie müde, schlugen den Weg nach Hause ein. Ich für mein Teil wußte nicht mehr, in welcher Welt ich war. Weshalb hatte man mich zum Tribun ernannt, und was sollte ich bei der Zusammenkunft reden, zu der mich der Unterhauptmann einlud? Es war ja ganz angenehm, plötzlich ein bedeutender Mann zu sein, und ich beschloß, der Hoffnung auf Ruhm alles zu opfern.

»Auf das Tor! Lassen Sie den Tribun hinein!« schrie die Menge.

»Meine Herren, ich habe Frau und Kinder, ich habe keine Lust, daß sie vor Schrecken sterben ... Ich öffne das Tor, wenn Sie weggegangen sind ... Sie sehen ein, ich habe nicht ganz unrecht ... Klare Verträge erhalten die Freundschaft!«

Die Leute hatten keine Lust wegzugehen, und ich schickte mich an, sie dazu zu überreden, teils weil ich es müde war auf dem Pferde zu sitzen, teils weil ich die Zeit nicht mehr erwarten konnte, wo ich mit einem Unterhauptmann auf gleichem Fuße verhandeln sollte. So begann ich denn:

»Bürger! Ich danke euch; ich werde euch ewig dankbar sein. Ich bin bewegt und geehrt von so vielen Zeichen der Liebe und Achtung. Trotzdem hat der Herr Unterhauptmann nicht unrecht. Man muß ihm Vertrauen zeigen, damit auch er uns vertraut ... Zerstreut euch, seid ruhig ... Erwartet mich auf dem Platz ... Inzwischen will ich eure Sache verteidigen.«

»Hoch der Tribun!« – »Bravo, bravissimo!« – »Auf den Platz!« – »Sie sollen den Speicher öffnen! Den Amtsspeicher!« – »Her mit der Kasse von der Mühlsteinsteuer!« – »Daran klebt das Blut der Armen!«

»Aber ja doch, seid ruhig, verlaßt euch auf mich! Ich sorge für Gerechtigkeit ... doch inzwischen erwartet mich in Ruhe auf dem Platz.«

»Auf den Platz! Auf den Platz!« – »Hoch der Herr Carlino! Hoch der Tribun!« – »Nieder mit San Marco!« – »Es lebe die Freiheit!«

Unter solchen Rufen wälzte sich die Menge stürmisch nach dem Platz, um ein paar Kramläden mit Brot und Grünzeug zu plündern; doch es geschah weiter kein Unheil, der Lärm war größer als der Hunger. Ein paar besonders Mißtrauische blieben da, um zu sehen, ob der Unterhauptmann sein Versprechen halte; ich stieg mit allem Behagen aus dem Sattel, übergab einem von ihnen meine Mähre und wartete, daß man mir das Tor auftäte. Wirklich gab ein Feldwebel mit aller nur möglichen Vorsicht einen Spalt frei, und ich schlüpfte hinein; dann wurden wieder Querbalken und Ketten vorgelegt, als wolle man mich gefangen halten. Das Gerassel der Schlösser und Riegel machte mich etwas argwöhnisch, aber ich besann mich, ich war ja eine wichtige Persönlichkeit, ein Volkstribun, und so schritt ich erhobenen Hauptes, den Arm in die Seite gestützt, die Treppen hinauf, gerade als trüge ich in der Tasche mein ganzes Volk, das bereit stand, mich zu schützen. Der Unterhauptmann hatte den Balkon nur zu gern verlassen; er erwartete mich in einem Saal, umgeben von einer Schar von Schreibern und Häschern, die mir durchaus nicht gefiel. Sein Gesicht war bei weitem nicht so demütig und freundlich wie noch eben vor der Menge; da war es grün vor Angst gewesen, seine Blicke waren unsicher umhergeschweift, seine Glieder hatten wie die eines Opfers gezittert. Jetzt kam er mir mit finsterem Gesicht, die Unterlippe vorgeschoben, selbstbewußt entgegen und fragte:

»Wie ist bitte Ihr Name?«

Ich war ihm im stillen dankbar, daß er mich der Mühe enthoben hatte, als erster zu fragen, denn ich hätte wirklich nicht gewußt, wie anfangen. So fühlte ich mich in meiner Eigenliebe geschmeichelt und hob den Kamm wie ein junger Hahn.

»Mein Name ist Carlo Altoviti, Edelmann von Torcello,

Kanzleisekretär von Fratta und soeben Tribun des Volkes von Portogruaro.«

»Tribun! Tribun!« brummte der Unterhauptmann. »Sie selbst sagen so; aber ich hoffe, Sie werden den Scherz einer trunkenen Menge nicht ernst nehmen, denn das wäre für Sie, mein Herr Kanzleisekretär, gefährlich.«

Alle die Häscher nickten bei den Worten ihres Meisters mit dem Kopfe. Ich geriet in Wut; fast hätte ich irgend etwas Ungeheuerliches herausgeschrieen, um ihnen deutlich zu zeigen, wie wenig mich solche Drohungen schreckten. Doch ein hohes Gefühl meiner Würde hielt mich von einem Ausbruch zurück, und ich erwiderte dem Unterhauptmann, sicher verdiene ich nicht die große Ehre, die mir zugefallen sei, aber ich habe nicht die Absicht, mich als geringer zu erweisen, als ich sei. So solle er also zusehen, welche Zugeständnisse er machen wolle, damit sich das Volk, das meinem Schutze anvertraut sei, der neu errungenen Freiheit freue.

»Zugeständnisse? Freiheit? Davon weiß ich nichts. Aus Venedig habe ich keine Befehle, und die Freiheit ist uns in der Allerdurchlauchtigsten Republik so altvertraut, daß für das Volk von Portogruaro durchaus keine Notwendigkeit besteht, sie heute zu erfinden.«

»Nur gemach mit dieser Freiheit in der Allerdurchlauchtigsten Republik«, entgegnete ich. In solchen Wortgefechten war ich von meiner Lehrzeit in Padua her geübt. »Wenn Sie unter Freiheit die Willkür der drei Staatsinquisitoren verstehen, so gebe ich Ihnen durchaus recht; sie herrschen völlig, wie es ihnen beliebt. Aber was die andern Untertanen der Allerdurchlauchtigsten Signorie anlangt, so frage ich in aller Bescheidenheit: In welchem Kalender haben Sie entdeckt, daß sich diese Untertanen als frei bezeichnen können?«

»Die Staatsinquisition ist eine seit Jahrhunderten bestens bewährte Einrichtung«, verkündete der Unterhauptmann mit einer etwas unsicheren Stimme, in der sich die alte Ehrfurcht an die heute empfehlenswerte Vorsicht anzupassen suchte.

»Die Inquisition war in den verflossenen Jahrhunderten bestens bewährt. Für die Gegenwart sind wir anderer Ansicht. Das Volk findet sie ganz abscheulich, und es macht sich das Recht, das es jetzt als höchste Gewalt innehat, zunutze und schüttelt diese Unbequemlichkeit für immer ab.«

»Herr ... Herr Carlino, nicht wahr? Ich mache Sie auf eines aufmerksam: niemand hat dem Volke von Portogruaro bisher diese höchste Gewalt gegeben, und dieses Volk hat nichts getan, sie zu erobern. Noch bin ich Offizier der Allerdurchlauchtigsten Signorie, und ich kann keineswegs erlauben ...«

»Ach gar! Was haben die Offiziere der Durchlauchtigsten nicht alles erlaubt in Verona, Brescia, Padua und überall, wo die Franzosen eingedrungen sind!«

»Strohfeuer, mein bester Herr!« rief der Unterhauptmann nicht eben klug. »Manchmal macht man scheinbar Zugeständnisse, um sie später desto gründlicher zurückzunehmen. Ich weiß aus guter Quelle, daß der Edle Herr Ottolin in den Tälern von Bergamo dreißigtausend Bewaffnete bereit hält, und die werden mir eines Tages sagen können, ob der Rückzug der Herren Franzosen ihrem Einzug entspricht.«

»O mein Herr Hauptmann, hier geht es nicht darum, was eines Tages geschieht, hier geht es darum, die dringlichen Forderungen eines freien Volkes zu hören oder nicht. Es geht darum, ihm zurückzugeben, was mit der grausamen Steuer, die auf den Mühlsteinen liegt, aus ihm herausgepreßt worden ist; mehr noch, ihm müssen auch die Getreidespeicher des Staates geöffnet werden. Sie sind ja jetzt, wo die Soldaten heimgehen können, wann es ihnen beliebt, ohnehin überflüssig.«

Ein Murren der Unzufriedenheit kam aus aller Munde; nur mein hellhöriger Gesprächspartner – draußen konnte ja ein neuer Aufruhr nahen – war gemäßigter als die andern.

»Ich bin Unterhauptmann der Truppen und der Gefängnisse«, erwiderte er. »Dieser hier«, und er wies auf einen dicken Mann mit einem Höcker, »ist der Steuereinnehmer, und der da«, ein Kerl, lang und mager wie der Hunger, »ist der Hüter der Staatsspeicher. Da wir alle unsere Ämter von der Signorie empfangen haben, können wir in Ihnen selbstverständlich keinen rechtmäßigen Vorgesetzten anerkennen und Ihrem Wunsche nicht stattgeben ohne einen Erlaß von der Signorie selbst.«

»Himmelkreuzdonnerwetter!« schrie ich. »Bin ich Volkstribun für nichts und wieder nichts?«

Die Leute waren starr über diesen Ausbruch; das reizte mich nur noch mehr, meine Sache zu vertreten, und ich fuhr nun vollends aus der Haut.

»Ich habe versprochen, meine Herren, die Interessen des Volkes zu wahren, und ich werde sie wahren. Außerdem muß ich vor Abend wieder in Fratta sein, und ich will, daß alle diese Dinge vorher geklärt sind. Haben Sie mich verstanden? Andernfalls wende ich mich an das Volk und lasse das Volk handeln.«

»Ich habe verstanden«, erwiderte der Unterhauptmann fester, als ich erwartet hätte. »Aber ohne einen Befehl der Signorie werde ich keinen andern Vorgesetzten anerkennen als den Durchlauchtigsten Statthalter. Und was das Volk betrifft, so wird es nicht unbesonnen handeln, solange wir Sie als Geisel bei uns halten.«

»Mich als Geisel? Einen Volkstribun als Geisel?«

»Sie sind nicht Volkstribun. Ich bin der Hauptmann.«

»Gut. Wir werden sehen.«

»Allerdings werden wir sehen. Aber ich rate Ihnen, übereilen Sie nichts. Wir wissen einiges von Ihnen, zum Beispiel, wie wenig ehrerbietig Sie die bewährtesten Freunde der Inquisition behandeln.«

»Aha, Sie wissen einiges. Ich kann es mir denken. Sobald ich wieder in Fratta bin, lasse ich Ihren bewährtesten Freund aufhängen, verlassen Sie sich darauf!«

»Heda! Auf Befehl der Allerdurchlauchtigsten Signorie! Diese Person ist wegen Majestätsbeleidigung verhaftet!«

Auf solche gewaltig ernsten Worte des Herrn Unterhauptmanns zogen die Häscher um mich einen Kreis, daß ich durch keine Lücke hätte entschlüpfen können; aber wozu so viel Vorsicht, wenn doch das Tor verrammelt war? Wäre ich Pompejus gewesen, so hätte ich mir jetzt feierlich den Saum der Toga übers Haupt gezogen; so kreuzte ich nur die Arme auf der Brust und gab dem feigen Haufen das hehre Schauspiel eines Volkstribunen ohne Volk und ohne Furcht. Dieses lebende Bild stand erst eine Minute, da zog Pferdegetrappel und Volksgebrüll unten in der Stadt die Aufmerksamkeit meiner Kerkermeister auf sich. Alles stürzte an die Fenster. Schon waren die Rufe genau zu unterscheiden.

»Die Franzosen! Die Franzosen! Es lebe die Freiheit!« – »Platz für die Franzosen!«

Starr, als hätten sie in das Gesicht der Medusa geblickt, blieben alle stehen, wo sie gerade standen. Ich stürzte mit einem Sprung ans Fenster. Da langte soeben vor dem Tor des Stadthauses ein Fähnlein leichter Reiter an, ihre Lanzen konnten dem Ansturm der neugierigen und begeisterten Menge kaum wehren. Die Leute waren wie toll; sie rannten vor Leidenschaft schier mit den Köpfen gegeneinander, denn die Ansichten über dieses Ereignis waren verschieden.

»Hoch die Franzosen!« – »Platz für die Herren Franzosen!«

Kein Zweifel, es waren französische Reiter, und sie schlugen mit den Lanzen an das Tor und brüllten und fluchten mit allen *peste* und *sacrebleu* ihres Wörterbuches. Ich schrie hinunter, man werde im Augenblick öffnen, und meine Worte wurden von der Menge mit zwiefach begeisterten Rufen aufgenommen.

»Bravo, der Herr Tribun!« – »Es lebe unser Herr Tribun!«

Von so viel Huld bewegt, dankte ich mit einer Verbeugung und wandte mich dann nach drinnen, um dafür zu sorgen, daß man das Tor öffne. Aber niemand hörte auf mich, alle rannten wie verrückt in den Zimmern hin und her, die einen verkrochen sich in die leeren Schränke des Archivs, andere suchten die Schlüssel der Gefängnisse, um sich unter die Gefangenen zu mischen, die Wachsoldaten waren durch die Hinterpforte ausgerissen, und ich mußte selbst hinuntergehen und die Sperrbalken vom Tor wegnehmen. Aber o weh – rette sich wer kann! Kaum hatte ich die Torflügel einen Spalt geöffnet, stürzte in die Vorhalle mit Pferd und Lanze ein verdammter Franzose, der mich beinahe aufgespießt hätte, und hinter ihm drein die andern wie vom Teufel besessen, obwohl sie sieben Stufen hinaufreiten mußten. Dann wimmelten sie alle in der Vorhalle im Trab durcheinander, als wollten sie die Treppe hinauf und weiß Gott wohin stürmen. Als der Hauptmann und seine Leibwächter unter ihren Füßen den Heidenlärm vernahmen, von dem die Mauern erbebten, befahlen sie ihre Seele der Heiligen Jungfrau mit dem Stoßgebet um Hilfe bei Erdbeben. Ich suchte dem französischen Feldwebel begreiflich zu machen, er solle vom Pferd steigen, wenn er die Treppe hinauf wolle, wie es ja wohl seine Absicht sei. Zu meiner großen Verwunderung antwortete er in gutem Italienisch, er suche den Aufseher der Getreidespeicher und den Unterhauptmann, und wenn die beiden nicht im Augenblick vor ihm erschienen, lasse er sie am Freiheitsbaum aufknüpfen. Dieses Urteil bekräftigte das Volk mit einem begeisterten Hoch auf die Freiheit; denn in die Vorhalle war jetzt die Menge eingedrungen und vollführte zwischen den Pferden der Franzosen einen Höllenlärm. Endlich sah der Feldwebel ein, daß er die Treppe nicht zu Pferd hinaufsteigen konnte, und da der Unterhauptmann keine Eile zeigte herabzukommen, sprang er aus dem Sattel und sagte, ich solle ihn zu diesen Herren Beamten begleiten. Als mich die Menge so ebenbürtig mit dem französischen Offizier die Treppe hinaufsteigen sah, erschütterte ein neues »Hoch unser Herr Tribun!« die Grundmauern des Hauses.

Nach vielem Suchen gelang es uns, den Schatzmeister von der Steuerkasse, den Aufseher der Speicher und den Unterhauptmann aus ihrer Höhle herauszutreiben; sie hatten sich wie drei Schlangen alle auf einen Haufen in einen Dachbodenwinkel verkrochen. Aber wir bekamen vollauf zu tun, sie den

Krallen des Volkes, das uns gefolgt war, zu entreißen, und nur kraft meines Ansehens und weil mir der Feldwebel mit manchem Fluche beistand, konnte ich endlich Schweigen gebieten. Nun forderte der Franzose äußerst barsch das Tagegeld in Höhe von fünftausend Dukaten, und weiter sollten die Speicher zugunsten der Freiheit und des französischen Heeres geöffnet bleiben. Auch das nahm das Volk zum Vorwande für ein Hoch auf die Freiheit. Die drei Beamten zitterten in holdem Verein wie drei Bäumchen im Hauch eines milden Windes; der Schatzmeister hatte sogar den Mut zu erwidern, daß sie keine Befehle hätten, und daß, wenn man Gewalt anwende...

»Was heißt hier Gewalt!« schrie der Franzose drohend. »Der General Bonaparte hat heute früh am Tagliamento eine Schlacht gewonnen; wir haben unser Blut vergossen zur Verteidigung der Freiheit, und ein freies Volk verweigert uns jetzt eine kleine Entschädigung? – Die fünftausend Dukaten werden binnen einer halben Stunde bezahlt, und über den Rest der Kasse, so befiehlt der General, verfügt das Volk. Außerdem sollen die Speicher, nachdem das Lager in Dignano versorgt ist, für die bedürftigsten Familien offen bleiben. Das sind die Wohltaten und Absichten der französischen Republikaner!«

»Hoch die Franzosen! Nieder mit denen von San Marco! Es lebe die Freiheit!« Mit diesen Rufen tobte die Menge durch die Säle des Stadthauses, zertrümmerte Möbel und warf Papiere und Bücherbretter aus den Fenstern. Die andern draußen brüllten immer lauter aus Wut, daß sie nicht mithalten konnten. Nun geschah etwas, was mich in Erstaunen setzte; der Schrekken des Augenblicks hatte die drei Beamten nicht befreit von der alten Furcht vor der Staatsinquisition. Es war förmlich zu sehen, wie allen dreien der gleiche Gedanke ins Hirn schoß, nur wagte der Unterhauptmann als erster, ihn auszusprechen.

»Mein Herr«, stammelte er, »mein wertgeschätzter Herr Offizier, das Volk, wie Sie sagen, ist frei. Wir . . . haben damit nichts zu tun. Wo die Speicher sind und die Kasse, ist bekannt. Hier (und er wies auf mich) . . . hier steht ja der hochwohlgeborene Herr Tribun, der gerade heute früh zum Dienst für die Gemeinde berufen worden ist, haben Sie die Freundlichkeit und wenden Sie sich an ihn. Wir ... wir legen unser Amt in die Hände ... in die Hände ...«

Er wußte nicht, in wessen Hände er sein Amt legen sollte, aber wieder enthob ihn die Stimme des Volkes der schweren Mühe dieser Erklärung.

»Es lebe die Freiheit! Hoch die Franzosen!« – »Hoch unser Herr Tribun!«

Der Franzose wandte den drei armen Teufeln den Rücken, nahm mich am Arm und führte mich die Treppe hinunter. Und während sich ein Teil der Menge damit vergnügte, den abgedankten Beamten die Kokarde anzustecken und sie zwang, dies und jenes »Hoch« auszubringen, folgte ein anderer Schwarm dem Fähnlein der Franzosen, die, meine wichtige Person in die Mitte nehmend, den Weg nach dem Schatzamt einschlugen. Auf meine Bemerkung, daß ich keine Schlüssel habe, antwortete mein Feldwebel mit einem mitleidigen Lächeln und stieß seinem Pferde heftig die Sporen in den Leib. Die Türen wurden von zwei Pionieren erbrochen, der Feldwebel durchsuchte die Kasse, schloß alles, was er fand, in sein Felleisen, erklärte, es seien nur viertausend Dukaten, und ritt weiter zu den Speichern. Auch im Schatzamte ließ er das Volk seine Wut an Möbeln und Papieren austoben. Vor den Speichern fanden wir schon eine lange Reihe von Fuhrwerken, teils Soldatenkarren, teils aus den umliegenden Meierhöfen requiriert, die von Schützen aus der Provence sicher geleitet waren. Mit ihrer Hilfe wurde Gerste, Weizen, Mehl in kürzester Frist in Säcke geschüttet und aufgeladen; dem Volke blieb der Mehlstaub, der aus den Fenstern wirbelte, und trotzdem schrie es noch immer: »Hoch die Franzosen! Nieder mit San Marco!« – »Es lebe die Freiheit!«

Als das Geleit fertig war, ließ mich der Hauptmann, der es befehligte und den Bericht des Feldwebels entgegengenommen hatte, feierlich zu sich rufen, ehrte mich aller drei Worte mit den Namen Bürger und Tribun und nannte mich wohlverdient um die Freiheit, einen Retter des Vaterlandes, einen Adoptivsohn des französischen Volkes. Darauf fuhren die Wagen in schönster Ordnung in Richtung auf San Vito davon, die Reiter verschwanden samt dem Felleisen in einer Wolke von Staub, und ich stand starr, überrascht, beschämt inmitten eines Volkes, das wenig zufrieden und noch nicht einmal satt war. Trotzdem schrieen sie noch immer: »Hoch die Franzosen! Es lebe die Freiheit!« Nur hatten sie ihren Tribun völlig vergessen, und daraus erwuchs mir ein Vorteil: ich konnte mich mit Einbruch der Dämmerung davonstehlen.

Mir fehlte es an Zeit, meine Mähre zu suchen, und auch an Mut, mich auf ihr zu neuem Triumph zu wagen; es war doch wohl klüger, wenn ich zu Fuße ging. So pilgerte ich denn auf schmalen Pfaden nach Fratta und war bekümmert, daß ich einen vollen Tag mit rechten Dummheiten verloren hatte. Noch hielten politische und philosophische Betrachtungen über die Unbeständigkeit von Menschenruhm und Volksgunst und über die wunderlichen Sitten der großen Streiter für die Freiheit meine Furcht nieder, daß inzwischen auf der Burg ein Unheil geschehen wäre. Doch die verlassenen Meierhöfe, durch die ich kam, die Spuren von Unordnung und Plünderung, die ich auf ihnen beobachtete, machten mich nachdenklich; ich ging unwillkürlich rascher, und je näher ich der Burg kam, um so mehr empfand ich Reue, daß ich so viel Zeit um die wichtigste Sorge, weswegen ich ausgezogen war, versäumt hatte. Leider war meine Furcht begründet.

In Fratta fand ich buchstäblich das, was man ›in's Teufels Küche‹ nennt. Die Häuser des Dorfes verlassen, hie und da in Haufen Trümmer von Fässern, Wagen, Hausgerät; Reste niedergebrannter Feuer, die noch rauchten; auf dem Platz die Spuren einer Siegesfeier ohnegleichen. Massen von Fleisch, das halb roh, halb gebraten war, Pfützen verschütteten Weines, umgeworfene Säcke mit Mehl, Überbleibsel von irdenem

Geschirr, von Tellern, von Bechern; und mitten darunter weidete das Vieh, das sich aus den Ställen losgerissen hatte. Die Schatten der hereinbrechenden Nacht, die der Mond gespensterhaft schärfte, machten das alles zu einem schauerlichen Spuk. Ich stürzte auf die Burg und schrie aus Leibeskräften: Giacomo! Lorenzo! Faustina! Doch meine Stimme verhallte in den menschenleeren Höfen, nur unten im Vorhofe gab mir das Wiehern eines Pferdes Antwort. Es war das Rößlein von Marchetto; das treue Tier war dem Getümmel in Portogruaro entlaufen und nach Hause zurückgekehrt, treuer und mutiger als alle die andern Tiere, die sich rühmten, Hirn und Herz zu besitzen. Mich befiel eine schreckliche Angst um die alte Gräfin, ich flog durch Höfe und Flure ohne Rücksicht, ob ich mit dem Kopf gegen Säulen rannte, denn das Mondlicht drang hier nicht herein. So konnte ich auch die Zeichen der Zerstörung nicht sehen; aber in der Luft lastete noch ihr ekelerregender Gestank. Ich stolperte über eingeschlagene Türen, über zertrümmerte Möbel, ich tastete mich mit den Händen die Treppe hinauf, im Saal verirrte ich mich fast, so wild stand alles durcheinander. Doch die Angst trieb mich weiter, ich fand zum Zimmer der alten Gräfin. Ich stürzte hinein – Dunkel, schrecklich düsteres Dunkel. Ich schrie wie rasend. Aus der Finsternis traf mein Ohr ein gräßlicher Ton, ein hohles Röcheln, das schwer und drohend im Raume stand, wie ein dumpfes Knurren der Kreatur zusammen mit dem Wimmern eines Kindes.

»Frau Gräfin! Frau Gräfin!« Mir standen die Haare zu Berge. »Ich bin es, Carlino! Um Himmels willen, geben Sie Antwort!«

Ich hörte, wie sich ein Körper mühsam hochrichtete, meine Augen durchbohrten verzweifelt die Finsternis, um doch etwas zu erkennen. Es kam mir nicht in den Sinn, mich irgendwohin zu tasten und Licht zu suchen, so fest bannte mich die fürchterliche Ungewißheit.

Da vernahm ich eine Stimme, die ich mit Mühe als die der alten Gräfin erkannte, schwach, aber klar, als hätten die

Erschütterungen der letzten Stunden diesen schon fast entrückten Geist noch einmal auf die Erde zurückgezwungen. »Höre ... Carlino ... hier ist kein Priester ... höre du meine Beichte. Ich habe nie einem Menschen mit Willen Böses getan ... habe so viel Gutes getan, wie ich irgend vermochte ... habe meine Kinder, meine Enkel, meine Verwandten geliebt ... habe meinem Nächsten wohlgetan ... habe meine Hoffnung auf Gott gesetzt ... Jetzt habe ich hundert Jahre gelebt. Hundert Jahre, Carlino! Wozu? Hundert Jahre mit Gott, und jetzt sterbe ich in der Wüste, in Schmerz und in Verzweiflung.«

Ich zitterte vor dem Geheimnis dieser Seele, die aus wohltätiger Dämmerung in die Bewußtheit zurückgestoßen wurde, nur um die Angst eines Todes in der Wüste zu schmecken.

»Frau Gräfin«, rief ich voller Bangen, »Frau Gräfin, glauben Sie nicht an Gott?«

»Ich habe bis gestern ... an Gott ... geglaubt ...« Ihre Stimme war immer mehr erloschen. Vielleicht hatte der Mund, der jene Worte gesprochen, hoffnungslos traurig gelächelt. Nichts regte sich mehr; kein Atem durchzog diesen irdischen Raum als der meine. Ich tastete mich zum Bett, ich berührte schaudernd eine schon todesstarre Hand. Einen Augenblick wähnte ich die Tote zu sehen, obwohl das Dunkel in dem Sterberaum immer dichter wurde; die giftigen Spitzen ihrer letzten Worte bohrten sich mir ins Herz, es war, als wehe ihre Seele, die noch um den Leib, den alten Gefährten, schwebte, mir den Fluch zu, den in Worte zu kleiden sie schon zu weit entfernt gewesen. Fluch diesem lockenden Leben, das, ein trügerisches Schiff, uns vergnüglich durch zaubervolle Golfe führt, um uns dann schiffbrüchig gegen einen Felsen zu schleudern! Fluch der Luft, die uns in der Jugend, in der Reife, in einem milden Alter umschmeichelt, um uns, wenn wir sterben, zu ersticken! Fluch der Familie, die uns verwöhnt, die uns froh und glücklich umgibt, und die sich dann in alle Winde zerstreut und uns in den höchsten Augenblicken, wie in der Wüste der Verzweiflung allein läßt! Fluch dem Frieden, der in die Angst mündet, dem Glauben, der am Ende Gott lästert, der Barmherzigkeit, die Undank erntet! Fluch, Fluch!

An solchen düsteren Wahngespinsten wob mein Sinn zwischen Wut und dumpfem Schrecken; jenes hundert Jahre gottgefällige, auf so entsetzliche Weise zerbrochene Leben wirbelte mir den Verstand durcheinander, und lange saß ich am Rande dieses Totenbettes, die kalte Hand der Greisin in der meinen, und hätte nicht sagen können, ob ich am Leben war oder mitgestorben. Endlich schreckte ich auf, als es im Zimmer hell wurde; der Kaplan trat herein und hinter ihm der Spaccafumo mit einer Kerze. Beide waren sehr verwundert, mich hier zu finden. In jedem andern Augenblick hätten mich die beiden Gestalten entsetzt, sie waren unordentlich, bleich, die Augen hohl, die Haut blutig; jetzt achtete ich nicht einmal darauf. Der Priester näherte sich wortlos dem Bette der alten Gräfin, hob ihre andere Hand auf und legte sie sanft wieder hin.

»Hundsfötte von Franzosen!« murmelte er. »Da ist sie nun gestorben ohne die Tröstungen der Religion. O mein Gott, mich trifft keine Schuld!«

Bei diesen Worten sah er an sich hinunter. Die Soldaten hatten ihm, weil er durchaus am Bett der Kranken hatte bleiben wollen, in ihrer Wut die Kleider übel zerfetzt, ihn hinausgezerrt, verhöhnt und geschlagen; aber er war immer um die Burg geschlichen und kehrte nun zurück, sobald sich die Plünderer entfernt hatten. Und der Spaccafumo ahnte hundert Meilen weit das Unglück des Kaplans und war immer zur Stelle, wenn er gebraucht wurde; es war gerade, als schärfe ihm Dankbarkeit und Freundschaft dieses zweite Gesicht. Ich brachte es nicht übers Herz, den Kummer des Priesters mit der Erzählung vom Sterben der alten Gräfin zu erhöhen. So schwieg ich und kniete mit den beiden zur Fürbitte für die Tote nieder; darauf legten wir dem Leichnam die Hände auf der Brust zusammen, wie es einem Christenmenschen zukam. Doch der Ausdruck, den der Tod auf diesem entstellten Antlitz zurückgelassen hatte, bildete einen schrecklichen Gegensatz zu den andächtig gefalteten Händen. Mir, dem das Geheimnis bekannt war, brannte sich jener Ausdruck für immer in die Seele; ich entfernte mich bald und ließ den Priester und seinen Gefährten die Totengebete mit frommem Eifer allein verrichten. Lange irrte ich wie ein Gespenst durch die Felder; später kehrte ich ins Dorf zurück und hörte von flüchtigen Bauern, die heimkamen, die grausige Geschichte von dem Plünderungszug des Kriegsvolks. Es hatte sich, nachdem das ganze Gebiet schmählich verwüstet war, mit der Wut der Trunkenheit auf die Burg Fratta gestürzt. Mir schauderte beim Gedanken an die Schändlichkeiten, die jener Haufen von Mordgesellen der armen alten Gräfin, die ihnen mutterseelenallein ausgeliefert war, mochte angetan haben. Das wenige, das der Kaplan mitangesehen hatte, der elende Zustand der Todkranken, die Unordnung im Zimmer sprachen deutlich von dem, was sie hatte erdulden müssen.

Meine Begeisterung für die Franzosen, ich muß es gestehen, nahm beträchtlich ab; doch wie ich so darüber nachdachte, dünkte es mich unmöglich, daß solche Scheußlichkeiten mit Vorsatz sollten geschehen sein, und da sie denn nur von einzelnen viehischen Soldaten mußten begangen worden sein, beschloß ich, diese dafür vor Gericht zu ziehen. Allgemein galt der General Bonaparte als wahrer Republikaner und Verteidiger der Freiheit; ich setzte es mir in den Kopf, bei ihm Gerechtigkeit zu suchen, und zwei Tage, nachdem die Gräfin mit den üblichen Ehren im Erbbegräbnis beigesetzt war, machte ich mich auf den Weg nach Udine, wo der französische Generalstab im Quartier lag. Aus allem, was ich gehört hatte, mußte ich schließen, daß die Schuldigen dem gleichen Schützenbataillon angehörten, das damals in Portogruaro die Wagen mit Korn ins Geleit genommen hatte, und darum hielt ich es für sehr wohl möglich, sie ausfindig zu machen und einer strengen Strafe zuzuführen. Ich meinte, die geradezu antike Tatkraft, die dem jungen Befreier Italiens zugesprochen wurde, sei ein

Unterpfand dafür, daß er rasch entschlossen Recht sprechen werde.

In Udine fand ich alles, wie es sein mußte, die Gäste als Herren, die Herren des Landes ihnen dienend; die venezianischen Behörden ohnmächtig, würdelos, unschlüssig; Volk und obere Stände in verschiedene Parteien zerfallen, von denen die eine sonderbarere und verkehrtere Ansichten verfocht als die andere. Aber sehr viele, die ein paar Tage zuvor den ungarischen Husaren und den böhmischen Dragonern zugejubelt hatten, feierten jetzt die Sansculotten aus Paris. Dies war das Ergebnis der politischen Bedeutungslosigkeit der Italiener seit vielen Jahrhunderten; sie meinten, sie seien nur mehr zum Schauen auf der Weltbühne, Zuschauer und nicht selbst Schauspieler. Nun – Schauspieler werden bezahlt, und es ist nur recht und billig, daß der, der im Sessel sitzt, die entschädigt, die sich für ihn bewegen.

Der Oberbefehlshaber, General Napoleon Bonaparte, wohnte im Hause Florio. Ich suchte um eine Unterredung nach und begründete meine Bitte mit schwerwiegenden Mitteilungen über Geschehnisse in der Provinz, und da Napoleon (das erfuhr ich jedoch erst später) schon damals den mißvergnügten Venezianern nicht über den Weg traute, wurde mir eine Audienz gewährt. Der General war gerade unter den Händen seines Kammerdieners, der ihm den Bart rasierte; in jener Zeit verschmähte er es nicht, sich als Mensch zu zeigen, ja er trug eine gewisse catonische Einfachheit zur Schau, so daß ich mich beim ersten Anblick recht getröstet fühlte. Seine Gestalt war mager, schmächtig, in ständiger Unruhe; lange Haare fielen ihm weit in Stirn und Schläfen und bedeckten im Nacken noch den Kragen. Er sah in Wirklichkeit ganz aus wie das schöne Bild von Appiani, das in der Villa Melzi in Bellagio hängt, als Geschenk des ersten Konsuls und Präsidenten an den Vizepräsidenten, eine prächtige Schmeichelei des Wolfes für das Lamm. Nur war er damals noch weit abgezehrter, so daß man ihm wenige Jahre zu leben gegeben hätte; doch ein solcher Anschein von

Gebrechlichkeit fügte zum Ruhme des Befreiers noch die Strahlenkrone des Märtyrers. Er opferte sein Leben zum Wohl der Völker; wer würde nicht das seine opfern für ihn?

»Was wollt Ihr, Bürger?« fragte er kurz und betupfte sich die Lippen mit den Spitzen des Handtuchs.

»Bürger General«, erwiderte ich mit einer ganz leichten Verbeugung, um seine republikanische Bescheidenheit nicht zu beleidigen, »die Dinge, deretwegen ich komme, um mit Euch zu sprechen, sind von der allergrößten Wichtigkeit und äußerst heikel.«

»So sprecht«, und damit winkte er dem Kammerdiener, daß er sein Werk fortsetzen sollte. »Mercier versteht nicht mehr Italienisch als mein Pferd.«

»Dann will ich reden mit dem ganzen Freimut des Mannes, der sich der Gerechtigkeit dessen anvertraut, der eben für die Gerechtigkeit und Freiheit kämpft. Vor drei Tagen haben einige französische Schützen auf der Burg Fratta einen abscheulichen Frevel verübt. Während der Hauptteil ihres Haufens eigenmächtig die Getreidespeicher und den Schatz von Portogruaro plünderte, drangen einzelne Versprengte mit Gewalt in dieses ehrwürdige Herrenhaus und beschimpften und quälten die kranke, hundert Jahre alte Gräfin, die allein im Hause geblieben war, dermaßen, daß sie in Verzweiflung an gebrochenem Herzen starb.«

»Da sieht man, wie die Durchlauchtigste Signorie meine Soldaten verbittert!« schrie der General und sprang auf, denn der Kammerdiener hatte ihm das Kinn fertig abgespült. »Man predigt dem Volk, die Franzosen seien Mörder, sie seien Ketzer; alles flieht, sowie wir erscheinen; alle lassen die Häuser im Stich. Wie soll ein solcher Empfang die Gemüter zu Menschlichkeit und Mäßigung stimmen? Aber ich sage Euch: es wird nicht früher Ruhe, als bis ich meinen Weg von diesen lästigen Insekten säubere.«

»Bürger General, auch ich verstehe, daß ein unwahres Gerücht die Herzlichkeit des ersten Empfangs gelähmt haben kann; doch es gäbe wohl eine Möglichkeit, dieses Gerücht Lügen zu strafen, und wenn mit einem glanzvollen Beispiel von Gerechtigkeit . . .«

»Oho, sprecht mir ausgerechnet von Gerechtigkeit, heute am Vorabend einer Feldschlacht am Isonzo! Gerechtigkeit – die hätte uns selber vor zwei oder drei Jahren widerfahren müssen! Jetzt ernten sie, was sie gesät haben. Aber ich habe einen Trost: ich sehe, der schwerste Schaden geschieht ihnen nicht von meinen Soldaten . . . Bergamo, Brescia und Crema sind schon von San Marco abgefallen ; diese blöde, hinterlistige Oligarchie wird endlich merken, daß ihre wahren Feinde nicht die Franzosen sind. Die Stunde der Freiheit hat geschlagen; es heißt aufstehen und für sie kämpfen oder zerquetscht werden. Die französische Republik in der Vollmacht ihrer angeborenen, unanfechtbaren Rechte reicht allen Völkern die Hand, daß auch sie sich frei machen. Freiheit wiegt manches Opfer auf. Da gilt kein Jammer.«

»Aber, Bürger General, ich spreche nicht von Opfern für die Freiheit; ich würde kein Opfer verweigern, das ihr dient. Nur meine ich, die Marter einer alten Gräfin . . .«

»Ich wiederhole Euch, Bürger: wer hat das Gemüt meiner Soldaten verbittert? Wer hat die Redekünste der Land- und Bauernpriester gegen sie gewandt? Der Senat, die Inquisition von Venedig. Ihr könnt sicher sein, Gerechtigkeit wird denen zuteil, die in Wahrheit schuldig sind.«

»Und doch meine ich, ein Beispiel, um ähnliche Ausschreitungen künftig zu verhindern . . .«

»Das Beispiel, Bürger, geben meine Schützen auf dem Schlachtfeld. Daran zweifelt nicht. Gerechtigkeit wird auch ihnen zuteil; oder soll ich sie vielleicht alle umbringen? Gut, sie sollen in der ersten Reihe kämpfen; sie sollen mit ihrem Blute, zugunsten der Freiheit, die Schande ihrer Schuld abwaschen. So wird das Böse zum Guten gewendet, und die Sache des Volkes zieht Vorteil selbst aus den Freveln, die sie befleckt haben.«

»Bürger General, ich bitte Euch zu beachten . . .«

»Genug, Bürger, ich habe alles beachtet. Das Wohl der Republik kommt vor allem andern. Wollt Ihr ein Held sein? Dann vergeßt jede Empfindlichkeit und vereinigt Euch mit uns, vereinigt Euch mit den unbescholtenen, redlichen Männern, die auch in Euerm Land einen langen, beharrlichen Krieg führen gegen die Vorrechte kindisch gewordener, gichtischer Greise. In zwei Wochen seht Ihr mich wieder. Dann haben Friede, Ruhm und allgemeine Freiheit das Gedächtnis an die Missetaten eines Augenblicks ausgelöscht.«

Unter diesen Worten hatte sich der große Napoleon fertig angekleidet und schritt in den angrenzenden Raum, wo einige höhere Offiziere auf ihn warteten. Da ich denn sah, daß er mit meinem Besuche nicht sonderlich zufrieden und auch nicht geneigt war, mir weiter Zeit zu opfern, ging ich kleinlaut die Treppe hinunter und wiederholte mir im Stillen den Verlauf des Gespräches. Um die Wahrheit zu sagen, so durchschaute ich das alles nicht so ganz; und doch hatten mir der entschiedene, strenge Generalsblick und die großen Worte von Volk und Freiheit den Verstand umnebelt, und am Schlusse war ich so weit, daß ich den Patriziern Venedigs weit mehr grollte als den plündernden Franzosen. Ja, das Unglück der alten Gräfin dünkte mich schließlich ein Tropfen Gift im Vergleich zu dem Meer von Glück, das der kräftige Schutz des republikanischen Heeres für uns bedeutete. Dieser Bürger Bonaparte erschien mir ein wenig grob, ein wenig harthörig, auch ein wenig herzlos, doch ich entschuldigte ihn in dem Gedanken, daß wohl sein Beruf ihn für den Augenblick so wolle. Auf solche Weise ließ ich nach und nach die Tote in Frieden ruhen und kehrte zu den Lebenden zurück, und in dem Briefe, worin ich der Familie in Venedig den Trauerfall mitteilte, gab ich vielleicht mehr der Torheit der venezianischen Behörden und der dummen Furcht des Volkes Schuld als der rohen Zügellosigkeit der Eindringlinge.

Der Kaplan war nicht wenig verwundert, als ich in allen Hoffnungen enttäuscht und trotzdem ruhiger und zufriedener zurückkehrte, als ich ausgezogen. Hochwürden und der Hauptmann, die sich samt Faustina längst wieder in der Burg eingenistet hatten, hörten voll Schrecken die Erzählung meines Gespräches mit dem General Bonaparte.

»Ihr habt ihn wahrhaftig gesehen?« fragte mich der Hauptmann.

»Und ob ich ihn gesehen habe! Er ließ sich gerade rasieren.«

»Oh, er läßt sich rasieren? Ich hätte geglaubt, er trüge einen Bart.«

»Da fällt mir ein« – Hochwürden sprang entsetzt auf – »seit dem Begräbnis von Mama« – ein langer Seufzer – »habe ich mir weder Kinn noch Tonsur rasiert. Faustina, setzt mir den Wasserkessel auf!«

In solcher Weise empfand Hochwürden Orlando von Fratta persönlichen Kummer und Unglück des Vaterlandes. Es war schon so, daß sich damals die Tiere auf der Burg Fratta feinfühliger zeigten als die menschlichen Bewohner, mich nicht ausgenommen, denn ich hatte jenen fürchterlichen Tag abscheulich rasch vergessen. Außer dem Rößlein von Marchetto, das den Aufstand in Portogruaro verlassen hatte um heimzukehren, was meine Pflicht gewesen wäre, war da auch der alte Marocco, der Hund des Hauptmanns, der es verschmäht hatte, seinen Herrn auf der Flucht nach Lugugnana zu begleiten. Er blieb und irrte auf der Burg umher und schnupperte hier und schnupperte da, als suche er ein gleichgestimmtes Gemüt; aber er fand keines, und ein wüster Franzose hatte sich damit vergnügt, den armen Hund mit seinem Bajonett mitten auf dem Hofe Stück für Stück zu durchbohren. Als alle die feigen Menschen wieder nach Hause kamen, waren sie noch so betäubt, daß ihre Nasen den Gestank des Aases, das schon drei Tage dalag, nicht wahrnahmen. Diese Entdeckung blieb also mir nach meiner Rückkehr aus Udine vorbehalten; und so gebot ich einem Bauern, das Tier zu vergraben. Kurz nachdem er weggegangen war, den Befehl auszuführen, kam er wieder und holte mich, damit ich etwas Wunderbares betrachte. Auf dem schon von Würmern angefressenen Aas hatte die graugelbe Katze ihren Wohnsitz genommen, die Gefährtin vieler Jahre, und war durch nichts zu bewegen, ihn aufzugeben, wir mochten ihr schmeicheln, drohen oder sie wegreißen, so viel wir wollten. Eine solche Liebe und tiefe Freundschaft über den Tod hinaus hatte der arme Marocco in einer Katze zu erwecken gewußt. Ich ließ das Tier mit Gewalt entfernen und befahl, Marocco solle da begraben werden, wo er den unheilvollen Lohn für seine Treue empfangen hatte. Der Bauer grub ihm ein Loch, legte ihn hinein, warf Erde darüber und meinte, nun sei alles gründlich getan. Aber monatelang mußte er morgens die Erde neu darauf werfen, denn die Katze kratzte nachts den Kadaver wieder heraus, um auf den Überresten des toten Freundes zu ruhen. Was soll ich euch sagen – ich achtete den Schmerz des Tieres, ich brachte es nicht übers Herz, ihm die geliebten Reste, die dem Geruchsinn der Burgbewohner allmählich lästig wurden, heimlich zu entwenden. So ließ ich sie mit einem Stein bedecken. Nun lag die Katze Tag und Nacht auf jenem Stein und jammerte, oder sie schlich mit kläglichem Miau um das Grabmal. Dort brachte sie ihr Leben noch einige Monate hin, und dann starb sie. Ich war damals nicht mehr in Fratta, aber ich habe mir das Ende dieser tragischen Freundschaft erzählen lassen.

Damals, ich muß es bekennen, dünkte mich die Ruhe in Fratta für mich nicht mehr so angemessen wie einen Monat zuvor. Die Franzosen spukten mir im Kopf; ich träumte davon, etwas Wichtiges zu werden; das war, meinte ich, auch der beste Weg, die Liebe von Pisana wiederzugewinnen. Immer dachte ich an Venedig, an den Fall von San Marco, an die neue Ordnung, die daraus hervorgehen würde, an die Freiheit, an die Gleichheit der Völker. Dieser General Bonaparte war wenig älter als ich. Warum konnte nicht auch ich mich plötzlich in einen Schlachtensieger, in einen Retter der Völker verwandeln? Ehrgeiz und Liebe spazierten Arm in Arm herbei, mich zu ködern, und ich empfand nicht mehr so viel Mitleid für das schmerzhafte Leiden von Giulio Del Ponte. Ich vernachlässigte die Kanzleigeschäfte und wandte die meiste Zeit an abstrakte politische Gespräche mit Donato oder an Fechtkünste oder Scheibenschießen mit Bruto Provedoni. Von den jungen Brüdern war Bruto für die Sache der Freiheit am meisten begeistert, und oft machten sich Bradamante und Aquilina über uns lustig. Sie begriffen nicht, wie wir von den Franzosen so günstig denken konnten, und wir wieder gerieten in Zorn, wenn sie uns einige Schändlichkeiten, die jene Verbreiter der Zivilisation begangen, ins Gedächtnis riefen. Zumal von der Mißhandlung der alten Gräfin von Fratta mochte ich nichts mehr hören. Ich fühlte, sie hatten recht, aber ich wollte es nicht zugeben, und das reizte mich doppelt. Wer weiß, wie das ausgegangen wäre, wenn die Dinge ihren gewöhnlichen Lauf genommen hätten; doch das Schicksal schlug sich auf die Seite meines Ehrgeizes.

Eines schönen Tages (wir hatten schon Ende März) kommt aus Venedig an mich ein Brief der Frau Gräfin. Ich lese die Unterschrift einmal, zweimal – kein Zweifel, es ist die ihre. Ich bin höchlich verwundert, daß sie mir schreibt, und noch mehr verwundert, daß die Seite beginnt mit einem ›Lieber Neffe!‹ Das war um den Verstand zu verlieren; doch war ich vernünftig genug, ihn festzuhalten, damit ich lesen konnte, was weiter kam. Und ich hatte meinen Verstand wahrlich nötig. Könnt ihr euch vorstellen, wer in Venedig eingetroffen war? Mein Vater, ausgerechnet mein Vater, ein Mann, der für tot galt, der sich fünfundzwanzig Jahre lang nicht hatte blicken lassen! Der Verstand verweigerte sozusagen den Gehorsam, aber das nach Liebe lechzende Herz jubelte: Ja – und schon flog es mir voran nach Venedig, ehe ich den Brief zu Ende gelesen. Ich glaube, ich brauchte einen halben Tag, diesen Brief ganz zu lesen, und auch unterwegs nahm ich ihn alle Augenblicke wieder vor aus Furcht, ich habe falsch verstanden und mich umsonst gefreut. Die Kanzlei hatte ich Fulgenzio übergeben und war noch am selben Tage abgereist. Mein Herz wollte keine Ruhe geben, und mein Hirn verführte mich zu so vielen Hoffnungen, Erinnerungen, Leidenschaften und unmöglichen Wünschen, daß ich gar nicht zur Besinnung kam. In dem Brief ermahnte mich die Gräfin, ich solle mich darauf vorbereiten, in der Gesellschaft die Stelle einzunehmen, die einem Vertreter des Patriziergeschlechtes der Altoviti zukam; sie fügte hinzu, mein Vater schreibe mir nicht selbst, weil er das italienische Alphabet verlernt habe. Ich solle zunächst bei ihr, nicht mehr im Hause Frumier, sondern im Hause Perabini im Stadtteil des Cannaregio-Kanals absteigen. Am Ende des Briefes schickte sie dem geliebten Neffen ihre und der Base Pisana Küsse. Nun, mein Vater und Pisana lagen mir weit mehr am Herzen als diese Tante.

ELFTES KAPITEL

Wie man in Venedig merkte, daß die Staaten der Durchlauchtigsten Republik ein Teil Italiens und der Welt waren. – Mein Eintritt in den Großen Rat als venezianischer Patrizier am 1. Mai 1797. – Umtriebe gegen die Regierung, die von Freunden und Feinden des Vaterlandes geschürt wurden. – Die Republik San Marco fällt, und ich werde Sekretär der neuen Obrigkeit.

Der erste Mensch, den ich in Venedig umarmte, war Pisana, der erste, der zu mir sprach, die Frau Gräfin, die von hinten aus der Wohnung auf mich zugelaufen kam und voll Eifer rief: »Carlino, liebster Carlino! Welche Freude, dich zu sehen! Komm, laß dich küssen, bester Neffe!« Ich wechselte höchst ungern von den Küssen meiner Pisana zu denen der Gräfin, die ich noch gelber und hakennasiger fand als das letztemal. Aber auch in diesem Aufruhr der Gefühle wunderte ich mich in einem Winkel meiner Seele über den völlig ungewohnten Empfang und nahm mir vor, das Warum später zu ergründen. Die Gräfin hatte inzwischen Rosa, der treuen Kammerfrau, befohlen, meinen Vater zu suchen. Auch das überraschte mich, um so mehr, als diese, nicht mehr jung und immer ein wenig launisch, den Auftrag mit ziemlichem Brummen entgegennahm. Es wäre ja doch Sache des Dieners gewesen, und ich begann zu ahnen, daß das Gefolge der Gräfin nicht eben zahlreich war. Nun ich so dastand und wartete, bemerkte ich im Zimmer eine schauerliche Unordnung trotz größtmöglicher Kahlheit; Staub und Spinnweben waren der Hauptschmuck des Raumes; an der Wand ein paar Möbel, ein paar Spiegel, hie und da ein magerer, schwindsüchtiger Stuhl – wirklich das graue Elend in einem Palast. Das einzige, was mich von so traurigen Betrachtungen ablenkte, war der Anblick von Pisana. Nie hatte ich sie schöner, frischer, heiterer gesehen, und sie wußte sehr wohl, daß sie so war, wenn sie auch für mein Gefühl durch tausend in Venedig hinzugelernte Künste den Glanz dieser Vorzüge eher trübte. Aber war es nun eine besondere Gabe der Natur, oder hatte meine blinde Liebe schuld – auch die allzu weiblichen Künste gewannen durch ihr Wesen einen zauberischen Reiz. Doch fand ich Pisana stiller und noch weniger mitteilsam als sonst; bisweilen schaute sie mich seelenvoll an, darauf senkte sie errötend den Blick, ihr Ohr schien meine Worte wollüstig zu trinken, ohne daß ihr Verstand soweit kam, sie zu begreifen. Auf alles das gab ich acht, während mich die Gräfin mit einem Schwall von Geschwätz überschüttete, von dem nun wieder ich kein Jota begriff; höchstens erreichte mein Ohr der Name meines Vaters, den sie oft nannte. Sie war offenbar über seine unerwartete und wundersame Rückkehr recht vergnügt.

»Ach, wann kommt nun endlich diese schreckliche Rosa!« seufzte die Gräfin. »Du solltest nicht auf die Suche gehen, denn ich selbst möchte dich deinem Papa zuführen und an der Freude, wenn ihr euch wiederfindet, teilnehmen. O mein Carlino, was hast du für einen guten Papa!«

Mich dünkte, Pisana erröte bei diesen Worten noch mehr und sei verwirrt von den Blicken, die ich fest auf sie gerichtet hielt. Endlich erschien Rosa mit der Nachricht, mein Herr Vater werde, sowie er ein Geschäft auf dem Markusplatz abgeschlossen habe, zu uns kommen, und nun wäre ich ihm gern entgegengeeilt, um die Freude des Wiederfindens vorweg zu nehmen; doch die Gräfin plagte mich so, daß ich bleiben mußte. Eine Stunde später schellte die Glocke, und ins Vorzimmer hüpfte ein kleiner, rüstiger Mann, auf einem Beine hinkend, halb als Türke und halb als Christ gekleidet. Ich war ihm flugs entgegengesprungen; die Gräfin kam hinter mir drein und schrie: »Carlino, hier ist dein Vater!« Natürlich warf ich mich dem Ankömmling in die Arme und weinte in den Falten seines armenischen Rockes die ersten Freudentränen meines Lebens. Mein Vater zeigte sich mir gegenüber weder besonders herzlich noch allzu gesprächig; er war höchlich verwundert, daß ich mit meinem Namen mich in ein so dunkles Loch, wie eine Kanzlei auf dem Lande es war, verkrochen hatte und versprach mir, ich solle, sowie ich als sein rechtmäßiger Sohn in das Goldene Buch eingetragen sei, im Großen Rat die Rolle spielen, die mir zukomme. Von solchen Dingen redete der kluge kleine Mann in einer Art, daß man nicht wußte, war es Spaß oder Ernst; und bei jedem Absatz pflegte er, wie um seine Aussage zu bekräftigen, mit dem Handrücken auf die Seitentasche seines Rockes zu schlagen, woher ihm ein liebliches Geklingel von Goldzechinen und Dublonen antwortete. Bei diesem metallischen Klang erstrahlte das gelbe Gesicht der Gräfin in einem rosigen Widerschein, wie der schwarze Gewitterhimmel rötlich erglänzt unter einem schrägen Blick der Sonne.

Ich hörte und sah das alles wie im Traum. Dieser plötzlich aus der Türkei aufgekreuzte Herr Papa, Reichtum in der einen, Macht in der andern Hand und eine gehörige Dosis Spott in der ganzen Art seines Auftretens, machte auf mich einen außerordentlichen Eindruck. Ich wurde nicht müde, diese grauen, ein wenig kurzsichtigen Augen zu betrachten, die so lange Jahre die Sonne des Orients geschaut hatten, diese eigenwilligen, tiefen Falten, die sich auf der turbanbekränzten Stirn von der Grabarbeit Gott weiß welcher Gedanken gebildet hatten, diese halb großartigen, halb seemannsmäßigen Gebärden, die ein mehr arabisches als venezianisches Kauderwelsch erläutern sollten. Er war ein Mann, der das Leben kannte, das heißt, der sich über nichts mehr wundert, an wenig glaubt, noch weniger hofft, der sich durch lange Zeit mühsam eine bequeme Zukunft bereitet hat und nun Wohlstand und Bequemlichkeit mit Gleichmut genießt, weil ja doch alles zum selben Ende führt. Denn bisweilen übt und schult das Geld die Menschen darin, das Ende geringzuschätzen. So wenigstens beurteilte ich meinen Vater, und ich gestehe aufrichtig, daß ich ihm gegenüber von Anfang an mehr Neugier als Liebe empfand. Ähnlich mußten jene alten venezianischen Händler in Tana oder Smyrna gewesen sein, die den tatarischen Ungläubigen an Gaunerei, Schwatzhaftigkeit und Eifer in nichts nachstanden. Kaufleute allüberall, zugleich Türken in Konstantinopel und Christen in San Marco, hatten sie Venedig zur Mittlerin zwischen den beiden Welten der damaligen Zeit gemacht. Aber mein Vater war zum Auftritt auf der Bühne jener Welt zu spät gekommen; er wirkte wie eine der komischen Personen, die, als Perser oder Mamelucken gekleidet, nach dem Spiel vor den Vorhang treten, um die Komödie für den nächsten Tag anzukündigen. Auch äußerlich ähnelte er mit seinem spärlichen grauen, im Zorn zitternden Bärtchen der Maske von Pantalone; all dies natürlich, ohne daß es seiner väterlichen Autorität im geringsten Abbruch tat.

Nachdem wir uns ein Weilchen unterhalten hatten, woran die Frau Gräfin mit manchem Laute des Staunens und Pisana mit manchem Seufzer teilnahm, lud mich der Herr Vater ein, mit ihm auszugehen, und so führte er mich nach San Zaccaria, wo er ein schönes Haus bewohnte, das er auf türkische Art mit Teppichen, Diwanen und einer großen Menge Pfeifen ausgestattet hatte. Nur Tische vermißte man und ein paar Truhen, wo man hätte Sachen hineintun können; doch dafür gab es eine beträchtliche Anzahl Schränke, woraus wie durch Zauberei alles zum Vorschein kam, was man sich nur wünschen konnte. Eine dunkelhäutige Mulattin von mehr als vierzig Jahren bereitete von früh bis abends Kaffee. Der Herr des Hauses verständigte sich mit ihr durch Zeichen und kurze Rufe, daß es eine Lust war, dem Schauspiel beizuwohnen; sie sprachen miteinander wohl keine Sprache dieser Welt; mag sein, daß die Teufel auf ihren irdischen Streifzügen redeten wie sie. Der Herr Vater legte seinen Dreispitz ab, zog sich ein Barett nach Art der Mauren über die Ohren, zündete die Pfeife an, ließ sich den Kaffee einschenken, setzte sich mit gekreuzten Beinen auf einen Teppich und wollte, ich solle genau so sitzen. Also mühte sich der künftige Patrizier des Großen Rates um das Abc des Anstands von Bagdad. Nun begann der große Türke das Gespräch. Er war seiner Frau dankbar, daß sie ihm in mir eine so schöne Erbschaft hinterlassen, wohl zum Ausgleich für die wenigen Wonnen, die sie ihm in der Ehe hatte zuteil werden lassen. Er ließ durchblicken, daß er über gewisse alte, schon ranzig gewordene Verdächte, die ihre Eintracht gestört und meine Mutter nach Venedig zurückgeführt hatten, nicht erst sprechen wolle; schließlich behauptete er, ich sei ihm ähnlich, zumal in den Augen und in der Öffnung der Nasenflügel, und solches genüge ihm, daß er sich an seinen einzigen Sohn mit einer unvergänglichen Liebe gebunden fühle. Ich meinerseits dankte ihm, daß er mir so liebevolle Gefühle entgegenbringe und bat ihn, wo er meine Erziehung mangelhaft finde, dies damit zu entschuldigen, daß ich als Waise gelebt habe; ich wolle ihm jedoch die Augen darüber öffnen, wie wenig würdig die Art gewesen sei, in der mir die Verwandten ihren Schutz bis zu seiner Ankunft hätten angedeihen lassen. So schilderte ich ihm denn dies in aller Bescheidenheit und erwarb mir, wie ich glaube, seine Achtung schon mit dem ersten Gespräch, denn während er scheinbar wenig hinhörte, beobachtete er mich verstohlen und zweifelte in seiner Menschenkenntnis sicher nicht an meiner Aufrichtigkeit.

Daß er sich ein ziemlich günstiges Urteil gebildet hatte, mußte ich auch aus der noch größeren Liebe schließen, die er mir in der Folge zeigte. Zunächst wollte er genau wissen, warum Komteß Clara Nonne geworden; vom Doktor Lucilio sprach er mit der größten Hochachtung und war verwundert, wieso es die Familie in Fratta nicht für eine Ehre halte, zu ihm in ein Verwandtschaftsverhältnis zu treten. Daß er auf Kosten der eigenen aristokratischen Geburt als echter Muselmann alle Menschen gleich hochschätzte, merkte ich auch aus seinem Hohn über den hochwohlgeborenen Partistagno, der das Jahrhundert mit dem Degen seines Großvaters künstlich zurückhalten wollte. Weiter erwähnte er Pisana und ihre venezianischen Verehrer, und wie töricht sie handle, daß sie sich nicht mit dem Reichsten verbinde, um das Ansehen des Hauses und das Glück der Mama wiederherzustellen. Giulio Del Ponte bezeichnete er als ein Purzelmännchen und spottete, daß ihn Pisana dulde, statt einen solchen hustenden, elenden Knirps, wie es in der Levante geschehe, auf die Straße zu schicken, wo er Erdnüsse verkaufen könne. Natürlich wußte mein Vater längst ohne mich über alle diese Menschen Bescheid; doch er wollte wohl wissen, wie ich selbst sie beurteile, und so erzählte ich weiter, wie die Gräfin die letzten Dukaten der Familienschatulle beim Bassett- und Pharaospiel verschwende und Graf Rinaldo, statt dem Einhalt zu tun, in den Bibliotheken umherstöbere und tüftle. Da bekannte er mir boshaft, die Gräfin habe durchaus das Gewicht seiner Dublonen spüren wollen, aber sie bekomme nicht einmal ihre Farbe zu sehen; dabei schlug er wie üblich auf die Tasche, daß die Dukaten klingelten. Sicher merkte er, wie wenig mir solche Knauserei behagte, und natürlich bestand er um so eigensinniger darauf, Geld sei das erwünschteste und wünschenswerteste Ding. Ich hingegen hätte von meinen wenigen Dukaten dem ersten besten Bettler die Hälfte abgegeben, aber vielleicht dachte ich so, weil ich immer nur wenige besessen. Armut hat mich Edelmut gelehrt, und auch als sie nicht mehr meine Gefährtin war, blieb ich ihrer Lehre treu. Doch konnte ich mich bald nach diesem Gespräch davon überzeugen, daß mein Vater alles andere als knickerig war. Er schleppte mich am gleichen Tag in die besten Läden, wo er mich herausputzte wie den vollendetsten Stutzer von San Marco. Darauf zeigte er mir mein Zimmer, dessen Tür frei auf die Treppe führte, und verließ mich mit dem Versprechen, er werde aus mir den zweiten Stammvater der Familie Altoviti machen.

»Unsere Vorfahren waren unter den Gründern von Venedig«, sagte er. »Sie kamen aus Aquileja und waren Römer vom Geschlecht Metella. Jetzt, da Venedig wieder zu Kräften kommen will, muß ein Altoviti mit Hand anlegen. Laß mich nur machen!«

Der Herr Vater versprudelte in solchen Worten all den sprichwörtlichen Hochmut des armen Adels von Torcello; doch die Levantiner Dublonen arbeiteten so gut, daß mein Recht auf Einschreibung ins Goldene Buch sofort anerkannt wurde, und ich erschien als stimmberechtigter Patrizier im Großen Rat das erstemal in der Sitzung vom zweiundzwanzigsten April 1797. Mein Vater selbst wollte nicht in der Öffentlichkeit auftreten; er ließ sich daran genügen, mich mit den Mitteln dafür auszustatten. Die wenigen Tage, die ich in Venedig als großer Herr und dank der Gräfin von Fratta und des Senators von Frumier in der höchsten Gesellschaft zugebracht, hatten mir ungewöhnlichen Ruhm eingetragen. Ich war keine häßliche Erscheinung, mein Benehmen frei von der üblichen Ziererei, ebensowenig fehlte mir eine gewisse Bildung, die jedoch die mir von der Natur verliehene bescheidene Munterkeit keineswegs erstickte; doch mehr als alle Reize war an solchem Ruhme wohl das Gerücht des Reichtums schuld, der mich bei allen Mädchen und Müttern als vorzügliche Partie bezeichnete. Auch zeigte sich mir manches hübsche Bräutchen geneigt, ich hätte nur zu wählen brauchen. Für den Augenblick wählte ich nicht, denn die Neuheit dieses Lebens bewirkte sogar, daß ich Pisana vergaß, die ihrerseits zu stolz war, ihrem Ärger hierüber Luft zu machen, den armen Giulio jedoch gelegentlich darunter leiden ließ.

Inzwischen verwirrte sich die Lage in Italien immer mehr. Schon länger als ein halbes Jahr hatten Modena, Bologna und Ferrara, gereizt von den Franzosen, das Beispiel einer knechtischen Nachahmung Frankreichs gegeben: sie hatten wie eine Seifenblase die »Republik diesseits des Po« ins Leben gepustet. Im Königreich Sardinien, das bereits von den Feinden besetzt und zu einer französischen Militärprovinz herabgesunken war, folgte auf Vittorio Amedeo Carlo Emanuele. Ganz Italien besudelte sich die Kniee in dem Staube, den der Triumphzug Bonapartes aufgewirbelt hatte, und dieser betrog die einen und höhnte die andern mit Bündnissen, Schmeicheleien und halben Maßnahmen. Die venezianischen Staaten des Festlandes, ein Opfer seiner Ränke, standen gegen das Löwenbanner auf; überall schossen Freiheitsbäume in die Höhe, und nur er wußte, wie tief in Wahrheit ihre Wurzeln reichten. Es gab in der Unsicherheit dieser Verhältnisse einen Augenblick, wo er an seinem Glück zweifelte; vor ihm lag eine dichte Wolke von Feinden, die durchstoßen werden mußte, hinter ihm eine Zahl nicht allzu treuer und auch nicht völlig getäuschter Provinzen – und Frankreich war weit. Aber als man die bereits verhandelten Vorschläge zurückwies, warf er alle Furcht beiseite, ging bis nach Leoben und zwang Österreich die vorläufigen Friedensbedingungen auf. Die Allerdurchlauchtigste Signorie hatte diesen Kriegssturm vor sich vorüberziehen sehen, etwa wie ein Mensch, der mit dem Sterben ringt, undeutlich in der umnebelten Phantasie das Schreckbild des Todes sieht. Sie hatte sich immer nur erniedrigt, hatte geduldet, gebeten und gefleht vor dem übermächtigen Feinde, der sie Stück für Stück zerschlug und sie schändlich täuschte und beschimpfte. Auf dem Festland war Francesco Battaja, der besonders ernannte Provveditore, der würdigste Vertreter solcher überaus erbärmlichen Gefühle von Knechtschaft, und beschmutzte seinen feigen Gehorsam in der Folge mit einem noch feigeren Ungehorsam und Verrat. Auf die demütigenden Beschwerden über die Einnahme der Städte, die Besetzung von Burgen und Festungen, die Aufstände der Bevölkerung, den Raub der öffentlichen Gelder und die allgemeine Verwüstung erwiderte Bonaparte mit höhnischen Bündnisvorschlägen, spöttischen Klagen und Tributforderungen. Der Prokurator Francesco Pesaro und Giambattista Corner, der im Rate der Weisen das Festland vertrat, hatten dem General Napoleon in Görz allerlei Beschwerden vorgebracht; die Antwort, die sie erhalten, war von der Art, daß die beiden Gesandten am Ende ihres Berichtes versicherten, da von jener Seite keinerlei Milde zu erwarten sei, müsse man nur noch auf die Hilfe des Himmels hoffen. Francesco Pesaro besaß aufrechten

Sinn und sah klar voraus, was kam; doch ihm fehlten, wie sich hernach zeigte, Ausdauer und Kraft des vaterländischen Gefühls, und darum vermochte er die Republik weder zu retten, noch ihrem Fall einige Größe zu verleihen.

Inzwischen herrschten im Großen Rat Philosophie und Furcht. Aber die wahre Philosophie in jenen Tagen hätte raten müssen, das Heil in der eigenen Würde zu suchen, statt es auf den Knieen von der politischen Weisheit eines Condottiere zu erwarten. Auch ich gehörte zu den Betrogenen und empfinde hierüber Reue und Schmerz; doch ich handelte in guter Absicht, und auf meinem Wege bestärkten mich Freund Amilcare, der noch im Gefängnis war, Lucilio als Vertrauter des französischen Botschafters, und zumal mein Vater, alles Menschen, die ihr Vertrauen auf die nahe bevorstehende Erneuerung Venedigs setzten. Eine entsetzliche Lehre! Freiheit erstreben, wo die Seelen nur noch von Knechtschaft aufgebläht sind! Ein Feigling, der Freiheit fordert, wird angespuckt; Bonaparte hatte recht, Venedig unrecht. Nur kann auch ein Heros, der im Recht ist, feige sein im Nehmen seines Rechtes. Die demokratische Partei, die sich damals die französische nannte und es wirklich war, mochte in Venedig an Zahl nicht das Übergewicht haben; wohl aber hatte sie es durch Mut, Tatkraft und zumal durch mächtige Hilfe. Ihre Gegner bildeten keine Partei, sondern eine träge, erbärmliche, breite Masse, die aus ihrer Menge keinen Zuwachs an Kraft erhielt. Nicht der Senat und nicht der Rat der Weisen hatte damals die Macht, sondern die Französische Gesandtschaft. Diese wob, unter den Augen der Inquisition und ihrer Tätigkeit spottend, die Fäden des Netzes, in das die geschwächte Aristokratie stürzen mußte, und die meisten Menschen, die Kenntnisse und Verstand besaßen, gingen ihr bei solchen Machenschaften zur Hand. Bleikammern und Brunnenschächte vermochten nicht mehr zu schrecken; eine Warnung des Botschafters Vallemant öffnete den Staatsverbrechern die Pforten, die sich sonst nur für Leichen auftaten oder für Menschen, die man zum Tode führte.

Der Doktor Lucilio machte von sich reden durch seine glühende Hingabe an die Sache der Franzosen, und vielleicht hatte dieser männliche Eifer seit langem einen Grund in der Unruhe seiner gärenden Jugend. Er war ja, wie man damals sagte, Philosoph; und hauptsächlich unter den Philosophen fanden sich die Anführer der Geheimbünde, die schon zu jenen Zeiten unter dem rissig werdenden Firnis der alten Gesellschaft im Dunkeln ihr Wesen trieben. Jedenfalls setzte er an sein freisinniges Apostelamt alles Feuer und alle Klugheit, deren er fähig war, und wenn die Patrizier ihn auf dem Markusplatz trafen, zitterten sie wie die Sünder bei der nächtlichen Erscheinung eines Teufels. Doch wurde der oder jener krank, so schickte er flugs zu diesem Teufel um Hilfe, damit er das Mittel finde, ihn zu heilen. Dann fühlte der teuflische Arzt die Patrizierpulse, sah in die Patriziergesichter mit einem leisen Spott, der ihn für den erlittenen Haß entschädigte. Er lächelte, als wolle er sagen: Ich verachte euch so tief, daß ich euch sogar heilen will; ich weiß, ihr seid meine Feinde, aber das kümmert mich nicht.

Die Damen erwiesen Lucilio jene scheue Ehrfurcht, die einer Behexung nahekommt und sich bei einem einzigen Blick, auf einen einzigen Wink nicht nur in Liebe, sondern sogar in blinde Verehrung und Hörigkeit zu wandeln pflegt. Man sagte, er sei Meister in der Kunst des Doktor Mesmer, und man erzählte davon Wunderdinge; doch sicher machte er von solchen Künsten einen sehr sparsamen Gebrauch. Und keine Frau konnte sich rühmen, je in seinen Augen auch nur das Aufblitzen eines Begehrens erblickt zu haben. Er wahrte Unabhängigkeit, Keuschheit und Geheimnis des Magiers, und vielleicht kannte nur ich den verborgenen Grund solcher Zurückhaltung, denn die damaligen Sitten und mehr noch sein Ruf als großer Arzt und Philosoph ließen den Verdacht einer Liebe, die ihn so ausschließlich beherrschte, nicht aufkommen.

Und doch war es an dem. In einer so reifen Seele, wie die seine war, erwuchs diese Liebe zu der Kraft und Größe einer unwiderstehlichen Leidenschaft. Ihr werdet sagen: Er hatte Clara ruhig bei ihrer Mutter gelassen, er war nicht so eigensinnig gewesen, ihren Balkon zu stürmen, er hatte ihr nicht von der Gondel aus ein Ständchen gebracht; ja er hatte es gar geschehen lassen, daß sie in ein Kloster ging. Aber seine Liebe reichte ungewöhnlich tief, sie wollte nicht rauben, sie wollte zugesprochen erhalten. Lucilio war sicher, daß Clara ihn liebte; sie würde hundert Jahre auf ihn warten, ohne zu zweifeln; so opferte er seine Sehnsucht und schaffte mit aller Glut seiner Seele und überließ es der Zeit, alles reifen zu lassen. Liebe und das, was für ihn Religion bedeutete, die Politik, waren ihm in ein einziges Gefühl von einer Lebhaftigkeit und Macht zusammengeflossen, wie es nur bei einem Charakter geschehen kann, der alle Seelenkräfte mit einem starken Geist umschlingt und bändigt. Begegnete er der Gräfin in ihrem Hochmut oder dem Grafen Rinaldo mit dem blassen, aristokratischen, nebelhaft verschwommenen Gesicht, oder saß er inmitten all dieses leichten, zierlichen, verzärtelten Geplauders im Hause Frumier, so lächelte er wohl verstohlen. Er spürte, bald würde er hier Herr sein, und dann könnte er den eitlen Tröpfen jede Bedingung, die er für angemessen hielt, vorschreiben. Ihre geschmeidige Natur, die sich einer entschiedenen Forderung so leicht beugte, ließ ihn hoffen, sie würden nicht unnötig Widerstand leisten. Eines Tages würden sie ihn bitten, Clara zu nehmen, und sich mit dieser Heirat geehrt fühlen. Doch die Gräfin legte inzwischen die Hände nicht in den Schoß; sie kannte Lucilio vielleicht besser, als er glaubte, und die Mauern eines Klosters dünkten sie ein schwacher Schutz gegen seine Verwegenheit. Darum hatte sie die Tochter besonders der Fürsorge einer gewissen Mutter Redenta Navagero empfohlen. Sie war ebenso die allerfrömmste wie die durchtriebenste Nonne des Klosters und sollte die Seele ihres Schützlings mit andern Beweisgründen gegen die Versuchungen des Teufels stark machen. Sie ging mutig ans Werk und war damit zu jener Zeit zwar noch nicht sonderlich weit vorangekommen, doch war immerhin erreicht, daß sich Clara wenn nicht Lucilio, so doch alle andern weltlichen Dinge aus dem Sinn geschlagen hatte. Das bedeutete doch einen Anfang; und ganz allmählich hoffte Mutter Redenta diese geliebte Seele der beglückten Einsamkeit klösterlicher Verzückung zuzuführen. Clara erhielt durch eine Laienschwester manchmal Nachricht von Lucilio, doch geschah das selten, und in den Zwischenzeiten suchte sie Trost in den Erinnerungen und in der Andacht.

Aber die Andacht schob die Erinnerungen ganz allmählich an einen andern Platz, zumal der Beichtvater und Mutter Redenta Clara überzeugt hatten, sie dürfe nicht zu sehr in weltliche Bilder abschweifen und müsse fleißig sein im Gebet, jetzt, wo Gebete besonders nötig waren, da der Republik und der Religion so schwere Gefahren drohten. Für diese Nonnen, die fast alle dem Patrizierstande angehörten, waren Republik von San Marco und Christliche Religion ein einziger Kuchen; sie von der Sache Frankreichs und der Franzosen sprechen hören, wäre das tollste Ding der Welt gewesen. Paris und die Hölle bedeutete für sie das gleiche; und die älteren Nonnen bebten vor Schauder bei dem Gedanken an die Scheußlichkeiten, die jene Teufel in Menschengestalt, wenn sie nach Venedig kämen, vollbringen könnten. Die jüngeren sagten: Wir brauchen uns nicht zu fürchten, Gott wird uns helfen! Und manch eine, die ihre Gelübde aus Gehorsam oder um auf andere Gedanken zu kommen abgelegt hatte, hoffte vielleicht, solcher göttlichen Hilfe eines Tages zu bedürfen. Clara, die aufrichtiger und nicht so scheinheilig war, fand diese halben Ketzereien ungehörig. Was die Franzosen anlangt, so hielt sie es mit den Alten, zumal nach dem tragischen Tode der alten Gräfin; man hatte ihn ihr mit aller Schonung erzählt, und doch hatte sie lange Tage und Nächte darüber bittere Tränen vergossen. Sie hielt die Franzosen im besten Glauben für ketzerische, viehische Teufel, und wenn sie in den Litaneien der

Heiligen den Herrn gebeten hatte, alles Übel fernzuhalten, so bat sie ihn hernach still und flehentlich, er möge Venedig von den Franzosen befreien, die sie das größte Übel dünkten.

Wirklich waren sie für Venedig wenn nicht das größte Übel, so doch sicher das neueste und bedrohlichste. Tag für Tag kam die Kunde von einem neuen Abfall, einem neuen Verrat. Der Doge schob vor Erregung auch bei großen Feierlichkeiten seine Mütze hin und her, die Weisen Väter verloren den Kopf und gaben dem Edelmanne, der sie in Paris vertrat, den Auftrag, er solle von irgendeinem Türhüter die Geheimnisse des Direktoriums erkaufen. Auch suchten sie zu Bonaparte selbst vorzudringen mittels einer langen Reihe von Freunden, deren höchster ein in Venedig lebender französischer Bankier war, und zahlten ihm dafür, glaube ich, etliche Millionen Dukaten. Schöne Stützen fürwahr, um eine Regierung, die zu stürzen drohte, aufzuhalten!

Eines Tages kommt die Nachricht vom Einzug der Franzosen in Verona, das bis dahin für eine Stadt gegolten hatte, die Neuerungen besonders abhold war. Die bewaffneten Landleute hatten sich zerstreut, die Truppen, mit denen man Bergamo und Brescia wieder gewinnen wollte, waren nach Padua und Vicenza zurückgegangen. Es war für die Freunde Frankreichs ein großes Fest. Einige Tage später ereignet sich das entsetzliche Veroneser Ostern mit all den Grausamkeiten gegen die Franzosen, die dieses Fest auf ewig besudeln. Es folgt der wütende Protest von Bonaparte und die Kriegserklärung in aller Form. Senatoren, Weise Väter, Ratsherren, alle beginnen einzusehen, daß, was lange gedauert hat, auch einmal ein Ende nehmen könne und geben sich einträchtig Mühe, die Allerdurchlauchtigste Hauptstadt mit Lebensmitteln zu versorgen; an ihre Verteidigung freilich denken sie wenig, weil, offen gesagt, niemand an einen solchen Ernstfall glaubt. Schließlich umzingelt der General Baraguay d' Hilliers mit seinem Heer die Lagune und unterbricht die Verbindungen; Donà und Justinian werden zum General Bonaparte entsandt und erfahren von seiner Absicht, in der Republik eine neue, liberalere Verwaltung einzuführen. Weiter fordert er, daß ihm der Hafenadmiral und die Staatsinquisitoren ausgeliefert werden, weil sie Schuld trügen an Feindseligkeiten gegen ein französisches Schiff, das die Einfahrt in den Hafen am Lido erzwingen wollte. Die Herren Weisen verstanden den Wink und schrieben dem General de- und wehmütig einen verschnörkelten Brief; und da sie fanden, der Große Rat fasse seine Entschlüsse langsamer, als die gefährliche Lage erlaube, schufen sie in Eile eine Art Leichenobrigkeit, eine Totengräbergenossenschaft für die sterbende Republik, die sich aus allen Ämtern der Signorie zusammensetzte, aus den Weisen Vätern, den drei Häuptern des Rates der Zehn und den drei Avogadoren der Gemeinde, alles in allem einundvierzig Personen mit dem erlauchten Dogen an der Spitze und dem höchst passenden Titel einer Konferenz. Indes lief in Venedig das Gerücht, sechzehntausend Verschworene, den Dolch im Gürtel, ständen schon in der Stadt bereit, das Gemetzel unter dem ganzen Adel, ob schuldig oder nicht, zu beginnen. Stellt euch vor, was für ein Trost für diese Konferenz! – Ich war spitzbübisch genug, Lucilio nach der Wahrheit des Gerüchtes zu fragen. »O Carlino«, erwiderte er und zuckte die Achseln, »meint Ihr, die Franzosen wären so verrückt, sechzehntausend Verschworene zu bezahlen, wenn sie mit deren Schreckgespenst in den Gemütern dasselbe erreichen? Diese Patrizier braucht niemand umzubringen, sie sind schon so gut wie tot.«

Die Konferenz trat zum erstenmal am Abend des dreißigsten April in den privaten Gemächern des Dogen zusammen. Der hohe Herr tönte als Eingang die gewichtigen Worte: *Der Ernst unserer Lage und die Sorge* ... aber die Dummheiten, die hernach gesagt wurden, bezeichneten wohl niedrig genug die Sorge, entsprachen jedoch in keiner Weise dem Ernst der Lage. Wieder wollte man das Herz des General Bonaparte durch einen gewissen Haller, seinen nahen Freund, zu rühren suchen;

es war der Ritter Dolfin, der einen so entscheidenden Rat gab. Der Prokurator Antonio Cappello, den ich aus dem Hause Frumier kannte, machte diesen kindischen Vorschlag lächerlich, und mit ihm drang Pesaro mit Nachdruck darauf, daß man die Verteidigung beschließe und sonst nichts. Wirklich waren die Absichten der Franzosen nunmehr klar genug; aber die Weisen Väter redeten so lange hin und her, bis der Mahnruf der beiden ernsthaften Männer vergessen war. Da wurde dem Weisen der Woche eine Botschaft vom Admiral Tommaso Condulmer überbracht, die besagte, daß sich die Franzosen auf Flößen der Lagune näherten. Die Bestürzung war plötzlich und fast allgemein; einige mühten sich um einen vernünftigen Ausweg, andere schlugen vor, man solle über die Übergabe verhandeln, oder besser sie anbieten. Damals prägte der Durchlauchtigste Doge Lodovico Manin, im Zimmer auf und ab spazierend und sich die Höschen auf dem Bauch zusammenziehend, die denkwürdigen Worte, und er äußerte sie natürlich im heimischen Dialekt: *Heute Nacht sind wir nicht mal in unserm Bette sicher.* Der Prokurator Cappello versicherte mir hernach, der größte Teil der Ratsherren sei Seiner Durchlaucht an Höhe des Geistes und an Mut gleich gewesen. Hals über Kopf wurde beschlossen, zwei Abgesandte des Großen Rates sollten mit Bonaparte über die Veränderungen in der Form der Regierung verhandeln. Pesaro, über einen so feigen Beschluß empört, stammelte mit Tränen in den Augen Worte des Jammers über den schon gewissen Sturz des Vaterlandes und erklärte, er werde Venedig noch heute nacht verlassen. Das tat er auch; er reiste mit der Post nach Wien. Ich habe nicht den Mut, aus elendem nationalem Stolz die possenhafte Feigheit all dieser Szenen zu bemänteln. In ihnen ist eine zu ernste Lehre enthalten.

Am ersten Mai erschien ich in meiner Toga und Perücke im Großen Rat, Arm in Arm mit dem Edelmann Agostino Frumier, dem zweiten Sohne des Senators; der Erstgeborene gehörte zur Partei von Pesaro und verschmähte es, sich mit uns zusammenzutun. An jenem Tage war die Versammlung nicht zahlreich; sie erreichte gerade eben die Zahl von sechshundert Stimmen, ohne die von Gesetzes wegen kein Beschluß Gültigkeit hatte. Die Alten waren bleich, nicht vor Schmerz, sondern vor Furcht, die Jungen trugen ein stolzes, zufriedenes Benehmen zur Schau; doch mochte vielen im stillen bewußt sein, daß sie sich selbst das Wasser abgraben mußten, und ihre Heiterkeit war nicht echt. Man verlas den Entscheid, der den Unterhändlern Vollmacht gab, über eine Änderung der Verfassung nach Gutdünken zu verhandeln, und der Bonaparte versprach, alle politischen Gefangenen, die seit dem ersten Einzug der französischen Heere in Italien hinter Schloß und Riegel gesetzt worden, frei zu lassen. An letzterem Zusatz erkannte ich den Einfluß des Doktor Lucilio; ich dachte an Amilcare und war vielleicht der einzige, der darüber nicht unziemlich Freude empfand. Natürlich war ich ein Dummkopf, daß ich die Erbärmlichkeit des Versprechens um eines wahrhaftig persönlichen Gefühles willen übersah. Der Entscheid wurde mit nur sieben Gegenstimmen angenommen; andere vierzehn Stimmen waren nicht aufrichtig, denn sie gehörten denen, die den Vorschlag weder annahmen noch abwiesen, sondern meinten, jetzt sei nicht der rechte Augenblick. Kaum war der Entscheid auf dem Markusplatz bekannt, so strömten die Parteigänger der Franzosen sogleich zusammen und rannten im Sturm nach den Gefängnissen. Mit den Guten kamen die Gauner heraus, mit den Schwärmern die Böswilligen, und die Fabel von den sechzehntausend Verschworenen fand mehr Glauben denn je. Die Patrizier meinten, sie hätten damit, daß sie die geforderte Auslieferung des Hafenadmirals und der drei Inquisitoren nicht beschlossen hatten, eine Probe höchsten Mutes abgelegt. Doch siehe da, der General Bonaparte erklärt, er werde Donà und Justinian als Gesandte des Großen Rates nicht anerkennen, bevor nicht diese vier Beamten gefangen und bestraft seien. Der Große Rat in seiner Demut beugte sich noch einmal mit nicht mehr fünfhundert, sondern siebenhundert Stimmen, und der Hafenkommandant und die drei Inquisitoren wurden selbigen Tages in den Kerker geworfen um des sonderbaren Verbrechens willen, daß sie den Gesetzen des Vaterlandes treuer als die andern gehorcht hatten. Der Verräter Francesco Battaja wurde nebst dem Avogadoren der Gemeinde damit beauftragt, diesen ruchlosen Beschluß auszuführen, der jedoch weder der Ungeduld der Umstürzler noch der entsetzten Nachgiebigkeit der Adligen Genüge tat. Besagte Konferenz rüstete sich auf einen zweiten Entscheid, in dem Condulmer befohlen wurde, er solle den militärischen Operationen der Franzosen keinen Widerstand mehr entgegensetzen, sondern sie nur dazu bringen, das Gebiet der Durchlauchtigsten Stadt Venedig nicht zu betreten, bevor man die Schiavonen entfernt habe, um unangenehme Zwischenfälle zu vermeiden. Die Herren wollten sich gar die Nägel beschneiden, damit sie nicht in Versuchung fielen, dem, der sich anschickte, sie zu erdrosseln, etliche Kratzer zuzufügen! Wenn das nicht eine Zahmheit ist, die wunderbar, ja einzig in der Welt dasteht, so fordere ich einen jeden heraus, daß er eine bessere erfinde. Mein Vater war aus der Türkei wahrlich zur Zeit zurückgekehrt, daß er mich armen Burschen solcher Dummheiten teilhaftig machte. Aber was nutzt hier Klugheit und Erfahrung? Der Doktor Lucilio in all seiner Wissenschaft fiel genauso aus den Wolken, weil die Tüchtigkeit der Zeitgenossen dem, was er klug für sie ins Werk setzte, bei weitem nicht entsprach. Inzwischen war mein Freund Amilcare aus dem Gefängnis befreit worden, auch er ein von Begeisterung Ergriffener, der in den Franzosen die Befreier der Welt erblickte. Natürlich entflammte und überzeugte Amilcare auch mich immer mehr; seine Glut war nicht verhalten wie die von Lucilio, sondern griff um sich mit aller strömenden Kraft der Jugend. Zugleich mit meinem Freund entrann den Krallen der Inquisition – ihr ratet es nicht – der alte Venchieredo. Sein Verbrechen war gewiß nicht das, den Franzosen wohlzuwollen; doch entweder war er schon im Kerker mit ihnen im Einverständnis, oder er wurde aus Versehen begnadigt, oder seine Strafe war nächstens sowieso abgebüßt. Lucilio deutete an, er sei von der Festung nach Mailand gegangen, wo sich damals das Hauptquartier des Generals Bonaparte befand und die Schicksalsfäden der Republik Venedig mit diplomatischer Kunst geknüpft wurden.

Eines Abends (schon näherte man sich dem Sturz in den Abgrund des zwölften Mai) rief mich mein Vater in sein Zimmer und sagte, er habe mir etwas Wichtiges mitzuteilen, ich solle gut aufmerken und alles genau abwägen, denn von meiner Gewandtheit hänge mein Glück und der Glanz der Familie ab. »Morgen«, sagte er, »vollzieht man in Venedig die Revolution.«

Ich fuhr überrascht auf, denn bei der Geschmeidigkeit des Großen Rates, der noch eben Unterhändler nach Mailand gesandt hatte, wollte mir nicht in den Sinn, daß eine Revolution notwendig sei.

»Darüber brauchst du dich nicht weiter zu wundern«, fuhr mein Vater fort, »heute abend wird dir alles klar sein. Doch will ich dir ein wenig auf die Sprünge helfen, damit du dich im entscheidenden Augenblick zu fassen weißt. Sage mir, mein Sohn, was ist eigentlich eine demokratische Republik?«

»Oh«, rief ich mit der arglosen Begeisterung eines jungen Mannes von vierundzwanzig Jahren, »sie ist der Einklang der idealen Gerechtigkeit mit dem praktischen Leben, ist das Reich nicht dieses oder jenes Herrschers, sondern das Reich des freien Denkens, das von der Gesamtheit der menschlichen Gesellschaft ausgeht. Wer richtig denkt, hat das Recht zu regieren und wird gut regieren. Das ist der Wahrspruch dieses Reiches.«

»Nun ja, gewiß doch, Carlino«, murmelte mein Vater vor sich hin. »Das ist vielleicht eine schöne wissenschaftliche Idee, aber laß sie einmal beiseite, damit du beim Herrn Lucilio keinen Spott erntest. Eine Herrschaft aller, von wenigen Menschen erstrebt, von ganz wenigen als Pflicht empfunden, geschaffen von einem Korsengeneral, ein freies Reich von Menschen, die weder frei sein wollen noch können – was für eine Wendung müßte dieses Reich wohl nehmen?«

Ich sah ihn verwirrt an, denn mit solchen Ideen pflegte ich zu rechnen, ohne daran zu denken, welche Gestalt sie unter Menschen annehmen würden.

»Höre«, fuhr er fort mit der Geduld des Lehrers, der mit den Anfangsgründen beginnt. »Diese Dinge, die du mit Trug und Träumereien ausschmückst, habe ich seit Jahren, so wie sie sein müssen, vorhergesehen. Offengestanden verstehe ich die Bilder deiner Phantasie nicht ganz und will sie auch gar nicht verstehen, ich sehe darin nur eine gute Dosis jugendlicher Unerfahrenheit. Hättest du einige Zeit mit einem Pascha oder Großwesir zu tun gehabt, so spucktest du, meine ich, weniger Philosophie, sähest aber die Dinge klarer und mit mehr Abstand. Die große Spitzbüberei der Mamelucken lehrt uns, die kleine, feine der Christen erkennen. Glaub es mir, ich habe es ausprobiert. Und ich habe es nicht probiert um nichts und wieder nichts, sondern in bestimmter Absicht, und ich wäre jetzt schon längst in der angedeuteten Weise tätig, hätte ich mich nicht bei meiner Rückkehr nach Venedig deiner erinnert. Ich will dir sagen, was mir da durch den Kopf ging. Bei Allah, dachte ich, da bietet dir doch die Vorsehung eine tolle Chance! Du bist alt, und sie verjüngt dich im Handumdrehen um vierzig Jahre. Munter, Bey! Überlaß das Rennen dem jüngeren Pferd, und ihr kommt früher ans Ziel. – Kurz, Carlino, ich habe dich als meinen rechten und rechtmäßigen Sohn anerkannt und will dir, noch bevor ich sterbe, die Erbschaft meiner politischen Hoffnungen hinterlassen. Wirst du imstande sein, sie zu nutzen? Eben das wird sich in Kürze zeigen.«

Nach dieser halb mohammedanischen Ansprache entstand eine lange Pause. Schließlich unterbrach ich sie mit einigem Herzklopfen und bat meinen Vater, er möge reden.

»Reden ... reden ... das ist nicht so leicht wie du meinst. Es handelt sich um Dinge, die man im Flug erhaschen muß. Doch ich sehe deine Unkenntnis und will mich näher erklären.

So wisse, ich habe einige Verdienste um diese zu Franzosen werdenden Herren und auch um die Franzosen selbst, die jetzt in Italien regieren. Geheime Verdienste, etwas weit abliegende, wenn du willst, aber immerhin Verdienste. Obendrein krönen mich ein paar Millionen Piaster, die mit ihren goldfunkelnden Strahlen das Kernfeuer meines Ruhms nicht übel umgeben. Carlino, das alles erhältst du zum Geschenk, wenn du mir nur einen Diwan, eine Pfeife und zehn Täßchen Kaffee am Tage zusicherst. Alles erhältst du, zum größeren Glanze des Hauses Altoviti. Was willst du, das ist nun einmal meine fixe Idee. Einen Dogen in der Familie! Ich sage dir, es glückt, wenn du dich nur in meine Hände gibst.«

»Was, ich ... ich ein Doge?« Ich wagte nicht zu atmen und brachte diese Worte kaum über die Lippen. »Soll ich von heute auf morgen Doge werden?«

»Bravo Carlino, du verstehst mich so flink, wie ich nicht gehofft hätte. Das Dogenamt wird um so gewinnreicher werden, je weniger langweilig und gefährlich du die Sache nimmst. Du verdienst Dukaten, ich lasse sie Zinsen bringen. Nach sechs Jahren kaufen wir ganz Torcello, und die Familie Altoviti wird eine Dynastie.«

»Mein Vater, was sagt Ihr da?« Mir schien, er war nahe daran überzuschnappen.

»Nun ja, was ist da groß zu staunen! In der neuen Ordnung, in die man uns hineinzwängt, muß doch jeder, der Verdienste hat, den überlisten, der keine hat. Dies abstrakt gesprochen. Nun konkret: ihr in Venedig mit euern Gewohnheiten, euern Sitten ... meinst du, da gelte der reichste Spitzbube nicht auch als der Mann von den größten Verdiensten? Jede Zeit, mein Sohn, hat ihre Glücksgötter, und wir wären schön dumm, wollten wir sie uns nicht zunutze machen.«

»Um Himmels willen, wie ist in Euern Augen alles häßlich und verdorben. Was für eine traurige Rolle habt Ihr mir zugedacht, mir, der sich anschickte zum Kampf für Freiheit und Gerechtigkeit!«

»Ganz gut und schön, Carlino. Zu Freiheit und Gerechtigkeit führt nur der Weg, den ich dir weise; denn wenn du unten bleibst und womöglich kämpfst, wirst du zerquetscht. Willst du also, daß das Wahre und Gute triumphiert, so mußt du dir unter den Ersten Platz schaffen, und sei es mit Ellbogen, das ist nicht wichtig. Stelle dir doch den Schaden vor, wenn an solche Stellen erbärmliche Kerle und Faulpelze kämen! Erst, mein Sohn, heißt es selbst vorangehen, sollen hernach die andern vorwärtskommen; der Zweck heiligt die Mittel. Ich will dich ja auch nicht morgen oder übermorgen zum Dogen machen; aber gedulde dich ein Weilchen, und die Mispeln reifen rascher, als man glaubt. Nur müßtest du inzwischen deine Freunde in ihren Plänen unterstützen und dürftest dich nicht aus falscher Bescheidenheit zurückhalten. Bist du des Glaubens, du habest einen rechtschaffenen Sinn und gute und beharrliche Ansichten? Bist du des Glaubens, es sei nützlich, an die Spitze des Gemeinwesens einen Mann zu stellen, der sein Land liebt und nicht so tief sinkt, daß er mit den Feinden Verträge schließt?«

»O ja, mein Vater, das glaube ich.«

»Gut, Carlino. Heute abend wird der Herr Lucilio deutlicher mit dir sprechen. Dann verstehst und siehst du selbst und kannst entscheiden. Halte dich an ihn. Zögere nicht, weiche nicht zurück. Wer Herz und Gewissen besitzt, muß tapfer und edelmütig vorangehen, nicht aus Stolz, sondern zum Nutzen für alle.«

»Habt keine Furcht. Ich werde vorangehen.«

»Für jetzt genügt es, wenn du dich schieben läßt. Wir haben uns also verstanden. Du wirst vom Adel gedeckt und von den Demokraten begünstigt; es kann dir nicht fehlgehen. Ich gehe zu Herrn Villetard, um noch ein paar Dinge zu ordnen. Heute abend sehen wir uns.«

Nach diesem Gespräche war ich so durcheinander, daß ich nicht wußte, wo mir der Kopf stand. Das Schlimmste war, ich hatte herzlich wenig davon verstanden. Ich zu den ersten Stellen aufsteigen, womöglich auf den Ehrensitz der Republik?

Was sollten solche Träume? Gewiß hatte mein Vater aus dem Orient einen dicken Anhang zu ›Tausendundeine Nacht‹ mitgebracht; was sollten diese Winke über eine Revolution, und was war zu ordnen mit Herrn Villetard, einem jungen Sekretär bei der Französischen Gesandtschaft? Wie kam mein Vater dazu, sich mit ihm in Staatsgeschäfte einzulassen?

Je mehr ich darüber nachdachte, desto höher verloren sich meine Gedanken in die Wolken. Ich hätte nicht mehr zur Erde zurückgefunden, wäre nicht Lucilio erschienen, mir zu helfen; er lud mich ein, ich solle ihm folgen an einen Ort, wo man über höchst wichtige Dinge des Gemeinwohls zu beraten habe. Auf dem Wege vereinigten wir uns mit andern, mir Unbekannten, die ihn erwarteten, und gingen alle zusammen nach einer der einsamsten Gegenden der Stadt, hinter der Arsenalbrücke. Nach langer, eiliger, schweigender Wanderung betraten wir ein dunkles, menschenleeres Gebäude; wir tappten die Treppe hinauf beim ungewissen Schimmer eines Öllämpchens. Niemand hatte uns aufgetan, niemand den Weg gewiesen, wir nahten wie eine Schar Gespenster, die den Schlaf eines Bösewichts schrecken wollen. Schließlich gelangten wir in einen kalten, feuchten Saal, der mit vier Kerzen, die auf einem Tische klebten, weniger geizig erhellt war, und nun sah ich alle Personen der Versammlung und unterschied nach und nach die Gestalten. Wir waren etwa dreißig und zumeist junge Leute, unter ihnen mein Freund Amilcare und Giulio Del Ponte, ersterer mit heißem Gesicht und Augen, die vor Ungeduld brannten, der andere äußerst bleich und trostlos träge. Da war Agostino Frumier und auch Barzoni, ein kräftiger, ungestümer junger Mann, der für Plutarch und seine Helden schwärmte und später eine Schmähschrift gegen die Franzosen mit dem Titel ›Die Römer in Griechenland‹ verfaßte. Von den älteren kannte ich den Avogadore Francesco Battaja, den Apotheker Zorzi, den alten General Salimbeni, einen gewissen Giuliano aus Desenzano, Vidiman, den ehrenhaftesten liberalen Patrizier Venedigs, und weiter Dandolo, der sich in den stürmischsten Klubs den Ruf eines großen Unruhestifters erworben hatte; bei den andern erinnerte ich mich nur hie und da eines Gesichtes. Sie drängten sich eifrig um einen kleinen, milchschorfigen, rothaarigen Kerl, der wenig und leise sprach, aber mit den Armen wie ein Ballettmeister umherfuchtelte. Der Doktor Lucilio schritt stumm in Gedanken versunken im Saale hin und her; alle machten ihm ehrerbietig Platz und schienen Befehle nur von ihm zu erwarten. Einmal suchte Battaja die Aufmerksamkeit auf sich zu ziehen, doch niemand gab auf ihn acht; einer drückte sich hierhin, der andere dahin; der räusperte sich, jener hustete ins Taschentuch; keiner hatte Zutrauen, und Battaja stand da, gewaltig wie die Krähe, nachdem sie gekrächzt hat. So ging es eine Weile weiter, und ich begriff weder was ich hier sollte, noch was Amilcare in abgebrochenen Worten sagte, noch warum Giulio seufzte. Da hastete ein gelbhäutiger, verhutzelter alter Mann ins Zimmer, eine Standesperson, erschöpft und bleich vor Furcht. Lucilio ging ihm bis zur Schwelle entgegen, die andern bildeten einen Kreis, als gebe es eine große, von allen erwartete Neuigkeit.

»Es ist der Weise, der diese Woche das Amt versieht«, wisperte mir Amilcare ins Ohr. »Jetzt wird sich zeigen, ob sie geneigt sind, im guten nachzugeben.«

Ich tat, als habe ich begriffen, und betrachtete den alten Mann genauer, der durchaus nicht entzückt schien, daß ihn diese zahlreiche Gesellschaft mit ihrer Beredsamkeit überschütten sollte. Schon rückte ihm Battaja auf den Leib, da winkte Lucilio, und alle warteten still, was er zu sagen habe.

»Herr Prokurator«, begann er, »Sie kennen den beklagenswürdigen Zustand unserer Allerdurchlauchtigsten Hauptstadt, nun alle Provinzen des Festlandes das Banner der wahren Freiheit aufgepflanzt haben. Sie kennen die Ohnmacht der Regierung, nachdem sich die ersten Schiavonenregimenter eingeschifft haben, und die Mühe, die es gekostet hat, die Wut des Volkes bislang zu zügeln ...«

»Ja, mein Herr, das kenne ich alles«, stammelte der Weise Vater.

Battaja fühlte sich bemüßigt hinzuzufügen: »Ich halte es für meine Pflicht, dem erlauchten Prokurator die traurige Lage des Staates näher zu erläutern . . .«

Lucilio fiel ihm rasch ins Wort: »Sie kennen gleichermaßen, Herr Prokurator, den Auszug des Vertrages zwischen dem Großen Rat, der abdanken muß, und dem Direktorium von Frankreich, den man binnen kurzem in Mailand unterzeichnen wird.«

Diese grausame Erinnerung trieb dem Prokurator Tränen in die Augen, die, mochten sie auch kein Zeichen von Mut sein, doch einer gewissen würdigen Trauer und Ergebung nicht entbehrten. Sie schlängelten sich durch den Puder, womit er seine Haut betupft hatte, und machten sie noch gelber und weniger schön als zuvor.

»Herr Prokurator«, fuhr Lucilio fort, »ich bin nur ein einfacher Bürger; aber ich erstrebe das Gute, das wahrhaft Gute aller Bürger. Ich sage Ihnen, es wäre eine Tat der Liebe zum Vaterland und ein Beweis wirklicher Unabhängigkeit, wenn man den guten Absichten der andern entgegenkäme; so würde man sich viele innere Unruhen ersparen, die nicht ausbleiben werden, wenn sich der Abschluß des Vertrages verzögert. Ich für mein Teil bin frei von jedem Ehrgeiz, das wird man aus der Stelle ersehen, für die ich im Rahmen der künftigen Verfassung vorgesehen bin. Herr Villetard (und er wies auf das unruhige, rothaarige Kerlchen) war so freundlich, die Bedingungen aufzuschreiben, unter denen nach Änderung der Regierungsform ein französisches Präsidium nach Venedig kommen wird, um die ersten Schritte der Freiheit zu schützen . . . Es sind die üblichen Punkte (und damit nahm er ein Schriftstück vom Tisch und überflog es rasch): Aufrichtung des Freiheitsbaumes; öffentliche Bekanntgabe der Demokratie mit vom Volke gewählten Vertretern; eine vorläufige Obrigkeit von vierundzwanzig Venezianern, an deren Spitze der frühere Doge Manin und Giovanni Spada; Einzug von viertausend Franzosen in Venedig als Verbündete; das Zurückrufen der Flotte; Aufforderung an die Städte des Festlandes, von Dalmatien und von den Inseln, sich mit der Mutterstadt zu vereinen; endgültige Verabschiedung der Schiavonen; Gefangennahme des Herrn D'Entrangues, Helfershelfer der Bourbonen, und Überlassung seiner Papiere an das Direktorium mittels der Französischen Gesandtschaft. Das alles sind bekannte Dinge, denen das Volk einmütig zustimmt. Auch hat sich gerade gestern der Doge vor dem gesamten Rate tatsächlich bereit erklärt, die Zeichen seines Amtes abzulegen und die Zügel der Regierung in die Hand der Demokraten zu geben. Wir fordern weniger als das, was er von sich aus zugestehen wollte. Er soll an der Spitze der neuen Regierung bleiben als Bürgschaft für die Dauer und Unabhängigkeit der künftigen Republik; nicht wahr, Herr Villetard?«

Das Männchen winkte ja mit einem Riesenaufwand an Mienenspiel und Armbewegungen. Nun wandte sich Lucilio wieder an den Weisen Vater und reichte ihm das Schriftstück.

»Hierin, Herr Prokurator, steht das Geschick des Vaterlandes; sehen Sie zu, daß Sie den Erlauchten Dogen und die andern Edlen Herren davon überzeugen, sonst ... schütze Gott Venedig! Es zu retten, habe ich hiermit alles getan, was in eines Menschen Macht steht.«

Der Prokurator erwiderte, und die Tränen standen ihm in den Augen:

»Ich bin für so viel Ergebenheit von Ihnen, Erlauchte Herren (den unbestechlichen Bürgern grauste bei so verpönter Anrede), wirklich dankbar, und der Allerdurchlauchtigste Doge und die Amtsgenossen Prokuratoren als ständige Würdenträger des Staates sind bereit, sich für sein Wohl zu opfern (das hieß hier, sich aus dem Staube zu machen), um so mehr als die Treue der Schiavonen, die noch hier sind, zu wanken beginnt, und es gar nicht verwunderlich wäre, wenn sie sich mit unsern Feinden vereinigten ... (da merkte der Prokurator seinen Fehler und hustete und hustete, daß er scharlachrot wurde wie sein Gewand) ich meine, wenn sie sich nun mit unsern Freunden vereinten, die ... die ... uns retten wollen ... um jeden Preis ... Also, ich hoffe, daß diese Bedingungen (und er hielt ihnen das Blatt Papier entgegen, als zerdrücke er eine Giftviper zwischen den Fingern) von der Allerdurchlauchtigsten Obrigkeit von Herzen gern angenommen werden, daß der Große Rat unsere heilsamen Absichten anerkennt, und daß wir in Kürze eine einzige Familie von gleichberechtigten, glücklichen Bürgern sind.«

Die letzten Worte des Prokurators waren fast von Schluchzen erstickt, aber sie wurden von einem Beifallssturm übertönt. Der arme Mann errötete, sicher aus Scham, und brachte eilig die Bitte vor, daß ein Mitglied der geehrten Versammlung ihn begleite, damit sie das Blatt Seiner Durchlaucht dem Dogen überbrächten. Einstimmig wurde Zorzi gewählt ... ein Apotheker mit einem Prokurator, um einem Dogen zu befehlen, er solle abdanken! Zweihundert Jahre früher war der gesamte Rat der Zehn vor Foscari erschienen, um ihm Dogenmütze und Ring abzufordern. Ganz Venedig wartete schweigend und zitternd an der Schwelle des Palastes auf das Ereignis des Gehorsams oder der Weigerung. Der greise ruhmreiche Doge zog den Gehorsam vor und starb vor Kummer, die letzte schreckliche und feierliche Szene eines in Geheimnis gehüllten Dramas. Welcher Unterschied der Zeiten! Die Abdankung des Dogen Manin könnte so nebenbei in einer Komödie von Goldoni vorkommen, und wir brauchten nicht zu fürchten, sie täte damit der ihr eigenen Würde Abbruch.

So gingen denn der Prokurator und Zorzi, es gingen Villetard mit Battaja und einige andere Patrizier, die so töricht waren, sich selbst zu verraten; es blieben nur wir paar, die auserwählte Blüte der venezianischen Demokratie. Dandolo war der, der am meisten sprach, ich sicher der, der am wenigsten begriff. Lucilio wanderte wieder durch den Saal, schwieg und dachte und schaute nicht gerade zufrieden drein. Auf einmal wandte er sich an uns und sagte, so als ob er laut dächte:

»Ich fürchte, das wird ein Schlag ins Wasser.«

»Aber nein!« widersprach Dandolo. »Ein Schlag ins Wasser, jetzt, wo alles unsere Sehnsucht begünstigt? Jetzt, wo die Kerkermeister der Freiheit selbst das Stemmeisen packen, um die Fesseln aufzubrechen? Jetzt, wo die zur Gerechtigkeit erlöste Welt uns beim großen Festmahl der Völker einen würdigen, ehrenvollen, selbständigen Platz bereit hält? Wo der Befreier Italiens, der Überwinder der Tyrannei, uns selbst die Hand reicht, um uns aus der Niedrigkeit, in die wir gefallen waren, aufzuheben?«

»Ich bin Arzt«, sagte Lucilio friedlich. »Das Übel vorauswissen ist mein Amt. Ich fürchte, unsere guten Absichten sind nicht genügend im Volke verwurzelt.«

»Bürger, verzweifle nicht an der Menschentugend, wie Brutus tat!« rief beinahe wild ein bartloser junger Mann, hinter dessen mächtiger Stirn Stürme tobten. »Brutus verzweifelte daran, als er starb; wir hier wollen neu geboren werden!«

Dieser junge Mann war ein Levantiner aus Zante, Sohn eines venezianischen Schiffsarztes und einer griechischen Mutter, der nach dem Tode des Vaters in Venedig Wohnung genommen. Seine Ansichten mußten einigermaßen beweglich sein; denn noch vor ein paar Monaten hatte er, wie man erzählte, durchaus Priester werden wollen. Nun, statt Priester war er tragischer Dichter geworden, und eine Tragödie von ihm mit Namen *Tieste* hatte im vergangenen Januar im Theater Sant'Angelo sieben Abende hintereinander Beifallsstürme entfesselt. Dieser wilde junge Mensch mit dem Sturmgemüt hieß Ugo Foscolo. Jetzt bedachte Giulio Del Ponte den Dichter mit einem scheelen Blick. Zwischen den beiden herrschte bitterböse Feindschaft, aber Giulio war diesem Genie natürlich unterlegen, und der junge Löwe von Zante beachtete den kleinen Floh, der ihn ins Ohr biß, nicht oder versetzte ihm höchstens aus Langerweile einen Schlag mit der Pranke. Im Grunde besaß er eine gute Dosis Dünkel, und ich zweifle, ob der Ruhm des Dichters der *Sepolcri* den Wünschen und Hoffnungen des Verfassers des *Tieste* je Genüge getan hat. Damals war er nicht so sehr Literat, als das sonderbarste, komischste Exemplar eines Bürgers, das man sehen konnte, ein republikanischer Bär, knurrend und schwer zu lenken, ein Muster an Bürgertugend, das sich gern der Bewunderung der ganzen Welt ausgesetzt hätte, sich selbst jedoch so hoch achtete, wie es die andern verachtete; und jene große Epoche, da die Gleichheit aller Menschen aufkam, hatte er so ernst genommen, daß er dem Kaiser von Rußland brieflich per Du einen Rat gegeben und sich höchlich erzürnt hätte, wenn ihn die kaiserlichen Ohren nicht hätten hören wollen. Im übrigen flogen seine Hoffnungen hoch, trotz seiner Trauertiraden und zeitweiligen Verzweiflungen, wie denn Temperamente, die so von Leidenschaft und Leben sprühen wie das seine, bis zum Tode nicht matt werden. Der Kampf ist ihnen eine Notwendigkeit; und ohne Hoffnung kann es einen Kampf nicht geben. Giulio Del Ponte war nicht der einzige, der an dem römischen Mahnruf, den Foscolo uns entgegenschleuderte, Anstoß nahm; auch Lucilio belächelte ihn halb freundschaftlich, halb mitleidig, doch hielt er es nicht für angebracht, geradezu darauf zu antworten.

»Wer von euch«, rief er, »hat heute abend auf Villetard geachtet, während ich dem Exprokurator seine Bedingungen darlegte?«

»Ich habe auf ihn geachtet«, rief ein großer kräftiger Mann, eben der Spada, der in der neuen Regierung mit Manin an der Spitze stehen sollte. »Er sah aus wie ein Verräter.«

»Bravo, Bürger Spada! Nur hält er selbst sich für einen guten Diener seines Landes, für einen klugen und vom Glück begünstigten Gesandten des ruhmreichen Frankreich. Ja, ja, seit einiger Zeit haben die Franzosen auf ihre Fahnen Ruhm geschrieben statt Freiheit.«

Spada rief grob: »Was wollt ihr dann tun?«

»Nichts«, erwiderte Lucilio, »denn wir können nichts tun. Nur will ich für alle, die es noch nicht wissen, erklären, was für einen Zweck wir mit dieser Revolution, die wir vor dem ausdrücklichen Befehl aus Mailand bewirken, verbinden.

Freilich ist Mißtrauen die größte Tugend, zumal für die Schwachen, aber ich fürchte, das wird nicht genügen. Wir wollen, daß die Franzosen helfen, statt zu vollziehen. Wir wollen uns von uns aus ändern, nicht uns von andern ändern lassen, als könnten wir uns nicht selber regen. Hierher kommen müssen die Franzosen, denn sie können und wollen kommen; aber sie sollen wenigstens alles getan finden und sich uns nicht wie Herren in die Flanken drängen.«

»So mögen die Franzosen kommen und uns den Bürgerkrieg und die Ächtungslisten von Sulla ersparen!« rief Foscolo. Barzoni, der noch nie gesprochen hatte, durchbohrte den Unvorsichtigen mit einem Blick. Trotzdem sagte Lucilio:

»Gut gebrüllt. Doch mußtest du sagen: Sie mögen kommen und uns ein Jahrhundert ersparen, das so schlaff und träge ist wie die verflossenen, nur daß es anders erscheint. Sie mögen kommen und uns rütteln, uns schrecken, uns schamrot werden lassen über uns selbst, uns mit der Furcht vor ihrer Gewalt aufreizen zum herrlichen Werk unserer Freiheit ... Das mußtest du sagen! Ob wir fähig sind, in ihnen nicht die Herren zu sehen, sondern eine Nation, mit der wir um den Ruhm wetteifern, das werden wir in einigen Monaten wissen. Villetard erwägt und fürchtet dies, und das läßt mich vermuten, daß man es an höherer Stelle durchaus nicht wünscht.«

»Was soll das uns?« unterbrach ihn Amilcare. »Wir achten deine Worte, Bürger Vianello, aber unser Blut erträgt keine Knechtschaft, und wir pfeifen auf Villetard und diese höheren Stellen, wie wir pfeifen auf San Marco, auf die Schiavonen und auf den Prokurator Pesaro.«

Lucilio löste sich von seinen Erwägungen, die ihm zu traurig oder auch verspätet scheinen mochten, und wandte sich in fast väterlicher Art zu mir.

»Bürger Altoviti, Euer Vater hat sich zugunsten der Freiheit außerordentlich bemüht, man schuldet ihm einen Lohn, den er an Euch abtreten will. Gewiß hätte er daran nicht gedacht, versprächen nicht Euer Charakter und Benehmen, daß Ihr Euer

Leben weiter nach dem Beispiel Eurer Familie führen werdet. Ihr seid eines der jüngsten Mitglieder des Großen Rates, seid einer der wenigen, ganz wenigen, die für die Freiheit stimmen werden nicht aus Feigheit, sondern aus Hochherzigkeit. Ich teile Euch also mit, daß Ihr zum ersten Sekretär der neuen Regierung ernannt seid.«

Die anwesenden jungen Leute nahmen diese Worte mit einem erstaunten Gemurmel auf.

»Wer wie der Vater unseres Bürgers Altoviti«, fuhr Lucilio fort, »in Konstantinopel etliche Millionen daran gewandt hat, die Türkei der Heiligen Allianz abspenstig zu machen, wer viele Jahre seines Lebens dafür geopfert hat, im fernen Orient die Fäden dieses Erlösungswerkes zu knüpfen, das uns vielleicht frei, gewiß aber zu Männern machen wird, wer das alles getan hat, der kann für seinen Sohn genau so viel fordern. Das sage ich und kann es sagen, denn am Tage nach dem Triumph kehre ich zurück ins Hospital und lasse meine Kranken zur Ader!«

Ein einmütiger Beifall erhob sich in der ganzen Versammlung, und zehn Paar Arme eiferten um die Wette, den Doktor Vianello ans Herz zu drücken. Ich verschwand in diesem Begeisterungsausbruch vollkommen und war, mit dem Mühlstein meines Sekretariats um den Hals, recht nachdenklich geworden. Dann wurde das Gespräch allgemein; man redete von der Flotte, von Dalmatien, von der sichersten Art, die Zustimmung des Generals Bonaparte zu der neuen Regierungsform zu erlangen. Man verschwendete viel Atem bis Mitternacht, als Zorzi zurückkam, wichtigtuerisch wie ein Krämer, der eine Herrschaft von dreizehn Jahrhunderten hat stürzen helfen.

»Also?« fragten alle.

»Also«, erwiderte Zorzi, »der Doge hat mich ersucht, zu Villetard zu gehen und mir die Bedingungen schriftlich geben zu lassen; Seine Durchlaucht wußte nicht, daß wir sie schon in der Tasche hatten. Morgen nun wird im Großen Rat der Antrag gestellt, für die Republik Venedig sofort das demokratische

System der neuen, vorläufigen, von uns gebildeten Regierung anzunehmen.«

Alle schrieen: »Es lebe die Freiheit!« Und es entstand eine so überschäumende Freude und Begeisterung, daß auch mir Feuer durch die Adern lief. Hätte man mir in diesem Augenblick befohlen, an die Wiederauferstehung von Rom zu glauben mit Männern wie Camillus und Manlius, es wäre mir nicht sonderbar vorgekommen zu gehorchen.

Kurz darauf trennten wir uns, und obwohl es reichlich spät war, erlaubte der venezianische Anstand, daß ich mit Giulio noch bei der Gräfin hereinschaute. Ich war ganz außer mir, ein Schlachtroß, das beim Klang der Trompete wild geworden ist; Giulio hingegen schien mißvergnügt über die allzu bescheidene Rolle, die er in der Versammlung gespielt. Jedenfalls hatte Pisana an jenem Abend nur Augen für mich; doch waren meine Gedanken noch zu sehr bei der neuen Regierung, dem Großen Rat, der morgen stattfinden sollte, und bei den Vorhersagen meines Vaters, als daß ich mich mit solchen Liebeleien hätte aufhalten mögen. Ich sah Pisana wohl an, aber mehr als eine aufmerksame Zuhörerin meiner schwülstigen Reden, und diese Rolle behagte ihr wieder durchaus nicht. Das verdrießliche Gesicht von Giulio ertrug ich mit Mühe; aber seine gequälten Artigkeiten erhielten als Lohn nicht den vierten Teil dessen, was sie ihn kosteten. Allerdings suchte ihn die Gräfin mit endlosen Fragen über die Neuigkeiten dieses Tages zu entschädigen; doch er wollte sie nicht verstehen und zog sich lieber den Vorwurf der Ungezogenheit zu, als daß er sich der Marter der Langeweile unterzog. Die kluge Alte, die aus allem, was sie hörte, das Gewitter der Revolution nahen fühlte, strich allmählich die Segel, und jetzt war sie mit Worten schon eine halbe Sansculottin. Aber der Himmel weiß, wie ihr heimlich die Galle überlaufen mochte!

»Was meinen Sie, Herr Giulio? Werden diese Franzosen kommen? Wird man die verpfändeten Guthaben auf den Feudaleinkünften streichen? Erhalten die Patrizier eine Pension oder ein Amt? Wird der Heilige Markus auf den Fahnen bleiben?«

Giulio seufzte, gähnte, knirschte mit den Zähnen, krümmte sich, doch die Gräfin wollte unerbittlich ab und zu eine Antwort. Er hätte sich wohl lieber einen Zahn ziehen lassen. Ich hingegen konnte der Wonne nicht widerstehen, mich vor Pisana mit meiner künftigen Herrlichkeit zu brüsten, und ließ durchblicken, daß in der neuen Regierung ein schönes Stühlchen schon auch auf mich wartete.

»Ja, Carlino?« fragte das Mädchen ganz ruhig. »Aber war denn nicht vereinbart, die Gleichheit auf den Thron zu setzen?«

Ach, wenn man schon mit Frauen philosophiert! Ich schwieg, ich weiß nicht mehr ob aus Wut, oder weil ich keine Antwort wußte. Jedenfalls hob an jenem Abend der Ehrgeiz die Liebe aus dem Sattel, und als ich Pisana verließ, hätte ich mich nicht einmal der Farbe ihrer Augen erinnert. Auf der Frezzeria verabschiedete ich mich von Giulio ganz in Gedanken und eilte allein rasch, fast hüpfend vor Ungeduld, nach der Riva degli Schiavoni. Jener denkwürdige Abend des elften Mai wird mir immer im Gedächtnis bleiben. Es war ein so schöner Abend, lind und heiter, wie geschaffen für nichts als Liebesgeflüster, einsame Träumereien, fröhliche Serenaden. Doch in all dieser Stille des Himmels und der Erden, in einem solchen Zauber von Leben und Frühling fiel eine gewaltige Republik wie ein verfaulter Leib auseinander, starb eine große Königin, die vierzehn Jahrhunderte regiert hatte, starb ohne jemandes Tränen, ohne Würde, ohne Totenfeier. Ihre Söhne schliefen gleichgültig oder bebten vor Furcht. Die tote Königin der Meere irrte auf einem gespenstischen Bucintoro durch den Canal Grande; allmählich hob sich die Woge, und Dogenschiff und Schattenkönigin versanken in dem feuchten Grabe. Ach, wäre es wenigstens so gewesen! Statt dessen blieb die tote Hülle einige Monate hindurch den Beschimpfungen der Welt ausgesetzt; das Meer, ihr Gatte von alters her, wies ihre Asche zurück; und ein Korporal aus Frankreich streute sie in alle vier Winde, eine verhängnisvolle Gabe für den, der sie zu sammeln wagte. Ich hob die Augen zum Dogenpalast; der Mond umglänzte die langen Loggien und hohen, seltsamen Fenster mit einem Schimmer von Poesie. Mir schien, Häupter, bedeckt mit der alten Seemannskappe oder der kriegerischen Sturmhaube, starrten mit leeren Gespensteraugen zum letztenmal aus den durchbrochenen Steinornamenten; und vom Meer wehte ein Luftzug, der einer Klage glich. Ich zitterte; und doch haßte ich die Aristokratie und hoffte von ihrer Vernichtung den Triumph der Freiheit und Gerechtigkeit. Trotzdem erfaßt unser Gemüt unaussprechliche Trauer, wenn wir spüren, wie sich eine große Vergangenheit von uns löst und endlich für immer entschwindet. Lange hatte sie, ein balsamierter Leichnam, Gegenwart vorgetäuscht; nun war der Stoß gekommen, der sie zerfallen machte. Freilich – wer weinte jetzt noch um die große Republik Venedig, die Erbin der römischen Staatskunst und Weisheit, die Mittlerin der Christenheit durchs ganze Mittelalter? Seit der Abdankung von Foscari war sie der Welt entschwunden. Nun also hingen meine Blicke am Dogenpalast, und ich zitterte. Warum nicht diesen stolzen, geheimnisumwitterten Bau zertrümmern, nun der letzte Geist, der ihn beseelt hatte, von ihm gewichen war? Ich spürte in dem strengen weißen Marmor nicht nur das Gedächtnis großer Zeiten, ich spürte einen Vorwurf. Und weiter unten an der Riva schifften sich die treuen Schiavonen ein, traurig und schweigend; vielleicht trösteten nur ihre Tränen die sterbende Gottheit Venedig. Da erhob sich mir in der Seele eine bestimmtere Angst. Was wurde aus dieser neuen Freiheit, dieser glücklichen Gleichheit, dieser unparteiischen Gerechtigkeit, wenn die Franzosen in Venedig waren? Lucilio tat recht daran, die Revolution zu vollziehen, bevor uns Bonaparte aus Mailand Befehl und Vorschriften schickte; doch das änderte nichts daran, daß die Franzosen von Mestre herüberkommen würden, und was geschah, wenn sie einmal da waren? Gern hätte ich den großherzigen Stolz von Amilcare herbeigerufen, mich von diesen Ängsten zu befreien. Aber –

schließlich waren wir Menschen wie andere auch; das neue Feuer der Freiheit konnte Wunder wirken, und Europa würde es uns in seinem eigenen Interesse danken. Der neugeborene Wille würde unser ganzes Wesen wandeln; und von Steuerbord oder Backbord mußte Hilfe kommen.

Unter solchen tröstlichen Gedanken kehrte ich heim. Mein Vater zeigte sich mit dem Amte, das ich künftig bekleiden sollte, sehr zufrieden; ich sollte nur achtgeben, mich klug aufführen und auf seine Ratschläge hören, dann würde ich schon vorankommen. Ich weiß nicht mehr, was ich ihm darauf erwiderte; ich ging zu Bett und fand bis zum Morgen keinen Schlaf. Es mochte um acht dreiviertel sein, als die Glocke zum Großen Rat läutete, und ich machte mich auf den Weg nach der Treppe der Giganten. So viel Eile auch die Edlen Herren haben mochten, den Mord an der erlauchten Mutter zu begehen, so gestatteten doch die Freuden des Bettes keineswegs, daß man ihn um mehr als eine Viertelstunde früher ansetzte, als man zu beginnen gewohnt war. Die Zahl der Beiwohner betrug fünfhundertsiebenunddreißig, eine ungesetzliche Zahl, weil nach unverletzlicher Satzung jeder Beschluß, der nicht in einer Versammlung von mindestens sechshundert Mitgliedern beraten wurde, als ungültig und nichtig galt. Der größte Teil der Edlen Herren zitterte vor Furcht und Ungeduld; sie hatten es eilig, nach Hause zu kommen und diese Toga, das nunmehr zu gefährliche Zeichen eines gefallenen Reiches, abzulegen. Einige trugen offen Sicherheit und Freude zur Schau, das waren die Verräter; andere erglänzten in einer stillen Zufriedenheit, einem ruhigen Stolz auf das Opfer, das sie brachten. Es strich ihre Namen aus dem Goldenen Buch, machte sie jedoch frei und gab ihnen den Ehrennamen des Bürgers. Unter diesen Zufriedenen saßen Agostino Frumier und ich und drückten uns die Hand. In einer Ecke des Saales standen etwa zwanzig Patrizier ernst und schweigsam in ihre Togen gehüllt. Es waren ein paar ehrwürdige Greise, die seit Jahren nicht mehr im Rat erschienen und an diesem Morgen gekommen waren, um das Vaterland bei der letzten Stimmabgabe zu ehren; zwischen ihnen hie und da junge oder reifere angesehene Männer, die sich am Beispiel der Seelengröße des Ahnen, des Vaters, des Schwiegervaters begeisterten. Ich war nicht wenig verwundert, unter ihnen den Senator Frumier und seinen ältesten Sohn Alfonso zu erblicken; wenn ich auch ihre Ergebenheit für San Marco kannte, so hatte ich ihnen doch nicht so viel Mut zugetraut. Diese Edlen Herren bildeten einen Kreis für sich; sie sahen auf die andern nicht mit Verachtung oder Haß, sondern mit der Festigkeit und Milde von Menschen, die sich bewußt einem Martyrium unterziehen. Hier also waren Vaterland und Schwur noch heilig, hier leuchtete ein letzter Strahl von Treue und Würde. Diese Menschen waren nicht mehr nur Aristokraten, Gebieter, Inquisitoren, sie waren die Enkel eines Zeno und Dandolo, die in den fürstlichen Sälen zum letztenmal an Ruhm, Opfer und Tatkraft der Vorfahren mahnten. Damals betrachtete ich sie mit feindlichem Staunen; jetzt denke ich mit Bewunderung an sie zurück, denn ich weiß, daß die Geschichte, die alle Patrizier jener Zeit als Feiglinge darstellt, lügt. Der letzte Große Rat von Venedig läßt nicht zu, daß ich die menschliche Natur ganz und gar verfluche.

In dem großen Saale war ein unbestimmtes Geschwirr summender, brummender Laute; nur in jener entfernten Ecke herrschten Trauer und Schweigen. Draußen lärmte das Volk; die Schiffe, die von der Abrüstung der Lagune zurückkehrten, einige letzte Fähnlein Schiavonen, die sich einschifften, die Wachen, die wider jede Gewohnheit die Zugänge zum Dogenpalast schützten, alles deutete auf das Verhängnis. Ach, der Schlaf des Todes ist tief; die Helden, Dogen, Kapitäne der alten Republik stiegen nicht aus ihrem Grabe.

Jetzt erhob sich der Doge bleich und zitternd von seinem Throne vor der höchsten Staatsgewalt, dem Großen Rate, dessen Vertreter er war, und wagte ihm diese Schmach ohnegleichen anzubieten. Er hatte die Bedingungen gelesen, in denen Villetard vorschlug, wie man den Wünschen des französischen Direktoriums entgegenkommen und den Zorn des General Bonaparte besänftigen könne. Er billigte sie aus Unerfahrenheit, er stützte sie aus Trägheit und wußte nicht, daß Villetard, notwendigerweise Verräter, versprach, was niemand zu halten die Absicht hatte, am allerwenigsten Bonaparte. Lodovico Manin stammelte ein paar Worte über die Notwendigkeit, die Bedingungen anzunehmen, über unnützen, ja unmöglichen Widerstand, über den Edelmut des General Bonaparte, über die Hoffnung, daß man mit den vorgeschlagenen Verbesserungen mehr Glück haben werde. Schließlich forderte er ohne Scheu die Abschaffung der alten Regierungsform und die Gründung der Demokratie. Für die Hälfte eines solchen Verbrechens war Marin Faliero vom Henker hingerichtet worden; Lodovico Manin entehrte mit seinem Gestammel ungestraft sich, den Großen Rat, die Erlauchte Mutter Venedig, und nicht ein Mann wagte die Hand zu erheben, ihm den Dogenmantel von den Schultern zu reißen und seinen Kopf auf diesem Estrich, wo die Minister der Könige und die Gesandten der Päpste das Haupt gebeugt hatten, zu zerschmettern! Selbst mir, der ich damals in der Erniedrigung und Furcht eines Dogen nichts weiter als den Triumph der Freiheit und Gleichheit sah, tat der alte Mann leid.

Plötzlich dröhnen ein paar Musketensalven; der Doge hält bestürzt inne und will die Stufen des Thrones herabsteigen, eine Schar erschreckter Patrizier umdrängt ihn und ruft: »Zum Vorschlag! Abstimmen!« Draußen lärmt das Volk; drin wachsen Verwirrung und Angst. »Es sind die Schiavonen, sie meutern!« (Gerade segelten die letzten ab und grüßten mit jenen Schüssen das undankbare Venedig.) »Jetzt kommen die sechzehntausend Verbündeten!« (Der Traum von Lucilio.) »Das Volk dürstet nach dem Blut des Adels!« (Das Volk war weit davon entfernt, auch die sanfteste Knechtschaft von außen dem Gehorsam, den es dem eigenen Adel schuldete, vorzuziehen, ja es liebte diesen Gehorsam und wollte nicht von ihm lassen.)

Kurz, unter solchen Rufen und Schreien, in Eile, in Furcht, kam man zur Abstimmung. Fünfhundertzwölf Stimmen bejahten den noch nicht verlesenen Vorschlag, der die Abdankung des Adels und die Errichtung einer vorläufigen demokratischen Regierung enthielt, vorausgesetzt, daß sie den Wünschen des Generals Bonaparte entsprach. Als Grund dafür, daß man seinen allerhöchsten Beschluß aus Mailand nicht abgewartet und selbst einen Vertrag aufgesetzt hatte, gab man die Dringlichkeit der Gefahr im Innern an. Nur zwanzig enthielten sich bei diesem feigen Untergang der Stimme, und fünf davon waren nicht aufrichtig. Das Schauspiel dieses Beschlusses wird mir immer unvergeßlich bleiben; noch heute, nach sechzig Jahren, kann ich manchem Ratsherrn, der damals unwürdig zitternd in der Schar der Feigen stand, vor Scham nicht offen ins Gesicht sehen. Einige hatten ganz bleiche, entstellte Züge, andere schauten verwirrt und wie betäubt, und viele wären wohl gern aus den Fenstern gesprungen, nur um den Schauplatz ihrer Schmach so rasch wie möglich zu verlassen. Der Doge stürzte nach seinen Zimmern, legte schon auf dem Wege die Zeichen seines Amtes ab und befahl, man solle diesen Schmuck auch von den Wänden entfernen; viele scharten sich um ihn, fast als wollten sie die eigene Schmach im Anblick einer größeren vergessen. Wer auf den Markusplatz trat, trug Sorge, Perücke und Patriziertoga vorher abzuwerfen. Nur wir wenigen, enttäuschten Anbeter der Freiheit unter dieser Herde von Sklaven (wir waren fünf oder sechs) liefen an die Fenster und auf die Treppe und riefen: »Es lebe die Freiheit!« Aber dieser Ruf, um den es uns heilig ernst war, wurde sofort von denen, die darin eine Möglichkeit sahen mit herauszuschlüpfen, aufgenommen und entweiht. Furchtsam mischten sich die Verräter unter uns; Lärm und Geschrei wuchsen ständig. Ich glaubte noch immer, eine reine, starke Begeisterung könne diese kleinen Menschen in Helden wandeln, stürzte auf den Markusplatz, warf meine Perücke in die Luft und schrie aus Leibeskräften: »Es lebe die Freiheit!« Der General Salimbeni stand schon mit einigen andern unter dem Volk und schrie und suchte es zu Freude und Freiheitsrausch anzufeuern. Doch die Menge warf sich ihm voller Wut entgegen und zwang ihn zu rufen: »Es lebe San Marco!« Diese neuen Rufe erstickten die ersten. Viele, zumal die weiter entfernt standen, meinten, die alte Republik habe die schreckliche Gefahr der Abstimmung unversehrt überstanden. »Es lebe die Republik! Es lebe San Marco!« riefen die Menschen, die dichtgedrängt auf dem Platze standen, wie aus einem Munde. An den drei Rahen wurden die Fahnen gehißt; das Bild des Evangelisten wurde im Triumph umhergetragen; eine drohende Volkswoge wälzte sich zu den Häusern der Patrizier, die im Verdacht standen, sich mit dazu verschworen zu haben, daß die Franzosen gerufen würden. Mitten in der Menge, unsicher, verwirrt, von den Gefährten getrennt, traf ich auf meinen Vater und auf Lucilio, die wohl weniger überrascht, aber niedergeschlagener waren als ich. Sie nahmen mich in die Mitte und zogen mich nach der Frezzeria. Die wenigen Patrizier, die mit ihrer Stimmenthaltung für Unabhängigkeit und Bestand der Republik eingetreten waren, schritten mit ihren langen Perücken, ihren nachschleppenden Togen dicht an uns vorüber. Das Volk machte ihnen ohne Schimpfreden, doch auch ohne Zeichen der Zufriedenheit Platz. Lucilio drückte meinen Arm. »Hast du gesehen?« flüsterte er mir ins Ohr. »Das Volk ruft: Es lebe San Marco! und besitzt dann nicht den Mut, einen dieser letzten, Lobes würdigen Herren, die ihm bleiben, im Triumph umherzutragen und zum Dogen zu machen. Sklaven, ewige Sklaven!«

Mein Vater verlor sich nicht in weise Betrachtungen; er ging so rasch wie möglich, er konnte es nicht erwarten, bis er sicher in seinem Zimmer säße und über Für und Wider in Ruhe nachdächte.

Ein Erlaß der neuen Regierung, der die feige Nachgiebigkeit der Patrizier als ein freiwilliges Opfer bezeichnete, das sie aus Einsicht in die Zeit für die Gerechtigkeit zum Wohle aller gebracht hätten, brachte das gute Völkchen von Venedig wieder zur Ruhe. Wie der Zahn einer Ratte genügt, daß ein Schiff dank dieses kleinen Loches sinkt, so hatte der Plan eines jämmerlichen Pariser Sekretärs, von vier oder fünf Verrätern und einigen Republikanern genügt, ein Staatsschiff zum Sinken zu bringen, das Soliman dem Zweiten und der Liga von Cambrai widerstanden hatte. Umwälzungen ohne Größe, weil ohne Ziel; um so etwas ins Werk zu setzen, müßten die Anführer einer Partei vom Lichte der Erfahrung erleuchtet sein, wenn das Schicksal ihren Händen das Geschick des Vaterlandes anvertraut. Vier Tage danach brachten venezianische Barken französische Truppen nach Venedig, und eine Stadt, die wenige Tage zuvor von elftausend Schiavonen, achthundert Geschützen und zweihundert bewaffneten Schiffen verteidigt war, lieferte sich entblößt, freiwillig, militärisch machtlos der Gewalt von viertausend von Baraguay d'Hilliers befehligten Abenteurern aus. Die Obrigkeit gab ihnen unter der schweigenden Verachtung der Menge das Ehrengeleit. Auch ich als Sekretär empfing mein Teil an dieser stummen Beschimpfung; doch die Begeisterung von Pisana und der Zuspruch meines Vaters machten mir Mut, alles der Freiheit zuliebe zu ertragen. Ich bemitleidete Unwissende und dachte nicht, daß ich bald würde Elende zu bedauern haben. Von der Antwort der Provinzen des Festlandes auf die Aufforderung, unserer neuen Regierung beizustimmen, wurde mein Zutrauen leicht erschüttert. Die Städte zögerten, die französischen Generäle bedachten uns mit ihrem Spott. Venedig blieb mit seiner Freiheit falschen Gepräges allein.

Inzwischen wurden Istrien und Dalmatien gemäß den Geheimverhandlungen von Leoben von Österreich besetzt. Auch das behagte mir durchaus nicht. Mit venezianischen Schiffsgeschwadern bemächtigte sich Frankreich unseres Besitzes in Albanien und im Ionischen Meer; es war nur der Anfang zu schlimmerer Anmaßung. Ich armer kleiner Sekretär fand mich in dem allen nicht zurecht, denn ich war nicht erfahren genug, die Widersprüche auf einen Nenner zu bringen und mir so ein

Urteil zu bilden. Ich seufzte, mühte mich und wartete auf bessere Zeiten. Allmählich habe ich freilich eingesehen, was, glaube ich, noch niemand vor mir bemerkt hat, warum die Königin der Meere nach vierzehn Jahrhunderten eines verdienstvollen, ruhmreichen Lebens untergehen mußte. Venedig wollte ein Volk sein, und es war nur noch eine Stadt. Nur Völker leben, kämpfen, und wenn sie fallen, so fallen sie stark und in Ehren; denn sie sind dessen gewiß, daß sie auferstehen.

ZWÖLFTES KAPITEL

Nach einem empfindungsvollen Lebewohl an die sorgenlose Jugend beginnt man ernsthaft zu leben und zu denken ... aber leider hatte ich nicht den Wind von achtern. – Schon damals war es gefährlich, auf die Versprechungen der Gäste zu bauen, die die Herren spielten; doch muß man diesen Gästen immerhin das Verdienst lassen, uns geweckt zu haben. – Inzwischen wird Clara Nonne, Pisana heiratet Seine Exzellenz Navagero, und ich schreibe weiter Protokolle. – Venedig fällt, zur Strafe fürs erste, zum zweitenmal, und die Patrioten suchen nun Zuflucht in der Cisalpinen Republik. – Ich bleibe ... wahrscheinlich, um meinem Vater Gesellschaft zu leisten.

Lebe wohl, du frische, sorgenfreie Jugend, zeitlose Glückseligkeit, wie die alten Götter des Olymp glückselig sind, du für uns Sterbliche vergängliches Geschenk des Himmels! Lebt wohl, ihr betauten Morgen, die von lächelnder Verheißung glänzen, am Horizonte begrenzt allenfalls von schönfarbenen Wölkchen der Illusionen! Lebt wohl, ihr heitern Abende am baumbeschatteten Rand des Baches oder auf dem blütengeschmückten Balkon der Geliebten, und du, keuscher Mond, der uns zu Schwermut und Liebe verzückt, der über den Lockenkopf des Kindes gleitet und Zärtlichkeit hegt für den Gedanken im Auge des Jünglings, lebe wohl! Der Morgen des Lebens fließt vorüber wie der Morgen eines Tages, und der nächtliche Tau des Himmels wandelt sich in Tränen, die Speise der erdverhafteten Seele. Statt Muße kommt Arbeit; statt Schönheit Tätigkeit; statt Träumerei und Frieden die Wirklichkeit und der Kampf. Die Sonne weckt uns zu ernsten Gedanken, zu mühevollen Werken, zu langen, vergeblichen Hoffnungen, und wenn sie sich am Abend verbirgt, so schenkt sie uns die Gunst eines kurzen, ersehnten Vergessens. Dann zieht der Mond im Sternenbogen herauf und zaubert über schlummerlose

Nächte seinen bläulichen Duftschleier, gewoben aus Glanz, Traurigkeit, Erinnerung und Kummer. So gehen die Jahre dahin; ihr Antlitz wird finster und mürrisch wie das eines Herrn, der mit seinen Dienern unzufrieden ist; sie pilgern langsam wie müde Alte, und wenn ihr Haar silbern ist, hinterläßt ihr leichter Schritt kaum mehr eine Spur. Sie gleiten still wie Schatten, die sich ins Ungemessene längen, wenn der Abend naht.

Lebt wohl, schimmernde Hallen und Zaubergärten, wohllautende Vorspiele des Lebens! Ihr grünen Fluren mit euern Pfaden und eurer beschaulichen Ruhe, voll unendlicher Schönheit, voll Licht und Freiheit und Vogelgezwitscher, lebt wohl! Ach, du erstes Nest der Kindheit, ihr geräumigen, von Tätigkeit erfüllten Häuser, uns Kindern so groß wie den großen Leuten die Welt, wo die Arbeit der andern uns vergnügte, wo der Schutzengel unsern Schlaf behütete und uns mit tausend süßen Träumen tröstete! Wir waren so mühelos zufrieden, glücklich, ohne es zu wissen, und ein Stirnrunzeln des Lehrers oder die Verweise der Wärterin waren die einzigen Falten auf der Stirn unseres Schicksals. Das Weltall endete am Mäuerchen des Hofes; in diesem Bereiche herrschte wenn nicht die volle Glückseligkeit, so doch eine sanfte Linderung der Wünsche, und Ungerechtigkeit trug ein so kindisches Gesicht, daß man am Tag hernach darüber lachte wie über eine drollige Maske. Die alten Diener, der würdig-heitere Priester, finster blickende Verwandte, launische, schwatzhafte Mägde, streitsüchtige Gefährten, lebhafte, übermütige, reizende Mädchen zogen an unserm Auge vorüber wie die Erscheinungen einer Laterna magica. Man war bange vor den Katzen, die unter der Anrichte spielten, man streichelte den alten Jagdhund, und man bewunderte den Kutscher, wenn er die Pferde striegelte ohne Furcht vor ihrem Tritt.

Für mich, das ist wahr, gab es auch den Bratspieß zu drehen; aber Verzeihung auch dem Bratspieß! Ich würde ihn gern noch einmal drehen, um die unschuldige Wonne eines jener glücklichen Abende zwischen den Knieen von Martino oder an der Wiege von Pisana noch einmal zu kosten. Ihr teuren Schatten der Menschen, die ich liebte, ihr lebt in mir; ihr seid dem Greise treu, ihr flieht nicht das still gewordene Herz und den Ernst seines Wesens, ihr umschwebt ihn oft wie eine Wolke froher herzlicher Empfindung, um dann in den fernen, siebenfarbig schimmernden Regenbogen seiner jungen Jahre zurückzuschweben. Wie könnte sich der Schatz liebender Gedanken je erschöpfen? Liebe ist ein Meer, in das wir kleinen und großen Bäche, wenn wir weit genug durch Erdenfluren geflossen sind, alle münden; es nimmt die Wellen endlicher Liebe in seine unendlichen Wogen auf. O du Ozean der Göttlichkeit, ohne Grund noch Grenze, deinen großen Wogen vertraue ich ohne Furcht mein Leben, das der Wellen müde ist. Zeit wird zur Ewigkeit, Welle der Zeit sinkt in den Schoß der ewigen Woge, die ihre Heimat ist.

Dies wäre denn meine Grabschrift auf die köstlichen Jahre, die ich in der alten Welt, der des Puders, der Burgsoldaten und der feudalen Gerichtssprengel zubrachte. Als ich sie verlassen hatte, fand ich mich als Sekretär einer demokratischen Regierung, die nichts zu regieren hatte, mit einem Haarschnitt à la Brutus, der Hut rund mit hochgekrämpten Seitenflügeln, die Schultern geschwollen wie Bologneser Mettwürste, lange Hosen und Stiefel mit so mächtigen Hacken, daß man meinen Schritt, wenn ich die Prokuratien betrat, am andern Ende vernahm. Welcher Sprung von den zarten, weichen, gleitenden Schuhchen des alten Adels! Es war die größte Revolution, die sich damals in Venedig zutrug.

Im übrigen floß das Wasser wie immer vom Berge zu Tal, außer daß die Herren Franzosen sich jeden Tag den Kopf zerbrachen über die Kunst, wie sie uns noch besser die Beeren von der Traube pflücken könnten. Sie waren schlau und lernten diese Kunst wunderbar. Die Gemälde, Münzen, Handschriften, die Statuen, die vier Rosse von San Marco wanderten nach

Paris. Trösten wir uns, daß die Wissenschaft noch nicht erfunden hatte, wie man Gebäude von der Stelle rücken und Türme und Kuppeln forttragen kann; von Venedig wäre so viel übriggeblieben wie zur Zeit des ersten Nachfolgers von Attila. Bergamo und Crema waren schon endgültig besetzt, um die Cisalpine Provinz schön abzukanten; in Bassano wollten Abgesandte der andern Provinzen zusammenkommen, um die Entscheidung, die zu treffen war, zu beraten. Berthier, dieser höchst geschickte Mann, hatte den Vorsitz und durchkreuzte jeden nützlichen Beschluß; ich schrieb nach Bassano die Wünsche der Behörden und erhielt von da die Antwort. Der Doktor Lucilio, der unauffällig weiter die Seele der neuen Regierung war, wollte, daß man diesen letzten Rettungsanker nicht preisgäbe, und verhandelte seinerseits hartnäckig und geschickt. Schon schienen wir einem Vergleich nahe, der alle zufriedengestellt hätte, da erklärte der Spitzbube Berthier plötzlich, der Vergleich sei nicht möglich, und aus war es! Venedig blieb allein mit seinen Austern, und die Provinzen mit ihren Präsidenten und französischen Generälen. Victor in Padua quakte unvorsichtig, man solle sich um die Venezianer, dieses faulige, unverbesserliche Aristokratengezücht, nicht kümmern. Der ehrlichere Bernadotte verbot, aus Udine Abgesandte zu der Komödie von Bassano zu schicken. Das alles war so traurig, daß Grausamkeit noch barmherziger und sicher verdienstlicher erschien als diese Heuchelei. Trotz alledem mühte ich mich blind weiter, die Sekretärsfeder in der Hand, und wähnte den Zeiten von Camillus und Cincinnatus entgegenzugehen. Mein Vater schüttelte den Kopf; ich achtete nicht darauf und meinte wohl, der Wille oder Dünkel einiger Hitzköpfe würde genügen, den Säugling Freiheit, der schon halb gestorben war, zu entwöhnen.

Eines Abends suche ich die Gräfin von Fratta in dem gewohnten Hause, und man sagt mir, sie sei verzogen nach den Záttere, dem Floßweg am andern Ende der Stadt. Ich trabe dorthin, klettere eine schlimme, wurmstichige Treppe hinauf und gelange schließlich an eine feuchte, dunkle Wohnung. Ich war baß erstaunt. Im Flur kommt mir nicht Rosa mit einem Licht entgegen, sondern Pisana; das Staunen wächst, und ich folge ihr ganz benommen ins Empfangszimmer. Himmel, welch erbarmungswürdiger Zustand!

Die Gräfin kauerte in einem alten Sessel, der einst mit marokkanischem Leder bezogen, jetzt aber völlig abgeschabt war; ein Öllämpchen auf einem kleinen Tisch, der an der Wand lehnte, damit er nicht umfiele, kämpfte mit dem Erlöschen. Es war ein richtiges Mietszimmer nur mit den nötigsten Möbeln, ohne Vorhänge, der Fußboden aus kleinen, unzusammenhängenden Brettchen, die Deckenbalken schlecht gekalkt; die Wände kahl und fleckig, Türen und Fenster so wenig dicht, daß die elende Flamme der Lampe immer im Begriff war zu verlöschen. Neben der Gräfin saß auf einem Strohstuhl ein kleiner, verblühter, weißhaariger, halbwegs wohlgenährter Mann in der modischen Kleidung der Patrizier; aber ein hartnäckiges Hüsteln stand mit der Jugendlichkeit seines Putzes einigermaßen in Widerspruch. Die Gräfin las auf meinen Mienen Staunen und Bedauern, und so setzte sie, um mich Lügen zu strafen, ihr heiterstes Gesicht auf und sagte mit gekünstelter Munterkeit:

»Siehst du, Carlino, bin ich nicht eine umsichtige Familienmutter? Die Revolution hat uns zugrunde gerichtet, und ich schränke mich einfach ein, um für meine lieben Kinder zu sparen!« Und bei diesen Worten sah sie auf Pisana, die sich neben den Edelmann gesetzt hatte, die Augen gesenkt und die Hände in den Schürzentaschen.

»Ich stelle dir meinen Vetter vor, den Edelmann Mauro Navagero«, fuhr sie fort, »einen großmütigen Vetter, der gesonnen ist, die Bande der Verwandtschaft mit uns noch enger zu knüpfen. Kurz, seit heute morgen ist er der Verlobte unserer Pisana.«

Vor meinen Augen flimmerten alle Sterne des Firmaments, ich stand ein paar Sekunden wie geblendet. Dann hörte ich weiter zu und sah mich um, ohne daß mir die Gesichter, die ich vor mir hatte, und das Gemurmel des Gespräches irgendwie ins Bewußtsein drangen. Wahrscheinlich verbreitete sich die Gräfin ausführlich über die Ehre dieser Verwandtschaft; denn dem edlen Herrn Navagero ließ sein Husten, Pisana ihre Verlegenheit keine Möglichkeit zum Plaudern. Ich muß gestehen: Liebe zur Freiheit, Ehrgeiz und die andern Grillen, womit mir meine eigene Gesinnung und die Winkelzüge meines Vaters den Kopf angefüllt hatten, entwichen, wie ein Hund davonrennt, den ein Guß siedenden Wassers verbrüht hat. Nur Pisana thronte in meinem Herzen, und ich bereute, quälte mich, verzweifelte, daß ich mich alle diese Zeit nicht um sie gekümmert hatte.

Als ich wagte, die Augen zu ihr zu erheben, spürte ich etwas wie ein Hindernis, das mich zwang, sie zurückzuholen; es waren die kalten, mißtrauischen Blicke des alten Bräutigams, die zwischen meinem und ihrem Gesicht mit der Unrast des Geizigen hin und her irrten. Es gibt Blicke, die man früher fühlt als sieht; die Seiner Exzellenz Navagero verletzten die Seele ohne den Umweg über das Auge, und sie waren mir so lästig, daß ich aus Verzweiflung eine Zuflucht auf dem verschrumpelten Gesicht der Gräfin suchte. Es strahlte dermaßen vor Zufriedenheit, daß ich dreimal so wütend wurde und schließlich vollkommen den Kopf verlor; ein Tor, der in einem Kreise, wo alle ihm entgegenstehen, Händel sucht, wäre sehr viel besser daran, als ich es damals war, und Pisana mit ihrer fast höhnischen Zurückhaltung erbitterte mich weit mehr als die andern. Ich wollte aufstehen, verzweifelt davonlaufen und meinem Herzeleid irgendwo Luft machen, da hüpfte mein Herr Vater in das Zimmer. Er war noch flinker und wunderlicher als sonst und schien das, was mich so überrascht und gekränkt hatte, zu wissen, denn er gratulierte dem Navagero zu seinem Glück und warf der jungen Braut einen seiner verschmitzten Blicke zu, die deutlicher sprachen als jedes Wort. Daß also auch mein Vater in der Reihe meiner Feinde stand und sich mein Unglück schmecken ließ wie Manna, brachte mich in eine solche Wut, daß ich nicht mehr daran dachte, wegzugehen, sondern so recht heldenhaft den Becher meines Leidens bis zur Neige zu leeren beschloß. Ich setzte mich auf meinem Stuhl zurecht und trotzte dem zufriedenen Lächeln der Gräfin, der Gleichgültigkeit von Pisana, der Eifersucht des Navagero und der Grausamkeit meines Vaters.

Als es dann Zeit wurde, sich zu verabschieden, merkte ich zu spät, daß die Beine mich kaum trugen, und ein Zuschauer hätte mich, meinen Vater und den edlen Herrn Navagero für drei glückliche, verschieden stark Berauschte gehalten. Ich konnte den Gesprächen der beiden nicht folgen, und zu Hause sank ich zum erstenmal ins Bett, ohne an die goldene Mütze des künftigen demokratischen Dogen von Venedig zu denken. Tausend verrückte Pläne schossen mir durchs Gehirn, einer immer fürchterlicher als der andere. Ich wollte den Navagero auf Degen fordern, ihn wie einen Frosch aufspießen, darauf Pisana feierlich verfluchen und mich ganz einfach aus dem Fenster in den Kanal stürzen; oder, nachdem ich ihn umgebracht hätte, sie in die Arme nehmen, heimlich auf ein Schiff tragen und zu einem einsamen Leben entführen, unter die Ruinen von Palmyra oder in die Wüsten Arabiens; das waren noch die bescheidensten meiner pindarischen Flüge. Nichts schien schwierig, nichts unmöglich; hätte ich im Stalle das Flügelroß des Ariost und in den Taschen die Schätze des Krösus gehabt, meine Phantasie hätte keine luftigeren Gespinste ersinnen können. Darüber schlief ich ein, träumte im Schlafe weiter, wurde früh munter und nahm diesen Faden von neuem auf.

Als mich Amilcare über solche Unausgeglichenheit zur Rede gestellt und den Grund, fast gegen meinen Willen, erfahren hatte, redete er mir heftig ins Gewissen. Wie, in solche Albernheiten verlor sich ein Sekretär der neuen Regierung? Schämte ich mich nicht, daß ich auf einen alten, geifernden, lendenlahmen Aristokraten eifersüchtig war? Daß ich meine Kräfte verzehrte, um eine eitle Törin, die, nur um einen Mann zu kriegen, einen Satyr genommen hatte? Nein, dann war es besser, sich zu ermannen, sich ganz dem Vaterlande, der Freiheit zu weihen, gerade jetzt, wo jede Kraft so bitter nötig gebraucht wurde.

Seine herzlichen Worte überzeugten mich; es war wirklich nicht der Mühe wert, um dieses Mädchen zum Esel zu werden, während mein Amt alle Zeit und Sorgfalt erforderte. Ich nahm mich zusammen, verzieh dem alten Navagero, daß er am Leben war, und wandelte die Szene, die ich vor Pisana hatte aufführen wollen, ehe ich mich ersäufte oder nach Arabien zog, in schweigende Verachtung. Wieweit ich hierzu freilich ein Recht besaß, war mir selbst nicht klar. Erstens hatte mir das Mädchen nichts versprochen, und dann konnte ja mein mitleidsvoller Verzicht zugunsten von Giulio Del Ponte und die darauffolgende Vernachlässigung ihrer Person sie in dem Glauben bestärkt haben, meine heftige Leidenschaft sei erloschen. Ach, ich weiß genau, ich habe sie nie so heftig gespürt wie damals, und nun zwang mich mein wunderliches Temperament, dies nicht vor ihr zu verbergen. Ich beschloß, mit ihr zu brechen, war dabei fest überzeugt, ich würde als Opfer auf der Strecke bleiben, und spielte inzwischen den Liebhaber mehr, als meine heldenhaften Vorsätze und die Geduld des alten Navagero vertrugen. Sogar Graf Rinaldo verlor die seltenen Male, die er im Zimmer seiner Mutter erschien, bisweilen die Fassung, wenn er mich seine Schwester umturteln sah.

Die Verhältnisse des Hauses Fratta gerieten immer mehr in Verwirrung. Die Frau Gräfin spielte mit der größten Beharrlichkeit, und hatte sie kein Geld, so holte sie es im Leihhause. Der Gleichmut des jungen Grafen und die Gedankenlosigkeit von Pisana belasteten sich damit nicht im geringsten; ich glaube, Seine Exzellenz Navagero war in ihren Augen dazu ausersehen, alle diese Löcher auszubessern. Was mich höchlich wunderte, das war die ungeschmälerte Vertrautheit der Gräfin mit meinem Vater, obwohl er die Schnüre seines Säckels nie gelockert hatte und auf tausend Arten ihren Lieblingsplan einer Heirat zwischen mir und Pisana zu hintertreiben wußte. Ich hatte immer dunkel geahnt, daß meinem Vater solche Pläne nicht behagten und daß er, ohne je mit mir davon zu sprechen, meine Geneigtheit ahnte und sich mühte, sie abzulenken. Aber wie in aller Welt hatte er sich die Huld der Gräfin erhalten können, wenn er ihrem Ziel widerstrebte? Eines Tages wurde mir auch das klar; ich machte die schöne Entdeckung, daß er die Heirat mit dem Vetter Navagero vermittelt hatte, und ich also mein Unglück hauptsächlich ihm verdankte. Aber der alte Fuchs hatte mit mir hochfliegende Pläne; er hätte gern ein steinreiches Mädchen aus der Familie Contarini zur Schwiegertochter gehabt und verfehlte nicht, mir ab und zu einen Rippenstoß zu geben, daß ich sie vor den vielen, die es (nur keinen Dünkel, Carlino!) damals nicht unter ihrer Würde gehalten hätten, ihren Namen mit dem meinen zu verbinden, auszeichnen solle. Alle Schauspieler auf den Bühnen der Welt haben einmal ihre Benefizvorstellung; dazumal war die Reihe an mir. Der Bürger Carletto Altoviti, Ex-Edelmann von Torcello, Sekretär der Behörde, Liebling vom Doktor Lucilio, berühmt auf dem Markusplatz für seine schönen Kleider, sein zwangloses Betragen und vor allem für die Millionen des Herrn Papa, war als Mann nicht zu verachten. Ich jedoch brüstete mich solcher Verdienste nicht wie früher, denn mein Übermut war durch die Rebellion von Pisana tief gedemütigt; und trotz allen Zuspruchs von Amilcare reichte mein Flug nicht mehr in den hohen Himmel der Freiheit und des Ruhmes. Dieser Himmel hatte sich umzogen und drohte ringsum mit Sturm. Und hätte mich die Erde verschlungen, es wäre mir gleich gewesen! Doch ich war ein Mann von Herz und Ehre und ließ darum mein Amt im Rathause nicht außer acht. Nur mochte ich lieber an der Seite von Pisana meine Wut in mich hineinfressen, als mir dort das Lüftchen künftiger, von meinem Vater verheißener Dogenwürde um die Nase wehen lassen.

Zu jener Zeit, als sich Venedig schon unter die französische Knechtschaft geduckt hatte und eine immer traurigere Zukunft vor sich sah, erschien der Doktor Lucilio in seiner gewohnten, weder demütigen noch anmaßenden Art im Hause der Gräfin und bat sie in aller Form um die Hand von Clara. Die Gräfin tat, als sei sie über einen solchen Antrag äußerst erstaunt und unwillig, gab zur Antwort, ihre Tochter werde sehr bald die Gelübde ablegen und habe gewiß nicht die Absicht, sich den Gefahren der Welt, denen sie so klug aus dem Wege gegangen sei, auszusetzen, und erinnerte schließlich an die älteren Rechte des Herrn Partistagno, der noch immer in Venedig ausposaunte, was für ein Opfer Clara habe bringen müssen, und der sicher nicht zugeben werde, daß sie das Kloster verlasse, um einen andern zu heiraten. Lucilio erwiderte klar und deutlich, Clara habe sich ihm und keinem andern zuerst verlobt, die Gelübde seien noch nicht abgelegt, die demokratischen Gesetze hinderten jetzt ihre Verbindung keineswegs, Clara sei volljährig, und was den Partistagno betreffe, so pfeife er auf ihn wie auf das Geschwätz, womit er seit einem Jahr alle geselligen Kreise ergötze. Die Gräfin kniff die Lippen zusammen, lächelte boshaft und sagte, da er die Großjährigkeit von Clara ins Feld führe, so könne er sich ja unmittelbar an sie wenden; sie sei erfreut, daß er auf seinen Vorsätzen so fest bestehe, wenn es auch wohl für diesen Entschluß etwas spät sei, und im übrigen wünsche sie ihm, daß ihm alles nach Wunsch gelinge.

»Frau Gräfin«, erwiderte Lucilio abschließend, »ich pflege, wie Sie sagen, auf meinen Vorsätzen fest zu bestehen, und ich habe es seit vielen Jahren so gehalten. Ich bin sehr glücklich, daß Sie sich den zartesten, beharrlichsten Hoffnungen nicht mit mütterlicher Gewalt widersetzen wollen.«

»Aber gewiß nicht«, rief die Gräfin eifrig. War es Furcht vor Lucilio? Ich glaube eher, sie dachte an die Mutter Redenta und überließ vertrauensvoll ihr die schwierige Aufgabe, die Seele von Clara gegen die Klauen des Teufels zu verteidigen. Die Ehrwürdige Mutter stand schon eine Weile auf dem Ausguck; und der Doktor Lucilio dachte beim Abschied von der Gräfin kaum, daß er sich noch ganz am Anfang des Unternehmens befand. Doch möchte ich nicht behaupten, daß er ganz sicher gewesen wäre. Er hatte Tag um Tag gezaudert, um erst des Triumphes seiner Partei und der Demokratie in Venedig gewiß zu sein. Dann hatte er wohl früher als jeder andere gespürt, daß der Wind sich drehte, und eilte nun, stolz im Äußern, verzweifelt im Innern, diese letzte Gunst des Schicksals zu nützen und dem innigsten Wunsche seines Herzens Genüge zu tun. Er sah, wie die schönen Luftschlösser von politischer Freiheit und Ruhm, von einer Blütezeit des ganzen Volkes zu Boden fielen, und erhoffte als einzigen Gewinn ein häusliches Glück.

Unter solchen Gedanken machte er sich auf den Weg zum Kloster der Heiligen Teresa, nannte der Pförtnerin seinen Namen und ersuchte sie, die Komteß Clara von Fratta in den Sprechraum zu bitten. Die Pförtnerin verschwand im Kloster und kam kurz darauf zurück mit der Nachricht, das Edle Fräulein wünsche den Grund seines Besuches zu erfahren und würde versuchen, den Herrn zufriedenzustellen, ohne sich von der klösterlichen Andacht abzuwenden. Lucilio traf diese überraschende Antwort hart; doch er sah darin eine mönchische Gaunerei und wiederholte der Pförtnerin, seine Unterredung mit dem Fräulein sei notwendig und unaufschiebbar, wie das Fräulein selbst sehr wohl wisse, und niemand auf der Welt könne gegen sein Recht auf diese Unterredung Einspruch erheben. Nun ging die Laienschwester wieder ins Kloster und brachte ihm umgehend mit finsterm Gesicht den Bescheid, das Fräulein werde sogleich in Begleitung der Ehrwürdigen Mutter kommen. Diese Begleiterin schluckte Lucilio nicht ganz glatt hinunter, aber er war nicht der Mann, eine Nonne zu fürchten, wartete, ein wenig unruhig, und lief im Sprechraum auf den roten und weißen Vierecken des Marmorfußbodens mit großen Schritten auf und ab. Das tat er schon eine ziemliche Weile, als Mutter Redenta und Clara eintraten, jene mit fromm gebeugtem Nacken, niedergeschlagenen Augen, die Hände über dem Magen zusammengelegt und das Schnurrbärtchen auf der Oberlippe borstiger als gewöhnlich, diese hingegen ruhig und freundlich wie stets. Aber ihre Schönheit war in der Eingeschlossenheit des Klosters verblichen, und die Seele schimmerte reiner durch die Körperhülle, funkelnd wie ein Stern durch lichter werdenden Nebel. Es war Jahre her, daß sich die beiden Liebenden so nahe gesehen hatten, doch zeigten sie keinerlei Verwirrung; ihre Liebe lebte so kraftvoll in ihren Herzen, daß auf dem Antlitz nur ein ferner, schwacher Widerschein glänzte. Mutter Redenta suchte unter den dichten Wimpern hindurchzuspähen, ohne daß man es merkte; ihre Ohren waren so weit aufgesperrt, daß sie eine Fliege am andern Ende des Raumes hätte fliegen hören.

»Clara«, begann Lucilio mit einer Stimme, die bewegter klang, als er wollte, »ich komme nach sehr langer Zeit, Euch an das zu mahnen, was Ihr mir versprochen habt; ich glaube, daß für Euch wie für mich diese langen Jahre nichts gewesen sind als ein einziger Tag der Erwartung. Jetzt steht den Wünschen unseres Herzens kein Hindernis mehr entgegen; kein Wille von Verwandten, kein gesetzlicher Zwang, keine Rücksicht auf die Gesellschaft beengen wie früher Eure Freiheit oder mein Zartgefühl. Ich bringe Euch ein Herz, das brennt in einer einzigen Leidenschaft, einer Flamme, die nie verlöscht, ein Herz, in Arbeit, Geduld, Unglück wieder und wieder erprobt. Clara, seht mich an! Wann werdet Ihr mein?«

Das Mädchen zitterte am ganzen Leibe, aber nur einen Augenblick; sie legte eine Hand auf die Brust, eine bleiche Hand auf das schwarze Gewand der Novizen, und heftete auf Lucilio einen langen, rätselhaften Blick, der durch alles hindurch die Hoffnung des Himmels zu suchen schien.

»Lucilio«, und sie preßte diese Hand leicht aufs Herz, »ich habe vor Gott geschworen, Euch zu lieben, habe mir in meinem Herzen geschworen, Euch so glücklich zu machen, als irgend in meiner Macht stehen würde. Ich bin dessen immer eingedenk, und ich werde mich immer darum mühen, daß mein Versprechen die größere Wirkung hat, die Gott ihm gewährt.«

»Was soll das heißen?« In der Stimme von Lucilio bebte

Angst. Mutter Redenta wagte es, die Wimpern zu heben, und ihre Augen schauten so erschrocken drein, als hätten sie die Hörner eines Teufelchens gesehen. Doch dank der Ruhe, die von Clara ausstrahlte, holte sie diese Blicke schnell wieder hinter die Gitter der Wimpern zurück.

»Ich will Euch alles erklären, Lucilio, und Ihr sollt selbst urteilen. Ich bin an diesen Ort des Friedens gekommen, um meine Seele Gott und Seiner Vorsehung anheimzugeben; ich habe hier so viel Liebe, Fürsorge und Trost gefunden, daß ich die Welt draußen nur mehr mit Schauder betrachte ... O Lucilio, werdet darüber nicht unwillig! Unsere Seelen sind wohl nicht dazu geschaffen, in diesem Jahrhundert der Verderbtheit und des Untergangs das Glück zu finden. Laßt uns hier darauf verzichten, und wir werden es droben finden.«

»Was sagt Ihr da? Die Worte, die Ihr jetzt aussprecht, zerreißen mir das Herz, und Euch fließen sie von den Lippen wie eine sanfte Melodie! Clara, um Himmels willen, kommt zu Euch! Seht mir in die Augen! Ich bitte Euch inständig: Denkt an mich!«

»Oh, ich denke an Euch, ich denke sogar zu viel an Euch, Lucilio! Mein Geist ist in die Dinge dieser Welt zu sehr verstrickt, um sich rein zu Gott zu erheben ... Aber was wollt Ihr jetzt noch von mir? Unsere Republik ist in die Macht von Fremden gefallen ohne Religion und ohne Glauben. Für gottesfürchtige Seelen ist allein im Himmel Hoffnung. Warum dem irdischen Truge vertrauen? Warum einen Hausstand gründen in dieser Gesellschaft, die Gott und die Kirche nicht mehr achtet? Warum ...«

»Clara, hört auf! Ich bitte Euch, denkt an Euern Schwur, macht nicht ein Verdienst vor Gott daraus, meineidig zu sein! Wenn Ihr Euch opfern wollt – gut, dann opfert Euch mir! Wenn nicht als Glück, nehmt mich als Martyrium!«

Die Mutter Redenta hustete geräuschvoll, um den Eindruck dieser Worte abzuschwächen, die Lucilio in so wütender Verzweiflung, so flehentlich bittend hervorgestoßen hatte, daß es das Herz zerreißen konnte. Doch Clara beruhigte sie mit einer Bewegung, hob darauf den Blick zum Himmel, daß es Lucilio ins Herz schnitt, näherte sich ihm und legte sanft eine Hand auf den Degen, als wolle sie allen irdischen Kampf zur Ruhe bringen. Er fühlte, diese in ihrem Schmerz verklärte Seele war ihm schon entflohen.

»Aber warum, Clara, warum?« Dabei erwartete er gar nicht, daß sie ihm den schrecklichen Sinn ihrer Gebärde erkläre. »Warum wollt Ihr mich töten, wo Ihr mich zum Leben erwecken könntet? Warum vergeßt Ihr die ewige, unauflösliche Liebe, die Ihr mir geschworen habt?«

»O Lucilio, diese Liebe, ewiger, unauflöslicher denn zuvor, schwöre ich Euch auch jetzt. Nur – unsere Hochzeit möge im Himmel sein, da der Herr sie denen, die sich ihm gelobt haben, auf Erden verwehrt. Ich liebe Euch immer, ich liebe nur Euch. Diese Liebe habe ich läutern, heiligen können, doch mehr zu fordern, Lucilio, habt Ihr kein Recht ... Mehr könnte ich Euch nicht zugestehen, weil Gott es mir verbietet.«

»Also Gott befiehlt Euch, mich zu töten!«

Das schrie Lucilio so laut heraus, daß Mutter Redenta auf ihn zuging und ihm gebot, sich zu mäßigen, denn die Schwestern seien in stille Andacht versenkt und könnten von so heftigen Rufen gestört werden. Clara hatte die Augen niedergeschlagen, Tränen rannen über die bleichen Wangen; aber sie beugte sich nicht, sie wankte nicht in ihrem Vorsatz. Die Qualen, die sie litt, waren ungeheuer; doch die Ehrwürdige Mutter konnte sich auf sie verlassen, sie hatte sie listig genug für diesen Augenblick geleitet und gefesselt. Nunmehr wohnte ihre Seele im Himmel und sah das Irdische aus unendlicher Höhe. Clara hätte eine Sünde von Lucilio mit ihrem Tode gesühnt, aber sie wäre auch imstande gewesen, ihn zu töten, um ihm die ewige Seligkeit zu sichern. Wirklich war sie ihrer Sinne kaum mehr mächtig, sie zitterte, hatte sich jedoch gleich wieder in der Gewalt und bat:

»Lucilio, wenn Ihr mich liebt, so geht! Wir begegnen uns

gewiß wieder, an einem besseren Orte, als dieser ist ... Ich will für Euch beten mit Fasten und in der Büßerkutte.«

Da schrie Lucilio: »Ihr lästert Gott! Ihr für mich beten? Der Henker, der für das Opfer bittet! Gott wird grauen vor solchen Gebeten.«

»Lucilio«, sagte Clara bescheiden, »wir sind alle Sünder, aber wenn eine gottgeweihte ...«

Mutter Redenta unterbrach diese Worte zur rechten Zeit. »Demut, meine Tochter, Demut! Es kommt Euch nicht zu, andere zu unterweisen, wenn es nicht unbedingt notwendig ist.« Lucilio warf der Alten einen Blick zu wie ein Löwe hinter den Gitterstäben seines Käfigs.

»Aber nein«, meinte er bitter, »unterweist mich nur, ich bin sehr neu in dieser Kunst und sterbe gewiß an gebrochenem Herzen, ehe ich sie gelernt habe.«

Clara sagte traurig: »Und ich, glaubt Ihr, ich sehnte mich danach, noch lange zu leben? Ach, um keine Gnade bitte ich die Madonna so innig wie um die, daß ich bald sterbe und in den Himmel aufsteige, um dort für Euch zu bitten.«

»Aber ich pfeife auf Eure Gebete! Ich will Euch selbst, will mein Glück, will meine Clara!«

»Beruhigt Euch doch! Habt Mitleid mit mir ... In der Welt gibt es für mich kein Glück ... Ach, Ihr müßt wissen, es heißt, alle geistlichen Bruderschaften sollten aufgelöst und die Klöster zerstört werden!«

»Ja, und das ist die Wahrheit. Ich schwöre Euch, es ist die Wahrheit. Ich selbst werde dafür sorgen, daß in diesen Grüften, wo sich Lebendige begraben, kein Stein auf dem andern bleibt!«

»Um Himmels willen, Lucilio, schweigt!« Clara sah ängstlich auf die Ehrwürdige Mutter, die, vielleicht mit stiller Genugtuung, auf ihrem Sessel hin und her rutschte. »Begeht nicht solche Ketzereien, die Euch vor Gott der Todsünde schuldig machen! Wie könnt Ihr die frommen Seelen kränken, die sich auf Erden ihrem Schöpfer vermählen, um ihn milder zu stimmen gegen ihre Brüder in der Welt!«

»Heuchlerseelen, falsch und verdorben, die es sich angelegen sein lassen, die einfachen, schwachen Seelen in die Falle zu locken!«

Da mischte sich mit trockener, näselnder Stimme Mutter Redenta ins Gespräch. »Aber wertester Herr Doktor, wie können Sie so blind verleumden! Heuchlerseelen? Es ist ihr Verdienst, wenn viele schwache Seelen so stark und erhaben werden, daß sie alle Hoffnung auf Gott setzen und die Worte eines einfachen Gelübdes als eine unübersteigliche Schranke betrachten, die sie für immer von der Gemeinschaft der Bösen und Ungläubigen trennt.«

»Ha, bald werden die Bösen und Ungläubigen eure Gelübde lösen! Die Gesellschaft ist das Werk Gottes, und wer sich von ihr zurückzieht, hat ein Verbrechen auf dem Gewissen, oder er ist feige oder faul. Ihr nun, Clara, habt in Euerm Gewissen die Menschlichkeit ertötet; um zum Himmel aufzusteigen, tretet Ihr den Mann, der Euch liebt, mit Füßen. So soll der Zorn des Himmels und der Fluch . . .«

»Haltet ein, Lucilio! Ich will Euch auch das letzte sagen. Die Gelübde, die ich am Sonntag feierlich vor dem Altar Gottes ablegen will, habe ich vor Gott schon in meinem Herzen abgelegt in jener verhängnisvollen Nacht, als die Feinde der Religion in Venedig einzogen. Wir waren acht, die unsere Freiheit, unser Leben boten, wenn diese Geißel der Stadt erspart bliebe; und werden die schändlichen Verbrecher eines Tages gezwungen, ihre feige erschlichene Beute wieder fahren zu lassen, so hat Gott wohl unser Opfer in Gnade angenommen.«

Mutter Redenta grinste unter ihrer Haube, Lucilio tat ein paar Schritte nach der Tür; doch noch einmal kehrte er zu Clara zurück, als sei es ihm unmöglich, sie so zu verlassen.

»Clara«, hub er zum letzten Male an, »ich bitte nicht mehr, ich sehe, es wäre vergeblich. Aber ich will Euch das Schauspiel eines solchen Jammers geben, daß Euch Euer Gewissen selbst in der Stille und dem Frieden des Klosters nicht Ruhe lassen soll. Oh, Ihr habt es nie gewußt, wie heiß ich Euch liebte. Ihr erlegt

Euch mit tausend scharfsinnigen Gedanken Opfer auf, doch Ihr nehmt sie nicht auf Euch aus Liebe und einem Gefühl, das unmittelbar in Euch lebt. Clara, ich lasse Euch Gott, aber wird Gott Euch wollen? Ehebruch ist in den heiligen Geboten, dieser Summe unserer Pflichten, nicht erlaubt.«

Es lag Lucilio wohl fern, mit solchen Worten einen letzten Sturm zu versuchen. Er und Clara konnten sich ja nicht verständigen, jeder redete eine andere Sprache. Mutter Redenta triumphierte im stillen über jenen mächtigen, unersättlichen Eroberer, der eine Herrschaft von vierzehn Jahrhunderten gestürzt hatte, der das Gesicht der halben Welt veränderte und nicht vermochte, dem Gesicht der Kirche auch nur die kleinste Linie einzugraben. Der Stolz der Demut ist unbeugsamer als jeder andere Stolz. Nun weidete sich die Ehrwürdige Mutter am Mißerfolg dieses Doktors, der die Freiheit, womit der Korse die Welt überrannte, verteidigte. Warum sollten diese Menschen frei und glücklich sein? Sie selbst war es ja auch nicht. Hinzu kam der Stolz, daß sie ihr Versprechen der Gräfin gegenüber gehalten hatte. Auch bewunderte sie jetzt, nach Jahren langsamer, mühseliger Arbeit in der Standhaftigkeit von Clara ihr eigenes Werk, und sie hätte diesen Augenblick des Triumphes nicht für die ansehnlichste Äbtissinnenpfründe ihres Ordens hingegeben. Was nun Lucilio anlangt, so bedeutete das Erlebnis für ihn einen wahren Weltuntergang. Mit all der Mühe seines Geistes und Herzens stand er jetzt an einem Punkte, wo das Vor und Zurück gleichermaßen unmöglich ist; nach einer Kette von Erfolgen mißtraute er nun sich selbst. Die Kluft zwischen dem bisherigen Selbstvertrauen und der Niederlage jetzt mußte ihn der Verzweiflung nahe bringen. Trotzdem ist nicht anzunehmen, daß er sich für besiegt gab; aber seine Liebe schlug um in Zorn, Haß und Wut. In den letzten bitteren Worten, die er an Clara richtete, kämpfte wohl nur noch der Stolz; die Liebe war tief in seine Seele gestürzt und hatte dort alle die Leidenschaften in Aufruhr gebracht, die vorher seiner Vernunft gehorcht hatten. Clara gab auf die Schmähungen, mit denen er sie überschüttete, keine Antwort, aber dieses Schweigen war beredt genug, und seine immer wiederholten Vorwürfe und Verwünschungen glichen der Raserei eines wütenden Stieres, der, weil er aus der Arena keinen Ausweg findet, mit dem Schädel gegen die Schranken rennt. Damit hatte er Anstoß bei der Mutter Redenta, bei Clara Mitleid erregt. Endlich meisterte sein Wille diese Ausbrüche, er war stark und stolz genug, sich zu sagen, daß er gehen müsse, und der letzte Gruß an die Geliebte war ein Blick, in dem sich Scheu und Trotz mischten. Vielleicht war sein Stolz noch tiefer verwundet als seine Liebe; doch auch in diesen schrecklichen Augenblicken konnte er daran denken, sich ehrenvoll zurückzuziehen. Ich wäre an solchem Herzeleid einfach zugrunde gegangen; er zwang sich zu leben, indem er sich selbst einredete, daß immer nur er über seine Leidenschaften wie über das Leben Herr sei. So wenigstens erklärte ich mir, wie ein Charakter wie der seine diesen Schlag überwand. Ich habe Lucilio in jenen Tagen gesehen; zunächst war er sichtlich verstört und mühte sich vergeblich, es hinter dem gewohnten ernsten Gleichmut zu verstecken. Nach und nach siegte seine alte Art, der Stolz richtete sich wieder auf. Stark und unerschütterlich trug er das Unglück des Vaterlandes, vielleicht um so stärker, je mehr er für sich selbst verzweifelt war. Clara legte feierlich die Gelübde ab, und Lucilio vergrub die Qual und Wut über den unwiederbringlichen Verlust tief in seinem Herzen.

Pisana heiratete kurz darauf die alte Exzellenz Navagero, und Giulio Del Ponte folgte ihnen mit dem Lächeln der Hoffnung zum Altar. Er liebte Pisana nicht, wie ich sie liebte. Ich irrte mit meinem tiefen Kummer ruhelos hin und her, konnte keinen Frieden finden, nicht ohne Schauder an die Zukunft denken, doch wagte ich nicht einmal in der Raserei des Schmerzes, Pisana zu verdammen; all mein Haß richtete sich auf die Gräfin, die ihre eigene Tochter zu einer abscheulichen Ehe erniedrigte, nur um selber Reichtum und Bequemlichkeit des Hauses Navagero zu genießen. Später erfuhr ich, daß auch die List, womit man Clara schließlich in die Frömmelei getrieben hatte, durch die Geldfrage bedingt war. Die Alte hatte dem Kloster nur die Hälfte der Mitgift gezahlt und die andere aus dem Erlös ihres Schmuckes versprochen, aber der Schrein war leer, die Brillanten glitzerten im Leihhause, und sie mußte fürchten, daß Clara im Fall einer Heirat über ihr Eigentum Rechenschaft gefordert hätte. So bitteres Weh entsprang der Gier dieser venezianischen Dame nach Bassettspiel und Pharao. Graf Rinaldo hatte sich aus dem Ruin und der für ihn unehrenhaften Hilfe des Schwagers gerettet mit der Annahme eines höchst bescheidenen Amtes; er war Buchhalter bei der Regierung. Ein Silberdukaten am Tag und die Markusbibliothek versorgten ihn mit allem, was er zum Leben brauchte. Doch sah ich ihn oft mit gesenktem Haupt und nach innen gewandtem Blick seines Weges gehen, und ich wette, er war gewiss nicht der letzte, der die Erbärmlichkeit jener Sitten und Zeiten schmerzhaft empfand.

Denn – ich schäme mich, es zu sagen – es war wirklich Erbärmlichkeit. Jeder wußte, wir liefen ins Verderben, und jeder tat, als wisse er es nicht, weil es ihm unbequem war zu verzweifeln. Unter den Literaten wagte nur Barzoni in seiner schon erwähnten Schrift *Die Römer in Griechenland* die Stimme zu erheben. Aber solche für eine Schmähschrift falsch angewandte Gelehrsamkeit, solche ausgetüftelte Gleichnisrede ist schon Zeichen eines matten Temperamentes und einer kraftlosen Literatur. Es gab viel Lärm um das Buch und den ungenannten Verfasser; doch man las es bei verschlossenen Türen und Kerzenlicht und war beim kleinsten Geräusch bereit, es ins Feuer zu werfen und am nächsten Tag in den Cafés zu erklären, die Plünderungen von Lucullus und der arglistige Edelmut von Flaminius ähnelten in nichts der edelmütigen, milden Regierung von Bonaparte. Dabei zog er uns noch das Hemd aus, um es der Freiheit Frankreichs zu schenken, und die künftigen Sklaven blieben nackt wie die Heloten von Sparta. Schon hatte er rings um Mailand die Cisalpine Republik gebildet, mehr Drohung als Versprechen für die noch immer vorläufige Obrigkeit von Venedig; und diese Obrigkeit, die nach der Niederlage von Bassano fühlte, daß sie den Boden unter den Füßen verlor, besaß die Einfalt, zu bitten, daß die venezianischen Staaten in die neue Lombardische Republik aufgenommen würden. Doch die sie regierten, antworteten mit harten und stolzen Worten; das wäre Brudermord, wollte man nicht dahinter die Absicht von Bonaparte sehen und es als Unterwürfigkeit deuten. Mögen die Namen derer, die ein Blatt zeichneten, auf dem man einer unglücklichen, gefährdeten Schwesterstadt die Hilfe versagte, für immer mit Schmach bedeckt sein.

Ich für mein Teil hoffte wie die andern auf die Ankunft des Generals Bonaparte; ich hoffte, die Zeichen und Denkmäler unserer vergangenen Größe würden ihn von der grausamen, absichtlichen Gleichgültigkeit abbringen, die er hinsichtlich unser begonnen hatte, an den Tag zu legen. Doch an Stelle des Generals erschien nur seine Frau, die schöne Josephine. Sie ging auf der Piazzetta an Land mit all dem Gepränge einer Dogaressa, und diese Kreolin besaß, wenn nicht die Majestät einer solchen, so doch sicher deren glanzvolles Auftreten. Ganz Venedig lag ihr zu Füßen; alle, die dem Bankier Haller, dem Freunde von Bonaparte, geschmeichelt hatten, um den Todeskampf der alten Republik zu verlängern, schmeichelten nun der Gemahlin des Maklers der Völker und verehrten und hätschelten sie, damit man die neue, unzeitige Geburt von Freiheit nicht umbrächte, bevor sie zur Welt kam. Auch ich mit meinem prächtigen Sekretärsdegen spreizte mich wie ein Pfau im Gefolge der Aspasia von Paris. Ihr schöner Mund lächelte bei den den Venezianern eigenen feinen Höflichkeiten, ihre betörende Stimme wisperte das Französische wie einen italienischen Dialekt; ich, der ich damals in den allgemein französelnden Zeiten auch einigen Fleiß an diese Sprache gewandt hatte, plapperte meinerseits das *oui* und das *n'est-ce-pas* mit manchem der Generalstabsoffiziere, die sie begleiteten. Mochte es nun am Reiz der Schönheit liegen oder am Schein guten Willens oder an der Hartnäckigkeit von Hoffnungen – die enttäuschten Menschen wurden von dem Besuche jener Frau ein wenig getröstet. Sogar mein Vater schüttelte nicht mehr den Kopf, sondern trieb mich an, daß ich mich in der ersten Reihe der Verehrer sehen ließe.

»Frauen, mein Sohn, Frauen bedeuten alles«, sagte er zu mir. »Wer weiß, vielleicht hat uns diese der Himmel gesandt. Aus kleinem Samen wachsen große Pflanzen; ich würde mich über nichts wundern.«

Der Doktor Lucilio indes, der dank seiner Vertrautheit mit dem Gesandten Frankreichs mehr als jeder andere bei der schönen Besucherin zugelassen war, nahm, schien mir, an dieser allgemeinen Besessenheit nicht teil. Er studierte an Josephine nicht die Frau, sondern die Gattin; aus ihr riet er auf den Gatten, und die Schlüsse, die er für unser Geschick, das in ihren Händen lag, daraus zog, waren nicht sonderlich günstig. Seine Verzweiflung wuchs, er schien in jenen Tagen finsterer und verschlossener denn je. Alle die andern, städtische Beamte, Volkshäuptlinge, Exsenatoren, Exadlige, vornehme Damen und Mädchen, umtänzelten die Frau des großen Generals. Die Schönheit vermag in Venedig viel; sie würde alles vermögen, wenn ihr ein hohes Gefühl von innen her Leben verleiht. Denn Frauen können, selbst wenn Erziehung und Sitte sie nur hat zu Puppen werden lassen, in der Begeisterung unversehens die Männer zu Männern machen. Oft gingen im Gefolge oder in den Vorzimmern der Beauharnais Pisana und ihr hübscher alter Mann so nahe an mir vorüber, daß sie mich mit dem Ellbogen streiften. Ich zuckte zusammen, als kriegte ich unversehens kaltes Wasser über den Rücken gegossen; doch dann besann ich mich auf meine Würde und die Mahnreden meines Vaters, richtete mich auf und mühte mich wieder unbefangen um einen guten Eindruck bei der berühmten Frau.

Sie wurde wirklich auf mich aufmerksam und fragte Seine Exzellenz Cappello, der ihr den Arm bot, wer ich sei; sie sprachen leise miteinander, der schöne Gast der Stadt Venedig lächelte mir zu und streckte mir die Hand hin, die ich voll Ehrfurcht küßte. Auf solche Weise, mit andachtsvollem Mund und gebogenem Knie, behandelte man damals die Gattinnen der Befreier. Allerdings war jene Hand so rundlich, weich und vollkommen, daß man vergaß, daß sie einer Bürgerin gehörte; viele Kaiserinnen hätten sich ein Paar ähnliche gewünscht, und Katharina II. besaß sie nie, so vielerlei Seifen und Orangenblütenwasser ihre Destillateure auch für sie zusammenbrauen mochten. Nach diesem Kusse nun wurde ich eine gewichtige Persönlichkeit, und Pisana beehrte mich mit einem Blick, der alles andere als gleichgültig war. Seine Exzellenz Navagero schenkte mir noch mehr Beachtung als seine Frau, und mehr brauchte es nicht, um mich wirklich in Verlegenheit zu setzen. Zu rechter Zeit lief mir Giulio Del Ponte in den Weg, der offenbar dem glücklichen Paar folgte, und ich wandte mich, noch ganz verwirrt, ihm zu. Nach ein paar Worten, deren ich mich nicht mehr entsinne, landeten wir bei Pisana und ihrer Ehe. Giulio war längst nicht mehr so glücklich, als er am Tag ihrer Hochzeit gehofft hatte, einmal werden zu können; ich betrachtete ihn genauer und fand ihn leichenblaß wie einen Liebhaber, der im Begriffe steht, Bankerott zu machen. Die Leidenschaft, die ihn verzehrte, hatte ihn von neuem gepackt und zernagte langsam seinen Körper, der von Natur zart und von früherem Leiden unterhöhlt war. Doch mein Mitleid für ihn war geschwunden; ich hatte erkannt, welcher Art seine Liebe war, und konnte ihn nicht mehr achten noch bedauern. Ich wundere mich noch immer, daß ich bei meiner Erziehung mir ein so rechtliches Urteil über moralische Dinge habe bewahren können. Aber ich fürchte, ich besaß es nur andern gegenüber und war mit mir selbst weit nachsichtiger. Wie dem auch sei, ich nahm für diesmal an dem Kummer von Giulio nicht teil und ließ ihn toben und verzweifeln, so viel er wollte, um so mehr, als ich ihm damals weder Pisana abtreten noch zu seinem Troste dieses höchst lästige Gespenst von Ehemann verscheuchen konnte. Wirklich war dessen vieläugige, vielredende

Eifersucht die Hauptplage des armen Giulio; doch kam eine viel schlimmere hinzu.

»Siehst du den flinken, kleinen Offizier, der sich immer dicht bei Pisana hält?« flüsterte er mir ins Ohr und knirschte wütend mit den Zähnen. »Der von ihrer Seite an die ihres Mannes hüpft und sich jetzt an die schöne Beauharnais heranschlängelt und sich vor ihr verbeugt und ihr so artig den kleinen Finger drückt? Nun, es ist der Bürger Ascanio Minato aus Ajaccio, halb Italiener und halb Franzose, ein Landsmann von Bonaparte, Stabsoffizier beim General Baraguay d'Hilliers. Er wohnt auf Befehl der Behörde im Palast Navagero ... Ein schöner junger Mann, wie du siehst, braun, schlank, von hohem Wuchs, voll Feuer, Übermut und Gesundheit; man sagt, er scheue vor nichts zurück und sei ein Raufbold, schlimmer als Don Quichotte... Die junge Frau wird mit jedem Tage mehr zur Französin; schon zwitschert sie ein halbes Pariser Wörterbuch, und ich fürchte, sie hat auch die interessantesten Worte schon ins Gespräch geworfen ... Natürlich findet der korsische Offizier das Italienische unter seiner Würde! Und ich ... denke dir ... ich spreche nur Italienisch ... Aber sie werden schon noch merken, die Damen und Herren, woran sie sind mit diesen Befreiern! Die haben das *Pax tibi, Marce* im Buche des Löwen ausgestrichen und die ›Menschenrechte‹ dafür hingeschrieben. Schlimm genug für uns, die wir sie gewollt haben. Tausendmal schlimmer für die, die sich darauf verlassen und die Hände in den Schoß legen. Oh, man wird noch schöne Dinge erleben!«

Bis dahin hatte ich den Redestrom laufen lassen, ohne ihn einzudämmen; aber als Giulio plötzlich in dieser Weise Unheil krächzte und mit dem großen Unglück des Vaterlandes ein persönliches Unrecht, unter dem er litt, so feige gerächt haben wollte, schwoll ein Orkan von Zorn in meinem Innern.

»Und du? Du würdest dabei zusehen!« Dieser Vorwurf und die Verachtung, die aus meinen Augen sprühte, machten Giulio erstarren. Er stand da wie ein Bild von Stein; nur daß ihm sein Atem Mühe machte, eine Mühe, die Steinbilder wenigstens nicht haben. Freilich betrübte auch mich dieser neue Leichtsinn von Pisana einigermaßen; doch blieb davon kein solcher Stachel in meinem Herzen wie von dem zynischen Ausbruch von Giulio. Ich setzte ihm noch weiter heftig zu und ereiferte mich dermaßen, daß wir, ehe ich mich dessen versah, allein geblieben waren; das Gefolge war mit der Beauharnais in die Schatzkammer von San Marco gegangen, wo eine herrliche Kameenkette als Geschenk für sie ausgesucht werden sollte. Als wir die andern einholen wollten, waren sie schon auf dem Markusplatz und kehrten zum Regierungspalast zurück. Zu meiner großen Überraschung entdeckte ich unter den Menschen im Gefolge Raimondo Venchieredo, und in der Menge der Neugierigen Leopardo Provedoni und seine Frau. Für heute war die Feierlichkeit zu Ende, so daß ich Giulio seiner Wut überließ und mich den beiden näherte mit all der Herzlichkeit und den vielen ›Oh‹ der Verwunderung und Freude, die man mit Landsleuten und alten Freunden in der Fremde auszutauschen pflegt.

Doretta hatte ihre Augen dort, wo Raimondo mit den eifrigsten Höflingen im Vorhof des Palastes verschwunden war; Leopardo drückte mir die Hand und fand kaum den Mut zu einem Lächeln. Doch nachdem er seine Frau in die beiden kleinen Zimmer nahe dem Ponte Storto geführt hatte, die sie bewohnten, und mit mir allein geblieben war, verlor er etwas seine Befangenheit und erzählte mir, warum und wie sie nach Venedig gekommen waren. Der alte Herr von Venchieredo schien in Mailand mit dem General Bonaparte sehr vertraut; er war ihm nach Montebello zu einer geheimen Rücksprache mit den Ministern Österreichs gefolgt und hatte dann eilig eine Reise nach der andern unternommen, von Mailand nach Görz, von Görz nach Wien und von da wieder nach Mailand und kurz danach noch einmal nach Wien. Als er von letzterer Reise zurückkam und seinen Weg durch die Lombardei nahm, war er in Venchieredo erschienen, um den Sohn zu sehen, und hatte ihm befohlen, sich sofort nach Venedig zu begeben, wo ihm eine nahe bevorstehende Umwälzung großes Glück verhieße. Da sich der Herr Raimondo nicht von seinem Sekretär trennen wollte, hatten auch Leopardo und Doretta ihre Zelte abbrechen müssen, und so fanden sie sich denn in Venedig. Aber Leopardo war damit gar nicht zufrieden; hätte nicht die Frau gebeten, so wär er gern im Friaul geblieben. Hierbei wechselte der Arme die Farbe, und es kostete ihn große Mühe, nicht in Tränen auszubrechen. Als ich das merkte, lenkte ich ihn ab mit Fragen nach unserer Heimat und nach meinen Freunden und Bekannten.

Wie wir nun unter solchen Gesprächen durch die engen Straßen und an den Kanälen entlang spazierten, wurde er etwas heiterer und vergaß beinahe sein Unglück; ich jedoch litt für ihn, wenn ich an den Augenblick dachte, da es ihm wieder zum Bewußtsein käme. Er bestätigte mir auch die Nachricht von dem traurigen Verfall der Burg und der Familie von Fratta. Der Hauptmann und Hochwürden taten nichts als bechern und schmausen und das Herdfeuer schüren; den alten, gestorbenen oder entlassenen Dienern waren ein paar Spitzbuben gefolgt, die das wenige stahlen, was noch vorhanden war. Es gab nicht mehr genug Schmorpfannen oder Tiegel für die Mahlzeiten von Hochwürden. Faustina hatte sich mit Gaëtano verheiratet, dem Häscher von Venchieredo, der vor kurzem von der Galeere freigekommen war, und als sie ging, hatte sie einen großen Teil der Wäsche mitgenommen und verkauft. So stritten also der Hauptmann und Hochwürden außer um den Schürhaken auch um das Hemd, und Frau Veronica stellte die Eintracht wieder her, indem sie beide ausschalt; und das komischste dabei war, daß den alten Sandracca bisweilen die Eifersucht packte, und das bildete einen dritten Anlaß zu großen Streitereien zwischen ihm und dem Pfarrer. Im übrigen spielte Fulgenzio den Herrn. Schon bald nach meiner Abreise hatte er ein Landgut des Hauses Frumier nahe Portovecchio gekauft; dann rundete er es allmählich dadurch ab, daß er die Beihilfen, die er der Herrschaft vorschoß, in Hypotheken umwandelte. Zum Beispiel lag das Getreide im Speicher, und aus Venedig forderte man Geld; war das Getreide wohlfeil, so tat er, als kaufe er selbst es mit der Summe, die er nach Venedig schickte; stieg es dann im Preise, so verdiente er beim Verkauf sein schönes Geld. Sank das Korn fortgesetzt, so vergaß er den Scheinvertrag, und die Kaufsumme verwandelte sich in einen gegenseitigen Kredit, für den er seine sieben, acht oder zwölf Prozent nahm. Auf solche Weise sorgte er für ein ruhiges Gewissen und mehrte zugleich aus dem Amte, das er versah, maßlos seinen Gewinn.

Die Söhne waren nicht mehr Meßner oder Pförtner; Domenico wirkte als Notar in Portogruaro, und Girolamo studierte im Seminar Theologie. Im Lande sah man voraus, Fulgenzio würde es früher oder später zum Burgherrn von Fratta oder zu kaum geringerer Würde bringen. Andreini, dem Graf Rinaldo vor seiner Abreise so im großen eine Aufsicht über die Burggeschäfte übertragen hatte, übte diese so gemächlich aus, daß auch er zu denen zu gehören schien, die in die eigene Tasche wirtschafteten. Der Kaplan, der arme Kerl, hatte Angst sogar vor dem Exmeßner und sah nicht so genau hin; der Pfarrer von Teglio, der im Kirchspiel wegen seines unfreundlichen, geizigen Wesens nicht eben beliebt war, hatte daheim zu viel Ärger, um seine Nase in den anderer Leute zu stecken. Schon spaltete sich die Diözese, nach der Ankunft der Franzosen und der Abreise des Pater Pendola, der nach Ansicht von Leopardo wohl ebenfalls in Venedig war, in kleine und kleinste Parteien, und das war nur natürlich, da die Eintracht, die der Hochwürdige Herr nach all seinen Quertreibereien hier hinterlassen hatte, nicht gerade Haltbarkeit gewährleistete.

»Der Pater Pendola in Venedig!« rief ich erstaunt. »Was will er denn hier? Mir scheint dies für ihn weder der Ort noch die rechte Zeit.«

Leopardo seufzte leicht. Ja, es war schon so, wo ein Aas, da sammeln sich die Raben. Unter solchen Gesprächen waren wir auf der Piazzetta angelangt; Leopardo hob den Blick, sah das Wundergebilde des Dogenpalastes, und die Augen wurden ihm feucht. »Nein, denken wir jetzt nicht daran!« sagte er und preßte mit Riesenkraft meinen Arm. »Denken wir daran, wenn es an der Zeit ist.« Darauf erzählte er weiter von daheim: wie seine Schwester Bradamante die Frau des Donato aus Fossalta geworden und sein Bruder Bruto und der Müller Sandro sich aus Begeisterung in einem französischen Regiment hätten anwerben lassen. Das überraschte mich nicht wenig. Was Sandro betraf, so konnte die Sache gut gehen, er würde keine schlechte Figur machen, wie mir denn auch später die Ereignisse recht gaben. Aber Bruto würde sich viel Mühe geben müssen, um ein vollkommener Soldat zu werden; die Hände waren zwar geschickt, doch das Rechtsum, Linksum brachte er weniger flink zuwege. Leopardo erzählte, sein Vater sei über diesen Entschluß recht bekümmert gewesen; der arme Alte hatte das Gedächtnis verloren, und die Beine versagten ihm den Dienst, und die Gemeindeangelegenheiten liefen, wie sie wollten. Doch so wirr ging es ja in allem zu; jedes Amt wurde nur vorläufig verwaltet, immer standen zwei oder drei Rechtsprechungen gegeneinander, die einen machtlos aus Alter und Schwäche, die andern gewalttätig, weil sie willkürlich und militärisch gehandhabt wurden. Jede bedrückte die Leute dermaßen, daß sie einmütig danach verlangten, es möge ein einziger Herr kommen, der die drei oder vier fortjage, von denen sie gequält wurden; denn diese konnten oder wollten keinen Schutz gewähren. Städtische Behörden, Gemeinde- oder bäuerliche Gerichte, feudale Gewaltherrschaft, französische Militärregierung – niemand wußte mehr, wohin er sich wenden sollte, um eine Brosame Gerechtigkeit zu erhalten.

Natürlich mußte einem solchen vielfältigen Gehabe von Herrschern die private Gerechtigkeit zu Hilfe kommen; Gewaltakte, Raufereien, Morde waren an der Tagesordnung; die Mistgabel werkte doppelt so viel als sonst, und auch die Messer hatten gut zu tun. Nur wo ein General im Quartier lag, gab es rauschende Feste und gute Laune. Da wurde von den Offizieren verschwendet, was in der Umgegend geraubt war; das Gesindel schwelgte im Überfluß, die Damen kokettierten, wie es Mode war, mit den schmucken Franzosen. Denn wie würde man bequemer Patriot und liberal als in der Liebe?

In Venedig war es nicht anders als überall, zunächst gab es scheele Blicke, schließlich Umarmungen wie unter besten Freunden. Gemeinsame Laster sind Kuppler für jede Erbärmlichkeit, und es gab viele Frauen, die sich, auch ohne das heftige Temperament und einen hinfälligen Gemahl, wie ihn Pisana besaß, gleich ihr mit einem kleinen Oberlieutenant einrichteten, um der Bedrücktheit jener Übergangszeit zu entgehen; gewiß nichts Neues, unsere Vorfahren haben es nicht anders gehalten – aber abscheulich bleibt solche Haltung immer. Auch die ›Demokratie‹ und der ›Kult der Vernunft‹ waren nichts als Vorwände, hinter denen sich Furcht und Eitelkeit versteckten; und wirklich, wer damals um den Freiheitsbaum tanzte, der tanzte im folgenden Karneval in den Redoutesälen trotz des Vertrages von Campoformio und beschmutzte sich später die Kniee vor der Gottheit von Austerlitz. Ach, und der Tag, an dem man den Freiheitsbaum auf dem Markusplatz aufpflanzte, der Tag dieses Volksfestes war besonders merkwürdig und schmerzlich. Hinter vier Betrunkenen und zwanzig verrückten Weibern, die um ihn herumtanzten, schleiften auf dem Pflaster die französischen Säbel, und die Vertreter der Behörden (ich mitten unter ihnen) standen aufrecht und schweigend auf ihrer Loggia wie gewisse Leichname im vulkanischen Gestein, die jedoch bei einem Luftzug in Staub zerfallen. Leopardo begleitete mich zu diesem Fest, und er zerbiß sich vor Wut die Lippen. In einer Loggia gegenüber saß seine Frau neben Raimondo und trieb alle die venezianischen Mätzchen, die sie zu den ihren in einer Woche Lehrzeit hinzugelernt.

Die Tage verflossen traurig in erstickender Eintönigkeit. Mein Vater, mißgestimmt, redete höchstens zu der Magd mittels Püffen und kurzen Ausrufen; er schlug nur selten auf die Tasche, in der die Dublonen steckten, und plagte mich nicht mehr mit Lobsprüchen auf die Contarini. Die Frumier blieben in ihren Palast verkrochen, als fürchteten sie, die Luft könne verpestet sein; nur Agostino erschien bisweilen im Café am Ufer und tönte mit lauter Stimme sein Jakobiner-Credo. Er gehörte zu denen, die an die Dauer der französischen Herrschaft glaubten und hofften, im guten oder bösen wenigstens einen Bruchteil des verlorenen Einflusses wiederzugewinnen. Lucilio ging gedrückt von Haus zu Haus, und es war deutlich, der Arzt half nicht mehr in der Überzeugung, etwas Gutes zugunsten der Menschheit zu wirken. Leopardo wurde immer finsterer und schweigsamer; Muße und Kummer fraßen an ihm, daß es den Anschein hatte, als stürben die starken Kräfte seiner Seele mehr und mehr dahin. Raimondo und Doretta sahen völlig über ihn hinweg, ja sie scheuten sich nicht, gelegentlich in seiner Gegenwart Eifersuchtsszenen aufzuführen. Er klagte nie; aber ab und zu brach er das Schweigen und erging sich mit mir voll Wehmut und bitterer Wollust in Erinnerungen früherer Zeiten, und die Worte, die der Heimat und dem verlorenen Glücke galten, wurden dann auf diesen Lippen ein reines, begeistertes Lied.

Einer jedoch verfiel wirklich in Raserei: das war Giulio Del Ponte. Die Krankheit, die ihn damals, als Pisana mit dem Venchieredo kokettierte, an den Rand des Grabes gebracht, war mit noch größerer Heftigkeit wieder aufgeflammt. Doch erschien er diesmal weit schwächer und gebrochener, und sein Nebenbuhler dreimal so schön und des Sieges gewiß. Ich selbst hatte nicht den Mut, das Haus Navagero zu betreten, aber ich hörte alle Neuigkeiten von Agostino Frumier. Der unglückselige Giulio bestand hartnäckig darauf, ein Herz zu gewinnen, das ihm immer mehr entschwand, und verlängerte in diesem schrecklichen Kampfe die Agonie; zwang er sich ja einmal zu einiger Munterkeit, so standen Augen und Stimme im Gegensatz zu dem, was er sprach. Der Atem ging ihm aus, die Rede verwirrte sich, weil er nur an seinen Kummer dachte.

Der lustige korsische Offizier spottete über das Gespenst, das sich in die Fröhlichkeit der andern hineindrängte. Pisana übersah ihn entweder, oder wenn sie ihn sah, fand sie ihn so häßlich in seinem Mißmut, daß ihr jede Lust, ihn wieder anzublicken, verging. Früher hatte sie ihn in seiner Lebhaftigkeit, dem Wortreichtum und Zauber der Sprache gut leiden mögen; nachdem das alles entschwunden, erkannte sie den Giulio von ehemals überhaupt nicht wieder. Und wäre er auch der gleiche geblieben, so ist doch sehr zweifelhaft, ob sie ihn über dem schönen Offizier nicht einfach vergessen hätte; wer könnte mit Gewißheit sagen, ob sie in ihrem raschen, wandelbaren Temperament ihn überhaupt je geliebt hat?

Oft rannte Giulio verzweifelt in die Schatten der Nacht und suchte auf den menschenleersten Uferwegen den Frieden, der ihn sonst beharrlich floh. Dort, unter dem bleichen Blick des Mondes, im Windhauch, der vom Meer herüberwehte, beim fernen Rauschen der Adria lebte seine matte Seele auf. Ehre, Ruhm, ein reiches, glückliches Leben, alles schien zum Greifen nah. Wie verächtlich und niedrig erschien ihm dann irdisches Glück in seiner Vergänglichkeit! Er fühlte sich größer als dieses Glück, hob stolz das Haupt, grüßte die Sterne wie Brüder und sagte bei sich selbst: Alles, was ich vollbringen will, werde ich vollbringen!

Giulio sammelte die Kraft seines Denkens nicht wie ein Weiser, sondern zersplitterte sie in den Fieberphantasien der Krankheit. Die Sterne seines Bewußtseins verlöschten einer nach dem andern, er fühlte, wie sich die Materie seines Leibes Atom für Atom auflöste, wie die Seele vertierte, die sich noch eben geistfunkelnd und heiter bis zum Himmel erhoben. Sterben mit achtundzwanzig Jahren, durstend nach Leben, fiebernd vor Stolz, statt nur von Mühe und Erniedrigung! Das Leben lassen ohne einen Traum, einen Glauben, einen Kuß der Liebe, nichts als Schrecken und Wut vor Augen! Warum sind wir geboren, warum erzogen und gewöhnt worden zu leben, als dauerten wir ewig? Alles ist eitel!

Trotz solcher mutlosen Selbstgespräche zwang Giulio seine Feder zu mancher vaterländischen Hymne, mancher republikanischen Strafrede, die ihn in seinem baldigen Untergang mit Ruhm kränzen sollte. Dann schämte er sich dessen, was er geschrieben, und warf es ins Feuer. Denn er riegelte sich zu sehr in der Betrachtung des eigenen Schicksals ab, als daß er Hoffnung und Streben der gesamten Menschheit hätte würdigen können. Wie sollte ihm aus solcher Enge eigener drängender Leidenschaften die volle, reine Begeisterung erwachsen, die ein Kunstwerk allein zur Blüte bringt! Die gelehrten Prunkreden von Barzoni und die griechische Wortklauberei des jungen Foscolo, für die er so bitteren Spott fand, hatten mehr Feuer als seine matten, aus Rousseau und Voltaire aufgebrühten politischen Gedanken. Wurde er dessen gewahr, so zerriß er voll Wut die Feder und warf sich erschöpft aufs Lager. Ein hartnäckiger Husten quälte ihn in den langen Nächten, und während er so kämpfte, standen vielleicht Ascanio und Pisana in der Tür eines Balkons über dem Kanal und zwitscherten von der Liebe in all den feinen Tönen des zärtlichen französischen Wörterbuchs, während Seine Exzellenz Navagero, erschreckt von den befehlsgewohnten Blicken des Offiziers, drin auf einem Sessel scheinbar einnickte. Ich, der ich dieses Haus nicht zu betreten wagte, glitt dann wohl nachts in meiner Gondel durch den Kanal und sah, wie sich in dem erleuchteten Rechteck die beiden einander zugeneigten Gestalten deutlich abzeichneten. Armer Giulio, armer Carlino!

Der Sommer näherte sich seinem Ende. Schon hatten die stolzen Bocchesen von Perasto trauernd die letzte Fahne von San Marco verbrannt. Die Republik Venedig war tot; ein letzter Abglanz ihres Geistes schimmerte noch am fernen Horizont ihres Lebens, über den Küsten der Levante. Vidiman, der Statthalter von Korfu, Bruder des weisesten, großmütigsten der Ratsherren, hauchte seine Seele aus im Schmerz über die ständigen Quälereien der Franzosen, die hier als Herren gelandet waren. Die von der Schwäche der Venezianer angewiderte Bevölkerung hatte nicht mehr Dienern dienen wollen; dann noch besser den Franzosen oder irgendwem, als der lässigen Unfähigkeit von hundert Patriziern. Was man vor vielen Jahrhunderten aus Zwang geachtet, dann aus Klugheit verehrt, schließlich aus Gewohnheit geduldet hatte, fiel jetzt der Verachtung anheim, die immer auftritt, wo man lange zu Unrecht gehorcht hat. In der Behörde erzeugte eben die Verzweiflung, keinen Rat zu wissen, die Zwietracht; Dandolo und Giuliani predigten die allgemeine Republik, letzterer ohne jede Rücksicht auf den Argwohn der Verbündeten. Vidiman riet, Maß zu halten, denn die Geschichte hatte ihn gelehrt, daß, wenn eine neue Regierung überhaupt gedeihen kann, sie es nur der Vorsicht und Langsamkeit verdankt, womit sie den früheren Zustand ändert. So tobte der Streit in jenem Saal des Großen Rates, wo sonst das klare Wort eines Patriziers über das Schicksal Italiens entschieden hatte. Die größte Verlegenheit war die meine, denn ich mußte endloses Geschwätz und wechselseitige Vorwürfe ohne Ziel und Würde in Protokolle fassen. Endlich wurde die Sorge, die längst an den Gemütern fraß, zur schrecklichen Gewißheit. Frankreich billigte laut dem Vertrag von Campoformio, daß die Kaiserlichen Venedig und die Staaten der Levante und des Festlandes bis zur Etsch besetzten. Für sich behielt es die österreichischen Niederlande und für die Cisalpine Republik die Provinzen der venezianischen Lombardei. Pakt und Worte waren dessen würdig, der sie schrieb.

Venedig schrak aus seiner Trägheit schaudernd auf, wie Sterbende auffahren, denen im letzten Augenblick des Todeskampfes die Klarheit des Geistes wiederkehrt. Die Ratsherren sandten Botschafter ans Direktorium und an Bonaparte und baten um die Erlaubnis, daß sie sich zur Wehr setzen dürften. Dieser Satz entsprach genau dem des oben erwähnten Vertrages, in dem man die Besetzung Venedigs ›billigte‹. Den Henker um eine Waffe bitten, um sich gegen ihn zur Wehr zu setzen, ist wahrlich ungeheuer einfältig; denn die Ratsherren kannten ihre Ohnmacht und suchten sich doch bis zuletzt zu täuschen. Bonaparte warf die Gesandten ins Gefängnis, und die nach Paris geschickt waren, kamen wohl nicht einmal dazu, ihre Komödie aufzuführen. Eines schönen Morgens trat Villetard in die Versammlung und verkündete mit Krokodilstränen, Venedig müsse sich zum Wohl von ganz Europa opfern, ihm breche das Herz über eine solche Notwendigkeit, aber man solle sie mit Seelenstärke auf sich nehmen; die Cisalpine Republik biete Vaterland, Bürgerrecht und sogar den Platz für ein zweites Venedig für alle, die der neuen Knechtschaft entfliehen wollten, und das Geld des Staatsschatzes und der Verkauf des öffentlichen Eigentums würde dazu dienen, ihr Exil mit einiger Bequemlichkeit auszustatten. Bei diesem letzten Vorschlage richtete sich der dem italienischen Charakter eigene Stolz sofort wieder auf. Schwach, uneins, leichtgläubig, schwatzhaft, unfähig ja – käuflich niemals!

Aus der ganzen Versammlung brach ein einziger Schrei der Empörung; man wies die unwürdigen Vorschläge zurück, man weigerte sich anzuerkennen, was die französische Republik so leicht und grausam gutgeheißen hatte, man beschloß, einen Auszug davon dem Volke vorzulegen und ihm die Wahl zwischen Knechtschaft und Freiheit zu überlassen. Das Volk strömte gesammelt und schweigend zur Wahl; sie fiel auf Freiheit. Die Behörde löste sich also auf, viele gingen ins Exil, und einige, unter ihnen auch Vidiman, kehrten nie wieder zurück. Villetard berichtete darüber nach Mailand, und Bonaparte antwortete stolz und höhnisch, aber voll Wut. Wo sich der Feind zerschlagen läßt, jedoch nicht gehorcht, ist das für Gewaltherrscher schon ein Verbrechen. In jenen Tagen kam Serrurier, der wahre Totengräber der Republik. Er beraubte die Schiffe ihrer Masten, schickte Kanonen, Kabeltaue, Fregatten und Schiffe nach Toulon, plünderte Staatskasse, Kirchen, Galerien noch einmal gründlich durch, kratzte die Vergoldungen vom Bucintoro, ließ den Rest in Flammen aufgehen und sicherte sich für immer gegen den Vorwurf, daß er für die neuen Herren auch nur einen Heller an Wert zurückgelassen hätte. Das war die Achtung vor dem beschworenen Bündnis, vor einem Schutz, den man versprochen hatte für die Opfer, die man selbst nicht kannte, und die man andere mehr feige als großmütig bringen ließ. So verfuhr man mit Venedig, das Jahrhunderte hindurch die gesamte Christenheit vor der Grausamkeit der Muselmänner geschützt hatte. Aber sie lasen und kannten keine Geschichte; sie bereiteten schaurige Kapitel der künftigen Geschichte vor.

Am selben Abend, als die Behörden ihre Ämter niederlegten, kamen wir alten Freunde der Freiheit und Feinde des Verrats in jenem Hause hinter der Arsenalbrücke zusammen. Unsere Zahl war kleiner als sonst; einige fürchteten sich, viele waren zu verschiedenen Zwecken schon abgereist. Die Versammlung diente mehr dem gegenseitigen Trost und Händedruck als einem Entschluß. Nicht erschienen war Agostino Frumier, obwohl er mir vor einer Stunde zugeflüstert hatte, er käme; auch Barzoni fehlte; er hatte sich nach einem öffentlichen Wortwechsel mit Villetard nach Malta eingeschifft und wollte dort ein antifranzösisches Blatt herausgeben. Giulio Del Ponte war nicht da, und ich ahnte den Grund. Lucilio wanderte wie gewöhnlich im Saale auf und nieder, das Antlitz unerschüttert und Sturm im Herzen. Amilcare tobte heftig gegen das Direktorium, gegen Bonaparte, gegen alle; er sagte, man müsse leben, um sich zu rächen. Ugo Foscolo saß schweigend an einer Ecke des Tisches; die ersten Worte seines Jacopo Ortis brauten hinter der mächtigen Stirn. Ich war wie ausgelöscht und litt ohne ein Gefühl. Die meisten wollten im Gebiet der Cisalpinen Republik Zuflucht suchen, wo man immer einige Hoffnung für Venedig nähren mochte; auch ich neigte zu einem solchen Entschluß, der das Exil in einem brüderlichen und schon fast italienischen Lande ehrenvoll und tätig gestaltete. Manche verschmähten es, in übertriebenem Selbstgefühl, eine im Namen Frankreichs und von Frankreich selbst verbürgte Gastfreundschaft anzunehmen – doch das stand diesem letzten, elenden

Augenblick im Vaterland übel an. Wir einigten uns auf Mailand, wo wir hofften, wir könnten in der Verwaltung oder im Heer mit Wort, Feder oder Hand für das Allgemeinwohl tätig sein. Damals schwankte die Waage des Schicksals so gewaltig, daß die Schalen der Verzweiflung und der Hoffnung immer wieder einmal im Gleichgewicht standen. Wir waren fest entschlossen, gegen die schrecklichen Vorwürfe, die uns die Tatsachen entgegenschleuderten, ein Beispiel von venezianischer Beharrlichkeit und Würde aufzurichten. Nun verabschiedete sich der oder jener, um seine Angelegenheiten zu ordnen und einiges für das Exil zusammenzusuchen. Den einen zog es zur Mutter oder Schwester oder Geliebten; ein anderer wollte die unschuldigen Kinder ans Herz drücken; wieder einer weilte jene letzte Nacht am Ufer der Piazzetta und betrachtete voll Schmerz den Dogenpalast, die Kuppeln von San Marco, die Prokuratien, dieses ehrwürdige, besudelte Antlitz der alten Königin der Meere. Tränen entströmten seinen Augen; es waren die letzten, die er in Freiheit vergoß.

Ich war allein mit dem Doktor Lucilio wie gelähmt im Saal geblieben; da klangen auf der Treppe eilige Schritte, und Giulio Del Ponte stürzte todesbleich herein. Der Doktor, der bis dahin sehr wenig gesprochen hatte, fragte heftig, warum er so spät komme. Giulio gab keine Antwort, sein Blick war verwirrt, die Zunge klebte am Gaumen, er schien unfähig zu verstehen, was man zu ihm sprach. Lucilio fuhr sich mit der Hand durch sein schwarzes Haar, in dem schon mancher Silberfaden schimmerte, packte den jungen Mann am Arm und zog ihn gewaltsam in den Lichtkreis.

»Giulio, ich will dir sagen, was du tust«, sagte er leise aber eindringlich. »Du stirbst an einem persönlichen Kummer zu einer Zeit, wo jeder nur am Kummer aller sterben darf. Du überläßt dich feige der Schwindsucht, die dich aufzehrt, während du mit starker Seele zum Martyrium aufsteigen müßtest. Ich bin Arzt; ich will dich nicht täuschen. Die Leidenschaft, die dich seit Jahren vergiftet, hat dich jetzt nahezu zugrunde gerichtet; du bist bald am Ende. Aber meinst du wirklich, die Seele könne sich nicht über die Krankheiten des Körpers erheben und sich ein Ende schaffen, das groß und rühmlich ist?«

Giulio fuhr sich verwirrt über Augen, Wange, Stirn. Er zitterte am ganzen Leibe, hustete und konnte kein Wort herausbringen.

»Meinst du«, sprach Lucilio weiter, »unter meiner harten Schale seien nicht auch Qualen verborgen, die mich die Hölle, geschweige denn das Grab, der Mühsal des Lebens vorziehen ließen? Genug damit; ich will keinen Tod, wo ich mich selbst beweine und bemitleide. Ist der Leib von der Arbeit des Lebens aufgerieben, so verläßt ihn eines Tages die Seele frei, stark, glücklicher denn je. Giulio, laß deinen Körper sterben, aber verteidige gegen Feigheit und Niedrigkeit eine unsterbliche Intelligenz!«

So beschwor der Doktor Lucilio in einem fast verlorenen Menschen den Mut zum Leben. Bei seinen Worten und seiner Berührung richtete sich Giulio auf; die Augen gewannen Ausdruck, und die zu großem Gefühl aufgerufene Seele überstrahlte die Zeichen nahenden Todes. Ein Wunder war geschehen. »Ihr habt recht, Doktor. Ich war feige; ich werde es nicht mehr sein. Sterben muß ich sicher, doch ich will tapfer sterben. Sagt mir, wohin ich gehen soll, ich bin bereit.« – »Wir gehen morgen früh nach Mailand«, erwiderte Lucilio. »Dort gibt es für jeden von uns ein Gewehr; einen Soldaten fragt man nicht, ob er krank oder gesund ist, sondern ob er den Willen hat zu kämpfen. Giulio, sei gewiß, jetzt wirst du nicht mehr vor dem Tode zittern, weil du am Leben hingest. Wir alle verlassen dieses erbärmliche Jahrhundert der Täuschungen und finden uns frei wieder im Schoß der Ewigkeit.«

»Auch ich will mit euch gehen!« Ich drückte dem Doktor die Hand und warf Giulio wie einem Bruder die Arme um den Hals. Ich war so bewegt, daß mir kein Los schöner schien als das, mit solchen Gefährten zu sterben.

»Nein, du darfst es jetzt noch nicht«, sagte Lucilio freundlich.

»Dein Vater hat andere Pläne; berate dich mit ihm, es ist deine nächste Pflicht. Mein Vater, nun – ich erhielt gerade heute die Nachricht, daß er gestorben ist. Ihr seht also, ich bin allein und ohne die Liebe, die uns einen großen Teil unseres Daseins an daheim bindet. Mir wird der Horizont des Lebens immer weiter; von den Alpen bis Sizilien ist jetzt alles ein einziges Haus. Ich wohne darin mit einem Gefühl, das auch mit meinem Tode nicht stirbt.«

Bei diesen Worten mochte ein Gedanke an das Kloster der Heiligen Teresa in seinen Augen aufblitzen; aber die Stimme klang ruhig, und das Antlitz zeigte keine Spur von Schwermut oder Kummer. Jedes Leid verlor sich in der erhabenen Sicherheit eines Geistes, der in sich sein Teil Ewigkeit empfindet. Wir trennten uns ernst und gefaßt; in unsern letzten Gesprächen war für Namen wie Clara und Pisana kein Raum gewesen, und doch zerriß uns allen eine unselige Liebe das Herz. Die beiden Freunde gingen ins Hospital, von wo sie früh am Morgen aufbrechen wollten, ich machte mich eilig auf den Weg zu meinem Vater. Ich wußte nichts über seine Pläne, mehr hatte mir Lucilio nicht davon sagen mögen, und ich brannte darauf, sie zu erfahren, um meinen persönlichen Kummer in irgendein großes, fruchtbringendes Opfer münden zu lassen, wofür mir der arme Giulio das Vorbild gab.

DREIZEHNTES KAPITEL

Ein Jacopo Ortis und ein venezianischer Machiavelli. – Endlich, zwanzig Jahre nach ihrem Tode, lerne ich meine Mutter kennen. – Venedig zwischen zwei Kapiteln Geschichte. – Eine griechische Familie in San Zaccaria. – Mein Vater in Konstantinopel. – Spiro und Aglaura Apostulos.

Zu Hause traf ich meinen Vater nicht an, und die alte mohammedanische Magd ließ mich mit vielen Gebärden wissen, daß sie nicht einmal ahne, wann er zurückkäme. Schon beschloß ich zu warten, da gab sie mir einen kleinen Zettel und bedeutete mir, die Nachricht sei eilig. Ich meinte schon, mein Vater habe mir etwas mitzuteilen, doch es war die Schrift von Leopardo. »Ich finde dich nicht zu Hause«, las ich, »und schreibe dir diese Zeilen. Ich brauche dich rasch für einen Freundschaftsdienst, den du mir drei Stunden später nicht mehr würdest erweisen können.« Das war alles. Ich mache der Alten so gut ich kann klar, daß ich bald zurückkehren würde, nehme den Hut und renne zum Ponte Storto. Der Zettel besagte gar nichts; noch am Morgen hatte ich Leopardo gesehen, er war ernst und schweigsam wie immer, aber gesund und vernünftig. Doch mein Herz ahnte Unheil, und ich hätte mir Merkurs Flügel an die Füße gewünscht. Seine Haustür stand offen, unten an der Treppe brannte ein kleines Licht; ich trat ins Zimmer, Leopardo saß wie immer mit ruhiger Miene, nur bleicher als gewöhnlich, in einem Sessel. Er starrte auf die Lampe; als er mich hörte, hob er den Blick und grüßte mich wortlos. Ich erschrak über seine Haltung, über sein Schweigen und fragte unruhig, was ihm fehle und worin ich ihm helfen könne.

»In nichts.« Er brachte die Lippen mit Mühe auseinander wie jemand, der im nächsten Augenblick einschläft. »Du sollst mir Gesellschaft leisten; entschuldige, wenn ich nicht viel rede, aber mir tut der Magen ein bißchen weh.«

»Mein Gott, also holen wir einen Arzt!« Ich wußte, Leopardo klagte nicht leicht über etwas, und dieser nächtliche Hilferuf sprach deutlich von dem Ernst seines Zustandes.

Er lächelte traurig. »Den Arzt! Carlino, ich habe vor einer Stunde zwei Gran Quecksilbersublimat genommen.«

Ich schrie entsetzt auf, doch er hob warnend die Hand. »Still, Carlino! Nebenan schläft meine Frau, es wäre schade, wenn wir sie störten, um so mehr, als sie schwanger ist, und dieser Zustand macht sie übellaunig.«

»Aber nein, bitte, Leopardo, laß mich gehen!« Er packte mich mit aller Kraft, die er noch besaß, am Handgelenk. »Vielleicht ist es nicht zu spät. Ein gutes Brechmittel, eine starke Arznei ... irgend etwas ... laß mich ...«

»Carlino, es hat keinen Zweck. Das einzige, was ich von dir möchte, ist, daß du die letzte Stunde bei mir bist. Gib dich zufrieden, du siehst doch, ich will sterben; Brechmittel und Arzt kämen zu spät, ich habe seit einer Woche das Kapitel Medizin, das ich dazu brauchte, studiert. Die zweiten Merkmale ... siehst du ... die Augen springen mir aus dem Kopfe ... Wenn doch der Priester käme, nach dem ich die Pförtnerin geschickt habe ... Ich bin Christ und möchte sterben, wie es sich gehört.«

»Leopardo, ich beschwöre dich, laß es mich wenigstens versuchen! Ich kann dich unmöglich so sterben lassen.«

»Doch, Carlino, ich will es. Wenn du mein Freund bist, tue mir einen Gefallen: setz dich nahe zu mir. Wir wollen bis zuletzt miteinander Gespräche führen, wie es Sokrates mit seinen Freunden hielt.«

Von einer so schrecklichen Entschlossenheit, das wußte ich, war nichts mehr zu hoffen; ich setzte mich nahe zu ihm, Jammer im Herzen über die traurige Verirrung, in der sich eine der stärksten Naturen, die ich je gekannt, elend verlor. Daß er einen Priester rufen ließ, zeigte, wie verwirrt er schon sein mußte; wie konnte er sonst übersehen, daß die Tat, die er begangen hatte, von der Religion als Todsünde verdammt wird? Es war, als ahne er meine Gedanken, bevor ich sie aussprach.

»Nicht wahr, Carlino, du bist überrascht, daß ich durchaus beichten will? Ach, weißt du ... ich hatte schon so lange vergessen, daß Gott den Selbstmord verbietet; erst der nahe Tod bringt es mir wieder ins Gedächtnis. Aber es ist zum Glück zu spät. Zu spät ... der Herr wird mich um die Vergeßlichkeit strafen; doch ich hoffe, er geht nicht zu streng mit mir ins Gericht und läßt es mich nur im Fegefeuer büßen. Carlino, wie habe ich in diesem Leben gelitten!«

Ich geriet außer mir. »Fluch über die, die dich zu dem unglückseligen Schritt getrieben haben! Leopardo, ich werde dich rächen. Ich schwöre dir, ich werde dich rächen!«

»Still, Freund, Doretta schläft, du darfst sie nicht wecken. Ich bitte dich, verzeih, wie ich verzeihe. Ich ernenne dich zum Erben meiner Verzeihung, das ist mein Vermächtnis. Laß ja keinen wissen, daß ich den Tod selbst gesucht habe; nachforschen wird niemand, Venedig hat jetzt andere Sorgen; aber es gäbe ein großes Ärgernis, und manchem könnte es leid tun oder das Gewissen belasten. Du sagst, es war ein Herzschlag, ein Schlagfluß, irgend etwas ... Wenn doch endlich der Priester käme! Er wird mir schon helfen; und dann sterbe ich in Frieden und hinterlasse Frieden.«

»Leopardo! Du so sterben! So gut, so voll Kraft, so treu!«

»Du hast schon recht, vor zwei Jahren hätte ich mir einen so dummen Streich nicht vorstellen können. Nun ist er geschehen, und es ist nichts weiter dazu zu sagen. Hier drin« (und er wies auf seine Brust) »häufen sich eine Unmenge Schmerzen, Demütigungen, Enttäuschungen, und eines schönen Tages faßt das Herz sie nicht mehr, es läuft über und ersäuft dir alle Vernunft. Ich muß es Gott genau erklären, damit er mir verzeiht.«

Da ahnte ich erschüttert die Qualen dieses redlichen, tapferen, so unwürdig verratenen Herzens. Mit wieviel Zartgefühl hatte er den Entschluß gefaßt, nicht zu sehen, was um ihn vorging, und endlich zu sterben, ohne seinen Mördern auch nur die

Strafe des schuldbewußten Gewissens zu hinterlassen! Also verlor ich darüber kein Wort mehr und achtete den Edelmut des sterbenden Freundes. Leopardo ermattete zusehends, seine Gliedmaßen wurden steif, seine Haut nahm nach und nach eine aschfahle Farbe an.

»Siehst du, bis gestern tat ich es nicht, sondern wehrte mich tapfer. Ich besaß ein Vaterland, das ich liebte, und hoffte, ich könnte ihm irgendwann dienen und das übrige vergessen. Jetzt ist auch diese Täuschung dahin ... Das hat mich zuletzt bestimmt.«

»Nein, Leopardo, nicht alles ist dahin. Könntest du wieder gesund werden und mit uns leben! Wir tragen das Vaterland im Herzen, wohin immer wir gehen; wir lehren, wir breiten es aus wie eine heilige Religion. Wir sind jung, wir sehen bessere Zeiten. Ach, wenn doch ...«

Und abermals fuhr ich auf und wollte, wider alle Hoffnung, Hilfe holen. Er hielt meinen Arm fest, bis ich wieder an seiner Seite saß; ein trauriges Lächeln huschte über seine Züge, die der nahende Tod aufzulösen begann; nie triumphierte die Schönheit einer Seele vollkommener über die des Leibes. Diese war nahezu verschwunden, jene leuchtete aus einem fast verklärten Antlitz.

»Carlino, bleib da, für mich ist es in jedem Fall zu spät. Aber bewahrt ihr euch diesen Glauben, er spornt euch an zu großen Taten. Ich ... ach, ich gehe gern, ich weiß, ich hätte umsonst gehofft. Ich war viel zu müde.«

Die verkrampften Glieder lockerten sich ein wenig, der Kopf fiel gegen meine Schulter. Ich machte eine Bewegung, als wolle ich aufstehen. Aber er spürte meine Absicht sofort und murmelte mit schwacher Stimme:

»Verstehst du nicht ... ich will nur dich ... und den Priester.«

Leider verstand ich ihn, ich warf einen Blick voll Haß und Verachtung auf die Tür, hinter der Doretta ruhig schlief. Dann legte ich ihm sanft einen Arm unter den Nacken, was ihn zu erleichtern schien, und so hielt ich ihn lange; mein Arm wurde steif, ich zitterte bald vor Anstrengung – oder war es Schmerz? –, da trat die Pförtnerin mit dem Priester ins Zimmer. Nachdem sie vergebens an der Tür des Pfarrers geklopft hatte, war sie zufällig irgendeinem geistlichen Herrn begegnet und hatte ihn gebeten, mit ihr zu kommen. Erst hatte er nicht gewollt; dann, als er gehört, es handle sich um einen Schlagfluß, wie Leopardo ihr eingeredet hatte, entschloß er sich, ihr zu folgen. Es war – wie sehr erstaunte ich! – der Pater Pendola. Auch er zuckte zusammen, als er mich erkannte, und wir verharrten einen Augenblick in bestürztem Schweigen. Jetzt hob Leopardo mühsam die Augen, und kaum hatte er diesem Priester ins Antlitz geblickt, fuhr er hoch und faßte sich so jäh ans Herz, als spüre er den Biß einer Natter. Der Pater wich ein paar Schritte zurück, die Pförtnerin ließ vor Schreck das Licht fallen, das sie noch in der Hand hielt.

»Nein! Ich will ihn nicht! Er soll gehen, sofort gehen!« schrie Leopardo und warf sich, als sei er vom Teufel bedrängt, schutzsuchend in meine Arme.

Der ehrwürdige Herr hatte die größte Lust, diesem Wunsche stattzugeben; er schämte sich nur vor der Pförtnerin und wollte die Ehre des geistlichen Gewandes retten, so gut es ging. Das gelang ihm leichter als er dachte, denn Leopardo hatte sich schnell wieder beruhigt und schien fügsam wie ein Lamm. Der werte Pater näherte sich ihm behutsam mit einem engelgleichen Lächeln und begann seiner Seele in honigsüßer Rede Trost zu spenden. Es klang, als käme sie ihm vom Herzen.

Doch Leopardo flüsterte ihm drohend zu: »Ehrwürdiger Pater, ich bitte Sie zu gehen.«

»Aber, mein geliebter Sohn, denkt an Eure Seele, denkt daran, daß Ihr nur noch wenige Augenblicke zu leben habt, und daß ich, ein wenn auch unwürdiger Diener des Herrn, Euch . . .«

»Lieber keinen, als Sie, Pater«, unterbrach ihn Leopardo kurz und bündig.

Die Pförtnerin hatte sich, mit diesem Schauspiel nicht sonderlich zufrieden, wieder nach unten begeben, so daß es der kluge Pater nicht für günstig hielt, auf seinem Troste zu bestehen. Er gab uns den Segen und ging dahin, von wo er gekommen. Da hielt ihn Leopardo mit einem Ruf auf der Schwelle zurück.

»Sie sehen, Pater, wie ich sterbe, ruhig, heiter, getrost. Nun... um so zu sterben, muß man leben, wie ich gelebt habe. Sie werden ein solches Glück vergebens begehren; Sie werden in jener schweren Stunde an mich denken, werden mit Zittern und Beben in die andere Welt gehen und die Krallen des Teufels in Ihrem Fleische spüren. Gute Nacht, Pater! Am Morgen schlafe ich ruhiger als Sie.«

Der Pater Pendola verschwand mit einer halb entsetzten, halb mitleidigen Gebärde; wahrscheinlich war er froh, daß er so leichten Kaufes davongekommen war. Leopardo dachte nicht mehr an ihn und bat mich inständig, ich solle ihm einen andern Beichtiger bringen. So vertraute ich ihn kurze Zeit der Pförtnerin, ging und läutete so heftig an der Pfarrtür, daß es mir gelang, den Pfarrer aus dem Bett zu holen und zu dem Sterbenden zu führen. Leopardo hatte sich während meiner Abwesenheit so verschlechtert, daß ich die Züge von früher kaum in ihm wiederfand. Doch die Ankunft des Pfarrers tröstete ihn sichtlich, und ich ließ die beiden einige Zeit allein; als ich wieder ins Zimmer trat, fand ich ihn im letzten Todeskampf, aber klarer als vorher.

»Also habt Ihr, mein Sohn, Eure schwere Sünde wirklich bereut?« fragte der Pfarrer gerade. »Ihr seid mit mir darin einig, daß Ihr in sträflichem Zweifel an der Vorsehung das Werk Gottes mit Gewalt habt zerstören wollen?«

»Ja, ja, Pater«, erwiderte Leopardo mit einem unwillkürlichen Anflug von Spott, den wohl ich bemerkte, der aber dem Sterbenden nicht bewußt wurde.

»Und Ihr habt getan, was in Eurer Macht stand, um die Wirkung Eures Verbrechens abzuschwächen?«

»Nun ... so gut es ging, Pater ...« Die Stimme gehorchte ihm nicht mehr recht. »Viel Zeit war nicht mehr ... zwei Gran Gift wirken ... zu geschwind ...«

»Mein Sohn, möge Gott die Vergebung, die ich Euch gebracht habe, wirksam machen.« Und er begann die Sterbegebete. Die Adern des Sterbenden schwollen an, seine Glieder krümmten sich, die Lippen wurden trocken, die Augen verdrehten sich fürchterlich, und doch beherrschte der Geist stark und unerschrocken die Qualen, die da unten tobten. Leopardo schien in zwei Wesen gespalten, deren eines den Leiden des andern in unerschütterlicher Ruhe standhielt. Nun spendete ihm der Pfarrer die letzte Ölung, und danach lag Leopardo still, mit dem frommen Ernst des wahren Christen, und erwartete den Tod. In sein Wesen war die feierliche Ruhe eingekehrt, die dem Tode vorangeht; ich bewunderte, wieviel die Religion in einem männlichen Gemüt vermag, und entbehrte zum erstenmal schmerzlich diesen Glauben, der mir immer verwehrt blieb. Der Tod der alten Gräfin von Fratta hatte mich an seiner Kraft zweifeln lassen; der von Leopardo machte ihn mir wieder ehrwürdig und erhaben.

Noch einmal hatte Leopardo einen Ansturm heftigster Schmerzen zu erdulden; es war der letzte. Die Atemzüge wurden schwächer, die Augen schlossen sich halb, als würden sie zu einer Erscheinung von jenseits der Schwelle hingezogen; manchmal regte er eine Hand, wie wenn er sie den Engeln entgegenhöbe, die seiner harrten. Die Jugend schwebte golden durch die Dämmerung seiner Seele; Träume und Hoffnungen verschmolzen zu tröstlichen Bildern; das Vorgefühl des Paradieses labte sein Herz. Noch erkannte er mich und lächelte mir zu, ja er nahm meine Hand und führte sie an sein Herz, an jenes Herz, das fast nicht mehr schlug und doch noch von Liebe überströmte. Einmal wollte er sich aufrichten, mir schien, als schaue er ein wunderbares Bild, der Name Venedigs kam über seine Lippen; dann fiel er müde zurück.

Als der Tod herantrat, umspielte seinen Mund ein seliges Lächeln, wie es wohl nur in der ersten Kindheit auf diesem Antlitz geblüht hatte; er tastete mit der Hand auf die Brust, zog eine Reliquie heraus und führte sie mehrmals an die Lippen. Mit jedem Mal wurde die Gebärde langsamer, der Atem schwächer, dann ruhte die Bewegung, ein Lächeln, ein letzter Seufzer, der zu sagen schien: Endlich frei und glücklich – und er hauchte seine Seele aus.

Die Reliquie, der er den letzten Hauch des Lebens geweiht, fiel, als seine Hand ermattete, in die meine; ich empfing sie als Pfand, als ein heiliges Erbe und kniete vor dem Toten nieder, als kniee ich vor Gott. Nie habe ich wieder einen Tod gesehen, wie dieser war; der Pfarrer besprengte den Leichnam mit Weihwasser, wischte sich eine Träne aus den Augen, versicherte mir, er werde meinen Freund, obwohl es die kirchlichen Vorschriften wohl verböten, in geweihter Erde begraben, da er so fromm verschieden sei, und ging. Nun ich allein war, überwältigte mich der Schmerz; ich küßte dieses Antlitz wieder und wieder und weinte über ihm, ich stand lange voll Andacht vor dem himmlischen Frieden, der aus ihm glänzte. Aus jener einen Stunde Zwiesprache mit einem Toten schöpfte ich mehr Kraft als aus all meiner Gemeinsamkeit mit den Lebenden.

Die Lampe drohte zu verlöschen; das erste Licht des Tages schimmerte durch die Fensterläden, als mir in den Sinn kam, ich müsse Doretta von dem Tod ihres Mannes Nachricht geben. Der Gedanke daran machte mich schaudern. Als ich mich trotzdem anschickte, an die Tür zu klopfen, hörte ich dahinter sich nähernde Schritte; die Tür tat sich ganz leise auf, und es erschien, ein wenig bleich und argwöhnisch, Raimondo Venchieredo. Ich schrie auf, daß es den Widerhall im ganzen Hause weckte, und warf mich über Leopardo, als wolle ich ihn vor dieser Beschimpfung nach dem Tode schützen. Raimondo merkte zuerst nichts, stammelte etwas von Gondel und Fusina, und wollte rasch gehen. Später erfuhr ich, er hatte Leopardo ein Päckchen höchst wichtiger Briefe ausgehändigt an seinen Vater, mit der Weisung, er solle nach Fusina rudern und dort den nächsten Tag auf den alten Venchieredo warten, der hinkommen würde, und es ihm übergeben. Wirklich war Leopardo beim Ave-Maria-Läuten weggegangen, hatte auf halbem Wege gemerkt, daß er die Briefe vergessen hatte, und war gegen drei Uhr nachts zurückgekehrt, um sie zu holen, wie er der Pförtnerin gesagt hatte. Da hatte er wohl gesehen, wie Raimondo heimlich in sein Haus und in das Zimmer von Doretta schlich; das übrige kann sich jeder denken. Doch hatte er sich das Sublimat schon am Morgen verschafft, nachdem er vor versammelter Behörde Villetard das Todesurteil für Venedig hatte aussprechen hören. Es scheint, die letzte Beschimpfung seiner Ehre habe einen Entschluß, der schon reif und aus vielen Gründen gefaßt war, nur beschleunigt. Die Briefe an den alten Venchieredo, geschrieben vom Pater Pendola, fand man im Tischkasten von Leopardo.

All das wußte ich damals noch nicht, aber ich ahnte es ungefähr. Daher litt ich nicht, daß Raimondo einfach ging, ohne die schreckliche Tragödie wenigstens zu erfahren, deren Urheber er war; so holte ich ihn an der Schwelle ein, packte ihn heftig an den Schultern und zwang ihn vor dem Leichnam auf die Kniee.

»Sieh her, du Verräter, sieh her!«

Er sah erschreckt auf Leopardo und merkte erst jetzt die Todesblässe der entseelten Hülle. Er schrie auf, lauter als ich zuvor, und fiel hin wie vom Blitz getroffen. Dieser zweite Schrei rief die Pförtnerin, Doretta und alles, was im Hause wohnte, herbei. Raimondo hatte sich erholt, konnte sich jedoch kaum auf den Beinen halten; Doretta raufte sich die Haare und kreischte und weinte; die andern sahen verstört auf den jammervollen Anblick und fragten sich, wie das geschehen konnte. Nun mußte ich lügen, und es fiel mir nicht schwer, denn ich erfüllte damit den Wunsch des Freundes. Doch in der Stimme, mit der ich diesen Tod einem Schlagfluß zuschrieb, klang sehr wohl anderes mit. Raimondo und Doretta verstanden mich und schlugen vor meinem Blick die Augen nieder.

Ich verließ das Haus; am nächsten Tag wollte ich dahin zurückkehren, um dem Freunde das letzte Geleit zu geben; was in meiner Seele vorging, ist unbeschreiblich. Mit wahrer Gier sah ich bisweilen auf das trübe, tiefe Wasser der Kanäle; aber mein Vater erwartete mich, und meine Freunde wiesen mich nach Mailand, in die harte Buße des Exils.

Mein Vater wartete wirklich seit einer halben Stunde auf mich und war schon ungeduldig geworden. Ich entschuldigte mich und erzählte ihm den erschütternden Vorfall, doch er ließ mich kaum ausreden und rief: »Verrückt, völlig verrückt! Das Leben ist ein Schatz; man soll ihn bis zum letzten Soldo gut verwenden.« Ich fand diese Gelassenheit so abscheulich, daß ich seinen Plänen, die mir Lucilio angedeutet hatte, von vornherein nicht traute und beschloß, ihm in nichts entgegenzukommen. Er jedoch sprang einfach mitten hinein.

»Carlino«, begann er, »sage mir: wieviel Geld brauchst du, um ein Jahr zu leben?«

Ich erwiderte kalt: »Ich habe ein Paar kräftige Arme, ich weiß mir schon zu helfen.«

»Verrückt, genau so verrückt! Auch ich habe Arme, und sie mußten Wunderdinge verrichten; aber darum hätte ich eine freundschaftliche Hilfe nie zurückgewiesen. Zieh kein schiefes Maul, ich bin dein Vater, ich muß dir raten und, wenn es not tut, auch befehlen. Sieh mich nicht so von oben her an; dazu ist kein Grund. Du tust mir leid, du bist jung, du hast den Kopf verloren. Auch ich wußte gestern den ganzen Tag nicht, ob ich lebendig war oder tot. Höre, ich habe gelitten, mehr als irgendwer auf der Welt, als ich sah, daß alle meine Hoffnungen zu Fall kamen und durch dieselben Menschen, die sie mir erfüllen sollten. O ja, auch ich habe Tränen vergossen, Tränen der Wut, denn ich war verhöhnt, verspottet, für sieben Jahre Dienst und Opfer bezahlt mit Undankbarkeit und Verrat . . . Heute lache ich darüber. Ich habe eine gewaltige Sache im Sinn, die wird mich Monate, vielleicht Jahre beschäftigen; ich hoffe, sie glückt besser als die erste. Dann sprechen wir uns wieder. Der Mensch, siehst du, ist ein recht schwaches Geschöpf, ein künftiger Bruder des Nichts; aber er ist kein Nichts! Und solange er kein Nichts ist, kann er der erste Ring einer Kette sein, an der alles hängt ... Höre auf mich, Carlino, ich bin dein Vater, ich achte dich und mag dich recht gut leiden; nimm Rat an von meiner Erfahrung: du sollst dich für die Zukunft bewahren, die ich dir und dem Vaterland bereiten will. Bedenke, du bist nicht allein, du hast Freunde und Brüder, verbannt, machtlos, in Not; es wird dir manchmal lieb sein, ein Brot zu besitzen, das du mit ihnen teilen kannst. Hier in diesem Taschenbuch stecken etliche Millionen, die ich einem großen Versuch der Gerechtigkeit und Rache weihen will; sie waren für dich bestimmt, jetzt sind sie es nicht mehr. Du siehst, ich spreche offen. Schenke du mir also das gleiche Vertrauen, sage mir, wieviel du brauchst, um ein Jahr bequem zu leben.«

Ich beugte mich unter die zwingende väterliche Logik und sagte, dreihundert Dukaten wären mir mehr als genug.

»Bravo, mein Junge! Du bist ein Ehrenmann. Da hast du ein Beglaubigungsschreiben auf genau siebentausend Dukaten für das Haus Apostulos in San Zaccaria, das du noch heute dem Inhaber dieses Hauses vorlegen sollst. Du wirst dort ausgezeichnete, gütige, rechtliche Leute finden, den Alten, eine Perle von einem Kaufmann, der dir ein zweiter Vater sein wird; den Jungen, gerade aus Griechenland heimgekehrt, der zwanzig unserer Venezianer aufwiegt; ein junges Mädchen, das du wie eine Schwester lieben wirst; eine Mutter, die dich als Sohn an ihr Herz schließt. Verlaß dich auf diese Familie, durch sie wirst du von mir hören, denn ich schiffe mich vor Mittag ein, ich will die Schande des heutigen Tages nicht mitansehen. Das Haus, das ich für zweitausend Dukaten gekauft habe, bleibt dir als Eigentum, ich habe es schon auf dich überschrieben. Im Schreibtisch findest du einige Papiere deiner Mutter, sie gehören rechtmäßig dir. Was deine Zukunft betrifft, dafür gebe ich dir keinen Rat, du brauchst ihn nicht. Mancher wird noch auf die

Franzosen hoffen und in die Cisalpine Republik auswandern. Sieh selbst zu, was du tust, und denke immer an Venedig; laß dich nicht blenden von Glück, Reichtum und Ruhm. Nur dort ist Ruhm, wo ein Vaterland blüht; und Glück und Reichtum taugen nur, wo Freiheit und Gerechtigkeit sie schützen.«

Diese sprunghafte und mehr maurisch als venezianisch anmutende, aber hochherzige Fürsorge bewegte mich ziemlich, und ich erwiderte: »Mein Vater, darum macht Euch keine Sorge. Ich werde immer an Venedig denken. Aber warum kann ich nicht mit Euch reisen, an Euern Plänen teilhaben und Eure Mühen teilen?«

»Das will ich dir sagen, mein Sohn. Du bist nicht Türke genug, um die Mittel, die ich anwende, zu billigen; ich mag wie ein Chirurg, während ich operiere, keine Weiber um mich, die greinen. Damit will ich dich nicht beleidigen; du bist einfach nicht Türke genug. Das kann dir nur zur Ehre gereichen; aber ich verlöre meine Handlungsfreiheit, und sie allein reizt den Menschen zur Tätigkeit. Und ein Mann von sechzig Jahren, Carlino, muß diesen Anreiz nutzen. Nun, hier und da muß die Sache zum Austrag kommen, in Ancona, in Neapel knistert es schon köstlich. Darum sage ich dir: bleib hier, laß mich allein dorthin, wo das Alter mehr Erfolg hat als die Jugend, und wo das Geld recht behält gegenüber der Kraft des Körpers und der Seele.«

»Was sollte ich dagegen einwenden? Ich bleibe. Doch kann ich wenigstens wissen, wohin Ihr geht?«

»In den Orient gehe ich, um mich mit den Türken zu verständigen, da ich mich hier nicht verständlich machen konnte. Bald wirst du, wenn vielleicht auch nicht von mir, von den Türken hören. Dann denke nur: da hat der Alte die Hände im Spiel. Mehr kann ich dir nicht sagen, denn es sind noch Phantasien von Plänen.«

Er mußte fort, um den Kapitän nach der Stunde der Abfahrt zu fragen. Ich begleitete ihn an Bord des Lastschiffes, das nach der Levante segelte, und konnte nichts weiter ergründen, als daß mein Vater zunächst unverzüglich nach Konstantinopel wollte. Sicher hatte er nichts Geringes im Sinn; seine Gestalt schien gewachsen und in noch höherem Maße Würde gebietend als sonst. Er trug die üblichen türkischen Hosen, die übliche Kappe, doch ein jugendliches Feuer blitzte aus den grau-umbuschten Augen. Gegen neun Uhr bestieg er mit der treuen Magd und einem kleinen Koffer das Schiff; keinem Menschen galt ein Seufzer, keinem ein Gruß, er wanderte freiwillig, mit dem Selbstbewußtsein eines jungen Mannes, der den nahen Triumph vor sich sieht, ins Exil. Er küßte mich, als sollten wir uns übermorgen wiedersehen, legte mir den Besuch bei Apostulos ans Herz, ging unter Deck, und ich kehrte in der Gondel, die uns an Bord gebracht, nach Venedig zurück.

Ach, wie fühlte ich mich elend und verlassen, als ich das Pflaster der Piazzetta wieder betrat! Meine Seele flog mit einem Seufzer zu Pisana; aber auf halbem Wege hielt sie inne, sie begegnete den Schatten von Giulio und dem korsischen Offizier. Nun dachte ich schweren Herzens an Leopardo, endlich, um mich gewaltsam abzulenken, an das Schreiben meines Vaters für das Haus Apostulos und wandte mich nach San Zaccaria, um den griechischen Kaufmann aufzusuchen. Ich fand einen graubärtigen, wortkargen Alten, der die Unterschrift meines Vaters annahm und mich ohne weiteres fragte, wie ich ausgezahlt sein wolle. Ich gab zur Antwort, ich wünsche nur jährlich die Zinsen und lasse das Kapitel gern in sicheren Händen. Da ließ der Alte eine Art Grunzen vernehmen, und es erschien ein junger Mann, dem er das Blatt übergab; er fügte ein paar Worte auf griechisch hinzu, die ich nicht verstand. Dann sagte er zu mir, dies sei sein Sohn, ich solle nur mit ihm an die Kasse gehen, dort würde mir die Summe, die ich wünschte, ausgezahlt werden. So grob und brummig der alte Kaufmann war, so liebenswürdig und von untadelhaftem Benehmen war sein Sohn Spiridione. Groß und schlank von

Wuchs, mit einem kühnen griechischen Profil, dunkeloliven-farbener Haut und blitzenden Augen gefiel er mir schon auf den ersten Blick. Ich ahnte unter dieser Hülle eine große Seele und gewann ihn, wie es meine Art ist, sogleich lieb. Er zählte mir dreihundertundfünfzig funkelnagelneue Dukaten auf den Tisch und entschuldigte sich lächelnd, daß sein Vater mich so mürrisch empfangen habe; ich solle darüber nicht erschrecken, er habe erst heute früh mit aller Wärme von mir gesprochen, und ich sei in ihrem Hause, wo ich das Vertrauen und den Frieden der Familie finden werde, willkommen. Ich dankte ihm für so freundliche Gefühle und sagte ihm, das sei mir, nun mich ein ungewöhnlicher Zufall in Venedig festhalte, äußerst lieb. So trennten wir uns nach dem ersten Kennenlernen als Freunde.

An jenem ersten Tage aß ich, ihr werdet euch denken mit wieviel Appetit, in einer jämmerlichen Schenke, wo Lastträger und Gondelführer über den Wegzug der Franzosen und den Einzug der Deutschen stritten. Da fand ich Gelegenheit, das Schicksal eines Volkes zu beklagen, das aus vierzehn Jahrhunderten Freiheit nicht das geringste Urteil noch Bewußtsein des eigenen Wesens entnommen hatte. Vielleicht lag der Grund darin, daß es keine wirkliche Freiheit war; gewohnt an die Herrschaft weniger Patrizier, sahen sie keinen Anlaß, der soldatischen Willkür und von außen kommenden Gewalt auszuweichen. Sie dienten ja sowieso; sie redeten über die Laune ihres Herrn, über den Lohn, und das war alles. Klang in diesem Konzert eine weniger eigennützige Stimme auf, so gab es einen falschen Ton, und sie hatten sogar Angst, sie zu hören, so gut waren sie von der Staatsinquisition gezogen. Denke ich an das Venedig von dazumal, dann wundere ich mich, daß eine einzige Geschlechterfolge es so hat wandeln können, und preise die Vorsehung, die uns solchen Trost unerhofft bereit hält, oder die geheimnisvollen Mittel, deren sich die menschliche Natur plötzlich zu bedienen weiß.

In meinem einsamen Hause packten mich wieder Traurigkeit

und Furcht vor dem Alleinsein; die Augen wurden mir feucht, als ich auf dem Teppich die Pfeife meines Vaters erblickte, die noch voll Asche war. Ging alles so zu Ende? Mich überfiel ein schlimmes Vorgefühl. In einer solchen Seelenverfassung zog es mich unwiderstehlich zu Leopardo; ich verbrachte den Rest des Tages an dem Lager, das ihm fromme Nachbarsleute bereitet hatten. Die Pförtnerin erzählte mir, die Witwe dieses Herrn habe ihr Zeug zusammengepackt und sich, unter Hinterlassung von acht Dukaten für das Begräbnis, davongemacht mit der Bemerkung, sie habe nicht das Herz, noch eine Stunde unter demselben Dache mit der leblosen Hülle dessen, der sie so sehr geliebt hatte, zu verbringen.

»Doch die Dame«, fügte die Pförtnerin hinzu, »schien sehr erbost, daß der schöne Kavalier, der heute morgen hier war, sie nicht abholte, und schalt auch nicht wenig mit meinem Töchterchen, weil es eine Haube von ihr fallen ließ. Sagen Sie selbst, ob dies Zeichen eines großen Schmerzes sind!«

Ich gab keine Antwort, bat die Frau, sie solle sich von mir nicht stören lassen, und wandte mich, da sie mit ihrem Geschwätz nicht aufhörte, zu dem Toten. Da ließ sie mich allein, und ich konnte mich in meine Andacht versenken. Wie richtig heißt es im Bußgebet des ersten Tages der Osterfasten: Alle werden wir zu Asche! Kleine und Große, Gute und Böse, Toren und Weise, alle ähneln wir einander im Ende wie im Anfang. Das liegt klar vor unsern Augen; aber der Verstand gibt sich damit nicht zufrieden. Sind nicht die staunenswerten Taten, zu denen das Evangelium die Menschen begeistert, rechtmäßige Töchter der Gedanken und der Lehre von Christus? Da haben wir in uns eine Göttlichkeit, eine Ewigkeit, die nicht mit der Asche endet. Lebte nicht Leopardo, so stumm und kalt er war, noch in mir, erwärmte er nicht weiter mein Herz mit dem Gedächtnis seines vornehmen, starken Charakters? Da haben wir ein Leben des Geistes, das von einem Wesen ins andere übergeht und in alle Zukunft keine Grenze kennt. Die Philosophen finden wohl vollständigeren Trost; ich begnüge mich mit dem meiner Erfahrung. Unter solchen wehmütigen Gedanken zog ich die Reliquie aus der Tasche, die von der Hand des Sterbenden in die meine geglitten; es war ein Bild der Madonna, und dabei lagen ein paar verwelkte Blumen. Vor meinem innern Sinn tat sich das weite Land der Jugend und der Liebe auf, und zwischen dort und hier gähnte der Abgrund des Todes; aber der Geist überschritt ihn ohne Schauder.

Denn ein solches Schreckbild ist dem, der für immer liebt, nicht furchtbar. Ich dachte an die einfachen, guten Worte meines Freundes; ich sah die Quelle von Venchieredo, die anmutige Nymphe, die den einen Fuß im Wasser badete und mit dem andern die Oberfläche zu Wellen kräuselte; die Nachtigall flötete das Präludium, und zwei Seelen stimmten das Duett der Liebe an, wo eine Stimme die Töne der andern aufnimmt und beantwortet. Ein Hauch von Glück und Hoffnung wehte sanft durch das Laub der Erlen und Weiden ... Von da kehrte mein Blick in die Wirklichkeit zurück und fiel auf den toten Freund. Er hatte nach dem erträumten und zerbrochenen ein anderes Glück gefunden, nach der Hoffnung das Vergessen, nach dem All das Nichts; aber durch wieviel Stürme war er geschritten, bevor sich ihm das All zum Nichts eingeengt!

In solchen Gedanken überwältigte mich die Müdigkeit, ich schlief einige Stunden neben Leopardo, tief und ruhig, als umfinge auch mich die Nacht des Todes, diese Mutter, kühl und streng, aber ewig treu. Als ich erwachte, war es Zeit, die letzte Freundespflicht zu erfüllen; ich hob Leopardo in sein schmales, letztes Bett und begleitete ihn durch die stillen Wasser zur Insel San Michele. Ach, ich beneide die Toten Venedigs um diese Fahrt nach ihrem Tode; sollte ein fernes Gefühl des Lebens in ihnen bleiben, wie der Amerikaner Poe annimmt, so muß noch ihren schlafgebundenen Sinnen das sanfte Wiegen der Gondel wohltun. An jenem schmalen, verlassenen Gestade voll Kreuze und Meervögel trennten mich bald wenige Schaufeln Erde für immer von der geliebten Hülle. Ich fand keine Träne, und mein Herz war wie von Stein; ich kehrte mit der gleichen Gondel zurück, die den Sarg getragen, und der Lebende, der zurückkehrte, besaß nicht mehr Leben als der Tote, der drüben auf der Insel geblieben.

In Venedig beobachtete ich im Volk ein neugieriges Hin und Her und in der französischen Garnison eine größere Bewegung als sonst. Jemand sagte, die kaiserlichen Kommissare seien gekommen, um die Feierlichkeit der Übergabe vorzubereiten; sie waren in das Regierungsgebäude gegangen, und das Volk drängte sich und wollte sie wieder herauskommen sehen. Ich blieb mit stehen; vielleicht, daß mich ein neuer Schmerz aus meiner Betäubung löste. Kurz darauf kamen die Kommissare wirklich heraus, die Säbel klirrten gewaltig, die prunkvollen Federn wehten, die Österreicher lachten und sprachen laut mit den französischen Offizieren, die sie begleiteten. Unter Scherz und Gelächter stiegen sie in eine Barke, die ihnen Serrurier hatte ausschmücken lassen, um sie recht prächtig ins Lager zurückzubringen. Nur einer trennte sich von den Gefährten und blieb in Venedig; es war kein anderer als der alte Herr von Venchieredo. Eine halbe Stunde danach ging er Arm in Arm mit dem Pater Pendola über den Markusplatz, aber er hatte nicht mehr Säbel und Federn, er trug einen schwarzen Rock wie die Franzosen. Raimondo und der Partistagno, den ich damals in Venedig zum ersten Male sah, folgten ihm mit triumphierender Miene. Daß letzterer den Umgang mit solchen Leuten suchte, mißfiel mir nicht wenig, nicht so sehr um seinetwillen, als weil diese Spitzbuben sich unwissende Menschen so leicht zunutze machen. Die Klinge denkt nicht, doch in einer geübten Faust gibt sie ein mörderisches Instrument ab. Ich eilte angewidert nach Hause und fühlte mich in diesem Augenblick unfähig zu jedem Entschluß. Wohl hatte ich wispern hören von Verhaftungen, Strafen und Proskriptionen; trotzdem vermochte ich mich nicht von der Stelle zu rühren. Ich war nach all den Erlebnissen der letzten Zeit in jene gedankenlose Mattigkeit gefallen, die nicht die geringste Kraft aufbringt, etwa aus dem Fenster zu springen; doch einen Blitz, der mich erschlagen hätte, einen Balken, der mir auf den Kopf gefallen wäre, hätte ich als Geschenk des Himmels begrüßt. Da kamen mir die Papiere meiner Mutter, die im Schreibtisch sein sollten, in den Sinn; ich öffnete den Kasten, fand einen alten Umschlag und entnahm ihm ein paar vergilbte Blätter.

Erst fielen mir einige Liebesbriefe in die Hand, in venezianischem Dialekt und voll orthographischer Fehler. Sie stammten von einem Edelmann, der vielleicht samt seinen Liebesschwärmereien seit langem unter der Erde lag; der Name fehlte, doch war an vielen Stellen die Vornehmheit der Familie versichert. Diese Briefe gaben ein drolliges Beispiel davon, wie man um die Mitte des letzten Jahrhunderts einem Mädchen seine Liebe zeigte. Wichtige Fragen waren nicht behandelt; statt dessen führte der Liebhaber mit großem Fleiße seine eigenen prächtigen Eigenschaften vor und beschrieb den Eindruck, den ihm die Anmut seiner Schönen bei verschiedenen Gelegenheiten gemacht hatte. Der Wortschatz war nicht allzu gewählt, doch ersetzte er diesen Mangel durch Feuer; und dann lag über allem ein Zauber von Vertrauen, Ruhe, Güte, wie er heute höchstens in den Briefchen zu finden ist, die Schüler aus dem Internat ihren Eltern zu Weihnachten schreiben. Nun, meiner Stimmung an jenem Tage, könnt ihr glauben, tat diese Lektüre nicht besonders wohl. Ich blätterte weiter. Briefe von Lehrern und Klosterfreundinnen, läppischer als die ersten. Weiter. Da kamen die gesamten Liebesergüsse meines Vaters. Sie waren recht wunderlich, aber er schien verliebt wie nur je ein Mann, und sein letztes Briefchen bestimmte Tag und Stunde der Flucht, die dazu geführt hatte, daß ich eines Tages zur Welt kam.

Zu diesen Briefen gehörte ein Tagebüchelchen ganz von der Hand meiner Mutter, datiert aus vielen Städten in der Levante und Kleinasien. Hier begann die Geschichte. Das Glück meiner Mutter hatte bis zur Hälfte der Überfahrt gedauert;

dann hatten Stürme und Seekrankheit, Elend und Zank auf den ersten Wanderfahrten, in der Folge Krankheiten, Mühen und schließlich der Hunger das anfängliche Liebesfeuer sehr gedämpft. Trotzdem wurde sie nicht müde, ihrem Manne zu folgen, seine sonderbaren Launen, seine Gleichgültigkeit und vor allem seine wunderliche Eifersucht geduldig zu ertragen. Er blieb ganze Wochen fern von den Orten, wo seine Frau wohnte, und sie hauste bei irgendeiner armen Türkenfamilie und mußte niedrigste Magddienste tun, um sich den Lebensunterhalt zu verdienen. Mein Vater reiste inzwischen durch die Harem und säulengetragenen Gartenzelte der reichen Muselmänner und handelte mit Busennadeln, kleinen Spiegeln und andern Sächelchen, die er zu unglaublichen Preisen zu verkaufen wußte; so wenigstens versicherte er meiner Mutter, die in arger Bedrängnis lebte. Eines schönen Tages hatte es mein Vater scheinbar mit der Eifersucht auf Grund ihrer Schwangerschaft heftiger denn je getrieben. Er verdächtigte einen munteren Fellah aus der Nachbarschaft, und meine Mutter schrieb sehr aufgebracht über diese Ungerechtigkeit. Es schien, sie argwöhnte darin ein vorsätzliches System, um ihr dieses Leben zu verleiden, sie wirklich zugrunde zu richten oder zur Flucht zu zwingen. Da richtete sich ihr Stolz wieder auf; aus bitteren Klagen sprach die in ihrer Ehre verletzte Edelfrau. Die kurzen, eilig hingeworfenen Sätze wurden von Tag zu Tage zorniger, und schließlich kam ein leeres Blatt, worauf nichts stand als: ›Ich bin entschlossen.‹

Damit hörten die Tagebucheintragungen auf; doch wurden sie ergänzt durch einen Brief an meinen Vater, geschrieben nachdem sie ›entschlossen‹ war. Ach, wie wenig kann ich tun, die Gestalt meiner Mutter zu zeichnen! Nur von fern, aus spärlichen Briefen, vermag die Sohnesliebe jene weit zurückliegende Zeit zu erhellen. Das ist das Los der Waisen. Noch nach achtzig Jahren schmerzt es mich, daß ich das Bild der Mutter nicht aus gemeinsamen Erlebnissen heraufbeschwören kann. Weil dieser letzte Brief ihr Wesen gut umreißt, füge ich ihn hier bei.

›Mein Gemahl! Ich wollte Euch gegen den Rat meiner Eltern, die Euch schilderten als einen Gauner ohne Herz und Hirn, lieben, mich Euch anvertrauen, Euch folgen bis ans Ende der Welt. Tat ich recht oder unrecht? Euer Gewissen mag es entscheiden. Ich für mein Teil kann nicht länger ertragen, daß ein so abscheulicher Verdacht mich entehrt und daß das Kind, das ich unter dem Herzen trage, sich einem Vater aufdrängen soll, der es zurückweist. Ich weiß, ich war leichtfertig und eitel; in der Liebe zu Euch sind mir diese Fehler teuer zu stehen gekommen. Ich schicke mich darein, daß ich sie weitgehend büße. Zwanzig Dukaten sind mein ganzer Besitz; ich will mein möglichstes tun, nach Venedig zurückzukehren, wo ich obendrein Schande und Verachtung finden werde. Doch wenn ich das Kind seinen Verwandten übergeben habe, die nicht das Herz haben werden, es von sich zu stoßen, möge Gott mit mir machen, was er will. Ihr seid noch acht Tage abwesend; kommt Ihr wieder, so findet Ihr mich nicht mehr hier. Dessen bin ich gewiß. Alles andere liegt in Gottes Händen.‹

Hinter dem Datum stand als Ort Bagdad. Von Bagdad nach Venedig, durch viertausend Meilen Wüste und Meer, in sengender Hitze, der Sprache fast unkundig, entkräftet von Hunger und Leiden sah ich meine arme Mutter in Gedanken heimkehren. Mit zwanzig Dukaten in der Tasche verließ sie einen argwöhnischen, rauhen Gatten und begab sich auf diese gefahrvolle Reise in ihr Vaterland, wo Zurückweisung und Schande auf sie warteten. Eine Frau, die geliebt und sich aufgeopfert hatte, würde als Dirne gelten und mußte froh sein, wenn einer ihrer Verwandten die Großmut aufbrächte, ihr Kind von der Straße in sein Haus zu nehmen. Ach, wie quälte es mich, daß sie das alles meinetwegen hatte erdulden müssen! Fast tat es mir leid, daß ich geboren war; in einem langen Leben hätte sich mein Herz nicht Genüge tun können, sie zu trösten und glücklich zu machen – doch ich hatte nicht ein einziges Mal ihr Antlitz gesehen und ihr zugelächelt, mein Mund hatte keinen Tropfen Milch aus dieser Brust gesogen! Meine

Geburt hatte sie ins Verderben geführt. Jetzt haßte ich meinen Vater beinahe; ich dankte Gott, daß er abgereist war und daß zwischen der Lektüre jener Blätter und einem Wiedersehen viel Zeit verstreichen würde. Sonst hätte ich nicht gewußt, wie ich mit dem Aufruhr meiner Gefühle fertig werden sollte.

Ihr werdet der gekränkten Sohnesliebe die bitteren Tränen verzeihen, die ich an jenem Tage vergoß. Das verkaufte Vaterland, der Freund, der freiwillig aus dem Leben gegangen war, die treulose Geliebte, der Schatten der Mutter, die so viel hatte leiden müssen, alles floß zu einem einzigen Schmerze zusammen. Meine Wut richtete sich gegen die, die versucht hatten, das Andenken dieser Mutter mit frevelhaften Verleumdungen zu beschimpfen. Ich wollte um jeden Preis, daß es Verleumdungen wären; Anklagen gegen Tote sind immer ein Unrecht. Wer an ihre Schuld glauben oder sie gar schwerer machen wollte, wußte der von ihren Opfern, Qualen, Tränen, von dem langen Leiden, das ihre Kraft erschöpft und bisweilen ihren Verstand getrübt haben mochte? Hätte ich jetzt aufstehen und für die feigen Vorwürfe Rache nehmen können! Daß ich während meiner ganzen Kindheit dazu geschwiegen hatte, dünkte mich nun ein Verbrechen. Warum hatte ich sie nicht alle beschämt mit dem Mut der Unschuld und dem Ungestüm des Sohnes, der sich im Namen der Mutter beleidigt fühlt? Warum waren meine Augen nicht zornig aufgeblitzt, warum hatte mein Herz feige das Mitleid derer angenommen, die mich ein Stück Brot und einen schmalen Winkel Gastfreundschaft um den Preis der Schande erkaufen ließen? Jetzt schämte ich mich meines Schweigens; aber es war zu spät. Man hatte mir sozusagen mit der Milch Unterwürfigkeit, Furcht und fast auch Heuchelei, die drei Bettlersünden, eingeimpft. Ich war gutgläubig und fügsam aufgewachsen; mein Charakter, durch stetes Gehorchenmüssen erweicht, suchte nur immer einen Vorwand, sich zu beugen, und Herren, sich ihnen zu unterwerfen. Damals habe ich die Gefahr erkannt, die darin liegt, daß man sich von den Meinungen anderer leiten läßt; zum erstenmal nahm ich mir vor, nur ich selbst zu sein. Manchmal habe ich nach diesem Vorsatz gehandelt, oft auch nicht, wie denn die Vernunft über das angeborene und anerzogene Wesen nicht immer den Sieg davonträgt.

Mit jenem letzten Briefe schien die mütterliche Erbschaft zu Ende; da entdeckte ich zu unterst in dem Umschlag ein eng gefaltetes Blatt mit frischer Schrift. Es trug das Datum von vor zwei Tagen und zeigte die Hand meines Vaters. Dieser Anblick erregte mich so, daß ich mich erst zur Ruhe zwingen mußte, ehe ich las:

›Mein Sohn. Alles was du von deiner Mutter gelesen hast, konnte ich dir für immer verheimlichen; sei mir dankbar, daß ich sie in deiner Achtung erhöht habe, auch zum Schaden derjenigen, die ich selbst dir habe einflößen können. Ich sah, daß du Trost brauchtest, und wollte dir hier einen bieten, auch wenn ich einen gepfefferten Preis dafür zahlen müßte. Ich habe deine Mutter aus Liebe geheiratet, das kann ich nicht leugnen; aber ich glaube, ich tauge nicht für diese Sorte Leidenschaft, und so ist mir die Liebe allzu schnell verraucht. Mit meiner Reise nach der Levante, mit den Mühen und Fahrten da unten verfolgte ich ein ziemlich hohes Ziel, ich wollte Millionen verdienen, und ich habe es ja später erreicht. Ich gestehe dir, daß mich eine Frau nicht wenig störte. Ich verlor die Laune, und deine Mutter hielt die Härte, mit der ich meine Bedürfnisse eisern auf das Allernotwendigste beschränkte, für eine Art ausgesuchter Quälerei, die sich gegen sie richtete. Meine häufigen Reisen und die Sorge um jenen großen Plan, der mir immer durch den Kopf schwirrte, gaben Anlaß zu Wortwechsel und Streitereien. Schließlich fühlte sich meine Frau in einer Gesellschaft von Türken oder zum Islam übergetretener Christen, wenn es nur nicht die meine war, äußerst wohl. Oft hörte ich, wenn ich heimkam, hinter den Gitterläden ihr gellendes venezianisches Gelächter, während meine Gegenwart wieder Wut, Ohrfeigen, Tränen brachte. Zumal an der Seite jenes gewissen Fellahs verschmerzte meine Frau den mürrischen, immer fernen Ehemann recht leicht.

Nun trat bei mir ein, was in Temperamenten, die nicht allzu edel und auch nicht eben aufrichtig sind, oft geschieht, ich wurde eifersüchtig. Doch vielleicht war mir im Innersten bewußt, daß ich in der Eifersucht ein Mittel besaß, meine Frau so zu ärgern, daß sie gezwungen wäre, mich zu verlassen. Ich erwartete wahrhaftig mit Ungeduld von ihrer Seite einen Verzweiflungsausbruch und die Forderung, nach Venedig zurückzukehren; aber ich dachte gewiß nicht an eine Flucht. Deine Mutter war ängstlich, zart und eher geneigt zu reden, als zu handeln. Ihre plötzliche Abreise überraschte und betrübte mich nicht wenig; doch ich weilte damals in Persien, ich kam erst einen Monat danach heim, als ich sie gar nicht mehr hätte einholen können. Und dann war ich so versessen aufs Reichwerden, daß mir alles, was mich davon abzog, verhaßt war. Auch du wirst den Seelenzustand kennen oder leicht verstehen, in dem wir meinen, das was uns paßt, sei richtig und gut; und erfahrungsgemäß glauben wir es bald wirklich. Um mein Gewissen, das mir denn doch schlug, zu beschwichtigen, redete ich mir ein, meine Eifersucht sei nicht ohne Grund gewesen. Ich gewöhnte mich an diese bequeme Ansicht so völlig, daß ich mir weiter keine Gedanken machte, weder um meine Frau noch um das Kind, dem sie das Leben schenken sollte.

Ich erfuhr, sie war mehr oder weniger gut nach Venedig gekommen; und zufrieden, endlich von einer lästigen Fessel befreit zu sein, widmete ich mich aus allen Kräften und noch beharrlicher als früher meinen Geschäften. Erst als ich mit den erträumten, in schöne Zechinen und dicke Dublonen geprägten Millionen ins Vaterland zurückkehrte, fand ich Zeit, in den Papieren herumzustöbern, die mir deine Mutter hinterlassen hatte. Eine Seefahrt von zweiundvierzig Tagen bot mir Muße, reichlich darüber nachzudenken. Darum sah ich dich, als ich in Venedig an Land gegangen war, mit ziemlichem Wohlgefallen, und der Verdacht hinsichtlich deiner Geburt zerstreute sich. Aber, was meinst du, die Sache fiel mir nicht leicht. Ich klagte mich ja unvorsichtigerweise selbst an, wie die Dummköpfe, die, nachdem sie ein Verbrechen zwanzig Jahre verheimlicht haben, hingehen und es gestehen, damit man sie hängt. Ich staune und werde immer staunen, daß meine Levantiner Moral diese mir abträgliche Reue zugegeben hat; denn von den Türken und Armeniern war ich gewohnt, Menschen wie Tiere zu behandeln und sie bedenkenlos zu übervorteilen und schwer zu schädigen. Doch nie hatte ich die Krallen in Christenfleisch geschlagen; und deine Mutter war weiß Gott, was auch die Gräfin, ihre Schwester, sagen mag, eine bessere Christin als wir alle.

Vielleicht führte mich auch mein Vorteil dazu, das Unrecht jenes Verdachtes einzusehen. Die Auferstehung des Hauses Altoviti hatte sich in meinem Sinn allmählich mit der Auferstehung Venedigs verschwistert; ich hoffte, wie man sagt, zwei Fliegen mit einer Klappe zu schlagen. In Konstantinopel hatte ich mich sehr bemüht, die Türken dazu zu vermögen, daß sie mit der Heiligen Allianz brachen und ihre Streitkräfte von Deutschland und Italien ablenkten. Immerhin war es mir gelungen, beide Parteien im Gleichgewicht zu halten, und so hatte ich einiges Verdienst um die Franzosen, die ich damals, aus der Ferne, berufen glaubte, die Welt zu erneuern. Mit der Gunst der Franzosen, mit Hilfe der Mitverschworenen in Italien, die sich wegen ihrer Umtriebe im Orient an mich wandten, mit meinem Scharfsinn, meinen Millionen hoffte ich in einer Weise zu wirken, daß ich früher oder später die Kräfte der Republik in meiner Macht haben würde. Du brauchst nicht zu erschrekken. Es fehlte wenig daran; es fehlte nur die Republik. Allein, ich entdeckte, ich war ein bißchen alt, und das könnte ich mir als Verdienst anrechnen. Ich könnte sagen: daß ich mich alt fühlte, sowie ich dich traf, war eine gute Regung, die mich dazu führte, das von mir zerfetzte Zeug wieder zurechtzuflicken. Wie dem auch sei, ich will die verborgenen Gründe meiner Taten lieber im dunkeln lassen und mich nicht mit Tugenden schmücken, die vor dem bißchen Gewissen, das mir geblieben ist, mehr ungewiß als sicher sind. Ich sah dich, umarmte dich, nahm dich auf als meinen wahren und rechtmäßigen

Sohn, liebte dich, so sehr ich dazu imstande war, und vereinigte auf dich all meinen Ehrgeiz. Deine Herzlichkeit nährte solche Gefühle, und mit dem, was ich dir jetzt schreibe, gebe ich dir doch wohl einen Beweis, daß ich wirklich dein Vater bin.

Nun ich in mein Leben voll Gefahren und Abenteuer zurückkehre, um dem Traume nachzujagen, der mir entschwand, als ich gerade wähnte ihn zu fassen – in diesem Augenblick, da ich mich zu einem Unternehmen einschiffe, das mit dem Tod enden könnte, wollte ich dir nicht das geringste, was mit unsern Blutsbanden zusammenhängt, verschweigen. Ich habe eine Rache zu üben, und werde sie üben mit allen Mitteln, die mir das Schicksal bietet. Doch du stehst noch auf der Seite meiner Hoffnungen, und ist jener große Akt der Gerechtigkeit geschehen, so erwarte ich, daß du Ehre und Gewinn davon erntest. Darum – außer den Gründen, die ich dir mündlich auseinandergesetzt habe – solltest du bleiben. Du mußt unter den Augen deiner Mitbürger leben und ihre Liebe und Achtung erringen. Bleibe, mein Sohn! Von Venedig bis Neapel lodert das Feuer in den Adern der Jugend, und wer denkt, sich seiner zu bedienen, um für sich Kohlen zu brennen, könnte wohl einiges erleben. So wird es, hoffe ich, geschehen. Sollte ich dir einen Ort nennen, so würde ich Ancona oder Mailand wählen; doch das wirst du je nach der Lage besser beurteilen. Inzwischen hast du diese Prahlhänse von Franzosen ausprobiert; wende ihre eigenen Künste gegen sie; brauche sie zu deinem Vorteil, wie sie uns nur zu dem ihren ausgenutzt haben. Denke immer an Venedig, wo Venezianer befahlen.

Jetzt ist dir nichts mehr verborgen, du kannst mich beurteilen, wie es dir beliebt; wenn ich dir dieses Bekenntnis nicht mündlich abgelegt habe, so ist der Grund der, daß ich dein Vater bin und du mein Sohn. Ich wollte mich nicht verteidigen, ich wollte berichten; nun habe ich, wie du siehst, mehr als nötig hin und her erklärt, um den Anteil der guten wie bösen Gefühle gerecht zu verteilen. Richte mich also, nur stelle auch meine Aufrichtigkeit in Rechnung und vergiß nicht, daß, wenn deine

Mutter lebte, sie ihre Freude hätte an einem liebevollen und nachsichtigen Sohn.‹

Dieser lange Brief machte mich recht nachdenklich. Mein Vater war sonst sehr verschlossen; hier zeigte er einmal seine guten Anlagen, die vielen Fehler und die einzigartige Schärfe seines Geistes. Schließlich erhob ich mich zu höherer Betrachtung. ›Ehre Vater und Mutter‹, jenes doppelte Gebot ließ sich nicht trennen; ehrte ich meine Mutter, so mußte ich dem verzeihen, dem auch sie gewiß verziehen hätte, wäre er zerknirscht und voll Reue vor sie getreten. Obendrein, ich muß es bekennen, übte dieser harte, wilde, aber zähe und große Charakter auf mich einen starken Zauber; schwache Temperamente sind immer geneigt, die starken zu bewundern, und wo Kindespflicht sie dazu treibt, kennt die Liebe keine Grenzen. So hing ich denn mein ganzes Herz an den einzigen, der es mit dem heiligen Recht des Blutes von mir forderte. Was das für neue Pläne waren, die ihn in die Levante riefen, konnte ich mir nicht einmal vorstellen. Ich vertraute ihm im ganzen und erwartete mir irgend etwas Großes von ihm; denn wenn er sich auch, wie wir, hatte täuschen lassen, so hielt ich ihn an Weitblick, Zähigkeit und Willenskraft für so überlegen, daß ich ihn mir nicht ein zweites Mal getäuscht und unterlegen denken konnte. Damals war ich jung, selbst der Schmerz vermochte meine Hoffnung nicht zu mindern, und diese brach sich Bahn mitten durch Kümmernisse und Ängste.

Nach solcher nützlichen inneren Einkehr verzehrte ich denn mein Abendessen, ein Stück Brot, das ich auf einem Schranke fand, und machte mich mit Eintritt der Nacht auf den Weg zu Agostino Frumier, um zu erfahren, ob er noch in Venedig weilte, und mich mit ihm über unsere Abreise zu verständigen. In Wahrheit war dieser Gang nur Vorwand für eine tiefere Sorge, deren auch nur bewußt zu werden ich mich scheute; ich geriet nämlich, ganz ohne es zu merken, bis zum Campo von Santa Maria Zobenigo, vor den Palast Navagero. Als ich davor stand, reute es mich, aber nun blieb ich doch stehen und spähte nach allen Fenstern und stieg auch auf die Fähre, um den Palast von der Seite des Canale Grande zu betrachten. Überall waren die Läden geschlossen, ich konnte nicht einmal unterscheiden, ob es dahinter hell oder dunkel war. Mit hängenden Ohren schlich ich kleinlaut nach dem Hause Frumier; dort wurde mir gesagt, Seine Exzellenz Agostino sei auf dem Lande. Eine Woche zuvor hätte kein Diener gewagt, diesen Titel laut auszusprechen; aber der Adel lugte schon wieder vorsichtig durch die Tür. Das mochte er immerhin tun, nur mißfiel mir dieses ziellose Hin und Her; doch in der Folge hatte ich Zeit genug, mich auch daran zu gewöhnen.

»Auf dem Lande!« rief ich ziemlich ungläubig.

Der Diener gab zurück: »Ja, auf dem Lande, in der Gegend von Treviso. Und er hat hinterlassen, er sei in der nächsten Woche zurück.«

»Und Herr Alfonso?« fragte ich.

»Ist seit zwei Stunden zu Bett.«

»Und der Herr Senator?«

»Schläft. Alle schlafen.«

»Gute Nacht!« schloß ich das Gespräch. Und mit dem gleichen Worte sagte ich allen Gedanken und Sorgen, die mir durch den Kopf gingen, Lebewohl. Die meisten Patrizier, die gebildetsten, klügsten Männer Venedigs, würden sagen lassen, sie schliefen; und die andern . . . Der Himmel bewahre uns! An ihre Anteilnahme mochte ich nicht einmal denken.

Ich wanderte im Mondschein weiter durch die Stadt. Wachen von Matrosen, Schutzleuten und französischen Soldaten streiften einander in den schmalen Gassen, wichen aus, als fürchteten sie die Pest, und gingen ihrer Wege. Die neueste Tat der Franzosen war, daß sie auf ein Schiff, das nach Toulon segeln sollte, so viel vom Reichtum Venedigs luden, wie sie konnten. Die Häupter sagten zum Trost: »Seid beruhigt, es geschieht aus strategischen Gründen, wir kommen bald damit zurück.« – Inzwischen setzten sie uns dermaßen übel zu, daß wenige ihre Rückkehr wünschen mochten. Das verratene, beleidigte, in aller Öffentlichkeit bestohlene Volk verkroch sich in die Häuser, um zu klagen, in die Kirchen, um zu beten, und wo sie früher Gott baten, den Teufel fernzuhalten, flehten sie nun, daß er die Franzosen zum Teufel jage. Das einfache Volk beugt sich gefügig dem kleineren Übel; man darf von dem, der zuvor fühlt und dann denkt, nicht mehr erwarten. Gewiß ist die Freiheit wertvoll; aber dem Taglöhner bedeutet auch die Sicherheit der Arbeit etwas und der Frieden und Vorrat an Lebensmitteln. Es ist ein schwerer Fehler, von Menschen verschiedenen Bildungsstandes die gleichen Ansichten zu verlangen, wie es auch ein grober, verhängnisvoller Irrtum ist, wenn Staatsmänner auf solchen Anspruch hin ihre Verfügungen treffen.

Die Einsamkeit hätte mich zu Entschlüssen gedrängt, wozu ich keine große Lust verspürte, und so suchte ich das Haus Apostulos auf, um ein paar Stunden dort hinzubringen. Nie hätte ich gedacht, daß mich diese Stunden so freuen würden. Der alte Bankherr war noch in seinem Arbeitszimmer; im Wohnraum saßen um eine Kohlenpfanne seine Frau, eine wahrhaft würdige Gestalt, mit einer großen Brille auf der Nase und dem Legendenbuch auf den Knieen, ein liebliches Mädchen, braun gekleidet, ganz Anmut, ganz Griechin, das an einem Altarschmuck stickte, und endlich der sympathische Spiro, der seine Nägel betrachtete. Die beiden letzteren sprangen auf, als ich hereintrat, und die alte Dame schaute mit Zurückhaltung über die Brillengläser. Nun stellte mich der junge Mann der Frau Mutter und seiner Schwester Aglaura, wie es sich ziemte, vor, und ich kam mit ihnen ins Gespräch. Eine Unterhaltung mit Griechen ist ohne Pfeife nicht denkbar; mir boten sie eine, die reichte durchs ganze Zimmer, und da ich bei meinem Vater diese wichtigste Kunst des zeitgemäßen Lebens gelernt hatte, machte ich damit zum Glück keine schlechte Figur. Aber ich hatte keinen sonderlichen Spaß daran, und nur die Zerstreutheit jagte mir ein paar Mundvoll Rauch durch die Lungen.

»Was meint Ihr zu Venedig? Was habt Ihr heute Schönes getan?« fragte Spiro, um das Gespräch irgendwie einzuleiten.

»Ich meine, Venedig ist ein Grab, in dem die Totengräber stöbern, um den Leichnam auszurauben«, erwiderte ich. Und dann erzählte ich mein Tagewerk, nämlich, daß ich einem toten Freunde die letzten Ehren hatte erweisen müssen.

Spiro sagte: »Ich habe auf dem Markusplatz davon sprechen hören, und es hieß, er habe sich aus Verzweiflung um das Vaterland vergiftet.«

»So war er hochsinnig genug, darum zu verzweifeln«, erwiderte ich, ohne ausdrücklich zuzustimmen.

»Aber meint Ihr, eine solche Tat sei ein Zeichen von wirklichem Mut?«

»Ich weiß es nicht. Die sich nicht umbringen, sagen, es sei kein Mut; doch sie haben leicht reden, denn sie haben es nie versucht. Ich für mein Teil glaube, zu tapferem Leben wie zu freiwilligem Tode braucht es einen tüchtigen Panzer Mut.«

»Nennt es immerhin Mut«, sagte Spiro, »aber es ist ein blinder Mut. Es ist etwa, wie wenn ein Stein oben vom Berge herabfällt und unten im Tal in Stücke springt. Es ist Gehorsam den physikalischen Gesetzen gegenüber, ist Notwendigkeit.«

»So glaubt Ihr, wer sich das Leben nimmt, beuge sich knechtisch unter die physikalische Notwendigkeit, die ihn überwältigt?«

»Ich weiß nicht, ob ich das glaube; aber ich bleibe dabei, der Mensch, der sich heute schlankweg tötet, während er sich morgen nützlich opfern könnte, ist nicht wirklich stark und mutig. Wenn das ganze Menschengeschlecht eines Tages frei und glücklich ist, dann ist es auch ein unbestreitbares Heldentum, sich das Leben zu nehmen. Aber bis dahin sage ich: Selbstmord ist kein Zeichen von Mut.«

Die alte Dame hatte das Legendenbuch geschlossen, und die braune Aglaura ließ längst die Hand auf der Stickerei ruhen und sah ihren Bruder recht von der Seite an. Ich wieder blinzelte verstohlen nach ihr, weil mir dieser scheele Blick sonderbar erschien. Da lenkte die Mutter das Gespräch in andere Bahnen, und Aglaura zog wieder Faden um Faden durch das schöne violette Tuch. Nun sprachen wir von den Neuigkeiten, die von Mund zu Munde gingen, vom künftigen Abzug der Franzosen, vom Einzug der Kaiserlichen in Venedig, vom erhofften rühmlichen und dem tatsächlichen, herrisch aufgedrungenen Frieden; kurz, das Gespräch berührte vielerlei, und die beiden Frauen beteiligten sich daran ohne Eitelkeit und Torheiten, mit der klugen Zurückhaltung, die die Venezianerinnen selten zu üben verstehen. Aglaura schien auf die Franzosen äußerst zornig, sie schalt sie bei jeder Gelegenheit Mörder, Meineidige und Sklavenhändler. Später erfuhr ich, daß die Flucht ihres Anbeters, die sie der neuen Staatsordnung nach dem Vertrage von Campoformio dankte, das griechische Blut in ihren jugendlichen Adern über die Maßen erhitzte. Am Tage zuvor hatte ihr Bruder ihr ein Fläschchen Arsenik entrissen und in den Kanal geworfen, und darum sah sie ihn bei seinen mißbilligenden Worten über den Selbstmord scheel an. Aber im Grunde war sie, wohl auch der Mutter wegen, nicht unzufrieden, daß er die Tat verhindert hatte. Mochten auch noch heiße Gedanken in ihrem Köpfchen brennen, so war doch wenigstens der an einen gewaltsamen Tod verraucht.

Um Mitternacht nahm ich Abschied, wanderte heimwärts und dachte an Spiro, Aglaura und das Legendenbuch, kurz an alles außer der Entscheidung über meine Zukunft, die doch getroffen werden mußte. Inzwischen berichtete ich den in der Toscana und in der Cisalpinen Provinz lebenden Verbannten das schreckliche Schicksal von Leopardo und daß sie mein Zögern entschuldigen möchten. Als ich Jahre später die *Letzten Briefe von Jacopo Ortis* las, konnte mich niemand davon abbringen, daß Ugo Foscolo aus der jammervollen Geschichte meines Freundes manche Farbe und auch wohl manche Anlage in sein düsteres Gemälde übernommen hat. Im übrigen, dessen entsinne ich mich, träumte ich in jener Nacht mehr von Pisana, denn von Leopardo; auch dies ein Zeichen, wie das Leben über den Tod triumphiert.

VIERZEHNTES KAPITEL

Hierin wird offenbar, daß Armida nicht nur ein Fabelwesen ist und daß Rinaldo auch viele hundert Jahre nach den Kreuzzügen am Leben sein kann. – Die Häscher bringen mich wieder auf die Staatsstraße des guten Gewissens; doch auf der Reise falle ich in die Schlingen einer andern Zauberin. – Was soll daraus werden?

Am folgenden Morgen, ich schäme mich nicht, es zu sagen, trieb ich mich lange in der Nähe von Santa Maria Zobenigo herum und machte mir nicht wenig Gedanken, daß die Fenster des Palastes Navagero wirklich geschlossen waren. Ein paarmal begegnete ich dem Oberleutnant aus Ajaccio, der sehr in Eile schien, doch war das nicht der Trost, den ich suchte, mochten auch die sichtbare Unruhe und schlechte Laune des Herrn Minato mir noch so viel Gutes prophezeien. Jedenfalls kroch ich mit dem finstersten Gesicht der Welt wieder in meine Höhle in dem Gedanken, daß, wenn auch manche Franzosen verschwanden, darum noch lange nicht die Lebenskraft dieser hübschen Offiziere schwand und trocknete, und daß außer dem Hindernis des Ehemannes da ja noch die oft gekostete Scheusäligkeit von Pisana zu überwinden war. Unter diesen Gedanken schien mir weder ihre Lektüre der Enzyklopädisten noch ihre Freiheitsraserei die Verliebtheit in einen Gelbschnabel in Uniform zu entschuldigen. Voll Wut nagte ich wie am Abend zuvor einen Kanten muffiges Brot und wurde innerhalb dreier Tage spindeldürr; aber nicht einmal der Hunger vermochte mich zu zähmen. Kummer über das Vaterland, Totenklage und höchst luftige Pläne wirbelten in meinem Hirn durcheinander, doch das war nur an der Oberfläche; darunter lauerte, beharrlich wie ein Raubtier, das einer Beute nachstellt, das nun schon sechzehn Jahre währende zähe Gefühl. Daß ich Pisana für wer weiß wie lange fern bleiben sollte ohne sie zu sehen, zu sprechen, ohne ihr in den sie umgebenden Gefahren mit meinem Rate beizustehen, ängstigte mich dermaßen, daß ich bleiben wollte, und würde es mich Hals und Kragen kosten. Und das konnte es mich wirklich kosten, wenn ich auch nach dem Wegzug der Franzosen blieb; außerdem plagte mich das Gewissen im Gedanken an die Freunde, die mich in Mailand erwarteten. Zu dem allen kam das Vorgefühl von Kämpfen, die uns vielleicht in naher Zukunft bevorstanden. Die Worte meines Vaters klangen mir im Ohr, ich sah in der Ferne den strengen, blitzenden Blick von Lucilio ... und schon nahm ich eine Kerze und holte meinen Koffer, ich fürchte, nur aus Angst. Während ich ihn abstaubte, zog jemand heftig an der Hausglocke.

Wer mochte das sein? In meiner Phantasie spielten die Schergen der Inquisitoren, die französischen Polizisten, die Späher der Deutschen wirr durcheinander. Ich wollte lieber hinuntergehen, als die Tür von oben öffnen, und rief laut durch eine Ritze: »Wer ist da?« Eine Frauenstimme antwortete: »Ich bin es. Mach auf, Carlino!« Ich erkannte die Stimme sogleich, obwohl sie zitterte, und meine vor Angst und Schrecken bebenden Hände konnten die Tür nicht flink genug öffnen. Pisana, schwarz gekleidet, die schönen Augen rot geweint, über dem gelösten Haar nur den schwarzen Schleier, warf sich mir mit dem Ruf um Hilfe in die Arme. Ich dachte, es hätte sie jemand auf der Straße beleidigt und wollte hinauseilen, um sie gegen jedermann zu verteidigen, doch sie hielt mich fest, stützte sich auf meinen Arm, führte mich nach der Treppe und hinauf ins Empfangszimmer, als kenne sie alle Winkel des Hauses, während sie doch meines Wissens nie hier gewesen. Als wir auf dem türkischen Diwan meines Vaters nebeneinander saßen und ihr keuchender Atem zur Ruhe gekommen war, fragte ich, was diese Aufregung und plötzliche Erscheinung bedeute.

»Was sie bedeutet?« erwiderte Pisana so wütend, daß jedes Wort sich mühen mußte, hinter den Zähnen hervorzukommen. »Ich will dir erklären, was sie bedeutet. Ich habe meinen Mann versetzt, ich bin meiner Mutter überdrüssig, meine Verwandten haben mich abgewiesen. Jetzt bleibe ich bei dir.«

»Ach du lieber Himmel!« So rief ich tatsächlich, ich weiß es, als wäre es heute gewesen; und Pisana nahm mir das gar nicht übel, aber von ihrem Entschlusse wich sie nicht im geringsten ab. Es ist nicht weiter verwunderlich, daß mich ein solcher Wechsel meines Geschickes im ersten Augenblick mehr verwirrte als freute oder ängstigte. Mit einem Mal umwehte mich eine völlig andere Luft; sie schnürte mir die Kehle ein, und erst allmählich kam ich zu mir und fragte Pisana, welchem glücklichen Zufall ich es zu danken habe, daß ich ihr irgendwie nützlich sein könne.

»Carlino«, hub sie an, »du weißt, ich bin sprunghaft; manchmal zu aufrichtig, manchmal verlogen und gewöhnlich verschlossen und zurückhaltend. Heute kann ich dir nichts verschweigen, mir sitzt das Herz auf der Zunge, und es ist gut, wenn du mich endlich von Grund auf kennen lernst. Ich habe geheiratet, um dich zu ärgern und meiner Mutter diese Freude zu machen; aber Rache wie Opfer werden uns schnell langweilig, und mit meinem Temperament kann man keine vierundzwanzig Stunden einen abgelebten, gebrechlichen, eifersüchtigen Ehemann gern haben. Vom Herrn Giulio habe ich mir ein bißchen huldigen lassen, weil du für ihn gesprochen hast, doch ich war schon wütend auf dich, geschweige denn auf deinen Schützling! ... Obendrein floß mir das Herz über von Vaterlandsliebe und Freiheitsraserei, während mein Mann angehüstelt kam und mir Ruhe und Mäßigung predigte; denn man wußte ja nicht, wie sich die Dinge entwickeln würden. Male dir also aus, ob wir jeden Tag in größerer Eintracht lebten! Anfangs war ich zufrieden, daß meine Mutter die Leckerbissen des Hauses Navagero mit Behagen genoß und die Zechinen des Schwiegersohns beim Bassettspiel verlor; aber bald schämte ich mich dessen, was mich zuerst vergnügte, und zwischen meinem Mann, meiner Mutter und den andern alten Pfuschern und Großmäulern, die sich an meine Fersen hefteten, kam ich mir vor wie das Lamm zwischen den Wölfen. Schließlich, Carlino, langweilte ich mich so schrecklich, daß ich hundertmal drauf und dran war, allen Stolz wegzuwerfen und dir einen Brief zu schreiben. Aber ich beherrschte mich aus ... ja, aus Furcht, du würdest mich zurückweisen.«

»Pisana! Ich dich zurückweisen? Wie konntest du das denken! Das ist ganz unmöglich!« Wie man sieht, hatte ich, während sie sprach, den Faden, um aus diesem Labyrinth herauszukommen, gesucht und gefunden; ich wollte sie einfach lieben, ohne noch nach etwas zu fragen, ohne die ewige Sehnsucht meines Herzens in der Retorte der Vernunft zu schmelzen.

»Ja, ich fürchtete, du würdest mich zurückweisen, denn ich hatte dir nicht gerade Proben musterhaften Betragens gegeben; und jetzt will ich dir eine geben, indem ich alle meine wunden Punkte aufzähle, damit ich womöglich erreiche, daß du mich satt kriegst.«

Ich mußte über diese neue Furcht lächeln und machte eine abwehrende Gebärde; sie jedoch strich sich das Haar an den Schläfen glatt und fuhr fort:

»Damals wurde im Hause meines Mannes ein französischer Offizier einquartiert, ein gewisser Ascanio Minato ...«

»Ich kenne ihn.«

»Oh, du kennst ihn? Gut. So mußt du zugeben, er ist ein schöner junger Mann und sieht männlich und edel aus, wenn ich ihn schon später, als ich ihn auf die Probe stellte, treulos fand, meineidig, unaufrichtig, eine Gans mit dem Herzen eines Hasen ...«

Ich hörte diesen Haufen von Vorwürfen nicht ungern, nur bestätigten sie leider allzusehr, was mir Giulio Del Ponte am Tag des Festes für die Beauharnais erzählt hatte. Und Pisana fand gar nichts dabei, so etwas zu bekennen, und merkte nicht, daß mich diese schamlose Offenheit schmerzte. Ich biß mir auf die Lippen, ich knabberte an den Nägeln, ich haderte mit der Vorsehung, daß sie mich nicht taub gemacht hatte wie Martino.

Und Pisana bekannte hartnäckig weiter. »Ja, mich reut das bißchen Vertrauen, das ich auf ihn gesetzt hatte. Ich habe geglaubt, die Korsen seien kühn und tapfer, aber ich sehe, Rousseau hatte unrecht, wenn er von diesem Stamm ein Beispiel an Kraft und menschlicher Einsicht erwartete.«

Wozu Rousseau, dachte ich. Die großen Reden wurden mir langweilig; ich hätte gewünscht, sie käme zu Ende und sagte ohne Umschweife, was zu sagen war. Und so rutschte ich auf den Kissen hin und her und trommelte leicht mit den Füßen wie ein Junge, der der Predigt überdrüssig ist.

»Was habe ich denn von ihm verlangt?« fuhr Pisana heftiger fort. »Eine Tat vielleicht, die über Menschenkraft hinausging, etwas Unmögliches oder Niedriges? ... Nein, er sollte der Wohltäter der Menschheit werden, der Abgott, Vater, Retter meines Volkes; und als Zugabe zu diesem Geschenk versprach ich ihm auch mein Herz und alles, was er von mir haben wollte ... Der Feigling! Und er kniete vor mir nieder und schwur hoch und teuer, daß er mich mehr liebe als sein Leben, mehr als Gott! ... Was hat er sich eigentlich gedacht? Ich sollte mich wohl dem ersten Besten um seiner schönen Augen, seiner blanken Schulterstücke willen anbieten? ... Nun brennt ihm also das Gesicht von der Ohrfeige einer Frau. Ha, wo es keine Männer gibt, müssen die Frauen handeln.«

»Beruhige dich doch, Pisana!« Ich war noch im Zweifel, ob ich richtig verstanden hatte. »Erzähle alles der Reihe nach, sage mir: woher stammte dein Zorn auf den Herrn Minato? Was wollte er von dir, und was verlangtest du dagegen von ihm?«

»Was er von mir wollte? ... Zärtlichkeiten wollte er, unter den Augen meines Mannes, der aller Eifersucht zum Trotz aus Furcht vor dem Zorn des Herrn Franzosen getan hätte, als ob er schliefe! ... Und was ich von ihm verlangte? ... Daß er seine Kameraden zu einem Akt großartiger Gerechtigkeit anfeuerte! Sie sollten sich einmütig den meineidigen Zugeständnissen von Bonaparte widersetzen, sich mit uns zusammentun und Venedig verteidigen gegen den, der morgen ungestraft sein Herr werden soll – was jeder Dummkopf, jeder Angsthase tun müßte, einfach aus Redlichkeit des Gewissens und Abscheu vor so widerrechtlichen Befehlen! . . . Und ein Franzose, der von der Frau, die zu lieben er schwört, zu solcher Tat gerufen wird, müßte der nicht noch viel mehr tun? Müßte er nicht das Vaterland dieser Frau annehmen und sein eigenes, das an so großer Missetat schuld ist, verleugnen? Müßte er nicht wie Coriolan mit offenem Visier kämpfen und sich in wütendem Haß auf diese Medea stürzen, die ihre eigenen Kinder zerreißt?«

Nun, ich bekenne, auch mir hätten diese Eigenschaften gefehlt, so heftig vom Leder zu ziehen, wie Pisana tat; doch besaß ich Herz und Einsicht genug, sie zu verstehen, bewunderte die stolzen Äußerungen eines feurigen, großen Charakters ungemein und empfand Reue, daß ich ihr nach den ersten Worten solches Unrecht getan. Die Namen, mit denen sie den trägen Republikaner beschimpfte, hatte ich an den unsicheren oder treulosen Liebhaber gerichtet geglaubt. So grobe Schnitzer kann man machen, wenn man ein vielseitiges Temperament nur von einem einzigen Winkel aus betrachtet.

»Aber sage mir, Pisana«, fuhr ich fort, »wie ist es zu diesem vulkanischen Ausbruch gegen ihn und gegen alle gekommen?«

»Weil die Zeit drängte, weil er mich seit einer Weile von heute auf morgen vertröstete mit gewissen Redensarten, die mich ganz und gar nicht überzeugten; vielleicht meinte er, ich führe mich recht römisch auf, um ihn verliebter zu machen, und würde ihm dann für seine Schmeicheleien alles gewähren ... Oh, dieser Bastard von einem Italiener hat eine echte Italienerin kennengelernt! . . . Du weißt doch, daß gestern die kaiserlichen Kommissare gekommen sind, um über die Art der Übergabe zu verhandeln; ich hatte also keine Zeit mehr zu verlieren und drängte ihn, um so mehr, als er mehr Hitze zeigte denn je. Und weißt du, wie weit seine Frechheit ging? . . . Er schlug mir vor, ich solle Seine Exzellenz Navagero verlassen und mit ihm gehen, wenn sich die französische Garnison aus Venedig zurückzöge! ›Gewiß‹, habe ich ihm erwidert, ›ich komme mit Euch, wenn Ihr auf dem Markusplatz die Freiheit meines Vaterlandes verkündet habt, wenn Eure Kameraden unter Eurer Führung diese Halunken überfallen, packen, besiegen, die geglaubt haben, sie könnten sich ohne einen Schuß Pulver zu Herren von Venedig machen. Dann bin ich Eure Frau, Geliebte, Sklavin, alles, was Ihr wollt.‹ Und das hätte ich getan; ich bin dazu imstande. Meine Liebe – kaum, aber mich selbst würde ich dem, der diese glanzvolle Rache ausführte, mit Haut und Haaren schenken, in blinder Verzückung wie eine Märtyrerin, wenn nicht mit der Wollust der Liebenden ... Willst du wissen, was er mir zur Antwort gab? ... Er zuckte unhöflich die Schultern, dann versuchte er es im guten und streckte die Hand aus zu einer Liebkosung, die ich zurückwies, und murmelte halblaut: ›Du bist ein entzückendes Närrchen!‹ Da hättest du mich sehen sollen! ... Alle meine Kraft drängte sich in diese fünf Finger zusammen, und damit versetzte ich ihm eine Ohrfeige, so schallend, daß meine Mutter, mein Mann, die Diener und die Kammerzofen aus den anliegenden Zimmern herbeieilten ... Der schöne Offizier brüllte wie ein Löwe. Der Heuchler, mit seinem Hasenherzen! ... Den Degen in der Hand raste er los, aber als ich mich ihm mutig in den Weg stellte, besann er sich, schoß wilde Blicke umher, machte großartig herausfordernde Gebärden und stürzte aus dem Zimmer. ›Was hast du getan! Um Gottes willen! Gib acht, du bist der Ruin des Hauses! ... Besser das kleine Übel dulden, um das größere zu vermeiden! ...‹ Mit solchen Worten belohnten mich meine Mutter und mein Mann. ›So, ich bin der böse Geist des Hauses?‹ schrie ich. ›Also gut, ich verlasse das Haus, und ihr habt Frieden.‹ Und schon lief ich hinaus, ohne daß mich jemand zurückhielt, holte in meinem Zimmer nur rasch den Schleier und eilte zu meinem Bruder. – Niemand wußte wo er war, man vermutete, er sei abgereist! – Da fragte ich im Palast Frumier nach Onkel und Tante. – Sie schliefen, alle schliefen, und hatten befohlen, niemanden einzulassen, nicht Mann noch Frau noch Verwandte noch Freunde. – Wer blieb als letzte Zuflucht? ... Nur du, Carlino! (Danke für das Kompliment.) – Ich bereute, daß ich nicht sofort zu dir geeilt war. (Immer besser!) Im Hause Frumier hörte ich, daß du noch in Venedig wärest und wo du wohntest; und hier bin ich nun! Ich komme ohne Scheu, ohne Rücksicht, denn, um es geradeheraus zu sagen, so richtig gut war ich immer nur dir, und wenn du mich wegen der Dummheiten, die ich begangen habe, nicht mehr leiden magst, so habe ich allein die Schuld, den Schaden, den Verdruß. Aber nein, auch du hast dein Teil Verdruß, denn dank unserer alten Freundschaft, mag sie dir bequem oder unbequem sein, lieb oder lästig, hefte ich mich dir an die Fersen. Wollte dir dein Vater noch die Contarini zur Frau geben, so sollte er es ruhig tun; doch die junge Frau müßte die bittere Pille schlucken, daß sie sich zum wenigsten mit einer Schwägerin abzufinden hätte ...«

Bei diesen Worten sprang Pisana auf dem Diwan umher, als wolle sie hier ihr Teil Herrschaft bekräftigen; jemandem, der sie zwei Minuten zuvor gehört hätte und nun beobachtete, hätte sie einfach nicht die gleiche Person geschienen. Die besessene Republikanerin hatte sich in eine leichtsinnige, prahlerische kleine Frau verwandelt, so daß die Ohrfeige des armen Ascanio wohl auch hätte unverdient sein können. Und trotzdem dachten, sprachen, handelten diese beiden so verschiedenartigen und doch in eine einzige verschmolzenen Personen jede für sich vollkommen aufrichtig. Die erste, des bin ich sicher, hätte die zweite verachtet, wie sich die zweite der ersten nicht mehr erinnerte; und so lebten sie miteinander, wie Sonne und Mond, in der schönsten Harmonie. Aber meine Lage war die allersonderbarste, denn ich fand mich verliebt in beide, ohne daß ich wußte, welcher ich den Vorzug geben sollte. Die eine gewann mein Herz durch Lebensfülle, Hoheit des Gefühls, Leichtigkeit der Rede, die andere durch Hingebung, Vertrauen und Anmut – kurz, ich war, ob zu Recht oder Unrecht, sterblich verliebt; und jedem meiner Leser wäre es in meiner Lage nicht anders ergangen. Schon diese Augen, die mich aus dem bläulich schimmernden Augapfel halb um Mitleid flehend, halb erschreckt anblickten, hätten das Spiel gewonnen, ganz zu schweigen von dem übrigen, wovon so viel vorhanden war, daß es ein Dutzend Dalmatinerinnen mit Reizen hätte ausstatten können. Anderseits enthielt die tragische Rolle, die Pisana zu meinem Leidwesen mit solcher Heftigkeit gespielt, für mich doch auch Tröstliches. Sie war eine Wirkung zu vieler Lektüre, die ein flatterhafter, stürmischer Sinn gierig, doch nur obenhin aufgenommen; das Strohfeuer würde verrauchen, bleiben würde der Funke von Großmut, der es entfacht, und mit diesem Großmut würde ich, der ich ihn von lang her kannte, in schönster Eintracht leben. Ja mehr noch, jene freiströmende Beredsamkeit mit ihrem klassischen Pomp machte mich sicher, daß Pisana für eine gute Weile den Schnabel nicht mehr auftun würde. So kannte ich es aus ihrer Kindheit, und oft hatte Faustina, um sich über einen unruhigen, in Zorn verrasten Sonntag zu trösten, vor sich hin gemurmelt: »Heute hat das gnädige Fräulein die Zunge lose und Pfeffer im Blut; dafür läßt sie uns dann die ganze übrige Woche in Frieden!« Und so kam es in der Tat. Die Erfahrung von Faustina hat sich mir auch später immer bestätigt.

Ich hieß also Pisana in meinem Haus aus ganzem Herzen willkommen. Ich hielt ihr noch einmal vor, was für einen bedenklichen Schritt sie unternehme und was für Nachteil ihrem Rufe daraus erwachsen könne, und als sie trotzdem fest bei ihrem Vorsatz blieb, sagte ich nur, sie habe zu bestimmen über sich selbst, über mich und über alles, was mir gehöre. Ich kannte sie zu genau, um zu glauben, sie werde, auch wenn ich etwas dagegen einwenden wollte, von ihrem Vorhaben ablassen; vielleicht auch – aber das ist nur eine Vermutung, kein Bekenntnis – liebte ich sie zu sehr, um Einwände allzu ernsthaft zu versuchen.

Nachdem ich ihren Plan so im großen und ohne viele Bedenken angenommen, gingen wir daran, ihn in die Tat umzusetzen; doch dem setzten sich sogleich einige Schwierigkeiten entgegen. Vor allem – wie konnte ich in der Ungewißheit, ob ich in Venedig blieb, vielmehr in der Gewißheit, daß ich mich um gegebener Versprechen willen und aus Ehrenpflicht von hier entfernen mußte, eine Art Vormundschaft für sie übernehmen? Und was würde ihre Familie dazu sagen und zumal Seine Exzellenz Navagero, der alte, eifersüchtige Gemahl? Würden sie das nicht zum Vorwand nehmen, mir die Verbannung zu erwirken? Und stand es denn mir zu, mich an dem Unrecht, das Pisana ihnen tat, mitschuldig zu machen? – Nicht genug damit; da war das letzte Bedenken, die größte Verlegenheit, die Hauptschwierigkeit. Wie sollte ich es vor den Augen der Welt und schließlich auch vor meinem Gewissen entschuldigen, wenn ich mit einer schönen jungen Frau, die ich liebte und von der ich allen Grund hatte anzunehmen, daß auch sie mich liebe, in vertrauter häuslicher Gemeinschaft lebte? – Durfte ich sagen, daß wir solcherart weniger langweilig auf den Tod des Ehemannes warteten? – Besser der Flicken denn das Loch, sagt man bei uns.

Während ich mich mit all diesen Sorgen vergebens abmühte, trällerte und tanzte Pisana aus Freude über die wiedergewonnene Freiheit und quälte sich nicht im geringsten um das, was die Leute sagen könnten. Sie ließ sich durchs ganze Haus führen, vom Keller bis unters Dach, fand die Teppiche, die Diwans und sogar die Pfeifen nach ihrem Geschmack, versicherte mir, wir würden hier wie die Fürsten leben, und kümmerte sich weder darum, wie das nach außen erschiene, noch daß unser Haus recht einfach war. Nun, wenn eine Frau über gewisse Kleinigkeiten nicht erschrickt, so kommt das uns erst recht nicht zu; es wäre nicht nur lächerlich – wir würden ihr Zartgefühl verletzen, und Beichtväter, die den Büßenden die Sünden einflüstern, sind nicht zu loben. Während ich an Pisana diese frech-fröhliche Sorglosigkeit noch bewunderte und nicht wußte, sollte ich sie einer aufrichtigen Liebe zu mir, der Ungezwungenheit ihrer Sitten oder reinem Leichtsinn zuschreiben, blieb sie mit einem Mal mitten im Zimmer stehen, kreuzte nachdenklich die Arme, sah mir ein wenig verwirrt in die Augen und fragte:

»Und dein Vater?«

Da erst kam mir in den Sinn, daß sie von seiner Abreise nichts wußte; und ich wunderte mich doppelt über die Sicherheit, mit der sie erschien, um bei mir zu wohnen, während ich darin zugleich die weibliche Zurückhaltung weniger außer acht gelassen sah. Lebt ein Vater zwischen zwei jungen Leuten, so sind sie sicherer vor Versuchungen und dem Gerede der Nachbarn. Zugleich blitzte mir ein anderer Gedanke auf, daß sie nämlich erschrecken könnte, mich allein zu finden, und ihr außergewöhnliches Vertrauen zurückzöge. Noch eben bekümmerte mich ihre Gleichgültigkeit gegen guten Ruf und Herkommen, und nun hätte ich gewünscht, sie wäre schamloser als eine Straßendirne, wenn sie nur an meiner Gesellschaft Genügen fände. Ja, so sind wir.

Trotzdem ging meine übergroße Sehnsucht, Pisana bei mir zu haben, nicht so weit, daß ich log. Ich erzählte ihr also frank und frei, daß mein Vater abgereist sei und ich das Haus mutterseelenallein bewohne, ohne daß mir auch nur eine Magd die Spinnweben wegfege.

Sie machte einen Luftsprung und klatschte in die Hände: »Um so besser! Vor deinem Vater hatte ich ein bißchen Angst; wer weiß, ob er mich gern gesehen hätte.«

Aber nach diesem Freudenausbruch wurde sie plötzlich ganz nachdenklich und wußte nicht weiter. Ihr Mund verzog sich, als wolle sie weinen, und ihre Wangen erblaßten.

»Was hast du, Pisana? Was ziehst du für ein finsteres Gesicht? Hast du Angst vor mir, oder daß du mit mir allein bist?«

»Ich habe gar nichts«, erwiderte sie ein wenig aufgebracht, doch es klang, als gelte es mehr ihr selbst als meiner Frage. – Und dann lief sie ein paarmal durchs Zimmer und schaute auf ihre Fußspitzen. Ich erwartete meinen Spruch mit dem Zittern des Unschuldigen, der trotzdem ziemliche Furcht hat, verdammt zu werden; aber die Verlegenheit von Pisana umschmeichelte mir sanft das Herz, denn sie ließ erkennen, daß ich wirklich geliebt wurde, wie ich ersehnte. Bis dahin hatte mir ihre immerwährende Sicherheit und dieses Übermaß an Vertrauen zu sehr nach brüderlicher Liebe geschmeckt, nach der ich durchaus kein Verlangen trug.

Sie gab sich einen Ruck. »Wo soll ich denn schlafen?« Dabei zitterte ihre Stimme, und über das Antlitz flog eine so liebliche Röte, daß sie hundertmal schöner aussah denn je zuvor. Ich entsinne mich, wie sie mir bei den ersten Worten ins Gesicht sah, die letzten jedoch sprach sie zögernd, und ihre Augen wichen den meinen aus.

›An meinem Herzen!‹ hätte ich am liebsten erwidert, ›an meinem Herzen, wo du als Kind so oft geschlafen hast, und es war dir immer recht.‹ Aber Pisana blühte so anmutig in der Mischung von Liebe und Scham, von Keckheit und Scheu, daß ich eine solche Tugend achten mußte und auch den Hauch eines Wunsches zurückhielt, um diese Reinheit nicht zu trüben. Es gelang mir sogar, die Vertrautheit früherer Zeiten zu vergessen und zu glauben, daß, hätte ich jetzt gewagt, sie zu berühren, es wirklich das erstemal gewesen wäre. Ich glich einem geschickten Geigenkünstler, der die größten Schwierigkeiten wählt, um der Freude willen, sie zu überwinden; er ist seiner Sache sicher, doch es ergötzt ihn, die Überraschung des Gelingens hinauszuzögern.

»Pisana«, erwiderte ich sehr ruhig und mit einer beispielhaften Bescheidenheit, »du bist hier die Herrin, ich habe es dir von Anfang an gesagt. Du würdigst mich deines Vertrauens, und mir kommt zu, mich dessen wert zu zeigen. Jedes Zimmer hat feste Riegel, und hier ist der Hausschlüssel; du kannst mich, wenn du willst, auf die Straße aussperren, ich werde mich nicht beklagen.«

Sie warf mir als einzige Antwort die Arme um den Hals, und

an dieser raschen Aufwallung erkannte ich meine Pisana von einst. Trotzdem war ich zartfühlend oder umsichtig genug, sie nicht zu nutzen, und ließ ihr Zeit, sich zu besinnen und die Freimütigkeit des Herzens mit Worten zu mildern.

»Wir sind ja wie Geschwister, nicht wahr?« Die Zunge stolperte fast über diese Worte, und Pisana versteckte ihre Verlegenheit unter einem Husten. »Nicht wahr, wir werden so gut zusammen leben wie in unsern glücklichen Tagen von Fratta?«

Jetzt war es an mir, bis in die letzte Faser zu erzittern; Pisana löste ihren Blick aus dem meinen und wußte nichts hinzuzufügen; und schließlich wurde ich rechtzeitig gewahr, daß wir für den ersten Abend reichlich weit gegangen waren und daß es wünschenswert schien, sich zu trennen.

Ich nahm mich zusammen und führte sie in das Zimmer meines Vaters. »Sieh, hier bist du so sicher und frei wie du willst. Ich richte dir mit ein paar Griffen das Bett . . .«

»Ei, denkst du, ich lasse dich das Bett richten? Das kommt den Frauen zu; vielmehr will ich auch deines richten, und morgen früh, da hier die Kaffeemaschine steht (bei meinem Vater stand in jedem Winkel eine) bringe ich dir den Kaffee.«

Nun wetteiferten wir in Aufmerksamkeiten, was uns ein wenig ablenkte. Ich zog mich bald zurück, zufrieden, daß ich hier innegehalten hatte, und glücklich, noch eine Nacht in Gesellschaft meiner Sehnsucht zu schlafen, eine höchst lästige Gesellschaft, wenn wir fürchten, daß sie uns nicht verläßt, doch voll zartester Wonnen und Freuden für den, der hofft, diese Sehnsucht bald zu verlieren. Ich glaubte mich, zu Unrecht oder Recht, in letzterem Fall; ach, ich Dummkopf hatte alles Recht dazu, und sollte es bald erfahren.

Hier wäre nun der Ort, auf eine behutsam zu behandelnde Frage zu antworten, die zu stellen wenige Leserinnen, aber viele Leser kühn genug sein werden. Wie stand es zu jener Zeit um die Tugend von Pisana? Ich habe bisher von Pisana wahrlich nicht eben ehrerbietig gesprochen, habe ihre Fehler ins Licht gestellt und hundertmal versichert, daß sie eher zum Bösen geneigt war denn zum Guten. Aber Geneigtheit ist nicht alles. Wieviele Stufen war sie auf der Treppe des Bösen tatsächlich nach unten geschritten? War schon ihr ganzes Wesen da angelangt, wo hinab Phantasie und wohl auch Begierde sie Schritt um Schritt lockten? – Nun, ob ein Mensch an einer Rose riecht, oder ob er sie pflückt und ansteckt, darin besteht ein ziemlicher Unterschied. Nie wird ein Gärtner bei aller Eifersucht euch hindern, den Duft einer Blume zu genießen; doch wollt ihr sie berühren, oh, dann wird er unfreundlich und jagt euch schleunigst aus dem Treibhaus. – Die Frage um Pisana ist delikat, aber äußerst delikat die Antwort, zu der ich ja verpflichtet bin. Ich möchte, wie ihr glauben könnt, für niemanden eine volle Bürgschaft übernehmen; doch was Pisana anlangt, so glaube ich fest, daß ihr Mann sie, wenn nicht keusch, doch gewiß als Jungfrau heiratete und sie wegen der durch sein Alter bedingten Zurückhaltung in diesem Stande beließ. Mag das nun sein Verdienst gewesen sein oder das der Arglist, die das Mädchen vor der Zeit erleuchtete, mag Glück oder Vorsehung dabei mitgespielt haben – jedenfalls habe ich zu solchem Glauben meinen guten Grund. Und bei diesem Temperament, diesen Beispielen, dieser Freiheit, dieser Erziehung, bei der Gesellschaft der Frau Veronica und der Faustina war das wahrlich kein kleines Wunder. Es zu bestreiten, ist vergeblich.

Hier zeigt sich wieder, daß die Religion Frauen am mächtigsten im Zaume hält; sie beherrscht das Gefühl durch ein anderes, stärkeres. Selbst die Ehre vermag das Gefühl nicht genügend zu meistern, denn sie hängt von unserer Willkür ab und wird uns nur von uns selbst auferlegt. Die Religion hingegen wirkt auf einer Ebene, die menschlichem Urteil nicht zugänglich ist. Sie gebietet uns, etwas nicht zu tun, einfach, weil sie so will. Es gibt Einen, der alles vermag, der alles sieht, der die Taten der Menschen straft und lohnt nach ihrem innersten Wert. Seiner Gerechtigkeit können wir nicht entrinnen, seinen Befehlen nicht ausweichen; keine menschlichen Rücksichten noch Pflichten noch Umstände erlauben, was die Religion gänzlich und für immer verboten hat. Wäre Pisana mit ihrem recht unvollkommenen Begriff von Ehre dieser Hilfe beraubt gewesen, sie hätte nicht das Glück gehabt, beim gedanklichen Spiel mit der Sünde innezuhalten. Das will ich ihr nicht sonderlich als Verdienst anrechnen, da es mir, ich wiederhole es, noch mehr als ein Wunder erscheint; doch ich muß eine Tatsache feststellen und auch hierin der Neugier meiner Leser Genüge tun. Man verzeihe mir, daß ich diesen Gegenstand ein wenig ausführlich behandle, denn ich erzähle von Zeiten, die in solcher Hinsicht von den unsern sehr verschieden waren. Allerdings dürfte der Unterschied mehr im Firnis liegen denn im Holze.

Am nächsten Morgen, es hatte noch nicht acht Uhr geläutet, brachte mir Pisana den Kaffee. Sie wollte, sagte sie, vom ersten Tage an die Pflichten einer guten, fleißigen Hausfrau übernehmen. Die verliebten Träume der Nacht, in denen all mein Kummer entschwunden war, das Halbdunkel des Zimmers, in das die Sonne, die schon hoch am Himmel stand, durch die blauen orientalischen Seidenvorhänge nur gedämpft eindringen konnte, unsere gemeinsamen Erinnerungen, die aus jedem Blick, aus jedem Wort, aus jeder Gebärde hervorleuchteten, Pisana mit ihrem von einem zauberischen Lächeln verschönten Antlitz, mit Wangen, auf denen nach der Blässe der Nacht die Rosen des Morgens erblühten – alles dies wirkte zusammen, daß sich wieder ein Ring der Kette, die ich lange Zeit abgestreift hatte, fest um mich schloß. Ich nahm von ihren Lippen einen Kuß, einen einzigen Kuß, der sich mit dem bitteren Geschmack des Kaffees mischte; ach, das Verdienst des Heiligen Antonius, der in der Wüste den Versuchungen des Teufels widerstand, war kleiner als das meine, als ich die Lippen vom Becher nahm, lange bevor mein Durst gestillt war. Nun, ich war gewiß und entschlossen, ihn eines Tages zu stillen; und das könnte meine Tugend in ausgesuchte Feinschmeckerei wandeln. So wie ich mich erhoben hatte, mußten wir zunächst daran denken, unsern

Hausstand einzurichten, das heißt eine Frau zu suchen, die die Küche und die gröbste Arbeit übernahm. Wir konnten nicht nur von Kaffee leben, zumal mit der Liebe, die uns auffraß. Zum ersten Male nahm ich mich dieser kleinen häuslichen Sorgen mit Freuden an.

Ich kannte in der Nachbarschaft ein paar einfache Frauen, an die ich mich wandte, und sie verschafften mir eine Magd, deren bloßer Anblick genügte, ein Haus vor jedem Eindringling zu schützen. Urhäßlich, hochgewachsen und abgezehrt wie ein Grenadier nach vier Monaten Feldzug, mit grauen Augen und Haaren, ein rotes Tuch um den Kopf gewunden nach Art der Schlangen der Medusa; ein wenig schielend, ziemlich bärtig, mit einer unschönen, näselnden Stimme in einem Bastard-Venezianisch – so hatte Mutter Natur diese Zigeunerin bedacht mit allen Gaben, die Treue leicht machen. Denn ich habe beobachtet, daß Treue und Anmut sich sehr selten zu gemeinsamem, friedlichem Leben finden. Außerdem war klar, daß jeder, der ins Haus wollte und sich diesem Bilde von Frau gegenübersah, lieber in die Hölle spaziert wäre, als einen Schritt über die Schwelle zu tun. Natürlich gab ich ihr den ausdrücklichen Befehl, immer und allen Menschen zu sagen, die Herrschaft sei nicht in Venedig; und wir hatten wahrlich allen Grund, uns zu verbergen. Schon der des Glückes wäre genug gewesen, weil andere Menschen, sobald sie dessen gewahr werden, dazwischenfahren und es stören müssen. Nachdem ich also diesen meinen Zerberus in der Küche auf Posten gestellt und für Sicherheit wie Lebensunterhalt gesorgt, kehrte ich zu Pisana zurück und vergaß alles übrige.

Vielleicht war hierfür nicht eben die beste Zeit; vielleicht, Gott möge es mir verzeihen, lagen mir damals andere Pflichten ob, und ich hätte nicht wie Rinaldo in den Zaubergarten Armida abschweifen dürfen; aber, wie gesagt, ich vergaß alles übrige, und ich brauchte mir gar keinen Zwang anzutun, ich vergaß so ganz von selbst, daß mir, wenn mich anderweitige Vorkommnisse ins öffentliche Leben zurückriefen, dort alles wie eine neue Welt erschien. Gab es je Entschuldigungen für die Raserei der Liebe und die Trunkenheit der Lust, so durfte ich gewiß alle für mich in Anspruch nehmen. Doch will ich meine Schuld nicht verkleinern. Jener Monat, der mich Gott und die Welt vergessen ließ vor lauter Glück und Wollust, während der Erniedrigung meines Vaterlandes genossen, dem ehrenhaften Elend des Exils geraubt, hinterließ in meiner Seele einen ewigen Stachel. Wie viele Lügen mußte ich erfinden, um dies mein heimliches Glück vor den Augen der andern zu verstecken! Nie werde ich mir auch nur einen Augenblick der Gedankenlosigkeit verzeihen, wenn doch die Ehre gebietet, an eine Sache klar und ständig zu denken. Die arme Pisana vergoß manche Träne, als sie schließlich einsehen mußte, daß all ihre Mühe, mich glücklich zu machen, höchstens imstande war, das mich immer mehr umdüsternde Mißbehagen mit einem Blitze sorgloser Freude zu erhellen. Ich schämte mich vor mir selbst. Ach, warum richtete sie die von hoher Vaterlandsliebe erfüllte Leidenschaft, die das verliebte Seelchen von Ascanio Minato erschreckt hatte, nicht auf mich? Hätte sie mir doch, statt Küsse, Zärtlichkeiten, Wonnen zu begehren, ein großes Opfer auferlegt, eine ehrenvolle, hoffnungslose, erhabene Tat! Ich wäre als Held gestorben; so aber lebte ich als Feigling. – Leider gehorchen unsere Gefühle einem Gesetz, das sie immer auf dem Wege weiterführt, den sie am Beginn eingeschlagen. Die wunderliche Leidenschaft für den Offizier aus Ajaccio, entstanden mehr aus Wut denn aus Liebe, genährt von der Angst um den Untergang des Vaterlandes und die Gefährdung der Freiheit, wurde groß dank der heiligen Flamme, die sie durchglühte. Meine Liebe, so viele Jahre alt, reich an Gefühlen und Erinnerungen, doch jeden Gedankens völlig bar, war dazu verdammt, sich auf diesem Bett der Wollust, das sie hatte entstehen sehen, herumzuräkeln. Ich empfand die Schande, daß ich Pisana nicht zu dem begeistern konnte, wozu ein Stutzer, wie es Dutzende gab, sie begeistert hatte; nachdem ich den Grundfehler unserer Liebe entdeckt, war es mir unmöglich, mich ihrer so zu freuen, wie Pisana gewünscht hätte.

Doch die Tage jener Liebesraserei glitten dahin, ohne daß mir bewußt wurde, wie die Zeit verrann, und Wille und Mut, mich loszureißen, erlahmten. Aber mir bebte das Herz, wenn ich nur an eine Trennung dachte, und sie zur Gefährtin meines Lebens, meiner Verbannung, meiner Armut zu machen, dazu, meinte ich, habe ich nicht das Recht. So wich ich also jedem Entschlusse aus, erwartete den Anstoß dazu von den Ereignissen und wurde für meine innere Qual reichlich entschädigt durch die Glückseligkeit, die Pisana aus dem schönen Antlitz strahlte. Ich konnte mich nicht genug wundern, wie sich ihr Wesen in den paar glücklichen Tagen gewandelt und gesänftigt hatte; nie eine Klage, nie ein böser Blick, nie ein Wutanfall, nicht die kleinste Eitelkeit. Es schien ihr Ziel, mich den schlimmen Eindruck, den ich manchmal von ihr gewonnen hatte, bereuen zu machen. Ein Mädchen, das aus den Händen der Klosterschwestern in die sorgliche Hut einer liebevollen Mutter übergeht, konnte nicht heiterer und harmloser sein als sie. Alles, was außerhalb unserer Liebe lag oder sich nicht irgendwie an sie anknüpfen ließ, kümmerte sie überhaupt nicht. Was sie mir von ihrem vergangenen Leben erzählte, diente nur dazu, mir ihre ständige, heiße, wenn auch vielgestaltige und wunderliche Liebe zu mir nahezubringen. Sie erzählte, wie ihre Mutter sie angestachelt hatte, dem oder jenem ihrer Verehrer ein freundliches Gesicht zu zeigen, damit sie einen reichen Mann in die Falle locke.

»Aber weißt du«, plauderte sie, »je glänzender und schöner sie waren, um so öder wurden sie mir; immer, wenn ich mich ein bißchen liebenswürdig und freundlich zeigte, galt das den Häßlichsten und Unansehnlichsten, zur großen Verwunderung meiner selbst und derer, die um mich waren; und sie glaubten, es sei ausgesuchte Koketterie. In Wirklichkeit beglückte ich die, die mir zu jämmerlich schienen, als daß sie anderswo Glück fänden, und wenn das nicht recht war, so möge Gott mir verzeihen – doch ich konnte nicht anders.«

Dann enthüllte sie mir gewisse Geheimnisse des Hauses, die ich lieber nicht gewußt hätte, so ekelten sie mich an. Ihre Mutter spielte wie eine Verzweifelte und wollte nichts von Einschränkung wissen, so daß sie immer den oder jenen um Geld angehen mußte; war sie gerade recht knapp, so heckte sie mit Rosa, ihrer alten Kammerfrau, irgendeine Gaunerei aus, um Bekannte und Freunde zu schröpfen. Als diese des fortgesetzten Anbohrens müde wurden, hatte Rosa vorgeschlagen, Pisana ins Spiel zu ziehen und mit der Erzählung der Familiennöte ihre ergebensten Anbeter zum Mitleid zu bewegen. So hatte Pisana, ohne es zu wissen, von schimpflichen Almosen gelebt. Aber schließlich hatte sie es gemerkt und Rosa, trotz der schweigenden Kühle der Gräfin, unverzüglich aus dem Hause gejagt. Das war für sie auch ein Grund gewesen, den Antrag des alten Navagero anzunehmen; sie schämte sich, daß sie von der eigenen Mutter solchen Niederträchtigkeiten ausgesetzt wurde. Ich fragte sie, warum sie nicht lieber bei den Frumier Hilfe gesucht habe; doch sie erwiderte, auch diesen gehe es nicht eben glänzend, und wenn sie schon einiges geopfert hätten, sie vor dem Hunger zu schützen, so dachten sie natürlich nicht daran, sich zu ruinieren, um das unersättliche Laster der Gräfin zu füttern. Ich wunderte mich damals, daß diese Spielleidenschaft solche Ausmaße angenommen hatte. »Oh, ich wundere mich darüber nicht«, gab Pisana zurück. »Sie ist immer so sicher zu siegen, daß es ihr ein Unrecht schiene, wollte sie nicht spielen; und was das Schönste ist, sie behauptet, sie habe dabei immer gewonnen, und wir, ich und mein Bruder, wären es, die all diese ungeheuren Gewinne nach und nach verzehrten. Stell dir das vor! Was mich betrifft, so habe ich nie etwas anderes am Leibe gehabt als ein Kleidchen von Linnen, und die Zinsen der achttausend Dukaten habe ich stets in ihren Händen gelassen. Und mein Bruder ißt und kleidet sich wie ein Mönch, für vier Soldi am Tage würde ich mich unterfangen, ihn zu erhalten. Aber die Mama tut mir leid, sie war gewohnt, den Tisch gedeckt zu finden. Übrigens ist ihre

Leidenschaft nichts Besonderes, alle Damen in Venedig sind jetzt davon besessen, so daß die besten Geschlechter sich an den Spieltischen zugrunde richten.«

»O nein«, erwiderte ich, »deine Mutter ist in ihrer Leidenschaft weniger zu entschuldigen als die andern, wenn sie sich nicht geschämt hat, den guten Ruf der Tochter zu gefährden.«

»Ach«, rief Pisana, »mir tut sie auch darin leid. Rosa in ihrer Gefräßigkeit hat es ihr nahegelegt, und ich glaube, sie hat die gute Hälfte der Geschenke selbst eingesteckt ... Und schließlich, wenn die Mama sie zuerst in ihrem Namen erbeten hat, konnte sie es auch in meinem tun. Sie ist schließlich nicht umsonst meine Mutter.«

»Höre, Pisana, deine Güte geht wirklich zu weit. Wenn du so urteilst, kannst du alles entschuldigen, alles verzeihen, und die Grenzen zwischen Gut und Böse werden verwischt.«

Pisana lächelte, meinte, ich sei zu streng, und fügte scherzend hinzu, wenn sie alles entschuldige, so tue sie es gerade, damit auch andere die kleinen Fehler an ihr entschuldigten. Im Augenblick habe sie auch nicht einen, außer etwa dem, daß sie sich zu sehr lieben lasse, was mehr mein Fehler sei als der ihre; und ich konnte nichts tun, als ihr die Hand auf den Mund legen, damit sie schweige.

Nachdem wir einige Wochen ganz häuslich unserer Liebe gelebt hatten, fiel mir ein, es sei Zeit für einen Besuch bei den Apostulos. Vielleicht fand ich Nachricht von meinem Vater, obwohl das fast noch nicht möglich war; aber ich hatte plötzlich keine Ruhe mehr. Doch wenn wir uns glauben machen wollen, wir hätten nichts versäumt, achten wir nicht darauf, ob etwas vernünftig sei. Als ich ging, bat mich Pisana, sie bis zum Kloster der Heiligen Teresa mitzunehmen, wo sie ihre Schwester besuchen wollte. Wir gingen also Arm in Arm aus dem Hause, ich zog den Hut tief ins Gesicht, sie den Schleier bis unters Kinn, und wir spähten vorsichtig umher, um Bekannte nach Möglichkeit zu vermeiden. Wirklich sah ich von fern

Raimondo Venchieredo und den Partistagno, doch gelang es mir, beizeiten auszuweichen, ich verließ Pisana an der Pforte des Klosters und eilte zum Hause des griechischen Bankherrn. Mein Vater konnte natürlich in so kurzer Zeit aus Konstantinopel noch keine Nachricht geschickt haben. Alle, besonders Spiro, wunderten sich, daß ich noch in Venedig weilte; ich faselte errötend einiges von wichtigen Geschäften, die mich festhielten, und behauptete, mein Aufenthalt hier sei recht gefährlich wegen der Verdächte, die man gegen mich hege. Wer solche Verdächte hegen möge, wagte ich nicht hinzuzufügen, denn ich ahnte nicht, ob die Franzosen abgezogen waren und wer jetzt in Venedig herrschte. Da fragte Aglaura, wohin ich mich wenden werde, wenn die Geschäfte abgeschlossen seien. »Wahrscheinlich nach Mailand«, stammelte ich. Das junge Mädchen schlug errötend die Augen nieder, und ihr Bruder beobachtete sie scharf. Mir ging zu viel im Kopf herum, als daß ich der möglichen Bedeutung dieses stummen Spieles nachgegrübelt hätte, und ich nahm Abschied und versprach, wir würden uns vor meiner Abreise noch sehen. Auf der Straße hatte ich mehr Furcht als vorher, entdeckt zu werden, und zu der Furcht kam die Scham. Die völlige Unbehelligtheit, in der ich mit Pisana bisher gelebt hatte, war ein Zeichen, daß ihre Verwandten von meiner Anwesenheit in Venedig nichts wußten. Und wie sollten sie, selbst wenn sie es wußten, auf den Gedanken kommen, daß sich Pisana zu mir geflüchtet hätte! Damals ahnte ich nicht, daß ihre Szene mit dem schönen Minato großes Aufsehen erregt hatte und daß Navagero und die Gräfin nur aus Angst, sich bloßzustellen, nicht nach ihr forschten. An einer Ecke stand ich plötzlich Agostino Frumier gegenüber, der frischer und röter aussah als sonst. Wie auf Verabredung schienen wir uns nicht zu erkennen; doch er wunderte sich über mich gewiß mehr, als ich mich über ihn, und meine Scham wuchs.

Der Boden brannte mir unter den Füßen; warum hatte ich nur für diesen Weg nicht die Nacht abgewartet! Endlich stand ich vor dem Kloster. Ich nahm mir vor, Pisana bei erster Gelegenheit offen zu sagen, wie das Glück, an dem wir uns berauschten, meiner Ehre schwer zum Schaden gereiche, und wie die Ehrfurcht vor dem Vaterlande, die Treue den Freunden gegenüber und die Erfüllung meines Schwures forderten, daß ich abreiste. In solchen Sorgen betrat ich den Sprechraum, ohne daran zu denken, daß sich die Hochwürdige wundern könnte, ihre Schwester in meiner Gesellschaft zu sehen; doch darauf hatten weder Pisana noch ich geachtet. Es war das erstemal, daß ich Clara nach den ewigen Gelübden sah. Ich fand sie erbarmenswürdig bleich und abgezehrt, durchsichtig wie jene Alabastergefäße, durch die das Licht matt schimmert, und auch ein wenig krumm vom lange geübten Gehorsam und Gebet. Auf ihren schmalen Lippen lag statt des alten nachsichtigen Lächelns die strenge Kälte der Nonne; sie hatte die Abgeschlossenheit vom Irdischen, die Mutter Redenta so ersehnt hatte, errungen, sie verachtete und vergaß die Welt nicht nur, sie verstand sie nicht mehr. Über meine Vertrautheit mit Pisana wunderte sie sich wider mein Erwarten gar nicht; sie gab mir und ihr gute Ratschläge, sprach von der Vergangenheit nie anders als mit Schauder, und nur einmal, als ich die alte Gräfin erwähnte, wurde die strenge Falte um ihre Lippen weicher. Doch in schneller Reue deckte sie die Regung wieder mit jener Kälte zu, ihrem unveränderlichen Seelenkleid, wie auch ihr Leib unveränderlich mit dem schwarzen Nonnengewand bedeckt war. Mag sein, daß auch Lucilio in ihrem Sinn auftauchte, und daß sie vor dem Gedanken, wo er weilen, was er tun mochte, erschreckt floh. Sie hatte Mühe, bis sie zu ihrer marmornen Strenge zurückfand; die Augen blickten nicht mehr ganz so starr, die Stimme klang weniger ruhig und eintönig.

»O weh«, sagte sie plötzlich, »ich habe der seligen Großmutter versprochen, für ihr Seelenheil hundert Messen lesen zu lassen, und war noch nicht in der Lage, das Gelöbnis zu erfüllen. Das ist der einzige Stachel in meinem Herzen.«

Pisana erwiderte, ohne zu überlegen, in ihrer gewohnten

Güte, sie werde ihr helfen, diesen Stachel zu entfernen, und die Messen, die sie wünsche, selbst lesen lassen.

»Oh, ich danke dir, meine Schwester in Christo!« rief die Hochwürdige. »Bringe mir den Zettel des Priesters, wenn er sie gelesen hat, und du hast dir in meinen Gebeten einen besonderen Platz erworben und ein ganz besonderes Verdienst bei Gott.«

Ich fühlte mich bei solchen Gesprächen nicht sonderlich wohl und war überrascht, wie leicht Pisana ihre Gefühle auf die der andern abstimmte. Aber ich kannte ihre Gutherzigkeit und ihre Meisterschaft im Lügen und hätte mich eher wundern müssen, wenn sie anders gehandelt hätte. Wir sagten Clara Lebewohl und wollten heimkehren, als mich wieder die Furcht befiel, wir könnten gesehen werden, und so schlug ich Pisana vor, auf getrennten Wegen zu gehen. Ich hatte Anlaß, mich dieser Vorsicht zu freuen, denn nach hundert Schritten traf ich wieder auf den Venchieredo und den Partistagno, die sich mir diesmal an die Fersen hefteten und nicht abschütteln ließen, so sehr ich sie kreuz und quer durch die unentwirrbaren Labyrinthe Venedigs jagte; aber ich wurde eher müde als sie, denn ich mochte Pisana nicht so lange allein lassen, und wandte mich nach Hause. Doch wie groß war mein Erstaunen, als ich Pisana, die schon eine Weile daheim sein mußte, noch an der Schwelle traf, und hier schwatzte sie behaglich mit Rosa, der Kammerzofe, die schuld war an den Almosen ihrer Verehrer. Und sie war gar nicht verlegen, als ich dazukam, verabschiedete Rosa sehr freundlich, lud sie ein, sie zu besuchen, schalt mich, daß ich so lange ausgeblieben, und ging mit mir ins Haus. Ich sah gerade noch, wie der Partistagno und Raimondo uns von einer Ecke her beobachteten, schloß die Tür ziemlich heftig und stieg mit einiger Wut die Treppe hinauf.

Oben hielt ich Pisana die Unschicklichkeit ihres Betragens offen vor. Wie konnte sie sich mit dieser unverschämten Person, von der sie unverzeihlich beleidigt worden, in ein beinahe freundschaftliches Gespräch einlassen, und noch dazu vor der

Haustür, wo uns so viel daran lag, daß uns niemand sah! Sie erwiderte, daran habe sie im Augenblick nicht gedacht, und Rosa – nun, sie hätte einfach Mitleid gehabt, daß sie so zerlumpt und elend ausgesehen hätte. Ja, gerade darum hätte sie sie gebeten, sie zu besuchen, vielleicht könnte sie ihr ein wenig helfen, und im übrigen müßte sie ihr doch verzeihen, wenn sie ihr Unrecht bereute! Zudem hätte Rosa ihr versichert, sie habe sie nie beleidigen wollen, sondern immer auf Anstiften der Frau Gräfin nur zu ihrem Besten gehandelt. Pisana schien davon so überzeugt, daß sie es fast bereute, Rosa fortgejagt zu haben, und schrieb die Schuld an aller Unbill, die jene, wie sie behauptete, hätte erleiden müssen, nun ihrer eigenen Strenge zu. Vergebens machte ich geltend, daß gewisse Arten von Unrecht nie zu entschuldigen sind und daß die Ehre vielleicht das einzige ist, was man auch auf Kosten des eigenen und des Lebens anderer verteidigen darf und muß. Pisana sagte einfach, so denke sie nicht, in solchen Dingen müsse man dem Gefühl nach handeln, und das Gefühl rate ihr, das Unrecht, das sie der Ärmsten nun doch zugefügt habe, auszugleichen; ja sie bat mich gar um Hilfe bei diesem guten Werk, ich solle Rosa zunächst einmal ein Zimmer in meinem Hause überlassen, damit sie besser wohnen könne. Wegen dieser Bitte empört, schrie ich sie an, sie schrie ebenfalls und weinte. Schließlich wurden wir einig, ich solle für Rosa die Miete bezahlen, und erst nachdem das versprochen, gab sich Pisana damit zufrieden, daß ich sie nicht im Hause wünschte. Es war das erstemal, daß unsere Temperamente, die Eintracht des Honigmonds vergessend, sich unfreundlich rieben.

Ich legte mich mit einem schlimmen Vorgefühl zu Bett, und die höhnischen Blicke von Raimondo raubten mir lange den Schlaf. Am Morgen neue Fehde. Pisana wollte ausgehen, um die versprochenen hundert Seelenmessen zu bestellen. Stellt euch vor, wie sehr mir diese Absicht bei der Geldknappheit, die mich zu drücken begann, behagte! ... Aus begreiflichem Zartgefühl hatte ich vermieden, ihr zu sagen, daß mein Vater all seinen Reichtum mitgenommen und mir nur ein sehr bescheidenes

Kapital hinterlassen hatte. Ein gut Teil des Geldes, das für ein Jahr reichen sollte, war mir schon durch die Finger geronnen mit den nötigen Haushaltsausgaben, dem Lohne für die Magd und einigen Käufen für Pisana, die ja nahezu im Hemd bei mir Zuflucht gesucht hatte. Trotzdem ging ich ungern daran, ihr meine elende Lage zu entdecken, und mühte mich, ihr diese Freigebigkeit mit den Messen mit hundert andern Gründen auszureden. Pisana wollte nicht hören. Sie hatte sie versprochen, es ging um die Seelenruhe ihrer Schwester, und wenn ich sie liebte, mußte ich ihr den Wunsch erfüllen. Da sagte ich ihr klipp und klar, wie die Sache stand.

»Weiter ist es nichts?« fragte sie mit der heitersten Miene der Welt. »Es ist nicht schwer, sich einzuschränken. Erst erfüllen wir die Pflichten, die wir übernommen haben, und wenn dann nichts für uns übrig bleibt, wird eben gefastet.«

»Gefastet! Das ist leicht gesagt. Ich möchte sehen, wie du es fertig brächtest, dich auf den Beinen zu halten.«

»Kann ich mich nicht auf den Beinen halten, so falle ich hin; aber niemand soll sagen, ich würde von dem fett, was andern wohl tun kann.«

»Bedenke: nach den hundert Messen bleibt mir sehr wenig Geld.«

»Ach ja, entschuldige, Carlino. Es ist nicht recht, daß du eine Laune von mir büßen mußt. Es ist besser, ich gehe fort ... ich werde mit Rosa zusammenziehen ... ich werde nähen und sticken ...«

Ich schrie empört: »Was fällt dir ein! Ehe ich dich im Stich lasse, gebe ich das letzte her.«

»Gut, Carlino, einigen wir uns; tu, worum ich dich bitte, und für das übrige sorgt die Vorsehung.«

»Pisana, du machst mich lachen. Nie hast du so viel Vertrauen in die Vorsehung gesetzt wie jetzt, wo sich die Vorsehung nicht im geringsten um dich zu kümmern scheint.«

»Ja? Es wäre schön, wenn diese Tugend in mir wüchse, nun ich sie brauche. Doch will ich dir etwas sagen: wenn ich beginne, auf die Vorsehung zu bauen, so heißt das, daß ich daraus Mut und Kraft schöpfe. Im Grunde des Herzens bleiben wir Frauen immer ein bißchen fromm; nun gut, ich werfe mich in die Arme Gottes. Ich versichere dir, wären wir von allem entblößt – du fändest niemanden, der kräftiger arbeiten würde, für uns beide den Lebensunterhalt zu verdienen, als deine Pisana.«

Ich schüttelte den Kopf, denn ich gab nicht viel auf diesen Mut, der noch nicht auf die Probe gestellt worden war; aber ich mochte an ihm zweifeln, so viel ich wollte, die hundert Messen und die Miete für Rosa mußte ich bezahlen, und als mir nur etwa zwanzig Dukaten blieben, um unsere Ausgaben künftig zu bestreiten, gab sich Pisana endlich zufrieden.

Doch nicht weit entfernt lebten Menschen, die sich meine Verhältnisse sehr angelegen sein ließen und sich alle Mühe gaben, den augenblicklichen Schwierigkeiten ein Ende zu bereiten. So kam ich denn bald vom Regen in die Traufe. Ich hätte mich schon einen Monat früher auf meine Pflicht besinnen müssen, und so könnte ich diesen Menschen für das Verdienst dankbar sein, das sie sich um mein Gewissen erworben haben. Die Szene mit dem korsischen Offizier hatte, wie ich sagte, in ganz Venedig Aufsehen erregt; daß Pisana aus dem Hause ihres Gatten verschwunden war, wob den Schleier des Geheimnisses um das Abenteuer, und man erzählte sich davon die sonderbarsten, gröbsten Dinge, die alle aufzuzählen töricht wäre. Da sah einer Pisana in weißem Gewande in tiefer Nacht unter den Prokuratien umherirren; ein anderer versicherte, er sei ihr in einer öden Gasse begegnet, den Dolch in der einen, die Harzfackel in der andern Hand wie die Statue der Zwietracht; die Barkenführer erzählten, sie irre die ganze Nacht durch die Lagunen, ganz allein in einer Gondel, die ohne Ruder weitergleite, und lasse hinter sich auf den stillen Wassern eine phosphorn leuchtende Kielspur. Bisweilen höre man im Umkreis der geheimnisvollen Erscheinung hie und da einen dumpfen Schlag; das seien die Feinde Venedigs, die Pisana mit magischer

Kunst der Ruhe des Schlafes entrisse und in die Strudel des Kanals hinzöge. Der neuen Regierung, die von den Kaiserlichen nach der Abreise von Serrurier vorläufig eingesetzt worden, war, behagte solches Geschwätz recht wenig, zumal es die Leichtgläubigkeit des Volkes von Tag zu Tag mit blühenderen Phantasien ausschmückte. Es ließ darauf schließen, daß ihr das Volk nicht eben freundlich gesinnt war, und so mußte ihm diese poetische Grille ausgetrieben werden. Darum suchte man den Aufenthalt von Pisana zu erkunden; aber die Nachforschungen blieben ohne Erfolg; sicher dachte niemand daran, daß sie bei mir wohnen könnte, während man von mir glaubte, ich habe damals die Lagunen weit hinter mir gelassen. Unsere Zigeunermagd war unbestechlich geblieben; manchem verkleideten Späher, der nach der Herrschaft fragte, hatte sie geantwortet, sie sei schon längst nicht mehr in Venedig, und so hatte man uns hinfort in Ruhe gelassen. Meinen Vater wußte man in der Levante, mich glaubte man bei ihm oder bei den andern Unglücklichen, die ein Vaterland gesucht hatten in den ruhigen Städten der Toscana oder in den aufständischen Provinzen der Cisalpinen Republik.

Die Entdeckung von Raimondo Venchieredo zog die Häscher auf meine Spur. Er sprach mit seinem Vater davon, wie merkwürdig es sei, daß ich noch in Venedig wäre; der alte Fuchs witterte einen fetten Gewinn, und nachdem er sich mit dem ehrwürdigen Pater Pendola beraten hatte, beschloß er, sich daraus ein Verdienst bei der Regierung zu machen. Er mochte mich als einen gefährlichen, hier untergeschlüpften Unruhestifter hingestellt haben, der zu Gott weiß welchem verzweifelten Streiche fähig war. Mein Zusammenleben mit jener zornmütigen Heldin, die Volk und Lästerzungen so viel zu reden gegeben hatte, gab der Anklage Nachdruck. Die Sache hatte Folgen. Als ich eines schönen Morgens ruhig meinen Kaffee schlürfte und darüber nachdachte, wie ich meine letzten sieben oder acht Dukaten in die Länge ziehen könne, schellte es rasend an der Haustür; eine Stimme rief etwas, andere antworteten von weiter her, die ganze Gasse hallte von dem Geschrei wider. Während ich nach draußen horchte, dröhnte es, als würde die Haustür mit Gewalt eingedrückt; darauf wieder ein Schlag, stärker als der erste, und Rufe und Gestampf ohne Ende. Gerade wollten Pisana und ich hinuntereilen, um zu sehen, was vor sich ging, da stürzte unsere Zigeunerin ins Zimmer, die Nase blutete, das Kleid hing in Fetzen, in der Hand schwang sie eine riesige Ofenschaufel. Es war dieselbe, die mein Vater nach Konstantinopeler Sitte zu wohlriechendem Rauchwerk zu benutzen pflegte.

»Herr«, schrie sie atemlos, »einer gefangen, in die Küche geschlossen, Gesicht zerhackt wie Fleischpastete. Aber draußen noch zwölf ... Herr muß fliehen ... Sie wollen ihn holen, schreien, er ist Staatsverbrecher ...« Und hinaus war sie.

Das Kauderwelsch sagte genug; Pisana lief ans Fenster, äugte auf den Kanal und flüsterte mir zu, ich müsse mich retten, das sei das Wichtigste. Was sollte ich tun? Ein Sprung aus dem Fenster war das einzig Mögliche. Ich überlegte nicht lange, auf irgend etwas, Wasser oder Land, würde ich schon treffen. Ich sprang und geriet auf eine Gondel, in der ich flüchtig das Gesicht von Raimondo Venchieredo sah, der an unsern Fenstern entlangspähte. Der Anprall war so heftig, daß ich mir fast die Schulter verrenkt hätte; doch die Sprünge meiner Kindheit und die Turnerei bei Marchetto hatten meine Knochen an solches Durcheinander gewöhnt. Flink wie eine Katze stand ich wieder auf den Beinen und rannte nach dem Bug, um aufs andere Ufer zu springen, da stand Raimondo vor mir, den die Erschütterung unter dem Gondeldach hervorgetrieben hatte, und sah mich entgeistert an.

Wütend rief ich: »Bist du es, gemeiner Kerl? Hier hast du den Lohn für deine Spioniererei!«

Und damit versetzte ich ihm einen Schlag, daß er auf die Ruderklammer stürzte und wohl so bald nicht weiterspähen konnte. Inzwischen hatte ich das Ufer gewonnen und zu Pisana zurückgewinkt, die mich mit Gebärden zu eiliger Flucht antrieb.

Vor der aufgesperrten Tür stand noch immer die Zigeunermagd, meine Retterin, die Ofenschaufel in der Hand, und schreckte mit ihrer kriegerischen Haltung die zwölf Häscher. Keiner verspürte Lust, sich über die Schwelle zu wagen, jenseits deren ihr Anführer, mit zerhackter Schnauze in die Küche gesperrt, sein Los mit den vollsten Tönen seiner gewaltigen Baßstimme bejammerte. Ehe Raimondo zu sich kam und die Häscher mich entdeckten, war ich in ein nahes Gäßchen geschlüpft und rannte, rannte, was ich konnte. Wohin sollte ich fliehen? Es war ein wahres Glück, daß mir in jener Bedrängnis das Haus Apostulos in den Sinn kam; dort konnte ich mich verstecken. So wurde ich denn gerettet ohne weitere Plage als den kühnen Sprung aus dem Fenster.

Meine Freunde waren recht froh, mich einer so schweren Gefahr entronnen zu sehen; doch leider konnten wir uns noch nicht des Sieges rühmen, denn bevor ich nicht aus den Lagunen heraus in die Provinzen jenseits der Etsch geflohen war, blieb meine Freiheit bedroht.

»Wohin wollt Ihr Euch also wenden?« fragte mich der alte Bankherr.

»Nun . . . nach Mailand.« Ich wußte kaum, was ich sprach.

»Beharrt Ihr wirklich in diesem Entschluß?« fragte Aglaura.

»Es dünkt mich der beste; da unten sind meine Freunde, sie erwarten mich schon eine Weile.«

Spiro hatte während dieser Gespräche unten im Arbeitszimmer die Leute verabschiedete, und Aglaura schien geneigt, mich noch mehr zu fragen; da kehrte er zurück. Sie setzte eine andere Miene auf und hörte zu, als kümmere sie das alles nicht; doch sowie ihr Bruder wegblickte, forschte sie eifrig in meinem Gesicht und seufzte leicht, als ihr Vater mir sagte, ich könne in griechischer Verkleidung und mit dem Paß eines ihrer Gehilfen morgen früh abreisen.

»Nicht früher«, fügte er hinzu, »weil alle Polizisten am Anfang sehr wachsam sind, Ihr könntet ihnen leicht in die Hände fallen. Doch morgen werden sie nicht mehr so genau achtgeben, weil sie Euch schon entronnen wähnen, und außerdem ist Festtag, die Zollbeamten werden mit den Taschen der Landleute, die in die Stadt kommen, vollauf beschäftigt sein.«

Inzwischen war auch die Mutter Apostulos ins Zimmer getreten, nickte bei den Worten ihres Gatten und wünschte mir zu meiner Rettung Glück. Spiro riet, ich solle in Padua die griechische Kleidung, weil sie zu sehr auffalle, lieber sogleich ablegen und auf irgendeinem Seitenwege die Grenze zu erreichen suchen. Ich sagte zu allem ja und kam zu einer andern Frage, der des Geldes. Mit sieben Dukaten in der Tasche bis Mailand zu gelangen, konnte mir nicht im Traume einfallen; ich brauchte ein rundes Sümmchen; und da mir auch die Zinsen eines Jahres nicht genügen würden und ich anderseits Pisana etwas zum Lebensunterhalt lassen wollte, schlug ich vor, der Bankherr solle mir tausend Dukaten geben und die Zinsen des restlichen Kapitals jährlich der Komteß Pisana von Fratta, verehelichten Navagero, auszahlen. Der Grieche war es zufrieden. Ich gab meine Unterschriften, teilte Pisana in einem Briefe meine Vorsorge mit und legte auch ein Papier bei, auf dem ich sie in den Nießbrauch meines Hauses einsetzte. Niemand konnte wissen, für wie lange ich fort sein mußte, und es war besser, für eine Weile vorzusorgen. Nun mußte man daran denken, meinen Magen auf die Mühen des ersten Tages im Exil zuzurüsten. Es war Abend, ich hatte vierundzwanzig Stunden nichts genossen als einen Kaffee, und trotzdem spürte ich nicht mehr Hunger, als wenn ich gerade von einem Hochzeitsmahl aufgestanden wäre. Während also die andern aßen und mich zum Essen ermunterten, hielt ich mich an die großen Flaschen Zypernwein, die auf dem Tische standen, und machte mich rein aus Verzweiflung ans Trinken.

Ich trank so viel, daß ich von den großen Reden, die sie mir nach Tische hielten, nichts mehr verstand; nur schien mir in einem Augenblick des Alleinseins mit den Frauen, als flüstere mir Aglaura ein paar Worte ins Ohr und suche, nachdem der

Vater und Spiro zurückgekehrt waren, mit Füßeln und Kniedrücken ein Einverständnis fortzusetzen. Man hatte ihr der Gastfreundschaft zu Ehren bei Tische den Platz an meiner Seite gegeben. Dieses zärtliche Spiel drang nicht in mein Bewußtsein; ich schleppte mich schlecht und recht zu dem Bett, das man mir angewiesen, und schnarchte so viehisch, daß ich es selber hörte. Als man mich jedoch am Morgen weckte, folgte auf die Betäubung der Schmerz. Bis dahin hatte ich, wie Schwindsüchtige zu tun pflegen, an meinen Hoffnungen mit Zähigkeit festgehalten; jetzt war ich heftig auf die harte Notwendigkeit gestoßen und konnte weder ausweichen noch hoffen. Ich wüßte nicht zu sagen, wie ich die Kraft fand aufzustehen, mein neues griechisches Gewand anzulegen und den Gastfreunden Lebewohl zu sagen. Mein Körper bewegte sich mit dem steifen Gehorsam eines Automaten, und die Seele mußte ich wohl im Zypernwein gelassen haben. Spiro begleitete mich nach der Riva del Carbone, von wo damals das Schiff nach Padua abfuhr; er versprach mir, Nachrichten von meinem Vater würden mir pünktlich mitgeteilt werden, und verließ mich mit einem Händedruck. Da stand ich nun auf der Brücke und starrte voll Trauer auf die dunklen Fluten des Canale Grande, in denen sich die Paläste der Admiräle und Dogen spiegelten, als ziehe sie der Abgrund gierig an. Der Anblick zerriß mir das Herz; ich stand unbeweglich und fast leblos vor einem Unglück, das erst mit dem Tode enden konnte. Ich merkte nicht, als die Barke vom Ufer abstieß; schon schwammen wir weit auf der Lagune, ich sah noch immer den Palazzo Foscari und die Rialtobrücke. Doch als wir das Zollhaus erreichten, rief eine gewiß nicht venezianische Stimme halt, ich erwachte aus meiner Versunkenheit, um in die Tiefen wahren Schmerzes hinabzutauchen. An alles Unheil, das über mein Vaterland gekommen war, reihte sich nun mein eigenes Unglück, und jedes stieß mir einen Dolch ins Herz.

Wir hatten uns kaum vom Landeplatz des Zollhauses gelöst, da holte uns eine schnelle Schaluppe ein, aus der man uns zurief, wir sollten warten. Der Lotse stoppte, und eine Minute später stand zu meinem Erstaunen der junge Apostulos auf dem Deck. Er näherte sich mir etwas verwirrt, äugte nach rechts und nach links und stammelte, er wolle mir noch eilig die Namen einiger Freunde sagen, die mir in Mailand überaus nützlich sein könnten. Ich war höchst verwundert über solchen Eifer, da man ja hierfür Reisende mit Empfehlungsbriefen zu versehen pflegt; trotzdem dankte ich ihm, und er verabschiedete sich und wollte mich, wie er sagte, noch dem Schiffsführer empfehlen. Unter diesem Vorwand ging er unters Verdeck. Der Kapitän kam mit ihm heraus, machte verneinende Gebärden und bedeutete ihm, er solle sich überall auf dem Schiffe umsehen. Spiro durchstöberte die Kajüte, in der nur ein paar Bootsleute in ihre Mäntel gewickelt schliefen, und kam zurück mit einem Gesicht, das sich Mühe gab, gleichgültig zu scheinen.

»Potz Blitz! Was habt Ihr für ein prächtiges Schiff!« Dabei spähte er mit seinen Falkenaugen vom Bug bis zum Heck und steckte die Nase in jeden Winkel, zum Ärger des Lotsen, der das Steuer endlich wenden wollte.

»Kann ich weiterfahren?« fragte er den Kapitän, damit der lästige Besucher endlich ginge.

»Wartet, bis ich fort bin!« Damit sprang Spiro vom Schiff in die Schaluppe und winkte mir von da zerstreut einen Abschiedsgruß. – Der mir angegebene Grund war sicher nicht der einzige, weswegen er auf die Barke gekommen war und sie so genau besichtigt hatte; aber ich war zu verwirrt und betrübt, um darüber weiter nachzudenken. Ich vergaß den Vorfall, wandte mich und blickte auf Venedig zurück, das mir im bläulichen Dunst seiner Lagunen immer weiter entschwand. Jetzt sah es aus wie ein Theatervorhang, der im Staub des Rampenlichts verblaßt ist.

O Venedig, ehrwürdige Mutter, alter Hort der Weisheit und Freiheit! Dein Geist war im Dunst der Ferne schon weiter entschwunden als das letzte Bild, das du mir botest; entschwunden im Dunkel der Vergangenheit, das alle Spuren des Lebens verschlingt. Es bleiben die Erinnerungen, die doch nur Schatten sind, es bleibt die Hoffnung, der Traum müder Seelen. Hatte ich dich in deinem langen Sterben und Verfall denn geliebt? ... Ich weiß es nicht. – Doch als du ins Schweißtuch des Grabes gehüllt vor mir lagest, schön und majestätisch im Arm des Todes, als ich spürte, dein Herz war kalt und deinen Lippen der letzte Hauch des Lebens entflohen, da erhob sich in mir ein Sturm von Schmerz und Gewissensqual. Ich schmeckte die Armut des Verbannten, die tiefe Verzweiflung des Menschen, der seine Mutter gemordet sieht. ›Muttermord!‹ gellte es von der leeren Pracht des Dogenpalastes in meine Ohren. Ihr Schändlichen! Warum konntet ihr eure Mutter nicht in Frieden entschlafen lassen? Sie dämmerte auf den Fahnen von Lepanto und Morea dem Tode entgegen; ihr hingegen habt sie schimpflich von dem ehrwürdigen Lager gerissen und aufs Pflaster geschleift, habt sie trunken umtanzt und ihren Feinden den Strick gereicht, sie zu erdrosseln ... Es gibt im Leben der Völker Augenblicke, da Unfähige zu Verrätern werden. Ihr sagt, es lag nicht in eurer Macht, sie zu retten. Warum habt ihr das nicht offen bekannt? Warum habt ihr euch mit ihren Henkern zusammengetan? Warum haben einige von euch, trotz ihres Schauders vor dem verruchten Handel, die Hand ausgestreckt nach den Almosen der Käufer? – Pesaro war der einzige fähige Mann; aber da er sich als erster, erbärmlicher als alle, demütigte, fand er zu viele Nachfolger. Ich klage nicht an, ich will rächen; ich beschimpfe nicht, ich bekenne. Ich bekenne, was ich hätte tun müssen und nicht tat; was ich hätte sehen können und nicht sah; was ich aus Unbesonnenheit beging und immer als Frevel beklagen werde. Es ist wahr, das Direktorium und Bonaparte haben uns verraten; aber in solcher Weise verraten lassen sich nur Feiglinge. Bonaparte hat Venedig behandelt wie eine Frau, von der er statt Liebe Unterwerfung will, und fordert, daß sie dem die Hand küßt, der sie schlägt. Erst hat er sie vernachlässigt, dann gekränkt, in der Folge seine Freude darin gefunden, sie zu täuschen und zu verspotten; zuletzt hat er sie auf die Kniee gezwungen, sie mißhandelt wie eine Dirne und ihr voll Hohn zugerufen: ›Geh, such dir einen andern Herrn!‹ ...

Bei diesen Gedanken bemächtigte sich meiner eine tiefe Niedergeschlagenheit. Verglich ich dazu diesen Zustand mit der Seligkeit, die ich wenige Tage zuvor leichtherzig genug genossen, so wuchsen Kummer und Leid ins Ungemessene. Es ist wahr, ich hatte den Gipfel irdischen Glückes erreicht; ich hatte in meinen Armen die erste, einzige Frau gehalten, die ich je ersehnt und geliebt habe, und sie war schön, selig, voll Zärtlichkeit; die Frau, die mir von Kindheit an den Trost meines Lebens bedeutet hatte, das Heilmittel gegen jeden Schmerz, hatte mich berauscht mit so süßer Wollust, als je ein Menschenherz getrunken hat. Und was blieb mir von alledem übrig? ... Die Qual meines Gewissens! ... Trunken, doch nicht satt, voll Scham, doch ohne Reue verließ ich die Pfade der Liebe um die des Exils, und hätten sich nicht die Häscher die Mühe gemacht, sie mir zu weisen, ich wäre geblieben und hätte die Totenklage um Venedig weiter ohne Scheu mit meinen Freuden entweiht. So wandelte sich mir sogar das, was meiner Seele Speise war, in Gift, und ich wurde gezwungen zu verachten, was ich noch immer, und glühender denn je, zu besitzen wünschte.

Bleich, erregt, ohne Speise noch Trank zu berühren, ohne meine Reisegefährten anzusehen oder auf ihre Fragen zu antworten, ohne die Ellbogen zu spüren, die mir die wenig behutsamen Bootsleute gelegentlich in die Seiten stießen, erreichte ich endlich Padua. Ich ging an Land und wußte fast nicht, wo ich mich befand, obwohl ich hier auf dem Damme des Kanals oft mit Amilcare umherspaziert war. Ich fragte nach einer Schenke, man nannte mir eine zur Rechten der Porta Codalunga. Dorthin machte ich mich mit meinem Bündel unterm Arm auf den Weg, von ein paar Gassenjungen gefolgt, die mein orientalisches Gewand anstaunten; in der Schenke forderte ich ein Zimmer und Speise und Trank, mich zu stärken.

Ich wechselte das Kleid, nahm ein wenig Speise, ließ den Wein stehen, bezahlte die kleine Zeche und verließ das Haus; jetzt würden mich die Gassenjungen gewiß nicht mehr beachten. Ich ging zunächst nach der alten Richtung, doch sowie ich an die Porta Codalunga kam, bog ich seitlich in einen schmalen Weg, der meiner Erinnerung nach auf die Straße nach Vicenza münden mußte. Seit dem Verlassen der Schenke war mir aufgefallen, daß jemand vorsichtig hinter mir her kam. Ich spähte zurück, und wirklich folgte mir dieser Schatten, ging langsam, ging schnell, verhielt den Schritt wie ich. Als ich in die schmale Gasse einbog, hörte ich wieder den leichten, zaghaften Schritt; es war kein Zweifel, der Mensch verfolgte diesen Weg um meinetwillen. Mein erster Gedanke galt dem Venchieredo, dem Pater Pendola, dem Advokaten Ormenta und ihren Spähern; damals wußte ich nicht, daß der werte Advokat dank der Gönnerschaft des Hochwürdigen Herrn in der Regierung saß. Doch hielt ich Gewißheit für das beste, und als ich meinen Hühnerhund hinter mir her ins offene Feld gezogen hatte, wandte ich mich jäh, um ihn womöglich zu packen und ihm die unerwünschte Gesellschaft mit doppelter Münze heimzuzahlen. Zu meiner großen Überraschung regte er sich weder, noch zeigte er Furcht; vielmehr zog er die Kapuze seines Matrosenmantels herab und zeigte offen das Gesicht. Da legte sich meine Wut, ich rief ihm nur ins Gedächtnis, daß es unstatthaft sei, so hart hinter einem Ehrenmanne herzulaufen. Während ich sprach und er mich eher ungewiß als verwirrt anschaute, dünkte mich, ich ahne in seinen Zügen jemanden, den ich recht gut kenne. Ich ließ alle meine Freunde aus Padua in Gedanken an mir vorüberziehen, keinem glich er auch nur im geringsten; vielmehr fühlte ich, ich hatte diese Gestalt bestimmt vor ganz kurzer Zeit gesehen.

»Erkennt Ihr mich wirklich nicht?« Und der Mensch deckte die Hand über die Augen, als schäme er sich.

O diese Stimme! »Höre ich recht? Aglaura!«

»Ja, Aglaura. Ich folge Euch schon seit Venedig, fuhr mit

Euch auf der Barke, stärkte mich in Eurer Schenke und hätte nicht den Mut gehabt, mich Euch zu entdecken, hättet Ihr Euch in Euerm Argwohn nicht nach mir umgewandt.«

Ich war vor Überraschung außer mir. »Also seid Ihr es gewesen, nach der Spiro heute morgen gesucht hat?«

»Ja, er hat nach mir gesucht. Als er heimkam und mich nicht fand – denn ich hatte inzwischen bei unserer Waschfrau die Kleider gewechselt und war schon auf dem Schiff –, hat er sogleich Verdacht geschöpft. Ich war mit unserm Zimmermädchen fortgegangen, sie hatte bei ihrer Rückkehr erzählt, sie habe mich auf meine Bitte in der Kirche allein gelassen, und darum glaubte er, als der Kapitän auf seine Frage, ob er Frauen an Bord habe, mit Nein geantwortet hatte, tatsächlich, ich sei noch in der Kirche. Armer Spiro! Er liebt mich, aber er versteht mich nicht. Ja, statt mir zu helfen, macht er sich gewiß selber zum Vollstrecker des väterlichen Fluches.«

Aus diesen Worten, aus dem Klang der Stimme, aus den Blicken mußte ich annehmen, die arme Aglaura sei in mich verliebt und habe aus Schmerz, mich zu verlieren, den verzweifelten Entschluß gefaßt, mir zu folgen. Sie tat mir herzlich leid. Wäre Pisana bei Seiner Exzellenz Navagero geblieben oder mit dem schönen Minato auf und davon gegangen, so hätte ich sicher Aglaura unverzüglich geliebt, und wäre es nur aus Erkenntlichkeit. Aber ich bin müde zu schreiben, will das Kapitel schließen und lasse euch bis morgen im ungewissen, was weiter geschah.

FÜNFZEHNTES KAPITEL

So böse die Flucht war, so gut läßt sich die Reise an. – Am Tage der feierlichen Ausrufung der Cisalpinen Republik erreichen wir Mailand. – Ich beginne, in den Dingen dieser Welt klar zu sehen, doch vielleicht zu viel von ihnen zu hoffen. – Die Soldaten der Cisalpina und die Parthenopeische Legion von Ettore Carafa. – In letzterer werde ich ohne weiteres Offizier.

Die junge Griechin in ihrer Matrosenhülle war schön wie ein Bild von Giorgione. Sie war stark und zart, kühn und bescheiden zugleich; der strengste Büßer der Thebaïs hätte sich in sie verliebt. Ich ließ mich jedoch von diesen zauberhaften Eigenschaften nicht verführen; mit großer Selbstüberwindung beeilte ich mich, ihr begreiflich zu machen, wie sonderbar sie handle, erinnerte sie an ihre Eltern, ihren Bruder, an ihre moralischen und religiösen Pflichten, und suchte sie davon zu überzeugen, daß vielleicht nicht Liebe sie leite, sondern ein augenblicklicher Wahn, der in zwei Tagen verflogen sein würde. Sollte es nötig werden, so nahm ich mir vor, ihr kurz und bündig zu erklären, mein Herz sei nicht frei, jede Mühe, es zu erobern, sei vergeblich. Solch ein Held war Carlino. Ein Glück, daß ich an mich hielt, und daß die Aufrichtigkeit des Mädchens es mir ersparte, wie Don Quichotte einen lächerlichen Kampf gegen Windmühlenflügel zu führen.

»Ihr müßt mich nicht verdammen«, erwiderte Aglaura und gebot mir mit einer Gebärde Einhalt, »bevor Ihr mich angehört! ... Ich handle nicht aus einem Wahn. Emilio ist mein Verlobter; als ich ihn kennenlernte, dachte er gar nicht daran, sich in Staatshändel, in Machenschaften und Verschwörungen einzulassen; ich war es, die ihn auf diesen Weg getrieben, durch meine Schuld ist er verbannt ... Nun urteilt selbst: War es nicht meine Pflicht, alles zu verlassen, alles zu opfern, um die bösen Folgen dessen, was ich für ihn angestiftet, zu vermindern? ..

Ihr seht, Spiro tat unrecht daran, mich zu halten. Nicht nur die Liebe läßt mich von Hause fliehen; es ist das Mitleid, die Religion, die Pflicht! Mag alles scheitern, aber in meinem Herzen darf nicht der Stachel des Vorwurfs bleiben, den ich mir selbst machen muß.«

Ich fiel, kann man wohl sagen, aus allen Wolken; die Schamröte stieg mir in die Wangen ob meiner törichten Gedanken, doch fand ich, um meine Verlegenheit zu verhüllen, ein paar nichtssagende Worte. Dieser merkwürdige Herr Emilio, an allem Mangel leidend, von zarter Gesundheit, den Aglaura als ihren Verlobten bezeichnete, von dem aber die Ihren nie gesprochen hatten, verwirrte mich nicht wenig. Wahrscheinlich nahm sie an, Spiro habe es mir erzählt; jedenfalls plauderte sie weiter, als wüßte ich so viel davon wie sie.

»Vergangene Woche«, erzählte sie, »war ich ständig in Versuchung, mich umzubringen; aber als ich Euch sah, und hörte, Ihr wolltet nach Mailand gehen, blitzte mir eine andere Möglichkeit auf: warum sollte ich Euch nicht folgen? Auch Emilio war in Mailand. Seit langem fehlte jede Nachricht, ich tappte über sein Los völlig im dunkeln. Also beschloß ich, Euch zu folgen; denn schon der Gedanke, ganz allein zu reisen, schreckte mich. Ach, ich habe so selten den Fuß aus dem Hause gesetzt! Mut, daran fehlte es mir nicht, doch mir fehlte die Erfahrung, und wer weiß, in welche Verlegenheiten ich unterwegs geraten konnte! Aber in der Hut eines ehrenhaften, treuen Freundes würde ich bis ans Ende der Welt sicher pilgern.

Nachdem der Entschluß gefaßt war, mußte ich überlegen, ob ich Euch meinen Plan mitteilen oder Euch ohne Euer Wissen folgen solle, bis unsere gegenseitige Lage Euch zwänge, mich auch gegen Euern Willen als Gefährtin anzunehmen. Mein Charakter neigt zur Offenheit; aber Furcht, abgewiesen zu werden, und Sorge um das Geheimnis rieten mir zu schweigen. Doch noch galt es das größte Hindernis zu überwinden, und das war mein Bruder. Wir sind so völlig ein Herz und eine Seele, daß der eine die Gedanken des andern ahnt, ehe er sie ausspricht. Wirklich ahnte er meinen Plan vom ersten Tage an, da Ihr in unser Haus tratet. Er liebt mich für einen Bruder fast zu sehr. Ihr könnt Euch vorstellen, wie schlau ich verfahren mußte, seinen Verdacht zu zerstreuen, wie ich mit dem harmlosesten Gesicht der Welt lügen und noch viel zärtlicher als sonst um ihn sein, wie sorgfältig ich mich den häuslichen Geschäften widmen mußte. Ich habe meine alten Eltern und Spiro getäuscht. Darüber, seht Ihr, kommen mir die Tränen...

Ich glaube freilich nicht, daß der Jammer seitens meiner Eltern allzu groß sein wird. Mag der Grund darin liegen, daß ich ein Mädchen, oder daß ich nicht sonderlich liebenswert bin, oder daß ihr hohes Alter zur Selbstsucht neigt, ich habe immer gefunden, daß sich ihre Liebe in bescheidenen Grenzen hielt. Hatte die Mutter sich lange nicht um mich gekümmert, so überhäufte sie mich bisweilen mit Zärtlichkeiten, die mütterlich sein sollten, mir jedoch etwas erzwungen schienen; mein Vater macht sich diese Mühe gar nicht erst, er vergißt mich ganze Tage, gerade als wäre ich ihm heute ins Haus geschneit und sollte es morgen wieder verlassen. Wir Mädchen sind wohl den Vätern nur ein Zeitvertreib für wenige Jahre. So denke ich, meine Eltern werden sich beruhigen, sowie sie wissen, ich lebe; aber um Spiro sorge ich mich natürlich. Ich kenne seinen stolzen, ungestümen Charakter, dieses Herz, das in seiner Ungeduld nie Maß hält. Ich will ihm ja bald schreiben, ihn besänftigen und immer darum beten, daß uns der Himmel gnädig wieder vereine.«

Unter solchen Worten waren wir zusammen weitergewandert, als verstehe sich das ganz von selbst; doch nachdem die Erzählung zu Ende war, blieb ich fast erschreckt stehen und fragte:

»Aglaura, wohin gehen wir nun?«

»Nach Mailand, wohin Ihr gehen wolltet.«

Ihre Sicherheit machte mich so verwirrt, daß mir alle Gründe, die ich hätte anführen mögen, um ihr den kühnen Plan auszureden, im Halse steckenblieben. Ich sah, da gab es kein Entrinnen, und dachte unwillkürlich an die Worte meines Vaters, ich würde in der Tochter der Apostulos eine Schwester finden und solle sie wie eine solche lieben. Sollte er ein Prophet gewesen sein? Es hatte den Anschein; jedenfalls nahm ich mir vor, das Mädchen nicht zu verlassen, sie mit meinem Rate zu stützen, kurz, ihr die brüderlichen Dienste zu leisten, die ihr kraft der alten Freundschaft, zu der sich mein Vater dem ihren gegenüber bekannte, mit Recht zustanden, und beruhige mich. Indessen änderte ich meinen Plan nicht im geringsten; es galt, zu Fuß einen nahen Weiler, von da mit einem Fuhrwerk das Vorland vor den Bergen zu erreichen, und so sollte es weitergehen mit einem Fuhrwerk nach dem andern von einem Dorf ins andere, immer zwischen den Städten und dem Gebirge hindurchschlüpfend, bis wir an den Gardasee kämen und mit einem Boote das Ufer von Brescia gewinnen könnten.

Doch bevor ich den ersten Teil dieses Planes in Angriff nahm, fragte ich das Mädchen feierlich, ob jener Herr Emilio wirklich ihr Verlobter sei und ob sie genau wisse, daß er krank in Mailand liege.

»Ihr fragt, ob Emilio mein Verlobter ist? Emilio Tornoni? Kennt Ihr ihn denn nicht?« rief Aglaura überrascht. »Hat Spiro Euch nie von ihm erzählt?«

»Nicht daß ich wüßte.«

»Das ist ja seltsam«, murmelte sie. Dann erklärte sie mir kurz, ohne sich weiter den Kopf zu zerbrechen, wie Emilio, schon bevor Spiro aus Griechenland zurückgekommen, wo er fünfzehn Jahre bei einem Oheim gewesen, um ihre Hand angehalten hatte; ein schöner junger Mann, wie sie behauptete, und aus einer der besten Familien von Istrien, der als Schiffsoffizier in Venedig stand. Die Rückkehr des Bruders und einige Vermögensschwierigkeiten schoben fürs erste die Hochzeit hinaus; dann hatte die Revolution alles in der Schwebe gelassen, bis Emilio dank des schändlichen Vertrages von Campoformio mit allen andern hatte fliehen müssen. Und wieder gab sie sich selbst die Schuld an dem Elend, weil sie Emilio den Kopf heiß gemacht, ihn von seinen Aufgaben als Schiffsoffizier abgezogen und damit in den Taumel dieser Eintagsfreiheit gestürzt hatte. Ich widersprach ihr; ein Mann hat seine Taten allein zu verantworten und den Schaden selbst zu tragen, wenn er sich von Frauen beraten läßt. Aber davon wollte Aglaura nichts wissen, sie hielt sich für verpflichtet, ihn irgendwie für das zu entschädigen, was sie verschuldet. In Mailand war er gewiß, denn in seinem letzten Brief hatte gestanden, er werde dort bleiben, und wenn sie in der Folge nichts von ihm höre, solle sie nur annehmen, er sei tot oder schwer krank. Vielleicht fühlte der arme Verbannte, als er diese Worte schrieb, schon die ersten Anzeichen jener Krankheit, die ihn nun an das verpestete Bett eines Spitals gefesselt hielt! Die Einbildungskraft von Aglaura war so lebhaft, daß sie ihn schon in jämmerlicher Pflege daliegen sah, verzweifelt, daß er ohne einen Kuß von ihr sterben müsse.

Unter solchen Gesprächen erreichten wir ein kleines Dorf und kletterten auf einen Karren, der uns bis Cittadella mitnahm. Die Beschwerlichkeiten und Mühen dieser Reise nach Soldatenart ertrug Aglaura mit einem philosophischen Gleichmut. Nachts schlief man in irgendeiner jämmerlichen Landschenke, wo es oft nur ein einziges Zimmer mit einem einzigen Bett gab. Allerdings war dieses Bett gewöhnlich so geräumig, daß ein Regiment darin Platz gefunden hätte; doch die Schamhaftigkeit, das werdet ihr verstehen, riet dazu, gewisse Möglichkeiten zu vermeiden. Kaum waren wir im Zimmer, wurde das Licht gelöscht; Aglaura kleidete sich aus und legte sich aufs Bett, ich krümmte mich, so gut es ging, auf einem Tisch oder in einem Strohstuhl zusammen. Wehe, wenn ich ein Leben lang die weichen venezianischen Polster und Daunenkissen gewohnt gewesen wäre! In wenigen solchen Nächten hätte ich mir die Knochen abgenutzt. Doch diese wußten zum Glück noch von der Lagerstatt in Fratta und den unerbittlichen Hökkern in ihrem Strohsack; darum bestanden sie tapfer die Probe und konnten am nächsten Tage den Stößen einer neuen Karrenfahrt Trotz bieten.

So durchfuhren wir unter Mühen, hüpfend und, ich will es nicht verschweigen, lachend das Gebiet um Vicenza und Verona und kamen am vierten Tage nach Bardolino am blauen Gardasee. Trotz all meines Unglücks, meiner Ängste, meiner mir durch die Gefährtin auferlegten Zerstreuungen dachte ich an Virgil und grüßte den großen See, der seine Fluten bisweilen mit Meeresbrausen gen Himmel türmt. Dort drüben lag das schöne Sirmione, die Pupille des Sees, die Königin der Inseln und Halbinseln, wie Catull sie nennt. Ich sah das trübe Grün ihrer Olivenhaine und sah im Geist den Dichter der lateinischen Grazien, den Freund der holden Lesbia, liebliche Verse auf den Lippen, unter ihren Schatten wandeln. Glücklich wiederholte ich im Schein des Mondes die klassischen Verse und dankte im Herzen meinem alten Pfarrer von Teglio, der mir den Quell so reiner Freuden, in ihrer Einfachheit so mächtiger Tröstungen erschlossen hatte. Da stand ich nun, verwaist an Eltern und Vaterland, von einem rätselhaften Schicksal irgendwohin geworfen, notgedrungen Beschützer eines Mädchens, das mir durch kein Band der Verwandtschaft noch Liebe verbunden war, und empfing einen Strahl Glück aus der dichterischen Phantasie von Männern, die achtzehn Jahrhunderte vor mir gelebt hatten. Gebenedeite Poesie, du wohllautender Klang aus einer Melodie, die der Menschheit ohne Aufhören tönt! Jungfräulich erglänzende Morgenröte, feuriger Sonnenuntergang der Göttlichkeit in der Schöpferkraft des leuchtenden Menschengeistes! Du schreitest auf Pfaden der Ewigkeit und ladest die irdischen Geschlechter eins ums andere zu dir; jeder Schritt, den wir auf diesem hehren Wege tun, öffnet unserm Blick neue Weiten in Tugend, Glück und Schönheit. Mögen sich die Anatomen über den Leichnam beugen und ihn in Stücke schneiden; Gefühl und Gedanke entfliehen ihrem Messer und lodern, ein ewiges Feuer des Geistes, in geheimnisvoller Umschlingung mit Flammenzungen gen Himmel!

Wir gingen ein Stück die felsige Küste entlang, während uns der Wirt eine kleine Forelle und ein paar Sardellen als Abendessen bereitete. Ich träumte von Virgil, von Catull, von der Poesie; Venedig, Pisana, Leopardo, Lucilio, Giulio Del Ponte, Amilcare, alle die toten, lebenden, schwindenden Regungen des Herzens durchzitterten sanft meine schweifenden Gedanken. Aglaura, in ihren Mantel gehüllt, schritt in schwermütige Gefühle versunken neben mir. Das Mondlicht spielte zärtlich um ihr feines Profil; sie schien die Muse der Tragödie, wie sie sich ernst und in tiefem Nachsinnen dem Geiste des Äschylus zum erstenmal offenbarte. Nach mühsamer Steigung führte der Weg an einem Grat entlang, der gegen den See steil absank. Düster wuchtete der Fels auf dem Ufer, die Eingänge seiner vielen Höhlen glänzten im bleichen Schimmer des Mondes, und tief unten ruhte dunkel der See; das Licht fiel senkrecht auf das Wasser, vermochte aber die weite Fläche nicht zu erhellen. Ich blieb stehen und sah gebannt auf das unheimliche Bild.

Aglaura beugte sich über den Hang, ihre Träumereien schienen trüber als zuvor. Plötzlich hörte ich einen tiefen Seufzer; ich drehte mich nach ihr um, da neigte sie sich weiter vor und stürzte kopfüber in den Abgrund. Ich schrie auf, daß ich selbst erschrak; meine Haare sträubten sich, die gähnende Leere zog mich mächtig an. Noch wagte ich keinen Blick in die Tiefe, wo er auf die leblose Hülle von Aglaura treffen könnte, ach, womöglich auf zerschmetterte, blutende Glieder. Da hörte ich nicht weit unter mir einen schwachen Laut. Ich neigte mich über den Rand des Felsens, horchte, und vernahm deutlich einen Seufzer; sie war es, sie lebte noch. Ich spähte scharf hinunter und entdeckte endlich auf einem Dornbusch etwas Dunkles, das einem menschlichen Körper ähnlich sah. Voll Ungeduld, Aglaura vor der Gefahr, daß ein Ast brach, eine Wurzel nachgab, zu retten, ließ ich mich an dem fast senkrechten Fels hinab. Ich streifte mit dem Gesicht, mit Knien und Ellbogen den Stein und klammerte mich an jedes Grasbüschel, das ich fassen konnte; so wurde das Abgleiten an der steilen Wand gehemmt. Durch ein Wunder stand ich mit heilen Beinen und Rückenwirbeln vor dem Gestrüpp, daß das

Mädchen aufgefangen hatte. Im Augenblick fehlte mir die Zeit, darüber zu staunen, ich löste den Mantel von den Dornen, in die er sich verfangen hatte, und lehnte Aglaura an den Fels. Sie schien mehr tot als lebendig; ohne Wasser, ohne Hilfe in diesem Gestrüpp von Kornelkirschen und Wacholder, das einem großen Nest von Adlern glich, konnte ich nichts tun als warten, ob sie zu sich kam, oder sehen, wie sie starb. Ich hatte gehört, auch der Hauch könne Ohnmächtige zu sich bringen, und so blies ich ihr über Augen und Schläfen und forschte ängstlich nach der kleinsten Regung. Endlich hob sie die Lider; ich atmete auf.

»Ach . . . ich lebe?« hauchte sie. »So will es doch wohl Gott.«

Beschwörend flüsterte ich ihr ins Ohr: »Aglaura! Habt Ihr denn gar kein Vertrauen? Unter meinem Schutz, an meiner Seite wurdet Ihr des Lebens überdrüssig!«

»An Eurer Seite? Ihr seid der treueste Freund, den ich besitze. Aber was bedeutet mein Leben für die andern?«

»Unendlich viel, Aglaura. Denkt doch an Eure Eltern, an Euren Bruder, dem Ihr so teuer seid! Und dann gibt es auf der Welt ein Herz, das hat Anspruch auf Liebe und Herrschaft über das Eure.«

»Ach ja, ich liebe.« Die Stimme klang so merkwürdig, daß ich nicht inne wurde, war es Mangel an Atem oder bitterer Spott. »Ich liebe!« Nein, das war ein echter Ton. »Ich muß leben, um zu lieben, Ihr habt recht, mein Freund. Reicht mir den Arm, wir wollen heimkehren.«

Nun, ich sagte ihr, das sei nicht so einfach; wir konnten ohne Gefahr weder hinauf- noch hinabklettern, und in jedem Fall mußten wir nach ihrer langen Ohnmacht vorsichtig verfahren.

»Oh, ich bin keine Venezianerin, ich bin Griechin!« Aglaura richtete sich stolz auf. »Die Ohnmacht kam über mich aus Atemnot, nicht aus Schmerz oder Furcht, das mögt Ihr mir glauben. Hier – nun, wenn wir nicht hinaufkönnen, so klettern wir hinab, das ist immer möglich. Ihr seht doch, wie meisterhaft wir hinabgeklettert sind!«

Meine Kniee hatten diese Meisterschaft gemerkt, und sie war im Fluge hinabgeglitten, beides Künste, die man nicht zum zweitenmal versucht. Trotzdem machte ich keinen Einwand aus Furcht, sie würde sagen: ›Ihr seid kein Grieche, Ihr seid Venezianer!‹

»Unten am See«, fuhr sie fort, »führt, glaube ich, ein Streifen Ufersand bis zum Hafen von Bardolino. Haben wir einmal den Fuß darauf gesetzt . . .«

»Das ist ja gerade die Schwierigkeit.«

»Gebt acht und folgt mir.«

Und schon klammerte sich Aglaura an einen knotigen, biegsamen Ast, hing frei in der Luft, ließ dann den Ast fahren und streifte am Fels entlang, wie ich es zuvor getan. Eine Minute später setzte sie den Fuß auf den Sand. Ich durfte natürlich nicht weniger wagen als eine Frau; auch ich machte den großen Sprung und stand, mit zum zweitenmal abgeschürfter Haut, neben ihr, so selbstverständlich, als seien wir nicht eben erst einer schweren Gefahr entronnen. Ich hätte den weichen, feuchten Sand, an dem die Welle des Sees leise hinaufleckte, streicheln mögen, und meine Dankbarkeit machte sich in einem schweren Seufzer Luft; Aglaura hingegen hüpfte flink am Ufer entlang, als käme sie vom Tanze, dieselbe Frau, die sich eine Viertelstunde zuvor von einem zwei Kirchtürme hohen Fels hinabgestürzt hatte! O Frauen, ewig unbegreifliche Wesen, aus wieviel tausend unbekannten, immer neuen, einander widersprechenden Elementen setzt ihr euch zusammen! – Nie hatte ich Aglaura so heiter und lebhaft gesehen wie jetzt, da sie mir diesen bösen Streich gespielt. Nur als ich das Warum nocheinmal genau ergründen wollte, zog sie ein Mäulchen; dann sagte sie einfach:

»Ihr wollt wissen, warum? Ich bin eine Närrin, und damit gut.« Auf solche Weise schloß sie mir endgültig den Mund, und wir sprachen nicht mehr davon. Für den Rest unseres Spazierganges war sie so fröhlich, sorglos und schwatzhaft, daß sie auch mir etwas von ihrer guten Laune mitteilte; und wenn auch meine Knie noch an den felsigen Abhang dachten, so vergaß der Geist in jener halben Stunde alle ausgestandene Angst.

»Mir ist es nur leid um die kalte Forelle und die verbrutzelten Sardellen«, scherzte Aglaura, als wir auf die Mole des Hafens traten.

Ich hatte mich zwar leidlich erholt, aber die Sardellen und die Forelle waren mir wahrhaftig noch nicht in den Sinn gekommen. Doch ich mußte über ihren Kummer lachen und versprach ihr, falls ihr der Fisch nicht behage, einen Eierkuchen.

Sie rief begeistert: »O ja, und ich will ihn selbst wenden!«

Sappho, die nach dem Sprung vom leukadischen Fels den Eierkuchen wendet, ist im Drama des menschlichen Lebens eine wirklich neue Gestalt. Nun, ich kann euch versichern, diese Gestalt ist nicht das wunderliche Gebilde eines Dichters, sondern sie hat in Fleisch und Blut gelebt, wie wir, ich und ihr, leben. Aglaura, die auf die Forelle keine Lust verspürte, nahm die Pfanne und gab die geschlagenen Eier hinein; ich glaube, die arme Forelle wurde zu Unrecht verschmäht, nur weil dem Mädchen der Eierkuchen im Kopfe spukte. Doch es war ein hübsches Bild; Aglaura kniete vor dem Herd, in der einen Hand den Pfannenstiel, in der andern den Deckel, der ihr Gesicht vorm Feuer schützen mußte. Sie sah aus wie der Küchenjunge eines Levantiner Schiffes, der sich den Imbiß richtet. Der Eierkuchen schmeckte trefflich, und danach kam die verachtete Forelle an die Reihe. Auch die Sardellen taten ihr möglichstes, der Forelle auf ihrem Wege zu folgen. Auf den Tellern blieben nur die Gräten; seitdem bin ich überzeugt, daß nichts den Appetit stärker reizt, als wenn man versucht hat, sich ein Stündchen vor dem Essen umzubringen. Aglaura dachte daran längst nicht mehr; auch ich gab mir Mühe, den bösen Zwischenfall als einen Traum, einen Schabernack zu betrachten, und der Magen arbeitete mit solchem Vergnügen, daß mir die Herzensangst von vorher ganz unwahrscheinlich vorkam. Noch jetzt bin ich der Meinung, bei diesem wütenden Hunger war Hexerei im Spiel, wenn nicht Aglaura selbst es war, die mich behexte. Mit jeder Sardelle, die ich schluckte, flog ein trauriger Gedanke davon und ein heiterer herbei. Als ich den Schwanz der letzten abnagte, malte ich mir das Glück aus, das ich in einer Zeit der Ruhe, Liebe, Eintracht mit Pisana an diesem zauberhaften Gestade genießen würde.

Nun ... wer weiß! dachte ich und schlang den letzten Bissen hinunter. Und ein solches Vertrauen auf meinen guten Stern wollte nach dem Sturme jenes Abends wohl etwas heißen! Les extrèmes se touchent, wie das Sprichwort sagt; während des Regens ist die Hoffnung auf schönes Wetter am größten.

Dieser Abend am Gardasee wurde am Ende der vergnüglichste, den ich mit Aglaura auf der ganzen Reise erlebte; doch vielleicht trug die Freude, daß wir einer so großen Gefahr entronnen waren, viel zu dieser Heiterkeit bei. Als ich Aglaura in ihr Zimmer begleitete, konnte ich mich nicht enthalten, sie zu fragen:

»Nicht wahr, Aglaura, solchen Schrecken jagt Ihr mir nicht wieder ein?«

»Nein, gewiß nicht, ich schwöre es Euch«, und sie drückte mir fest die Hand. Als wir dann am nächsten Morgen den See überquerten und in den Tagen darauf durch die neugeborene Cisalpine Republik reisten, war Aglaura von einer so gleichmäßig heiteren Ruhe, daß ich immer von neuem erstaunte.

So zogen wir recht glücklich in Mailand ein, wo sich der Held Bonaparte mit einem Dutzend Mischmaschmännern aus der Lombardei abmühte, einen Abklatsch der einen, unteilbaren französischen Republik zusammenzuschmieren. Es war der einundzwanzigste November; eine ungeheure, festliche Menschenmenge flutete von Straße zu Straße über den Corso der Porta Orientale und von da hinaus auf den Lazarettplatz, der neuerdings umgetauft war auf den Namen Bundesplatz. Die Geschütze donnerten, die Glocken läuteten, die Menschen schwenkten Tausende von Trikoloren; es war ein Schreien, Hüte-in-die-Luft-Werfen, eine ständige Bewegung von Männerköpfen, Frauenkopftüchern, von herumfuchtelnden Armen, und trotzdem behielt die festlich wogende Menge eine gewisse Würde. Weder ich noch Aglaura brachten es übers Herz, in einem Zimmer zu hocken, während im Licht der Sonne, unter dem freien Himmel nun bald die ständige, italienische Regierung der Cisalpinen Republik feierlich eingesetzt werden sollte. Ich legte mein Bündel ab, Aglaura wollte in männlicher Tracht bleiben, und so mischten wir uns unter die Leute, glücklich, daß wir zu dem feierlichen und denkwürdigen Schauspiel rechtzeitig gekommen waren. Der Erzbischof weihte die Fahnen zwischen dem Altar Gottes und dem des Vaterlandes, inmitten einer unzähligen, leidenschaftlich bewegten Volksmenge, vor der Vertretung dieses Volkes, der neuen Regierung, und unter dem glorreichen Schutz von Bonaparte, der dieser Feier auf einem besonderen Ehrensessel beiwohnte; ich muß gestehen, da verlor auch ich alle Bedenken. Hier pulsierte wirklich das Leben eines Volkes, und es war gleichgültig, ob Franzosen oder Türken es geweckt hatten. Das Schreien, der Jubel waren eine Ahnung von Glück und Größe; der feste gemeinsame Wille vieler, von mannigfacher Fremdherrschaft zerrissener Provinzen, jetzt eine einzige Unabhängigkeit, eine einzige Freiheit zu schaffen, reizte den Geist zu größeren Hoffnungen. Als Serbelloni, der Präsident des neuen Direktoriums, beim Gedächtnis an Curtius, Cato und Scaevola den Schwur ablegte, das Direktorium, die Verfassung, die Gesetze, wenn nötig, mit seinem Leben zu schützen, klangen jene großen Namen Roms mit der Feierlichkeit des Augenblicks völlig zusammen. Jetzt, da wir die Zukunft jener Vergangenheit kennen, lachen wir darüber, doch damals war das Vertrauen ungeheuer; die republikanischen Tugenden und die tätige Freiheit des Mittelalters schienen nicht der Rede wert; man entzündete sich an der kühn beschworenen Gestalt von Cäsar. Mitten in diesem Fasching von Freiheit flogen meine Gedanken nach Venedig, und die Augen wurden mir feucht; aber der großartige Eindruck verscheuchte das ferne Bild. Die

Manifeste und Reden dieses einundzwanzigsten November waren zudem so vielversprechend, daß die Hoffnungen, die Villetard bei den Venezianern hatte durchblicken lassen, weder unwahr noch trügerisch schienen. Die Venezianer, die dem Feste beiwohnten, vergossen eher Tränen der Rührung als des Schmerzes, und anderseits hielt man es für unmöglich, daß Frankreich, nachdem es geknechteten und zunächst gleichgültigen Provinzen die Freiheit geschenkt, sie denen verweigern wollte, die sie immer besessen und bis zum äußersten gezeigt hatten, wie teuer sie ihnen war. Bonaparte hatte in der Liebe und Bewunderung aller den Gipfel erreicht; höchstens murmelte man vom französischen Direktorium, das ihm die Hände binde, die übliche Ausrede dieser Diebe und Betrüger der öffentlichen Dankbarkeit. Auch ich begann zu glauben, der Vertrag von Campoformio sei nur gerade jetzt notwendig, ein zeitbedingtes Zugeständnis, und man werde hernach mehr gewinnen, als man gegeben habe; und nun ich die Taten dieser Franzosen und die gesittete Art der hiesigen Menschen aus der Nähe sah, war ich nicht mehr überrascht, daß Amilcare von seiner Brutusschwärmerei geheilt und Giulio Del Ponte und Lucilio in die neue lombardische Legion, den Kern künftiger Heere, eingeschrieben waren.

Mein Blick suchte diese meine Freunde in den Scharen der Soldaten, die auf dem Platz in Parade standen; ich wähnte sie genau zu unterscheiden, obwohl ich es bei dem großen Abstand nicht nachprüfen konnte. Der einzige, den ich sicher erkannte, war mein Müllerfreund Sandro an der Spitze eines Fähnleins Franzosen, mit einem mächtigen Federbusch auf dem Helm und Gold auf den Schultern und Ordensbändern an der Seite. Mir schien unmöglich, daß man ihn in so kurzer Zeit mit solchem Glanze sollte geschmückt haben, aber er war es gewiß, die Ähnlichkeit konnte gar nicht täuschen. Ich fragte auch Aglaura, ob sie den Herrn Emilio von weitem herauskenne, doch sie erwiderte ganz trocken, daß sie ihn nicht sehe. Sie hatte nur Augen für das Fest, und ihre Rufe und ihr Händeklatschen machten den Nachbarn so großen Eindruck, daß sie einen Kreis um sie bildeten.

»Aglaura!« flüsterte ich ihr zu, »bedenkt: Ihr seid eine Frau!«

»Frau oder Mann, was hat das hier zu sagen?« rief sie ganz laut. »Bei den Anbetern der Freiheit gilt kein Geschlecht. Sie sind alle Helden.«

»Bravo! Bravo! Gut gesagt! Es ist ein Mann! Es ist eine Frau! Es lebe die Republik! Hoch Bonaparte! Hoch die starke Frau!«

Ich mußte sie wegzerren, damit man sie nicht im Triumph umhertrüge; ich glaube, sie hätte sich dieser Zeremonie recht gern unterzogen, in ihren Augen loderte ein Feuer, das an die Raserei einer Pythia gemahnte. Mit vieler Mühe führte ich sie auf eine andere Seite, wo eine große Schar von Weibern wimmelte, die unerträglichsten und schwatzhaftigsten, die je auf einem Markt beisammenstanden. Es war eine wahre Republik, ja Anarchie leichter, rasch entflammter Gehirne; wie dumm das Zeug war, das ich von diesen über Politik schwatzenden Frauen damals hörte, mögt ihr selbst beurteilen.

»He«, rief die eine, »meinst du nicht auch, man hätte besser daran getan, unser Direktorium rot zu kleiden? So in Dunkelgrün mit Silberstickereien sehen sie aus wie die Lakaien beim Exgouverneur.«

»Ei, wie redest du töricht«, erwiderte diese. »Der republikanische Ernst trägt dunkle Farben.«

»Das nennen Sie Ernst?« mischte sich eine dritte ins Gespräch. »Wenn Sie wüßten, was zwei so elende französische Oberleutnants der Tochter meiner Schwester angetan haben!«

»Dummes Gerede! Das waren sicher verkleidete Adlige! ... Tod dem Adel! ... Hoch die Gleichheit!«

»Hoch, hoch! Aber man sagt doch, diese Herren vom Direktorium wären fast alle Aristokraten.«

»Sie waren es, mein Kind; aber sie haben sich gereinigt.«

»Zum Teufel! Wie macht man das?«

»Das weißt du nicht? ... Hast du nie in San Calimero das

Bild von der ›Reinigung‹ gesehen? ... Sie bringen in die Kirche zwei Turteltauben und zwei Täuberiche.«

»Und das soll genügen?«

»Das übrige tun schon die Priester; mir genügt, daß sie gereinigt sind, und es ist mir nicht wichtig, wie es dabei zugeht. He, Lucrezia! Sieh dort dein Bruder, was für eine gute Figur er macht mit seiner Flinte über der Schulter und der Kokarde auf dem Hut!«

»Und ob ich ihn sehe! Wäre ich nicht seine Schwester, ich würde mich in ihn verlieben! ... Denk einmal, er hat geschworen, alle Könige umzubringen, alle Fürsten und sogar den Papst!«

»Potz Blitz! Er ist imstande, seinen Schwur zu halten. Ich habe gesehen, wie er einem Häscher eins auf die Schnauze gab, als der ihm in der Schenke auf den Fuß getreten war. Hoch die Republik!«

Da vereinten sich alle diese unermüdlichen Kehlen zu rasenden Rufen: »Hoch die Republik! ... Hoch Bonaparte! ... Hoch die Cisalpine Republik!«

»He, Ihr«, das war die schüchterne Stimme der Frau, die das Direktorium in roten Kleidern sehen wollte, »könnt Ihr mir sagen, wo und was sie ist, diese Republik? ... Ich sehe sie nicht ... Ist das vielleicht wie bei Maria Theresia, die immer in Wien war und uns hierher einen Unterkoch schickte?«

»Tod dem Gouverneur!« schrie die andere, um den Klang von Knechtschaft, den ihr die Gefährtin zurückgerufen, aus den Ohren zu kriegen. – Dann ging sie daran, ihr genau zu erklären, was eine Republik sei; sie versicherte, sie sei wie eine Herrin, die sich um nichts Sorgen macht, die lebt und leben läßt, die auch nicht zugibt, daß die armen Leute für die reichen arbeiten.

»Siehst du«, fügte sie hinzu, »die Republik ist da, aber keiner hat sie je gesehen; so sind die Leute ganz ungezwungen, jeder kann schreien, tun, umherlaufen, Lärm machen, soviel er mag, als wäre niemand da.«

»Was sagt Ihr da, es wäre niemand da?« rief Lucrezia, deren

Stimme vom vielen Schreien heiser war. »Seht Ihr nicht, daß hier die Franzosen sind und auch die Cisalpinen?«

»Ja eben«, fragte die erste wieder. »Was bedeutet denn das, die Cisalpina?«

»Zum Teufel auch! Das ist ein Name wie Teresina, Giuseppina und andere mehr.«

»Aber nein, ich will Euch sagen, was er bedeutet«, schrie Lucrezia wieder. »Diese hier versteht überhaupt nichts davon.«

»Wieso verstehe ich nichts davon? ... Du bist ja schön aufgeblasen!«

»Ihr Dummköpfe! Ich soll damit nicht Bescheid wissen? Wo ich doch als Genius der Freiheit um den Freiheitsbaum getanzt habe! Und mein Bruder ist in der republikanischen Legion!« ...

Ich machte lange Ohren, um diese Erklärung der Republik, die so lange auf sich warten ließ, ja nicht zu versäumen, und gab nicht acht auf die Abgesandten von Mantua und den Provinzen des Kirchenstaates, die inzwischen vor dem Direktorium unter großer, neuer Bekräftigung der italienischen Einigkeit ihre Reden hielten.

»Also los, was ist diese Cisalpine Republik?« fragte zu meinem Troste das dümmste und geschwätzigste der Weiber beharrlich weiter.

»Was sie ist? Was sie bedeutet?« schrie Lucrezia voller Stolz. »Das bedeutet, die Cisalpina ist hier, und die Republik muß sie unterhalten. Das hat auch Serbelloni gesagt und beschworen, und der General Bonaparte ist mit ihm einig.«

»Nun, mir gefällt dieser General Bonaparte ganz und gar nicht; er ist dünn wie eine abgegriffene Münze, und seine Haare sind recht spärlich.«

»Das ist noch gar nichts, meine Liebe, da kannst du ganz andere Dinge sehen. Das immerwährende Schlachtgetümmel hat ihm Backen und Haare so jämmerlich zugerichtet. Du sollst meinen Bruder sehen, wenn er vom Kriege heimkommt. Ich wette, jeder Hut ist ihm zu groß!«

»Lucrezia, du beleidigst deine Schwägerin! Sag nicht solche Sachen!«

Hier folgte ein neuer Wortwechsel, weil ein paar Frauen diese Späße in so feierlichen Augenblicken unschicklich fanden. Schließlich gerieten sich die Weiber in die Haare, und die Nachbarinnen wieder fielen über jene her, damit sie sich beruhigten. Dann eilte ein französischer Korporal herbei und sorgte mit dem Flintenkolben für Ordnung. Wie richtig hatte die eine Frau noch eben gesagt, es sei nicht ›niemand‹ da, es seien die Cisalpinen da und obendrein die Franzosen. Daß letztere da waren, daran vor allem gab es keinen Zweifel. Wenn man genau hinsah, so hatten sie die Regierung eingerichtet, das Direktorium gewählt, die Mitglieder der Brüderschaften, die Sekretäre, die Minister ernannt; und sie hatten sich das Recht vorbehalten, zu seiner Zeit die Mitglieder des Großen Rates und des Rates der Senatoren auszusuchen. Aber das Volk, das solcher Siedehitze des öffentlichen Lebens neu gegenüberstand, hatte gerade genug zu tun, alle Verordnungen auszuführen. Man hatte vom schlechten Schafsgehorsam zum guten, tätigen Gehorsam einen schönen Sprung getan; das übrige – dafür bürgte Bonaparte – würde später kommen.

Ich bekenne, damals nahm auch ich begeistert am Wahne aller teil; aber wir hatten sehr wohl Gründe, zu glauben und zu hoffen. Es war ein großer Tag und wert, daß ihn unsere Nachfahren ehrten; er bezeichnete die Wiedergeburt des Lebens und des nationalen Denkens. Wie alle, so hoffte auch ich damals auf Napoleon und wurde später enttäuscht; aber immer werde ich ihm eine gewisse Dankbarkeit bewahren, weil er solche Wiedergeburt bei uns gefördert hat. Venedig mußte fallen; er tat nichts, als diesen Fall beschleunigen, wenn es auch zu seiner Schande in unehrenhafter Weise geschah. – Der große Traum von Machiavell mußte sich irgendwann aus der Welt der Phantasiegebilde lösen und unserer Welt zu Taten auferlegt werden. Napoleon vollzog die Verwandlung. Das war ein wirkliches Verdienst, ein wirklicher Ruhm. Und wenn ihm der Zufall diesen Ruhm gab, wenn er ihn hernach aus reinem Ehrgeiz suchte, so bleibt es nicht weniger wahr, daß die Gunst des Zufalls und der Gewinn, den sein Ehrgeiz hieraus zog, einen Augenblick zum Heile des italienischen Volkes beitrug und es den ersten Schritt auf die nationale Wiedergeburt hin tun ließ. Napoleon in seinem Hochmut, seinen Fehlern, seiner Gewaltherrschaft wurde verhängnisvoll für die alte Republik Venedig, doch heilsam für Italien. Wenn ich mir jetzt den kleinen Zorn, den kleinen Haß, die kleine Liebe aus dem Herzen reiße, so muß ich sagen: Dieser Lügner und Tyrann kam zur rechten Zeit.

Glühte schon ich, so könnt ihr euch vorstellen, daß Aglaura vor Begeisterung für Staat und Freiheit völlig dahinschmolz, und nur dem Überschwang schrieb ich es zu, wenn sie an jenem Tage so wenig nach ihrem Emilio Ausschau gehalten hatte. Doch als wir am Abend in die beiden Kämmerchen unserer bescheidenen Herberge auf dem Corso di Porta Romana einzogen, stellte ich sie darüber zur Rede.

»Ei, das bildet Ihr Euch ein«, erwiderte sie. »Ich habe immerzu Ausschau gehalten, habe den ganzen Morgen nichts getan, als ihn gesucht, und wenn meine Augen ihn nicht entdecken konnten, so ist es nicht meine Schuld ... Aber habt Ihr nicht hier in Mailand Freunde aus Venedig, die Ihr heute abend suchen wolltet? ... Also geht und bringt sie her; durch sie werde ich gewiß etwas hören. Ich richte mir inzwischen Euer Geschenk, die Frauenkleider; ich danke Euch dafür von Herzen. Aber denkt daran: Solltet Ihr Spiro treffen, so tut, als wüßtet Ihr nichts von mir. Ich würde mich gar nicht wundern, wenn er schon vor uns in Mailand wäre.« Ich versprach zu tun, wie sie wünschte, bat sie jedoch meinerseits, ihr Versprechen zu halten und ihren Eltern Nachricht zu geben. Sie sagte es mir zu.

Zuerst ging ich nun auf die Post, um nach Briefen für mich zu fragen. Vier lagen bereit, zwei davon waren von Pisana. In dem einen ließ sie mich wissen, was nach meiner Flucht geschehen war, der andere enthielt nichts als Klagen und Seufzer über meine Abwesenheit und die Sehnsucht, mich recht bald wieder zu umarmen. Ein Brief war über mich an Aglaura gerichtet; er konnte nur von Spiro sein, der von Anfang an richtig geahnt hatte. Über das, was Pisana erzählte, wunderte ich mich sehr. Seine Exzellenz Navagero hatte seine gräfliche Base aus dem Hause gejagt; sie war zu dem Sohn gezogen, der sein Amt als Buchhalter wieder angetreten hatte. Der Vater Venchieredo hatte über meine Flucht gewaltigen Lärm geschlagen und gebrüllt, er werde alle meine Güter einziehen; doch als er nichts fand als ein kümmerliches Haus, hatte sich sein Eifer gelegt, und auch das Haus wurde vergessen, und Pisana konnte weiter darin wohnen. Wahrscheinlich hatte die Fürsprache von Raimondo viel dazu getan, daß man Maß hielt, denn der geschickte junge Mann erinnerte sich der Koketterien von Pisana sehr wohl und jetzt, wie es schien, deutlicher denn je. Das alles argwöhnte ich, weil sie mir schrieb, Doretta habe sie eines Tages ganz unerwartet besucht. Sicher wollte sich Raimondo mittels der Geliebten selbst einführen; Doretta war ihm blind ergeben, und er würde das Werkzeug, wenn er damit seinen Zweck erreicht hätte, einfach wegwerfen. Die Vertraulichkeit von Pisana mit diesem Gesindel behagte mir ganz und gar nicht, und ich beschloß, sie feierlich zu ermahnen, sie solle sich solche Leute vom Halse halten. Sicher lachte und spottete sie über Raimondo und sein Liebchen, aber – man kann nicht alles voraussehen, zumal bei ihrer Unbesonnenheit. Wenn doch die Franzosen, dachte ich, die Lunte bald anzündeten! Sonst sah ich schwarz. Diese süße Törin wollte viel und recht aus der Nähe geliebt sein, um weiterzulieben; und ich verspürte keine Lust, die Probe meiner Abwesenheit zu lange auszudehnen.

Noch zwei andere Nachrichten waren erstaunlich: Der Partistagno vollführte einen Riesenlärm um Clara, und der Pater Pendola war in eine Domherrenpfründe an San Marco eingesetzt worden. Ersterer war seit kurzem Reiterhauptmann im kaiserlichen Heer, wohl weil sich der berühmte Onkel Baron für ihn verwendet hatte, und klirrte mit seinen Sporen Tag und Nacht vor dem Kloster der Heiligen Teresa; Mutter Redenta hatte um eine Wache bitten müssen, die die Pförtnerin bei der Verteidigung des Klosters unterstützte. Und diese Wache hielt dem schrecklichen Partistagno, der ständig kam und klirrte, Tag und Nacht das Gewehr entgegen. Der junge Mann glaubte tatsächlich, die Gräfin habe aus Mißgunst und Haß gegen seine Familie Clara gezwungen, Nonne zu werden, und er wollte sich um jeden Preis rächen.

Zu solchem Zweck hatte er auch das gefährliche Mittel ergriffen, viele Hypotheken auf die Güter von Fratta zu kaufen, und wütete mit Forderungen und Zahlungsbefehlen gegen dieses unglückliche Besitztum. Der Partistagno selbst war zu so teuflischer Bosheit gewiß nicht fähig; dahinter steckte die höllische Pranke des alten Venchieredo, der nach seiner Verurteilung der Familie des Grafen von Fratta bis zum Letzten ihres Geschlechts einen ewigen Haß geschworen hatte. Das alte Besitztum war unter dem Druck des Venchieredo und des Partistagno und unter den Räubereien von Fulgenzio völlig verschuldet, die Achtlosigkeit des Grafen Rinaldo vollendete das Werk der andern, und ein Bankrott war nachgerade eine gute Spekulation. Die verlassene Burg verfiel; nur eben das Zimmer von Hochwürden besaß noch Türen und Fenster. Der übrigen Räume hatten sich Verwalter, Vögte und Spitzbuben aller Art angenommen; einer verkaufte die Fenster, ein anderer die Schlösser, wieder einer die Steine der Fußböden, der nächste die Balken der Decke. Dem armen Hauptmann hatte man die Tür weggenommen, darum litt Frau Veronica schlimmer denn je unter Husten und Schnupfen, und der Gatte litt unter ihr, und das Ehekreuz hatte an Gewicht zugenommen. Auch der Reiter Marchetto weilte nicht mehr auf der Burg; er war nun Küster der Pfarrei. Ja die Häscher bei den Burgherren waren überflüssig geworden; man mußte fromm werden. Das Schrecklichste von alledem war, daß die Gräfin, statt aus dem Besitztum auch nur die kleinste Summe Geld zu ziehen, nur mehr

Schuldscheine und Zahlungsbefehle erhielt. Sie wußte sich nicht mehr zu helfen, und wären nicht die paar Zinsen von der Mitgift Pisanas gewesen, so hätte es ihnen geradezu am Brot gefehlt. Trotzdem spielte sie noch immer, und oft verschwand das kärgliche Monatsgehalt des Grafen Rinaldo in den tiefen Taschen irgendeines Falschspielers.

Der andere Brief kam von dem alten Apostulos. Er teilte mir die Flucht der Tochter mit und die Maßnahmen, die er getroffen hatte, sie überall, außer in Mailand, aufzuspüren. Hier war ein solches Amt mir anvertraut. Ich sollte nach ihr fragen, sie suchen und sie, wenn ich sie gefunden hätte, entweder nach Venedig zurückschicken oder bei mir behalten, ganz wie sie wolle. Er würde väterliche Rechte bei einer Tochter, die sich dagegen empört und ihnen entflohen war, gewiß nicht geltend machen. Sie solle nach ihrem eigenen Kopf handeln, er verfluche sie nicht, denn Toren verdienten keinen Fluch, aber er vergesse sie. Außerdem fügte er in einer Nachschrift hinzu, er lasse in den andern Städten des Festlandes genauestens suchen, und seine Vertrauten hätten Befehl, die Schuldige sofort zurückzubringen. Nur bei mir verzichte er auf solchen Anspruch; und wenn er sähe, daß die Verirrung des Mädchens in Mailand eher zu heilen sei denn in Venedig, solle ich je nach den Umständen verfahren. – Die letzten Worte waren unterstrichen, ich wußte nicht recht, deuteten sie auf eine Ehe mit dem Herrn Emilio? Aber dann sah ich keinen Grund, ein solches Geheimnis daraus zu machen. Ich fand mich wunderlich genug als den Vertrauten der einen, wie der andern Seite: jede sprach mit Andeutungen, halben Worten, von denen ich nicht das geringste verstand. Von meinem Vater übrigens war noch keine Nachricht da; doch konnte sie kaum vor Weihnachten eintreffen, und sonst hörte man von der Levante Gutes.

Mit diesem Wust von Gedanken, Neuigkeiten, Sorgen, Geheimnissen im Kopfe fragte ich in einem Café nach der Kaserne der Cisalpinen Legion. Ich erhielt die Antwort: in Santa

Vicenzina, zwei Schritt vom Waffenplatz. Damit wußte ich nicht viel anzufangen; doch mit Fragen, Umkehren, wieder Fragen und wieder Versuchen gelangte ich dahin, wohin ich wollte. Die Disziplin in jener Kaserne war nicht gerade vorbildlich; man kam und ging wie in einem Freihafen. Lärm und Unordnung konnten nicht größer sein. Die Offiziere stolzierten in ihrer neuen Uniform und freuten sich darauf, das Herz mancher Schönen zu erobern, bevor sie zum Schrecken der Feinde ins Feld zogen. Unteroffiziere und Mannschaften lagen beständig im Streite, denn erstere meinten, sie müßten wegen des Rangunterschiedes die Ersten sein, und die Zweiten meinten, die Republik lehre, es sollten alle gleiche Rechte haben. Was man auch von einer solchen Entwicklung der Lehre von Gleichheit und Brüderlichkeit halten mag – ich erinnerte mich in diesem Augenblick der Lehre des Hauptmanns Sandracca, der versicherte, in einem ordentlichen Regiment müsse der Einfluß der alle Bestandteile verschmelzenden Disziplin so groß sein, daß ein Soldat dem andern ähnlicher sehe als ein Bruder dem Bruder. Nun, ich wette um die Kosten des Mailänder Domes, daß unter den lombardischen Legionären nicht zwei zu finden waren, die den gleichen Bartschnitt trugen. Die Geschichte der Mode hatte in dieser Hinsicht ihre Muster von Adam bis zu den Babyloniern, von den Ostgoten bis zu den Grenadieren Friedrich des Zweiten. Ich fragte einen dreckigen, mürrischen Soldaten, der um ein Viertel Wein wie ein Rasender die Schuhe eines Kameraden putzte, nach dem Doktor Lucilio Vianello, nach Amilcare Dossi und Giulio Del Ponte.

»Sie sind in der ersten Kompanie, haltet Euch links«, gab mir dieser Helote der Gleichheit zur Antwort.

Ich hielt mich links und wiederholte meine Frage einem Krieger, der noch schmutziger war als der erste. Er reinigte den Gewehrlauf mit ölgetränktem Werg.

»Donnerwetter, der Teufel soll sie holen, die kenne ich alle drei! Vianello ist ja der Arzt der Kompanie, der uns allen die Gurgel abschneidet auf Befehl der Franzosen, denn die haben uns satt ... Wißt Ihr schon, Bürger: man hat die Schulen geschlossen!«

»Davon weiß ich nichts«, erwiderte ich, »aber wo kann ich ...«

»So wartet doch; wie ich Euch sagte, Vianello ist der Arzt, Dossi Fähnrich in meiner Kompanie und Del Ponte ist Korporal, ein Mann, der so gut wie tot ist, er kann sich kaum auf den Beinen halten und wälzt alle Last im Dienst auf meinen Buckel ... Seht, das ist seine Flinte, die muß ich putzen. Arbeit genug, nach dem schönen Fest von heute früh ... Zehn Stunden stehen, steif wie ein Pfahl, mit diesem Wind um die Nase, der mehr nach Winter schmeckte, als nötig war ... Donnerwetter, wir haben uns eingeschrieben, um Krieg zu führen, um dieses Gezücht von Königen und Adligen auszurotten, jawohl! Nicht um das Direktorium zu hofieren und ihm bei der Prozession die Kerze zu tragen! ... Für solchen Dienst mag man die Pagen vom regierenden Erzherzog holen ... Es ist eine Schande! Den ganzen Tag habe ich nichts getrunken als eine kleine Flasche Canneto ... Für nichts und wieder nichts soll man Republikaner sein? Bürger, wollt Ihr mir etwas leihen, daß ich mir eine Kanne kaufen kann? ... Giacomo Dalla Porta, Flügelmann in der ersten Kompanie der Cisalpinen Legion, zu Euerm Befehl.«

Ich gab oder lieh ihm natürlich eine kleine Mailänder Silbermünze unter der Bedingung, daß er mich ohne weiteres Geschwätz zu einem der drei führen solle, die ich ihm genannt. Er warf Gewehr, Öl und Werg in die Ecke, vollführte mit der Münze zwischen Daumen und Zeigefinger wahre Kasperlsprünge, hielt mir die andere Hand, die noch leer war, schön unter die Nase und rannte die Treppe hinab nach dem Wirt.

Da haben wir die Redlichkeit der Republikaner, brummte ich vor mich hin wie ein Alter. Ich hatte vergessen, daß man mit einem gedruckten Papier und einem Fest auf dem Bundesplatz die Erneuerung der Sitten wohl anbahnen, aber nicht vollenden kann, und daß es anderseits in allen Republiken der

Welt immer Leute geben wird, die lieber Wein trinken, als dem Nächsten einen Gefallen tun.

Endlich fand ich auf einem Gang einen andern Soldaten, ordentlich, fast zierlich, der meinen Gruß mit beinahe höfischer Verbeugung erwiderte und mich Bürger nannte, wie er mich vier Monate früher Graf oder Exzellenz genannt hätte, so liebenswürdig gedrechselt klang seine Stimme. Es mochte irgendein Marquis sein, der sich aus Liebe zur Freiheit und im Gedanken, bei solcher neuen Religion Mönch zu werden, bei den cisalpinen Legionären hatte einschreiben lassen; zierliche, sorglose Märtyrer, die in allen Revolutionen im Überfluß vorhanden sind, von denen man um Himmels willen nichts Böses sagen sollte, denn mit ein wenig Geduld werden sie am Ende Helden. Dieser nun führte mich, damit ich schneller zum Ziele kam, sehr höflich bis vor das Zimmer des Doktors Lucilio; hier machten wir wieder gegenseitig unsere Verbeugungen wie zwei Minister nach einer Konferenz.

Ich trat ins Zimmer. Oh, diese Überraschung, die Freude, die Umarmungen vom Doktor und von Giulio, der bei ihm war! Sie hätten einen Bruder nicht herzlicher aufgenommen, und daraus erkannte ich, daß sie mir ein wenig gut waren. Freilich schlug mein Gewissen, als ich Giulio küßte mit den Lippen, die noch warm waren von den Küssen von Pisana. Sie war vielleicht mit ihrer gedankenlosen Koketterie schuld an dem raschen Verfall seiner Kräfte; und wie hatte er Pisana geliebt! Doch er hatte auf sie verzichtet und eine Liebe gewählt, die ihn würdiger und glücklicher machte; ich fand ihn schmal und bleich, aber trotz des unbequemen Soldatenlebens in der Kaserne sicher nicht bei schlechterer Gesundheit als in Venedig. Lucilio beruhigte mich in dieser Hinsicht, er versicherte mir, die Krankheit habe keine Fortschritte gemacht, ja vielleicht sei sie durch gute Stimmung, maßvolle, ständige Tätigkeit und einfache, regelmäßige Kost auf die Dauer gebessert. Giulio lächelte, als glaube er an dieses Vielleicht, halte jedoch die Hoffnung hierauf nicht für der Mühe wert; er war Soldat geworden nicht um zu gesunden, sondern um zu sterben, und hatte sich an den Gedanken so gewöhnt, daß er heiter lebte wie Anakreon, der sich mit Rosen bekränzte, als er schon mit einem Fuße im Grabe stand. Ich fragte sie nach ihren Hoffnungen, ihrer Tätigkeit, ihrem Dasein. Alles ließ sich vorzüglich an. Sie erwarteten viel von der Revolution, die in Rom, in Genua, im Piemont, in Neapel für die Einigung entbrannt war, deren Funke schon glomm von Bologna, Modena und sogar Pesaro und Rimini bis zur Cisalpina, und diese alle würden dem Bunde nächstens beitreten.

»In Massa erreichen wir das Mittelmeer«, sagte Lucilio. »Wie will man hindern, daß wir in Venedig die Adria erreichen?«

»Und die Franzosen?« fragte ich.

»Die Franzosen helfen uns, weil wir uns allein nicht helfen könnten. Sicher muß man die Augen offen halten und nicht alle Märchen glauben wie die von dem Dummkopf Villetard, und vor allem müssen wir mit Zähnen und Nägeln unsere Freiheiten festhalten und sie uns nicht um alles Gold der Welt entreißen lassen.«

Das waren fast meine Gedanken; aber aus der Wärme, mit der er sprach, aus der Lebhaftigkeit der Gebärde entnahm ich leicht, daß die großartige Feier am Morgen auch den vorsichtigen Sinn von Lucilio entzündet hatte, und daß er heute abend nicht der leidenschaftslose Arzt war wie zwei Monate zuvor. So gefiel er mir besser; doch er war weniger unfehlbar, und so sehr seine Vorhersagen mit den meinen übereinstimmten, wollte ich ihnen noch nicht blind vertrauen. Daher äußerte ich einige Zweifel wegen der Unwissenheit und Unerfahrenheit des Volkes, das mir jener klugen Gesittung, auf der die Ordnung einer Republik fußt, nicht fähig schien, und wegen der mangelnden Disziplin, die ich selber bei den neu aufgestellten Truppen beobachtet hatte.

»Diese zwei Einwände kann man mit einer einzigen Antwort entkräften«, sagte Lucilio. »Was braucht es, um disziplinierte Soldaten zu erziehen? ... Die Disziplin. Was braucht es, um wirkliche, tüchtige, untadelige Republikaner zu bilden? ... Die Republik. – Weder Soldaten noch Republikaner werden als solche geboren, alle werden wir als Menschen geboren, das heißt als Wesen, die gut oder schlecht, zu künftigen Sklaven oder zu Männern wie Cato erzogen werden, je nachdem wir in verbrecherische oder rechtschaffene Hände fallen. Du wirst mir im übrigen zugeben, daß, wenn die Republik nicht imstande sein wird, vollkommene Republikaner zu bilden, binnen kurzem die Tyrannei geschickter oder williger sein mag, sie dafür vorzubereiten!«

»Wer weiß!« rief ich aus. »Rom unter Brutus entstand aus dem Rom unter Tarquinius!«

»Je nun, Carlino, über diesen Punkt kannst du ruhig sein; an Männern wie Tarquinius hat es uns in vier oder fünf Jahrhunderten voll Torheiten und Knechtschaft nicht gefehlt! ... Wir sollten genügend erzogen sein. Erzähle mir lieber etwas von dir ... Warum nur bist du so lange in Venedig geblieben? Wie hast du es fertig gebracht, da zu leben?«

Ich stammelte als Entschuldigung etwas von dem Tode von Leopardo und von Geschäften, die ich für meinen Vater habe zu Ende führen müssen; schließlich gab ich mir einen Ruck, warf verstohlen einen Blick auf Giulio, und nannte Pisana. Da bestürmten mich beide um die Wette, was das für eine Geschichte mit einem französischen Offizier gewesen sei, wovon einiges bis nach Mailand durchgesickert war. Ich erzählte alles haargenau, und wie mich die Unbequemlichkeiten und Gefahren, die Pisana daraus erwachsen wären, gezwungen hätten, zu bleiben, um sie zu schützen und in manchem zu beraten. Vor allem schilderte ich ausführlich meine Flucht, woraus ja die Gefahr in die Augen sprang, die ich mit meinem Bleiben auf mich nahm, und der ich mich gewiß nicht ohne dringende Notwendigkeit ausgesetzt hätte. Wohl kannte ich meine Schuld, doch sollte sie mir kein anderer zum Vorwurf machen. Um nicht allzulange hierbei zu verweilen, ging ich über zu den augenblicklichen Zuständen in Venedig, den letzten Räubereien von Serrurier und zu der neuen Regierung, auf die mir der Venchieredo einigen Einfluß zu haben schien.

»Potz Blitz! Du weißt es nicht?« rief Lucilio. »Er war der Kurier zwischen den Kaiserlichen in Görz und dem Direktorium in Paris.«

»Oder vielmehr der Bonaparte von Mailand«, verbesserte Giulio.

»Wenn schon, das vermag nichts zu ändern. Bonaparte konnte nicht auftrennen, was das Direktorium angezettelt hatte. Jedenfalls ist der Venchieredo gut bezahlt worden; aber ich fürchte oder hoffe, er wird noch einmal schlecht daran sein, denn wer zuviel dient, dient immer schlecht und trägt Schaden und Spott davon.«

Darauf fragte ich nach Sandro aus Fratta, den ich am Morgen mit so vielen Orden geschmückt kaum wiedererkannt, und erfuhr, jetzt heiße er Alessandro Giorgi, Hauptmann bei den Jägern zu Fuß. Er hatte sich beim Kampf gegen das aufständische Bauernvolk im Genuesischen sehr ausgezeichnet und war innerhalb eines Monats Oberleutnant und Hauptmann geworden.

»Von seiner Kompanie«, erzählte Lucilio, »waren nach all dem Gemetzel, glaube ich, nur vier übriggeblieben. Einer mußte Hauptmann werden; und da zwei von ihnen Flickschuster waren und einer Viehhüter, wurde dazu, wie es sich gehörte, der Müller ernannt ... Du wirst sehen, wie er sich bläht! Er ist ein braver Junge, der allen, die ihm begegnen, seinen Schutz anbietet, und das tut er sicher auch bei dir.«

»Danke, ich werde ihn annehmen, wenn ich ihn nötig habe.«

»Nicht im Augenblick, Carlino; dein Platz ist bei uns und Amilcare.«

Letzterer war, wie sie berichteten, eifrig bemüht, den schmalen Sold der Kameraden mit allerlei Mühen aufzubessern, so daß bis zum Eintreffen der neuen Löhne immer eine gesparte Summe vorhanden war, von der sie notfalls leben konnten. Von unserm dritten gemeinsamen Freunde, Bruto Provedoni, hatten sie lange nichts gehört; er kämpfte in den Fehden in Ligurien und im Piemont. – Nun ergab sich ganz von selbst die Frage nach Emilio Tornoni; ich tat, als kenne ich ihn und wünsche darum Näheres zu erfahren. Lucilio zog die Lippen kraus und gab keine Antwort. Giulio sagte grinsend, er sei mit einer schönen Mailänder Gräfin nach Rom gereist, wahrscheinlich, um da die Revolution zu machen. Die Verächtlichkeit der beiden machte mich stutzig, doch mehr konnte ich nicht herausbringen. Kurz darauf trat Amilcare keck herein; neue Umarmungen, neues Staunen. Er war dunkel wie ein Araber, und seine Stimme schien dem Krachen der Flinten angeglichen; doch dann hörte ich, er habe sie sich beim Einexerzieren der Rekruten verdorben. Dieser Abend nahm gar kein Ende, so viel hatten wir uns zu erzählen; wir waren auf die Festungswälle hinausgegangen, und beim Klang der Trommel hätten sich die beiden Soldaten in die Kaserne begeben müssen. Lucilio erinnerte sie daran, aber sie hörten nicht auf ihn.

»Ah bah«, sagte Amilcare und zuckte die Achseln, »ein Offizier wie ich der Trommel gehorchen!«

»Und ich bin krank«, fügte Giulio hinzu, »und genieße die Freiheit des Hospitals.«

Ich hoffte, Lucilio werde sie zur Pflicht rufen, denn mich zog es zu Aglaura, ihr den Brief, den ich für sie geholt, und die Nachricht von Emilio zu bringen; aber die beiden hörten auf keine Mahnrede, und so blieben wir bis weit über neun Uhr beisammen. Dann begleiteten mich alle drei vor meine Wohnung. Da sie aber oben Licht sahen und den Schatten einer Frau, der sich am Fenster abzeichnete, foppten sie mich nicht schlecht, stellten tausend Mutmaßungen auf und gratulierten mir zu meinem Glück. Kurz, Amilcare vollführte einen so närrischen Lärm, daß ich jeden Augenblick fürchtete, Aglaura trete auf den Balkon.

Endlich gelang es Lucilio, die Freunde zum Abzug zu bewegen, und ich konnte hinaufgehen. Ich überreichte Aglaura ihren Brief, sie las und seufzte, gab sich jedoch Mühe, mich nichts merken zu lassen. Nach einer Weile fragte ich:

»Wollt Ihr mir nicht sagen, wer Euch schreibt?«

Natürlich war der Brief von Spiro. Aber sie wich eilig allen weiteren Fragen aus und teilte mir nur mit, er habe richtig geraten und sie in Mailand in meiner Gesellschaft gewußt. Doch warum kam er, der so an ihr hing, dann nicht zu ihr? – Später erfuhr ich den Grund; Spiro war als Helfershelfer meiner Flucht gefangen gesetzt worden. Dieser Brief kam aus dem Gefängnis, und darum hatte er Aglaura so bewegt. Dann fragte sie, ob auch ich einen Brief aus Venedig habe, und ich gab ihr den Brief ihres Vaters und den, worin Pisana von den Wirren in Venedig erzählte. Sie las beide, ohne mit der Wimper zu zucken; nur einmal entschlüpfte ihr ein Laut der Überraschung, und sie wiederholte, als traue sie ihren Augen nicht, die Namen Venchieredo und Doretta.

»Was ist?« fragte ich.

»Ach, nichts. Es ist nur, ich kenne diese Frau aus Erzählungen; und ich wunderte mich, ihren Namen in einem an Euch gerichteten Briefe zu finden. Ich hatte nicht gedacht, daß der Venchieredo auf Eurer Seite ist.«

»Aber wie kommt es, daß Ihr die Venchieredo kennt?«

»Und ob ich sie kenne! Ich will Euch sagen, woher. Sie standen, vermutlich in Geschäften, in Verbindung mit Emilio.«

»Ach, da habe ich für Euch eine betrübliche Nachricht.«

»Welche?«

»Der Herr Emilio Tornoni ist nach Rom gereist.« (Ich unterschlug vorsichtigerweise die Gräfin).

»Ich wußte es. Aber er kommt wieder«, sagte Aglaura fast herausfordernd. »Inzwischen erkundigt Euch doch bitte morgen, ob Herr Ascanio Minato hier ist, der Adjutant des Generals Baraguay d'Hilliers, und Herr d'Hauteville, der Sekretär des Generals Berthier. Die beiden sind mir wichtig wegen Nachrichten von Emilio, die ich vielleicht brauche.«

»Ich werde es tun.«

»Habt Ihr denn nichts weiter über ihn erfahren?«

»Nichts weiter.«

»Nichts? Wirklich gar nichts?«

»Nein, nichts.« Mir war fast angst geworden, wenn das Mädchen so gleichgültig von Adjutanten und Generälen sprach; aber die geheime Verachtung, die Lucilio und Del Ponte gezeigt hatten, als ich den Namen Tornoni nannte, durfte sie keinesfalls merken. Ich wußte, welchen Gefallen man Liebenden tut, wenn man ihre Geliebten verleumdet.

»Aglaura«, fing ich nach einem Augenblick des Schweigens wieder an, »Ihr tut recht geheimnisvoll und kennt doch meine Hilfsbereitschaft und Verschwiegenheit ...«

»Sie sind ohnegleichen.«

»Das wollte ich nicht hören; ich wollte damit nur fragen, ob ich nicht ein Fünkchen Vertrauen verdiene?«

»Ja, mein Freund. Fragt, und ich will antworten.«

»Aglaura, wenn Ihr Euch so ernst und stolz hinstellt wie eine Königin, bleibt mir das Wort im Halse stecken. Seid doch heiter und einfach wie am ersten Abend, als ich Euch sah! Seht Ihr, so gefallt Ihr mir besser. Sagt mir also, wie es kommt, daß Euch diese Namen des französischen Generalstabes so vertraut sind? Ihr erschienet mir ja eben wie ein General, der seine Scharen für die Schlacht ordnet.«

»Weiter wollt Ihr nichts wissen?«

»Weiter nichts. Meine Neugier gilt im Augenblick nur dem.«

»Nun, diese Herren waren sehr befreundet mit Emilio. Daher kenne ich sie.«

»Auch der Herr Minato?«

»Der noch mehr als die andern; aber er ist auch am meisten Ehrenmann, das heißt am wenigsten Spitzbube von allen diesen Dieben.«

»Sprecht leise, Aglaura! ... Was habt Ihr nur? Ihr seid nicht mehr die gleiche wie heute früh. Wie könnt Ihr dieselben Menschen beschimpfen, die Ihr vor ein paar Stunden in den Himmel gehoben habt?«

»O nein! Ich habe die Republik in den Himmel gehoben, nicht die, die sie gemacht haben. Auch der Esel trägt bisweilen Edelsteine ... Im übrigen können Leute, die im Zimmer stehlen, draußen Helden sein; aber Helden in grausigen Schlachten, nicht ...«

»Sagt mir doch, schreibt Spiro etwas darüber, ob er Euch hier holen will, oder ob Ihr nach Venedig kommen sollt?«

»Warum diese Frage? Seid Ihr es leid, mich hier zu haben?«

»Gute Nacht, Aglaura, wir sprechen morgen weiter. Heute seid Ihr nicht bei Laune.«

Ich zog mich in mein Kämmerchen zurück, das hinter dem ihren lag, legte mich nieder und dachte an Pisana, an die Ängste, die sie vielleicht bedrückten, an die Gefahren ihrer Einsamkeit. Vor allem machten mir die Aussöhnung mit Rosa und die Besuche von Doretta Sorge. Nach ihr würde Raimondo kommen; der Raubvogel schwebte oben und war bereit, niederzustoßen. Ich dachte mir einen langen Brief aus, den ich am Morgen schreiben wollte, und von Pisana wanderten meine Gedanken zu Aglaura; auch hier hatte sich der Himmel umwölkt. Wer sollte in ihrem Wirbelköpfchen klar sehen? – Ich gewiß nicht. – Von Padua bis Mailand hatte sie mir Überraschung auf Überraschung bereitet. In Taten wie Worten wechselte sie ständig; einmal hielt sie sich zurück, dann wieder galoppierte sie los, ich konnte aus diesem Temperament nicht klug werden. Ich mühte mich darum die halbe Nacht, ich beobachtete sie den ganzen Morgen ohne Erfolg weiter und verließ schließlich das Haus mit dem Brief an Pisana in der Tasche. Darin lag ein Brief an Apostulos, worin ich ihm alles über Aglaura mitteilte und ihn, soweit er verfügen wollte, um seine Befehle bat; auch möge er Pisana, falls es nötig sein sollte, helfen, wie er mir helfen würde. Natürlich sagte ich Aglaura von diesem Briefe nichts; hier ging es um mein Gewissen, und darin verstand ich keinen Spaß. Den Papa spielen, ja, aber nicht den Schelm, ihr zuliebe.

Mittags hatte ich mich mit Lucilio im Domcafé verabredet, das damals als Treffpunkt sehr beliebt war. Ich fand ihn verdrießlich darüber, daß er mich nicht hatte in die Cisalpine Legion einschreiben können, wo wirklich kein Posten mehr frei war; aber dafür, daß jemand wie ich ein Amt fände, hätte er Rat beim Teufel geholt, und der hatte ihm denn den allerbesten gegeben. Ich konnte zufrieden sein.

»Jetzt führe ich dich zu deinem General«, sagte er, »General, Befehlshaber, Hauptmann, Kamerad, alles, was du willst. Er ist einer der Männer, die den andern zu weit überlegen sind, um sich die Mühe zu machen, es zu bemerken und zu zeigen; es ist gar nicht zu glauben, daß von einem einzelnen Menschen eine so ungeheure Tatkraft ausgeht, er könnte jeden Tag ein Dutzend andere auf den Tod ermatten. Bei alledem gilt seine Bewunderung den ruhigen Charakteren, und sein Mitleid sogar den Trägen. Ich wette, im Felde würde er ganz allein genügen, eine Schlacht zu gewinnen; nur die Augen dürften ihm nicht verwundet werden, darin liegt eine Macht, die noch ungewöhnlicher ist als alles sonst. Er ist Neapolitaner, und in Neapel würden sie sagen, er hat die ›jettatura‹, oder wie es bei uns oben heißt, den ›bösen Blick‹ des Mannes, der andere verhext.«

»Und wer ist dieses Wunder von Mann?«

»Du sollst ihn sehen, und wenn er dir nicht behagt, will ich verdammt sein.«

Damit zog er mich auf die Straße, und fort ging es im Sturmschritt bis über das Naviglio der Porta Nuova hinaus nach den Bastionen zu. Wir traten in ein geräumiges Haus; der Hof war voller Pferde, Stallknechte, Zureiter, Sättel und Geschirre, als wären wir in einer Kavalleriekaserne; auf der Treppe ein Auf und Ab von Soldaten, Feldwebeln, Ordonnanzen wie im Palast des Hauptquartiers. Im Vorzimmer wieder Soldaten, wieder Waffen als Siegeszeichen aufgehängt oder in den Ecken zu Pyramiden zusammengestellt; in einem Winkel türmte sich ein kleines Lager von Waffenröcken, Wehrgehenken und Stiefeln.

Was mochte das sein? Vielleicht das Zeughaus?

Lucilio schritt so sicher hindurch, als gehöre er zum Hause. Nicht einmal im letzten Vorzimmer, wo eine Art Adjutant dastand und die Balken zählte, ließ er sich anmelden, sondern zog mich einfach durch die Tür und vor den Herrn dieses sonderbaren kriegerischen Gymnasiums.

Es war ein hochgewachsener Mann von etwa dreißig Jahren, ein wahrer Freibeutertyp, als sei einer jener Orsini, Colonna, Medici wieder lebendig geworden, deren Dasein eine ununterbrochene Reihe von Schlachten war, von Plünderungen, Zweikämpfen, Gefangenschaften. Er hieß Ettore Carafa, ein großer Name, noch glanzvoller durch die Unabhängigkeit dessen, der ihn trug, durch seine Liebe zur Freiheit und zum Vaterland. Wegen seiner republikanischen Umtriebe hatte er lange im Kerker des berühmten Kastells Sant' Elmo schmachten müssen; von da war er geflohen, hatte sich in Rom versteckt und war weiter nach Mailand gegangen, um hier aus eigenen Mitteln eine Legion aufzustellen, mit der er Neapel befreien wollte. Er gehörte zu den seltenen Geistern, die, mit andern oder allein, jeder Gefahr trotzen, und diese kühne Gesinnung leuchtete aus den großen Zügen des Gesichts. Eine Narbe mit bleichem Rande lief ihm durch die eine Braue wie ein Mal dunklen Verhängnisses. Er hatte sich von seinem schmalen Lager erhoben, streckte Lucilio die Hand hin und gratulierte ihm zu dem schönen Offizier, den er ihm zuführe. »Ein recht bescheidener Offizier«, gab ich zur Antwort. »Die wahre militärische Kunst kenne ich nur dem Namen nach.«

Carafa fragte: »Habt Ihr den Mut, Euch töten zu lassen, um das Vaterland und Eure Ehre zu verteidigen?«

»Nicht ein Leben, hundert Leben gäbe ich dafür hin.«

»Wohlan, mein Freund, dann erkläre ich Euch für einen vollkommenen Soldaten.«

»Soldaten, ja,« mischte sich Lucilio ein, »aber Offizier?«

»Das laßt meine Sorge sein. Versteht Ihr zu reiten, eine Flinte zu laden und den Degen zu führen?«

»Etwas von dem allen verstehe ich.« (Es war das Verdienst von Marchetto, und jetzt dankte ich ihm dafür, wie ich am Gardasee dem Pfarrer von Teglio für seinen klassischen Unterricht gedankt hatte.)

»Also seid Ihr auch Offizier. In einer Legion wie der meinen, die auf eigene Faust Krieg führen wird, tun Auge und guter Wille mehr als das Wissen. Kommt am Abend zur Stunde des Zapfenstreichs zu mir, dann übergebe ich Euch Eure Kompanie. Seid guten Muts, heute in drei Monaten haben wir das Königreich Neapel erobert.«

Ich meinte, Robert Guiscard oder einen der Ritter des Ariost sprechen zu hören; aber Carafa sprach im Ernst, das merkte ich später, als er sich in der Wirklichkeit bewährte. Etwas zögernd fragte ich nun, ob ich außerhalb der Kaserne schlafen dürfe, und er sagte lächelnd, das sei das Recht der Offiziere.

»Ich verstehe«, fügte er hinzu, »Ihr seid des Nachts einem andern Oberst verpflichtet.«

Ich wurde verwirrt und sagte nicht nein; auch Lucilio lächelte. Es war ja nur, daß ich Aglaura nicht allein lassen konnte; was für ein Vergnügen ich darin fand, sie zu hüten, weiß der Himmel. So war ich also mit dem Herrn Ettore Carafa höchst zufrieden und wurde es in der Folge noch mehr. Immer denke ich mit Freude an das einfache, tätige Soldatenleben jener Zeit. Morgens das Exerzieren mit meinen Leuten, danach das Mittagessen und viele endlose Plaudereien mit Amilcare, Giulio, Lucilio; nachmittags und abends Gespräche mit Aglaura, die ständig auf Emilio wartete und nichts von einer Rückkehr nach Venedig wissen wollte. Dazwischen mancher bittersüße Brief von Pisana. So gelangten wir in die Zeit der Revolution von Rom, die den kriegerischen Unternehmungen des Carafa im Königreich den Boden bereiten sollte.

SECHZEHNTES KAPITEL

Worin sich das unglaublichste Familiendrama entwickelt, das man sich denken kann. – Abschweifung auf die Ereignisse in Rom, auf Foscolo, Parini und andere Persönlichkeiten der Cisalpinen Republik. – Ich gewinne eine Schwester und gebe Spiro Apostulos eine Gattin. – Mantua, Florenz und Rom. – Scharmützel an der neapolitanischen Grenze. – Die Egerische Nymphe von Ettore Carafa. – Eine Wette gibt mir Pisana wieder; doch bin ich davon zunächst nicht sonderlich entzückt.

Am fünfzehnten Februar 1798 hatten fünf Notare auf dem Campo Vaccino den Akt der Freiheit des römischen Volkes beglaubigt. Als Befreier war jener Berthier anwesend, der Verräter bei der Zusammenkunft von Bassano, die der Erhaltung der Venetischen Republik dienen sollte. Der Papst wurde im Vatikan zwischen Schweizern und Priestern eingeschlossen; und als er sich weigerte, auf seine weltliche Macht zu verzichten, schaffte man ihn unter militärischer Bedeckung nach der Toscana. So gab Pius VI. das einzige Beispiel italienischer Unbeugsamkeit in jener Zeit ständigen Wechsels und plötzlicher Ängste. Ich war ein schlechter Christ, aber ich bewunderte die Festigkeit des großen alten Mannes, und wenn ich sie verglich mit der Schwäche des Dogen Manin und die beiden ehrwürdigen Regierungen Italiens nebeneinander hielt, so spielte Venedig eine traurige Rolle. Das schon durch den Vertrag von Tolentino erschöpfte Rom wurde nun von den Republikanern völlig ausgeraubt; man nahm die Ermordung des Generals Duphot als Vorwand für den Krieg, feierte ein riesiges Leichenbegängnis, illuminierte die Stadt und plünderte alle Kirchen. Schwere Kisten mit Edelsteinen wanderten nach Frankreich, während das Heer Mangel litt und gegen Massena, den Nachfolger von Berthier, meuterte. Überall auf dem Lande flackerten Kämpfe auf, ein Meuchelmord und Totschlag folgte dem andern, kurz, es kam zu einer jener Menschheitstragödien, wie sie nur im Süden Italiens und in Spanien möglich sind.

In jener Zeit war die Legion von Carafa vollständig aufgestellt; er wartete nur noch auf die Zustimmung des französischen Generalstabes, um nach dem Süden aufzubrechen. Ich befand mich in einer ziemlichen Verlegenheit. Aglaura wollte mit mir kommen, weil die Reise nach Rom in ihre Ideen paßte; ich mochte mich weder weigern, noch sie den Gefahren des weiten Marsches in so unangenehmer Jahreszeit aussetzen. Darum schrieb ich nach Venedig; keine Antwort. Auch Pisana ließ mich seit einer Weile im dunkeln über ihr Ergehen. Der Feldzug nach Rom stand für mich unter einem bösen Stern. Doch ich hoffte von einem Tage zum andern, und während Carafa wegen der verzögerten Zustimmung wütete, freute ich mich dieses Zustandes, der eine leise Hoffnung offen ließ. Meine drei Freunde waren mit einem Teil der Lombardischen Legion schon nach Rom gezogen. Ich hatte nur den prächtigen Hauptmann Alessandro zur Gesellschaft und war im übrigen allein.

Das Schlimmste war, daß sich, ob von Venedig oder Mailand aus, die Kunde von meinem Zusammenleben mit einer schönen Griechin verbreitet hatte, und es gab ständig Sticheleien seitens meiner Kameraden; ein schöner Trost, im Verdacht eines Glückes zu stehen, das einem andern gehörte! Meine einzige Zerstreuung bildete die neu entfachte Freundschaft mit Foscolo, der seit einiger Zeit nach Mailand zurückgekehrt war. Mich behexte die glühende Beredsamkeit, mit der er stundenlang alles mit Flüchen und Verleumdungen überschüttete, die Venezianer, die Franzosen, die Deutschen, Könige wie Demokraten und Cisalpine, um Tyrannei und Mißbrauch der Freiheit ein großes Geschrei vollführend; er bekämpfte an andern das Übermaß des eigenen Wesens. Doch bot ihm hierfür das damalige Mailand den rechten Schauplatz. Hier hatten sich die tüchtigsten, hochherzigsten Männer Italiens zusammengefunden; Aldini, Paradisi, Rasori, Gioja, Fontana, Gianni, die beiden

Pindemonte waren Persönlichkeiten, die die mächtige Sprache von Foscolo sehr wohl entzünden konnten. Durch ihn lernte ich auch die Dichter Monti und Parini kennen, den bewundernswürdigen Übersetzer und den strengen, von attischem Geiste beseelten Kritiker. Immer wird mir die gewichtige, heitere, liebenswerte Erscheinung von Parini im Gedächtnis bleiben; die fast gelähmten Füße trugen ihn nur mit Mühe vorwärts, aber aus den grauumbuschten Augen blitzte das Feuer seines überlegenen Geistes. Den Brief, in dem Jacopo Ortis sein Gespräch mit Parini erzählt, hat Foscolo gewiß solcher Erinnerung entnommen; das könnte ich bezeugen. Ich sah den hinfälligen Abbé und den jungen, feurigen Dichter manches Mal draußen in der Vorstadt vor der Porta Orientale in ihr Gespräch vertieft unter einem Baume sitzen, jenen Parini, der, als man ihn aufforderte zu rufen: ›Es lebe die Republik, und Tod den Tyrannen‹, erwiderte: ›Es lebe die Republik, und Tod keinem Menschen!‹ und jenen Foscolo, der unter sein Gemälde als letztes die Worte setzte: ›Im Tode nur wird Frieden mir und Ruh'!‹ Ich war nichts als ein bescheidener Fähnrich der Parthenopäischen Legion; doch mein Herz schlug hoch wie das der beiden Großen, ich verstand sie, und so wurde uns allen dreien wohl.

Auch Foscolo war im cisalpinen Heer Offizier geworden. Ärzte, Advokaten, Literaten umgürteten sich damals mit dem Schwerte; die Toga wich den Waffen. Söhne der angesehensten Familien gingen mit gutem Beispiel voran; Beharrlichkeit, Feuer und wetteiferndes Streben halfen, wo die Kürze der Zeit Lücken ließ. Trotz flüchtiger Unordnungen und republikanischer Unbotmäßigkeiten hatte sich der Kern des künftigen italienischen Heeres bereits gebildet. Carafa fürchtete, die französischen Generäle wollten durch das Verzögern der Aufbruchserlaubnis mit seiner Legion die cisalpine Streitmacht verstärken, und ihr könnt euch vorstellen, wie er als heißblütiger Neapolitaner schon auf solchen Verdacht hin in Wut geriet! Endlich kam die ersehnte Zustimmung. In den ersten

Märztagen sollte die Legion den Marsch nach Rom antreten und sich dort dem französisch-cisalpinen Heer für weitere Unternehmungen anschließen. Also mußte ich wohl die Hoffnung, von meinen Lieben zu hören, aufgeben. Aglaura blieb an mir hängen, und ich sollte fort ohne jede Nachricht von Pisana und meinem Vater. Wäre nicht das Gefühl der Ehre und die Liebe zum Vaterland und zur Freiheit in mir sehr mächtig gewesen, so hätte ich ohne Zweifel etwas ganz Törichtes getan. Inzwischen braute sich in den Wolken schon das Hagelwetter zusammen, das mir über den Kopf kommen sollte, und ich wurde nichts gewahr.

Verzweifelt über das lange Schweigen von Pisana und den Apostulos hatte ich an Agosto Frumier geschrieben und ihn bei unserer alten Freundschaft um Nachricht von Menschen gebeten, die mir so nahe standen. Diesen Brief hatte ich niemandem gegenüber erwähnt, denn Lucilio und die andern Venezianer betrachteten Frumier als Überläufer. Trotzdem sandte ich ihn ab, denn ich wußte mir nicht anders zu helfen; ich warte und warte, ich gebe schon jede Hoffnung auf, da kommt plötzlich die Antwort. Ahnt ihr wohl, wer mir schrieb?... Raimondo Venchieredo. Sicher hatte Frumier davor zurückgescheut, mit einem Verbannten, Geächteten Briefe zu wechseln, und diese Aufgabe dem andern überlassen. Raimondo nun schrieb mir, alle in Venedig wunderten sich, und er zumeist, daß ich schon so lange nichts von Pisana wisse; sie hatten allen Grund zu der Annahme, daß sie mit meiner Einwilligung in Mailand sei, und er hatte gezögert, mich zu beruhigen, weil er es gerade darum für überflüssig hielt; ich führte mich wohl nur aus List so rasend auf, um der alten Gräfin, dem Grafen Rinaldo und dem Navagero eins zu versetzen. Diese übrigens waren gar nicht böse, und ich solle Pisana sagen, auch er sei es nicht, aber es werde schon die Zeit kommen, wo er sich räche. Damit schloß der Brief, und ich konnte mir nun um alle diese Rätsel den Kopf zerbrechen. Was spielte zwischen Raimondo und Pisana? Und was bedeutete ihr Verschwinden aus Venedig?

Sollte sie wirklich in Mailand sein, ohne daß sie es mich hätte wissen lassen? Wie hätte sie aber eine Reise hierher und das kostspielige Leben in Gasthöfen bezahlen sollen?... Zwar besaß sie noch etliche Diamanten, und sie konnte die Apostulos um Hilfe gebeten haben. Aber diese erwähnte Raimondo überhaupt nicht. Was mochte geschehen sein? ... Schmachtete Spiro noch im Gefängnis? ... Aber warum schrieb dann nicht sein Vater?

Kurz, diese Nachrichten aus Venedig drückten mir noch einen Stachel mehr ins Herz, und ich rüstete mich höchst ungern auf die Abreise. Auch Carafa schien nicht mehr so ungeduldig, das heißt, er ärgerte sich nicht mehr so über meine schlecht verhehlte Unlust wegzuziehen. Eines Tages unterzog er mich gar unter vier Augen einem sonderbaren Verhör; er fragte, wer die schöne Griechin sei, die bei mir wohne, warum wir zusammen lebten (das wußte nicht einmal ich), ob ich noch andere Geliebte habe und wo, und wer sie seien. Er spielte geradezu den Beichtvater eines Knäbleins, das vom ersten Universitätsjahr zurückkommt. Ich antwortete aufrichtig, doch besonders, was Aglaura betraf, mit einiger Verwirrung. Es war wohl nicht anders möglich! Das war schon an sich eine so verwirrte Angelegenheit, daß es gerade noch diese überraschende Befragung brauchte, um sie völlig unentwirrbar zu machen.

»Ihr liebt also eine Dame in Venedig und lebt trotzdem in Mailand mit dieser wunderschönen Griechin zusammen?«

»Leider ist es so.«

»Ich kann es kaum glauben, so sonderbar kommt es mir vor. Ja, ich glaube es Euch einfach nicht! Lebt wohl, Carlino!«

Und er verließ mich so heiter, als müsse ihm die Tatsache, daß er diesen Unsinn nicht glaubte, ein unmäßiges Glück bringen. Doch hatte ich mich an die wunderlichen Launen des Herrn Ettore nachgerade gewöhnt; wie mußte er glücklich sein, daß er so heiter sein konnte! Mir wollte das nach der Abreise von Amilcare gar nicht mehr gelingen, und höchstens

Aglaura in ihrer hartnäckigen Munterkeit vermochte mir die Wolken von der Stirn zu scheuchen. Nun, diesen kleinen Gefallen konnte sie mir schon tun für all die Unarten und Aufregungen, unter denen sie mich ohne sichtbaren Grund seit unserer Begegnung in Padua hatte leiden lassen.

Eines Abends saß ich mit ihr in unserm Kämmerchen an der Porta Romana; wir waren im Aufbruch, Schränke und Kästen ausgeräumt, zwei Koffer hielten uns, auch wenn wir es hätten vergessen mögen, die Reise vor Augen, vor der uns uneingestandenerweise graute. Seit ein paar Tagen schmollte ich ein wenig mit Aglaura; daß sie mir durchaus nach Rom folgen wollte, obwohl sie keinerlei Nachrichten von daheim hatte, ließ mich an ihrem Herzen einigermaßen zweifeln. Schon schwebte es mir auf der Zunge, ihr zu sagen, daß der, dem sie alles, sogar die unverletzbaren Pflichten der Tochter, opfern wollte, falsch und treulos war; da rührte mich ein demütig-schmerzlicher Blick von ihr so tief, daß ich, statt zu richten, mich selbst in ein Beichtkind verwandelte. Ich mußte endlich einmal alles ausschütten, was sich an Angst und Ungewißheit schon lange in meinem Herzen gestaut hatte. Ich erzählte Aglaura die Sorge, die ich mir um Pisana machte, ihr langes, grausames Stillschweigen, und daß sie Venedig womöglich verlassen hatte, ohne mir davon zu schreiben.

»Ach, wie töricht wäre es«, rief ich aus, »wenn sie versuchte, mich zu täuschen! ... Pisana ist wieder geworden, wie sie immer war. In meiner langen Abwesenheit ist ihre Liebe Hungers gestorben. Vielleicht hat sie einen andern gefunden, irgendeinen reichen Wüstling, der sie ein oder zwei Jahre lang mit Lüsten sättigt, und dann ... Ach, Aglaura! Die Qual, die einzige Frau zu verachten, die man mehr liebt als sein Leben, geht über Menschenkraft.«

Aglaura packte die Hand, die ich bei diesen Worten voll Verzweiflung erhoben hatte. Ihre Augen flammten, die Nasenflügel bebten, Tränen der Wut funkelten ihr in den Augen.

»Ja, mein Freund«, rief sie außer sich, »flucht allen Feiglingen und Verrätern auch in meinem Namen! Raubt mit der Hand, die Ihr zum Himmel hebt, ein Bündel Blitze und zerschmettert damit ihr Haupt!«

Ich mußte eine geheime Wunde ihres Herzens berührt haben, und der gemeinsame Schmerz öffnete mein verschlossenes Gemüt. Ich glaubte, eine Freundin, ja eine Schwester gefunden zu haben, und ließ meinen Tränen endlich einmal freien Lauf. Auch ihr Schmerz schien sich zu lösen, wir umarmten uns und weinten, trauriger Trost trauriger Seelen, miteinander.

Da öffnete jemand heftig die Tür; ein Mann, dem der Schnee in dicken Flocken am Mantel hing, stürzte ins Zimmer. Als er uns erblickte, schrie er auf und warf den Mantel, der ihn ganz verhüllte, von den Schultern, und wir sahen in das bleiche Antlitz von Spiro.

»Komme ich zu spät?« rief er in einem Ton, den ich nie vergessen werde.

Ich eilte, ihn in die Arme zu schließen, und bedeckte sein Gesicht mit Küssen. »Der Himmel sei gepriesen! Wie lange habe ich gehofft, daß du kämest! Spiro, mein Bruder!«

Er stieß mich zurück, riß an seinem Kragen, als ob er ersticke, und antwortete nur mit einem dumpfen Laut.

»Spiro, um Gottes willen, was hast du?« sagte Aglaura ängstlich und legte ihren Arm um seinen Hals.

Beim Klang dieser Stimme und der nahen Berührung zitterte er am ganzen Leibe; seine Wangen wurden bleich, er warf mir einen fürchterlichen Blick zu, dann schüttelte er uns mit solcher Wucht ab, daß wir aufs Bett flogen, und blieb mit finsterer Miene mitten im Zimmer stehen. Er schien der Schreckensengel, der drohend von der Pforte des Todes herbeigeeilt ist, eine Schuld zu strafen. Wir saßen erschrocken vor ihm, und unser eingeschüchtertes Wesen mochte ihn völlig überzeugen, daß geschehen sei, was nicht geschehen war.

»Hört zu, Aglaura«, begann er mit einer Stimme, die Ruhe zeigen wollte und doch den Sturm verriet, der in seinem Innern tobte. »Hört zu bei der Liebe, die ich für Euch empfunden habe. Ich wollte Euch folgen, da setzte man mich gefangen. Im Gefängnis war jeder Tag, jede Minute erfüllt von dem einzigen Gedanken der Flucht, damit ich Euch zurückreißen könnte von dem Abgrund, an den Ihr gelangt. Endlich glückte es mir, zu entrinnen. Ein Fischerboot nahm mich mit bis Ravenna; von da plante ich, nach Mailand zu gehen, denn mein Herz wußte vom ersten Augenblick an, Ihr waret hier. Als ich in Bologna anlangte, sagten mir Venezianer, die sich dorthin geflüchtet hatten, Näheres über Emilio Tornoni, der auf der Flucht aus Mailand mit einer Frau durch Bologna gekommen war, und nach Rom wollte ... Ihr werdet begreifen, daß ich nicht erst Zeit damit verlor, Daten und Beschreibung dieser Frau genauer zu vergleichen. Meinen Vermutungen nach konnte es im allgemeinen stimmen; ich raste nach Rom, ich langte an, gerade als die Republik öffentlich ausgerufen war ... Aglaura, Ihr müßt es erfahren: Euer Emilio war ein Feigling, ein Verräter; ich habe es Euch immer gesagt, und Ihr wolltet nicht hören ... Er verriet Euch um eine adlige Dirne aus Mailand. Er verriet die Venezianer an die Franzosen, verriet beide wieder um die kaiserlichen Dukaten, die ihm der Herr Venchieredo aus Görz brachte. Er war nach Rom gegangen nur, um zu verraten. Mit den Empfehlungsbriefen eines hochwürdigen Paters aus Venedig hatte er sich in die Gunst einiger Kardinäle eingeschlichen, um die Gesinnung des Papstes auf die Probe zu stellen und sich für einen einflußreichen Freund von Berthier ausgegeben. Inzwischen betrog er wieder Berthier und entwendete heimlich einen großen Teil der Kriegsbeute von Rom. Das empörte Volk nahm ihn fest, während er die Leute antrieb, eine Kirche zu plündern; Franzosen wie Römer hatten an seiner Gefangennahme ihre Freude. Er wurde feierlich auf dem Kapitol gehängt. Seine Geliebte war am Tag zuvor mit seinem besten Freund Ascanio Minato durchgegangen, nach Ancona.«

Aglaura hatte während dieser Anklage hundertmal die Farbe

gewechselt. Als Spiro schwieg, war ihr Wesen sicher wie stets.

»Nun«, und damit sah sie ihn ruhig an, »dann ist der Gerechtigkeit Genüge geschehen. Gott selbst hat den Verrat gestraft, er hat nicht gewollt, daß ich mir mit dieser Rache die Hand beflecke. Gottes Güte sei gepriesen!«

»Ha, so ist es wahr?« Dabei durchbohrte mich Spiro mit einem Blick, der wilder war als zuvor. »Und Ihr seid schamlos genug, es offen zu sagen? Ihr liebtet ihn nicht mehr? Aglaura, ich warne Euch. Mit einem einzigen Wort kann ich mich für Eure Unbedachtsamkeit furchtbar rächen. Ihr solltet mich fürchten ...«

»Euch fürchten? Ich fürchte nur noch zweierlei: mein Gewissen, und Gott. Und bald werde ich gar nichts mehr fürchten.«

»Was wollt Ihr tun?« fragte Spiro drohend.

Aglaura sagte kalt und voll Zorn: »Mich töten.«

Jetzt fiel ich ein: »Nein, das tut Ihr nicht! Ich habe Euern Schwur; den müßt Ihr halten.«

»Das ist wahr, Carlino; dann darf ich mich nicht töten. Nun, Ihr seid unglücklich, ich bin unglücklich, machen wir gemeinsame Sache! Heiraten wir uns. Das übrige liegt bei Gott.«

Spiro schrie auf, daß ich glaubte, die Decke stürze ein. Die Augen geschlossen, die Arme ausgebreitet stürmte er vorwärts. Hätte er uns gepackt, ich glaube, wir wären zermalmt worden. Ich warf mich vor Aglaura, um sie gegen diese blinde Wut zu schützen. Da hielt Spiro plötzlich inne, ein höllischer Gedanke schien sein Gehirn zu durchblitzen, die Lippen öffneten sich, aber kein Laut kam ihm aus der Kehle. Es mußte ein schreckliches Wort sein, das ihm auf den Lippen schwebte; es zu hören, hatte ich mein Herz mit aller Kraft gepanzert, deren ich fähig war. Doch er drängte das Wort mit übermenschlicher Kraft zurück, uns traf nur ein höhnisch-mitleidiger Blick ...

»Und wenn ...«, so weit war er gekommen, da glättete sich seine Miene, das Rot der Erregung machte der gewöhnlichen Blässe Platz, die Glieder hörten auf zu zittern, kurz, er wurde aus einem reißenden Tier wieder Mensch. Alle diese Einzelheiten sind mir so genau im Gedächtnis geblieben, weil ich sie in der folgenden Nacht wieder und wieder durchdenken mußte, um mir aus ihnen die schreckliche, geheime Leidenschaft, die in seiner Seele wütete, zu deuten. Konnte sich der Zorn eines Bruders in so tierischer Heftigkeit Luft machen?

Nachdem er, wenigstens scheinbar, seine Ruhe wiedergefunden, setzte er sich zwischen uns; wir spürten, wie schwer es ihm fiel, zu bleiben, und wagten doch keinen Einwand. Er beobachtete uns verstohlen; Mitleid, Niedergeschlagenheit und ein letzter Funke Wut flackerten immer wieder einmal in seinen Mienen auf. Dann erzählte er uns, der Vater habe so lange nicht geschrieben, weil er eilig nach Albanien und Griechenland hatte reisen müssen, woher er noch nicht zurückgekehrt war.

»Und so wollt Ihr mir nicht nach Venedig folgen, Aglaura«, fuhr er fort, »wo ich allein, ohne Glück und ohne Hoffnung lebe?«

»Nein, Spiro, ich folge Euch nicht.« Sie senkte unter dem sengenden Blicke des jungen Mannes die Augen. – Wieder sah Spiro auf mich, dann fragte er weiter:

»Aglaura, welche Hoffnung jagt Euch jetzt noch durch die Welt? ... Sagt es mir um Himmels willen! ... Schließlich habe ich das Recht, es zu wissen. Ich bin Euer Bruder.«

Die letzten Worte zerrieb er dermaßen zwischen den Zähnen, daß ich sie nur mit Mühe verstand.

»Sagt mir, ob es ein Band der Liebe oder der Pflicht ist, das Euch bindet. Ich schwöre Euch, ich will Euch helfen, daß dieses Band vom Gesetz geheiligt wird.« (Wieder diese erstickte Stimme, mühsamer denn zuvor.)

»Nein, mich bindet kein Band«, erwiderte Aglaura leise.

Da richtete sich Spiro vor ihr auf wie der Herr vor einer Sklavin. »Und warum folgst du mir nicht?«

»Ich fürchte, Ihr kennt den Grund.« Diese Worte ließ Aglaura eines nach dem andern auf seinen Zorn tropfen, der schon wieder bereit war aufzuflammen. Und wirklich brachte sie ihn zum Verlöschen.

Noch einmal blickte sich Spiro lange forschend in unserm Zimmer um; dann sagte er, man werde morgen weitersehen, alles gehe so oder so zu Ende, und verließ uns. Nun bat ich Aglaura, sie möge mir erklären, was ich aus dem letzten Teil ihres Gespräches mit Spiro nicht hatte verstehen können – jedoch vergebens. Sie weinte, sie fuhr sich verzweifelt in die Haare, aber ich brachte keine Silbe aus ihr heraus. Halb ärgerlich, halb mitleidig zog ich mich in mein Zimmer zurück, aber quälende Bilder ließen mich bis weit nach Mitternacht keinen Schlaf finden. Da klopfte es an die Tür, ich meinte, mein Hauptmann schicke mir einen Befehl, und rief ärgerlich: Herein. Die Tür ging nach der Treppe, und ich hatte vergessen, sie abzuriegeln. Statt des erwarteten Soldaten trat, zu meiner höchsten Verwunderung, Spiro ins Zimmer; doch er hatte sich im Verlauf dieser wenigen Stunden völlig verwandelt. Er bat mich wegen seines schrecklichen Wutausbruches demütig um Verzeihung und flehte mich an, allen meinen Einfluß aufzubieten, daß auch Aglaura ihm vergebe. Ich verlor wirklich etwas die Geduld, und als er mir nun mit flammenden Augen sagte, er liebe Aglaura und habe sich nicht mehr halten können, verlor ich sie endgültig.

»Nun ja doch«, rief ich, »das ist doch wohl immer so. Wozu seid Ihr denn vom gleichen Blut, Kinder der gleichen Eltern! ... Also liebt Euch in Gottes Namen.«

»Carlo, Ihr versteht mich nicht. Aber Ihr sollt mich jetzt verstehen. Aglaura ist nicht meine Schwester; sie ist eine Tochter Eurer Mutter; Ihr seid ihr Bruder.«

Das fuhr wie ein Blitz in mein Inneres und stellte mir mit einem Male klar vor Augen, was ich dunkel gespürt; gerade wollte ich Spiro bitten, sich deutlicher zu erklären, da stürzte Aglaura, die unsern laut geführten Wortwechsel mit angehört hatte, ins Zimmer und stracks in meine Arme. Sie weinte vor Freude.

»Ich habe es immer gefühlt«, schluchzte sie, »und nicht gewagt, es zu denken.«

Verwirrt, bis in die Tiefen des Herzens angerührt drückte ich das tränenüberströmte Antlitz an meine Brust. Später würde ich mehr hören; jetzt genoß ich den Trost, eine Schwester zu besitzen, eine schwesterliche Seele in dieser Welt, in der ich einsam als Waise umhergeirrt war. Spiro betrachtete uns in stummer Andacht, die seine Teilnahme und zugleich die Reue über seine Raserei deutlich zum Ausdruck brachte. Sowie wir aus unserer Versunkenheit erwacht waren, erzählte er uns, meine Mutter habe Aglaura seinem Vater aus dem Hospital, wo sie sie geboren hatte, ins Haus geschickt und sei selbst wenige Tage danach gestorben. Als mein Vater davon erfahren, habe er aus Konstantinopel geschrieben, er werde sich des Kindes seiner Frau zu seiner Zeit annehmen; Apostulos möge sie inzwischen als seine Tochter aufziehen, damit sie sich ihrer Geburt nicht zu schämen brauche. – Wer hätte in meinem Vater so viel Liebe, so viel Zartgefühl vermutet? – Ich dachte seiner in tiefer Dankbarkeit. Dann schilderte Spiro, wie er, noch vor seiner Abreise nach Griechenland, aus abgebrochenen Worten seiner Mutter das Geheimnis der Geburt von Aglaura erraten habe. Mit allen Träumen seiner fünfzehn Jahre im Kopfe zurückkommen, sie sehen, sich in sie verlieben, war eins; aber in Emilio, den er, ohne ihn zu kennen, unbändig haßte, war seiner Liebe ein unübersteigliches Hindernis erwachsen. Der Haß schlug um in Wut, die Liebe vertiefte sich mit aller Zärtlichkeit des Mitleids, als er das schändliche Betragen des jungen Mannes, seine Heuchelei und seinen Verrat erfahren hatte; etwas davon mußte doch auch zu Aglaura durchgesickert sein.

»Aber natürlich!« rief diese. »Warum anders, meint Ihr, verließ ich Venedig, wenn nicht, um ihn zu strafen wegen seines Verrats am Vaterland?«

Nun wollte ich von Spiro wissen, warum er uns das schöne Geheimnis nicht drei Stunden früher entdeckt und sich sogleich mit uns gefreut habe, statt uns einen wilden Orest vorzuführen. Er zögerte mit der Antwort; doch mochte er fühlen, daß er uns den tieferen Grund seiner Unbeherrschtheit entdecken müsse. Nachdem er erfahren, daß die Frau, die mit Emilio geflohen, nicht Aglaura war, hatte ein fürchterlicher Verdacht sein Herz gequält.

»Und als ich Euch«, fuhr er fort, »am Abend meiner Ankunft hier umarmt fand, da verwirrte sich in der Verzweiflung mein Sinn. Himmel, welches Verhängnis! ... Ich sage Verhängnis, denn Ihr waret ohne Schuld; und doch ist das ein Schicksal, das, wie ein Verbrechen, ewig seinen Stachel in der Seele zurückläßt ... Versteht Ihr jetzt, Carlo? Ich war verrückt.«

Mir schauderte, wenn ich mir vorstellte, wie er hatte leiden müssen.

»Und doch habt Ihr uns nichts offenbart!«

»Oh, es gab einen Augenblick, da war ich nahe daran, alles zu offenbaren. Ich hätte mich für die Qual vieler Jahre schrecklich gerächt.«

»Und Ihr habt geschwiegen?«

»Aus Mitleid, Carlo; jeder Vorwurf wäre ein Unrecht gewesen. War das Übel einmal geschehen, warum Euch Unschuldige strafen? Besser Euch verlassen, Verzweiflung und Eifersucht mit mir nehmen und Euch Euer Glück bewahren; denn das Furchtbare war ja doch nicht wieder gutzumachen.«

»Spiro!« rief ich, »wie soll unsere Liebe und Dankbarkeit Euern Edelmut je lohnen!«

Aglaura tropften die heißen Tränen durch die Hand, die sie vor die Augen hielt; doch wer weiß, vielleicht lugte sie schon verstohlen auf den hochherzigen vermeintlichen Bruder.

»Aber sagt mir, Spiro, wo habt Ihr die letzten Stunden zugebracht?«

»Ich mußte Luft schöpfen, mußte Gott um Erleuchtung bitten. Dann ging ich wieder in Euer Haus, befragte Wirtsleute und Pförtner und hörte nur das Beste über Euch; Ihr lebtet wie Bruder und Schwester, einfach, bescheiden, und Ihr, Carlino, hattet Aglaura stets mit zartester Rücksicht behandelt. Da wollte ich nicht eine Nacht vergehen lassen, bis ich Euch alles erklärt und noch einmal Eure Verzeihung erfleht hätte ... Carlo, Aglaura, wenn ich Euch vorhin in blinder Leidenschaft verletzt habe, so habt Mitleid, vergebt mir um meiner großen Liebe willen, bewahrt mir, wenn nichts sonst, einen bescheidenen Platz in Euerm Gedächtnis ...«

Ich wandte mich schweigend zu Aglaura, die solch ungewöhnliche Großmut am schönsten lohnen würde. Sie verstand mich, oder verstand vielleicht ihr eigenes Herz, faßte die Hand von Spiro, legte sie in die meine, umarmte uns beide und sagte:

»Genug, Spiro. Hier hast du unsere Antwort. Wir gehören zusammen.«

Den Rest der Nacht verbrachten wir in freundschaftlichen und heiteren Gesprächen; Spiro zeigte uns die Papiere seines Vaters, aus denen klar hervorging, daß meine arme Mutter Aglaura im Hospital in Venedig das Leben geschenkt hatte. Der Name des Vaters fehlte, und keinem fiel es ein, diesen bedauerlichen Mangel auch nur zu bemerken. Wir gingen darüber hinweg, als wäre der Vater in der Geschlechterfolge eine überflüssige Erscheinung; ich kannte meine selige Mutter aus ihren Briefen zur Genüge, um einigen Wirrwarr im letzten Abschnitt ihres Lebens für möglich zu halten, und sie tat mir herzlich leid. Doch weder die kindliche Ehrfurcht, noch die Achtung vor mir selbst und dem väterlichen Namen gestatteten mir, in dieses Dunkel Licht zu bringen. So nahm ich denn Aglaura aus ganzem Herzen als Schwester an, dankte dem Himmel dafür wie für ein unverhofftes, wertvolles Geschenk und mühte mich aus aller Kraft, es als köstlichste Gabe meiner Liebe an Spiro weiterzuleiten und so unsere Freundschaft in Verwandtschaft umzuwandeln; denn das schien mir die würdige Krönung vergangener Qual. Der Übergang von den Bildern von Tod, Haß, Rache zu denen des Friedens, der Liebe und Hochzeit war für Aglaura nicht ganz leicht; doch sie überwand die Schwierigkeit mit meiner Hilfe und der von Spiro. Die Kraft, Gegensätze zu umspannen, war ihrem Wesen nicht fremd, und ihr Herz war Spiro so lange zugetan, daß es sich leicht in die neuen Bahnen lenken ließ. Zudem sah sie, es fügte sich auf solche Weise alles am besten; Frauen sind, um das Leben harmonisch zu gestalten, sogar bereit, sich zu verheiraten, vorausgesetzt natürlich, daß diese Art Melodie mit ihrem eigenen Wesen harmoniert. In jener Zeit brauchte es für eine Ehe nicht viele Förmlichkeiten. Spiro war stillschweigend einverstanden, daß ich alles so rasch wie möglich in die Wege leitete, und ich sah ihn vor dem Ausmarsch der Legion zu meinem Trost als Gatten von Aglaura. Wir reisten mitsammen von Mailand ab, denn der Herr Ettore Carafa hatte mir gern erlaubt, das junge Paar bis Mantua zu begleiten; von da würde ich ihn über Ferrara in Florenz erreichen. Dieses kurz aufleuchtende Meteor von Familienglück am Dunkel meines Horizontes hatte ich wahrlich nötig. Pisana schwieg; nur von meinem Vater brachte mir Spiro nicht persönliche, aber doch glaubhafte Kunde. Es hieß, er sei glücklich in Konstantinopel angekommen und eifriger denn je an seinem großen Werk, in dem ihn jedoch unvorhergesehene Widerstände aufgehalten hatten. Er fühlte sich wohl und würde nach beendeter Unternehmung Nachricht geben oder zurückkehren. Es mag sein, daß die Reise des alten Apostulos nach Griechenland an die Machenschaften meines Vaters in der Türkei anknüpfte; doch Spiro wußte darüber nichts oder durfte nichts sagen, und so brach ich das Gespräch ab und bat ihn nur, mir immer so schnell wie möglich und überallhin Nachricht von meinem Vater zukommen zu lassen.

Aglaura, die beschlossen hatte, mit mir den Vater gemeinsam zu haben, da wir schon die gleiche Mutter besaßen, erwiderte im Namen ihres Mannes, sie werde dafür sorgen, daß ich auf jede Weise oft Nachricht erhalte, denn auch ihr liege ein so guter Papa am Herzen. Wir trennten uns in Mantua gerade an dem Tage, an dem jene Stadt endgültig die Erlaubnis erhalten hatte, sich der Cisalpina anzuschließen; die Trauer unseres Abschieds ging unter in der allgemeinen Freude und Hoffnung.

Ich hatte eine Schwester wiedergefunden und meinte, ich sei auf dem besten Wege, auch ein Vaterland zu finden; nun, so gab ich mir Mühe zu leben, sollte ich auch die Liebe für immer verloren haben. Wir verabredeten eine Zusammenkunft in Venedig als freie, zufriedene Republikaner. Ich begleitete Spiro und Aglaura eine gute Meile weit; dann entschwanden sie in ihrem Reisewagen auf der Straße nach Verona.

Ich ging zu Fuß nach der Stadt zurück. Diese Anhäufung von Häusern, Türmen, Kuppeln mitten in den Wassern des Mincio ließ mich an Venedig denken, und ich seufzte der Vergangenheit nach, statt mich der Zukunft zu freuen für eine Stadt wie diese, die sich, Herrin ihrer Entschlüsse, mit Fürstenhof, Gesetzen und eigenen Rechten, den andern gleichgestellt hatte, um mit ihnen frei oder geknechtet, glücklich oder unglücklich zu werden. So gehörten nun auch die Gonzaga der Geschichte an, jenes Geschlecht, das Mantegna besoldete, Giulio Romano das Gewölbe der Giganten malen ließ, Tasso aus dem Hospital befreite und in der Person des Condottiere die Schlacht von Fornuovo gewann oder verlor. Die Zeit war gekommen, da es zur Ruhe ging gleich den Visconti, den Sforza, den Torriani, den Bentivoglio, Doria, Colonna, Varano und andern mehr.

Nun, ich reiste schließlich von Mantua mit leichterem Gemüt, als ich gedacht, weiter. Meine magere Börse (die tausend Dukaten waren natürlich von unser beider langem Aufenthalt in Mailand ziemlich zusammengeschmolzen) und zugleich eine gewisse soldatische Einfachheit erlaubten mir bis Bologna nur einen zweirädrigen Karren, eines jener Fahrzeuge, das dem geduldigen Reisenden den Wahn verschafft, daß er in einem Wagen sitze, und alle die Unbequemlichkeiten dessen, der auf einem Müllersgaul einhertrottet. So langte ich also verkrümmt, mit durchgerüttelten Gliedern in Bologna an, und um sie wieder auszurecken, machte ich mich zu Fuß auf den Weg über den Apennin. Es war eine paradiesisch schöne Wanderung. Wäre ich innerlich ruhig gewesen, so hätte ich sagen können wie

Petrus zum Herrn: Hier ist gut sein, hier laßt uns Hütten bauen. Ich habe hernach sagen hören, in jenen Bergketten blase ein zu heftiger Wind; damals war in diesem Erdenwinkel, obwohl der Frühling kaum begonnen, überall ein Frieden, eine milde Wärme, ein Reichtum an Farben und Formen, daß man wohl merkte, man befand sich auf dem Wege nach Florenz und Rom. Als ich sodann nach Pratolino kam, wo das Auge auf die Toscana hinabschaut, kannte meine Begeisterung kein Maß; am liebsten hätte ich, wäre ich nur dazu fähig gewesen, einen Lobgesang angestimmt wie Moses im Anblick des Landes Kanaan. Wie bist du, mein Vaterland, schön, wie bist du groß in jedem deiner Teile! ... Wo dich auch die leiblichen Augen schauen mögen, an den hafenreichen Gestaden der Meere, im unermeßlichen Grün der Ebenen, in den kühl schattenden Wäldern der Hügel, von den in zartem Blau schimmernden Gipfeln des Apennins bis zu den schneeglänzenden der Alpen, überall spüren wir dein Lächeln und deinen Zauber. Und wo auch der Geist Umschau hält nach deinem Ruhm, in den unvergänglichen Büchern der Geschichte, in der beredten Größe der Bauwerke, in der Dankbarkeit, die bei den Völkern für dich lebt – immer erscheinst du hehr und weise, in königlicher Herrschergewalt. Schauen wir dich im eigenen Innern und um uns her, so verhüllst du bisweilen voll Scham das Antlitz; aber die Hoffnung richtet es wieder auf, und du rufst uns zu, daß nur du unter den Völkern der Welt nie gestorben bist.

In Florenz fand ich Carafa, aber nicht die ganze Legion, die sich nach Ancona gewandt hatte, weil der Großherzog wegen der Neutralität Vorstellungen erhob. Herr Ettore schien sehr in Gedanken; ich meinte, ihm lägen seine Soldaten im Sinn, doch er wurde eher wütend, daß ich sie ihm ins Gedächtnis rief. Mit zusammengebissenen Zähnen fluchte er auf die Frauen und behauptete, wir seien entsetzlich dumm, daß wir uns herabließen, aus solchen Teufelinnen ans Licht der Welt zu kommen.

»Zum Teufel auch, Feldhauptmann, wie wollt Ihr dann zur Welt kommen?«

»Aus dem Vesuv, aus dem Ätna, aus den wilden Strudeln der See, nur nicht aus diesen Ungeheuern, die sich dafür rächen, daß sie uns gebären mußten, indem sie uns nach und nach mit der Kraft der Riesenschlange das Leben aus dem Leibe pressen.«

»Aber Hauptmann! Wie könnt Ihr so schwarz sehen! Seid Ihr wirklich unglücklich in der Liebe?«

»Und ob! Mit einer Geliebten, die mich liebt und nicht liebt, das heißt, die mich geliebt hat oder sich nach meinem Sinn hat lieben lassen während einer Woche, und jetzt will sie mich auf ihre Art lieben, und das ist die sonderbarste und unerträglichste von der Welt.«

»Auf welche Art denn, Hauptmann?«

»Auf die der Dattelpalmen, wo die eine in Sizilien steht, die andere in der Berberei.«

Ich mußte über den Vergleich lächeln; doch im Grunde hatte ich, wenn das Gespräch auf Liebeskummer kam, recht wenig Lust zu lachen. Aber da mir Herr Ettore in diesem Fache nicht sonderlich erfahren schien, und da ich ihn recht gut leiden mochte, nahm ich mir die Freiheit, ihm einen Rat zu geben.

»Beleidigt sie in ihrem Stolze«, sagte ich. »Erfindet eine Nebenbuhlerin.«

»Ich will sehen. Inzwischen erreichst du die Legion in Ancona. In Rom werde ich dich wissen lassen, ob dein Rat gut war oder schlecht; er scheint mir reichlich alt und abgenutzt.«

»Alte Weisheit gibt neue Frucht.« Mit diesen Worten nahm ich Abschied, um so in Bausch und Bogen Florenz zu sehen, bevor ich nach den Marken reiste. In Florenz gefiel mir alles außer dem Arno, er ist für einen so schönen Namen ein recht kleiner Fluß; doch ich muß gerechterweise zugeben, daß alle Flüsse, wenn man sie sieht, an solcher Verminderung ihres Ruhmes leiden. Ich habe gefunden, daß nur die Themse ihr Versprechen hielt, und auch sie ließ sich zu meinem Kummer vom kleinsten Windstoß rückwärts treiben; für einen so ungeheuren Fluß wahrhaftig eine abscheuliche Nachgiebigkeit!

Vom Arno zum Adriatischen Meer waren es drei Tage, von

Ancona nach Rom zehn, denn wir zogen mit der ganzen Legion, und man mußte vorsichtig marschieren, weil die Leute es nicht gewohnt waren. Nun hatte ich Gelegenheit, mich davon zu überzeugen, daß die ersten Feinde, auf die ein neues Heer bei seinen Taten trifft, Hühner und Priester sind. Da halfen nicht Drohungen noch Vorwürfe noch Strafen. Huhn bedeutete Schuß und Priester Schabernack und Übermut. Sie schossen die Hühner, um sie im Hause des Priesters zu essen und vom pfarrherrlichen Wein zu trinken; es war immer das gleiche, und waren die geistlichen Herren vernünftige Menschen mit einem Fünkchen Unbefangenheit und einer Krume Klugheit, so trennte man sich als gute Freunde.

Endlich kamen wir nach Rom. Ich hatte es gar nicht mehr erwarten können. Ich fühlte, nur Rom werde es zuwege bringen, daß ich Pisana verschmerzte; und während ich mich darauf verließ, grübelte ich, was mit ihr geschehen sein könne, baute ganze Gebäude von Mutmaßungen, schuf und vergrößerte Ängste, gab den scheußlichsten Schatten Körper und Bewegung. Ihre Vettern aus Cisterna, die bald nach ihr nach Venedig gekommen waren, der fade Agostino Frumier, der höhnische Raimondo Venchieredo schienen mir auf einmal Nebenbuhler; doch all diese venezianischen Wahngebilde entschwanden, als Briefe von Aglaura und Spiro mir versicherten, Pisana sei nicht dort, und ihre Familie wisse nichts und kümmere sich auch nicht darum, etwas über sie zu erfahren. Die Gräfin sackte die Zinsen der achttausend Dukaten Mitgift ein, und das genügte ihr; Graf Rinaldo wanderte vom Amt auf die Bibliothek, von der Bibliothek an den Tisch und ins Bett, ohne daran zu denken, daß auf der Welt noch mehr Menschen lebten; beide in einem erbarmungswürdigen Zustand, aber sie kümmerten sich um die andern überhaupt nicht.

Ich nun stand geduldig auf dem Monte Pincio, ließ Pfähle einschlagen und kommandierte die Bewegungen der Truppe, während ich die ganze Welt hätte durchstöbern mögen, um meine Geliebte zu suchen. Ihr wißt, ich liebte sie mehr als mich selbst, und da ich hier keine Geschichten erzähle, sondern Bekenntnisse schreibe, ist dies die volle Wahrheit. Trotzdem brachte ich den Mut auf, der Sache des Vaterlandes zu dienen. Zwar mühte ich mich damals, auch Neapel in diese Pflicht einzuschließen, aber es war Rom, das mir die Probe bestehen half. Rom ist der gordische Knoten unseres Schicksals, Rom das erhabene, vielgestaltige Sinnbild unseres Geschlechts, Rom die Arche, in die sich die Italiener aus jeder Sintflut retten. Wollt ihr erfahren, ob ein gewisses politisches System, ein Bündnis für Gesittung und Fortschritt in unserm Volke zur Herrschaft gelangen und gute Frucht bringen kann, so nennt den Namen Rom; das ist der Prüfstein, der Messing von Gold scheiden wird. Rom ist die Wölfin, die uns aus ihren Zitzen nährt; das begreift keiner, der nicht von dieser Milch getrunken hat. Ich will nicht leugnen, daß die zu große Bewunderung für Rom uns nähere, erreichbarere Zwecke, die uns als Stufen zu höherem Aufstieg hätten dienen können, manchmal hat versäumen lassen, doch sicher ist zu viel Bewunderung nicht so schädlich und unehrenhaft wie Gleichgültigkeit; und kein Abschnitt der italienischen Geschichte war so verworren und unlogisch wie jener, der den Bezirk des Tiber so ungeheuerlich der Macht Frankreichs einverleibte.

Inzwischen geschah mir in Rom, was jedem kleinen Schmerz geschieht, wenn ein großer über ihn kommt. Ich stand starr und wie erstickt und vergaß nahezu meinen Kummer. Was bedeutet auch das Unglück eines Menschen gegenüber der Trauer eines ganzen Volkes? ... Eine müde Stille, eine Schwermut ohne Bitterkeit nahm von mir Besitz, wenn ich die Trümmer des alten großen Rom betrachtete; im Vergleich damit schien mir der Prunk und Krimskrams der christlichen Jahrhunderte ein kleinliches Spiel. Nur in den Katakomben war noch der Geist des Glaubens und der Märtyrerkraft zu spüren, der das Christentum über die großartigen heidnischen Grabdenkmäler erhob. Ich beugte mich in Ehrfurcht vor diesen

Erinnerungen an Opfer und Blut und die Qualen, Geißelungen, Schändlichkeiten; so viel für einen Glauben freudig erlittener Tod, was alles ich bewunderte, ohne es zu begreifen, verringerten mir die Bürde, von der ich mir einbildete, ich könne sie nicht weiterschleppen. In dem Maße, als wir Großem nacheifern, werden wir aus unserer Kleinheit erlöst.

Doch wenn mir das Leben im alten Rom der Konsuln und der Märtyrer einigen Trost gab, so erfüllte mich das Rom der Gegenwart mit Schmerz und fast mit Schrecken. Der Papst war ohne Hohn und ohne Beifall von der Bühne abgetreten; aber da er viel von der Pracht und Herrlichkeit, in der zu leben er gewohnt war, hatte ablegen müssen, drang sein Dasein dem Volk nicht mehr ins Bewußtsein. Man maß die Würde des Oberhauptes der Christenheit am Glanz der höfischen Form, statt an der Tugend und Heiligkeit seines Lebens. Es herrschte ein unbeschreiblicher Wirrwarr von religiös ehrwürdigen Dingen, die schändlich gelästert, von Abscheulichkeiten, die zum Himmel erhoben und großartig belohnt wurden, von törichtem Aberglauben, feigem Abfall, Hungersnot und Plünderungen, ein Nebeneinander von Prassern und Darbenden, Mönchen, die aus den Klöstern vertrieben, Nonnen, die aus ihrem Konvent gerissen waren, von Kardinälen, denen Reiter nachsetzten, von Reitern, denen Räuber an die Kehle sprangen; alles raste ins Verderben; der umnebelte oder wahnbetörte Sinn eines jeden richtete über Gut und Böse. Der Widerstand der Priester mischte sich mit der Willkür der Franzosen, Zügellosigkeit des Volkes mit Meuchelmorden einzelner; Träger großer, rühmlich bekannter Namen gaben sich dazu her, die Ruchlosigkeiten der Kleinen, Unberühmten zuzudecken. Man wechselte die Überzeugung nur aus Gier, im trüben zu fischen; die Franzosen fluchten den italienischen Verrätern, und die Leute von Trastevere empörten sich und schrieen: Es lebe Maria! ... In Wäldern, Küstenlandstrichen, Höhlen floß Blut, Stadt und Land griffen mit gleicher Wut zur Waffe; doch überallhin, bis in die Schlupfwinkel der Berge, in den Arm der

Gattin, in die Hütten alter Eltern wurden die Empörer verfolgt. Murat tötete, erschoß, knüpfte auf; wer dem entrann, wurde zur Galeere verdammt und galt bei den einen als Märtyrer, bei andern als Verbrecher.

Es gibt keinen keimkräftigeren Samen für Zwietracht und künftige Empörung als diese Ansicht der Völker, die den Galgen in einen Altar verwandelt. Vier Kommissare des französischen Direktoriums waren gekommen, um die alten Worte Konsulat, Senat, Tribunat und Quaestur wieder zum Leben zu erwecken; sie nahmen diesen Begriffen alle Würde, weil sie ihnen gänzlich neue Inhalte gaben, die in der Übereilung knechtisch waren statt republikanisch. Die fünf Konsuln wechselten mit jedem Stimmungswechsel des französischen Generals; doch wurde der ›Bund der Römischen Republik‹ (ein Name, schwer zu tragen) mit gleicher Großartigkeit gefeiert wie der Bund der Cisalpinen Republik. Und man prägte eine Münze, die auf der einen Seite die Inschrift trug: *Berthier restitutor urbis*, und auf der andern: *Gallia salus generis humani*. Wie weit Berthier das alte Rom neu geschaffen hatte, wußten wir; und Frankreich als Heil der Menschheit – nun, Gott helfe uns dazu!

Mir ist unklar, aus welchem Anlaß man den Römern in einer solchen Zerstückelung, ja einem solchen Sturze des Staatswesens das schmückende Beiwort einer nach seinen Bedürfnissen kulturell geordneten Nation verlieh; doch habe ich nicht das Herz, darum obendrein die Männer zu tadeln, die damals hierzu halfen und etwas erreichten, was ihren Plänen sicherlich entsprach. Es gibt im Leben eines Volkes moralische und wirtschaftliche Zerrüttungen, die ihren Ursprung haben in Verderbnis, Müßiggang und Knechtschaft langer Jahrhunderte, und die auszugleichen die Einsicht und Duldsamkeit des Patienten selber nicht genügt; wie es zu einer Heilung nicht genügt, wenn der Sieche sich krank weiß und die Gesundheit ersehnt. Es braucht kühne und weise Ärzte, die dem Kranken Ruhe gebieten, Vertrauen, Geduld, und eine Operation wagen. Um die schweren Schäden eines vom Krebsgeschwür der

Unmoralität zerfressenen Despotismus zu heilen, gibt es nichts Besseres als eine kräftige, rechtliche, von der Notwendigkeit gebotene Diktatur. Man kann Diktaturen hassen, doch muß man sie als Strafe und Buße ertragen. Die Gesetzgeber des verflossenen Jahrhunderts, die nach der heimlichen Flucht Pius VI. versäumten, den Provinzen der Romagna eine Verfassung zu geben, trugen, glaube ich, die gewaltigste Last auf den Schultern, die der Rücken eines Politikers je zu tragen versucht hat. Sie ermatteten unter dieser Last; aber wer wäre aufrecht geblieben? ... Cäsar vielleicht mit dreißig Legionen, ohne andere Gesetzeskniffe.

Nach der Hauptaushebung im Bezirk wurde das fast ganz in Rom gesammelte Heer zersplittert in Patrouillen, Besatzungen und Verstärkungen für die verschiedenen kleinen Städte und andere befestigte Orte der Romagna. Hierbei kamen Giulio und Amilcare nach Spoleto, Lucilio und ich blieben im Kastell Sant'Angelo. Meine Legion wartete auf ihren Feldhauptmann, der noch immer in Florenz zögerte; vielleicht ließ er sich Zeit, weil die geringe Streitkraft der Franzosen und die großen Befestigungen, die König Ferdinand im Innern seines Landes angelegt, für den Augenblick die Hoffnung auf einen Krieg im Neapolitanischen nicht zuließen. Sich in einem Sessel zu räkeln, wie es das Geschick des Soldaten im Frieden mit sich bringt, dafür taugte ein Café in Florenz so gut wie alle in Rom. So wenigstens erklärte ich es mir, wenn Carafa zögerte. Inzwischen besah ich weiter mit Lucilio das alte Rom und studierte mittels der Bauwerke Geschichte; das bildete die einzige Zerstreuung in dem Kummer über die fehlenden Nachrichten aus Venedig. Zwar schrieben meine Schwester und der Schwager, ja sogar mein Vater durch sie aus Konstantinopel, daß ich weiter hoffen und bereit sein solle; doch das war eine karge Hilfe. Niemand wußte mir Kunde von Pisana, nicht einmal eine Spur oder Vermutung, vielmehr handelte man in Venedig schon um ihre Erbschaft, ein Zeichen, daß man glaubte oder hoffte, sie sei tot; und ich kann euch nicht sagen, wie mich diese Sache, in der ich die grausame Gier der Gräfin erkannte, in Wut brachte. Dazu kamen die politischen Enttäuschungen, die es zu regnen begann. Die Änderungen in der Verfassung der Cisalpinen Republik, die Trouvé, der Botschafter Frankreichs, mit Hilfe der französischen Bajonette durchgesetzt hatte, ließen durchblicken, welcher Art die Freiheit war, die man den italienischen Republiken zugestand. Durch den schon geschlossenen Frieden waren die Franzosen Österreichs sicher; nun wollten sie, um die Dinge schärfer unter Aufsicht zu haben, die Zügel anziehen. Schließlich wurde geändert und danach wieder anders verfahren, immer in militärischer und tyrannischer Weise, so daß sich die stärksten, erleuchtetsten Geister von einer solchen Regierung, die nur einer andern, narrentollen, launischen Regierung diente, trennten, und mitten zwischen den verschiedenen Kämpfern und fremden Parteien anfingen, für sich allein zwar nicht zu handeln, aber zu hoffen. Im cisalpinen Heere gab es viele solche unabhängige Männer; wir einfachen Soldaten machten uns, wie üblich, die Ansichten der Oberen zu eigen, und so bereitete ein dumpfer Haß, ein tiefes Mißtrauen gegen die Franzosen unglücklicherweise dem neuen österreichisch-russischen Einfall den Boden.

Endlich kam Carafa aus Florenz, rauher, knurriger, ernster denn je. Er strich immer mit der Hand über die Narbe an seiner Braue, und das war ein schlechtes Zeichen. Das Schlimmste jedoch war dies: er wollte, wenn er nicht Neapel angreifen konnte, wenigstens an die Grenze dieses Staates ziehen, und so verlegte er seine Legion, und mich mit ihr, aus dem Kastell Sant'Angelo nach Velletri, einem unbedeutenden Landstädtchen, wie es in der Campagna von Rom viele gibt, malerisch von außen, schauerlich schmutzig und stinkend von innen. Tags ratterten die Pflüge, zogen Rinderherden und Pferde durch die engen Gassen, nachts erquickte uns das Blöken der Kühe, das Krähen der Hähne, das Läuten der Glocken von den Klöstern; kurz, ein Ort, so recht für einen armen Kerl geeignet, den man heilen will von der Sucht nach schönen Gegenden und weiten Horizonten. Carafa bezog Quartier außerhalb der Stadt in einem Kloster, das von den französischen Republikanern geplündert worden war; er hatte von Rom aus dorthin alles vorausschicken müssen, um diesen Sitz wenn nicht prächtig, so doch bequem und bewohnbar zu machen. Dieses Kloster schützten wenige Wachen und ein paar kleinkalibrige, mit Mauleseln bespannte ländliche Kanonen. In die inneren Räume konnte außer dem Kammerdiener, der in der Legion im Rufe eines Zauberers stand, niemand eindringen. Im übrigen sagten die Hirtinnen, die ringsum ihre Kühe weideten und Milch ins Kloster brachten, sie hätten am Fenster eine wunderschöne Frau gesehen, das müsse die Geliebte des Herrn Ettore sein. Die andern Soldaten, die länger als ich in seinem Dienste standen und ihn immer enthaltsam erlebt hatten, wie jemanden, der keine Zeit zu solchem Unsinn hat, glaubten nicht an diese Geschichte und erzählten eher, das sei eine Zauberin oder irgendeine neapolitanische Fürstin, die er an Stelle der Königin Carolina auf den Thron heben wolle.

Die Örtlichkeiten vermögen viel über die Phantasie der Menschen, und die Umgegend von Velletri würde jedes gesunde Hirn zu Hexenspuk und Märchen begeistern, wie die Weiden und Meiereien um Lodi zu Lobreden auf Käse und Rahm. Vielleicht war ich der einzige, der solch frommem Glauben abhold blieb, denn ich wußte sehr wohl, daß man eine ganze Weile in der Enthaltsamkeit beharren kann, um dann, wenn einmal der Zaum abgestreift, mit der Leckerhaftigkeit dessen, der lange gefastet, sich alles nur Erdenkliche zu leisten. Als Beispiel will ich euch Amilcare anführen, der bis zum Alter von zwanzig Jahren keinen Tropfen Wein über die Lippen gebracht; aber von zwanzig aufwärts hat niemand so viel getrunken wie er. Das gleiche konnte Carafa zugestoßen sein. Daher glaubte ich mehr an eine ganz natürliche, heftige Verliebtheit denn an Hexerei, und zwischen mir und den Kameraden gab es hierüber häufig Streit und sogar Wetten. Nach meiner Trennung von Lucilio war ich so selbstherrlich und unzugänglich geworden, daß ich bei jeder Kleinigkeit in Zorn geriet; ich schalt jeden, der hier Wunder und Hexenkünste sah, verrückt und abergläubisch. Man machte mir den Vorwurf, ich sei flinker in Worten denn in Taten, und so sah ich mich gezwungen, das Gegenteil zu beweisen. Anderseits machten mir die Gedanken, die mich ständig quälten, und die Langeweile in jenem trägen, primitiven Leben die Ruhe verdrießlich, und ich beglückwünschte mich zu einem Anlaß, mich zu bewegen, etwas zu tun, und wären es dumme Streiche. Der Feldhauptmann hatte bei Todesstrafe untersagt, daß Offiziere oder Soldaten außer denen, die zur Wache kommandiert wären, dem Kloster, wohin er auch das Hauptquartier gelegt, nahe kämen. Der Platz lag ganz dicht an der Grenze; das neue neapolitanische Heer, zu dessen Bildung sogar Priester und Nonnen beigetragen hatten, zog sich in den benachbarten feindlichen Bergen der Abruzzen mit jedem Tage mehr zusammen; manches Geplänkel konnte entstehen, ja war schon entstanden mehr aus der Ungeduld der Soldaten, als aus dem Plan der Anführer; Carafa wollte eine Zerstreuung der Legion nach jener Seite vermeiden, damit es keinen wirklich unzeitigen Zwischenfall gebe. Doch solche vorsichtigen Gebote stimmten schlecht zu seiner sonstigen Verwegenheit, und die Wahrheit war, daß er um das Kloster keine lästigen Beobachter wünschte. Ich schwur meinen Kameraden, ich würde hingehen und sehen, was es da gebe, entstehe daraus, was wolle, und wir wählten für das gefährliche Wagnis einen Sonntagabend.

Mein Plan war folgender: Ich wollte die Besatzung des Klosters alarmieren und dann die Mauer umgehen und von einer verfallenen Stelle aus in den Garten eindringen, während alle nach der andern Seite Ausschau halten sollten, woher man den Feind erwartete. An jenem Feiertage war die Truppe meistenteils in den Schenken von Velletri verstreut, und großer Wirrwarr konnte nicht entstehen. Man würde entdecken, es sei ein falscher Alarm – und ich hätte ausgeführt, was ich wollte, bevor die Offiziere ihre Scharen zusammengezogen hätten. Carafa, der das Kloster, um Befehle zu geben, verlassen mußte, konnte mich nicht sehen, die andern Bewohner, wer sie auch sein mochten, kannten mich gewiß nicht, und die einzige, allerdings ziemlich große Gefahr bestand darin, daß ich entdeckt wurde, wenn ich aus dem Kloster zurückkam. Aber ich würde schon eine Ausrede finden; ich konnte mich ja vor einem berittenen Streifzug der Neapolitaner da hinein geflüchtet haben. Mochte man mir glauben oder nicht, das war mir im Augenblick nicht wichtig; und hätte ich diese Laune mit dem Leben bezahlen müssen – ich hatte es versprochen und mußte mein Versprechen halten.

Und so saßen denn ich und ein paar Kameraden, die an der Wette beteiligt waren, gegen Abend in einer Schenke nahe dem Kloster und nahmen eine große Staubwolke am Berge gegenüber (sie mochte von heimkehrenden Herden herrühren) zum Anlaß, zur ersten Schildwache zu rennen und zu schreien: »Die Neapolitaner kommen! Gebt Alarm!« In wenigen Augenblicken war die kleine Garnison fertig, denn Carafa hatte in kluger Voraussicht einen Hinterhalt zur Linken der Straße und nur eine oder zwei Wachen um das Kloster vorgesehen in dem Gedanken, es sei noch immer Zeit sich zurückzuziehen und das Gros der Legion werde inzwischen von Velletri hinunterstoßen und den Feind zwischen zwei Feuer nehmen. Während er so seine kleine Schar auf einigen von Zypressen und Lorbeer gekrönten Hügeln zu selten der Straße ausschwärmen, und zwischen den Bäumen mit der Umsicht, die nur ihm eigen war, die beiden kleinen Kanonen aufstellen ließ, schlugen wir, über dieses Durcheinander fröhlich lachend, einen Bogen nach der hinteren Seite des Klosters, wo das sumpfige Küstengelände fast bis zum Garten reichte. Meine Kameraden legten sich auf die Lauer, ich kletterte flink hoch und rannte quer durch den Garten, wo junge Kohlpflanzen und sonnenversengte Gemüse bezeugten, daß die verbannten Kapuzinermönche mitten im Osterfasten gestört worden waren. Als ich vor dem Klostergebäude stand, spähte ich an allen Fenstern und Türen nach einem Loch, durch das ich hineinschlüpfen könne; aber die Sache war mühsamer, als ich mir vorgestellt. Die Fenster waren mit festen Eisengittern versehen und die Türen aus Ahornholz, das einem Wurf aus dem Katapult standgehalten hätte. Ich befand mich, wie man sagt, in Rom und konnte den Papst nicht sehen. Da entdeckte ich nahebei zwischen Bäumen eine Leiter, die wohl dem Gärtner dazu gedient hatte, die Pfirsiche abzunehmen. Wahrscheinlich waren die Zugänge zum oberen Stock nicht so eifersüchtig verwahrt wie die zum Erdgeschoß; ich legte also die Leiter an. Wirklich waren die Läden des ersten Fensters, an dem ich den Versuch machte, nur angelehnt. Ich stieß sie leise auf, sah in eine Art Kleiderkammer, die Herr Ettore in eine Rüstkammer verwandelt hatte, und stieg mit einem Bein hinein. Doch während ich gerade das andere nachziehen wollte, hörte ich ziemlich nahe Lärm, Getrampel, einen Schrei, so daß ich rittlings auf dem Fensterbrett sitzen blieb und hinunterspähte. Auf der von mir erkletterten Mauer tauchte ein Dreispitz auf, ein zweiter, ein dritter. Die Leute darunter hatten es scheinbar überaus eilig, hinaufzukommen; denn als der eine eben oben stand, knallte ein Büchsenschuß – er breitete die Arme aus und stürzte hinab. Die schon diesseits der Mauer waren, rannten durch die Kohlpflanzen auf mich zu; ich hatte in ihnen kaum meine Kameraden erkannt, da tauchten über der Mauer neue Hüte auf, neue Arme, neue Beine, es nahm kein Ende. Für einen Toten standen zehn Lebendige da.

»Die Neapolitaner! Die Neapolitaner!« schrieen meine Leute und klammerten sich an die Leiter, auf deren oberster Sprosse noch mein Bein stand.

»Langsam! Einer nach dem andern!« kommandierte ich vom

Fenster aus. »Sonst bringt ihr euch selber um und braucht nicht zu warten, bis euch die Feinde umbringen.«

Wirklich bog sich die Leiter mit einem Mann auf jeder Sprosse wie ein mit Früchten zu schwer beladener Baum. Ich hatte vorsichtshalber mein zweites Bein ins Zimmer gezogen und gab den Kameraden weiter gute Ratschläge; was sollte ich auch sonst tun?

»Einer aufs Mal! Eure Beine geraten durcheinander! Zerbrecht nicht die Leiter!«

Auf einmal pfeift es hier und pfeift es da durch die Luft, ein dumpfer Knall, als pralle etwas gegen einen Widerstand, eine Erschütterung, daß die Fensterscheiben klirrend zerspringen, und meine Kameraden stürzten ins Zimmer; ei der Tausend! es war kein Zweifel, die Büchsenschüsse galten uns! ... Ich roch zum ersten Male Pulver. Es lächerte mich, weil ich gut davongekommen war. Ich will zwar nicht behaupten, ich hätte gar kein bißchen Angst gehabt, doch war sie auch wieder nicht so groß, daß ich nicht zum Fenster zurückging und diesen Neapolitaner Schwarzköpfen eine deutliche Gebärde des Hohnes hinabschickte; sie standen unten und konnten nicht hinauf, denn wir hatten ganz tüchtig die Leiter hochgezogen. Diese magische Gebärde gab meinen Kameraden ihren Mut zurück; aber auch die Feinde foppten uns und machten mit ihren Büchsen eine Art Musik, daß uns die Lust verging, aus dem Fenster zu schauen und nach dem Wetter zu sehen. Wir hatten uns aus der so günstig eingerichteten Rüstkammer mit Flinten, Messern und Pistolen versehen und erwiderten die Grüße ganz artig; und während sie uns die Hüte durchlöcherten, rissen wir ihnen Schädel und Bäuche auf. Ich weiß nicht, ob sie mit solchem Austausch von Höflichkeiten zufrieden waren. Doch allmählich gab uns die Komödie zu denken. Aus welchem Loch mochten diese verflixten Neapolitaner geschlüpft sein? ... Wußte unser Feldhauptmann nichts davon? Waren sie etwa schon von der Küste her im Anmarsch, während wir nach dem Berge hin falschen Alarm gegeben hatten? So war es wirklich; und mein dummer Übermut konnte mir und der ganzen Legion teuer zu stehen kommen, und außerdem einem Scherz, einer Großsprecherei den Anschein des Verrates geben. Inzwischen schoß man weiter von oben nach unten mit mehr Glück als von unten nach oben, als wir mit einem Mal zu bemerken meinten, die Feinde ließen in ihrer Lebhaftigkeit bedeutend nach. Einige Kameraden wollten schon frohlocken und den paar Hartnäckigen, die noch hinter den Büschen des Gartens herumstrichen, am liebsten an den Kragen, da hörten wir im Gebäude zu unsern Füßen einen gewaltigen Knall, darauf Schreie, Flüche, Stoßgebete nach frommem Kriegsbrauch der Neapolitaner. Da packte uns alle der Schrecken; während die wenigen Schützen uns hinhielten, hatte das Gros der Angreifer eine Tür mit einer kleinen Mine gesprengt; sie waren schon im Kloster; es erschien sinnlos, solcher Übermacht zu widerstehen. Und ich trug Schuld an diesem verhängnisvollen Zusammenstoß! Ich setzte mich entschlossen an die Spitze meiner Kameraden. Wenige Worte, ein gutes Beispiel, und ich wußte, sie würden mir nach Möglichkeit helfen.

»Freunde, koste es das Leben, wir werden nicht weichen! Denkt an eure Ehre, an die Ehre der Legion!« ... Mit diesen Worten war ich aus der Rüstkammer gestürzt, alle folgten mir nach der Treppe, und wir verrammelten die Tür zum oberen Stockwerk mit Schränken, Tischen und allem, was wir an Möbeln in der Eile zusammenholen konnten. Siegesgewiß kamen die Neapolitaner herauf, doch aus den Spalten blinkten ihnen etliche Flintenläufe entgegen und jagten einen nach dem andern die Treppe wieder hinunter.

»Haltet aus, Freunde!« rief ich. »Es muß bald Hilfe kommen!« Wirklich schien mir unmöglich, daß Herr Ettore beim Lärm der Büchsenschüsse nicht Leute ausschickte, zu sehen, was hier vor sich ging. Aber es war etwas geschehen, womit ich nicht gerechnet hatte: gerade an jenem Tag erfolgte die erste Bewegung des neapolitanischen Heeres, Ettore Carafa hatte vollauf zu tun, den Vortrupp aufzuhalten, damit die Legion ungehindert aus Velletri herauskam. Nun, wir verteidigten uns hinter dem guten Bollwerk unserer doppelten Eichentür so erfolgreich, daß die Feinde tatsächlich den Plan aufgaben, über die Treppe nach oben zu dringen. Doch merkten wir bald, sie hatten ihn nur aufgegeben, um einen weit gefährlicheren auszuführen; sie legten unter unsern Füßen Feuer an. Schon drang der Rauch durch die Ritzen der Zwischendecke in unsern Flur und benahm uns den Atem; bald danach begannen die Balken zu knistern, die Flammen schlugen zwischen den glühenden Backsteinen hoch. – Wir flüchteten in die nächsten Zimmer, und eine Minute später krachte der Boden, auf dem wir gestanden, mit fürchterlichem Getöse ein. Aber auch hier war die Sicherheit nicht größer; das Feuer hatte sich im Nu ausgebreitet, denn unter uns lagen die Strohspeicher; wir mußten heraus oder uns damit abfinden, daß wir zu Tode geröstet wurden. Pistolen in der Hand, das Messer zwischen den Zähnen, stürzten sich meine Kameraden aus den Fenstern, überraschten die von dem Brande abgelenkten Feinde so, daß sie sie vor Schreck nicht angriffen, und retteten sich auf den Hügel. Nur einer fiel unglücklich und brach sich ein Bein, obwohl der Sprung von jener Seite nicht beträchtlich war; und sogleich stürzten diese Kerle über ihn her wie Wölfe über ein Lamm und ließen ihn eines qualvollen Todes sterben. Ich hatte zuvor nie für möglich gehalten, daß Menschen andere Menschen wie reißende Tiere anfallen könnten. Mit Schauder trat ich vom Fenster zurück; doch eine innere Stimme gebot mir, nicht zu fliehen. Es war noch jemand in dem Flammenmeer eingeschlossen, ich wußte nicht wer, aber dieses Bewußtsein genügte, daß ich, der unschuldige Anlaß solchen Gemetzels, mich einer noch so fernen Hoffnung, ihn zu retten, opfern mußte. Ich rannte wie toll durch die langen Flure, an den Türen zahlloser Zellen vorüber, durch die weiten Räume des Klosters; die Luft wurde immer heißer. Überall lastete Einsamkeit und ein Schweigen, das durch den Lärm von draußen und fernes Gewehrfeuer nur noch unheimlicher wirkte. Aber ich durfte nicht fliehen, bevor ich nicht sicher wußte, daß keine lebende Seele in dieser Hölle zurückblieb; darum wagte ich den Übergang zum andern Flur dort, wo uns der Boden beinahe unter den Füßen zusammengestürzt war. Da gab es noch ein paar rauchende Balken und auf der einen Seite der Mauer eine Art Gewölbe, das eine darunter liegende Treppe bedeckte. Darüber lief ich hin und raste wie ein Verrückter durch den andern Teil des Klosters. Ich kam vor eine verschlossene Tür, die dem Ansturm meiner von der Verzweiflung erhöhten Kraft gewiß nicht widerstanden hätte. Trotzdem schrie ich zunächst: »Aufmachen!« Drinnen antwortete ein Schrei, mir schien von einer Frau, und gleich darauf durch einen Türspalt eine Pistolenkugel, die dicht an meiner Schläfe vorbei in die Mauer gegenüber schlug.

»Freunde sind hier!« schrie ich, »Freunde!« Wieder ein Schrei, wieder eine Pistolenkugel, die mir den Arm streifte, daß er blutete.

Jetzt stemmte ich mich verzweifelt mit der Schulter gegen die Tür, entschlossen, diese Frau auch gegen ihren Willen zu retten oder, waren Feinde drinnen, mich töten zu lassen. Die Tür krachte zusammen, ich stürzte ins Zimmer, rauchgeschwärzt bis zur Unkenntlichkeit, blutend, die Kleider versengt und zerfetzt, und machte gewiß den Eindruck, als sei ich der Hölle entstiegen. Ich rannte gegen eine Frau, die vor Angst wie eine Besessene mit zum Himmel erhobenen Armen umherraste. Eine andere floh nach dem Fenster zu und war im Begriff sich hinunterzustürzen; ich stürzte ihr nach, ihr Körper neigte sich schon abwärts, ich riß sie zurück und nahm sie fest in die Arme. Die Flammen, die vom Erdgeschoß hochschlugen, hatten ihr Haar verbrannt, zwei, drei Flintenschüsse unser Erscheinen am Fenster begrüßt; so zog ich sie aus der gefährlichen Stellung weg, sagte, ich sei kein Feind, sei gekommen sie zu retten, sie solle keine Furcht haben, oder wir seien verloren ... Ihr Antlitz, in einer erhabenen Verzweiflung furchtbar schön, wandte sich mir zu ... mir stockte der Atem ... es war Pisana.

– Pisana! Himmel, wie soll ich den Sturm schildern, der in meinem Herzen tobte, wie jede der Leidenschaften benennen, die mich erschütterten. Stärker als alles sonst war die Liebe; sie verzehnfachte meine Kräfte, sie verlieh mir einen Mut, der vor nichts zurückschreckte.

Pisana verlor die Besinnung. Ich nahm die kostbare Last auf den Rücken und fort zwischen Flammen, über knisternde Böden, an Mauern vorbei, die dem Einsturz nahe waren, unter Gewölben, die hinter uns zusammenkrachten. Immer weiter vorwärts, wo die Flammen noch einen Durchgang ließen ... ringsum eine Feuerluft, die mich ersticken wollte ... eine letzte Anspannung ... wie dürfte ich mit einer solchen Last straucheln? Wie die Glieder, deren Schönheit ich tausendmal bewundert hatte als das vollkommenste Werk der Natur, das hinreißende Antlitz, aus dem die große Seele leuchtete wie der Blitz auf dunklen Wolken – wie dürfte ich sie den Flammen preisgeben? ... Ich wäre mit diesem kostbaren Körper, in dem das Leben erloschen schien, durch einen Vulkan geschritten. Und war sie wirklich tot ... nun, auch ich wäre ohne Zögern gestorben, und mein letzter Gedanke wäre sie gewesen, Pisana; für sie, mit ihr gestorben! Furcht, Argwohn, Eifersucht und Rache, die mein Herz einen Augenblick bedrängt hatten, waren entschwunden; es blieb nur die Liebe, mit ihrem Glauben, der wie der Phönix aus der Asche steigt, mit ihrer Kraft, die selbst den Tod überwindet, weil sie ihn verachtet und gleichsam vergißt.

Pisana auf dem Rücken, die Drohung des Todes noch vor den erschreckten Augen, wie ein Rasender ein Schwert schwingend, durchbrach ich die Reihen der Feinde, die sich sorglos an dem von ihnen entfachten Brande wärmten. Unter ihnen prägte sich mir ein Mönch für immer ein, der Prior des Klosters, der die Soldaten des Heiligen Stuhles zu dieser schauerlichen Rache geführt hatte; er sagte gerade mit fromm zum Himmel erhobenen Händen: »Also braten die Feinde der Religion im eigenen Fett.« Nun, der letzte von ihnen, ein Feind nicht der Religion, sondern der Fanatiker, die ihr die Waffe in die Hand drücken, entfloh, ein Wunder, ihrer Wut. Wenn Gott in jenem Augenblicke gnädig auf Velletri schaute, so galt seine Güte Pisana und mir. In rasendem Lauf erreichte ich den Hügel, wo die Leute von Carafa im Hinterhalt lagen; aber hier hatte sich der Kampf sehr anders entwickelt. Die verteufeltsten der Legionäre hatten die Neapolitaner bis weit in die Berge zurückgeworfen und wollten sich nun gegen das Kloster wenden, um die Brandstifter zu vernichten. Ettore selbst, der erst jetzt erfuhr, was hinter seinem Rücken geschehen war, stürzte an der Spitze seiner Soldaten dorthin in schrecklicher Ungewißheit, ob er zur Zeit anlange, aber gewiß, daß die Rache furchtbar und unentrinnbar sein würde. Ich verbarg mich in einer unwillkürlichen Wallung hinter Lorbeerbüschen, bis er vorüber war; doch dann tat er mir leid, ich hielt einen Korporal an, der mit einem neu in Velletri zusammengezogenen Fähnlein hinter ihm hereilte, und trug ihm auf, dem Feldhauptmann zu sagen, die, die er kenne, befinde sich gerettet in der Stadt. Danach schleppte ich Pisana noch eine Strecke weit, bis ich zwei meiner Soldaten traf, denen ich sie bis Velletri anvertraute. Ich war am Ende meiner Kraft und konnte den Berg hinauf, auf dem die Stadt liegt, kaum mit ihnen Schritt halten. In meiner Wohnung bettete ich Pisana auf mein Lager, holte den Barbier von nebenan zu einem Aderlaß und trat inzwischen, damit sie nicht zu sehr erschrecke, wenn sie zu sich komme, auf den Bogengang hinaus, von wo ich die Campagna überblicken konnte. Das Kloster war ein einziger großer Scheiterhaufen, Flammen und rotschimmernder Rauch standen immer deutlicher vor dem Abendhimmel, und in ihrem blutglänzenden Schein blinkten die Bajonette der Legionäre, die den fliehenden Neapolitanern nachsetzten. Der Kampf, ein düsterer Anfang zu dem Einmarsch der Befreier in das Gebiet der Römischen Republik, war gewonnen.

Als ich wieder ins Zimmer trat, hatte sich Pisana schon auf dem Bett hochgerichtet und empfing mich weniger bestürzt, als ich erwartete. Sie sprach sogar zuerst, was mich wirklich überraschte, denn ich wußte, wie sparsam sie auch bei weniger schwierigen Gesprächen mit ihrem Atem umging.

»Carlo«, sagte sie, »warum hast du mich nicht gelassen, wo ich war? ... Ich wäre als Heldin gestorben, und man hätte mir in Rom im neuen Pantheon ein Grabmal gesetzt.«

Ich sah sie erstarrt an, denn die Worte klangen gar zu toll; aber sie hatte vollkommen ruhig gesprochen, und also mußte ich genau so klar erwidern. Aber ich war so bewegt, daß mir die Stimme kaum gehorchte.

»Hätte ich dich dort gelassen, wäre auch ich geblieben. Ich schwöre dir, Pisana, als ich dich erkannte, hatte ich im ersten Augenblick große Lust, dich und mich zu töten.«

»Oh, warum hast du es nicht getan?« rief sie mit solchem Ungestüm, daß ich ihre ehrliche Verzweiflung nicht überhören konnte.

»Ich habe es nicht getan, weil ... ich dich liebe.« Dabei senkte ich die Stirn, als gestehe ich meine eigene Schande.

Pisana war von dem Geständnis, dessen ich mich schämte, ganz und gar nicht gedemütigt, ja sie hob so stolz den Kopf, als sei sie in ihrer Ehre gekränkt.

»So? Du liebst mich?« rief sie. »Du liebst mich, du ruchloser Verräter? Der Himmel möge dir deine Lügen wie flüssiges Blei in der Kehle brennen lassen! ... Du hast mich getreten, als wäre ich eine Sklavin; an meiner Seite, in meinen Armen hast du auf Verrat gesonnen. Ha! Du kannst von Glück sagen, daß sich ein Mann zwischen dich und mich gestellt hat. Er hat die Rache aus meiner Hand genommen und mir eine andere Rache in die Hand gegeben ... eine, die meine Schande ist. Geh nur, geh! Freu dich meiner Schmach und deines Triumphes! Du hast mir das Leben gerettet, aber ich, ich habe den Mut der rasenden Liebe, der ich mich in der Wut verkauft habe, Trotz zu bieten. Sechs Monate halte ich ihn hin, deinen

Carafa, und jetzt will ich ihn maßlos verhöhnen. Rache um Rache! ... Dann soll mir ein Dolchstoß von seiner Hand den Tod schenken und deinem feigen Herzen eine Reue ohne Ende!«

So schmähte mich die Frau, die mich grausam verraten hatte. So wütete sie gegen mich, nachdem ich ihr demütig zitternd meine Liebe bekannt hatte, unwandelbar in allem Wandel ihres Wesens; es war für mich ein fürchterlicher Schlag.

»Pisana!« rief ich mit erstickter Stimme, »Pisana, genug! Ich will nichts mehr hören ... Was du jetzt sagst, ist schändlicher, sittenloser als dein Verrat. Du spielst die Beleidigte und Geschmähte, du drohst mir eine Rache an, die noch unwürdiger ist als die, die du schon an mir genommen hast. Um Himmels willen, Pisana, kein Wort weiter! Sonst fluche ich allem, was es Gerechtes, Heiliges auf der Welt gibt.«

Pisana preßte die Hände gegen die Stirn und verharrte eine Weile ohne Laut; dann sprang sie plötzlich auf und wollte aus dem Zimmer stürzen. Ich hielt sie fest.

»Wohin willst du?«

»Zu Herrn Ettore Carafa. Führe mich sofort zu Herrn Ettore!«

»Der Feldhauptmann hat wohl gerade vollauf zu tun, die Neapolitaner fortzujagen, es wäre nicht so einfach, ihn zu finden; anderseits weiß er, daß du gerettet bist, und kommt gewiß zu dir, sowie er kann.«

Diese letzten Worte hatte ich mit einem ziemlichen Spott gewürzt, so daß sie aufbrauste und rief:

»Wehe ihm, oder wehe dir!«

»Wehe keinem von uns«, erwiderte ich sehr sicher. »Leider! Ich wäre recht froh, wenn ich jemanden umbringen könnte.«

»Warum bringst du nicht mich um?«

»Weil ... ach, Pisana ... du bist zu schön ... und dann denke ich daran ... du warst auch gut.«

»Sei still, Carlo, sei still. Meinst du, der Herr Ettore kommt bald?«

»Ich sage es dir ja. Sobald er kann.«

Nun schwieg sie lange. Im fahlen Licht des Mondes, das durch den Bogengang ins Zimmer flutete, sah ich, wie ihr viele wechselnde Gedanken durch den Sinn huschten. Bald war ihre Stirn düster, bald hell, jetzt stürmten finstere Wolken über sie hin, dann glättete sie sich wie die Wogen des Meeres an einem stillen Sommertage. Manchmal schien Pisana ins Gebet versunken, dann wieder ballte sie die Faust und bewegte sie, als stoße sie mit dem Dolch in eine verhaßte Brust. Mit den zerfetzten, blutbefleckten, pulvergeschwärzten Kleidern, mit den angesengten, zerzausten Haaren, die Stirn auf die rauch- und blutverschmierte Hand gestützt, schien sie eine dem Erebus entstiegene Pytho, die über die Schrecknisse dieser Hölle nachsinnt. Ich wagte das Schweigen nicht zu brechen; mußte doch auch ich mich sammeln und nachdenken. Die Erlebnisse ihres Herzens und das Leben, das sie nach meiner Abreise geführt haben mußte, blitzten durch mein verstörtes Gemüt; ich scheute davor zurück, weil ich spürte, daß diese Bilder für den Augenblick meine Kraft überstiegen. Hätte mir jemand gesagt: ich verspreche dir, dich von ihrer Unschuld zu überzeugen um den höchsten Preis, den du zahlen kannst ... ich hätte ihn gezahlt.

Nach einer Weile trat Herr Ettore Carafa mit gerunzelter Stirn ins Zimmer. Er trug keinen Hut ... der war ihm im Getümmel verloren gegangen; nur die Scheide des Schwertes hing ihm zur Seite ... das Schwert war ihm zerbrochen, als er einem Feinde den Helm mittendurch gespalten hatte; die Narbe über der Braue glänzte bleich, als sei sie im Feuer weiß geschmiedet. Er grüßte, trat zwischen mich und Pisana und wartete, daß einer von uns spräche. Pisana ließ ihn nicht lange warten; sie forderte hochfahrend, er solle nun die Geschichte meiner Liebelei mit der schönen Griechin wiederholen, so unbefangen, wie er sie ihr erzählt habe. Carafa bat mich mit einem Blick um die Erlaubnis und erzählte, ohne eine Miene zu verziehen, was er von diesem Handel in den Mailänder

Kreisen gehört, von der Schönheit des jungen Mädchens und von der Eifersucht, mit der ich sie vor aller Augen verborgen gehalten hatte.

»So habe ich Euch erzählt, Pisana«, schloß er, »als Ihr sogleich nach Eurer Ankunft in Mailand zu mir kamet und mich fragtet, ob ich etwas wisse von Carlo Altoviti, meinem Offizier, und seinem Liebeshandel, der so viel von sich reden mache, weil er in tiefes Geheimnis gehüllt werde. Mit meiner Erzählung wiederholte ich nur, was alle sagten, und sicher blieb dabei die Ehre des Helden solcher Liebe unangetastet. Um ganz sicher zu gehen, habe ich diesen Helden selbst darüber befragt und nichts anderes erfahren, als ich schon gehört hatte. Sollte ich gefehlt haben? Ich wüßte nicht worin. Von dem andern schulde ich keinem Menschen Rechenschaft.«

Pisana schien mit dieser äußerst maßvollen Rede von Carafa sehr zufrieden und wandte sich mir zu wie der Richter dem Angeklagten, nachdem er die Aussage eines untadelhaften Zeugen gehört hat.

»Warum dieser Blick, Pisana?« fragte ich.

»Warum? Weil ich Euch hasse, Euch verachte, Euch noch mehr Schmach antun möchte, als ich getan, indem ich mich einem andern in die Arme warf . . .«

Mir schauderte vor so viel Schamlosigkeit; sie wurde es gewahr und krümmte sich wie ein Skorpion, der mit Feuer in Berührung kommt. Aber sie schien sich dieser Teufelei nicht zu schämen.

»Was siehst du mich groß an?« höhnte sie. »Ich kann jeden Tag einen andern lieben, wenn du geschworen hast, du liebtest mich, und schon darüber brütetest, Aglaura zu entführen.«

»Pisana! Du bist von Sinnen!« Und ich rannte zum Koffer, zog ein paar Briefe meiner Schwester heraus, warf sie auf den Tisch, rief aus der Tür nach Licht, setzte die Kerze vor Pisana und sagte: »Lest!«

Zum Glück war aus ihnen nicht zu entnehmen, daß ich meine Verwandtschaft mit Aglaura vor der Flucht aus Venedig nicht gekannt hatte; es hätte unsere heikle Lage unnützerweise noch mehr verwirrt. Sie las zwei oder drei von diesen Briefen, reichte sie Ettore und sagte: »Lest auch Ihr!« und während er sie mit allen Zeichen des Staunens und Bedauerns durchflog, stieß sie zwischen den Zähnen hervor:

»Die Schurken! Sie haben sich verschworen. Ich werde sie zerreißen. Alle haben mich verraten!«

»Niemand hat dich verraten, Pisana«, erwiderte ich. »Du hast mich verraten. Ja, du mich. Du brauchst nicht aufzufahren. Hättest du mich wirklich geliebt, oh, dann konnte ich meineidig sein, schändlich, ruchlos ... du würdest mich noch immer lieben. Weißt du, warum ich dir das sage? Weil ich dich Teufelin, ich schäme mich, es zu sagen, noch immer anbete. Hab keine Angst ... ich werde dich fliehen, du siehst mich nicht wieder. Doch du sollst wissen, und das ist meine einzige Rache: du hast den Mann, dem du Freude, Trost, Glück für das ganze Leben sein konntest, auf ewig unglücklich gemacht.«

Carafa hatte inzwischen ein paar Briefe gelesen, gab sie mir zurück und sagte: »Verzeiht! Mich hat das Gerücht, das über Euch umlief, und das Gespräch mit Euch, in dem Ihr nicht offen reden durftet, getäuscht. Aber ich hatte nicht die Absicht zu täuschen.«

Eine solche Entschuldigung im Mund eines solchen Mannes bewegte mich so, daß ich mit Mühe die Tränen zurückhielt; ich sah, wieviel es ihn gekostet hatte, sie seinem Stolze abzuringen. Der Hochmut des großen Mannes hatte sich der Kraft seines Willens nur widerstrebend gebeugt. Pisana weinte; ihr Selbstgefühl war verletzt, sie konnte sich für jetzt weder an Herrn Ettore wenden noch an mich. Dieser hatte Mitleid, vielleicht mit uns beiden, und rief mich für einen Augenblick vor die Tür. Draußen erzählte er mir seine erste Unterredung mit Pisana; sie war halb toll vor Eifersucht zu ihm gekommen, um Näheres über mich zu erfahren, und er war sofort von ihr hingerissen. Da er mich in meine Griechin bis über die Ohren verliebt meinte, hatte er geglaubt, das Glück, das da vor ihm auftauchte, packen zu dürfen, um so mehr, als ihn, den harten Krieger, die Liebe bisher selten überwältigt hatte. Darum gab er sich alle Mühe, die Wut von Pisana zu seinen Gunsten zu wenden. Und das war ihm in jenen ersten Tagen gelungen. »Doch danach«, fügte er hinzu, »wollte sie sich der ersten Tage trunkener Leidenschaft um keinen Preis mehr erinnern. Von Mailand folgte sie mir nach Florenz, von Florenz nach Rom, immer stumm, hochmütig, ohne Gefühl; sie lachte über meine Raserei, sie antwortete auf alle Bitten und Drohungen nur einmal die bitteren Worte: ›Ich habe mich schon zu sehr gerächt.‹ – Was habe ich gelitten! Ich schwöre Euch, Carlo, Ihr seid längst gerächt. Ich bat, ich flehte, ich wütete, ich tat Gott und den Heiligen Gelübde ... ich kannte mich selbst nicht mehr. Sogar zur Bestechung nahm ich meine Zuflucht, ich bot ihrer Kammerfrau, einer Venezianerin, von der sie sich nie trennen wollte, Gold ...«

»Wer war diese Frau?«

»Eine gewisse Rosa, eine schlechte Person, die ihre eigene Schwester um einen halben Dukaten verkauft hätte. Nun, sie ist gestraft, heute ist sie im Kloster zu Kohle verbrannt. Also ... selbst durch ihre schändliche Kuppelei erreichte ich nichts. Ich hatte mich genug gedemütigt; ich führte Pisana aus Rom in diese Einsamkeit und war entschlossen, und sei es mit Gewalt, sie meinen Wünschen gefügig zu machen. Welcher Wahn! Wo bleibt die Gewalt bei einem Blick von Pisana? Ich begriff, eine unbesiegliche Leidenschaft und ein Entschluß, der wohl in dieser begründet war, hatte sie mir nach dem in der ersten Überraschung fast unfreiwilligen Zugeständnis für immer entrissen. Ich habe Euch dies alles wahrheitsgemäß berichtet, obwohl es für mich nicht gerade rühmlich ist; urteilt selbst und handelt, wie Ihr wollt. Morgen abend wird mein Hauptquartier in Frascati sein, denn der Oberste Befehlshaber, General Championnet, hat Rückzug auf der ganzen Linie befohlen. Beratet Euch mit Pisana. Mein Haus steht ihr immer offen.«

Damit drückte mir Carafa ohne allzu große Herzlichkeit die

Hand, setzte seine stolze kriegerische Miene auf und zog sich zurück. Er hatte gesprochen, und wie er beim Abschied leicht den Kopf nach hinten warf, schüttelte er die Haut des Verliebten ab und umhüllte sich wieder mit dem Löwenfell des Alcides.

Ich trat zu Pisana und wartete auf ihre Frage.

»Wohin ist Herr Carafa gegangen?« fragte sie mit einigem Eifer.

»Er ordnet den Rückzug nach Frascati.«

»Und läßt mich hier sitzen? Und sagt mir nicht einmal, wohin er geht?«

»Er hat es mir gesagt, daß ich es Euch mitteilte. Ihr seht, er fehlt in keiner seiner ritterlichen Pflichten und ist bereit, alle Verbindlichkeiten, die er mit Euch eingegangen ist, zu beobachten.«

»Verbindlichkeiten? Mit mir? Daß ich nicht lache! ... Er hätte keine andere, als mir das zurückzugeben, was er mir genommen hat; aber das sind Dinge, die niemand wiedererstatten kann. Und schließlich bin ich nicht die erste Frau, die sich Achtung verschafft hat, ohne daß ein Ritter ihr zur Seite den Degen zieht. Ruft bitte meine Kammerfrau!«

»Habt Ihr vergessen, wo Ihr sie gelassen habt? ... Sie ist ein Opfer des Brandes.«

»Wie? ... Rosa? ... Sie ist tot? ... Wie schrecklich! Und ich bin schuld, ich habe sie vergessen, als ich besonders auf sie achten mußte. An meinen Händen klebt das Blut dieser Unschuldigen.«

Ich suchte, ihr begreiflich zu machen, daß sie selbst ohnmächtig geworden sei und weder an Rosa noch an sonst wen habe denken können, als ich sie auf dem Rücken davontrug. Sie seufzte und klagte noch lange; nur davon, ob sie Carafa folgen oder allein weiterziehen wolle, sprach sie nicht. Sie tat mir so schrecklich leid, daß es mir meiner nicht unwürdig erschienen wäre, sie wie früher herzlich zu behandeln, hätte sie nur gezeigt, daß sie es wünsche.

»Carlino«, sagte sie plötzlich, »bei Eurer Flucht aus Venedig wußtet Ihr nicht, daß Aglaura Eure Schwester sei, sonst hättet Ihr es mir erzählt.«

»Ich wußte es nicht.«

»Und Ihr habt immer zusammen wie Bruder und Schwester gelebt?«

»Selbstverständlich.«

»Und wie lange hat dieses unschuldige gemeinsame Leben gedauert?«

»Sicher ein paar Monate.«

Pisana dachte ein Weilchen nach, dann fuhr sie fort: »Carlo, hättest du etwas dagegen, wenn ich hier auf dem Sessel schliefe?«

Ich erwiderte, sie könne es sich auch auf dem Bett bequem machen, ich hätte unten ein anderes Lager, wo ich versuchen würde, Schlaf zu finden. Sie freute sich sehr über das Angebot, machte jedoch nicht eher davon Gebrauch, als bis ich das Zimmer verlassen hatte. Und als ich draußen vor Neugier ein wenig horchte, vernahm ich, wie sie ganz leise den Riegel an der Türe vorschob. Ein Jahr zuvor in Venedig hätte sie es nicht getan; wie mochte sich die Arme schämen!

Am nächsten Morgen sprachen wir nicht mehr vom vorigen Tage; das war leicht für Pisana, die immer alles vergaß, und recht schwierig für mich, der ich die Gegenwart mit Erinnerungen speisen mußte. Sie fragte so einfach, auf welche Art wir reisen würden, als wären wir gemeinsame Reisen seit Jahren gewohnt; bald hockten wir, so gut es ging, in einem Wägelchen, und ihre natürliche Heiterkeit ließ mir die Fahrt bis Frascati kurz erscheinen. Von Liebe war nicht mehr die Rede; ihr war eine Freundschaft wie unter Geschwistern gefolgt, voll Mitgefühl und Vergessen. Ihr müßt bedenken, ich meine die Gespräche und die Art unseres Zusammenseins; was darunter brodelte, dafür möchte ich keine Gewähr übernehmen, und ich glaubte mich bisweilen über einer Regung der Wut zu ertappen, daß ich diese kalte Übereinkunft schweigend und in Einfalt angenommen. Pisana schien glücklich, von mir statt geliebt, geduldet zu sein; sie blieb unbefangen, gehorsam, liebevoll, wie eine Tochter es nicht besser hätte sein können. Es war wohl eine stumme Bitte um Verzeihung; ach, hatte sie sie nicht längst erhalten? Ich konnte leider – was ich an ihr so oft getadelt – unverzeihliches Unrecht genau so leicht verzeihen und vergessen wie sie. Trotzdem ließ ich in meinem zurückhaltenden Betragen in keiner Weise nach; in Spoleto, in Acquapendente, in Perugia, in all den Orten, wo Championnet das zerstreute Heer sammelte, um es für den Kampf zu rüsten, führten wir das Leben zweier Waffenbrüder, die, nachdem das Feuer der Jugend verraucht ist, sich an dem Fünkchen Glut ihrer eigenen Asche wärmen.

Inzwischen zogen König Ferdinand von Neapel und sein General Mack im Triumph in Rom ein. Die Franzosen hatten sich aus Klugheit zurückgezogen, und der treffliche General schob das Verdienst daran seinen verwickelten strategischen Plänen zu. Die Römische Republik war eingestürzt wie ein Kartenhaus; man errichtete unter dem Schutze des Königs eine vorläufige Regierung. Doch inzwischen legte der Baron Mack die Hände nicht in den Schoß; er machte immer verwickeltere Pläne, Championnet aus dem Römischen Staat und womöglich aus ganz Italien zu verjagen. Naselli war in Livorno gelandet, Ruggiero di Damas in Orbetello; Mack teilte sein Heer in fünf Korps auf und ging auf beiden Tiberufern vor. Championnet raste ohne viel Umstände los, brach durch und sprengte von hinten, von vorn, zur Rechten und zur Linken alles auseinander. Mack verwirrte sich im eigenen Garn und mußte fliehen. Sein König zog auf dem Wege nach Caserta und Neapel vor ihm her; und nach siebzehn Tagen krampfhafter Starrsucht erhob sich die Römische Republik wieder zu ihrem elenden Leben. Der Sieger Championnet drängte nach den Grenzen des Königreiches Neapel vor; Rusca mit der Cisalpinen, Carafa mit der Parthenopeischen Legion führten die Vorpostengefechte. Schon heulte die Revolution drohend vor den Toren Neapels.

SIEBZEHNTES KAPITEL

Neapolitanischer Heldengesang des Jahres 1799. – Die Parthenopeische Republik und der Feldzug nach Apulien. – Die Franzosen verlassen das Königreich; Ruffo überflutet es mit seinen Banden, mit Türken, Russen und Engländern. – Ich finde meinen Vater wieder, um ihn sterben zu sehen, und gerate in die Gefangenschaft von Mammone. – Hieraus befreit mich Pisana, und während das edelste Blut Italiens unter dem Henkerbeil verströmt, segeln wir beide gemeinsam mit Lucilio nach Genua, dem letzten, schon erschütterten Bollwerk der Freiheit.

Dieses Volk von Neapel, das sich, selbst feldmäßig ausgerüstet, dank der ebenso verwickelten wie törichten Maßnahmen des Barons Mack von einer Handvoll Franzosen hatte in die Flucht schlagen lassen, dieses selbe Volk, vom König, von der Königin und von Acton, dem Verderber des Landes, im Stich gelassen, vom Vizekönig Pignatelli einem feigen, übereilten Waffenstillstand preisgegeben, ohne Waffen noch Ordnung, in einer ausgedehnten, nach allen Seiten offenen Stadt – dieses Volk verteidigte sich zwei Tage lang gegen den Übermut des Siegers. Es zog sich in seine Höhlen zurück, besiegt, aber nicht entmutigt; und als Championnet am zweiundzwanzigsten Januar 1799 im Triumphe einzog, spürte er den vulkanischen Boden unter seinen Füßen brodeln. Es entstand eine neue Parthenopeische Republik, ausgezeichnet durch die einzigartige Rechtlichkeit, Kraft und Weisheit derer, die sie führten, beklagenswert durch die Zügellosigkeit, die ruchlosen, entarteten Leidenschaften, die diese Republik zerrissen, unglücklich und bewunderungswürdig durch ihr tragisches Ende.

Noch hatte sich die neue Regierung nicht recht gefestigt, da landete der Kardinal Ruffo mit seinen Banden aus Sizilien in Kalabrien und brachte die Republik an diesem äußersten Ende

Italiens in schwere Gefahr. Einige Gebiete nahmen ihn auf wie einen Befreier, andere bekämpften ihn als Räuber, wehrten sich mit Erfolg oder wurden überwältigt, niedergebrannt, zerstört. Banditenhaufen unter dem Befehl von Mammone, Sciarpa, Fra Diavolo unterstützten die Raubzüge des Kardinals. Sieben ausgewanderte Korsen, die einen aus ihrer Schar zum Erbprinzen erklärten, hatten es vermocht, einen guten Teil der Abruzzen aufzuwiegeln; doch die Franzosen setzten ihnen einen kräftigen Widerstand entgegen und hängten, als feierliches Beispiel für die Gerechtigkeit, einige auf. Es war dies kein Krieg zwischen Menschen, sondern hier zerfleischten einander wilde Tiere. In Neapel wandte man allen Fleiß darauf, die Regierung zu stärken, dem Volke republikanische Gefühle einzuflößen und ihm ein von einem Kapuzinermönch in Dialekt übersetztes demokratisches Evangelium beizubringen. Doch in der Ferne lärmte das Kriegsvolk der Russen unter Suwarow, das der Österreicher unter Kray, und wies auf Italien; die bei Abukir siegreiche Flotte von Nelson, die russischen und türkischen Flotten, die die Jonischen Inseln beherrschten, durchschifften das Adriatische und das Mittelmeer. Mit Bonaparte, der bei Beduinen und Mamelucken den Propheten spielte, hatte das Glück die französischen Fahnen verlassen, und nur der alte Ruhm des blitzschnellen Siegers verteidigte sie noch in den fremden Ländern, wo er sie aufgepflanzt. Nach ein paar Monaten geschah , was man fürchtete. MacDonald, der Nachfolger von Championnet, wurde nach Oberitalien gerufen gegen die Österreicher und Russen, die dort eingefallen waren; er ließ eine kleine Besatzung auf dem Kastell Sant'Elmo, in Capua, in Gaëta, und mußte sich den Weg mit der Waffe erkämpfen, so übermütig gebärdete sich nunmehr der Aufstand auch an den Grenzen des Römischen Staates.

Während dieses regellosen Krieges war ich oft mit Lucilio, Amilcare und Giulio Del Ponte zusammengetroffen, doch immer nur für kurze Augenblicke, da jeder in Abteilungen diente, die als Kampfreserve ins Bergland gelegt und ohne Unterlaß rechts und links, am Adriatischen wie am Mittelmeer gebraucht wurden. Pisana hatte ich im Hause der Fürstin von Santacroce untergebracht, der Schwester eines römischen Fürsten, der vor einigen Monaten, als er die Republik gegen den Einfall von Mack verteidigte, in Aversa gefallen war. Für Pisana also konnte ich ruhig sein; und Carafa behandelte mich äußerst freundlich und setzte in mich ein besonderes Vertrauen. Keine andere Sehnsucht, keine andere Leidenschaft kannte ich als die, daß die Sache der Freiheit, der ich mich mit Leib und Seele geweiht, siegen möge. Der Abzug der Franzosen war für die Republikaner in Neapel ein schrecklicher Schlag. Diese gaben sich große Mühe, aber damit war das Fehlen einer so beträchtlichen Hilfe nicht wettzumachen. Lucilio, Amilcare und Del Ponte wollten Neapel um keinen Preis verlassen; sie suchten darum nach, daß sie der Freiwilligenlegion zugeteilt würden, die sich damals unter dem Befehl von Schipani bildete. Der arme Giulio machte nach so vielen Märschen, Kämpfen, Mühen einen mitleiderregenden Eindruck. Hundertmal hatte er im Handgemenge, in der Schlacht das Almosen einer Kugel erbeten, und nie war es ihm gewährt worden. Seine Kräfte nahmen von Tag zu Tag ab, und ihm graute bei dem Gedanken, auf dem würmerwimmelnden Strohlager eines der damaligen Soldatenhospitäler sterben zu müssen. Die beiden Freunde sprachen ihm Mut zu, aber ach, mit wie schwerem Herzen! ... Die Begeisterung von Amilcare hatte sich in rasende Wut verwandelt, und der Glaube von Lucilio in stoische Gelassenheit.

Zu jener Zeit wurde die Legion von Ettore Carafa nach Apulien geschickt, um den Aufstand niederzuwerfen, der auch in jener Provinz an Boden gewann. Ich zog mit und nahm von den Freunden und Pisana, vielleicht zum letzten Male, Abschied. Daß Pisana in Neapel war, wußte nur Lucilio; Giulio argwöhnte es, wagte aber nicht, davon zu sprechen; Amilcare hatte andere Gedanken im Kopfe. Er sann nur auf Ruffo, Sciarpa, Mammone, sie tauchten nicht vor seinem inneren Auge auf, ohne daß er sie wenigstens in Gedanken erdrosselte.

Der Abschiedskuß mit Pisana war der erste, den wir seit der Begegnung in Velletri tauschten; sie wollte kalt und gemessen bleiben, doch da unsere Lippen sich berührten, konnte weder sie noch ich die Leidenschaft des Herzens zügeln, und als ich mich aufrichtete, zitterte ich am ganzen Leibe, und ihr liefen die Tränen übers Gesicht.

»Wir sehen uns wieder!« rief sie mir mit einem Blick voll Glauben nach.

Ich erwiderte mit einer Gebärde der Ergebung und entfernte mich. Einige Tage darauf sandte mir die Fürstin Santacroce ein paar Briefe aus Neapel nach und schrieb von einem Verzweiflungsausbruch, der Pisana nach meinem Weggang dem Tode nahe gebracht hatte. Sie zerfleischte sich Brust und Wangen und schrie, sie könne nicht leben ohne meine Verzeihung. Die gute Fürstin war zartfühlend genug zu sagen, sie wisse nicht, von welcher Verzeihung ihre Schutzbefohlene spreche, und pflegte sie also in jeder Weise mit der größten Sorgfalt. Ich wollte nicht weniger großmütig sein als sie, schrieb an Pisana, ohne die Fürstin zu erwähnen, ganz unmittelbar und bat sie um Verzeihung wegen der Kälte, die ich ihr in den letzten Monaten gezeigt hatte; ich wisse wohl, daß diese unnatürlich brüderliche Freundschaft einer Beleidigung gleichkomme, und gerade darum glaube ich mich schuldig und bitte sie, mir zu erlauben, diese Schuld wieder gutzumachen; ich böte ihr alle meine Liebe, herzlicher, glühender, ergebener denn je. So, hoffte ich, gab ich ihr, wenn auch auf Kosten meiner Würde, den Seelenfrieden zurück. Später erfuhr ich, daß dieser Brief Pisana sehr getröstet hatte, und daß sie mich ihrer Beschützerin über die Maßen pries als den hochherzigsten, liebenswürdigsten Mann, den man auf Erden finden könne. Selbst wenn mir die Fürstin so schöne Sachen sollte erzählt haben, um zu helfen, daß wir uns völlig aussöhnten, müßte ich ihr das noch als größte Wohltat danken. Es ist nicht klug, wenn ein Mann Frauen gegenüber sich durchaus nichts in seiner Würde vergeben will; im Umgang mit ihnen sollten sich sogar unsere Tugenden der

Verletzlichkeit ihres Wesens geschmeidig anpassen. Selbst ein Übermaß an Güte wird hier nicht getroffen vom Vorwurf der Feigheit und Furcht.

Inzwischen war ich, recht zufrieden mit mir und meinen Angelegenheiten, nach Apulien gelangt. Aus Venedig hörte ich nur das Beste; Aglaura war guter Hoffnung, der alte Apostulos glücklich zurückgekehrt, mein Vater schon auf der Heimfahrt nach Italien. Letzteres war mir im Augenblick das Wichtigste, denn über die Geheimnisse und Hoffnungen, die hinter seiner Reise steckten, grübelte ich schon lange; aus spärlichsten Andeutungen von Lucilio hatte ich mir einiges zusammengereimt. Es schien, etliche wollten, nachdem die Republik von Mailand bis Neapel gegründet war, den Franzosen den Abschied geben und für sich allein handeln. Darum sollte die Pforte dazu gebracht werden, sich mit Rußland zu verbünden und Frankreich aus dem Gebiete des Mittelmeers hinauszudrängen; man fürchtete von so weit entfernten Mächten kein unmittelbares Übergewicht, hegte vielmehr die Absicht, sie dem Einfluß näherer, zu festem Herrschaftsanspruch neigender Regierungen entgegenzusetzen. Daher vermutete ich, mein Vater habe sich bisher um jenes türkisch-russische Bündnis gemüht. Aber ich sah nicht, was die Anhänger dieses Planes dabei gewinnen sollten, gerade als die Franzosen eher geneigt schienen, sich zurückzuziehen als zu herrschen. Doch ob unsere Unabhängigkeit im Innern fest genug gegründet war, daß sie sich auf Türken und Russen stützen konnte? Es gab damals allerdings Leute, die mit ihren Erwartungen sehr viel weiter gingen, was ich euch später an dem elenden Tode des Generals Lahoz vor Ascona näher erläutern will. Bleiben wir zunächst in Apulien, um die türkisch-russischen Schiffe zu beobachten, die aus den eroberten Häfen von Zante und Korfu den aufrührerischen Gestaden dieses Landes zusteuern.

Ettore Carafa war kein Mann halber Maßnahmen. Als er in seinem Lehen Andria anlangte, dessen Bewohner für Ruffo

Partei nahmen, redete er ihnen zunächst gut und friedlich zu. Als sie nicht hörten, zog er den Degen und befahl den Angriff; und ein Angriff von Carafa bedeutete Sieg. Unverwundbar wie Achill eilte er als echter Soldat immer der Legion voraus, mit dem Degen, mit der Flinte, auf der Kanone, nahm die Gewohnheiten des einfachen Mannes oder, wenn er wollte, die Haltung des Feldherrn an, ohne je zu prahlen. In letzter Zeit hatte sich seiner kriegerischen Rauheit ein Schatten von Trauer zugesellt; die Untergebenen liebten ihn darum um so mehr, ich bewunderte und beklagte ihn. Aber er war einer jener Männer, die in ihrem politischen Glauben einen Trost und Panzer besitzen gegen jedes Unglück; Charaktere aus Feuer und Erz, die, Gott und Vaterland verschmelzend, nie an sich selber denken, wenn das Wohl des Staates und die Verteidigung der Freiheit sie mit dem Schwerte des Helden umgürten. Er hatte in seiner Größe etwas Wildes; zum Beispiel glaubte er nicht, die Tapferkeit der Feinde zu ehren, wenn er verzeihe und ihnen das Leben schenke; er beurteilte die andern nach sich und ließ die Besiegten über die Klinge springen in Fällen, wo er selbst lieber hätte getötet sein mögen, statt zur Zier des Triumphes am Leben zu bleiben. Dieser antike Glanz wilder Kraft und sein in jenen Ländern großer, berühmter Name machten ihm in Kürze die ganze Provinz untertan. Er besaß die Macht eines Diktators; und hätte die Regierung von Neapel noch fünf solche Condottieren gehabt wie ihn, so hätten weder Ruffo noch Mammone in Marigliano, vor den Toren Neapels, die letzten Überreste der parthenopäischen Republikaner vernichtet. Statt dessen wurde die Regierung in ihrer Torheit auf Carafa eifersüchtig. Und jetzt war wahrhaftig keine Zeit für Eifersucht! – Man sagte, Apulien sei befriedet, man wolle die Tatkraft von Carafa anderswo wirksam verwenden, er werde in den Abruzzen, wohin man ihn nun schicke, Gelegenheit haben, dem Lande wichtigste Dienste zu leisten. Ettore besaß die Arglosigkeit und Fügsamkeit des echten Republikaners; er spürte nicht den Stachel unter den honigsüßen Worten und machte sich auf den Weg nach den Abruzzen. Nur bestimmte er von sich aus, da ihm schien, die Provinz werde ohne ihn nicht so treu und sicher bleiben als man sich vorstelle, daß ich und Francesco Martelli, ein anderer Offizier der Legion, an der Spitze einer kleinen Besatzung im Waldgelände in Apulien bleiben sollten, eine Maßnahme, die sehr von Nutzen sein konnte, wenn irgendwo der Aufstand wieder aufflackern sollte. Carafa brachte mir ein besonderes Vertrauen entgegen, und das erfüllt mich noch heute mit Stolz. Möge seine große Seele anderswo den Lohn empfangen, den sie hier nicht erhielt und den sie doch so sehr verdient hätte!

Martelli war ein junger Neapolitaner, der Frau, Söhne und Geschäft verlassen hatte, um für die Freiheit zu kämpfen. Beide dem Richterstande angehörig, beide von umgänglichem, aber entschiedenem Charakter, hatten wir uns seit dem Gefechte von Velletri aufs engste befreundet. Er war einer der Kameraden gewesen, die bei meinem Klosterbesuch gegen mich gewettet hatten; niemand hatte daran gedacht, die Wette, die um ein Essen und einen Ball für alle Offiziere der Legion geschlossen worden war, zu bezahlen, und nun fiel ihm ein, er wolle die Schuld aller in Apulien abtragen, da man an alles andere dachte denn an Essen und Ballfeste. Als ich nun eines Abends mit unsern fünfzig Leuten von der Verfolgung einiger Räuber, die eine nahe Meierei geplündert hatten, zurückkehrte, fand ich das Kastell von Andria erleuchtet, den großen Saal für den Ball hergerichtet und darin eine ziemliche Anzahl von frischen Bäuerinnen und Mädchen der umliegenden Dörfer, die, um sich einen Abend zu vergnügen, gern vergessen wollten, daß wir gottlose Republikaner wären. Martelli wies mit einer fürstlichen Gebärde auf das Fest und sagte: »Damit ist die Schuld aus Velletri bezahlt, und das Essen sollst du auch haben! ... Man weiß nie, was geschieht; morgen können wir tot sein, und ich wollte meine Rechnung begleichen.«

Mochten wir morgen tot sein oder nicht – an jenem Abend wurde tüchtig getanzt, so daß mir oft mein gutes Friaul in den

Sinn kam und die berühmten Kirchweihfeste von San Paolo, Cordovado, Rivignano, wo man tanzt und tanzt, bis man Bewußtsein und Schuhe verliert. Auch die Neapolitaner und Apulier wissen zu tanzen; und vom obersten bis zum untersten Italien sind wir einander nicht so ungleich, als man uns einreden möchte. Ja, es gibt da so sonderbare Ähnlichkeiten, wie sie in keinem andern Volke anzutreffen sind. Zum Beispiel besitzt ein Bauer im Friaul all den Geiz, all den Starrsinn eines Genueser Kaufmanns, ein Gondelführer in Venedig genau den attischen Witz wie ein Geçk aus Florenz, und ein Veroneser Makler und ein Baron aus Neapel ähneln einander in Aufschneidereien wie ein Häscher aus Modena und ein römischer Priester in der Durchtriebenheit. Piemonteser Offiziere und Literaten in Mailand besitzen die gleiche Würde, die gleiche Anmaßung; Wasserträger aus Caserta und Bologneser Doktoren wetteifern in der Beredsamkeit, Kalabreser Räuber und Gebirgsjäger aus Aosta im Mut, neapolitanische Bettler und Fischer aus Chioggia in der Geduld und im Aberglauben. Und gar die Frauen, oh, die sind sich alle ähnlich, von den Alpen bis zum Lilibeo! Sie sind vom echten Schlage der Frau als Frau, nicht der Frau als Mechanismus, der Frau als errechenbares Wesen, der Frau als Mann, wie sie üblich sind in Frankreich, in England, in Deutschland. Was die Herren Fremden auch darüber sagen mögen: wohin gehen ihre Dichter, wenn sie Liebe, ach nur ein Fünkchen Liebe suchen? ... Hierher zu uns; denn nur in Italien leben Frauen, die Liebe zu wecken und zu erhalten wissen.

Die mir und Martelli anvertraute Aufgabe gehörte nicht zu den leichtesten. Wir hatten zu tun mit einer unwissenden, wenig umgänglichen Bevölkerung, mit harten, zänkischen Baronen, die, wenn sie Republikaner waren, schlimmer waren als die Anhänger von Robespierre, und wenn sie auf der Seite von Ruffo standen, ganz abscheulich heuchelten; mit ungebildeten Priestern, die mich an den Kaplan von Fratta erinnerten, aber schlimmer waren als er; mit Feinden, schlau und nicht zimperlich in der Wahl ihrer Mittel. Doch empfahl das

Ansehen von Carafa, in dessen Namen wir den Befehl führten, und das Beispiel des wegen seiner halsstarrigen Widersetzlichkeit geplünderten und ausgebrannten Trani den Leuten einige Vorsicht, und die republikanische Herrschaft wurde an der ganzen Küste der Adria stillschweigend geduldet. In den weniger wilden Gegenden, wo im Mittelstand einige Bildung verbreitet war, fürchtete man die Banden des Kardinals, und mehr als vor den Maßlosigkeiten der Franzosen scheuten die Gemüter zurück vor dem Blutbade von Gravina und Altamura, das Ruffo angerichtet hatte. In jener Zeit konnte ich mich von der sonderbaren Tatsache überzeugen, daß im Königreich Neapel höchste Kultur und eine erlesene Bildung nur bei ganz wenigen Menschen ist, die meist aus adligem oder ausgezeichnetem Geschlechte stammen, während das Volk in niedrigster Unwissenheit und Aberglauben dahinvegetiert; Fehler einer eifersüchtig unumschränkten, fast orientalisch despotischen Regierung, die, indem sie die weniger erleuchteten Geister von sich fern hält, sie natürlich den wunderlichsten Einfällen zügellos überläßt und sich dann, wenn sie Schutz braucht, auf den blinden Eifer eines verdorbenen Volkes stützen muß, den sorglich zu leiten es meist zu spät ist. Liberale Geistliche wie Hochwürden von Sant'Andrea und philosophisch gebildete Patrizier wie den Senator Frumier gab es in den befestigten Städten Apuliens zu Hunderten, und aus ihnen verstärkte sich hauptsächlich die Republikanische Partei.

Eines Tages kommt die Kunde, die verbündete Flotte der Russen und Türken sei in Apulien in Sicht. Wir hatten für diesen Fall keine genauen Befehle, aber Carafa hatte uns gesagt, wir sollten darüber nicht erschrecken, eine Landung könne man mit geringfügigen Streitkräften bewerkstelligen. Also eilten wir ohne Furcht nach Bisceglie, wo sich die wenigen Schiffe zu sammeln schienen; dort nutzten wir den tapferen Geist der Bewohner und ein paar Kanonen, die wir auf dem Kastell fanden, und besetzten den Strand so gut wie möglich. Wir hatten die Nachricht ausgestreut, die Schiffe seien mit

Albanesen und Sarazenen besetzt, die sich mit Mord und Brand über das Königreich ergießen wollten. Und da der Haß gegen das türkische Volk in jener Gegend überliefert ist, halfen uns die Leute aus Leibeskräften. So war alles bereit, einen ersten Angriff auf Bisceglie kräftig zurückzuschlagen, als ein Bote aus dem sieben Meilen entfernten Molfetta meldete, daß man dort eine Landung versuche und wie sich das Volk abmühe, sie zu verhindern. Da uns Bisceglie gut gerüstet schien, hielten ich und Martelli es für günstig, nach Molfetta zu reiten, wo keine Vorsorge gegen den Feind getroffen war. Zwar verzweifelten wir daran, uns dort lange zu verteidigen; aber wir wollten eher das Leben verlieren, als das Geringste versäumen, was in unserer Macht stand, die Republik zu retten. Ein gut Teil unserer Leute ließen wir in Bisceglie, sattelten Pferde, so viele wir fanden, und sprengten mit verhängtem Zügel los. Ich weiß nicht, was ich an jenem Tage hatte, ich spürte jedenfalls ein Nachlassen meiner Beharrlichkeit und Kraft; vielleicht quälte mich das Vorgefühl, daß unsere Sache verloren war und daß man nur mehr um der Ehre willen kämpfte. Vorgefühlen schenkt man nur zögernd Glauben. Martelli, verzweifelter als ich, aber stärker, sprach mir gut zu, ich solle nicht den Mut verlieren noch die wunderwirkende Sicherheit, die uns bisher besser als ein Heer geholfen hatte, Apulien fest in der Hand zu halten. Nun, ich würde gewiß bis zum äußersten kämpfen; doch eine unbesiegbare Müdigkeit stimmte mich sehr gegen meinen Willen weich. Etwa eine Meile vor Molfetta sahen wir Rauch und hörten Gewehrfeuer. Vom Meere her suchten einige Schiffe sich dem Hafen zu nähern, aber die grobe See hinderte sie daran. Im Orte war die Verwirrung auf dem Höhepunkt. Türken und Albanesen hatten den Strand mit ein paar Schaluppen erreicht und plünderten und metzelten mit einer Grausamkeit, als wären wir in die Zeiten von Bajazette zurückgekehrt.

Ich verwünschte die Unmenschlichkeit derer, die einen so schönen Teil Italiens diesen Ungeheuern zur Beute ließen, und stürzte mit Martelli und den Kameraden zu schrecklicher Rache. Alles, was uns in den Weg kam, wurde von unsern Degen in Stücke gehauen, von den Pferden zerstampft und von der verzweifelten Menge, die hinter uns herdrängte, in Fetzen gerissen. Auf dem Platz, wohin sich die Mehrzahl der Feinde zurückgezogen hatte, um die Lanzen wieder zu packen und sich ins Meer zu werfen, wurde das Blutbad lang und schrecklich. Es war das einzige Mal, daß ich daran eine wilde Freude empfand; das Blut spritzte aus den Adern, blutige Leiber von Menschen, die mühsam nach Atem rangen, lagen in Haufen übereinander und zuckten im Todeskampf. Die Menge brüllte und tobte und berauschte sich an Blut. Einige der Unerschrokkensten hatten sich der Lanzen bemächtigt; jeder Ausweg war versperrt; der letzte Feind spießte sich von selbst in mein Bajonett, und sofort entrissen mir hundert gierige Hände die ekelhafte Trophäe. Molfetta war befreit. Die Enkel von Soliman hatten auf eigene Kosten gelernt, daß man nicht ohne Schaden in der Geschichte rückwärts gehen kann und daß Mohammed II. (ich bitte die Zeitfolge um Entschuldigung) von ihnen so weit entfernt ist wie Trajan von uns. Nun, jetzt wimmelten Straßen und Platz von Menschen, die nach getaner Arbeit in die Kirche eilten, der Madonna für diesen Sieg zu danken. Gemeinsam mit dem ›Heilige Jungfrau, Schutz der Bedrängten‹ klangen die Namen der Hauptleute Altoviti und Martelli aus Tausenden von Kehlen zum Himmel.

Da wir in Bisceglie Befehl hinterlassen hatten, uns jedes neue Ereignis unverzüglich zu melden, und da wir keinen Boten erblickten und anderseits unsern Leuten eine kleine Rast gönnen wollten, die sie sehr brauchten, zogen wir uns in eine Schenke zurück, um bis Tagesanbruch zu ruhen. Auch fürchteten wir, daß, wenn das Meer stiller würde, neue Türken oder Russen landeten, um sich für die verlorenen Lanzen zu rächen; vorläufig wehte freilich ein verteufelter Südost, der uns vom Meere her mehr als genügend schützte. Unsere Leute nahmen den Vorschlag dieser kurzen Rast mit Jubel auf, und die Lust und

Freude mit den Fischern und Frauen des Ortes löschte die Mühen und Gefahren des Tages bald aus ihrem Gedächtnis. Martelli war mit einigen angesehenen Einwohnern auf die Mole gegangen, um das Wetter zu beobachten und die Wachen zu ordnen, ich saß allein, in düsteren Gedanken, im Torweg einer Schenke, die Ellbogen auf dem Tisch; die Augen starrten auf das Lämpchen einer Madonna von Loreto an der Mauer gegenüber oder schweiften in den Hof, wo unsere Soldaten unter dem Laubdach eines Weinstocks Tarantellen veranstaltet hatten. Das fröhliche Leben des Südens fand, als sei nichts geschehen, zu seinen heiteren Gewohnheiten zurück, zwanzig Schritt von jenem Platze, wo das Blut strömte und zwanzig, dreißig Leichen des Begräbnisses harrten. Meine Gedanken waren trotz des Triumphes dieses Tages nicht heiter; ich empfand Neid auf die Sorglosigkeit derer, die tanzten und zechten, ohne sich im geringsten darum zu kümmern, was war und werden würde.

Ein düsteres Bild nach dem andern zog so durch mein Gemüt, als sich mir ein alter, gebeugter, beinahe zerlumpter Priester näherte und furchtsam fragte, ob ich der Hauptmann Altoviti sei. Ich bejahte es ein wenig grob, denn meine Erfahrungen mit der neapolitanischen Geistlichkeit waren nicht die besten, und zumal damals bedeutete der Halskragen in den Augen der Republikaner keine besondere Empfehlung. Der Alte verzog bei meiner rauhen Antwort keine Miene, trat näher und sagte, er habe eine wichtige Nachricht für mich; ein Mensch, der mit den heiligen Banden der Verwandtschaft an mich geknüpft sei, wünsche mich zu sehen, bevor er sterbe. Ich sprang auf, denn ich dachte sofort an irgendeine sonderbare Handlung von Pisana, und war so geneigt, überall Unglück zu sehen, daß mir nur das Verhängnisvollste, Unabänderlichste vor die Seele trat. Ich fürchtete, sie habe den Einfall gehabt, mich in Apulien zu besuchen, sei in das Blutbad von Molfetta geraten und ein Opfer dieses Gemetzels geworden. Ich packte also den Priester am Arme, zog ihn aus der Schenke und redete dabei auf ihn ein, daß, wenn er mich täuschen wolle, ich kaum der Mann sei, es zu dulden. Als wir auf einer einsamen dunklen Gasse weiterschritten, flüsterte er mir ins Ohr:

»Herr Hauptmann, es ist Ihr Vater ...«

Ich ließ ihn nicht weitersprechen.

»Mein Vater! Was ist mit ihm?«

»Ich habe ihn heute mitten aus den Rasenden geholt, die ihn angefallen hatten. Er ist ein kleiner, alter, abgezehrter Mann; als er den Namen des Herrn Hauptmann von der Straße hereinschallen hörte, fuhr er von dem Bett hoch, auf das ich ihn gelegt hatte, und fragte mich nach Ihnen. Er schwört, er sei Ihr Vater, und er werde nicht ruhig sterben, wenn er Sie nicht zuvor sähe.«

»Mein Vater!« stammelte ich ganz außer mir und rannte los, daß der alte Priester kaum Schritt halten konnte. Ihr könnt euch vorstellen, ob es mir in jenem Augenblicke möglich war, die Gedanken, die mir durch den Sinn wirbelten, zu ordnen! Nach einigen Minuten raschen Laufes kamen wir an ein Tor zwischen zwei Säulen, das der Eingang zu einem Kloster zu sein schien; der Priester öffnete, ergriff eine kleine Lampe, die im Flur brannte und führte mich vor ein Zimmer, aus dem das Röcheln eines Sterbenden klang. Ich trat ein und warf mich mit einem Schrei vor das Bett, wo mein Vater, schwer an der Kehle verwundet, zäh mit dem Tode kämpfte.

»Vater, Vater!« murmelte ich. Mehr zu sagen, fehlte Atem und Besinnung. Dieser Schlag traf mich so unvorhergesehen und schrecklich, daß er mir das letzte bißchen Mut wirklich nahm.

Da stützte er sich mit Mühe auf den Ellbogen und suchte etwas in seinem Gürtel. Mit Hilfe des Priesters zog er aus den weiten albanischen Hosen eine lange Fellbörse und quälte sich ab, mir zu sagen, dies sei alles, was er mir von seinem Vermögen geben könne, den Rest möge ich fordern von dem Großwesir... Den Namen vermochte er nicht mehr auszusprechen, denn ein

Strom von Blut sprang ihm aus der Kehle, und er fiel röchelnd in die Kissen zurück.

»Vater, um Himmels willen!« rief ich entsetzt. »Macht Euch darum keine Mühe; schont Euch, damit Ihr am Leben bleibt! Ihr dürft nicht sterben, mich nicht verlassen jetzt, wo ich von allen verlassen bin.«

Mein Vater schien nach diesem Blutstrom erleichtert und fuhr mit schwacher, aber klarer Stimme fort: »Carlo, niemand ist verlassen, solange er Menschen weiß, die ihn brauchen. Du verlierst deinen Vater, doch du besitzt eine Schwester, die du noch nicht kennst ...«

»Ich kenne sie, ich liebe sie schon lange. Es ist Aglaura ...«

»Du kennst sie? Du liebst sie? Dann sterbe ich zufriedener, als ich dachte ... Höre, mein Sohn; einen letzten Rat als wertvolle Erbschaft ... Nie, nie – so sehr Menschen und Zeiten sich auch wandeln mögen – suche für eine große, unvergängliche Sache Hilfe im Eigennutz und Geiz anderer Menschen. Ich, siehst du, habe diesem dummen, falschen, abgeschmackten Gedanken Reichtum, Geist, Leben geopfert und ... und sterbe nun in der Gewißheit, es war ein Fehler, und ich kann ihn nicht mehr verbessern ... Oh, die Türken, die Türken! ... Tadle mich nicht, mein Sohn, daß ich meine Hoffnung gerade auf sie gesetzt habe; es ist überall das gleiche, glaube es mir! ... Ich wollte die Türken benutzen, um die Franzosen fortzujagen, und danach wären wir Italiener allein geblieben ... Ich Tor! Heute sehe ich, was die Türken gewollt haben.«

Er schien die Beute heftiger Phantasien; vergebens mühte ich mich, ihn zu beruhigen und so zu stützen, daß ihn seine Wunde weniger schmerzte; er redete irre, er schrie, alle seien Türken. Der Priester erzählte mir, wie er ihn gefunden. Er hatte sich den Gewalttaten der Türken widersetzt, und da hatten sie ihm mit dem Krummsäbel die schreckliche Wunde an der Kehle beigebracht; aber wäre er auf dem Pflaster liegengeblieben, so hätten ihn die Einwohner in seiner armenischen Tracht sicher in Stücke gerissen. Der Priester hatte die Szene aus einem Fensterchen des Glockenturmes beobachtet und den Alten aus Mitleid hereingeholt. Ich dankte ihm mit einem Blick für so viel christliche Nächstenliebe und fragte leise, ob es im Ort keine Ärzte gebe, die noch einen Versuch machen könnten. Da regte sich der Sterbende und schüttelte den Kopf.

»Nein. Wozu Ärzte?« sagte er mühsam. »Denk an die Türken! Denk an Venedig . . . vielleicht siehst du es noch einmal groß, Herrin über sich und über die Meere . . . umgürtet von einem Wald von Schiffsmasten . . . umflammt von der Strahlenkrone des Ruhmes . . .Mein Sohn, dann . . . segne dich . . . der Himmel.«

Und er verschied. – Sein Sterben war mir ein hohes Vorbild und ein Trost. Ich schloß meinem Vater voll Ehrfurcht die Augen; sein starker, tätiger Geist umschwebte noch die wesenlose Hülle. Ich küßte ihn auf die Stirn, meine Lippen formten ein Gebet, das sie später nie mehr wiederholt haben. Ich hätte lange bei ihm sitzen und seine letzten Worte bedenken mögen, doch sein Beispiel selbst rief mich zu der Pflicht, als deren unbekannter Märtyrer er gefallen war. Er hatte wohl bisweilen geirrt, doch immer fest und unerschütterlich gehandelt.

Mein Vater, dachte ich, du wirst es gutheißen, wenn ich mich des traurigen Trostes beraube, dich zu deiner letzten Wohnung zu geleiten. Ich eile zu dem verzweifelten Versuch, unsere Republik zu retten.

Mir schien, um seinen Mund schwebe ein zustimmendes Lächeln. Das Herz sprang mir in Stücke; ich stürzte aus dem Zimmer. Mit Mühe konnte ich dem alten Priester ein paar Dublonen für das Begräbnis und für einige Seelenmessen aufdrängen; dann kehrte ich in die Schenke zurück, wo Martelli unsere kleine Schar schon zum Abmarsch gesammelt hatte, und alle waren erleichtert, als ich endlich zum Vorschein kam. Über dem Meer dämmerte der erste Morgen und weckte mit seinem weißen Finger alle Farben des Regenbogens; noch gingen die Wogen hoch, und kein Schiffsmast stand mehr am Horizont. Die Glocke der Kirche rief die Fischer zur Frühmesse, ihre Frauen schwatzten vor der Haustüre von den Schrecknissen, die sie erlitten, und ein paar Schiffsjungen hißten die Segel und trällerten den Kehrreim eines Liebesliedes. Nichts, nichts auf dieser Erde, an diesem Himmel, in diesem Leben stimmte sich auf den Ton der Trauer aus Mitleid für einen Sohn, der dem toten Vater die Augen geschlossen hatte.

»Wo bist du so lange gewesen? Was hast du denn?« fragte Martelli, wobei er sich über die Mähne seines Pferdes beugte.

Ich sprang ohne Antwort in den Sattel, gab meinem Pferde die Sporen und jagte davon; ein Stück Weges begleiteten uns die begeisterten Rufe der Bewohner, die uns beim Aufbruch grüßen wollten.

So galoppierten wir etliche Meilen, als uns ein naher Kanonendonner aufhorchen ließ. Jeder brachte eine andere Vermutung vor; da kam uns einer der Unsern entgegengestürmt, ohne Waffen und Helm, auf einem Gaule, dessen Flanken von dem rasenden Lauf eingefallen waren, und riß uns aus der Ungewißheit. Im Hafen von Bisceglie war ein Parlamentärboot erschienen. Es waren keine Türken, sondern Russen, befehligt vom Ritter Micheroux, General von S. M. Ferdinand, die anfragten, ob sie landen dürften, nur, um die in Capua und Gaëta verbliebenen Franzosen aus dem Königreich zu vertreiben. Da schrieen die Einwohner hurra! warfen die Gewehre weg und wedelten mit den Taschentüchern Willkommen. Vierzehnhundert Russen waren gelandet und auf dem Wege nach Foggia, um dort auf dem Jahrmarkt dazwischenzufahren und mit einem Schlage die ganze Provinz in Schrecken zu setzen. Ich und Martelli wechselten einen Blick. Den Russen in Foggia zuvorkommen und die Stadt in Verteidigungszustand setzen, schien das Naheliegendste. Also wandten wir uns rechts nach Ruvo und Andria; aber als wir in das letztere Kastell einritten, waren wir plötzlich von einer bewaffneten, lärmenden Menge umgeben. Ruffo hatte diese Schar den Russen von Micheroux entgegengeschickt. Wir merkten zu spät, in welches Wespennest wir geraten, und hatten alle Hände voll zu tun, ihm zu entrinnen. Martelli und siebzehn andern gelang die Flucht; zehn wurden getötet; acht, unter ihnen ich, alle mehr oder weniger verwundet, wurden dafür aufbewahrt, an einem Festtage den Galgen zu zieren. Denn so hieß es unter dem Paragraphen ›Gefangene‹ im Kriegsbefehl von Ruffo.

Die Schar, von der ich gefangen wurde, war geführt von dem berüchtigten Mammone, dem häßlichsten, viehischsten Menschen, den ich je gekannt habe; er trug wie der selige Louis XVI. eine Unmenge Medaillen am Hute. Mit bloßen Füßen, ständigen Schmähungen ausgesetzt, wurde ich hinterhergeschleift und durchwanderte so das gleiche Apulien, dem ich vor fünf oder sechs Tagen nahezu als Herr befohlen hatte. Ein solches Leben, ich bekenne es euch, behagte mir wenig; und da mich die Eisen an Händen und Füßen an einer Flucht hinderten, nährte ich keine andere Hoffnung, als bei der ersten besten Gelegenheit gehenkt zu werden.

Eines Abends, als wir im Lehen von Andria, dem Sitz meiner vergangenen Größe, angelangt waren, näherte sich mir ein Hirt und höhnte und beleidigte mich mit unflätigsten Schimpfworten, wie sie nur die Phantasie der Neapolitaner ersinnen kann; doch danach sagte er so leise, daß ich ihn mit Mühe verstand: »Mut, junger Herr! Oben im Kastell denkt man an Euch.« Da schien mir, ich erkenne in ihm einen der zuverlässigsten Bauern von Carafa; und als ich die Augen hob, sah ich die Fenster im Kastell erleuchtet, während ich es wenige Tage zuvor als unbewohnte Burg verlassen hatte, und sein Herr weilte in den Abruzzen, ja es hieß sogar, er werde von den Aufrührern in der Festung Pescara belagert. Nun, ich gab mich an jenem Abend, da ich nichts Besseres zu tun hatte, der Hoffnung hin. Gegen Mitternacht erschien einer dieser Räuber an meinem Strohlager, zeigte den Wachen einen Befehl des Hauptmanns, löste mir die Eisen von Händen und Füßen und bedeutete mir, ihm zu folgen. Wir gelangten vor eine Hütte nicht weit von Andria, dort übergab mich mein Führer einem ziemlich kleinen, geheimnisvoll in einen Mantel gehüllten Manne, der nur ganz rocken sagte: »Gut!« und der Räuber ging, woher er gekommen, und ich blieb bei meinem neuen Herrn. Ich schwankte noch, sollte ich bleiben oder davonlaufen, als eine andere Person hinter dem mit dem Mantel hervorschlüpfte, mir um den Hals fiel und mich mit den glühendsten Küssen der Welt beschenkte. Ich erkannte nicht, aber ich fühlte Pisana. Doch der im Mantel war damit wenig zufrieden und mahnte, es sei keine Zeit zu verlieren. Da erkannte ich ihn an der Stimme und rief: »Lucilio!«

»Pst!« erwiderte er nur und führte uns hinter die Hütte, wo drei prächtige Rennpferde aufs Zaumzeug bissen. Er ließ uns aufsitzen, und wir legten in zwei Stunden acht Meilen zurück. Die Wege waren entsetzlich, die Nacht finster wie nie, Pisana, die zwischen uns ritt, pendelte bald nach rechts und bald nach links, und nur unsere Schultern hinderten sie abwechselnd daran, daß sie herunterfiel. Sie saß seit ihrer frühen Jugend das erste Mal zu Pferde, und dann und wann brachte sie gar den Mut auf zu lachen! . . .

»Mit welcher Hexerei habt Ihr denn das vom Herrn Mammone erreicht?« fragte Lucilio, der von manchen Teilen dieses Abenteuers nicht mehr zu wissen schien als ich.

»Je nun«, erwiderte Pisana stockend, wie es ihr die Stöße des Pferdes erlaubten, »er sagte mir, ich sei sehr schön, ich versprach ihm alles, was er wollte, ja ich schwur es ihm bei allen Medaillen, die er am Hute trägt. Zwei Stunden nach Mitternacht sollte er nach Andria kommen, um den Preis für seine Großmut in Empfang zu nehmen. Hahaha!« Und sie lachte ausgelassen über den gebrochenen Schwur.

»Ah, darum lag Euch so viel daran, daß wir vor zwei Uhr nachts auf und davon wären! Jetzt verstehe ich.«

Nun war die Reihe zu fragen an mir, und ich erfuhr, daß die beiden, nachdem sie sich mit wirksamen Empfehlungsbriefen von Ettore Carafa zu mir auf den Weg gemacht, fliehende Soldaten von Martelli getroffen hatten, die ihnen von meiner Gefangennahme berichteten. Als sie hörten, Mammone werde morgen in Andria sein, waren sie ihm zuvorgekommen, und Pisana hatte ein Stückchen von der Geschichte der Judith aufgeführt. Durch ihre List war ich dem Galgen entronnen, und ich weiß nicht, wer mehr verspottet wurde, Mammone oder Holofernes. Mit Tagesanbruch kamen wir an die ersten Posten des Feldlagers der Republikaner, das Schipani befehligte; Giulio und Amilcare, erschrocken, welcher Gefahr ich entronnen war, fanden mit Freudenausbrüchen und Glückwünschen kein Ende. Doch mitten in der Freude wich eine tiefe Traurigkeit nicht von ihrer Stirn; sie galt dem baldigen, unvermeidlichen Falle der Republik. Ich verbarg im Herzen noch eine andere Trauer, und Lucilio war der erste, dem ich von dem tragischen Tode meines Vaters erzählte. Er hörte mir mit bekümmerter Miene zu und sagte seufzend: »Ach, mußte er auf solche Weise zugrunde gehen! Auch ich habe geirrt wie er, auch ich beklage jetzt unnütz vergeudete Zeit, Mühe und Lebenskraft. Und wer weiß – achte auf meine Prophezeiung – bald wird die Gegend von Ancona ein ähnliches Unheil heimsuchen!« . . .

Damals verstand ich nicht, worauf Lucilio anspielte; aber ich behielt seine Worte im Gedächtnis und erinnerte mich ein paar Monate später an sie: Lahoz, der General der Cisalpinen, der den Dienst bei den Franzosen verlassen hatte wegen ihres an der Freiheit seines Vaterlandes begangenen Treubruchs, wollte mit Hilfe der aufständischen Bewohner der Romagna und der Österreicher das letzte Bollwerk der Franzosen in jenem Teil Italiens, die Festung Ancona, berennen. Er wurde von den eigenen Brüdern, die dem Franzosen Monnier dienten, ermordet und fand vor dem Tode Worte tiefer Ergebenheit für Italien; doch er starb an einem Ort und in Armen, die nicht italienisch waren. So ging der Mann elend zugrunde, der die Seele jener geheimen Gesellschaft war, die von Bologna aus über ganz Italien die Unabhängigkeit schützen wollte, im Widerstreit der verschiedenen Mächte. Man wollte sich auf die einen stützen, um die andern niederzuwerfen; aber besser hätte man sich auf niemanden stützen und eher verstehen sollen zu sterben.

Wir wurden durch die ständig wachsenden Scharen von Ruffo mit der Kolonne Schipani bis Neapel zurückgeworfen. Hier waren Verwirrung, Unruhe und Furcht aufs höchste gestiegen. Noch legte man Besatzungen in die Türme und Kastelle; Francesco Martelli erhielt den Befehl, den Turm von Vigliena zu verteidigen. Entschlossen, eher zu sterben als in die Gewalt des Feindes zu fallen, schrieb er mir einen Brief, in dem er Frau und Söhne meiner Obhut empfahl. Giulio Del Ponte, leidender denn je und fast am Ende seiner Kraft, bat um die Gunst, die Gefahr mit Martelli teilen zu dürfen, und erhielt sie. Als er von Neapel zu seiner traurigen Bestimmung aufbrach, küßte ihn Pisana auf den Mund; es war der Kuß des letzten Abschieds. Giulio lächelte wehmütig und blickte mich lange an. Zwei Tage danach legten die Befehlshaber des Turmes von Vigliena, bedrängt von Ruffo, Königlichen und Räubern, unfähig zu weiterem Widerstand, Feuer an die Mine und sprengten ein gutes Hundert Feinde mit in die Luft. Ihre Leichen fielen zerfetzt auf den rauchenden Boden, als das Echo der Berge noch ihren letzten Schrei wiederholte: Es lebe die Freiheit! Es lebe Italien!

In dem Durcheinander jener letzten Tage verloren wir Amilcare aus den Augen, und erst nach einigen Monaten erfuhr ich, daß er das Leben als wahrer Räuber in den Bergen des Sannio verloren hatte; kein ungewöhnliches Los starker, heftiger Charaktere in Zeiten, wo eine Regierung gegen die andere kämpft.

Bald nach dem Fall des Turmes von Vigliena zogen dank der ekelhaften Feigheit von Mégeant, dem französischen Befehlshaber von Sant'Elmo, Russen, Engländer und die Spitzbuben von Ruffo in die Stadt ein. Da mit einem Mal erklärte Nelson die Übergabe für null und nichtig mit dem Hinweise, ein König verhandle nicht mit aufrührerischen Untertanen; und nun begann mit Morden und Martyrien ein wahrer Heldenzyklus, eine Tragödie, die in der Geschichte ihresgleichen hat höchstens in dem Blutbade der Pythagoreischen Schule in eben diesem Groß-Griechenland. Mario Pagano und Cirillo, zwei Leuchten der italienischen Wissenschaft, einfach und groß wie die Alten, starben mit Seelenstärke auf dem Schafott. Eleonora Fonseca trank, bevor sie die Treppe zur Richtstätte hinaufstieg, in Ruhe ihren Kaffee und zitierte den Vers: *Forsan haec olim meminisse juvabit.* Der Marschall Federici, der Admiral Caracciolo, die Blüte des neapolitanischen Adels, die Zierden der Literatur, Künste und Wissenschaften in diesem berühmten Teil Italiens, alle waren sie dazu verdammt, von der Hand des Henkers zu fallen ... Und die Engländer und Nelson gingen ihres Weges.

Nun blieb noch Ettore Carafa. – Er hatte die Festung Pescara bis zum äußersten verteidigt. Als Bürgschaft für die Übergabe von der republikanischen Regierung Neapels selbst den Königlichen ausgeliefert, wurde er nach Neapel gebracht. Sie verurteilten ihn zum Tode. An eben dem Tage, da er das Schafott bestieg, verließen wir drei, Lucilio, Pisana und ich, heimlich das portugiesische Schiff, auf das wir uns geflüchtet hatten, und es war uns vergönnt, ihn noch einmal zu grüßen. Er blickte auf Pisana, dann auf mich und Lucilio, dann wieder auf Pisana, und ... lächelte! Oh, wohl dieser schwachen Menschheit, die sich mit einem einzigen solchen Lächeln loskaufen kann von einem Jahrhundert der Verworfenheit! Tränen verdunkelten mir und Pisana den Blick; Lucilio sah Carafa sterben. Er wollte auf dem Rücken liegend geköpft werden, um das Seil des Henkerbeiles zu sehen und vielleicht den Himmel, vielleicht auch die eine Frau, die er wie das Vaterland unglücklich geliebt hatte.

Jetzt hielt uns nichts mehr in Neapel. Wir empfahlen die Witwe und die Söhne von Martelli der Fürstin Santacroce, versahen sie mit einer Summe aus dem Vermögen, das mir mein Vater hinterlassen, und segelten nach Genua, dem nunmehr einzigen Fels der italienischen Freiheit.

Mit dem ruhmreichen Fall von Neapel, mit der Übergabe von Ancona, mit den Siegen von Suwarow und Kray in der Lombardei stand am Beginne des Jahres 1800 das ganze übrige Italien in der Macht der Verbündeten.

ACHTZEHNTES KAPITEL

Das Jahr 1800. – Ungemach mit einer Katze und mein Liebesglück während der Belagerung von Genua. – Mich verläßt die Liebe, und der Ehrgeiz sucht mich heim. – Doch in Kürze genese ich von der bürokratischen Pest, und als sich Napoleon zum Kaiser und König macht, lasse ich die Intendanz von Bologna im Stich und gehe mit Vergnügen wieder ins Elend.

Unser Jahrhundert (verzeiht: ich sage ›unser‹ im Namen von euch allen; was mich betrifft, so habe ich einiges Recht auch auf das verflossene, und dieses hier halte ich nur eben in den Fingerspitzen) – unser Jahrhundert also hat alle Systeme, alle Gedankengebäude, an denen sich die Hirne in den verflossenen fünfzig Jahren abgemüht haben, auf den Kopf gestellt, und mit den gleichen Menschen völlig entgegengesetzte Zwecke erreicht. Da wird gebaut, da wird niedergerissen, und während man niederreißt, wird keineswegs zu Ende geführt, was zu bauen man angefangen hatte ... ganz im Gegenteil! Auf das Jahr also, das mit den Märtyrern der Republik und mit den Siegen der Verbündeten geendet hatte, folgte eines, das in Marengo die Wirkungen dieser wie jener zunichte machte und das Schicksal Europas wieder in die Hand von Bonaparte gab, der aus Ägypten zurückgekehrt war. Der Erste Konsul von dreißig Jahren war nicht mehr der General von sechsundzwanzig, der sich während der Audienz den Bart scheren ließ; er brütete ganz insgeheim schon über die Paragraphen des Hofzeremoniells. Ihr müßt entschuldigen, wenn ich euch im letzten Teil meiner Geschichte mit dem prunkhaften Beginn eines Konsulehrgeizes behellige, der dann doch nur, wie üblich, mit der dürftigen Erzählung von ein paar gewöhnlichen Kindereien endet. Doch das Licht Napoleon zieht mich an, ich muß hineinblicken, und sollte ich darüber blind werden.

Ihr habt gewiß auch bemerkt, daß ich einige Eile hatte, aus

dem schmerzhaften Wirrsal meiner neapolitanischen Erlebnisse herauszukommen. So oft ich jene düstere, von so viel hochherzigem Opfer erfüllte Zeit betrachte, kann ich kaum glauben, daß ich an ihr teilgenommen; sie erscheint mir wie der in eine Minute zusammengedrängte Traum eines Jahres, das mich in seiner Fülle betäubt hatte. Jedenfalls ist Neapel für mich das Bild eines magisch-geheimnisvollen Landes geblieben, wo die Zeit nicht schreitet, sondern galoppiert, und die Sonne an einem Tage reift, was in andern Gegenden einen Monat braucht, um bis zur Blüte zu kommen. Die Parthenopeische Republik hat nur einige Monate gelebt; doch diese Zeit ist angefüllt mit Männern und geweitet von großen Taten, als wären es Jahre gewesen. Das Jahrhundert, in dem Dante geboren wurde, dünkt uns ja auch länger als die vierhundert Jahre, die danach bis zum Spanischen Erbfolgekrieg führten. Von all den kleinen Republiken, die in Italien unter dem belebenden Hauch der französischen hervorsproßten, die Cisalpine, die von Padua, Ligurien, Ancona, Rom, Neapel, hatte die Cisalpine bedeutende Wirkungen durch die längere Dauer, die Beständigkeit ihrer Anordnungen und vielleicht auch durch die höhere und gleichmäßigere Kultur ihrer Bevölkerung; doch überragte die Parthenopeische Republik alle andern durch den Glanz der Taten, die sie für die Republik vollbrachte. Auch mag sein, daß die Geschichte mehr Freude hat an der Tapferkeit als an den großen, lauten Katastrophen.

Nach einer stürmischen Überfahrt waren wir in Genua an Land gegangen; Pisana und ich hatten ziemlich unter der Seekrankheit zu leiden gehabt und verdankten es ihr, daß wir uns, während sie uns quälte, keine andern Sorgen machen konnten. Lucilio war immer finsterer und nachdenklicher geworden wie jemand, der verzweifelt, es jedoch nicht wahr haben will. Ihm wuchsen die Kräfte, wie er sie brauchte; er besaß eine wahrhaft römische Seele, geschaffen, auch von der tiefsten Stufe aus zu befehlen, eine unselige Gabe, die uns Italienern ziemlich allgemein eignet und viel Unglück und manchen traurigen Ruhm verursacht. Nun sind die Geheimgesellschaften eine Zuflucht für den gereizten Tätigkeitsdrang und die Befehlsgelüste derer, die in dem zu engen Raume, den ihnen die Regierung gewährt, nicht wirken wollen oder können. Ich hatte schon geraume Zeit gemerkt, daß Lucilio, vielleicht schon seit den Universitätsjahren, einer Sekte von Illuminaten oder Freimaurern angehörte; doch nach und nach wurde ich gewahr, daß sich die philosophischen Tendenzen dem Politischen zuneigten, wie auch die Vorgänge in der früheren Cisalpinen Legion und um Ancona bezeugten. Lucilio kümmerte sich eifrig um solche neuen Dinge und sagte manche mit bewundernswerter Genauigkeit voraus. Ich glaube nicht, daß er vorher eine Nachricht erhalten hatte, er war eher ein redlicher Prophet; denn er pflegte nicht von Dingen zu sprechen, die ihm mitgeteilt wurden, und zu jenen Zeiten war es in unserer Lage nicht eben leicht, Briefe neuen Inhalts zu empfangen. Nach Genua zumal gelangten weder neue noch alte, und die letzten Nachrichten aus Venedig stammten von einem deutschen Gefangenen, der einen Monat zuvor bei dem Gemahl von Pisana im Quartier gelegen hatte, vielleicht im gleichen Zimmer wie der Herr Minato.

Dieser Herr Oberleutnant war eine der unangenehmen Neuigkeiten, die ich in Genua vorfand; die zweite war der Hunger, denn am Tage nach unserer Ankunft begann die englische Flotte die schärfste Blockade, die uns in wenigen Wochen so weit herunterbrachte, daß wir auf Katzen Jagd machten. Doch auch für einen großen Trost war gesorgt, und das war die Protektion des Müllerfreundes Alessandro, der sich ebenfalls in Genua befand, und zwar nicht mehr als Hauptmann, sondern als Oberst. Zu jener Zeit kam man schnell voran. Der Oberst Giorgi, der sein ganzes Regiment um Haupteslänge überragte, war nicht älter als siebenundzwanzig; er kannte keine Furcht und wurde erst im Schlachtgetümmel warm, ohne doch je die Soldaten zu vergessen, die er führen mußte, und das waren seine Vorzüge. Er konnte leidlich schreiben und machte manche Schnitzer in der Rechtschreibung, er wußte erst seit einem Monat und nur eben dem Namen nach von Vauban und Friedrich II.; das waren seine Fehler. Eines Tages begegnete ich ihm, als es in den Läden schon dürftig auszusehen begann, mit Eßwaren unterm Arm. Pisana lag ziemlich krank zu Hause, und ich hatte noch kein Pfund Suppenfleisch für sie auftreiben können.

»Oho, Carlino«, rief er, »wie geht's?«

»Nun«, erwiderte ich, »du siehst, ich bin noch am Leben, aber wie es morgen oder übermorgen sein mag ... Pisana geht es nicht gut, und wir sind immer übler dran.«

»Was, die Gräfin ist krank? Zum Donnerwetter! ... Soll ich dir acht oder neun Regimentsärzte schicken? ... Die Regimenter sind nicht mehr da, aber die Ärzte; ein Zeichen, daß sie etwas können.«

»Danke schön; mir genügt der Doktor Vianello.«

»Der genügt natürlich; ich meinte nur so zur Beratung.«

»Aber nein, die Krankheit ist erkannt, sie kommt vom Mangel an Luft und Nahrung.«

»Weiter fehlt ihr nichts? Verlaß dich auf mich! Morgen habe ich Dienst in Polcevera, da soll sie in einer Stunde mehr Luft kriegen als in Fratta an einem Tage.«

»O ja, in Polcevera, wo euch Melas mit so hübschen Dingerchen bedenkt!«

»Da hast du recht, ich vergaß, sie ist eine Gräfin, und die Granaten könnten sie stören. Da kann ich nicht helfen; schicke sie auf die Altane spazieren.«

»Wenn sie dazu Kraft und Lust hätte, täten es auch die Altane; aber eine kränkliche Person, die sich von Lattichsaft nährt, ist dazu kaum imstande.«

»Die Ärmste! Doch ich weiß etwas für dich. Du siehst, ich bin ziemlich fett geblieben.«

»O ja, wie ein Kaplan am Dom von Portogruaro.«

»Alles andere, Carlino! Sage selbst, ob einer beim Messesingen im Chor solche Muskeln erwirbt!« (Und er spannte den Arm, daß fast die Nähte platzten.) »Ich habe mich so erhalten dank meiner Voraussicht. Ich habe meine zwei Pferde getötet, habe sie einsalzen lassen und schlinge nun davon vier Pfund am Tag in mich hinein. Nachher wird auch Rat werden. Aber wenn du an diesem Schlaraffenleben teilhaben willst . . .«

»Von mir aus gern, wenn es mir auch leid täte, dich zu berauben; aber Pisana verträgt kein eingesalzenes Pferdefleisch.«

»Dann weiß ich etwas anderes. Meine Wirtin ist als echte Genueserin geizig und ißt nichts als gekochtes Gras von ihrem kleinen Hofe, den sie mit dem Namen ›Garten‹ beehrt. Aber ich glaube, sie hat auch vor der Belagerung nicht besser gegessen. Nun stelle dir vor: sie hält immer auf den Knieen eine alte Angorakatze, so fett, so zart, für jeden Mailänder die reine Schlemmerei!«

»Geh und hole deine Angorakatze!« rief ich. »Pisana kann zwar, soviel ich weiß, lebende Katzen nicht eben gut leiden; aber tot wird sie sie schon mögen. Alles kommt darauf an, daß wir ihr weismachen, es sei Hühnerbrühe und nicht Katzenbrühe. Ich werde mir eine Handvoll Federn verschaffen und sie im Hause verstreuen . . .«

»Kann ich vielleicht die Federn . . .«

»Danke, Alessandro! Mir fällt ein, in meinem Zimmer sind die Bettkissen voll davon. Aber wie willst du es anstellen, dich der Katze zu bemächtigen, die deine Wirtin auf den Knieen hält? . . .«

Da zog der brave Oberst den Kopf ein und rieb das Kinn am Kragen, daß er selbst aussah wie ein feister Kater, der sich putzt.

»Nun ja, zum Donnerwetter, wie willst du es anstellen, wenn sie in ihre Katze so verliebt ist?«

»Carlino, ich habe das Unglück gehabt, ihr mehr zu gefallen als ihre Katze; und sie verfolgt mich, daß es mich rasend macht.«

»Sie ist also häßlich?«

»Häßlich, mein Lieber? Ein wahres Scheusal! Wie sollte ein

geiziges Weib schön sein? Sie sieht aus wie Frau Sandracca, nur hat sie noch weniger Zähne.«

Mich schüttelte es vor Grausen.

»Hab keine Sorge! – Jeden Morgen klopft sie an meine Türe, fragt, ob ich gut geschlafen habe, und fingert an der Klinke herum, als wolle sie hereinkommen; doch ich tue immer, als hörte ich den zärtlichen Weckruf nicht, und abends schiebe ich ganz fest den Riegel vor. Eher vergäße ich, mir die Stiefel auszuziehen, als mich so zu sichern. Morgen jedoch werde ich absichtlich vergessen, mich einzuriegeln, die gnädige Frau wird hereinkommen, und inzwischen soll mein Bursche mit der Katze fein zärtlich sein.«

»Teufel noch mal, das hast du dir gut ausgedacht! Mit so wunderbarer Haltung bist du in Kürze General. Ich danke dir sehr! Und denke daran, ich erwarte von deiner Katze die Gesundheit der Gräfin Pisana.«

Am Tage danach besuchte mich Alessandro gerade ums Mittagläuten, und sein Gesicht war finster.

Ich lief ihm entgegen: »Wie ist es gegangen?«

»Das verdammte Gerippe!« rief der Oberst. »Stell dir vor: sie kam an meine Tür mit ihrer blöden Katze auf dem Arm...«

»Was weiter?«

»Was weiter? Ich mußte eine halbe Stunde lang ihr Geschwätz hinunterschlucken, daß es mir noch jetzt den Magen umdreht. Sage du mir, wenn dir etwas einfällt, wie ich sie von der verteufelten Katze trennen soll!«

»Wie wäre es, wenn du sie umarmtest?«

Der arme Alessandro zog die Nase hoch, als hätte ich ihm Aas zu riechen gegeben.

»Ich fürchte, es ist die einzige Möglichkeit«, erwiderte er. »Aber wenn nun die Katze nicht weg geht?«

»Du liebe Zeit! Einem Hauptmann wie dir sollten die Mittel fehlen, eine Schlacht in die Länge zu ziehen?«

Bei diesen Worten nahm Alessandro eine etwas steife Haltung an, die ich mir nicht sogleich zu erklären wußte. Dann wurde mir mein Fehler blitzartig klar.

»Entschuldige«, rief ich eilig, »ich habe das Wort ›Hauptmann‹ in seiner ursprünglichen Bedeutung von ›Feldherr‹ gebraucht, wie Julius Cäsar, Hannibal, Alexander, Friedrich II. Feldherren waren. Ich vergesse niemals den Rang, den du jetzt bekleidest.«

Bei dieser Erklärung, und zumal beim Namen Friedrich II., erhellte sich das Gesicht des Obersten.

»Also gut«, erwiderte er höchst zufrieden und strich sich über die Backen. »Ich werde zu diesem Gerippe ein wenig zärtlich sein... Aber da fällt mir ein ... was wird die Zofe dazu sagen?«

»Was hat die Zofe damit zu tun?«

»Sie hat ... nun ... sie hat damit zu tun, weil sie damit zu tun hat.«

»Ist die Zofe jung und hübsch?«

»Frisch, das weiß der Himmel, und fest wie ein Äpfelchen, das noch nicht ganz reif ist ... mit so gewissen Auspolsterungen, die an unsere Bauernmädchen erinnern, und einem Mündchen, wie es in Genua nicht seinesgleichen gibt.«

»Also darum hat sie damit zu tun! – Dann könntest du ja die Zofe wegschicken, daß sie dir meinetwegen Putzpulver für die Sporen holt.«

»O nein, Freundchen, da würde die Tochter der Portiersfrau eifersüchtig!«

»Mein lieber Alessandro, bist du so sehr Schoßkind bei den Frauen? ... Dann gibt es wohl für das weibliche Geschlecht einen Anreiz, der dringlicher wäre als der Hunger?«

»Und ob es ihn gibt! ... Aber zwischen diesen Blockadegesichtern muß meine Farbe und mein Wuchs natürlich Eindruck machen! ... Und dann können sich Leute aus Genua und dem Friaul sowieso nur durch Scherzworte verständigen; unsere Dialekte sind so verschieden, daß, wenn hier einer Brot fordert, er Prügel beziehen könnte.«

»Das ist ein schöner Grund! Doch wehe, wenn du dein eingesalzenes Pferd nicht hättest! – Du könntest ja der Zofe etwas zu bügeln geben.«

»Ich werde schon sehen. Laß mich nur machen! Morgen hast du deine Katze, das gibt Brühe für vierzehn Tage.«

»Ich lege sie dir sehr ans Herz. Für heute habe ich eine halbe Taube kaufen können, um schrecklich viel Geld, aber morgen sitzen wir wirklich auf dem trockenen.«

Der tüchtige Oberst verließ mich mit einer Gebärde, die unweigerlich alles versprach, und dachte sicher auf dem ganzen Wege darüber nach, wie er die Zärtlichkeiten, womit er seiner Wirtin die Katze vom Busen nesteln sollte, möglichst unverbindlich gestalten könne. Am nächsten Tag um zehn Uhr brachte mir sein Bursche die berühmte Bestie ins Haus; wirklich war ihr Gewicht nicht geringer als ihr Ruhm, und ich erinnerte mich nicht, selbst in der Küche von Fratta je eine so maßlos große Katze gesehen zu haben.

»Und was macht dein Herr?« fragte ich den Burschen etwas zerstreut.

»Er macht in seinem Zimmer ein großes Geschrei mit allen Frauen des Hauses«, erwiderte der Soldat. »Aber er ist es gewohnt, den Russen die Stirn zu bieten, und wird keine Angst haben vor vier Unterröcken.«

Eine Viertelstunde später, als ich das Tier schon der Köchin eingehändigt hatte, daß sie daraus so viel Brühe wie möglich gewinnen und den Katzengeschmack mit Sellerie und Zwiebeln abdämpfen solle, erschien, verwirrt und zerzaust wie Orest, als ihn die Furien jagten, Alessandro. Er warf sich auf einen Sessel und brummte, er wolle lieber aus der Festung einen Ausfall machen und den Deutschen, Russen und allen andern einen Ochsen vor der Nase wegstibitzen, als noch einmal Jagd auf eine Katze machen. Ich mußte an mich halten, um ihn nicht mit unzeitigem Gelächter zu beleidigen.

»Hör mich nur an!« rief er und warf mißmutig den Hut in die Ecke. »Ich hatte gedacht, ich wollte die Portiersfrau aus dem

Hause schicken und die Zofe hinterher, sie zu suchen, so daß inzwischen meine Wirtin zu mir heraufkommen, ich ihr die Katze wegschmeicheln und der Bursche mit dieser auf seine Weise fertig werden könnte; inzwischen wären Portiersfrau oder Zofe zurückgekommen und hätten mich aus der Verlegenheit gezogen. Und was geschieht statt dessen? ... Die Portiersfrau und die Zofe begegnen einander auf der Treppe und fangen Streit an, ich halte die Frau Wirtin, nachdem ich die Katze zu Boden bugsiert, so ungefähr im Arm und weiß nicht, wie ich weitergehen oder mich zurückziehen soll, da gerät mir die verdammte Katze zwischen die Beine und die Alte hängt mir am Halse! ... Ich stampfe und schlage aus und jage das Vieh schließlich davon ... da erscheinen Zofe und Portiersfrau, sie haben einander fast beim Wickel und sehen mich, wie ich die gnädige Frau am Wickel habe! Die eine heult, die andere schreit, als wollten sie die ganze Nachbarschaft alarmieren. Die gnädige Frau war rot, mehr vor Zorn als Scham, ich bleich, mehr vor Schrecken als Zorn ... aber das geglückte Ablenkungsmanöver gab mir die Farbe wieder. Ich brüllte, hier sei gar nichts los, ich probiere der gnädigen Frau das Säbelgehänge um. Die Zofe stürzte auf die Herrin los und drohte, wenn sie ihr den Lohn nicht zahle, kratze sie ihr die Augen aus, und das sei nicht die Art, das Versprechen zu halten, daß die Bedienung des französischen Offiziers ihr allein überlassen sei. Die Portiersfrau wieder wütete bei dieser sonderbaren Forderung gegen die Zofe. Mittlerweile hörte man von unten die letzten Miaus der armen Katze, der mein Bursche mit der Schere der Wirtin die Kehle durchgeschnitten hatte; man fand dieses Instrument hernach, ganz mit Blut besudelt. Ich muß dem Dummkopf für solche Tölpelei noch die Ohren langziehen. Nun stelle dir das Durcheinander vor! Die gnädige Frau, die mich losgelassen, wollte mich wieder umarmen, die Zofe kriegte mich um den Hals zu fassen, die Portiersfrau am Rock, jede wollte ihr Teil; aber sie hatten die Rechnung ohne den Wirt gemacht. Ihrer Zärtlichkeiten mehr als überdrüssig, brüllte ich dermaßen los, daß sie alle drei vor Staunen erstarrten und mich freiließen. Ich gewann die Tür, nahm im Vorraum meinen Hut und eilte hierher; aber bei Gott, hätte ich einem Kosakenangriff im Karree standgehalten, ich wäre nicht so aus der Puste!«

Ich tröstete den jungen Oberst über sein Mißgeschick, und dann führte ich ihn zu Pisana, damit er den ihm gebührenden Dank empfange; aber wir trugen Sorge, die Katze in einen Puter zu verwandeln, und darum konnten die Gefahren, die der Paladin bei seinem Erwerbe bestanden, nicht solchen Eindruck machen. Jedenfalls gewann die Brühe, dank der Schlauheit der Piemonteser Köchin, den Beifall der Herrin; man fand sie ein wenig fade, aber da auch die Puter unter der Hungersnot litten, durfte man es so genau nicht nehmen.

Das sind nun ein wenig läppische Geschichten nach dem großen Heldengesang meiner neapolitanischen Taten; aber jede Jahreszeit hat ihre besonderen Früchte, und diese Einschließung von Genua schien sich anfänglich zur Posse hinzuwenden. Nur Lucilio verlor in nichts seine gewohnte Würde und lutschte seine Zichorienwurzeln so ernsthaft, als wäre es Hühnerfleisch oder Salami.

Ein andermal erschien mein Mülleroberst mit nicht so strahlendem Gesicht wie gewöhnlich. Ich gab die Schuld dem allmählich zur Neige gehenden Pferdefleisch, doch Alessandro sagte, wenn ich mit ihm komme, werde mir der Spott schon vergehen. Er führte mich ins Militärhospital. Dort fanden wir den armen Bruto Provedoni; er stand gerade von langer Krankheit auf. Aber er stand auf mit einem Holzbein. Das war eine böse Überraschung. Auch Alessandro hatte lange nichts von dem Freunde gehört und fürchtete schon das Schlimmste, als er, im Hospital nach einem seiner Soldaten fragend, der nicht mehr hier war, auf Bruto stieß. Von uns dreien war unser alter Freund der Vergnügteste. Er lachte, sang und tanzte auf seinem Holzbein mit den drolligsten Gebärden von der Welt. Er sagte, ihn reue nur eines, nämlich, daß er sein Bein nicht erst während der Blockade verloren habe; er hätte es wunderschön verspeisen können. Ich war herzlich froh, ihn gefunden zu haben, und konnte ihm in manchem nützen. Seine ganze Genesungszeit verbrachte er bei mir, Pisana und Lucilio und vermied auf diese Weise die Langeweile und Unbequemlichkeiten der Militärhospitäler.

In Genua sah ich auch Ugo Foscolo wieder als Offizier der Lombardischen Legion; er war schon im besten Zuge, ein Genie zu werden, zog sich von der Freundschaft mit Männern etwas zurück und ließ sich um so mehr bewundern von seinen Freundinnen, denen er den Alten nachgebildete Oden widmete, wie sie Anakreon und Horaz dichteten. Dies nur als Beispiel, daß man nicht immer dabei war, Hungers zu sterben, und daß Zichorienwurzeln den poetischen Schwung nicht so rasch hemmen, noch die gute Laune der Jugend im geringsten dämpfen konnten.

Jedoch mit der Länge der Zeit wurde der poetische Schwung flügellahm, und die gute Laune begann zu welken. Eine Bohne kostete vier Soldi, eine Unze Brot vier Franken, und wollte man nichts als Brot und Bohnen essen, war man in einer Woche ruiniert. Ich besaß im ganzen nur etwa zwanzigtausend Lire in Bargeld und österreichischen Schuldscheinen; aber die konnte ich hier nicht einlösen, und so beschränkte sich mein Vermögen auf ungefähr hundert Dublonen. Wollte ich die schwankende Gesundheit von Pisana stützen und sie mit andern Dingen ernähren als mit raffiniertem Zucker und Mäusen, so brauchte ich gut eine Dublone am Tag. Schließlich war ich sehr glücklich, daß ich meine Zuflucht zu dem gesalzenen Pferd von Alessandro nehmen konnte. Aber nach und nach blieben davon nur die Knochen, und wir mußten essen, was alle aßen, verfaulten Fisch, gekochtes Gras (wenn wir es fanden), Quecken und Zuckerzeug, woran Genua keinen Mangel litt, denn das bildete einen wichtigen Handelsartikel. Zu guter Letzt gab es Fieber und Blutflecken; doch in unserm

Hause blühte die Gesundheit, als sie draußen zur Neige ging. Das Zuckerzeug bekam Pisana gut; sie bekam wieder rote Backen und ihre wunderliche, wetterwendische Laune, die während der Krankheit so gut und gleichmäßig geworden war, daß mir angst und bange wurde. Aber allmählich schien mir, die Laune werde mehr als wetterwendisch. Pisana schnellte bisweilen hoch wie eine Viper, dann wieder schmollte sie einen langen Tag; alles mußte nach ihrem Kopfe gehen; auf hartnäckiges Schweigen folgte eine geradezu märchenhafte Geschwätzigkeit. Ich brauchte nur die Augen zu schließen, so konnte ich meinen, ich wäre nicht in Genua und hätte nie für die Freiheit gekämpft; alle die vielen Jahre waren ausgelöscht, und ich lebte mit Pisana in den stürmischen Kindereien von Fratta, an den Wassergräben in unsern Wiesen, wo wir Schnekkengehäuse durchbohrten und Kiesel blankputzten. Ich wurde kindisch wie ein Urgroßvater und war noch nicht einmal Vater, hatte auch keine Eile, es zu werden. Darüber zum Beispiel gerieten wir immer aneinander. Sie wollte durchaus ein Kind haben, und ich mochte ihr so hitzig beweisen, wie ich konnte, daß in unserer Lage, an diesem Orte, in diesen Zeiten ein Sohn das Allerheikelste wäre – ich mußte immer klein beigeben, sonst gab es Hader, Streit und Eifersüchte, ganz wie einst. Und alles um dieses verwünschte Kind! Nun, wenn uns die Vorsehung damit nicht beschenkte, so bin ich darob frei von Schuld wie von Gewissensbissen.

Bislang hatte ich mich immer gefreut, daß mich Pisana nicht mit Eifersüchten plagte, und diese Freude war, wenn ihr wollt, ein wenig mit Ironie gewürzt, denn ihre Sicherheit wurzelte vielleicht in Gefühlskälte oder in einem zu großen Vertrauen auf die eigenen Verdienste. Jetzt also wurde das anders. Ich konnte keinen Blick aus dem Fenster werfen, so zog sie schon ein Mäulchen. Gegenüber wohnten zwei Modistinnen, eine Plätterin, die Frau eines Schiffshandwerkers und eine urhäßliche Hebamme. In dieses ganze Pack sollte ich verliebt sein, und das war nicht eben ein Lob für meinen guten Geschmack. Aber Pisana blieb bei solchem Unsinn, ja sie sagte, sie habe es satt, als brave Ehefrau zu Hause zu sitzen, und wolle sich auch einmal einen halben Tag draußen bewegen; als ob die Stadt zu heiteren Spaziergängen Anlaß böte! Überall stank es nach Hospital; Leichen wurden auf die Bahren geworfen, Kranke getragen, in den Straßen lag der Kot, und manches Aas, das niemand wegräumte, wimmelte von Würmern. Trotzdem sollte ich Pisana durchaus auf die Kastelle spazieren führen, wo meine Freunde Wachdienst hatten, und ich vermochte es ihr nicht abzuschlagen; zu einem so einfältigen Ehemann hatte sie mich schon erzogen.

Eines Tages kamen wir von einem Besuche beim Obersten Alessandro von dem Fort Quezza, das den Angriffen besonders ausgesetzt war. Die Granaten schlugen auf die Kasematten, während wir Malaga tranken auf das Glück von Bonaparte und auf die Standhaftigkeit von Massena. Pisana becherte ausgelassen wie eine Marketenderin, ich hätte sie in diesem Augenblick ohrfeigen mögen; aber sie war bei allen Torheiten, die sie je beging, so über die Maßen schön, daß ich es ja doch nicht übers Herz gebracht hätte. Als wir das Fort verließen, schrie uns Alessandro nach, wir sollten auf das schöne Feuerwerk achtgeben; wirklich beschrieben die Granaten in der Luft die reizendsten Parabeln, und ohne das dumpfe Geräusch des Aufschlags und den Knall und die umherfliegenden Trümmer der Explosion wäre es ein vergnüglicher Anblick gewesen. Ich beschleunigte den Schritt, weniger meinetwegen, als um Pisana der Gefahr entronnen zu sehen, aber das nahm sie übel auf, murrte über meine Feigheit und brachte mich mit dem Lobe des schönen Alessandro und seiner Witze, die nicht eben zu den feinsten gehörten, in helle Wut. Pisana hatte eine Leidenschaft für Typen; ein neapolitanischer Bettler mußte zerlumpt sein und Makkaroni essen, ein Mülleroberst fluchen und gelegentlich in die Backen kneifen. So zankten wir uns also über Alessandro, sie schalt mich undankbar und ich sie allzu nachsichtig mit seinen possenreißerischen Manieren. Zu Hause setzten wir uns im Dunkeln jeder auf einen Sessel und drehten das Gesicht nach der Wand. Als Lucilio bald danach ins Zimmer trat, fand er uns eingeschlafen, ein Zeichen, daß der Sturm unsere galligen Gemüter nur eben an der Oberfläche gekräuselt hatte; und an Wind von bösen Worten hatte es wahrlich nicht gefehlt. Aber es gab um Alessandro noch manchen Streit.

Inzwischen wurden die Lebensmittel immer knapper, der Eifer der Belagerer nahm zu, man kämpfte nicht mehr für die bescheidenste Hoffnung auf Freiheit und Unabhängigkeit. Was wollte Massena? Aus Genua ein neues Pompeji machen, mit Leichen, statt Gerippen, oder die Feinde von den umstrittenen Mauern mehr als mit Waffen, mit der Furcht vor Seuchen fernhalten? – Wut und Klagen wurden allgemein. Nur der General selbst hatte seine Gründe, die Übergabe der Stadt um jeden Preis um einen Monat, ja einen Tag hinauszuzögern, denn Bonaparte wollte inzwischen die letzte republikanische Glut in Frankreich entfachen und Europa ein zweites Mal in Brand setzen. Unter Ungemach, Leiden und Grausamkeit kamen die ersten Tage des Juni heran, als Bonaparte schon mit Blitzesschnelle die ruhigen kleinen Kriege zwischen Melas und Suchet in Bewegung gebracht und damit die Hoffnungen der Italiener in Mailand belebt hatte. Die Übergabe von Genua nannte man nicht Kapitulation, sondern Konvention; die achttausend Mann von Massena verstärkten vorteilhaft das Heer des Varo, und es war nicht davon die Rede, daß die neuen Eroberer Liguriens die alte Regierung wiederaufrichten würden, wie im Piemont davon nicht mehr die Rede war. Als ob jetzt Zeit gewesen wäre, an Restauration zu denken! Melas sammelte auf Eilmärschen die verstreuten Heeresteile an den Ufern des Bormida, gerade gegenüber dem Punkte, wo Napoleon, bevor er von Paris aufbrach, den Finger auf die Landkarte gelegt und gesagt hatte: Hier breche ich durch! Und so verließ Melas rasch Mailand, ging über den Po, siegte mit dem Statthalter Lannes in Montebello und drückte den Feind um Alessandria zusammen. Höchst sonderbare Stellung zweier Heere; das Vaterland eines jeden lag im Rücken des Feindes.

Inzwischen schaffte man die Verbannten aus Genua, wie die Konvention forderte, auf englischen Schiffen nach Antibes. Ich, Pisana, Lucilio und Bruto Provedoni waren unter ihnen. Eine schlimme Fahrt, die mich meiner letzten Dublonen beraubte. Zum Glück fand ich in Marseille einen Wucherer, der mir die österreichischen Schuldscheine zu dreißig Prozent einwechselte, und da gerade der Sieg bei Marengo bekannt wurde, zogen wir alle zusammen wieder nach Italien. Man versprach sich viel; man versprach sich mehr, als man gewann, und der Gewinn von damals war ganz erstaunlich. Niemand hätte gedacht, daß Melas von einer ersten Niederlage so den Mut verlöre, und die Fortsetzung des Krieges schaffte noch mehr Raum für Hoffnungen; ja man sah von fern ein freies Venedig winken oder seinen Anschluß an die Cisalpina. Statt dessen überraschte uns unterwegs die Kunde von der Übergabe von Alessandria, infolge deren sich Melas hinter den Po und Mincio zurückzog, und die Franzosen Piemont, die Lombardei, Ligurien, die Herzogtümer, die Toscana und die Provinzen des Kirchenstaates wieder besetzten. Der neue Papst, in Venedig gewählt und vor kurzem in Rom von den neapolitanischen Verbündeten mit festlichem Gepränge begrüßt, meinte seine Macht den allzufesten Händen der Freunde entreißen zu müssen; statt dessen mußte er sie von der Milde der Feinde in Empfang nehmen, als er am fünfzehnten Juli mit Frankreich ein Konkordat unterzeichnete. Doch der Erste Konsul gebärdete sich als Schutzherr der Ordnung, der Religion, des Friedens; und Pius VII., der gute Chiaramonti, glaubte ihm ohne Rückhalt.

Überall regnete es Verhandlungen, die neuerdings mit Frieden, Ordnung, Religion gewürzt waren. Lucilio und alle die alten Demokraten zogen die Nase kraus; doch Bonaparte hätschelte und berauschte das Volk, schmeichelte den Mächtigen, zahlte den Soldaten reichlichen Lohn; und solchen Künsten kann keine republikanische Wut standhalten. Ich, den alten Grundsätzen treu ergeben, hoffte weiter, denn mir lag der Gedanke, die Menschen könnten sich in so kurzer Zeit so gewandelt haben, völlig fern. Darum begriff ich gar nicht, daß Lucilio ein hohes Amt, das ihm die neue Regierung geben wollte, ablehnte; ich jedenfalls nahm gern einen Posten als Richter am Militärgericht an. Doch da man ehrenhafte Männer als Verwaltungsbeamte brauchte, bestimmte man mich von da aus zum Finanzsekretär in Ferrara. Es mißfiel mir durchaus nicht, mir auf anständige Weise mein Brot zu verdienen, denn die zwölftausend Lire, die ich der Witwe Martelli auf einem Bankhaus in Neapel hinterlassen hatte, die in Genua ausgegebenen Dublonen, die in Marseille eingewechselten Schuldscheine, all das Vermögen, das mir mein Vater vor seinem Tode übergeben hatte, waren in Rauch aufgegangen. Zwar hatte mir der Oberst Giorgi auch damals in Mailand schon gesagt, ich solle mich auf ihn verlassen, er mache mich zum Major im Pionierkorps oder bei der Artillerie; doch da ich mit Pisana zusammenlebte, behagte mir die militärische Laufbahn nicht, und ein ziviles Amt paßte besser für mich. Wirklich begründeten wir in Ferrara mit Ehren einen Hausstand. Bruto Provedoni, der uns bis dahin durch Venezien und das Friaul begleitet hatte, versprach uns ausführliche Berichte über alles, was uns am Herzen lag; und wir waren zufrieden, aus den Stürmen, die größere und klügere Leute als uns verschlungen hatten, so glücklich gerettet zu sein, und warteten geduldig, daß künftige Ereignisse unser Leben endgültig in Ordnung brächten.

Der Tod Seiner Exzellenz Navagero, der nicht mehr fern sein konnte, lag mir sehr am Herzen. Der Ärmste! Ich wünschte ihm nichts Böses; aber nachdem er länger als siebzig Jahre glücklich genug gelebt hatte, konnte er uns ganz gut den Platz für ein wenig Glück freigeben. Ohne es zu wollen, glich auch ich mich den besonneneren Meinungen an, die in dieser zweiten republikanischen Periode herrschten; die alte leichtsinnige, trunkene, wirre Liebe, die in der glühend-zügellosen Leidenschaft der Revolution ganz natürlich war, klang mit den neuen gemäßigten und abgezirkelten Ansichten nicht harmonisch zusammen. Schließlich legte mir auch das Konkordat mit dem Heiligen Stuhl, ob ich wollte oder nicht, den Gedanken an eine Eheschließung nahe. Pisana ließ nichts darüber verlauten, was sie hoffte oder zu tun gedenke. Mit dem normalen Leben war sie zu ihrer normalen Unausgeglichenheit zurückgekehrt, zu ihrer alten Schweigsamkeit, die von plötzlichem, übermäßigem Geschwätz und Gelächter unterbrochen wurde, zu ihrer alten, mit Wut, Eifersüchten und Leichtsinn gewürzten Liebe. Ascanio Minato, der Hauptmann geworden war und die wandelbare Gräfin, die er Emilio geraubt, in Mailand gelassen hatte, wurde damals an die Garnison in Ferrara versetzt. Als er sich in Genua Pisana nähern wollte, hatte er keinen rechten Erfolg gehabt, weil sie damals mit den verschiedensten Dingen beschäftigt war. Doch in Ferrara fand sie es verlockend, der häuslichen Langeweile ein wenig aufzuhelfen, und sie ruhte nicht, bis ich dem glänzenden Offizier den Zutritt zu meinem Hause gestattet hatte. Er mißfiel mir in jeder Hinicht: durch seine früheren Taten, weil er meine Eigenliebe verletzte, weil er mich an den armen Giulio erinnerte, weil er so keck auftrat und sprach, weil er eitel den Franzosen spielte, was an einem Korsen kindisch und verächtlich war. Aber ich hütete mich wohl, ihn all dieser Dinge in Gegenwart von Pisana zu beschuldigen; ich wußte, daß oft nichts größeren Schaden anrichtet als ein unwillkommener Tadel, zumal bei Charakteren, die das Widersinnige und den Gegensatz lieben. Also betrug ich mich zurückhaltend und höflich, wie es sich für einen Verwaltungsbeamten und Hausherrn ziemte; doch hielt ich gut die Augen offen, und der Herr Minato brachte selten den Mut auf, ihnen mit den seinen zu begegnen.

Von Aglaura und Spiro hörte ich aus Venedig mehr Mannigfaltiges als Gutes. Sie freuten sich eines zweiten Kindes, doch ihre Mutter war gestorben, und diesen Verlust konnten sie schwer verschmerzen; ihr Handel blühte, aber im öffentlichen Leben herrschten eher die Bösen als die Guten. Der Vater Venchieredo spielte schamlos den Herrn und trug offen fremde Lebensart, Sprache und Hoffart zur Schau. Spiro, der sich an ihn hatte wenden müssen für einen Landsmann, der mit den auf dem Festlande gefangenen Republikanern nach Cattaro verbannt worden war, hatte zu spüren bekommen, daß fremde Herren manchmal mehr taugen als die eigenen Landsleute, wenn es um nationale Hilfe geht. Der Advokat Ormenta half dem Venchieredo bei seinem traurigen Werke, doch er schaffte sich seinen Ruf mehr durch heimliche Spitzbübereien als offenen Betrug; die Ratschläge des Paters Pendola trugen Frucht. Dieser hatte es, obwohl er bei der Geistlichkeit in Venedig nicht geachtet war, verstanden, sich unter dem weniger gebildeten Klerus einen gewissen Anhang zu schaffen; die einen hielten ihn für einen Märtyrer, die andern für einen Schurken. Die alten Frumier waren beide innerhalb eines Monats gestorben. Von den jungen hatte Alfonso, um eine Pfründe beim Malteserorden zu erhalten, auf die Ehe verzichtet; aber man sagte, er mache einer vornehmen Frau den Hof, einer gewissen Dolfin, die etwa fünfzehn Jahre älter als er und schon mit einem Zuchtmeister in Portogruaro verheiratet gewesen war. – Ich erinnerte mich an sie, ich rief sie Pisana ins Gedächtnis, und wir machten darüber unsere Späße.

Der andere Bruder Frumier hingegen hatte bei der neuen Regierung nach einem Amt gehascht, er hätte sonst nicht gewußt, wovon er leben sollte, denn mit dem Tode der Eltern war alles Vermögen verloren. Er war Zollkontrolleur geworden und fühlte sich etwas gedemütigt, der glühende Republikaner. Doch dachte er mit einer guten Heirat wieder in die Höhe zu kommen; es gab da Machenschaften mit jenem Fräulein Contarini, das mir mein Vater im Hinblick auf die Mitgift und die künftige Dogenwürde hatte aufhängen wollen.

Die Gräfin von Fratta als Tante spielte den Unterhändler, wohl weniger aus Liebe zu dem Neffen als in der Hoffnung auf eine reiche Maklergebühr, denn die Leidenschaft für das Spiel war ihr treu geblieben und das Erbe der Familie dabei immer mehr heruntergekommen; es bestand nur noch aus etwa hundert Ackerstücken um die Burg Fratta, die mit den Hypotheken für die Töchter belastet waren. Die Hochwürdige Clara war nach dem Tode der Mutter Redenta im Kloster an die erste Stelle gerückt, man wollte sie zur Äbtissin machen. Deshalb kümmerte sie sich weniger denn je um das, was Häßliches und Schönes in der Welt geschah. Graf Rinaldo hockte noch immer auf der Kanzlei und auf den Bibliotheken; Raimondo Venchieredo hatte ihm eine bessere Stelle in der Verwaltung angeboten, aber er hatte sich hartnäckig geweigert und lief weiter schmierig und zerschlissen einher, verdiente seinen Dukaten am Tag und ließ sich auch diesen von der Mutter abluchsen. Ich glaube, er mochte den Rücken nicht tiefer beugen, als unbedingt notwendig war. Aglaura gab mir noch Einzelheiten über Doretta, die ihr ja damals manchen Brief von Emilio überbracht hatte. Von Raimondo verlassen, hatte die Unglückliche jeden Halt verloren, war von Liebhaber zu Liebhaber immer tiefer gesunken und schließlich in den schmutzigsten, schändlichsten Gassen Venedigs gelandet.

»Siehst du wohl, wem du vertraut hast?« fragte ich Pisana. Sie hatte mir gestanden, Doretta habe ihr meine Liebesgeschichte und Flucht mit Aglaura erzählt, wobei die törichte Person gegen ihren eigenen Vorteil den Zielen von Raimondo diente.

»Was soll ich darauf sagen? Du weißt doch, wenn man auf jemanden wütend ist, hört man eher auf die bösen Worte als auf die guten. Auch Raimondo hat dich mir als einen Betrüger hingestellt, der allein in Venedig zurückblieb und dann nach Mailand floh, nur um im trüben zu fischen.«

»Der Schurke!« rief ich aufgebracht. »Das soll er büßen!«

»Ach, ich gab nicht viel auf ihn«, erwiderte Pisana. »Und wenn ich mißtrauisch wurde, so brachte das ihm keinen Nutzen;

er wollte mich von dir lösen und erreichte doch nur, daß ich schleunigst nach Mailand kam.«

»Nun ja doch, ich weiß es ja.« Ich hörte sie nicht sonderlich gern von diesem Teil unseres Lebens sprechen. »Laß uns lieber lesen, was uns Bruto Provedoni schreibt.« Denn bei dem Bündel Briefschaften lag der sehnlich erwartete Bericht aus der Heimat. Wir lasen ihn zusammen.

»Liebster Carlino!

Ich will Dir einen langen Brief schreiben, denn ich habe Euch viel zu erzählen, viel Schmerzliches, was ich erlebt habe, als ich heimkam, eine solche Unmenge, daß ich meine, ich würde mit Erzählen nie fertig. Aber ich bin wenig gewohnt, die Feder zu führen, ich kann oft meine Gedanken nicht so ausdrücken und muß mich an das halten, was ich gesehen habe. Doch vor Euch habe ich keine Scheu, ich rede, wie mir der Schnabel gewachsen ist. Ihr werdet schon verstehen, was ich meine, und den guten Willen gelten lassen.

Carlino, wenn Ihr unsere Gegend sähet, Ihr erkenntet sie nicht wieder. Wißt Ihr noch die Kirchweihfeste und alle die Festtage, die wir jungen Leute damals feierten? . . . Jetzt sind viele Familien verschwunden, die die Zierde des Landes waren und die alten Sitten der Gastfreundschaft, der christlichen Geduld und Religion hochhielten. Wie durch Hexerei ist das alte Leben zu Ende, dieses Leben voller Lärm und Wettstreit zwischen Dorf und Dorf, voller Kämpfe und Prügelei um die Blicke einer Schönen, um die Wahl eines Pfarrers, um die Geltung eines Rechtes. – Es ist, als wären fünfzig Jahre vergangen statt vier. Hier war keine Hungersnot, aber alles klagt über das Elend; hier waren keine Soldatenaushebungen und Seuchen wie in Piemont und Frankreich, aber das Land ist entvölkert, die besten Arbeiter sind fortgezogen, die einen nach Deutschland, die andern nach der Cisalpina; manche suchen ihr Glück in Venedig, wieder andere halten sich aus Furcht still auf den entferntesten Gütern. Meinungsverschiedenheiten haben die Familien entzweit, die Schmerzen, Leiden, Gewalttaten des

Krieges die Alten getötet, die Kräftigen gealtert. Es werden keine Ehen geschlossen, und selten genug läutet die Glocke zu einer Taufe. Wenn sie läutet, so könnt Ihr sicher sein, es gilt einem Todkranken oder Toten. Die Kraft, die unsere Landleute schlecht und recht in häuslichen und Gemeindepflichten betätigten, hat sich völlig erschöpft. Ohne Waffen, ohne Geld, ohne Zutrauen, denkt jeder nur an sich und an die Bedürfnisse des Tages; alle sind emsig dabei, sich einen Schlupfwinkel zu schaffen vor den Ränken des Nächsten und den Übergriffen der Oberen. Die Unsicherheit im Schicksal des Staates und in den Gesetzen bewirkt, daß man sich scheut zu verhandeln und die Verläßlichkeit anderer lieber beargwöhnt, als sich ihr anvertraut.

Wie Ihr wißt, ist die alte Gerichtsbarkeit des Adels aufgehoben; Venchieredo und Fratta sind nur mehr Dörfer und wie Teglio und Bagnara der Prätur in Portogruaro unterworfen. Diesen Namen führt die neue Gerichtsbehörde; doch so nützlich und der Zeit entsprechend eine solche Neuerung sein mag, die Bauern haben kein Zutrauen zu ihr. Ich kann nicht sagen, warum, vielleicht erwarten sie einfach nichts Gutes von denen, die bisher im Kriege so übel gehandelt haben. Eines ist sicher: fett geworden sind inzwischen nur die Bösen; die rechtschaffenen Leute sind übervorteilt und arm, weil sie nicht die Frechheit besaßen, aus dem Unglück des Vaterlandes Vorteil zu ziehen. Die Bösen kennen die Guten genau, wissen, daß sie sich auf sie verlassen können, und rupfen sie ungestört. Die Gerupften unterschreiben ihren eigenen Ruin, achten weder auf Vorwände für künftigen Streit noch auf Ausflüchte; sie lassen sich ohne Arg fangen und werden ohne Mitleid einer neben dem andern auf den Bratspieß gereiht. Ein paar Verwalter der großen Familien, die Wucherer, die Getreidehamsterer, die Leute, die die Soldatenaushebungen in den Gemeinden geleitet haben – das ist das Gesindel, das in der Niederlage aller hochgekommen ist. Gestern noch Dörfler oder Knechte, sind sie aufgeblasener als ihre ehemaligen Herren; keine Erziehung oder ritterliche Sitte legt ihnen einen Zügel an und zwingt sie, ihrer Verderbtheit den Anschein der Ehrenhaftigkeit zu geben. Sie können gut und böse nicht mehr unterscheiden und wollen, daß man sie achtet, ihnen gehorcht und dient, weil sie reich sind. – Carlino, die Revolution bewirkt bislang mehr Böses denn Gutes. Ich fürchte sehr, wir haben in ein paar Jahren eine Geldaristokratie, die uns nahelegt, die der Geburt zurückzuwünschen. Ich sage ›bislang‹, denn wenn die Menschen die Hinfälligkeit der Rechte, die sich nur auf die Verdienste der Ahnen und Urahnen gründen, erkannt haben, werden sie noch schneller die Ungeheuerlichkeit einer Herrschaft erkennen, die sich auf kein Verdienst in Gegenwart und Vergangenheit gründet, sondern nur auf das Recht des Geldes, also auf das Recht der Gewalt. Jeder, der Geld hat, soll es behalten, ausgeben und brauchen, wie er mag, das ist selbstverständlich; aber daß man mit Geld die Macht kauft, die man nur dem Wissen und der Tüchtigkeit verdanken sollte, das werde ich nie begreifen. Es ist so roh und ohne jede Moral, daß sich die menschliche Natur von diesem Fehler um jeden Preis reinigen müßte.

Sähest du jetzt die Burg Fratta! . . . Die Mauern stehen noch; der Turm erhebt sich zwischen den Pappeln und Weiden des Grabens wie einst; doch im übrigen ist der Anblick trostlos. Kein Mensch kommt und geht, kein Hund bellt, kein Roß wiehert, der alte Germano putzt nicht mehr auf der Brücke die Flinten, der Kanzleisekretär geht nicht mehr mit dem Herrn Grafen spazieren, die Leute aus dem Dorfe scharen sich nicht mehr ehrfürchtig grüßend um die Komtessen. Alles ist Einsamkeit, Schweigen, Verfall. Die Zugbrücke ist verfault zusammengebrochen, den Graben hat man aufgefüllt mit Wagen voll Bruch und Schutt vom eingestürzten Hause des Gärtners. In den Höfen wächst das Gras, die Fenster haben keine Läden mehr, ihre Pfosten und Bretter zerfallen vom ständigen Tropfen des Regens. Man sagt, einige Gläubiger, man könnte sie auch Diebe nennen, hätten gar die Balken vom Kornspeicher verkauft; ich weiß es nicht. Ich sehe nur, es fehlt ein großes

Stück vom Dach, und es regnet und schneit hinein; Ihr könnt Euch vorstellen, wie die Räume darunter leiden! ... Marchetto, der in Teglio Küster und schläfrig wie ein Kapaun geworden ist, geht manchmal aus alter Gewohnheit auf die Burg. Er hat mir erzählt, daß Frau Veronica gestorben ist, daß Hochwürden Orlando und der Hauptmann nur noch die Magd des Kaplans haben, die Giustina, die ihnen ihr Zeug in Ordnung hält und Essen kocht. Hochwürden seufzt, weil er nicht mehr Wein trinken kann; der Hauptmann jammert, weil er seiner Veronica *in articulo mortis* versprochen hat, keine andere Frau zu nehmen, und jetzt ist da in Fossalta die verrückte Apothekerswitwe, die möchte ihn heiraten. Winters machen sie um fünf Uhr Nacht, und Hochwürden hilft sich mit recht viel Schlaf. Von allen seinen alten Freunden ist ihm nur der Kaplan treu geblieben, ja, er scheint sich ihm bei jedem neuen Unglück enger anzuschließen. Auch Hochwürden von Sant'Andrea und der Pfarrer von Teglio sind tot. Kurz, ich sagte Euch schon, ich habe ein Land verlassen und einen Totenacker wiedergefunden; aber Ihr wißt noch nicht alles.

Die beiden Herren auf der Burg fristen ihr Leben nur dank der Ergebenheit und, man muß schon sagen, der Almosen der vier Bauern, die ihnen verblieben sind; denn alle Einkünfte tropfen ab nach Venedig zu Verwaltern, Vögten und Maklern, die sich auf Kosten der leichtgläubigen Herrschaft schön herausgemacht haben. Fulgenzio hatte das Haus Frumier in Portogruaro gekauft, und der knauserige Prahlhans lebte darin als Herr, schon als ich von Hause fortging; jetzt wirkt sein Sohn Domenico als Notar in Venedig, der andere hat gestern die erste Messe gelesen und kommt als Sekretär zur Kurie. Ein hübscher kleiner Priester, dieser Don Girolamo, und gefällt mir alles in allem besser als Bruder und Vater, obwohl auch er schlau ist wie ein Fuchs.

Jetzt, Carlino, kommen wir zu noch schwererem Unglück; ich nenne es schwer, denn es geht mich nahe an, und ich habe es bis zuletzt aufgespart, weil ich sonst nicht leicht von anderem gesprochen hätte. Meine Mutter war schon einen Monat tot, als ich mit Sandro Giorgi zu den Soldaten ging; jetzt fand ich auch den Vater nicht mehr vor. Er ist in den Armen von Aquilina gestorben, denn seine andern Kinder waren mit ihm zerfallen und kümmerten sich nicht darum, ob er im Sterben liege. Bradamante konnte der Schwester nicht beistehen, weil sie gerade einem Kinde das Leben schenkte. Ich will meinen Brüdern nichts Schlechtes nachsagen, aber sie haben, der erste aus Unkenntnis, die jüngeren aus Übermut, schließlich das ganze Hauswesen durcheinander gebracht. Hier etwas weggenommen, da etwas fortgeschleppt, beschädigt, verkauft, ausgeliehen – kurz, ich fand die Zimmer leer. Das heißt, leer wäre übertrieben. Leone, der mit seiner Familie als Verwalter nach San Vito gezogen war, hatte für gut gehalten, das Haus zu vermieten mit Ausnahme von drei Zimmern für Aquilina und Mastino; denn Grifone war als Werkmeister nach Illyrien gegangen. Drei Monate danach wurde Mastino in Udine ein Posten als Buchführer geboten, er machte sich aus dem Staube und ließ Aquilina mit ihren vierzehn Jahren in den drei Zimmern mutterseelenallein. Sie war zwar sehr gut geartet, der Erzpriester lobte zu meiner Freude ihr Betragen, aber so zu handeln ist wirklich kein Zeichen christlicher Bruderliebe.

All dieses Unglück, Carlino, habe ich teils brieflich erfahren, teils gefürchtet, doch ich muß Dir gestehen, als ich es mit eigenen Augen sah, wirkte es ärger auf mich, als ich erwartete. Daß ich als Krüppel machtlos war, Abhilfe zu schaffen, machte meinen Schmerz noch herber. Aber mich traf noch ein anderer Schlag, der mich zunächst wirklich zu Boden geschmettert hat. Aquilina hatte mir unter anderem erzählt, daß der Doktor Natalino vor ein paar Monaten gestorben war. Eines Abends, wer, meint Ihr, platzt mir ins Haus? ... Meine Schwägerin, diese unglückselige Doretta! ... Sie kam mit einem Schreiberlein, einem kleinen Kerl, der mir eröffnete, er sei der Sohn des Advokaten Ormenta aus Venedig und wolle für sie ihre Mitgift und die Erbschaft ihres Mannes fordern. Was sagst Du dazu? ... Zartfühlend, was? ... Die Mitgift, die nie gezahlt worden war, die Erbschaft eines Mannes, den sie, man kann wohl sagen, ins Grab gebracht hat! ... Aber da sie einen acht Monate nach ihrer Eheschließung abgefaßten Schriftsatz von Leopardo vorwies und anderseits jammerte über ihre elende Lage, und der kleine Kerl mir leise sagte, ohne diese Geldhilfe laufe die Ehre meiner Schwägerin ernstlich Gefahr ... nun, um sie möglicherweise von dem bösen Wege abzubringen, den sie eingeschlagen hatte, und unserem Namen und dem Andenken meines Bruders zuliebe habe ich alle Kräfte angespannt, Doretta auszuzahlen. Ich habe verkauft, was ich aus dem Nachlaß meines Vaters besaß; ich habe ihr das Geld gegeben, und sie ist ihrer Wege gegangen; doch der Jüngling hatte scheinbar große Eile, ihr die Last des Beutels abzunehmen. Später habe ich erfahren, das Geld sollte ihr als Mitgift dienen für ein Magdalenenstift, das einige Priester, deren Name unbekannt, aber deren Nächstenliebe und Absichten über allen Zweifel erhaben waren, in Venedig eingerichtet hatten. Hier blieb sie einen Monat, dann, wie es heißt, wahnsinnig, entfloh sie dieser Zuflucht; und jetzt, fürchte ich, lebt sie unter schlimmeren Verhältnissen als zuvor, denn die Mitgift wird nicht wieder ausgezahlt, und anderseits war diese Summe für ein unabhängiges Leben nicht groß genug.

Nun wißt Ihr, wie es bei uns und ungefähr auch im Lande aussieht. Ich bevatere Aquilina, verwalte die zehn Felder, die ihr geblieben sind, und verdiene mir meinen Lebensunterhalt mit ein paar Schönschreibestunden im Dorfe bei anständigen Familien, die wohl auf solche Weise ein barmherziges Almosen bemänteln wollen. Sonntags holt uns unser Schwager Donato mit dem Wägelchen und fährt uns nach Fossalta zu Bradamante, die schon drei Kinder hat; das erste trippelt wie ein Kranich, das jüngste hängt ihr noch an der Brust. Trotz meines Holzbeines vollführe ich mit dem ersten Heldentaten und lehre die zweite laufen, denn es ist ein Mädchen und für ihr Alter ein kleiner Faulpelz. Ob dieser Zustand ein endgültiger ist oder ein

Umweg zu einem besseren, oder eine Waffenruhe vor schwererem Ungemach, weiß ich nicht. Ich habe meine Pflicht getan, ich werde sie immer tun, und wenn ich manchen übereilten Entschluß gefaßt habe, so geschah es, weil eine innere Stimme mich rief, und meine Taten sind diesen Entschlüssen stets gefolgt. Gewiß, es konnte alles sehr viel besser gehen; aber ich würde nie meine Armut, und selbst nicht mein Holzbein, um die Reichtümer, das Wohlleben, die unverschämte Gesundheit eines Schurken tauschen. Habe ich nicht recht, Carlino? Ich weiß, Ihr seid meiner Ansicht, und darum rede ich zu Euch, wie mir der Schnabel gewachsen ist. Im übrigen sind meine Gedanken nicht alle in den Mauern meines Hauses gefangen; einer gilt Euch, andere gehen in die Jahre zurück, die hinter mir liegen, und wollen sich mit der trüben Erfahrung der vergangenen Kriege nicht zufrieden geben. Unser Erster Konsul hat in Marengo gesiegt, aber auch wir könnten ihm schöne Schlachtfelder bieten, er kennt sie schon eine Weile, und sie verhießen ihm Glück. Ach, könnten wir uns dann wiedersehen! Wie ließe ich vor Freude mein Holzbein tanzen! ... Wie umarmte ich Euch, Pisana, den Doktor Lucilio ... Ist es übrigens wahr, daß der Doktor in Mailand geblieben ist? ... Noch eines: Sandro Giorgi hat den Befehl erhalten, mit seinem Regiment nach Deutschland in den Krieg zu ziehen. Die Kriege gehen weiter, sicher macht er sein Glück, und ich wünsche es ihm, denn bei all seinen kleinen Fehlern hat er ein Herz, das er für die andern in Stücke risse! Aber ich finde kein Ende, mit Euch zu schwatzen. Behaltet mich lieb, schreibt mir, empfehlt mich Pisana und vergeßt nicht Euer möglichstes zu tun, daß wir uns sehen.«

O dieser Freund! Und er entschuldigte sich, er könne nicht schreiben! Wer achtet auf Worte, wo er das Herz spürt? Wer sucht nach Stil, wenn eine andere Seele die unsere sanft berührt? – Ich schäme mich nicht, euch zu sagen, daß ich über diesem Brief geweint habe. Mich erschütterten nicht die Sätze an sich, sondern eben diese zarte Sorge, nicht zu erschüttern, dem andern in der Ferne nicht alle Wunden zu enthüllen, damit die Freude über den Brief des Freundes sich nicht in den Schmerz wandle, ihn unglücklich zu wissen. Der Tod des Vaters, der Zerfall der Familie, die schlechte Aufführung der Brüder ... ich wußte, alle diese Schläge hatten das Herz von Bruto tiefer verwundet, als er zeigen wollte. Ich sah ihn neben Aquilina, dem anmutig-ernsten Mädchen, das schon in der Kindheit ein so sanftes, weiblich mitfühlendes Herz besaß. Sie würde in ihrer Treuherzigkeit seinen Schmerz lindern, ihm die Mühe lohnen, die er sich um sie gab; und sicher würden diese nach so schweren Stürmen vereinten Menschen im geschwisterlichen Zusammenleben Glück und Frieden finden.

Pisana hoffte es gleicherweise. Ihr Wesen suchte zwar eher die kräftigen Gegensätze und die wilde Bewegtheit der Tragödie, doch umspannte es auch die sanfte Unschuld und den Hirtenfrieden des Idylls. Wenn unsere Gedanken bei Bruto und Aquilina weilten, sah das innere Auge die ruhige Ebene zwischen Cordovado und Fratta, die Bäche in den blütenübersäten Wiesen, die Wacholderbüsche, die duftenden Ranken von Jelängerjelieber, das Wäldchen um die Quelle von Venchieredo mit den schattigen Pfaden, umsäumt vom frischen Moos. Wir hofften für die Freunde und freuten uns für sie der Heimat. Schade nur, daß sich das Holzbein allen schönen Romanen widersetzte, die man sich für Bruto ausdenken mochte! Auf dem Lande wird ein solcher Fehler nicht übersehen, und ein hinkender Held gilt bei weitem weniger als ein wohlgewachsener Bösewicht. Die Frauen in der Stadt sind bisweilen nachsichtiger, obwohl auch solche Nachsicht mit dem Gefühl für Heldentum recht wenig zu tun haben mag. Doch hätte Bruto dieses Holzbein nicht gehabt, wäre er dann nach Cordovado zurückgekehrt? Wo war denn Amilcare, wo waren Giulio Del Ponte, Lucilio, Alessandro Giorgi, wo war schließlich ich, wenn ich auch nicht so wie sie zu Unruhe und Wagemut neigte? Geflohen, verbannt, tot, umherirrend wie verjagte Sklaven, die auf Äckern schaffen müssen, die nicht die eigenen sind, ohne Dach, ohne Familie, ohne Vaterland im Vaterlande selbst! – Denn wer konnte dafür bürgen, daß ein Vaterland, das uns die Laune des Eroberers gewährt, uns nicht von eben dieser Laune genommen würde? ... Schon flüsterte man in Frankreich davon, die Regierung neu zu ordnen; man merkte, das Konsulat, dieser kurulische Sessel, brauchte nicht die letzte Stufe zu sein, wenn man höher hinauf wollte. Bruto war von den Wettkämpfen ausgeschlossen, in denen wir stritten, ohne den Preis so vieler Turniere zu kennen. Er hatte wenigstens den väterlichen Herd wiedergefunden, das Nest seiner Kindheit, und eine Schwester, die er lieben und schützen konnte. Sein Schicksal stand klar vor ihm, vielleicht nicht ruhmreich, nicht groß, aber ruhig, reich an Liebe und sicher. Seine Hoffnungen würden hinter den unsern herfliegen oder mit ihnen zu Boden sinken; er brauchte sich nicht vorzuwerfen, er sei aus Faulheit müßig geblieben, er brauchte nicht darüber zu trauern, er habe sich gemüht, einem Trugbilde nachzujagen.

So sah ich mit Neid auf das Los eines jungen Soldaten, der als Krüppel in die Heimat zurückkehrte und statt der Arme seines Vaters nichts fand als ein Grab, das er mit seinen Tränen netzen konnte. Und doch war es mir noch ziemlich gut ergangen. Mäßig in Wünschen, Hoffnungen, Leidenschaften, kam mir, als meine eigenen Mittel zur Neige gingen, eine Hilfe von seiten des Staates entgegen. Ohne Fürsprache noch Schliche in einem fremden Lande, mit sechsundzwanzig Jahren, einen Sekretärsposten zu erhalten in einem so wichtigen und neuen Zweige der öffentlichen Verwaltung, wie es damals die Finanzen waren, bedeutete ein nicht geringes Glück; und doch war ich nicht zufrieden. Etwas tun, arbeiten, unermüdlich fleißig sein hätte mir Freude gemacht, wenn ich mir damit eine Familie, ein Vaterland, ein Glück hätte schaffen können; schien jedoch meinem Ehrgeiz ein solches Ziel weder nahe noch sicher, dann war ich wie eine Schnecke, die, nachdem sie einen Sturm erstaunlicherweise überstanden hat, im Schutze der heimischen Gartenhecke vorsichtig die Fühler ausstreckt und von besseren, glücklichen Zeiten für ihre kleinen Schnecken träumt. Ich besaß weder die blinde, unzähmbare Leidenschaft von Amilcare, der, einmal im Schwung, nicht zurück konnte, noch die unermüdliche Hartnäckigkeit von Lucilio. Wenn dieser auf dem einen Wege nicht weiter kam, so suchte er einen andern, und trat ihm hier etwas entgegen, so erschloß er einen neuen, immer mit dem Blick auf sein großes Ziel, auch jetzt, wo er nach vier Jahren vergeblicher Mühe von diesem Ziele weiter entfernt war als am Anfang. Ich neigte mehr zu dem gleichmäßig breiten, sicheren Wege der Besserung der Sitten, der Eintracht und Erziehung, auf den alle wilden Abkürzungswege ja doch münden mußten. Ich hätte mich gern auf jenen Weg begeben und ihn nur verlassen, wenn mich ein dringendes Bedürfnis gerufen hätte. Statt dessen führte mich das Schicksal kreuz und quer gar viele Seitenwege. Das Jahr zuvor ein unnützer Brotesser in Genua, nun Sekretär in Ferrara ... Würde dieser Weg auf die erträumte ruhige Straße führen?

Ein Glück, daß mich Pisana von solchen dummen Gedanken recht häufig ablenkte. Ihre weiblichen Techtelmechtel mit dem Hauptmann Minato und alle die ständigen Wunderlichkeiten gaben der schon baß erstaunten Gesellschaft von Ferrara für Monate Stoff zu Redereien und hielten mich für die wenigen Stunden, die mir die Tretmühle des Amtes übrig ließ, schön in Atem. Bei solchen strategischen Maßnahmen eines eifersüchtigen Liebhabers bedurfte es wahrlich aller Turnkünste des Geistes und der Geschicklichkeit, die ich mir in ähnlichen Lagen seit fünfzehn und mehr Übungsjahren erworben. Doch gab es auch Tage, da Pisana mich überwachte wie einen losen Buben, der ausreißen will; dann tat ich entweder, als merke ich nichts von ihrem Mißtrauen, oder ich schmollte, aber in Wirklichkeit gefiel mir dieser Zustand ungeheuer, denn so konnte ich von den Mühen der Vergangenheit ausruhen und Atem schöpfen für die Zukunft. Damals in Ferrara war ich das Muster eines Liebhabers und Gatten, der es sich sauer werden ließ, seine Frau zu lenken, ohne daß sie das Anziehen der Zügel spürte. Ich war den galanten päpstlichen und schmucken französischen Offizieren ganz wunderschön im Wege, ohne daß sie sich über Unliebenswürdigkeit beklagen noch mir den lächerlichen Ruf eines Steuerkassen-Othello anhängen konnten.

Mitten in solche Wirrnis von Schutz und Verteidigung flatterte uns eines Tages die Nachricht von einer Erkrankung der Gräfin von Fratta ins Haus. Graf Rinaldo teilte sie Pisana ohne weitere Zusätze mit, er schrieb nur, daß seine Mutter, da die Hochwürdige Clara das Kloster nicht verlassen konnte, der sicher wenig sorgfältigen Pflege einer Zugeherin anvertraut sei; da er nun Pisana in Ferrara wisse, habe er es für seine Pflicht gehalten, sie ohne weitere Rücksicht mit dem schweren Verluste, der sie bedrohe, bekanntzumachen. Pisana sah mich an, ich sagte sofort: »Du mußt gehen«, aber diese Antwort war mir in jeder Hinsicht ein großes Opfer; ich mochte es nicht verantworten, eine Tochter an der wichtigsten Pflicht ihrer Mutter gegenüber zu hindern. Doch Pisana nahm meinen Eifer übel auf. Hätte ich geschwiegen, so wäre sie die erste gewesen, von dieser Notwendigkeit zu sprechen; nun brummte sie, ich sei ihrer müde und suche nur einen Vorwand, sie loszuwerden. Ihr werdet mir zustimmen, dies war eine abscheuliche Ungerechtigkeit. Ich zuckte die Achseln und sagte, sie selbst gehe den ganzen Tag auf die Jagd nach Anlässen zu Verdruß, und sie solle mir dankbar sein, daß ich mich überwunden habe, ihr eine Reise vorzuschlagen, die für mich in jeder Weise ein Opfer sei. Denn abgesehen von der Einsamkeit, die mir bevorstand, waren wir damals auch mit dem Gelde einigermaßen knapp. Ich hatte immer Spaß daran, gut zu leben, Pisana hat nie in ihrem Leben rechnen können und sich weder über die eigene, noch über die Börse anderer je die geringsten Gedanken gemacht; kurz, man gab auf alle Art Geld aus und kaufte hier und da eine Kleinigkeit in den Läden. Aber von solcher Erwägung wollte sie jetzt nichts wissen, ihr war nach Streit zumute, gerade, da wir uns trennen sollten. Sie quälte mich, und doch, ich versichere es euch, hätte sie sich für mich in Stücke reißen lassen. Vielleicht hatte ihr der Ärger, weggehen zu müssen, die Laune verdorben, und nun ließ sie ihn an mir aus. Bisweilen standen ihr die Tränen in den Augen, sie lief im Hause hinter mir her wie ein kleines Mädchen hinter der Mutter; aber schenkte ich ihr einen zärtlichen Blick, ein Wort des Trostes, so wurde ihre Miene düster, sie drehte sich nach der andern Seite und gab sich Mühe, nicht auf mich zu achten. Das scheinen euch gewiß die üblichen Kindereien; doch ich muß sie euch erzählen, damit ihr die Unsicherheit versteht, in der ich Zeit meines Lebens Pisana gegenüber geschwebt habe.

Wenige Tage danach hatte ich das Geld, das sie für die Reise brauchte, mühsam zusammengescharrt und brachte sie im Wagen bis Pontelagoscuro, von wo sie eine Barke nach Venedig nahm. Denn der Po war die Grenze zwischen den von den Deutschen besetzten venetischen Provinzen und der Cisalpinen Republik, und darum konnte ich sie nicht hinüberbegleiten. Nach einer Woche erhielt ich die Nachricht, ihre Mutter sei außer Gefahr, doch sie werde ziemlich lange brauchen, sich zu erholen, und daher würden wir uns einige Monate trennen müssen. Das mißfiel mir nicht wenig; um so besser gefiel mir anderes, was sie schrieb. Aglaura und Spiro lebten in vollkommener Harmonie und hatten zwei Kinder, die anzusehen eine Wonne war; ihr Handel blühte immer mehr, sie boten an, mir und ihr in jeder Weise behilflich zu sein. Der Bruder hatte Pisana, trotz der Kälte seines Briefes, mit großer Liebe behandelt; und Seine Exzellenz Navagero, eine Nachricht, die uns beiden nicht wenig wünschenswert sein konnte, lag seit einem Monat an völliger Paralyse schwachsinnig zu Bett. Das schrieb sie mir mit den mitleidigsten Worten von der Welt; aber aus der Sorgfalt, mit der sie seine traurige und verzweifelte Lage schilderte, spürte ich, wie leicht ihr die Ergebung in einen letzten Schlag, den man von Tag zu Tag erwartete, fallen würde. Darum fand ich mich nicht ganz so widerwillig in mein

Alleinsein und widmete mich, um es nicht so arg zu empfinden, aus aller Kraft den Amtsgeschäften.

In jener Zeit war der Staatsrat in Lyon zusammengekommen, um die Cisalpina neu zu ordnen. Sie erhielt den Taufnamen Italienische Republik und wurde gut, das heißt nach den neuen Plänen des Ersten Konsuls Bonaparte, geordnet, der auf zehn Jahre zu ihrem Präsidenten gewählt wurde. Vizepräsident, der dann in Wirklichkeit regieren sollte, wurde Francesco Melzi, ein freisinniger Mann von großem vaterländischen Gefühl; doch seine Prachtliebe und adlige Herkunft entsprach nicht dem Geschmack der wilden Demokraten. Lucilio schrieb mir aus Mailand über eine solche Veränderung so kurz, daß ich daraus auch das ersah, was er nicht zu schreiben wagte; sicher erwartete er von mir den Verzicht auf meinen Posten unter einer Regierung, von der sich jeder wahre Republikaner zurückgezogen hatte. Ich verspürte schon auch Lust dazu, nicht so sehr wegen der Republik an sich, als weil die glühende republikanische Begeisterung der einzige Antrieb war für meine beharrlichen Hoffnungen für Venedig, um derentwillen ich überhaupt nur in einem Amte der Cisalpina aushielt. Doch da geschah etwas, das mich von solchem Plane abbrachte. Ich erhielt nicht mehr und nicht weniger als die Ernennung zum Intendanten, das heißt Präfekten der Finanzen in Bologna.

Mochte nun die neue Regierung meinen, ich sei ihren Grundsätzen der Ordnung und Mäßigung zugetan, oder wollte sie mich belohnen für die emsige, höchst nützliche Arbeit der letzten Monate – ich erhielt jedenfalls diese Ernennung zu meiner eigenen großen Überraschung. Vielleicht brauchte man auch für den Posten einen unermüdlich fleißigen Mann und glaubte einen jungen Beamten dazu geeigneter als einen in gesetzten Jahren. Nun, ich wurde von einem Ehrgeiztaumel gepackt, daß ich für zwei, drei Monate nicht mehr an Lucilio dachte und fast auch nicht an Pisana. Ich sah mich schon bei nächster Gelegenheit im Finanzministerium; und saß ich einmal da oben, wer weiß, was noch geschah? ... Melzi war, wie ich wußte, mit dem Konsul schon in Uneinigkeiten geraten, weil er als echter Italiener sehr eigenwillig war und den Gang der italienischen Verwaltung der französischen gegenüber nach seiner Weise regeln wollte. Diese Lage mußte ich klug nutzen, immer natürlich mit dem Ziel, daß all mein Ehrgeiz dazu dienen mußte, die italienische Republik bis auf Venedig auszudehnen. Und das war die einzige Entschuldigung meiner Torheit.

Mit solchen großen Rosinen im Kopfe wurde ich in Bologna ein äußerst redegewandter und großzügiger Finanzintendant; ich wollte mir so den Weg künftiger Größe bereiten, doch erfuhr ich später, daß mich die boshaften Bologneser um dieser Geschwollenheit willen den Intendanten Blasebalg nannten. Nach ein paar Monaten eitlen Glücks und zäher Arbeit in den heilsamen Vorschriften des Steueramtes, die man in den Städten des Kirchenstaates noch nicht gewohnt war, dämmerte mir, daß ich noch nicht im Paradiese sei, und ich begann zu hoffen, die Rückkehr von Pisana werde den Mangel, den ich spüre, ergänzen. Tatsächlich waren seit ihrer Abreise von Ferrara nicht zwei oder drei, nein sechs Monate verflossen, und sie kehrte nicht nur nicht heim, sondern sie schrieb neuerdings, seit ich nach Bologna übergesiedelt war, äußerst spärlich. Ein Glück, daß ich den Kopf in den Wolken hatte; sonst hätte ich ihn gegen die Wände gerannt. Pisana hatte bei ihrem Briefwechsel die Besonderheit, daß sie auf Briefe, die sie erhielt, nie sofort antwortete; sie legte sie beiseite und fand sie erst nach acht, vierzehn Tagen oder nach Wochen wieder. Inzwischen schrieb sie, wenn es gut ging, irgend etwas, und da sie nicht mehr wußte, was sie gelesen hatte, waren ihre Antworten ohne Bezug auf den empfangenen Brief etwas völlig Neues. Wir prügelten uns sozusagen mit verbundenen Augen. Immer wieder hatte ich ihr geschrieben, ich sei es müde, allein zu bleiben, ich wisse nicht, was ich von ihr denken solle, sie möge sich entschließen zurückzukommen oder mir wenigstens den wahren Grund dieser unleidlichen Verzögerung nennen. Keine Antwort. Endlich schrieb sie, sie liebe mich mehr denn je, ich solle sie ja nicht vergessen, in Venedig sei es langweilig, ihrer Mama gehe es im ganzen gut, und sie käme, sobald es die Umstände zuließen.

Ich erwiderte umgehend mit der Frage, was das für Umstände seien, und ob sie Geld brauche, oder ob sie einen triftigen Grund habe, nicht zu kommen, dann solle sie ihn nennen, ich würde in diesem Fall einen Paß erbitten und ihr in Venedig Gesellschaft leisten, so lange mein Urlaub währe. Sodann verfehlte ich nie, mich nach der äußerst wertvollen Gesundheit Seiner Exzellenz Navagero zu erkundigen, der meiner Ansicht nach schon geraume Zeit zum Teufel gegangen sein mußte; auch darauf kam keine Antwort, nicht einmal der Bescheid, in welcher Welt sich der Herr Gemahl befinde. Diese Unbekümmertheit um das, woran mir, wie sie wußte, so viel lag, reizte schließlich die Eigenliebe des großartigen Intendanten von Bologna. Um meine Größe zu krönen, um den Wagen meines Triumphes auf allen vier Rädern prächtig daherrollen zu lassen, fehlte mir eine Frau; und die konnte ich nur vom Tode des Herrn Navagero erwarten. Ich war nahezu empört, daß dieser unnütze Edelmann sich einem Intendanten wie mir zu Gefallen nicht sollte beeilt haben zu sterben. Oder hatte mir Pisana diesen Tod absichtlich nicht mitgeteilt? Dann sollte sie es mit mir zu tun kriegen! ... Ich wüßte schon eine Strafe; sie sollte mindestens ein Jahr um die Hand des künftigen Finanzministers seufzen. Und dann? ... Oh, mein Herz konnte nicht einmal in Gedanken so hart sein. Ich würde sie auf meinen Thron heben, wie Ahasveros mit der demütigen Esther tat, und würde sagen: ›Du hast mich geliebt, da ich klein war ... nun ich groß bin, empfängst du deinen Lohn.‹ Ja, so war es gut; ich beglückwünschte mich zu diesem Einfall; ich stolzierte im Zimmer auf und ab, rieb mir das Kinn und murmelte die Wörtchen, die ich Pisana auf ihren heißen Dank erwidern würde. Meine Beamten, die zur Unterschrift hereinkamen, blieben auf der Schwelle stehen und verbreiteten dann draußen, der Intendant Blasebalg blase heute völlig wie ein Verrückter.

Doch fanden sie in jener Zeit genau so wenig über mich zu klagen wie sonst; sie hatten mich, da ich wohl viel arbeitete, aber mit meinen Untergebenen geduldig und nachsichtig verfuhr, im allgemeinen allmählich liebgewonnen. Die Bologneser sind von allen Italienern die höflichsten, bissigsten und rechtschaffensten; darum muß man ihnen, auch wenn man sie zu Freunden hat, und zu Freunden, auf die man sich unbedingt verlassen kann, zugestehen, daß sie einem mindestens ein paarmal im Monat Böses nachsagen und über einen spotten. Sie würden ohne dieses Luftloch umkommen, ihr verlöret dienstwillige, ergebene Freunde, und die Welt würde ärmer an geistreich-witziger Heiterkeit. Was die Frauen betrifft, so sind es die fröhlichsten, die man sich wünschen kann, und so ungezwungen, daß nicht einmal die Priester sie haben zähmen können; aber wo das etwa dank übertrieben frommer Sitte geschehen ist wie etwa in Verona, Modena und mancher andern Stadt, so war das wohl eher Schuld der Nonnen, Mütter und Ehemänner denn der Priester. Die katholische Religion ist nicht finster noch grausam; wollt ihr enge, fanatische Leute sehen, dann müßt ihr sie unter den Protestanten suchen; vielleicht gleichen sie diese Mängel mit andern, wunderschönen Gaben aus.

In Bologna also lebte man damals und lebt man noch heute heiter, üppig, leicht geneigt zu guten Freundschaften und festlicher Gesellschaft. Die Stadt ist wie ein einziger Landsitz; schöne Häuser, schöne Gärten, große Bequemlichkeiten ohne die Gespreiztheit jener provinziellen Pracht, die jedem unter die Nase reibt: ›Gib acht, ich koste viel und muß entsprechend lange halten‹. Hier sind alle jederzeit in Tätigkeit und Bewegung; schwatzhaft und lebendig, um der Lebhaftigkeit und dem Geschwätz anderer entgegenzutreten, heiter, um den so heiter geselligen Frauen zu gefallen, beweglich und flink, um sich hier wie dort keinem zarten Wunsche zu versagen. Man verzehrt in Bologna in einem Jahr mehr als in Venedig in zwei, in Rom in drei, in Turin in fünf und in Genua in zwanzig Jahren; obschon man in Venedig weniger verzehrt wegen des Schirokkos und in Mailand mehr dank der Köche. Was Florenz, Neapel, Palermo anlangt, so ist ersteres zu geziert, um seine Gäste zu übermäßigen Fressereien anzuregen, und in den andern beiden füllt das beschauliche Leben den Magen mittels der Poren, ohne die Kinnladen zu ermüden. Man lebt von der Luft, die gesättigt ist vom flüchtigen Öl der Zedern und vom reichen Blütenstaub der Feigenbäume. Wie steht es übrigens um die Frage des Essens? Hier sprechen unmeßbar feine Dinge mit, denn die Verdauung arbeitet nicht nur auf Grund der Tätigkeit an sich, sondern auf Grund der guten Laune. Ein flinkes, vielfältiges Gespräch, das über die ganze Skala eurer Gefühle läuft wie die Hand über die Klaviatur, das euch Sinn und Zunge hierhin, dahin lockt und hüpfen läßt, das eure Geisteskräfte immer wieder anregt, rüstet euch besser auf die Mahlzeit als alle Wermutweine der Welt. Es ist schon richtig, daß der Wermut in Turin erfunden wurde, wo man wenig spricht und lacht. –

Nach unserm schönen Bologna also zurückzukehren, machte Pisana einfach keine Miene; und ich verlor an dieser Stadt allmählich jeden Geschmack. Eine Liebe nur so von weitem ist für einen Intendanten von achtundzwanzig Jahren keine Kleinigkeit. Ein, zwei Monate, das mag so hingehen; aber acht, neun Monate, fast ein Jahr! Schließlich hatte ich keines der drei Mönchsgelübde abgelegt und sollte das schwierigste halten. Potztausend, jetzt sehe ich euch alle über meine Offenherzigkeit lachen! Aber ich nehme nichts zurück. Ich liebte Pisana damals so sehr, daß alle andern Frauen mir – nun meinetwegen wie Männer erschienen. Niedliche, hübsche, elegante Männer, mit Rücksicht auf die Bologneserinnen sei es zugegeben – aber eben Männer; und das war weder Ungeschick noch Kopfhängerei, sondern alles Liebe. So schäme ich mich nicht, euch zu gestehen, daß ich damals etliche Male Joseph in Ägypten gespielt habe, während ich hingegen in der folgenden Trennung von Pisana verschiedenen Zerstreuungen unterworfen war. Deshalb liebte ich sie nicht weniger, sondern nur anders; und, was auch die Platoniker darüber sagen mögen, ich ertrug das zweite Fernsein mit viel mehr Mut als das erste.

Damals hatte ich große Eile und einen verteufelten Eifer, Pisana wiederzuhaben, und da sie sich nicht erklären wollte, wandte ich mich an Aglaura und bat sie bei aller Liebe, die sie für den Bruder hege, mir ohne Geheimniskrämerei unverblümt über meine Base Auskunft zu geben. Bislang hatte meine Schwester immer vermieden, auf solche Anfragen einzugehen; ob sie etwas wußte oder nicht – stets hatte sie sich schlau um die Antwort herumgedrückt. Aber diesmal merkte sie aus dem Ton des Briefes, daß ich wirklich in Sorge und im Begriffe war, eine Eselei zu begehen, und schrieb sofort, sie habe nur auf die Bitte von Pisana selbst geschwiegen, doch nun wolle sie mir willfahren. Seit sechs Monaten also lebe Pisana im Hause ihres Mannes und pflege ihn mit einer Hingabe, daß man den Eindruck gewinne, sie wolle ihn nicht verlassen. Ich solle ruhig sein, sie liebe mich unentwegt, und ihr Leben in Venedig sei wirklich das einer Krankenschwester.

Oh, hätte ich jetzt Seine Exzellenz Navagero in den Krallen gehabt! ... Ich glaube, er hätte nicht länger Krankenpfleger gebraucht. Was fiel diesem verfaulten Aas ein, mir meinen Teil Leben zu stehlen? ... War es etwa recht, daß ein junges Weib wie seine Frau ... ei, da stolperte ich ein bißchen über das ›seine Frau‹, denn mir fuhr zum ersten Male der Gedanke durch den Kopf, das Ja am Altar könne vielleicht zu etwas verpflichten. Doch ging ich eilig darüber hinweg. Zum Donnerwetter, war es etwa recht, daß seine Frau mit ihm zusammengekleistert blieb, die Lebendige mit dem Kadaver? ... Nicht im Traume! ... Verflucht noch mal, ich will sie trennen, ich will dieser gräßlichen Qual ein Ende machen. Ich behaupte zwar nicht gerade, die Nächstenliebe fange bei uns selber an; aber es ist doch nur natürlich, daß er stirbt und nicht ich!

Ganz abgesehen davon, daß ich nicht sterbe. Ach, dieser Navagero ist imstande, Jahre und Jahre so weiterzuzuckeln, der blödsinnige Kerl!

Ich nahm meine herrliche Intendantenfeder zur Hand und schrieb einen Schreibebrief, so großartig, wie er einem König, der mit der Königin zürnt, Ehre gemacht hätte. Der Sinn war der, daß, wenn sie nicht so rasch wie möglich komme und sich meiner in Liebe annehme, ich selber, mein Ruhm, mein Glück ins Grab sinken würde. Dieser Brief blieb ein paar Wochen ohne Antwort und ich wollte schon, nicht gerade ins Grab, aber ernstlich nach Venedig reisen, da stand Pisana plötzlich vor mir. Sie zog ein Mäulchen, wie Frauen zu tun pflegen, wenn sie sich nach einem andern haben richten müssen, und wollte vor Gruß und Kuß versprochen haben, daß ich sie wieder fort lasse, wann es ihr beliebe. Doch als sie sah, wie sie mir auf diese Weise jede Freude über ihre Ankunft verdarb, fiel sie mir um den Hals ... und der Herr Intendant war verloren! – Ich war höchst ungeduldig, ihr all den Anhang an meine neue Würde vorzuführen; eine prächtige Wohnung, Diener im Überflusse, Öl, Holz, Tabak auf Staatskosten. Ich qualmte wie mein seliger Vater, um dieses Vorrecht ja zu genießen, und aß dreimal die Woche Ölgesottenes wie ein Karthäusermönch; doch hatte ich auch ein schönes Sümmchen beiseite gelegt, um Pisana würdig in der Bologneser Gesellschaft erscheinen zu lassen. Das war bei meinem Temperament ein solcher Liebesbeweis, daß sie eigentlich hätte vor Staunen umfallen müssen. Doch sie achtete fast nicht darauf; denn um eine solche Selbstüberwindung zu schätzen, muß man sie überhaupt verstehen, und meiner gepriesenen Pisana rann das Geld wie Wasser zwischen den Fingern durch, und ihre Taschen hatten mehr Löcher als die eines Bettlers in der Romagna. Sie machte nur große Augen, als ich ihr vierhundert goldene Scudi nannte; wahrscheinlich hatte sie von einer so ungeheuren Summe seit Ewigkeiten nicht sprechen hören. In Wirklichkeit erwies sie sich als nicht so ungeheuer. Kleider, Hütchen, Armbänder,

Spazierfahrten, erfrischende Getränke und Eis brachten den Goldstrom in Fluß, und die Scudi in meiner Rocktasche wurden nicht älter als vierzehn Tage.

In dem jetzt folgenden Strudel von Geselligkeit enthüllte mir Pisana bald eine völlig neue Seite ihres Charakters. Sie wurde das heiterste, geschwätzigste Frauchen von Bologna; sie hielt vier, sechs, acht andere im Schach und wurde niemals still noch müde; sie verlor sich in keine Beobachtung oder Gedankenlosigkeit so weit, daß sie die andern vergaß, wußte vielmehr Worte und Lächeln so weise zu verteilen, daß ein wenig für alle da war und für niemanden zu viel. Ich konnte mich auf sie verlassen, die Qualen von Ferrara hatten ein Ende. Nun sprach alles von Pisana, manche von der Base, manche von der Frau, wieder andere von der Geliebten des Herrn Intendanten; der eine wollte sie heiraten, ein anderer verführen oder mir rauben. Sie bemerkte diese Dinge höflich, lachte mit Anmut und spendete ihren Witz nach allen Seiten; ihre Liebe verwahrte sie mir. An solchen Frauen finden in Kürze auch Frauen Gefallen, denn die Männer werden es müde, sich um nichts in Sehnsucht zu verzehren, hofieren sie schließlich nur noch aus Gewohnheit und haben dann für ihre Liebe anderswo ein ständiges Plätzchen. So wurde meine Pisana nach einem Monat von den Männern verehrt, von den Frauen gefeiert, schritt im Triumphe durch die Straßen von Bologna, und sogar die Gassenbuben liefen hinter ihr her mit dem Ruf: »Ei, die schöne Venezianerin! Die junge Frau vom Herrn Intendanten!« Ich will nicht behaupten, daß sie durch so großes Glück gerade eitel wurde, doch sicher wußte sie sich dessen in der zierlichsten Art der Welt vor mir zu rühmen. Und meine Sache war es natürlich, sie im rechten Verhältnis zu den Sehnsüchten, die sie umschwirrten, zu lieben.

So führten wir ein Leben voller Freuden und häuslichem Glück, und niemand sprach mehr von Abreise. Kamen Briefe aus Venedig, so schaute sie kaum hinein; waren die Briefe lang, las sie sie gewiß nur zur Hälfte. Ich las sie dann freilich vom Anfang bis zum Schluß, verbarg ihr jedoch sorgfältig, wie Mutter oder Gatte ab und zu dringlich forderten, daß sie heimkehre. Navagero schien nicht mehr so eifersüchtig, doch machte er auch keine Miene zu sterben; von mir sprach er überströmend herzlich wie von einem nahen, teuren Verwandten und von künftigen Jahren wie von einem Schlaraffenlande ohne Ende.

»Dieses Scheusal von einem Sterbenden!« brummte ich. »Der Schurke ist wieder auferstanden.« Und fast hätte nun ich den Eifersüchtigen spielen können um all die Zeit, die Pisana bei ihm geweilt. Aber sie barst vor Lachen über meinen Widerwillen, und so lachte auch ich; doch entwendete ich die Briefe, sowie sie sie beiseite gelegt hatte, und achtete sorgfältig darauf, daß sie ihr nicht wieder in die Hände fielen. Dabei kam mir ihre Gedankenlosigkeit sehr zu statten. Was ihren langen Aufenthalt in Venedig betraf, so erzählte sie mir stückweise, je nach Laune, wie es dazu gekommen war. Die Mutter hatte sie, als sie genesen, gebeten, dem todkranken Gatten wenigstens aus Anstand einen Besuch zu machen. Pisana hatte sich dazu verstanden; und dann war sie von dem Zustande des armen Mannes, von seinen Geldnöten (er behauptete, von seinem früheren Reichtum sei ihm nichts geblieben), von der Verlassenheit, in der er lebte, so gerührt worden, daß sie, wie er wünschte, bei ihm blieb. Es war reine Güte gewesen; und wenn ich auch ihre häßlichen Folgen für mich beklagte, so konnte ich nicht umhin, Pisana im Grunde meines Herzens darum zu loben und mich immer mehr in sie zu verlieben.

Ihr könnt glauben, ich war sehr vorsichtig darin, sie zu solchen Bekenntnissen zu ermuntern, denn ich hatte eine maßlose Angst, sie könnten alle die Beweggründe des Mitleids wieder in ihr lebendig machen und die Lust zur Abreise aufs neue wecken. Ich war gerecht genug, zu loben, eigensüchtig genug, solche Taten heldenhafter Tugend zu verhindern; und da Pisana gut und mitleidig, doch dreimal so gedankenlos war, gelang es mir, sie mit Festen und Lustbarkeiten fast ein halbes

Jahr lang festzuhalten. Trotzdem sah ich mit Schrecken die Zahl der Briefe wachsen; sie wurden immer aufgeregter. Als sie jedoch keine schlimmen Folgen hatten, gewöhnte ich mich daran und meinte, unser Glück werde kein Ende nehmen. Meine ehrgeizigen Träume waren verflogen; vom Finanzminister, Präsidenten, Vizepräsidenten der Republik war ich bescheiden und sanft auf meinen Posten zurückgesunken. Mochten andere die schönen Pläne ausführen, die mir im Kopfe gespukt hatten; so brauchte ich mich nicht zu rühren.

Ach, wir Armen! Unser Glück steht auf zerbrechlichen Füßen. Es war die Einrichtung einer Postkutsche zwischen Padua und Bologna, die mir zum Verhängnis wurde. Graf Rinaldo, der bei der Schwäche seines Magens eine Reise zu Wasser bis Ferrara oder Ravenna nicht vertragen hätte, bediente sich mit Freuden der Postkutsche und erschien in Bologna, obwohl ihn keiner gerufen hatte. Er ließ sich zur Madonna di Monte führen, zur Montagnola, nach San Petronio, und zum Dank für all das entführte er mir am dritten Tage Pisana. Beim Anblick des Bruders war ihr Mitleid aufgeflammt, ihr schlug das Gewissen; es war nicht etwa so, daß sie einer Aufforderung von ihm zugestimmt hätte, nein, sie bot ihm zuerst an, ihn auf der Rückfahrt zu begleiten. Kein Wort erwiderte dieser niederträchtige Kerl, nicht einmal, daß er gerade darum gekommen sei. Er wollte mich in dem holden Wahne lassen, er sei von Venedig nach Bologna gereist eigens aus Neugier, San Petronio zu sehen. Aber ich hatte ihm sofort an der Nasenspitze angesehen, was er wollte, und war wütend, als er seine Absicht ohne ein Wort erreichte. Sollte ein Stubenhocker, unsauber, schmierig, mit triefenden Augen, Frauen klüger zu behandeln wissen als ein Liebhaber, hübsch, jung und Intendant? – Es schien ja so; und ich blieb allein, spielte Blasebalg und hatte großen Zorn.

Ich setzte mich also wieder an den Schreibtisch, schon um die Langeweile zu vertreiben, die mich plagte. Mit viel Arbeit und möglichst viel Vergessen wurde ich allmählich ein anderer Mensch; ob besser oder schlechter, lasse ich dahingestellt. Aus meinem Hirn verdampften allmählich die Dünste jugendlicher Phantasien; ich begann, das Gewicht meiner dreißig Jahre zu spüren, saß gern ruhig am Tisch und lernte die Liebe, die ihren Sitz in der Seele hat, unterscheiden von der, die die Sinne kitzelt. Aber wo war die Jugend des Geistes geblieben, die das eigene Urteil bildet an den großen Hoffnungen, von denen die Seele zehrt? Für dieses kurzsichtige Tagelöhnerleben gab es damals wohl eine Entschuldigung; und das war die, daß eine große Intelligenz für uns dachte, deren Wille den Willen jedes einzelnen so weit übertraf, daß man mit einem geringen Aufwand von Gedanken nur immer staunend vor den Taten dieses Willens stand. Jetzt ist es umgekehrt, die Gedanken glänzen, und man sieht keine Taten; damals umfaßten die Arme Napoleons halb Europa und ganz Italien und rüttelten die erschlafften Lebensgeister wach. Es war genug, wenn man gehorchte, und eine an Wunder grenzende Tatkraft erhob sich aus den weitverzweigten Gliedern der Nation. Ich will nicht prophezeien; aber hätte man etwa zwanzig Jahre so fortgefahren, die alten, eben erweckten Glieder hätten sich daran gewöhnt zu leben, und der Geist wäre in dem Leibe wirksam geworden wie die Gesundheit in den Gliedern des Kranken. Die Lebensglut, die damals die halbe Welt erfüllte, war geradezu unheimlich. Das Recht war allgemein geworden und für alle gleich; alle trugen nunmehr, je nach ihrer Fähigkeit, zur sozialen Bewegung bei; man plante nicht, man handelte. Man hatte ein Heer gewollt, und binnen weniger Jahre war wie durch Zauber ein Heer entstanden. Aus einem Volke, das geschwächt war vom Müßiggang, verdorben von der Auflösung aller Ordnung, wurden Legionen anspruchsloser, gehorsamer, tapferer Soldaten ausgehoben. Die Gewalt hatte befohlen, die Sitten zu erneuern, und erreichte alles mit Ordnung und Disziplin. Als ich meine Soldaten zum ersten Mal auf dem Platze in Reih und Glied sah, meinte ich, ich sähe nicht recht, für so unmöglich hatte ich es gehalten, daß man so viel erreichen könne, und daß man diese Landbevölkerung, diesen Pöbel aus den Städten, Menschen, die bisher nur Waffen getragen, um auf dem Lande Raubzüge auszuführen und die Reisenden auszuplündern, mit einem Gesetze zähmen könne.

Von solchen Anfängen erwartete ich mir Wunder; überzeugt, daß wir in guten Händen waren, kümmerte ich mich nicht mehr um die übrige Welt. Mein Venedig irgendwann mit einem eigenen Heere zu sehen, zu erleben, wie es, weise geworden durch die neue Erfahrung, seinen Platz zwischen den italienischen Volksstämmen in der großen Versammlung der Völker einnähme, das war mein Wunsch, mein Glaube alle Tage. Der Friedensstifter der Revolution nahm auch dies in die Zahl seiner künftigen Taten auf; ich glaubte, die Anzeichen hierfür in jener neuen Taufe der Cisalpinen Republik, die neue, hohe Schicksale verkündete, zu erkennen. Als mir Lucilio schrieb, es gehe immer schlechter, ein Volk verliere, wenn es auf Klugheit verzichte, alle Freiheit und eigene Kraft, wir hofften auf einen Befreier und würden einen Herrn finden, spottete ich über seine Ängste; ich nannte ihn im stillen verrückt und undankbar, warf seinen Brief ins Feuer und kehrte zurück zu meinen Intendantengeschäften. Ich glaube, ich gratulierte mir gar zur Abwesenheit von Pisana, weil mir die Einsamkeit und Ruhe mehr Muße ließen zur Arbeit und zur Hoffnung, mit diesem Verdienste vorwärtszukommen. – So lebte ich viele Monate meinen Geschäften, dachte nicht über mich nach, sah nur, was mir vor Augen stand . . . ein Leben, nicht eben geeignet, Fähigkeiten zu wecken und die Kraft der Seele zu stärken. Ich war nicht mehr Mensch, ich wurde Zugwinde. Und man weiß, wie abscheulich eine Zugwinde quietscht, wenn man am ersten des Monats vergißt, sie zu ölen.

Zum Glück – oder Unglück – öffnete mir die Proklamation des französischen Kaiserreichs ein wenig die Augen. Ich sah mich um und erkannte, daß ich nicht mehr Herr meiner selbst war; meine Tätigkeit griff in andere Tätigkeiten wie ein Rad in andere Räder eines Getriebes. Um Himmels willen, hier heraus! Ich wurde zu einem Nichts. Wenn alle in meinem Falle waren, woran ich nicht zweifeln konnte, so hatte Lucilio mit seinen Ängsten ziemlich recht. Ich prüfte mein Gewissen, verglich mein vergangenes Leben mit dem gegenwärtigen und fand einen Widerspruch, der mich erschreckte. Meine Taten waren nicht mehr von den gleichen Grundsätzen und Hoffnungen bestimmt. Früher war ich ein armer Arbeitsmann, ermüdet, aber einsichtig und frei; jetzt ein lächerliches Stück Blech, schön lackiert, geölt, damit ich mich planmäßig drehte und neigte, um stumpfsinnig eine Maschine zu treiben. Ich wollte nichts übereilen; aber ich war fest entschlossen, auf dieser Treppe der Knechtschaft keinen Schritt weiter hinunter zu tun.

Als die Kunde kam, daß die Republik in ein Königreich Italien verwandelt war, nahm ich das wenige Zeug, die wenigen Scudi, die ich besaß, ging stracks nach Mailand und reichte meinen Abschied ein. Ich fand vier oder fünf Amtsgenossen, die zum gleichen Zweck hergekommen waren; jeder hatte gedacht, er finde hundert vor. Man dankte uns, man grinste uns ins Gesicht, man kritzelte unsere Namen in ein Buch, was bestimmt keine Empfehlung für die Zukunft war. Napoleon kam nach Mailand und setzte sich die Eiserne Krone aufs Haupt mit den Worten: »Gott hat sie mir gegeben, wehe dem, der daran rührt!« Ich zog als armer Privatmann in die alten Kämmerchen bei der Porta Romana und sagte meinerseits: ›Gott hat mir ein Gewissen gegeben, und niemand soll es kaufen.‹ – Nun, die Feinde Napoleons waren kühn und kraftvoll genug, ihm jene verhängnisvolle Krone vom Haupte zu reißen; aber Kalifornien und Australien haben bislang nicht so viel Gold fördern können, um mein Gewissen zu bezahlen. – Bei dieser Gelegenheit war ich der Aufrichtigere und Stärkere.

NEUNZEHNTES KAPITEL

Wie Müller und Gräfinnen sich meiner im Jahre 1805 annehmen. – Ich verzeihe Napoleon manches Unrecht, als er Venedig mit dem Königreich Italien vereint. – Eine läßliche Sünde findet späte Buße, die mich dem Tode nahebringt; aber Pisana erweckt mich zum Leben und nimmt mich mit ins Friaul. – Ich werde Ehemann, Organist und Güterverwalter. – Inzwischen verschwinden die alten Darsteller von der Bühne, Napoleon kommt zweimal zu Fall, und die Jahre gleiten stumm und ohne Würde bis 1820.

Lucilio hatte in London Zuflucht gesucht, er besaß überall Freunde, und für einen Arzt wie ihn war die Welt ein Dorf. Pisana hatte mich mit ihren Versprechungen, zu mir zu kommen, immer hingehalten; als ich dann das Amt verließ, fehlte mir der Mut, sie zu rufen, daß sie meine Armut teile. Spiro und Aglaura mochte ich nicht um Geld bitten, sie sandten mir zwar pünktlich jedes Weihnachten meine dreihundert Dukaten, aber ich hatte zwei Jahresrenten im Voraus genommen, um die Schulden in Ferrara zu bezahlen. So war ich zum ersten Mal in meinem Leben ohne Dach und ohne Brot und wenig geschickt, es mir zu verschaffen. Ich wälzte tausend Pläne, doch jeder brauchte, zum Anfang wenigstens, ein hübsches Sümmchen Scudi; und da ich davon nicht mehr als ein Dutzend besaß, ließ ich es bei den Plänen bewenden. Ich mühte mich, jeden Tag mit weniger auszukommen. Ich glaube, der letzte Scudo hätte hundert Jahre gereicht, wäre er mir nicht an dem Tage, da Napoleon nach Deutschland aufbrach, von einem jener berühmten Taschendiebe gestohlen worden, die solchem frommen Gewerbe in den Straßen von Mailand gewohnheitsgemäß obliegen. Der Kaiser war fett geworden; er näherte sich damals dem Siege von Austerlitz; in meiner Erinnerung lebte er mager, im Glanz von Arcole und Rivoli. Als ich ihn so zwischen einer sich drängenden, beifallklatschenden Volksmenge daherreiten sah, weinte ich vor Wut. Es waren Tränen, deren ich mich nicht schäme. Was für große Dinge hätte ich vollbringen mögen, wenn ich er gewesen wäre! Er stand damals auf dem Gipfel seiner Macht. Über den schmalen Ärmelkanal hinweg hatte er mit seiner Löwenstimme die Geschützkammern Albions erdröhnen lassen; jetzt bedrohte er mit allmächtiger Pranke den Nacken zweier Kaiser. Die Jugend des Geistes von Cäsar und die Reife des Verstandes von Augustus, in ihm vereint, hoben sein Glück über jede menschliche Vorstellungskraft hinaus. Er war wirklich ein neuer Karl der Große, und er war sich dessen bewußt. Doch ich fühlte mich von dem Zauber, den er auf die Menge ausstrahlte, frei. Er war ein Riese, aber kein Gott; an Glauben und heißer Hoffnung für die Menschheit übertraf ich ihn bei weitem, und das war für einen Mann, dessen letzter Scudo gar noch in die Tasche eines andern gewandert war, nicht wenig.

Das Schönste war, wenn es sich ums Essen handelte. Vor meiner Abreise aus Bologna hatte ich mit Hilfe einiger taktvoller Freunde jede Spange, jeden Ring und alles, was ich nicht unbedingt brauchte, zu Geld gemacht. Bei einer neuen Bestandsaufnahme fand ich unter meinen Kleidern trotzdem viel Überflüssiges; davon machte ich ein Bündel, trug es zum Trödler und steckte dafür vier Scudi ein, die mir vorkamen wie eine Million. Aber dieser Wahn dauerte nur acht Tage. Nun opferte ich auch die nötigeren Dinge; Hemden, Schuhe, Halskragen, Kleider, alles wanderte zum Trödler; wir hatten eine Art Freundschaft geschlossen. Sein Laden war an der Ecke der Dreikönigsstraße, nach der Post zu; ich plauderte mit dem neuen Freunde, wenn ich von Hause nach dem Domplatz wanderte. Aber einmal ging es mit meinem Besitz zu Ende. Soviel ich in dieser ganzen Zeit gegrübelt hatte, wie ich mir besser helfen könne – es war mir nichts eingefallen.

Eines Morgens traf ich den Obersten Giorgi, der vom Lager in Boulogne kam; auch er wollte nach Deutschland in der Hoffnung, in Kürze General zu werden.

»Komm in die Heeresverwaltung«, sagte er. »Ich verschaffe dir einen schönen Posten, und es dauert nicht lange, so bist du reich.«

»Was tut man jetzt im Heer?« fragte ich.

»Man besiegt ganz Europa, man hofiert die schönsten Frauen der Welt, man steckt einen schönen Sold in die Tasche, man gewinnt eine Unmenge Ruhm, und man kommt voran.«

»Schön und gut; aber für wen besiegt man Europa?«

»Schockschwerenot, was geht das uns an?«

»Lieber Alessandro, ich komme nicht in dein Heer, nicht einmal zum Kehrichtfegen.«

»Schade! Ich dachte, ich könnte etwas für dich tun.«

»Weißt du, ich wäre wohl nicht recht geeignet. Es ist besser, du verwendest alle Mühe auf dich selbst, dann wirst du schneller General.«

»Noch zwei Schlachten, die mir zwei Ältere aus dem Wege räumen, und ich bin es sowieso; die Kugeln der Russen und Deutschen sind meine Verbündeten, das ist die wahre Art, mit allen in gutem Einverständnis zu leben. Bist du uns armen Soldaten darum böse?«

»Gewiß nicht, Alessandro. Ich staune euch an, aber ich kann es euch nicht gleich tun.«

»Ah, ich verstehe. Dazu gehören ein bißchen stramme Muskeln. Sage mir: hast du von Bruto Provedoni gute Nachrichten?«

»Die besten. Er lebt mit seiner Schwester zusammen, der Aquilina, erinnerst du dich? Spielt den Papa, sammelt ihr ein wenig Mitgift und verdient sich den Lebensunterhalt mit Stundengeben im Dorfe. Letztlich hat er mit der Erbschaft seines Bruders Grifone (der ist in Laibach von einem Dach zu Tode gestürzt) auf seinen und der Schwester Namen von den andern Brüdern das Haus gekauft. Damit ist er seine lumpigen, schwatzhaften Mieter losgeworden. Ich glaube, wenn er Aquilina angemessen verheiraten könnte, wäre er der glücklichste Mann von der Welt.«

»Da siehst du, was an uns Soldaten dran ist. Wir bleiben glücklich auch ohne Beine.«

»Recht so, Alessandro; aber ich mag die Beine um keinen Preis verlieren. Sie sind ein Kapital, das man gut anlegen oder behalten soll.«

»Und hältst du das für nichts, in höchstens acht Jahren General werden? Sind das nicht gute Zinsen?«

»O ja. Aber ich ziehe meinen Rock und mein Elend vor.«

»Also kann ich dir mit gar nichts helfen? Ich könnte dir dreißig Scudi geben, nicht mehr, siehst du, denn ich bin nicht der sparsamste Soldat; Spiel, Frauen und was weiß ich, und der Sold ist hin. Doch da fällt mir ein: wärest du nicht tauglich für den Zivildienst?«

Nun, ich hatte dem guten Obersten vor einer Viertelstunde meine ganze Finanzlaufbahn erzählt, und daß ich das Amt des Intendanten freiwillig niedergelegt hätte. Er sah nichts als das Heer; und vielleicht dachte er, die Finanzen gehörten auch dazu, um es mit Lebensmitteln, Kleidung und dem nötigen Bargeld zu versehen für Pharao und Bassettspiel. Auf meine Antwort, daß ich jedes Amt übernähme außer einem öffentlichen, machte er ein Gesicht, als müsse er mir leider ein gut Teil seiner Achtung entziehen; doch seine gutherzige Hilfsbereitschaft litt darunter nicht im mindesten.

»Oh, da fällt mir ein ... ich habe hier in Mailand eine Hausherrin ...«

»So eine wie in Genua?«

»Wo denkst du hin! Die war knickerig wie ein Apotheker, diese hingegen ist großzügiger als ein Minister. Der in Genua mußte ich die Katze stehlen, diese würde mir, wenn ich wollte, jeden Tag einen Diamanten schenken. Sie ist eine steinreiche Frau, ist zu ihrer Zeit durch die Welt gereist, und nun, nach einer ansehnlichen Erbschaft, hat sie sich häuslich eingerichtet und steht im Ruf einer vollendeten Dame; nicht mehr mit Pfirsichflaum auf den Wangen, aber anmutig und hübsch genug, besonders im Theater, wenn sie ein bißchen angeregt ist. Stell dir vor, sie hat mich ganz närrisch lieb gewonnen und will mich immer, wenn ich durch Mailand komme, bei sich haben; sie hat mir sogar insgeheim gestanden, wenn sie zwanzig Jahre alt wäre statt dreißig, zöge sie mit mir in den Krieg.«

»Und was soll mir diese Dame?«

»Was sie dir soll? Teufel! Alles soll sie dir! Sie hat eine Menge höchster Beziehungen. Und sollte dir ein privates Amt besser behagen – nun, ich glaube, in der Verwaltung ihrer Güter hätte sie auch für dich zu tun.«

»Denke daran, Alessandro, ich will mein Brot niemandem stehlen; wo ich es esse, will ich es auch mit eigener Mühe verdienen.«

»Oh, darum mach dir keine Sorge. Du meinst wohl, daß hier die Verwalter reich werden auf Kosten des Herrn, wie auf unsern Gütern im Friaul! Nein, mein Freund, in Mailand zahlt man gut, aber man will noch besser bedient sein; der Buchhalter wird fett, doch der Herr will darum nicht mager werden. Ich weiß sehr wohl, wie es zugeht.«

Dieser Plan behagte mir gar nicht, ich traute den allmächtigen Empfehlungen und der großartigen Hausherrin des guten Obersten nicht über den Weg; trotzdem mußte ich zufrieden sein, wenn jemand mir half, da ich doch allein nicht weiterkam. Ich ging heim, um meinen Anzug für die Vorstellung, die für den nächsten Tag anberaumt war, auszubürsten. Auch wichste ich, dem Glanze besagter Hausherrin zuliebe, meine Stiefel spiegelblank und hing das einzige Hemd, das mir außer dem, das ich auf dem Leibe trug, geblieben, über einen Stuhl. Ich weidete meine Augen an seiner blendenden Weiße und setzte mich so über die Schäbigkeit des übrigen hinweg.

Am folgenden Morgen kam die Ordonnanz des Obersten mit der Nachricht, die gnädige Frau habe den Vorschlag sehr gut aufgenommen, wünsche jedoch, daß ich ihr am Abend vorgestellt werde, da sie heute tagsüber äußerst beschäftigt sei. Ich warf einen Blick auf die Stiefel und das Hemd und bedauerte fast, nicht im Bett geblieben zu sein, um ihre ursprüngliche Frische bis zu dem feierlichen Augenblick zu erhalten; dann tröstete ich mich mit dem Gedanken, daß man am Abend nicht so genau hinsähe, und daß ein Exintendant mittels seiner Munterkeit und geistigen Überlegenheit die übergroße Bescheidenheit seines Anzuges sehr wohl wettmachen könne. So antwortete ich der Ordonnanz, ich würde den Herrn Obersten gegen acht Uhr abholen, und verließ bald darauf das Haus. Es kam die Stunde des Mittagessens, und ich ließ sie verstreichen, ohne an der Rocktasche herumzutasten; die gleiche Kraft der Seele übte ich zur Stunde des Abendessens. Nachdem sie überstanden war, durchwühlte ich die Taschen und grub alles in allem vier Soldi heraus, das waren damals etwa fünfzehn Centimes. Ich hatte, ehrlich gesagt, nicht gedacht, daß ich so arm sei, und das Problem der Quadratur des Zirkels schien mir sehr viel leichter zu lösen als das, von diesem kümmerlichen Geld ein Abendessen zu bestreiten. Aber wie, ich war doch nicht umsonst Intendant gewesen! Die Einnahmen mit den Ausgaben ins richtige Verhältnis setzen, darauf mußte ich mich besser verstehen als jeder andere. – Also Mut! – Einen Soldo für Brot, zwei für Salat und einen für Schnaps, um den Magen zu stärken und auf den Besuch des Abends vorzubereiten. – O weh, was bedeutete ein Soldo für Brot jemandem, der vierundzwanzig Stunden keine Speise angerührt hatte! – Noch einmal: Zwei Soldi für Brot, einen Soldo für Schafskäse, und einen, wie üblich, für Schnaps. – Danach fand ich, der Käse sei ein Vorurteil, ein aristokratischer Einfall, um das Abendessen in Brot und Zukost zu teilen. Es war besser, ich nahm für drei Soldi Brot.

Und so trat ich mutig in einen Bäckerladen, kaufte das Brot und vertilgte es mit vier Bissen. Etwas erstaunt merkte ich, daß ich kein bißchen Durst verspürte, weshalb ich den Schnaps beiseite ließ, mir ein letztes Brötchen kaufte und es zu den andern bugsierte. Nach diesem kleinen Zeitvertreib blieben meine Zähne noch sehr in Unruhe, stöberten alle Krümchen auf, die sich außer Landes begeben hatten, und knirschten einander mit Bestürzung zu: ›Wie, wäre das Fest zu Ende?‹ ›Es ist zu Ende‹, erwiderte ich; und mein Magen war weit mehr bestürzt als die Zähne. – Da nahm ich meine Zuflucht zu einem Spiel der Phantasie, das mir schon seit vielen Tagen geholfen hatte, den Hunger zu betrügen; ich hielt Musterung über die Freunde, bei denen ich mich, wären sie in Mailand gewesen, hätte zum Essen einladen können. Der Abbé Parini, der seit sechs Jahren tot und äußerst gastfrei war; Lucilio, der im Ausland weilte; Ugo Foscolo, der in Pavia Professor der Beredsamkeit war. Von den alten Bekannten kam nicht einer in Frage, und meine Wirtin hatte, als sie mir am Abend zuvor die Schuhwichse gegeben, ihre Hakennase in einer gewissen Weise gerümpft, die bedeutete: ›Bleibt mir mit solchen Scherzen vom Leibe!‹

Blieb der Oberst Giorgi; doch da hätte ich mich, ich muß es euch gestehen, geschämt, wie ich mich auch vor den andern geschämt hätte, wären sie in Mailand gewesen; lieber wäre ich Hungers gestorben, als daß ich mir von Ugo Foscolo einen Kaffee mit Sahne hätte bezahlen lassen. Ich gab mir also Mühe, mich mit einer andern Kriegslist zu zerstreuen. Ich malte mir aus, von wievielen Seiten ich Darlehen, Geschenke, Hilfe haben könnte, wenn ich nur wollte. Mein Schwager Spiro, meine Freunde in Bologna; die dreißig Scudi vom Obersten Giorgi, der Großwesir ... Potz Blitz! War es nun der Hunger oder eine besondere Gnade der Vorsehung, an jenem Tage verweilte ich länger als sonst bei dem Gedanken an den Großwesir. Mir fiel ein: ich trug ja im Notizbuch die Anweisung auf eine ungeheuerliche Summe, unterschrieben mit einem arabischen Schnörkel, den ich nicht lesen konnte; aber das Haus Apostulos besaß in Konstantinopel viele Geschäftsfreunde und einigen Einfluß auf die armenischen Bankherren, die dem damaligen Sultan das Fell über die Ohren zogen. Ich rannte heim, dachte nicht mehr an Hunger, schrieb Spiro einen Brief, tat die Anweisung hinein und trug alles fröhlich zur Post.

Als ich heraustrat und über die Piazza Mercanti ging, zeigte die Uhr ein Viertel vor acht; so machte ich mich auf den Weg zur Wohnung des Obersten. Die Hoffnung auf den Großwesir hatte ich auf der Post gelassen, und gerade als sich der feierlich-schicksalsträchtige Augenblick des Abends nahte, zwackte mich wieder der Hunger. Nun versuchte ich ein anderes Spiel; ich dachte an die fetten Bologneser Abendessen vor einem Jahr, und siehe da, ich war dabei zufriedener als vorher. Ich tröstete mich damit, daß ich jetzt allein war und daß der Zufall Pisana davor bewahrt hatte, meinen Hunger zu teilen. Der Zufall? – Ach, wenn man ihn recht betrachtet, ist er oft nichts weiter als eine Machenschaft der Menschen; und darum fürchtete ich nicht zu Unrecht, Vergeßlichkeit, Kälte und vielleicht auch ein anderer Liebeshandel hätten Pisana die Lust genommen, mit mir zu leben.

Aber durfte ich mich darüber beklagen? fuhr ich in meinen Gedanken fort. War es nicht ihr gutes Recht, mich weniger zu lieben? Was hatte ich denn das ganze letzte Jahr getan?

Mochte dem sein, wie ihm wolle, das Gefühl, Pisana könne mich vergessen und für immer verlassen haben, quälte mich bald ebenso heftig wie der Hunger. Ich war nicht mehr so wütend eifersüchtig wie früher, aber eine trostlose Bitterkeit, eine Niedergeschlagenheit ohnegleichen nahmen von mir Besitz, so daß ich alle Lebenslust verlor. Von solchen Schmerzen gepeinigt stieg ich hinauf zum Herrn Obersten, der gerade die Wochenberichte seiner Hauptleute las, rauchte, wie ich geraucht hatte, als ich Intendant war, und sich bisweilen die Kehle mit dem guten Anisschnaps von Brescia netzte.

»Schön, Carletto«, begrüßte er mich und bot mir einen Sessel. »Schenk dir ein Glas ein, ich werde mich sputen.«

Ich dankte, nahm Platz und äugte durch das Zimmer, ob etwa irgendwo ein Kuchen oder ein Stück Stollen läge, das sich mit dem Anisschnaps zugunsten meines Magens verbände. Nirgends lag etwas. Ich schenkte mir ein Glas mit dem balsamischen Likör gestrichen voll und kippte es auf einen Zug hinunter, daß mir schien, ein neuer Geist ziehe in mich ein. Doch man weiß, was geschieht, wenn sich ein neuer und ein alter Geist in einem hungrigen Magen begegnen; sie geraten durcheinander. Da ich mich erhob und mit dem Obersten fortging, war ich so vergnügt und geschwätzig, als zuvor brummig und wortkarg. Alessandro nahm es für ein gutes Vorzeichen, und als wir die Treppe zur gnädigen Frau hinaufstiegen, setzte er mir zu, ich solle noch lustiger, flinker, waghalsiger sein, denn so etwas gefalle den Frauen mittleren Alters, die keine Zeit mehr zu verlieren haben. Nun, ich war so lustig, daß ich beinahe mit der Nase auf der letzten Stufe lag; außerdem wurde eine andere Eigenschaft aus diesen Umständen zur Unzeit entbunden, die Offenherzigkeit, und diese ließ mich den ersten Bock schießen. Als uns der Diener ins Vorzimmer führte, hüpfte ich, daß mir schien, meine Füße berührten kaum den Boden, und sagte ganz laut:

»Wer sollte meinen, wenn er mich hüpfen sieht, daß ich vor Hunger umfallen könnte?«

Der Diener drehte sich, so wenig ihm das die Vorschriften seines Amtes gestatteten, um und sah mich erstaunt an. Alessandro stieß mir den Ellbogen in die Seite.

»Verrückter Kerl! Du mit deinen Spässen!«

»Ich schwöre dir, es sind keine Spässe ... Au, au!«

Der Oberst hatte mich dermaßen gekniffen, daß ich nicht weiter streiten konnte. Der Diener drehte sich noch einmal um und sah mich an, und diesmal mit vollem Recht.

»Oh nichts«, sagte der Oberst. »Ich habe ihm aus Versehen auf die Hühneraugen getreten.«

Das war eine ganz gute Ausrede; und ich hielt es nicht für günstig, meine Hühneraugen zu verteidigen, denn wir standen jetzt im Zimmer der gnädigen Frau. Der Oberst hatte die Gefahr bemerkt, aber man war auf dem Ball und mußte tanzen; ein alter Kämpfer von Marengo durfte sich nicht zurückziehen.

Unter dem schwachen rötlichen Schimmer von Deckenlampen, deren Licht rotseidene Schirme dämpften, sah ich die

Göttin. Sie schwebte auf der Kante eines jener kurulischen Sessel, die der Pariser Geschmack aus dem in der römischen Republik üblichen Hausrat ausgegraben hatte, der unter dem Kaiserreich des Augustus so lange im Gebrauch war wie unter dem Napoleons. Das kurze, hochgegürtete Gewand umspannte, ich will nicht sagen starke, doch sicher sehr reiche Formen; eine reichliche Hälfte des Busens blieb nackt. Ich bemerkte diese Blöße weniger mit Wohlgefallen als mit Appetit. Durch den Dunst des Anislikörs sah ich nur: dies war Fleisch, und die Zahnreihen öffneten sich gierig wie bei den Kannibalen angesichts der Fleischmassen, die sie mit Lust zu vertilgen pflegen. Die gnädige Frau schien mit dem Eindruck, den sie auf mich machte, sehr zufrieden und fragte den Obersten, ob ich der junge Mann sei, der sich in der Verwaltung betätigen wolle. Der Oberst erwiderte eilig mit Ja und gab sich Mühe, ihre Aufmerksamkeit von mir abzulenken. Doch sie war offenbar von meiner schönen Haltung immer mehr entzückt, denn sie konnte ihren Blick gar nicht losreißen und wandte sich, den Obersten wirklich vernachlässigend, an mich.

»Carlo Altoviti, nicht wahr?« fragte die gnädige Frau mit einer sehr liebenswürdigen Anstrengung ihres Gedächtnisses.

Ich verneigte mich und wurde so rot, daß mich dünkte, ich platze. Es waren Magenkrämpfe.

Sie fuhr fort: »Ich meine, ich habe diesen Namen, wenn ich mich nicht täusche, vergangenes Jahr im Staatshandbuch unserer hohen Behörden gelesen?«

Mir schwoll die Brust im Gedanken an meine Intendanz, ich hielt mich gerade und stolz, während der Oberst erwiderte, ich sei tatsächlich Präfekt der Finanzen in Bologna gewesen.

»Ah, ich verstehe«, sagte die gnädige Frau halblaut und neigte sich mir zu. »Die neue Regierung ... gewiß andere Grundsätze ... Ihr habt Euch also zurückgezogen.«

»Ja«, antwortete ich mit Würde, ohne etwas verstanden zu haben.

Jetzt betraten den Saal Grafen, Gräfinnen, Fürsten, Weltgeistliche und Marquis, deren jeden der Diener mit Stentorstimme ankündigte; es war ein Schwall von ›Don‹, der mir an die Ohren trommelte, unverständlich schon durch den verkürzten, an Nasenlauten reichen Mailänder Dialekt, der besonders wenig dazu angetan ist, einem Betrunkenen klar zu werden. Im rechten Augenblicke näherte sich der Oberst der Herrin des Hauses, um sich zu verabschieden; ich konnte nicht mehr. Sie sagte ihm ins Ohr, alles sei in Ordnung, ich solle am nächsten Tage geradenwegs in die Buchführung gehen, dort werde man mir meinen Auftrag anweisen und die Bedingungen des Dienstes nennen. Ich verbeugte mich dankend mit einem solchen Kratzfuß, daß mich ein Dutzend jener stummen, dürren Don verwundert anstarrten; danach schritt ich stolz mit klappernden Hacken an der Seite des Obersten aus dem Saale. Die frische Luft tat mir wohl; mein Kopf wurde klarer, ich schämte mich ein wenig meines Zustandes und der schlechten Figur, die ich in dem Gespräch mit der Gräfin gemacht haben mußte. Doch sagte ich mit einem letzten Rest weinseliger Offenherzigkeit nur, ich hätte schrecklichen Hunger.

»Weiter hast du nichts?« rief der Oberst. »Gehen wir zum Rebecchino, da wirst du ihn los.« Und er führte mich in dieses hochberühmte Speisehaus.

Ich aß mich gehörig satt und holte kaum Atem und sprach kein Wort, doch wie sich allmählich der Magen zufrieden gab, wurde mir auch der Kopf wieder klar. Ich schämte mich in wachsendem Maße bis zu dem Augenblick, da ich die Börse ziehen sollte, und wollte schon die übliche Komödie heruntergekommener Leute aufführen, die Hand mit der größten Überraschung aus der Rocktasche ziehen, meine sträfliche Zerstreutheit verwünschen, die mich die Börse habe verlieren oder vergessen lassen; da nahm ich von solcher Heuchelei mit einem letzten Rest von Anständigkeit beschämt Abstand. Ich bekannte Alessandro kurz entschlossen meine äußerste Armut. Er wurde zornig, daß ich sie ihm bislang verheimlicht habe, und ließ nicht nach, bis ich seine dreißig Scudi, von denen nach dem Bezahlen achtundzwanzig übrigblieben, annahm; außerdem mußte ich ihm versprechen, daß ich mich, sowie ich etwas brauche, an ihn wenden würde. Er besitze gewiß nicht viel, aber das Wenige würde er mir mit Freuden geben.

»Morgen ziehe ich sowieso nach Deutschland in den Krieg«, sagte er. »Die paar Scudi werden genügen, bis du dein erstes Gehalt beziehst; das ist gewiß bald, vielleicht schon morgen der Fall. Mut, Carlino! Und denk an mich! Heute abend muß ich noch meinen Hauptleuten einige Befehle geben, doch morgen früh komme ich dich umarmen, ehe ich ausziehe.«

Was für ein guter Kerl war dieser Alessandro! Er besaß ein gewisses Gemisch von soldatischer Rauheit und weiblicher Güte, das mich rührte; ihm mangelten die sogenannten bürgerlichen Tugenden, aber dafür waren so viele andere im Überfluß vorhanden, daß man ihm den Mangel nachsehen konnte. Am Morgen kam er so früh, mich zu umarmen, daß ich noch schlief. Ich war betrübt, weil ich ihn vielleicht nie wiedersehen würde, er war betrübt, daß ich durchaus ein kleiner Beamter in Mailand bleiben wollte, während ich mit ihm ziehen und mühelos General werden konnte. Herzen gleich den seinen sind wenige zu finden; und doch wünschte er sehnlichst allen seinen Oberst-Kameraden den Tod, um auf dem Hut eine höhere Zier und im Monat dreihundert Franken mehr zu haben. Eine solche Nächstenliebe wurde auch mitleidigen, braven Gemütern unter der napoleonischen Herrschaft gelehrt, ja aufgezwungen.

Zu schicklicher Stunde kleidete ich mich mit aller Sorgfalt an und ging in die Buchführung der Gräfin Migliana. Ein feister, runder, bartloser Herr nahm mich in ganz patriarchalischer Art mit offenen Armen auf; es war der erste Buchhalter, der Sekretär der gnädigen Frau. Zunächst führte er mich feierlich an die Kasse und ließ mir für das erste Vierteljahr als Gehalt sechzig funkelnagelneue Scudi aufzählen, danach an einen Schreibtisch, auf dem eine Menge schmierige, zerknitterte Bücher lagen und in der Mitte ein größeres Buch, auf das man wenigstens ohne Grauen die Hände legen konnte. Er sagte mir, ich sei, bis ein Platz frei werde, der meinen hohen Verdiensten besser entspreche, der Haushofmeister der Frau Gräfin. Nun, von der Intendanz in Bologna zum Dienst an einem Anrichtetisch herabzusinken, bedeutete keinen kleinen Sturz; aber wenn ich auch als venezianischer Patrizier dem ältesten römischen Adel von Torcello entstammte, so war doch Hochmut selten mein Fehler, zumal, wenn die Not laut genug sprach. Ich halte es wie Plutarch, der, wie man sagt, die Kehrichtfeger von Chaeronea mit der gleichen Würde beaufsichtigte, als habe er den Vorsitz in den Olympischen Spielen.

Mein Amt forderte meinen Aufenthalt im Palast und eine größere Vertrautheit mit der Frau Gräfin, zwei Dinge, die mir nicht so ganz behagen wollten; doch nahm ich mir vor, die gnädige Frau den häßlichen Eindruck, den ich bei meinem Besuch gemacht haben mußte, vergessen zu machen. Aber sie sagte, sie sei von Anfang an mit mir und meinen anständigen und liebenswürdigen Manieren äußerst zufrieden gewesen. Ich war überrascht; ich hätte nie gedacht, daß den Mailänder Damen Betrunkene so gut gefielen. Sie behandelte mich nahezu als gleichgestellt, eine Höflichkeit, die mich mit meiner neuen Stellung einigermaßen aussöhnte, so daß ich an Aglaura, Lucilio, Bruto Provedoni, an den Obersten, an Pisana Briefe schrieb voll Begeisterung und Dankbarkeit für die Frau Gräfin. Pisana gegenüber wollte ich mich damit rächen für ihre Achtlosigkeit, und ihre Eifersucht ein wenig kitzeln. Die sonderbare Rache, die sie damals für eine vermutete Untreue genommen, hatte mir die Augen noch nicht genug geöffnet. Doch nach fünf oder sechs Tagen begann ich zu ahnen, Pisana könnte nicht ganz unrecht haben, wenn sie auf meine Herrin eifersüchtig wurde. Diese benahm sich mir gegenüber in einer Weise, daß ich, war ich kein Dummkopf, merken mußte, sie lud mich zu Vertraulichkeiten ein, die gewöhnlich nicht in die Pflichten eines Haushofmeisters fallen. Nun, ich will nichts entschuldigen noch verhehlen. Ich fiel.

Das Haus der Gräfin war in Mailand eines der besuchtesten, doch erschienen mir, trotz des heiteren Temperaments der Hausherrin, die Gespräche weder zwanglos noch belebt. Ein gewisses Mißtrauen, eine spanische Gemessenheit machte die Lippen dieser Herren schmal und ihre Stirnen umwölkt; und dann war, fand ich, die Jugend spärlich vertreten, und was von ihr erschien, war zum Erbarmen schläfrig und fade. Wenn das Vaterland seine Hoffnungen auf diese Jugend setzen mußte, galt es, sich bekreuzen und auf Gott vertrauen. Sogar die gnädige Frau, die unter vier Augen oder im engsten Familienkreise eher zu lebhaft und leichtsinnig war, setzte in jenen Gesprächen eine finstere, verlegene Miene auf, blickte träge und streng, und wenn sie sprach oder lächelte, schienen die Zähne eher geeignet zuzuschnappen. Das alles war mir zumal damals, da uns die krampfhafte Tätigkeit der italienischen Regierung so lebendig machte, ganz unbegreiflich.

Zwei Wochen später begriff ich davon etwas mehr. Es wurde ein Gast aus Venedig gemeldet, und ich erkannte zu meiner großen Verwunderung in ihm den Advokaten Ormenta. Er erkannte mich offenbar nicht, denn die Jahre hatten die Gestalt des jungen Studenten aus Padua natürlich gewandelt; ich tat, als kenne ich ihn nicht, weil mir gar nichts daran lag, diese Bekanntschaft wieder anzuknüpfen. Es schien, er war nach Mailand gekommen, um sich und die Seinen der wirksamen Fürsprache der Gräfin zu empfehlen; damals wimmelte es hier tatsächlich mehr als sonst von französischen Generälen und hohen italienischen Würdenträgern. Einige Minister des neuen Königreichs hielten sich mit dem trefflichen Advokaten stundenlang eingeschlossen, und ich mühte mich vergebens, zu erfahren, was ein Rat der österreichischen Regierung in Venedig sich in die Geschäfte der französischen Regierung in Italien zu mischen habe. Auch dies erfuhr ich kurz danach. Der schlaue Advokat hatte die Schlacht von Austerlitz und ihre Folgen vorausgesehen; er wechselte vom Lager des Darius in das des Alexander, um von sich aus den Schäden der Niederlage entgegenzuwirken. Daß eine Frau an einer so bedeutenden Garnsträhne fingerte, ist weiter nicht verwunderlich, denn stets waren Frauen in Zeiten der Militärherrschaft in die Staatsgeschäfte verwickelt. Das wußte schon die griechische Mythologie, die in ihren Mythen Venus und Mars immer miteinander verknüpfte.

Die erste Kunde von dem Siege von Austerlitz langte in Mailand vor Weihnachten an und verursachte großen Lärm, der mit der Gewißheit von dem am Sankt Stephanstage in Preßburg unterzeichneten Frieden bedeutend wuchs; denn dieser Frieden erweiterte die natürlichen Grenzen des Königreichs Italien bis zum Isonzo. Ich vergaß für einen Augenblick die Frage nach Freiheit und überließ mich ganz der Freude, Venedig wiederzusehen, und Pisana, und meine Schwester, Spiro, die Neffen, die geliebten Plätze meiner Kindheit, wo ein so großes Teil meiner Seele immer weitergelebt hatte. Pisana schrieb so überglückliche Briefe, daß ich sie gar nicht wiedererzählen kann, um euch nicht neidisch zu machen. Mir war nicht ganz klar, wie sich diese heiße Sehnsucht mit der Gleichgültigkeit der letzten Monate vertrug; aber die Freude überwältigte meinen Ärger. In voller Begeisterung, an nichts weiter denkend, eilte ich hinauf zur Gräfin, Tränen in den Augen, und erklärte ihr, daß ich nach dem Frieden von Preßburg . . .

»Was denn? Was bedeutet schon der Frieden von Preßburg?« fuhr mich die gnädige Frau bissig an und rollte wütend die Augen.

»Er bedeutet, daß ich weder mehr den Intendanten zu spielen brauche noch den Haushofmeister . . .«

»Ah, Schurke! und das sagt Ihr mir auf diese Weise? . . . Wo ich all mein . . . Vertrauen . . . auf Euch gesetzt habe? . . . Geht mir aus den Augen, ich will Euch nie wieder sehen!«

Ich war vor Freude so außer mir, daß mir die scharfen Worte wie Zärtlichkeiten vorkamen; später allerdings erkannte ich, wie unanständig es von mir war, mich auf solche Art zu verabschieden. Gewisse Gefälligkeiten darf man, wenn man sie einmal angenommen, nie vergessen, und wer sie vergäße, verdiente Prügel. Wenn ich von der Gräfin weniger hart behandelt wurde, so erkenne ich darin heute ihre Milde; darum habe ich nie das Herz gehabt, mich mit ihren Verleumdern zusammenzutun, als diese mir all das Schlimme über sie sagten, das ihr hernach erfahren sollt.

Pisana empfing mich in Venedig mit dem geräuschvollen Jubel, dessen sie in ihren begeisterten Augenblicken fähig war. Da ich dafür gesorgt hatte, daß in meinem Hause wenigstens eine kleine Wohnung immer für mich freiblieb, wollte sie diese um jeden Preis mit mir teilen, ein wunderlicher Einfall, wenn man bedenkt, mit welch zärtlicher Fürsorge sie bis jetzt ihren Mann umgeben hatte. Aber noch wunderlicher zeigte sich der alte Navagero, der, ganz verzweifelt über diesen Entschluß seiner Frau und den drohenden Verlust der tüchtigen Krankenschwester, mich heimlich bitten ließ, lieber solle ich bei ihm wohnen, er sähe mich mit dem größten Vergnügen in seinem Hause. Nun, das hieß, die venezianische Duldsamkeit ein bißchen weit treiben; der Schlaganfall mußte ihn von seiner Eifersucht gründlich geheilt haben. Ich ließ mich jedoch nicht dazu herab, den liebenswürdigen Bitten des Edelmannes zu willfahren; ich teilte meine Bedenken Pisana mit und verlangte, was ihr nicht sonderlich gefiel, sie solle bei dem Gemahl bleiben. Das Wenige, das unsere Liebe an Bequemlichkeit dabei verlöre, würde sie an Frische und Geschmack gewinnen. Auch Spiro und Aglaura wollten mich bei sich wohnen haben; doch ich war versessen auf mein Häuschen in San Zaccaria und wollte nirgend anders hin.

So lebte ich sorglos glücklich bis zum Frühjahr, ging der Gräfin von Fratta und ihrem Sohn soweit wie möglich aus dem Wege und freute mich an vielen schönen Stunden des Tages der Gesellschaft meiner Pisana. Ihr Mitleid mit diesem alten üblen Aas von Navagero überstieg so sehr jedes Maß, daß ich manchmal sogar eifersüchtig wurde. Nicht selten geschah es, daß sie, wenn wir gerade nach den langweiligsten, lästigsten Besuchen einen Augenblick allein geblieben waren, flink davonlief, um dem Gatten das Zugpflaster zu wechseln oder die Arznei einzuflößen. Dieser übertriebene Eifer war mir langweilig und diente nur dazu, daß ich manches heiße Gebet zum Himmel schickte, er möge dem armen Kranken die Freuden des Paradieses zu kosten geben. Es ist nicht daran zu rütteln, die Frauen mögen Geliebte, Ehefrauen, Mütter, Schwestern sein – aber vor allem sind sie Krankenpflegerinnen. Immer hat der jämmerlichste Kerl, mochte er noch so schmutzig, verächtlich, ekelhaft sein, wenn er fern von jeder Hilfe krank lag, in irgendeiner Frau einen mitleidsvollen Schutzengel gefunden, der sich zu ihm herabließ. Eine Frau kann jedes Gefühl von Ehre, Religion und Scham verlieren, kann die heiligsten Pflichten, die holdesten, natürlichsten Regungen vergessen, nie jedoch wird sie den Trieb verlieren, der ihr gebietet, die Leiden des Nächsten mitleidig fromm zu lindern. Wäre die Frau im Schöpfungsplan nicht notwendig als Gebärerin der Menschen, unsere Nöte und Krankheiten hätten sie als Trösterin ebenso notwendig gefordert. In Italien zumal sind Gebrechen so häufig, daß unsere Frauen sozusagen von der Geburt bis zum Tode damit beschäftigt sind, uns Seele oder Leib zu pflegen. Gepriesen seien ihre Hände, die auf unsere Leiden Balsam träufeln, gepriesen das Feuer ihres Herzens, das Wunden schlägt und wieder schließt! . . .

Meine andern Bekannten in Venedig kümmerten sich nicht weiter um mich mit Ausnahme der Venchieredo, die mich auf jede Weise an sich zu ziehen suchten, doch ich hielt mich mit all der Vorsicht meines vorzüglichen Gedächtnisses von ihnen fern. Von den Frumier schien der Malteserritter lebendig begraben; der andere, der die Contarini geheiratet, hatte es gar bis zum Finanzsekretär gebracht. Der Ehrgeiz trieb ihn in eine Laufbahn, auf die er dank dem neuen Reichtum leicht hätte verzichten können; und wenn der Dummkopf glücklich seine Unterschrift unter einen Bericht gesetzt hatte, meinte er schon, er könne auf die Pferde von San Marco und auf die Glockenschläge der Uhr von oben herabsehen. Mich überraschte einigermaßen, daß er, Venchieredo, Ormenta und andere Beamte der alten Regierung von der neuen geduldet wurden, entweder in ihren früheren Ämtern oder in andern ziemlich wichtigen und delikaten. Doch da ich mit beiden nichts gemein hatte, zerbrach ich mir darum weiter nicht den Kopf. Dagegen störte mich, daß viele meiner Freunde, auch solche von Lucilio, von Amilcare und mancher vertraute Freund von Spiro Apostulos, und sogar mein Schwager, mich manchmal mit einiger Kälte behandelten. Ich glaubte nicht, daß ich ihrer Freundschaft weniger würdig sei, und deshalb grämte ich mich weiter nicht; doch deutete ich Aglaura etwas an, und sie redete sich damit heraus, ihr Mann habe oft seine Geschäfte im Kopf und nehme es dann mit Freundlichkeiten und Höflichkeit nicht so genau.

Eines Tages sah ich auf dem Markusplatz eine Fratze, der ich nie ohne Verdruß begegnete, nämlich die des Hauptmanns Minato. Ich suchte auszuweichen, doch daran hinderte mich auf zehn Ruten Entfernung ein überraschtes, freudiges »Oh«, und ich mußte in Geduld etliche seiner korsischen Tölpeleien schlucken.

»Übrigens«, sagte er, »bin ich durch Mailand gekommen, und ich gratuliere Euch. Auch Ihr seid dort zu rechter Zeit erschienen und habt die Erbschaft meiner Reize angetreten.«

»Welcher Reize?«

»Wie, wäre die liebe Gräfin Migliana keine reizvolle Frau?... Seit ich sie die Reise von Rom nach Ancona machen ließ, fand ich sie freilich ein bißchen verblüht; doch wenn man sie mit keiner andern vergleicht, ist sie noch eine recht hübsche Frau.«

»Was? Die Gräfin Migliana wäre ...«

»Die Freundin von Emilio Tornoni, und mein Schätzchen vom Jahre 1796. Wie lange ist das her!«

»Aber das ist unmöglich! Ihr wollt mich foppen! ... Eure Abenteurerin trug nicht diesen Namen und besaß weder das

Vermögen noch den Zutritt zur Welt wie die Gräfin Migliana.«

»Oh, was die Namen betrifft, so kann ich Euch versichern, die Gräfin hat keinen länger als einen Monat getragen. Es war eine zarte Rücksicht auf jeden ihrer Liebhaber. Und das mit dem Reichtum – nun, auch Ihr müßt wissen, daß sie ihr Geld erst vor wenigen Jahren geerbt hat. Im übrigen ist die Welt schlau genug, keinem, der gut zahlt, den Zutritt zu wehren. Ihr habt doch gesehen, von welcher Art Leuten die Frau Gräfin jetzt, wenigstens zu den diplomatischen Stunden, umgeben ist? Natürlich von denen, die um den Preis von ein bißchen Firnis, von ein paar Almosen für die fromme Sache zugestimmt haben, daß vor die Vergangenheit ein Schleier gezogen, daß das verirrte Schäflein in den weiten Schoß der Aristokratie aufgenommen wurde ... einer, wie man in Mailand sagt, aufgerösteten Aristokratie ...«

»Darum also ...« brachte ich mit Mühe heraus.

»Ja, darum. Ihr waret Haushofmeister in ihrem Hause ... ich bin doch wohl deutlich genug ... Habt Ihr übrigens das Schäflein seiner Hürde so treu gefunden, daß es sich nicht doch bisweilen auf einen abgelegenen Weideplatz verirrte, zu einem kleinen, unkeuschen Zeitvertreib und ...«

»Mein Herr, niemand gibt Euch das Recht, die Ehre einer Dame zu verhöhnen oder ...«

»Mein Herr, niemand gibt Euch das Recht zu hindern, daß ich rede, wenn alle reden.«

»Ihr kommt aus Mailand; aber hier in Venedig ...«

»Hier in Venedig, mein Herr, redet man vielleicht mehr als in Mailand.«

»Wie? Ich hoffe, das bildet Ihr Euch ein!«

»Die Nachricht kam, wie es heißt, aus dem Notizbuch des Rates Ormenta, der Euern Liebeshandel rühmte als eine rechtzeitige Bekehrung zur Sache der Santa Fede.«

»Der Rat Ormenta, sagt Ihr?«

»Ja, ja, der Rat Ormenta. Kennt Ihr ihn nicht?«

»Ich kenne ihn, leider.« Und ich grübelte, wie es möglich sei, daß er mich scheinbar nicht erkannt hatte und dann doch mit so unangenehmem Geschwätz hausieren ging. Mir fiel nicht ein, daß ja auch er meinen mochte, ich erkenne ihn nicht, und daß die Gräfin meinen Namen erwähnt und ihm damit die dunkel gefühlte Ähnlichkeit in Gewißheit gewandelt haben konnte. Leute seines Schlages kennen nichts Besseres, als Mißtrauen und Zwietracht zu säen. Mehr brauchte ich von der üblen Geschichte gar nicht zu wissen; Minato hatte mir damit, daß er mir über diese Gaunerei die Augen öffnete, immerhin einen Dienst erwiesen. Ich trennte mich von ihm mit weniger Mißvergnügen als sonst und kehrte zu Pisana zurück, um meine Wut nicht mehr so in mich hineinzufressen.

An jenem Tage fand ich bei Pisana einen Besuch, den ich nie erwartet hätte, Raimondo Venchieredo. Nach allem, was wir über ihn gesprochen hatten, nach den Absichten, die er in bezug auf Pisana verfolgte, nach dem Lügengewebe, das er mittels Doretta und Rosa hier angezettelt hatte, wunderte ich mich außerordentlich, sie in seiner Gesellschaft zu finden. Sie wußte doch, Raimondo und ich waren noch immer die alten Feinde, und sie mußte ihn auch mit Rücksicht auf mich fernhalten. Dem Spitzbuben schien es nicht günstig, mich lange zu belästigen; er empfahl sich mit einem Bückling, so tief, daß es einer Unverschämtheit gleichkam. Nachdem er weg war, gerieten wir in Zank. »Warum empfängst du solche Leute?« — »Ich empfange, wen ich will.« — »Nein, meine Liebe, das erlaube ich nicht.« — »Wir wollen doch sehen, wer mir befiehlt!« — »Ich befehle nicht, ich bitte.« — »Bitten darf nur, wer das Recht dazu hat.« — »Ich denke, dieses Recht habe ich mir mit jahrelangem Fasten erworben.« — »Fette Fasten!« — »Was soll das heißen?« — »Ich weiß, was es heißt; das genügt.«

Wir machten mit solchen kurzen Fragen und Antworten, die beißen und kratzen, noch eine Weile weiter; doch konnte ich Pisana kein Wort entlocken, woraus mir klarer wurde, was dies alles zu bedeuten habe.

Ich ging wütend davon; aber als ich zurückkam, fand ich sie kälter und mißmutiger als zuvor. Nicht nur, daß sie nicht offen mit der Sprache herausrückte – sie vermied jedes Gespräch, das zu einer Aussprache führen konnte, und von Liebe mochte sie schon gar nicht reden hören und tat, als sei das ein Frevel. Ich kam ein drittes, ein viertes Mal und fand es nur schlimmer; und wieder traf ich in ihrem Arbeitszimmer auf Raimondo, der häuslich vertraut mit dem Hündchen spielte. Und das Hündchen wandte sich gegen mich und bellte mich an! – Dies eine Mal ertrug ich es, doch dann packte mich die Wut; an dem hochfahrenden, höhnischen Betragen von Raimondo merkte ich beizeiten, was da gespielt wurde, und stürzte, verfolgt von dem Gekläff der widerlichen Hündin, aus dem Hause. Oh, diese allerliebsten Tierchen in ihrer grausamen Aufrichtigkeit! Sie machen aufs Haar genau im Namen der Herrin Liebeserklärungen und ziehen sich zurück. Aber damals war ich so fuchsteufelswild, daß ich Hündchen und Herrin zusammen in die Lagune hätte werfen mögen. Nun bedenkt, daß ich von Natur sanft war! Ich weiß nicht, was ein Heißsporn in meinem Falle getan hätte.

In all dem Dunkel schien mir nur eines klar, nämlich die Treulosigkeit von Pisana gegen mich und ihre Besessenheit für Raimondo Venchieredo. Ich wußte nicht sicher, ob dieser die Ursache meines Unglücks war, aber ich wollte es glauben, um den Haß, der in mir brodelte, doch auf einen Menschen zu werfen. Obendrein erhielt ich in jenen Tagen einen Brief von Lucilio, so eiskalt und voll Rätsel, daß ich nahe daran war, ihn zu zerreißen. Hatten sich denn alle, Freunde wie Feinde, verbündet, meine Demütigung und Verzweiflung auf die Spitze zu treiben? ... Daß mir dieser Schlag von Lucilio kam, der mein ganzes Herz besaß, den ich mein Leben lang als höchstes Vorbild geachtet, machte mich für mein Unglück fast fühllos. Und er schrieb kein Wort, warum er mir seine Freundschaft entzogen, er fragte nicht, er sagte nicht, ich solle mich rechtfertigen; er ließ mich nur spüren, daß ich allein war.

Was hatte ich verbrochen? ... Ich fühlte mich unfähig, das zu ergründen. Ich quälte mich, ich weinte vor Wut, Schmerz und gekränktem Ehrgefühl; Scham zwang mich, den Kopf zu senken, eine Scham, von der ich nicht wußte, wofür ich sie spürte. Aber empfindsame Temperamente wie das meine fühlen einen ungerechten Vorwurf wie eine Schuld.

Damals linderte der sanfte Zuspruch von Aglaura meinen Schmerz unsäglich; zum erstenmal empfand ich, wie gut man aufgehoben ist in jenen unwandelbar ruhigen Gefühlen, die sich nicht von uns zurückziehen, wenn wir sie weniger zu verdienen scheinen, oder wenn neue Anschauungen uns von den früheren, gemeinsamen trennen. Meine Schwester und ihre Kinder hatten für mich immer ein Lächeln, so sehr sich mir die Gesellschaft grausam und feindlich zeigte. Sie verteidigten mich schweigend gegen Spiro, und er konnte jemandem, dem Frau und Kinder Zärtlichkeiten erwiesen, nicht auf die Dauer ein finsteres Gesicht zeigen.

In dem Maße, als sich meine alten Kameraden mißtrauisch von mir zurückzogen, kamen mir der Advokat Ormenta, sein Sohn, der alte Venchieredo, der Pater Pendola und ihre Genossen mit tausend Liebenswürdigkeiten entgegen. Ich konnte ihren Grüßen und Komplimenten nirgends entrinnen, diese Vertraulichkeit wurde von allen, die mich beargwöhnten, gesehen, die böse Nachrede wuchs, bald steckte ich in ihr wie in einem Sumpfe, in den wir immer tiefer geraten, je mehr wir mit den Beinen strampeln, uns daraus zu befreien. Ich gestehe, ich wußte schließlich nicht mehr aus noch ein; ich war nie verzweifelt, wenn ich offenen Feinden und einem klar umgrenzten Unheil gegenüberstand, doch konnte ich zeit meines Lebens verborgenen Hinterhalt und heimtückische Fallen schwer ertragen. Ich war nahe daran, in jenes Dämmerleben zu versinken, in dem der Körper noch einige Zeit dahinvegetieren kann, nachdem der Seele jede Hoffnung erloschen ist; nichts um mich her lohnte eine Mühe, einen Seufzer, ich war zu nichts mehr nütze und gut; was sollte ich an die andern denken, nur um den Schmerz tiefer denn je zu empfinden? So ließ ich mich fallen. Ich hatte nicht die Kraft zum Selbstmord, aber auf mir lag jene Müdigkeit, die einer gewaltsamen Auflösung nahekommt.

Ormenta Vater und Sohn verdoppelten ihren Eifer. Sonderbar, daß ich bei ihnen in Gunst stand; oder war ihr Klüngel so kümmerlich, daß er nicht Mühe noch Kosten scheute, einen Widerspenstigen zu bekehren? Sie umgaben mich mit ihren Verführern, sie schickten Mittelsmänner und Makler; ich blieb unerbittlich. Lieber nichts für mich als das geringste für sie. Mochte ich immer an der Ungerechtigkeit meiner Freunde zugrunde gehen, nie hätte ich zugegeben, daß ihnen auch nur ein Haar gekrümmt werde; hinter den getäuschten, ungerechten Freunden stand die ewige Gerechtigkeit, die sich nie täuscht noch täuschen läßt.

Dieser Gedanke gab mir endlich wieder ein wenig Mut und Kraft. Ich blickte in die Vergangenheit, ob mich ein solches Vergessenwerden von allen Seiten, die Treulosigkeit der Liebe, der völlige Mangel an Freundschaft wirklich so nichtig und ohnmächtig zurückließen, als ich anfangs geglaubt. Da leuchteten in meinem Gedächtnis all die reinen Freuden, die kräftigen Mühen, die willigen Schmerzen meiner Jugend auf; die Fackel des Glaubens, der mich viele Jahre hindurch zu einem fernen, doch klaren Ziele geführt, entzündete sich von neuem; ich sah einen Pfad, der wohl voll Dornen war, doch überglänzt vom Himmel, umweht vom Hauch der Hoffnungen, die luftig, lichtumflossen über den Abgrund des Todes hinweg einer Sonne zueilten, die das All beseelt und weise ordnet. Da wurde meine Schwäche Kraft, meine Einsamkeit vom unendlichen All tröstend aufgenommen. Ich erkannte, daß das, was andere von uns denken, nichts bedeutet gegen das eigene Gewissen, und daß in ihm allein sich Strafe wie Lohn sammelt. Die Welt hat vielerlei Augen, Ohren, Zungen; nur das Gewissen kennt Tugend, Mut und Glauben.

Ich richtete mich männlich auf. Von der unüberwindlichen Feste meines Gewissens sah ich stolz auf alle, unter deren stummer Verachtung ich so sehr gelitten. Ich dachte an Lucilio, und zum erstenmal hatte ich den Mut zu sagen: ›Prophet, du hast falsch geweissagt! Weiser Freund, du hast unrecht gehabt!‹ Wie mich dieser Mut tröstete und beglückte, kann nur der mit mir fühlen, der wie ich die Freude der Unschuld inmitten der Verfolgung empfunden hat.

Ich hatte lange gezittert, und noch weinte ich gegen meinen Willen um die Freunde, die mich verlassen; das wunde Herz schlug rasend, als sei es ungeduldig, ans Ende seiner Mühen zu gelangen. Am härtesten hatte mich der Tod meiner Liebe getroffen. Sie hatte mich durch die Blütengärten der Jugend geführt und ließ mich allein, nun ich mir mit dem Schwerte des Selbstbewußtseins den Dornenpfad im wilden Wald des Lebens freihieb. Ach Pisana, wie viele Tränen habe ich um dich vergossen! Du warst die Woge, die am Felsenufer kommt und geht; und der Fels steht geduldig, nimmt dich auf und sieht dich schwinden. Dir hatte der Himmel die Veränderlichkeit des Mondes verliehen und mir die Stetigkeit der Sonne. Beide Gestirne ziehen bald näher, bald ferner ihre Bahn; aber wenn einstmals die Elemente in die ewige Ruhe eingehen, werden auch Sonne und Mond ihren Glanz im höchsten Einklang vereinigen. Wie glücklich ist der Mensch, daß er den letzten, seligsten Augenblick zu denken vermag!

Damals weinte und litt ich viel, doch ich hatte die Ruhe meines Gewissens und die Reinheit meines Glaubens wiedergewonnen. Ich weinte und litt um die andern; ich selber trug nicht Sünde noch Schuld.

Aber ach, das Gewissen, so ruhig und rein es sein mag, hat nicht die Macht, sich unverdienten Kränkungen siegreich zu widersetzen; wir leiden unter einer Schlechtigkeit anderer, als trügen wir solche Pein verdientermaßen. Die Demütigung, der Kummer, der ständige Kampf eines sanften, empfindsamen Gemütes gegen ein widriges Geschick hatten meine Gesundheit schwer erschüttert. Ich erfuhr an mir, wie wahr es ist, daß die Leidenschaften den ersten Keim in sich tragen für viele Krankheiten, die die Menschheit heimsuchen. Die Ärzte sprachen von Venenentzündung, von Leberstockungen; ich wußte es besser. Doch wozu davon sprechen? Dieses Übel schien unheilbar. Meine Lebenskraft war nahezu erschöpft, ich sah den Tod langsam, Minute für Minute, mit jedem Pulsschlage näherkommen. Die Hoffnung flog der müden Seele in die Ewigkeit voran.

Nie hatte ich den Tod bis dahin so von nahem gesehen; mir hatte Muße und Einsicht gefehlt, ihn in Ruhe zu betrachten. Er konnte mich auch in jener Krankheit nicht ängstigen noch schrecken. Jetzt, nach so langen Jahren, sehe ich ihn wieder nahe vor mir. Es ist das gleiche Antlitz voll Ernst und leiser Hoffnung; ein Wesen, dunkel und voll Erbarmen, erhaben und unerbittlich zugleich, das darauf wartet, uns in sein Geheimnis aufzunehmen. Mag es uns Hoffnung bringen, Buße oder Ruhe – in keinem Fall erwarten uns die verworrenen, eitlen Kämpfe des Lebens. Wir werden ruhen im Schoße der ewigen Wahrheit und entschlummern, furchtsam oder voll Vertrauen, nach dem Maße unserer Schuld und Unschuld. Ist nicht jeder Schlaf von Gesichten getröstet? Der Schlaf einer Nacht ist Ruhe und Erquickung des Menschen; der Tod ein Augenblick im Schlafe der Menschheit.

Damals näherte ich mich dem Tode unter den sanften Tröstungen der Schwester Aglaura und der späten Reue Spiros, der von seinem Mißtrauen im Anblick der gelassenen Ruhe eines Sterbenden abließ. Vor den Schatten des Grabes hält nicht Täuschung noch Torheit stand; jedem wird so viel Klarheit zuteil, daß ihm die bösen und guten Taten des ganzen Lebens in einem schrecklichen Blitz aufstrahlen. Auf meiner Stirn muß die Unschuld an dem, dessen mich die Freunde anklagten, geleuchtet haben, denn Spiro war, wenn er mich nur anblickte, erschüttert, ohne daß jedoch die männliche Strenge in seinem griechischen Antlitz im mindesten gemildert wurde. Diese seine

Rückkehr zu brüderlichen Gefühlen war für mich eine große Freude. Wir verstanden uns ohne ein Wort, unsere Hände fanden sich, wir wurden unter der Bürgschaft des Todes wieder Freunde.

Die Ärzte äußerten sich nicht in meiner Gegenwart, aber ich merkte aus ihrem Schweigen wie aus der Unklarheit ihrer Ansichten, daß sie an meiner Krankheit verzweifelten. Ich mühte mich, jene letzten Tage zu nutzen, und breitete vor Spiro und meiner Schwester die Erkenntnisse meines Lebens aus, wies ihnen, wie sich meine Gefühle gebildet hatten, wie Liebe, Freundschaft, Begeisterung für Tugend und Vaterland wirr durcheinander in meine Seele eingebrochen waren, sich allmählich geklärt und meinen Geist erhoben hatten. Damals sah ich so klar, daß ich sozusagen eine Generation vorausnahm; ich vermochte zu schauen, was unter Azeglio und Balbo Wirklichkeit wurde. Aglaura weinte, Spiro blickte besorgt, die Kinder standen erschreckt und fragten die Mama, warum der Onkel so leise spreche und so viel schlafe und immer im Bett bleibe.

»Das Wachsein ist jetzt an euch, Kinder«, erwiderte ich lächelnd. Darauf wandte ich mich an Spiro. »Erschrick nicht über das, was ich sehe. Bald werden es viele sehen und zuletzt alle. Eintracht der Gedanken führt zur Eintracht der Werke. Die Wahrheit geht niemals unter; sie steigt zu der Helle eines ewigen Mittags. Jeder Geist, der sicher durch den dunklen Tod zur Auferstehung emporsteigt, glänzt von da oben auf hundert andere Geister herab und erleuchtet ihren Sinn.«

Spiro wollte sich mit solchem Troste nicht zufrieden geben; er fühlte mir den Puls, er sah mir ängstlich in die Augen, als suche er da den innersten Grund meines Leidens, der den Ärzten entgangen war. Eines Tages, als wir allein blieben, faßte er sich ein Herz und fragte:

»Carlo, bei deinem Gewissen bekenne mir: Kannst du nicht gesund werden, oder willst du es nicht?«

»Ich kann nicht, Spiro, ich kann wirklich nicht.«

Da trat Aglaura eilig herein und sagte, eine Person, die mir früher sehr lieb gewesen sei, wolle mich um alles in der Welt sehen.

»Sie soll kommen!« Die unverhoffte Freude erstickte fast meine Worte. Ich wußte ja, wer kam, ich sah durch die Wände, ich las in der Seele derjenigen, die mich suchte. Die eine, einzige Freude, die da auf mich zukam, durchfuhr meinen Geist mit so übermenschlicher Helligkeit, daß ich fürchtete, ich müsse in dieser plötzlichen Flut von Leben untersinken.

Pisana trat ins Zimmer, sie sah nur mich. Sie warf mir die Arme um den Hals, ohne eine Träne, ohne ein Wort; ihr schwerer Atem, ihre Augen, die starr und groß aus den Höhlen blickten, sagten genug. Oh, das Leben schenkt uns Minuten, die das Herz bewahrt und immer neu schmeckt und fühlt, als währten sie von Ewigkeit zu Ewigkeit; sie zu schildern ist unmöglich. Meine erlöschende Lebenskraft flackerte nur noch schwach in einem leichten, luftigen Flämmchen; da fuhr vom Himmel ein Wind und entfachte das müde Feuer zu neuer Flamme. Ich war wie betäubt von dem Gefühl, das mich plötzlich durchflutete; eine wohltuende Wärme strömte heilend in mein Wesen.

Ach, Pisana! Ihr Haupt wollte sich nicht von meinem Kissen lösen; dies war immer ihre Art, Verzeihung zu erbitten, und sie hob es nicht eher, bis sie sie voll und ganz erhalten hatte. Aber hier ging es nicht um Verzeihen; ein Blick, und wir waren beide erlöst. Jetzt wußte ich den wahren Grund meines Leidens und was allein mich wieder zum Leben erwecken konnte; jetzt spottete ich aller Ärzte und Arzneien. Pisana schlief nicht eine Nacht, verließ mich nicht einen Augenblick, ließ keine andere Hand meinen matten Leib pflegen und mein Bett berühren. In drei Tagen wurde sie so bleich und abgezehrt, daß sie kränker schien als ich. Ich glaube, ich setzte allen Willen daran, gesund zu werden, nur um sie nicht so leiden zu sehen, verkürzte so die Krankheit um manche Woche und erreichte nach langer Genesungszeit die volle Gesundheit. Spiro und Aglaura standen vor einem Wunder. Pisana schien es nicht anders erwartet zu haben, so groß war ihr Glaube und die Kraft ihrer Liebe. Was hätte ich ihr nicht verziehen? ... Es war diesmal wie immer; die Lippen schwiegen, es sprachen die Herzen. Sie hatte mir das Leben und die Möglichkeit, sie zu lieben, wiedergeschenkt; ich war in ihrer Schuld. Ihr Wesen atmete eine neue, demütige Zärtlichkeit, die es mich verschmerzen ließ, daß sie mich so unüberlegt verlassen hatte.

»Carlo«, sagte sie eines Tages, nachdem ich so weit wiederhergestellt war, daß ich ausgehen konnte, »die Luft in Venedig ist dir nicht eben zuträglich, du hättest Landluft nötig. Wollen wir dem Onkel Hochwürden in Fratta einen Besuch machen?«

Was hätte ich erwidern sollen auf einen Vorschlag, der dem glühendsten Wunsche meines Herzens entsprach? Mit Pisana die Stätten unseres ersten Glücks wiederzusehen, würde für mich ein Paradies bedeuten. Eine kleine Summe Geldes hatte sich in den letzten vier Jahren aus den Mieteinkünften meines Hauses angesammelt; der Aufenthalt auf dem Lande würde die Sparsamkeit unterstützen; alles sprach mit, daß der Plan nicht nur schön, sondern nützlich und heilsam war. Anderseits wußte ich, Raimondo Venchieredo weilte noch in Venedig, ich wußte jetzt, er hatte Pisana meinen Liebeshandel mit der Gräfin Migliana boshaft entstellt mitgeteilt, um ihre Verachtung nach Möglichkeit seinen Absichten dienstbar zu machen. Pisana hatte ich verziehen, aber nicht ihm, und ich war, wenn ich ihm begegnet wäre, meiner nicht ganz sicher. Zwei Tage sprach Pisana nicht mehr von der Reise, sie hing offenbar bestimmten Gedanken nach und rüstete sich auf eine lange Abwesenheit. Am dritten Tage erschien sie mit ihrem Koffer in meinem Hause und sagte:

»Da bin ich, Carlino. Mein Mann ist nicht geheilt, aber seine Krankheit nimmt einen regelmäßigen Verlauf, die Ärzte sagen, so könne es noch viele Jahre weitergehen. Meine Schwester, die morgen aus dem Kloster kommt ...«

»Wie? Clara ist nicht mehr Nonne?« rief ich aus.

»Das wißt Ihr nicht? Das Kloster ist aufgehoben worden, sie hat eine Rente erhalten, gerade morgen kommt sie nach Hause. Natürlich denkt sie gar nicht daran, ihre Gelübde zu brechen; sie wird ihre drei Fasten im Jahr getreulich halten. Aber sie will inzwischen meinen Mann pflegen; ich habe ihr eingeredet, der Onkel Hochwürden brauche mich, und meine Mutter unterstützt diesen Plan mit aller Kraft, denn sie hat von meiner Abreise Gewinn.«

»Was für einen Gewinn hätte deine Mutter von dieser Reise?«

»Den Gewinn, daß ich ihr nicht nur die Zinsen, sondern die ganze Mitgift endgültig übereignet habe.«

»Du bist verrückt! Und was bleibt dann dir?«

»Mir bleiben zwei Lire am Tag, die mein Mann mir um jeden Preis zukommen lassen will, trotz der Knappheit seiner Mittel; und mit denen kann ich auf dem Lande als große Dame leben.«

»Entschuldige, Pisana, aber das Opfer, das du deiner Mutter gebracht hast, erscheint mir ebenso unklug wie unnütz. Welchen Vorteil bringt ihr der Besitz der Mitgift, wenn sie schon die Zinsen hat?«

»Welchen Vorteil? Ich weiß nicht; wahrscheinlich den, daß sie sie durchbringt. Und dann hing das nicht von mir ab. Meine Mutter hat mir ihre traurige Lage geschildert, ihr Alter, das immer neue Bequemlichkeiten, neue Ausgaben fordert, und die Schulden, die sie drücken; außerdem habe ich gesehen, was sie so für ihre kleinen Leidenschaften braucht, und mochte nicht, daß sie, wenn sie zwei Partien Tresett spielen will, schließlich ihren Strohsack verkaufen muß. Also habe ich ihr gesagt: Wollt Ihr? ... Dann nehmt! Aber mich laßt weggehen, ich brauche einen Mundvoll frische Luft und will unser Land wiedersehen. ›Geh nur, meine Tochter‹, hat sie geantwortet, ›der Himmel segne dich.‹ – Nun, ich glaube, sie ist entzückt, daß ich weggehe; so bringen es meine Redekünste nicht mehr zuwege, daß sich Rinaldo ab und zu einen neuen Hut kauft oder einen anständigeren Rock, und sie erhält ein paar Zechinen mehr. Also bin ich zu einem Notar gegangen und habe die Überlassung fertig gemacht. Doch als ich sie meiner Mutter verehrte ... was, meinst du, erbat ich mir als Gegengabe? Du rätst es nicht.«

»Was denn? Vielleicht die Erlaubnis, ihr noch das mögliche Recht auf die Erbschaft Navagero dazu schenken zu dürfen, oder die Überlassung deiner Wechsel auf den Grund und Boden von Fratta?«

»Nichts von alledem, Carlo. Seit einer Weile hat mich eine maßlose Neugier gezwickt, die mir Faustina, du weißt doch, diese Klatschbase, in den Kopf gesetzt hat. Ich bat also meine Mutter, sie solle mir, Hand aufs Herz, ganz offen gestehen, ob Hochwürden von Sant' Andrea mit meiner Geburt irgend etwas zu tun habe.«

»Du bist verrückt! Und was hat dir die Gräfin geantwortet?«

»Genau wie du. Sie hat mich flegelhaft und verrückt genannt und mir nichts sagen wollen. Ach, Carlo! Für meine achttausend Dukaten habe ich noch nicht ein bißchen Spaß gehabt, nicht einmal so viel, daß meine Neugier gestillt wurde.«

Diese Episode kann euch einen Begriff geben nicht nur von der Anlage und Erziehung, die Pisana gehabt, sondern sie kann euch auch bis zu einem gewissen Punkte die venezianischen Sitten des verflossenen Jahrhunderts vor Augen führen. Die Tochter, die sich in höchster Opferbereitschaft den Bissen am Munde absparte, sich ihrer letzten Habe beraubte, um die kleinen Laster der Mutter zu unterstützen, forderte als Lohn solcher Wohltat ein zynisches Bekenntnis, um eine Neugier zu befriedigen, die ebenso unnütz wie anstößig war! Ich brauche nichts mehr hinzuzufügen; ein Fensterchen genügt, daß auf ein Gemälde Licht fällt.

»Und dir«, fuhr ich fort, »bleiben jetzt also nur zwei elende Lire am Tag, dank der Großzügigkeit des edlen Herrn Navagero, so daß du bei einem Stimmungswechsel dieses alten Narren geradenwegs ins Armenspital wandern könntest.«

»Ach was«, rief Pisana, »ich bin jung und kräftig, ich kann

schaffen, und dann bin ich ja bei dir; du zahlst mir meinen Unterhalt als Lohn.«

Das war echt Pisana, doch mir gefiel es weniger; ich mußte nötig einen Beruf finden, um meine erbärmlichen Einkünfte zu verbessern, bis uns endlich der ersehnte Tod von Navagero eine endgültige Regelung vergönnen würde. Einstweilen war an Beruf nicht zu denken; wir mußten reisen, damit sich meine Gesundheit festigte. Ich hatte in der Tasche etwa hundert Dukaten, Pisana wollte mir durchaus weitere zweihundert anvertrauen, den Erlös aus Juwelen, und mit dieser großen Summe trafen wir munter Anstalten zur Reise.

Bevor ich Venedig verließ, hatte ich noch das Glück, den alten Apostulos zum letztenmal zu sehen, der gerade aus Griechenland zurückgekommen war; er war in die Machenschaften verwickelt, die damals unter dem Schutze der sogenannten Phanarioten oder Griechen aus Konstantinopel sein Vaterland befreien sollten, und reiste unter dem Vorwande des Handels hin und her. Spiro gehörte zur jüngeren Partei, die hernach alle andern übertraf und den letzten Unabhängigkeitskrieg erregte, und gehorchte seinem Vater ungern in diesen Verschwörungen ohne Größe, wo mancher halbtürkische Fürst in habgierigem Ehrgeiz im trüben fischte; darum waren die Gefühle zwischen Vater und Sohn etwas abgekühlt. Der alte Apostulos brachte mir gute Nachrichten von meinem Großwesir; er war nach dem System, das die Pforte damals anwandte, erdrosselt worden, eine höchst bequeme Art, verglichen mit der kostspieligeren europäischen der Pensionen. Doch sein Nachfolger erkannte die Gültigkeit meiner Ansprüche an; nur wollte er, da der Wechsel sieben Millionen Piaster betrug und der Schatz Seiner Hoheit zur Zeit nicht eben reich versehen war, die Einlösung ein paar Jahre hinausschieben.

An Hoffnungen Millionäre, dreihundert Dukaten in der Tasche, nahmen denn ich und Pisana die Barke nach Portogruaro und kamen am zweiten Tage, nach viel Achsenbrüchen und Zeitverlust beim Pferdewechsel, an die glücklichen Ufer des Lémene.

Die Fahrt war lang, aber fröhlich. Pisana war, wenn ich mich recht entsinne, achtundzwanzig Jahre alt, sie sah aus wie zwanzig, und in Herz und Hirn empfand sie wie fünfzehn. Ich, der alte Kämpfer des parthenopeischen Krieges, Ex-Intendant von Bologna, wurde, je mehr ich mich dem Friaul näherte, wieder Kind. Als ich in Portogruaro an Land ging, verspürte ich Lust zu Luftsprüngen, wie ich sie oft im Garten der Frumier gemacht, da ich noch die Milchzähne hatte. Doch in unsere Fröhlichkeit mischte sich bald etliche Trauer. Unsere alten Bekannten waren fast alle tot, junge oder gleichaltrige, der eine hier, der andere da; ganz wenige im Lande waren übriggeblieben. Fulgenzio, gebrechlich und kindisch, war einer schlauen, habsüchtigen Magd hörig geworden, die ihn tyrannisierte und seine Knauserei zu nutzen wußte, um sich ein Vermögen zusammenzuscharren. Der Doktor Domenico schnaubte vor Zorn, aber in all seiner Advokatenweisheit vermochte er nicht den Vater aus den Klauen jener Hexe zu befreien. Don Girolamo, der Seminarprofessor, nahm die Dinge mit philosophischem Gleichmut und hielt dafür, man müsse geduldig harren, daß der HERR das Herz des Vaters anrühre; doch der Doktor, der Eile hatte, dem Alten an die Börse zu kommen, beruhigte sich bei solchem Troste des priesterlichen Bruders mitnichten. Fulgenzio verließ diese Welt wenige Tage nach unserer Rückkehr ins Friaul; sein Leben endete in schrecklicher Raserei, er fühlte, wie ihm Dämonen die Seele aus dem Leibe rissen, und umklammerte den Arm der Haushälterin so angstvoll, daß sie drauf und dran war, die Erbschaft fahren, und den Alten in den Händen des Totengräbers zu lassen. Doch hielt sie der Geiz fest, und so fest, daß man, als der Herr tot war, ihren Arm mit Gewalt aus seinen Krallen lösen mußte. Bei Eröffnung des Testaments erhielt sie noch eine schöne Summe Geldes zu dem, was sie gemaust, hinzu. Weiter folgten viele Legate und Stiftungen an Kirchen und Klöster; und das Werk wurde gekrönt von einer gewaltigen Summe, die der Erblasser bestimmt hatte für den Bau eines prächtigen Glockenturmes neben der Kirche in Fratta.

Und hiermit, meinte er, habe er seinem Gewissen die letzte Politur gegeben und seine Rechnung mit der Gerechtigkeit Gottes bereinigt. Von einer Zurückgabe an die Familie von Fratta war nicht die Rede; die armen Erben der uralten Burg konnten in der Betrachtung des neuen Glockenturmes wahrhaftig froh und glücklich sein. Don Girolamo begnügte sich mit seinem Anteil, der auch nach Zahlung so vieler Legate nicht eben klein war; doch der Doktor begann einen ausgeklügelten Prozeß. Das Testament war unanfechtbar. Jeder erhielt das Seine, und auf den Kirchplatz in Fratta lud man Haufen von Steinen und Kalk ab, damit der Glockenturm, den man der posthumen Wohltätigkeit des verstorbenen Mesners verdankte, die gewünschte Form erhalte.

Eine weitere, höchst sonderbare Geschichte, die wir in Portogruaro hörten, war die von der kürzlich erfolgten Heirat des Hauptmanns Sandracca mit der Apothekerswitwe aus Fossalta, die mit einer Rente von sieben- bis achthundert Lire zu ihm gezogen war. Der Hauptmann hatte ja Frau Veronica vor ihrem Tode lästigerweise versprechen müssen, ledig zu bleiben; doch mehr denn dieses Versprechen drückte ihn das Elend, in dem er lebte. Nun hatte er beides in Einklang gebracht mit einer kleinen Rede, die er der Verblichenen halten wollte, wenn sie einander in irgendeiner Gegend der andern Welt träfen. Er nahm sich vor, ihr zu beweisen, daß dieses in Augenblicken tiefer Verzweiflung gewaltsam erpreßte Versprechen nicht gültig war und einen armen Mann zu nichts verpflichtete, und daß ihr Mitleid mit dem Gatten über einen Anfall posthumer Eifersucht in jedem Fall obsiegen müsse. Er wollte ihr versichern, daß sein Herz immer von ihr erfüllt bliebe, und daß er an der Apothekerin im Grunde nichts anderes liebe als die siebenhundert Lire. Oh, so mußte er das Herz von Frau Veronica rühren und ihre Vernunft überzeugen, so daß sie ihm um einer wirklich nur scheinbaren Untreue willen nicht schmollte. Im übrigen ... hätte er eine Jungfer geheiratet, so wäre der Schaden freilich nicht mehr gutzumachen; aber mit einer Witwe ließ sich alles viel leichter einrichten. Diese kehrte zu dem ersten Gatten zurück, er zu der ersten Frau, und sie würden keinen Ärger noch Verdruß haben *per omnia saecula saeculorum.* – So strich der Herr Hauptmann die siebenhundert Lire mit Behagen ein und hegte die begründete Hoffnung auf eine liebenswürdige Verzeihung.

Wir hatten inzwischen unsern Einzug gehalten in die zerfallene Burg des alten Gerichtssprengels von Fratta. Schon von ferne schnürte uns ihr Anblick das Herz zusammen. Sie sah aus, als sei sie von einer rasenden Türkenbande geplündert und nur mehr bewohnt von Winden und unheilverkündenden Eulen. Der Hauptmann Sandracca kam uns mit einigem Zögern entgegen; er wußte nicht recht, wollten wir etwas bringen oder mitnehmen. – Hochwürden Orlando hingegen empfing uns so ruhig und heiter, als kehrten wir gerade von einem kleinen Spaziergang zurück. Sein beachtenswertes Unterkinn hatte sich mehr als verdoppelt, und beim Gehen schleifte er die Füße; im übrigen war er mit seiner Gesundheit recht zufrieden. Wäre nur nicht dieser verwünschte Schirokko der achtzig Jahre gewesen! Auch ich spüre ihn jetzt; er bläst von Weihnachten bis Ostern und von Ostern bis Weihnachten und spottet aller Kalender.

Während Pisana, gut und gedankenlos, den Onkel mit ihrer Zärtlichkeit überschüttete und sich damit vergnügte, ihn über die Dauer jenes Schirokko zu beunruhigen, zog ich mich leise zurück, um die alten Zimmer der Burg zu begrüßen. Ich weiß es, als wäre es gestern gewesen; der Abend dämmerte, in jeder Tür, bei jeder Wendung des Flures wähnte ich der dunkeln Erscheinung des Herrn Grafen und seines Kanzleisekretärs zu begegnen oder dem offenen roten Gesicht von Martino. Doch nur die Schwalben flatterten durch die Fensterhöhlen herein und hinaus, im Schnabel die ersten Strohhälmchen und aufgeweichten Schmutzklümpchen für den Nestbau; die Fledermäuse huschten mir mit lautlosen Schwingen um den Kopf, und im Ehegemach der alten Herren von Fratta spottete höhnisch ein Uhu. Ich überließ es meinen Beinen, mich zu führen, sie trugen mich hierhin und dahin und endlich, alter Gewohnheit treu, an mein Lager neben dem Gastgemach für die Mönche. Ich weiß nicht, wie ich überhaupt mit heilen Gliedern über die schlimm zugerichteten, zerfallenen Böden kam, durch die langen Gänge, wo das herabgefallene Dachgerüst und die Mörtelstücke des Kornspeichers jeden Schritt hemmten und recht bequeme Rutschbahnen in das darunterliegende Stockwerk geschaffen hatten. Eine Schwalbe hatte ihr Nest gerade an den Balken gebaut, unter den Martino am Palmsonntag den Ölzweig zu hängen pflegte. Ich dachte wieder an das kleine Buch, das ich vor Jahren in jenem Kämmerchen gefunden, und das mein verzweifeltes Herz zur Ergebung in das Leben und zum Bewußtsein seiner Pflicht gerufen hatte. Ich dachte an die noch weiter zurückliegende Nacht, da Pisana zu mir heraufgestiegen war und die Schelte und Schläge der Gräfin zum ersten Male für mich herausgefordert hatte. Die Locke ihrer Haare trug ich seitdem bei mir; sie war unlösbar in mein Geschick verschlungen. Wieviel Schmerz, Freude, Hoffnung, Leben seit jenem Tage! ... Und wieviel Mühen und Schicksale mochten auf mich warten, ehe ich den Fuß noch einmal auf diesen schwankenden, zerfallenden Boden setzen würde! ... Vielleicht hatten bis dahin Menschenhände oder die Unbilden des Wetters das zerstörerische Werk von Fulgenzio und den andern wüsten Räubern an der altehrwürdigen Stätte vollendet. Vielleicht auch hatte ein künftiger Herr die fallenden Mauern wieder aufgerichtet, die Wände frisch getüncht und ihnen die alte Epheuhülle abgerissen, die so mächtig zu meinem Gemüte sprach. Es geht bei den Dingen wie bei den Menschen; unter dem heiteren Schein von Gesundheit kann die Seele verdorren, das Herz sterben.

Ich kehrte mit müden Augen und verstörtem Sinn zu den andern zurück; doch das fröhliche Lachen von Pisana und das heitere, runde Gesicht von Hochwürden entwölkten wenigstens die Stirn. Fast erwartete ich die Frage, ob ich endlich den zweiten Teil des *Confiteor* gelernt habe. Statt dessen klagte der gute Domherr, die Ehrengaben seien nicht mehr so reichlich wie früher, und diese Spitzbuben von Bauern brächten ihm an Stelle der schönsten Kapaune, wie geschrieben stand, nur so jämmerliche junge Hennen und Hähnchen, daß sie durch die Ritzen des Weidenkorbes durchschlüpfen könnten.

»Und sie sagen, es seien Kapaune,« fügte er seufzend hinzu, »doch wenn ich nachts munter werde, höre ich sie krähen, daß sie den Hahn von Sankt Petrus in den Schatten stellen.« ...

Bald darauf trat auch der Herr Sandracca ein mit dem Kaplan, gealtert, lieber Himmel, daß sie Schatten waren von dem, was sie gewesen. Frau Veneranda Sandracca erschien, die Mutter von unserm Spielgefährten, dem Apothekersohne Donato. Sie konnte mit Hochwürden in der Fettleibigkeit wetteifern, und man mochte zweifeln, ob ihre siebenhundert Lire Mitgift ausreichen würden, sie so bei Fleisch zu erhalten, obwohl fette Leute bisweilen spärlicher essen als magere. Sie tat auf einen Teller ein Schnitzelchen Speck und sechs Eier, die, in einen Eierkuchen verwandelt, das Abendessen bilden sollten. Dann bot sie uns auch mit etwas schmalen Lippen an, uns so gut wie möglich zwei Betten zu bereiten; doch wir hatten schon genügend Einblick in die Bequemlichkeiten der Burg und wußten, daß, wenn wir blieben, das jungverheiratete Paar hätte bei den Hühnern schlafen müssen. Darum hatten wir Mitleid mit ihnen und ihren sechs Eiern, stiegen wieder in den Wagen und fuhren als Gäste zu Bruto Provedoni, wie zwischen uns vereinbart war.

Nun kann ich nicht genug rühmen, mit wieviel Jubel uns Bruto und Aquilina aufnahmen und mit welch bewundernswürdiger Herzlichkeit sie ihr bescheidenes Haus zu dem unseren machten. Alles war schon brieflich besprochen; wir erhielten zwei Kammern und zahlten für diese und für die Mahlzeiten, die wir gemeinsam einnehmen wollten, eine höchst mäßige Pension. Es war keine Bezahlung; wir legten unsere kleinen Mittel zusammen, um uns gegen die Not, die uns von allen Seiten bedrängte, zu verteidigen. Aquilina hüpfte vor Freude wie eine Närrin; Pisana wollte ihr in den ersten Tagen bei der Hausarbeit helfen, doch immer war schon alles in Ordnung. Bruto ging morgens weg, um seine Stunden zu geben, und kehrte mittags heim; dann blieben wir bis zur Nacht beisammen, schafften, lachten, lasen, machten Spaziergänge, und die Stunden flogen dahin wie Schmetterlinge im sanften Frühlingshauch. Ich habe vergessen, euch zu erzählen, daß ich in Padua während der Zeit meiner Freundschaft mit Amilcare gelernt hatte, das Spinett zu bearbeiten. Dank meinem feinen Ohr hatte ich auch einige Fertigkeit im Klavierstimmen erworben, und hier in Cordovado erinnerte ich mich zu guter Stunde dieser gleichsam zur Vorsicht gelernten Kunst. Bruto rühmte mich in der Umgegend als den Mann, der die Instrumente besonders gut auf den richtigen Ton stimmte; mancher Pfarrer rief mich für seine Orgel; ich zog mich, unterstützt vom Dorfschmied und meiner Frechheit, mit einigen Ehren aus der Sache. Nun erhob sich mein Ruhm zum Fluge durch den ganzen Bezirk, und bald gab es keine Orgel, kein Cembalo, keine Gitarre, aus denen nicht meine Hände den reinen Klang herausquälen mußten. Schon mein Amt als Kanzleisekretär hatte mich wohl als einen Mittler zwischen mißtönenden Stimmen ausgewiesen, und schließlich glückte mir, glaube ich, das Reißen, Dehnen und Spannen von Saiten einigermaßen.

Auf den Gipfel meines Ruhmes gelangte ich schließlich als Orgelspieler hie und da auf einer Kirmes und bei einer kirchlichen Handlung. Am Anfang kam ich mit den unerbittlichen Sängern des *Kyrie* oder *Gloria* oft auseinander; doch in der Folge lernte ich den Kniff und genoß das Vergnügen, sie aus voller Kehle singen zu sehen, ohne daß sie sich jede Minute ängstlich umdrehten, um dem eigensinnigen Orgelspieler vorwurfsvolle Blicke zuzuwerfen. Kanzleisekretär, Feldhauptmann, Intendant, Haushofmeister, Organist . . . nun, der Stammbaum meiner Berufe hat ungewöhnlich schöne Äste. Jedenfalls gab ich mir Mühe, mir mein Brot zu verdienen. Bruto als Schönschreibelehrer, Pisana als Schneiderin und Näherin, Aquilina als Köchin und euer Carlino als Orgelspieler führten, das kann ich euch versichern, des Abends gar lustige Komödien auf und hatten sich gegenseitig zum besten. Doch wir waren glücklich, und Glück und häuslicher Frieden machten mich bald gesünder denn je zuvor.

Manchmal ging ich nach Fratta und holte den Herrn Hauptmann und seinen Hund zur Jagd ab. Der Hauptmann wollte aus vier Ruten Sumpf nicht herauskommen, er schien diesen Umkreis gepachtet zu haben, und Enten und Hühner nahmen sich sehr wohl in acht, einen Fuß hineinzusetzen. Auch besaß sein Hund die Eigentümlichkeit, in die Luft zu schnüffeln und die Büsche anzusehen; es schien, er jage mehr nach Früchten als nach Wild. Aber ich lehrte ihn mit viel Geschrei, auf den Boden zu sehen, und schoß ich auch nicht an einem Morgen die vierundzwanzig Schnepfen des Großvaters von Leopardo, so trug ich doch oft ein Dutzend in der Tasche nach Hause. Fünf überließ ich dem Hauptmann und Hochwürden, die andern behielt ich für uns; sie drehten sich am Spieß, und ich war oft versucht, selber wie in alten Tagen den Spieß zu drehen. Dann besann ich mich, daß ich Intendant gewesen, und nahm wieder eine majestätische Haltung an.

Unsere Gastfreunde wuchsen mir von Tag zu Tag mehr ans Herz. Bruto war so etwas wie mein Bruder geworden und Aquilina Schwester oder wohl eher Tochter. Das liebe Kind hing an mir wie niemand sonst; überallhin folgte sie mir und tat nichts, ohne sich vorher zu vergewissern, ob es mir auch erwünscht sei. Sie sah sozusagen mit meinen Augen, hörte mit meinen Ohren, dachte mit meinen Gedanken. Ich machte mich ihr, zum Dank für so viel Liebe, nützlich, lehrte sie in den Mußestunden ein wenig Französisch und das Italienische fehlerfrei schreiben. Manchmal gab es zwischen Lehrer und

Schülerin die lustigsten kleinen Plänkeleien, an denen sich auch Pisana und Bruto gern beteiligten. Mir wurde das Mädchen so väterlich lieb, daß mir der Wunsch, sie mit einem guten, braven jungen Manne, der sie glücklich machen würde, zu verheiraten, gar nicht mehr aus dem Kopfe kam. War sie mit dem Haushalt beschäftigt, so sprachen wir drei hierüber des langen und breiten; doch Aquilina zeigte sich unsern Plänen nicht sonderlich gewogen, obwohl es ihr, hübsch, wie sie war, mit ihrem zwar etwas widerspenstigen, aber doch guten und lammfrommen Wesen an Anbetern keineswegs fehlte. Ja sie wich ihnen sogar aus und stand an der Quelle oder auf dem Platz der Madonna lieber bei uns als im Schwarme der Mädchen und Stutzer.

Pisana redete ihr zu, sich doch mit ihnen zu vergnügen; aber dann tat es ihr leid, wenn sich das hübsche Gesichtchen bei solcher Aufmunterung verfinsterte, und sie nahm Aquilina in die Arme und liebkoste sie überschwenglich. Die beiden waren mehr als Schwestern, Pisana liebte das Mädchen so, daß ich eifersüchtig wurde; rief Aquilina sie, so löste sie sich gewiß von mir, lief zu ihr und war sogar imstande, mir ein Mäulchen zu ziehen, wenn ich sie festzuhalten wagte. Damals begriff ich nicht, was diese neue Seltsamkeit zu bedeuten habe. Später wurde sie mir freilich klar, so weit einem ein so geheimnisvoll schillerndes Temperament wie das von Pisana überhaupt klar werden kann.

Nach einigen Monaten einfachen, stillen, arbeitsamen Lebens mußte ich in Angelegenheiten der Familie von Fratta nach Venedig reisen. Ich sollte versuchen, vom Grafen Rinaldo die Erlaubnis zu erhalten, ein paar nach Caorle zu gelegene, wirklich unfruchtbare Täler zu veräußern, die ein reicher Herr zu kaufen wünschte, der dort ein Gebiet im großen entwässern wollte. Doch der sonst umgängliche und in Geschäften nachlässige Graf zeigte sich diesem Verkaufe gänzlich abgeneigt, so beträchtliche Vorteile ihm auch daraus erwachsen wären. Er gehörte zu den trägen, nur aus der Einbildung lebenden Menschen, die ihre Tatkraft in Träumen und Plänen verrauchen lassen und ihre Hoffnungen auf Luftschlösser setzen, eben damit sie auf der Erde nichts Festes zu bauen brauchen. Aus der künftigen Bearbeitung jener tiefgelegenen Sümpfe sollte, so träumte er, seine Familie wieder zu Ansehen gelangen, und um alles Gold der Welt hätte er seine Phantasie dieses weiten Übungsfeldes nicht beraubt.

In Venedig fand ich die Lage sehr verändert. Der Jubel über die Aufnahme in das italische Königreich hatte nach und nach einem ruhigeren Urteil über das, was dem Lande daraus erwuchs, Platz gemacht. Frankreich lastete auf ihm nicht anders als jede sonstige Herrschaft; vielleicht waren die Formen weniger unumschränkt, aber im Kern war es das gleiche. Gesetze, Einwilligungen, Güterumlauf, alles kam aus Paris, wie heutzutage die Hütchen und Mäntelchen der Damen. Die Aushebungen entmannten das Volk buchstäblich; die Steuern, die Umlagen erschöpften den Reichtum; die Tatkraft im Materiellen wog das moralische Siechtum nicht auf, das die Geister stumpf machte. Die alten, vornehmen Männer der Regierung waren zur Untätigkeit verdammt oder in die kümmerlichsten Ämter zurückgedrängt, die Bürger, ein neuer, noch ungeordneter Stand, waren untauglich, weil sie nicht dazu erzogen waren, die Geschäfte zu führen. Der darniederliegende Handel, der heillose Zustand der Schiffe machten Venedig zu einer unbedeutenden Provinzstadt. Elend und Erniedrigung kamen überall zum Vorschein, so sehr sich der Vizekönig mühte, die Schäden mit dem prunkhaften, ruhmreichen Kaisermantel zuzudecken. Die Ormenta und Venchieredo saßen noch in der Herrschaft, und man konnte sie nicht fortjagen, denn sie waren die einzigen, die sich darauf verstanden; und als man später andere Würdenträger über sie setzte, französische und fremde, hatte man ihren Obrigkeitsstolz verletzt, ohne doch die auf die schiefe Ebene geratene, undurchsichtige Entwicklung des Staatswesens wieder ins rechte Geleise zu bringen. In Mailand, wo man einer Republik wohl oder übel entschlüpft war, regte sich der Gemeinsinn noch; in Venedig folgte eine Eroberung auf die andere. Diener folgten auf Diener, gleichgültig, käuflich für den Herrn, der gerade zahlte.

Ich verlor bei solchen Zeichen der Trägheit und Vernachlässigung ein wenig das Vertrauen; Lucilio hatte also nicht unrecht daran getan, nach London zu fliehen. Ich hörte leider nur durch andere von ihm; er war als Arzt berühmt geworden und hatte viele Patienten in den Familien des englichen Adels. Seine Hoffnung ging dahin, daß dieses Land den Tyrannen Bonaparte aus Frankreich verjagen und Italien neu ordnen würde. – Nun, ich hielt mich nur etwa vier Wochen in Venedig auf und versuchte immer wieder, die ersehnte Vollmacht vom Grafen Rinaldo zu erlangen; doch konnte ich ihm nur mit List die Erlaubnis abringen, ein paar Stücke von diesen Sümpfen zu verkaufen; das übrige wollte er tatsächlich für die künftige Blüte der Familie aufheben. Der Erlös waren wenige tausend Lire, die nur dazu dienten, den Spieltisch der alten Gräfin einige Male mit einem größeren Einsatz zu versehen. Es ist schon wahr, der Tod nimmt die Besten und läßt die andern leben; sie, der Ruin des Hauses, machte keine Miene zu sterben, genau wie der höchst unbequeme Gatte Navagero sich hartnäckig weigerte, seine Frau als Witwe zurückzulassen.

Ich hoffte, Aglaura und einen ihrer Knaben ins Friaul mitzunehmen; doch der Tod der Schwiegermutter hielt sie in der Familie fest, ein wahres Unglück auch darum, weil ihr die Landluft bei gewissen Unpäßlichkeiten, an denen sie zu leiden begann, geholfen hätte. Spiro, kräftig wie ein Bauer, wollte an die Zartheit seiner Frau nicht glauben; doch da er ihr nicht von Anfang an hie und da mit einer Zerstreuung, einer Reise geholfen hatte, wurde ihre Gesundheit immer schwankender, und er mußte sich davon überzeugen, als es für eine Hilfe zu spät war. Ich konnte ihm den Vorwurf nicht ersparen, daß er zu sehr Kaufmann geworden sei und auf nichts achte als auf die Wechselgebühren und Kaffeepreise, die durch die englischen

Kreuzerfahrten immer mehr in die Höhe schnellten. Aber er schüttelte den Kopf, ohne etwas zu erwidern, und ich wußte nicht, was er damit sagen wollte.

So mußte ich allein ins Friaul zurückkehren, und die schönen Tage mit Aglaura und ihren Kindern in der geliebten Heimat blieben eine der vielen Hoffnungen, die in die Wirklichkeit umzusetzen ich mich in der andern Welt recht beeilen will.

In Cordovado fand ich die innige Freundschaft zwischen Pisana und Aquilina noch vertieft, ja, die Liebe von Pisana erreichte mich nur mehr mittels Aquilina. Nur wenn Pisana sagte: »Der Herr Carlo fragt nach dir! ... Der Herr Carlo braucht dies oder jenes!« ... kümmerte sie sich überhaupt um mich; sonst war es, als sei ich nicht vorhanden. Der Stern Pisana hatte sich für mich verdunkelt; Aquilina stand dazwischen, und Pisana sah nur Aquilina. Sogar in Augenblicken, in denen der Sinn für gewöhnlich nicht in die Ferne schweift, merkte ich bestürzt, daß Pisana an Aquilina dachte. Hätten wir in den Zeiten von Sappho gelebt, so wäre mir eine häßliche Behexung im Bereich des Möglichen erschienen. Wer konnte daraus klug werden? ... Ich gewiß nicht. Bisweilen wurde mir Aquilina sogar verhaßt, und das Harmloseste, was ich mir von Pisana sagte, war, sie sei verrückt.

Jetzt bin ich an einem Punkte meines Lebens angelangt, den ich andern schwer werde erklären können, da er mir selbst nie ganz klar geworden ist – das ist meine Heirat. Eines Tages rief mich Pisana nach oben in unser Zimmer und sagte ohne viel Umschweife:

»Carlo, ich merke, ich bin dir langweilig geworden; du hast mich nicht den hundertsten Teil so lieb wie früher. Du brauchst eine sichere Liebe, die dir den Frieden und die Freude der Familie gibt. Ich gebe dich frei und will dich glücklich machen.«

»Was sind das für sonderbare Worte?« rief ich aus.

»Es sind Worte, die mir vom Herzen kommen; ich trage sie schon eine Weile mit mir herum. Ich wiederhole, du hast mich nicht mehr richtig lieb. Du liebst mich weiter, aus Gewohnheit oder Edelmut, aber ich kann dieses Opfer nicht länger annehmen; ich muß dich zum Lohn auf den Weg wahren Glückes bringen.«

»Den Weg wahren Glückes, Pisana? – Ich denke, wir wandern diesen Rosenweg schon lange zusammen! Es braucht nichts als deinen Arm in dem meinen, und die Rosen blühen unter unserm Fuß, und das Glück lächelt uns, wo immer in der weiten Welt wir wandern.«

»Du verstehst mich nicht, vielmehr du verstehst dich selber nicht. Das ist ja meine Angst! – Carlo, du bist nicht mehr ein junger, leichtsinniger, unerfahrener Mann, du darfst dich nicht mit einem Glück zufriedengeben, das du von heute auf morgen verlieren kannst. Du mußt eine Frau nehmen.«

»Das wollte Gott, geliebte Seele! – Der Himmel möge mir einen solchen Wunsch verzeihen, aber wenn dein Mann die Welt der Krankheit verlassen hat um die der ewigen Gesundheit, so wäre mein erster Wunsch, dein Geschick mit dem heiligen Schwur der Ehe an das meine zu binden.«

»Carlo, verliere dich doch nicht in Träume! – Mein Mann hat für den Augenblick nicht die Absicht zu sterben, und du darfst deine besten Mannesjahre nicht unnütz vergeuden. Ich wäre dir eine recht mangelhafte Frau; du siehst, ich bin nicht geschaffen für das Glück, Kinder zu haben. Und was ist dann schon eine Frau? . . . Nein, Carlo, gib dich keiner Täuschung hin; um glücklich zu sein, mußt du heiraten. . .«

»Hör auf, Pisana! Liebst du mich denn nicht mehr?«

»O mehr als mich selbst; und darum mußt du hören und tun, was ich dir rate . . .«

»Ich tue nur, was mir mein Herz befiehlt.«

»Nun ja, dein Herz hat gesprochen. – Du wirst sie heiraten.«

»Wen heiraten?«

»Aquilina.«

»Aquilina? – Pisana, ich beschwöre dich, komm zur Besinnung!«

»Ich bin völlig bei Sinnen. – Aquilina ist in dich verliebt, sie gefällt dir, sie paßt zu dir in jeder Hinsicht. Du wirst sie heiraten.«

»Pisana! Siehst du denn nicht, was du mir Schlimmes antust!«

»Ich sehe, ich tue dir etwas Gutes an. Und wenn ich Lust habe, mich zu deinem Besten zu opfern, so kann mich daran niemand hindern.«

»Ich hindere dich daran. Ich habe an dich Rechte, die du nicht vergessen darfst noch kannst.«

»Carlo, ich will dir etwas sagen. Ich kann ohne dich leben... Miß meine Kraft an der Kühnheit dieses Bekenntnisses. Aber Aquilina würde daran sterben. Jetzt wähle du selbst. Ich ... habe gewählt.«

»Pisana, komm zu dir! ... Du bist im Irrtum, du bildest dir ein, was nicht ist. Aquilina fühlt für mich zart und ruhig wie eine Schwester; sie wird sich unseres Glückes immer freuen.«

»O Carlo, glaube mir! Eine Frau sieht alles. – Der Anblick unseres Glücks vergiftet ihre Liebe.«

»Also fliehen wir, kehren wir nach Venedig zurück!«

»Das tue du, wenn du das Herz dazu hast, ich tue es nicht. – Ich liebe Aquilina, ich will sie glücklich machen. Glaube mir, auch du wirst glücklich, wenn du sie heiratest; ich lege eure Hände zusammen, ich segne eure Hochzeit.«

»Pisana, ich würde daran zugrunde gehen. Jetzt wendet sich mein ganzes Herz gegen Aquilina, und lieber schlösse ich meinen schlimmsten Feind in die Arme. Ich müßte Aquilina hassen.«

»Aquilina hassen! ... Höre, Carlo, wenn du so etwas noch einmal sagst, verlasse ich dich, will dich nie mehr sehen. Die Engel im Himmel gebieten die Liebe; du bist nicht so entartet, das zu verabscheuen, was als schönste Verkörperung des göttlichen Gedankens vom Himmel zu uns herabkommt. Mach doch die Augen auf! ... Besieh dir den Mord, den du begehst. Warst du denn blind, hast du ihr Martyrium und meine Gewissensbisse nicht bemerkt? Weißt du, Carlo, ihr Heldentum geht über jede Vorstellungskraft hinaus. Nie eine Gebärde der Wut, nie ein Blick des Neides; eine müde Ergebung, eine Liebe, die zu Tränen rührt. Ich bezahle die Gastfreundschaft, die wir hier genießen, nicht mit einem Mord. Du wirst mir in diesem Werke des Mitleids helfen ... Carlo, einst warst du edelmütig, einst hast du mich geliebt und hättest mich nicht so viele Worte machen lassen, wenn ich dich zu einer mutigen, hochherzigen Tat aufforderte.«

Anfangs blieb ich stumm, dann bat und flehte ich und raufte mir die Haare. Umsonst; Pisana war unerbittlich, und hätten wir beide daran sterben müssen. Sie wiederholte mir nur, ich sollte selber sehen, und wenn ich mich nicht überzeugte von dem, was sie versicherte, wenn ich ihrem Vorschlag nicht zustimmte, so wäre ich ein verabscheuungswürdiger Mensch, ebenso unwert der Liebe wie zu jedem hohen Gefühl unfähig. Von jener Zeit an verweigerte sie mir jeden Blick und jedes Lächeln, ja den Zutritt zu ihrem Zimmer; sie war alles für Aquilina, nichts für mich.

Ich hätte mich gern getäuscht, doch ich mußte erkennen, daß, was die Liebe des Mädchens zu mir anlangte, sich der Argwohn Pisanas gar nicht weit von der Wirklichkeit entfernte. Ich begriff nicht, daß ich es nicht längst gemerkt hatte, und war wütend über meine dumme Harmlosigkeit. Ich versuchte sogar, einen Teil dieser Wut gegen Aquilina zu kehren, aber ich vermochte es nicht. Seit sie ahnte, was zwischen mir und Pisana vorgegangen, trug sie mir gegenüber ein so demütig schamhaftes Wesen zur Schau, daß mich der Mut verließ, sie zu verletzen. Es war, als bitte sie mich wegen des Bösen, das sie unfreiwillig getan, um Verzeihung, und manchmal sah ich, wie sie sich mühte, mir Pisana zu versöhnen. Mich floh sie dann und tat, als sei sie zornig, damit wir nicht merkten, was in ihrem Herzen vorging, und die alte Harmonie wiederfänden. Bruto, der über das fröhliche Leben, das wir geführt hatten, so glücklich gewesen war, entdeckte die ersten Zeichen von Uneinigkeit und Unruhe mit Kummer; er ahnte nicht die Ursache, aber er nahm es sich sehr zu Herzen. Als er mich danach fragte, zog ich mich stumm zurück und zuckte die Achseln; ein neuer Grund zu Ärger und Verdacht. Inzwischen litt die Gesundheit von Aquilina, der Bruder machte sich Sorge, es wurden Ärzte gerufen, die viel faselten und nichts errieten. Pisana drängte mich, ich wurde weich. Schließlich, ich weiß nicht wie, entschlüpfte meinem Munde ein Ja.

Bruto war über den Vorschlag, den ihm Pisana nun machte, höchst erstaunt, doch nachdem sie ihm wiederholt versichert hatte, zwischen mir und ihr sei alles aus freien Stücken, in Eintracht, abgeredet, und Aquilina habe sich sterblich in mich verliebt, ließ er sich überzeugen. Man sprach mit dem Mädchen, sie wollte es zuerst nicht glauben, und dann strömte ihr Gefühl über. Aber im ersten Gespräche mit mir war sie stumm und beklommen; die Arme fühlte wohl, ich bot mich ihr gezwungen, und hatte nicht den Mut, mich um das Opfer zu fragen. Schließlich, wie soll ich euch das erklären, bewegte mich ihr Wesen, und in meinem Herzen gewann die Selbstverleugnung Raum, die Pisana geübt hatte. Mich dünkte, ich rettete einem engelhaften Geschöpfe das Leben um den Preis meines eigenen, und das Bewußtsein dieser tapferen Tat machte mich heiter und zufrieden. Den Worten von Pisana, daß wir beide uns immer nur als gute Verwandte geliebt hätten, hatte Aquilina nur zögernd Glauben geschenkt; doch da sie mich nun ihr gegenüber ruhig, herzlich und bisweilen sogar glücklich sah, gewann sie Vertrauen. Da hielt sie mit Freudenausbrüchen ihrer Seele nicht mehr zurück, und ich mußte ihr dafür, mindestens aus Mitleid, dankbar sein.

Nun blühte das unschuldige Geschöpf auf wie eine vom Tau benetzte Rose und wurde mit jedem Blick, mit jedem Wort von mir schöner. Es war so köstlich zu sehen, daß ich mich wohl nicht in sie, aber in diese wundertätige Barmherzigkeit verliebte. Pisana war vor Freude über das glückliche Ergebnis ganz außer sich, und mich begeisterte sie damit, teils zum Wettstreit an Edelmut, teils drückte sie mir den Stachel der Eifersucht tief ins Herz. Welch wilder Strudel von Gefühlen wirbelt und reißt in dem kleinen Raum eines Herzens! Auch damals gab ich einen Beweis jener besonderen Nachgiebigkeit, die viele Taten meines Lebens seltsam erscheinen ließ, so weit auch mein ruhiger Charakter von Seltsamkeiten entfernt war. Aber die Wunderlichkeit war dem Menschen zu eigen, der mich an der Nase herumführte, obwohl ich nicht sagen kann, ob ich, von mir allein besser beraten, einen entgegengesetzten Entschluß gefaßt hätte. Allerdings neigte ich zu äußerster Großzügigkeit; doch es wäre feige, eine gute, edelmütige Tat zu bereuen, wieviel Schaden uns auch hernach daraus erwachsen mag.

Was nun folgte, möchte ich euch mit wenigen Worten erzählen. Die Trauung wurde auf Ostern 1807 festgesetzt. Pisana war so klug, sich vom Onkel Hochwürden einladen zu lassen, daß sie ihm die Wirtschaft führe. Ich blieb bei Bruto und Aquilina, und die Hochzeit wurde, gegen meinen Willen, aber auf Wunsch von Pisana, groß gefeiert. Aquilina, die Ärmste, jubelte und war im Himmel vor Entzücken, ich gab mir Mühe, mich über ihre Freude zu freuen, und glaube, sie ihr wenigstens nicht verdorben zu haben. Wenn ich zurückdachte, war ich überrascht, daß ich bis dahin gelangt sein sollte, und begriff weder warum noch wie; doch der Strom riß mich fort. Gab es eine Zeit, in der ich an ein unvermeidliches Schicksal glaubte, so war es sicher die meiner Heirat.

Hochwürden von Fratta segnete die Ehe ein, Pisana führte die Braut. Ich war sehr bewegt, diese Schwermut war jedoch nicht ohne Reiz. Beim Hochzeitsmahle ging es nicht eben fröhlich zu, aber auf den Platten blieben nicht viele Reste. Hochwürden aß, als sei er zwanzig Jahre alt; ich saß an seiner Seite, etwas durcheinander von allem, was mir so unverhofft geschehen, und fragte ihn während des Essens wer weiß wie oft nach seiner Gesundheit. Er antwortete jedesmal zwischen zwei Bissen:

»Mit der Gesundheit ginge es wunderbar, wäre nicht dieser

verwünschte Schirokko! Früher war es anders. Weißt du noch, Carlino?« ...

Es hatte jedoch seit einem Monat geregnet; und Hochwürden war in ganz Italien sicher der einzige, der den Schirokko spürte. Natürlich waren Hochzeitsgäste Donato mit Frau und Kindern, der Hauptmann mit Frau Veneranda und der Kaplan von Fratta. Noch jemand nahm teil, den ihr vielleicht vergessen habt, der Spaccafumo, der in all dem Wirrwarr von Regierungen und Ereignissen immer die Gerechtigkeit auf seine Art weiter ausgeübt hatte. Daher saß er Jahr für Jahr ein paar Monate im Gefängnis, und nun war er alt und ein Säufer. Seine Unternehmungen bestanden mehr in Worten als in Taten, und die Gassenbuben vergnügten sich damit, ihn auf den Märkten zu den sonderbarsten Narrheiten zu reizen. Er lebte sozusagen von Almosen, und so herzlich ihn Bruto einlud, an die gemeinsame Tafel zu kommen, ließ er sich doch auf keine Weise aus der Küche herauslocken, wo er mit den Katzen, Hunden und Mägden Hochzeit feierte. Am Abend war großer Ball; nun dachte man mehr an die eigene Lustbarkeit als an das Brautpaar, und die Ausgelassenheit wurde natürlich und vollkommen. Der Küster Marchetto, der aussah wie der als Priester verkleidete Teufel, kratzte den Kontrabaß mit einer solchen Reitersraserei, daß die Beine Mühe hatten, nachzukommen. Pisana suchte am Abend stillschweigend zu verschwinden, doch ich merkte es; unsere Blicke tauchten das letzte Mal zärtlich ineinander. Aquilina sprach gerade mit Bradamante, sie schien zerstreut, so daß die Schwester fragte, was sie habe.

»Nichts,« erwiderte die junge Frau ruhig, »aber scheint es dir hier drin nicht auch zum Ersticken heiß?« ...

Ich hörte die letzten Worte, obwohl sie sehr leise gesprochen waren, dachte nur noch daran, meine neuen Pflichten zu erfüllen, und zeigte mich Aquilina bis zum Ende des Festes höflich und liebevoll. Und danach? ... Nun, danach wurde ich gewahr, daß die Vorsehung in gewisse Opfer, wohl um unser Verdienst auf ein bescheidenes Maß zu beschränken, auch eine kleine Dosis Freude zu mischen weiß. Die Unschuld und Anmut meiner Frau gewannen das Spiel, und ich nahm mir fest vor, ihr immer ein guter Mann zu sein. Was geschehen ist, ist geschehen, dachte ich; und so wollen wir alles Weitere gut geschehen lassen.

Ich glaube nicht, daß Aquilina, wenigstens in den ersten Tagen, empfand, daß ich mich überwinden mußte, ihr die glühende Liebe zu zeigen, die ich in Wirklichkeit nicht fühlte. Aber nach und nach gewöhnte ich mich daran, sie in der neuen Art zu lieben, die ich ihr jetzt schuldig war; es kostete mich nicht mehr so viel Mühe; und wenn ich in Gedanken an die Vergangenheit seufzte, so fand ich doch auch ohne viel Philosophie, daß ich mit der Gegenwart sehr wohl zufrieden sein konnte. Gute Werke sind eine große Hilfe, den Geist abzulenken. Ich tat alles, meine Frau glücklich zu machen, und war nach nur einem Monat ein besserer Ehemann, als ich je zu hoffen gewagt hätte.

Pisana wurde Zeuge dieser meiner Wandlung. Da ich mir nur denken konnte, daß ihr großes, scheinbar recht leichtes Opfer zugunsten von Aquilina mit einer spürbaren Abkühlung ihrer Liebe zu mir zusammenhing, so gab ich mir keine Mühe, ihr zu verbergen, wie über alles Erwarten leicht mir mein Teil des Opfers falle. Ich hoffte, sie würde die Tyrannei, mit der sie mir ihren Willen aufgezwungen hatte, weniger bereuen, wenn sie mich einigermaßen zufrieden sah. Zunächst verstand sie auch, was ich meinte; doch im Laufe der Zeit umzog sich bei den häufigen Besuchen, die sie uns machte, ihre Stirn immer mehr, und ihre Augen, in denen ich zunächst Glückwünsche für meine Tapferkeit las, wechselten allmählich zu Argwohn und Wut. Ich meinte, sie finde mich nicht sorglich genug um Aquilina bemüht, und verdoppelte meinen Eifer und guten Willen; sie hingegen blieb finster, und auch gegen meine Frau zeigte sie sich nicht mehr so herzlich wie am Anfang. Eines Morgens stürzte sie ganz außer Atem in unser Haus, Bruto und Aquilina waren gerade aus irgendeinem Grunde nicht daheim. Ohne meinen Gruß abzuwarten, rief sie:

»Ich will eilig weg. Ihr liebt euch jetzt, ihr braucht mich nicht mehr. Ich gehe zurück nach Venedig.«

Und fort war sie, ehe ich etwas erwidern konnte. Von draußen rief sie mir zu, ich solle meine Frau und den Schwager grüßen, stieg in die kleine Kutsche, in der sie in Begleitung des Kaplans von Fratta gekommen war, und es gelang mir nicht, so rasch ich auch lief, sie einzuholen. Als ich eine Stunde später auf der Burg anlangte, war sie schon auf dem Karren des Gärtners weggefahren, und niemand wußte, ob auf der Straße nach Portogruaro oder Pordenone. Ich war in ziemlicher Verlegenheit, wie ich Aquilina und Bruto eine so überstürzte Abreise erklären sollte, und erdachte die Geschichte einer plötzlichen Krankheit der Frau Gräfin, die leicht Glauben fand. So begab ich mich denn, nicht glücklich noch der Vergangenheit uneingedenk, aber ruhig und gelassen, wieder an mein Leben als Organist und Ehemann. Aglaura und Spiro schrieben sehr erstaunt über diese meine unvermutete Verwandlung; ich antwortete scherzend, Gott habe mein Herz angerührt. Doch wie oft sagt man im Scherze, was man nicht fühlt.

Die Monate rannen einfach und arbeitsam dahin, heiter wie der Himmel im Herbst, wenn die Sonne die Natur verschönt, ohne sie zu erwärmen. Aquilina, ganz mein, umkleidete sich jeden Tag mit neuen Reizen und Vorzügen, mir zu gefallen; und die Erkenntlichkeit für eine so edel gezeigte Liebe neigte mich ihr immer mehr zu und ließ mich die Vergangenheit seltener bedauern. Das Herz freilich flog noch manchmal zurück; doch wenn der Verstand Vergleiche anstellte, so mußte er erkennen, daß Aquilina die liebenswürdigste, vollkommenste aller Frauen war, die ich je gekannt hatte. Mit der Zeit haben die Urteile des Verstandes auf die Neigung eines Mannes von vierunddreißig Jahren einigen Einfluß. Als ich zudem bemerkte, daß Aquilina schwanger war, und als ich das kräftigste, rosigste Kind, das ich je gesehen, in den Armen hielt und ihr das Glück meines väterlich fühlenden Herzens offenbaren konnte, wußte ich mich vor Freude nicht mehr zu lassen. Fast war ich Pisana dankbar, daß sie mich zu dieser seltsam ungereimten Ehe gezwungen hatte. Trotzdem blieb die Erinnerung lebendig. Ich wollte oft von Venedig hören, und nun ich wußte, daß Pisana, mit Clara im Hause ihres Mannes wohnend, nichts anderes tat, als seine Gebrechlichkeit zu pflegen, erkannte ich, daß mein Urteil über ihre Flucht aus dem Friaul vorschnell und falsch war. Wäre sie wütend auf mich gewesen, so hätte sich das anders geäußert. Ich wußte aus Erfahrung, wie sich Pisana rächte. Doch auch aus der Ferne war ich ihr weiter nützlich. Ich hatte die Gutswirtschaft der wenigen Bauern, die noch von der Burg Fratta abhingen, wieder in Ordnung gebracht und die Abgaben aus vielen Pachtverträgen neu festgesetzt; die Einkünfte wuchsen um dreißig Prozent. Hochwürden konnte wieder ein paar Kapaune essen, die nicht krähten, und Graf Rinaldo wußte mir trotz seiner Unzugänglichkeit Dank, daß ich mich, ohne darum gebeten zu sein, so wirksam für die Familie bemüht hatte.

Vielleicht findet ihr es langweilig, daß mein Leben, das einige Zeit so seltsam und ohne Regel war, damals einen so ruhig eintönigen Lauf nahm. Aber ich erfinde nicht, ich erzähle, und anderseits ist das eine Erscheinung, die im Leben der Italiener ganz allgemein und natürlich ist; dieses ähnelt oft dem Lauf eines großen Flusses, der zwischen Sümpfen langsam dahinfließt, bisweilen jedoch von tosenden, ungestümen Fällen unterbrochen wird. Wo das Volk nicht ständig an der Regierung Anteil hat, sondern ihn sich von Zeit zu Zeit mit Gewalt erzwingt, ereignen sich solche Wandlungen mit Notwendigkeit, und das Leben der Völker ist nur die Summe der Einzelleben. So drehte ich ein paar Jahre den Bratspieß, war Student und ein wenig auch Verschwörer; dann wurde ich ein ruhiger Kanzlist, darauf venezianischer Patrizier im Großen Rat und Sekretär der Behörde; von einem ganz leichtsinnigen Liebhaber verwandelte ich mich plötzlich in einen Soldaten, vom Soldaten wieder in einen Müßiggänger, danach in einen Intendanten und Haushofmeister; und schließlich heiratete ich und spielte Orgel.

Ihr müßt selbst sagen, wo in diesem ständigen Auf und Ab Aufstieg und Niedergang zu finden ist; ich wurde hierüber jedenfalls vierunddreißig Jahre alt. Es waren die Jahre, die ich für mich allein lebte; hernach bemächtigten sich meiner Gefühle Familie und bestimmte materielle Verpflichtungen und Sorgen. Ich war nicht mehr das Füllen, das durch Sümpfe rast, über Gräben setzt und alles anknabbert, was ihm behagt; ich war ein aufgezäumtes Pferd, das einen schweren Karren Kies gewichtig zieht. Erschreckt darum nicht, es wird an Erschütterungen und Stürzen nicht fehlen, so daß sich das Pferd losreißt und wieder in tollem Laufe durch die Welt rennt. Erst jetzt bin ich sicher davor, nicht mehr zu laufen; ich spüre ja auch, wie Hochwürden, in meinen Beinen den Schirokko der achtzig Jahre.

Während ich von Tag zu Tag mehr Hausvater und Landwirt wurde, und mein kleiner Luciano, der schon über den Hof sprang, ein Brüderchen bekam, das wir, dem Onkel und Paten zuliebe, Donato nannten, hallte die Welt wider vom Siegesruhm Napoleons. Er besiegte Preußen in Jena, Österreich in Wagram; er trat zu den alten Herrschergeschlechtern in ein verwandtschaftliches Verhältnis; Herr von Europa, verschloß er England den Kontinent und bedrohte das halbasiatische Zarenreich. Italien, völlig in seiner Hand, nach Laune in kleine Teile zerbröckelt, hatte doch in Mailand das Banner der Einheit gehißt. Wir gewöhnten uns, auf jenes zu blicken, und sahen in Napoleon eher den Beschützer als den Feind. Doch wäre uns das Schwert, das er uns gegeben, zu Boden gefallen, wer hätte gewagt, es wieder in die Faust zu nehmen? Daran dachten die Italiener nicht. Sie wähnten sich stark und wußten nicht, daß ihre Kraft auf diesem Riesen ruhte und mit ihm zerbrechen würde. Von hundert, die sich bewaffneten, dachte nur einer, und den andern neunundneunzig würde in der größten Gefahr Waffe und Arm sinken. Ich sah dem allen nicht zu, aber ich ahnte es. Spiro schrieb inzwischen immer angeregtere, geheimnisvollere Briefe, und ich merkte wohl, daß irgendeine erhabene Idee in der Seele des griechischen Kaufmannes gärte. Der Dichter Rigas hatte die erste Häterie gegründet und war zum Lohne dafür von den Christen, den natürlichen Verbündeten, an die Türken verraten und dort gepfählt worden. Eine zweite Verschwörung zettelte man in Italien an, unter dem Schutze Napoleons, zu Nutzen der Griechen. Diese träumten davon, dem neuen Karl dem Großen ein neues Reich von Byzanz entgegenzusetzen. Es waren Träume, aber sie brachten die nie ganz erloschene Glut der griechischen Vulkane wieder zum Ausbruch.

Unter den wilden Horden der Albanier und den Hirtenstämmen in Montenegro, bei denen das Wort: ›Die Deinen sind in ihrem Bette gestorben‹ einer Beleidigung gleichkommt, schwelte das Feuer der Begeisterung. Ali Tebelen triumphierte mit Grausamkeit und Verrat; doch die aus dem Hellas Verbannten gaben ganz Griechenland den Vorsatz ein, das Unrecht schrecklich zu vergelten. Das war damals noch nicht offenbar; aber schon sammelte sich die wahrhaft unbesiegliche Kraft eines Volkes, das über sein Unglück lange gegrübelt und alle Schmach angehäuft hat, nur, um den Augenblick der Rache geduldig abzuwarten. Der alte Apostulos reiste ein letztes Mal nach Morea; die Hoffnung, Griechenland mit der Politik der Phanarioten wieder zur Größe zu bringen, war entschwunden; jetzt hoffte er auf Krieg und Blut mit der Gier des Löwen, dem die Beute entrissen wird, als er gerade meinte, sie mit den Zähnen zu packen. Auf Chios erreichte ihn der Tod, und Spiro teilte ihn mir mit den standhaften Worten mit, die letzte Sehnsucht seines Vaters werde sein eigenes Unternehmen anfeuern. Immer wieder lud er mich ein, mit der Familie nach Venedig zu ziehen, wo es mir, wie er sagte, weder an dem geziemenden Lebensunterhalt fehlen würde noch an Gelegenheit, für mich und andere mit Nutzen tätig zu sein. Aber ich war zufrieden mit dem, was ich hatte, und wagte nicht, mich und zumal die Meinen solcher Ungewißheit auszusetzen. Wenn Bruto manche von Kampflust sprühende Stelle aus den Briefen meines Schwagers las, biß er sich auf die Lippen und stampfte wütend mit seinem Holzbein. Ich sah auf Aquilina und den kleinen Donato, der ihr an der Brust hing, und mochte dieses friedliche Glück nicht aus dem heimischen Boden lösen.

Dann folgte der große Krieg der Riesen jener Zeit. Napoleon zog mit fünfhunderttausend Mann nach Deutschland und bestellte Kaiser und Könige, die mehr Untertanen waren als Verbündete, nach Dresden; und als ihm einige von ihnen gemeldet wurden, sagte er: ›Sie mögen warten.‹ Er wollte mit dem Zaren wegen seiner lauen Freundschaft abrechnen. Der mystische Alexander rief das Heilige Rußland zu den Waffen, er setzte dem Kriege des Ehrgeizes den Krieg des Volkes entgegen; und diese elende Kosakenreiterei, wie Napoleon sie nannte, wurde die Geißel und der Schrecken des unbesiegIichen Heeres. Der ewige Sieger kam nach Moskau und floh, besiegt vom Feuer, vom Frost, kurz, von den Elementen, aber nicht von den Menschen. Vierzigtausend Italiener röteten mit ihrem Blute den Schnee in Rußland, um den Rückzug für die zerstreuten Reste des großen Heeres zu decken. Aber das Bulletin, das dieses grenzenlose Unheil meldete, schloß mit den Worten: ›Die Gesundheit Seiner Majestät ist nie besser gewesen.‹ Welcher Trost für die Witwen und Waisen, für die der Söhne beraubten Mütter! Napoleon ist in Paris, um neue Heere auszuheben, um die Ergebenheit des Volkes mit seiner Gegenwart und den Mut mit neuen Lügen zu entfachen. Doch Frankreich schenkt ihm keinen Glauben, Deutschland steht auf, die Verbündeten verraten ihn. Er unterliegt bei Leipzig; er legt die Kaiserwürde von Frankreich, die Königswürde von Italien nieder und zieht sich auf die Insel Elba zurück.

Nun wurde offenbar, was das Königreich Italien war ohne Napoleon, und wozu Völker ohne Freiheit, selbst wenn Männer sie leiten, gebracht werden. Überall gab es Schrecken und Wirrwarr, Versuche zur Ordnung, ein Hin und Her verschiedener, ungeheurer Hoffnungen, alle vergeblich. In Mailand mordet man einen Minister, reißt die Abzeichen der alten Macht herunter, schwelgt zügellos in der neuen Freiheit, ohne an die Zukunft zu denken. Und die Zukunft wurde, wie sie die andern wollten, trotz der ehrerbietigen, besonnenen Bitten der vorläufigen Reichsverwesung, trotz der schönen Worte der ausländischen Botschafter. Das Volk hatte nicht gelebt und lebte auch jetzt nicht.

Es ist überflüssig zu sagen, daß ich von diesen Ereignissen erschüttert war; sie rissen mich aus meiner Dumpfheit als Familienvater und bestätigten die Angst, die ich schon lange in mir trug. Ich seufzte für mich, war verzweifelt für das Vaterland; dann fand ich etwas Trost im Anblick meiner Kinder und sah wieder einen Hoffnungsschimmer. Wir waren, sozusagen, achtzehn Jahre zuvor erst geboren; es brauchte die Schule des Unglücks, uns zu erziehen, und an das Leben der Völker darf nicht das gleiche Maß gelegt werden wie an das der einzelnen Menschen. Wenn wir Söhne für die Erbärmlichkeit der Väter zahlen mußten, so würden unsere Söhne vielleicht ernten, was wir mit Blut und Tränen gesät hatten. Immer bilden Väter und Söhne das Volk, das nie untergeht. So tröstete ich mich in der Hoffnung auf die moralische Wiedergeburt, nicht in der auf den Vizekönig Beauharnais, auf den Zaren Alexander, auf Lord Bentenk oder den General Bellegarde.

Solcherweise fliehen die Jahre so schnell dahin wie zur Zeit der Jugend die Monate; ach, aber in Wirklichkeit flohen sie nicht so geschwind wie jetzt in der Erzählung. In Cordovado waren die Tage ruhig, heiter und bisweilen freundlich, übermäßige Kürze jedoch war ihr Fehler nicht. Die anfangs recht seltenen Grüße von Pisana wurden, je mehr die Stürme der Zeit tobten, allmählich häufiger; sie mochte fühlen, wie ich unter der Zeit litt, und mir daher den Trost ihres Wortes gönnen. Sie erzählte, in Venedig hätten die Venchieredo, Ormenta und Pater Pendola samt ihrer Anhängerschaft großes Geschrei gemacht; ihre Vettern Cisterna hatten schöne Ämter erhalten, zumal Augusto, der auf einen Hieb Sekretär bei der Regierung geworden war; und Agostino Frumier, der sich von den Geschäften zurückziehen wollte, hatte es, obwohl er steinreich war, nicht verschmäht, das Viertel oder Fünftel Pension zu verlangen, das ihm zukam.

Ja, es gab eine Menge Schweinereien, und es konnte nicht anders sein; Enthaltsamkeit ist die Tugend der Besten, und zu Besserem gelangte man nicht. Doch der alte Venchieredo, wegen seines übertriebenen Eifers befehdet, hatte viel von seinem Einfluß verloren und war schließlich von den höchsten Ämtern bis zu dem des Polizeidirektors gesunken. Er schnaubte Zorn; aber das half ihm nichts. Zuviel dienen, heißt schlecht dienen; er war nicht schlau genug gewesen. – Der Partistagno hingegen kehrte nach Venedig zurück als Oberst der Ulanen; er hatte eine mährische Baronesse geheiratet – wie er sagte, weil sie einer sehr geliebten Stute äußerst ähnlich sei. Den Groll gegen die Familie von Fratta hatte er nicht vergessen; und als er erfuhr, daß Clara nicht mehr im Kloster war, sondern im Palast Navagero wohnte, stolzierte er dort oft in großer Uniform unter den Fenstern in der Hoffnung, ihr so in die Augen zu stechen, daß sie sich gestehen müßte: ›Wie jammerschade, daß ich ihn nicht gewollt habe!‹ – Doch Clara, die ihre Augen mit dem Gebetbuch der Madonna zu sehr angestrengt hatte, war kurzsichtig geworden und konnte nicht bis auf die Straße sehen. So hätte sie ihren hartnäckigen Verehrer nicht mehr unterscheiden können von einem der Bettler, die herbeieilten, wenn der großartige Oberst Partistagno aus der Gondel stieg.

Auch Alessandro Giorgi sollte vom italienischen zum österreichischen Heer hinübergewechselt sein und den Generalsrang, den er sich an der Moskwa verdient hatte, bewahrt haben; aber daran glaubte ich nicht. Wirklich schrieb er mir ein paar Monate danach aus Brasilien, wohin er geflohen war. Er hatte einen guten Posten gefunden und bot mir natürlich Fürsprache beim Kaiser Don Pedro an; auch hatte er in Rio de Janeiro etliche Gräfinnen Migliana gefunden, die mich zu weit mehr als zum Haushofmeister machen könnten. Wahrscheinlich hatte er vergessen, daß ich Organist mit Frau und Kindern war; und doch hatte er mich und meine kleine Familie gesehen, als er mit dem Prinzen Eugen auf dem Marsch nach Ungarn 1809 durch die Heimat kam. Nun, trotz seiner vierzig Jahre war der schöne General ein lockerer Zeisig geblieben und besaß ein so schlechtes Gedächtnis wie eh und je.

Die Jahre, die dann folgten, waren Schattenjahre, ein einziger, trauriger Friedhof. Der erste, der ins Grab sank, war der Kaplan von Fratta; dann kam der Spaccafumo an die Reihe, danach Marchetto, der Reiter, Küster und Kontrabaßspieler, der vom Blitz getroffen wurde, als er während des Gewitters die Glocke läutete. Noch heute verehren ihn die Einwohner des Kirchspiels als einen Märtyrer. Im Jahre der Hungersnot und im darauffolgenden hielt der Tod unter den armen Leuten reiche Ernte; das Totenglöckchen hörte nicht auf zu bimmeln. Frau Veneranda starb, wenn auch nicht am Hunger, und der Hauptmann wurde zum zweiten Male Witwer; doch dank ihrer siebenhundert Lire Zinsen brauchte er keine dritte Frau zu nehmen. Und auch wir mußten uns damals nach der Decke strecken; es gab weder mehr Familien, die für ihre Kinder einen Hilfslehrer bezahlten, noch Pfarrer, die Orgeln stimmen ließen. Ja, die Ausgaben dieses bösen Jahres waren der Beginn einer Unordnung unserer Geldverhältnisse, die immer ärger wurde und mich endlich drängte, andere Wege zu versuchen, von denen ihr bald hören sollt.

Es muß auch um jene Zeit gewesen sein, daß Graf Rinaldo ins Friaul kam; er suchte Geld, und da er keines fand, verkaufte er einem Bauunternehmer das Material vom verfallensten Teile der Burg. Ich wohnte der Zerstörung bei, und mir war, als müsse ich einen Freund begraben; auch der Graf brachte es nicht übers Herz, das mit anzusehen, steckte sein Geld ein und ging wieder nach Venedig. Dorthin rief ihn außerdem die Krankheit seiner Mutter, die zu ernsten Besorgnissen Anlaß gab. Kaum waren die Höfe von den Steinen befreit, die die Spitzhacke heruntergeschlagen, und von dem Schutt, der sich während ihrer Tätigkeit zu Bergen gehäuft hatte, spürte Hochwürden den Schirokko plötzlich lästiger denn je. Eines Morgens wurde er bei der Messe ohnmächtig, und seitdem verließ er sein Zimmer nicht mehr. Ich besuchte ihn am vorletzten Tage seines Lebens, fragte ihn nach seinem Befinden, und er antwortete mir die alte Leier: »Immer dieser scheußliche Schirokko!« ... Doch kaute er auch im Bett auf beiden Backen, und im letzten Stündlein hatte er auf der einen Seite das Brevier, auf der andern ein halbes Backhändl. Giustina kam und fragte ihn: »Wollen Sie nicht essen, Hochwürden?« »Ich habe keinen Hunger mehr«, erwiderte er mit schwächerer Stimme als sonst.

So starb Hochwürden Orlando von Fratta lächelnd und essend, wie er gelebt; aber er hatte sich wenigstens den Hunger vom Leibe gehalten. Seine Schwägerin hingegen, die ihm nach einigen Monaten folgte, phantasierte bis zum letzten Augenblick von Karten und Trümpfen; sie starb unter Träumen von märchenhaften Gewinsten – und ihre Börse war leer und all ihr Zeug auf dem Leihhause. Die Cisterna mußten dem Grafen Rinaldo ein paar Dukaten leihen, damit er sie konnte begraben lassen, denn weder Clara noch Pisana hatten einen Dukaten in der Tasche, und Seine Exzellenz Navagero jammerte ständig über seine Armut. Alle gingen davon, er blieb; ein Zeichen, daß mein heißes Gebet von Anno dazumal beim lieben Gott keine Gnade gefunden hatte. Pisana teilte mir den Tod der Mutter recht betrübt mit, und sie erzählte mir heimlich auch von einem sehr unerwarteten Besuche. Eines Abends, während sie und Clara in der Hauskapelle den Rosenkranz beteten (von Pisana hätte ich so etwas nie erwartet), war ihnen ein Fremder gemeldet worden, der sie dringend zu sprechen wünschte. Ein kleiner, magerer Herr, wie der Diener sagte, mit dichtem Barte und trotz seines Alters (er mochte fünfzig Jahre oder älter sein) blitzenden Augen, mit einer sehr hohen, kahlen Stirn. Wer mochte das sein? ... Sie gehen in den Saal, und Pisana erkennt, mehr an der Stimme als an der Gestalt, den Doktor Lucilio Vianello; er war auf einem englischen Schiff herübergekommen, wußte, daß Clara ins weltliche Leben zurückgekehrt war, und wollte sie zum letztenmal an die Erfüllung ihres Versprechens mahnen. Pisana schrieb, sie habe vor dem Doktor Angst gehabt, so finster und drohend sei seine Miene gewesen; aber Clara hatte ihm kurz und bündig erklärt, sie kenne ihn nicht mehr, sie habe sich mit dem Himmel vermählt und werde weiter für seine Seele beten.

›Ich versichere Euch‹, lautete der Brief weiter, ›in jenem Augenblick verjüngten ihn Empörung und Wut um dreißig Jahre; darauf wurde er totenbleich und sah plötzlich aus wie achtzig. Er ging, gebeugt und schwankend, und murmelte seltsame Worte. Clara bekreuzigte sich und forderte mich mit der ruhigsten Stimme auf, den Rosenkranz mit ihr weiterzubeten. Ich behauptete, ich müsse die Fleischbrühe für meinen Mann wärmen, und beurlaubte mich; denn dieser Auftritt hatte mich ganz elend gemacht. Ich hätte an eine solche Leidenschaft nie geglaubt in diesem anscheinend eiskalten Mann, der die Stöße und Umwälzungen eines unwahrscheinlich wechselreichen Lebens ungebrochen überdauert hat. Erinnert Ihr Euch an Neapel und Genua? Schien es nicht, daß er Clara wirklich vergessen habe? Hat er je nach ihr gefragt? Nie! Ach, ich bin überzeugt, um die Menschen richtig zu beurteilen, muß man warten, bis sie gestorben sind. Wenn Ihr, Carlo, mich überlebt, so urteilt nicht eher über mich, als bis ich meine arme Mutter erreicht habe.‹

Dann folgten die üblichen Grüße, herzlicher als sonst, an Aquilina, Bruto und meine Kinder. Außerdem bat sie mich, ich solle für Hochwürden Orlando auf dem Friedhofe von Fratta einen kleinen Gedenkstein setzen; doch daran hatte ich schon vor Monaten gedacht, und Don Girolamo war mir bei diesem frommen Werke, zum Ärger seines Bruders, des Notars, behilflich gewesen. Der Stein trug eine Inschrift, deren zierliche Lügen man verzeihen mochte, weil sie hierzulande ja doch niemand verstand. Aber ein Dorfbewohner, der lesen konnte, hatte sie bis auf eine bestimmte Stelle entziffert; dort hieß es nämlich, der ehrwürdige Domherr sei ›octuagenarius‹ gestorben, was heißen sollte 80jährig, was aber der Dorfbewohner deutete als: am achten Januar. Da begehrten viele auf, denn er sei nicht am achten gestorben, sondern am fünfzehnten.

»Ach was!« erwiderte der treffliche Mann. »Sollen die Steinmetze auf solche Kleinigkeiten achten? Ein Tag mehr oder weniger, was macht das schon aus! Hauptsache, er ist gestorben, damit man ihm den Stein setzen kann.«

Ich schrieb also Pisana, ihr Wunsch sei schon seit einiger Zeit erfüllt, und lobte Don Girolamo, der es, wenn auch kein Vinzenz von Paola oder Franziskus von Assisi, doch fertigbrachte, daß ihm die Armen in Portogruaro das übel zusammengebrachte Vermögen seines Vaters verziehen. Es waren nicht alle wie der Pater Pendola. – Pisana schrieb zurück, eben vom Pater Pendola erzähle man sich schöne Geschichten. Seitdem der Papst die Gesellschaft Jesu wieder eingesetzt, hatte er sich sehr um eine Niederlassung in Venedig bemüht, und zwar im früheren Magdalenenstift, das nicht recht zur Blüte gekommen war. Doch schien die Regierung diesen Plan nicht sonderlich zu begünstigen; ja es hieß, der Advokat Ormenta, der sich dafür erwärmt, solle pensioniert werden.

Also waren die angesehenen Priester, die das Stift gegründet hatten, nichts gewesen als gehorsame Marionetten in den Händen des Paters Pendola. Doch auch für ihn sollte das Schlaraffenland nicht lange währen; er starb, ohne die ehrwürdigen Jesuitenpatres in Venedig heimisch zu sehen. Dem Pater Pendola fehlte es nicht an Grabschriften, Spottgedichten, Lobreden, verunglimpfenden Flugblättern. Es gab genug Menschen, die ihn heftig schmähten, und andere, die den Leichnam feierlich ins Meer versenken wollten. Als er dem Tode nahe war, hatte er die ihn Umgebenden demütig gebeten, sie sollten ihn, als einen unwürdigen Diener des HERRN, vergessen; er glaubte wohl nicht, daß sie ihm so aufs Wort gehorchen würden. Nach einer Woche sprach niemand mehr von ihm, und von so viel Ehrgeiz war nichts übrig geblieben als ein altes, verfaultes Aas, in eine Kutte gehüllt und eingeschlossen in vier Bretter von Tannenholz. Man hatte ihm – wie undankbar – nicht einmal einen polierten Sarg gegeben, wie es bei angesehenen Toten üblich ist! . . . Ich glaube, die ehrwürdige Kurie war im Grunde froh, von der gefährlichen Hilfe eines so schlauen Eiferers für die Ehre Gottes und für den eigenen Nutzen erlöst zu sein.

Die alten Spieler gingen ab, neue betraten die Bühne; Demetrio Apostulos, der Älteste von Spiro, war zwanzig Jahre alt, Teodoro, der zweite, bald achtzehn. Meine beiden waren zwischen zehn und zwölf. Donato hatte drei Söhne zwischen sechzehn und zweiundzwanzig, kräftige Burschen, die glücklicherweise zur Zeit der letzten napoleonischen Aushebungen noch Knaben waren. Doch wurden damals, trotz reichlicher Erlasse der Heiligen Allianz, noch Jahr für Jahr junge Leute eingezogen, und mit dem Frieden, der nach allgemeiner Ansicht lange währen würde, widmeten sich viele Faulpelze gern der feisten Muße des Militärdienstes. Die Tüchtigen unter der jungen Generation hätten mit unsern Soldatenlorbeeren, wenn sie auf den traurigen Erfolg sahen, nicht eben zufrieden zu sein brauchen; aber sie bewunderten uns im Gegenteil als Helfer und Zeugen großer Taten, hochherziger Versuche, unglaublicher Wunder, gerade als hätten wir sie zu ähnlichen führen können. Ach, es brauchte anderes als Führung, es brauchte Kraft, und wir besaßen keine mehr; es brauchte Eintracht, und man hatte verstanden, sie unmöglich zu machen.

Um das Jahr 1819 herrschte in Europa jene nervöse Unruhe, wie sie in einem Körper nach einem maßlosen, keuchenden Lauf von einigen Stunden nachzittert; nirgends gab es mehr klare Gedanken, aufs Ganze gerichtete Gefühle, außer vielleicht in einigen Köpfen, die sich aus Mißmut, Zorn, Verzweiflung von der Menge geschieden hatten. Auch wo die Völker aus Nationalgefühl im Kampfe gegen Frankreich zusammengewirkt hatten, hielt die vorsätzliche Undankbarkeit der Großen und das gegenseitige Mißtrauen der Kleinen alles in Verwirrung. Diese Völker meinten, sie förderten eine große Tat der Freiheit; statt dessen hatten sie, unter Einbuße vieler wahrer Freiheiten, nur dem Eigennutz einiger Großen gedient. Und das geschah besonders in Deutschland. Bei uns hingegen, wo man unzufrieden war mit der Vergangenheit, weil sie uns nicht die Erbschaft hinterlassen, die wir erwarteten, unzufrieden mit der Gegenwart, weil sie einer grausamen Verhöhnung glich, machten sich die meisten in aller Bequemlichkeit daran, sich, wie man zu sagen pflegt, zum Leben eine Schale auszupolstern, für die Küche zu sorgen. Die Erfahrung hatte gezeigt, daß die Ansichten sehr ungleich waren; darum hofften auch die wenigen Klugen überhaupt auf nichts oder zu sehr in die Ferne. Nur die Menschen, die sich an jene erstaunliche Tätigkeit gewöhnt hatten und sich davon auch auf die Gefahr hin, für nichts zu schaffen, nicht lösen konnten, blickten in ängstlicher Sehnsucht nach Spanien, wo der Liberalismus heuchelnde Geist eifrig an der Arbeit war. Da sie von den Geschäften ausgeschlossen waren, zog sie ihre Fähigkeit zu befehlen unwiderstehlich und ganz natürlich zu den Tätigen und Verständigen, das heißt in den Geheimbund. Von Kalabrien her breiteten sich Unterabteilungen der Carbonari in ganz Italien aus und verbündeten sich mit den Demokraten in Frankreich, mit den Fortschrittlern in Spanien. Die alte lateinische Rasse warf sich, verjüngt von phantastischen Gedanken und Gefühlen, mit der ihr angeborenen Heftigkeit in den Kampf der Zeiten. Jenseits des Meeres antwortete Griechenland, weniger fortgeschritten in Gesittung, doch reifer für die Unabhängigkeit dank der Einmütigkeit des Volkes und der Ansichten. Der verzweifelte Schrei nach Freiheit, der den Griechen seit der ersehnten Rache an Ali Tebelen in der Kehle steckte, hallte im ganzen Lande wider. Die Kongresse der Verbündeten hatten auf das Herz Europas eine große Masse Eis getürmt, doch darunter glühte das Feuer; die Eingeweide der Erde murrten drohend.

Es war am Ausgang des Jahres 1820, unsere Lebensverhältnisse hatten sich immer mehr verschlechtert, da machte mir Spiro Hoffnung, daß mein berühmter Wechsel aus Konstantinopel bezahlt werden könne, und so beschloß ich, nach Venedig zu reisen, um mich mit ihm zu besprechen. Schon seit dem Juli dieses Jahres hatten die Carbonari in Neapel die Revolution zustande gebracht und dem Lande eine äußerst liberale Verfassung gegeben; doch König Ferdinand war bereits zum Kongreß der Verbündeten nach Troppau gegangen, wo er es mit den freimütigen Noten, die die Carbonari dorthin sandten, nicht mehr so genau nahm. Unten rüsteten sie gegen den Sturm, der sich im Norden zusammenzog.

Spiro fand es notwendig, daß ich ins Königreich reiste, um die Sterbeurkunde meines Vaters zu beschaffen, ohne die die türkische Regierung seine Wechsel nicht einlösen wollte. Da ich Zeugen beibringen und ihnen Umstände, die sie in der langen Zeit vielleicht vergessen hatten, ins Gedächtnis rufen mußte, konnte ich ein solches Geschäft nicht brieflich abwickeln. Aus diesem Grunde erhielt ich meinen Paß.

Im übrigen war ich mit andern, behutsam zu behandelnden Angelegenheiten betraut, die man nicht laut nennen durfte. Meine beträchtliche Kenntnis der neapolitanischen Verhältnisse, die mich dazu verpflichtete, zu Diensten zu stehen, wo ich konnte, hatte die Aufmerksamkeit auf mich gelenkt, und ich wollte mir dieses Vertrauen um persönlicher Belange willen nicht verscherzen, obwohl ich schwärzer in die Zukunft sah als die hoffnungsvollen Schwärmer jener Zeit. Die Familie empfahl ich dem Schutze von Spiro, der sie während meiner Abwesenheit auch besuchen wollte, und machte mich unverzüglich auf die Reise. – Natürlich sah ich in Venedig, wie ihr euch denken könnt, Pisana. Das Wiedersehen setzte mich wirklich in Verwunderung. Ich wußte doch aus dem Spiegel, wie man mir meine fünfundvierzig Jahre bequem am Gesicht ablas; sie hingegen schien mir seit dem letzten Beisammensein jünger geworden. Eine leichte Rundlichkeit der Gestalt machte sie weicher; doch es waren ihre alten, feurigen, sinnenfrohen Augen, es war ihr frisches, ovales Gesicht, ihr zarter weißer Hals, ihr leicht hüpfender Gang. Sie konnte sich noch so viel Mühe geben, sich der Clara eigenen klösterlichen Strenge anzupassen, konnte mir noch so oft erzählen, daß sie zusammen ein frommes Leben führten – ich sah in ihr immer meine Pisana von einst. Und so prächtig sah sie aus, obwohl sie den Lebensunterhalt mit ihrer Hände Arbeit verdienen mußte; die paar Münzen, die der alte Navagero mit Mühe aus den verkrampften Fingern ließ, reichten nicht einmal aus, um Ärzte und Arzneien zu bezahlen. Bei dem kurzen Besuch, den ich dem Alten machte, rühmte er seine Frau gewaltig, doch sah er mich offenbar nicht allzu gern, aus Furcht, ich könne sie ihm wegholen.

»Glauben Sie mir, Herr Carlo,« sagte er, »wenn mich meine Pflegerin verließe, würde ich am nächsten Tage sterben.«

Pisana erwiderte: »Je nun, Alter, du weißt doch, wir Frauen mögen die Kranken lieber als die Liebhaber.«

Der Kranke drückte ihr und mir die Hand, und ich mußte versprechen, wir würden uns sehen, wenn ich auf dem Rückwege durch Venedig käme. Pisana zeigte sich mir auch beim Abschied recht kühl und würdig, wie es einer Heiligen geziemte.

Am Abend vor der Abreise sah ich auf dem Markusplatz den Obersten Partistagno mit seiner Frau. Er hatte recht, seine Baronesse ähnelte einer Stute, so lang waren Arme, Beine und Maul. Trotzdem machte ihr Raimondo Venchieredo den Hof. Doch sowie er mich erblickte, verkroch er sich in das dunkelste Zimmer des Café Suttil und las aufmerksam die Zeitung. Er war alt geworden, blaß und häßlich wie ein verfaulter Lüstling; ich glaube, er konnte nicht mehr mit vollen Händen Geld ausgeben, seit sein Vater zusammen mit Ormenta mit halber Pension verabschiedet war. Jene beiden verrotteten Gesellen endigten ihr ränkevolles, diebisches Leben ziemlich schlecht; doch war der Advokat besser dran, weil sein Sohn damals, wie man sagte, in diplomatischer Mission, in Rom weilte und er sich von ihm große Hilfe erwartete. Nun, ich war nicht traurig, dieses Pack in Venedig zu lassen; nur um Aglaura betrübte ich mich sehr, denn sie litt mehr denn je an ihrer Mattigkeit und Schwermut. Arme Frau! Wer hätte jetzt in ihr den hübschen Matrosen erkannt, der mich zur Zeit der Cisalpina von Padua nach Mailand begleitet hatte!

ZWANZIGSTES KAPITEL

Die Sizilianer im Feldlager von Pepe in den Abruzzen. – Ich schließe Bekanntschaft mit dem Gefängnis und beinahe mit dem Henkerbeil; aber dank Pisana verliere ich nur das Augenlicht. – Eine Krankenpflegerin vollbringt Wunder der Liebe. – Die Verbannten in London und die Soldaten in Griechenland. – Durch die Kunst von Lucilio kann ich wieder sehen, doch bald danach verliere ich Pisana, kehre nach Italien zurück und lebe nur noch von Erinnerungen.

Arme Adria! Wirst du je wieder so ruhmreiche Last wiegen wie die römischen Flotten vor Brindisi, die Schiffe Griechenlands, die venezianischen Galeeren? Jetzt branden deine stürmischen Wogen an nahezu öde Gestade; hier das Sumpfdickicht von Apulien, drüben die entvölkerten Berge von Albanien. Venedig – ein Wirtshaus, Triest – ein Kramladen, können deine Ufer über ihre Verlassenheit nicht trösten; und die Morgenröte, die dir Tag für Tag über die Wellenhaare streicht, führt an deinen Küsten den Tag nur für erinnerungsumwitterte Ruinen herauf.

Als wir vor Malamocco die Anker lichteten, war das Wetter still und heiter, und vollends auf hoher See, wo keine kahlen Bäume und schneebedeckten Felder an die fortgeschrittene Jahreszeit mahnen, dünkte uns der Winter unwahrscheinlich. Der warme Westwind scherzte mit den Wellen und brachte dem dürren Dalmatien den Hauch der Schwester Afrika. Wo sind jetzt Salona, die Zuflucht von Diokletian, und Ippona, der Bischofssitz von Augustin? . . . Nichts als Erinnerungen über den immer flutenden, seit Jahrhunderten gleichen Wogen, in dieser immer sanften, würzigen Luft, über dieser Erde, die ewig verzehrt und wiedergebiert. Der Orient schuf in Jahrtausenden behutsam eine Kultur, die noch im Verfall reizt; der Norden tändelt seit dreihundert Jahren im kindischen

Hochmut dessen, der sich erwachsen dünkt, und ist vielleicht noch gar nicht richtig geboren. Italien hat den Orient zweimal überflügelt und ist dem Norden voraus; zweimal war es Herrin und Königin der Welt; ein Wunder an Fruchtbarkeit, Macht und Unglück. Noch ist es tief bis ins Mark verwundet; doch eines Tages kann es, trotz des Grabgesanges von Lamartine und der Mutlosigkeit der Enttäuschten, ein Volk einholen, das nur einen Schritt vor ihm steht und meint, es seien tausend Meilen. Einen Schritt, sage ich; aber er ist lang zu schreiten.

Um Ancona wurde uns der Schirokko lästig und versperrte uns den Weg. Unser zweimastiges Fahrzeug aus Chioggia leistete tapfer Widerstand; doch der Wind blies stärker als seine Segel aushielten, und wir mußten sie streichen. Das Schiff wurde hier vertäut, da wieder vertäut, und so brauchten wir vier Wochen bis Manfredonia, wo ich an Land gehen mußte. Von da kam ich nach Molfetta. Meine Angelegenheiten konnte ich in wenigen Tagen erledigen. Der alte Pfarrer war gestorben, aber er hatte den Namen meines Vaters unter den Todesfällen des Jahres 1799 aufgeführt; ich ließ die Sterbeurkunde ordnungsgemäß herausschreiben und reiste meinen geheimen Weisungen gemäß rasch ins Feldlager des Generals Pepe.

Es war in den ersten Tagen des Februar; die Soldaten der Provinz eilten an die Grenze der Abruzzen zum General Guglielmo Pepe, um sich dem von da eindringenden Feinde entgegenzuwerfen. Doch das Gros der Feinde erwartete man von der römischen Straße her, und das eigentliche Heer stellte sich ihm unter dem Befehle von Carascosa entgegen, der an der Westküste zwischen Gaeta und dem Apennin lagerte.

Der junge General Pepe empfing mich höflich; er setzte großes Zutrauen in die Scharen seiner Freiwilligen und wollte mit ihnen den Ablenkungsangriff, den die Feinde von jener Seite versuchen würden, wirksam abwehren. Nie hätte er gedacht, daß Nugent mit dem ganzen Heere über ihn herfallen würde; daher plante er, noch im Vertrauen auf die päpstlichen Soldaten, sich nach Kräften anzustrengen und einen Scheinangriff auf Rieti, in den Römischen Staat hinein, zu machen. Er beschäftigte sich gerade mit den Befehlen zu diesem kühnen Plan, als ich vor ihn geführt wurde und ihm meine Empfehlungsschreiben überreichte. Er zeigte sich sehr freundlich, sprach offen von seinen Hoffnungen und daß, im schlimmsten Falle, die Rückkehr des Königs alles ohne die Dazwischenkunft von Fremden ordnen müßte. Nun setzte ich ihm meinerseits auseinander, was mir aufgetragen war; es freute ihn sehr, und er sagte, daran könne man denken, wenn die Feinde, ohne Unterhandlungen zu eröffnen, mit ihm handgemein geworden seien und er sie, wie er hoffte, über den Po zurückgeschlagen habe. Er sagte mir sogar, im Lager weile ein Herr aus Mailand, der mit ähnlichen Vorschlägen beauftragt sei, und er wolle mich mit ihm bekannt machen.

Wirklich lernten wir uns bei Tisch kennen; aber ich erkannte in ihm zu meinem großen Kummer einen der häufigsten Besucher der Empfangsabende im Hause Migliana; eine solche Wahl für einen Auftrag behagte mir durchaus nicht. Dieser Herr sprach wenig, beobachtete viel und brummte in seinen Bart, gerade wie alle im Hause der Gräfin zu tun pflegten. Er blieb noch einen Tag, dann, in der größten Gefahr, verschwand er, und wir hörten nichts mehr von ihm, außer, daß er Tage darauf in Rom mit dem jungen Doktor Ormenta gesehen wurde, an den er, wie er sagte, empfohlen war, nur, damit er frei in die Lombardei zurückkehren könne. Viele schenkten ihm Glauben, ich nicht, und hernach spielte sein Name in den Prozessen der folgenden Jahre keine sehr rühmliche Rolle; obwohl er wenig wußte, benutzte er das Wenige, um sich zu retten und die andern im Stich zu lassen.

Es waren auch einige Sizilianer im Lager, um sich über die Angelegenheiten ihres Landes zu verständigen, die damals mit den neapolitanischen ärgerlicherweise gar nicht zusammenstimmten; feurige, liebenswürdige, vorzüglich erzogene junge

Leute. Sizilien ist die Toscana Unteritaliens; gerade darum ist die Verbindung mit dem rohen, händelsüchtigen, prahlerischen Neapel nicht angenehm. Nun wird es immer Eifersüchtige geben, wo der Volkscharakter verschieden ist; die Sache war die, daß zwei Täler in Sizilien sich von Neapel lösen wollten, und daß eine von Florestano Pepe geführte Streitmacht dorthin geschickt worden war, sie zu beruhigen; auch das eine große Torheit, weil man die Kräfte in Streitigkeiten über den Vorrang zersplitterte, gerade, als es sich um Sein oder Nichtsein handelte. Hätte sich das Heer von Florestano, während Carascosa mit seinen stehenden Truppen die Straße von Capua beobachtete, mit den ungeordneten Scharen des Bruders Guglielmo vereint, um sie zu verstärken, so wären wir vielleicht nicht in die Niederlagen von Rieti und Antrodoco gestürzt; ein bedauerlicher Schandfleck des neapolitanischen Heeres und die notwendige Folge eines plötzlichen Zusammenstoßes zwischen regulären Soldaten, geordneter Reiterei und eilig zusammengerafften Banden von Hirten und Räubern.

Die Sizilianer verteidigten ihr Vaterland gegen unsere Anklagen; sie behaupteten, man danke das unzeitige Aufflackern des palermitanischen Stolzes den Machenschaften der Calderari, jenes Geheimbundes, den der Polizeiminister Canosa dem Einflusse der Carbonari – wie er meinte, notwendigerweise – entgegengesetzt hatte. Aber mit den von den Regierungen geförderten Geheimbünden ist es eine zweischneidige Sache; entweder sie haben keine Kraft, oder sie wandeln sich in Parteien herrschsüchtiger Zeloten und werden der Regierung selbst gefährlich. Wirklich wurde Canosa seines Amtes entsetzt, weil seine Häscher zu viele Wühlereien machten. Wir erwiderten also, wenn die Calderari Palermo gewännen, so zeige das nur, wie nachgiebig dieses Land sei.

Aber die kühnen jungen Leute wollten davon nichts hören, und zum Beweis des Gegenteils machten sie Vorschläge, nach deren Annahme Sizilien mit einem Mal beruhigt sein würde. Der General redete ihnen gut zu; aber heute war es Zeit zu

Taten, und mehr als die Angelegenheiten Siziliens beschäftigten ihn die Nachrichten aus den Marken. Nach dem Mittagessen kam die Kunde, daß am Abend zuvor eine Ulanenschwadron gesichtet worden war; Bauern, Flüchtlinge vom offenen Lande, erzählten, das ganze Heer komme hinter ihnen her. Da erkannte der General den schlauen Plan der Kaiserlichen; sie wollten nach Neapel scheinbar über die Straße von Capua, dorthin die Hauptmacht unserer Verteidigung locken, um in Wirklichkeit über die schwach besetzten Pässe der Abruzzen durchzubrechen. Doch war es noch immer möglich, daß diese Bauern, wie gewöhnlich, übertrieben, und die wenigen Schützengruppen, zu Fuß und beritten, die irgend etwas auskundschaften sollten, für Tausende nahmen. Man hoffte, man werde hinter Rieti die hier und da aufgestellten Wachen zusammenziehen können, damit Carascosa mit der Hauptmacht wenigstens Zeit gewinne, sich von jener Seite zwischen Neapel und den Feind zu werfen, im Rücken der Scharen von Pepe. Da der General sofort jemanden nach Rieti schicken wollte, boten ich und einige junge Sizilianer uns hierfür an; er dankte uns, gab uns ein Geleit von bewaffneten Reitern und legte uns ans Herz, ihm in allerkürzester Frist Nachricht zu geben. Inzwischen würde er Boten an alle Unterführer schicken, daß sie ihre Scharen auf die Straße von Rieti nach Aquila zurücknehmen sollten.

Leider war das, was man am meisten fürchtete, wahr. Nugent drückte mit seinem ganzen Heer auf die Grenze der Abruzzen; ein großes Reiterkorps bedrohte die höchst wichtige Stellung von Rieti. Pepe wurde innerhalb zweier Stunden benachrichtigt; doch es war schon zu spät, als daß er für solche Notlage hätte Vorkehrungen treffen können. Er hatte nur eben Zeit, herbeizueilen und sich mit den andern in der größten Gefahr zu verbinden. Schon hatten die kaiserlichen Reiter den Angriff begonnen. Die mit Karabinern bewaffneten Freiwilligen widerstanden dem Sturme der Reiterei schlecht; das Schlachtfeld war wie blankgefegt, die Straßen troffen von Blut, der

Schrecken verbreitete sich und wuchs durch die Überraschung, durch die große Zahl der Angreifer, durch den Mangel an Verteidigungsmitteln. Es fehlte an Artillerie, unsere leichte Reiterei belief sich, glaube ich, alles in allem auf vierhundert; die andern waren in verschiedenen Stellungen verstreut. Nach zwei Stunden Kampf war Rieti verloren und Pepe gezwungen, sich zurückzuziehen.

Doch der General hatte erkannt, daß mit Rieti der Krieg überhaupt verloren war; sofort sammelte er, was von der Truppe übrig war, füllte sie mit den frisch hinzugekommenen Soldaten auf, berief einen Kriegsrat und bestand auf einem neuen Angriff. Man hielt ihn angesichts der Kanonen, die die Kaiserlichen in großer Zahl aufgepflanzt hatten, für unmöglich. Trotzdem blieb der General bei seinem tollkühnen, aber notwendigen Entschluß. Er rief, er werde die Abruzzen nicht verlassen, bevor er einen letzten Sturm auf Rieti versucht habe. Ehre und Pflicht geböten es ihm gleichermaßen; wer wolle, solle ihm folgen. Bei diesem Ruf der Verzweiflung meldeten sich viele Freiwillige, als erste wieder die jungen Sizilianer und ich.

Der Gedanke an meine Frau, an meine Söhne fuhr mir nur eben durch den Sinn; doch ich fand, die oberste Pflicht der Väter sei, als eine gute Erbschaft Beispiele an Tapferkeit und Mut zu hinterlassen. Der Tod schien mir jetzt so schön und ruhmvoll, daß er ein dreifach so unglück- und schmerzreiches Leben aufgewogen hätte. Auch darin, daß man diese Welt nicht eben schweren Herzens verläßt, liegt ein Trost.

Unser Angriff wurde kraftvoll geführt, doch waren wir an Zahl zu gering; die Kanonen rissen in unsere Reihen schauerliche Lücken. Ein einziger der braven Sizilianer blieb am Leben; er wurde am Rohr einer Haubitze gefangen genommen. Wir griffen noch einmal an, aber die meisten hatten den Mut verloren. Ein Kugelregen empfing uns; die Reihen lösten sich auf, die Freiwilligen wichen, viele blieben verwundet oder tot auf dem Schlachtfelde. Schon holte die feindliche Reiterei die Fliehenden ein und wütete schrecklich. Der General gelangte mit ganz wenigen nach Aquila, wohin sich auch die Reste des Heeres gewendet hatten; doch er war durch die erste Niederlage und das unglückselige Gefecht bei Rieti für die Folge entmutigt.

Ich hatte eine tiefe Wunde in der Schulter und suchte mich mit aller Kunst in einem Gebüsch zu verbergen, doch ein paar Jäger entdeckten mich, ich wurde gefangen genommen und, als man erfuhr, daß ich kein Neapolitaner war, zum Verhör ins Hauptquartier mitgeschleppt. Indem ich so mit dem kaiserlichen Heere vorwärts zog, erhielt ich der Reihe nach Kunde von den Niederlagen von Aquila und Antrodoco.

Im März wurde ich nach Neapel gebracht, säuberlich im Kastell Sant'Elmo eingesperrt und einem Kriegstribunal überantwortet, das über die Art meines Verbrechens urteilen sollte. Daß ich freiwillig für eine konstitutionelle Verfassung gekämpft hatte, die nicht die meine war, galt als Hochverrat. Und als ich von der Wunde genesen war, hörte ich eines schönen Morgens mein Todesurteil. Ich hatte nichts nach Hause geschrieben, denn meiner Ansicht nach tut man gut, andere ein Unglück, das nicht wieder gut zu machen ist, möglichst spät wissen zu lassen; ich bereitete mich also mit Ergebung auf den Tod. Höchstens tat mir leid, daß ich das Ende dieses traurigen Geschichtskapitels nicht miterlebte. Man bot mir auch höflich an, mich zu begnadigen, wenn ich sagen wolle, wer mich geschickt habe und warum ich gekommen sei; aber auf solche höchst aufdringlichen Fragen gab ja die Sterbeurkunde meines Vaters aus Molfetta, die man bei mir gefunden, Antwort genug. Ich erwiderte also, ich sei nur darum gekommen, und das Unglück habe gewollt, daß ich, als ich den General Pepe nur eben begrüßen wollte, in diese schlimme Lage gekommen sei. Nun, das war in den Wind geredet; doch ich nahm die Gelegenheit wahr, diese feinen Herren zu bitten, sie möchten meiner

Familie besagte Sterbeurkunde (außer der meinen) zuschicken, damit zu ihren Gunsten wenigstens die etwas knickerigen Bedenken der Pforte behoben würden.

Hierbei grinsten die Herren und meinten vielleicht, ich wolle den Verrückten spielen; aber ich wiederholte mit dem schönsten Lächeln der Welt, sie möchten mir die Ehre antun, mir zu glauben, daß ich bei Sinnen sei, und bat sie noch einmal um diesen Gefallen. Ich diktierte sogar einem von ihnen die Anschrift von Spiro Apostulos in Venedig und von Aquilina Provedoni Altoviti in Cordovado im Friaul. Daraus ersahen sie, daß ich nicht scherzte, und versprachen mir, man werde nach meinem Willen tun. Ich fragte auch, wann ich zu der feierlichen Handlung aus dem Gefängnis kommen würde, denn ich moderte darin schon drei Monate, und es schien mir ein ganz ehrlicher Handel, einen Mundvoll frische Luft mit dem Leben zu bezahlen. Als ich erfuhr, die Hinrichtung sei auf den dritten Tag angesetzt, und zwar in den Gräben des Kastells, verschnupfte mich das einigermaßen. In Neapel sterben, ohne es wiederzusehen – das schien mir ein bißchen hart.

Nachdem ich wieder allein war, tröstete ich mich jedoch, so gut ich irgend konnte. Ich wollte diese letzten Tage nicht mit Leichtsinn und leeren Wünschen hinbringen, sondern den Tod ernst nehmen und wenigstens den Henkern das Beispiel eines mutigen, sicheren Geistes geben. Gute Beispiele sprechen durch sich selbst und helfen immer; oft hat der Henker mit Erzählen den Auftraggebern des Mordes mehr Schaden zugefügt, als er ihnen vorher mit Hängen genützt hatte.

Ich schlief am Tage danach, ich will es bekennen, etwas unruhig; am Morgen näherten sich meiner Tür Schritte, die weder die der Wachen noch die der Kerkermeister waren. Ich erwartete, den Beichtiger zu sehen oder einen Henkersknecht, der mir den Kopf scheren oder den Hals messen wollte. Nichts von alledem. In meine Zelle traten drei urlange, tiefschwarze Gestalten, deren eine unter dem Arm ein Blatt hervorzog, es langsam entfaltete und mit geschwollener Stimme durch die

Nase zu lesen begann. Ich meinte Fulgenzio bei der Epistellesung zu hören, und das war keine angenehme Erinnerung. Doch war ich so überzeugt, daß ich morgen sterben müsse, und so damit beschäftigt, die drei großen schwarzen Männer zu betrachten, daß ich auf das, was der eine las, gar nicht achtgab. Erst als das Wort ›Begnadigung‹ fiel, wurde ich aufmerksam.

»Was?« fragte ich rasch.

»So wird die Todesstrafe umgewandelt in lebenslängliche Zwangsarbeit, zu leisten in der Strafanstalt Ponza«, endete der näselnde Kanzleibeamte seine Lesung.

Da verstand ich, um was es ging, und ich weiß nicht, ob ich mich freute, denn zwischen Tod und Zwangsarbeit sah ich stets nur einen sehr kleinen Unterschied. In den folgenden Tagen hatte ich Gelegenheit, mich zu überzeugen, daß, wenn von Vorteil überhaupt die Rede war, dieser wohl auf seiten des Galgens lag. Auf der Ponza-Insel, und zumal in dem Zuchthaus, wo mein freier Wille als Mensch seine Grenze fand, waren die Bequemlichkeiten des Lebens nicht eben reichlich vorhanden. Ein sehr langes, schmales Zimmer, mit Holzpritschen als Lager ausgestattet, Wasser und Bohnensuppe, die zahlreiche Gesellschaft aus neapolitanischen Dieben und Kalabreser Räubern bestehend; als Zugabe Legionen von Insekten jeder Art und Beschaffenheit, wie sie in größerer Menge auch Hiob nicht hatte, als er auf seinem Düngerhaufen lag. Trugen nun diese Blutsauger Schuld oder die kärgliche vegetarische Kost – jedenfalls litt man Hunger; die Wächter behaupteten, die Luft auf Ponza mache fett, mich jedoch machten die Bohnen mager. Wie mag es nur die Tochter oder Nichte von Augustus angefangen haben, daß sie zehn Jahre hier aushielt? Wahrscheinlich nährte sie sich von etwas Üppigerem als Bohnensuppe. Ein Glück, daß ich nicht länger als einen Monat blieb; man schickte mich nach Gaeta, wo ich zwar bessere Gesellschaft und bessere Weide fand, dafür jedoch an den Augen zu leiden begann.

Ich hatte für mich allein eine schneeweiß gekalkte Zelle, die aufs Meer sah; und von da warf die Sonne, vom Wasser widergespiegelt, eine so flirrende Helle herein, daß man ständig geblendet wurde. Ich machte Eingaben über Eingaben; alles umsonst. Vielleicht hielt man es für erlaubt, einen Menschen, dem man das Leben geschenkt hatte, der Augen zu berauben; aber ich verstehe heute noch nicht, warum sie sich ein solches Recht nicht schon im Gnadenakt vorbehalten hatten. In drei Monaten war ich fast erblindet; ich sah die Dinge blau, grün, rot, nur nie in ihrer natürlichen Farbe. Ich verlor von Tag zu Tag mehr das Gefühl für Proportionen; manchmal erschien mir meine Zelle wie ein endlos weiter Saal und meine Hand wie das Bein eines Elefanten. Die Kerkermeister vollends schienen mir Rhinozerosse.

Im vierten Monat sah ich mein Stück Welt nur noch durch einen Nebel; im fünften versank ich in tiefes Dunkel, und von all den Farben, die ich zuvor gesehen, war nur ein dunkles Rot übriggeblieben, ein Gemisch von Staub und Blut. Da kam ein Befehl, man solle mich nach Neapel schaffen ins Kastell Sant' Elmo, und wieder erschienen die Kanzleibeamten und lasen den üblichen Erguß. Man schenkte mir den Rest der Strafe. Lieber Himmel! Konnte ich auch die Welt nicht mehr in ihrer Farbe sehen, so könnte ich doch laufen und kriechen nach Herzenslust! ... Ich könnte in die Heimat, zu den Söhnen, zu meiner Frau ... Nur nicht zu großartig werden, Carlino! ... Ich wurde zwar begnadigt, aber aus Italien verbannt; und einem von hier Verbannten würde weder Frankreich noch Spanien gern die Arme öffnen. Gott allein mag wissen, was für eine Art Gnade das war, einen armen Blinden zum Almosenbetteln in die weite Welt zu schicken. Doch hatte ich die Freude zu erfahren, daß ich dank der Fürsprache der Fürstin Santacroce begnadigt worden war, und daß ich mit ihr sprechen durfte, bevor ich aus dem Hafen von Neapel absegelte.

Die Fürstin war wohl sehr alt geworden, sie besaß jedoch jene Güte, die Frauen ewige Jugend verleiht. Sie nahm mich herzlich auf, und da ich sie nicht sah, hätte ich schwören können, sie sei Mitte dreißig wie zu den Zeiten der Parthenopeischen Republik. Sie sagte, sie habe sich sehr bemüht, zuerst um die Umwandlung der Todesstrafe in Zwangsarbeit, dann um meine Freiheit, aber es sei ihr zunächst nicht gelungen. Doch gebe es eine andere Person, der ich weit mehr als ihr verpflichtet sei; ich kenne sie recht gut; sie wolle mir aber nicht eher vor Augen treten, als sie meinen Gesundheitszustand genau kenne und wisse, ob ich wirklich so augenkrank sei, wie man sage. Ich wagte bei den Worten der Fürstin einer geheimen Ahnung nicht zu trauen, doch ich wollte diese Person so schnell wie möglich vor mir haben und rief:

»Fürstin, es ist leider wahr, ich habe mein Augenlicht in der Gefangenschaft verloren und bin dazu verdammt, nunmehr in ständiger Finsternis zu leben. Die Gestalten der Menschen, die ich liebe, sind mir für immer verborgen, und auch Eurer gütigen Züge kann ich mich nur im Gedanken an früher erfreuen.«

»Wenn es so ist«, und die Fürstin erhob sich und öffnete eine Tür, »so kommt, Frau Pisana! Herr Carlo hat Euch wirklich nötig.«

So sehr mein Herz es mir gesagt hatte – in diesem Augenblick war ich nahe daran, närrisch zu werden. Pisana war mein guter Engel; sie tauchte überall auf, wo ich in schwerste Gefahren geriet; sie stellte sich jeder schlimmen Wendung meines Schicksals kühn entgegen. Jetzt stürzte sie in meine Arme, doch als ich sie ganz fest ans Herz drücken wollte, entzog sie sich mir sachte. Sie ergriff mich bei den Händen und reichte mir zum Kuß die Wange. Ach, da vergaß ich alles; in diesem Kuß lebte meine ganze Seele.

Nun erzählte sie mit bewegter Stimme, sie sei vor sieben Monaten nach Neapel gekommen mit Erlaubnis, ja auf Bitten Aquilinas. Die Fürstin hatte eilig nach Venedig geschrieben, ob ein gewisser Carlo Altoviti, des Hochverrats angeklagt, im Kastell Sant'Elmo, der gleiche sein könne, den sie vor zwanzig Jahren gekannt habe. Mein Schwager Spiro habe ihr sogleich

Geld zur Reise gegeben. Auch Aquilina wollte trotz ihrer dürftigen Lage, trotz der zwei Knaben und des Bruders, der behindert ist, durchaus alles verlassen und mit mir leiden und sterben. Doch der Schwager überzeugte sie davon, daß die Reise, wenn sie sie unternehme, keinen Nutzen bringe. Sie habe sich traurig darein ergeben. Pisana fuhr fort: »Aquilina war es zufrieden, daß ich dank meiner Fürsprecher das Menschenmögliche für Euch versuchen würde. Ich kam hierher, und Ihr schuldet allen Dank der liebenswürdigen Vermittlung der Frau Fürstin. Doch da Euch Gott mit einem weiteren Unglück heimgesucht hat, das sie Euch in nichts erleichtern kann, bin ich hier, stolz auf das Vertrauen, das Eure Frau mir entgegenbringt. Ich will Euch Freundin sein, Führerin, wenn Ihr Geduld mit mir habt, und natürlich Pflegerin.«

»Pisana, Ihr seid zu bescheiden«, sagte die Fürstin, »Eure Fürsprache hat in Neapel so viel vermocht wie die meine. Ich habe den Willen überzeugt, Ihr die Herzen.« Ich rief tief erschüttert: »Oh, Ihr beide seid meine größten Wohltäter! Mein Leben wird nicht genügen, Euch, wenn auch nur in Worten, meine Dankbarkeit zu zeigen.«

»Genug der Feierlichkeiten!« meinte die Fürstin heiter. »Jetzt denken wir an etwas Nützlicheres. Morgen früh müßt Ihr auf eine lange Reise gehen, und wir wollen beizeiten sorgen, daß es Euch an nichts fehle.«

Wirklich hatte mir diese engelsgute Frau, obwohl ihre Lage nicht glänzend war, einen Koffer vorbereitet, der alles enthielt, was ich würde brauchen können; es blieb mir kein Wunsch übrig außer dem, ihr meine Dankbarkeit auf irgendeine Art zu beweisen. Auch der Söhne des armen Martelli hatte sie sich nach dem frühen Tode der Witwe angenommen. Sie erhielten die beste Erziehung; der eine war schon ein angesehener Ingenieur, der andere Offizier in höherem Rang auf einem Handelsschiff.

Den Ingenieur lernte ich vor meiner Abreise kennen und fand in ihm zu meinem Troste das moralische Ebenbild des Vaters. Auch er war in die letzten Wirren verwickelt und einem

Prozeß unterworfen gewesen, aber freigekommen und wurde im Lande mehr denn zuvor geachtet, weil er bei jeder Gelegenheit eine bewundernswürdige Festigkeit bewiesen. Am Tage darauf verließ ich schweren Herzens die zauberischen Gestade von Neapel, die mir zweimal verhängnisvoll geworden waren, und die ich nun nicht einmal mit den Augen grüßen konnte. Ich wußte, ich durfte diesen Boden nicht wieder betreten; ich war für Italien nicht gestorben, aber Italien starb mir.

Einen Monat danach landeten wir in London. Nur in England durfte ich damals Zuflucht suchen. Aber unsere Verhältnisse zwangen uns dort mehr denn anderswo zu mühseligen Entbehrungen. Der teure Lebensunterhalt, die hohen Mieten, meine Augen, die immer ärger wurden, die Armut, die uns näher und näher auf den Leib rückte, ohne daß wir hoffen konnten, sie abzuwehren, all das ängstigte uns in der Gegenwart und ließ uns eine noch schlimmere Zukunft fürchten. Die arme Pisana war nur noch barmherzige Schwester. Sie arbeitete Tag und Nacht und lernte Englisch, um künftig mit italienischen Stunden Geld zu verdienen. Denn wir gaben mehr aus, als wir einnahmen, und trotz Ärzten und Kuren wurde ich völlig blind. Gerade damals, als wir aus Venedig einige Hilfe erwarteten, schrieb uns Aglaura, sie könne uns nur sehr wenig schicken, denn Spiro sei mit den beiden Söhnen und allem, was er besaß, bei der ersten Kunde von der Revolution nach Griechenland gesegelt. Sie selbst habe es für ihre Pflicht gehalten, ihnen zuzureden, obwohl sie durch ihre leidige Kränklichkeit in Venedig zurückbleiben mußte. So saß sie denn kummervoll allein und tröstete sich damit, daß alle diese Opfer für den heiligen Krieg eines hochsinnigen unterdrückten Volkes nötig wären.

So sehr mich an ihr und dem Schwager solche Hochherzigkeit freute, so traurig war es für uns, daß damit die letzte Hoffnung auf Hilfe von jener Seite schwand. Von dem Guthaben von der Pforte sprach niemand mehr, nun Spiro und seine

Landsleute ihr den Krieg erklärt hatten. Blieb noch die Möglichkeit, sich um Hilfe nach Cordovado zu wenden; aber hier mußten wir aus Zartgefühl lügen und unsere Notlage verschweigen. Aquilina und Bruto hätten das Letzte für uns hergegeben; um ihret- und der Kinder willen hatten wir ausgemacht, ihnen nur Gutes zu berichten. So ahnten sie nichts von unserer äußersten Not und meiner Blindheit; sie glaubten an ein vorübergehendes Augenleiden. Und um die Anwesenheit von Pisana und meine schändlich krakelige Schrift zu erklären, hatte ich ihnen geschrieben, ich sei sehr beschäftigt, und Pisana in einer großen Familie Erzieherin, und sie habe es mit der Rückkehr nicht eilig, weil sie wisse, sie bedeute für ihren Mann mehr Last als Vorteil, da ihn ja Clara vorzüglich pflege.

Pisana wollte zuerst nicht mit mir zusammen wohnen, doch mit Zunahme meiner Hilflosigkeit und der gemeinsamen Not hatte sie sich dazu verstehen müssen. Wir lebten wie Geschwister, es schien, als seien die früheren zarten Gefühle in den tiefsten Herzensgrund vergraben; und rief ich sie einmal unbedachtsam herauf, so war Pisana eifrig bemüht, die Sache ins Scherzhafte zu wenden oder das Gespräch in andere Bahnen zu lenken.

Leider schlug uns jede Hoffnung fehl. Pisana hatte mit großem Geschick Englisch gelernt und sprach es fast ohne Fehler; doch die ersehnten Stunden blieben aus, und so viel sie sich mühte, sie hatte nur die Kinder einiger höchst bescheidenen Kaufleute gefunden, die sie Italienisch oder Französisch lehrte. Nun suchte sie sich mit Spitzenarbeit zu helfen, auf die sich die venezianischen Fräulein damals noch meisterhaft verstanden; sie verdiente damit ziemlich gut, aber die Arbeit war so mühselig, daß sie sie nicht lange aushielt. Ich litt Qualen, daß ich, um mein elendes, zweckloses Leben zu fristen, so große Opfer annehmen mußte. Freilich fand ich für ihre Plackerei Worte innigen Dankes; Pisana jedoch lachte über solche Sprüche und wollte mir einreden, was mir schwierig erscheine, koste sie wirklich ganz geringe Mühe. Aber ich spürte aus dem Klang ihrer Stimme, aus der Magerkeit ihrer Hand, die ich manchmal drückte, sehr wohl, wie Entbehrungen und Arbeit sie aufzehrten. Ich hingegen wurde fett wie ein Pferd, das immer im Stall gehalten wird, und zerrieb mich innerlich in der Sorge, Pisana könne meinen, ich empfinde solche Taten heldenhafter Freundschaft nicht tief genug.

Ja, Freundschaft; ich dachte viel darüber nach, und es schien mir unmöglich, daß Pisana fähig sein sollte, innerhalb der Grenzen dieses maßvollen Gefühls zu bleiben. Halb fürchtete, halb hoffte ich dann, die Erinnerung wenigstens an die Vergangenheit habe ihren großen Teil an den jetzigen Opfern. Aber wenn ich von weitem hierauf anspielte, spottete sie so liebenswürdig, daß ich mich meines Argwohns schämte, als sei ich zu überheblich gewesen oder hätte der Uneigennützigkeit dieser außerordentlichen Natur zu wenig zugetraut. Anderseits brachte es mich von solchen Gedanken ab, daß Pisana oft als erste herzlich von Aquilina und meinen Söhnen sprach, und wie glücklich es mich machen würde, wenn ich sie eines Tages in den Armen hielte. Es schien, die frühere Pisana müsse für mich tot und begraben sein. So flossen mir die Monate ohne den Unterschied von Tag und Nacht unmerklich dahin; nur sonntags verließ ich mein Zimmer, wenn ich am Arme Pisanas ein wenig spazierenging. Ich hatte jede Hoffnung, je das Augenlicht wiederzugewinnen, begraben. Pisana quälte sich immer mehr, so sehr sie mir das Gegenteil versichern wollte, und verschwand oft für ganze Vormittage und wollte mich glauben machen, sie lasse sich behaglich Zeit oder gehe von Haus zu Haus, um ihre zahlreichen Stunden zu geben. Ich dachte eher, sie habe in irgendeinem Geschäft Arbeit gefunden; aber nie wäre mir im Traume eingefallen, was sie wirklich tat und was ich später erfuhr.

»Pisana«, fragte ich bisweilen, »warum ziehst du heute zum Sonntag nicht dein seidenes Kleid an?« Denn ich kannte es am Rascheln.

Sie erwiderte, sie habe es zum Ausbessern weggebracht; ich

wußte, sie hatte es verkauft. Eine Nachbarin, die ihr bei dem Handel behilflich gewesen, hatte es mir verraten.

Ein andermal fehlte ihr der Schal, ich merkte es daran, daß ihr die Zähne schlugen; es war kalt. Sie versicherte mir, sie habe ihn umgetan, und ließ mich eine Wolle fühlen, die, wie sie behauptete, der Schal sei. Aber ich kannte von früher das weiche Kaschmirgewebe zu gut, und meine Hand wußte wohl, ob sie jenes fühlte oder eine Pelerine von Merinoschafen. Der Schal war den gleichen Weg gegangen wie das seidene Kleid. Manchmal freute ich mich fast meiner Blindheit, weil ich doch dieses Elend nicht zu sehen brauchte; aber ach, die Blindheit war nur der Grund des Elends! Und mein Herz verzweifelte, daß ich in meiner Ohnmacht mein Leben einem solchen Opfer verdanken mußte.

Aquilina schickte uns trotz unserer Versicherungen, es gehe uns gut, bisweilen Geld, soviel sie vermochte; doch das waren Tropfen auf einen heißen Stein. Auch schrieb sie, sie lege jeden Tag etwas beiseite, um mich zu besuchen, und sie habe sich in Venedig sehr darum bemüht, mir die Gnade der Rückkehr zu erwirken. Ich schüttelte den Kopf, denn diese Hoffnung hegte ich längst nicht mehr; aber Pisana schalt mich aus und rief empört, ich sei ein Dummkopf, so mutlos zu sein, und wir seien glücklich daran, daß wir uns ehrlich, ohne viel Mühe durchschlügen. Ja, wenn sie über meine Niedergeschlagenheit zankte, stichelte sie bisweilen in ihrer altvertrauten boshaften, wunderlichen Weise. Aber es verging keine Minute, und sie wurde wieder so gut und geduldig, als habe sich ihr Temperament von Grund auf geändert oder gelernt, sich von Willen und Vernunft leiten zu lassen. Manche ihrer Bekannten in Venedig freilich nannten sie verrückt, daß sie in ihrer Hochherzigkeit so ungeheure Opfer bringe; und sie brachte größere, als eine Mutter, Geliebte oder Frau für den Gegenstand ihrer Liebe je gebracht hat. Ihr braucht euch nur vorzustellen, wie ein armer Blinder und eine Frau, die an all die Bequemlichkeiten des in Muße dahinlebenden venezianischen Adels gewöhnt war, in dem erstickend vielgeschäftigen, wirbeligen London leben konnte! Die politischen Flüchtlinge standen damals nicht in Gunst, noch hatte die Mode eine Art sehenswerte, eingesperrte wilde Tiere aus ihnen gemacht. Wir mußten sogar das Wasser bezahlen, das wir tranken, und Pisana hatte für alles zu sorgen, denn die spärliche Hilfe von Hause reichte nicht weit. Was bedeuten in London drei- bis vierhundert Dukaten, die mir jährlich aus Venedig oder Cordovado kommen konnten! ... Das größte Unglück war meine Krankheit; Pisana wollte sie immerzu und mit Hilfe von Beratungen der angesehensten Ärzte kurieren, so sehr ich, der ich solcher Möglichkeit längst nicht mehr traute, ihr den unnützen Aufwand zum Vorwurf machte.

Ihre Abwesenheit von Hause wurde immer häufiger und länger, meine Stimmung finster und argwöhnisch; sie, die Arme, wies mich zornig zurecht, und dann gab es Wortwechsel und Streit. Sicher hätte ich, da ich ihr alles verdankte, mich fügen und schweigen müssen; doch manchmal meinte ich, ich habe das Recht auf etwas mehr Vertrauen, und es ist schon so, daß uns gerade das, was uns verweigert wird, das einzig Erstrebenswerte scheint. Nun bestand ich darauf, ihren Widerstand zu brechen; sie wurde ihrerseits wild, und nicht immer endete das Wortgefecht freundschaftlich. Oft stampfte sie mit dem Fuß, brummte über mein Mißtrauen und verließ das Zimmer; nie jedoch schimpfte sie mich schlecht oder undankbar. Und ich gab ihr dafür wahrlich oft Gelegenheit! Nun, ich hatte Muße, mein Gewissen zu prüfen, mein Unrecht einzusehen und mich, ruhig und reuig, auf ihre Rückkehr vorzubereiten.

»Carlo«, pflegte sie zu sagen, »bist du wieder gut? ... Dann bleibe ich; wenn nicht, gehe ich noch einmal weg und komme später wieder. Ich kann es nicht ertragen, daß du an mir zweifelst.«

Ich tat, als glaube ich ihr und lege auf den Teil ihres Lebens, den sie in so tiefes Geheimnis hülle, kein Gewicht; aber die Gedanken rieten weiter und errieten manchmal fast die Wirklichkeit. Großer Gott! Wenn es wahr wäre! ... Ich zog die Gedanken zurück, denn ich hatte kein Recht auf ihr Geheimnis und tat sogar mein möglichstes, mich zu überreden, daß sie mir nichts verberge und daß ihre Stunden ihr die viele Zeit raubten, die sie außer Hause zubrachte. Trotzdem verlor Pisana allmählich den Mut, mir zu sagen, sie fühle sich wohl. Sie rang, wenn sie die Treppe heraufgekommen war, mühsam nach Luft, sie hustete oft, und manchmal seufzte sie, auch ohne daß sie es wusste, so tief, daß das Mitleid mir das Herz zerriß.

Am Anfang des zweiten Jahres unseres Exils wurde sie schwer krank. Wie sollte ich blinder Mann ihr helfen! Meine Ohnmacht quälte mich so entsetzlich, daß ich heute nicht weiß, wie ich diese Not lebend überstanden habe; und ich mußte sie verbergen, um Pisana nicht noch mehr Qualen zu bereiten. Sie jedoch kam meinem stummen Schmerz mit dem zartesten Trost entgegen. Sie war todkrank und sprach von Genesung; sie hatte das Feuer eines mörderischen Fiebers in den Adern, und sie beklagte meine Krankheit, als sei die ihre nicht der Rede wert. Sie nahm sich immer vor, in der kommenden Woche auszugehen; sie dachte daran, daß sie da oder da geringfügige Guthaben besitze, um die erhöhten Ausgaben und das in der Zwischenzeit fehlende Verdienst auszugleichen; kurz, sie suchte mich auf alle Weise ihre Krankheit vergessen zu machen oder mich zu überzeugen, sie glaube an ganz nahe Genesung. Ich saß Tage und Nächte neben ihr, fühlte ihr alle Augenblicke den Puls und horchte mit aufmerksamem Ohr auf ihren schweren, mühsamen Atem.

Was hätte ich gegeben um einen Schimmer Licht, um aus ihrem Antlitz zu ahnen, wieweit ich ihren liebevollen Lügen glauben dürfe! Mit welcher Herzensangst folgte ich dem Arzt auf den Treppenabsatz und bat und beschwor ihn, daß er mir die Wahrheit sage! Aber immer hegte ich den Verdacht, sie komme uns nach, um den Arzt zu hindern, daß er mir, entgegen ihrem ausdrücklichen Willen, die Gefahr ihres Zustandes enthülle. Als ich mich auf keine Weise mehr beruhigen ließ, brachte sie die Kraft auf, zornig zu werden, zu verlangen, daß ich ihr glaube und mich nicht mit eingebildeten Ängsten quäle. Ach, sie täuschte mich nicht mehr. Das Herz wußte, welches Unheil uns bedrohte, und die Tränke, die der Arzt verordnete, waren nicht auf ein leicht vorübergehendes Übel berechnet. Wir waren in höchster Not. Ich hätte mich töten lassen, hätte ich ihr Leiden damit einen Augenblick erleichtert.

Endlich erbarmte sich der Himmel über sie und mich. Die Krankheit wurde gebändigt, wenn auch nicht besiegt, die Raserei des Fiebers in ihrem erschöpften Körper verlangsamte sich, die Kräfte kehrten allmählich wieder. Sie stand auf und wollte sofort das Mädchen entlassen, um die Ausgabe zu sparen und den Haushalt selbst zu versorgen; ich widersetzte mich, so sehr ich konnte, aber Pisana ließ sich nicht erweichen; nicht Krankheit noch Unglück, nicht gutes Zureden noch Befehl haben je vermocht, ihren Willen zu beugen. Als sie das erste Mal wieder ausging, wollte ich sie unbedingt begleiten, doch sie geriet in solche Wut, daß ich sie auch darin mußte gewähren lassen; sie ging allein.

»Aber, Pisana«, sagte ich ein andermal, »hast du nicht erzählt, du hättest hie und da in den Häusern für deine Stunden kleine Guthaben? Wollen wir sie nicht zusammen holen? Ich begleite dich, wohin du willst.«

»Ei«, erwiderte sie scherzend, »ein Blinder, das wäre ein schöner Begleiter! Ich will mich gar zu gerne lächerlich machen, wenn ich mich so in den Häusern zeige! ... Und dann, was sollten die Leute davon denken? ... Nein, nein, Carlo, die Engländer nehmen es gar so genau; ich sage dir, ich kann mich nur allein sehen lassen.«

So mußte ich sie denn brummend und von der Wahrheit dessen, was sie sagte, nicht im mindesten überzeugt, tun lassen, was ihr beliebte. Sie nahm ihre langen Gänge wieder auf, und ich saß indes mit bangem Herzen daheim und ängstigte mich, ob sie je wiederkäme. Manchmal kam sie wirklich so erschöpft an, daß sie mir ihre Schwäche, sosehr sie sich mühte, nicht verbergen konnte. Ich machte ihr sanfte Vorwürfe, doch bei der leisesten Schelte geriet sie dermaßen in Wut, daß ich erschrocken schweigen mußte. Ach, ich fühlte mich entsetzlich elend.

London, ihr wißt es, ist groß; aber nur die Berge stehen fest, die Menschen laufen umher und begegnen einander. So begegnete denn Pisana eines Morgens dem Doktor Lucilio. Ich hatte ihn wohl in London vermutet, mich jedoch nicht an ihn wenden wollen, weil er mich zuletzt in Venedig so unverdientermaßen kalt behandelt hatte. Also die beiden begegneten einander; Pisana erzählte ihm mein und ihr Schicksal, und warum wir aller Mittel entblößt in London wohnten. Wahrscheinlich überzeugte ihn meine Lage davon, daß die Anklagen unbegründet waren, die er damals zum Nachteil meines Rufes für wahr gehalten. Er kam mich besuchen und zeigte sich so freundschaftlich wie nie. Das war eine schöne Art, für die Ungerechtigkeit langer Jahre Verzeihung zu erbitten, und mehr konnte ich von seinem stolzen Charakter nicht erwarten. Mich tröstete diese Begegnung sehr; ich nahm es für einen Wink der Vorsehung, daß sich unser Geschick bessern sollte, und die gute Wendung, die unsere Lage damals plötzlich nahm, überzeugte mich in solchem Glauben immer mehr.

Vor allem untersuchte Lucilio aufmerksam meine Augen und sagte, sie seien bedeckt mit dem grauen Star, der in wenigen Monaten zur Operation reif sein würde, und er zweifle nicht im geringsten, daß diese Operation voll und ganz glücken werde. Mich durchströmte neuer Mut. Welch großes Geschenk ist das Licht! Nur wer es verloren, weiß es zu würdigen. Nun fragte der Doktor nach mir, nach meiner Familie, und als ich ihm alles erzählt hatte, machte er mir Hoffnung, daß er Aquilina und die Söhne nach England holen und hier alles so einrichten könne, daß sie für die Gegenwart nichts kosten und für die Zukunft sogar nützen würden. Er behandelte eine große Anzahl Lords und Prinzen, auf die er nach Belieben Einfluß hatte; und ich glaube, die Vorstellungen, die man im Parlament über die Beschlüsse des Kongresses von Verona gehört, waren von ihm eingegeben.

Ich mochte an diesen großzügigen Plan nicht recht heran, denn unser aller Börsen waren solchen Ausgaben ganz sicher nicht gewachsen; und dann, ich will es bekennen, trug ich fast Scheu, meine Familie so herbeizuwünschen, weil mir schien, ich beleidige damit die einzigartige, edelmütige Aufopferung Pisanas. Als ich mit dem Doktor einen Augenblick allein blieb, flüsterte ich ihm meine Bedenken zu.

»Ach nein«, erwiderte er traurig, »Hausgenossen werden Euch sehr nötig sein; glaubt mir, auch Frau Pisana wird sie als Wohltat empfinden.«

Ich wollte die rätselhafte Rede näher erklärt haben, doch er wich aus und sagte nur, sicher sei die Pflege eines Blinden für eine Dame, die an den Luxus von Venedig gewöhnt sei, recht schwierig, und die Hilfe einer Frau werde sie ihr sehr erleichtern.

»Sagt mir offen, Lucilio«, drängte ich, »hat die Gesundheit Pisanas etwas mit diesen Euren Erwägungen zu tun?«

»Ja, schon ... denn sie könnte sich verschlechtern.«

»Also findet Ihr sie jetzt gut?«

»Lieber Gott, kann man je sagen, wann die Gesundheit gut ist oder schlecht? Die Natur hat ihre Geheimnisse, und auch die Ärzte können sie nicht erraten. Seht, ich bin in meinem Berufe alt geworden, und doch ... erst gestern früh verließ ich einen Kranken, der mir auf dem Wege der Besserung schien, und am Abend fand ich ihn tot. Das sind Ohrfeigen, die die Natur dem versetzt, der sie zur Preisgabe ihrer Geheimnisse zwingen will. Glaubt mir, Carlo, die Wissenschaft ist wirklich noch Jungfrau; bisher haben wir ihr gerade nur die Wange gestreichelt.«

»Wie, Ihr glaubt nicht einmal an die Wissenschaft? An was glaubt Ihr denn?«

»Ich glaube an die Zukunft der Wissenschaft, falls nicht etwa ein Komet oder die Abkühlung der Erdoberfläche unser Forschen, dieses Werk von Jahrhunderten, zerstört. Ich glaube an den Aufschwung des Geistes, der irgendwann in das gesellschaftliche Leben einbrechen und den Triumph der Wissenschaft um einige Jahrtausende vorausnehmen wird, wie die kühnen Träume des Dichters dem rechnenden Mathematiker in seinen Entdeckungen vorausfliegen.«

»Und darum, Lucilio, folgt Ihr weiter dem Traum Eurer Jugend und glaubt, diese ungeheure Begeisterung mit geheimen Anschlägen und dunkeln Machenschaften wieder zu entzünden!«

»O Carlo, spottet wenigstens nicht über das, was Ihr nicht versteht. Ich folge nicht einem Traumbild; ich gehorche einer Notwendigkeit. Die Anschläge sind nicht immer geheim, die Machenschaften nicht immer dunkel. Fühlt diese Narbe!« ... Und er führte meine Hand an seine Brust nahe der Kehle. »Die habe ich mir vor einem Jahr im Kampf geholt. Der Kampf war vergeblich; aber die Wunde ist geblieben.«

»Und seht, diese stammt aus Rieti!« Und ich wies ihm die Narbe von der Schulter zum Arm.

Lucilio umarmte mich mit so überströmender Herzlichkeit, wie ich sie nie von ihm erwartet hätte.

»Oh, gesegnet die Seelen«, rief er, »die das Wahre sehen und ihm folgen, ohne daß ein äußerer Zwang sie treibt! Gesegnet die Menschen, denen Opfer nicht Wollust ist, und doch nehmen sie es aus freien Stücken hochherzig auf sich! Sie sind die wahrhaft Großen.«

»Ach Doktor«, sagte ich beschämt, »unter die gehöre ich nicht. Ich bin nach Neapel gegangen sozusagen aus Selbstgefühl, und obendrein plagt mich das Gewissen, daß ich meinem dummen Stolze das Wohl meiner Familie geopfert habe.«

»Nein, Ihr sollt nichts geopfert haben, das verspreche ich Euch. Eure Familie wird zu Euch hierher kommen. Ihr sollt das Licht des Tages und das ersehnte Antlitz Eurer Lieben wiedersehen. Freilich ist die Sonne von London nicht die von

Venedig; aber die Melancholie ihrer Tönungen stimmt mit den trauernden Augen des Verbannten gut zusammen.«

»Gebt Ihr mir auch Hoffnung, daß Pisana dann vollkommen geheilt ist?«

»Vollkommen.« Seine Stimme zitterte.

Mich durchfuhr ein eisiger Schrecken. Aber der Doktor sprach sofort weiter ganz friedlich von dieser Krankheit, und welchen Verlauf sie nehmen würde und welche Kur am geeignetsten und daß die Heilung völlig sicher sei; so schwand mir das unheimliche ›Vollkommen‹ aus dem erschreckten Herzen.

Von nun an half uns der Doktor in allem mit großer Selbstverständlichkeit; wir litten in nichts mehr Not. Ich schämte mich, dermaßen von Almosen zu leben, doch er sagte zu Pisana, er habe Pflichten seiner künftigen Schwägerin gegenüber und würde das Recht, ihr nützlich zu sein, um kein Gold der Welt an einen andern abtreten.

»Wie?« rief Pisana, »Ihr versteift Euch noch immer darauf, meine Schwester zu heiraten? Aber Ihr seht doch, sie ist alt, noch mehr an Geist als an Körper, und außerdem Nonne von Kopf bis Fuß!«

»Frau Pisana, ich bin unverbesserlich. Was ich mit zwanzig Jahren versucht und nicht erreicht habe, das habe ich mit dreißig, vierzig, fünfzig wieder versucht und werde es mit sechzig, denen ich sehr nahe bin, noch einmal versuchen. Mein ganzes Leben soll ein Versuch sein, ein starker, beharrlicher Versuch; so bin ich in allem, und wohl den andern, wenn sie täten wie ich! Schlagt auf den Nagel, so sitzt er fest!«

»Die Vernageltheit einer Nonne zu zerschlagen ist unmöglich.«

»Nun ja. Aber sprechen wir, bitte, davon nicht mehr; sprechen wir lieber von Frau Aquilina und den beiden Knaben, sie müßten doch bald hier sein. Habt Ihr Nachricht von unterwegs?«

»Gestern hatte ich Briefe aus Brüssel«, sagte ich. »Bruto mit seinem Holzbein kommt auch mit. Ich weiß wirklich nicht, wie ich Euch die ungeheure Ausgabe, die Ihr Euch damit macht, danken soll.«

»Mir danken? ... Wo mich hundert Pfund Sterling nur ein Rezept kosten? Ich verlängere einem gichtknotigen Lord das Leben um zwei Tage und verdiene so viel, daß ich ganz Europa zu Euch einladen kann. Kennt Ihr den Dichter Lord Byron?... Er wollte mir zehntausend Guineen geben, wenn es mir gelänge, ihm das rechte Bein, auf dem er hinkt, um einen Zoll zu verlängern. Nun bilde ich mir zwar ein, es müßte auf eine gewisse, von mir entdeckte Methode gelingen, aber ich brauchte damals kein Geld und wollte meine Zeit nicht damit verlieren, dem Oberhaus die Beine langzuziehen. Also lachte ich dem großen Dichter ins Gesicht und gab zur Antwort, man brauche mich im Hospital.«

»Und er?«

»Er fand Gefallen an meinem kurzen Spruch und rächte sich damit, daß er mir das reizendste Sonett widmete, das je in englischer Sprache geschrieben wurde. Ich versichere Euch, unter dieser stürmischen Seele eines Don Giovanni und Manfred ist eine Flamme verborgen, die eines Tages mächtig emporlodern wird. Byron ist zu groß; außer in Büchern und Versen muß er Dichter auch in seinem Leben werden.«

»Das gebe der Himmel!« rief ich, »denn die Poesie ist das einzige wahre, vollkommene, wirkliche Glück des Geistes.«

»Gut gesagt«, erwiderte Lucilio. »Die Poesie ist das wahre Glück des Geistes. Außer ihr gibt es Genuß, aber keine Freuden.«

Pisana fragte heiter: »Dann wäre ich also, weil ich froh bin, Dichterin?«

»Ihr seid eine Corinna, eine Sappho!« rief Lucilio. »Doch Ihr seid nicht damit zufrieden, Oden und Gedichte zu stammeln, Ihr schafft Gedichte mit Euren Werken und hebt, als würdigstes Bildnis Eures Wesens, die Tat in den Himmel der Poesie.«

»Ich bin eine sehr bleiche Corinna, eine recht magere Sappho«, meinte Pisana lachend. »Mir scheint beinahe, ich bin Engländerin geworden, so sehr ähnele ich einer Heuschrecke; aber wenigstens habe ich in aristokratischer Hinsicht gewonnen.«

Lucilio erwärmte sich immer mehr. »Ihr habt in jeder Hinsicht gewonnen. Durch Euer bleiches Gesicht schimmert die Seele und macht Euch so jung, daß Ihr niemals altern werdet! ... Man könnte glauben, Ihr hättet nicht mehr als fünfundzwanzig Jahre.«

»O ja, jetzt, da der arme Pfarrer gestorben ist, der mich getauft hat! – Wißt Ihr, es ist recht traurig, daß sich unser Leben immer mehr mit Gräbern umgibt. Die erste Reihe ist schon fast ganz geschwunden; jetzt bilden wir die erste Reihe.«

»Nun, wir werden im feindlichen Feuer nicht zittern und sind aufs Leben nicht sonderlich erpicht. Wir drei stimmen darin, daß wir der Natur gehorsam und ergeben sind, wunderbar zusammen. Trotzdem will ich dem Leben wahrhaftig allen Saft aussaugen und, als wäre es eine Weinbeere, noch die Trester pressen, damit sie nach dem Wein das Öl hergeben.«

»Und was wollt Ihr dabei gewinnen?«

»Viel! Ich lasse jede meiner Gaben Frucht bringen und gebe denen, die nach mir kommen, ein gutes Beispiel.«

Ich nickte, denn die Sache mit dem guten Beispiel war mir immer vortrefflich erschienen, und ich verließ mich darauf mehr denn auf Bücher. Pisana fügte hinzu, sie habe wahrlich in allem, was sie getan, nie an den Ruhm gedacht, Nachahmer zu finden, sondern sich immer mit ganzer Seele dem Gefühl hingegeben, das sie erfüllte.

»Wenigstens habt Ihr Euer Gemüt keinem andern Menschen gegeben, der es verzehrt hätte!« sagte Lucilio traurig.

Ich bedauerte in meinem Herzen diesen starken, zähen Geist, der seit vierzig Jahren eine Wunde barg und weder von Heilung wissen wollte noch von Vergessen. Eine glühende Jugend hatte er umgewandelt in ein Alter von Stahl, und der Lohn war die unerschütterliche Kraft eines Bewußtseins, das sicher in sich selbst ruhte.

In den wenigen Tagen, die der Ankunft unserer Reisenden vorangingen, zeigte sich Pisana mir gegenüber kälter als sonst; doch bisweilen wandelte sie eine wunderlich zärtliche Laune an, und gleich danach mühte sie sich, mir mit tausend Unliebenswürdigkeiten begreiflich zu machen, daß es eben eine Laune, ja ein Scherz gewesen.

»Armer Carlo!« sagte sie dann wohl. »Was wäre aus dir geworden, hätte mich nicht das Mitleid bewogen, dir ein wenig beizustehen! Auch war es ein Glück, daß die Plage mit diesem meinem alten Ehegespons mir Lust machte, Venedig zu verlassen; so konnte ich dir doch ein bißchen nützlich sein, und du hast bald die Freude, die Deinen zu umarmen.«

Nie hatte sie so hart zu mir gesprochen, und es zeigte recht wenig Edelmut, wenn sie mir sozusagen die Liste der Wohltaten aufzählte, die ich allein ihrem Mitleid verdankte. Ich litt grausam darunter, aber ich redete mir um so mehr ein, daß in ihrer Seele keine Spur von Liebe geblieben, und daß selbst ihr heldenmütiges Mitleid eine Laune war, nichts als eine wunderliche Grille.

Endlich konnte ich meine Söhne an die Brust drücken, ihre frischen runden Wangen küssen, meine Seele am Gefühl dieser jugendlichen Herzen erquicken. Die gute Aquilina, die sie liebevoll und tapfer erzogen hatte, und der getreue Bruto empfingen ihr Teil Zärtlichkeit. Doch daß ich diese geliebten Menschen nicht sehen konnte, brachte mich zum ersten Mal in unsinnigen Zorn gegen mein Schicksal; ich meinte, das Feuer meines Willens müsse genügen, mir das Augenlicht wiederzugeben. Lucilio legte mit der Versicherung, er werde die Operation in Kürze versuchen, ein wenig Balsam auf diese Wunde; und so sparte ich mir die Freuden des Gesichtes für die Zukunft auf und genoß alle die andern, die mir meine unglückliche Lage zugestand.

Die nächsten Tage brachten eine Unmenge Fragen nach dem und jenem Menschen, nach den kleinsten Kleinigkeiten, nach den flüchtigsten Erinnerungen, die einem andern gar nichts gesagt hätten. Von Alfonso Frumier wußten sie nichts, von Agosto hieß es in Venedig, er sei gleichermaßen erpicht auf Bänder an Frauenkleidern und auf Kruzifixe und habe damit ein Altärchen dekoriert; auch hatte er reichlich Söhne; den einen bestimmte er zum Minister, den andern zum General, den dritten zum Patriarchen, den nächsten zum Papst. Seine Exzellenz Navagero war, wie stets, weder tot noch lebendig; immer mußte Clara an seinem Kopfkissen sitzen, wenn sie nicht gerade die Stundengebete oder das letzte Abendgebet halten mußte; denn daran hielt sie eisern fest, ganz gleichgültig, ob der Schwager inzwischen stürbe. Der alte Venchieredo war endlich gestorben und hatte seinem Sohn einen solchen Vermögenswirrwarr hinterlassen, daß ihn dieser leichtsinnige Querkopf wohl kaum entwirren würde; man wisperte, Raimondo werde sich mit der Ältesten von Alfonso Frumier verheiraten, doch der würde auch Mühe haben, die Mitgift zusammenzukratzen.

Im übrigen war alles wie sonst; das Land teilnahmslos, kein Handel, kein Leben. Die politischen Prozesse hatten in den Familien große Verstimmungen ausgelöst, ohne daß die Masse der Leute dessen gewahr wurde; diese jammerten nur weiter über die Aushebungen. Aber an solche Dinge gewöhnt man sich, zumal wenn mit dem Soldatwerden eine gute Specksuppe verbunden ist und das Rauchen bester Zigarren auf Kosten dessen, der sich nur von Polenta nährt und keinen andern Rauch sieht als den, von dem ihm die Augen unter dem Rauchfang tränen.

»Und in Cordovado?« fragte ich.

Dort gab es weniger Neuigkeiten als anderswo, mit Ausnahme der Verrücktheit des Spaccafumo, der, wie er versicherte, von Geistern angefochten wäre, die er immer mit der Hand nach rechts und links beiseite schob. Diese Beschäftigung führte ihn schließlich dazu, kopfüber in den Lémene zu purzeln, wo man ihn eines schönen Morgens ertrunken auffischte. Aber wahrscheinlich hatten daran die allzuvielen Gläschen Schnaps mindestens so viel schuld wie die Geister. So endete ein Mann, der ein Held geworden wäre, wenn ... Verzeihung! Für dieses Wenn müßte ich euch die Gründe aus unserer ganzen Geschichte des vierzehnten und der folgenden Jahrhunderte anführen. So wollen wir lieber die Punkte stehenlassen.

Graf Rinaldo hatte wieder ein Stück der Burg Fratta niedergerissen; und Luciano und Bradamante hatten den Herrn Hauptmann ohne viel Tränen begraben, denn sie erbten von ihm die siebenhundert Lire Zinsen.

»Und wie hält sich denn Donato?« fragte Pisana.

»Denkt Euch, wie ein Jüngling«, gab Bruto zur Antwort. »Er hat kein graues Haar, und im Gesicht keine einzige Falte. Er sieht wirklich nicht aus wie ein Apotheker.«

»Oh, er war der hübscheste junge Mann weit und breit!« rief Pisana. »Zu meiner Zeit habe auch ich ihn lieber gemocht als jeden andern.«

Dieses Gespräch behagte mir gar nicht, ich schnitt es schnell ab und wollte mehr von meiner Schwester wissen, von der sie mir nur erzählt hatten, sie sei nach Griechenland zu Spiro gereist. Bruto fragte:

»Hast du denn nicht den Brief erhalten, der für dich in Venedig lag, und den wir dir nachgeschickt haben?«

»Ich habe keinen erhalten.«

»Dann muß er unterwegs verlorengegangen sein«, meinte Bruto. »Ein griechischer Kaufmann hat ihn uns gebracht, und der Schrift nach mußte er von Aglaura sein.«

Ein solcher Verlust hätte mir sehr leid getan; doch ein paar Tage darauf kam der Brief und wurde mir vorgelesen.

»Mein lieber Bruder Carlo,

Griechenland hat mich gewollt und hat mich schließlich erhalten. Einmal habe ich geglaubt, ihm durch das Blut meiner Eltern anzugehören; nun hat mich die Natur durch Mann und

Kinder an dieses Land gebunden. So habe ich denn mein Herz geteilt zwischen zwei Vaterländer, die mehr Größe und Unglück erlebt haben, als je einem einzelnen Menschen zuteil werden kann. Meine Gesundheit schwankte natürlich, das brauche ich kaum zu erwähnen, nach der Abreise von Spiro mehr denn je, und nur der Gedanke tröstete mich, daß ich, sowie sie sich gefestigt habe, ihm nachreisen könne. Endlich schiffte ich mich ein und segelte über die heiligen Wogen des Ägäischen Meeres. Ach, ich kam mir vor wie eine barmherzige Schwester, die, nachdem sie den letzten Stunden des einen Kranken beigewohnt hat, an ein anderes Lager übersiedelt, wohin sie von frischeren, aber vielleicht ebenso todbringenden Schmerzen gerufen wird. Du weißt aus Erfahrung, ich bin nicht eben eine schwache Frau; doch ich muß dir bekennen, ich habe während der Überfahrt viel geweint. In Korfu kamen aus Neapel und dem Piemont geflohene Italiener an Bord, die das Blut, das sie für das eigene Vaterland nicht vergießen konnten, für Griechenland opfern wollten. Ich weinte, Carlo, wie eine gute Venezianerin, und erst als ich den Boden von Lakonien betrat, spürte mein Herz etwas vom Geiste der alten Spartanerinnen. Hier sind die Frauen Gefährtinnen ihrer Männer, nicht Dienerinnen ihrer Wollust. Die Frau und die Schwester von Tzavellas zerschmetterten von den Felsen von Suli herab die Gehirne der Muselmänner mit Steinen und Felsbrocken und sangen dabei Hymnen des Triumphes. Zur Fahne der Costanza Zacarias eilen die Frauen von Sparta, mit Lanzen und Schwertern bewaffnet. Maurogenia von Micone durchfährt die Meere mit einem Schiff, treibt Euböa zum Aufstand und verspricht ihre Hand dem, der die Marter ihres Vaters an den Türken rächt. Die Frau von Canaris antwortete, als jemand ihr sagte, sie habe einen Helden zum Manne: ›Wenn er kein Held wäre, hätte ich ihn nicht zum Mann.‹ – So, Carlo, richten sich Völker wieder auf.

»Als ich ankam, fand ich meinen Sohn Demetrio, der mit den Schiffen von Canaris zurückkehrte; sie hatten in Tenedo die türkische Flotte mit Feuer vernichtet. Dort standen die christlichen Flotten Europas gegen uns; das Kreuz mit dem Halbmond verbündet gegen das Kreuz! Gott richte die Ungläubigen zugrunde, zuvor jedoch die Abtrünnigen! Demetrio hatte sich eine Wange und die halbe Brust mit siedendem Pech verbrüht, aber mein mütterliches Herz erkannte ihn; in meinen Armen fand er den Lohn, die Freude der Helden: seine Mutter war stolz auf ihn. Spiro und Teodoro, in Argos mit Ypsilanti eingeschlossen, wollten den Strom der Türken aufhalten, während Colocotroni und Niceta ihnen mit den aufständischen Bergstämmen den Rückzug abschnitten.

»O Carlo, was war das für ein Tag, als wir uns hier an der Schwelle des von seinen Feinden befreiten Peloponnes alle vier umarmten! Man befestigte Missolonghi, und das thrazische Napoli war unser. Die Küste besaß einen Hafen, die Regierung einen Fels, und Griechenland triumphiert über die rohe Tyrannei von Konstantinopel wie über die käufliche Feindschaft der christlichen Flotten. Nunmehr wird jedes Schiff, das den Türken Waffen, Lebensmittel, Munition bringt, mit Waffengewalt genommen, und die Besatzungen werden erschossen; vielleicht erlangt die Grausamkeit, was Ruhm, Heldentum, Unglück nicht erlangt haben.«

»Hier verschwindet jeder private Vorteil völlig und geht unter im allgemeinen. Man besitzt nur das, was das Vaterland nicht braucht, und hebt es ihm auf für die Bedürfnisse von morgen; man freut sich seiner Triumphe, man leidet seine Schmerzen. Darum erzähle ich dir nicht im besonderen von uns. Genug, wenn du weißt, daß ich trotz der Beschwerlichkeiten nicht kränker geworden bin und daß die Wunden heilen, die Spiro auf den Mauern von Argos erworben hat. Teodoro hat gekämpft wie ein Löwe, alle rühmen ihn und nennen ihn als Beispiel; aber er stand unter dem Schutze des Himmels und trug nicht die kleinste Schramme davon. Gehe ich durch die Straßen von Athen, wo wir in diesem Augenblick der Ruhe wohnen, und habe auf jeder Seite einen meiner von der

Sonne des Schlachtfeldes und vom Feuer der Gefechte verbrannten Söhne, so scheint mir das Jahrhundert von Leonidas noch nicht vorüber. Auch Spiro spricht oft von dir und sagt mir, ich solle dich bitten, du mögest einen deiner Söhne oder beide nach Griechenland schicken, wenn du willst, daß sie Männer werden. Hier ist ein Junge von sechzehn Jahren kein Knabe mehr, sondern ein Feind der Türken, und kann an eines ihrer Schiffe heranschwimmen und es in Brand stecken.«

»Schicke uns deinen Luciano und, wenn du willst, auch Donato. Überzeuge Aquilina, daß ein Leben ohne Mut kein Leben ist.«

»Wenn du noch in London bist und Pisana bei dir hast, so grüße sie und den Doktor Lucilio Vianello, den ich vom Hörensagen schätze und liebe. Wir haben hier einen neapolitanischen Schiffsfähnrich, Arrigo Martelli, der sagt, er habe dich gekannt und verdanke dir viel aus der Zeit der Französischen Revolution. Er hofft, daß auch du dich an ihn erinnerst, und bittet mich, dir mitzuteilen, daß sein Bruder nach Südamerika gegangen ist, wo nach guten Ingenieuren große Nachfrage ist.

»Lebe wohl, mein Carlo. Bleibe stark in deiner Krankheit, und wenn du reisen darfst, komm auch du zu uns! ... Ach, wie wäre das schön! ... Komm und erfreue alle, die dich lieben.«

Nachdem mir Lucilio diesen Brief vorgelesen, ließ ich Luciano rufen, gab ihn ihm und wartete gespannt, welchen Ausdruck er für seine Gefühle finden würde. Er hatte noch nicht zu Ende gelesen, da warf er sich mir in die Arme und rief: »O ja, lieber Vater, laß mich nach Griechenland!«

Ich dankte Aquilina, die gerade hereingekommen war und sich an meine Seite gesetzt hatte, mit einem Händedruck.

»Worum handelt es sich?« fragte sie.

Und ich erklärte ihr Vorschläge und Einladung aus Griechenland.

»Wenn sie sich dazu berufen fühlen, mögen sie gehen«, sagte sie tapfer. »Man muß dahin gehen, wohin man gerufen wird; alles andere hat keinen Sinn.«

»Ich danke dir, Aquilina«, rief ich aus. »Du bist die Frau, die wir brauchen, daß unser Volk wieder groß wird. Alle, die dir nicht gleichen, taugen uns nicht.«

Da hörte ich den leichten Schritt von Pisana. Sie war seit einigen Tagen fast verstummt. Ich entbehrte ihre Stimme, doch ich schmollte mit ihr noch um das letzte Mal, da sie so hart zu mir gesprochen. Heute stellte ihr Lucilio ein paar Fragen nach ihrer Gesundheit, auf die sie einsilbig und mit schwächerer Stimme als sonst antwortete. Dann verließ sie wieder das Zimmer, als sei sie ärgerlich; Aquilina folgte ihr, Luciano gehorchte wohl einem Wink von Lucilio, und wir beiden blieben allein.

»Sagt mir«, begann der Doktor in einem Tone, der ein ernstes Gespräch ankündigte, »mit welchem Rechte zeigt Ihr Euch Pisana gegenüber so hochmütig?«

»Ah, Ihr habt es gemerkt?« erwiderte ich. »Dann habt Ihr wohl auch gesehen, daß sie mich ungewöhnlich kalt behandelt. Ich weiß, ich verdanke ihr viel; das vergesse ich nie. Aber manchmal packt mich plötzlich der Stolz. Wißt Ihr, was sie mir kürzlich in allen Tonarten gesungen hat? Sie sei nur, um sich von ihrer langweiligen Ehe zu erholen, nach Neapel gegangen, und ich verdanke all ihre hochherzige Hilfe einzig einem Gefühl des Mitleids.«

»Ihr hegt also den Argwohn, daß sie Euch nicht mehr liebt wie in alten Zeiten?«

»Ich bin dessen so sicher, Doktor, wie meiner eigenen Existenz. Ich kenne den Charakter von Pisana wie meinen eigenen, und weiß, sie ist nicht fähig, sich gewissen Rücksichten zu unterwerfen. Ich spreche ganz offen, Doktor, Ihr seid Arzt, Ihr werdet menschliche Schwächen entschuldigen, zumal wenn sie mit so viel Hochherzigkeit verknüpft sind. Es wird mir nicht schwer zu glauben, daß nur das Mitleid sie zu solchen Wundern von Hingabe getrieben hat. Im übrigen ist ihr Charakter zu unbeständig, um nur einem Vorsatz von Enthaltsamkeit zu gehorchen.«

»Carlo, hütet Euch vor übereiltem Urteil! Diese außergewöhnlichen Temperamente entziehen sich jeder Regel. Mißtraut Eurer Unterscheidung! Manchmal sehen die Augen des Leibes sehr viel besser als die der Seele, und wenn Ihr sähet . . .«

»Was brauche ich da zu sehen? Doktor, ich will Euch etwas sagen. Ich habe Pisana immer geliebt, ich liebe sie noch. Habe ich Euch nicht einmal die Geschichte meiner Ehe erzählt?. . . Leider hat sich diese ungeheuerliche Frau geschworen, mich fühlen zu lassen, wieviel ich verlor, als sie mich aus dem innersten Herzen, worein sie mich aufgenommen, hinauswies. Leider straft sie meine zu fügsame und doch zu beharrliche Liebe mit Mitleid. Eine fürchterliche Quälerei, eine abgefeimte Grausamkeit ist diese Rache mit Wohltaten!«

»Schweigt, Carlo. Jedes Eurer Worte ist ein Frevel.«

»Eine Wahrheit, wolltet Ihr sagen.«

»Ich wiederhole Euch, ein Frevel. – Wißt Ihr, was Pisana für Euch getan hat, als ich sie auf den Straßen von London traf, bleich, entkräftet, in Lumpen?«

»Nein. Oder . . . ?«

»Sie streckte die Hand aus nach Almosen. Sie hat gebettelt, Carlo – Euch das Leben zusammengebettelt.«

»Himmel! Es ist nicht wahr. Es ist unmöglich.«

»So unmöglich, daß ich selbst ihr, ich weiß nicht was für eine Münze in die Hand legte, als ich . . . oh, ich kann Euch nicht beschreiben, was ich empfand, als ich sie erkannte. Wie soll ich Euch ihr Entsetzen beschreiben und das meine?«

»Hört auf, Lucilio, um des Himmel willen, hört auf! Mein Sinn verwirrt sich, wenn ich sehe, wohin wir gekommen sind.«

»Und Ihr habt gemeint, das alles tue sie aus Mitleid? Ihr habt an ihrer Liebe gezweifelt? Ich sage Euch: Es ist eine Liebe ohne Beispiel, ohne Maß, eine Liebe, die sie bisher am Leben gehalten hat, eine Liebe, die ihr den Tod bringt.«

»Habt Mitleid, Lucilio! Sprecht nicht so!«

»Doch, ich spreche jetzt ohne Mitleid. Ich spreche als Arzt

und sage Euch die volle Wahrheit. Pisana hat Euch verheiratet; sie dachte wohl, diese Ehe sei für Euch gut und möglich; aber sie hat nie aufgehört, Euch zu lieben. Erst ist sie geflohen; dann, als Ihr sie wieder brauchtet, hat sie sich dazu überwunden, Euch ihre Liebe nicht zu offenbaren. Dieses Übermaß von Kraft, das sie dafür aufbringen mußte, hat mehr als alle Leiden, Schmerzen und Mühen ihre Gesundheit aufgerieben ... Dieser Frau, Carlo, habt Ihr mißtraut. Ich sage Euch: Auf den Knieen müßt Ihr die Macht des Geistes anbeten, die das wild lodernde Feuer dieser Liebe zu so reiner Flamme erhoben hat; das Wunder eines solchen Opfers ist allein wert, daß der Mensch lebt und anbetet.«

Ich war erschüttert; ich ging den gemeinsamen Weg bis in die Zeit vor meiner Ehe zurück. Wer hätte Pisana diese schamhafte Zurückhaltung zugetraut, die sich bescheidende Entsagung im Gewande einer frommen Heuchelei, nur um den Frieden einer Familie nicht zu stören, die sie selbst sozusagen gegründet hatte! ... Ihre starke Seele schwankte vielleicht in den kleinen Gefühlen, aber sie war beständig und unbeugsam treu im Großen. Als davon die Rede war, daß Aquilina kommen sollte, hatte Pisana ihr Wesen wieder von neuem gemäßigt, jede leiseste Zärtlichkeit gezügelt, sich freiwillig immer mehr ferngehalten; aber sie war traurig geworden, traurig und müde ... ach Pisana! Zwei ganze Jahre hatte ich, der ihr der Nächste war, in meinem Urteil geirrt, und selbst mein Irrtum war ein Beweis ihres feinen Gefühls und der Beharrlichkeit, mit der sie ihrem heldenhaften Vorsatz treu geblieben.

»Lucilio«, sagte ich, und die Sprache gehorchte mir mit Mühe, »verfügt über mich. – Sprecht, lehrt mich ein Mittel, sie zu retten. Mein Leben und das meiner Familie, all das ist nicht genug, ein solches Opfer aufzuwiegen. Das wenigste, was ich bieten kann, ist das Opfer des ganzen Lebens, das mir bleibt.«

»Wir wollen es zusammen überlegen, Carlo; darum bin ich bei Euch. – Und die Gesundheit meiner vielen berühmten

Patienten, glaubt es mir, macht mir weniger Sorge als ein Schmerz, ein Seufzer, die leiseste Klage von Pisana. Sie hätte das Recht, all ihre Tage in vollem Glück zu leben und zu sterben durch ein Übermaß an Freude.«

»Sagt das nicht! Um des Himmels willen, sprecht nicht von Sterben!«

»Was wissen denn wir? Vielleicht ist der Tod für außergewöhnliche Seelen eine Gnade? ... Trotzdem laßt uns überlegen, so, wie wir es für jeden Menschen tun, dem wir helfen wollen. Die winzige Hilfe, die ich sehe, ist, sie wieder in die Notwendigkeit zu versetzen, Opfer zu bringen. Gebt sie ihrem Manne wieder, vielleicht findet sie an diesem elenden Krankenlager noch einmal Kraft zum Leben; vielleicht hilft ihr auch die heimatliche Luft.«

»Ihr wollt sagen, sie soll zurück nach Venedig? ... Aber wie, Lucilio, wie? ... Darf ich sie von mir jagen, jetzt, wo ich ihre Hilfe scheinbar nicht mehr brauche?«

»Im Gegenteil; Ihr müßt sie zurückbegleiten. Und sie soll mit Eurer Familie immer weiter in herzlicher Liebe verbunden bleiben, denn ohne innige Gefühle können Temperamente wie das ihre nicht leben. Wenn die übermäßige Kraft ihrer Seele eine andere Tätigkeit findet, in die sie fließen kann, andere Wunder, die sie wirken, andere Opfer, die sie bringen kann, wird die Vergangenheit jede Qual für sie verlieren; die unmöglichen Wünsche werden sich lösen in eine linde, stille Trauer. Euch wird wieder das Geschenk einer Freundin, die Euch der Himmel neiden könnte.«

»Das gebe Gott, Lucilio! Morgen reisen wir nach Venedig.«

»Ihr vergeßt zweierlei. Einmal habe ich Euch versprochen, Euch das Augenlicht wiederzugeben, und zweitens ist Euch die Rückkehr nach Venedig nicht ohne weiteres erlaubt. Aber während ich Euch diese Erlaubnis auswirke, wird der graue Star reif, und ich verspreche Euch, Ihr sollt die bleiche Weihnachtssonne sehen.«

»Und könnte man es nicht etwas beschleunigen? ... Nicht

für meine Augen, Lucilio, sondern für Pisana, nur für Pisana! ... Ich glaube, Ihr könntet die Operation auch jetzt schon versuchen ...«

»Vortrefflich, Carlo! Soll ich Euch endgültig blind machen, daß Ihr womöglich mit Euern Augen eine große Dankesschuld bezahlt? ... Bescheidet Euch, mein Freund, blinde Augen taugen nicht zum Danken; wir wollen uns gedulden, damit Ihr hernach mit Blicken um so besser danken könnt. Außerdem will ich Euch von einem andern Plan erzählen. Ihr besitzt einen Wechsel bei der Türkei, der Euch als nur persönlicher Anspruch ganz gewiß nie etwas einbringen wird. Soll ich versuchen, ihn an einen Engländer zu verkaufen? ... England hat jetzt auf die Gewogenheit der Pforte einiges Recht, denn es sind Handlanger von London, Liverpool und Korfu, die ihr bei dem frommen Werke, das arme Griechenland zu martern, helfen. England ist um seine Kinder liebevoll besorgt, zumal wenn es sich darum handelt, daß man ihnen zahlt, was man schuldig ist; für einen Wechsel von 1000 Pfund Sterling würde es ohne Gewissensbisse an allen vier Enden der Welt Feuer anlegen. Soll ich diesen Knäuel für Euch abhaspeln?«

»Ihr braucht nicht so viele Worte, mich zu überzeugen. Mein Schwager hat die Papiere in Händen; morgen sollt Ihr sie haben. Ich kann keinen besseren Anwalt finden als Euch.«

»Also auf morgen. Ich will mich inzwischen umhören. Und in einigen Wochen die Operation, danach die übliche Ruhe von vierzig Tagen und die Reise nach Venedig. Es wird für mich nicht schwierig sein, Euch den Paß zu beschaffen.«

»Ja, Doktor. Aber bis dahin?«

»Bis dahin behandelt Ihr Pisana mit bescheidener Herzlichkeit und erhitzt Euch nicht so im Lob Eurer Frau, wie Ihr es heute tatet. Sie verdient solches Lob gewiß, doch es ist nicht eben nötig. Pisana, das sage ich Euch, leidet darunter grausam.«

»Ich danke Euch. Ich habe nie einen besseren Freund gehabt als Euch.«

»Das will ich meinen! Es ist eine ganz alte Freundschaft. Sie hat damit begonnen, daß ich Euch Vorwürfe und Prügel ersparte, indem ich Euch ein Abführmittel verschrieb; wißt Ihr noch?«

In der Erinnerung daran kamen mir die Tränen, und sie taten mir so wohl, daß sich mein Schmerz löste. – Lucilio drückte mir herzlich die Hand und ging; und bald setzte sich Aquilina neben mich, um wichtige Dinge, wie sie sagte, mit mir zu besprechen, und ich gab mir Mühe, darauf einzugehen, obwohl mir wenig nach einem Gespräch zumute war. Es handelte sich um unsere Söhne, zumal um Luciano, der von dem Vorschlag von Aglaura, nach Griechenland zu kommen, so in Begeisterung geraten war, daß es unmöglich schien, ihn zu beruhigen. Aquilina hatte sich seinem Wunsche in seiner Gegenwart nicht widersetzt, einmal, um meiner Ansicht nicht entgegen zu sein, und dann, um den stolzen Mut des Jünglings nicht vor andern zu demütigen. Aber Luciano erschien ihr wirklich zu jung für einen solchen Entschluß; man sollte ihn von einem so abenteuerreichen Leben zurückhalten, bis er in reiferem Alter die Gefahr eines übereilten Entschlusses vermeiden könne.

Ich mußte ihr recht geben und lobte sie um ihre großherzige Klugheit. So einigten wir uns über unsere Absichten, während im Zimmer nebenan Luciano und Donato von nichts sprachen als von Athen, von Leonidas, vom Oheim Spiro und den Vettern; sie konnten es nicht erwarten, gleichfalls zu Felde zu ziehen und diese türkischen Gauner anzugreifen.

So begeisterten sich die beiden Jünglinge gegenseitig, und jeder träumte vom Heldentum eines Botzari oder von dem erhabenen Ende eines Tzavellas.

Es nahte sich der Tag, an dem Lucilio seine höchste Kunst anwenden wollte, mich wieder zum Lichte zu erwecken. Von Pisana hatten wir nicht mehr gesprochen; sie wich mir aus, obwohl ich sie mit so zarten Aufmerksamkeiten umwarb, daß Aquilina beinahe eifersüchtig wurde. Doch in dem Gedanken, wieviel Pisana für mich getan, wagte sie keine Klage. Das

Schweigen von Lucilio verhieß nichts Gutes, und die seltenen Trostworte, die er für mich fand, galten mehr der Sorge, mich für den großen Tag ruhig zu halten. Ich war glücklich, als ich mir sagen konnte: übermorgen. Mir schlug das Herz, als ich wußte: morgen. Und als ich aufwachte und mir sagte: heute, wurde ich so ungeduldig, daß ich eher hätte sterben, als noch einmal vierundzwanzig Stunden warten mögen. Lucilio ging mit äußerster Sorgfalt ans Werk, er behandelte nicht nur einen Kranken, sondern einen kranken Freund; wenn jemand ein Wunder vollbringen konnte, so war er es, und der Glaube des Patienten traute es ihm zu. Als er mir sagte: Ich bin fertig, hatte man schon dichte Vorhänge vor die Fenster gezogen, damit mich das plötzliche Licht nicht blende. Doch bevor mir Lucilio eine dunkle Binde über die Augen legte, hatte ich einen schwachen Schimmer gesehen und schrie so laut auf, daß Bruto und Aquilina, die mich hielten, zusammenfuhren. Ein schwacher Laut von Pisana, die wohl meinte, es habe ein Unglück gegeben, antwortete mir, aber Lucilio beruhigte sie mit sanften Worten und fügte scherzend hinzu:

»Ich wette, dieser Schurke hat schon etwas gesehen! Daß mir aber jetzt niemand an der Binde rückt! Und außerdem müssen die Vorhänge dicht geschlossen bleiben. Die Operation ist so gut geglückt, daß ich prophezeie, wir können die sechs Wochen Genesungszeit auf vier abkürzen.«

»O danke, Freund! Kürzt sie ab, so sehr Ihr könnt!« Mehr als für das Augenlicht war ich ihm dankbar für die Hoffnung, daß ich früher, als ich gedacht, etwas für Pisana würde unternehmen können.

Als alle mit dem Doktor das Zimmer verlassen hatten, um ihm draußen zu danken und vielleicht zu fragen, wieweit sie dem, was er mir versprochen habe, trauen dürften, trat Pisana leise zu mir; ihr leichter Hauch strich liebkosend über meine Wange.

»Pisana«, murmelte ich, »wie warst du wunderbar in Liebe und Erbarmen!«

Ein Schluchzen antwortete mir, sie floh, sie strauchelte an der Schwelle und traf auf meine Frau, die wieder eintrat.

»Wie geht es unserm Kranken?« fragte Aquilina.

Pisana erwiderte mit äußerster Mühe: »Ich hoffe, es geht ihm gut.« Und sie eilte davon, bevor Aquilina ihre Verwirrung bemerken konnte, und barg sich in ihrem Zimmer. Wieder überwältigte mich der Adel dieser Seele; meine Gedanken folgten ihr, ich spürte ihr Schluchzen, und jede ihrer Tränen fiel brennend in mein Herz. Diesen ganzen Tag dachte ich nicht mehr an das Licht, das ich in wenigen Wochen erblicken sollte, und ich wurde ärgerlich über jeden, der davon sprach. Es ging weiß Gott um anderes als um zwei blöde Augen!

Lucilio kam oft mich besuchen, doch selten waren wir allein; fast schien es, als gehe er einer Vertraulichkeit aus dem Wege. Trotzdem fragte ich ihn oft nach der Gesundheit von Pisana und ob die Hoffnung auf Venedig so heilsam gewirkt habe, wie wir erwarteten. Der Doktor sagte weder ja noch nein, und Pisana selbst sprach, auch wenn sie in mein Zimmer trat, fast nie ein Wort; ihre Gegenwart spürte ich auch aus dem geringeren Lärm, den meine Söhne vollführten, wohl weil ihr trauriges Wesen ihnen Scheu einflößte. Als mir Lucilio den Paß brachte, den er mit Hilfe der österreichischen Botschaft erhalten, fragte ich Pisana, ob ihr dieser unser Plan gefalle.

»O mein Venedig!« sagte sie leise. »Ihr fragt, ob ich es gern wiedersähe? Ach, nach dem Paradies ist Venedig meine einzige Sehnsucht.«

»Nun also, Doktor«, rief ich, »wann dürfen wir die Fenster öffnen, die Binde abwerfen und reisen?«

»Übermorgen. Aber die Reise müssen wir noch ein paar Tage aufschieben; Ihr dürft Euch nicht so plötzlich der Sonne des Südens aussetzen.«

Ich geduldete mich die zwei Tage, entschlossen, die Abreise, sowie ich leidlich geheilt wäre, keinen Augenblick hinauszuzögern. Doch Pisana erschien weniger denn je in meinem Zimmer, und man sagte mir, sie bliebe jetzt überhaupt fast nur in dem ihren. Schließlich kam Lucilio und befreite mich von der Binde; die Fenster waren einen Spalt geöffnet, ein mildes Licht liebkoste mir sanft die Augen. Wenn uns schon der dämmernde Morgen, den wir alle vierundzwanzig Stunden erleben, entzückt, so ist mir jene, auf eine Nacht von zwei Jahren folgende Morgendämmerung auf ewig unvergeßlich. Sie gehört zu den glücklichsten Augenblicken meines Lebens. Doch folgte ihr ein Augenblick, der mich in einen Abgrund von Jammer stürzte.

Auch Pisana war gekommen, dem letzten Teil des Wunders beizuwohnen; als ich nach der ersten sanften Woge des Lichts, die meine Augen überflutete, die Menschen und Dinge um mich her zu unterscheiden begann, war das Antlitz, auf das mein Blick zuerst fiel, das ihre. Oh, sie hatte diesen ersten Blick verdient! Nicht Freunden noch Verwandten, nicht Kindern noch Frau, selbst nicht dem Arzte schuldete ich so viel Dank wie ihr. Aber wie fand ich sie verändert! Bleich, durchsichtig wie Alabaster, die Züge fein wie die einer Schmerzensmutter von Frater Angelico, den Rücken gebeugt, als habe er zu schwere Last getragen, um sich wieder aufzurichten. Ihre Augen hatten sich wunderbar vergrößert, und durch das Lid leuchtete die obere, von der Wimper beschattete Hälfte der Pupille wie ein Licht hinter zart getöntem Glas. In der Netzhaut verschmolz der bläuliche Ton der Schwermut mit dem Rot vergossener Tränen zum Schimmer des Opals. Pisana war kein irdisches Wesen mehr, sie zeigte kein Alter; sie war dem Himmel näher als der Erde.

Da siegte meine Schwachheit, die ich euch nicht verborgen habe, über den Willen; ich brach in Tränen aus. Alle dachten, es seien Freudentränen, nur Lucilio ahnte wohl, was in mir vorging, denn ach, meine Augen bestätigten mir, was ich aus dem schrecklichen Schweigen der letzten Tage geahnt. Ich sah, Pisana gehörte nicht mehr dieser Welt; Venedig, wie sie selbst gesagt, war nur ihre zweite Sehnsucht; die erste war das Paradies. Während mir diese traurige Erkenntnis das Herz zerriß, löste sich Pisana von der Schulter von Aquilina, an die sie sich gelehnt hatte, und verließ taumelnd das Zimmer. Da bat ich alle, sie möchten mich mit dem Doktor allein lassen, ich sehne mich nach solcher Erschütterung nach ein wenig Ruhe.

Aber nachdem sie hinausgegangen, packte mich der Jammer richtig, und Lucilio mußte eine ganze Weile warten, bis ich Worte fand. Wie flehte ich ihn an, ein Leben zu retten, das tausendmal wertvoller war als das meine! Ich flehte, wie die Frommen Gott anflehen; ich lechzte so nach Hoffnung, daß ich der Vernunft abgeschworen und die Weltordnung umgekehrt hätte, nur um ein Wunder zu erwarten. Sollte nicht der Mann, der mir die Fackel des Lichts wieder angezündet hatte, das kostbare Fünkchen Leben in Pisana zur hellen Flamme anfachen können?

»Lucilio!« rief ich, »Ihr vermögt alles, wenn Ihr nur wollt. Euer Wille befiehlt der Natur, daß sie unerhörte Kräfte entwickelt. Macht jetzt Euern größten Versuch! Pisana verdient das Wunder, dessen Eure Kunst fähig ist. Rettet sie, um des Himmels willen, rettet sie!«

Lucilio erwiderte nach einem Augenblick des Schweigens: »Ihr wißt es also nun, daß ihre Seele nicht mehr bei uns weilt; der Leib lebt, doch nicht einmal ich weiß, wieso. Rettet sie, ruft ihr mir zu. Und wer sagt Euch, daß die weise Natur sie nicht rettet, wenn sie sie in ihren Schoß aufnimmt? ... Viel kann man versuchen gegen die Krankheiten von Fleisch und Blut; aber der Geist, Carlo – wo sind die Mittel, die den Geist heilen, wo die Instrumente, die aus ihm den brandigen Teil herausschneiden, wo der Zauber, der den fliehenden Geist zur Erde zurückruft, wenn ihn eine unwiderstehliche Macht nach und nach dorthin zieht, was Dante als das Meer des Seins bezeichnete? ... Carlo, Ihr seid kein Kind, und ich bin kein Wunderdoktor; Ihr wollt nicht getäuscht sein, so sehr Euch auch die augenblickliche Schwäche falsche Hoffnungen erstrebenswerter erscheinen läßt als die unerbittliche Wirklichkeit.

Der Tod eines Freundes tut uns selbst, weil er uns seiner beraubt, mehr Leides als ihm, dem er das Leben nimmt. Wir beide, meine ich, sind nicht so selbstsüchtig, einem andern die Verlängerung all der Widerwärtigkeiten, Übel, Schmerzen zu wünschen, nur um unsertwillen. Das Grab ist nur das Äußerste an Dunkel und Einsamkeit. Lebend oder tot, allein müssen wir doch bleiben; denken wir denn an nichts anderes, als wie wir den Freunden den Schmerz des Abschieds versüßen. – Ich bin nicht ein Arzt, der meint, er sei in alle Geheimnisse der Natur eingedrungen, nur weil er unter dem chirurgischen Messer ein paar Nerven hat zucken sehen; es gibt etwas in uns, das sich der anatomischen Untersuchung entzieht, das einer höheren Vernunft angehört, weil wir nicht imstande sind, es mit der unsern zu begreifen. Laßt uns auf dieses höchste Geheimnis vertrauen; in ihm webt die ewige Seele der Menschheit, in ihm das künftige, unergründliche Geschick derer, die sich lieben. Hier auf Erden heißt es sich bescheiden. Wissenschaft, Tugend, Pflichten des Lebens lassen sich in einem einzigen Worte zusammenfassen: Geduld ...«

»Geduld!« rief ich, mehr verzagt als getröstet von diesen Gründen, die so unwiderleglich wie kalt waren. »Wie könnt Ihr mir Geduld raten bei dem Bösen, wovon mein Gewissen in Ewigkeit gemartert wird! ... Begreift Ihr nicht, daß ich mir das Herz zerreißen muß, weil ich, ich allein den Tod dieser geliebten Seele verursacht habe? ... Ein solcher Mord ist ein Verbrechen, den Notwendigkeit nicht entschuldigt, den Geduld nicht büßt. Dieses Verbrechen abzuwaschen oder zu vergessen, braucht es das Opfer eines andern Lebens; nur der Tod bezahlt die Schuld am Tode.«

»O nein, der Tod bezahlt gar nichts, glaubt es mir ... Der Tod als Trost wird Euch eines Tages erreichen, und diese Zeit verkürzen, hieße die Buße fliehen. Aber wenn es gilt, einer zweifelhaften, nutzlosen Tat nützliche, edelmütige Taten entgegenzusetzen – dann, Carlo, befehlen Euch Vaterland und Menschheit, daß Ihr nicht flieht, sondern bis zum letzten kämpft.«

»Nein. Hofft das nicht von mir! Ich habe keine Kraft mehr zu kämpfen. Besser, ich räume das Feld; ich bin nur im Wege. Jedes andere Glück wäre ein Vorwurf. Ich bin zu unglücklich, Lucilio! Pisana sterben sehen, sie, deren Leben ich mit den zartesten Freuden der Liebe und Verehrung hätte schmücken müssen!«

»Und ich, Carlo, ich?« Lucilio packte mich am Arm. »Glaubt Ihr etwa, ich wäre weniger unglücklich? ... Ich habe erlebt, wie sich die Seele meiner Seele von mir löste; ich war jung und voll Leidenschaft und mußte alle Hoffnung begraben. Die, die ich liebte, ist nicht gestorben, aber ihre Liebe wurde gemordet. Fünfunddreißig Jahre bin ich verzweifelt zwischen den Trümmern meines Glaubens umhergeirrt und habe das Leben vergeblich um das leiseste Lächeln angefleht; mit aller Kraft meines Geistes habe ich immer wieder wie ein Rasender die Pforte eines Herzens, die mir einst offenstand, zu sprengen gesucht. Ich, der ich davon träumte, die Welt zu erschüttern, um dann aus dem Chaos das einzige Gut an mich zu reißen, das ich ersehnte, das meinen Fingern entglitten war! Das Paradies lag vor meinen Augen, und ich konnte die trockenen Lippen nicht mit einem einzigen Tropfen Glück laben, weil mir ein meineidiger Schwur den Zugang wehrte; die reinste Seele, das zarteste Herz war mein, und dieses Unterpfand sicheren Glückes wandelte sich mir in den Händen in ein tödliches Gift, gegen das es keine Hilfe gab. Meint Ihr, damals hätte ich nicht genügend Grund und Willen und Kraft gehabt, mich zu töten? ... Sagt selbst: Warum sollte ich durchaus unter den Menschen bleiben, wenn das vollkommenste Wesen, die, die allein ich meiner Liebe für würdig gehalten hatte, meine Anbetung mit Verrat und Grausamkeit lohnte? ... Warum sollte ich mich um ein Vaterland mühen für diese Menschheit, die mich in einem ihrer besten Individuen mit Treulosigkeit und Mord überfiel? Warum sollte ich kämpfen, warum forschen, warum heilen, warum leben? ... Carlo, ich will Euch sagen warum. Weil mir eine Gewißheit fehlte. Weil der vernunftbegabte Mensch keine unvernünftige Tat begehen darf; weil es nicht sicher war noch sein konnte, daß mein Tod für mich oder die andern recht und nützlich sein würde, während mein Leben es so oder so werden konnte. Lieber erkannte ich der Natur ein Urteil zu, das selbst zu fällen ich mich nicht imstande fühlte. Darum, seht Ihr, blieb ich am Leben, darum suchte ich mit immer wachsender Inbrunst die Wahrheit und Gerechtigkeit, darum stritt ich für sie, für die Freiheit, für das Vaterland, darum beugte ich meinen selbstsüchtigen Willen und erkannte das für ein Gut, was alle einmütig für ein Gut erkannten, und mühte mich, gequälten Menschen Frieden zu geben, Ungläubigen Hoffnung, Kranken Gesundheit. Die Natur gibt uns das Leben, also wird sie es uns auch nehmen; seid Ihr so weise, daß Ihr die Gesetze der Natur begreift und richtet? ... Fühlt Ihr Euch ihrer Macht, ihrer Kraft gewachsen? ... Also gehorcht ihr! Seid Ihr unglücklich, so laßt Euch martern, seid Ihr unschuldig, so leidet, seid Ihr schuldig, so bereut und sühnt; aber folgt der Vernunft und lebt.«

»Nein, Lucilio, meine Schuld ist zu ungeheuer, als daß ich sie tragen könnte. Was bedeutet denn der rasende Haß auf das Licht, der jetzt in mir brennt, das Entsetzen vor mir selbst, diese unendliche Sehnsucht nach Vergessen und Ruhe? Sind das nicht Rufe, mit denen die Natur mich zu sich lädt in ihren Schoß, der voll Geheimnis und Frieden ist und vielleicht voll Hoffnung?«

»Vielleicht! Das ist das Wort, das Euch unrecht gibt. Hier hingegen, im Leben, gibt es ein einziges Ding, das sicher ist unwandelbar sicher: das Recht. Antwortet mir jetzt genau und aufrichtig, denn Ihr seht, ich stelle die Frage möglichst klar. Glaubt Ihr fest, es sei recht vor allen, vor Euern Söhnen, Eurer Frau, den Verwandten, den Freunden, dem Vaterland, ja vor Pisana und vor Euerm Gewissen, wenn Ihr in blinder Verzweiflung dem Leben entsagt? Keine Feigheiten und Schwächen; gebt Antwort!«

»Habt Mitleid, Lucilio! ... Ich bitte, ich flehe Euch an, laßt mich sterben! … Ich habe meine Söhne gesehen und in ihnen das Liebste und Wertvollste, was ich auf der Welt besaß; jetzt will ich sie lange ans Herz drücken, sie beschwören, gute, rechtschaffene Menschen zu werden, starke, tätige Bürger ihres Vaterlandes; ich will sie, dank Euch, ein letztes Mal sehen und dann in Frieden den Geist aufgeben. Habt Mitleid, Lucilio! … Laßt mich sterben! … Die Söhne haben ihre Mutter; sie wird ihnen mit ihrem Rat helfen, der sicher so gut ist wie der meine.«

»Und wenn auf Euern Tod der Eurer Frau folgte? … Wenn Euer Tod das erste Glied einer langen Kette von Unglück und Verzweiflung wäre? Wenn der Geist von Pisana, die stark war im Schmerz, im Erbarmen, in der Entsagung, verächtlich auf Euch sähe, weil Ihr in Unkenntnis und Schwäche geflohen seid? Wenn ihr Wesen, im Weltenäther ausgegossen, Euer schwaches Wesen miede? Wie, wenn Ihr beide für die ganze Ewigkeit getrennt sein müßtet, wenn Euer feiger, unbarmherziger Tod der Anfang einer Entfernung wäre, die ständig wachsen müßte, und zugleich wüchsen die Qualen des Getrenntseins, die vergebliche Sehnsucht, sich wieder zu vereinen? … Nehmt an, die Natur, von der Ihr töricht meint, sie hülfe Euch in Euerm Wahn, böte Euch ein einziges Mittel zur Sühne, nämlich das, Pisana nachzueifern in Kraft und Ergebung; das Mittel, zu leben und ihr immer ähnlicher zu werden, bis Euch die Natur selbst vergönnt, daß Ihr Euch mit Pisana vereint in jenem Reich des Geistes, das Ihr ungewiß und dunkel nennt … Carlo, denkt darüber ernsthaft nach. Vergrößert nicht Eure Schuld, indem Ihr Pisana verantwortlich macht für alles Böse, was aus Eurer Torheit entstehen könnte.«

»Mein Freund, es ist gut, daß Ihr so sprecht. In diesem Augenblick kann die Vernunft im Aufruhr meiner Leidenschaften noch kein Gehör finden; aber ich will darüber nachdenken, obwohl ich glaube, daß ich in einem Jahr nicht anders empfinden werde als heute.«

»Im übrigen«, fuhr Lucilio fort, »habe ich Euch bisher nur

wappnen wollen gegen alles, was geschehen könnte; wenn Ihr mit Pisana sprecht, werden Euch ihre Winke, ihr Wesen, ihre Blicke besser überzeugen als meine Erwägungen. Aber vielleicht brauchen wir noch nicht völlig zu verzweifeln. Könnte sie nach Venedig gelangen und in den Gewohnheiten alter Zeiten ausruhen ... «

»Wie, Doktor, es bliebe Hoffnung? Sagt Ihr das auch nicht, um mich zu trösten und zu täuschen?«

»Ich bin so weit entfernt, Euch täuschen zu wollen, daß ich bisher nur vom Schlimmsten gesprochen habe. Ich kann Euch auch jetzt nur die Hoffnungen machen, die uns die Natur immer gibt, solange sie nicht – vielleicht ebenso weise – die geheime Bewegung des Lebens anhält. Inzwischen rate ich Euch folgendes: Sprecht mit Pisana, vertraut Euch ihrem Beispiel an. Ich glaube gewiß, daß sie Euch jede verzweifelte Tat widerraten wird; und dieses Vertrauen, das ich in sie setze, mag Euch meine Aufrichtigkeit besiegeln.«

Ich drückte ihm die Hand. »Ich danke Euch. Ich weiß, Euer Rat und ihr Beispiel können mir ein würdiges Vorbild sein.«

So endete jenes für mich sehr denkwürdige Gespräch, das vielleicht über mein ganzes künftiges Leben entschied. Ich war wohl noch unschlüssig und bestürzt; doch hatte mich die Seelenstärke von Lucilio in gewisser Weise gemäßigt, und auf jeden Fall würde ich mich nach seinem Rate Pisana nähern und das Böse, das ich wider Willen verursacht, damit auszugleichen suchen, daß ich mein Betragen mit ihren Wünschen in Einklang brächte und ihr so den denkbar höchsten Beweis von Liebe und Verehrung gäbe. Leider scheiterten meine Versuche zunächst völlig; die arme Pisana tat, was sie konnte, mir auszuweichen. Es schien, sie wolle in dem Gefühl, daß sie mich bald verlassen müsse, nicht zuviel Freude an meiner Gesellschaft finden, damit im Augenblick der Trennung der Jammer nicht zu groß würde. Oder sie fürchtete auch, ich könnte sie Aquilina gelegentlich vorziehen.

Ich ließ mich jedoch nicht entmutigen und zeigte ihr weiter möglichst umsichtig meine Dankbarkeit und meinen tiefen Kummer, daß ich sie ihr nicht besser und früher gezeigt hatte, und so gewann ich sie endlich und führte sie zur alten Offenheit zurück. Daraus erwuchs mir eine neue Qual. In ihren Augen flackerte die Flamme des Lebens wieder auf, und zugleich verfielen ihre Kräfte dermaßen, daß sie, müde und gänzlich erschöpft, sich kaum mehr aufrecht halten konnte. Es war schrecklich mit anzusehen, wie sie meine Rückkehr zu der früheren Herzlichkeit heiter aufnahm und doch, lächelnd ergeben, die Achseln zuckte, wenn ich auf ihre Zukunft anspielte.

Eines Tages hatte mir Lucilio versichert, wenn es so weitergehe, könnten wir die Reise nach Venedig in der kommenden Woche wagen. An diesem Abend fand ich mich mit Pisana allein; Lucilio hatte Frau, Schwager und Söhne zu irgendwelchen Sehenswürdigkeiten von London begleitet. Pisana war bleicher, aber fröhlicher als sonst; ich hoffte immer, bei ihrem wunderlichen Temperament könnte sich auch ihre Gesundheit plötzlich zum Besseren wenden und aller Regeln, die für andere gelten, spotten und so das Übel bei der Ruhe, die ihre Stimmung jetzt auszeichnete, zu heilen sein.

»Pisana«, sagte ich, »im nächsten Monat können wir in Venedig sein. Tut dir nicht schon der Gedanke daran wohl?«

Sie lächelte, hob die Augen zum Himmel und erwiderte kein Wort.

»Glaubst du nicht«, fuhr ich fort, »daß dich die heimatliche Luft und unser aller friedliches Zusammenleben schließlich von deiner Schwermut heilen?«

»Schwermut, Carlo?« erwiderte sie. »Wie kommst du denn auf Schwermut? ... Du weißt doch, ich bin von Natur nie wirklich froh gewesen, nie beständig heiter; es gab immer nur Lichtstrahlen, jäh aufblitzende Freude, sonst nichts. Ich war stets ein sehr veränderliches Wesen, meist aber schweigsam und finster. Erst jetzt lächelt mir ein friedlicher Himmel; nie habe ich mich so ruhig und zufrieden gefühlt. Nun, ich habe meine Rolle durchgeführt und hoffe auf einigen Beifall.«

»Pisana, wie kannst du so reden! ... Du verdienst sehr viel größeren Beifall, als wir dir geben können, und wirst ihn erhalten. Wir gehen wieder nach Venedig; dort ...«

»Ach Carlo, sprich mir nicht von Venedig! Meine Heimat ist viel näher, oder ferner, wenn du willst, und dorthin gelangt man so viel schneller! Siehst du, Clara hat mir doch etwas beigebracht; ich glaube an die Barmherzigkeit Gottes und hoffe darauf. Nur ihre Lehre von den Sünden habe ich nie verstanden; es mag etwas daran sein; nun, ich denke, ich werde nicht zu streng gestraft für das wenige Böse, das ich, ohne es zu wollen, begangen habe. Das wenige Gute, das ich zu tun vermochte, habe ich getan; es ist recht und billig, daß man mir einen kleinen Lohn dafür nicht versagt, und mein Wunsch ist, daß ich diesen Lohn bald erhalte. Ihm möchte ich mich für einige Zeit überlassen, mit einem Lächeln auf den Lippen und, gewährt mir auch diese Hoffnung, mit Euerm Mitgefühl.«

»Pisana, siehst du nicht, wie du mir mit solchen Worten das Herz zerreißest? Ich wollte an deiner Hingabe, an der wunderbaren Art, in der du sie mir gezeigt hast, das Siegel nicht erkennen, das nur du deinen Opfern aufzudrücken pflegst, als seien sie ganz gewöhnlich und ohne besonderes Verdienst. Pisana, du mußt mich verfluchen! Fluche meiner Undankbarkeit und der feigen Selbstsucht, in der ich zwei Jahre gelebt, dein Blut getrunken, dir das Leben ausgesogen habe!«

»Redest du irre, Carlo? ... Kennst du deine Pisana nicht mehr, oder meinst du, sie spiele jetzt die Zufriedene, Glückliche und wolle sich so das Mitleid anderer vom Halse schaffen? Ich schwöre dir, die Frage, ob ich lebe oder sterbe, hat nichts mit meiner Glückseligkeit zu tun. Ich verberge dir nicht, daß ich meine letzte Stunde sehr nahe glaube; aber bin ich darum weniger glücklich? Ganz im Gegenteil, Carlo; deine Zärtlichkeit, dein Vertrauen waren der letzte Trost, der mir hier werden konnte; du hast ihn mir gegeben. Möge der Himmel dich dafür segnen! Ein einziges Wort der Erkenntlichkeit, ein einziger liebevoller Blick von dir würde ein Leben lohnen, tausendmal so lang als das meine und mit tausendmal mehr Heimsuchungen und Opfern. – Du hättest mir mißtraut, hättest mir Kummer und Leiden bereitet? ... Aber wann, Carlo, wann? Ich habe gesündigt, und du hast mir vergeben; ich habe dich verlassen, und du hast nicht geklagt; ich bin zu dir zurückgekehrt, und du hast mich mit offenen Armen und mit Worten der Liebe empfangen. Du bist für mich der edelste, vertrauenswürdigste, großherzigste Mensch auf der Welt. Hätte ich vor mir die Ewigkeit und müßte sie in unendlicher Mühsal, ohne den Trost deiner Nähe, durchwandern, nur um dir eine Träne, einen einzigen Seufzer zu ersparen – ich würde nicht einen Augenblick zögern. Ich würde mich mit Freuden bescheiden, zufrieden in dem Gedanken, daß all' meine Tage, all' meine Mühen deinem Wohl geweiht wären. Nur du, Carlo, hast meine Seele nicht verschmäht. Dank deiner großen, beständigen Liebe gewann ich den Mut, mir zu sagen: So bin ich doch nicht so verächtlich, wenn ein solches Herz mich weiter liebt ... Verzeih mir, Carlo, wenn ich dich nicht geliebt habe, wie du es verdientest.«

»Um Himmels willen, Pisana, steh auf! Ich habe nicht das Herz, dir ins Gesicht zu sehen, noch dich um Verzeihung anzuflehen. Mein Gott! Wenn ich daran denke, wie oft dich ein Wort der Liebe, ein freundlicher Blick, wenn nicht entschädigt, so doch von meiner Dankbarkeit überzeugt hätte! Und ich habe mich in meinen Argwohn eingeschlossen und mit hochmütigem Schweigen das kostbarste Opfer gelohnt, das eine Frau bringen kann. Und wenn ich schon meinte, du liebtest mich nicht mehr – wie konnte ich dich dann, wie eine Sklavin an mein elendes Los gekettet, durch die Welt schleifen!«

»Aber Carlo, erinnerst du dich nicht mehr richtig, oder kennst du deine Pisana nach so langen Jahren noch immer nicht? Verstehe doch, alles, was du Schmerzen, Leiden, Opfer nennst, waren für mich unaussprechliche Freuden voll süßester Wollust.

Mein wunderlicher, wandelbarer Charakter wurde der üblichen Freuden schnell müde; mußte ich nicht in einer andern Sphäre, auch auf die Gefahr hin, daß ich mich verlöre, Freuden und Wonnen suchen, die denen meines vergangenen Lebens gar nicht zu vergleichen waren? Hast du nicht das erste Merkmal dieser Tollheit, so möchte ich es fast nennen, in meiner unbegreiflichen, tyrannischen Laune erkannt, dich mit Aquilina zu verheiraten? ... Carlo, hier beschwöre ich dich auf meinen Knieen: Verzeih mir, daß ich dich immer nur auf meine Art geliebt, daß ich dich einer unbegreiflichen Laune geopfert, daß ich in deinem Leben stets nur meine wunderlichen Einfälle verwirklicht habe. Du konntest mich ja nicht verstehen, du mußtest mich hassen, und statt dessen hast du mich ertragen! Ach, und als ich in den letzten Jahren mein ganzes Glück darin fand, dir zu helfen, dir meine Liebe zu verbergen, dir einzureden, ich würde nur von Notwendigkeit und Mitleid getrieben, mußte ich da nicht erkennen, daß ich dich mit solcher Härte quälte, daß ich den geringen Diensten, die ich dir leisten konnte, damit allen Wert nahm? ... Und trotzdem protzte ich weiter mit meinem grausamen Zartgefühl, verbohrte mich in diese tugendhafte Selbstgefälligkeit, in der deine Heirat den ersten Schritt bedeutet hatte. Immer tat ich vor allem, um jeden Preis, was mir gefiel. Siehst du nun, Carlo, daß ich schlecht und selbstsüchtig war? Hätte ich nicht besser getan, mich deinem Edelmut, der so viel größer und erprobter war als der meine, zu eröffnen und einfach zu sagen: ›Carlo, ich habe gefehlt, aus Gedankenlosigkeit und wunderlicher Laune schwer gefehlt. Nun haben wir Pflichten. Wir wollen sie gemeinsam ohne Heuchelei und Hochmut erfüllen.‹ Aber, Carlo – ich schäme mich, es zu bekennen –, ich habe dir nicht genug vertraut. Deine große, hochherzige Liebe hat das nicht verdient; doch du behältst mich trotzdem lieb, nicht wahr? Und das Gedächtnis an mich, vom Tode verklärt, wird mild in deinem Herzen wohnen?«

»Vom Tode verklärt! Um Gott, Pisana, sprich dieses Wort

nicht aus, oder ich begnüge mich nicht damit, dir zu folgen, ich gehe dir voran.«

»Carlo, um Himmels willen, stoße mir nicht diesen Dolch ins Herz! Befreie meine letzten Tage von allem, was sie uns vergällen könnte! ... Lerne doch von mir ... Tausendmal hätte ich mich töten können und mögen ... und statt dessen ... habe ich ausgehalten. Und jetzt darf ich sterben.«

»Nicht sterben! Pisana, ich schwöre dir, du wirst nicht sterben.«

»Du hast recht. Ich werde nicht sterben, wenn du lebst, wenn du mein Gedächtnis ehrst, indem du die geringen Opfer, die ich dir schlecht genug gebracht, dir Nutzen bringen läßt. Denk an Aquilina, die ich dir anvertraut habe, an deine Söhne, an die dich heilige, unverletzliche Pflichten binden; an dein Vaterland, an das meine, Carlo, für das dieses Herz immer geschlagen hat, für das ich, wohin mich auch der Wille Gottes trägt, ohne Aufhören bitten und hoffen will. Carlo, ich bitte dich, so sehr ich kann: lebe, damit die, die nach uns kommen, deinem Beispiel folgen. Dürfte ich wenigstens sagen, daß, wenn ich sterbe, meine Worte und Ratschläge als Erbe den Mut zu selbstlosen Taten hinterlassen! Das ist meine einzige Bitte. Wenn du sie mir erfüllst, ist der Augenblick meines Todes der glücklichste meines Lebens. Und im übrigen ... ich habe mich gemüht, das wenige Gute, das ich tun konnte, zu tun; ich sterbe zufrieden. Ich gehe und warte auf dich und lächle dir entgegen.«

»Pisana, du sollst nicht einen Augenblick warten. Ich komme mit dir.«

»Oh, das sind die ersten harten Worte, die ich von dir höre. Willst du mich so vor mir selbst erniedrigen und mir die geringe Ehre nehmen, in der ich so glücklich scheiden würde?... Carlo, wenn du mich noch liebst, kannst du mich nicht so traurig sterben lassen. Du weißt doch, wenn ich etwas will, so will ich es und verlange es um jeden Preis. Also gut: Ich will und verlange, daß mein Tod, der mir so leicht und sanft ist, nicht eine ganze Familie in Verzweiflung stürzt, daß er Italien und der Menschheit nicht das Gute raubt, das du noch wirken kannst und mußt. Carlo, du bist stark und mutig. Du glaubst an Tugend und Gerechtigkeit. Versprich mir jetzt, daß du deinen Posten nicht verläßt; daß du, ob elend oder glücklich, mit Gefährten oder allein, für Tugend und Gerechtigkeit bis zum letzten kämpfen wirst!«

»Pisana, was verlangst du? Wie soll ich noch an Tugend und Gerechtigkeit glauben, wenn ich dich nicht zur Seite habe, wenn ein Leben wie das deine einen so elenden Lohn findet?«

»Mein Leben beginnt mit der Liebe und endet mit der Verzeihung, dem Frieden, der Hoffnung, daß es sich in eine andere Liebe erhebt, die nimmer aufhört ... ein solches Leben ist so über jedes Verdienst, daß ich Gott dafür danke wie für ein Gnadengeschenk. Nur ein einziges Glück fehlt mir noch; aber ich bin sicher, es zu erhalten, denn es steht in deiner Macht. Versprich mir, Carlo, worum ich dich gebeten habe. Nein, du schlägst mir diese letzte Wohltat nicht ab; ich flehe dich an bei dem Heiligsten und Teuersten auf der Welt, bei der Ewigkeit unserer Liebe.«

»Pisana, ich habe noch nie ein Versprechen nicht gehalten.«

»Darum beschwöre ich dich, daß du es mir gibst; sieh doch, das Glück meiner letzten Stunden hängt jetzt an deinen Lippen!«

»Muß es wirklich sein? Ist es dein unwiderruflicher Entschluß?«

»So unwiderruflich wie das Geschenk meiner Liebe.«

»Du forderst, was ich nicht vollbringen kann.«

»Du kannst alles vollbringen, wenn du mich noch liebst. Versprich mir, daß du leben willst zum Wohl der Familie, die ich dir gegeben, zur Ehre des Vaterlandes, das wir beide geliebt haben und immer lieben werden.«

»Du willst es, Pisana? ... Ich verspreche es dir bei der heißen Sehnsucht, ich möge dir in Kürze folgen, bei der Hoffnung, daß die Natur mich bald von solchem Versprechen löst.«

»Ich danke dir, Carlo. Jetzt bin ich glücklich, jetzt ist mir dieser Makel vor Gott genommen.«

»Aber um etwas bitte auch ich dich, Pisana: Lebe nicht ständig in diesen düsteren Gedanken, die an deiner Kraft zehren, sondern nutze das glückliche Gefühl, in dem du jetzt wieder aufblühst, deine Gesundheit zu beleben, deinen Mut anzufachen, kurz, dich für uns zu bewahren, die dich so lieben.«

»Ach, da bittest du mich um mehr, als ich gewähren kann. Und dann blicke mir doch ins Gesicht ... Siehst du nicht das Lächeln des Glücks, die Tränen der Freude? Meinst du, ich arme Frau mit meiner törichten Liebe würde mich so leicht darein ergeben, dich für immer zu verlassen, wenn nicht eine gewisse Hoffnung in mir lebte, die mir sagt, daß wir uns wiedersehen, daß wir vereint und in alle Ewigkeit glücklich sein werden, tausendmal glücklicher, als wir hier je gewesen?«

»Ich glaube dir, Pisana. Die ganze Seele spricht aus deinen Augen. Ach, könntest du bei uns bleiben!«

»Meinst du, wenn ich bleiben dürfte, hätte ich die unsagbare Freude dieser letzten Stunde genossen? ... Dagegen würde jede andere Freude verblassen. Laß mich gehen! Bewundere auch du mit mir die Güte Gottes, der die untergehende Sonne mit den herrlichsten Farben schmückt. Er läßt uns schon in dieser Welt die Wonnen der andern kosten und gibt uns damit ein Unterpfand, daß das, was er als Ahnung in unser Herz gelegt hat, nicht trügt. Leb wohl, Carlino! ... Sagen wir uns jetzt, wo unsere Seelen stark sind, Lebewohl. Vielleicht sehen wir uns noch viele Male, vielleicht noch einmal ... ein letztes Mal gewiß, um uns nie mehr zu trennen. Ich gehe und warte auf dich; ich lerne dort, dich wahrhaft zu lieben, wie du es verdienst. Leb wohl.«

Sie floh aus meinen Armen, und ich hatte nicht die Kraft, sie zu halten. Mir war, als sei sie schon gestorben, als sei dieses Lebewohl ihr letztes Wort gewesen. Mein Geist irrte umher und fand überall Finsternis und Einsamkeit. Ihre Seele strahlte so viel Kraft aus, daß, als sie mich verließ, alles andere Licht erlosch, alle Liebe ihre Wärme verlor gegenüber der ihren. Bald kamen Lucilio, Aquilina und die andern; ich wies nur stumm auf die Tür, durch die Pisana hinausgegangen war, und brach in Tränen aus.

Der Anblick der Menschen, die mich so unweigerlich ans Leben fesselten, schien mir unerträglich; Frau und Kinder waren mir plötzlich verhaßt. Doch als sie das Zimmer, von meinen Tränen und der hinausweisenden Gebärde erschreckt, verlassen hatten, gewannen die Bitten von Pisana in meinem Herzen wieder Raum. Ihre erbarmungsvolle Liebe, die mit meiner Seele sozusagen eins geworden, durchhauchte sie mit heilender Kraft. Wenn ich es ihr an Hingabe auch nicht gleichtun konnte, so mußte ich ihr wenigstens nacheifern und mich den andern opfern, wie sie sich für mich geopfert hatte. Mochte nun mein Leben Sühne und Kampf werden – es sollte doch für die andern eine Wohltat sein; je schwerer es mir fiel, um so mutiger mußte ich es bis ans Ende führen. Pisana, die schon von den Geheimnissen der Ewigkeit durchglüht war, erhellte mir den Pfad; ihr Licht würde in meinem Herzen nie erlöschen, es würde mich mit einer Hoffnung, einer geduldigen, der Erfüllung gewissen Sehnsucht speisen. Allmählich flossen die Tränen ruhiger, ich stürzte beim Gedanken an den Tod nicht mehr verzweifelt in einen Abgrund, ich erhob mich zu ruhiger Betrachtung.

Man ließ mich lange allein. Später kam Lucilio und berichtete, Pisana sei plötzlich sehr schwach geworden, habe sich jedoch mit Hilfe eines Herzmittels erholt und schlummere jetzt ruhig und sanft. Er gebot, wir sollten sie schlafen lassen, die Natur werde sich am besten allein helfen. Er werde vor Abend wiederkommen und sehen, ob er dann mit seiner Kunst eingreifen könne. Wirklich kam die Krankheit einige Tage zum Stillstand; Pisana blieb sich in ihrer heiteren Ruhe immer gleich.

Als sie mich zu sich rief und noch einmal leise hören wollte, daß ich halten würde, was ich ihr versprochen, erstrahlte ihr Antlitz in einem himmlischen Lächeln; nie, nicht einmal in den Augenblicken unserer tiefsten Seligkeit, hatte ich sie so innig beglückt gesehen. Nun verklärte sich diese Flammenseele, die immer in einem Sturme stolzer Leidenschaften gelebt hatte, allmählich in heiter-helle Ruhe; die Hülle irdischer Gefühle, die ihr Leben im Leibe umschleiert hatte, fiel ab, und das reine Wesen erhob sich leuchtend und erglänzte in immer stillerem Licht. Wie viel hatte eine einzige, große, beständige Liebe, trotz verderblicher Erziehung, über diesen wunderlichen, chaotischen Charakter vermocht! In dem leichten Fluge, in dem sich ihr Geist löste, verstummten alle Leidenschaften, und der Tod, ein milder Freund, senkte sich zu sanftem Kuß auf ihre lächelnden Lippen.

Die Phantasien des Todeskampfes brachten ihr liebliche Träume. Bisher hatte ich geglaubt, die hohen Worte, die man Sterbenden in den Mund legt, seien erdichtet, doch nun überzeugte ich mich, daß fromme Seelen, wenn sie einen letzten Blick auf ihr verflossenes Leben werfen, ihm die höchsten, edelsten Gefühle entlocken, als nähmen sie sie mit als Wegzehrung auf die weite Reise zu Gott. Pisana nannte oft Italien, oft drückte sie mir die Hand, murmelte Worte des Zuspruchs und der Zuversicht. »Deine Söhne, Carlo ... sie sind glücklicher als wir. Aber nur in der Welt! Jenseits der Welt sind auch wir glücklich, weil wir ihnen ihr Glück bereitet haben.« Ein andermal verlor sie sich, wie ich aus einzelnen gestammelten Worten merkte, in die glorreichen Tage vor 24 Jahren in Neapel. Danach faltete sie die Hände und bat leise und demütig: »Verzeihung, Verzeihung!« ... Ach, geliebte Seele, wer sollte dir verzeihen und warum? Etwa ich, der alles dahingegeben hätte, nur um deiner würdig zu sein? Oder jener Gott, der schon so lange auf deine Opfer herabsah und vielleicht in diesem Augenblick bewunderte, wie sich eines seiner Wesen mutig und heiter zu ihm erhob? ...

Freue dich jetzt, geliebte Seele, des letzten Zeugnisses, das ich für dich ablege, der ich dich um dreißig Jahre Geduld und Schweigen überlebt habe. Freue dich! Jeden Strahl des Mutes, der den Rest meines Lebens erleuchtet hat, jede brave Tat, die meine

Söhne vollbracht, die die Söhne meiner Söhne vollbringen werden, danken wir dir allein. Dir, die mich bat zu bleiben und in mir und in den andern das Beispiel deines Lebens wieder aufzunehmen. Leuchte, geliebte Seele, noch meinem müden Geist aus den Höhen des Äthers, wo dank der Kraft deines Geistes dein Licht ausgegossen weiterwirkt, und erhelle mir den Pfad, auf dem ich dich erreichen kann! ... Wenn ich alter Mann, schmerzumdunkelt über das Grab meines geliebten Sohnes gebeugt, noch einen Schimmer ewiger Hoffnung erblicke, so danke ich es dir allein. Für dich allein besaß ich Familie, Vaterland, ein mutiges Herz, ein unbestechliches Gewissen, für dich allein bewahre ich das Feuer des Glaubens; ich will seine Flamme, wo immer es sei, mit dem ewigen Feuer deiner Liebe einen.

Das sind keine Träume eines kindisch gewordenen alten Mannes von achtzig Jahren; er hat nicht so vielen Schmerzen widerstanden, um am Ende des Lebens dem äußersten Schmerze, dem Chaos, zu verfallen. Es gibt eine überirdische Sphäre, eine ewige Ordnung, wo alle Schuld wie Blei zu Boden sinkt und alle Tugend sich zum Geist erhebt. Ich, der ich sah, wie du, Pisana, die sterbliche Hülle ablegtest, wie du im letzten, höchsten Augenblicke schöner, jünger, glücklicher warest denn je, der ich dich jetzt mehr liebe, als ich dich je geliebt – ich muß in aller Schwäche, in allem Irrtum glauben an eine Läuterung und geheimnisvolle Verwandlung der Seelen. Dank deiner Liebe, Pisana, glückliche Seele, sage ich nun, im Angesicht des Todes, einem Wahne ab, der furchtsam, herzlos verneint, was er nicht sieht. Warum den Geist mit den Sinnen an die Erde fesseln? Warum ihn nicht mit der bildenden Kraft der Seele, mit allen Kräften des Gemütes erheben? Dank dir, Pisana, labt mich dieser Trost aus Himmelshöhen. Nur du hast so viel über mich vermocht.

Als Pisana wieder zu sich gekommen war, fragte Aquilina sie, ob wir einen Priester holen sollten, damit die Religion die wunderbare Heiterkeit ihres Geistes stärke.

»O ja«, sagte sie lächelnd. »Meine Schwester würde sehr traurig sein, wenn sie hörte, daß ich ohne Priester gestorben wäre.«

Aquilina rief: »Sprich nicht von Sterben! Die Tröstungen der Religion helfen, nach dem Willen des Herrn, auch zum Leben.«

»Leben oder Sterben ist das gleiche vor Ihm«, erwiderte Pisana ruhig. Dann sah sie mich lange an. Ich wandte mich zur Seite und trocknete mir verstohlen die Augen; dort standen mein Schwager und die Söhne ehrfürchtig vor diesem Sterben. Alles um Pisana atmete Frieden und Größe; mir schien, es sei kein Tod, sondern eine kurze Trennung, ein Abschied unter Freunden. Lucilio kam, fühlte ihr den Puls und lächelte ihr zu, als wolle er sagen: Bald ist es so weit, doch es wird dir leicht sein. Zuletzt kam der Priester, mit dem Pisana ohne Überheblichkeit noch Frömmelei lange sprach. Ihrem zufriedenen Gemüte war der Frieden Gottes ganz natürlich; und die letzte Ölung, die an Sterbebetten oft mit so düsterem Pomp gespendet wird, vermochte der heiteren Ruhe ihrer Seele nicht Eintrag zu tun.

Danach sprach sie wieder mit uns, dankte Lucilio für alle Mühe, Aquilina und Bruto für ihre Freundschaft, segnete meine Söhne, bat sie, ihren Eltern zu gehorchen und nachzueifern. Mich nahm sie bei der Hand und ließ mich nicht mehr los, sogar das Herzmittel, das daneben auf dem Schranke stand, durfte nicht ich ihr holen; Aquilina mußte es ihr an die Lippen führen. Sie dankte ihr mit einem Lächeln, dann wandte sie sich zu mir und flüsterte mir ins Ohr: »Behalte sie immer lieb! Ich habe sie dir gegeben.« Ich hatte keine Kraft zu antworten, aber ich nickte ja. Nie habe ich jenes Versprechen vergessen; Aquilina selbst würde es mir bezeugen, so sehr auch später manche abweichenden Ansichten unsere Temperamente gereizt haben.

Nun atmete Pisana immer schwächer und mühsamer. Sie drückte meine Hand fester und schenkte jedem von uns ein

Lächeln; doch kam die Reihe an mich, so haftete ihr Blick länger und inniger. Und sie löste ihn nur, um wieder Aquilina anzublicken, als bitte sie sie wegen dieser letzten Zeichen der Liebe um Verzeihung. Von Zeit zu Zeit sprach sie, aber die Stimme versagte ihr; auch meine Kräfte drohten zu versagen, und sogleich kam ihr Blick und gab mir Mut und forderte, daß ich halte, was ich versprochen.

Plötzlich sagte sie mit lauterer Stimme, als wir in der letzten Zeit von ihr gehört hatten: »Hier bin ich!« Sie wollte den Kopf vom Kissen heben, doch sie sank müde zurück und lächelte, daß ihr die Kraft fehlte. »Hier bin ich!« murmelte sie leise und noch leiser zu mir: »Denk daran: ich warte auf dich.« ...

Ein Schauer streifte mich; es war ihre Seele, die mich, als sie davonflog, ein letztes Mal grüßte. Noch hielt Pisana meine Hand, ihre Lippen lächelten, ihre Augen schauten ... doch was? Wohl schon die eigene Ewigkeit. Keiner von uns rührte sich; wir wohnten unbeweglich, schweigend der heiteren Ruhe dieses Todes bei. Lucilio erzählte mir später, er habe geweint, aber aus Trost. Ich sah damals nichts um mich her; ich regte mich nicht, ich weinte nicht, ich sprach nicht, ich erwachte erst, als man meine Hand aus der ihren löste. Nun ordnete ich ihr selbst die Kleider und legte sie auf ihr letztes Bett; als ich ihr den letzten Kuß auf die Lippen drückte, war mir, als sei meine Seele mit der ihren entflohen.

Viele Tage spürte ich nicht, ob ich tot war oder lebendig. Es war nicht Verzweiflung; das Leben schwebte über mir, und erst allmählich kehrte es hierher zurück, ich wußte wieder, was geschehen war, und besaß mit einem Male die Kraft, den letzten Wunsch von Pisana zu erfüllen. Von diesem Zeitpunkt an gewann mein Wesen einen Ernst und eine Festigkeit, die es nie zuvor besessen. Die Erziehung, die ich meinen Söhnen zuteil werden ließ, wurde mir völlig von Pisana eingegeben. Wenn mir Aquilina manchmal einen leisen Vorwurf machte, daß ich unsern Söhnen auf solche Weise ein zu kühnes Leben bereite, brauchte ich ihr nur den Tod von Pisana ins Gedächtnis zu rufen, daß sie sagte, ich tue recht. Nein, wir durften nicht Gefahr noch Opfer scheuen, um das Beispiel des Todes von Pisana zu verdienen.

Wenige Tage vor unserer Abreise von London kam die Nachricht, Seine Exzellenz Navagero sei zu einem besseren Leben eingegangen und habe Pisana als Universalerbin eingesetzt und, falls sie ohne Testament stürbe, bestimmt, daß mit seinem ganzen Vermögen ein Spital gegründet werden solle, das ihren Namen trüge. Er hinterließ rein und rund etliche Millionen und hatte all die letzten Jahre in erheuchelter Armut gelebt, um die große Summe für diesen Zweck aufzuhäufen. Ich trennte mich sehr schwer von England, wo auf einem ländlichen Friedhof ein so großer Teil von mir begraben lag; aber Pisana befahl mir ja, für meine Söhne zu sorgen, und so reisten wir ab. Spiro und Aglaura hatten mich gebeten, mich einiger Geschäfte anzunehmen, die in Venedig noch in der Schwebe waren, und darum wandte ich mich dorthin und war entschlossen, dort zu bleiben. Mein Schwager sollte, nachdem er seine Angelegenheiten im Friaul geordnet, zu uns kommen; und so bezog ich traurig das Winterlager meines Alters. Auch die Trennung von Lucilio war mir recht schwer geworden; doch er hatte mir beim Abschied gesagt: »Ich komme zu Euch sterben«, und ich wußte, er würde sein Versprechen halten. Wir langten am fünfzehnten September 1823 in Venedig an. Ich verbrachte die erste Nacht in jenem denkwürdigen Stübchen, in dem ich so sorglos glückliche Tage verlebt hatte, und netzte das Wertvollste, das ich besaß, mit meinen Tränen. Die eine Locke hatte ich dem Haar des Kindes Pisana entrissen, die andere mit bebender Hand leise von der Stirn der Toten gelöst.

EINUNDZWANZIGSTES KAPITEL

Wie ich mithalf, in Venedig einige Handelstätigkeit zu wecken, damit sich das Leben wieder rege, und wie der ältere meiner beiden Söhne mit Lord Byron nach Griechenland fuhr. – Ein Duell mit fünfzig Jahren zu Ehren der Toten. – Reise zur Hochzeit nach dem thrazischen Napoli und traurige Rückkehr über Ancona im März des Jahres 1831. – Der Tod nimmt mir meinen Zweitgeborenen und hält Ernte unter Freunden und Feinden. – Er findet einen mächtigen Verbündeten in der Cholera. – Ein Lernender von fünfundsechzig Jahren.

Wir wissen heute, welche Ursachen dazu geführt haben, daß Venedig fiel. Die gleichen Ursachen waren auch der Grund, daß es sich nicht einmal im Materiellen zu neuer Tatkraft aufraffen konnte. Welche Schuld trugen die Venezianer daran, wenn Columbus und Magalhães einen neuen Handel zum Nutzen anderer Nationen schufen, und wenn Vasco da Gama den Waren aus dem Orient neue Stapelplätze öffnete? Die Venezianer blieben kühne, bewundernswürdige Kaufleute, solange sie die Waren ferner Länder mit größerem Vorteil als ihre Mitbewerber verkaufen konnten; sie bewahrten kriegerische Gewohnheiten und Kräfte, solange jener weitausgedehnte, waghalsige Handel einen mächtigen Schutz brauchte. Als der Anreiz des Gewinnes wegfiel, fiel jedes Lockmittel weg, den alten, glorreichen Überlieferungen treu zu bleiben; es fielen die nunmehr zu teuren, wenig ertragreichen Expeditionen zum Schwarzen Meer und nach Syrien weg, wo man die europäischen Waren eintauschte gegen die mit Karawanen herangeführten aus Moskau, Indien und China; es fiel der soldatische Geist weg, der bei ihnen wie bei den Engländern nur auf der Verteidigung eines blühenden Handels beruhte.

So war Venedig jeder Sinn für seine Existenz und jede Tätigkeit innerhalb der zivilisierten Welt genommen. Es lebte weiter, gewohnheitsmäßig und ›so aus dem Zufall‹, wie der Doge Renier damals gesagt; und dennoch legten drei Jahrhunderte eines langsamen, ehrenvollen und fast glücklichen Verfalls noch eine feierliche Probe ab von der alten Macht Venedigs und von den Tugenden, die sich während einer so langen Herrschaft in seiner Regierung und seinem Volke fest verankert hatten. Hätte sich die Republik von San Marco von sich aus ernstlich und beständig mit dem italienischen Leben des Mittelalters verbunden, so wäre seinem Handel, der zur See verfiel, möglicherweise in einer Erweiterung über das Festland hin neuer Boden zuteil geworden. Statt dessen erschien sie in den italienischen Provinzen mehr als Handel treibende denn als regierende Macht; diese Provinzen waren nicht Glieder, die ihren Körper vollständig machten, sondern Kolonien, dazu bestimmt, das herrschende Patriziat, das der früheren Mittel, seinen Reichtum zu fördern, beraubt war, zu erhalten. Die Venezianer waren kluge Politiker und Soldaten, nicht weil sie den Einfluß ihrer Regierung befestigen und über den Po und Mincio hinaus erweitern und sich eine italienische Zukunft bereiten wollten, sondern weil sie ihr Eigentum verteidigten, wie sie zuvor auf der Krim und in Kleinasien ihre Handelsplätze geschützt hatten. Da nun die anderen italienischen Regierungen die Venezianer, sei es aus gewohnter Achtung oder weil das Gleichgewicht notwendig und ein so kluger Handelsverkehr verdienstlich war, im friedlichen Genusse ihrer weit ausgedehnten Besitzungen beließen, hörte jeder Zwang, sie mit Waffen zu schützen, allmählich auf; die Handelsherren vom Rialto waren es zufrieden, daß sie einen Posten auf der Ausgabenseite streichen konnten, und stellten die Sicherheit dieser Gebiete einzig und allein der eigenen Umsicht und der Mäßigung anderer anheim.

So waren aus Kaufherren Geschäftsleute ohne Ehrgeiz geworden, der Blick ging nicht mehr seewärts, sondern auf den Kontinent; hätte da eine kühne Partei oder ein vom Glück begünstigter Führer der Aristokratie den Versuch gemacht, auch den Charakter der Regierung von einem nur vom Handel bestimmten in einen politischen zu wandeln, so wäre die Weltmacht Venedigs vielleicht größeren Wagnissen ausgesetzt worden, aber sie hätte zugleich einen Grund und ein Anrecht auf künftige Größe erworben. Man hätte mit einer neuen Verknüpfung der nationalen Kräfte Abhilfe geschaffen für den alten Fehler der geringen Anteilnahme an der italienischen Bewegung. Dafür fehlte die günstige Gelegenheit, oder die Kraft, oder der Sinn. Venedig, wie ich schon einmal sagte, blieb eine Stadt des Mittelalters mit dem äußeren Schein eines modernen Staates. Aber ein Schein kann nicht lange anhalten; und da es eine Nation nicht hatte werden wollen oder können, mußte es notgedrungen in den Stand einer einfachen Stadt zurückfallen. Man muß in der Kunst politischer Verwaltung wie in der medizinischen Physiologie einen Körper, in dem schlechte Säfte wüten, auf jenes natürliche Maß zurückführen, auf dem er das Gleichgewicht der vollen Gesundheit wiederzufinden vermag.

Venedig wurde in jenen ersten Umwälzungen, die ihm jeden Halt am Festlande nahmen und es mehr denn je von dem schon ungewohnten Weg aufs Meer ausschlossen, nahezu auf den Tod verwundet. Als dann wieder Friede war, das Meer ihm jedoch verschlossen blieb, war seine Kraft so gesunken, daß es mit den andern Häfen, die sich inzwischen erhoben hatten, nicht wetteifern konnte. Triest trat kühn in die Schranken, unterstützt vom Wiener Handel; Venedig zog sich tatenlos und verdrossen in die Marmormassen seiner Paläste zurück.

Es mußte den bitteren Bissen schlucken, daß es, nachdem es sich bis in die letzten Zeiten als Beschützerin Europas gegen die Türken gebärdet hatte, andere um Waffen und Geld bitten mußte, wenn es vier Schiffe nach Korfu schicken wollte, um Feigen zu laden. Die Venezianer hielten sich noch im Jahre 1780 für die, denen es oblag, die Anmaßung der Muselmänner zu dämpfen, weil ihr Admiral Emo mit einem Dutzend Galeeren glorreich einige Repressalien gegen Tunis versucht hatte. Das war fortan die einzige Begründung dafür, daß sie überhaupt auf der Welt waren, und sie glaubten hartnäckig an ihre wirkliche

Geltung. Als nun aber der große Krieg, die zweihundert Schiffe Englands und die vierzehn Heere Frankreichs sowie das für uns so böse Ende des titanischen Kampfes die politische Nichtigkeit Venedigs deutlich genug erwiesen hatten, und als es offenbar wurde, daß Europa keines Schutzes gegen die Türken mehr bedurfte, und selbst wenn ein solcher Schutz nötig geworden wäre, er sicher nicht mehr Venedigs Sache war – erst da begann es einzusehen, daß es nicht mehr das war, was es darzustellen meinte. Und diese Erkenntnis und Gewissensprüfung war, wenn sie auch eine tiefe Niedergeschlagenheit im Gefolge hatte, immerhin ein Zeichen vernünftigen Denkens und heilsamer Reue.

Ich kehrte nach Venedig zurück, als seine Niedergeschlagenheit und Reue den höchsten Grad erreicht hatte. Es gab nicht mehr Handel noch Reichtum an Grundbesitz, nicht Kunst noch Wissenschaft, nicht Ruhm noch Tatkraft irgendwelcher Art; Venedig schien tot; das Leben hatte ausgesetzt. Da ich mich mit den Geschäften meines Schwagers Spiro befassen mußte, lernte ich die Gleichgültigkeit und Unzuverlässigkeit der Behörden, denen die Republik den Glanz ihres Namens verdankt hatte, recht aus der Nähe kennen. Mein erster Gedanke war, mich an die Spitze einer Erhebung zu stellen und diese eingerosteten Kräfte mit dem Öl der Tatkraft in Gang zu bringen. Es war höchstens ein Versuch möglich, denn man hatte fast nichts in Händen; aber mit einem tapferen Beginn ist schon das halbe Werk getan. Ich glaubte zu wissen, Spiro würde einem solchen Plane nicht abgeneigt sein, und schreckte nicht davor zurück, an diesen vaterländischen Versuch den Kredit und das restliche Vermögen des Hauses Apostulos zu wagen. Der Krieg in Griechenland hatte ihm seinen besten Bestand genommen, doch etwas war noch vorhanden, und das allseitige Vertrauen würde den Wert dieser spärlichen Überbleibsel vervielfachen. Den Geist der Gemeinsamkeit zu beleben oder vielmehr zu schaffen, würde der erste Schritt sein, und dazu ermutigte mich das Schauspiel der englischen Macht, das ich kürzlich gesehen und bewundert hatte. Doch sogleich merkte ich, daß ich mich an einen Traum wagte, und zog mich beizeiten zurück, um den guten Willen, der mich wie ein Sauerteig durchwirkte, nicht in einem plötzlichen Sturze einzubüßen.

Ein Mensch allein kann dem nationalen Fortschritt wohl vorauseilen, ihn jedoch nicht ins Schlepptau nehmen. Damit sein Beispiel Nutzen bringe, muß er es so hinstellen, daß es leicht von vielen nachgeahmt werden kann, damit es in der Gewohnheit Wurzel schlage. Der Gemeingeist, dieses Zeichen und Mittel einer Einigkeit im Großen, wird zwar durch Unternehmungen in jeder Weise gestärkt. Doch daß er sich voll entwickele, dazu braucht es ein stufenweises Fortschreiten; einer Gemeinschaft von tausend Menschen geht die vom Glück begünstigte von hundert voraus, und um die hundert zu lehren und zu überzeugen, mußte ich zwanzig, zehn oder fünf zusammenbringen und ihnen an Hand von Taten und Zahlen zeigen, daß, wenn jeder nur für sich allein handle, der allgemeine und persönliche Nutzen geringer sei. Nachdem ich mich in solchen Grundsätzen bestärkt, lieferte ich die Probe und wandte sie an auf meine Geschäfte, die ich vor den Augen aller abwickelte, jedoch auf privater Grundlage, nicht zum Wohl einer breiten Öffentlichkeit.

Wirklich brachte uns eine erste von mir gegründete Gesellschaft für den Handel mit getrocknetem Obst, albanischen Galläpfeln, Öl und anderen Rohstoffen auf levantinischen und griechischen Schiffen großen Erfolg. Ich hatte sorgfältig darauf geachtet, nicht zu viel zu wagen und mich nicht zu sehr zu verbreitern, damit der Gewinn sicherer, wenn auch klein war. Nach jenem ersten Schritt kam man immerhin aus dem schläfrigen Zustand heraus. Es bildeten sich andere, der unseren ähnliche Gesellschaften, und nun die Konkurrenz die Tatkraft beflügelte, erweiterten wir unsere Unternehmungen und wagten uns in der Hoffnung auf höheren Verdienst in größere Fährlichkeiten. Meist gab die Erfahrung dem recht, der vorwärts drängte. Als die Konkurrenz zwischen uns die vorteilhafte

Entwicklung der einzelnen Geschäfte zu hemmen begann, verschmolz man einige kleine Gesellschaften zu größeren, und diese wetteiferten mutig mit den stärksten und ältesten Firmen in andern Häfen des Mittelmeers. Die Erträge waren sicher geringer, und darum konnte es Venedig weder mit Marseille aufnehmen noch mit Genua oder Triest; doch trug auch der bescheidene Verdienst dazu bei, daß auf Mutlosigkeit Hoffnung folgte und auf Tatenlosigkeit Tätigkeit. Kommt der Stein einmal ins Rollen, so weiß man nicht, wie weit er rollt. Zwar verlockte das neue Gedeihen von Venedig Fremde jetzt noch nicht dazu, eigenes Kapital hineinzugeben, doch besaßen wir immerhin genug, daß wir unsere Kräfte regen und steigern konnten. Es war nicht viel, aber man durfte auf mehr hoffen. Natürlich brachten solche Unternehmungen der alten Firma Apostulos ungewöhnlichen Gewinn, und Spiro geizte nicht mit seinem Lob, denn ich half nicht nur ihm, ich half auch der Unabhängigkeit Griechenlands.

Der Handel, wenigstens für den örtlichen Warenaustausch, hatte einen naturgemäßen Gang genommen und nach und nach seinen entsprechenden Absatz in der großen Ebene des Po gefunden. Ich will mich dessen weiter nicht rühmen; große Unternehmungen werden, wie große Söhne, wirklich mehr in der Lust des Augenblicks, denn mit Absicht gezeugt. Nun hatte ich hierbei zwar einige Absicht, und darum freut es mich, daß ich als erster zu einer neuen Blüte des venezianischen Handels beigetragen habe. Freilich wurden diese Erfolge erst später bedeutend, und ich beschränke mich wieder auf die erste Zeit, da sie mir nur als ferne und vielleicht unbegründete Hoffnungen im Kopfe spukten.

Donato, mein Zweitgeborener, fand sich leicht darein, mich in meinem neuen Kaufmannsberuf zu unterstützen, und nützte mir, obwohl er fast noch ein Knabe war, in dem ihm eigenen staunenswerten Scharfsinn ganz beträchtlich. Er war ein recht ergötzliches Närrchen, und wenn sich mein Gemüt mit Schwermut umdüsterte, brauchte ich mich nur mit ihm zu beschäftigen, so hellte es sich auf. Er leistete seiner Mutter treulich Gesellschaft, sooft sie das Haus des Grafen Rinaldo von Fratta besuchte, wohin sich nach dem Tode des alten Navagero auch die Hochwürdige Clara zurückgezogen hatte. Der Graf war noch immer Buchhalter in der Rechnungskammer der Regierung um einen Dukaten am Tag und lebte nur auf dem Amt und in den Bibliotheken; doch Clara, die mit allen ehemaligen Nonnen von Santa Teresa Freundschaft hielt, hatte ihm eine hübsche Anzahl Besucherinnen ins Haus gezogen. Nach und nach hatten sich an diesen ersten Ring andere Vertreter der Gesellschaft angegliedert, Patrizier alter und neuer Prägung, größtenteils Menschen, die im Grunde um die alte Ordnung der Dinge jammerten und doch die neue lobten und sich zunutze machten, um nicht zu Mühsal und Langeweile neuer Revolutionen verdammt zu sein.

Donato beobachtete diese eigentümlichen Käuze und wußte sie, zu einigem Verdruß seiner Mutter, lächerlich zu machen; ich hingegen war damit nicht unzufrieden, denn ich ersah daraus, daß er nur ihr zu Gefallen fast jeden Tag zu diesen Mumien ging und ihre unsauberen Grundsätze und elende Heuchelei nie lernen würde. Aquilina ihrerseits schloß sich immer enger an Frau Clara an, weil man, wie sie sagte, nie wissen könne, wohin uns etwa ein dummer Streich von mir noch führen würde. Über solche und ähnliche Worte entspann sich gewöhnlich großer Streit; doch ich nahm ihn mir nicht weiter zu Herzen, weil ich wußte, Aquilina meinte es gut. Andererseits rechtfertigte die Vergangenheit unsern vertrauten Umgang mit den Grafen von Fratta, und es stand mir nicht an, meine Frau von der Erfüllung einer Pflicht abzuhalten, die auch mir die Dankbarkeit auferlegte. Ein größerer Anlaß zur Zwietracht war das Betragen von Luciano, der, ganz im Gegensatz zu der Geschmeidigkeit und dem Tatendrang des jüngeren Bruders, zu Faulheit und zu Unüberlegtheiten neigte, weder Ermahnungen noch Rat hören wollte, und wenn ihm seine Mutter Vorwürfe machte, daß er sich nicht mit Dingen beschäftige, die im Leben nützlicher seien, zur Antwort gab, das sei ja kein Leben, und er sehe nicht ein, worin dies Nützliche oder Unnütze bestehen solle, und er komme am besten auf seine Kosten – möge das nun gut oder schlecht sein –, wenn er einfach alles vergesse.

»Höre, Luciano«, sagte ich warnend, »wenn wir alles vergessen, kann einmal ein Tag heraufziehen, der uns an etwas erinnert, und dann merken wir zu spät, daß wir vergessen haben, Männer zu werden.«

»Das laßt nur meine Sorge sein«, erwiderte er kurz und bündig. Und die unüberlegten Streiche und Ausschweifungen ließen in nichts nach, so daß ich oft in heftige Wortwechsel mit seiner Mutter geriet, die jetzt jenem jugendlichen Einfall, nach Griechenland zu gehen, ziemlich abweisend gegenüberstand. Freilich hatte es damit gute Weile; der Zeitvertreib mit den blonden Venezianerinnen und die Lust an einem Gläschen Malvasier spielten im Augenblick eine größere Rolle. Aber auch an solchen Übertreibungen gab Aquilina mir die Schuld.

»Da siehst du, wohin wir gekommen sind! Du kennst nichts als deinen Schreibtisch, unser Jüngster, so zart er ist, tut das gleiche, ein wahrer Märtyrer, und der Große, der Griechenheld, treibt sich in Bordellen und Schenken umher!«

»Zum Teufel! Was kann ich dafür? Schließlich bin auch ich einmal jung gewesen.«

»Und ich würde mich schämen, von meiner Jugend zu sprechen, wenn ich sie so schändlich vergeudet hätte.«

»Ich sage dir, diese Leidenschaft geht vorüber, sie wird ihn sehr bald reuen.«

»Ich wiederhole, sie ist eine Krankheit, die chronisch wird, wenn du nicht sofort für Abhilfe sorgst.«

So stritten wir hin und her. Luciano blieb indessen ganze Nächte außer Haus, und wenn man ihn schalt, wurde es nur schlimmer, und er schlug aus wie ein Füllen, das nicht gezähmt sein will. Inmitten solcher Mißhelligkeiten stürzte er eines schönen Morgens, als ich ihn am wenigsten erwartet hätte, bleich und aufgeregt in mein Zimmer und rief, er werde in der nächsten Woche nach Griechenland gehen.

»Und wozu?« fragte ich etwas höhnisch, denn ich glaubte nicht an die Beständigkeit solcher Vorsätze.

»Um Missolonghi gegen Mustapha Pascha zu verteidigen.«

Ich spottete noch immer. »Oh, ich freue mich, daß du weißt, es gibt im Peloponnes einen Mustapha Pascha.«

»Ich wußte es nicht«, stieß Luciano zwischen den Zähnen hervor, »aber Lord Byron hat es mir gesagt. Auch er ist entschlossen, in wenigen Tagen nach Griechenland zu gehen.«

»Und wo in aller Welt bist du Lord Byron begegnet?«

»Das ist meine Angelegenheit. Genug, ich habe ihn kennengelernt, er hat geruht mit mir zu sprechen, und er nimmt mich als Reisegefährten mit nach Griechenland.«

»Luciano, das hat dir wohl geträumt. Du redest im Scherz.«

»Nein, Papa, ich rede so im Ernst, daß Ihr dem Onkel im nächsten Brief, den Ihr ihm schreibt, meinen Entschluß mitteilen könnt.«

»Gut, wenn es dir Ernst ist, wiederhole ich, was deine Mutter vor einigen Monaten gesagt hat. Fühlst du dich dazu wirklich berufen? Du wirst verstehen, du hast mir inzwischen viel Grund gegeben, daran zu zweifeln.«

»Lieber Vater, ich bin meiner Sache so sicher, daß mein ganzes Leben diesen Vorsatz bestätigen wird und daß ich Euch um Verzeihung bitte wegen der schlechten Meinung, die Ihr von mir habt fassen müssen. Ich bitte Euch, habt Vertrauen, gebt mir die gute Meinung, die zu verdienen ich mich hernach mühen will, auf einige Monate im voraus. Darum bitte ich Euch und die Mutter.«

»Wir wollen es überdenken, Luciano. Inzwischen lasse du deinen Plan richtig reif werden und prüfe dich genau. Du hast dazu allen Grund.«

Er verlor über die Angelegenheit weiter kein Wort und zeigte mir nur in seinem Betragen, daß sein Vorsatz der Prüfung standhalten würde. Ich war tatsächlich verwundert; doch sooft ich ihn auf die oder jene Art versuchte, erwiderte er immer nur: »Ich habe eingesehen, man hat auf dieser Welt die Pflicht, irgend jemandem zu Nutzen zu leben; also bitte ich Euch, laßt mich ein solches Leben führen.« Seine Mutter ereiferte sich über den Plan, der sie einige Monate zuvor scheinbar kalt gelassen hatte, aber es half ihr alles nichts. Luciano blieb dabei, er wolle fort, und wartete nur auf einen Wink von Lord Byron, sich mit ihm einzuschiffen. Ich kannte den berühmten Dichter dem Namen nach und hatte ihn zwei- oder dreimal gesehen, wenn er, selten genug, unter den Prokuratien wandelte, denn er schien schon lange Italien, und gerade Venedig, als Vaterland erwählt zu haben. Dichter sind wie Schwalben, die ja auch ihr Nest gern unter Ruinen bauen. Daß sich Luciano dem durch seine erhabene Verzweiflung berühmten Misanthropen genähert hatte, wollte mir durchaus nicht behagen; ich fürchtete, dahinter verberge sich eine Ähnlichkeit der Leidenschaften, daß also die Größe jener Unternehmung hierbei der geringste Antrieb sei, und daß in Luciano der Ehrgeiz das gleiche vermöge wie die Übersättigung mit Lüsten in dem trübe gestimmten Lord. Luciano war reichlich jung und daher geneigt, sich blenden zu lassen von jenem Schein mephistophelischer Erhabenheit, die am Ende nur eine völlige Ohnmacht verbirgt, die außerstande ist, das Leben zu begreifen und seinen Sinn zu erfassen. Denn es war unmöglich, daß es ihn in seiner Jugend nach dieser unfruchtbaren Philosophie der Verachtung ernsthaft verlangen sollte, und wenn er darin seinen Helden nachahmte, so war es nur die Sucht, als etwas Besonderes zu gelten und sich Licht von anderer Leute Licht zu borgen. Also fürchtete ich nicht zu Unrecht, daß seine Entschlossenheit, sobald sie auf die Probe gestellt würde, hinter den Worten weit zurückbliebe. Aber Luciano wies den Vorwurf der Romantik lachend zurück und sagte:

»Ich werde nicht gefühlvoll schwärmen noch die Haare genialisch tragen, keine Romanzen säuseln noch mit selbstmordbleichen Wangen umherlaufen. Nein, ich will der Held auf manchem Ball sein, und die Frauen von Argos und Athen sollen sich meines Namens erinnern wie der Namen von Rigas und Botzaris. Das ist doch eine Romantik, die zu etwas führt! Und dann bedenkt, ich bin achtzehn Jahre, früher oder später müßte ich ja doch von Hause fort.«

Was soll ich noch hinzufügen? ... Ich ließ ihn also ziehen, legte ihn Spiro, der in Missolonghi weilte, besonders ans Herz, und schrieb ihm auch mein Urteil über den Charakter dieses Sohnes, über seine Unbeständigkeit und die andern Gefahren, die ich daher fürchtete. Meine Frau weinte nicht und verzweifelte auch nicht; nur machte sie mir drei oder vier Monate lang Vorwürfe, wie wenig Macht ich auf die Entschlüsse meiner Söhne auszuüben wisse. Inzwischen kamen aus Griechenland die besten Nachrichten. Da man die vom Zaren Alexander vorgeschlagene Teilung Griechenlands in drei Gospodariate einmütig zurückgewiesen hatte, war der Krieg wilder und grimmiger denn je ausgebrochen. Das vierte türkische Heer schmilzt auf dem heißen Boden des Peloponnes wie Schnee an der Sonne. Luciano hat mit seinen Vettern Demetrio und Teodoro die Ehre, seines außerordentlichen Mutes wegen in einem Kriegsbericht erwähnt zu werden. Spiro schrieb mir davon Wunderdinge, und Niceta, mit dem Beinamen »der Türkenfresser«, stellte ihn seiner Legion, in der Luciano Hauptmann war, als Beispiel hin.

Ganz Europa klatschte den heldenhaften Siegen Beifall; die Liebe und Begeisterung der edlen Geister für Griechenland nahm zu. Byron bot ihm seine Schätze und zeichnete eine Anleihe, aber er wurde krank, und der Kunde von dieser Krankheit folgte bald die seines Todes. Griechenland strömte zu seinem Begräbnis, ganz Europa weinte über dem durch das letzte Jahr seines Lebens geheiligten Grabe und setzte seinen Namen an eins der Bollwerke von Missolonghi. Luciano teilte mir dieses Unglück in herzbewegenden Worten mit; er war ganz verzweifelt, daß sein bedeutender Freund und Gönner den Ruhm des Dichters nicht mit den Taten des Helden habe verfinstern können. »Die Zeit ist ein Feind der Großen«, fügte er hinzu. Aber er hatte unrecht; Byron wird, wenn einige Jahrhunderte über seinen Tod hingegangen sind, in seinem edelmütigen Opfer erst richtig groß erscheinen.

In jener Zeit hatten sich auch für mich in Venedig, dem Orte angemessen, ziemlich schwerwiegende Dinge ereignet. Raimondo Venchieredo, der die älteste Tochter von Agostino Frumier geheiratet hatte und dank der Beschränktheit seiner Mittel und den launischen Gelüsten der jungen Frau in ziemlich mageren Verhältnissen lebte, vergnügte sich damit, von mir und Pisana übel zu reden, indem er, zumal von ihr, wirklich schandbare und unerhörte Geschichten erzählte. Mir wurde gesagt, er sitze mit seinem Kreise im Café Suttil, und es vergehe kein Abend, an dem er uns beiden, vielleicht aus Neid über meine ständig blühenden Handelsgeschäfte, nicht irgendeinen Schimpf antue. Für mich hätte ich möglicherweise darüber hinweggesehen, nicht aber für Pisana, die ich auch auf Kosten meines Lebens mit Freuden verteidigt hätte. Darum besuchte auch ich nun dieses Café, und da mich nur mehr wenige wiedererkannten, saß ich allein in einem Winkel des Hinterstübchens, las scheinbar die Zeitung und horchte auf die Gespräche im ersten Zimmer, in dem sich Raimondo mit seiner Unverschämtheit breitzumachen pflegte.

Am zweiten oder dritten Abend, den ich in meinem Hinterhalt verbrachte (und schon sahen mich die Besucher und Diener von der Seite an, als sei ich ein Spion), hörte ich im Café mehr Säbel- und Sporengeklirr als gewöhnlich, einen großen Lärm von Begrüßungen und Glückwünschen und dazwischen eine dröhnende, rauhe, gaumige Stimme, die mir bekannt vorkam. Das konnte nur der Partistagno sein; jetzt flüsterte auch jemand einem andern, der gefragt haben mochte, seinen Namen zu, und kurz darauf begrüßte Raimondo den General mit vielem Getöse, gratulierte ihm zu seiner Wohlbeleibtheit und fragte, ob er noch immer die Frau Äbtissin versuchen wolle. Kurz, er ließ mir keinen Zweifel über seine Person.

»Nein, mein Lieber«, erwiderte der Partistagno, »ich versuche die Äbtissin nicht mehr; meine Frau hat mich der Reihe nach mit sieben Jungen erfreut, die mir mehr zu schaffen machen als ein Regiment. Da habe ich keine Nonnen mehr im Kopf. Schade! Denn ich glaube, die Hochwürdige sähe mich nicht ungern, obwohl die Jahre viel dazu beigetragen haben dürften, sie endgültig zur Heiligen zu machen. Aber Ihr, mein lieber Raimondo, wie weit seid Ihr eigentlich mit ihrem Schwesterchen gekommen? Die hatte doch wohl nicht die geringste Anlage zur Nonne! Wißt Ihr noch, als ich das letzte Mal in Venedig war, branntet Ihr lichterloh. Potzblitz, darüber sind schon zwanzig Jahre hingegangen.«

»Noch ganz andere Dinge als Jahre sind darüber hingegangen«, sagte Raimondo. »Da kann ich Euch schöne Sachen erzählen; Ihr seid sehr zurück! Vor allem, der Schluß von der Geschichte: die schöne Pisana ist tot.«

»Tot!« rief der Partistagno. »Das hätte ich nie geglaubt; Frauen sterben nicht so leicht.«

»Nun, Pisana hat viel ausgehalten. Stellt Euch vor, sie hat zwei Jahre die Magd gespielt bei ihrem Liebhaber, Ihr erinnert Euch gewiß, diesem Carlo Altoviti ...«

»Gewiß erinnere ich mich. Der in Fratta den Spieß gedreht hat und hernach Sekretär bei der Regierung war.«

»Eben der. Nun also, es scheint, Pisana hat den Carlino auf ihre Art recht gut leiden mögen. Im Jahre neunundneunzig waren sie zusammen in Neapel und Genua, immer mit Erlaubnis dieses prächtigen Navagero, der sie geheiratet hatte, und danach haben sie so stoßweise wie Mann und Frau gelebt, bis Pisana, man weiß nicht wie, dem Liebhaber ein Landmädchen hinschob, das er heiraten mußte. Herrliche Geschichte, was? Jeder machte so seine Bemerkungen, aber keiner ist so recht dahintergekommen. Ihr, lieber General, besitzt doch eine blühende Phantasie. Löst Ihr das Rätsel! Was meint Ihr dazu?«

»Hm ... nun ... ich meine ... ich wette, sie hat ihn gründlich satt gekriegt, und um ihn auf immer los zu sein, hat sie ihm eine Frau aufgehängt.«

»Bravo, General! Aber was würdet Ihr sagen, wenn ich Euch erzähle, daß sie darauf nach Venedig zurückkehrte, sich mit allen Kräften des Leibes und der Seele der Plagen ihres Mannes annahm und mit Eurer Äbtissin Vaterunser und Bußpsalmen murmelte?«

»Was ich sagen würde? Zum Teufel auch! Ich würde sagen: Sie wollte mit dem lieben Gott ihren Frieden machen, und deshalb hat sie den Liebhaber zum Teufel gejagt!«

»Vorzüglich! Ihr habt eine blühende Phantasie, lieber General. Aber was würdet Ihr sagen, wenn ich Euch erzähle, daß sich der schöne Carlino für die letzte Revolution in Neapel, obwohl er schon seine guten fünfundvierzig Jahre auf dem Buckel hatte, noch einmal zum Fluge erhob, ins Kittchen kam und leicht hätte den Kopf einbüßen können, hätte nicht Pisana Mann und Betpult im Stich gelassen und wäre losgestürmt, um ihm Gnade auszuwirken und die Todesstrafe in Verbannung umzuwandeln? ... Was würdet Ihr weiter sagen, wenn ich Euch erzähle, daß sie, weil der Liebhaber blind geworden und gründlich auf dem trocknen saß, zwei Jahre mit ihm in England war und mit ihm unter den ärgsten Mühen das Leben fristete?«

»Ah bah, sie ist verrückt!« brummte der Partistagno. »Oder ich bin verrückt, Euch zu glauben, oder Ihr seid verrückt, solchen Unsinn zu erzählen.«

Raimondo rief eifrig: »Es ist die heilige Wahrheit! Und Ihr könnt Euch schon denken, was das für ein Gewerbe war, womit sich Pisana ihr Geld verdiente ... Ein venezianisches Fräulein hat nicht viele Möglichkeiten, das werdet Ihr mir zugeben. Nun, man macht eben aus der Not eine Tugend ... Trotz ihrer vierzig Jahre war sie ja schön und frisch ... Freund Carlino hat es gewußt und alles in Frieden gefressen ... Was sagt Ihr nun? Ein guter Magen, was?«

Mehr als die schamlosen Lügen von Raimondo erregte das wiehernde Gelächter, in das die Gesellschaft nach seinen Worten ausbrach, meinen Zorn. Ich stürzte in das Zimmer, wo die Bande saß, raste auf Raimondo los und knallte ihm die schallendste

Ohrfeige ins Gesicht, womit je ein Verleumder für seine Frechheit bestraft wurde. »Auch ich mache aus der Not eine Tugend!« schrie ich mitten in das Durcheinander dieser Hasen, die von ihrem Kaffee aufsprangen und sich ganz entsetzt hinter Tischchen und Sessel flüchteten. »Was ich dir da verabreicht habe, war ein Handgeld auf die Gerechtigkeit, und wenn du Sühne willst, so weißt du, wo ich wohne. Verleumder sind meist auch Feiglinge.«

Raimondo zitterte und schäumte vor Wut, er wußte jedoch im Augenblick nicht, wie er sich verteidigen sollte. Mochte auch die ihm eigene Kraft in der Verweichlichung vieler Jahre fast erstickt sein, so erhitzte sie ihm jetzt doch heftig das Blut, aber die Stimme gehorchte ihm nicht, und da ihm seine Prahlereien immer gut ausgegangen waren, konnte er sich von der Überraschung eines so plötzlichen Angriffs nicht so schnell erholen. Ich verließ also das Café und ging nach Hause.

Drei Tage hörte ich überhaupt nichts. Am Morgen des vierten erschien ein gewisser Marcolini, der als der bei weitem beste Fechter von Venedig galt, und teilte mir mit, der Herr Raimondo von Venchieredo fühle sich von der Art, wie ich ihn im Café Suttil behandelt habe, aufs tiefste beleidigt und fordere Sühne; er überlasse mir, wie es mein Recht sei, die Wahl der Waffe, ich solle wählen und ihm meine Zeugen schicken, damit man mit ihnen die Bedingungen des Zweikampfes regeln könne. Ich gab zur Antwort: da es mein Recht gewesen sei, den Herrn Raimondo vom ersten Augenblick an, da er den Ruf einer achtbaren und mir sehr teuren Person angegriffen habe, zu fordern und da ich nur wegen gewisser besonderer Ansichten über den Zweikampf darauf verzichtet habe, so sei eigentlich ich der Herausforderer; also solle er die Waffe wählen, und meine Zeugen würde ich ihm noch heute schicken.

Marcolini dankte mir für eine so ritterliche Höflichkeit und trollte sich. Später erfuhr ich, Raimondo habe, nachdem ich das Café verlassen hatte, gewaltigen Lärm geschlagen und sich hoch und heilig verschworen, er werde mir mit den Zähnen das Herz zerreißen, und ähnliches, was seiner altbekannten Unverschämtheit würdig war; doch als er die Sache eine Nacht beschlafen, war er milder gesonnen, und am folgenden Tage beschränkte er sich darauf zu wiederholen, er würde alle seine Schwüre halten und noch viel mehr, besäße er nicht Frau und Kinder. Dieser letztere Vorbehalt erregte große Heiterkeit, und ganz Venedig hallte wider von dem Gelächter über solches Heldentum, so daß Raimondo, als er den Arm in den des Generals Partistagno schob, um mit ihm einen kleinen Bummel unter den Prokuratien zu machen, erleben mußte, daß jener den seinen sachte zurückzog mit den höhnischen Worten, er würde gern mit ihm herumspazieren, besäße er nicht Frau und Kinder. Raimondo begriff, war nunmehr zum Äußersten gezwungen und kam nach vielen Erwägungen zu dem Entschlusse, mich durch Marcolini zu fordern. Der Partistagno als zweiter Zeuge wollte entweder vermeiden, mein Haus zu betreten, oder Raimondo meinte mich zu erschrecken, wenn er mir einen so hochberühmten Degen schickte. Nun, das kümmerte mich wenig; wie ich nie die Torheit begangen hätte, jemanden zu fordern, so hätte ich mich nicht geweigert, eine Forderung anzunehmen, und wäre sie mir vom ersten Totschläger Europas überbracht worden.

Der Zweikampf fand in der kommenden Woche statt, in einem Garten nahe bei Mestre. Ich machte mich auf den Weg, als ginge ich spazieren; mein Auge war klar, der Puls ruhig, und sogar alle Wut auf den Venchieredo war verraucht; viel eher tat er mir leid, als er so bleich dastand und zitterte wie Espenlaub. Er wich, obwohl ich reichlich schwach angriff, ständig vor mir zurück, bis er mit dem rechten Fuß gerade am Rande eines Grabens stand, der einige Armlängen tief abfiel. Ich hielt allzu großmütig inne und wies ihn darauf hin, er werde, wenn er noch einen Schritt nach hinten mache, hinunterstürzen; seine Zeugen wiederholten diese Mahnung. Da nutzte er plötzlich meine Unaufmerksamkeit und führte einen Stoß gegen meine Brust, der mich durchbohrt hätte, wäre ich nicht schnell zurückgesprungen. Trotzdem streifte er mir die Brust, daß das Blut hervorschoß. Der Venchieredo grinste; dieser Anblick genügte, mich in Wut zu bringen. Ich warf mich mit zwei raschen Finten nach vorn, und während er verblüfft und erschreckt planlos nach rechts und links um sich schlug und, glaube ich, daran dachte, den Degen wegzuwerfen und zu flüchten, stieß ich ihm die Klinge halb in eine Seite und ließ ihn in den Graben rollen.

Mir erwuchsen aus diesem Zweikampf keinerlei Unannehmlichkeiten, obwohl er nach dem Gesetz jener Zeit sehr streng hätte geahndet werden müssen. Was Raimondo betrifft, so genas er von seiner Wunde, doch hatte er sich im Fall den Schenkel gebrochen und blieb häßlicherweise lahm. Seitdem hat er, glaube ich, von mir und Pisana nur Gutes gesprochen, als seien wir seine besten Freunde, oder seine üble Nachrede war so vorsichtig und geheim, daß sich ein neues Eingreifen erübrigte. Aquilina erfuhr natürlich von meinem jugendlichen Streich, und ich brauche kaum zu erzählen, wieviel Vorwürfe und Kopfwäschen ich zu erdulden hatte. Aber trotz unserer beständigen Zwietracht bewies die Geburt eines dritten Sohnes, dem nach zwei Jahren die einer Tochter folgte, zur Genüge, daß wir bisweilen auch zuviel Eintracht entwickelten. Ich sage zuviel, denn nach so langer Pause konnte mir ein solcher Familienzuwachs nicht gerade erwünscht sein; doch da nun einmal die Natur für uns ein halbes Wunder wirken wollte, war ich vernünftig genug, mich dankbar drein zu schicken. Den Jungen nannten wir Giulio und das Mädchen Pisana, in der Erinnerung an zwei meiner Lieben, die uns in das Reich der Ewigkeit vorausgegangen waren.

Zu jener Zeit befand sich schon das ganze Kapital des Hauses Apostulos in Griechenland, wo Spiro einen großen Teil zur Unterstützung der Nation verwandt und außerdem in der Nähe von Korinth Grundbesitz erworben hatte. Der Krieg um die Unabhängigkeit war in diplomatische Zänkereien ausgeartet. Nachdem die türkische Flotte bei Navarino zerstört worden war, hielt Ibrahim Pascha mit seinen Ägyptern nur noch schwach ein paar Stellungen in Morea; die Türkei besaß weder Waffen noch Kanonen, ihm zu helfen, und der Heilige Krieg, der mit solcher Begeisterung war verkündet worden, brauchte die Griechen nicht mehr zu ängstigen und zu quälen. Graf Capodistria hielt das Geschick des Landes in seinen Händen, und obwohl es hieß, er sei ein Dragoman von Rußland, hielt doch die Notwendigkeit das Volk in Ruhe und Gehorsam. Spiro ließ in seinen Briefen durchblicken, daß er wenig Hoffnung auf ihn setze; auch schrieb er, sein ältester Sohn und mein Luciano zählten, sehr zu seinem Leidwesen, zu den Lieblingen des Grafen. Doch junge Leute liefen eben hinter dem Ruhm und der Macht her, und man müsse sie entschuldigen. Teodoro hingegen hielt sich zu den Liberalen, zu den alten Anführern der Erhebung, die man jetzt argwöhnischer betrachtete als die Türken, und war bei dem Grafen, dem Präsidenten des Landes, nicht gern gesehen; trotzdem lobte ihn sein Vater sehr um solcher Unabhängigkeit, die eines Griechen wahrhaft würdig sei.

War es nun der Lage oder Capodistria, den Franzosen oder den Russen zu danken, jedenfalls wurde Morea bald darauf von seinen Unterdrückern befreit, konnte aufatmen und die Entscheidung über sein Geschick von den europäischen Kongressen erwarten. Dem russischen Heere fiel es zu, den letzten Schlag zu führen. Der Siegeszug durch den Balkan mit dem Vertrag von Adrianopel im Gefolge zwang den Diwan, der Befreiung Griechenlands zuzustimmen, und Zar Nikolaus hätte von da an noch sehr viel mehr erreicht, wäre er nicht durch die eifersüchtige Diplomatie von Frankreich und England daran gehindert worden. Spiro schrieb mir von diesem glücklichen Ereignis mit wahrhaft biblisch begeisterten Worten. Seinen Widerwillen gegen Rußland und Capodistria hatte er weitgehend überwunden, denn er fügte der Nachricht von der geplanten Heirat meines Sohnes Luciano mit einer Nichte des Grafen bei: »So wird deine Familie blutsverwandt mit einem vornehmen Geschlechte, das seinen Namen unter den Vertrag der Unabhängigkeit des neuen Griechenland setzen wird.« Es folgte die Bitte meines Sohnes, der Heirat zuzustimmen, und am Schluß eine herzliche Nachschrift von Aglaura. Was Gatte und Neffe mir eben andeuteten, erläuterte sie näher, bat mich, an der Trauung persönlich teilzunehmen, und schloß mit den Worten: »Wenn der Anblick eines durch eigenen Heldenmut freien Volkes deiner väterlichen und brüderlichen Liebe noch einen Antrieb hinzufügen kann, so komm und sieh etwas ganz Einzigartiges, was dir, wenn nichts sonst, Mut geben wird zum Leben und Hoffnung für den Tod.«

Meine Handelsfirma, in der ich die Beziehungen und Geschäfte des Hauses Apostulos weitergeführt hatte, setzte mich ohne weiteres in den Stand, eine solche Reise zu unternehmen, um so mehr, als mich mein Schwager Bruto und Donato während meiner Abwesenheit sehr wohl ersetzen konnten. Ich hätte gewünscht, daß mich Aquilina begleitete; doch daran war sie durch die beiden Kleinen gehindert. So reiste ich auf dem Schiff eines befreundeten Geschäftshauses allein; es war Anfang August des Jahres 1830, gerade als die Revolution in Frankreich alle Köpfe in Europa mehr oder weniger verwirrte. Drei Wochen später landete ich in dem thrazischen Napoli. Aglaura behielt recht, das Selbstvertrauen und die Sicherheit eines Volkes, das ein Joch von vier Jahrhunderten abgeschüttelt hatte und die stolze Freude des Triumphes noch an der Stirn geschrieben trug, boten einen wunderbaren Anblick.

Luciano empfing mich mit großer Herzlichkeit. Mein Eindruck vom Grafen Capodistria war der eines Mannes, der mit sich zufrieden und mehr durchtrieben als schlecht ist; ich glaube nicht, daß er, wie sein Manifest aussagt, die Präsidentschaft nur zum höheren Ruhme Gottes angenommen und sich zugunsten der Griechen zu diesem Opfer überwunden hat, aber ich glaube genau so wenig, daß sein Streben darauf ging, ein Tyrann zu werden wie Peisistratos. Vielleicht diente er den Absichten Rußlands, weil Rußland mehr denn jede andere Macht hinsichtlich Griechenlands weitgreifende Ziele verfolgte, was schon die Gemeinsamkeit der Religion und des Hasses nahelegte. Wenn er sich der Erhebung Leopolds von Koburg auf den griechischen Thron entgegenstellte, weil er der Kandidat Englands war, so sehe ich darin kein besonderes Verbrechen; wenn er sich lieber an Rußland hielt als an England, so konnte er dafür hundert Gründe haben, die eher gut als schlecht waren; und ich bin in jedem Falle geneigt, England zu mißtrauen und dem, der ihm mißtraut, zuzustimmen, obwohl ich von jedem einzelnen Engländer nur Gutes sagen kann. Die Braut meines Sohnes, die damals in fast fürstlicher Pracht im Hause des Grafen wohnte, konnte gewiß nicht als Schönheit gelten, und ich, der ich stets eine verflixte Vorliebe für schöne Frauen hegte und, trotz des Schirokkos meines Alters, noch immer hege, war von der Schwiegertochter zunächst nicht eben entzückt. Doch als ich sie genauer betrachtete, merkte ich, daß auf dem Grunde ihres Lächelns und ihrer Augen jene Güte ruhte, die es mit der Schönheit sehr wohl aufnehmen kann. Sie würde keine griechische Frau, aber eine gute Gattin abgeben, und so versöhnte ich mich damit, daß sich mein Sohn diese Verwandte eines fast regierenden Fürsten zur Gefährtin erwählt hatte. Doch muß ich zugeben, Argenide war wegen des Prunkes, der sie umgab, eher verlegen als stolz, und auch darin sah ich ein gutes Vorzeichen für ihren Charakter und das Glück von Luciano.

Die Hochzeit wurde mit großer Pracht gefeiert; und da Luciano unter den Soldaten etwas galt, gewann Graf Capodistria von daher an Beliebtheit. Wahrscheinlich verfolgte er mit dieser Heirat überhaupt ein politisches Ziel; aber auch Luciano hatte sein Ziel im Auge und sah nicht so genau hin, ob er dieses Glück dem eigenen Verdienst oder andern Erwägungen des Präsidenten verdankte. Ich blieb eine Zeitlang in Griechenland, sah mir vieles an und bewunderte gleicherweise die Überreste der alten Größe wie die Zeichen der letzten Zerstörungen, Denkmale verschiedener Art, die doch diesem ehrwürdigen Lande beide zur Ehre gereichen. Luciano hätte mich am liebsten für immer hier behalten, Argenide war von wahrhaft töchterlicher Zärtlichkeit, und auch Graf Capodistria warf seine Angel aus; er wollte ein großes Tier aus mir machen, einen Finanzminister, oder was weiß ich. Da dachte ich lächelnd an die goldenen Träume des Intendanten Blasebalg, aber ich biß nicht an, und die Briefe von Aquilina waren so dringlich, daß ich auf schnellste Heimkehr denken mußte.

Ein trauriges Ereignis hieß mich diesen Wunsch noch einmal hinausschieben. Die Gesundheit von Aglaura, die sich auch in Griechenland nicht ganz gefestigt hatte, verschlechterte sich im Laufe einiger Wochen so sehr, daß man an einer Genesung verzweifelte. Nur ich, der in ihr die einzige Schwester und das einzige Wesen verlor, das mich an meine arme Mutter erinnerte, konnte Spiro und seinen Söhnen ihre tiefe Betrübnis nachfühlen. Keine Pflege half, keine Arznei, kein dreitägiges Kirchengebet. Sie hauchte in meinen Armen ihr Leben aus; drei Soldaten, die das eigene Leben hundertmal den Krummsäbeln der Türken unerschüttert ausgesetzt hatten, standen mit Tränen in den Augen um ihr Sterbelager. Noch war die Erde, die den Sarg meiner Schwester deckte, nicht hart geworden, da traf mich aus Venedig wieder ein schrecklicher Schlag. Mein Schwager schrieb, Donato sei plötzlich verschwunden, er habe keine Nachricht hinterlassen und niemand ahne, warum er so unvermutet fortgegangen sei, so daß man allen Grund habe, das Schlimmste zu fürchten. Aquilina sei ganz verstört vor Schmerz und meine Anwesenheit in Venedig unter diesen schrecklichen Umständen dringend notwendig. Er müsse beinahe vermuten, Donato könne in die Unruhen in der Romagna verwickelt sein, ohne daß er dafür den geringsten Anhaltspunkt anzugeben vermöge. Jedenfalls halte er Eile für geboten. Vielleicht habe man vor meiner Ankunft schon etwas erfahren. Die beiden Jüngsten erfreuten sich der besten Gesundheit und warteten, da die Mama krank sei, mit Sehnsucht auf den Papa. – Nun, da war keine Zeit zu verlieren. Ich erzählte Luciano und den anderen irgend etwas von einem Geschäft, das mich unverzüglich nach Venedig rufe, und schiffte mich noch am selben Tag auf einem französischen Schiffe, das nach Ancona segelte, ein.

War schon die Reise dank der traurigen Vorgefühle, die mich quälten, schlimm, so war die Ankunft noch schlimmer. Ich kam nach Ancona gerade am 27. März, als der General Armandi, besiegt, doch nicht entehrt, die Fahne der Revolution in der Romagna vor den Kaiserlichen senkte. Auf den unbestimmten Verdacht von Bruto hin fragte ich mehrere Offiziere nach einem gewissen Donato Altoviti, und ob er an den Unruhen teilgenommen habe. Die einen sagten, sie kennten ihn nicht, andere, er sei dabeigewesen; aber für den Namen konnten sie nicht sicher einstehen. Schließlich erfuhr ich im Hauptquartier, ein junger Venezianer jenes Namens sei in der Legion von Imola eingeschrieben gewesen, habe in dem Gefecht von Rimini wie ein Löwe gekämpft und sei dort vor zwei Tagen verwundet worden. Ich eilte auf die Post, doch alle Pferde waren fürs österreichische Heer requiriert; so machte ich mich zu Fuß auf den Weg. Nach vier Meilen traf ich auf den Karren eines Gärtners und gab dem Manne, was ich an Geld bei mir trug, damit er mich am selben Tag nach Rimini fahre.

In Rimini ging ich ins Hospital, aber Donato war nicht hier, und niemand hatte je von ihm gehört. Nun suchte ich ihn verzweifelt in der ganzen häßlichen Stadt, die durch die Spuren des Kampfes und durch die hereinbrechende Nacht noch dunkler und öder wirkte denn je. Nach einem verwundeten Freiwilligen fragen bedeutete, daß einem die Menschen die Tür vor der Nase zuschlugen. Schließlich ging ich noch einmal ins Hospital in der Absicht, die Ärzte nach ihm zu fragen; einer von ihnen mußte doch irgendwohin an sein Lager gerufen worden sein, wenn man ihn nicht hatte wie einen Hund verrecken lassen. Obwohl mir der Gedanke, daß sicher nicht alle Ärzte von Rimini ins Hospital kamen, den Mut nehmen wollte, klammerte ich mich an diese Möglichkeit, und ich hatte es nicht zu bereuen, denn ein junger Chirurg, den meine Bitten rührten, zog mich vorsichtig beiseite und sagte mir, ich solle auf der Straße auf ihn warten; in einer halben Stunde würde ich den finden, den ich suche.

»In welchem Zustande?« rief ich. »Herr Doktor, um des Himmels willen, sagen Sie einem unglücklichen Vater die Wahrheit!«

»Seid ruhig«, erwiderte er, »die Wunde ist tief, doch ich hoffe, ihn zu heilen. Er ist in guten Händen; er könnte nicht in besseren sein, wenn eine Schwester oder Mutter an seinem Bett säße. Aber er verdient es auch. Also wartet wenige Minuten. Seid recht vorsichtig! Das sind gefährliche Dinge, und wir leben in schwierigen Zeiten.«

Ich wagte kaum zu atmen; ich ging leise die Treppe hinab und wanderte auf der Straße auf und nieder, bis der Doktor herauskam. Nun führte er mich vor ein bescheidenes Haus und, nachdem er meinen Sohn auf den Besuch vorbereitet hatte, in das Zimmer, in dem er lag. Ach, wie soll ich euch die Wonne dieser ersten Umarmung schildern! Nur ein Vater ist imstande, sie mit mir zu fühlen. Dann konnte ich einmal wieder feststellen, daß Gott, wären die Frauen nicht auf der Welt, uns zu gebären, sie uns als Krankenpflegerinnen hätte schenken müssen. Der Doktor hatte nicht gelogen; ein ältliches Mädchen, eine Näherin, die mühsam ihr Leben fristete, hatte meinen Donato auf der Straße gefunden, heraufgeschleppt und gepflegt, wie ihn sorgsamer eine Schwester oder Mutter nicht hätte pflegen können.

Ich dankte dem guten Mädchen mehr mit Tränen als Worten, und Donato wetteiferte mit mir, ihr seine Erkenntlichkeit zu zeigen; doch sie wehrte allen Dank ab mit dem Hinweise, sie habe nur getan, was die Nächstenliebe gebiete, und bat den Verwundeten, er solle sich ja nicht zuviel bewegen, weil ihm das schwer schaden könne. Der Doktor untersuchte die Wunde, fand sie besser, empfahl auch seinerseits, daß wir nicht zuviel mit dem Kranken sprächen, sondern ihn in Ruhe ließen, dann werde alles gut fortschreiten, und ging. Ich eilte, Aquilina die erfreuliche Nachricht mitzuteilen, und erhielt nach wenigen

Tagen den Bescheid, diese Freude habe sie völlig geheilt, und sie erwarteten uns, sowie Donato imstande sei zu reisen, mit offenen Armen. Donato hatte mir inzwischen den Hauptgrund für seinen plötzlichen Entschluß gestanden; er hatte im Hause Fratta über die Republikaner in der Romagna ganz abscheuliche Verleumdungen gehört.

»So häßliche Worte«, fuhr er fort, »ekelten mich an, und da ich nicht den Mut aufgebracht hatte, sie zu bekämpfen, beschloß ich, etwas Besseres zu tun und mit der Tat zu beweisen, wofür ich sie hielt.«

Ich rief in heller Freude: »Donato, mein Junge, dafür segne dich Gott!« Der alte Mensch in mir stand völlig wieder auf; aber als ich in den nächsten Tagen das qualvolle Leiden meines Sohnes mit ansah, verfluchte ich alle Revolutionen von ganzem Herzen. Doch bereute ich diese Flüche, sowie ich an meine Frau dachte, die genauso schimpfen würde; und da ich sie schon manchmal der Feigheit geziehen hatte, wollte ich mich nicht unvorsichtigerweise der gleichen Tugend schuldig machen. Jedenfalls flößte der Kranke, wie es manchmal geschieht, dem Gesunden Mut ein. Die Heilung zog sich mehr in die Länge, als der Arzt gedacht; erst im Mai konnten wir uns in kleinen Tagereisen nach Bologna in Marsch setzen. Die gute Näherin erhielt einen Lohn, der unserer Lage, nicht aber ihren Verdiensten entsprach, und da sie einen jungen Mann wußte, der sie geheiratet hätte, wäre sie nicht so schrecklich arm gewesen, so konnte ich hoffen, daß ich ihr mit meinem Gelde mehr Nutzen gestiftet habe, als man gewöhnlich damit stiftet.

In Bologna blieben wir etliche Tage, und ich sah manche guten alten Freunde wieder; viele waren tot, viele jetzt Familienväter, die zur Zeit meiner Intendanz noch an der Mutterbrust gesogen, und viele waren hübsche junge Mütter, die ich als Kinder hatte auf den Knieen reiten lassen. Aber ach, die Schönen, die ich hofiert, erkannte ich mit Mühe wieder; und ich war für viele Tage außerstande, mich selbst im Spiegel zu betrachten. Bologna war damals weniger volkreich und heiter, aber ich fand die gleiche herzliche Liebenswürdigkeit, und die Menschen hatten an standhaftem Sinn und Eintracht zugenommen.

In Venedig, das könnt ihr euch denken, herrschte eitel Freude. Aber die Kräfte von Donato, die sich doch in der heimischen Luft heben sollten, verfielen rasch. Erst schien es, die Wunde wolle wieder aufbrechen; von den Ärzten vermutete der eine, der Knochen sei verletzt, ein anderer, ein Geschoßsplitter habe sich abgekapselt. Wir waren recht in Unruhe und Sorge. Nur der Kranke bewahrte seine Heiterkeit, tröstete uns, brachte uns oft zum Lachen über den Schabernack, den er den Besuchern des Hauses Fratta gespielt, und freute sich, wenn Bruto erzählte, wie sich alle darüber den Mund zerrissen hatten. Der Doktor Ormenta, der seit kurzem von Rom mit wer weiß wie vielen Pensionen und Ehrungen zurückgekehrt war, hatte das Rätsel mit dem klugen Spruch gelöst: Wie der Vater, so der Sohn. Ich war auf einen solchen Vergleich eher stolz, als daß er mich hätte kränken können, und sicher trug ich dem Manne von der Santa Fede die Worte, die er vielleicht als schärfste Beleidigung gemeint hatte, nicht nach. Anderseits hatte ich wahrlich mit tieferen Schmerzen zu kämpfen. Donato wurde immer kränker, und am Ende des Herbstes war er tot. Von allem Unglück, das mich Zeit meines Lebens getroffen hat, war dieses, nach dem Tode von Pisana, das furchtbarste; ich bin nie ganz darüber hinweggekommen.

Trotzdem war mein Schmerz nichts gegenüber der Verzweiflung seiner Muter; sie verzieh mir den Tod von Donato nie mehr, gerade als wäre ich selbst sein Henker gewesen. Und doch war eher sie die unschuldige Ursache gewesen, indem sie ihn einem Widerspruch aussetzte, den er hochherzig damit erwiderte, daß er in der Schlacht von Rimini sein Blut vergoß. Aber sie verkehrte weiter im Hause Fratta und führte auch unsere beiden Jüngsten hin, und als ich sie darum tadelte und leise an den Fall von Donato erinnerte, hackte sie wütend auf mich los, dieser traurige Fall hätte ihr nicht das Leben verbittert, wäre nicht dank meiner liberalen Ergüsse der gute Einfluß, den die

Gespräche im Hause Fratta auf den jungen Mann ausgeübt hätten, zersetzt und verdorben worden. Nun, mochte es vom Alter herrühren oder von den Freundschaften oder der mütterlichen Zärtlichkeit – die gute Frau blieb in ihren Ansichten von Tag zu Tag mehr hinter der Zeit zurück. Doch mochte ich mich ihr nicht allzu hart widersetzen und ließ sie in ihrer Art gewähren; nur wenn die kleine Pisana bei einer Lüge ertappt wurde oder Giulietto über einen Tadel in Wut geriet und sich mit keiner Drohung noch Strafe dazu bewegen ließ, eine Versäumnis einzugestehen, machte ich Aquilina in aller Freundlichkeit ernste Vorwürfe.

Unsere Wortwechsel aus solchem oder ähnlichem Anlaß wurden häufiger und trübten schließlich den häuslichen Frieden ganz beträchtlich. Hätte ich mir nicht die letzte Bitte von Pisana immer wieder ins Gemüt gerufen, so wäre vielleicht schwerer Schaden entstanden; so aber übte ich Geduld und wohl mehr Nachsicht, als ich in meiner Eigenschaft als Vater üben durfte, denn die zu große Macht, die ich Aquilina von da an über die Kinder einräumte, habe ich in der Folge sehr bereut und meinem Gewissen sehr zur Last gelegt. Die kleine Pisana nahm ein so scheinheiliges Wesen an, daß, wie es so geht, sogar ihre Tugenden verdächtig schienen, und Giulio, von den Lehrern gehätschelt und verwöhnt, wurde immer hochnäsiger und war schon so eingebildet, daß er einen Fehler, den er begangen, um nichts in der Welt einsah.

Ich verstand sehr gut, wohin ihn diese häßlichen Eigenschaften führen konnten; denn es brauchte ihm einer nur ein wenig zu schmeicheln, so war er zu jeder Schweinerei zu verführen und glaubte noch immer, im Recht zu sein. Doch verschob ich es stets von heute auf morgen, den Kindern die bösen Angewohnheiten auszutreiben, schon weil ich die Mutter nicht ängstigen wollte, und hoffte von einem Tage zum andern, ihr würden von selbst die Augen aufgehen. Mir war es zum Beispiel nicht recht, wenn die Kinder blind gehorchten, nur weil ihnen etwas befohlen wurde. Ich hätte ihnen erklären mögen, daß sie dies und jenes tun sollten, weil die Vernunft, die soziale Ordnung, das Gewissen solche Befehle forderten; kurz, ich wünschte, der Wille Gottes solle ihnen, außer in den Worten der Offenbarung, gezeigt werden auch in den Gesetzen und Erfordernissen der Moral, die das Gewissen der einzelnen und die öffentliche Gerechtigkeit leiten.

Dann würden sie, auch falls ihnen das Leben den Halt des Glaubens nähme, immer Menschen bleiben, die einem vernünftigen, menschlichen Gesetz unterworfen wären, während ihre moralische Kraft null und nichtig und ihr Gewissen unerleuchtet blieb, wenn sie, der Religion einmal entfremdet, Vorschriften einzig aus Furcht gehorchten. Davon wollte Aquilina nichts wissen. Wehe, wenn ihre Kinder von dem Glauben abgefallen wären, in dem sie sie erzog! Sie war Egoist nicht nur für sich, sondern auch für sie. Waren ihre Seelen verloren, so schien es ihr völlig nebensächlich, ob die Gesellschaft von ihnen Nutzen oder Schaden hätte. Und obwohl ich wußte, daß ich meine Frau nicht überzeugen konnte, stritten wir manchmal hin und her – immer mit dem Ergebnis, daß ich schön ausgescholten wurde. So ließ ich ihr schließlich in allem die Macht; es ist ja auch schwierig zu entscheiden, ob der Vater oder die Mutter ein größeres Recht haben soll. Dazu, daß sich die Waagschale auf ihre Seite senkte, trug auch die Cholera nicht wenig bei, die damals das erste Mal nach Italien drang und ganz Venedig mit dem Entsetzen, das diese Seuche begleitet, in größten Schrecken versetzte.

Unser Giulio wurde von dieser schrecklichen Krankheit angesteckt, und die Ausdauer und der Mut, womit ihn Aquilina pflegte, gaben ihr ein zweites Mal die Rechte der Mutter. Dabei hatte ich ihr nichts dreinzureden; und wenn ich überhaupt einen Anspruch behielt, so galt er Pisana, die mehr als der Junge eine feste Hand brauchte, denn sie war dreimal so schlau und durchtrieben wie er. Sie schien mit dem Namen auch einiges vom Temperament meiner Pisana geerbt zu haben. Wenn sie sich, bevor sie einen Schwall von Lügen vorbrachte, mit einer anmutigen Bewegung die schönen kastanienbraunen Ringellöckchen aus der Stirn schüttelte, lief mein Sinn rasch zu der kleinen Zauberin von Fratta; und so ließ ich mich mit der größten Gutmütigkeit an der Nase herumführen. Nur besaß mein Töchterchen nicht die Gedankenlosigkeit von Pisana; sie konnte recht gut rechnen und bog heute den Hals ganz bescheiden und senkte den Kopf, um morgen desto besser aufzumucken. Ich behielt sie im Auge und sah, wie die Sucht zu gefallen, die Glück und Verderb der Frauen ist, von Tag zu Tag wuchs. Ich kämpfte, soweit es meine Arbeit zuließ, zäh gegen die gefährlichen Triebe dieser weiblichen Anlage und konnte doch das Übel nicht ausrotten, höchstens anhalten, auch weil Aquilina gegen mich stand und die Gesellschaften, auf die sie Pisana mitnahm, ganz das Gegenteil zeigten von dem, was meine schönen Theorien vor sie hinstellten.

Die Cholera hatte, wenn kein anderes, so doch das Verdienst, daß sie viele Menschen aus der Welt fegte, von denen man nicht wußte, wozu sie hereingekommen waren. Einer der ersten, die verschwanden, war Agostino Frumier; er hinterließ eine zahlreiche Nachkommenschaft und starb tieftraurig, daß er ohne den so lange sehnlich erstrebten Kammerherrenschlüssel ins Grab mußte. Sein Bruder verlor an der Seuche seine alte Geliebte, die Zuchtmeisterswitwe, und kehrte so ahnungslos in die Welt zurück, daß er sich wahrscheinlich wunderte, warum er keine Perücke auf dem Kopf trug und weder den Dogen sah, noch die großen Mäntel der erlauchten Prokuratoren. In Venedig sagte man: »Seht, da kommt der Ritter Alfonso Frumier gerade aus dem Malteserkollegium.« Er war etwa fünfundsiebzig Jahre alt und die Zuchtmeisterin mehr als siebzig, als sie sich entschloß zu sterben, sicher mehr aus Furcht vor der Krankheit als an der Krankheit selbst. Um eine solche Ausdauer zu finden, müßte man bis zu den Uranfängen des Menschengeschlechtes zurückgehen. An jener Cholera starb wohl auch Doretta, die nach einem Wanderleben voll Schande nach Venedig zurückgekehrt war und hier noch ihr Alter mit Schmach bedeckte. Als sicher erfuhr ich von Frau Clara, daß sie im Sommer darauf nicht mehr im Hospital lag. Ich hatte sie verschiedene Male getroffen, aber immer getan, als ob ich sie nicht kenne, denn mich ekelte die schmierige Schlampe, und ich mochte das Gedächtnis an Leopardo nicht mit der schamlosen Person beschmutzen. Doch trug auch ihr Ende dazu bei, mich von der Gerechtigkeit, die in der Welt waltet, zu überzeugen; es gibt zwar viele und schmerzliche Ausnahmen, aber im allgemeinen fand ich immer die Regel bestätigt, daß böse Tat böse Frucht erntet.

Kaum hatten wir uns vom Schrecken jener Seuche erholt, da wurde mir eines Abends, es muß um die Mitte des November gewesen sein, der Besuch des Doktor Vianello gemeldet. Ich hatte mit Lucilio immer einige Verbindung gehalten, doch nach dem Jahre einunddreißig, als auch er nach Italien kam und sehr bald wieder abreiste, waren unsere Briefe immer spärlicher geworden. Jetzt hatte ich seit einem Jahr nichts mehr von ihm gehört. Ich fand ihn gebückt und bleich, und die wenigen ihm verbliebenen Haare ganz weiß; aber aus den Augen sprach der alte Lucilio, und der unversehrte, starke Geist durchglühte wie immer seine Worte. Bei jeder Gebärde ahnte man die Kraft, die in dem abgezehrten Körper lebte. »Ich habe dir gesagt, ich komme zu euch sterben«, sagte er. »Hier bin ich also, um mein Wort zu halten. Ich bin zweiundsiebzig, aber das hätte nichts zu bedeuten ohne das dumme Brustübel, das mir das Londoner Klima beschert hat. Wir mögen uns noch so tapfer halten, wir Kinder der Sonne – die Nebel richten uns zugrunde.«

»Ich hoffe, Ihr macht nur Scherz«, erwiderte ich, »und heilt Eure Brust, wie Ihr meine Augen geheilt habt.«

»Ich wiederhole dir, ich halte mein Wort. Im übrigen weißt du, ich rede, wie ich denke, und wenn ich sage, ich will in Frieden sterben, so sterbe ich auch in Frieden. Nur betrübt mich sehr, daß ich das Ende nicht sehe; nun, das ist ein Unglück, das zehn Generationen vor der meinen gehabt haben, und es ist unsinnig, sich darüber zu beklagen. Meine Taten, meine Gedanken, mein Geist, den ich mit großem Eifer und mancher Mühe dazu erzogen habe, das Gute zu lieben und zu wollen, indem ich auch die Leidenschaften, die ihn beherrschten, erstickte, das alles wird, wie ich glaube, jener wunderbaren Vorsehung weiter dienen, von der die moralische Ordnung zur Vollendung geführt wird. Erinnerst du dich der konzentrischen Welten von Goethe? Sie sind wohl keine Wirklichkeit, aber eine tiefe, philosophische Allegorie. Unsere Seufzer, unsere Worte hallen, immer schwächer werdend, weiter; sie ziehen wie Steine, die man in den See wirft, in fernste Fernen ihre Kreise. Nichts geht verloren, Carlino. Das Leben hat seinen Ursprung in Zusammenziehung, der Tod in Ausdehnung; doch die Wirkenskraft des All umfaßt beide Bewegungen, sie sind ihm sozusagen Funktionen einzelner Glieder.«

Ich hörte Lucilio andächtig zu, denn Menschen, die Erkenntnisse der Philosophie in einen wirklichen Trost für ihre Mitmenschen verwandeln können, sind äußerst selten. Sie sind die wenigen Auserwählten, die von Natur oder dank Erziehung und Kraft des Willens Einblick haben in den innersten Zusammenhang beider Welten.

»Lucilio«, rief ich und umarmte ihn noch einmal, »wenn ich Euch reden höre, wird mein ganzes Wesen mit Kraft erfüllt; ein Zeichen, daß Eure Gedanken wahr und heilsam sind. Doch gerade darum werdet Ihr mich nicht hindern, darauf zu hoffen, daß uns Eure Gesellschaft viel länger erhalten bleiben wird, als Ihr wahr haben wollt.«

»Wir wollen gute, fröhliche Gesellschaft halten; mehr kann ich dir nicht versprechen. Ich könnte dir auch die Zeit sagen, aber ich will mich als Arzt nicht blamieren. Kurz, ich fühle mich wohl so, wie ich bin, und das muß genügen.«

»Möchtet Ihr auch Clara wiedersehen?« fragte ich. »Oder ist Euch die Lust dazu vergangen?«

»Wo denkst du hin! Ich will sie schon deshalb sehen, um zu betrachten, wie verschieden dieselbe Leidenschaft in zwei verschiedenen und verschieden erzogenen Temperamenten endet. Dieser unersättliche Wissensdurst, der uns bis zum letzten Augenblick des Lebens plagt, hängt nicht ab von etwas, was in der Vernunft des einzelnen Menschen begründet ist. Er kann sehr wohl aus der Notwendigkeit einer viel weiteren Ordnung begriffen werden, die sich über den Tod hinaus erstreckt. Lernen wir also, lernen wir!... Hat es nicht auch den Anschein, als lasse die Natur regnen, wie sie gerade mag? Und doch wird der kleinste Tropfen von der Erde aufgetrunken und rinnt durch unsichtbare Gänge dorthin, wo ihn die Dürre ruft. Die Muße ist eine Erfindung der menschlichen Dummheit; in der Natur gibt es keine Muße, nichts, was ohne Nutzen wäre.«

»So werdet Ihr Clara betrachten, wie der Anatom einen Leichnam untersucht?«

»Nein, Carlo, ich werde sie betrachten, wie ich mich selbst betrachte: um mich, auch in den scheinbaren Einwänden gegen die Tatsachen, immer mehr davon zu überzeugen, daß eine einzige Vernunft diese vielfältige, ungeheure Menschheit bewegt, vorwärtstreibt und wieder in die Ruhe führt; um mit der Beständigkeit meiner Gefühle noch einmal zu beweisen, daß sie auf eine weitere Existenz hinzielen, auf eine freiere, vollkommenere Befriedigung, als wir sie in dieser irdischen Erscheinung unseres Seins erreichen können.«

»Sagt mir, Lucilio, wie kommt es, daß Ihr über die unglaubliche Wandlung von Clara Euch gegenüber nie, soviel ich weiß, erstaunt und empört gewesen seid? Ich wollte Euch schon lange danach fragen; denn das scheint mir noch wunderbarer als selbst die Beharrlichkeit Eurer Liebe.«

»Das kann ich dir leicht erklären. Clara neigte in ihrer Seele dazu, sich den erhabensten Täuschungen hinzugeben, und ich brauchte mich nicht zu wundern, daß sie mir dahin entfloh, zumal ich mich, von andersartigen Gedanken abgelenkt, in eine törichte Sicherheit gewiegt hatte. Frauen können uns nach unten entgleiten, dann ist es leicht, sie wieder zu fangen, es ist dies das übliche Unglück und die Gefahr, die man hauptsächlich fürchtet. Nach dieser Seite fühlte ich mich sicher, auf die andere gab ich nicht acht. Aber wehe, wenn sie uns nach oben entfliehen!... Es ist unnütz, ihnen zu folgen, vergeblich, sie zurückzurufen; keine Lust ist tiefer als die Wollust der Opfer, keine Vernunft besiegt den Glauben, kein Mitleid lenkt ihn ab von der uneingeschränkten Betrachtung der ewigen Dinge. Und die Frauen können ja leichter als wir sozusagen über das Leben hinausleben. Ich hatte als Arzt Gelegenheit, mich davon zu überzeugen, daß kein Mann, er mag noch so stark sein, einer armseligen kleinen Frau an Gelassenheit gegenüber dem Tode gleichkommt. Es scheint, Frauen haben klarer als wir das Vorgefühl eines künftigen Lebens. Und warum ich Clara nicht gezürnt habe? Nun, Carlino, vor allem denke ich, Zorn ist ein Gefühl für Knaben; und dann, wie sollte ich gerade ihr zürnen? Sie handelte so ja nicht, um mir Unrecht zu tun, sondern weil sie verblendet war; sie wähnte, mich auf jene Weise besser zu lieben und mir, statt zu einer weltlichen, vergänglichen Lust, zu einer himmlischen, ewigen Freude zu verhelfen. Stell dir das doch vor! Ich sollte ihr gar noch dafür dankbar sein!«

Ich bewunderte, mit welcher Leichtigkeit Lucilio die flüchtigsten, unwillkürlichsten Seelenregungen der Vernunft unterordnete; Leidenschaften, Gefühle, Gedanken, alles lenkte er, wie er es sich vorgenommen. Und doch empfand er tief und stark; ja, wer ihn kannte, wußte sehr wohl, daß er eine fast übernatürliche Willenskraft aufbieten mußte, um die Leidenschaften, die ihn durchtobten, zu bändigen.

Lucilio und Clara sahen sich in jenem Winter fast jeden Abend, und die Gäste des Hauses Fratta konnten sich über die heftigen Ausbrüche des alten Doktors des öfteren ärgern. Augusto Cisterna pflegte zu sagen, man müsse ihm sein Alter zugute halten; aber Clara trieb die Duldsamkeit noch weiter mit der Behauptung, er sei immer solch ein Tor gewesen, und Gott werde ihm um seiner guten Absichten willen verzeihen. Sie war eifrig darum bemüht, den Doktor nicht anzublicken, vielleicht hatte sie sich das beim Verlassen des Klosters gelobt. Doch im übrigen war die Einfalt ihres Glaubens und die Treuherzigkeit, mit der sie ihn darlegte, so rührend, daß Lucilio eher bewundernd als spöttisch lächelte.

Einer aber zeigte sich sehr zufrieden, den Doktor Vianello wiederzusehen, das war – ihr werdet es nie erraten – Graf Rinaldo. Ich will euch erklären, warum. Aus seinen emsigen täglichen Arbeiten in den Büchern der Bibliotheken sollte gerade etwas ans Licht kommen, ein riesiges Werk über den Handel der Venezianer in der Zeit von Attila bis zu Karl V.; Lucilio sagte damals, die Kühnheit der Hypothesen, die Fülle der Dokumente, die Schärfe der Kritik unterstützten sich darin wechselseitig in ganz wunderbarer Weise. Lucilio nun kam dem Verfasser sehr gelegen für die Prüfung gewisser Einzelheiten, in denen er gründlich Bescheid wußte; und wirklich verbesserten und berichtigten sie manches miteinander. Lucilio wunderte sich höchlich, in diesem unreinlichen, brummigen Männlein einen solchen Schatz an Gelehrsamkeit, so viel glühende Vaterlandsliebe zu entdecken; doch zugleich erkannte er auch die Ursachen des Phänomens.

»Da siehst du«, sagte er, »worin sich in Zeiten nationaler Irrtümer und Müßiggängerei der Geist derer, die richtig und weit sehen, und die Kraft, die nicht brachliegen will, erschöpft!... Da vergeuden sie ihr Gefühl, ihre Tatkraft daran, Mumien zum Leben zu erwecken; da sie die Verfassungen nicht bessern, die Menschen nicht studieren und lieben können, graben sie zerbrochene Steine aus, wühlen in alten Manuskripten und studieren und lieben diese. Das ist das Geschick fast aller unserer Literaten.«

Doch damit urteilte Lucilio zu hart. Denn in Alfieri, in Foscolo, Manzoni, Pellico war eine andere Familie von Literaten herangewachsen, die wohl das Alte ehrten, aber die Lebenden zusammenriefen, darüber zu beraten: sie boten dem Schmerz der Gegenwart Trotz oder segneten ihn um des Guten willen, das daraus erwachsen sollte. Leopardi, der stolz war auf die Vernunft, der er fluchte, Giusti, der seine Zeitgenossen mit Geißelhieben zu einer moralischen Erneuerung peitschte, sind Sprößlinge jener Familie – unglücklich, aber lebendig und willens zu leben. Der verzweifelte Dichter der »Ginestra‹ und des ›Bruto‹ wußte besser als die andern, daß nur ein langes Leben die Seele zu jener Höhe des Wissens zu heben vermag, die mit einem einzigen Blicke die ganze metaphysische Welt umfaßt.

Mein jüngster Sohn Giulio hätte von der Gesellschaft und dem Gespräche mit Lucilio großen Nutzen gehabt, wäre der Doktor länger bei uns geblieben. Doch leider verschlimmerte sich sein Übel zu Beginn des Frühlings und brachte ihn, genau nach seiner Vorhersage, rasch zum Sterben. Als es zum Ende ging, sah er mir stolz ins Gesicht, als verbiete er mir, ihn zu bedauern; Clara kniete im Nebenzimmer und betete für ihn, und sein letztes Wort war: »Sage ihr Dank!« Ich sagte ihr seinen Dank, wenn ich auch nicht wußte wofür. So sehr ich Clara gebeten hatte, sie war nicht zu bewegen gewesen, den Sterbenden durch ihre Gegenwart zu trösten; doch da sie eine besondere Mühe daran setzte, ihre eigenen Wünsche zu durchkreuzen, so glaube ich fast, sie hatte eher Sehnsucht, bei ihm zu sein, und brachte auch dieses Opfer zum Besten seiner Seele. Der Verlust von Lucilio machte mich mehr nachdenklich als betrübt; aber viel Ärger verursachte mir die Zufriedenheit, die meine Frau ohne jede Rücksicht zur Schau trug. Denn nach ihrer Meinung brachten die häufigen Besuche des Doktors in unserm Hause die Moral ihrer Kinder in Gefahr, und Gott hatte ihr eine große Gnade erwiesen, als er ihn zu sich holte.

An dem Tage, da mir Aquilina das vorbrachte, gab es einen wütenden Streit, der nicht ohne Tränen und Geschrei abging; aber ich hatte zu viel Geduld bewiesen, und eine solche Ungerechtigkeit, die meinen Dankgefühlen so völlig widersprach, verdiente, daß ich sie mit Stumpf und Stiel ausrottete. Ich besaß freilich nicht die ruhige Gelassenheit von Lucilio und werde sie nie besitzen. Im übrigen bewies mir sein Tod, wie schon der von Pisana, daß immer ein Gewinn dabei ist, wenn man sich um Kraft und Edelmut müht. Dann stirbt man immerhin zufrieden

– und diese Haltung ist, außer daß sie sehr erstrebenswert erscheint, auch der Prüfstein für die Geister. Im Leben ist allerhand Heuchelei möglich; doch in dem großen Augenblick... oh, da fehlt Zeit und Lust, Komödie zu spielen. Und die größte, unausweichliche Strafe für Spitzbuben ist die, vorm Tode zu zittern.

Bald nach Lucilio starb mein Schwager Spiro. Dieser Tod, den mir Luciano mitteilte, verdoppelte die Trauer meines Herzens. Luciano selbst dachte nicht mehr daran, Griechenland zu verlassen; ich hatte schon lange den Eindruck, daß der Ehrgeiz in diesem Sohne jedes andere Gefühl überwuchern würde. Nach der Ermordung des Grafen Capodistria war er ein wenig mutlos geworden; doch dann hatte er nach der Thronbesteigung des Königs Otto ein gutes Amt im Kriegsministerium erhalten, und von da ersehnte er sich immer höhere Ämter mit der gierigen Geduld eines Hundes, der die Schnauze auf das Knie des Herrn legt, um ein Stück seines Brotes zu erschnappen. Von uns, von Venedig, von Italien sprach er, wenn überhaupt, wie von weit abliegenden, drolligen Dingen. Herzlicher vielleicht schrieb mir seine Frau, obwohl ich von den Söhnen von Spiro wußte, daß er sie nicht eben gut behandelte. Und natürlich gab meine Frau an der Nachlässigkeit von Luciano, wie schon an dem Tode von Donato, mir die Schuld.

Doch wurde Aquilina in den folgenden zwei oder drei Jahren durch allerlei Unglück, das sie näher betraf, mit mir ein wenig milder. Ihre Brüder starben einer nach dem andern, und allein Bruto blieb übrig, der die zunehmenden Jahre fröhlich ertrug und nur bisweilen klagte, daß ihm das Schicksal Venedig zum Aufenthalt bestimmt habe, wo die vielen Brücken seinem Holzbein übergroße Mühe machten. So näherten wir uns sachte dem Alter, während das Land ringsum immer wieder seine Jugend gewann; und was dann folgte, beweist zur Genüge, daß alle jene Jahre nicht verloren noch umsonst vertan oder verschlafen waren, wie die Pessimisten schwatzen. Aus nichts kommt nichts, das ist ein alter Spruch.

ZWEIUNDZWANZIGSTES KAPITEL

Zur Ermunterung der Schriftsteller wird dargetan, wie sich Graf Rinaldo im Schreiben seines berühmten Werkes über den Handel der Venezianer voll und ganz über sein Elend tröstete. – Mit meinem Sohne Giulio nimmt es eine schlimme Wendung, und die kleine Pisana zeigt Anlage zum Komödiespielen. – Die jungen Menschen von heute taugen sehr viel mehr als die von früher, und aus Fehlern lernt man, wenn man weiß, was man will, und das will, was man muß. – Flucht von Giulio und Besuch der alten Freunde. – Öffentliche und persönliche Feste und Trauerzeiten während des Jahres 1848. – Ich kehre zurück ins Friaul, wo mich nach einigen Jahren die Kunde vom Tod meines Sohnes trifft.

Ihr werdet bemerkt haben, daß ich alle Berufe, denen ich mich im Laufe meines Lebens widmen mußte, nicht aus freien Stücken ergriffen hatte; immer hatte mir der Wille anderer, die Not des Augenblicks oder ein besonderes Zusammentreffen von Umständen den jeweiligen Beruf fix und fertig in die Hand gedrückt, ohne daß ich viel darüber nachdenken konnte. An Handelsgeschäfte war ich schließlich nur mit Rücksicht auf meinen Schwager geraten; und daß ich mich davon nicht zurückzog, als die Firma Apostulos liquidierte, geschah nur meiner Familie zuliebe. Um das Jahr vierzig nun – ich war alt und die Sehkraft meiner Augen geschwächt – betrug mein Vermögen so viel, daß ich es in Grundbesitz anlegen und davon leben konnte. Gerade in der Zeit, als ich mich vom Handel zurückziehen wollte, gab mir die Internunziatur in Konstantinopel den Bescheid, die türkische Regierung habe endlich den Wechsel meines Vaters anerkannt; sie wollte mir zwar nur einen kleinen Teil zahlen, für den größeren blieben die Erben des damaligen Großwesirs meine Schuldner, aber ich sollte doch ein beträchtliches Kapital in die Hände bekommen.

Daß die englische Botschaft meine Angelegenheit nicht vernachlässigt hatte und nur durch die elenden Finanzverhältnisse der Pforte nicht zum Abschluß gelangte, war mir von Lucilio schon vor drei oder vier Jahren mitgeteilt worden, doch hatte ich nie an die Erfüllung dieses Traumes geglaubt; darum erschienen mir die achtzigtausend Piaster als ein höchst angenehmes Geschenk, und die Erben des Großwesirs ließ ich in Frieden, denn den Erkundigungen von Luciano zufolge mußten sie ein finsteres und erbärmliches Gesindel sein. Ich löste also mein Geschäft auf, gewann daraus dreißigtausend Dukaten und kaufte mit dieser Summe und den ererbten achtzigtausend Piastern ein schönes großes Gut um das Haus Provedoni in Cordovado und außerdem viele Ländereien des Erbes Frumier, die der Doktor Domenico Fulgenzio abstoßen wollte, um über sein Vermögen freier verfügen und so das der andern besser schlucken zu können.

Trotzdem waren wir es der Erziehung von Giulio schuldig, das väterliche Haus in Venedig weiter zu bewohnen; für die zwei Herbstmonate mietete ich ein Häuschen an der Brenta, wo wir uns alle miteinander der freien Landluft freuten. Ich hatte mich allmählich so an Venedig gewöhnt, daß ich wie jener bekannte einfältige Mann unglücklich gewesen wäre, hätte ich einen einzigen Tag den Glockenturm von San Marco nicht gesehen. Nun waren mir die Kirche, die Prokuration, der Dogenpalast mindestens ebenso lieb, und ich begrüßte sie zärtlich, wenn uns der Sankt-Martins-Tag vom Lande zur Stadt zurückführte. In Bruto, der sich wegen seines Holzbeines auf dem Lande sehr viel wohler fühlte, besaßen wir ja einen ausgezeichneten Verwalter; er lebte einen großen Teil der guten Jahreszeit auf dem Besitz im Friaul und kümmerte sich dort höchst nützlich um die Schar von Neffen und Nichten jeden Alters, die seine Brüder hinterlassen hatten. Mir war die Sorge um alle Kinder von Donato und Bradamante zugefallen. Zwei Mädchen waren in Portogruaro und San Vito anständig verheiratet; der eine Sohn verdiente seinen Lebensunterhalt als Tierarzt, der andere arbeitete selbständig und hatte aus der Pacht der Apotheke und als Verwalter eines meiner Güter genug, daß sich die Familie von der Not der Zeit erholte.

Eine andere Familie erholte sich nicht: die Grafen von Fratta. Es mag dumm sein, aber mich schmerzte ein solcher Verfall um meiner Pisana willen immer wieder. Die völlige Zerrüttung ihrer Geldverhältnisse wurde nur ausgeglichen durch den stoischen Gleichmut, mit dem sie sie ertrugen. Rinaldo hatte sein Teil Schuld durch Bücherkäufe und versäumte Einforderungen, Clara durch törichte Wohltätigkeit. In Fratta gehörten ihnen noch zwei oder drei Bauern, ein baufälliger Burgflügel und zwei geborstene Türme, aber die Einkünfte verkrümelten sich in den gierigen Händen der Gläubiger; nicht eine Kupfermünze gelangte nach Venedig, so oft man auch darum geschrieben hatte. Doch in einem muß man den letzten Vertretern des erlauchten Geschlechtes der Grafen von Fratta Gerechtigkeit zuteil werden lassen: sie waren ebenso sparsam in ihren Bedürfnissen wie gleichgültig im Einfordern ihrer Gelder. Sie verbrauchten alles in allem am Tage den einen Dukaten des Grafen Rinaldo und die drei venezianischen Lire, die die Hochwürdige Clara als bedürftige Patrizierin aus dem Staatsschatz erhielt. Das reichte nicht eben zum Prassen, und das Jahr bestand für sie aus einer einzigen langen Fastenzeit.

Ein Glück, daß die Hochwürdige dank ihrer engelhaften Verzückungen und der Graf dank der ständigen Ablenkung durch die Wissenschaft keine Zeit hatten, auf den Magen zu achten. Sie wurden von Tag zu Tag dünner, ohne daß sie es merkten; ich glaube, sie hätten sich, wie der Esel des Harlekin, daran gewöhnt, von Luft zu leben. Als ich eines Tages die Gräfin Clara fragte, warum sie, obwohl sie doch von einem Schlaganfall bedroht sei, so viel Kaffee trinke, erwiderte sie, der Kaffee sei in Venedig nicht teuer, und sie trinke so viel, damit sie nicht erst Suppe brauche. Nun, zwischen Kaffee als einziger Nahrung und Luft ist wohl kein großer Unterschied. Zudem wurde kein einfältiges Weib, das heulend und rosenkranzbetend an ihre Tür pochte, jemals weggeschickt ohne eine kleine Kupfermünze oder ein Stück Brot. Clara hätte ihrem schlimmsten Feinde, wenn sie einen solchen besessen hätte, vom letzten Kaffee mitgeteilt oder ihm alles gegeben, wäre er über das wenige unwirsch geworden.

Graf Rinaldo suchte indes krampfhaft nach einem Verleger für seine Werke, aber leider fand er nirgends einen. Der Reichtum war während der langen Friedenszeit beträchtlich gewachsen, die Einsicht und Erziehung im Volke hatten sich gleichwohl nur langsam, und fast trotz der Umstände, gebessert; aber der Blick reichte nicht eben weit, und die heimische Wohltätigkeit suchte augenblickliche Bedürfnisse zu befriedigen, Wunden auszuheilen, Wünsche zu erfüllen und dachte nicht daran, längst vergangenen Ruhm zu beleben oder altererbte Schulden abzutragen. Ein Hymnus von Manzoni zu Ehren der Eisenbahn, die man damals plante, um Mailand mit Venedig zu verbinden, hätte Verleger, Käufer und ein begeistertes Publikum gefunden; doch ein umfangreiches Werk über den Handel der alten Veneter reizte nicht die Neugier der Leser und gab den Buchhändlern keine Hoffnung auf viel Verdienst. Darum begrüßten sie den Herrn Grafen äußerst liebenswürdig und gaben ihm sein Manuskript, nachdem sie es in der Hand gewogen, freundlich zurück, ohne es auch nur lesen zu wollen. Vergeblich mühte er sich, sie zu überzeugen, sie müßten sein Werk prüfen, um Wert und Bedeutung kennenzulernen; sie erwiderten, es sei gewiß ein Meisterwerk, aber die Leser seien auf so vorzügliche, tiefschürfende Dinge nicht vorbereitet, und wenn der Schriftsteller seine eigenen Gedanken entwickele, so müßten die Verleger hingegen dem Wunsch der Leute Genüge tun. Graf Rinaldo besaß die Bescheidenheit des wahren Verdienstes, doch zugleich auch die Würde dessen, der ehrlich bescheiden ist.

Daher demütigte er sich nicht so weit, jemandem, wie das Volk zu sagen pflegt, die Schuhe zu lecken, kehrte in seine Einsamkeit zurück und fand eine edle Rache und einen Trost darin, daß er seine Arbeit ausfeilte und verbesserte. Dreißig Jahre Studium, Forschungen, Grübelei schienen ihm nicht genug; und jeden Tag fiel ihm irgendeine Stelle in die Augen, wo ein noch gründlicheres Durchdenken die Ideen klarer gemacht oder den Leser besser angeleitet hätte, die Absichten des Verfassers zu verstehen. Fast war er den Verlegern dankbar, daß sie ihm Zeit gelassen, manchen Teil des Gemäldes aufzuhellen, manches schärfer nachzuzeichnen. Doch als er wieder glaubte, fertig zu sein, und sich von neuem auf den Weg machte zu den Buchhändlern, sein Manuskript unter dem Mantel, mußte er immer die gleichen Zurückweisungen erfahren, und jetzt waren sie gelegentlich von Spott begleitet; die weniger Höflichen lachten ihm ins Gesicht. Nun riet man ihm, er solle sich an die bekanntesten Verleger in den andern Städten wenden, und so begann er eine hartnäckige Korrespondenz mit Florenz, Mailand, Turin, Neapel. Die meisten gaben nicht einmal Antwort; hie und da forderte ihn einer, der den ›Galateo‹ in gutem Gedächtnis hatte, auf, Proben seines Werkes zu schicken. Und so setzte sich der gute Mann wieder an den Schreibtisch und wählte aus, glättete und machte Abschriften; aber schließlich kam dann ein Brief, der entweder den Stil zu verwickelt fand oder den Gegenstand den gegenwärtigen Studien zu fremd. Man ermunterte den Grafen, über Statistik und Wirtschaftslehre zu schreiben, das werde man anständig lohnen, doch so riesige geschichtswissenschaftliche Arbeiten taugten nicht für unser Jahrhundert.

Der arme Graf packte auch diese letzten Hoffnungen in den Schrein der entschwundenen Träume; aber er hatte noch einen solchen Vorrat davon zu verbrauchen, daß etliche Jahre darüber hingingen, bis er sich von der völligen Unmöglichkeit, einen Verleger für die kritische Geschichte des venezianischen Handels zu finden, überzeugen ließ. Ihm fiel ein, es könne ihm vielleicht recht nützlich sein, wenn er sich von einem Manne, der in der Literatur und Wissenschaft schon bekannt war, empfehlen lasse; doch da er keinen kannte, beriet er sich hierüber mit dem Ritter Frumier. Ihr könnt euch den Erfolg vorstellen! Mit dem Ritter, der nach dem Tode seiner Dame Dolfin den Gebrauch seiner Sinne nicht mehr wiedergefunden, von Männern der Literatur und Wissenschaft sprechen, bedeutete, sich die Literaturgeschichte des verflossenen Jahrhunderts erzählen lassen. Er kam über den Abbé Cesarotti und den Grafen Gaspare Gozzi nicht hinaus; und so gereichte er dem Vetter nur zu recht geringem Trost.

Nun entschloß sich Graf Rinaldo, allein zu handeln, und begann alles, was er an Verkäuflichem noch besaß, zu verkaufen, um doch wenigstens mit dem Druck zu beginnen; waren einmal die ersten Bände erschienen, dann vertraute er auf den Beifall des Publikums, der einem Werke, das dem Vaterland zur Zier gereichte und von hoher geschichtlicher Bedeutung war, nicht fehlen konnte. Von da an trank Frau Clara etwas gemäßigter Kaffee, und der Graf sparte sich den Bissen vom Munde ab, um so rasch wie möglich die fünfhundert Lire, die zum Druck der ersten vier Kapitel nötig waren, zusammenzukratzen. Sowie er sie in der Tasche hatte, ging er zum Drucker, legte das Geld auf den Tisch, ohne auch nur zu handeln, und sagte triumphierend: »Druckt mir von meinem Manuskript, so viel Ihr könnt!«

Der Drucker fragte: »Welches Format befehlen Sie, wieviel Exemplare, wollen Sie Subskriptionsscheine verteilen oder nicht?«

Von all diesen Dingen verstand Rinaldo überhaupt nichts. Doch nachdem er sie sich bis ins einzelne hatte erklären lassen, kamen sie überein, sie wollten in ganz Italien viertausend Subskriptionsscheine verschicken mit ein paar Worten der Aufforderung und den Hauptüberschriften des Werkes, und wollten tausend Exemplare vom ersten Band in Großoktav drucken. Der Graf ging nicht nach Hause zurück – er schwebte; und die drei Wochen, in denen er von Hause in die Druckerei lief, um Fahnen durchzusehen, Fehler zu verbessern, andere Ausdrücke einzusetzen und Fußnoten hinzuzufügen, wurden für ihn die glücklichste Zeit seines Lebens, etwa das, was einem jungen Mann die erste Liebe bedeutet hätte. Aber der Drucker nahm an dieser übertriebenen Freude nicht eben teil; die Scheine kamen nicht mit den ersehnten Unterschriften wieder, in Venedig und in den umliegenden Städten hatten sich kaum ein paar Dutzend angesammelt, auch diese langten mittels der Sortimente an, und man weiß, wie kümmerlich das Geld durch diese unsicheren Kanäle zurückfließt. Doch der Graf wußte ja, er würde seinen ersten Band binnen einem Monat gedruckt sehen, und schlief wie auf Rosen. Wohl stritt er mit der Zensur um manchen Satz, manchen Abschnitt hin und her, aber das waren Korrekturen, die das wichtige Werk nicht im geringsten angriffen, und er gestattete sie gern.

So erschien endlich das berühmte Titelblatt vor den vier ersten Kapiteln, und Graf Rinaldo hatte die Freude, sein Werk in den Fenstern der Buchhändler zu betrachten; hernach kam die andere, nicht weniger wichtige, es in den Zeitungen in riesigen Lettern angezeigt und in manchem Feuilleton hoch gepriesen zu sehen. Die erste war eine Mailänder Zeitung; sie lobte die Absicht und tiefe Gelehrsamkeit des Buches, ganz abgesehen von dem großen praktischen Werte, den es auch für den heutigen Handel gewinnen könnte, wo es schien, als werde man die alten Stapelplätze wieder in Besitz nehmen. In dieser Kritik war die Rede von Indien, China, den Molukken, von England und Rußland, vom Opium, von Pfeffer und Reisstroh, von Meemet Ali, vom Kaiserreich Birma und vom Einschneiden der Landenge von Suez, kurz von all und jedem, mit Ausnahme der Arbeit von Rinaldo und von Handel und Handelseinrichtungen der Venezianer im Mittelalter.

Trotzdem gab sich Rinaldo damit zufrieden, weil wirklich die patriotische Absicht und die großzügige, tiefschürfende Kritik der damaligen Zeit als Hauptvorzüge bezeichnet waren. Ein toskanisches Journal schrieb das Urteil des Mailänders im wesentlichen ab, fügte einiges hinzu und ließ aus diesen Zusätzen erkennen, daß man das Buch nur so eben durchgeblättert hatte. Doch danach erschienen, hie und da, hundert Kritiken, hundert Urteile, die einen sonderbarer als die andern, aus jenen ersten Berichten knechtisch abgeschrieben und nach Belieben verändert. Man sah auf den ersten Blick, daß die Schreiber das Buch kaum dem Titel nach kannten; ein gelehrter Staatswissenschaftler in Turin zum Beispiel empfahl das Studium des Grafen Fratta als eines vorzüglichen Handbuches für diejenigen Kaufleute, die die Ausübung ihrer Geschäfte mit den Forschungen der modernen Wirtschaft stützen wollten. Als der arme Verfasser letzteres Urteil las, rieb er sich die Augen und meinte, er habe sich versehen, oder es sei gar nicht von ihm und seinem Werk die Rede. Aber er las noch einmal und überzeugte sich leider, daß da so geschrieben stand.

»Dummköpfe!« brummte er vor sich hin. »Meinetwegen mögen sie es nicht kaufen und nicht lesen; aber nicht einmal die Überschrift zu kennen!... Einfach losurteilen, bevor sie das Titelblatt sehen!... Das überschreitet doch jedes Maß, und ich möchte wahrhaftig lieber vernichtet, als von solchen jämmerlichen Kritikern gelobt sein.«

Graf Rinaldo hatte bislang in den Bibliotheken gelebt und wußte nicht, daß man dazumal keine Zeit mehr damit verlor, Bücher gründlich zu lesen, daß man lobte und tadelte ohne genaue Kenntnis, gerade weil man an Werken mehr den Geist schätzte und die Absicht, als den wissenschaftlichen Wert und die Form. Jeder sagte zum Nachbar: »Lies doch dieses Buch, ich habe hineingeschaut, es scheint mir gut!« Aber die Worte gingen zum einen Ohr hinein, zum anderen heraus, und das Buch blieb im Laden liegen. Lieber verschlang man die neuesten Zeitungsnachrichten. Damals war gerade Gregor XVI. gestorben, und ihm folgte auf dem päpstlichen Throne Giovanni Mastai Ferretti unter dem Namen Pius IX. Er war vor allem ein guter Priester und Papst, und man wollte ihn in einen Julius II., einen Herrn der Christenheit und Soldaten, verwandeln. Es war, wie wenn jemand in der Gestalt einer Wolke einen bestimmten Gegenstand erkennt; wem dieser Gegenstand in der Vorstellung lebt, der erkennt ihn auch in der Wolke, aber der Versuch, ihn andere darin sehen zu lassen, muß scheitern.

Nun verstand oder wollte der neue Papst nicht verstehen, was der Jubel, der ihn in den Himmel hob, bedeutete, und sein Schweigen gab dem recht, der von ihm mehr hoffte, als zu gewähren er vielleicht geneigt war. Diese Ereignisse, die die lange Schläfrigkeit Italiens unterbrachen, halfen dem Druckereiunternehmen des Grafen Rinaldo nicht sonderlich; sicher hätte er auch in ruhigen Zeiten aus dem ersten Bande nicht mehr Gewinn gezogen, als daß er mit seiner Hilfe die Druckkosten des zweiten wenigstens zur Hälfte hätte bestreiten können, aber nun gewann er keinen Scudo, der immerhin ein Scudo ist. Und was das Sonderbarste ist, auch er mußte das eigene Buch vergessen und, der Begeisterung seiner Schwester zuliebe, mit den andern zum Markusplatz stürzen und rufen: »Es lebe Pius IX.!«

Inzwischen wurde mitten in diesen Wirren das Geld knapper denn je, und Graf Rinaldo schickte seinem Vogt in Fratta den dringenden Befehl, ihm, koste es, was es wolle, etwas zu schicken; der arme Kerl zog sich aus der Verlegenheit, indem er die letzten Überreste der Burg verkaufte und dem Herrn den Preis vorschoß. Mit diesem Sümmchen wollte der Graf die Gründung einer vaterländischen Zeitung in irgendeiner Stadt des Festlandes unterstützen; und so rann ihm auch das letzte Geld durch die Finger, und Clara verlor den Kaffee und er die magere Zukost zum Brot. Aber sie verteidigte sich mit Beten, er mit Lesen und Phantasieren tapfer gegen den Hunger. Manchmal lud ich ihn in christlicher Voraussicht zum Essen, doch er war so zerstreut, daß er samt seinem ein paar Tage alten Hunger im Bauch oft die Zeit versäumte und erschien, wenn wir schon das Obst aßen. Waren jedoch die Kinnladen einmal in Tätigkeit, so zeigte der Herr Graf, daß er seine Fastenzeit gut im Gedächtnis trug und nicht die Absicht hatte, sie fürs nächste wieder Wirklichkeit werden zu lassen.

Darin bestand das wenige Gute, das ich für die Geschwister von Pisana tun konnte; zu mehr fehlte mir der Mut, denn ich kannte ihre übertriebene Empfindlichkeit, und wenn Aquilina Clara ein Pfund Kaffee zukommen lassen wollte, mußte es heimlich den Weg über die Magd nehmen. In früheren Zeiten, ich will es bekennen, hatte es mich Mühe gekostet, diese beiden sonderbaren Käuze meine Abneigung nicht spüren zu lassen;

allmählich, je dunkler und stürmischer die Zeiten wurden, söhnte ich mich mit ihnen aus und hob meinen Ärger für die Leute auf, die sie umgaben. Alle waren anscheinend von der gleichen Lebensführung und Denkart; und doch dachten die Ormenta, die Cisterna und ihre Trabanten unter dem Vorwand der Ehre Gottes an nichts als an ihren eigenen Nutzen und das sichere Behagen des Lebens. Rinaldo und Clara aber wirkten in allem nur für die Ehre Gottes und opferten Vermögen und jede Bequemlichkeit fröhlich diesem heiligen Zweck.

Mein Sohn hatte inzwischen in einer solchen Gesellschaft immer mehr Schaden genommen, und so eifrig ich seinen Sinn von der niederen Sphäre der Materie in die höhere des Geistes zu heben suchte, so blieb doch alle Mühe umsonst, und er erschien mir mit seinen zweiundzwanzig Jahren älter als ich mit siebzig. In der letzten Zeit, als schon zu spüren war, was für ein Schicksal wieder über Italien hereinbrechen könnte, mühte ich mich noch mehr um ihn; denn ich alter Mann würde ihn vielleicht in dem Augenblick verlassen müssen, da er mich am nötigsten gebraucht hätte. Aber sein Gaumen hatte die widerliche Süße des Müßiggangs und anderer Laster schon zu lange geschmeckt, und die niedrig gesinnten Besucher des Hauses Fratta hatten ihn davon überzeugt, daß nichts auf der Welt mehr zu wünschen sei als Ruhe, eine gute Tafel und ein gutes Bett. Solche Meinungen verfocht er, als seien sie Zeichen eines starken Geistes und philosophischer Unabhängigkeit, und machte sich ein Verdienst daraus, die Menschen zu verachten, die kindisch genug eine höhere Sehnsucht zu befriedigen suchten.

Es war die Reaktion auf die Romantik, deren sich diese alten Füchse bedienten, um die jungen Leute dahin zu bringen, daß sie jede Idealität im Leben ableugneten; und da andere, reifere junge Menschen sich dem mit Wort und Beispiel widersetzten, schalten sie sie Neidlinge und Heuchler und ermutigten ihre Anhänger, über die Predigten dieser Pharisäer zu spotten. Auch für Giulio bedeutete der offene Kampf gegen die Sittenstrenge der Puritaner, wie sie genannt wurden, eine Mutprobe, und je härter jene ihn tadelten, um so mehr übertrieb er noch die zynische Zügellosigkeit seiner Sitten. Spiel, Wirtshäuser, Frauen, darin waren seine drei Haupttugenden beschlossen; und es kamen noch einige kleinere hinzu, vor allem eine tiefe Heuchelei. Denn sowie er den Fuß über die Schwelle des Hauses gesetzt hatte, nahm sein Wesen, ohne daß er auch nur daran dachte, eine gewisse Gesetztheit an, die Augen blickten nicht mehr dreist, die Lippen vergaßen die üblichen Bordellredensarten. Seiner Mutter gegenüber zeigte er sich lammfromm, und wenn ich ihr, um auf die schwache Seite dieser Erziehung hinzuweisen, die Gerüchte wiederholte, die über seinen Lebenswandel umliefen, so geriet sie außer sich, schrie, sie seien falsch, und man brauche ihren Giulio nur anzublicken, um ihn bis auf den Grund seines Herzens zu kennen. Ich solle dem Himmel danken, daß er nicht wie andere junge Leute hinter Phantastereien herjage, sondern festen Boden unter den Füßen habe und mit gesetzten Männern Umgang pflege; ich habe ja wohl mit dem Ende von Donato schon eine schreckliche Lektion erhalten. Und nun folgten die üblichen Anklagen, zu denen ich nur die Achseln zucken konnte, und ich mußte weggehen, wollte ich mir diese Predigt nicht den ganzen lieben Tag anhören.

Einmal wusch ich ihm aber doch gehörig den Kopf und sagte ihm für die Zukunft Schlimmes voraus, wenn zu den Gerüchten, die über ihn umliefen, noch ehrenrührige Anklagen hinzukämen. Ein Freund des Ritters Frumier hatte mir eine häßliche Geschichte wiedererzählt; Giulio sollte in einer Spielhölle bei Gelegenheit einiger Partien Macao allzu geschickt gespielt haben. Auf diesen Vorwurf hatte er dem unerwünschten Beobachter mit den Fäusten geantwortet, und eine solche Art, seine Ehre zu verteidigen, überzeugte die meisten durchaus nicht von seiner Unschuld. Als ich Giulio darüber zur Rede stellte, erwiderte er hochfahrend, er spiele, wie es ihm beliebe, andere hätten ihm darin nichts vorzuschreiben, er pfeife auf ihr Gewäsch, er lasse sich eine solche Beleidigung nicht bieten, und wer mit seinen Fäusten nicht zufrieden sei, möge ihn in Ruhe lassen. Über die Schuld, die ihm vorgeworfen wurde, äußerte er sich überhaupt nicht und glitt recht geschickt darüber hinweg, so daß mein Mißtrauen eher zunahm. Doch hegte ich noch eine ferne Hoffnung, diese seine schlechte Aufführung entspränge einer gewissen irregeleiteten Eigenliebe, einem übertriebenen Widerspruchsgeist, und er werde vielleicht davon ablassen, bevor die Anmaßung zur Gewohnheit und die Fehler zum Laster geworden. Aber als auf Grund der Amnestie, die Pius IX. für ganz Italien erließ, der allgemeine Jubel über diesen Papst den Höhepunkt erreicht hatte, spottete Giulio – mochte es nun Unverschämtheit oder Überzeugung sein – über den frommen Glauben des Volkes so in aller Öffentlichkeit, daß er zum Gegenstand allgemeinen Abscheus wurde. Nun sind Eltern die letzten, die erfahren, wie ihre Söhne sich betragen; doch ahnte ich genug, um Giulio vor den Folgen eines solchen Bannes zu warnen. Was sollte werden, wenn ihn eines Tages die Sehnsucht nach der Liebe und Achtung seiner Mitbürger packen würde und er sich jede Möglichkeit, ihnen wieder nahezukommen, verscherzt hatte? Jetzt wähnte er, er dürfe die Menschen verachten; aber war denn das Bewußtsein seiner selbst stark genug, ihm in solcher Einsamkeit Kraft zu geben? Er hatte sich die Schlechtesten zu Gefährten gewählt; schon schmähten die Gutgesinnten die Haltung des Doktors Ormenta, Augusto Cisterna und seiner Söhne, und sie würden Giulio alle die schweren Fehler mit zur Last legen, die seine Freunde begingen. Eines Tages stände er völlig allein; denn diese Freunde würden ihn in der Gefahr verlassen und verraten.

»Oh, du denkst ganz falsch über mich«, sagte Giulio ganz friedlich, ohne meine Bedenken im geringsten zu prüfen. »Ich habe keines Menschen ›Credo‹ angenommen. Der Doktor Ormenta und der Herr Augusto Cisterna sind alte, lasterhafte Schelme, nicht besser noch schlechter als die übrigen, und ich bin nur aus Gewohnheit mit ihnen zusammen und weil ich keinen Grund sah, andere Gesellschaft zu suchen; ich wäre vom Regen in die Traufe geraten, das heißt, vom Laster in die Heuchelei. Ach, und die Leute... ich bin nicht so töricht, mich je um ihr Geschwätz zu kümmern. Mein Bewußtsein sagt mir, daß ich richtiger denke als sie, und mein gesunder Menschenverstand ist die letzte Instanz, die über die Unwissenheit der andern das Urteil spricht.«

Ich begriff, hier war alles umsonst, und hätte ich an allen vierzig Osterfastentagen gepredigt, und ließ ihn gehen in der Hoffnung und Furcht zugleich, daß ihn die Erfahrung lehren würde, was zu lehren ich vergeblich versucht hatte. Aber ich begann zu fürchten, meine Nachlässigkeit und der übermäßige Einfluß, den ich Aquilina eingeräumt hatte, könnten mich noch teuer zu stehen kommen, und die Kinder könnten meinem Alter rechten Kummer bereiten. Denn nicht nur Giulio gab mir zu denken; auch Pisana fiel in allerlei Irrtümer, und ich merkte zu spät, daß ich alle väterliche Gewalt eingebüßt hatte.

Dieses Mädchen war, wie ich schon erzählte, das durchtriebenste Wesen, das mir je vorgekommen; doch ich hoffte, das Beispiel ihrer Mutter und die gewissenhafte Befolgung aller Pflichten der Religion, zu der sie sie erzog, werde sie vor schwereren Gefahren behüten. Ich beobachtete sie inzwischen aus der Ferne und gewann nicht den Eindruck, daß sie besonderen Nutzen aus ihrer Andacht zöge. Sie legte ihrer Mutter und mir gegenüber eine bescheidene Herzlichkeit an den Tag und schien, wenn sie in unserer Gegenwart mit andern zusammen war, geradezu eine Heilige. Aber gegen Diener und Hausmädchen war sie hart und hochfahrend, und dann wieder scherzte und kicherte sie mit ihnen, daß es zu der in unserem Beisein gezeigten Art in krassem Gegensatz stand. Auch warf sie, sowie ihre Mutter in einer Gesellschaft das Auge von ihr wandte, flugs nach allen Seiten die feurigsten Blicke, und dabei konnte sie die hübschen jungen Leute von den häßlichen sehr wohl unterscheiden. Bisweilen errötete sie und drehte sich auf dem Sessel, daß die Arglist vor der Heiligkeit einen beträchtlichen Vorsprung gewann.

Kurz, ich war ihretwegen alles andere als ruhig, und wenn Aquilina, auch wenn sie zugeben mußte, daß Giulio ein wenig unüberlegt war, dem Himmel dankte, daß er ihr in dieser prächtigen Tochter einen solchen Trost bereitet habe, zog ich unwillkürlich ein schiefes Gesicht.

»Na und? Was hättest du dagegen zu sagen?« rief meine Frau mit dem krampfhaft scharfen Ton, den sie in unseren Gesprächen anzuschlagen pflegte.

»Oh, nichts«, meinte ich und rieb mir das Kinn.

»Nichts, nichts! Glaubst du, ich kennte nicht deine immer unzufriedenen Gesichter? ... Nun sage schon, was du an Pisana auszusetzen hast! ... Ist sie nicht schön und vollkommen wie ein Engel? Hat sie nicht Augen, blau wie Lapislazuli, aus denen dich ihre reine, liebevolle Seele anblickt, und Hautfarbe und Haar und Wuchs, wie man es sich nicht schöner denken kann? Ist sie nicht klug und zurückhaltend und höflich, wie es sich für ein Mädchen ziemt? Ist sie nicht fromm wie eine kleine Heilige, bescheiden und gehorsam wie ein Lämmchen? Wo willst du eine Tochter finden, die musterhaft wäre wie sie? ... Ich möchte wohl ein junger Mann sein, nur damit ich sie heiraten könnte; dreimal glücklich der, dem ein solches Glück zuteil wird! Aber ich will ihn mir dreimal ansehen, ehe ich sie ihm gebe.«

Ich wartete ruhig, daß sie sich mit dieser Lobrede zunächst Luft machte, und winkte höchstens, sie solle leise sprechen; denn Pisana konnte im Nebenzimmer sein, und ich hatte sie schon einmal dabei ertappt, wie sie horchte.

»Steh doch nicht da wie eine Bildsäule!« fuhr Aquilina fort. »Wozu bist du denn Vater! ... Seit du auf dem Markusplatz keine Geschäfte mehr hast und mein Bruder die Arbeit auf dem Lande für dich tut, bist du der größte Unnütz geworden, den man sich denken kann. Du taugst zu weiter nichts, als dich in einem Café herumzurekeln, Zeitungen zu lesen und womöglich, Gott behüte, mit irgendeinem andern alten verrückten Kerl zu schwatzen und dich unvorsichtig bloßzustellen.«

»Aquilina, wenn ich dazu käme, würde ich manchmal schon sprechen, aber...«

»Was aber?... Sage ich dir nicht, du sollst sprechen? Fordere ich dich nicht seit einer Stunde auf, du sollst deine Beobachtungen kundtun? Beweise ich nicht schon allzuviel Geduld, daß ich hier stehe und dich anhören will?«

»Dann will ich dir sagen, daß mir scheint, Pisana ist andern gegenüber nicht die gleiche wie vor uns; und wenn sie keiner von uns im Auge hat, ändert sich unheimlich rasch ihr Benehmen, so daß ich sehr fürchte. alle ihre schönen Gaben sind nichts als Verstellung, und...«

»Was muß ich hören!... Ich arme Mutter!... Arme Tochter! Du hast gerade das Recht, sie anzuklagen! Du gehst höchstens zweimal im Jahre mit uns unter die Leute und willst mir Vorwürfe machen, mir, die von morgens bis abends mit ihr zusammen ist, die sie nie aus den Gedanken, nie aus den Augen läßt!«

»Ich will dir etwas sagen, Aquilina. Du bist immer mit ihr zusammen; aber du unterhältst dich gern, und du läßt Pisana vielleicht nicht aus den Gedanken, doch aus den Augen läßt du sie ganz sicher oft. Gewiß komme ich nicht alle Tage mit euch, weil weder die Unterhaltung im Hause Fratta noch die im Hause Cisterna nach meinem Geschmack ist, aber wenn ich hinkomme, habe ich Muße, Pisana zu beobachten. Glaube mir: du hast eine Heilige aus ihr machen wollen, doch wenn du so fortfährst, machst du aus ihr eine extrafeine Kokotte.«

»Heilige Muttergottes! Ich bitte dich, geh mir aus den Augen, daß ich nicht fluche!... Meine Pisana eine Kokotte!«

»Ruhig, Aquilina, um Himmels willen ruhig, daß sie dich nicht hört!«

»Ach was, das ist mir einerlei. Da ist auch keine Gefahr, sie versteht nichts von solchen Schändlichkeiten. Ich weiß schon, du kannst das Mädchen nicht leiden; du liebst die harten, undankbaren Naturen wie Luciano oder solche Narren wie den armen Donato, den du allein ins Unglück gestürzt hast. Die Leute haben recht, wenn sie sagen, du seiest ein unverbesserlicher Jakobiner.«

Das Gespräch begann ins Politische abzugleiten, und ich machte mich aus dem Staube, ohne jedoch den Hauptstreitpunkt zu vergessen, und nahm mir vor, Pisana mehr als zuvor im Auge zu behalten. Sie schien mir in den letzten Tagen irgendwie recht beschäftigt, wechselte alle Augenblicke die Farbe und war so verwirrt, daß etwas dahinterstecken mußte. Meine Frau hingegen versicherte, das seien die üblichen Anzeichen für den Übergang von der Kindheit zum Mädchenalter, der die erste unbewußte Unschuld trübt. Mir, der ich mich ein wenig auf Unschuld und mehr noch auf Listen verstand, konnte diese Ansicht nicht genügen; ich beobachtete weiter und war überzeugt, auf die Dauer würde die geduldige Schläue des Alten dem klugen Mädchen schon auf die Schliche kommen. Die Mühe, die Pisana daran wandte, ruhig und unbefangen zu erscheinen, sooft sie sich beobachtet fühlte, bestärkte mich in dem Verdachte, daß es sich nicht um den gewissen Übergang handeln konnte. Eines Abends endlich, als Aquilina mit Bruto, der gerade aus dem Friaul gekommen, ausgegangen war und auch ich aus irgendeinem Grunde erst spät heimkehrte, trat ich in das Zimmer, worin die Frauen gewöhnlich weilten, und vermißte Pisana. Das Kammermädchen sagte, sie sei in ihrem Schlafzimmer. Da näherte ich mich leise ihrer Tür und horchte und meinte, ich höre eine Stahlfeder kritzeln. Schnell wollte ich die Tür öffnen, und konnte es nicht; sie war verschlossen.

»Wer ist da?« fragte Pisana ein wenig ängstlich.

»Ich bin es. Ich wollte nur nach dir sehen.«

»Sofort, Papa. Ich habe mich umgezogen. Ich wollte die Stickerei heute abend fertigmachen, und da ist mir so heiß geworden, ich war pitschnaß. Aber jetzt mache ich dir auf.«

Und wirklich machte sie mir auf und empfing mich mit einem so süßen Lächeln auf den Lippen, daß ich sie küssen mußte und nicht wenig von meinen Verdächten zurücknahm. Es lagen hier und da ein paar Kleidungsstücke, als habe sie sie eben ausgezogen; doch als ich mich dem Tischchen näherte, bemerkte ich, daß die Tinte an der Stahlfeder noch glänzte. Pisana hatte also geschrieben, und ich sollte es nicht wissen; Grund genug, meinen Verdacht mehr denn je zu wecken. Ich verließ sie und wünschte ihr eine gute Nacht, falls ich sie heute nicht mehr sehen sollte. Als sie am nächsten Morgen mit der Mutter in die Messe gegangen war, durchsuchte ich ihre Kästen und Schränke mit großer Gründlichkeit. Alles war offen, nichts gab dem neuen Verdacht vom Abend zuvor Nahrung. Ich sah in den Schrankkasten neben dem Bett und entdeckte, zwischen vielen frommen Büchelchen, einen kleinen genähten Beutel, in dem Pisana Münzen, Reliquien und ähnliche Lappalien aufzubewahren pflegte. Der Beutel war so tief, daß ich mit den Fingern nicht bis auf den Grund kam, wo ich etwas wie Papier knistern fühlte; also schüttete ich alles aus. Das Papier steckte in einer eilig mit weißem Zwirn zusammengenähten Hülle; ich riß sie auf und hielt drei Briefchen in den Händen, zierlich und parfümiert, daß es eine Lust war.

Die väterliche Gewalt ist wohl die einzige, die zu solchem Tun ein Recht gibt, weil sie dazu verpflichtet, das Wohl der Kinder auch gegen deren Willen zu bedenken. Diese drei Briefchen trugen die Unterschrift Enrico; das war der Name des jüngsten Sohnes von Augusto Cisterna. Sie sprachen mehr als nötig von zärtlicher Liebe, Küssen und Umarmungen, und mehr brauchte ich nicht zu wissen. Ich steckte sie in die Tasche und wartete, bis meine Damen aus der Kirche zurückkehrten. Als nun Pisana in ihr Zimmer eilte, um Hut und Mantel abzulegen, war sie baß erstaunt, hier ihrem Vater zu begegnen.

»Pisana«, sagte ich geradezu, denn ich war meines Inquisitorspielens mehr als müde, »sei jetzt aufrichtig und bekenne wenigstens offen die Schuld, die du aus reiner Kinderei begangen hast; sage mir sofort, wo und wie du diesen Herrn Enrico, der dir so zärtliche Briefe schreibt, unter vier Augen sprichst.«

Das Mädchen taumelte und wurde so blaß, daß sie mir leid tat;

doch dann stammelte sie so jämmerlich, sie wisse von nichts und es sei nicht wahr, daß ich die Geduld verlor und schärfer wiederholte, sie solle aufrichtig sein. Sie blieb unerschrocken bei ihrer Antwort, sie wisse nicht, was ich meine, und spielte die Unschuldige mit so viel Anmut, daß ich größte Lust bekam, sie zu ohrfeigen.

»Höre, meine Tochter«, erwiderte ich schließlich und hielt mich mit Mühe zurück, »wenn ich dir sagte, du ständest im Briefwechsel mit Enrico Cisterna, du unterhieltest dich mit ihm, nachdem wir schon zu Bett sind, am Fenster, das auf die Riva hinausgeht, so würde ich mich nicht um Haaresbreite von der Wahrheit entfernen. Ich mochte es nicht aussprechen, um dir das Verdienst der Aufrichtigkeit zu lassen; jetzt, wo du merken mußt, daß ich alles weiß und trotzdem milde mit dir verfahren will, hoffe ich, du zeigst dich dessen würdig und bekennst mir offen, wie du mit diesem jungen Mann so vertraut geworden bist, was dir an ihm so gefällt, und warum du, wenn dir dein Benehmen ehrenhaft vorkam, es für gut hieltest, es deinen Eltern zu verheimlichen. Ich weiß, du bist, wenn du willst, ziemlich scharfsinnig; jetzt müßtest du merken, daß es das Klügste, Ehrenhafteste und sogar Schlaueste wäre, dich mir wie einem Freunde anzuvertrauen, damit ich versuchen kann, die Sache zu ordnen und, wenn du willst, unsere Schicklichkeitsrücksichten auch mit deinem Wunsch in Einklang zu bringen.«

Bei diesen Worten verlor Pisana all das Gehabe der bescheidenen, ängstlichen Tochter vollkommen und wurde so munter, sicher und keck, wie ich sie oft mit den Hausmädchen gesehen hatte oder in einem Kreise, wenn die Mutter sie aus den Augen ließ.

»Lieber Vater«, begann sie unbefangen wie eine junge Liebhaberin, die ihre erste Rolle aufsagt, »ich bitte dich um Verzeihung wegen eines Mangels an Offenheit, den ich mir immer zum Vorwurf machen werde; aber ich kannte dich nicht und hatte mehr Furcht vor deiner väterlichen Macht als Vertrauen auf deine Liebe. Ja, es ist wahr, die Blicke und Bitten von

Enrico Cisterna haben mich gerührt, und um ihn nicht leiden zu sehen, wollte ich ihm gewähren, was er ersehnte.«

»Und wenn ich dir sagte, Enrico Cisterna sei ein schlimmer Mensch, ein junger Mann ohne Anstand noch Redlichkeit, und es wäre die ärgste Strafe für dich, wenn wir dich ihm überließen?«

»O Papa, ereifre dich bitte seinetwillen nicht! ... Um Himmels willen, dazu ist wirklich kein Grund. Es ist ja wahr, Enrico tat mir leid; aber ich bin nicht auf ihn erpicht, und wenn er dir nicht gefällt – nun, dann eben einen andern als ihn.«

»Und doch antwortest du auf seine Briefe und plauderst mit ihm jeden Abend am Fenster...«

»Nicht jeden Abend, Papa. Nur, wenn Mama das Licht vor Mitternacht auslöschte. Und da sie ihre Andachten auf verschiedene Tage der Woche verteilt hat, sprach ich Enrico nur montags, mittwochs und sonntags...«

»Das ist gar nicht wichtig. Ich meinte: was du tatest, das tatest du rein aus Mitleid?«

»Ich schwöre es dir, nur aus Mitleid.«

»So daß du, käme morgen ein Gondelführer oder ein umherziehender Lumpenhändler und bäte dich, ihm aus Mitleid deine Liebe zu schenken, du ihm zur Antwort gäbest: Ja, gern?«

»Sicher nicht, Papa. Das wäre etwas ganz anderes.«

»Aha, du gibst zu, du siehst in Enrico besondere Verdienste, daß du für ihn mehr Mitleid empfindest als für einen andern. Jetzt sage mir doch bitte, was sind das für Verdienste?«

»Ach, Papa, ich komme recht in Verlegenheit, wenn ich sie dir erklären soll; aber du bist so gut, ich will mir Mühe geben, dich zufriedenzustellen. Zuerst ... wenn ich ins Theater ging, sah ich Enrico von den schönsten Frauen umschmeichelt und gefeiert. Du willst doch nicht leugnen, daß er aller-allerwenigstens sehr sympathisch ist!«

Aha, so also sprach die kleine Heilige. Nun, ich wollte immerhin wissen, wie weit sie sich wagen würde, und sagte:

»Weiter. Und dann?«

»Und dann hat er eine Art, sich sehr elegant anzuziehen, sicher vor die Menschen hinzutreten, und eine gewählte, glänzende Sprache. Für ein Mädchen ohne Erfahrung, Papa, scheinen mir das genug Verdienste, um geblendet zu werden. Was seine Sitten, sein Temperament anlangt, davon, lieber Papa, verstehe ich nichts. Ich glaube, alle Menschen sind gut, und ich würde nie so frech sein, zu fragen, was das ist: ein sittenloser junger Mann.«

Nun, sie zeigte unvorsichtig genug, daß ihr diese Begriffe nicht unbekannt waren; daher sagte ich, ohne auf die moralischen Eigenschaften von Enrico weiter einzugehen, sie müsse doch einsehen, daß diese wahrhaft äußeren Vorzüge, die sie mir da aufzählte, nicht genügen konnten, ihm die Liebe eines Mädchens aus gutem Hause zu gewinnen.

»Aber wer sagt denn, daß ich ihn liebe?« rief sie. »Ich schwöre dir, Papa, ich habe mich mit ihm rein aus Mitleid abgegeben, und jetzt, wo ich sehe, er hat nicht das Glück, dir zu gefallen, werde ich ihn einfach vergessen und gern jeden andern zum Manne nehmen, den deine Güte mir verschaffen wird.«

»Oho, du leichtsinniges Ding, wer spricht denn hier von Mann? Was ist das für ein Eifer? Wer hat dich gelehrt, solche Reden zu führen?«

»Niemand, Papa«, stammelte sie ziemlich verwirrt, »das habe ich nur gesagt, um dir meine Fügsamkeit zu beweisen.«

»Ich weiß jetzt«, erwiderte ich, »wohin dich deine Fügsamkeit führt. Aber ich rate dir, mäßige dein Temperament, nimm deine Gefühle in Zucht, denn solange du nicht imstande bist, die wahren Verdienste eines ehrenhaften Mannes zu würdigen, so lange ist von Heirat keine Rede, darauf kannst du dich verlassen. Ich will weder dich noch einen andern zugrunde richten.«

»Ich verspreche dir, Papa, ich gebe mir von jetzt an alle Mühe, mein Temperament zu mäßigen und meine Gefühle in Zucht zu nehmen. Aber versprichst du mir wenigstens, daß Mama nichts erfahren soll?«

»Warum soll sie denn nichts erfahren?«

»Weil ich mich totschämen müßte.«

»Oh, ein bißchen Scham würde dir nichts schaden; du solltest dich sogar tüchtig schämen, damit du dieses schöne Gefühl ein andermal nicht zu haben brauchst. Ich kann deiner Mutter nicht eine Sache verheimlichen, die ihr zeigt, wie weit es her ist mit deiner Heiligkeit.«

»Oh, bitte, Vater!«

»Gib dir keine Mühe, deine Tränen rühren mich nicht. Bessere dich, sei von nun an aufrichtig, treibe kein dummes Zeug und verschenke deine Liebe nicht so leichtsinnig.«

»Oh, ich schwöre dir, Papa...«

»Nicht so viele Schwüre, Pisana! Am Mittag wird dir deine Mutter sagen, was wir über dich beschließen. Für jedes Übel gibt es ein Heilmittel; du bist noch jung, ich hoffe, du wirst wieder unsere gute Tochter, die fähig ist, uns und dem Manne, den ihr der Himmel möglicherweise zugedacht hat, Freude zu machen. Denke inzwischen ein wenig darüber nach, wie mißlich es bestellt ist um Heimlichkeiten, die eine Tochter vor ihren Eltern erröten lassen.«

So verließ ich sie; aber ich war einigermaßen bestürzt. Und trotz der Reue, die Pisana allzu selbstverständlich an den Tag gelegt, wußte ich nicht, wo ich anfangen sollte, ein solches Früchtchen zur Vernunft zu bringen. Ich gestehe, mir schwebte immer vor Augen, ich würde eines Tages unter diesem Firnis von Frömmigkeit noch viel bösere Dinge entdecken, schon um der harmlos-unverschämten Leichtfertigkeit willen, die ich in ihrem Wesen gefunden.

Aquilina gebärdete sich, als ich ihr diese böse Geschichte mit allem Drum und Dran auftischte, geradezu verrückt. Erst wollte sie mir nicht glauben, aber ich hatte ja die drei Briefchen in der Tasche; dann schrie und wütete sie, Pisana solle ihr ja nicht unter die Augen treten. – Ich mußte sie noch besänftigen, bis wir endlich in Ruhe bedenken konnten, wie wir diesem Techtelmechtel unauffällig ein Ende machen und uns der Sitten unserer Tochter mit einer anderen Art Erziehung besser versichern sollten. Was jenen Enrico betraf, der wirklich ein Schlingel war und den Abschied erhalten sollte, so beschlossen wir schließlich, uns darein nicht zu mischen; Pisana sollte das von sich aus in Ordnung bringen. Dann dachten wir daran, alle Hausmädchen zu wechseln, deren Gesellschaft wir nicht ohne Grund den sonderbaren Leichtsinn zuschrieben, mit dem sie mir am Morgen geantwortet. Wenn sie weniger ins Theater und unter Menschen geführt zu angenehm heilsamer Lektüre angeregt würde, hoffte ich schon einiges zu erreichen; allerdings verbarg ich Aquilina nicht, daß der Schaden tiefer saß, als ich gedacht, und daß möglicherweise jedes Mittel unwirksam sei. Meine Frau schalt mich wegen solcher Mutlosigkeit heftig und meinte, es sei ja schließlich ein Streich – mehr aus Unerfahrenheit als aus Schlechtigkeit, und sie wette, sie werde Pisana ohne weiteres so gründlich zur Vernunft bringen, daß ich sie in einem Monat kaum wiedererkennen solle.

»Sie hat eine so gute Grundlage in der Religion«, sagte sie, »daß ich ihr nur ihre Pflichten ins Gedächtnis zu rufen brauche, so wird sie ihren Fehler bereuen und sich fest vornehmen, ihn nie mehr zu begehen.«

»Du mit deiner Religion!« erwiderte ich. »Ich sage dir, bei Pisana ist alles nur Schein. Jetzt kannst du mit Händen greifen, welch schwere Gefahr es ist, das Gewissen außer den einfachen Geboten des Herrn nicht noch mit andern Gründen, aus denen man gut handelt, zu panzern!«

Aquilina geriet in Wut, ich desgleichen, wir verloren Pisana aus den Augen und stritten untereinander; doch ich besann mich rechtzeitig, legte ihr ans Herz, mit aller Sorgfalt auf das Mädchen zu achten, und vertraute im übrigen darauf, der mütterliche Instinkt werde sie besser führen als ihre durch Frömmelei getrübte Einsicht. Es schien auch so: das Mädchen besserte sich von Tag zu Tag, sie blieb zwar weiter ein wenig leichtsinnig und unüberlegt, doch heuchelte sie nicht wie früher. So überließ ich mich der Hoffnung, es werde wenn nicht ein besonders starker Charakter, so doch eine halbwegs gute Frau aus ihr werden, wie es viele gab. Doch wurde mir immer klarer, ich sollte sie wohl mit einem Manne, der ihr gefiel, verheiraten; einem ordentlichen jungen Menschen, der mit dem Glanz der Erscheinung die Güte des Wesens verbände, würde ihre Erziehung voll glücken, und er würde an ihr bald eine Frau haben, wie er sie sich wünschte. Kein besserer Lehrmeister als die Liebe; sie lehrt am gründlichsten, was man nicht weiß.

Zu der Zeit, da mir das sonderbare Betragen von Giulio und die zweifelhafte Bekehrung von Pisana Sorge machten, nahmen die Kundgebungen auf den Plätzen in ganz Italien einen immer kühneren und kampflustigeren Verlauf; aus der frischgeborenen Republik Frankreich wehte ein verheißungsvoller Wind. Die Revolution drohte in Wien, brach aus in Mailand und wurde auch in Venedig auf die bekannte Art vollzogen. Ich war zwar alt, halb blind und Familienvater, aber in jenen Augenblicken hatte ich gewiß keine Zeit, an meine elenden häuslichen Händel zu denken. Ich eilte mit den andern auf den Markusplatz, warf die Last meiner siebzig Jahre einfach weg und fühlte mich stärker, froher, jünger als vor einem halben Jahrhundert, da ich als Sekretär der Stadt das erste Mal auf der politischen Bühne erschienen war.

Man rief damals die Bürgerwehr unter die Waffen und wünschte mich zum Obersten der zweiten Legion. Ohne einen Gedanken an meine Augen und Beine nahm ich mit Freuden an; ich rief mir all mein veraltetes Wissen um militärische Taktik ins Gedächtnis, ließ ein paar hundert eifrige junge Leute in Reih und Glied antreten und rechtsum und links schwenken, ging danach heim und hatte den Kopf selig in den Wolken. Meine wunderliche Uniform gab mir mehr das Ansehen eines Räubers als das eines Obersten, und als mich Aquilina so herausgeputzt ins Haus treten sah, kriegte sie beinahe eine Gallenkolik. Ich ließ die Frau brummen, aß in Eile einen Bissen und kehrte zu meinen Exerzierübungen zurück; erst als ich gegen Mitternacht wieder heimkam und die schwersten Vorwürfe, die ein braver Ehemann von einem launischen Weibe je hat erdulden müssen, zu schlucken bekam, fragte ich nach Giulio, denn ich hatte den ganzen Tag überall vergeblich nach ihm Ausschau gehalten. Keiner hatte ihn gesehen, keiner wußte etwas, und das gab Aquilina einen neuen Grund zu Zeterei. Doch ich war selbst zu unruhig, um auf ihr Geschrei zu achten; das hochmütige Betragen, das er fortgesetzt an den Tag gelegt hatte, konnte ihn jetzt schweren Gefahren aussetzen. Nachdem ich unter solchen Sorgen eine weitere halbe Stunde gewartet, konnte ich es nicht mehr aushalten und brach auf, ihn zu suchen. Der Schlag, der mich treffen sollte, ging freilich über meine Vorstellungskraft hinaus.

Ich fragte nach ihm im Hause Fratta, im Hause Cisterna, und niemand konnte mir etwas sagen; ich versuchte es im Hause Partistagno, wo Giulio in letzter Zeit viel verkehrte, und man gab mir zur Antwort, der Herr General sei – voller Wut gegen seine sieben Söhne, die alle hatten in Venedig bleiben wollen – vor zwei Tagen allein abgereist, und den Herrn Giulio habe man seit einer Woche nicht gesehen. Mir fiel ein, ich könne auf unserer Bezirkswache nach ihm fragen, und hier mußte ich von einem jungen Studenten die traurige Wahrheit hören. Am Morgen war Giulio mit den andern zum Arsenal gestürmt, wo man die Waffen verteilte, und er hatte sich schon den Säbel umgeschnallt, als ein junger Mann (höchst unüberlegt, sagte der Student) angefangen hatte, ihn zu beschimpfen. Giulio hatte sich gegen ihn gewandt, aber zehn und dann hundert andere waren dem Beleidiger zu Hilfe geeilt, und unter Gebrüll und Schmähungen hatte mein Sohn der Übermacht weichen und noch froh sein müssen, mit dem Leben davonzukommen. Ein paar ordentliche Kameraden, die nicht wollten, daß dieser Tag mit Brudermord besudelt würde, hatten Giulio mit ihren Waffen geschützt.

»Ich hoffe«, fügte der Student hinzu, »Ihrem Herrn Sohn widerfährt Gerechtigkeit, und er erhält, nachdem die Sache klargestellt ist, in der Nationalgarde den Platz, der ihm als Bürger Venedigs gebührt.«

Und in dem Ton dieser Worte schwang mehr Mitleid mit dem Vater als Achtung und Vertrauen in die Sache des Sohnes. Ich hatte nur zu gut verstanden, auch was der junge Mann sich gescheut hatte auszusprechen; ich blieb so weit Herr über mich, daß ich mich an der Wand zurücktastete und die Hilfe derer, die mir den Arm reichen wollten, abwies. Aber zu Hause erlitt ich einen heftigen Schlaganfall, noch ehe ich Aquilina die Nachricht so sanft wie möglich überbringen konnte. Mit einem Aderlaß und Herzmitteln beruhigte man mich so weit, daß ich gegen Morgen die Sprache wiederfand; und nun gab ich die Schuld an dem Übel, das mich befallen, so gleichgültig als möglich den übermäßigen Anstrengungen des Tages vorher und fügte hinzu, ich habe Nachricht von Giulio, und er sei in ziemlich wichtigen Geschäften aus Venedig abgereist. Meine Frau glaubte oder tat, als glaube sie mir; doch gegen Mittag kam ein Brief aus Padua mit den Schriftzügen von Giulio, sie öffnete ihn ohne mein Wissen, las ihn, stürzte mit dem Blatt in der Hand in mein Zimmer und schrie wie eine Verrückte, man hätte ihr den zweiten Sohn totgeschlagen oder würde ihn ganz gewiß totschlagen. – Pisana, die in diesem Unglück sehr viel mehr Herz bewies, als ich erwartet, machte sich um ihre Mutter zu schaffen, rief, als sie merkte, daß sie irre redete, das Kammermädchen und brachte sie mit ihrer Hilfe zu Bett. So lagen wir denn beide, und die Tochter eilte flink vom Kopfkissen der Mutter zu dem des Vaters und war gute zwei Wochen lang die denkbar unverdrossenste und zärtlichste Krankenschwester. Nicht nur die Liebe, auch das Unglück lehrt viel. Der verhängnisvolle Brief von Giulio lautete:

»Mein Vater,

Du hattest recht, als du mich davor warntest, die Menschen zu verachten; gegen einige hätte ich mich wegen einer Beleidigung zur Wehr setzen können, gegen die Menge war es nicht möglich. Ich bin für meinen Hochmut gestraft. Ich muß das Vaterland verlassen, das ich so sehr liebe, wenn ich auch daran verzweifelte, daß meine Mitbürger imstande wären, ihm zu neuer

Größe zu verhelfen. Jetzt rächen sie sich für mein Mißtrauen und stoßen mich in einem Augenblick zurück, da alle sich zu Triumph und Kampf zusammenfinden. Du wirst, glaube ich, den Entschluß eines Unglücklichen, der mit dem eigenen Blute die Achtung der Kameraden zurückkaufen will, gutheißen. Ich ziehe in den Kampf, vielleicht in den Tod, sicher aber zur Sühne all meines Leichtsinns. Tröste meine Mutter, sage ihr, die Achtung vor Euerm wie meinem Namen gebiete mir zu gehen. Wie könnte ich an einem Orte bleiben, wo ich öffentlich Verräter und Spion genannt worden bin! Und ich mußte den Schimpf hinunterschlucken und fliehen. Ach, mein Vater, die Strafe für diese, nicht begangene Schuld ist schrecklich!... Ich danke es dem Himmel und Deinem Beispiel, daß ich mich gegen solche Strafe nicht auflehnte, sondern den Frieden meines Gewissens in ehrlicher Reue suchen will, statt meinem Stolz im Brudermord Genüge zu tun. Ihr werdet selten von mir hören; mein Name soll tot sein, bis er eines Tages von allen gepriesen und geehrt wird. Lebt wohl. Ich tröste mich in der Gewißheit Eurer Liebe und Verzeihung.«

Dieser Brief, das brauche ich euch nicht zu versichern, gab mir die Lebenskraft zurück; ich hatte Schlimmeres befürchtet und wunderte mich, daß ein so stolzer, heftiger Charakter wie Giulio sein Unrecht demütig bekannte und eine so würdige Sühne suchte. Ich konnte meinen Sohn beklagen, statt ihn zu verfluchen, und ergab mich im übrigen in jene unerforschliche Gerechtigkeit, die mir so bittere Schmerzen auferlegte. Meine Frau erholte sich nur langsam; sie gab dann und wann offenbare Zeichen eines gestörten Geistes. Ich nahm meinen Dienst als Oberst bald wieder auf, und da die Abreise meines Sohnes und der Brief, den er mir geschrieben hatte, überall bekannt wurden, geschah es zu meiner Genugtuung, daß vielleicht die gleichen Menschen, die ihn geschmäht hatten, meinen grauen Haaren Ehrfurcht erwiesen. Doch hörte ich von Giulio erst wieder im folgenden Mai aus Brescia. Aus diesem Orte schloß ich, daß er sich in die Freischaren hatte einreihen lassen, die dort die Alpengrenze nach Tirol verteidigten, und ich näherte mich damit tatsächlich der Wahrheit. Ich segnete ihn darum aus tiefstem Herzen und hoffte, der Himmel werde den Hoffnungen des Sohnes wie den Bitten des Vaters willfahren.

Zwei Tage, nachdem die neapolitanischen Hilfstruppen unter dem Befehl des Generals Pepe, meines alten Bekannten, in Venedig eingetroffen waren, fragten zwei Offiziere jener Truppe nach mir. Der eine war Arrigo Martelli; seit 1832 aus Griechenland zurückgekehrt, hatte er im folgenden Jahre in Neapel an der Verschwörung von Rossarol teilgenommen und seitdem als Gefangener im Kastell Sant'Elmo gesessen. In seinem Begleiter stellte er mir den Major Rossarol, seinen tapferen Freund, vor, der durch die lange Gefangenschaft wohl an den Augen gelitten, doch von der unbesieglichen Kraft seiner Seele nicht das geringste eingebüßt hatte. Wir wurden rasch Freunde, und ich erleichterte ihnen gegenüber mein Herz von altem und neuem Kummer. Bei den Spaziergängen in die Vergangenheit fiel auch der Name Amilcare Dossi; dieser alte Freund war im Königreich geblieben und hatte nie mehr etwas von sich hören lassen. Da erzählte Martelli, er kenne leider sein bedauernswertes Ende. Er hatte sich an den Abruzzenkämpfen beteiligt, war gefangen worden, entflohen, dann nach Sizilien gegangen und hatte sein Leben nach vielen Abenteuern und Verbrechen am Galgen geendet; vorher hatte er noch eine stolze Rede an das Volk gehalten und auf seine Henker die Gerechtigkeit des Himmels herabgefleht. Solche Dinge geschahen im Jahre 1836 und wurden der Anreiz zu den Wirren, die jene Insel hernach erschütterten und ein Jahr später sich anläßlich der Cholera zu heftigen Aufständen steigerten.

»Ach, Amilcare!« rief ich schmerzlich berührt. »Wohl war von diesem Charakter nichts Besseres zu hoffen; aber wie schrecklich, daß ich aus lange begrabenen Jahren derart trübe Dinge erfahren muß!«

Ebenso lieb, aber nicht von so traurigen Erinnerungen

verbittert, war mir einige Monate darauf der Besuch von Alessandro Giorgi, der aus Südamerika zurückkam, alt, gebräunt, lahm, als Marschall und Herzog von Rio Vedras. Sein mächtiger Körper steckte in einem prunkvollen, scharlachroten Wams voll Gold und Orden, er sah aus wie ein höchst wunderbarer Märchenfürst. Doch das Herz unter dieser unbeschreiblichen Uniform war das alte, ein Kinder- und Soldatenherz zugleich. Als ich ihn so sah, kam mir als Gegenbild der Partistagno in den Sinn; beide einander ähnlichen Charaktere hatten dieselbe Laufbahn ergriffen, aber wie verschieden war das Ende! So viel vermag über arglos-biegsame Naturen Rat und Beispiel, Gesellschaft und Umgebung; sie formen aus den Menschen Prahlhänse oder Helden.

»Mein liebster Carlino«, rief er, nachdem er mich so heftig ans Herz gedrückt hatte, daß sich ein paar seiner Kreuze an meinen Rockknöpfen festhakten, »wie du siehst, habe ich drüben in Amerika Heer und Herzogtum einfach im Stich gelassen, um in mein Venedig zurückzukehren.«

»Ei, das wundert mich gar nicht«, erwiderte ich. »Sooft ich auf der Treppe einen fremden Schritt hörte, habe ich gedacht: ob es wohl Alessandro ist?«

»Nun erzähle, Carlino. Wie war dein Leben in all diesen Jahren?«

Und ich erzählte, und am Ende stellte ich ihm meine Tochter vor, die gerade hereintrat.

»Mein Freund, ich kann nicht leugnen,« sagte er, »du hast viel Unglück erlitten. Aber hier« (und dabei kniff er Pisana in die rundlichen Wangen) »hast du auch einen dicken Trost. Ich bin mit all meinem Herzogtum nicht so weit gekommen, obwohl mich eine Unmenge schöner Brasilianerinnen durchaus heiraten wollten. Wenn du Söhne hast, die eine Frau brauchen, verlaß dich auf mich: ich verspreche ihnen stattliche Frauenzimmer mit etlichen Milliönchen spanischer Reale.«

»Danke, danke, mein Freund. Aber, wie du siehst, denkt man hier jetzt an anderes als ans Heiraten.«

»Ah bah! Nimmst du diese Possen ernst? Glaube mir, sie sind

rasch vorbei. Wir in Amerika machen zwei Revolutionen im Jahr und behalten noch genügend Zeit, uns in der Sommerfrische zu ergötzen und zur Badezeit unsere Gicht zu kurieren.«

Pisana staunte dieses sonderbare Exemplar von Herzog und Marschall mit großen Augen an, worauf er sie mit soldatischer Liebenswürdigkeit beim Arme nahm und sagte, er freue sich, daß er die Aufmerksamkeit der venezianischen Fräulein noch zu fesseln vermöge.

»Ha, zu unsrer Zeit, nicht wahr, Carlino? ... Denkst du noch an die Gräfin Migliana? ... «

»Ja, Alessandro, ich denke noch daran; aber die Gräfin ist vor zehn oder zwölf Jahren im Geruch der Heiligkeit gestorben, und wir schleppen hier unsre Sünden noch ziemlich mühselig durch die Welt.«

»Ach, was mich anlangt – hätte ich nicht diese blöde Gicht, die mir die Beine peinigt, so wollte ich wohl die Tarantella tanzen. Bruto, alter Junge! ... Da kommt wieder so ein Tänzer! .. Potztausend, hast du dich schwarz gemacht! ... Gott ist mein Zeuge: ich habe dich nur an deinem Holzbein erkannt.«

Diese Komplimente galten meinem Schwager, der in seinem Aufzug als Kanonier der Bürgerwehr, mit dem pulvergeschwärzten Gesicht, ein würdiges Gegenstück abgab zu dem amerikanischen bunten Fleck des Herzog-Marschalls. Auch Bruto sparte nicht Kraft der Arme noch der Lunge, und Pisana barst vor Lachen, als sie die beiden so wortreich umarmt sah. Doch so närrisch sie sich im Zimmer aufführten, so würdig betrugen sie sich draußen und gaben manchen jungen Leuten, die sich als Admirale und Generäle geboren dünkten, ein gutes Beispiel soldatischen Gehorsams. Alessandro begnügte sich, trotz Herzogtum und Marschallswürde, bei der Bürgerwehr mit dem Rang eines Obersten, und Bruto kehrte an seine Kanone zurück, wie er sie am Tage zuvor verlassen. Mit seinem hinkenden Gang und der auch mitten in Raketen und Granaten fröhlichen Laune hielt er die jungen Kameraden immer gut beisammen. Alle wurden in jener Zeit Soldaten, sogar Graf Rinaldo, der oft vor dem Dogenpalast so ernsthaft Wache stand, daß er aussah wie einer der stummen Wachsoldaten, die im Theater den Hintergrund eines zauberhaften Ballfestes zieren. Der einzige, der nicht zur Zeit erschien, war der Ritter Alfonso Frumier. Der Ärmste war durch den Tod seiner Herzenskönigin aus dem Himmel so hart auf die Erde gefallen, daß der Faden seiner Gedanken abriß; er suchte und suchte die beiden Enden zu verknüpfen, doch er wurde damit nicht fertig. Eines Tages nun trat sein Kammerdiener ins Zimmer und erzählte ihm, man rufe auf dem Markusplatz: Es lebe San Marco! und es gebe wieder eine Republik, und tausend andere Dinge, eines sonderbarer als das andere. Der alte Edelmann schlug sich mit der Hand vor die Stirn. »Aber natürlich! Wie konnte ich nur vergessen . . . « Die Augen traten ihm aus dem Kopfe, die Glieder zitterten. »Schnell, schnell!« stammelte er. »Bring mir die Toga! Gib mir die Perücke! Es lebe San Marco! Die Toga . . . die Perücke . . . schnell . . . damit ich nicht zu spät komme.«

Dem Kammerdiener schien, als habe der Herr Mühe, diese letzten Worte herauszubringen und als beginne er zu schwanken; er streckte die Arme aus, ihn zu halten, aber der Malteserritter Alfonso Frumier stürzte tot zu Boden. Er war gestorben an einem Übermaß von Freude. Als ich diesen Abschied von der Erde erzählen hörte, mußte ich in einem weinen und lachen; er zeigte so erschütternd den halbhundertjährigen Schlaf des guten Ritters.

Auch wir hatten inzwischen unsere Freuden, wenn uns auch nicht das Glück zuteil wurde, daran zu sterben. Die Eintracht aller Stände, die heitere Geduld, mit der dieses prächtige Volk von Venedig dem vielfältigsten Unglück standhielt, der blinde Glaube an die Zukunft, die soldatische Erziehung, die hinter dem starken Schutze der Lagune Zeit hatte, sich zu festigen, all das gab zu hoffen, daß ein rühmliches Ende oder, wie Talleyrand sagte, der Anfang vom Ende nahe sei. Die Tätigkeit fürs öffentliche Wohl, die den Sinn der Menschen aus allen Schichten beschäftigte, hinderte den Müßiggang und hob die sittliche Kraft des Landes ganz bedeutend; und nicht den letzten Trost bildete die Demütigung der Bösen, die sich bei der sieghaften Auferweckung des Volksbewußtseins in ihre Schlupfwinkel verkrochen hatten wie Frösche in den Schlamm. Der Doktor Ormenta war aufs Festland geflüchtet und starb, wie ich hernach erfuhr, an dem Schrecken, den ihm ein Streifzug von Freischärlern eingejagt hatte. Es nutzte ihm nichts, daß er in der Kindheit das Röckchen des heiligen Antonius getragen; es wurde ihm jedoch die Gnade eines Plätzchens auf dem Friedhof zuteil. Augusto Cisterna, von allen vergessen oder verachtet, blieb in Venedig; aber sogar die Söhne schämten sich, seinen Namen zu tragen; und Enrico, dieser lockere Zeisig, gewann einen Teil meiner Achtung wieder, weil er bei dem Ausfall aus Mestre einen Hieb über die Stirn davongetragen hatte.

Als ich eines Tages von einem Besuch bei dem General Pepe, der mein Geplauder ganz gern duldete, zurückkehrte, trat mir Pisana mit einem ernsteren Gesicht als sonst entgegen und sagte, sie habe mir etwas Wichtiges mitzuteilen. Ich forderte sie auf, zu sprechen. Sie sagte, ich habe ihr einst auseinandergesetzt, daß sie nur einen zielvoll handelnden jungen Mann heiraten dürfe, dessen innerer Gehalt den äußeren Schein übertreffe; sie glaube, sie habe einen solchen gefunden.

»Und wer soll das sein?« fragte ich ein wenig erstaunt, denn die Schelmin entfernte sich nie vom Bett ihrer Mutter, die damals erst begann zu gesunden.

»Enrico Cisterna!« rief sie und warf mir die Arme um den Hals.

»Wie? Dieser ...«

»Nein, Vater, scheltet ihn mir nicht. Lobt ihn mir lieber als brav und hochherzig, denn er hat es trotz einer vernachlässigten Erziehung und einer in weichlichem Geschwätz verbrachten Jugend fertiggebracht, sich das Gesicht mit Säbelhieben zerfetzen zu lassen und eine Woche nachher auf seinen Platz zurückzukehren, als sei nichts geschehen. Papa, ich liebe ihn mehr als mein Leben! ... Jetzt weiß ich, was es heißt, zu lieben. Damals,

als er kein Mitleid brauchte, sagte ich, mein Gefühl sei Mitleid; aber jetzt, da er Mitleid wohl verdiente, liebe ich ihn, weil ich ihn achte, rein aus Liebe.«

»Nun ja . . . doch die Mutter . . . «

»Die Mutter weiß alles seit heute morgen. Sie vereint ihre Bitten mit den meinen . . .«

Da wurde die Tür weit aufgerissen, und Enrico selbst, der im Nebenzimmer im Hinterhalt gelegen hatte, stürzte herbei und bat flehentlich, ich solle ihn nicht wegschicken, bevor ich ihm das Urteil auf Leben oder Tod gesprochen habe. Er faßte beschwörend meine Hände, Pisana umklammerte mir stürmisch den Hals, der Jüngling seufzte, die Jungfrau schluchzte – es war die reine Komödie.

»So heiratet euch, heiratet euch, in Gottes Namen«, rief ich und nahm beide in meine Arme; und meine Freudentränen glänzten über den glücklichsten Wesen der Welt.

Nun wollte ich wissen, wie denn ihre Liebe ohne mein Wissen und nach der ausdrücklichen Absage, die Pisana auf unsern Befehl dem jungen Manne hatte schreiben müssen, ihren Fortgang habe nehmen können. Da gestand mir das Mädchen errötend, sie habe an jenem Tage zwei Briefe geschrieben statt einem, und im zweiten habe sie den harten Ton des ersten sehr gemildert.

»Du verflixte Verräterin!« rief ich. »Auf solche Weise hast du mich hinters Licht geführt! So ging also der Unfug mit den Briefen unter meinen Augen weiter?«

»Ach nein, lieber Vater. Wir brauchten uns nicht mehr zu schreiben.«

»Und warum brauchtet ihr euch nicht zu schreiben?«

»Weil . . . weil . . . wir uns fast jeden Abend sahen.«

»Wie? Aber wenn ich außer dem Eisengitter vor diesem verdammten Fenster auch noch die Läden zusammennageln ließ?«

»Entschuldige, Papa . . . wenn die Mama eingeschlafen war, ging ich ganz leise hinunter und öffnete die Tür nach der Riva . . .«

»Ihr Bösewichte! Pisana, das war zu dreist. Den Liebhaber ins Haus lassen! Aber wie denn ... zu dieser Tür gibt es nur einen einzigen Schlüssel, und den hatte ich immer neben dem Bett.«

»Eben, Papa. Werde bitte nicht böse! Den Schlüssel habe ich dir jeden Abend weggenommen und am Morgen wieder hingelegt, wenn ich der Mama die Suppe brachte.«

»Ich wette, du hast mir diesen schönen Streich gespielt, während du mir den Gutenachtkuß und den Morgenkuß gabest!«

»Ach Papa ... du bist so gut ... verzeih uns!«

»Was soll ich tun? Ich verzeihe euch unter der Bedingung, daß niemand etwas von diesen Dingen erfährt. Ich habe keine Lust, daß einer auf meine Kosten ein Textbuch für eine komische Oper daraus macht.«

Enrico stand, während mir das kecke Mädchen ihre Verräterei bekannte, halb demütig, halb drollig dabei. Ich fuhr ihm mit der Faust unters Kinn.

»Ah geh, spiele mir nicht erst den Heuchler! Nimm deine Braut; du hast sie dir in Mestre verdient.«

Nun, er zögerte nicht, sie zu umarmen, und wir gingen ins Zimmer von Aquilina, um uns mit ihr weiter zu freuen. Drei Wochen danach war Enrico mein Schwiegersohn; aber ich legte ihm das Opfer auf, in unserm Hause zu wohnen, denn ich wollte nicht gefoppt werden und den Scherz auch noch teuer bezahlen. Alle meine alten Freunde ehrten das Hochzeitsmahl mit ihrer Gegenwart, und wieder einmal galt das Wort: Der Magen kennt keine Jahre, wenn das Gewissen ruhig ist. Dies war wohl der Gipfel unserer Freuden. Es folgten häßliche Tage, das Unheil in der Lombardei, die inneren Schrecknisse, diese endlosen, hoffnungstrunkenen Reden, die doch zu immer Schlimmerem führten. Alten Menschen macht man so leicht nichts vor. Der Winter des Jahres achtundvierzig auf neunundvierzig war angefüllt mit düsteren Gedanken; ich glaubte nicht mehr an Frankreich, glaubte nicht an England, und die Niederlage von Novara war mehr als ein unerwarteter Schmerz, sie war mir die schmerzhafte Bestätigung langer Ängste. Man kämpfte nun nur noch für die Ehre, nicht mehr für den Sieg, wenn es auch niemand aussprach, um nicht den andern den Mut zu nehmen.

Nach dem öffentlichen Unheil begannen für uns die persönlichen Trauerfälle. Eines Tages brachte man mir die Nachricht, der Oberst Giorgi und der Korporal Provedoni seien, auf der Brücke durch eine Granate verwundet, im Militärhospital eingeliefert worden, von wo man sie wegen der Gefährlichkeit der Wunden nicht anderswohin bringen könne. Ich eilte zu ihnen. Sie lagen auf den dürftigen Betten nebeneinander und sprachen von ihren Jugendjahren, von den Kriegen von Anno dazumal, von den gemeinsamen Hoffnungen wie zwei Freunde, die abends vorm Einschlafen plaudern. Und doch holten sie nur mühsam Atem, denn beiden war die Brust von einer schrecklichen Wunde zerrissen.

»Sonderbar«, flüsterte Alessandro. »Mich dünkt, ich sei in Brasilien.«

»Und ich in Cordovado auf dem Platz der Madonna«, gab Bruto zurück.

Es waren die Fieberphantasien des Todeskampfes, die sie umspielten, sanfte Träume, wie sie die Natur bisweilen ihren Lieblingen schickt, um ihnen den Übergang von diesem Leben ins andere leicht zu machen.

»Seid getrost!« sagte ich und hielt mit Mühe die Tränen zurück. »Ihr seid in den Armen eines Freundes.«

Alessandro murmelte: »O Carlino! Leb wohl, Carlino. Wenn ich etwas für dich tun soll, brauchst du es nur zu sagen. Der Kaiser von Brasilien ist mein Freund.«

Bruto drückte mir die Hand, er war noch bei Bewußtsein; doch bald begann auch er sich zu verändern, und beide offenbarten in diesen letzten Phantasien so viel Herzensgüte und edles Gefühl, daß es mich tief betrübte, daß ich ihren entfliehenden Geist nicht auf der Erde zurückhalten konnte. Einen Augenblick kamen sie noch einmal zu sich, erkannten mich, erkannten einander, lächelten und starben. Pisana, Aquilina und Enrico, die bald darauf eintraten, fanden mich knieend zwischen zwei Leichnamen. Am selben Tage fiel auf dem Belagerungsfeld unterhalb Mestre der General Partistagno. Wenige Meilen entfernt besaß er zahlreiche Söhne, deren keiner ihn in seinem letzten Kampfe trösten konnte.

Nachdem ich zwei solchen Freunden die Augen geschlossen, meinte ich, es wäre keine Sünde, wenn ich mir den Tod wünschte; und ich erhob die Gedanken zu meiner Pisana, die wohl von Himmelshöhen auf mich herniederschaute, und bat sie, mich zu erleuchten, ob auch ich durch die Pforte des Todes schreiten und zu ihr heimkehren dürfe. Mein Herz vernahm ein Nein; und wirklich mußte ich wenige Tage darauf weitere traurige Pflichten erfüllen. Graf Rinaldo erkrankte an der Cholera, die in dem ausgehungerten Volke zu wüten begann. Der Krieg hatte die Menschen in den vom Festland am weitesten entfernten Stadtbezirken zusammengedrängt, und ihre traurige Geduld unter so viel todbringendem Ungemach bot einen schmerzhaft-feierlichen Anblick. Der arme Graf lag, als ich an sein Bett trat, schon in den letzten Zügen; seine Schwester, von Jahren und Leiden gebeugt, wachte bei ihm mit dem unerschütterlichen Mute derer, die wahrhaft glauben.

»Carlino«, flüsterte der Sterbende, »ich habe dich rufen lassen, weil mir in meiner augenblicklichen Bedrängnis mein Werk einfiel, das nun in Gefahr ist, unvollendet zu bleiben. Also vertraue ich es dir; und du sollst mir versprechen, daß du es in vierzig Bänden drucken läßt, auf dem gleichen Papier und in dem gleichen Format wie den ersten.«

»Ich verspreche es dir«, erwiderte ich mit erstickter Stimme.

»Und dann kümmere dich um die Korrekturen ... und ... wenn es dir gut scheint ... ein paar Änderungen ...«

Er konnte nicht weitersprechen, sah mich nur fest an und legte mir mit dem letzten Blick noch einmal diese einzige Frucht seines Lebens ans Herz. Ich bemühte mich, daß sein Begräbnis so ehrenvoll wurde, wie es seinen Verdiensten entsprach, und nahm danach Frau Clara in mein Haus, die mehr denn je unter ihren Lähmungen litt und sich fast nicht allein zu bewegen vermochte. Doch zu unserem Kummer konnten wir ihr nur noch kurze Zeit die denkbar sorgsamste, herzlichste Pflege angedeihen lassen. Sie starb im August am Tage der Jungfrau Maria und sagte der Muttergottes Dank, die sie am Fest ihrer Himmelfahrt zu sich rief, und pries und lobte Gott, daß die Gelübde, die sie vor fünfzig Jahren für das Heil der Republik Venedig abgelegt hatte und die so schwere Opfer für sie bedeutet hatten, am Ende ihres Lebens so schön belohnt wurden. Da dachte ich an Lucilio, und vielleicht dachte auch sie seiner mit einem Lächeln der Hoffnung; denn sie vertraute sehr auf ihre Gebete und tausendmal mehr noch auf die Milde des Herrn im Himmel.

Am zweiundzwanzigsten August wurde die Kapitulation unterzeichnet. Venedig wich zuletzt vom Felde der italienischen Kämpfe, und ich mußte an das Wort von Dante denken: ›Nach Art des Löwen, wenn er endlich ruht.‹ Mich traf noch ein weiterer Schlag; Enrico Cisterna stand auf der Liste der Verbannten. Luciano, in den letzten zwei Jahren mit Schmerzen erwartet, hatte uns in Griechenland gänzlich vergessen. Von Giulio war im verflossenen Juli aus Rom ein Brief gekommen, aber das Unheil der darauffolgenden Zeit ließ mich im Zweifel über sein Schicksal. Pisana, hochschwanger, zog mit dem Gatten in die Qualen der Verbannung. Auf dem gleichen Schiffe segelte Arrigo Martelli nach Genua; er hatte den armen Rossarol in Venedig begraben. Ein Grab am anderen, und darüber das Leben des Schmerzes, die Träne der Trauer!

Also blieben wir allein, ich und Aquilina, zu Boden gedrückt, tiefbetrübt und schweigsam, zwei vom Blitz getroffene Stämme inmitten einer Einöde. Aber der Aufenthalt in Venedig wurde uns mit jedem Tage unerträglicher, und so beschlossen wir die Rückkehr ins Friaul, ins Dörfchen Cordovado, in das alte, erinnerung-erfüllte Haus Provedoni. Dort lebten wir einige Jahre dem Gedächtnis unserer Schmerzen; schließlich wurde die arme Frau mitleidig vom Tode heimgeholt. Ich blieb da und hatte Muße, die volle, schreckliche Bedeutung des Wortes zu erleben: Allein.

Kurze Zeit glaubte ich an die Wirklichkeit dieses Wortes; aber bald spürte ich, ich war nicht allein, und ich pries in meinen Ängsten die Gnade der Vorsehung, die dem, der das Gute gesucht und das Böse nach Kräften gemieden hat, am Ende den tiefsten Trost gewährt, den Frieden des Herzens und die traurigsanfte Bruderschaft der Erinnerungen.

Ein Jahr nach dem Tode meiner Frau erhielt ich den so lange erhofften Besuch von Luciano mit der ganzen Familie; seine beiden Jungen sprachen sehr viel besser griechisch als italienisch, aber sie sowohl wie ihre Mutter liebten mich von Herzen, und der Augenblick der Trennung war für alle recht schmerzlich. Luciano hatte ihn unerbittlich auf den sechsten Monat nach ihrer Ankunft festgesetzt und war nicht zu bewegen, auch nur einen Tag zuzugeben. Nun, er war nun einmal so; doch trotz aller Fehler ist er mein Sohn, und ich danke es ihm, daß er sich meiner erinnert hat, und ich kann nur mit tiefem Kummer daran denken, daß ich ihn nie mehr wiedersehe. In ihm gedeiht meine Familie in seinem neuen Vaterland; aber wenn ich an die beiden reizenden Enkel denke, kann ich mich des Wunsches nicht enthalten: wären sie doch Italiener! Griechenland braucht weniger als Italien junge, starke Herzen, die es lieben.

Giulio hatte mir nach dem Falle von Rom Nachrichten von vielen Orten seines Exils gegeben, aus Civitavecchia, New York, Rio de Janeiro. Er irrte durch die Welt ohne Heim und ohne Hoffnung, aber stolz darauf, daß er mit seinem Blute den Fleck von seiner Ehre abgewaschen hatte und einen ruhmbedeckten, geliebten Namen würdig trug. Dann hörten die Briefe mit einem Male auf, und ich erfuhr nur aus den Zeitungen, Giulio Altoviti gehöre zu den Führern der neuen italienischen Militärkolonie, die sich in der Republik Argentinien, in der Provinz Buenos Aires, bildete. So schrieb ich den Mangel an Briefen der Unzuverlässigkeit der Postverhältnisse zu und wartete geduldig, daß mir der Himmel wieder diesen Trost gewähre. Ein anderer, nicht geringerer Trost wurde mir jedoch um jene Zeit zuteil: Pisana und Enrico kehrten ins Vaterland zurück mit einem kleinen Mädchen, das meinen Namen trug, und alle sagten, es ähnele einem Bilde, das man von mir während meines Amtes als Regierungssekretär gemalt hatte. Mit meinen Kindern zur Seite und Carolina auf den Knieen fühlte ich mich dem Leben wieder nahe. Über einen alten Baum war nach einem allzu harten Winter der Frühling gekommen. Vier Jahre lebte ich nun schon in Cordovado; doch erst jetzt fand ich den Mut, Fratta zu besuchen, und beging dort bei den Enkeln des alten Andreini, die selbst schon Väter zahlreicher Söhne waren, den achtzigsten Jahrestag meines Einzuges in die Burg, als ich, in ein Körbchen verpackt, aus Venedig kam.

Nach dem Essen ging ich allein hinaus, um wenigstens den Ort zu sehen, wo die berühmte Burg gestanden hatte. Von nichts war eine Spur geblieben; nur hie und da Schutthaufen, zwischen denen zwei Ziegen weideten, und ein Mädchen saß dabei und trällerte ein Lied, hörte auf zu spinnen und betrachtete mich voll Neugier. Ich erkannte den Raum des alten Hofes und in der Mitte den Stein, unter dem ich den Jagdhund des Hauptmanns hatte begraben lassen. Das war wohl das einzige völlig erhaltene Denkmal aus meiner Jugend. Doch nein; die Natur ringsum atmete Erinnerung, und ich brauchte sie nur zu beleben, so war ich mitten in der Vergangenheit. Die Bäume, der Fischteich, die Wiesen, die Luft und der Himmel, alles labte mein Herz auf eine besondere Weise. Und plötzlich stand die Welt der Kindheit wieder da; drüben an der Ecke des Grabens erhob sich der düstere Turm, wo ich so oft Germano beim Uhraufziehen bewundert hatte; durch die langen, nachtdunklen Flure schritt Martino, den kleinen Carlino an der Hand, und führte ihn zu seinem Lager; dann ging er selbst in sein Kämmerchen, wo die Schwalben noch unlängst ihr Nest bauten. Hochwürden Orlando kam daher mit dem Brevier unterm Arm, und da stand zur Ausfahrt bereit die prächtige Familienkutsche mit dem Grafen, der Gräfin und dem

Herrn Kanzleisekretär, und dort hinten der Klepper von Marchetto, auf den ich mich so gerne schwang. Da erschienen einer nach dem anderen die abendlichen Gäste der Burg, Hochwürden von Sant' Andrea, Giulio Del Ponte, der Kaplan, der Pfarrer, der schöne Partistagno, Lucilio; im Speisezimmer um die Spieltische lärmten ihre Stimmen. Und die träumerische Clara saß unter den Weiden des Gartens und las halblaut ein paar Strophen in ihrem geliebten Ariost. Durch die Höfe tobten die Spielkameraden, doch ich verließ Knabenfreuden und Gefährten und spielte, allein und glücklich, am Ufer des Fischteiches mit Pisana.

O Pisana! In Ehrfurcht, mit zitterndem Herzen verlor ich mich in die gemeinsame Kindheit, und meine Tränen lobten Gott, daß sie nicht nur Tränen des Schmerzes, daß sie Tränen der Dankbarkeit waren für unnennbare Freuden. Die Nacht sank auf die Ruinen, die Spatzen in den Pappeln schilpten noch leise, ganz wie in alten Zeiten, bis sie ihre müden Flügel unter dem weiten Fittich der Dunkelheit stillhielten. Wie in alten Zeiten! Aber unendlich viele Glieder dieser Vogelfamilie waren gestorben und geboren, und immer so fort gestorben und geboren! ... Die Menschen sehen die Natur immer gleich; doch alles wandelt sich mit uns, und während unsere schwarzen Haare weiß werden, haben Millionen und aber Millionen von Lebewesen ihren Lauf geendet. Ich schied von der alten Welt und wandte mich zur neuen, und das Herz war mir schwer und das Auge umflort; aber das lächelnde Mündchen von Carolina und ihre zärtlichen Finger gaben mir wieder Frieden ins Herz. Wohl ist die Vergangenheit groß; doch die Gegenwart ist größer für mich wie für alle.

Das folgende Jahr war recht traurig durch die Todesnachricht von Giulio; aber zu diesem tiefen Schmerz gesellte sich ein Trost: mein Sohn hinterließ zwei Söhne. Seine Frau war gestorben, bevor ich noch wußte, daß ich eine neue Schwiegertochter besaß. General Urquiza schickte mir nach dem Willen von Guilio die beiden Waisen, alle hinterlassenen Papiere und einen eigenen, schönen Brief, in dem er von dem großen Verluste sprach, den die Argentinische Republik durch den Tod des Obersten Altoviti erlitten habe.

Pisana nahm die Neffen an ihr mütterliches Herz; Giulio hatte ihnen zartfühlend die Namen Luciano und Donato gegeben. So lebten meine beiden Söhne, der in der Ferne und der tote, in den beiden Knaben weiter, und Pisana schenkte uns als dritten einen kleinen Giulio. Da empfand ich in vollem Maße, mit wieviel Trost und Hoffnung sprossendes jugendliches Leben das hinfällige Alter umgibt. Die Freuden meiner Enkel blühten im Schutz unserer Liebe; und unsere Freude an ihnen strahlte auf sie zurück. Die Familie bildet aus all den Seelen, aus denen sie sich zusammensetzt, so etwas wie eine Gesamtseele; und was sind unsere Seelen anderes als Erinnerungen an alle Liebe, als gesammelte Erkenntnis und auf die Zukunft gerichtete Hoffnung? Wo Seelen aus diesem Schatze leben, waltet die Fülle wahrer Menschlichkeit.

In solches Miteinanderleben gab vor allem Pisana ihre besonderen Kräfte hinein; sie war eine so gute, liebevolle Mutter geworden, daß mir jenes Gespräch von vor zehn Jahren, bei Gelegenheit der parfümierten Briefchen, wie ein Traum erschien. Das Verdienst dieser Wandlung gebührte zum großen Teile ihr, doch hatten ihr die schweren Schicksalsschläge und die kräftige vernünftige Art ihres Mannes in hohem Maße geholfen. Auch Enrico, den ich immer für einen Galgenstrick gehalten, war aus allen Prüfungen als gestählter Charakter hervorgegangen. Wie oft trägt Unglück dazu bei, jenes sichere und dauerhafte Glück zu schaffen, das in der Kraft der Seele wurzelt!

Unter den Papieren von Giulio aus Südamerika befand sich sein für mich bestimmtes Tagebuch; es mag ein Beweis dessen sein, was ich über meinen Sohn schon gesagt habe. Mir sind über diesen Blättern oft die Tränen gekommen, aber stellt euch vor – ich bin ja sein Vater. Für euch mag es dazu angetan sein, ihn lieben zu lernen und ihm noch nach dem Tode mit eurer

Zuneigung die Ungerechtigkeit zu vergelten, die er bei Lebzeiten so edel zu tragen gewußt hat. Hier ist es für euch abgeschrieben, und ich lasse weder eine Silbe weg, noch füge ich eine hinzu.

DREIUNDZWANZIGSTES KAPITEL

Es enthält das Tagebuch meines Sohnes Giulio von seiner Flucht aus Venedig im Jahre 1848 bis zu seinem Tode in Amerika im Jahre 1855. – Nach so viel Irrtum, Freude und Ungemach hilft mir der Friede des Herzens zu einem milden Alter; und zwischen meinen Kindern und Enkeln preise ich die ewige Gerechtigkeit. Sie hat mir vergönnt, daß ich Zeuge und Mitwirkender an einem schönen Kapitel der Geschichte wurde, und führt mich langsam dem Tode zu als einer Ruhe und Hoffnung. – Mein Geist fühlt sich unsterblich; er erhebt sich jenseits des Grabes in die Ewigkeit der Liebe. – Ich schließe diese Bekenntnisse im Namen von Pisana, wie ich sie in ihrem Namen begonnen habe; und ich danke den Lesern für ihre bis hier bewiesene Geduld.

Auf See, Dezember 1848

Nur für dich, mein Vater, schreibe ich dies alles nieder, damit du, wenn ich in der Fremde sterbe, erfährst, daß ich des Namens, den du trägst, nicht ganz unwürdig war. In den ersten Tagen der Verbannung hat die Furcht, du könntest mir fluchen, schwer auf mir gelastet. Aber du hast meinem Briefe aus Padua Glauben geschenkt, hast der Beständigkeit der neuen Vorsätze vertraut und mir, sowie du wußtest, wo ich weilte, Worte des Lobes, des Trostes, des Segens geschickt. Wie hast du mir damit wohlgetan! Ich danke dir für deine Liebe und Achtung, danke dir, daß du meine Ehre bei unsern Landsleuten verteidigt hast. Sicher gelten bei ihnen deine Worte mehr als meine Taten; aber laß mich trotzdem kämpfen, damit ich deiner Liebe doppelt würdig werde. Ich habe deinen Brief geküßt und wieder geküßt, habe deinen Segen mit dankbarem Herzen empfangen und heute, als ich mich einschiffte, deine Worte noch einmal unter Tränen gelesen.

Rom, Juni 1849

Ich hatte mir geschworen, kein Wort hinzuzufügen, bis meine Sühne vollbracht wäre. Sie ist vollbracht. Meine Ehre ist wiederhergestellt; ich trage wieder den Namen Altoviti. Familie und Vaterland werden mit mir zufrieden sein, und in Gedanken daran freue ich mich, wenn meine Wunde schmerzt und dieses Blatt mit Blut befleckt.

In meiner Legion sind ein paar junge Leute aus Padua, die ich von früher her kannte. Sie wollten mir nicht eben wohl und verdächtigten mich offenbar bei den Kameraden; aber ich tat, als merke ich nichts, denn ich wußte, daß eines Tages meine Taten für mich sprechen würden. Es war dafür die höchste Zeit; wäre es länger so gegangen, so hätte ich vermutlich die Geduld verloren.

Vor zehn Tagen haben die Franzosen den Kampf gegen San Pancrazio eröffnet. Der Angreifer wurden immer mehr; gestern abend aber schob sich eine Art Waffenstillstand dazwischen, unsere Anführer nutzen ihn, um den Soldaten Ruhe zu gönnen, nur eine halbe Kohorte bewachte ausgeschwärmt diesen bedrohten Abschnitt der Befestigungen. Ich stand Wache hinter einer Brustwehr, die vor wenigen Tagen gebaut und schon von den Granaten übel zugerichtet war. In der Ferne glänzten die Lagerfeuer von Oudinot durch die Nacht. Auf einmal hörte ich unten im Graben Tritte; schliefen die Schildwachen? Warum gaben sie keinen Alarm? Ich schrie: »Zu den Waffen!« und ehe einer meiner Legionäre hätte zu mir stoßen können, drangen französische Jäger durch die Bresche. Die ersten warf ich mit dem Bajonett zurück; mich begünstigte die Höhe meiner Stellung, und vielleicht hatten die Angreifer auch den Befehl erhalten, nicht zu schießen, bevor sie sich oben festgesetzt hätten.

Gegen mich konnten sie von unten nach oben nichts ausrichten, und im Zurückweichen geriet die erste Reihe in Unordnung, und die erste verwirrte die zweite. Sie meinten wohl, auf der Mauer stehe eine größere Zahl von Verteidigern, und einen Augenblick glaubte ich, daß ich allein den Ansturm aufhalten könne. Da sprang der feindliche Offizier, als sei er ungeduldig über die Ängstlichkeit seiner Leute, nach vorn und feuerte sie mit gezogenem Degen an; sie faßten Mut und folgten ihm sogleich nach oben.

Was sollte ich tun? Ich schrie wieder, so laut ich konnte: »Zu den Waffen«, und während sich einige Legionäre, die auf meinen ersten Ruf herbeigeeilt waren, dem Einbruch der Kolonne entgegenwarfen, stürzte ich auf den Offizier los und entwaffnete ihn, bevor er mit dem Säbel etwas ausrichten konnte. Er riß die Pistole aus dem Gürtel und drückte los; zum Glück kostete mich der Schuß nur das Glied eines Fingers.

Inzwischen kamen mehr Verteidiger herbei; in der Festung hallten Schüsse, die Männer liefen an die Kanonen; die feindlichen Jäger, von ihrem Anführer, den ich zum Gefangenen gemacht hatte, getrennt, wurden in den Graben zurückgeworfen. Zur gleichen Zeit wurde der Zwischenwall auf der andern Seite angegriffen, doch konnte ein Teil unserer Leute dorthin eilen, bis Hilfe aus den Kasernen kam. Von Gefangenen erfuhr man später, daß in jener Nacht alles für einen Überfall vorbereitet war; aber er war nicht geglückt, weil die Erkundung der Jäger zurückgeschlagen wurde.

Meine Kameraden maßen mir die Ehre dieser Waffentat bei und forderten von unseren Anführern einmütig, daß ich dafür belohnt werde. Bei dem Appell am nächsten Tage, ich trug die Hand in der Binde, wurde ein Tagesbefehl verlesen, in dem man dem Soldaten Aurelio Gianni wegen Verdienste um das Vaterland öffentlich dankte und ihn zum Fähnrich beförderte. Aller Augen waren auf mich gerichtet; ich bat um die Erlaubnis, sprechen zu dürfen. »So sprecht!« sagte der Hauptmann. Denn bei uns ist der soldatische Gehorsam nicht so stumm und streng wie in den anderen Heeren.

Ich warf einen Blick auf jene jungen Leute aus Padua, die nahe bei mir in der Reihe standen, und begann ruhig: »Ich bitte darum, daß ich einfacher Soldat bleiben darf, doch möchte ich ein öffentliches Lob unter meinem wahren Namen erhalten. Eine der üblichen Anklagen wegen Spionage und Verrat, die unsern Revolutionen Schande machen, hatte mich gezwungen, ihn für den Augenblick abzulegen; jetzt, da ich hoffe, meine Verleumder von ihrem Unrecht überzeugt zu haben, nehme ich ihn mit Stolz wieder auf. Ich heiße Giulio Altoviti und bin aus Venedig.«

Ein allgemeiner Beifall ging durch die Reihen; ich glaube, wenn sich die Offiziere nicht um Ordnung bemüht hätten, wären die Kameraden auf mich losgestürmt, mich zu umarmen. Manches Auge, das ohne Zucken dem Feuer des Kampfes standzuhalten gewohnt war, schimmerte feucht. Nachdem die Ordnung wiederhergestellt und Schweigen geboten war, beriet sich der Hauptmann mit dem General und verkündete dann, das Vaterland sei stolz auf einen Sohn, der sich so edel für Beschimpfungen räche; er rühmte mich als Beispiel, wie man Zwietracht im Innern zum Schaden der Feinde überwinde, und ernannte mich zum Generalstabsoffizier beim General Garibaldi im Dienstrang eines Hauptmanns.

Ein neuer Beifall meiner Kameraden billigte einen solchen Lohn voll und ganz; danach wurde der Appell beendet. In der Kaserne baten mich jene jungen Paduaner für ihr Mißtrauen um Verzeihung. Sie bedauerten aufs tiefste, daß sie mich so verkannt hätten. Das war mein schönster Lohn, und ich umarmte sie mit Freuden. Der Jubel der ganzen Legion, die Bewunderung der Kameraden, die Liebe meiner Vorgesetzten, die Lobsprüche der ganzen Stadt haben mir bewiesen, daß es für den, der fest bleibt im Opfer, immer eine Möglichkeit gibt, die öffentliche Achtung wiederzugewinnen, und daß vor wirklich guten, selbstlosen Taten der Neid der Welt verstummt. Wäre das wohl der Fall, wenn diese geschmähte Menschheit so feige und verderbt wäre, wie manche sie schildern, und wofür ich selbst sie gehalten hatte? Nun ich gezwungen war, ihre Achtung als Lohn hinzunehmen, schämte ich mich, daß ich sie so niedrig eingeschätzt hatte, und erkannte, daß meine Buße für ein solches Unrecht nicht zu schwer gewesen war.

Rom, 4. Juli 1849

Was hat nun unsere Beharrlichkeit genützt? Wir müssen flüchten in eine Verbannung, die vielleicht nie mehr endet. Die Legion ist auf dem Wege über die Romagna und Toscana nach Venedig, dem Piemont oder der Schweiz; aber mich hinderte an solchen Märschen meine Wunde, die seit den Mühen der letzten Tage wieder offen ist. Der General hat mich mit einigen Briefen für Amerika versehen, die mir, nachdem ich geheilt bin, die Erlaubnis erwirken sollen, mich dorthin einzuschiffen. Ja, ich wende mich über den Atlantischen Ozean. Columbus suchte dort eine neue Welt – ich brauche nichts als Geduld. Ich spüre, die Ehre der Nation ist uns Armen, die wir vom Unglück unseres Landes in alle Enden der Welt verschlagen werden, anvertraut. Also Mut, solange ein Funken von Tätigkeitsdrang in uns lebt! Ich werde mich immer des Namens, den ich wiedererworben habe, und des Landes, in dem ich geboren bin, würdig zeigen.

Dich, mein Vater, hoffte ich bald wiederzusehen, und heute muß ich daran verzweifeln, daß ich dich je wieder umarmen werde. Empfange den letzten Seufzer deines verbannten Sohnes. Von nun an will ich mich ohne Klage nur noch mit ewigen Hoffnungen trösten.

Auf See, September 1849

Das Glück hat mir als Gefährten der Verbannung eine römische Familie geschenkt, einen noch jugendlichen Vater von höchstens vierzig Jahren, der wichtige Ämter in den Provinzen innehatte: den Doktor Ciampoli aus Spoleto und seine zwei Kinder, Gemma, die etwa neunzehn Jahre alt ist, und Fabietto, zwölf oder vierzehn. Ihr erster Anblick brachte mir einen Stich ins Gedächtnis, den ich vor einigen Jahren gesehen habe; er stellte eine kleine Bauernfamilie dar, die, während ein schreckliches Gewitter tobt, unter einer Eiche wartet und betet – so weit sind diese Menschen von der bei politischen Verbannten üblichen Wut entfernt. Sie trösten und lieben einander, und dem gewohnten Leben fehlt nichts als Rom. Hätte auch ich Eltern oder Brüder bei mir! Dann nähme ich ein gut Teil Vaterland mit in die

Fremde. Aber ein Wunsch, der die liebsten Menschen unser Unglück teilen hieße, ist unrecht. Wie sollten alte Eltern ein Leben ertragen voll Not und Angst, ohne eine Gewißheit der Ruhe oder der seit Geschlechtern fortgeerbten Grabstatt? Besser, das Schicksal verdammt mich, allein zu leiden. Anderseits schließt der Umstand, daß das Vaterland fern ist, Landsleute nahezu mit Familienbanden zusammen; und ich spüre schon, daß ich den Doktor Ciampoli fast wie einen Vater liebe und Gemma und Fabietto wie Geschwister. Dieses junge Mädchen ist das lieblichste, das ich je gesehen, gar nicht römisch, aber vollkommen Frau in Anmut, Zartheit und mitfühlendem Herzen.

Ich habe wohl von den Frauen bisher nur die verworfensten gekannt. Diese ist ein höheres Wesen, wie es Maler oder Dichter träumen; ich hätte nie geglaubt, daß so etwas auf der Welt lebe. Sie gehört sicher nicht zu denen, in die man sich verliebt, ich wenigstens würde es nicht wagen, aber sie trägt das in sich, was das Glück einer Familie ausmacht. Solche Frauen und Mütter wandeln durch das Leben wie Erscheinungen des Himmels; sie wirken alles für die andern, nichts für sich. – Die Seekrankheit ist weder ergötzlich anzusehen noch leicht zu ertragen; doch wie ist das gute Kind um Fabietto bemüht, auch wenn sie selbst leidet! Sie hatte einfach keine Zeit, an sich zu denken. Heute morgen vergoß sie Tränen, weil ein Kätzchen von Bord ins Meer fiel und ertrank. Nunmehr sind wir an das Leben auf See und daran, daß man nichts sieht als Himmel und Wasser, alle gewöhnt. Man plaudert, spielt, liest, und bisweilen lacht man sogar. Wie gütig ist die Natur, daß sie uns das Lachen geschenkt hat! Es erneuert unsere Kräfte, indem es die Seele sanft erheitert. Wenn ich allein bin, steige ich auf die Schiffsschanze und wende in der Unendlichkeit, die mich umgibt, meine Gedanken zu Gott. Mir kommt eines unserer Volkslieder in den Sinn, das Gott preist, der in Blau gekleidet ist; jetzt sehe ich die Wahrheit dieses Bildes. Gott ist in solcher blauen Unendlichkeit von Himmel und Meer, die ineinanderfließt und den Geist ins Ewige hinüberzieht, verborgen gegenwärtig. Ich denke mir, das Lied hat ein Fischer aus Chioggia ersonnen, als einmal die sommerliche Meeresstille sein Boot mitten in der Adria festhielt und er nichts erblickte als das Meer, sein Leben, und den Himmel, seine Hoffnung.

Ich habe das Liedchen Gemma gelehrt; sie singt es in ihrer vornehmen römischen Aussprache so vollkommen, daß diese disharmonischen englischen Matrosen in ihrer Arbeit innehalten, um ihr zuzuhören. Erst fürchtete ich die langweilige Seereise, aber jetzt gefällt sie mir gut. Ich hoffe, an Land bin ich nicht weniger glücklich, vorausgesetzt, daß ich in New York zu tun finde, wo sich der Doktor Ciampoli anscheinend häuslich einrichten will. Sie sind reichlich mit Geld versehen und werden mir fürs erste gewiß helfen; aber ich bin weder für die Mühe noch für die Eintönigkeit des Handels geschaffen, und die Empfehlungsbriefe, die ich für die Vereinigten Staaten mitbringe, sind alle an Kaufleute gerichtet. In Südamerika liegt die Sache anders; dort regt sich jetzt das Leben, und der Italiener ist hochangesehen und geehrt. Ich würde gerne nach dem Süden gehen. Auch die tropische Natur, unberührt und üppig, lockt mich sehr. In New York hingegen erwarte ich einen Markt von Bastard-Europäern mit Kisten Zucker, Baumwollballen und Zahlen, Zahlen, Zahlen. Es ist so unwahrscheinlich, daß jemand, der den Atlantik überquert hat, sich damit bescheidet, Geld zu verdienen.

New York, Januar 1850

Wie war ich es müde, mit der Zigarre im Munde zwischen Krämern und Maklern umherzuschlendern! Es mögen treffliche Leute sein, aber die Urenkel von Washington und Franklin? Ich weiß nicht recht. Ich glaube, diese großen Menschen sind ohne Nachkommen gestorben. Ich habe auch in die Umgebung einige Ausflüge gemacht, doch diese mächtige Natur erscheint mir wie ein Löwe im Käfig. Sie ist gezähmt, abgeteilt, zerstückelt; man muß sie sehr aus der Ferne sehen oder in dem fast britannischen Nebel, den es hier reichlich gibt, um einen Eindruck von dem Amerika zu gewinnen, von dem die Reisenden erzählen. Ich kann nicht recht glauben, daß hier der Nebel schon zu Columbus' Zeiten geherrscht hat. Wahrscheinlich haben ihn die Dampfmaschinen hergebracht, wie es jetzt mancher verrückte europäische Zeitungsschreiber von der Traubenkrankheit behauptet. Jedenfalls bin ich froh, von hier abzureisen, und wir reisen ab, denn der Ingenieur Claudio Martelli, der nach New York kommen sollte und an den der Doktor Ciampoli empfohlen ist, kann Rio de Janeiro nicht verlassen. Brasilien ist weit und der Doktor nicht sonderlich davon entzückt, wieder eine lange Reise zu unternehmen. Doch ich kann es nicht erwarten, bis wir absegeln, und Gemma neigt anscheinend mehr zu meiner Ansicht als zu der ihres Vaters. Der Junge spricht natürlich von nichts als von Brasilien und ist überglücklich. Ich habe gute Nachrichten von Hause, ich bin kerngesund, die Menschen, mit denen ich lebe, lieben und achten mich; fände ich einen Ort, wo ich dem Tätigkeitsdrange, der mich auffrißt, freien Lauf lassen könnte, so hätte ich allen Grund, mit meinem Lose zufrieden zu sein. Denn schließlich – was ist das Leben anderes als eine lange Verbannung?

Rio de Janeiro, März 1850

Hier sind wir wenigstens in Amerika. Man wittert noch hie und da Europa, aber das südliche Europa von Lissabon, nicht das nördliche von London. Der Ingenieur Claudio Martelli ist ein sonnengebräunter, ernster Mann und, wie man sagt, ehrenhaft und kühn; meinen Namen hörte er mit Überraschung und fragte, ob ich verwandt sei mit jenem Carlo Altoviti, der an den Revolutionen von Neapel in den Jahren neunundneunzig und einundzwanzig teilgenommen habe. Als er vernahm, ich sei sein Sohn, ließ er alle Steifheit fallen und umarmte mich herzlich. Also bestand er nicht nur aus Mathematik; ich habe vor Mathematikern, offen gesagt, fast so viel Angst wie vor Kaufleuten. Wehe, wenn sie mich der Probe einer Regeldetri unterzögen! Sie würden jede Achtung vor mir verlieren.

Er fragte mich, ob mein Vater je von ihm gesprochen habe,

und ich sagte ja, denn ich erinnerte mich dunkel mancher Geschichte, in der der Name Martelli vorkam; aber leider habe ich nie genug achtgegeben, wenn andere erzählten, und so wußte ich nichts Genaues. Er hatte kürzlich Briefe von seinem Bruder, der nach Amerika kommen will und jetzt mit meiner Schwester und meinem Schwager in Genua weilt. Dann erklärte er sich zu jeder Hilfe bereit, da er meinem Vater sehr verpflichtet sei und dem Himmel danke, wenn er sich dir, lieber Vater, auf solche Weise dankbar zeigen könne. Weiter erfuhr ich von ihm, was ich schon vermutet hatte, nämlich, daß der Doktor Ciampoli in den Revolutionen alle Habe verloren habe und, mit seinen Mitteln völlig am Ende, in Amerika versuchen wollte, rasch wieder ein kleines Vermögen zusammenzubringen, um davon dann in Genua oder Nizza oder in einer andern Stadt des Piemont zu leben. Hätte ich vor meiner Ausreise von der Verbannung meines Schwagers gewußt und daß er mit Pisana in Genua weile, so wäre ich sicher dorthin gegangen. Aber außer dem Verlokkenden, das so große, weite Unternehmungen für mich besitzen, möchte ich jetzt den guten Doktor und seine Familie nicht verlassen. Die Hilfe eines jungen Mannes kann ihnen sehr nützlich sein, und wie glücklich wäre ich, wenn ich dazu beitrüge, daß sich ihre Hoffnungen etwas rascher verwirklichten! Ich nehme also weiter an ihrem Schicksal wie an ihrer Rückkehr teil.

Der Ingenieur rechnet damit, daß er dem Doktor Ciampoli einen sehr einträglichen Posten verschaffen kann; aber das braucht Zeit. Inzwischen erhält der Doktor eine bescheidene Stellung im Kaiserlichen Statistischen Ant, und ich werde dank meines Hauptmannstitels im Range eines Majors bei der Grenzinfanterie eingestuft. Im Heer fand ich die Erinnerung an einen andern Freund meines Vaters lebendig, an den Marschall Alessandro Giorgi, der vor zwei Jahren auf die erste Nachricht von der Revolution nach Venedig fuhr und dort an seinen Wunden gestorben sein soll. Wenn ich all den Geschichten, die über ihn im Umlaufe sind, glauben darf, so war er wirklich ein außerordentlicher Mensch; nicht gerade von hohem Geist, aber von jener zähen, Vertrauen einflößenden, unbeugsamen Tüchtigkeit, die oft ebenso nützlich ist. Er allein hat in kurzer Zeit mit nur achthundert Mann regulärer Truppen die ungeheure Zentralprovinz Mato Grosso, die größer ist als Frankreich, unterworfen, geordnet und zur Einheit von Gesetz und Steuer geführt. Wenn man alle die Unternehmungen, die er dort in dreißig Jahren vollbracht hat, erzählen hört, so glaubt man sich in die Zeit der Wundertaten zurückversetzt; man könnte allein aus dem Stoffe, den dieser Held bietet, ein neues Heldenlied dichten. Der Kaiser hatte seinem Marschall das Herzogtum Rio Vedras geschenkt, doch er ließ alles im Stich, um nach Venedig zu eilen. So möchte wohl auch ich leben und sterben. Nicht, daß ich durchaus Herzog werden müßte, mir würde es genügen, wenn ich meinen Platz unter den Männern fände, die um die Menschheit wohlverdient sind.

Jetzt soll der Doktor Ciampoli als Oberinspektor der Bergwerke in eben den Staat geschickt werden, der für den Marschall Giorgi der Schauplatz solchen Ruhmes gewesen ist. Ich folge ihm mit einem Geleit von Jägern zu Fuß und zu Pferde. Aber das soll erst in einem halben Jahr geschehen.

Rio Ferreires, November 1850

Alles ist hier groß und erhaben. Berge und Täler, Wald und Ebene tragen die Merkmale gewaltiger Erdumstürzung; aber diese Natur gleicht der europäischen so weit, wie einem hinfälligen Alten ein kräftiger Jüngling. Hügel schieben sich ineinander, Berge türmen sich zu unwegsamen Gebirgen, in deren Falten undurchdringliche Wälder hinaufkriechen, bis ewiger Schnee allem Wachstum wehrt; und aus den höchsten Gipfeln wirbeln Rauch und Flammen gen Himmel. Jahrhundertealte Baumriesen, deren jeder einen Wald an den kahlen Apenninhängen bedeuten würde; Steppen, wo das Gras höher ist als der Mensch; wilde Stiere, die sich beim Nahen des Menschen zur Flucht wenden; Gießbäche, deren Fall das Auge nicht zu messen vermag, wenn sie sich tief unten im Tal auflösen in leichten Dunst, der in den Farben des Regenbogens glänzt. Das Innere der Erde umschließt Gold und Silber; die Felsen bergen Diamanten. Der große Strom wälzt sich gleich einer riesigen Schlange in ungeheuren Windungen zwischen Ufern, deren Bäume steile grüne Wände bilden. Über der üppigen Erde brennt die Sonne am fast immer klaren Himmel, doch ein frischer Wind von den Anden bringt mildernd jeden Tag die Abendkühle.

Hätten wir hier die großen Eisenbahnen der Täler des Ohio und Mississippi! Aber diese Provinz liegt fast hundert Tagereisen von Rio de Janeiro. Eine solche Entfernung macht die Trennung noch trauriger, und so unvernünftig es ist – zwei Jahre in Mato Grosso erscheinen länger als zwanzig Jahre in Frankreich oder in der Schweiz. Doch Venedig ist so gut in Frankreich und in der Schweiz wie in Mato Grosso, und die Luft trägt uns auch bis hierher die Seufzer unserer Lieben.

Wir wohnen fürstlich, und alle Pracht spendet die Natur; die Hand des Menschen hat daran wenig Anteil. Ein Haus von Stein, auf allen Seiten mit Loggien, Höfen, Bogengängen nach draußen geöffnet; dahinter ein großer Garten, der bis ans Ufer des Flusses reicht, davor ein Hof, auf dem die Sklaven schaffen und die Füllen wiehern, wenn man sie am Abend in die Ställe führt. Unten in der Ebene breitet sich die Stadt; auch sie erstreckt sich bis zum Flusse, der sich hinter unserm Garten in großem Bogen krümmt. Ein wenig links liegen die Kasernen, wohin ich zweimal am Tage gehe, erst zu den Übungen und abends zum letzten Appell. Die Leute hierzulande sind in Rio de Janeiro ganz gehorsame Soldaten, doch mit der Länge des Weges verlieren sie allmählich ihre Tugenden und wandeln sich in Späher und Räuber, und hier unterscheiden sie sich nicht wesentlich von den Indianern, die uns ständig belästigen.

Die Kriege sind kurz, aber blutig und voll Gefahr. Mit dem Proviant für einige Tage auf dem Rücken heißt es, nahezu unzugängliche Felsen erklettern oder schauerliche Abgründe überschreiten auf Bäumen, die im Augenblicke gefällt und von einem Ufer zum andern geworfen werden; Feinde wie wilde Tiere in tiefen, dunklen Höhlen suchen, im finstern, sumpfigen Busch voll Hinterhalt und Schlangen. Ein Pfeifen am Ohr vorbei – das sind Pfeile, die von unsichtbaren Händen geschnellt werden; ihre Spitzen sind vergiftet, und wo sie blutig ritzen, töten sie. Denen, die in die Macht des Feindes fallen, wird unweigerlich die Kehle durchgeschnitten; und mancher Feinschmecker soll die Unglücklichen mit Lust verspeisen. Außer solchem vorübergehenden Zeitvertreib ist unser Leben das der reichen Landsitzbewohner an den Ufern der Brenta, und dazu kommt noch dieser Himmel, die zauberische Natur, die die Erde in ein Paradies verwandelt. Der Doktor Ciampoli bleibt als Inspektor der Bergwerke bei seinen Überwachungsreisen zwei oder drei Tage unterwegs; er hat einen Diamantenhandel mit Bahia in die Wege geleitet, der ihm in Kürze sehr viel einbringen wird. Meist begleitet ihn ein Feldwebel mit zehn Mann, doch manchmal tue ich es. Dann wählen wir die malerischsten Pfade, und das letzte Mal, als wir eine neuentdeckte Mine besuchen mußten, nahmen wir Gemma und Fabietto mit. Unterwegs ging es laut genug zu; ich kam mir vor wie auf den Eselritten von Recoaro und Abano. Mußten wir einen Wildbach überqueren, so zitterte und lachte Gemma vor Furcht, aber sie vertraute sich mir an und setzte ihre Füßchen so leicht einen nach dem andern auf die schmale Brücke, daß es eine Wonne war zuzusehen. Ich könnte meine Schwester nicht inniger lieben als sie.

Sehr oft, wenn ihr Vater abwesend ist und ich auf das Kriegsvolk achtgebe, das die Aufsicht nötig hat, damit es nicht die Geißel des Gebietes wird, verbringen wir zusammen die denkbar angenehmsten Tage. Wir treiben etwas Geschichte, ich lehre sie das wenige, was ich von Athen und Rom weiß, sie lehrt mich dafür ein Liedchen auf dem Cembalo klimpern, und so spielen wir nach zwei Monaten schon vierhändig, daß es in Europa eine Qual wäre zuzuhören; doch hier ist man davon entzückt, und ihre beiden mulattischen Hausmädchen können es nie unterlassen, zu unserer Musik wie vom Teufel besessen Sarabande zu tanzen. Diese Sklavendamen haben es wahrhaftig gut, und wenn sie alle ein solches Leben führen, könnte man nichts Besseres tun, als auf die Nachteile der Sklaverei zu abonnieren; aber ich habe die Faktoreien gesehen, die Zuckerplantagen, und habe keinen Mut, davon zu sprechen.

Gemma und ich geben auch Fabietto ein wenig Unterricht; er macht schon im Französischen mit unnachahmlicher Kühnheit grammatische Fehler. Alle zusammen lernen wir Portugiesisch bei einem alten Priester, dem Kaplan, Bischof und, ich möchte fast sagen: Papste des Landes. Die Provinz hat auch einen Bischof, doch gleicht es einem Wunder, wenn er sich einmal in seinem Leben bis hier herauf wagt. Denn eine solche Reise bedeutet eine so ungeheure Anstrengung, daß unsere Prälaten schon im Gedanken daran ins Schwitzen kämen; es gibt hier weder gastliche Pfarrer noch geräumige, festlich geschmückte Pfarren, noch auch alle zwei Meilen einen gutgedeckten Tisch. Man muß zehn Nächte unter freiem Himmel zubringen, bevor man eine Hütte findet, wo ein armer, mutiger Missionar das Leben daransetzt, um die Wilden das Christentum, dieses Abc der Kultur, zu lehren. Der Marschall Giorgi, der unüberwindliche Herzog von Rio Vedras, hat viel erreicht mit den Karabinern, doch mehr erreichen, glaube ich, diese einfachen, geduldigen Priester. Hier ist Voltaire noch im Unrecht. Kurz, wäre nicht die Entfernung und Unsicherheit mit den Briefschaften, so könnte mich diese verflixte Sucht nach Abenteuern, die in dem Maße zunimmt, als man wunderliche Dinge sieht, leicht bis ans Ende meiner Tage hier festhalten. Aber Venedig? ... Ach, denken wir nicht daran! Meine Lieben sehe ich wohl auf Erden nicht wieder.

Rio Ferreires, Juni 1851

Wie viele Monate habe ich diese Aufzeichnungen nicht zur Hand genommen! Aber man müßte einen Band im Monat füllen oder es ganz bleiben lassen. Alles ist so neu, sonderbar und anders, als man vermutet; doch nach den weiten Streifzügen zwischen wilden Volksstämmen kehrt man immer zurück zu

Frieden und Freude der Familie. Der Doktor ist mit seinen Geschäften äußerst zufrieden. »Noch ein Jahr«, sagte er kürzlich, »und wir sehen Genua wieder. Aber warum nehmt Ihr an unserm Handel nicht teil? Warum wollt Ihr nicht reich werden?« Er meint, meine Familie sei arm, und ahnt nicht, daß seine und seiner Kinder Gesellschaft für mich der tiefste Grund war, warum ich mit ins Gebiet von Mato Grosso ging; daher antworte ich, ich hätte keine großen Bedürfnisse, ich sei jung, und mein einziger Ehrgeiz gehe dahin, mich in gefahrenvollen Kämpfen auszuzeichnen und nach Italien mit wenig Geld, aber reich an Erfahrung zurückzukehren. Gemma lächelt bei meinen Worten, und Fabietto schreit, auch er wolle Soldat sein und ein Heer befehligen. Der kleine Teufel wird stark und kühn; er reitet halbe Tage neben mir, und gehen wir zur Jagd, so zielt er sicherer als ich. Freilich, mich dauern die Vögel mit den schönen Federn, die zutraulich auf ihren Zweigen sitzen bleiben. Die Hand des Knaben ist weniger mitleidig und zittert nicht wie die meine. Er ist furchtlos und kräftig, fast wie ein Brasilianer; nur die Farbe der Augen und die hübschen kastanienbraunen Haare erinnern noch an Europa. Das Portugiesische spricht er, als habe er es von der Amme gelernt, und beschämt uns, deren Aussprache noch hinkt.

Gestern hatte ich einen Brief von Hause; aber der Vater schreibt, er habe mir acht oder zehn geschickt, und dies ist der erste, der mich erreicht. Wer weiß, was aus meinen Briefen geworden ist! Der Ingenieur Martelli teilt mir mit, sein Bruder sei angekommen, und sie gingen zusammen nach Buenos Aires, wo sie koloniale und militärische Aufgaben übernehmen sollten. Da unten haben die Italiener einen guten Namen; ja, die Argentinier sehnen sich nach dem General Garibaldi und hoffen auf seine Rückkehr. Wenn er wirklich käme, bevor ich nach Europa reise, so möchte ich ihn wohl dort begrüßen und auch die Martelli, die mir lieb sind wie Brüder. O Italien, wie reichen deine Bande durch die ganze Welt! Zwei unter deinem Himmel Geborene erkennen einander auf fremder Erde, ohne erst ihren

Namen nennen zu müssen, und eine unwiderstehliche Kraft zwingt einen dem andern in die Arme.

Villabella, April 1852

Welch schreckliche Tage! Zwei Monate sind darüber hingegangen, und ich habe mich noch nicht entschließen können, eine Silbe darüber zu schreiben. Hätte ich im vergangenen Jahr geahnt, was für Unheil diese Seite füllen würde, ich wäre verzweifelt. – Sie liegt nebenan und schlummert; ihre wirren Sinne haben sich geklärt, die Gesundheit wird mit jedem Tage fester, die Rosen auf den Wangen kehren wieder, und die Augen lächeln unter Tränen. Die kalte Starre und der plötzliche Fieberwahn, die in den letzten Tagen einen so quälenden Anblick boten, sind einer gleichmäßigen Ruhe gewichen. Ihre gute Natur hat gesiegt, der Atem geht ruhig wie bei einem schlafenden Kind. Aber ich will die Schrecknisse niederschreiben, ehe sie sich in dem Gedächtnis, das noch jetzt davor zurückschaudert, verwischen.

Anfang August des verflossenen Jahres war bei den Indianerstämmen, die unten am Flusse zu überwintern pflegen, einige Unruhe bemerkt worden, weshalb ich beim Gouverneur von Villabella um Verstärkung bat; aber bei der Entfernung konnte diese kaum eher als in einigen Monaten eintreffen. Also hatte ich inzwischen unsere Kaserne mit Büchsen und Kanonen versehen, so daß diese in Eile hergestellte kleine Festung auch die Außenwerke unserer Residenz verteidigte. Doch blieb es bis zum vergangenen Januar bei kleinen Plänkeleien. Um jene Zeit brach in der Gegend der Westmine ein gefährlicher Aufstand aus, ich mußte mit einem großen Teile der Garnison dorthin eilen, um ein Exempel zu statuieren. Dieses Gefecht hielt mich länger fern, als ich vermutet; die Wilden kämpften mit besonderer Tücke, und erst nach drei Wochen war es uns gelungen, sie weit genug zurückzuschlagen und ihre Boote zu verbrennen.

Jetzt würden sie eine Weile Ruhe geben; wir wandten uns also wieder nach Rio Ferreires. Unterwegs erreichte uns ein

Bote und mahnte zu größter Eile, weil die Stadt von Indianern bedroht sei. Obwohl die Soldaten sehr erschöpft waren, rückten wir in Eilmärschen voran, denn viele hatten ihre Frauen in den Kasernen zurückgelassen und machten sich große Sorge. Ich zitterte um den Doktor Ciampoli, den Stolz und Kühnheit in ein Wagnis führen konnten, das ihn und die Seinen gefährdete. Als wir Rio Ferreires liegen sahen, war der erste Anblick die in Flammen stehende Intendantur. Die Wut verdoppelte unsere Kräfte, und die letzten fünf Meilen wurden in rasendem Laufe zurückgelegt. Wirklich hatten die Indianer in der Nacht die Kasernen gestürmt, die Kanonen vernagelt, den meisten Leuten der Besatzung die Kehle durchgeschnitten und die Frauen gefangengenommen.

Die wenigen Überlebenden waren in die Residenz geflüchtet; hierauf hatte sich im Augenblick unserer Rückkehr die Raserei der Wilden gerichtet. Erst hatten sie Steine gegen die Mauern geschleudert und ihre Pfeile auf jeden, den sie erspähten, geschnellt. Alle Bleichgesichter sollten sterben; sie mußten fort aus der Ebene und von den Ufern des großen Flusses. Der Doktor hatte sich mit seinen paar Soldaten tapfer verteidigt und so den Siedlern ringsum Zeit gegeben, sich zu bewaffnen und herbeizueilen; vielleicht kamen wir noch zurecht, und alles war gerettet. Aber da hatten die Indianer zum Hilfsmittel des Feuers gegriffen; sie holten aus den nahen Gütern große Mengen Rohr und türmten es um die Residenz, und als wir nur noch zwei Meilen entfernt waren, wirbelte das Feuer hoch um alle Gebäude. Frauen rasten in die Flammen, um ihre Kinder zu retten, Männer stürzten sich aus den Fenstern und bahnten sich, das Messer zwischen den Zähnen, den Weg durch die Feinde. Sklaven warfen sich schützend vor ihre Herren, Soldaten stießen sich den Degen ins Herz, nur um nicht in die Hände der Wilden zu fallen.

Der Doktor Ciampoli trat mit sechs treuen Männern aus der Seitentür, wo die Flammen weniger dicht loderten; hinter ihnen kam Fabietto und zog und trug beinahe, mit einem sein Alter weit übersteigenden Mute, Gemma. Der Vater stürzte nach vorn, das Schwert in der einen, das Messer in der andern Hand. Er hoffte, durch die Feinde durchzustoßen; aber kaum waren sie dem Brande entronnen, fiel eine schreiende Schar Rothäute über sie her. Sie huschten wie Teufel durch die Flammen der Hölle. Wir hatten, vom Berge herabrasend, das schauerliche Bild vor Augen. Der Doktor sank, von einem Pfeil getroffen, auf die Kniee und besaß noch die Geistesgegenwart, seinen Sohn an sich zu ziehen, der, Gemma in den einen Arm gepreßt, den Degen in der andern Hand, sich und sie weiter verteidigte. Aber das Blut sprang ihm aus einer Wunde, und er fiel, während rings um ihn die Wut der Wilden wuchs. Noch einmal sprang er auf, packte das Schwert des Vaters, ließ die Schwester, der die Sinne geschwunden waren, auf dessen Leichnam gleiten und kämpfte einen kurzen, schrecklichen, hoffnungslosen Kampf. Oh, warum hatte uns der Bote nicht eine Stunde früher erreicht! ... Der Knabe, von vielen Pfeilen getroffen, stürzte zu Boden; die Wilden warfen sich auf die drei geliebten Menschen, um auch mit ihnen ihren scheußlichen Triumph zu schmücken. Da trat der alte portugiesische Priester zwischen sie, der von dem Gemetzel bei der Intendantur erfahren hatte, in Chorhemd und Stola, den Crucifixus in der Hand. Der Anblick dieses unbewaffneten Mannes, der in ihrer Muttersprache von Menschlichkeit und Frieden zu ihnen sprach, der sich ihren Greueln, um die Brüder zu retten, ohne Furcht aussetzte, ließ die Wilden eine kleine Spanne Zeit innehalten. Inzwischen langten wir an.

Was ich in jener Nacht sah und litt und tat, weiß Gott allein; ich erinnere mich an nichts mehr. Am Morgen lagen dreihundert Indianerleichen in Haufen hier und da auf der umgewühlten Erde; aber der arme Doktor, sein Sohn und zweihundert unserer Leute, Soldaten und Siedler hatten das Leben gelassen. Gemma kam zu sich, doch sie fiel in Wahnsinn und redete fast zwei Monate irre. Die Kasernen waren zerstört, die Amtsgebäude verbrannt, die Indianerstämme rotteten sich ringsum immer mehr zusammen, während wir an Zahl und Kräften sehr gemindert waren; so zogen wir uns nach Villabella zurück. Hier ist nun Gemma nahezu gesundet, und ich will im Winter nach Buenos Aires reisen, sie dort den Martelli anvertrauen oder sie, je nach deren Rat, selbst nach Europa führen. Der Himmel segne meine Absichten!

Buenos Aires, Oktober 1852

Drei Monate Reisen in einem Lande märchenhafter Schönheit! Die Ablenkung hat Gemma endgültig geheilt; ihr Lächeln ist tausendfältiger Lohn für alle Mühen. In Buenos Aires trafen wir die Brüder Martelli nicht an, sie hatten ihren Sitz in einer Stadt im Innern und errichteten von da aus eine Kolonie; aber ein dem Ingenieur befreundeter Kapitän, der nach Marseille wollte, hätte mir den Gefallen getan, Gemma nach Genua zu einer Schwester ihres Vaters mitzunehmen. Er hatte seine Frau an Bord, und alles fügte sich in jeder Weise. Was mich anlangt, so hatte ich vor, nach Rio de Janeiro zurückzukehren und von da aus an den verwünschten Indianern Rache zu nehmen. Doch als ich Gemma diese meine Gedanken entwickelte, ließ sie das Köpfchen hängen, und zwei Tränenbäche strömten ihr aus den Augen.

»Was ist Euch?« fragte ich. »Tut es Euch leid, Amerika zu verlassen?«

»Sehr leid!« erwiderte sie schluchzend und sah mich flehentlich an. – Das Ergebnis war, daß wir uns vier Wochen danach heirateten und nunmehr daran dachten, zusammen nach Europa zu reisen. Jetzt tat es ihr nicht mehr leid, Amerika zu verlassen, und ich wollte ihr zuliebe auf die Rache an den Indianern verzichten.

Ich bete sie an; Gott möge mir verzeihen, in den zwei Monaten, seit wir Mann und Frau sind, denke ich an nichts, als sie zu lieben. Wir sind hier geblieben, weil wir hofften, die Martelli zu begrüßen und auch einen Partistagno, der bei ihnen sein soll; doch da sie so lange zögern, werde ich zu ihnen ins Innere reisen. Inzwischen habe ich für die Regierung Pläne für eine neue Kolonie gezeichnet, auf dem jenseitigen Ufer des Rio, die für Italiener bestimmt ist, auf dem günstigsten Platze liegt und sicher besser vorankommen wird als die andere, um die sich die Martelli seit einem Jahre vergebens mühen. Ich möchte sie vor meiner Abreise sprechen, schon um ihnen darüber zu berichten; nun werde ich leider sehr viel länger zu ihnen unterwegs sein müssen, weil in den südlichen Provinzen Aufstände sind.

Saladilla, Februar 1855

Seit mehr als zwei Jahren bin ich Gefangener dieser Aufständischen, die mich wie einen elenden Sklaven von einem Feldlager zum andern mitschleppen. Ich habe zwei Kinder, Söhne der Knechtschaft und des Unglücks; ihre arme Mutter begleitet mich und büßt bitter für die Kühnheit, daß sie ihr Geschick mit dem meinen hat verbinden wollen. Nachdem ihr die gierige Erde von Amerika Vater und Bruder verschlungen hat, wird sie ihr auch den Gatten verschlingen. An mir zehrt das Fieber, und vielleicht bin ich schon morgen tot.

Ach Vater, Mutter, Geschwister, wäre ich bei Euch! Wie freudig würde mein Geist den Flug zum Himmel nehmen! Lob sei dem Herrn, daß er meinen Tod auch am äußersten Ende der Welt mit liebenden Menschen zu umgeben wußte. Frau und Söhne sind mir Tag und Nacht Gewähr für die ewige Glückseligkeit.

Ich fühle, der Tod ist mir nahe, und meine irdischen Leiden werden bald ihr Ende finden. Lieber Vater, ich habe dir viel Kummer bereitet; verzeih mir allen Undank, weine eine Träne über die Buße, die ich mir dafür auferlegt habe, halte mein Gedächtnis bei dem Vaterland in Ehren und nimm diese unglückliche Witwe, diese unschuldigen Waisen in deine Arme auf! Die Hand Gottes wird sie über Meer und Land sicher vor die Schwelle deines Hauses führen. Wenn sie an deine Tür klopfen, so möge dein Herz für sie sprechen, ehe sie ihre Namen zu nennen brauchen. Ich will von oben helfen, daß ihr einander erkennt und ins Herz schließt. Doch das Gedenken an Giulio soll euer Gemüt zur Freude, nicht zu Tränen stimmen.

Hier endete das Tagebuch meines unglücklichen Sohnes; er starb am Tage danach in den Armen seiner Frau. Diese brachte es nicht übers Herz, das unselige Land zu verlassen, in dem ihre liebsten Menschen ruhten. Sie zögerte in Saladilla am Grabe ihres Mannes, obwohl ihr die Aufständischen die Rückkehr nach Buenos Aires, wo sie sich hätte einschiffen können, längst angeboten hatten; als sie schließlich im Juni dort anlangte, war ihre Lebenskraft von einem unheilbaren Krebs zerfressen. Die Martelli schrieben, sie habe sich unter die Last ihrer Schmerzen mit einer beispielhaften Ergebung gebeugt, und die einzigen Tränen galten ihren Söhnen, die sie schweren Herzens zurückließ. Doch tröstete sie sich in dem Gedanken, daß sie in der Hut der Freunde sicher in die Familie ihres Vaters gelangen würden. Sie fügte dem Tagebuch von Giulio folgende Worte bei:

»Vater, ich wende mich an Euch, denn ich habe auf Erden nicht mehr Vater noch Bruder noch Verwandte, nur meine beiden Söhne sitzen mir hier auf den Knieen; morgen spielen sie auf einem Grabe. Mein Vater, uns trennt eine Welt, und doch erreicht einer den andern, ob er im Leben oder Tode ist, mit seiner Liebe. Ich habe Euern Giulio geliebt, wie Ihr ihn liebtet; jetzt ruft er mich aus den Höhen des Himmels, und ich werde, nach dem Willen Gottes, die erste sein, die ihm folgt. Ach, warum durfte ich mich nicht ein einziges Mal Eures verehrungswürdigen Anblicks freuen! Wir gingen über diese Erde, ohne uns zu kennen, und doch waren wir so vereint, wie eine Tochter mit dem Vater sein kann. Nun, auch dies ist ein Unterpfand, daß wir uns im Himmel kennen werden. Gott kann Liebe von Liebe nicht auf ewig trennen, und die Geister zweier Menschen finden sich in dem weiten Raum des Alls leichter als zwei Freunde in einem kleinen Land der Erde. O mein Vater, Euch möchte ich beschwören: Zögert, uns zu folgen, zögert zum Besten unserer Söhne. Ich weiß, Ihr werdet uns beneiden, und es wird Euch eine Qual sein zu bleiben; aber ich bitte Euch, laßt diese Kinder nicht völlig zu Waisen werden! Ich bin eine schwache Frau, ich kann nichts tun als zu Gott flehen, daß sie aus Euerm Beispiel, aus Euerm Munde lernen dürfen, ihrem Vater nachzueifern. Wir sehen uns im Himmel wieder.«

So wandte sich diese fromme Seele vom Totenbett an den Vater des toten Gatten, und legte mit der Feder zugleich die Last ihres sterblichen Lebens nieder. Wieder ein Wesen, das den Berg meiner Trauer höher türmte, ein Wesen, dem ich auf der Pilgerschaft des Lebens nicht einmal begegnet war! ... Tochter, Schatten und Schmerz! ... Ich wußte nicht, daß ich sie besaß, und hatte sie schon verloren, mußte beginnen, sie zu lieben und zugleich trauern, über zwei Gräbern trauern statt über einem. Erst im Himmel darf ich ihr die Liebe danken, die sie meinem Sohne erwiesen.

Nun lebe ich mit meinen Kindern und den Kindern meiner Kinder, zufrieden, daß ich gelebt habe, und zufrieden im Gedanken an den Tod. Auch bin ich so glücklich, noch immer etwas für andere tun zu können. Raimondo Venchieredo, der hier auf dem Lande während der Revolution gestorben ist, hat den – für mich recht ehrenvollen – Einfall gehabt, mir seine Nachkommen ans Herz zu legen. Ich habe den Zorn alter Zeiten vergessen und erweitere meine Vaterschaft auch auf diese Familie; entspräche die Kraft dem guten Willen, so könnte ich allen Menschen Gutes tun. – Luciano aus Griechenland verspricht mir für diesen Frühling wieder einen Besuch, und seine Söhne freuen sich, daß ihr Onkel Teodoro sie begleitet, der sich nicht verheiratet hat und ihre ganze Wonne ist. Der arme Demetrio, der sich mit Leib und Seele Rußland verschrieben hatte, war zuletzt Oberst in der Moldau-Legion und fiel auf den Feldern von Oltenizza; er nahm die Hoffnung auf das griechische Kaiserreich von Byzanz mit sich in den Himmel. Doch die Kraft der Gedanken kann nie verlöschen; und die Seelen der Toten in ihrem verborgenen, geheimnisumhüllten Reiche strahlen ihre Kraft weiter auf diese streitsüchtige, kampferfüllte Welt. Letzthin habe ich das berühmte Werk des Grafen Rinaldo wieder zur Hand genommen, und in einem Monat soll der zweite Band veröffentlicht werden; das nötige Geld liegt schon beim Drucker, und der Druck wird keine Unterbrechungen erleiden. Ich hoffe, unsere Literatur wird sich das Buch zunutze machen, und die kritischen Studien über den venetischen Handel und die Handelseinrichtungen der Venezianer im Mittelalter werden die Geschichte, die unser Roman in so tiefschürfender Gelehrsamkeit verfaßt, vorzüglich erläutern. Die Italiener werden wieder einen großen, bescheidenen Geist kennenlernen, der sich im Dunkel der Bibliotheken und zwischen den Zahlen einer Rechnungskammer aufzehrte; ich werde zufrieden sein, den letzten Willen eines Mannes erfüllt zu haben, der sehr viel mehr Ruhm verdiente, als er von sich aus je zu erhalten suchte.

Wenn ich an Sonntagen Pisana, meinen Schwiegersohn und die vier Enkel im Wagen (o weh, auch ich spüre den Schirokko von Hochwürden Orlando!) nach der Quelle von Venchieredo oder nach Fratta führe, will sich mir wohl eine Wolke von Traurigkeit auf die Stirn senken; doch ich streiche sie mit der Hand hinweg und bin fröhlich wie immer. Enrico ist verwundert, daß er mich nach so viel Unglück in dem nicht allzu lustigen Alter von dreiundachtzig Jahren heiter und ruhig sieht. Und ich gebe ihm zur Antwort: »Mein Sohn, Unrecht betrübt mehr als Unglück, und das wenige Unrecht, das ich begangen habe, ist doch wohl genug gebüßt; es schreckt mich nicht mehr. Und Unglück – was das betrifft, so ist auch das am Rande des Grabes nicht mehr so lästig. Vom Jenseits weiß ich nichts und will ich nichts; ich bin nur sicher, daß mich dort weder ein schlimmeres Los noch Strafe erwartet. So kann ich mit einem Lächeln sterben.« Mit einem Lächeln sterben – das ist, wenn nicht der Zweck, so doch die Probe, daß das Leben nicht unnütz vertan ist, daß es weder für uns noch andere ein Übel war.

Und nun, ihr Freunde, die ihr die langen Bekenntnisse von Carlo Altoviti in Geduld gehört habt – wollt ihr ihm Absolution erteilen? Ich hoffe, ihr werdet es tun. Ich habe mein Leben in dieser Hoffnung aufgezeichnet, und ihr werdet einem armen alten Manne, wenn ihr schon so höflich wart, ihm in Nachsicht Gesellschaft zu leisten, euer Mitgefühl nicht versagen. Segnet, wenn nichts weiter, die Zeit, in der ich gelebt habe. Ihr habt gesehen, wie ich die Alten und die Jungen in meiner Kindheit vorfand, und wie ich sie jetzt verlasse. Eine gänzlich neue Welt, ein Gewoge ungewöhnlicher Gefühle brodelt unter der Kruste der modernen Gesellschaft; vielleicht verliert man das Übertriebene und Romanhafte und gewinnt die Geschichte. Ach, wir messen so leicht die Zeit der Völker an unserer Zeit, wir sammeln nicht genügsam das Gute, das durch uns geschehen konnte, wie der Schnitter, der am Abend zufrieden auf den Garben ruht, die er tagsüber gemäht hat! Wir überlassen es nicht bescheiden Söhnen und Enkeln, unsere Arbeit fortzusetzen, diesen jungen Seelen, die Tag um Tag erneuern, was in den alten farblos wird und entschwindet! Man erzieht uns nicht dazu, auf das Gute hier und dort auf die ewige Gerechtigkeit zu bauen! Sonst gäbe es über die Dinge des Lebens nicht so viel Zwiespalt.

Ich bin kein Theologe, kein Weiser, kein Philosoph; aber auch ich will mein Urteil abgeben, wie der Pilger, der, so unwissend er sein mag, sehr wohl beurteilen kann, ob das Land, das er durchwandert hat, arm oder reich ist, häßlich oder schön. Ich habe dreiundachtzig Jahre gelebt, liebe Kinder; ich kann also mitreden.

Das Leben ist das, wozu unser Charakter, das heißt Natur und Erziehung, es bildet: in seinem physischen Bereich unterliegt es der Notwendigkeit, im metaphysischen dient es der Gerechtigkeit. Wer, aus Temperament und Überzeugung zugleich, in allem gerecht ist sich selbst, den andern, der ganzen Menschheit gegenüber, der wird der schuldloseste, nutzbringendste und edelmütigste Mensch sein, der je durch die Welt gegangen ist; sein Leben wird eine Wohltat sein für ihn wie für alle, und wird in die Geschichte des Vaterlandes eine tiefe Spur graben. Das ist das Urbild des wahren, ganzen Menschen. Was liegt daran, wenn auch alle andern in Kummer und Unglück leben? Sie sind entartet, verloren oder schuldig. Möchten sie sich begeistern an jenem Urbild der triumphierenden Menschlichkeit, und sie werden den Frieden spüren, den die Natur jedem ihrer Wesen, das sich harmonisch fügt und bildet, verspricht. Das Glück wurzelt im Bewußtsein, führt es euch wohl zu Gemüte; und die sichere Probe für alle geistige Kraft, wie sie sich auch immer äußern mag, liegt in der Gerechtigkeit.

Ewiges Licht der Gottheit, in deine unvergänglichen Strahlen trage ich die verlöschende Flamme meines Lebens! ... Meine Seele ruht in sich wie ein Meer, über dem alle Stürme schweigen, und vor mir steht der Tod, ein dunkles, undurchdringliches Geheimnis, doch ohne Drohung. Ich fürchte ihn nicht; wäre diese meine Sicherheit trügerisch, so widerspräche die Natur sich selbst.

So gleicht der Frieden des Alters einem stillen Golf, der sich mählich öffnet in die Weite des Ozeans, der unendlichen, grenzenlosen, umruhten Ewigkeit. Ich sehe nicht mehr zurück an die Küste des Landes, das einst meine Feinde trug und die Freunde, die es längst verlassen und sich in die Schleier des Todes gehüllt haben. Zwei Söhne sind mir in hochherziger Ungeduld vorausgeeilt, der dritte hat sein Herz anderswo, ein vierter, der Mann meiner Pisana, steht mir noch zur Seite, damit ich die gewissen Güter dieses Lebens nicht verachte, während ich nach den unbekannten des andern Lebens strebe. Ich habe an meinen kurzen Tagen den Gang eines großen Volkes gemessen; und das Gesetz, das die Sonne ihren Lauf vollenden heißt und die Frucht zur Reife bringt, versichert mir, daß sich meine Hoffnung in Gewißheit wandeln wird. Was sollte ich weiter wünschen? ... Nichts, ihr Menschenbrüder! ... Mein Haupt sinkt ruhig auf das Kissen des letzten Lagers, und die Augen schauen die Welt des Geistes, wenn sie sich der irdischen ermüdet verschließen.

Ihr Seelen der Lebenden, Seelen der Toten, mir zugehörig durch Bande des Bluts, des Glaubens und der Liebe, ich fühle, daß unsere Verbundenheit nicht endet. Ihr Geister der Vollendeten, ihr umflügelt zärtlich meine Seele und ladet sie in euern schwebenden Reigen ... Und du, erste und einzige Liebe des Lebens, meine Pisana, du lebst noch in meinem Denken, du bist in meines Herzens Schlag, in meinem Atem und im Umkreis allen Seins. Ich schaue dich im Purpur der sinkenden Sonne, und der Lichtschein um dein Haupt erleuchtet mir die Bahn, die mich zu dir leitet. Im erblassenden Schimmer des Mondes schaue ich dich vom zarten Fühlen deines Herzens in webende Schleier gehüllt, ich spreche mit dir in der Stunde des Mittags, als stündest du leibhaftig bei mir. Oh, du bleibst mir ewig, denn in deinem Tod offenbarte sich, wie du zu einem höheren, helleren Leben erwachtest. Wir haben hier gehofft und geliebt; wir werden uns dort zusammenfinden, wo die Liebe der vergangenen und die Hoffnung der künftigen Menschheit ineinanderströmen. Was könnte ich je ohne dich sein? ... Für dich, du Himmlische, entsinkt mir alle Mühsal, und eine leise, von Hoffnung durchzitterte Trauer erfüllt das Herz mit süßem Frieden.

NACHWORT

Mit der vorliegenden Übertragung der ›Confessioni‹ von Ippolito Nievo wird dem Leser im deutschen Sprachgebiet ein bedeutsames Spätwerk der italienischen Romantik erschlossen. Der Dichter hat es als Siebenundzwanzigjähriger in wenigen Monaten verfaßt; drei Jahre später war er tot. Der Roman erschien 1867, sechs Jahre nach seinem Tode, bei Le Monnier in Florenz. Der ursprüngliche Titel ›Bekenntnisse eines Italieners‹ war umgeändert worden in ›Bekenntnisse eines Achtzigjährigen‹, damit man nicht an etwas wie die damals üblichen politischen Memoiren denken sollte; denn das Werk ist von rein künstlerischer Konzeption, es wird in der Ich-Form Entwicklung und Schicksal eines Menschen in der erregten ersten Hälfte des vorigen Jahrhunderts erzählt, und die Schilderungen der Zeit sind dieser Erzählung einverwoben. Es ist also nicht so sehr ein zeitgeschichtlicher, eher ein Erziehungsroman.

Der Dichter Ippolito Nievo hatte ein merkwürdiges Schicksal. 1831 in Padua geboren – der Vater Antonio war Richter, die Mutter Adele Marin stammte aus adeligem venezianischem Hause –, promovierte er 1857 in Padua zum Doktor der Rechte, nachdem er in revolutionären Ausschüssen und als Anhänger Mazzinis schon seine ersten patriotischen Lorbeeren errungen hatte. Es folgten, immer mit dem Dante in der Tasche, Wanderungen im Friaul und in den Kärntner Alpen; von dort wurde er 1857 durch die österreichische Polizei ausgewiesen. Er ging nach Mailand, veröffentlichte Gedichte, Novellen, Romane, Komödien, Tragödien und ermutigte in Journalen seine von Novara enttäuschten Landsleute. Dann schrieb er die ›Bekenntnisse‹. Als im Jahre 1859 der Krieg an Österreich erklärt wurde, verließ er Mailand, ohne die geliebte Frau davon zu verständigen – nach einigen seiner Biographen ist es seine Cousine, die Gräfin Bice Melzi –, und kämpfte unter Garibaldi bis zum Waffenstillstand von Villafranca. Dann kehrte er nach Mailand zurück, verließ es aber wiederum heimlich, als Garibaldi den Feldzug nach Sizilien vorbereitete. Er wurde Vize-Intendant, nahm aber gleichwohl an den Kämpfen teil; nach der Einnahme von Palermo mußte er jedoch auf Befehl des Generals als Intendant des südlichen Heeres in Sizilien bleiben, während die ›Tausend‹ den Befreiungskampf weiterführten. Am vierten März 1861 schiffte er sich auf der alten ›Ercole‹ nach Neapel ein. Aber das Schiff hat diesen Hafen nie erreicht. Niemand weiß, ob es im Sturm gekentert oder durch Feuer zugrunde gegangen ist. Der Tod von Ippolito Nievo bleibt im dunkeln.

Die Wahl des Stoffes in den ›Bekenntnissen‹ ist wahrscheinlich von der Familientradition her beeinflußt. Viele der öffentlichen Ereignisse, in die der Held Carlo Altoviti gerät, spiegeln Begebenheiten wider, an denen der Großvater mütterlicherseits, der Patrizier Carlo Marin, tätig Anteil genommen hat. Er saß im Großen Rat, als die Allerdurchlauchtigste Republik Venedig fiel, und verwaltete Ämter auch in den Zeiten der Fremdherrschaft. Solche Erzählungen, die Kindheit und Jugend begleiteten, mögen eingeflossen sein in die dichterische Vision und sich umgesetzt haben in Bilder, die nun, von der Zeit gelöst, rein im Künstlerischen leben. So entstehen Typen wie der Arzt Vianello, der Inquisitor-Priester Pendola oder der Müller-General Sandro, vor allem aber der Charakter seiner ›Heldin‹ Pisana. In ihr malt Nievo nicht nur das Bild der Venezianerin schlechthin; er gibt dem erregten, von Grund aus aufgewühlten Wesen der Romantik in dieser Frau, in ihrem gewalttätigen, herrischen Charakter und dem zärtlichen Herzen, das sie zu ungewöhnlicher Hingabe befähigt, einzigartigen Ausdruck und schafft damit eine Frauengestalt, die zu den großen, einmaligen der Weltliteratur gehört – was übrigens auch dazu geführt hat, daß die deutsche Ausgabe ihren Namen trägt. Die Besonderheit dieser Gestalt schließt auch den Vergleich aus, den man bisweilen zu Foscolo in seinen ›Ultime lettere di Jacopo Ortis‹, dem italienischen Werther, gezogen hat, wenn sich dort auch ebenfalls die Liebe zum Vaterland und die Liebe zu einer Frau vereint finden. In engere Beziehung dürfen wir die ›Bekenntnisse‹ setzen zu Manzonis großem historischen Roman, den ›Verlobten‹. Benedetto Croce bezeichnet Nievo als ›den wahren Fortsetzer Manzonis, das heißt als einen Erneuerer, insofern er eine Konzeption des Lebens schafft und eine Moralidee aufrichtet – wobei er sich von der Manzonis darin unterscheidet, daß er von andern historischen Voraussetzungen ausgeht und das Denken nach einer andern Richtung entwickelt‹.

Es sind zwei Mittel künstlerischen Ausdrucks, die bei Ippolito Nievo vor allem ins Auge fallen: eine Ironie, etwa von der Art, wie sie Goethe in der Tagebucheintragung vom achtzehnten Mai 1810 umschreibt als ›ironische Ansicht des Lebens im höheren Sinne, wodurch die Biographie sich über das Leben erhebt‹, und ein Humor, der nicht eigentlich karikiert, sondern überrascht durch die ungewöhnliche Art, Dinge zusammenzusehen, die wir nicht als zusammengehörig erwarten; dieser Humor erinnert oft an Lessing: in der Schärfe seiner Einsichten wie in der dialektischen Knappheit, ohne doch die Wärme des Gemüts vermissen zu lassen.

In dem umfangreichen Manuskript der ›Bekenntnisse‹, das Ippolito Nievo hinterließ, waren die Seiten mit einer kleinen, engen Schrift dicht bedeckt. Kein Wort war ausgestrichen, keines hinzugefügt. Das Meisterwerk des Siebenundzwanzigjährigen war seiner Feder mit einer ›Lust zu fabulieren‹ ohnegleichen entströmt. Freilich war dem Dichter nicht die Zeit vergönnt, es auszufeilen, die bisweilen provisorische Diktion zu überprüfen oder Episoden, die den Fluß der Erzählung hemmen, zusammenzuziehen oder auszuscheiden. Was ihm jedoch in dieser Hinsicht fehlen mag, das wird durch Reife des Herzens und geistige Erkenntnis aufgewogen. Wir gewinnen aus der Intensität seiner ›Bekenntnisse‹, aus der ihnen eigenen Hintergründigkeit, die alles Zeitgeschichtliche ins Überzeitlich-Gültige hebt, den Eindruck einer starken, merkwürdig früh gereiften künstlerischen Kraft.

Im bürgerlichen Geschmack des späten neunzehnten Jahrhunderts hat die damals etwa zwanzigjährige Isolde Kurz eine teilweise Übersetzung der ›Bekenntnisse‹ vorgelegt, die, wohl von Paul Heyse angeregt, in dessen Sammlung ›Italienische Novellisten‹ 1877 erschien. Die Wiedergabe beschränkt sich, der Sammlung entsprechend, rein auf die erzählenden Stücke und kann darum keinen wirklich adäquaten Eindruck des Ganzen vermitteln.

Der hier gegebenen, das Ganze umfassenden deutschen Übersetzung wurde der Text der ersten, manuskriptgetreuen Ausgabe zugrunde gelegt, die bei Le Monnier, Florenz, 1867 erschienen ist. Auch brauchte der mit soviel jugendlichem Schwung genial hingeworfene Roman Nievos nicht gewissermaßen bearbeitet zu werden, wie man etwa ›Die Verlobten‹ Manzonis mit Recht von späteren Ergänzungen befreit hat, um dem Werk durch einen solchen Prozeß die frühere Frische wiederzugewinnen. Die ›Bekenntnisse‹ werden dem Leser im deutschen Sprachgebiet unmittelbar nahekommen können. Nur hat die Tatsache, daß dieser Roman vom Autor ja nie für den Druck durchgesehen wurde, der Übertragung einige besondere Aufgaben gestellt. Es mußte innerhalb eines Dialogs oder Abschnitts gelegentlich etwas ausgeglichen oder ein wenig vom strengen Wortlaut abgewichen werden; an einigen Stellen wurden auch, wenn die Empfindungen zu breit ausgeführt waren oder die Bilder und Vergleiche sich häuften, geringe Auslassungen notwendig, zumal in Dialogen. Daß auch dabei strengste Bindung an den künstlerischen Gehalt oberstes Gesetz blieb, ist selbstverständlich. Es handelte sich im Grunde nur darum, daß der Strom der Empfindung, der dieses so bezeichnend italienische Buch durchzieht, hin und wieder eingedämmt wurde, damit das Ganze an Tiefe gewann.

Die Gliederung innerhalb der Kapitel steht nicht im Original. Doch der Text erfordert sie geradezu, wenn, wie oft zu beobachten ist, der letzte Satz einer Episode in weitem Bogen wieder an ihren Anfang zurückschwingt und so die klare Komposition des Ganzen offenbar macht; es gehört auch – worauf Cesare Pavese in seinem Tagebuch einmal hinweist – überhaupt zur Eigenart italienischer Epik, daß sie sich in solchen kurzen Abschnitten aufbaut. So wird auch diese Gliederung nicht als fremde Zutat empfunden werden können.

Auf diese Weise hoffe ich, eine deutsche Form des schönen Werkes vorzulegen, die der ursprünglichen Reinheit der Dichtung nahebleibt, die Eigenart seiner Diktion erhält und sein besonderes Fluidum, die gemütvoll-humorige Wärme der Weltbetrachtung, auch in unserer Sprache widergibt.

Charlotte Birnbaum

INHALT